U0151914

国家清史编纂委员会·文献丛刊

中国荒政书集成

第二册

主编 李文海 夏明方 朱浒

天津古籍出版社

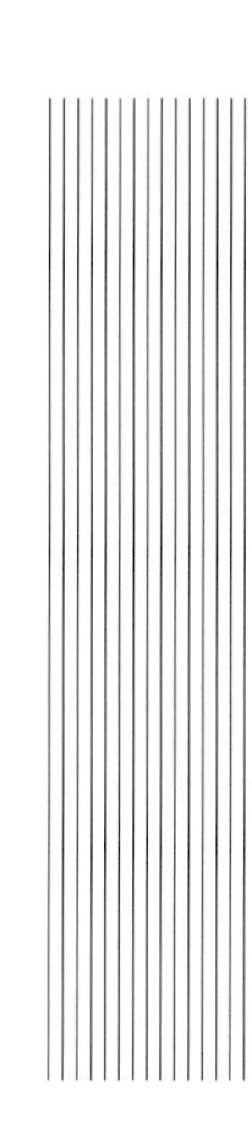

国家清史编纂委员会出版编委会

（按姓氏笔画排序）

马大正　于　沛　朱诚如

成崇德　李文海　陈　桦

邹爱莲　孟　超　徐兆仁

戴　逸

本书被列为国家古籍整理出版“十五”重点规划

本书出版得到国家古籍整理出版专项经费资助

高等学校全国优秀博士学位论文作者专项资金资助项目

教育部人文社会科学重点研究基地重大项目清代灾荒研究

中国人民大学“十五”“二一一工程”清史子项目

救荒全书

明崇祯末年远山堂稿本、清初鸣野山房抄本

（明）祁彪佳 撰

赵 丽 丁 蕊 徐 娜 张瑞龙 誊抄

夏明方 朱 浒 校订

《救荒全书》点校说明

据《祁忠敏公日记》“感慕录（庚辰）”、“小捄录（辛巳）”和“壬戌日历”推断，祁彪佳编纂《救荒全书》约始于崇祯十三年（辛巳，1641）三月，止于十四年（壬午，1642）九月。其时，因浙省“自庚辰告歉，至辛巳正月，雪十日不止，人情汹汹，抢夺群起”，祁氏应府县当事之请，以荒政自任，“虚礼下士，感物以诚”，“所行和籴法、分籴法、设粥厂法、给米法，无不尽善”；“又念饥荒遍海内，救之者或有心无术，反扰民”，故赈饥之余，遍览群书以及名臣奏议、邸报等有关救荒者，辑纂《救荒全书》（参见《祁彪佳集》卷十“行实”，中华书局1960年版，第237页。）至崇祯十四年八月初大体告竣，其后至十一月起补赴任，续有增补。清顺治二年六月殉明前，祁彪佳曾嘱咐后人：“我所著述，可藏之深山。今年书稿，要紧者可一一录之。《救荒全书》系数年心思，于世有益，俟平宁之日，方可刻行。”（祁彪佳：《祁忠惠公遗集·补编》，附第九卷后，页九。杜煦、杜春生辑，清道光二十二年增刻本。）但此后一百九十余年间，其著作“鄄没不彰”。直至道光十二年左右，同邑杜煦、杜春生兄弟“延访故家”，得祁氏《越中园亭记》、《寓山志》、《救荒全书》等，编成《祁忠惠公遗集》，于道光十五年刊行于世。（《祁彪佳集》卷十“后序”，第256页。）不过，其有关救荒者，仅卷五“救荒全书小序”、卷六“救荒杂议”，主要是《救荒全书》中祁氏自撰部分（内容亦有歧异），不包括其所辑录的文献。

就目前所知，祁彪佳《救荒全书》之全本现存两种：一是中国国家图书馆藏远山堂稿本（以下简称“稿本”，有缩微胶卷），一是浙江绍兴鲁迅博物馆与台湾“国家图书馆”分别收藏的鸣野山房抄本（分别简称为“绍兴本”和“台湾本”）。稿本题为18卷，实为17卷。其中卷二仅列“治本章”二十二则细目，该章全部内容实分三、四两卷。据绍兴本目录，抄本全书凡十六卷。其中，绍兴本一至六、十二至十六卷；台湾本著录为“存5卷”，即七至十一卷，实为：当机章（卷之七，1至17则。缺卷之八，18至26则）、应变章（卷之九、十，共28则）、广恤章（卷之十一，共14则）。“厚储章”抄本分上、下各两卷，即卷五、卷六；稿本为一、二、三，卷五至卷七；“当机章”抄本为上、下，分置卷七、卷八；稿本为一、二、三，卷八至卷十。点校后的《救荒全书》，共18卷。其“举纲章”部分内容较多，依抄本分为两卷。其余卷目一依稿本，不作调整。为便于对照，特将绍兴本所列之细目附于书后。

此次点校，以中国国家图书馆藏稿本之缩微胶片为底本（胶片偶有缺漏部分，未及核对原稿本，但均予以注明），并与上述抄本进行比勘，择善而从。其中，凡稿本明显有误之处或不规范的简化字，或依抄本径改之，或保留原字，另加〔　〕，填入改正后的文字；如有字句之意在两可之间或暂时无法准确判定之处，则保留稿本原样，并与其后加“（抄本作‘　’）”，以便读者比勘；凡不见于稿本的内容，一律加〈　〉表示，并于其后加“（按：此为稿本所无）”，字体、字号均同正文，以与标示稿本脱字之符号相区别。各卷细目之下的标题，若稿本无，或有眉注如“入戒缓案”等，一律依抄本标出，另加星号。凡抄本有脱漏、错简之处，均以稿本为准，兹不一一注明。稿本所列条目，若年代顺序错乱，亦不作调整，以便读者核查。

据《救荒全书·凡例》，编者对所采择的文献曾“删繁就简”，“所存者止叙述条陈，取其精当，稍涉浮泛，尽行删除”。但通观其所删除的内容（其篇幅约相当于抄本的四分之一），其中很大一部分，或为今日所稀见乃至佚失，或含有与该史料相关的其他重要信息，或有助于读者更好地理解删减后的史料，故今日看来仍有非常重要的史料价值。除此之外，有相当一部分内容删削之后，又经过编者的修改。这些修改，固然多属于文字上的润色，但也有很多地方改变了原始文献的语境或本义，有可能引起后世读者对相关史料或史实的误读。故此次点校，亦将稿本中明示删除的部分（抄本仅是稿本中未被删除的部分）予以抄录，并加括号，用异于正文的小字号字体显示，以与正文中原稿注释相区别。如删除部分包含数条，其段落格式依原稿保留。其修改之处，仍用正文字体字号，另加方框标识之。另，编撰者于每卷均署三次校读题名，如：“第一次订，删烦词，作小序讫。第二次订，订次序，明类目讫。第三次订，定衔名，尊王制讫。”此次编排，一律删除。

需要说明的是，此次点校依据之底本系从国家图书馆抄出，而稿本经编纂者多次删削涂改，字迹又难以辨认，故虽多次核对，仍难免有误，敬乞原谅。如欲进一步了解祁彪佳崇祯末年在其家乡及苏淞任上的救荒事迹与主张，可参见氏著《辛巳越中荒纪（附辛巳岁救荒小议）》、《里居越言》、《祷雨文》及其日记《感慕录》、《小捄录》与《壬戌日历》等，此编暂不收录。

救荒全书凡例

一、是书凡八章，一百五十则。先举其纲，后张其目，虽其目中有宜于古未必宜于今、宜于彼未必宜于此者，亦且胪列毕备。此如设方治病，不以无病而遂没其方。是以凡有一法之可师，一言之可取，俱行辑录，用备采择。

一、卷中首列祖宗圣谕，尊王言也。次列朝廷明例，尊王制也。又次曰诏，则前代之嘉谟。又次曰案，则前贤之懿绩。又次曰疏，则敷奏于朝者也。又次曰议，则著述于家者也。案之所该稍广，此言之附见于事者皆是。议之所该更广，凡往返之禀牍，官司之文檄，并类其中。例有止行于邑里者，是因议而起例也，偶或附之议后。

一、目类既繁，目类中之疏议，不得不删繁就简，所存者止叙述条陈，取其精当，稍涉浮泛，尽行删除。至语意关切者，量加圈点，用为标识。王言则止用句圈，条例或圈或点，皆求毕备，不敢增减。至一疏一议，内关目类数条，除汇敷一则外，余不得不分归款下。

一、是书所辑前代诏令，除典谟之外，以汉、唐、宋为正，而偶及于五代六朝。若前赵、后秦、北魏、金、元等，皆置不录。至国朝之硕辅名贤，其衔与谥皆列简端。前代者止存姓名，惟高贤如唐之宣公、宋之文公等，一存谥号耳。

一、是书所采辑，皆属国史、经、子与夫文集、政编，其稗官野乘，皆置不录。合计考订诸书，有《大明会典》、《大明令》、《皇明祖训》、《皇明十四朝衍学大训》、《皇明制书》、《皇明经世编》、《皇明经世实用编》、《皇明世法录》、《国朝典汇》、《宪纲条例备考》、《万历疏抄》、《文献通考》、《续文献通考》、《通志略》、《八编类纂》、《学古适用编》、《古今经世格要》、《大学衍义补》、《益智编》、《鸿苞》、《牧津》、《荆川右编》、《历代名臣奏议》、《两汉奏议》、《陆宣公奏议》、《朱子奏议》、《无梦园集》、《淡生堂集》、《迪吉录》、《耳鸣录》、《救荒活民书》、《救荒活民书补遗》、《毕东郊公补订救荒活民书》、《荒政要览》、《周礼十二荒政广议》、《农政全书》，又近来诸公所刻赈史、荒政凡二十余种。所见止此，殊苦孤陋，有肯以裨于救荒者，简出惠示，藉广见闻，实感同志。

一、古训词意深奥，或间存细注，至疏议之后，惟品评精确，有关救荒者，偶亦存之，然亦十删八九矣。至于法之所在，弊亦旋生，故有言及弊端，并附于各款之后，以便行法者之剔厘。

救荒全书总目

救荒全书卷之一　举纲章一

凡六则

圣谟一　前政二　古画三　今言四　通论五　汇敷六

举纲章之一　圣谟

谕三十五　例无　诏无　案无　疏无　议无

帝王戡乱致治，必在乎拊恤亿兆。昭代列宗，莫不留神民瘼，切己饥己溺之怀，故不必观其议赈、议贷、议减、议蠲之条目，即此王仁一转，已足煦天下以春和。凡奔走拯救，百司事也。庙堂之上，第在举其大纲，而亿兆之生全，已在帝王片念矣。故挈赈贷、蠲减之总，辑圣谟第一。

圣谟之谕

洪武初，太祖高皇帝祖训一款：凡每岁自春至秋，此数月兀当深忧，忧常在心，则民安国固。盖所忧者惟风雨以时，田禾丰稔，使民得遂其生。如风雨不时，则民不聊生，盗贼窃发，豪杰或乘隙而起，国势危矣。又一款：凡天下承平，四方有水旱等灾，当验国之所积，于被灾去处优免税粮。若丰稔之岁，虽无灾伤，又当验国所积，稍有附余，择地瘦民贫处，亦优免之，不为常例。然优免在心，临期便决，勿使小人先知，要名于外。

洪武元年，上谓中书省曰：中原兵难之后，老稚之孤贫者多有失所，宜遣人赈恤之。省臣以国用不足为对，上曰：得天下者，得民心也。夫老者民之父母，幼者民之子弟，恤其老则天下之为子者悦，恤其幼则天下之为父母者悦。天下之老幼咸悦矣，其心有不归者寡矣。苟置其困穷而不之恤，民将忾然曰：恶在其为我上也！故周穷乏者，不患无余财，惟患无是心。能推是心，何忧不足？今日之务，此最为先，宜速行之。

洪武十九年，诏遣御史蔡新、给事中宫俊往河南，简核被水人民，有赈济不及者，补给之。上谕之曰：民之被水旱者，朝夕待哺，已遣人赈济。朕恐有司奉行不至，有赈济不及者，不得粒食，濒于死亡，深用闵念。特命尔往彼核实，有未赈济者，即补给之。又曰：君之养民，如保赤子，恒念其饥寒，为之衣食。故曰：元后作民父母。尔等其体朕至怀。

永乐初，上遣御史分诣郡国，巡视民瘼，谕之曰：父母于子，先寒而备衣，先饥而备食，适其温饱之宜，避湿就燥以处之，无所不尽其心。人主为民父母，理亦当然。朕深居宫中，一饮一食，未尝不念及军民，然在下之情，何能周知？尔等为朝廷耳目，其在用心咨访。但见水旱灾伤之处，有司不言者，悉具奏来。又如军民之间，有何利当兴，有何弊当革，亦悉举以闻。

永乐二年，命太子少师姚广孝等往苏、湖赈济，谕之曰：人君一衣一食，皆民所惜。

民穷无衣食，君岂可不恤？君，父也；民，子也。为子当孝，为父当慈，各尽其道尔。卿往体朕此心，不可为国惜费。盖散财得民，仁者之政也。

永乐三年，命户部尚书夏原吉、佥御史俞士吉、左通政赵居住、大理少卿袁复赈济苏、松、嘉、湖饥民。上曰：四郡之民，频年厄于水患。今旧谷已罄，新苗未成，老稚嗷嗷，饥馁无告。朕与卿等能独饱乎？其往督郡县，发仓廪赈之，所至善加绥抚。一切民间利害，有当建革者，速以闻。

本年，淮安邳州言饥民计其口数，请得粟九十石赈之。上恻然曰：此可给三月耳。秋成之期尚远，岂可为旦夕计？特命户部倍其数给之。

永乐九年，上谕户部曰：大旱民饥，隋文帝不发仓赈，听民流移。末岁计所积，可供五十年。今国家储蓄，上以供国，下以济民，故丰年则敛，凶年则散。但有土有民，何忧不足？隋开皇间仓廪虽丰，民心不赡，炀帝无道，遂至灭亡。前鉴具在，今后但遇水旱民饥，开仓赈给，毋令失所。

本年，定陶、中牟等县耆民诣阙谢赈济。上谕户部曰：天子以天下为家，则以天下为休戚。比念民饥，令有司发粟赈之，此国之恒恤。况郡县储蓄，正为民计，而使人废其农业，远来谢恩，非朕意也。其未至者，移文止之。

永乐十八年，皇太子赴北京，过邹县，见民男女持筐盈路，拾草食者。驻马问所用，民对曰：荒岁以为食。皇太子恻然，乃下马入民舍，视男女皆衣百结，不掩体，灶釜倾仆不治，叹曰：民隐不上闻若此乎？顾中官，赐之钞，而召乡之耆老，问所苦，具以实对，辍所食赐之。时山东布政使石执中来迎，责之曰：为民牧而视民穷如此，亦动念否？执中言曰：凡被灾之处，皆以奏乞优今年秋粮。皇太子曰：民饥且死，尚及征税耶？汝往督郡县，速取勘饥民口数，近地约三日，远地约五日，悉发官粟赈之，事不可缓。执中请人给三斗，曰：且与六斗。汝毋惧擅发，余见上当自奏也。皇太子至京，即奏之。上曰：昔范仲淹之子，犹能举麦舟济其父之故旧，况百姓吾赤子乎？

洪熙元年（乙巳四月），诏免山东及淮安、徐州夏秋粮之半，停罢一切官买物料。时有至自南京者，上问：所过地方，道路何如？对曰：淮安、徐州及山东境内，民多乏食，而有司征夏税方急。召问少师蹇义，所对亦然。上坐西角门，召大学士杨士奇等，令草诏免税粮之半及罢官买。士奇对曰：皇上悯恤民穷，诚出于至仁。若斯事，亦可令户部、工部与闻。上曰：姑徐之。救民之穷，当如救焚拯溺，不可迟疑。有司虑国用不足，必持不决之意。卿等姑勿言。命中官具纸笔，令士奇等就西角楼书诏。上览毕，命用墨，遣使赍行。上顾士奇曰：汝今可语户部、工部，朕悉免之矣。左右咸言：地方千余里，其间未必尽无收，亦宜有分别，庶不滥恩。上曰：恤民宁过厚。为天下主，宁与民寸寸计较哉！

宣德初，山东久旱，禾麦焦枯，民饥流徙。上闻之，谕兵、工二部臣曰：近数有言山东旱饥，朕寝食不宁。夫治国在安民，无水旱之灾，民足于衣食则安。今民未安，而汤宗往请军伍，郡县官吏听受约束，稽核兵籍，奔走喧呼，倍加骚乱，民必惊骇，逃者所以益众。令兵部驿诏宗还，凡外卫军旗在山东取军者，悉令还卫，一切买办皆停罢。

宣德五年，上御斋宫，诏学士杨士奇谕曰：吾欲下宽恤之令，今独与尔商之。免灾伤租粮，当是首事。闻民间亏欠畜马骡驴，所司追价或甚迫，民计无出，亦甚艰难，部官坐视而不言。对曰：陛下圣念及此，生民之幸！各部惟知督责下民，以供公家，而不顾民心之离，故一切民瘼蔽不以闻。今所当宽恤者，殆非止两事。上曰：汝所知者，具言之。对曰：百姓积年负欠薪刍，及采办买办之物，所司责价甚急，此当宽贷。各处官田起科不一，而租额皆重，细民困乏，郡县不以闻，苏州尤甚。户部固执，不与除豁，细民多有委弃逃徙者。此当量与减除。部符下郡县采办买办诸物，但概派征，更无分别出产与否。非出产处，百姓数十倍价买纳。请戒约该部，今后凡物只派有产之处，不许一概均派苦民。年来刑狱冤滥者多，感召旱涝，恐由于此。请饬戒法司，敦用平恕，务求情实。今工匠之弊尤多，四方远近，每户不问几丁，悉征在京。役于工者，什不一二，余皆为所管之人私役，不得营生，嗟怨溢路。请命官巡察究治，及分豁户丁之半放回，单丁者免，老病无余丁者除籍。又有平民本非业匠，为怨家诬引者，当审实除豁。南方运粮至此，人力甚艰，而仓廪无关防，奸人盗窃，动辄数万，前者就执，后者复继，恬无警畏，请命风宪关防巡察。上叹曰：朝廷任六卿，但知苛责下民，而不能察奸情弊，有愧厚禄矣！尔所陈有益于朕，有益于民，此皆应行。命即草敕，明日颁行。

宣德七年，上召大学士杨士奇至文华殿曰：忆五年二月，共尔南斋宫论宽恤事。今两阅岁矣，民事不又有可恤者乎？对曰：诚有之。只五年官田减租额一事，圣恩已下玺书，户部格而不行，至今仍旧额追征，小民含冤不已。上怒曰：户部可罪也！对曰：此循习之奸，永乐末年多如此。往年高煦反，以夏原吉为奸臣之首，正指此事为说。上怒稍解，曰：今欲再下敕宽恤，必举此为第一事。却于末增云，中外该管官司，不许故遣。上又曰：如再格不行，朕必罪之不恕。汝试言今日之事当宽恤者。士奇对：所在官司，不能容逃民，则相结为非。愿得恩旨下有司，凡逃民愿归乡者，令郡县用心抚恤，优免差徭；不愿归者，听于所在附籍为民，官给空闲田庐处之，免差役二年。庶以安其危，亦弭恶于未萌。又言：各处课程，先因钞法不通，加倍其额征纳，盖一时之权。今钞颇流通，宜量减倍征之额。又言天下课程皆纳钞，惟湖广、广西、浙江商税渔课，旧例皆纳银，民不胜弊。请裁为一例。上嘉纳之。士奇请更得一人论此事，庶几可以推广圣泽。上曰：胡滢谨厚，汝与之密议，就录稿进来。于是士奇等议增十数事，通录进呈，上乃颁诏天下。及退朝，御左顺门，谓尚书胡滢等曰：朕昨以官田赋重，百姓苦之，诏减十之三，以苏民力。尝闻外间有言，朝廷每下诏蠲租，户部皆不行，甚者文移戒约有司，有勿以诏书为辞之语。若然，则是废格诏令，壅遏恩泽，其咎若何？今减租之令，务在必行，卿等当体朕意。滢等皆顿首谢。

宣德九年，敕谕巡抚侍郎周忱：比闻直隶亢旱，人民乏食，尔等即委官前去，于所在官仓，量给米粮赈济，毋得坐视民患。各处府州县逃移人户，其递年拖欠，非见征粮草，尔等即同府州堂上官从实取勘，见征俱令停征；仍设法招抚其复业，蠲免粮差一年。

正统初，上谕户部臣曰：适闻四方多水旱，民饥困苦，朕甚悯焉。卿可速移文各该巡抚、巡按官覆视，其灾伤甚者，租税悉除，稍轻者量蠲之。民有不能自给者，发廪赈济之。务令彼得实惠，毋以具文应也。

正统间，镇守陕西都督同知郑铭等言，陕西岁凶，民不聊生。上命户部臣遣官驰驿往赈，谕之曰：民贫不聊生，其速发廪赈之。旧所逋负官租官物，悉与停征。户部盐钞，亦尽行蠲免。其有鬻子女者，官代赎之，令完聚焉。

正统间，上以风雨过多，敕户部臣曰：今岁南北直隶军民，被水灾者甚多，朕甚悯之。尔户部其令所司加意存恤，无重烦扰。其有缺食者，酌量赈之，仍蠲其租及岁办物科。

天顺四年秋，天下大水，江南北尤甚，田尽淹没。时上意明察，凡事臣下莫敢发端。阁臣李贤一日因召问毕，从容言曰：臣闻今年水灾甚大，数十年来未有，百姓不能存活。上曰：奈何？贤曰：若非大施恩典，民安得苏？上曰：何如则可？贤曰：宜下诏免征粮草。上曰：固可，但诏非一二条可行，莫若以旨意与户部行于天下。贤曰：如此尤善。于是令被灾州县，申报抚按，灾重者全免，稍重者免半，轻者免三分。已而天下奏水灾无虚日，通政司奏对无日不有。上初以贤言或过，至是见其实。

成化七年，谕遣两京大臣巡视民瘼，发廪劝劳，兴革利弊，罢黜贪酷不职有司，悉听便宜行事。

本年，户部奏：今日饥民行乞于通，多疲不能支，相仆以死。已令顺天府二县，委官收恤。其军余匠役，各送所司给亲收养；所亲不能赡给，宜收入养济院赈恤。其远方流移，如例给粮，发遣复业。死无归者葬之，无令暴露，以干和气。诏悉如议行之。

弘治三年，户部以水旱灾，请免直隶等处夏麦秋粮。上曰：国赋固有定法，然岁有凶岁，义当损上益下。若必欲一概取盈，仓廪则实矣，如病民何？奏中所拟悉从之，仍谕有司，使贫民各沾实惠。

正德五年，圣谕曰：应天并直隶苏松，浙江杭、嘉、湖等府近遭水患，民不聊生。该年一应税粮，各该巡按官从公查勘，量加蠲免，以苏民困。（原注：此条应入免赋，以正德一朝救荒庙谟颇少，故入于此。）

嘉靖七年，上谕户部：朕闻河南陕州甚荒，人相残食，何不亟行赈救？夫灾变重大若此，岂彼处镇巡官未尝具奏耶？其据实以对！尚书邹文盛等言：河南全省皆饥，臣已请留兑军粮五万石行赈。陕州饥甚，镇巡官并未言及。今请再留五万石兑军粮赈之。报可。

嘉靖九年，圣谕：朕本菲薄之人，以宗蕃入嗣祖宗大位，夙夜战兢，罔敢自逸，惟赖内外文武百官左右来辅，以匡朕弗聪明之资。乃近来远近之民，饿殍盈途，死亡流离无算。闻诸奏报，实用忧伤。本朕一人所致，下民无辜，重遭斯苦！但迩内外臣工，皆有分理之责。尔部院大臣，为百司庶僚之首，不可不加勉以佐朕安民，表率其余。凡有见闻，列谘议会奏来说。钦此。该吏部衙门等官方献夫等题，奉圣旨：朕因今年灾变频仍，小民困敝，每反躬自省，夙夜不遑。兹开具急切事宜，令卿等谘议会奏来行。今览所奏，无非申明旧例，意在推行经国安民之道。朕思应天以实不以文，且重守令之旨屡下，而荐劾斥陟之典不明；广储蓄之法悉存，而救荒赈贷之政无裨。凡应祭神祇，皆所以御灾捍患者，多有亵渎。阵亡军士，皆所以为国死事者，多有泯灭。虽屡有钦恤蠲贷之命，而诬枉者不悛，奏讦者不止，至名为激浊扬清，实多挟雠抱怨。如此之类，难以悉举。依拟通行内外各该衙门官员，一体遵奉旧例，痛加修省，着实奉行。敢有虚应故事者，决不轻贷。仍着照敕谕事理，各陈本处地方系关利弊，俱限一月以里具奏，不许夹带私情，浮泛塞白。其致祷应祭神祇一节，该部便查照灾变重大地方，还遣太常寺官赍香帛前去行祀。

本年，行人杨爵言畿内及河南、湖广、山西俱灾。上谕部院曰：迩来远近之民，饿殍在道，闻诸奏牍，实有忧戚。内外臣工，皆有分理之责，而部院大臣及百司庶僚之首，不可不佐朕安民。其各谘议会奏以闻。于是吏部尚书方献夫等会陈重守令、广储蓄、恤阵亡、慎刑狱及蠲免、救济诸条。上采纳之。

嘉靖二十八年，上谕户部：朕闻近日贫民冻馁死者甚众，其即发米万石为粥食之。死亡暴骨者，五城御史督令地方掩瘗。谕锦衣卫亦如之。

隆庆二年，礼科何起鸣奏陕西西安郡县地震经月，压伤人民，乞赐赈恤。上曰：地震重大，所在被灾人民，朕甚悯念。赈济一事，户部议处以闻。于是户部奏以本省织造羡余银八千八百三十两，并预备仓粮，相兼赈济。得旨：抚按官须委用得人，给散有法，俾小民得霑实惠。

万历初，上谕户部臣曰：近畿八府水患异常，道路流离，民不得保，朕深切悯虑。前太仆寺赈济银两，尚有剩余者，分发蓟、保二处各三万两，与该抚按作为贩粜资本，分粮煮粥，以济目前。仍许其便宜设法，通融堪〔勘〕动钱粮，差官往丰熟处和买，并招致商人，前来接济。若各省及南直隶抚按官，亦宜以京畿根本为虑，各贡忠诚，移粟通商，前来救济。如有成绩，奏请叙录。(所至关津，不论官商军民，但系赈□之资，不得阻格抽税。)

万历间，上因天久不雨，谕侍臣曰：朕念小民贫苦，今岁又罹旱灾。各处被灾地方，使抚臣上紧具奏。巡按御使核实前来，查照分数蠲免。其有积谷去处，即从便宜放赈。重大地方，还多设处赈恤之。

万历九年，阁臣张居正奏：今江北淮凤及江南苏松等府，连被灾伤，民多乏食。徐宿之间，至以树皮充饥，或相聚为盗，大有可忧。上曰：淮凤频年告灾，何也？居正奏云：此地从来多荒少熟。即如训录所载，元末之乱，亦起于此。今当大破常格，急发赈济以安之。臣等拟令户部议处动支各该州县库银仓谷。不足，则南京见储银米，尽有赢余，可以协济。民惟邦本，顾特加圣心。上俱俞允。

万历二十二年，上览给事中杨东明饥民图，谕部臣议可蠲可赈者以闻。户部条上，以银十五万赈河南，以漕粮十万赈杲汝宁府，又以漕粮十五万平杲江北，以米豆三万六千赈济山东。上从之。

万历二十七年，巡按崔邦亮奏河南灾伤。上曰：中土洊罹，灾沴可悯。免征改折等项，依拟分别，仍行该地方官多为赈救，不许怠缓坐视。户部覆奏，上曰：畿辅近地，兵荒蝗涝相仍，饥民流离可悯。食粮即准给散，仍着有司加意拊循，多方救济。

崇祯五年，以户部奏请，奉圣谕：这宽恤灾民，如辽米改折、煮粥改征、考成各项，俱依议。其道府有司、乡绅富户，有能设法赈济，好义恤贫的，抚按官且以名闻。至被灾缘由，皆系河决浸灌，总河官职掌所关，且事权甚重，钱粮不乏，何故先时不行修备，致滋昏垫？民命何辜？国课何赖？该部即行严饬。

崇祯五年，户部覆疏，奉圣谕：这谷仓赈济等事，依议。地方抚按道府有司，若肯秉廉行惠，岂难搜节设处，拯救穷黎？乃未见实心修政，每润橐滥支。一遇灾荒，辄请蠲免，国计民生何赖？该部通严饬行。

(原书眉注：入圣谟谕)崇祯五年，圣谕：秦中荒盗相仍，残困已极。歼除余党，赈恤灾民，洵属目前要着。计安重地，自不得预恤小费，致贻后患。

崇祯十三年(五月十八日)，圣谕户部、督察院：近来直省地方所在告饥，而畿辅、山东、河南、晋、陕为甚。近闻茹土食叶，人无菜色，且剜肉爨骨，殣以泽量，念之怆心，言之堕泪。或者天灾流行，其实人谋感召，贪婪助旱魃之虐，烦苛鼓冯夷之波，民生其间，弗死何待？近虽屡颁拯恤之诏，褎如充耳，瘝媮者既玩泄不遵，虚恢者又奉行未善。今问各地方实发过积谷银钱若干两？赈济招徕过流徒复业若干人？田地荒芜，有无给种买犊，多方开垦？乡绅富室果否输资发粟，设法鼓劝？蠲停过钱粮曾否榜示通知，裨沾实惠？颁赍过帑金是否起瘠扶伤，勿饱胥吏？以上条件，俱限文到日各监司分巡道详察，各据实面奏，不得支吾途塞。该抚按官原以查吏安民为首务，务要减从躬行州县查勘，即以地方饥徒之有无，定本官子民之殿最。如有阘茸束手，坐委沟瘠，及狼戾成性，返致民尫，甚之已蠲差赋，科派私征，有一于此，即参来以欺君殃民论罪不宥。抚按占徇不参，罪坐抚按，一体从重究治，决不姑贷。特谕。

崇祯十三年（九月初一日），圣旨：这煮粥救荒，积囤抬价等议，已奉有旨的，着再加申饬。其施药养孤、置房瘗骸及通商通籴、兴工授食之法，并禁抢戒侵、惯偿陪粮诸款，通着各该抚按督率道府州县官，剂量举行，务要实济饥黎。如有视为虚文，涂饰塞责的，察参重处。该部通行晓谕。

（原书眉注：入圣谟谕）崇祯十四年，圣谕：春初捕蝗，系重农首务。兴屯布告，非纸上虚言。奉有屡旨，严加责成。伫望野无害稼之众，民鲜不耕之土，五谷共登，四方乐利，庶几内安而外自附，食足而兵亦强。各该抚按及屯田御史，曾否切实遵行，有无虚应故事？奉命不为不久，未见具疏奏来，好生违玩，姑且不究。今时已暮，东作方兴，着将捕蝗兴屯事宜，再行所属各府州县，务令及时修举。仍将各境内蝗虫生灭、扑灭多寡，及垦种过屯地若干，措给过牛种若干，逐一详察，分别严限四月初旬，各行据实回奏。如再有瞻顾徇庇，悠忽玩泄，及苟且涂饰塞责的，访出，有司立置重典，抚按司道等官一并追治，决不轻恕。特谕。

举纲〈章〉之二　前政

谕无　例无　诏二十五　案十九　疏无　议无

次救荒者，条目已梨然具矣。然古帝王字民德意，有一时而诸政毕举，一人而众美咸备，则有枚数之不可、偏废之亦不可（凡若发粟、减蠲等，洵属前代之所行而无条目可归者，另存之，以见古帝皇察民之德。）者，放于条目之外，别为总类，以见前三代之所行，多有与圣朝相符合也。辑前政第二。

前政之诏

汉元帝后元元年诏：间者数年岁比不登，人有水旱疾疫之灾，朕甚忧之。愚而不明，未达其咎。意者朕之政有所失，而行有过与？乃天道有不顺，地利或不得，人事多失和，鬼神废不享与？何以致此？将百官之奉养或费，无用之事或多与？何其民之寡乏也！夫度田非益寡，而计民未加益，以口量地，其于古犹有余，而食之甚不足者，其咎安在？无乃百姓之从事于末以害农者蕃，为酒醪以靡谷者多，六畜之食焉者众与？细大之义，吾未能得其中，其与丞相、列侯、吏二千石、博士议之。有可以佐百姓者，率意远思，无有所隐。

汉后元六年，大旱，蝗，令弛山泽、发仓廪以济民。

（董煟曰：宣帝本始三年旱，后汉章帝元年旱，并免民租税。）

汉武帝元鼎元年，诏曰：京师虽未为丰年，山林池泽之饶，与民共之。今水潦移于江南，迫隆冬至，朕惧其饥寒不活，方下巴蜀之粟，致之江凌。遣博士等分行谕告所抵，无令重困。吏民有赈饥民，免其厄者，具举以闻。

（董煟曰：江南水潦，下巴蜀之粟，致之江陵。其通融有无，不滞于一隅，与近来州县配抑，认米赈粜有间矣。是时师旅宫室，百役并兴，而忧民之心，其切如此。武帝所以异于秦皇也。陈仁锡曰：此航粟救饥之始。）

汉昭帝始元元年三月，遣使赈贷贫民无种食者。秋八月诏曰：往年灾害多，今年蚕麦伤。所赈贷种食勿收责，毋令民出今年田租。

（朱熊曰：王者之养民，犹乳母之于婴儿也。饥则哺之，饱则怡之，不令其有颠痫之扰。蚤虱蚊蚋，不得干其肤，动静之间，务获彼情，方为慈爱。苟饿而不乳，患而不恤，是岂为母者之意哉。保民若昭帝，可谓近之矣。观其一语一事，英睿之气象自别。使天假之以年，其政又岂居文景之下乎？）

汉始元间诏：乃者民被水灾，颇匮于食。朕虚食廪，使使赈困乏。其止四年毋漕，三年以前所赈贷，非丞相御史所请边郡受牛者，毋收责。（又诏：谷贱伤农。今三辅太常谷减贱，其令以菽粟当今年赋。）

汉宣帝本始年间诏：盖闻农者，兴德之本也。今岁不登，已遣使者赈贷困乏。其令太官损膳省宰，乐府减乐人，使归就农业。丞相以下至都官令丞，上书入谷输长安仓，助贷贫民。民以车舡载谷入关者，得毋用传。

（陈仁锡曰：此入谷输助之始。）

汉元帝永光年间诏：关东今年谷不登，民多困乏。其令郡国被灾害甚者，毋出租赋。江海陂湖园池，属少府者，以假贫民，勿租赋。（诏：间者阴阳不调，黎民饥寒，无以保治。唯德浅薄，不足以充入旧贯之居。其令诸宫馆希御幸者勿缮治，太仆减谷食马，水衡省肉食兽。）

汉和帝永元五年诏：自京师离宫果园上林广成圃，悉以假贫民，恣得采捕，不收其税。九月又诏：官有陂池，令得采捕，勿收假税二岁。

唐太宗贞观元年，山东旱，遣使赈，蠲其租赋二年。关内旱，饥民多卖子，诏出御府金钱赎还之。赦天下曰：使年丰稔，天下乂安，移灾朕身，是所愿也！自是所在有雨，民大悦。

唐太宗以天下粟价，率计斗直五钱，其尤贱处，计斗直三钱，因谓侍臣曰：国以民为本，民以食为命。朕为亿兆人父母，若禾黍不登，则兆庶非国家所有。既属丰稔，惟欲躬务俭约，必不辄为奢侈。朕常欲赐天下之人，皆使富贵。令省徭薄赋，不夺其时，使比屋之人，恣其耕稼，此则富矣。敦行礼让，使乡闾之间，少敬长，妻敬夫，此则贵矣。但令天下皆然，朕不听管弦，不从畋猎，乐在其中矣！

唐太宗谓王珪曰：开皇十四年大旱，隋文帝不许赈给，而令百姓就食山东。比至末岁，天下储积可供五十年。炀帝恃其富饶，侈心无厌，卒亡天下。但令仓廪之积，足以备凶年，其余何用哉？

唐元和间，南方旱饥，遣使赈恤。将行，帝戒之曰：朕宫中用帛一疋，皆计其数，惟赈恤百姓，则不计所费。卿辈当体此意！

（董煟曰：《洪范》云：天子作民父母，以为天下主。谓之作民父母，当以斯民为念。宪宗云：惟赈恤百姓，则不计所费。非惟识人君之体，正与《洪范》父母之意合。）

后周世宗显德六年，淮南饥，命以米贷之。或曰：民贫，恐不能偿。世宗曰：民，吾子也。安有子倒悬，而父不为之解者？安在责其必偿也？

宋太祖临御之初，遣使诸州赈贷，分诣城南，赐饥民粥。曹州饥，运京师米以赈之。开宝八年，江南李煜平捷至，群臣称贺。太祖泣曰：宇县分割，民受其祸。攻城之际，必有横罹锋刃者，实可哀也。命出米十万赈恤之。

（朱熊曰：仁哉！王者之用心于民也。兢兢夕惕，一夫不得其所，必思有以济之，不使其有嗟怨之声、愁戚之态也。彼天下之人将熙熙然钧陶于春风和气之中，然后为治耳。当五季之衰，戈戟云扰，蛇蟠虎踞者，比比皆是。不有真圣人出，伐其罪而吊其民，何以见天地循环乎？虽然，一命之士，苟存心于爱物，于人尚有所济，况君临率土者哉！宜其善始善终，子孙享有天禄，垂三百年，至今与圣主明王配抑，盛德之所致也。）

宋仁宗天圣元年下诏（，言）曰：今宿麦既登，秋种向茂，令州县谕民务谨盖藏，无妄费。遣使出怀、卫、磁、相、邢、赵、镇、洺等州，教民种水田。兖济间，置田官，命规度水利，教垦田。诏诸州旬上雨雪状，著为令。

宋天圣七年，河北大水，坏澶州浮桥。七月，命三司刑部郎中钟离瑾为河北安抚使，仍诏瑾所至发官廪以赈贫乏。其被溺之家，见存三口者，给钱二千，不及者半之。溺死而不能收敛者，官为瘗埋。已检放税外，听近输官，权停州县配率。其经水仓库营壁，亟修完之，卑下者徙高阜处。水损官物，先为给遣坊监。亡失官马者，更不加罪，止令根究所部官吏。贪暴不能存恤者，奏劾之。见系狱囚，委长吏从轻决遣。其备边事机，民间疾苦，悉具经画以闻。

（董煟曰：祖宗救荒，非特旱伤祷祈蠲减而已。凡大水卒然而至，漂荡民庐，浸湿官廪，其赈恤经画之方，尤为详悉。真可端拜为矜式也。）

宋仁宗庆历七年，以旱避正殿，诏中外臣僚指陈当世切务。又下诏曰：咎自朕致，民实何愆？与其降咎于人，不若降灾于朕！辛丑祈雨，炎日却盖不御。是岁，江东大饥，运使杨紘发义仓以赈之。吏欲取旨，紘谓吏曰：国家置义仓，大虑凶岁。今须旨而发，人将殍死。上闻乃褒之。

（董煟曰：杨逸为光州刺史，荒歉连岁，以仓粟赈给，有司难之。逸曰：国以人为本，人以仓为天。以此获戾，乃所甘心。韩韶为嬴长，他县流民入境。韶闻之，乃开仓赈救。主藏者争之，韶曰：长活沟壑之民，以此获罪，又何歉！祖宗每遇水旱，忧惧如此。今紘不俟取旨而发义仓，诚得二子之用心。）

宋仁宗曰：顷者江南岁饥，贷民种粮数十万斛，且屡经倚阁，而转运督责不已，民贫不能自偿。昨遣使安抚，始以事闻，不尔则民间之弊，无由上达。其悉蠲之。

（董煟曰：李沆为相，每奏对，尝以四方水旱盗贼为言。范仲淹为江淮宣抚使，见民间以蝗虫和野菜煮食，即日取以奏御，乞宣示六宫。非特下情当上达，亦诚相业所当为也。）

宋神宗熙宁六年诏，自今灾伤，用司农常法赈救不足者，并预具当修农田水利、工役募夫数及其直上闻。乃发常平钱斛，募饥民兴修。不如法赈救者，委司农劾之。

（按：此处胶片疑缺页，待查。）（为薪，以易钱货。旱伤之际，重罹此苦，须陛下发自英断。过而食人，不犹愈于过而杀人也。神宗感悟，遂下诏。又）

宋熙宁七年（正月），河阳灾伤，常平仓赈济斛斗不足，乞兼发省仓，诏赐常平谷万石，兴修水利以赈济饥民。六月，又诏常平仓司卫判封权粮四万九千余石，贷共城、获嘉等三县中等缺食户。

（董煟曰：以常平谷万石兴修水利，以济饥民。此以工役救荒者也。凶年饥岁，上户力厚，可以无饥。下户赈济，粗可以免饥。惟中等之户，力既不逮，赈又不及，最为狼狈。今以数万石贷中户等，（国）宋朝救荒，允惬人情如此。）

宋熙宁八年（□月），上批：沂州、淮阳军灾伤特甚，百姓不唯缺食，农乏谷种，田事殆废，粒食绝望，纠集为盗者多，实可矜悯。若不优加赈恤，恐转至连结群党，难以擒捕，陷溺其良民，授之死地。可速议所以赈恤之。遂诏京东路转运提举司，发常平钱、省仓米等，给散孤贫户，听差待缺得替官，就村依乞人例赈济。道殣无主，官为收瘗之。

（董煟曰：凶年饥岁，细民得钱，亦可杂置他物，以充饥肠。神宗诏发常平钱并省仓米等第给散，盖虑米不给足，而继之以钱，真得救荒之活法。然国家所失者财用，而所得者人心。陆贽之言，惟祖宗得之。）

宋高宗绍兴二十八年，平江、绍兴、湖、秀诸处被水，欲除下户积欠。宰执拟令户部查有无损岁计。上曰：止令具数，便于内库拨还。朕平时无妄费，所积本欲备水旱尔。本是民间钱，却为民间用，复何所惜？

（董煟曰：王者以天下为家，不以私藏为意也。高宗拨内库钱，除被水下户之积欠，且曰：本是民间钱，却为民间用，复何所惜。真王者之度欤！）

宋孝宗淳熙七年，姚述尧进对：今岁旱伤，赈恤之政，当务宽大。帝曰：国家储蓄，本备凶岁，捐以予民，朕所不惜。

宋理宗淳祐五年诏：朕轸念军民，无异一体。常令天下诸州，建慈幼局、平粜仓、官药局矣。又给官钱付诸营，置库收息，济贫乏。奈何郡守奉行不谨，所惠失实，朕甚悯焉。更有毙于疫疠水灾，与夫殁于阵者，遗体暴露，又不忍闻也。可行下各路清强监司，严督诸守臣宣制安抚，严督主兵官并要遵照元降指挥。如慈幼则必使道路无啼饥之童，平籴则必使小民无艰食之患，官药则剂料必真，修合必精，军库收息则以时支给，不许稽违。务要公平，不许偏徇，庶若民若军，皆蒙实惠。

宋绍兴三十八年，浙东西田苗损于风水，诏出常平米赈粜，更令以义仓赈济。在法，水旱检放及七分以上者济之。诏自今及五分处，即发义仓米赈济。

前政之案

汉武帝元光四年，山东被水灾，民多饥乏。于是天子遣使虚郡国仓廪，以赈贫民。犹不足，又募豪富人假贷。尚不能救，乃徙贫民于关以西及充朔方以南。新秦中七十余万口，衣食皆仰给于县官。数岁，贷与产业。使者分部，冠盖相望，费以亿万计。

汉元帝永光五年，遣使者分行三十余郡贫民，开仓赈给。六年，诏流民所过郡国，皆廪之。（永初二年，遣光禄大夫樊准、吕仓分行冀、兖二州，廪贷流民。）

（董煟曰：近岁温、台、衢、婺流民过淮甸者，接踵于道。冲冒风雪，扶老携幼，狼狈者不可胜言。而为政不闻。其留意者，不过张榜河渡，劝抑使还。岂知业已破荡，归无自安之路矣。回视所过郡国皆廪之者，宁不愧哉。）

魏文帝黄初二年，冀州大蝗，岁饥，使尚书杜畿持节开仓廪以赈之。五年，冀州饥，遣使者开仓廪赈之。六年春，遣使者巡行沛郡，问民间疾苦，贫者赈贷之。

魏明帝景初元年，冀、兖、徐、豫四州遇水，遣使循行没溺死亡及失产财者，所在开仓赈给之。

吴大帝赤乌三年，民饥，诏遣使开仓赈贫者。晋武帝泰始三年，青、徐、兖州水，遣使赈恤。

（董煟曰：人主身居九重，每患下情不能上达，故遣使。若孙权、曹操，立国之初，礼仪简略，故使者所过无扰。宋朝诸路置使，一有水旱，诸司悉以上闻矣。此享国之长，所以过于前代。）

晋成帝咸康元年，杨州诸郡饥，遣使开仓赈给。

宋文帝元嘉二十年，诸州郡水旱，人大饥，遣使开仓赈恤。

隋文帝开皇年间，关中连年大旱，而青、兖等十五州大水，百姓饥馑。文帝乃命苏威等分道开仓赈给。又命司农王亶，发广东之粟三百余万石，以拯关中。又发故城中周代旧粟贱粜与人，买牛驴六千余头，分给尤贫者，令往关东就食。其连水旱之州，皆免其年赋税。

隋开皇十四年，关中大旱，民饥。帝遣左右视民食，得豆屑杂糠以献，为之流涕，不御酒殆将一期。乃帅民就食于洛阳，敕斥侯不得辄有驱逼。男女参厕于仗卫之间，遇扶老携幼，辄引马避之，慰勉而去。至难险之处，见负担者，令左右扶助之。从官并准现口赈给，不以官位为限。

唐宪宗元和年间，以久旱，欲降德音。翰林学士李绛、白居易上言，以为欲令实惠及人，无如减其税租。又言宫人驱使之余，其数尤广，宜出之；请禁诸通横敛以充进奉；禁岭南、黔中、福建多掠良民卖为奴婢。皆如其请。既雨，绛表贺。

唐宣宗大中四年，蠲度支盐铁、户部逋负。九年，以旱遣巡抚淮南，减上供馈运，蠲逋租，又罢淮南、宣、歙、浙西冬至元日常贡，以代下户租税。

宋太祖开宝四年，刘鋹平，诏赈广南管内州县乡村不接济人户，委长吏于省仓内量行赈贷。候丰稔日，令只纳元数。

开宝八年，平江南，诏出米十万石，赈城中饥民。

宋太宗雍熙元年，遣户部郎中沈伦使吴越。归奏杨、泗饥民多死。郡中军储尚百余万斛，可贷与民，至秋复收新粟。有司沮伦曰：今以军储赈饥民，岁若荐饥，无所收取，孰任其咎？上以难伦，伦曰：国家以廪粟济民，自当召和气而致丰稔，岂复有水旱耶？帝即命发廪贷民。

（董煟曰：圣王所为，其英谋睿断，自有出人意表者。观太祖不惑群议，发军储以救民饥，真得通融有无，以陈易新之术。）

宋真宗咸平三年，诏出米十万石，赈两浙贫民。（十年，遣中使诣雄、霸、瀛、莫等州，为粥以赈饥民。）

宋仁宗一遇灾变，则避朝变服，损膳彻乐，恐惧修省，见于颜色，恻怛哀矜，形于诏令。灾之所被，必发仓廪赈贷，或平价以粜，不足则转漕他路粟以给。又不足，则诱富人入粟，秩以官爵。灾甚，则出内藏或奉宸库金帛，或鬻祠部度僧牒，东南则留发运司岁漕米或数十万，或十万石济之。租赋之未入，入未备者，或纵不取，或寡取之，或倚格〔阁〕以须丰年。宽逋负，休力役，赋入之有支移折变者省之。应给蚕盐，若和籴及科率追呼、不急妨农者罢之。薄关市之征，鬻牛者免算。利有可与民共者不禁，水乡则蠲蒲鱼果蓏之税。民流亡者，关津毋责渡钱。过京师者，分遣官诸城门赈以米。所至舍以官第，为淖糜食之。或赋以闲田，或听隶军籍。老幼不能存者，听官司收养。因饥役若厌溺死者，官为瘗埋祭之，加赐其家钱粟。蝗为害，则募民捕，以钱若粟易之。蝗子一升，至易菽粟三升或五升。下诏州郡，戒长史存拊其民，缓缧系，省刑罚。饥民劫囷窖者，薄其罪。且以戒监司，俾察官吏之老疲罢懦不任职者。间遣内侍存问。灾甚，遣使安抚。（其前后所施，大略如此。）

宋哲宗元祐三年冬，频雪，民苦寒，多冻死者。吕公著为相日，与同列议所以救御之术。乃发官米炭，遣官数十，分置场于京师，贱鬻以惠贫民。又出内库钱十万缗，委开封府官吏遍走闾阎，周视而赈之。又遣官按视四福田院，抚丐者，给以日廪，须春暮而止。

农民贷种粮。流移在道者，所过州县存恤，寓以官舍，续其食。流配罪人，随所在寄禁，亦委官吏安存之。或为饘粥汤药以救疾，或为芨屋纸衣以御寒。民有弃老稚于路者，皆设法收养之。奏上，（凡待赈而活者，一路或数十万口，赖贷以济者又倍焉。）哲宗悉为施行。

宋孝宗隆兴七年，臣僚言诸路旱伤，乞以展阁责之运司，粜给借贷，责之常平司，觉察妄滥，责之提刑司，体量措置，责之安抚司。上谕宰执曰：转运只言检放一事，恐他日赈济之类，必不肯任责。虞允文奏曰：转运司管一路财富，谓之省计。凡州郡有余不足，通融相补，正其责也。

宋孝宗乾道三年，以饶信及建宁府等州饥，遣使赈济。降僧牒一百道付建宁府，户部降米五千石赈衢州饥，荆南府僧牒二百道，衢州一百道，饶信米各三万石。雷州水，赐十道。诏：诸路运司行下所属，将灾伤处，各选清强官，遍诣地头，尽行检放。或不实不尽，有亏公私，被差官并所差不当官司，并重作行遣。其被水甚处，令监司守臣，条具合措置存恤事件闻奏。

救荒全书卷之二　举纲章二

举纲章之三　古画

谕无　例无　训二十七　诏无　案无　疏无　议无

播时百谷，烝民乃粒，为千古救荒之祖。至《周礼》之十二荒政，则大备矣。然成周非待荒而后求之也。遗人、廪人，事事有预备之计。至若管子、荀卿，皆斟酌乎远近，探采乎源流，而后其救之也大。兹就经、子中凡于灾荒有裨者，辑古画第三。（此条皆取于经、子，故以训名。）

古画之训

《尚书》：帝曰：弃，黎民阻饥，汝后稷播时百谷。禹曰：洪水滔天，浩浩怀山襄陵，下民昏垫。予乘四载，随山刊木。暨益奏庶鲜食，予决九川，距四海；浚畎浍，距川。暨稷播奏庶艰食鲜食，懋迁有无化居。烝民乃粒，万邦作乂。

《周礼·大司徒》：以荒政（救凶之政）十有二聚万民：一曰散利（散其所积），二曰薄征（轻租税），三曰缓刑（凶年犯法者多缓之，恐致变），四曰弛役（息徭役），五曰舍禁（舍山林川泽之禁），六曰去几（关市不几察），七曰眚礼（凡有礼节，皆从减省），八曰杀哀（凡行丧礼，皆从降杀），九曰蕃乐（闭藏乐器），十曰多昏（不备礼而昏娶），十一曰索鬼神（求废祀而修之），十二曰除盗贼（饥馑盗贼多，严刑以除之）。

吕祖谦曰：聚万民者，札瘥凶荒，民皆转徙之四方，故以政聚之。散利，是发公财之已藏者；薄征，是减民租之未输者。此两者，荒政之始。已藏者散之，未输者薄之，荒政之大纲举矣。缓刑，谓民迫于饥寒，不幸有过失，缓其刑辟，以哀矜之；弛力者，平时用民力，岁不过三日，今则弛之以休息民力；舍禁，谓山虞林衡，皆舍去其禁，恣民取之；去几，谓去关防之几察，使百货流通，商贾求市，此是救荒之要术。眚礼，谓凡礼文可省者省之，如有币无牲之类。杀哀，谓凡丧纪之节，一皆减损，专理会荒政。蕃乐，谓岁荒民饥，当忧民之忧，以闭藏乐器不作。多昏，谓凶荒之年，杀礼多昏，使男女得以相保。索鬼神，谓靡神不举，并走群望之类。前既说缓刑，后又说除盗贼，是经权皆举处。不幸民有过，固可哀矜，至于奸民，亦有伺变窃发者，凶荒之岁，民心易动，一夫叫呼，万夫皆集，故以除盗贼终之，以止乱之萌。大抵《周礼》六官虽分职，然其关节脉理皆相应。且如散利，须考大府、天府、内府，凡掌财赋之官。如薄征，须考九职、九赋、九贡。如缓刑，须考司寇、士师所掌之刑。他莫不然。参观遍考，然后可知。

《周礼·大司徒》：以保息（谓安其民而使之蕃息）抚养万民：一曰慈幼（谓爱幼小），二曰养老（七十养于乡），三曰赈穷（闵其无告），四曰恤贫（助其不给），五曰宽疾（略其事任，保其正命），六曰安富（平其徭役，保其常产）。

《周礼》：遗人（遗，馈也。掌赏委积之官），掌邦之委积（少曰委，多曰积），以待施惠；乡里之委积，以恤民之艰阨（艰阨谓年谷不熟）；门关（在国曰门，在郊曰关）之委积，以养老孤；郊里之委积，以待宾客（四方至者）；野鄙之委积，以待羁旅（谓不得去者）；县都之委积，以待凶荒。

《周礼》：廪人（主藏米之官长），掌九谷之数（九谷谓黍、稷、稻、粱、秫、苽、麻、麦、豆也），以待国之匪颁（匪颁，谓委人之委积）、赒赐（谓赐予）、稍食（谓禄廪）。以岁之上下数邦用（上谓丰年，下谓歉岁），以知足否（量入为出，知所用足与不足也），以诏谷用，以治年之凶丰（治之者，预为之防也）。凡万民之食（计数万人所食）食（食谓一月之食）者，人四鬴（六斗四升，曰鬴），上（丰年为上）也；人三鬴（每人一月食三鬴），中（中等，不丰不歉之年也）也；人二鬴（每人一月食二鬴），下（歉年为下）也。若食不能人二鬴（若一月之食，一人不句一石二斗八升），则令邦移民就谷（移民之不足者，以就谷有余之处），诏王杀邦用（凶年，邦用宜从减省）。

丘浚曰：《周礼》十二荒政，是国家遇凶荒之时，救济之法也。遗人所掌，是国家常时收诸委积，以待凶荒施惠之法也。廪人所掌，是国家每岁计其丰凶，以为嗣岁移就之法也。观此可以见先王之时，所以为生灵虑灾防患之良法深意矣。盖其未荒也，预有以待之；将荒也，先有以计之；既荒也，大有以救之。此三代之民，所以遇灾而无患也欤！（今其遗法故在，后世人主诚能师其意而立为三者之法，则民之遇凶荒也，无饥饿之患、流移之苦矣。）

《周礼·王制》：冢宰于岁之杪，五谷皆入，然后制国用。用地大小，视年之丰耗，以三十年之通制国用，量入以为出。国无九年之蓄曰不足，无六年之蓄曰急，无三年之蓄，国非其国也。三年耕，必有一年之食；九年耕，必有三年之食。以三十年之通，虽有凶旱水溢，民无菜色，然后天子食，日举以乐。

丘浚曰：以三十年之通制国用者，每岁所入，析为四分，用度其三，而储积其一。每年余一，三年余三，积三十年则余十年矣。以三十年通融之法，尝留九年储蓄之资，然后计其现在所有之数，以为经尝用度之节，量其所入而出之。因府库之虚实，为用度之赢缩，则国家无不足之忧，而兴事建功，无有不成者矣。

《周礼》：大荒大札，则令邦国移民、通财、舍禁、弛力、薄征、缓刑。

《周礼》：司救，凡岁时有天患民病，则以节巡国中及郊野，而以王命施惠。

《周礼·月令》：季春三月，天子布德行惠，命有司发仓廪，赐贫穷，赈乏绝。

《曲礼》曰：岁荒年谷不登，君膳不祭肺，马不谷，弛道不除，祭事不县，大夫不食粱，士酒不乐。

（《玉藻》曰：年不顺成，君衣布搢本，关梁不租，山泽列而不赋，土功不兴，大夫不得造车马。）

（穀梁曰：大侵之礼，君食不兼味，台榭不涂，鬼神祷而不祀。）

《玉藻》：年不顺成，则天子弃服，乘素车，食无乐。又曰：年不顺成，君衣布（布衣也）搢（插也）本（士之笏也），关沼不租（不收租税），山泽列也（遮，列也，守之之义）而不赋（不收赋税），土功不兴，大夫不得造车马。

丘浚曰：臣按古昔帝王遇灾变必惧，凡事皆加减节贬损，非独以忧民之忧，盖亦以畏天之灾也。故《周礼》大荒则不举，大札则不举，天地大灾则不举。举者，杀牲盛馔也。但岂饮食为然，则凡所服之衣，所乘之车，凡百兴作，举皆休息。此无他，君民之分虽悬绝，而实相资相成也。当此凶荒之时，吾民嗷嗷然以待哺，睊睊然以相视，艺业者技无所用，营运者货无所售，典质则富户无钱，举贷则上户无力。鱼虾螺蚌，采取已竭，木皮草根，剥掘以尽，面无人色，行如鬼魅。扶老携幼，宛转以号呼；力疾曳衰，枵腹以呻吟。气息奄奄，朝不保暮，其垂于阽危、濒于死亡也如此。为人上者，何忍独享其奉哉！虽欲享之，亦且食不下咽也。虽然，与其贬损于既荒之余，孰若保养于未荒之先？非独下民不罹其苦，而上之人亦无俟于降杀也。

《诗》曰：倬彼甫田，岁取十千。我取其陈，食我农人，自古有年。

谢叠山曰：民生于三代之前，其命制乎君；民生于三代之后，其命制乎天。吾求其所以制命之道矣，取民尝少，与民尝多，敛散得宜，丰凶有备，新者收入廪，陈者即取以食农人，补不足，助不给，皆取其陈者也。从古以来，岂无水旱霜蝗？吾民常如有年者，上之人敛散得其道也。

（《诗》曰：云汉章。倬彼云汉，昭回于天。王曰：於乎！何辜今之人。天降丧乱，饥馑荐臻。靡神不举，靡爱斯牲。圭璧既卒，宁莫我听。）

《春秋》：僖公二十一年，夏大旱，欲焚巫尪。臧文仲曰：非旱备也。修城郭，贬食省，用务穑，劝分有无相济，此其务也。《春秋》：襄公二十有四年，大饥。

胡安国曰：古者救灾之政，若国凶荒，或发廪以赈之，或移粟以通用，或徙民以就食，或为粥溢以救饥莩，或兴作以聚失业之人。缓刑、舍禁、弛力、薄征、索鬼神、除盗贼，弛射侯而不燕，置廷道而不条〔除〕，杀礼物而不备，虽有旱干水溢，民无菜色，所以备之者，如此其至。是年秋有阴沴之哭，而冬大饥，盖所以赈业之者有不备矣，故书之以为戒。

《论语》：哀公问于有若曰：年饥，用不足，如之何？对曰：盍徹乎！曰：二，吾犹不足。如之何其徹也？曰：百姓足，君孰与不足？百姓不足，君孰与足？

孟子曰：天下之生久矣，一治一乱。当尧之时，天下犹未平，洪水横流，泛滥于天下。草木畅茂，禽兽繁殖，五谷不登，禽兽逼人。兽蹄鸟迹之道，交于中国。尧独忧之，举舜而敷治焉。舜使益掌火。益烈山泽而焚之，禽兽逃匿。禹疏九河，瀹济、漯，而注之海；决汝、汉，排淮、泗，而注之江。然后中国可得而食也。当是时也，禹八年于外，三过其门而不入。后稷教民稼穑，树艺五谷。五谷熟，而民人育。

朱熊曰：天之灾异，无时无之，虽唐虞三代之君，或不免焉。而所以不至于大害者，以其主明臣哲，而能预备故也。蠢蠢蒸黎，甘于汩溺，不有在上者化之，使得其养生之道，奚能免于困笃哉！禹之功大矣。微禹，吾其鱼乎！稷之功茂矣。微稷，吾其兽乎！

穀梁赤曰：五谷不升（成也）为大饥。一谷不升谓之嗛（不足貌），二谷不升谓之饥，三谷不升谓之馑，四谷不升谓之康（康虚），五谷不升谓之大侵（侵伤）。大侵之礼，君食不兼味，台榭不涂（饰也），弛（废也）侯（射侯），廷道（廷内道路）不除（修也），百官布而不制（虽布列而不更制作），鬼神祷而不祀（惟祈祷，不祭祀）。此大侵之礼也。

穀梁赤曰：古者什税一，丰年补助，不外求而上下皆足也。虽累凶年，民弗病也。一年不艾而百饥，君子非之。

齐威公问管子曰：终身有天下而勿失，有道乎？对曰：请勿施于天下，独施之于吾国。国之广狭、壤之肥硗有数，终岁食余有数，彼守国者，守谷而已矣。曰：某县之壤广若干，某县之壤狭若干，（国之广狭肥硗，人之所食多少，其数君素皆知之。）则必积委币，（委，蓄也。各于州县里蓄积钱币，所谓万室之邑，必有万钟之藏，藏镪千万，千室之邑，必有千钟之藏，藏镪百万。）于是州县里受公钱（公钱，即积委之币）。秋，国谷去三之一，（去，减也。）君下令谓郡县属大夫里邑，皆籍粟入若干。谷重一也，以藏于上者。（一则谷价而收藏之。）谷价三分，则二分在上矣。（言先贮帛于县邑，当秋时，下令收籴也。魏李悝行平籴之法，上熟，籴三舍一，中熟，二舍一，下熟，中分之。盖出于此。今言去三之一者，约中熟为准耳。）泰春，国谷倍重数也。泰夏，赋谷以理田土。泰秋，田谷之存子者若干。今上敛谷以币，人曰无币；以谷，则人之三有归于上矣。（言当春谷贵之时，计其价以谷赋与人，秋则敛其币。虽设此令本意收其谷，人既无币，请输谷，故归于上。）重之相因，时之化举，无不为国筴。（重之相因，若春时谷贵，与谷也。时之化举，若秋时谷贱，收谷也。因时之轻重，无不以术权之。）则彼诸侯之谷十，吾国谷二十，则诸侯谷归吾国矣。诸侯谷二十，吾国谷十，则吾国谷归于诸侯矣。故善为天下者，谨守重流（重流，谓严守谷价，不使流散），而天下不吾泄矣（泄，散也，吾谷不散出）。彼重之相归，如水之就下。吾国岁非凶也，以币藏之，故国谷倍重，诸侯之谷至也，是藏一分以致诸侯之一分也。利不夺于天下，大夫不得以富侈，以重藏轻，国常有十国之筴也。此以轻重御天下之道也。

管子曰：岁有凶穰，故谷有贵贱。令有缓急，故物有轻重。（上令急于求米，则民重米；缓于求米，则民轻米。所缓则贱，所急则贵。）人君不理，则畜贾游于市，（谓贾人之多蓄积也。）乘民之不给，百倍其本矣。（给，足也，以十取百。）故万乘之国，必有万金之贾，千乘之国，必有千金之贾者，利有所并也。国多失利，则臣不尽忠，士不尽死矣。计本量委则足矣（委，积也），然民有饥饿者，谷有所藏也。（谓富人多藏谷也。）民有余则轻之，故人君敛之以轻，民不足则重之，故人君散之以重。（民轻之之时，官为敛籴；人重之时，官为散之。）凡轻重敛散之以时，即准平。守准平，使万室之邑，必有万钟之藏，藏镪千万（六斛四斗为钟。镪，钱贯）；千室之邑，必有千钟之藏，藏镪百万。春以奉耕，夏以奉耘（奉谓供奉），耒耜器械，种饷粮食，必取赡焉，故大贾畜家不得豪夺吾民矣。

管子曰：一人廪食，十人得余；十人廪食，百人得余；百人廪食，千人得余。夫物多则贱，寡则贵；散则轻，聚则重。人君知其然，故视国之羡不足而御其财物。谷贱则以币与食，布帛贱则以币与衣。视物之轻重，而御之以准，故贱可调而君得其利，则古之理财赋未有不通其术焉。（谷贱则以币与食，布帛贱以币与衣者，与当为易，随其所贱而以币易取之，则轻重贵贱，由君上也。）

管子曰：布织财物，皆立其资。财物之资与币高下，谷独贵独贱。桓公曰：何谓独贵独贱？管子曰：谷重而万物轻，谷轻而万物重。公曰：贱筴乘马之数奈何？管子对曰：郡县上腴之壤，守之若干，间壤守之若干，下壤守之若干，故相壤定籍而民不移。振贫补不足，下乐上，故以上壤之满，补下壤之众。彰四时而守诸开阖，民之不移也，如废方于地。此之谓筴乘马之数也。

（按：原稿此处内容与下文重复，不录。）

荀子曰：田野县鄙者，财之本也。垣（墙也）窌（窖也）仓廪者，财之末也。百姓时和（谓天时和顺），事业得叙者（耕稼得其次序），货之源也。等赋（谓以差等制赋）府库者，贷之流也。故明王必谨养其和，节其流，开其源，而时斟酌焉。潢然使天下必有余，而上不忧不足，如是则上下俱当，交无所藏之，是知国计之极也。故禹十年水，汤七年旱，而天下无菜色者。十年之后，年谷复熟，而陈积有余。是无他故焉，知本末源流之谓也。

（丘浚曰：荀卿本末源流之说，有国众者不可以不知也。诚知本之所在，则厚之；源之所自，则开之。谨守其末，节制其流，量入以为出，挹彼以注此，使天下常有余，上无不足以□）

管子曰：请以令与大夫城藏，使卿诸侯藏千钟，令大夫藏五百钟，列大夫藏百钟，富商蓄贾藏五十钟。内可以为国委，外可以益农夫之事。桓公曰：善。下令卿诸侯令大夫城藏，农夫辟其五谷，三倍其贾，则正商失其事，而农夫有百倍之利矣。

管子曰：天以时为权，地以财为权，人以力为权，君以令为权。失天之权，则人地之权亡。汤七年旱，禹九年水，民之无䊪卖子者。汤以庄山之金铸币，而赎民之无䊪卖子者。禹以历山之金，铸币而赎民之无䊪卖子者。〈故天权失，人地之权皆失之也。《大纪》曰：伊尹言于王，发庄山之金铸币，通有无于四方以赈之，民是以不困。〉（按：此为稿本所无。）

齐桓公曰：齐西水潦而民饥，齐东丰庸而粜贱。欲以东之贱，被西之贵，为之有道乎？管子对曰：令齐西之粟釜百钱，则鏂（斗二升八合曰鏂）二十也。齐东之粟釜十泉，则八合二钱也。请以令籍人三十泉，得以五谷菽粟决其籍。若此，则齐西出三斗而决其籍，齐东出三釜而决其籍。然则釜十之粟，皆实于仓廪。西之民，饥者得食，寒者得衣，无食者予之陈，无种者予之新。若此，则东西之相被，远近之准平矣。

（管子曰：粟行五百里则众有饥色。）其稼亡三之一者，命曰小凶。小凶三年而大凶，大凶则众有遁去。

管子曰：粟行三百里，则国无一年之积。粟行四百里，则国无二年之积。粟行五百里，则众有饥色。（原稿旁注：接下。）

《吕览》曰：人舍本事末，则不一令；不一令，则不可守，不可战。人舍本事末，则其产约；其产约，则轻流徙；轻流徙，则国家时有灾患，皆生远志，无复居心。人忘本而事末则好智，好智则多诈，多诈则巧法令，巧法令则以是为非，以非为是。古先圣王之所以理人者，先务农业。农业非徒为地利也，贵其志也。人农则朴，朴则易用，易用则边境安，边境安则主位尊。人农则童，童则少私义，少私义则公法立。力博深农则其产复，其产复则重流散，重流散则死其处无二虑，是天下为一心矣。

举纲章之四　今言

谕无　例无　诏无　案无　疏二　议七

事泥古而不通今，鲜有济者。况救荒之事，沃瘠异其地，丰啬异其时，必斟酌乎时与地，而熟计详审以行之。斯行之不至于窒碍，而民受其福矣。圣王尚采刍荛，岂其时贤之言也，而可忽诸？辑今言第四。

今言之疏

吏部侍郎程文德疏：顷者水灾异常，言官屡奏，持议未见归一。臣以今日内帑不必发，大臣不必往。夫救荒莫便乎近，莫不便乎拘。宜各遣行人赍诏宣谕，令各州县自为赈给，听其便宜处置。凡官帑公廪，赎纳劝借，苟可济民，一不限制。又，近日户部申明开纳事例，亦许就本地上纳。即粟、麦、黍、菽，凡可救饥者，得转输官计直，请劄授官。

仍登计全活之数，实为等则，以凭黜陟。即抚按守巡贤否，亦以是稽之。

巡按御史徐汝圭疏：近日直隶等处地方灾伤，蒙天子大发内帑，差官赈济。但赈济之事至难，而其弊至多。臣请以弊之在官者言之。官吏人员，多方巧弊，或抵换成色，或克短数目，或凭靠吏书，或委任里老，或虚报姓名，或妄开花数。或止及于在市附郭，而不及于僻地穷乡。或止及于强壮饥民，而不及于疲癃孤老。或展转迟回，而赈给不时；或号召饥民，腾拥无序。小民一开赈济，莫不接踵而来，伺候公门，动逾旬日，所赈之银，或不足以偿店钱柴米之费者，或久伺无依，而竟死于市者。又有往返空行，而竟死于路者，谁肯休息而力救之耶？臣又以弊之在下者言之。里书人等，弊出无穷。或因之以索钱谷，或假之以市私恩，或以家下人丁而捏开贫难，或以子姪人等而冒领赈济。其数人之中，有领头焉，则托名样米，而每石取其常例。赈济方出于公门，豪强遂邀于私室。在里长则曰，我代尔借出某项差银，今可补也；在债户则曰，尔借我某时银米，今可准也。致有无知小民，未见官府，因被恐吓，虽饿死而不敢出官告赈者。又有久欠逋负，恐被追征，虽宁死而不敢支赈者。则其赈济之具，谓非豪猾借手之资耶？夫在官之弊既如彼，在下之弊又如此，岂非事之至难，而弊之至多者乎？然天下无不可为之事，亦无不可革之弊。要其所以责成者，惟在抚按及府县等官用心何如，而州县亲民之官尤为切要。近闻各府惟以往年均徭九则为凭，殊不思上户之家，亦有贫难，下户之家，其中亦或有间能生意者。昔年所审，岂可一一凭者乎？今日之事，惟责令州县正官，先令里老开报人户，分为六等：其不必赈者，有三等焉，曰得过、可过、颇过是也；其应赈者亦有三等焉，曰颇贫、次贫、极贫是也。除上则三等及在官人等，并有生意人等不赈外，将颇贫、次贫、极贫，逐一审报，男妇丁口，量为处给。一县之灾伤，有重有轻，则官府之赈济，有急有缓。其未发也，则开示各里，而勿混其序；其将发也，则随至随给，而勿滞其施。又闻有欲劝借大家，使之自赈，殊不忍钱入小户之手，决无可还之期，是又并大户者而均入于贫穷矣！况饥民无限，大户可得而尽济乎？为今之计，亦惟孤老疲残之人，不能自领赈济者，似可资于富实。有能收拾数口以上，则筭其所费，暂免近日差徭若干；有能收拾五十口以上，则倍计所费，量免数年差徭若干；有能收拾百口以上，则另外旌表，或给冠带荣身；或二百口以上，则准与知印承差，免其办事。至如饥民之中有骁勇者，则分配各卫，使之食粮；有羸壮者，则量兴工作，使之资食。就推救民之心，审时宜之制，殆将无往而不济矣。然州县之中，未必皆贤，而委任之人，尤当慎重，则又抚按及奉使部官之责也。方今灾伤去处，不特直隶为然，伏乞敕下该部，行令各处抚按官员，咨访果有留心荒政、民无失所者，则指实保举，或徒饰虚文、坐视民患者，则指名弹劾。则能者知所勉，而不能者亦知所畏，庶饥民可救，而地方可安矣。

浙江道御史夏之臣疏：伏见畿南、中州、山东、江北等处，昨岁夏秋以来，阴沴异常，饥馑荐至。转徙者扶老携幼，不辞浮水而行，流寓者夷灶涂门，甘于结茅而处。丁男数岁，不转斗粟，则室如悬磬可知也。田亩阡连，难厌一饱，则贫无立锥可知也。以日为岁，兼值闰月之年；自秋徂冬，难缓须臾之命。（盖至槐头麻叶、豆饼谷糠、草根榆皮，无所不啖。则民之穷，真彻骨矣。民之不胥而死亡也，仅十而一。若）彼瘦死沟壑、僵死原野者，皆吾赤子，而况冻馁在前，死亡在后，即慈母不能保其子，而谓强壮有力者能坐以待毙乎？脱或一倡百和，斩木揭竿，臣恐大渎以南，长江以北，未可谓晏然无事。比者抚按各院请赈请蠲，业有成命，而有司之（加惠元元、□心抚字，循行阡陌，至废寝食者固多，而）日暮途穷，

（深根固蒂，藉故事为口实，肆）侵渔漏网，聩聋（左右）而不知，痛痒而不惜者，岂少也哉！臣（不厌苛细，）数其弊而冀于更始焉。一郡一邑，赋有定数，乃总筭者欲中其膏肓，则溢其数于额之外，名曰余银，诘之则曰：此以备赈拖欠耳。彼墨者甘之如饴（不烦鞭朴，以实囊橐乎?）。试取派粮底册磨对，并稽之纳户之口，其数立见。此其弊一。一钱一谷，皆民脂膏（，即于正数取盈，已称竭蹶）。乃有藉名火耗，削铁以针，计纳银一钱，小民多至一钱有半。（是输入官帑者一金，入之胥役者二三金，）朘民膏血，以赴溪壑，此其弊二。顷下蠲租之令，小民拭目以望，（皇上）往往蠲者什之三四，民间百不沾一，或豪猾规避，至使殷实之户，代征而全并，（所称惟正之供，不在公家，亦不在编户，何以居焉?）蠲租尠实。此其弊三。完欠欲明，人户不以籍为定乎？有如户不投甲，甲不投里，里不投郡邑之总，孰知某为完，某为逋？丰稔之年，何所扣算补征？（此花户名籍，在在当有。独江北偏远州县不然。混派混征，恒必繇〈此〉。）此其弊四。积储贵广，有谓社仓可仿而行矣，不知一经承管，百费烦兴，不惟主守者即假更代为骗局，视出入为利薮，薄支而厚取其值，应散而方重于敛，缓急无赖，闾里骚然，则不行社仓之故也。此其弊五。城垣市堞，所在倾圮，不葺而新之，何以保聚？故有阳为檄请，阴肆科罚者，（初派一二，非不稍给料价，而工程完报之后，犹须缴还。不则征色发声，中以他故。是）借富户之名，如赴汤火。此其弊六。方今（日未及晡，道绝行人，朝不保夕，时尝偷盗，则）训练乡兵，岂谓无见？但今农工商贾，远近贫富，苟无养赡而妨其本业，则民有死不顾者。况数百人挑选一人，无论器械无出，武艺未闲〔娴〕，即有出且闲〔娴〕，欲一人而捍卫数百人乎？势不能矣。（募来者，朝而集，夕而饷，兹求无事为族党，有事随行阵，一概以无事者当之，臣故知其不可也。议调遣者，岂真画饼，当是一害。）此其弊七。夫乡兵不可，莫如保甲。诚欲行保甲，则先去其害保甲者。平居奔命有司，日无宁止，一至失事，人有连坐之条，且积逋员役又从而酒食之，牵系之也。（若斯者百计营求，匿不以报耳。）安望其十户为甲，十甲为保，尽数藉名，俾（□将而盗贼者有所稽，而不敢为哉？则不善行保甲之过也。）有所稽哉？此其弊八。盗之强窃，必有通盗之薮，隔别郡邑，每每互为窝主，盗者有托而逃，则半价而售，主者因以为利，则惟盗是畜。岂直市井无赖为然？即豪家大族，亦公然为之，令人不疑（，亦不能动，则鸡犬匆宁之故也）。此其弊九。缉盗所以安民也，果有强窃，真正报之于官，尤须赃证，乃捕者大张网罗，概为株蔓，不致破人之户、润己之囊不止。甚有用诸惨刑，既毙一人，而遂百口罗织，（莫少解于众人者，）则缉盗甚于为盗也。（今值多盗之时，正其狂逞之日。）此其弊十。夫十弊刺乎民之骨，则病根以深；刺乎民之肉，则剜心可痛。即使不遇重灾，之后犹当一切扫除，与民休息，况乎（一冬无雪，二麦如丝。据□□所闻，已有人相食者。迩来元旦风霾，昼次为晦，阴风怒吼，夜以继日。丰兆之年，宜不如此。倘再雨不及时，）比岁不登，青黄不接，公私俱罄，哀此穷独，盖有诸臣不能形状，臣愚所不忍陈说者乎？（唯是汹汹之情，嗷嗷之口，未尽彻九重，而耳闻目击，有识之士共切隐忧。且东夷叵测，议兵议饷，借贷于此者，更复不浅，诚欲培养元气，使腹心充实，股肱强健，力除肩背之患而拥护元首尝无恙乎？则非轸念中原，涤除积弊不可矣。不然而羸弱其腹心，痿痹其股肱，元气受伤，元首随之，虽有庐扁，能善其后哉！）臣议及此，至苛至细。要之宽民之财，恤民之命，所谓对证之剂，莫急于此。伏望我皇上留神省览，敕下该部，如果臣言有补万分之一，亟行抚按，转行监司，严令所司着实殿最。果有留心荒政，痛洗前弊者，注以上考，待其超擢。其不然者，廉得其状，亟褫其职。毋姑息一人，以贻千万人之害，毋使一家温饱，以贻一路哭。则即不利民，幸不病民，即无能解于倒悬，亦庶坠井而免下石也。

祁彪佳曰：此疏究极致饥之源，非尽由于天灾，可谓探本之论。内列十弊，不皆系救荒，故不入汇敷，而入今言。

今言之议

大学士杨文建公溥议：（曰：尧汤之世，不免水旱之患，而不闻尧汤之民有困穷之难者，盖预有备也。凡古圣贤立法，必修预备之政。）我太祖高皇帝惓惓以生民为心，凡有预设备荒定制。洪武年间，每县于四境设立仓场，出官钞籴谷，储贮其中。又于近仓之处，佥点大户看守，以备荒年赈贷。官藉其数，敛散皆有定规。又于县之各乡，相地所宜，间浚陂塘，及修筑滨江近河损坏堤岸，以备水旱，耕农甚便，皆万世之利。自洪武以后，有司杂务日繁，前项便民之事率无暇及。该部虽有行移，亦皆视为文具。是以一遇水旱饥荒，民无所赖，官无所措，公私交窘。只如去冬今春，畿内郡县，艰难可见。况闻今南方官仓储谷，十处九空，甚者谷既全无，仓亦无存矣。大抵亲民之官，得人则百废举，不得人则百弊兴，此固守令之责。若养民之务，风宪之臣，皆所当问。年来因循，亦不之用，此事虽若可缓，其实关系甚切。

大学士徐文贞公阶议：某闻治民者，未有事而恤之，则天下赖以靖奠，而庙堂之上，亦得伸以为恩，缩以为威，常不失其尊。若事至而后恤，则受者不以为惠，而其多寡轻重喜怒聚散之权，乃更倒持于下。纵能委曲弥缝，勉强收拾，而目前之费、日后之忧，皆将有不可胜言者。（然其机甚隐，其萌芽甚微，非仁慈如公、明睿如公，孜孜计社稷，不避嫌怨如公，莫能知，亦莫能任也。）

大学士叶文忠公向高议：荒政首散利矣，后乃有公庾坻京，而不闻有赈贷之诏者，如此则民病。次薄征，次缓刑，次弛力矣，后乃有米粟不登，而督税之吏，相望于道，民困于狴犴，而土木兴作，杂遝不得休者，如此则民病。次舍禁，次去讥矣，后乃有山林川泽之饶，禁不得采，民饥殍载道，而圉吏且本三尺绳其出入者，如此则民病。次眚礼，次杀衰，次蕃乐，次多昏矣，后乃有举赢滥耗周不急之务，民富者设财役贫，日费以数千缗，而上不为禁者，如此则民病。次索鬼神，次除盗贼矣，后乃有德馨不彰，匮神乏祀，用降之罚，年谷不蕃，小民夤缘为奸利，而不能止者，如此则民病。夫三代以前，其封域之产，户口之数，皆杀于今。九年水，七年旱，又后世之所希觏也。然三代以经制得而无虞，后世以经制失而卒至于告病也。兹亦足以明人事之当修巳，乃先王之心，虽十二者弗恃矣。世方顺成，而恒虑阻饥，民无扎瘥凶荒之害，而不敢一日忘储胥以戒不虞。千耦畛隰之劳，良耜甫田之咏，非不勤也，然而遂师巡稼，大夫简器，县正趣事，不为属民也。燕享有需，嘉乐有侑，五礼咸秩，匪颁无阙，何甚费也？然而遗人掌积，廪人掌谷，二鬴四鬴，食乃有程，又何俭也？万邦错列，九贡灌输，羽毛齿革，辇入于尚方，用非不足也，然而躬献鞠衣，亲服黛耜，为天下倡。三年耕余一年之食，九年耕余三年之食，县野都鄙，皆有盖藏，是何其勤劳以养万民也！盖三代圣王焦思极虑，预为之防，不待事至而后图之，是以天不能灾，地不能贫，方内之众，莫不逢休乐业，无有失所，以干天和。故其诗曰：粒我烝民，莫非尔极。此三代之所以称隆也，岂徒知十二政所云之为兢兢哉！夫惟世主乏长世字甿之远虑，不能豫于未然，迨天灾流行，一切权宜之术，尚未及讲，斯民已为沟中瘠矣。彼盖恃荒政为足救，需善救以见奇，而周官之旨失也。然则荒政不可恃与？曰：未荒而恃以忘备，不可；既荒不及备，而坐视无救亦不可。备荒，上策也。无备而救，犹得中策。以余所闻，若李悝之平粜，汉文之蠲租，令民输粟入关者，无用传，斯亦十二政之遗意与！无已，则如富郑公之赈青州，范文正之赈浙西，虽非经久之筭，然皆庶几失之备而收之救者，未可谓其策之尽无奇也。若所云备于未然，以不待救为奇，则周官大司空之政具在，是在豫计哉！是在豫计哉！

翰林院修撰焦竑议：天下事有见以为缓，而其实不可不蚤为之计，（此狃目前之所狎视，而深识玄览之士之所蒿目而忧也。）则今之备荒弭盗是。尝观《周礼》，以荒政十二聚万民，诸散利、薄征、缓刑、弛役，纤悉具备，而除盗贼即具于中。何者？国富民殷，善良自众；民穷财尽，奸宄易生。盖天下大势往往如此。昔人谓圣王之民不馁，治平之世无盗，此笃论也。今（上统驭方内，仁怀义震，靡所不至，宜粟陈贯朽，民生阜康，氛祲廓清，暴民不作矣。乃）吴楚（之）东西，大江（之）左右，（近而宛洛，远而闽蜀，饥馑频仍，赤地万里，山□水涯，）群不逞之徒，钩连盘结，（时戢而时动，）此非盛世所宜有也。愚以备荒为尤急。古今备荒之说，不可缕数。总之修先王储偫之政，上也；综中世敛散之规，次也；在所积蓄，均布流通，移粟移民，裒盈益缩，下也。咸无焉，而孳孳糜粥之设，是激江西之水，苏涸辙之鱼，蔑有及矣！试详论之。周官既有荒政，为遇凶救济之法矣，而有遗人所掌，收诸委积，为待凶施惠之法，廪人所掌岁计丰凶，为嗣岁移就之法。未荒也，预有待之；将荒也，先有以计之；既荒也，大有以救之。故上古之民，灾而不害。说者谓此非一时所能猝举，而中世敛散之规，皆师其遗意。可见施行者，如李悝之平籴，中饥则发中熟之所敛，大饥则发大熟之所敛，说一；耿寿昌之常平，谷贱则增价以籴，谷贵则减价以籴，说二；隋长孙平令民家出石粟输之当社，以备凶年，说三。此所谓中世敛散之规，今之所当急于修举者也。若旬月责州郡丰歉之数，而移就之，如刘晏之为转运，劝民出粟，兼以官廪，如富弼之在清州，此临军权宜之术，非国家经远之道也。或曰：今之进说者，有欲立格劝输，别于进纳，优隆兴崇义之奖者；赈任公正，不必在官，主先臣丘浚之说者；明禁翔踊，闭籴者配，如辛弃疾之榜湖南者。子皆略之，何者？愚应之曰：凡此所以救荒，而非所得为备也。语曰：御隆寒者，春煦而制罽氈；蔽淫霖者，晴旱而理襏襫。苟平日无以待之，而取办于一时之权变，其济几何？况饥者嗷嗷以待哺，主者泄泄而听议，迨及廪予，已半为沟中之瘠矣！彼羸罢者能甘心以就毙，其强有力者以为等死耳，与其死于饥，孰若乘时窃发，少延旦夕之为愈也？于是揭竿斩木，一唱百和者，棼棼不可遏矣。夫无其备，既可驱农而为盗，有其备，自可转盗而为农，此在良有司一加之意耳。倘备御悉举，而身有萑苇之警，出于叵测，我以义仓、保甲相辅而行，将德惠翔洽，威棱震举，夫孰有以不赀之躯，试必死之法者乎？抑愚犹有慨焉，夫民不必甚予，第无欲之足矣；民不必甚利，第无害之足矣。平居尽其衣食之资，迨其死且畔也，屑屑焉啖以濡沫之利，此所谓晚也。故必当事者仰体天子德意，奉法顺流，与之更始，宁为不事茧丝之尹铎，毋为矫诏擅发之汲黯；宁为催科政拙之阳城，毋为赈饥发粟之韩韶。虽比迹成周可渐致也，何忧荒与盗哉！若曰此业已耳孰之，而必求新奇之说，则非愚之所知也。

大参（中州河北道□□）祁承㸁议：救荒之策，故云无奇，然实实可用者，惟在度缓急、酌先后、辨宽严，而此外无他巧妙法也。（本道）请略陈其概。夫民情朝不及夕之时，可谓急矣，然目前种种之赈恤当行，而此后源源之相济者何在？春灾尚望于秋，秋灾又复何望？故一面计其所以救目前，即当一面计其所以救日后。而一切仓廪公帑之颁发，务在留一着以两为之计，所谓于急之中兼存缓之地者也。夫疗饥惟在于储米，而河南之储米，非可以舟楫致也。车輓负担，率以数钟致一石费矣，然舍此亦更无别法。今须令各州县择佐领之勤慎者，令其于成熟地方，各随所便，多方收籴，雇觅装运，每石除籴本及车脚之外，余照本州县之米价，其余剩利，减三分之一，以惠有钱籴米之民，存三分之一，以散无钱籴米之民。而粜尽则复籴，籴尽则复粜，周而复始，如环无端，则一州县得二三千之籴本在地方，可日日有五六百米之平粜矣。此法当视秋收后之景象为举行，然民情遑遑之意，正须先示以运米平粜之事，使小民有所恃以无恐，可以一意为秋作之事，而稍挽其逃亡之念，所谓以后之举故示先之意者也。至于无赖之辈，游手游食，丰年亦无获，凶岁亦无损，然而好乘凶荒，嗔目语难，甚而椎埋劫掠。此之不治，良民何有安枕？凡若此者，一切惩以严刑。如事涉倡乱，即行枭示。虽群聚不逞，亦必毙其渠魁。盖救荒惟在安民，而安民惟在肃法。欲使善良知有生之乐，则尤使无赖惧必死之诛，乃为恩威中窾。（昔辛弃疾之帅湖南，荒政榜文止曰：闭籴者配，劫禾者斩。而滕元发之知郓州，以兵法部勒流民，肃然如营阵。此古人救荒之妙手。欲）人以荒政宜宽而（本道）予独以荒政宜严者，正此意也。（凡祁公议，俱孝廉王谷填讳。）

庶吉士张溥议：荒政之始，盖见于黎民阻饥，舜命后稷，而详著于生民之诗。及乎成周，大司徒以荒政十有二聚万民，而其制度错见于六官，于是札丧、凶荒、厄穷、为一书。然自周言之，太宰以九式均节物用，三曰丧荒之式，又遣人掌县鄙之委积以待凶荒。大司徒又以薄征、散利，凡诸侯莫不有委积焉。凶荒之岁，则为符信，发粟赈济，而未尝讲于轻重之法。侯甸采卫，皆有馈遗，而不至谷价之涌贵，王道盖其盛也。春秋战国之世，始有乞籴之举，而管子轻重一篇，则多言笼致之术，而不明于大公之道也。故后代言救荒者，惟李悝平籴之法尚矣。然以时而变，其法转阻，求其通行无弊，窃甚难之。间常读史，私心所慕效者，于宋有两人焉：富郑公之在青州（也。河朔大水，民流京东。公出榜要路，令饥民散入村落，移所部丰稔者三州，劝民出粟，得十五万斛，益以官廪，随所在贮之。各因坊村，择寺庙及公私空室，又因二岩为窟室，以处流民。富民不得擅陂泽之利，分遣寄居闲官往主其事。闻有健吏募流民有曾为吏胥走隶者，皆给其食，令给簿书、给纳、守御之役。借民仓以贮，择地为场，掘沟为限，与流民约，三日一支。比麦熟，人给路粮遣归。），赵青献之在越州（，两浙旱蝗，诸州皆禁增米价。公独榜衢路，令有米者增价粜之。于是诸州米商辐奏诣越，米价更贱，民无饥死者。）。此二公（二法）者，固至今（亦）可（仿行）法也。盖物价痛抑之反贵，而米（□）粟之用，复足以制人之生死。故善为措置者，但当使其物日积，而自价日杀，而饮食之具，周于民间。百姓之所仰给者，在上之赈贷，而出之官府，行之吏胥，则因缘为奸，贫民不得享半菽之利。故以实心行政者，务身亲之，使其利足以及人，而不畏其烦苦，不贪其美名。汉之武宣，或下巴蜀之粟，致之江陵，或诏民以车船载谷入关，毋得用传，实有得于周官之意焉。不然，为小惠而如新莽之煮木为酪，为峻法而如五季之括民间粟，名虽救人，实杀之也。

礼部主事颜茂猷议：国有大荒，动系百万人之命。其逃邑死为流民者，一无以给之。又叛乱立生，胡可不急请哉？顾有先策，有先先策，有正策，有权策。（详其条理，庶几临事无扰，救活万口矣。）先先策者，未然也。《尚书》云“懋迁有无化居”，又云“浚亩浍，距川”。如京都边储，商议屯田，或整理盐法，使商佃塞下，此皆祖宗已试之法，而议者纷纭，任者脆手。又如山东各省，或忧水患漂业，或昧水利致困，或苦粟贱，或患地窄，或豪奢荡积，或逐末伤本。上人（到任，则）宜预先讲求，问其何地饶乏，可就本地通融、本地经画者，则为修之教之，或必借裕邻方，借灵海道者，则为调之护之。又如折色雇役差役，各有利病，咸宜体悉。大要总在重农而贵粟，勤劝相而修水利。有事以粟为赏罚，则粟贵矣。废田不耕者有惩，游手蠹食者有禁，遇良田则驻车劝赏，遇水利则委曲通融，则水利修矣。至于常平仓、义仓是极妙法，第宜委任得人，出纳有经，不至虚费，亦不至刁难。社仓之法尤妙，若每都分各有朱子、刘如愚者以总领之，则可无冻馁之老、道殣之莩，所救不赀。吁！安得有心人在在如此哉！先策者，将然也。如有旱有水，谷种既没，则饥馑立至。当预先广籴他邦，又简灾伤无可生理者贷之，随地利可栽种者教之，令贫富皆约食，曰此惜富救荒宜尔也。（原稿眉注：蓝笔勾的不写。）（昔程珦知陈州，久雨坏谷。珦度水涸时，则耕种已过，乃募富家，得荳数千石贷民，使布之水中。水未尽涸，而甲已露矣。是年遂不艰食。）又，各州县有上供粮米者，先事奏请截留，而以其籴钱计奉朝廷，则米价自落，国赋不亏（。苏轼预救荒议，言此甚悉，且云救之于未饥，则用物约而所及广，民得营生，官无失赋。若其饥馑已成，流殍并作，则虽拦路散粥，终不能救死亡，而耗散仓廒，亏损课利，所伤大）矣。正策、权策者，已然者也。正策一曰开仓赈贷，二曰截留上供米赈贷，三曰自出米及劝籴富民赈贷，四曰借库银循环籴粜赈贷，五曰兴修水利，补辑桥道赈贷，令饥民有工力可食，而官府富民得钱直集事可也。然所贷者每及下户，而中等自守头面，坐而待毙，尤为狼狈。又城市之人，得蒙周恤，而乡村幽僻，富户既稀，拯救亦缺，此间尤宜周详曲处者也。大略赈济之法，旬给斗升，官不胜劳，民不胜病。仰而坐待仓米，卒无以继，此立毙之术。莫若计其地里远近，口数多寡，人给两月粮，归治本业，可无妨生理也。（赵令良帅绍兴，用此法，城无死人，欢呼盈道。又李珏在鄱阳时，将义仓米多置场屋，减价出粜，既先救附近之民，却以钱纽价计口，逐月一顿支给以济村落，一物两用，其物甚溥。盖远者用钱，可免减窃拌和之弊、挽运耗费之艰。且村民得钱，非惟取赎农器，经理生业，亦可收买杂料，和野菜煮食，一日之粮，可化数日之粮，甚简甚便。此二策者，俱可行也。）曾巩救灾论，亦极谈升斗赈救之害。（盖上人一图赈济，则付里正抄劄，实未有定议也。村民望风扶携入郡，官司未及散米，裹粮既竭，绥死纷然。浊气熏蒸，疠疫随作。曾无几何，而官仓已罄。是以赈济之名，误其来而杀之也。）须预印榜四出，谕以方行措置，发钱米下乡，未可轻动，恐名籍紊乱，及无所得，庶革饥贫云集之弊。民不去其故居，则家计依然；上不烦于纷给，则奸宄不生，视离乡待斗升米而不暇他为顾，不远哉！（以上议赈济。）籴常平米用平价，又借库银于多米地方，循环籴粜，则用贵米时价减四分之一，而民已有所济。至富民之价，切不可抑也，抑之则闭籴而民愈急，势愈嚣，其乱可立待也。况官抑价则客米不来，境内乏食，而上户之粗有蓄积者，愈不敢出矣。（昔文彦博在成都，适值米贵，不抑民价，只就寺院立十八处，减价粜米。仍多张榜文招籴，翌日米价遂减。范仲淹知杭州，斗粟百二十文。仲淹增至百八十，众不知所为。仍多出榜文，具述杭饥增价，招引商贾，争先趋利，价亦随减。此二公者，见〈识〉过人远甚。）或恐贵籴，财用无出。不知米贵不能多时，将减籴之银，待米熟时点谷上仓，已不乏矣。第出纳之际当核奸，赈济之际当简实，而朝夕经营，总宜尽心力为之，视为万命生死所在，自不惮勤劳也。（以上赈籴。）至于弃子有收，强籴有禁，啸聚巨魁，必剪其萌，泽梁关市，暂停其税，此皆因心妙用，慈祥之所必至者矣。权策如毕仲滋先民未饥，揭榜示曰：郡将赈济（，且平粜若干万石。实大张其数，劝谕以无出境，民皆安堵。已而果渐艰食，饥民十七万。顾所发粟不及万石，以民粟继之，而家给人足，民无逃亡。）；又如吴遵路令民采薪刍，出官钱收买，（却令于常平仓市米物，归赡老稚。凡买柴二十万束，候冬鬻之。）官不伤财，民再获利。以此推之，则凡破衣裳及瓦器用器，皆可置买，付工修葺，冬可鬻之。又如晏乐赛愿，都不复禁，所以使贫者得财为生也。至于重罪有可出之机，令入粟救赎，亦无不可，盖借一人以生千万人耳。

举纲章之五　通论

谕无　例无 诏无　案无　疏四　议十二

救荒之政，似已尽于诸条目矣，然此须有远识，有卓见，乃使可大可久，不仅作目前之补苴。以故前贤之所论，以律于一条一目，似无所关，然其意义深远，有志于经国字民者，亦所宜披览也。辑通论第五。（俱属前代）

通论之疏

汉贾谊疏：仓廪实而知礼节。民不足而可治者，自古及今，未之尝闻。古之人曰：一夫不耕，或受之饥；一女不织，或受之寒。生之有时，而用之亡度，则物力必屈。古之治天下，至纤至悉，故其蓄积足恃。今背本而趋末，食者甚众，是天下之大残也。淫侈之俗，日月以长，是天下之大贼也。残贼公行，莫之或止，大命将泛，莫之拯救。生之者甚少，而靡之者甚多，天下财产，何得不蹷？汉之为汉，几四十年矣，公私之积，犹可哀痛。失时不雨，民且狼顾，岁恶不入，请卖爵子。既闻耳矣，安有为天下阽危者若是，而上下不惊者？世之有饥穰，天之行也，禹汤被之矣。即不幸有方二三千里之旱，国胡以相恤？卒然边境有急，数十百万之众，国胡以馈之？兵旱相乘，天下大屈，有勇力者聚徒而冲击，疲夫羸老，易子而龄其骨。政治未毕通也，远方之能疑者，并举而急起矣。乃骇而图之，岂将有及乎？夫积贮者，天下之大命也。苟粟多而财有余，何为而不成？以攻则取，以守则固，以战则胜，怀敌附远，何招而不至？今殴民而归之农，皆著于本，使天下各食其力，末技游食之民，转而缘南亩，则积蓄足而人乐其所矣。可以为富安天下，而直为此廪廪也！（窃为陛下惜之。）

汉魏相疏：窃伏观先帝圣德仁恩之厚，勤劳天下，垂意黎庶。忧水旱之灾，为民贫穷，发仓廪，振乏馁。遣谏大夫博士巡行天下，察风俗，举贤良，平冤狱，冠盖交道。省诸用，宽租赋，弛山泽波池禁，秣马酤酒贮积，所以周急维困，慰安元元，便利百姓之道甚备。臣相不能悉陈，昧死奏故事诏书凡二十三事。臣谨按，王法必本于农，而务积聚，量入制用，以备凶灾。亡六年之畜，向谓之急。元鼎二年，平原渤海太山东郡，溥被灾害，民饥死于道路。二千石不豫虑其难，使至于此。赖明诏振救，乃得蒙更生。今岁不登，谷暴腾踊，临秋收敛，犹有乏者，至春恐甚，亡以相恤。西羌未平，师旅在外，兵革相乘，臣窃寒心，宜蚤图其备。惟陛下留神元元，帅繇先帝盛德，以抚海内。

宋文公朱熹疏：蠲除赈贷，固当汲汲于其始，而抚存休养，尤在谨之于其终。譬如伤寒大病之人，方得病时，汤剂砭灸，不可少缓，而其既愈之后，饮食起居，所以将护节宜，小失其宜，则劳复之证，百死一生，尤不可不深畏。今者饥民虽免死亡，然皆鸟形鹄面，萧然无异于大病之新起。若有司加惠抚绥，宽其财力，一二年间，筋骸气血，庶几可复其旧。若遂以既愈，而不复致其调摄，但见其尚能耕垦田畴，撑住门户，而遽责以累年之逋欠，与夫倚阁之官物，是人其必无全理矣。

元（学士）虞集疏：顷者关中大饥，民枕藉而死，有方数百里无孑遗者。（帝问学士虞集曰：何以救关中？对曰：）盖缘承平日久，人情晏安，有志之士，急于近效，则怨讟兴焉。不幸大灾之余，正君子为治作新之机也。若遣一二有仁术、知民事者，稍宽其禁令，使得有所为，随郡县择可用之人，因旧民所在，定城郭，修闾里，治沟洫，限畎亩，薄征敛，招其伤残老弱，渐以其力治之，则远去而来归者渐至，春耕秋敛，皆有所助。一二岁间，勿征勿徭，封域既正，友望相济，四面而至者，均齐方一，截然有法，则三代之民，将见出于空虚之野矣。

通论之议

汉晁错议：圣王在上，而民不冻馁者，非能耕而食之，织而衣之也，为开其资财之道也。故尧禹有九年之水，汤有七年之旱，而亡国捐瘠者，以畜积多而备先具也。今海内为一，土地人民之众，不辟汤禹，加以亡天灾数年之水旱，而畜积未及者，何也？地有遗利，民有余力，生谷之土未尽垦，山泽之利未尽出也，游食之民未尽归农也。民贫则奸邪生，贫生于不足，不足生于不农，不农则不地著，不地著则游乡轻家，民如鸟兽。虽有高城深地，严法重刑，犹不能禁也。夫寒之于衣，不待轻煖，饥之于食，不待甘旨。饥寒至身，不顾廉耻。人情一日不再食则饥，终岁不制衣以则寒。夫腹饥不得食，肤寒不得衣，虽慈母不能系其子，君安能以有其民哉？明王知其然也，故务民于农桑，薄赋敛、广畜积以实仓廪、备水旱，故可得而有也。今农夫五口之家，其服役者不下二人，其能耕者不过百亩，百亩之收，不过百石。春耕夏耘，秋获冬藏，伐薪樵，治官府，给徭役，春不得避风尘，夏不得避暑热，秋不得避阴雨，冬不得避寒冻，四时之间，亡日休息。又私自送往迎来，吊死问病，养孤长幼在其中。勤苦如此，尚复被水旱之灾，急政暴虐，赋敛不时，朝令而暮改，当其有者半贾而卖，亡者取倍称之息，于是卖田宅，鬻子孙以偿债者矣。而商贾大者积贮信息，小者坐列贩卖，操其奇赢，日游都市，乘上之所急，所卖必倍，故其男不耕耘，女不蚕织，衣必文采，食必粱肉，亡农夫之苦，有阡陌之得。因其富厚，交通王侯，力过吏势，以利相倾，千里游遨，冠盖相望，乘坚策肥，履丝曳缟。此商人所以兼并农夫，农人所以流亡者也。今法律贱商人，商人已富贵矣；尊农夫，农夫已贫贱矣。故俗之所贵，主之所贱也；吏之所卑，法之所尊也。上下相反，好恶乖忤，而欲国富法立，不可得也。方今之务，莫若使民务农而已矣。欲民务农，在于贵粟。粟者，王者大用，政之本务也。（陆贽尝谓，国家救荒，所费者财用，所得者人心。晁错谓，腹饥不得食，虽慈母不能保也。）

东汉桓帝永寿三年春，京师饥。或上言民之贫困，以货杂钱薄，宜改铸大钱。事下四府群僚，及太学能言之士议之。太学生刘陶上议：当今之忧不在于货，在乎民饥。窃见比年已来，良苗尽于蝻螟之口，杼轴空于公私之求。民所患者，岂谓钱货之厚薄、铢两之轻重哉？就使当今沙砾化为南金，瓦石变为和玉，使百姓渴无所饮，饥无所食，虽羲皇之纯德、唐虞之文明，犹不能以保萧墙之内也。盖民可百年无货，不可一朝有饥，故食为至急也。议者不达农殖之本，多言铸冶之便。盖万人铸之，一人夺之，犹不能给，况一人铸之，则万人夺之乎？虽以阴阳为炭，万物为铜，役不食之民，使不饥之士，犹不能足无厌之求也。

（朱熊曰：为臣当知事君之大体，与当时之急务，随其势而弛张之，庶不困于民，而后朝廷之事可行。大）

唐陆宣公贽议：君养人以成国，人戴君以成生，上下相成，事如一体。然则古称九年六年之蓄者，盖率土臣庶通为之计耳，固非独丰公庾，不及编甿。《记》所谓“虽有凶旱水溢，民无菜色”，良以此也。后代失典籍备虑之旨，忘先王子民之心，所蓄粮储，惟计廪庾，犬彘厌人之食而不知简，沟壑委人之骨而不知恤，乱兴于下，祸延于上，虽有公粟，岂得而食诸？故立国不先养人，国固不立矣；养人而不先足食，人固不养矣；足食而不先备灾，食固不足矣。为官而备者，人必不赡；为人而备者，官必不穷。是故论德昏明，在乎所务本末。务本则其末自遂，务末则其本兼亡。国本于人，安得不务？

唐（转运使）刘晏议：王者爱人，不在赐予，当使之耕芸织纴，常岁平敛之，荒年蠲救之，又时其缓急而先后之。每州县荒歉有端，则计官所赢〔赢〕，先令蠲某物贷某户，民未及困而奏报已行矣。盖善治病者，不使至危惫；善救灾者，不使至赈给。赈给少则不足以活人，活人则国用阙，国用阙则复重敛矣。况赈给多侥幸，吏下为奸，强得之多，弱得之少，虽刀锯在前，不可禁也。是谓二害。灾沴之乡，所乏唯粮耳，他产固尚在也。贱以出之，易以杂货，因人之力，转于丰处，或官自用，则国计不乏。多出菽粟，恣之粜运，散入村间，下户力农，不能诣市，自然转相沿逮，不令驱之矣。是谓二财。

宋吕祖谦议：荒政条目，始于黎民阻饥，舜命弃为后稷，播时百谷，其详见于生民之诗。到得后来，如所谓禹之水、汤之旱，民无菜色，其荒政制度不可考。及至成周，自大司徒以荒政十有二聚万民，其详又错见于六官之书。然古者之所谓荒政，以三十年之通制国用，则有九年之蓄。遇岁有不登，为人主者，则贬损减省丧荒之式，见于小行人之官，札丧、凶荒、厄穷为一书。当时天下各自有廪藏，所遇凶荒，则赈发济民而已。当时措置与后世不同。所谓移民平籴，皆后世措置。且自周论之，太宰以九式均节物用，三曰丧荒之式，又遣人掌县鄙之委积，以待凶荒。而大司徒又以薄征、散利，凡诸侯莫不有委积以待凶荒。凶荒之岁，为符信发粟赈饥而已。当时敛散轻重之式未常讲，侯甸采卫，皆有馈遗，不至于谷价翔踊。如弛张敛散之权，亦不曾讲。惟到春秋战国，王政既衰，秦饥乞籴于晋，鲁饥乞籴于齐，岁一不登，则乞籴于邻国。所谓九年之制度，已自败坏。见《管子》轻重一篇，无虑百千言，不过君民互相攘夺，收其权于君上，已非君道。所谓荒政，一变为敛散轻重，先王之制因坏。到后来敛散轻重之权又不能操，所以启奸民幸凶年以谋祸害，民转死于沟壑。至一切急迫之政，五代括民粟，不出粟者死，与敛散轻重之法，又殆数等。大抵其法愈坏，则其术愈粗。论荒政古今不同，且如移民易粟，孟子特指为苟且之政，已非所以为王道。秦汉以下，却谓之善政。汉武帝诏令水潦移于江南，方下巴蜀之粟，致之江陵。唐西都至岁不登，关中之粟，不足以供万乘。荒年则兴东都。自高祖至明皇，不特移民就粟，其在高宗时且有逐粮天子之语。后来元宗溺于苟安，不出长安。以此论之，时节不同，孟子所谓苟且之政，乃后世所谓善政。且三十年之通制国用，须必世百年而可行，亦未易及此。后之有志之士，如李悝之平籴法，非先王之政，丰年收之甚贱，凶年出之赈饥。此又思其次之良规。到得平籴之政不讲，一切趣办之政，君子不幸遇凶荒之年，不得已而讲，要之非常行。使平籴之法常行，则谷价不贵，四民各安其居，不至流散，各可以自生养。至于移民移粟，不过于饥殍之养，养之而已。若设糜粥，其策又其下者。大抵荒政统而论之，先王有预备之政，上也；使李悝之政修，次也；所在蓄积有可均处，使之流通，移民移粟，又次也；咸无焉，设糜粥，最下也。虽然，如此各有差等，有志之士，随时理会，便其民。战国之时，要论三十年之通计，此亦虚谈，则可以行平籴之法。如汉唐坐视无策，则移民通财，虽不及先王，亦不得不论。又不已而无糜粥之养，随所寓之时，就上面措置得有法亦可。大抵论荒政统体如此。今论可行者甚多，试举六七条。且如汉载粟入关中，无用传，后来贩粟者免税，此亦可行之法。如此法一行，米粟流通。如后世劝民行粟，散在乡里，以田里之民，令豪户各出谷，散而与之。此一条亦可行。又如富郑公在青州，处流民于城外，所谓室庐措置，种种有法。当时寄居游士，分掌其事，不以吏胥与其间。又如赵清献公在会稽，不减谷价，四方商贾辐辏。此一条亦可行之法。凡六七条，皆近时可举而行者。自此推之，不止六七条，亦见历世大纲，须要参酌其宜于今者。大抵天下事，虽古今不同，可行之法，古人皆施用得遍了，今但则举而指之而已。今所论荒政，如平籴之政，条目尤须讲求。自李悝平籴，至汉耿寿昌为常平仓，元帝以后，或废或罢，到宋朝遂为定制。仁宗之世，韩魏公请罢鬻没官之田，募人承佃，为广惠仓，散与鳏寡孤独。庆历、嘉祐间既有常平仓，又有广惠、广济仓赈恤，所以仁宗德泽洽于民，三仓盖有力。至王荆公用事，常平、广惠量可以支给，尽粜转以为钱，变而为青苗，取三分之息，百姓遂不聊生。广惠之田卖尽，虽得一时之利，要之竟无根底。元祐间虽复，章惇又继之，三仓又坏。论荒政者不得不详考。

宋范忠文公镇议：今岁荒歉，朝廷为放税免役，及以常平仓军食拯贷，存恤不为不至。然而人民流离，父母妻子不能相保者，平居无事时，不能宽其力役，轻其税赋。虽大熟，使民不终岁之饱；及小歉，虽重施，固已无及矣。此无他，重敛之政在前故也。臣窃以为水旱之作，由民生不足，忧愁无聊之叹，上薄天地之和耳。

宋胡寅议：称贷所以惠民，亦以病之。惠者纾其目前之急也，病者责其他日之偿也。其责偿也，或严其期，或征其耗，或取其息，或予之以米而使之归钱，或贫无可偿而督之不置，或胥吏诡贷而征诸编民，凡此皆民之所甚病也。有司以丰取约予为术，聚敛之臣以头会箕敛为事，大旱而税不蠲，水涝而税不蠲，蝗蝻螟贼而税不蠲。长官督税，不登数则不书课；民户纳欠，不破产则不落籍。出于民者尚如此，而况贷于公者，其责偿固不遗余力矣！周世宗时，淮南饥，以米贷之，不责其偿。真仁人之心，王者之政也。

（宋吕祖谦议：大抵荒政，统而论之，先王有豫备之政，上也；修李悝平籴之政，次也；所在蓄积，有可均处，使之流通，移民移粟，又次也；咸无也，设糜粥，最下也。）

宋赵抃议：灾沴之行，治世不能使之无，而能为之备。民病而后图之，与夫先事而为计者，则有间矣。〈不习而有为，与夫素得之者，则有间矣。〉（按：此为稿本所无）

宋董煟议：救荒之政，其法繁琐，奸弊最多。若夫要法有二：城市则减价出粜常平米，村落则一顿支散义仓钱。其不系赈济之人，则有遂都上户领钱兴贩、循环粜米之法。简要便民，无逾于此。

宋林駉议：常平之法何始乎？自李悝已有平籴之法，至寿昌始定常平之策，此其始也。厥后罢于元帝，复于显宗，随罢随复，无有定制。至于我朝，置场置仓，熙宁以来，而提举常平之官始定。然常平之始置也，出内库之储，以为籴本，领三司之钱，以济常平。粮戾之时，民艰于钱，官则增价以入之；菜色之日，民乏于食，官则减价以出之。夫何举籴本而为青苗之钱，鬻广仓以求二分之息，伐桑易褴，官帑厚矣，如民贫何？鬻田输官，公家利矣，如私害何？此常平救荒之实政坏矣。义仓之法何始乎？自隋始置于乡社，至唐改置于州县，此其始矣。厥后弛于永徽，坏于神龙，随罢随复，亦无定制。至于我朝，罢复不常，至于今日，而义仓输官之法始定。然义仓之繇设也，自民而出，自民而入，丰凶有济，缓急有权。名之以义，则寓至公之用；置之于社，则有自便之利。夫何社仓转而县仓，民始不与而为官吏之移用；县仓转而乡仓，民益相远而为军国之资。官知其敛，未知其散；民见其入，未见其出。此义仓之实政废矣。中兴以来，讲明荒政，常平、义仓之储，虽有美名，本无实惠，惟州县有侵借之患，而支拨至有淹延之忧。城邑近郊，尚可少济，乡洛〔落〕小民，又安能扶持百里，取籴于场，以活其饥饿之殍哉！是有之与无，其理一也。呜呼！孰知其有甚者焉！常平出于官，义仓出于民。出于官者，官自敛之，其弊虽不足以利民，亦不至于病民。出于民者，民实出之，官实敛之，其弊不但民无给而官且病之。文移星火，指为常赋，箩头斛面，重敛取赢〔赢〕。噫！可叹也！愚谓民不必甚予，特无取之足矣；民不必甚利，特无害之足矣。平时夺其衣食之资，一旦徒啖以濡沫之利。乐岁不为善藏之地，凶年始思啼饥之民，何益哉？予愿为不取茧丝之尹铎，毋愿为矫制擅发之汲黯；宁为催科政拙之阳城，不愿为发粟赈饥之韩韶。则裕民实政，隐于常平、义仓之外。昔邵先生有言：诸贤能宽一分，则民受一分之赐。有官守者其勉之！

《宋志》论：宋之为治，一本于仁厚。凡赈贫恤患之意，视前代尤为切至。诸州岁歉，必发常平、惠民诸仓粟，或平价以籴，或贷以食种，或直以赈给之，无分于主客户。不足则遣使弛传，发省仓，或转运粟于他路，或募富民出钱粟，酬以官爵，劝谕官吏，许书历为课。又不足，则出内藏，或奉宸库金帛，东南则留发运使岁漕米济之。赋租之米入、入未备者，或纵不取；赋之有支移折变者，省之。选官分路，抚绥囚系，省刑罚。饥民或人日给粮，可归者计并给遣归；无可归者，或赋以开田，或听隶军籍，或募少壮兴修工役。老疾幼弱不能存者，听官司收养。物价翔踊，则置场出米，裁其价予民。蝗为害，又募民扑捕，易以钱米。其民间遣内侍存问，熙宁中赐判北京韩琦诏曰：河北岁比不登，水溢地震。方春东作，有可以左右吾民，宜为朕抚辑而赈全之，毋使后时。王安石秉政，移常平、广惠仓钱斛而为青苗，而民遂不聊生。又诏卖天下广惠仓田，自是先朝良法美意，所存无几。哲宗虽诏复广惠仓，既而章惇用事，又罢之，卖其田如熙宁法。常平量留钱斛，不足以供赈给，义仓不足，又令通一路兑拨。于是绍圣、大观之间，直给空名告敕补牒赐诸路。政日以隳，民日以困，而宋业遂衰。崇宁初，蔡京当国，置居养院、安济坊，给常平米，厚至数倍。差官卒充使，令置火头，具饮食，给以衲衣絮被。州县奉行过当，或具帐帷，雇乳母女使，靡费无艺，不免率敛，贫者乐而富者扰矣。

荒政策：昔人谓救荒无上策，非谓荒不可救也，谓备荒为上，救荒则已后时矣。我朝建制立法，具仿《周礼》。天下郡县，咸有预备，虽廪人之掌九谷，不裕于此矣。乡有四仓，虽遗人之掌委积，不丰于此矣。一闻灾伤，辙行蠲免，虽大司农之聚万民，不勤于此矣。顷岁大江以南，霪雨为潦，湖海涨溢，汙田无禾者再。先岁蚩蚩之氓，计出无聊，至徒手相攫，何哉？（有司言状，上论法其无良者，而亟惜其困者，纪岁复加蠲济，鸿恩广被矣。然尝闻之）苏轼曰：九年之蓄，常闲而无用者，万世之计也。一岁之入，才足一岁之出，一时之计也。量出为入，用之不给，则取之愈多，此不终月之计也。计之下者，非圣世所宜有。乃若垦荒僻之田，通水泉之利，复故额于屯营，厘宿蠹于盐法，追呼不扰，催科以时，而去三冗，酌三盈，则计上者，其可行乎？寻四仓之制，裁敛散之规，在社者不得转而为县，在县者不得转而为郡，民见其出，亦见其入，则计之中者，其可行乎？虽然，此法也，用法非人，则亦徒法耳。昔人有曰：君者父母，民者赤子。郡县，乳保也。是故在郡县必主之以抚摩之心，而出周悉之政。未荒则以饬仓廪，以慎出纳，如刘晏之月察丰敛可也。将荒则酌其盈缩，悉其贫富，如赵抃之旨问属邑可也。既荒则计口发粟，里胥不得售其奸，华腴不得侵其利，如曾巩所谓艰乏得济可也。斯称乳保之任乎！在监司者，则巡行郡县而廉察之，计其大，不责其细，取其实，不采其华。时政未饬者，则申令以昭度，如李膺刺青州，守令畏服可也。实绩已著者，则酌赏以昭劝，如贾琮刺冀州，郡吏望风可也。事难固滞者，则毋拘文法，许其便宜，如汲黯之矫制可也。斯称表率之任乎！苟非其人，则郡县之仓虽建也，而或上下其手，或渔猎其利，虚文簿以罔上者，不终无矣。量里之谷虽积也，而悖入以取盈，威严以重赎，开骗局于私囊者，不终无也。凡此皆忧民之士，所以虞后灾而图永利者也。区区救荒之术，又何足讲哉！

举纲章之六　汇敷

谕无　例无　诏无　案五　疏八　议八

凡救荒疏议，为一事起见，已入之条目矣。其无条目可入，而远虑可师，弘谟足法者，则有通论一类。若夫一言而兼举数事，举其纲而目可张，则此言有不得而废者矣。辑汇敷第六。

汇敷之疏

宋上官均疏：一、欲施予得实；二、移粟就民；三、随厚薄散施；四、选择官吏；五、告谕免纳夏秋二税。

宋宣和常平使某公疏陈八事：一、乞依法放免租税；二、乞诸司钱斛，并许支用；三、乞州县停阁催民间积欠；四、乞常平司钱斛已椿〔桩〕发未行者，并截留；五、豪户有愿出粟济饥民者，许保奏推赏；六、所在官山林塘泊，暂弛其禁，听饥民采食；七、邻路般贩米斛入本路者，免收沿路力胜，庶得商旅辐辏；八、小民有无业可归，愿充军伍者，委漕司多方招刺，以消攘夺之患。（上皇一一开允，执政颇难之，所陈八事，从其四。□□公行，或谓公曰：执政不肯尽用公疏，其意可见矣。况淮南监司郡守皆出权倖之门，凡财用又多供应御前为名，公其慎之。公曰：吾受命访察，若趣时顾避，则两路生灵实吾杀之。借使获罪，岂敢爱一御史而轻亿万之命哉！即檄监司州县问百姓疾苦。宿守吴□）

（景泰五年，顺天、河间二府民饥，命）刑部侍郎周瑄（往赈之。时二府素无蓄积，又连漕〔遭〕大水，公私皆竭，瑄奏）疏陈七事：一、乞裁省冗官；二、停征粮草；三、免追久欠马骡牛羊；四、暂罢供用柴炭夫役；五、听民采取皇庄湖泊之利；六、乞招商纳盐粮，损其斗数；七、借水次官仓之粟济民。（凡七事行□）

（弘治七年）江南巡抚何鉴（因水灾条陈）疏陈十事：折兑运，折禄米，折军粮，停料价，停织造，留税课、钞关、盐引，存工价。（共十事以闻。又疏免照往年□陕存留折银三十万两，兑军米三十万石□赈，各属皆准得之。弘治十四年，）又以直隶、山东、河南等处灾（，上命刑部侍郎何鉴赈济，鉴首）疏陈五事：一、借粮饷以资赈济；二、乞通融以救时艰；三、停料价以止无益；四、宽差役以苏民力；五、停工作以待丰穰。（悉报可。）

副使林希元疏：（恭惟陛下，尧仁舜孝，出潜御天，敬德日跻，文章虎变。民厄灾伤，恻然动念，大沛躅恩，期于弘济，博延群策，用广聪明。盖自三王以降，汉唐宋之君，少有子育元元，穷神知化如斯者也。自大号涣颁，臣民耸动，凡有寸长，咸思自献。况臣久甘沦弃，更荷生成，大德莫酬，赤心徒抱，兹承明诏，敢不对扬。夫救荒无善政，古今所病。古以赈济垂芳史册者，代不数人，然法多醇疵，事难尽述。往时官司赈济，动费不稽，毫分无补。今皇上不爱太仓百万之银，以济苍生，发自宸衷，诚旷典也。使不精求良法，期济斯人，切恐故弊仍存，圣心良负。然臣疏浅，岂有高论，能裨神谟？顾业尚专门，事谙素练。臣昔待罪泗州，适江北大饥，民父子相食，盗贼蜂起之际，臣之官适当其任，盖尝精意讲求，于民情吏弊，救荒事宜，颇闻详悉。今欲有陈于陛下者，亦负日之暄，以献吾君之意也。）臣闻救荒有二难：曰得人难，曰审户难。救荒有三便：曰极贫之民便赈米，曰次贫之民便赈钱，曰稍贫之民便转贷。救荒有六急：曰垂死贫民急饘粥，曰疾病贫民急医药，曰病起贫民急汤水，曰既死贫民急募瘗，曰遗弃小民急收养，曰轻重系囚急宽恤。救荒有三权：曰借官钱以籴粜，曰兴工役以助赈，曰借牛种以通变。救荒有六禁：曰禁侵渔，曰禁攘盗，曰禁遏籴，曰禁抑价，曰禁宰牛，曰禁度僧。救荒有三戒：曰戒迟缓，曰戒拘文，曰戒遣使。其纲有六，其目二十有三，备开于后，编次以进，总曰《荒政丛言》。是皆往哲成规，昔贤遗论，臣尝斟酌损益，或已行而有效，或欲行而未得，或得行而未及，谓可施于今日者也。若夫恐惧修省，降诏求言，蠲租税以舒民困，散居积以厚黎元，皆人主救荒所当行，则陛下已先得之，不容臣言也。至于卖军职、卖监生、卖吏典，乃不得已救急之弊事，非盛世所当行，则大臣已先言之，不待臣言也。（陛下倘不以臣言为愚拙，为迂疏，乞敕部院详议可否，即赐施行。）

（山西）大参（政）王尚纲疏：一曰愍饥馑，乞遣使行部，问民疾苦。二曰恤暴露，乞有司祭瘗，消释厉气。三曰救民，乞支散庾积，秋成补还。四曰停征敛，乞截日住征，以俟丰年。五曰信告令，乞劝分菽粟。六曰推籴买，乞令无闭遏。七曰谨预备，乞申旧例措处积贮，勿使庾廪空虚。八曰恤流亡，乞所过州县加意存恤，勿使群聚思乱。

应天府丞张玮（一本，为遵旨恪行荒政，丰镐幸赖数宁，董据实恭报，仰慰圣怀事。臣最迂遏，蒙圣上起臣田间，俾佐留尹。去年三月受事，见□□，物力耗竭，人情浇靡，已大非往时。入夏及秋，酷烈如焚，虔祷不应，苦）疏：顷者南都告歉，谷价骤涌数倍，饥民千百，遮道哀诉。臣（切忧之，）商之旧府丞臣钱士贵、原任府尹臣杨方盛，一面发常平仓粟，减价平粜，一面拨发金钱，遣马政通判陈联璧远籴江楚。同时内外大小诸臣，皆先事修举，捐俸备赈，为士庶倡。（于是绅衿商贾，兢相鼓劝，输资效力，源源不绝。自去年六月至今年三月，）分设六处粥场，日饲民二万五千余名。（臣不避寒暑，躬往慰劳，仍遴委候选署丞陈大义、生员王建元、监生伍之俊、宋之品、陈尚宾、陈国祚、任之初等，督率乡耆农父，将田阅久靡偿。初，流移四集，兖豫饥民襁负而至。有谓此辈须驱之出疆，若杂集重地，招乱薮奸，孰任其咎？臣为此皆皇上赤子，绝其生路，必成啸聚之形，予以安全，自有还归之日。幸屡奉明纶，责成赈恤，异议始息。每睹啼号颠决，塞路盈衢。）臣又置蓬厂以栖羸病，给絮袄以覆裸形，施椁置地，以掩暴骸，简方施药，以救瘟疫，招商开关，以通米谷，廉访孤老，赈之钱粟，以苏无告。凡此孑遗，咸感我皇上好生至仁，持心戢志，靡有因饥而讙者。今天气就暄，麦秋在望，流移渐还故土，少壮悉事耕商，虽寇儆时闻，丰镐之地，幸已晏然矣。（先此，枢臣李邦华会仝光禄寺叶绍颙，题委大官署署正陈其昌，耑管赈事，始终料理，实殚厥心。臣府通判陈联璧，身力险远，米艘一集，而市价立刻顿平，诚劳有不可泯者。至候选光禄寺署丞陈大义，捐输最多，董率强瘁，生员王建元，通才实济，经理最周，与夫好义生者，皆劳瘁经年，另有册报。伏恳皇上敕下该部，分别奖赏，以防将来。再照臣府推官及上元、江宁二县，员夫已久，此何地何时，可堪久待。前此迁转，大聚而传舍，其官委辔奸胥，如张思信等之辈，切弄侵蚀，蛊坏至及矣。臣今特请敕下该部，选廉干甲科于外厅外县，一体□俸考选，则根本重地，庶几有赖矣。）

兵科都给事中（□见俸一级臣）张晋颜（奏为条上救荒事宜，仰祈圣裁饬部详议颁行事）疏：今岁旱蝗为从来所罕闻，（畿内自真定而南，东省自济兖而西，河南自开封而北，山西自平阳而东，陕西自西凤而北，以及浙江之水，江北之旱，民命有几，堪此大劫。）曩蒙皇恩浩荡，曰蠲，曰缓，曰赈，曰贷，回生已多。天灾未息，若补救无术，气数是诿，孑遗将尽，生聚何期？一切大征调，大转输，舍此百姓，更何倚赖？皇仁所已及，与诸臣所有待，拟为事款，仰祈圣明俯赐裁施。抚恤之事有七：曰饥民利煮粥，曰病民利治药，曰流民利安插，曰弃子利乳养，曰死亡利瘗埋，曰寒月利火房，曰开春利牛种。权宜之事有五：曰权开纳以实庾，曰权收卖以广储，曰权招商以通货，曰权籴米以致粟，曰权兴工以授食。宽恤之事有四：曰察实灾以蠲征，曰议节饷以裕费，曰示仓积以平价，曰倡义举以称贷。禁戒之事有八：曰禁抢攫以明法，曰禁侈淫以耗财，曰禁闭籴以病邻，曰禁囤积以网利，曰禁抬价以滞物，曰禁挟死以抄诈，曰禁赔粮以胥困，曰禁私债以索逼。以上二十有四，皆目前扶伤急病之着也。若经久之策，预备之方，莫要于设尝〔常〕平以制岁之丰凶，兴水利以通时之旱涝，然须相约于时势，图维于积渐，（苟为不蓄，终身不得，求艾犹然，况救荒乎?）是在户臣熟筹深念，详悉覆议，仰祈圣明御裁钦定，（须行被灾处所）着实力行。（无以虚文塞□，庶几灾害可回，国用有制矣。）

汇敷之议

宋董煟（救荒杂说□）议：救荒之政，有人主所当行者，有宰执所当行者，有监司、太守、县令所当行者。（监司守令所当行，人主宰执所不必行；人主宰执之所行，又非监司、太守、县令所宜行。）今各条列于后。

人主救荒所当行：一曰恐惧修省，二曰减膳撤乐，三曰降诏求言，四曰遣使发廪，五曰省奏章而从谏诤，六曰散积藏以厚黎元。

宰执救荒所当行：一曰以燮调为己责，二曰以饥溺为己任，三曰启人主警畏之心，四曰虑社稷颠危之渐，五曰进宽征固本之言，六建散财发粟之策，七曰择监司以察守令，八曰开言路以通下情。

监司救荒所当行：一曰察邻路丰熟上下以为告籴之备，二曰视部内旱伤大小而行赈救之策，三曰通融有无，四曰纠察官吏，五曰宽州县之财赋，六曰发常平之滞积，七曰毋崇遏粜，八曰毋启抑价，九曰毋厌奏请，十曰毋拘文法。

太守救荒所当行：一曰稽考常平以赈粜，二曰准备义仓以赈济，三曰视州县三等之饥而为之计（小饥则劝分发廪，中饥则赈济赈粜，大饥则告朝廷，截上供，乞度牒，乞鬻爵，借内库钱为籴本），四曰视邻郡三等之熟，而为之备（才觉旱涝，先发常平钱，遣牙吏于邻郡丰熟处告籴，以备赈粜，米豆杂斛皆可），五曰申明遏籴之禁，六曰宽弛抑价之令，七曰计财用之虚盈（存下一岁官吏支遣，余皆以救荒，不给则告籴他郡），八曰察县吏之能否（县令不职，劾罢则有迎送之费，姑委佐官以辅之，不然，对移他邑之贤者），九曰委诸县各条赈济之方，十曰因民情各施赈救之术，十有一曰差官祈祷，十有二曰存恤流民，十有三曰早检放以安人情，十有四曰预措备以宽财用，十有五曰因所利以济民饥，十有六曰散药饵以救民疾。

县令救荒所当行：一曰闻旱则诚心祈祷，二曰已旱则一面申州，三曰告县不可邀阻，四曰检旱不可后时，五曰申上司乞常平以赈粜，六曰申上司发义仓以赈济，七曰劝巨室之发廪，八曰诱富民之兴贩，九曰防渗漏之奸，十曰戢虚文之弊，十有一曰听客人之粜籴，十有二曰任米价之抵昂，十有三曰请提督，十有四曰择监视，十有五曰参考是非，十有六曰激劝功劳，十有七曰旌赏孝弟以励俗（饥荒之年，有骨肉不相保者，有妇让食于姑，孙能养其祖父母者，当物色之），十有八曰散施药饵以救民（饥荒之际必有疾病），十有九曰宽征催，二十曰除盗贼。

宋董煟又议：救荒之法不一，而大致有五：常平以赈粜，义仓以赈济，不足则劝分于有力之家，又遏籴有禁，抑价有禁。能行五者，则亦庶乎其可矣。至于检旱也，减租也，贷种也，遣使也，驰禁也，鬻爵也，度僧也，优农也，治盗也，捕蝗也，和籴也，存恤流民，劝种二麦，通融有无，借贷内库之类，又在随宜而施行焉。盖有大饥，有中饥，有小饥，饥荒有三等之不同，所以救之之策亦异，临政者能辨别而行之，然后为当耳。

宋胡安国议：古者救灾之政，若国凶荒，或发廪以赈乏，或移粟以通用，或徙民以就食，或为粥溢以救饿殍，或兴作以聚失业之人，缓刑舍禁，弛力薄征，索鬼神，除盗贼，弛射侯而不燕，置廷道而不修，杀礼物而不备，虽有干旱水溢，民无菜色，所以备之者如此其至也。（是年（鲁襄公）秋，有阴沴之灾，而冬大饥。盖所以赈业之者，有不备矣，故书之以为戒。）

侍郎王廷相议：荒歉之时，百姓乏食，自活不暇矣，而官司不省事者，遇灾不行申达，既灾之后，犹照旧贯追征税粮，是以病羸之人，而服劳苦，安得不毙？（故流殣载途，闾井萧然，祸民深矣。）故停免赋税，宜为先计。一也。荒年不足者，多系贫下之户，豪族大家，必是蓄富，若劝谕之法不行，使官府米斛不多，虽有银钱，无所籴买，亦将无受实惠矣。故立劝赏约束，如冠带义民之类，令之输谷助荒，以续官司不及。二也。谷少则价贵，商贾细民贪利，必辇贱处之谷，以售于荒歉之乡，若官司恶其贵而减其值，则商贾闻风不来，谷无由至，为害大矣。当出榜禁谕，宁许有增，不许有减，则诸处商谷，必为辐辏，价不待减而自平矣。三也。民既流聚他所，若无处置之法，则止栖无依，必至困极为盗，丰荒之民俱弊矣，（富郑公□青州，河朔之民，流来日众。公□使之散入林落□村，释寺及公私室屋，各随所宜居之。得公私粟三十余万斛，计以簿书，约以日期，出纳之详，一如官府。比麦熟遣归，得活者数百万口，此）故处置流民于丰稔之州，四也。细民丰收之年，公私尚多逋欠，况此饥馑，焉能还偿？可逐处出榜禁革，但系公私一切逋债，俱为停止，无得催逼，以致流亡。五也。赈济之法，贵在贫者蒙惠，使主者不得其人，则吏胥作弊，户籍无实，富者有盈釜之资，而贫者有赤手之嗟矣。故当选委才能之官，以主其事，使在籍皆贫下之人，而在官吏胥之徒，不得以肆其奸，则济荒虽无善政，而亦稍为得法。六也。荒岁已矣，及令田禾有望，亦可安集，但百姓既已缺食，焉得种子？可于口食之外，再有牛具谷种之给，使本乡有所顾恋，不至尽为沟壑之瘠。七也。大抵救荒之策，先王三年九年，农有余积，上也。平籴，常平，义仓，社仓，预备之政，次也。移民就食，煮哺糜粥，下也。（今所□□虽非预备之善，亦随事措处之法，救荒之论不可不讲者，但）议即今三月将留，田野之外，菜芽木叶，皆可采食。若银米散赈得宜，再有牛具种子之给，未流者必不轻乡土，而已流亡者亦闻风而归矣。其余后时缓不及事者，不必讲可也。

吏部侍郎邓文洁公以赞议：苍生无禄，大侵为灾，（今南昌之西乡下乡，新建之下乡，田庐不举火者，十家而九，或相啗草根，延旦夕之命者，或甘心缢死者，）流离困苦（之状），累牍难书。夫可以弗赈哉？赈未易言也。略陈其概，以备采择。一曰分等差。盖水灾虽广，而轻重不同，宜以连年被水，而今年之水至今犹未落业者为最。以虽系水乡，而田已退水，见今可以复种者次之。以从来无水，而今年被水，见今复种已定者又次之。册报之重轻，赈恤之多寡，大约视此为准可也。二曰广周恤。饥民有册，其实饥者岂能尽乎？（一指之痿痹，良医所不置也。）无亦预示里长党正等，凡被伤无食之家，尽数开报，俟临乡亲审。若虑其生扰，疑其有私，则于毕事之日，令一二人执饥民名票，就其家问之，则举一而百可知也。斯亦庶几无向隅乎？三曰移金粟。夫民非必皆壮大也，有老有病者，有无夫或夫客于外者。此必不能出门户者也。又农务方兴，即壮夫来城中，往返二三日，业已失工谷数斗，而舟子舍人之费不与焉。故金粟不可不移也。然给散之日，择一宽处，令百姓蹲踞以待，呼一人，散一人，必无纷详矣。亦不得限以辰日，斯亦人人各得所欲，非从容不能也。四曰分委任。沿河一带，居民实稀，其中托处于小河曲港者，十倍焉。以不在耳目之侧，而姑置之，情有不忍；欲正官一一而辱临之，势又不能。切念佐陪杂职、义官及各乡老，宁无可备驱使者乎？无亦预访其贤且才者，分地而委之，仍不限以时日，则穷乡蔀屋，无不到之阳春矣。五曰用谘询。夫一乡有一乡之情焉，非其乡之人不能知也。是故有耆老可诹，文学可访者，每至其乡，择三二人置之左右，以备顾问。则凡乡之所谓老者、病者、无夫者、夫客于外者，皆可知也。六曰便工作。夫圩者低乡之生命，不可不修者也。事虽似缓，然今饥荒之时，预给以工谷，而及秋责其成功，则修圩亦所以议赈。钱粮未必充，以三分之则，以二分为赈，以一分给工。然圩夫旧亦有册，今亦预示圩长，凡愿为工者，皆许领谷而籍记之，则亦庶乎可广也。钱粮又不充，或先给一半，俟秋冬积谷稍多，盐税稍广，酌量增之亦可也。（仰闻轸念惓惓，故访诸舆论，谬陈鄙见若此。伏靳财督，幸甚。）

吏部员外屠隆议：

一曰蠲岁租之额以苏民困。岁荒民饥，救死不赡，（奚暇完租？不惟饥荒之恤，尚迫日而征之，民力恐不支。）若以催科迫之，不填沟中，则起而为盗。余考之前代，蠲租免税，何代无之？而我祖宗蠲免之诏，更无岁不下。（圣衷弘慈，皇恩湛濊，至今上照烛万国，子惠黔黎，尤肫切焉。）惟我良有司遇灾即闻，闻速具详，毋缓毋隐，奉行恩诏，务殚厥心（，使上章至仁，下沾实惠，帝鉴欣嘉，神理孚祐，可不免旃。）可也。

二曰发赈济积蓄之粟以救饥伤。损有余，补不足，天之道。（王者玉食万方，四海为家；元元枵腹，殆滨死亡。为民上坐拥囷廪之饶，而不急救下民旦夕之命，如为民父母者何？）民饥死且尽，（天下土崩，）而上能晏然饱食高枕，无是理也。然赈济者，聚济不如散济，零济不如顿济。何为聚济不如散济？聚数千万人于一处，而为之给散，上之给散虽周，有守候之苦，下之喧溷日积，有蹂踏之患。夏热薰蒸，疾疢易作，群居露宿，栖泊无庐，为害不浅。必也委贤能僚属，及乡宦之良，富民之有德行者，分头给散，而正官为之总管稽查可也。何为零济不如顿济？即如一人日给粮一升，一月应得三斗。令饥民仆仆焉奔走而日领一日之粮，既费且劳，得不偿失。不如计一月三斗之粮，顿而与之，令得家居安食一月，一月粮尽，后复赴领，官不烦琐，而民得安逸，不亦可乎？

三曰行官籴之法以资转运。（夫境内灾伤，野无青草，将）议赈济，则恐官府之囷廪有限；议劝借，则恐地方之富户无多。最妙之策，须发官帑银两若干，委用忠厚吏农富户，转籴于各省外郡丰熟之处，归而减价平粜于民，委用员役，分头往籴。如发官银一千两，先籴五百两，至而粜与饥民，即发后五百两往籴，先五百两粜完，而后五百两继至，后五百两将尽，而先五百两复来，如此转运无穷，循环不已，百姓虽丁凶年之苦，而常食丰年之粮。积谷之家，虽谷踊贵其价，而官府平粜之粮，日日在市，彼即欲独高其价，势必不能，渐近有秋，闭藏无用，则亦不得不平价而出粜矣。如他处米谷不足，则杂买豆粟、薷葛、麦荞、蕨粉、芝麻之类，并足充饥（，民情无恐）。况丰熟而还籴，官银不亏，那移以逸民，民饥获济。若委用得人，必无他虞。即劝富民自以己资往来籴粜，民亦必从，此最妙之策也。若附近州郡无丰熟之处，不妨稍远。（所以贵见灾而惧，先事预图也。）惟出粜之时，须设法禁约，籴者必系真正饥民，人不许过石，（严查重罚，）毋为商牙揭贩者所夹混顿粜，展转射利。尤当严戢胥吏诛求，役人抑勒，此不能禁，事无解矣。

四曰劝富户之赈以广相生。夫富者珍宝丰盈，一身而外长物耳；仓箱充溢，一饱而外何加焉。即令百姓垂毙，而吾安享饶腴。万一民穷盗起，戈矛相向，虽有粟吾得而食诸？况富者虽有所捐，未关躯命；饥者稍得所济，实延余生。以吾未关躯命之粮，而为彼实延余生之助，（官府敬之，百姓感之，而又有阴德，何苦不为，）其利孰大？以此相劝，有良心者必动。然在上人必须悬赏格以劝民，颁科条以鼓众。或量其所捐，而优以礼貌，风以折节，奖以旌扁，荣以冠带。富民之所最欲得者，给以印信一帖，除重情而外，预免其罪责一次，令得执以为信。彼见吾之中心款诚，调停详妥，好义者必争先，贫怯者亦勉应矣。但惟宜行劝诱，听其自愿，不宜妄行科派，强其不堪。其最要者，在有司先自捐俸以感竦士民。夫有司之俸几何？讵谓其便足以赈恤百姓，而假以鼓舞倡率，使士民无辞者，在此也。

五曰藉饥民之口以革冒滥。夫上之赈济以活饥民也，非以助奸民也。余见里役之报饥民也，家有需索，人有纳贿。市猾之得过者，欲为他日规避差徭之地，则贿役以报饥民。民之实饥而流离者，以贫无能行贿，而反不得与。则虽有赈济之名，无救小民之死。必也罪滥冒，罚遗漏，严勘结，密体访。或拘集各役，出其不意，令各书报，隔别互查。或真正饥民被遗，许诣官自陈，重治报役。如此则滥冒之弊必革，而待哺之民罔遗矣。

六曰躬赈粮之役以防吏奸。夫官府之行赈济，当其吏胥之发粮也，则既偷窃于吏胥，及其委役之散粮也，则又克减于委役，（窃与克者，十恒得其七八，而饥且死者，十不能得其二一，）故事枝梧，虚文搪塞，如朝廷之德意何？必也四境之内，照东西南北，分日择地，谕集该境饥民，躬亲查给，勿委人误事。万一地广人稠，一身不能遍历，委用廉能员役，分头管散，（亲给粮食，）簿籍分明，计给散粮食，每一处共饥民户口若干，粮食若干，每名口给与粮食若干，逐一明白榜示，使饥民晓然，各知数目。如有管散人役，克减短少，许饥民即时首告，以凭坐赃究问（如律）。正官出其不意，时一亲到彼处验查，则后人不敢作弊，而穷民沾恩矣。

七曰详村落之赈以遍穷檐。（夫颠连无告之民，城市尚少，村落为多。）有司之行赈济，往往弥缝于城市，而疏脱于乡村。城市之中，饥户稍有赈济，以为观美，而不知穷乡僻野之间，横于道路，填于坑谷者不知几。必也多方抚循，加意周遍，无远无近，皆吾赤子，近处则正官亲临，辽远则委用廉干，而详于防范，严于稽查，使无不均之叹可也。

八曰行食粥之法以济权宜。（食粥之法，为极贫者而设。）极贫者虽得升合之粮，不便炊爨，煮粥饲之，庶赖全活。顾所最忌者，群百千人而聚食一处，远涉者不及食粥，或以道毙，群聚则秽热蒸染，而易以生灾。甚而管粥者克米而多搀以水，给食而不惟其时，欲以救民之生，反以速民之死。须慎选员役，必躬亲考核，峻而罚治，斯役人不敢作奸（，悉遵法令）。逐乡而煮，分图而食，煮必以洁，食必以时，如古者按时刻，照人数，执旗引队，群而不乱，此法可行也。要之，愚意煮粥终不如给粮，零散终不如顿散也。

九曰设多方之策以弘仁恩。夫四方之地，土风悬殊，灾变之来，时势不一。（刻舟不可以求剑，胶柱不可以调瑟。）必也顺风俗，相时宜，酌人情，权事势，凡可以佐百姓之急者，不可不广为讲求也。

十曰厉揭贩之禁以祛市奸。岁祲谷贵，小民已不勘命，而市井之猾，牙侩之徒，（罔念民艰，）乘时射利。凡遇有谷之家，入市出粜，结党成群，邀截兜揽，稍高其价，而收籴之以图抑勒零粜，取利倍增，谷价之所以日长，饥民之所以日困（，皆此曹为之）也。有司须严勘密访，重责枷锁，号令都市，此风戢而谷价平矣。

十一曰戒抑价之令以来商粜。（夫民情之趋如水之流，顺而导之则通，壅而遏之则决。）荒年谷贵，民诚不堪，然若有司（不忍谷价日高以病小民，乃令）抑减时价，定为平粜，（此令一出，）则他处之兴贩者畏沮而不来，本境内之有谷者闭粜而不出，民食愈乏，人情益慌（，强则有劫掠，弱则有饥毙而已。）。故良有司惟贵设法调停，令谷价听时低昂，不强抑减，而出官银以行运籴，恤商贾以来兴贩，请皇恩以开赈济，悬赏格以劝富民，悉力调停，渐近食新，则谷价不减而自减，不平而自平矣。

十二曰予民间之利以充赡养。（民间之利，如）近山林者，有樵采之利；近江海、湖荡、河泊、陂池者，有梁罟之利；近灶场者，有煎煮之利；近关津厂务者，有商税之利。须力请于上，暂弛一二月之禁，令饥民得依以活命，一遇丰熟，即便停止。而又为之严示约束，不得乘机恣行，非法抢掳，（犯者无赦，）是亦救荒之一策也。

十三曰留上供之粟以需赈济。（夫王者，为〈民〉父母，四海苍生皆其赤子也。宁有父母之廪食有余，坐视赤子之饥饿而死，而漠不为之拯救乎？损太仓之稊米、沧海之一粟，而可以活万姓之命，王人者所当急图也。今）岁遇大祲，愿有司力请于监司，力请于朝廷，留粟发粟，如前代举行者，（不然，所司噤不敢出声，即民间之疾苦何繇而上闻，上人之德意何繇而触发乎？而乃今明时，赈恤之仁，远逊前代，是所司之过也。诚有能将小民饥饿流离，乞丐转徙，死亡僵籍，伤心酸鼻诸苦状，悉描写以上，闻于当中，恳其留粟发粟，）则上之人必恻然而感动，虽不得请，言者未必获罪，即获罪，吾亦欣甘之耳。

十四曰犯专擅之禁以救燃眉。呜呼！民命悬乎旦夕，君门远乎万里，（闾阎之窘急星火矣。）吾不惟闾阎之急是顾，而惟私念其自家妻孥，必请命而后行，得报而后发，道途往返，未及施行，而百姓必转于沟壑矣！（万一请而不得，则小民虽累累而就毙且尽，亦付无可奈何而已。故）余以为赈济之事，若犹可稍缓，则当以请命为恭；若势在燃眉，朝不及夕，则先发后闻，以身当之可也。

十五曰假便宜之权以倡民牧。（夫大夫专境外，将军制分阃。戎事则尔，荒政亦宜。然小民之危亡展转在呼吸之间，而朝廷之决断制命在万里之外，）有司之观望顾惜者多，捐身为民者少。君相不长虑遥烛，而稍假有司以事权，小民之仓卒奚告焉？有司非除吏之职，无封拜之权，而古惟救荒，则给空告身、空名度牒与之，而令得拜爵度僧，专而行之，丰熟乃罢。古之良有司不俟请命、径自截留上供者，有专制发粟、归而伏罪者，朝廷非但赦其罪状，又从而褒嘉旌异之，无非优假有司，全活黔首。此在荒岁权宜，不嫌于下移旁落耳。（惟君相深计而熟察之耳。）

十六曰节国家之费以业贫民。夫天子燕飨赏赐，每一举动，辄费巨万，小民曾不得颗粒入口，枵腹而终，亦可悲矣。在朝廷稍事减捐，不过省一饭一赏一费，便足延闾阎万姓之生，亦何苦而不为乎？

十七曰立常平之仓以善备赈。常平之设，原取惠利百姓，以防水旱灾伤，初非较计出入利息，以足公帑。故增价以籴，须照岁熟之大小；减价以粜，亦须照岁饥之上下。无岁不籴，无岁不粜，斯新陈互易，出入常平。唐宋力行此法，甚利小民。我朝亦仿而行之。（奈有司不肯著实举行，一切文移，虚应故事。当谷贱之时，不设法增价买采，以致仓中空虚。稍有所积，一遇饥荒，则又受文法之牵制，畏上司之稽查，而不敢轻发以减价平粜，积于无用，闭为灰埃。仅仅以一纸教令，劝民间之出粟，以为吾救荒之事毕矣。）为民上者，事须师古，计在利民，设法买籴，令其常盈，绝别顷之那移，计吏斗之侵克，常籴常粜，出陈易新，不可不讲也。

十八曰兼义社之仓以待凶荒。社仓古与义仓通行，但古行义仓法，于田亩正税外，别征升合以入义仓。在廉吏行之则可，贪吏将借以济其多取之私，扰民不便。愚意谓之义仓，乃尚义乐施之名。官吏尚义，则捐俸以买粮；富户尚义，则出资以入粟。上以好义倡之，使巨室大家，起而乐和，必如是而后可耳。常平以赈粜，义仓以赈济。在官既有减价平粜，则不必出令抑勒，而可以潜压下谷价。复有赈济，则与平粜参用并行，何荒不救？在粜则止许饥民之零籴，而不许贩户之顿买，在济则务由城郭之百姓，以遍乡村之极贫。如是庶乎水旱有备，流亡可免矣。然而漏落、伪冒、重叠等弊，不可不严查而厘革也。

十九曰豫救荒之计以省后忧。夫当事变未来，而豫为之所，则意思整暇，易于擘画。及其事变既至，而后为之图，则手足冗迫，难以支分。如见目今大水大旱大蝗，知将来必饥，辄豫为之计。或豫检踏灾荒之田，豫查被灾之户，早申灾伤之文，早借备赈之粟。或豆麦、蹲鸱、薷蓟、芜菁、芝麻之类可种，则躬劝率百姓，广种各乡。或豫发官帑银，给委忠实齿德富户，往邻郡丰熟去处，籴米谷杂粮，以待平粜。或劝诱商贾客舟，运粟以来，而许为护视主粜。或豫查境内巨家富户，而结以恩信，优以礼貌，劝以阴德，怵以利害，令其各有顾惜桑梓之情。凡此皆豫之道胜也。（余城中一贫寡妇，见去岁大风水，知来岁必荒，手织巾布鞋袜，及出室中什物，令其儿日日入市，杂易大小豆麦、松花、蕨粉、芝麻之属，磨研炒干，杂作为细粉，而积数巨桶。至今岁果大饥，日取滚汤搅而啗之。终饥荒之月，食尚有余。他人多馁死，而独此妇无恙。令官民之志皆如此妇也，则何饥荒之足忧哉！）

二十曰先检踏之政以免壅阏。水旱蝗蝻之后，田禾被害矣，若非正官亲临，逐乡履亩，检踏灾伤，而令首领及吏农里老人等，往而虚应故事，或反需索滋扰，则在先之核灾不实，而后日之救荒何据乎？此隐漏重冒之弊，所以纷纷也。

二十一曰时奏荒之疏以急上闻。夫天子端居九重，安能坐照万国而无遗？即如境内灾伤矣，百姓急须告灾于有司，有司急须申灾于抚按，抚按急须奏灾于朝廷，朝廷以万国为一体，必不坐视而为之拯救。万一报迟，则上人易以起疑，而救灾又恐无及，此伊谁之咎乎？

二十二曰严蔽灾之罚已儆欺玩。吏民好谭时和年丰以钓声誉，而讳言饥荒水旱以损功名，故恒有匿灾异以不闻，甚或饰饥荒为丰穰。独往年吴郡大水，吴中一令，悉力祈祷，冒雨遍历各乡，督率修筑圩岸堤塘。他郡邑潦侵，而此邑颇不为灾。及御史入其境，见田禾芃芃秀实，谓令曰：人言汝邑独不灾，果然不谬。令曰：以使君所见乃傍河官田，易行戽救，故得不灾。其四乡腹里低洼去处，坏不能救者多矣。令安敢冒不灾之美名，而贻百姓之大患？为令若此，一令何〔可〕哉！

二十三曰修水旱之备以贵预防。夫救灾于有事之后，不如防灾于无事之先。田地之高燥者，宜有以蓄水以备旱，则池塘河荡，不可不浚也。田地之低洼者，宜有洩水以备潦，则圩岸堤防，不可不筑也。（我国家设有水利之官，正所以专管讲求。迩年以来，有司皆视为故事，漫不经心。水旱无备也，非一日矣。）愿朝廷特发明诏，申饬诸道监司督有司，有司督粮塘里役，著实修举，修举者有赏，废堕者有罚，分别勤惰，以示劝惩。有备无患，此之谓也。

二十四曰躬祈祷之事以回天意。夫天高听卑，英灵肸蛮，靡敢不孚！但天体尊而神理赫，其非凡夫假意虚文，可以一呼而应，亦明矣。（有司之祈祷者，或佯禁屠沽，而私饮酒食肉，冠带驺从，而不肯习劳，仅发一牒，躬一拜，了事而已。多歧其心，二三其德，悠悠忽忽，念罔在民。以此为祷，而辄欲回神谴，召天和，吾知其必不能也。）必也持斋素，断嗜欲，畏天怒，哀民穷，首宿罪，悔已愆，内办精诚，外厉勤苦，易锦绣而素服，屏车从而徒跣，蒲伏而终朝，长跪而百拜，暴日而焦枯，沐雨而踵湿，涉远道而不辞，触蛟龙而不畏。上天加灾，下民且死，吾何惜一身以谢万姓？必感格而后已，如是而天心未有不回者也。（古蝗不入境、霖雨随车，岂偶然之故哉。）

二十五曰励勤苦之行以感人心。人虽嚣顽者，亦有良心可感而动。吾平日为吏而祈祷勤苦，士民业已见而心怜之。即如欲劝士大夫之赈济，发大家之盖藏，则不遣隶卒，不行符票，方巾野服，芒履徒步，而遍诣士民之家，为之降其颜色，温其言辞，优以礼貌，风以德义，忧戚之意，发于面目，诚恳之念，见于举动。以吾平日之居官，兼以此时之诚切，士民必感而泣，良心既动，何物不舍，何民不从？如是而有恝然漠然（，绝不愍念官司，慷慨举发）者，此则豺狼之民，良心尽灭，不妨痛惩一二，以儆众庶。（捐废身家，我亦何求，为百姓耳。）苟能令百姓人人愿为我死，而何事不济！

二十六曰广道途之赈以集流亡。有如旁郡县皆饥，闻吾救荒有法，或流移而来，虽非吾部中之赤子，然仁者一视之情，宁得恝焉而听其枕藉而死乎？今郡县有司，遇有他处饥民，流亡入境，亦必委曲而为之给庐舍，散粮食，设医药，惟力是视，以免其道殣可也。（此不惟为天子收集流移，而臣之积累功行，亦不少矣。）

二十七曰申保甲之令以遏盗贼。饥荒之时，盗贼易起，喘息余命，断不能大噪横行，不过为鼠狗之计，以苟旦夕蜉蝣之生。姑息而不为之扑灭，则燎原可忧；辄用重典而悉置之法，则饥寒可悯。防戢而底定之，乌可无术哉？但获饥盗，为之大张其威声，稍宽其棰楚，待以不死，号令于市，以令喧传，当自解散。

二十八曰省荒后之耕以给将来。大饥之后，不惟民力艰乏，即耕种亦苦无本具。吾为省视耕种，无食者量济之，无农具者量为处而给之。或劝富户借食借具于贫民，而令贫者为之出力耕种以补之，或待收成而以粮食偿之。有司须于耕种之时，暂辍政事，亲历各乡，补助劝率，百姓见上人留意农务有如此，自然勤奋（，境无惰农，农无荒业）矣。省耕省敛，古人所行，今何可废也？

二十九曰申闭籴之禁以广通融。以本境而言，则他郡如吴越，然以天下而言，则一体若手足。自多丰熟，坐视邻灾，盖恐为外处搬运，致本处亦荒。不知吾不恤邻，万一他日吾荒，彼亦不救恤我。非惟示人以不广，其于王者一统之义何如也？

三十曰垦抛荒之田以廓民产。分东西南北区图，设劝农官数员，选有身家德行良民为之正官，亲督履亩，查勘荒田若干。抛荒户下，即与豁粮，募佃人承领开垦。或许原户归而复业，量其人之丁力，领垦若干，给与工本粮食。若富民愿自备工食领垦者亦听。三年免其起科，三年之后，然后起科。盖既免税粮，复给工食，招来有法，劝谕有条，人谁无恒产之思乎？（荒田尽垦，国课渐增，百姓殷富，此在淮阳苏松之间多有之。向设屯田官员，为此也。而抛荒开垦，今尚未尽，则亦举行者之不肯实心任事也。）如境内无抛荒田地，则督率劝农官，一意每岁省畔，无分荒熟，力本重农，自有司事。如近日建议北方新开水田，于北人甚利。盖北方地势高燥，故宜种二麦，而其间岂无可开种水稻者，兼而行之？始议为难，数年以后，为利溥矣。奈人情骇于骤兴，难于虑始，巨室沮挠，持议不决，殆可深惜。

进士王圻议：

一、议储蓄。自《大学》生财有道之外，惟积谷可以备凶荒，赈饥愍，而民不至于流移。（如汉大司农中丞耿寿昌□设常平仓可法也，此实积贮良□。）近来有司率以简讼为德政，而纸赎之入，纵不别费，亦无几何。今仿朱子社仓法，有司遇年丰时，查各集镇乡村大处，置一社仓，劝谕本处得过乡民，输借或三石、十石、二十石，不拘多少，俱听其愿，不许逼迫。每仓以百为率，不及则以官钱买补之。遇春间民缺食，听本处民借用，登簿秋偿，每石加息谷三斗。放收委之乡约保甲，看守责之甲长乡夫。待三四年后，所积息谷过其本者，仍将原劝借谷石，照数退还各主。如不愿领者，以出谷多寡行赏，或以尚义扁其门。此正所谓以取于民者，还以予民，不费之惠，莫过于此。

二、议停蠲。盖岁值大侵，公私俱病，惟停蠲则民厄于无所入，尤幸于无所出。我朝凡遇水旱，即便停蠲，何者？民间殷实户间有积聚，尚堪补一家食指，并宗族亲邻枵腹称贷者。惟常税不蠲，其素藏遗粒，悉供输纳，冀免鞭敲。而贫民既称贷无窦，又征求不已，富者不至于贫，贫者不至于流亡不已也。（惟急议停蠲，则为仁政所当先者。）奈何二三有司，或拘泥常限，预期征之；或恐完数不及数，碍其迁转，停蠲之旨方下，而税粮数计已完。贤者则议抵补下年，不肖者扣入私囊，竟使朝廷恩泽，徒为纸上虚文。（民转展沟壑，啸聚为盗，咎将谁执?）凡遇水旱灾伤，有司速行踏勘，申请奏闻，速议停蠲，庶圣泽不孤，民沾实惠矣。

三、议赈济。赈济所以赒穷民无告者。若稍得过之家，虽遇大祲无收，犹能称贷富室，或百计求活，不至流亡。惟无告穷民，生借无路，坐以待毙，赒之期宜急，赒之法宜均。必须藉仁明掌印官亲自临地清查，临仓调停，给散不使有遗，吏胥不致渔猎，定期赴领随给，不得担延等候。万一荒村远域，用舟车载至其地散之。庶枵腹之民，不致毙之仓下，仆之中途矣。（不然，虽空竭仓廪，而嗷嗷者卒未免为沟中之瘠也，恶在其为民父母乎?）

四、议抚恤。盖民以水旱灾伤，生活无计，差税无办，倘遇贤有司多方赒济，设法抚绥，缓其赋役，宽其逋负，贷其种子，靖其寇盗，葺其室庐，尚堪存活，不至流窜。万一他邑流移，至我疆界，须念呻吟愁怨，上干天和，驱逼啃聚，类致揭木。要必撼摇观望，禁谕有术，号呼逃窜，招抚有方，侨寓寄食，馆谷有备，仆僵骸骼，瘗葬有道，掷妻损子，录育有宜，不愿复业，许令附籍，思返故乡，资给路费。此皆仁人君子忠厚存心，亦弭盗睦邻之大义也。

五、议平籴。古称商贾之事，可通于官府。盖握权奇，时通塞，铢较而寸权之，亦救荒权宜之一策也。大都年凶谷贵，小民病之。若发仓廪减价出粜，而四方巨侩，贩运谷米，一时辏集，其价自平矣。然所以佐平籴者，又在无遏籴，俾商贩谅我之公，凡道经我境者，俱运米而来，又在无折价，俾商贩闻风，价直倍常，自将辐辏而至。慎斯术也，复何患米价不渐平，而嗷嗷者不甦之生哉？

六、议发仓。夫近来令申有司殿最，在积谷多少。要知所积之谷，虽民所输，而非民之藏，虽君所储，而非君之利，盖专为备荒计耳。若岁荒谷价腾涌，民嗷嗷待哺，命在旦夕，司民牧者，更不必拘泥待报之常期，即宜发粟救济。年终类报，以朝廷所蓄，活朝廷赤子，谁曰不可？在昔名公，皆不拘待报之常，而发仓行赈，可为后世法者。倘虑其散之易，敛之难，必待报闻而后发，则枵腹之民，不为沟中瘠者鲜矣！

七、议倡义。盖富民，国之卫也，民之依也。所谓藏富于民者，藏之此矣。《记》曰：富则仁义附焉。夫好义之心，人孰无之？要在上之人，阳激而阴率之，则倜傥之士，将浮慕焉，而虽啬夫，捐千金如弃敝蓰矣。盖以百姓之财，救百姓之死，倡导鼓舞之机，惟豪杰默运之已耳。

八、议煮粥。盖凶荒人民流徙，饥馁疾病，扶老挈幼，驱之不前，缓之则毙。资之钱帛，则价踊而难籴；散之菽粟，则廪歉人众而难遍，惟煮粥庶可救燃眉。（宋□□谓：救饥者，使之免死而已，非欲其丰肥也。当择宽广之处宿戒，使辰入，至巳则阖门不纳。午而后与之食，申而出之。日得一食，则不死矣。其力自能营一食者，皆不来矣。比之不择而与者，当活数倍之多也。凡济饥当分两处，择羸弱者作稀粥，早晚两给，勿使至饱，俟气稍完，然后一给。第一先营宽广居处，切不得人相枕藉。作粥须当自常〔尝〕，恐生及入石灰也。）我朝万历十四年，河南彰德府饥，巡抚衷公议发赈余米数千石，及该府库贮银若干，于丰穰处籴米，随在委官煮粥，日一餐，人给三碗。明年，复行开封等州县如彰德，所全活不可胜计。大都煮粥虽救荒下策，然举行固自有法。盖处之宜广不宜隘，举之宜同不宜异，令行宜严不宜宽，食之口宜散不宜聚，授之餐宜遍不宜频，是在贤守令善行之而已。

九、议给粟。盖凶年行赈，给之钱，类费而鲜实；餔之粥，或聚而难散。惟出公廪之余，藉富室之蓄，计口给粟，人不过升合，家不过斗釜，庶几乎拯溺救焚之一策也。

十、议权宜。盖饥民嗷嗷待餔，命在旦夕，救荒如救焚，非大豪杰权宜从事，曷免有济哉？昔汲黯之矫诏，范仲淹之纵游，范尧夫之发廪，国朝韩文之预支军粮，皆能便宜从事。有地方之责者，仿其意而行之，则苍生幸甚。

文学秦弘祐议：平粜利民之有钱而买贵谷者，散米利民之无钱而存体面者，煮粥利民之赤贫而唯以救死为急，不惜体面者。民有三等：有米虽贵，尚有钱可买，勉强支持者；有衣冠体面，难于行乞就食者；有赤贫行乞，究竟不得一食而立为饿殍者。平粜则民食贱米，籴米者力易举，可以稍苏目前之困。散米则凡有体面者，皆得蒙惠，无行乞之辱，无就食之艰。煮粥凡赤贫之人，立受其惠，无籴办之劳，无炊爨之费，乞人、游手游食之人、罪囚、贫人、妇人、老人、幼者，皆立受其惠。一日得三盏粥，可以不死，且不须审户，不须防奸。若止平粜而不散米煮粥，则有钱买米者力稍宽，其如手无钱者何？依然束手无策也。无钱之人即斗米十钱，力亦不能办也。若止散米而不煮粥，贫而有人扶持者，得入饥户，凡行乞之人，与游手游食之人，无有相识者为之扶持，依然枵腹，无可告诉也。若止散米煮粥而不平粜，恐施者力易竭，后不能继也。

救荒全书卷之三　治本章一

凡二十二则

修省一　祈祷二　崇俭三　厚生四　重农五　编甲六　旹官七　预计八　水利九　修筑十　垦田十一　广麦十二　蚕桑十三　纺绩十四　钱钞十五　盐屯十六　核饷十七　裁冗十八　节食十九　止酒二十　禁戏廿一　运陆廿二

治本之一　修省

谕五〔六〕　例无　诏一　案二　疏二　议一

雨旸不时，固有祈祷之法矣，然祈祷岂空文也乎？从来天人一气，征应不爽，必且侧身励行，悔过省愆，自足以御灾召祥。是修省乃所以祈祷也。辑修省第一。

修省之谕

洪武初，太祖因久旱，日减膳素食，宫中皆然，俟天雨复膳。既而雨，群臣请复膳，太祖曰：亢旱为灾，实吾不德所致。今虽得雨，然苗稼焦损必多，纵肉食奚能甘味？廷臣对曰：昔武王克商，屡获丰年，诗人颂之曰：绥万邦，屡丰年。主上平海内，拯生灵，上顺天心，下慰民望，而忧勤惕厉，感兹甘雨，丰年之祥，其有兆矣。太祖曰：人事迩，天道远。得乎民心，则得乎天心。今欲弭灾，但当谨于修己，诚以爱民，庶可答天之眷。乃诏免民今年田租。

洪武初，命博士许存仁进讲经史。存仁讲《尚书·洪范篇》休征咎微之应，太祖曰：天道微妙难知，人事感通易见，天人一理，必以类应。稽之往昔，君能修德，则七政顺度，雨旸应期，灾害不生。不能修德，则三辰失行，旱潦不时，灾异迭见，其应如响。箕子以是告武王，以为君人者之儆戒。今宜体此，下修人事，上合天道。然岂特为人上者当勉，为人臣者亦当修省以辅其君，上下交修，斯为格天之本。

永乐间，上御奉天门，顾廷臣曰：近日郡县数奏水旱，朕甚不宁。右通政马麟等曰：水旱出于天数，尧汤之世，亦所不免。今间有一二处，不至大害。上曰：尔此言不学故也。《洪范》恒雨恒旸，皆本于人事不修。顾尚书方宾等曰：朕与卿等，皆当修省，更须择贤守令。盖守令贤则下民安，民安于下，则天自应于上矣。

宣德三年，解州、潞州奏天旱民饥，多流移他境。上览奏恻然，谓夏原吉曰：比闻山西久不雨，朕心不安。今果奏至。其即遣人赈济，且抚绥其民，毋令失所。又曰：闻旱灾之地颇阔，弭灾之要，修省在朕。卿亦当敬慎，勉敬乃职。

(原稿眉注：入修省谕。)崇祯十年，圣谕：今岁天象屡垂，地震示警，迄今雪泽尚格，赤气未消，无非政事乖张所致。除朕于宫中斋沐修省外，示大小臣工，俱著实加修惕，尽除格套。如果政事虚公，庶几挽回可望。至于科道官，以言为职，何无建白？殊属溺旷。

凡益国便民，剔奸除弊诸事，应简切直便，不许泛前勦袭，因循踵陋。特谕。

嘉靖二十五年，京师霪雨，给事中李珊疏请修省。会雨已止，上曰：霪雨为灾，即日躬祷，已荷天恩赐霁，修省不必行。朝廷有弊政当革者，各官宜秉公指奏处分，庶尽应天之实。（因降谕户部，发银米赈恤京师转徙居民。其房屋倾圮者，加给之。）

修省之诏

熙宁间，京师大旱，宋神宗下求直言之诏，其略曰：朕之听纳，有不得于理欤？狱讼非其情欤？赋敛失其节欤？忠谋谠言郁于上闻，而阿谀壅蔽以成其私者众欤？诏出，人情大悦，是日乃雨。

（董熠曰：谨按是时韩维知制诰。京师旱，上曰：天久不雨，朕夙夜焦劳，奈何？维曰：陛下忧悯灾伤，损膳避殿，此乃举行故事，恐不足以应天变。《书》曰：惟先格王，正厥事。近日畿内诸县，督索青苗钱甚急，往往鞭挞取足，至伐桑）

修省之案

熙宁间，宋神宗以久旱，忧见容色，每辅臣进见，未尝不嗟叹恳恻。尽罢保甲、方田等事，以谓爱养民力，亦荒政急务，宜即施行。王安石曰：水旱常数，尧汤所不免。陛下即位以来，累年丰稔。今之旱暵，但当益修人事，以应天灾，不足贻圣虑。上曰：此岂细事？朕今所以恐惧者，正为人事有所未修也。于是中书修奏，请蠲减赈恤。

（董熠曰：神宗每遇水旱，忧见容色，至云此岂小事，圣主忧民诚笃如此。社稷安得不久长哉。）

（原注：诏另起，案另起。）宋神宗朝韩维知制诰。京师旱，上曰：天久不雨，朕夙夜焦劳，奈何？维曰：陛下忧悯灾伤，损膳避殿，此乃举行故事，恐不足以应天变。《书》曰：惟先格王，正厥事。近日畿内诸县，督索青苗钱甚急，往往鞭挞取足，至伐桑为薪，以易钱货。旱伤之际，重罹此苦，愿陛下发自英断。（过而食人，不犹愈于过而杀人也。）神宗感悟，下诏，遂得雨。

修省之疏

唐（门下中书侍郎）陆宣公贽疏：圣人作则，皆以天地为本，阴阳为端。庆赏者顺阳之功，行于春夏，刑罚者法阴之气，用之秋冬。事或愆时，人必罹咎，典籍垂诫，言固不诬。天人符同，理当必应。既有系于舒惨，是能致于灾祥。虽天所降沴，不在郊畿，然海内为家，无论遐迩，愿涤瑕以德，消沴以和，威惠之相济合宜，阴阳之运行自序。臣惟今日赏多滥得，罚失公平，可用之财，未归藏府，最彰之罪，弗正典刑。以月令推之，愆时咎征，水旱并臻，良有攸自。贽所谓庆赏刑罚者，惟圣明留意。省新恩之常禄，可以哺困穷；追巨罪之逋赃，可以补租赋。检视台谏前后章疏，一听于公，可消前戾。

户科给事汪惟效疏：窃惟转灾为祥，自有本计，《书》曰"惟天降灾祥，在德者实心修实政"之谓。皇上子惠困穷，焦劳朝夕，忧民之忧至矣。大小臣工，虑无不忧皇上之忧者，但非可虚文应也。祈敕在廷诸臣，各矢公矢忠，勿营私比，实修职业，以召休祥；在外诸臣，宣布朝廷德意，实加爱养，勿重赋敛，峻法纲，以干天怒。九重明德慎罚于上，百执精白承宣于下，天心回，雨旸时，四海苍黎，庶几有起色矣。（水旱洊至，民困难）

修省之议

州守俞汝为议：《洪范》推五行，灾咎由于失德。水旱之来，岂非政事缺失所致？其或小人壅蔽主听，专恣害人，权奸窃弄国威，黩货乱政。聚敛之臣，敲朴浚民，而不知恤。惨刻之吏，严刑绳下，而日难堪。往往詈怨之气，哀号之声，足以上干天怒，而拂戾阴阳之和。又或教化陵夷，风俗败坏，豪右攘夺，淫奢无度，小民困苦，盗贼不休，因而致咎，理亦有之。人主念上天之示儆，一旦沛发德音，广开言路，使天下贤良正直之士，得一吐其胸中之感愤，而亟赐之施行，将弊政革，而人心悦，天意回矣。此弭灾消变之大原也。且使民隐获达，谠议尽闻，君臣上下，如血脉之相流通，忠者纠愆，智者效谋，区画筹度，以共济时艰，又何拯救之失策者乎？

治本之二　祈祷

谕八　例无　诏无　案三　疏二　议无

按《周礼》十二荒政，一曰索鬼神。穀梁曰：鬼神祷而不祀。是灾荒之祈祷也所从来矣。宣王之诗曰：靡神不举，靡爱斯牲。古帝王岂无征而言此乎？顾焚尫授璧，不若六事责而大雨降，是祈祷又仍在于君心耳。我太祖露祷郊坛，三日得雨，列宗承之，历有征应。先圣后圣，皆得格天之精意，而不徇其迹者也。辑祈祷第二。

祈祷之谕

（吴□年六月）洪武初，久不雨，上日减膳素食。谓近臣吴去病等曰：予以天旱故，率诸宫中皆素食，使知民力艰难。既而大雨，群臣请复。上不许，乃下令免民今年田租。

（陈仁锡曰：此本朝荒政之始。）

洪武三年，久不雨，太祖谓中书省臣曰：君天下者不可一日无民，养民者不可一日无食。食之所恃在农，农之所望在岁。今仲夏不雨，实为农忧。祷祠之事，礼所不废，朕已择明日诣山川坛，躬为祷之。尔中书各官，其代告诸祠。且命皇后与诸妃亲执爨，为昔日农家之食，令太子诸王供馈于斋所。至是日四鼓，太祖素服草履，徒步出诣山川坛，设藁席露坐，昼曝于日，顷刻不移，夜卧于地，衣不解带。皇太子捧榼进蔬食，杂麻麦菽粟。凡三日，既而大雨，四郊沾足。

洪武五年夏至，祭地祇于方丘。礼毕还宫，皇后妃嫔见，上曰：天久不雨，禾未入土，朕恐民之失望，甚忧之。汝等宜皆蔬食，自今日始，俟雨泽降，复常膳。于是宫中自后妃下皆蔬食。是夜大雨，诘旦水深尺余，皇后具冠服贺曰：妾事陛下经年，每见爱民之心，拳拳念虑。今兹大旱，陛下诚意所孚，天心感格，遂致雨泽之应，民得足食，妾敢进贺。上曰：人君所以养民也。民与君同一体，民食有缺，吾心何安？幸上天垂念，获兹甘雨，吾何德以堪？皇后能同心忧勤，天下国家所赖也。

嘉靖八年，吏科都给事中刘世杨等以上祷雨未应，上言：竭诚致祷，上下宜同。今陛下劳形焦思，以身为民请命，而从祀群臣，或骏奔不时，拜起失次，甚者湎饮无忌，慢天亵神，无过于此。宜令臣等得通劾之。其见监罪囚、建言谪戍诸臣，怨咨之气，亦足上干天和，请尽行疏释，以从《大易》雷雨作解之义。上曰：亢旱不雨，咎繇朕躬不德，无以格天。方朝夕忧惶，不当移过于下，但祀天国之重典，执事诸臣，各宜竭诚尽慎，以匡不逮。果若所云，岂佐朕事天子元元之意？礼部看议以闻。其清审刑狱，信弭灾要务，内外各衙门亟如议处分，勿令久滞。

嘉靖十三年春，久不雨，屡祷未应，命礼部具躬祷南郊仪以闻。上曰：朕步行不乘辇，百官随行。天象灾旱，朕为黎庶祈祷，岂惮途劳！乃斋居夙驾，择四月十七昧爽，步诣郊坛，祭祷如仪。上于幄次谕辅臣等曰：天时亢旱，虽繇朕不德，亦因天下有司暴贪，为民害，干天和。自今其慎选毋忽。仍步还宫，浃旬乃大雨。

嘉靖十七年四月，时自正月不雨，已命有司竭诚祈祷，赈恤郊外流民。至是，上谕辅臣曰：近多旱，朕方以为忧，礼部已请所司致祷矣。又闻近郊小民蹐跜，心加忧之。朕处人上，罪在朕躬，即以十八日为始，与卿等齐心洁虑，禁屠宰，青衣办事。二十一日朕躬祷郊雩。于是礼部具上定拟雩祀全仪，上曰：兹祷甘泽，乃修省事，祗宜青衣，上香进帛，三献八拜成礼，百官陪拜，未可用全仪，亦不必奉祖配，祭用酒果脯醢，牛一以熟荐。

嘉靖二十九年，礼部以亢旱请令顺天府官祈雨。上曰：去冬无雪，今春不雨，凡百五十日。如再及半月，麦禾皆失润溉。朕躬祷为民，卿等以上下相关，百官亦当修省。恐应天不可以虚文，第令该府官竭诚以祷。至是，上躬祷于禁中，命英国公张溶等分告各宫庙。

（原注：同上嘉靖十三年。）万历十三年春，久不雨，屡祷未应，命礼部具躬祷南郊仪以闻。上曰：朕步行不乘辇，百官随行。天象灾旱，朕为黎庶祈祷，岂惮途劳！乃斋居夙戒，择四月十七昧爽，步诣郊坛，祭祷如仪。上于幄次谕辅臣等曰：天时亢旱，虽由朕不德，亦因天下有司多贪暴，为民害，干天和。自今其慎选毋忽。仍步还宫，浃旬乃大雨。

祈祷之案

魏高祖建武三年，魏高祖以久旱，自癸未不食，至于乙酉。群臣皆诣中书省请见。高祖在崇虚楼，遣舍人辞焉，且问来故。豫州刺史王肃对曰：今四郊雨已沾洽，独京城微少。庶民未乏一餐，而陛下辍膳三日，臣下惶惶，无复情地。高祖使舍人应之曰：方将遣使视之，果如所言，即当进膳。如其不然，朕何以生为？当以身为万民塞咎。是夕大雨。

湖广汉阳知县王叔英遇旱，祷不效，叹曰：民将无食，吾为民父母，敢自饱也。遂绝食以承天变。不三日大雨。雨不止，复祷晴，一如前祷，雨遂霁。

正统十年，浙江台、宁等府久旱，民遭疫死甚众，乃遣礼部侍郎王英赍香币往祀南镇，以禳民疠。英至绍兴，大雨，水深二尺。灌献之夕，雨止见星。明日又大雨，田埜沾足。人皆喜曰：此侍郎雨也。布政使孙原贞等陪祀，乃为《御祭感应记》，刻石于庙。

祈祷之疏

三边总督唐龙疏：旱干水溢，交修乎人，而崇祷于天，荒政之大者。即近旱熯复炽，（冬苗已种者，十之三四，未种者十之六七，而况已种者复有枯槁之渐，可畏也。）为民父母，何以为心？州县官各务省涤愆尤，修明政事，及汛洁坛场，竭诚祈祷，务期雨雪霑足，（庶几已种之麦苗可活，其有未种者，亦可补种豌豆、大麦等项，）民其有瘳。

礼部尚书夏言疏：皇上肇建雩坛于圜丘之傍，以祀天祷雨，为民祈福，而仪注乐章，未经拟定。目今亢熯，欲恭请圣驾出郊致祷，但裁拟未定，未可举行。谨条具请。又言大雩之祀，宜奏云门之舞。云门者，乃周官大司乐以祀天神之舞，取其云出天气，雨出地气也。尧取以名乐，亦本此耳。

治本之三　崇俭

谕二　例一　诏三　案无　疏三　议一

天下止有此物力，不在于民，则在于官，俭用之则有余，奢取之则不足。苟经制不定，侈靡相高，家无厚储，人竞逐末，一遇凶荒，而富者贫，贫者死徙矣。故节用即生财之大道，崇俭为救荒之本源。辑崇俭第三。

崇俭之谕

洪武十六年，太祖谓侍臣曰：自古王者之兴，未有不繇于勤俭，其败亡未有不繇于奢侈。前代得失，可为明鉴。后世昏庸之主，纵欲败度，不知警戒，卒濒于危亡，此深可慨叹。大抵处心清净则无欲，无欲则无奢纵之患。欲心一生，则骄奢淫佚，无所不至，不旋踵而败亡随之矣。朕每念至此，未尝不惕然于心，故必身先节俭，以训于下。侍臣顿首曰：陛下戒慎如此，使世守而不替，长久之福也。

万历四年，（神宗□）上以服久渝色御袍示辅臣曰：朕节一衣，民间必有数十人受衣之乐者。若轻一衣，民间必有数十人受无衣之苦者。

崇俭之例

洪武三年，诏禁民僭侈。凡庶民之家，不得用金绣锦绮、纻丝绫罗，止许用䌷绢素丝。其首饰钏镯，并不许用金玉珠翠，止用银。（条例甚多，因无关救荒，故止录此。）

（原注：入崇俭例。）崇祯五年，该礼部题准，奉旨通行：

一、凡品官士庶，巾帽上不得用玉结、玉圈、玉插瓶等。非举监生儒，不得戴方巾、唐晋等巾。至吏典衙门人役，止许戴圆帽，不许戴巾，及貂鼠帽套衣服；止许着䌷绢素罗，不得穿云花绫、段羢纱等。

一、凡官员轿马伞扇，皆有定制，而举贡监儒，反有擅用大轿蓝伞者，越礼甚矣。以后两京各省士子，皆只许乘马骑驴，不得用舆及青蓝大盖。

一、士子衣服，不许著红紫等色及龙凤等纹，袖不得逾钦定一尺五寸，衣长不得曳地，鞋不得用绣花盘金，袜不得用绫绮。又有一种清客山人，假冒监儒公子，身着红绣，腰垂襟佩，袴请相思，假以诗酒淫放，引诱后生，败坏风俗，官司严挐究责。

一、士庶妻妾，并不得用团领衫、洒线宫装等衣，及珠冠珠髻、金宝钗钏等项。近且下及厮舆台隶，挟邪优女，遍染成风，官司并急宜拿禁。

一、职官士庶房，不许涂朱及土黄违制等项颜色。

一、僧道及尼僧，不许穿著纻丝、䌷绢、纱罗等衣鞋。

一、官员士庶之家，床榻椅棹，不许用螺钿描金，及紫檀、黄檀等。围屏寿轴，概不得用泥金、贴金及洒线织锦。

一、官员宴会，肴馔不得过簋。器皿除酒盏外，不得用金银及龙凤等纹。

一、古铜炉瓶及窑器等物，非先朝法物，即系内府盗出，否则皆赝鼎也。巧手递模，奸商诈饰，士大夫宝之，动费千缗百两，丧其素节，渐染成风。民俗亦非是不贵，耗财特甚。犯者宜以违禁之罪罪之。

一、民间赛会，用金翠珠玉、罗绮绫锦装饰台阁，悬架空中，布列男女，扮演故事，动费数百金。有司当严行禁止。

（洪武十四年，令农民之家，许穿䌷纱绢布；商贾之家，止许穿绢布。但农民之家，如有一人为商贾者，亦不许穿䌷纱。）

（洪武二十六年，定官员盖造房屋，如一品二品，厅堂五间九架，脊许用九兽，梁栋斗拱檐桷用青碧绘饰；门屋三间五架，门用绿油及兽面摆锡环。三品至五品，厅堂五间七架，屋脊用九兽，梁栋檐桷用青碧绘饰；正门三间三架，门用黑油摆锡环。六品至九品，厅堂三间七架，梁栋止用土黄刷饰；正门一间三架，黑门铁环。庶民所居房舍，不过三间五架，不许用斗拱及彩色装饰。）

（嘉靖八年，题准士庶婚礼，如问名纳吉，不行已久，止仿家礼纳采、纳币、亲迎等礼行之。所有仪物，二家俱毋过求。）

（嘉靖十八年，题准士庶丧礼，各称家之有无，以为厚薄。时忌致祭，亦随所有，以伸追慕。不以富侈，不以贫废。巨家大族，能遵礼以为细民之倡者，有司量加劝励。）

崇俭之诏

汉景帝后元二年，以岁不登，（禁内郡食马粟，没入之。《史记·本记》。）令内郡不得食马粟，徒隶衣七绫布，止马舂。为岁不登，禁天下食不造，岁省列侯遣之国。

（董煟曰：谨按：《曲礼》：岁凶，年谷不登，君膳不祭肺，马不食谷，弛道不除，祭事不县，大夫不食粱，士饮酒不乐。《玉藻》曰：年不顺成，君衣布搢本，关梁不租，山泽列而不赋，土功不兴，大夫不得造车马。穀梁曰：大祲之礼，君食不兼味，台榭不涂，鬼神祷而不祀。）

汉元帝诏：间者阴阳不调，黎民饥寒，无以保治，唯德浅薄，不足以充入旧贯之居。其令诸宫馆希御幸者，勿缮治，太仆减谷食马，水衡省肉食兽。

东晋（烈宗）元帝太元四年（三月），诏以疆场多虞，年谷不登，其供御所须，事从俭约；九亲供给、众官廪俸，权可减半。凡诸役费，自非军国事要，皆宜停省。

（朱熊曰：尝闻司马温公论青苗钱，有曰：天下之财有数，不在官则在民。譬如雨泽，夏涝则秋旱，春涝则夏旱，亦有其数耳。旨哉斯言！足为后世裒敛者戒。夫财之在民者，公）

崇俭之疏

后魏韩麒麟疏：古先哲王，经国立治，（积储九稔，谓之大年。）故躬籍千亩，以励百姓，用能衣食滋茂，礼教兴行。（逮于中代，亦崇斯业。）入粟者与斩敌同爵，力田者与孝弟同赏（，实百王之常轨，为治之所先）。今京师民庶，不田者多，游食之口，三分居二。（盖一夫不耕，或受其饥。况于今者，动以万计。故顷年山东遭水，而民有馁终。今秋京都遇旱，谷价踊贵，实由农人不劝，素无储积故也。惟陛下天纵钦明，道高三五，昧旦忧勤，思恤民弊。虽虞帝一日万几，周□□□不暇食，蔑以为喻。上垂覆载之泽，下有冻馁之人，皆由）有司不为明制，长吏不恤其本。自承平日久，丰穰积年，竞相矜夸，遂成侈俗。车服第宅，奢僭无限，丧葬婚娶，为费实多。贵富之家，童妾侈服，工商之族，玉食锦衣，农夫餔糟糠，蚕妇乏短褐。（故今耕者日少，田有荒芜，谷□罄于府库，宝货盈于市里，衣食匮于室，丽服溢于路，）饥寒之本，实在于斯。愚谓凡珍玩之物，皆宜禁断，吉凶之礼，备为格式，令贵贱有别，民归朴素。（制天下男女，计口受田，宰司四时巡行，台使岁一按检，）勤相劝课，严加赏赐，数年之中，必有盈赡，虽遇灾凶，免于流亡矣。（往年较比户贯，租赋较少。臣所统齐州，租粟才可给俸，略无入仓。虽与民为例，而不可长久，脱有戎或遣天灾，恐供给之方无所取济。可减绢布，增益谷租，年丰多积，岁俭出赈，所谓私民之谷寄积于官，官有宿积，则民无荒年矣。）

宋（河北路转运使）吴大忠疏：（臣伏见朝廷□修常平之法，将以抑兼并，振乏绝，可使民富而无离散失所之忧。然行之累年，虽蒙贷助之惠，犹粒米狼戾，而无岁月之储。一有凶灾，散亡道路。臣尝究其然矣。）时平日久，文法阔疏，小民不知谨身节用之道，以惰为乐，以侈相骄。膳饮必精，有一人而兼数人之食；服御必华，有一日而用数日之费。况饮酒般乐，游荡无度，略无法禁，安得不贫！（臣闻古者大夫无故不杀犬豕，七十者始食鸡豚狗彘之肉。今则庶人日以宰羊豕为食，不缘宾祭，不为养老，安得刍豢而共之！古者庶人五十可以衣帛，黼黻绣绘，以章有德。今则朱兹之饰，不问府史，美锦文绮，逮于臧获，安得女工而共之！至于宫室舆马器皿之奉，率皆称是。释老之徒，斋荐塔庙，神祠巫祀，鼓舞祈赀□，所费益以不赀，故田野之民不安其业，灭裂卤莽。从事于农，所获既以不足，则不免贷于私家，私贷不足，又以贷于公府。常平之息诚薄，民贷于公者诚愿，然一入其手，侈费者十有八九，为博弈饮酒又不止此。殆法禁有所未具也。）臣愚伏愿陛下深诏有司，申明法令，略立制度，禁侈费以为用财之法。（民间无识者皆书于籍，任之以九职之事，不能任则转移执事，又不能则给以常饩，以共公□之役。如是则游手有归，财不妄费，富足之道，足以驯致，助成良法。其防禁条目，已具别奏。伏望诏下有司，详择立法，推行天下。）

刑部尚书屠康禧公勋疏：（一、禁奢靡以厚风俗。）盖财者民之命，生齿日繁，则财用日耗。以日耗之财，而供日繁之众，财安得不竭！财既竭矣，民必贫困，又何暇于治礼义？而欲不为奸盗者几希。（今两京风俗，富家之家，往往竞为奢侈，服饰器用，僭逾礼制，淫靡浪费，罔有纪极。凡遇婚丧等项，必极观美，修斋设醮，街连巷接，甚非美事。先年累有禁例，日久玩视，恬不知惧。然京师四方之本也，京师如此，四方可知。故以苏湖一带地方言之，巨室大族，争相效尤，有嫁一女、举一丧，而田产为之荡尽者。推之其余，无不过侈，风俗靡靡，大为可虑。）乞敕督察院申明旧例，备榜禁约，仍行南京督察院，并各处巡按御史，一体禁革。两京者，听巡视官校五城兵马司缉访；在外者，听巡按御史司府官员究治。敢有服舍逾式，器用违禁，及婚丧等项不依制度，越礼犯分，务极奢侈者，问法如律，照例发落。庶几（人知警惧，）财用可节而风俗以厚矣。

崇俭之议

广西布政某公议：凶荒杀礼，自是王者之政。当此荒俭，则愈宜减损。今请为约，凡民间吉凶诸礼，及居室宴饮，愿士大夫首敦俭素，以树齐民标的。至若（闾巷之间，市肆之内，有）征逐淫巧，呼卢张饮，游冶剧戏者，（种种奢丽，敝坏风俗者，）所司须不时体访，痛加惩治。庶留有余即所以佐不足也。顾嫁娶尤节财第一义，掌印官宜广为诫谕，一切纳征出嫁，俱毋许责备礼物，耽误男女。此不但省财，要亦兼体古人荒政多昏之义。

治本之四　厚生

谕二　例一　诏无　案二　疏一　议三

重农固为务本，但今人稠地窄处，竟有无田可耕者。因其土俗，各有力食之路，但占一艺，便非游手。此亦救荒源头，所当与重农并计者。辑厚生第四。

厚生之谕

洪武十八年，圣谕户部臣曰：人皆言农桑衣食之本，然弃本逐末，鲜有救其弊者。先王之世，野无不耕之民，室无不蚕之女，水旱无虞，饥寒不至。自十一之途开，奇巧之技作，而后农桑之业废。一农执耒，百家待食；一女事织，而百夫待衣。欲人无贫，得乎？朕思足食在于禁末作，足衣在于禁华靡。尔宜申明天下四民，各守其业，不许游食，庶民之家，不许衣锦绣，庶几可以绝其弊也。

洪武三十年二月，太祖朝罢，因与群臣论民间事。太祖曰：四民之业，莫劳于农。观其终岁勤劳，少得休息，时和岁丰，数口之家，犹可足食。不幸水旱，年谷不登，则举家饥困。朕一食一衣，则念稼穑机杼之勤。尔等居有广厦，乘有肥马，衣有文绣，食有膏粱，当念民劳。大抵百姓足而后国富，百姓逸而后国安，未有民困穷而国独富安者。尔等其思佐政裕民之道，庶几食禄无愧。

厚生之例

正统元年，上以旱潦相仍，命山海至密云地方，军民缺食者，听采取湖山榛果紫鱼虾之类以自给。仍戒权势，毋得专利为害。

厚生之案

五代河南张全义，颇有古循吏重农务穑之意。始至镇，镇荡于兵，民不满百户。榜诣所属县，招流民复业，蠲租税。存抚之后五年，桑麻蔚然，于是选壮者，教战阵以御盗。每出行，见田蚕美者，下马与僚佐共观，召其主劳赐。其田荒秽不治，召田作者集众杖诟之。诉乏人牛者，召邻里谯责。于是邻里劝助，户有积蓄。百姓言张公见声妓未常笑，独见佳麦良茧则笑耳。在洛四十年。

霸州知州张需先，（任郑州有声。洎守霸，）见其民游食者多，每里置一簿，列其户，各报男女大小口数，派其合种粟麦桑枣、纺绩之具、鸡豚之数，遍晓示之。不则下乡，至其户簿敛之，缺者罚之。于是民皆勤力，无游惰者。不一年，俱以恒产，生理日滋。

厚生之疏

礼科给事中周正儒疏：（臣办事垣中，切见荒牍屡屡见告，赖我皇上敬天保民，弭灾救患之术，无不尽举，精诚所结，布为甘霖，虽尧舜之德，何以过是。而臣因是更有进焉。夫渺而难期者，天泽也；实而可行者，民事也。为诸臣计，急宜乘天泽而长久图之，未可恃天泽而便安忽之也。故赈济、缓征、改折诸荒政，诸臣言之者，无不仰荷皇上德意。但目下夏麦无望，秋稼未生，各处荒歉情形分数，奏报或有遗漏，则次第未详，尤虞民隐未悉，非可以一雨而缓绸缪也。夫备荒之善策，积贮为上，而外此目前宜行者有三，谨为皇上陈之。一曰酌土俗以计便宜。）山川风气不同，人情物产亦异，如濒河通商轴，平原使车牛，近山利樵采，民生其间，各有活计。习劳苦者，力可自庸；能技艺者，业堪自活。诸如此类，在有司随人随地，设法抚循，则天行不能为害矣。（一曰厚旌赏以风倡义。一邑之中，虽至凋瘵，岂无少有余粮者？有司诚能开诚鼓劝，使有千斛者出百斛，有百斛者出十斛，有十斛者出一斛，愿贷者俟乐岁给还，愿捐者更分别旌奖，则处处恤其乡村，宗党之贫者全而富者亦安矣。一曰严考核以分殿最。）

(浙江道)御史李模疏：臣惟为今日本固邦宁之计，则招集流亡，增养户口，而严责成于守令。(为今)其最急者，宣宗章皇帝谕侍臣曰：户口之盛衰，足以见我国家之治忽。其治也，本于休养生息；其衰也，亦由于土木兵戈。仰溯洪武间，着令岁郊祀礼，以册籍陈坛下，诚重之也。查会典三载计吏，各造事绩文册，仍□土地人民图本，用稽实政。后来卒为故事，漫不关心。今辑瑞方毕，饰法维新，宜其特颁诏旨，令各藩司立督所属令守，明籍登耗之数，据实上闻，勿许玩饰。一年之内，册报增益多寡。有尽心劳耒，增额最多者，不时超擢，以示激劝。考满殿最，亦本于此。仍命户部确议定格，切戒空文，而务行之以信。至查核户口之法，即寓严行保甲中，一举两得，无事驿骚。如此则得一安土伏业之民，便少一从乱虐良之民，又多一供赋趋役之民，日增月长，漫成康阜，而皇上大生之念，同符帝德，乃可周围而罔缺矣。

祁彪佳曰：增养户口，乃厚生之源。故附于此。

厚生之议

大学士丘文庄公浚议：古者四民各有常职，而农者居十八九，故衣食易足，而民无所困苦。后世浮民多矣，游手不可资度。观其穷促辛苦，孤贫疾病，变作诈巧，以自求生，而常不足以生，日益岁滋，久将何若？事已穷极，非圣人能变而通之，则何以免患？岂可谓无可奈何而已哉！此宜酌古变今，均多恤寡，渐为生业以救之耳。

州守俞汝为议：农者天下之本，食者民生之命，则不可无三农以生九谷。园圃民之所树艺，则不可无园圃以毓草木。山泽民之所取财用，则不可无虞衡以作山泽之材薮。牧以富民，则不可无薮牧以阜蕃鸟兽。工以财用，则不可无百工以饬化八材。懋迁有无化居，则不可无商贾以阜通货贿。布帛女工之事，则不可无嫔妇以化治丝枲。疏材婢仆之职，则不可无臣妾以聚敛疏材。自农圃而下，民力有所不给，则又不可无闲民以转移执事。盖民有常产者有常心，先王制民之产，授民之职，使之有相生相养之具，此人心所以不离涣也。

定远令诸葛升议：王者之政，不过制田里、教树畜而已，况议树畜于江北，较江南尤易。江南寸土无闲，一羊一牧，一豕一圈，喂牛马之家，鬻刍豆而饲焉。江北则林多丰草，泽尽菹洳，纵马放牛，可以无人牧圉，使仿养伍字之法，而牲畜不遍野乎？江南园地最贵，民间莳葱韭于盆盎之中，植竹木于宅舍之侧，在郊桑麻，在水菱藕，而利薮其争，谁能余隙地？江北则废圃荒畦，鞠为茂草，深陂广泽，一望唯蓼蘋耳。使尽开百谷之利，而一蔬一果，皆民食也。民有自然之利，相安于偷惰而不兴，地有不尽之力，竟同于稿壤而莫取，比饥寒切身，流离远去，始觅草根木实以延旦夕之喘，何不早计乎？议于数口之家，必畜鸡豚牛羊之利，开荒而外，每种蔬果花麻各一畦，有隙地者仍杂种梨枣桑柳等木，保甲长一一籍记，乡约汇送州县稽查。行之不十年，而江淮皆乐土矣。

治本之五　重农

谕十　例三　诏二　案无　疏三　议四

救荒者不根本是图，而徒补济于临时，无甚裨也。夫根本至计，孰有重于农事者？农政修举，则虽天灾流行，亦可人事挽其半。若夫污莱逃徙，而惟责丰登于岁时，此必不得之数也。先臣重农之议，可谓详且恳矣，而董公于核饥之中，先赈耕稼，后赈浮食，是亦劝民务本之一法也。辑重农第五。

重农之谕

洪武（丙午正月辛卯）初，太祖谓中书省臣曰：为国之道，以足食为本。大乱未平，民多转徙，失其本业，而军国之费，所资不少，皆出于民。若使之皆不得尽力田亩，则国家资用，何所赖焉？今春时和，宜令有司劝民农事，勿夺其时。一岁之中，观其收获多寡，立为劝惩。若年谷丰登，衣食给足，则国富而民安。此为治之先务，立国之根本，卿等其行之。

洪武初，祀圜丘，世子从。上命左右导之，遍历农家，观其居处、饮食、器用，还谓之曰：汝尝知吾民农之劳苦至此乎？夫农树艺五谷，身不离泥涂，手不释耒耜，而茅茨草榻，粗衣粝饭，其以供国家经费甚苦。故令汝一知之，欲汝常念民劳，取用有节，使不至于饥寒也。

洪武二年，太祖幸钟山，归由独龙冈，步至淳化门，始骑而入，谓侍臣曰：朕久不历农田，适见田者冒暑而耘甚苦，因悯其劳，徒步不觉至此。农为国本，百需皆其所出。彼辛勤若是，为之司牧者，亦常悯念之乎？且均为人耳，身处富贵，而不知贫贱之艰难，古人常以为戒。夫衣帛当思织女之勤，食粟当念耕夫之苦，朕为此故，不觉恻然于心也。

洪武十六年，圣谕户部曰：数年以来，颇致丰稔，闻民间尚有衣食不足者，其故何也？岂徭役繁重而致然欤？抑吏缘为奸而病吾民欤？今岁丰而犹如此，使有荒歉，又将何如？四民之中，惟农最苦，有终岁勤谨而不得食者。其有司务加存抚，有非法苛刻者，重罪之。

洪武二十一年，教民榜文内一款：河南、山东农民中，有等懒惰不肯勤务农业，以致衣食不给，朝廷已尝差人督并耕种。今出号令，此后止是各该里分老人劝督，每村置鼓一面。凡遇农种时月，五更擂鼓，众人闻鼓下田，该管老人点闸。若有懒惰不下田者，许老人责决。务要严切督并见丁着业，勿容惰夫游食。若是老人不肯劝督，农人穷窘为非，犯法到官，本乡老人有罪。

永乐初，上谕户部尚书夏原吉曰：江北地广民稀，务农者少，皇考时常遣人督民耕种。近因兵革蝗旱，人民流徙废业。今不及时劝民，使尽力农亩，将不免有失所者。来春宜早早遣人督劝。因叹曰：古者民无菜色，然后天子食，日举以乐。朕为天子，诚使四海皆给足，虽不盛馔以乐侑食，未尝不乐。

洪熙时，上谕户部臣曰：农者，生民衣食之原。耕耘收获，不可失时。自今一切不急之役，有当用人力者，皆俟农隙。前代多以不恤农事，烦徭役，妨耕作，而召乱亡，不可不谨。

宣德初，上览礼部所进籍田仪注，谕侍臣曰：先王制籍田以奉粢盛，以率天下务农，所贵有实心耳。诚体祖宗之心，念创业艰难，忧恤苍生，使明德至治，达于神明，则社稷之荐，不待亲耕。诚轻徭薄赋，使之以时，而贵农重谷，禁止游食，则人咸趋稼，不待劝率。

宣德间，民有建言朝政当以重农为首务者，上顾谓侍臣曰：此言有理。国家重农，则百姓得尽力，天下富庶。古之重农，莫如周后稷，以教民稼穑开国。公刘克笃前烈，文王时耕者九一，武王重（农）民食，周公述幽〔豳〕风以戒成王，备言农事，当时民用阜成，治协秦〔泰〕和。周以下莫如西汉。高帝困贾人以抑其末。文帝二十余年，勤勤以劝农免租诏有司。武帝虽以土木兵戈劳民，至其末年，亦知劝农作以休〈息民。至于元成之间，朝政固有乖缺，而百姓安业〉（按：此据绍兴本补）自若。天下富庶，几二百年。成周享国，过于夏商；王莽篡汉，终以民心不忘，而光武中兴，养民之功大矣。朕于斯事，益寝食未常忘也。

嘉靖十年，行祈祷礼于大祀殿。已而召学士翟鸾等，偕往西苑，视收获。帝御邠风亭，谕诸臣曰：农之劳苦，亲见其真。我圣祖常有训曰：衣帛当思织妇之劳，食粟当念农夫之苦。以此观之，委为粒粒辛苦也。又建无逸殿，书《周书·无逸篇》于其壁。题其旁亭，曰省耕，曰省敛；仓曰恒裕。刻兴献考睿，制《农家忙》律于殿壁，御为文记之。

重农之例

洪武二十八年，令百户为里，春秋耕获之时，一家无力，百家代之，（又命□□乡置一鼓，逢农月晨鸣鼓，众皆会，及时力服田。其惰者里老督并之，不率者罚。里老惰，不督劝，亦罚。）置鼓劝耕如教民榜文行。

弘治元年，上允户部尚书请，令礼部于耕籍仪注内，增上中下农夫各十人，服常服，执农器，引见行礼，乃令终亩，人赐布一匹。

钦颁宪纲一款：农桑乃生民衣食之源。仰本府州县行移提调官，常用心劝谕农民，趁时种植。仍将种过桑麻等项田亩，计科丝绵等项，分豁旧有、新收数目开报。

重农之诏

汉文帝诏：道民之路，在于务本。朕亲率天下农，十年于今，而野不加辟，岁一不登，民有饥色，是从事焉尚寡，而吏未加务也。吾诏书数下，岁劝民种树，而功未兴，是吏奉吾诏不勤，而劝民不明也。且吾农民甚苦，而吏莫之省，将何以劝焉？其赐民今年租税之半。

汉景帝诏：雕文刻镂，伤农事者也。锦绣纂组，害女红者也。农事伤则饥之本也，女红害则寒之原也。夫饥寒并至，而能亡为非者寡矣。朕亲耕，后亲桑，以奉宗庙粢盛祭服，为天下先，不受献，减大官，省繇赋，欲天下务农蚕，素有畜积，以备灾害。

重农之疏

后魏（侍郎）高允疏：臣少也贱，所知惟田，请言农事。古人云，方一里，则为田三顷七十亩，百里则田三万七千顷。若勤之，则亩益三升，不勤则亩损三升。方百里损益之，率为粟二百二十二万斛，况以天下之广乎？若公私有储，虽遇饥年，复何忧哉？

宋（某官）江公望疏：操大器者，未有不以农为急。今郡守县令，以外任之轻，安于苟简而不究治，民不安业，泽不下流，无足怪也。愿行劝课力田之诏，发于恻怛，重于丁宁，终以不倦，以田畴垦废多寡之地，为守令进退之法。其有田畴加辟，民安其政，虽长子孙勿易，于是久任之道寓焉。玺书勉谕，加秩赐金，须公卿则简之郡守，阙郎选则县令入补，于是外重之势举焉。一举而三得之矣。

大学士陈文端公以勤疏：臣闻农者天下之本，谷者民之大命，乃帝王之先务也。我祖宗立极定制，尤惓惓加意于此。宣德、成化间，常命各省布政司，增设参政一员，所属府州县增设同知一员，县丞等官，专治农事。（□预备仓，籴谷赈济，着令详明，所谓爱悯元元，计安四海之道甚备。奈何法久玩弛，从政者率视为迂阔而不谈。）百年以来，末利太炽，（民心摇惑，）游惰成习（，田多汙莱，数口之家，室无余蓄，重以急政横敛，愈不堪命），岁稍不登，狼顾莫救（，弱者转瘠沟壑，积悍之众，奋臂起而为盗）。盖由劝课不行，贮积无策（，以至于此，所关系非细事也。臣切虑此，以为）耳。方今之务，亟宜责成各该巡抚，令查原设（处）参政有无，俱各坐委一员，仍以屯田水利佥事，增其职掌，共领农事。府州县除掌印外，其佐贰官亦各查原设有无，即委定一员分理。当无事时，两司官分行郡县，禁戢游民，招徕流徙。田地抛荒者，募农开垦。陂塘渠堰，有侵没湮塞者，悉查出浚导，使水潦得以决泻，旱干有所潴积。及届农期，则趣有司躬临疆畔，勉其穑事，平徭赋役，稍纾其力。或有牛种不敷者，官量给与，以寓优恤补助之意。如此则农夫日服其畴，而逋逃者鲜矣。夫民贫生于不足，不足生于不农，未有农事举而民不充衍者也。此皆须二司官率属行之，而巡抚时时察其废弛，论奏重惩。岁终具农谷登耗收散之数，送户部照对。仍乞敕吏部于大臣中采其高识远见，能为国立事者，为户部侍郎，居中调度，如古兼判大司农故事，以总摄各巡抚等官，岁加黜陟。行之数年，可望廪庾皆满，家给人足，水旱盗贼，不足为虞，富安天下之术也。

重农之议

宋董煟议：耕而食者农民也；不耕而食者，游手浮食之民也。自来官司之赈给，常先市井之游手与乡落之浮食，而缓于农民耕夫。且农家寒耕热耘，以供众人之食。及其饥也，不耕者得食，而耕者反不得食，不免采掘蕨根野葛，以充饥肠，岂不甚可怜哉！臣谓今行抄劄之时，自五家为里，递相保委，同其罪罚，曰某人为游手，某人为工，某人为商，某人为农，而官之赈给，以农为先，浮食者次之（。此诱民务本之一术也），以示重恤农家之意。

提学副使薛应旂议（云：谋国者莫如备先具，备具之道，莫如审所贵。神农之教曰：有石城十仞，汤河百步，带甲百万，而亡粟弗能守也。晁错之说曰：珠玉黄金，饥不可食，寒不可衣，然而重之者，以上用之故也。故夫上之所贵，不在珠玉黄金，而以饥寒所必须者为上，则五谷遍于泽卤之区矣。何也？人情莫不欲爵，莫不欲亡罪，亦莫不欲利。利权与爵与罚，皆人主之所操也。使三者而皆得以五谷易之，则莫不农矣。夫鬻爵之敝也，自汉以来，无代无之。罪人之赎，鬻监之法，其从来者远也，顾权之何如耳。权得其道，则农贵货贱，百姓乂安。古之人有行之者，汉文帝是也。权失其道，则货贵农惰，仓廪空虚，汉之末世而已然矣。今夫）：民贫生于不足，不足生于不农。今之不农，其故盖不在民而在官矣。官之过有四：边镇之臣，不欲复塞下之田，一也；鬻盐之司，不用藁粟而用银，二也；水利之监，因循度日，秩满则迁，三也；行法之吏，弛屠牛之禁而不网，四也。夫四者，官之逭也。四逭相寻于天下，而欲望其兴利辟田，无其期矣。田不辟而欲望民之无饥，是却行而求及前人也。夫今之塞下，独非古之塞下乎？（文帝用贾谊积贮之说，尝募民为田，是以施行有序，坐致富强。今议有曰边地不可使种大麦，恐胡人赖之而牧马。吁！此与惩噎废食者何异！又）赵充国耕金城，隋耕朔方，他如代郡许下，屡闻沃壤，彼皆为之于师旅之间，我顾不能复之于治平之后乎？（□边□南谷□，敝政宜无大于此者矣。）汉兴以来，边郡转输，率三十钟而致一石。自汉文用晁错之计，实粟边郡，是以不烦转运，而储蓄日增。

今主鬻盐之议者，曰粟贵征粟，粟贱征银。若是者利固不全归于商，然亦何尝归于国？殆亦弗思甚矣。盖国初酬估甚厚，故边商竞至，类多占籍治农，以俟开中，故商有贵粟之风，军有益屯之渐，乃公私两利之策也。今展转折阅，而商利日微，运籴益劳，而边饷愈匮，岂非大可哀痛者乎？若夫大江以北，畿辅以南，淮海维扬，汶泗淄渑之间，斥卤之区，可垦之地，无论数百万顷。诚使庙堂之上，少加之意，别立农官以分领之，治其水，配其牛，则变斥卤为沃壤，理有必然者矣。（夫天下之事，成于谋□，而败于因循。昔者西门豹固贤于治邺矣，然导漳水以溉河内，顾必待于□□者，岂其智之不起若此？豹固以为先民□之为，而不知其可以有为也。今之时）

寺丞兼御史钟化民议：《诗》咏豳风，《书》称稼穑，农事之重，良不虚也。（向年以来，百姓迫于饥寒，老弱委于沟壑，此岂独天灾流行，良由牧民者养之无道，劝之无素耳。自昔郭汾阳位兼将相，犹然躬耕百亩，而藉田之耕，天子且然，有司可嫌此职乎？）守巡各道，宜严督州县正官，趁今东作之时，巡行郊野，劝课农桑，勤者赏之，惰者戒之。或有人无田者，给之闲地，以立其业。或有田无种者，分之种子，以植其生。仍将劝农九歌谕民，出入讽咏，出末务本，则乐岁有饱煖之休，凶年无死亡之患（，而孝弟忠信之心勃然兴）矣。

广西布政某公议：（务本力田者，农民也。好闲从□者，惰民也。惰民即奸民也。）农夫平日，（煦牛而耕，曝背而耘，）勤动所出，既以供（此辈）惰民之吞嚼，至年荒官司籍饥行赈，则此辈更攘臂争先，而里中素畏若蛇蝎，亦不敢不举以报，若辈遂得厌餐，而农夫半菽不沾，殊可慨叹。州县正官即于籍名之时，细加查核，果系真实务农，而困于农者，不妨另立一籍，振廪发粟。必以农为先，浮食者次之，则不惟陇亩之间，获免仳离，而于激励务本（、劝诱善良）之道，俱在其中矣。

治本之六　编甲

谕无　例无　诏无　案无　疏一　议二

保甲之法，向为弭盗设也，而救荒亦即在其中。设之而弭盗，犹不无督责之意，故其取效未免少迟。若以此救荒，则编次之间，便寓拊恤之道，民情乐趋，其效在旦暮矣。乃知前贤之良法，该括最广，无所不宜。有如此者，若张参知之议，以在城统在乡；顾孝廉之议，以乡绅司纠察，提纲挈领，法固善也。然若任之匪人，恐开武断之渐。宋时陆拨山先生请自充保长，曰：吾辈耻为，则使豪霸借之生事矣。是必推举得其当，而后良法不为弊端也。辑编甲第六。

编甲之疏

（昆山）孝廉顾咸正疏：切惟古今保甲，耑用弥盗，而臣请兼用救荒。盖良法美意，同条共贯也。但向来保长甲长，俱用里排充数，此辈未免作弊营私，安知利民利国？且十家一甲，十家〔甲〕一保，大县或多至千余保，细琐散漫，不能稽察。臣故倡议合十保为乡，而以在籍乡绅统之。考《周礼》乡大夫之职，各掌其乡之政令，而岁职考其成，请按其法，名曰乡大夫。乡大夫所居之地，随其东西南北，分疆分界，以县治为中央，（余为东北第几□），每乡统十保。就中若愿力弘大，宗秩烦多，资粮高厚者，不妨统至几十保。乡绅不足，以举人或监生富而好义者辅之。若无乡绅举人，（自）以本处大户充之，仍就近

（分）听乡大夫习察之。凡乡大夫，必奉抚按条会谕众遵行之，居平则讲求朱子社仓之法、常平仓法，相辅而行，倡率各大户，捐赀积米，而以时敛散。遇荒则以乡人治一乡事，或减粜，或捐赈，或煮粥，甲甲相挨，户户相察，不待审饥审贫，不必移民移粟，饥民自然沾惠。而尤要者，在防闲乱民一事。盖饥民、乱民不同，饥民不过鳏寡孤独疚病者流，不为流丐，则为饥殍耳。乱民则皆平日嗜酒肉、惯赊赌、健斗欧〔殴〕、好结讼之辈，若能逐〈甲〉盘诘，逐保稽防，遇有此辈，不时纠举正法，卒有不虞，按籍缉获，无令逃窜。而乡大夫时时察一乡良恶而上诸抚按有司，分别赏罚之。此臣所谓救荒弥乱，同条共贯者也。（臣书生，本无知识，惟是臣父先臣顾谦服繇岁贡，任浙江昌化县知县，岁遇大饥，竭力赈救，全活万人。又遇见岭关大盗突发，设法扑灭，大半皆力行保甲之效。臣父去任后，邑民立祠数处，香火不绝。臣幼禀庭训，切记忆一二，为芹曝之献，伏惟圣明敕议施行。）

孝廉卓□议：救荒之法，须先简料饥民之类，准其数以立法，多寡不乱，厚薄咸宜。民少而米多，日给从厚，民多而米少，日给从薄。然须先行保甲，于保甲册上，明注上富次富、极贫次贫，富不得隐漏，贫不得混开，按册稽察，瞭然在目。一甲之中，自相周济，或有余力，方及别甲。若本甲无富户，亦应派赈于别甲，情意联属，可治不可乱。倘有不事职业，聚众横行，保甲长先事审报，弭乱未形。如或隐匿不闻，罪同本犯。浙中承平日久，保甲废弛（，公祖父母力为修复，村镇怠玩如故）。今因赈饥以行保甲，人心无不乐从，是亦一大机也。

（原稿眉注：入编甲议。）南京户部尚书高鸿图议：《周礼》邻长掌相纠□。国凶札，则无关门之征，犹几。后世保甲法，用斯义也。古人行保甲于无事之时，以待有事。今人能行保甲于有事之日，亦可以化有事为无事。然往往行之而名实鲜副，诚不无故，请得道破行之。夫城市者，村落之表也；巨室者，细民之表也；长吏者，又衙曹之表也。城市如不画一，村落自是参差，何也？每坊每厢必有乡绅居之，即不无孝廉子衿错居之，右项不可得而画一，则其保甲者不尽细民乎？长吏委之衙曹行之，衙曹又委之衙役行之，纸张钱有索，□饭钱有索，一番举行，一番需索耳。此以应故事之保甲，非以御荒年之保甲也。谓宜门无所遗，吏无所科，而加之以长吏之贤，以严毅表正之，遇编派则同口禀号令，遇□番则勇往受铃柝，所用纸张，官为厝给，并不骚民，保甲何不可行之有哉？（不佞于天启）

编甲之议

大参张朝瑞议：（曰：弭盗救荒，莫良于保甲。二者相须并行，方克成功。盖保甲为弭盗而设，是以治之之道编之也。民情莫不偷安，故其成也难。为赈饥而设，是以养之之道编之也。民情莫不好利，故其成也易。）先将城内以治所为中央，余分为东、西、南、北四坊，如东坊以东一保、东二保、东三保等为号。每保统十甲，设保正副各一人，每甲统十户，设甲长一人，南西北方亦如之。东坊自北编起，南坊自东编起，西坊自南编起，北坊自西编起，至东北而合，（坊易而）序不可乱，大约如后天八卦流行之序，自东方之震起，驯由南方之离、西方之兑、北方之坎，至东北之艮止。次将境内以城郭为中央，余外乡邸，亦分东南西北四方，各量山川道里，即令在城四坊保正副分方下乡，会同该乡保正副，量村庄为界编之。其编亦如在城法，大村分为数保，中村自为一保，小村合邻近数处共为一保。一保十甲，听自增减甲数，因民居也。一甲十户，不可增减户数，便官查也。或余剩二三户，总附一保之后，名曰畸零。此皆不分土著流寓，而一体编之也。其在乡四坊保正，俱以在城保正副分坊统之，如在城东一保，统东乡几保，在城东二保，统东乡几保，以至南与西北，莫不皆然，是保甲者旧法也。分东南西北四坊，而以在城统在乡者，余之管见也。盖计坊分统，内外相维，久之周知其地里，熟察其人民，凡在乡户口真伪，盗贼有无，饥馑轻重，在城皆得与闻。或有在乡保长抗令者，即添差人役，助在城保长拿治之。此法行则不烦青衣下乡，而公事自办矣。有司唯就近随事觉察在城保长，使不为乡邸害耳。此盖居重驭轻、强干弱枝之意，亦待衰世之微权也，而于弭盗赈饥，尤为切要。编完以在城四坊保数，及所统在乡保数，要见在城某坊一保，统某乡几保，某保坐落何地名，及各甲数，并保正副、甲长姓名，俱要开写真正书名，不许混造排行。或曰：往岁赈饥，皆领于里甲，而今欲编保甲以代之，不亦迂乎？不知国初之里甲，犹今时之保甲也。初以相邻相近，故编为一里，今年代久远，里甲人户，皆散之四方矣。每见里长领赈，辄自侵隐，甲首住居隽远，难以周知。及至知而来，来而取，取而讼，讼而追，追而得，计所得不足偿其所失。是故强者怒于言，懦者怒于色，只得隐忍而去。甚有鳏寡孤独之人，里甲曰“彼保甲报之，我何与焉”，保甲曰“彼里甲报之，我何与焉”，互相推诿，使其转死沟壑，无与控诉者，往往有之。不若立为画一之法，俱归保甲。盖凡编甲之民，萃处一处，责之查审，其呼唤为易集，其贫富为易知，其奸弊为易察也。昔熙宁就村赈济，张咏照保粜米，徐宁孙逐镇分散，朱文公分都支给，皆用此法，何名为迂哉！

祁彪佳议：辛巳越中赈济，可谓德普惠周。然在抢攘之后，是彼为先发，我为后应，故升斗之济，不以感恩，反以骄志。必在我之图维，有以预弭其变，早安其心者。此古今来治乱之关，只争先后耳。古人料民一法，于今最为得力。古人分民为六等，富民之等三，极富、次富、稍富；贫民之等三，极贫、次贫、稍贫。稍富不劝募，稍贫不赈济，是劝富核饥，皆在其中矣。但今日之料民，若及富民三等，恐民间不知上意，未免眷眷，惟当料贫民之三等耳。然事贵虑始，尤贵图终，恐明年之赈济，难乎为继，似不可轻启其端。是以显然核饥，亦觉未便，惟当以保甲之法行之则善矣。宜饬委正官，分区巡行，严立保甲长，兼举乡约，而保甲册中，即令详开某户系极贫，某户系次贫，某户系稍贫，举目了然，是（料民）保甲即（核饥）料民也。行保甲于此时，窃有三善：贫民之户口，既经抄录，则上官虽不显言赈济，而彼有望恩之心，自不敢轻于变动，是可以安贫民者一也；诡宄之徒，所在愈夥，将来攘臂横行，即是此辈，保甲设而彼此相维，设少有狂逞，在我指臂之势已成，呼吸之间，便可戢定，是可以摄奸宄者二也；越中每至深冬，即多盗贼，夜行一路，皆为阻梗，保甲行而窝主莫容，盖藏可保，是可弭盗贼者三也。

治本之七　耑官

谕三　例无　诏无　案一　疏一　议三

林次崖议戒遣使，惟恐扰民，董公亦议及之。然州县有司，或因无耑设之官，不肯尽心尽力，是则使可不遣，而官不可不耑也。遣使第赈济于一时，耑官则料理于尝〔常〕日，其便与否，于此可知。虽然，官不必备，惟其人耑官，又不如择人为要矣。辑耑官第七。

耑官之谕

宣德间，户部奏请遣官巡视民瘼，（宪宗）上从之，因谓侍臣曰：堂下远于千里，人若深居宫禁，岂能尽谙民隐？故不免遣人巡视。若所遣非人，下情犹未能悉达也。

嘉靖六年，谕江南等处各该抚按官，通行所属府州县，原设有治农官处，不许营干别差，责令著实修举本等职业，专一循行劝课。原无官处，定委佐贰官一员带管。果有实效，具奏旌擢。如或因循废职，作罢软罢黜。

嘉靖八年，圣谕：农，衣食所出，王政之首务也。各该抚巡所属官带农田衔者，不许管别差委，务督令举职循行劝课。其原未设官者，委佐贰主之。岁严课其殿最。其土田为水冲沙塞，江海坍淤者，节有豁除，所司不能究宣，独优富家，不及贫弱，加之摊派包赔，细民滋困，其择廉节官勘核豁除之。

耑官之案

唐高宗时，河南北旱，遣御使中丞崔谧等分道赈给。侍御史刘思立上疏曰：麦秀蚕老，农事方殷，聚集参迎，妨废不少。既缘赈给，须立簿书，本欲安存，更成烦扰。伏望且委州县赈给。疏奏，谧等遂不行。诏曰：承前饥馑，皆待奏报，然后开仓，道路悠远，何救悬绝？自今委州县及采访使给讫奏闻。

祁彪佳曰：林次崖言遣使不便，意与此同，故附此则。

耑官之疏

副使林希元疏：（曰戒遣使者。）臣尝见近时各处灾伤重大，朝廷必差遣使臣，分投救济，此固轸念元元之意。然民方饥饿，财方匮乏，而王人之来，迎送供亿，不胜劳费，赈济反妨，实惠未必及民，而受其病者多矣。臣愚以为各处抚按监司，未必无可用之人，顾委任之何如耳。莫若专敕抚按官员，令其照依朝廷议拟成法，仍随所在民情土俗，参酌得中，督责各道守巡等官，分督州县，著实举行。事完之日，年稍丰稔，分遣科道，各处查勘。王命所在，谁敢不尽心？黜陟所关，谁敢不用命？较之凶歉之际，差官往还，徒为纷扰者，万不侔矣。

耑官之议

宋董煟议：古人救荒，或遣使开仓，遣使赈恤，遣使循行，周询民间疾苦，然法令尚简，故所过无扰。比来诸道置使，民间利害，悉以上闻，安有水旱之不知？所阙者在于赈济无术，类多虚文耳。今但责监司郡县，推行救荒之实政，则民受其惠。不然，民方饥饿，官方窘匮，而王人之来，所至烦扰，未必实惠及民，而先被其扰者多矣。神宗时，司马光曰：今朝廷每有一事，不委之将帅、监司、守宰，使自为方略，责以成效而施刑赏，常好遣使者，衔命奔走，旁午于道。徒有烦扰之弊，而于事未必有益，不若勿遣使之为愈也。

虞伯生议：昔元有十道劝农使，总于大司农。皆慎择老成重厚，亲历原野，功成省归宪司。宪司置四佥事，其二乃劝农之官。由是天下守令，皆以劝农系衔，宪司以耕桑之事上大司农。至郡县大门两壁，皆画耕桑图。以是胡元亦未尝不重农也。

大学士丘文庄公浚议：于户部十三司之外，依工部缮工司例，别立一司，添设官吏，专以备荒。每年夏六月麦熟，秋九月以后百谷收成之候，藩府州县，将民间所种，有无成熟分数，逐件申达。十月以后，通申一年之数，兼计明年食足与否，有收者几乡，无收者几乡，乡凡几户，得过者几家，必须赈给者几家，官廪之储多少，富家之积有无，近邑何仓有米，近乡谁家有积。或借官帑以为备，或招商贾以通市，或请于朝廷有所蠲贷，或申于上司有所干请。凡百可以为赈济之备者，皆以未荒之先，而为先事之虑。岁岁而袭其常，事事而为之制，人人而用其心，虽有荒旱水溢，民无菜色矣。

治本之八　豫计

谕一　例无　诏无　案三　疏一　议二

事豫则立，圣经所以垂训。况饥馑骤至，苟非先事讲求，早有成画，而待临期仓猝，后为调剂，则虽良法在前，亦成弊薮耳。司马温公有言，当人民未流徙之前，即行赈济，则比屋安堵，官中所费少，而民间受惠多。若于既流徙之后，方散米煮粥，以有限之储蓄，待无穷之流民，徒更聚而饿死。官中所费多，而民间实济少，此豫不豫之分也。辑豫计第八。

豫计之谕

洪武二十七年，太祖谕工部臣曰：人之常情，安于所忽，饱即忘饥，暖则忘寒，不思为备。一旦卒遇凶荒，则茫然无措。朕深知民艰，百计以劝督之，俾其咸得饱暖。比年以来，时岁颇丰，民庶给足，田里皆安，若可以无忧也。然豫防之计，不可一日而忘。尔工部其谕民间，但有隙地，皆令种植桑枣，或遇凶歉，可为衣食之助。

豫计之案

唐宝应中，刘晏为转运使。其理财以养民为先，于诸道各置知院官，每旬月具州县雨雪丰歉之状，以白使司。丰则贵籴，俭则贱粜，或以谷易杂货供官用，及于丰处卖之。又令知院官始见不稔之端，则先申应免救助之数，及期即为奏行，应民之急，不待其困毙流亡饥殍然后赈之也。由是民得安其居业，而户口蕃息。

赵抃，宋熙宁中知越州。时吴越大旱，忭前民之未饥，为书问属县，被灾者几处，乡民当待廪者几人，沟防兴筑，可僦民使治者几所，库钱仓谷可发者几何，富人可募出粟者几家，僧道所食羡粟几何，俱书于籍。（□录孤老病不能自食者二万一千九百余人。故事，岁廪穷人，当给粟三千余石而止。忭简富民所输，及僧道羡余，得粟四万八千余石，佐其费，自十月朔，人日受粟一升，幼小者半之。忧其众相蹂也，使男女异日，而使人受二日之食。忧其且流亡也，于城市郊野为给粟之所五十有七，使各以便受之，而告以去其家者勿给。计官为不足用也，使吏之不在职而寓于境者，给其食而任以事。告富人无得闭籴。诸州皆榜禁米价，忭令有米者增价籴之，自解金带置庭下，命籴米，由是施者云集。又出官粟五万余石，平价予民。粜粟之所，凡十有八，以便籴者。又僦民修城四千一百人，为工三万八千，计其佣，与粟再倍之。民取息钱者，告富民纵予之，而待熟，官为责其偿。弃男女，使人得收养。明年春，人疫病，为病坊，处疾病之无归者。募僧二人，属以视医药饮食，令无失时。凡死者，使在处收瘗之。法廪穷人，尽三月当止，是岁五月而止。事有非忭文者，忭一以自任，不累其属。有上请者，遇便宜多辄行。早夜惫心力，无巨细必躬亲，给药食多出私钱。是时旱疫，吴越民死者殆半，忭所抚循无失所，纤悉其备。盖民病而后图之，与先事为计者有间，真可为后世法。忭后相神宗，卒谥清献。）

耀州大旱，野无青草。毕仲游谓郡县赈济多后时，力愈劳而民不救，故先民之未饥，多揭榜示曰：郡将赈济，且平粜若干万石。实大张其数，劝谕以无出境，民皆欢然按堵。已而果渐艰食，乃出粟以赈，且平粜以给之。邻境流散殆尽，而耀民之当徙就食者，乃十七万九千口。顾所发粟不及万石，以民粟继之，而家给人足，无一人逃者。监司乃故搜于长安，得二人焉，曰：此耀之流民也。送还郡。仲游验问，皆中民之逐利者，所赍持自厚，即非流民，监司愧沮。

豫计之疏

宋苏文忠公轼疏：臣观熙宁之灾伤，本缘天旱米贵，而沈起、张靓之流，不先事奏闻。及朝廷知之，始敕运江西及截本路上供米一百二十三万石济之，巡门俵米，拦街散粥，终不能救饥馑。两税课利，皆失其旧（。勘会熙宁八年本路放税米一百三十万石，酒课亏减六十七万余贯，略计所失，共计三百余万石。），其余耗散，不可悉数。（至今转运司贫乏不能举手。）此无他，不先事处置之过也。去年浙西数郡，先水后旱，灾伤不减熙宁。二圣仁智聪明，于去年十一月中首发德音，截拨本路上供斛斗二十万石赈济。（又于十二月终，宽减转运司元祐四年上供斗斛米三分之一。而）命下之日，所在欢呼。官既住籴，米价自落。又自正月开仓籴常平米，仍免数路税场所收五谷力胜钱，且赐度牒三百道以助赈济。本路帖然，遂无一人饿殍者。此无他，先事处置之力也。由此观之，事豫则立，不豫则废，其祸福相绝如此。洪惟二圣天地父母之心，见民疾苦，匍匐救之，本不计较费多少，而臣愚鲁无识，但知权利害之轻重，计得丧之大小以谓。譬如民庶之家，置庄田，招佃客，本望租课，非行仁义，然犹至水旱之岁，必须放免欠负，借贷种粮者，其心诚恐客散而田荒，后日之失必倍于今故也。而况有天下，子万姓，而不计其后乎？臣自去岁以来，区区献言，屡渎天听者，实恐陛下客散而田荒也。见今新米已出，而尝〔常〕平官米，不敢住籴，灾伤之势，恐如去年。何者？去年之灾，如人初病。今岁之灾，如病再发。病状虽同，气力衰耗，恐难支持矣。

豫计之议

董煟议：夫救荒无定法，风土不一，山川异宜，惟在豫先讲究而已。今欲诸县守臣到任，不以远近，限一月已后，询究本州管下诸县镇，可以为救荒之备，及其他措置之策，讲求实惠，断然可行者，不拘件数，条具奏闻，与斟酌可否行下，责令本州守臣自守其说。如任内设遇旱涝，即检举施行，不得自有违戾。外委监司，内委台谏，常切觉察。

吏部员外贺灿然议：曲徙于未事者易为功，焦烂于既事者难为力，要贵早计而预筹之。即以一邑论，似宜先计田地若干顷，户口若干万，贫而不聊生者若干家，极贫无家、旦暮填沟壑者若干人。且计自十月至四月麦熟为度，其散谷而家给之、设糜而人哺之者合若干石，合用镪若干两。则先计今预备仓所储之粟若干斛，然后均平而赈助之，民始受实惠矣。

治本之九　水利

谕无　例二　诏无　案无　疏九　议二

水利似为救旱之一种，而非茀救旱也，即救水亦在其中。更非茀救水旱也，能力而行之，即富国强边之计，不外乎此。或疏上流，或决下壅，或筑为堤岸，或汇为陂塘，其法不一，总归利民。而言之最详者，莫过于云间之徐文忠〔定〕公。其所为《农政全书》，未能尽载，兹但一斑耳。至于农田水利，不载徐尚宝《潞水客谈》，而载萧司农之疏者，盖天下事始乎慎，乃卒乎无患，其所宜审议之四端，更可与徐公相发明也。(故附录之耳。)辑水利第九。

水利之例

永乐时，苏州频岁患水伤稼。上遣佥都御使俞士吉，赍《水利集》赐夏原吉，使讲究疏治之法。原吉上奏：臣参考舆论，得其梗概。盖浙西诸郡，苏松居其下流。常嘉湖土田高，环以太湖，绵亘五百余里，而宽纳杭湖宣歙诸郡溪涧之水，散注澱山寺湖，以入于三泖。比因浦港埋塞，汇流涨溢，致伤农稼为甚。法宜疏浚吴松诸浦港，泄其壅遏，以入于海。上因命往按浙江水利，并访问官民利害，经度以闻。

钦颁宪纲内一款：圩岸坝堰陂塘，仰本府州县提调官，常川体勘。境内应有圩岸坝堰坍缺，陂塘沟渠壅塞，务要趁时修筑坚完，疏浚流通，以备旱涝，毋致失时，有伤禾稼，及因而扰害于民。

水利之疏

宋范文正公仲淹疏：在昔五季列藩割据，遇荐饥，欲乞籴无从，故各务于农，以足其国。(臣在苏州，询访高年，每云)曩吴越未纳土时，苏州营田军合四郡七八千人，专事田功，防江筑堤，以宣水患。于时民间钱五百，籴米一石。自皇朝一统，江南不稔，取之浙右，浙右不稔，取之淮南，于是慢农政而不修，江南圩田、浙西河塘之利日废。(今米石不下六七百钱，稍荒辄倍比□□时，踊贵甚矣。又京东西路卑湿积潦之地，往国家特令开决，水患大减。今罢役数年，渐复湮塞。)请每岁秋敕诸路转运司，下所属吏，视农田物土之宜，或开河渠，或筑堤堰，或潴陂塘，诸可为旱潦备者，本州选官计工，岁于十一月间兴役，半月而罢，具功状闻。如此不已，数年间农利大兴，下无饥岁，上无贵籴，东南水漕之费，几可省矣。

宋(知安庆)黄榦疏：(国家频年以来，常苦旱暵。是虽天时之适然，而亦人事不修之过。人事既尽，则虽天灾流行，亦有不得而胜者。陂塘之利，所以灌注田亩。汉世良吏，往往以开渠灌田，立名后世，如召伯埭、甘棠湖之类，民到于今称之。使为国家者，可以一切取必于天，则何必若是之屑屑哉。)江西之田，瘠而多涸，(非)[必]藉陂塘井堰之利(，往往皆为旷土。比年以来，饥旱荐臻，大抵皆陂塘不修之故)。若申严旧法，在州委通判，在县委县丞，先于每乡籍记陂塘之广狭深浅，方水泉涸缩之时，农事空闲之际，责都保聚民浚深其下而倍筑其上，积水既多，则虽有旱暵，而未始枯竭。巡行考察，课其勤惰，为之赏罚。其始虽苦劳，而其终乃所以利民。(如此则天灾不能为害，丰登可以常保，而不至于上勤朝廷赈恤之劳也。)

大学士杨文贞公士奇疏：我太祖高皇帝惓惓以生民为心，凡于预备，皆有定制。（洪武年间，每县于四境设立四仓，用官钞籴谷，储贮其中。又在近仓之处，佥点大户看守，以备荒年赈贷。官籍其数，敛散皆有定规。又）于各县之各乡，相地所宜，开浚陂塘，又修筑滨江近河损坏堤岸，以备水旱。耕农甚便，万世之利。（自洪武以后，有司杂务日繁，前项便民之事，率无暇及。该部虽有行移，亦皆视为文具。是以一遇水旱饥荒，民无所赖，官无所措，公私交窘，只如去冬今春畿内郡县艰难可见。况闻今南方官仓储谷，十处九空，甚者谷既全无，仓亦不存。皆乡之土豪大户，侵盗私用，却妄捏作死绝及逃亡人户借用，虚立簿籍，欺谩官府。其原开陂塘养鱼者，有堙塞为私田耕种者。盖今此弊，南方为甚。虽闻间有完处，亦是十中之一，其实废弛者多。其滨江近河圩田堤岸，岁久坍塌，一遇水涨，渰没田禾，及闸坝蓄泄水利去处，或有损坏，皆为农患。大抵亲民之官，得人则百废举，不得其人则百弊兴。此固守令之责，若养民之务，风宪之臣皆所当问，年来因循，亦不及之。此事虽然若缓，其实关系甚切。伏望圣仁特令该部行移各布政司、按察司，及直隶府州，除近有灾伤去处，暂且停止，俟后来丰熟举行，其见今丰熟去处，悉）今宜令有司遵行洪武间旧制，凡陂塘堤岸，并要如旧整理。（仓有损坏者，即于农闲时日，用人修理。谷有亏欠者，除赦前外，赦后有侵盗者，根究明白，悉令赔偿。赔偿完足，亦免其罪，不许妄指无干之人搪塞。若其侵盗证佐明白，而不服赔偿者，准土豪及盗用官粮论罪，有司仍将旧有及赔偿实数开奏。其陂塘堤岸，亦令郡县，）凡有损坏，悉于农闲用人修理。有强占陂塘私用者，犯在赦前，亦免其罪，即令退还。不还者，亦准土豪及盗官物论罪。其退还陂塘及圩岸闸坝，应修去处，亦令有司开奏，应修筑者以次用功，完日具实奏闻。（仍乞令户部行各布政使司府州县，除近被灾伤去处外，凡今秋成丰稔之处，府州县官于见有官钞官物，照依时价，两平支籴谷粟，储以备荒，免致临急仓惶失措。年终将所籴实数奏闻。）郡县官考满给繇，令开报境内四仓储谷，及任内修筑陂塘堤岸实数，吏部仍行该部查理，计其治绩，以定殿最。（各按察司分巡官及直隶巡按御史所历州县，并要取勘四仓实储谷数，及陂塘堤岸有无损坏修理实绩，岁终奏闻，以凭查考。如有仍前欺弊怠事者，亦具奏罪之。若所巡历之处，仍前不问不理，或所奏扶同不实，从本衙门堂上正官纠劾奏闻。庶几官有实积，荒岁人民不至狼狈，耕农无旱潦之虞，祖宗恤民良法，不为小人所坏。臣等愚见如此。）

南京兵部尚书潘简肃公潢疏：（查得该户部奏行天下府州县官，各照里社，积谷备荒，立格劝惩，不为不密。但如每一小县，十里之地，三年之间，不问贫富丰凶，概令积谷既多，责效太速，以致中才剥削取盈，贪夫因缘为利，往往岁未及饥，民以坐弊，及遇凶荒，公私俱竭，为困愈甚。）臣闻田野县鄙者，财之本也；垣窌仓廪者，财之末也。与其聚民脂膏以实仓储，孰与尽力沟洫以兴水利？昔宋儒朱子赈济浙东，所至原野，极目萧条，惟见有陂塘处，田苗蔚茂，无以异于丰年，于是益叹水利不可不修，谓使逐村逐保，各治陂塘，民间可以永无流离饿殍之患，国家可以永无蠲减粜济之费。此则救荒不如讲水利明效大验之可见者。合无本部备行督察院，转行各处御使，申明宪纲，严督所属，凡境内应有圩岸坝堰坍缺，陂塘沟渠壅塞，务要趁时修筑坚完，疏浚流通，以备旱涝，毋致失时，有伤禾稼，及因而扰害于民。每季终，预将疏筑完坏备细缘由，开报御史及总督水利官员，不时巡历勘验。如有申报不实，及坏久不修，修不完固，或因而害民者，并为不职，从实按勘施行。遇该考满，务查水利无坏，方许起送。有能为民兴利，如白起溉郢，郑国开渠之利者，具奏不次擢用。该管官员亦照所辖完坏多寡分数，定注贤否，一体旌别。（其八分纸价赎罪赃罚银钱，香钱引契鱼盐茶酒等税，不系解部者，悉如御史王重贤等所言，尽数籴谷入仓备赈，不许分外分毫科罚侵克，）庶几藏富于民，因地之利，虽有旱干水溢，民无菜色矣。（管子所谓积于不涸之仓，藏于不竭之府者，用此道矣。）

户部尚书萧彦疏：自元臣虞集有京东濒海一带水田之议，而未及行，先臣丘浚又言之而未及议，识者憾焉。顷徐贞明倡议于先，苏酂、徐待力持于后。(而酂次第试之矣。适工科都给事中王敬民条陈可行之状，并欲专任贞明，奉旨下部查议。此宗社长久计，万世臣民之幸也。臣惟谈天下之事难，成天下之事易。或天下创为之事难，是以古之君子，其任事常专，其虑事常慎。西北水田最重而大，又所创为者乎？徐贞明先令山阴而良，臣彦与之同事。既而条陈水利，与《潞水客谈》之作，臣彦与之同议。臣彦信贞明非一日，诚专责贞明而久任之，其言必底绩，可逆而睹者。然窃以水田之议，)臣则以为其不可以不成者有四，而不可不审议者亦有四。国家(定鼎燕京，)转漕东南，今水利既兴，仓庾露积，群畿辅皆外府也。(是昔取诸东南，而今取之堂皇之外也。)此万世长策，其不可不成者一也。迩者水旱频仍，民力告诎，而东南为甚，西北有水利，则东南可息肩。(而转转之费，漕卒之供，所省又几何矣。)此国计长利，其不可不成者二也。(虏利于马，不利于陆，)诚使近边之地，阡陌有限，沟洫有制，虏(将望而□思矣。)马不能驱驰。此制虏长策，其不可不成者三也。(凡议安边，必先实边。)水利既兴，民将甘其食，美其服，安其居，(闾阎相望，鸡狗之声相闻，)昔也旷莽，今也蕃育。此安边长虑，其不可不成者四也。然而西北之不谙水田旧矣，驱而为之，人将哗焉。徇之则有所不能，而违之则有所不可，且事有专官，官有专敕，(非若委之抚按，徐徐而图者可比。)有司之督责，能无严乎？(能以渐乎？能听其自便乎？)缓之则无济于事，而亟之则有戾于民，是人工之议也，其不可不审者一也。且垦田之夫，每一日不下数百，能派之民耶？(以为万夫)将征之江南耶？(十里赍粮，远赴田作，有望而走□将召募耶？)往日河工募夫，日银五分，犹然称累，(何者？官之募与民间自募不同，势则然也。)臣恐其募之而不可继也。将劝民自为耶？脱劝而无有应者，计将安出？(上事出乎劝，不可以岁月见功也。)是垦田之夫之议也，其不可不审者二也。西北有可耕之地，常无可耕之人(，军习干戈而安馀其饷，民习于惰而轻去其业)。臣彦往阅宁夏，古所称塞北江南也，又夙有水田，藉汉唐二渠，不烦微力，然往往就荒。问之，曰足于食而止，何力田为？故驱之领田，如赴汤火。(又尝阅甘肃，有先抚臣杨锦者，为垦田之议，而军不愿种，乃分派各堡，另立垦军，卒之未有成效。)顷都御史赵锦之覆议曰：未必处处可开，必有可开之处；未必人人能行，必有能行之人。此言得矣。倘行之而骤，臣恐后将无措也。是领田之户之议也，其不可不审者三也。且沿边无粮旷土，军民利而私种之久矣，垦而为田，势必起科，能欣然就耶？至于旷野有沙压之虞，水滨有泛滥之虞，但一相度，可无虑矣。是起科之议也，其不可不审者四也。(夫天下无不可为之事，而恒无能任事之人。贞明乃其人矣，臣奚虑哉，又敢为难成之说以恐之哉！第以天下事始乎难，故卒乎易；始乎慎，故卒乎无患。汉先零之役，赵充国以谓无逾老臣，然犹曰兵难遥度，愿至金城，图上方略。及其至金城，上方略矣，反覆诘难，经三数奏，后乃许之。未至金城，即充国未敢易言也；未经诘难，即宣帝未敢言许也。盖事之不易如此。王敬民仿充国之意举贞明，而臣等仿充国之意先勘议，臣与敬民，其意一耳。伏乞敕下工部会同户部，查果臣言可采，覆议上请，量加贞明相应职衔，领敕前去，躬亲相视，谋之抚按，谋之司道，谋之有司，谋之士庶。毋以一二喜事之辈，遽以为可；毋以一二畏事之言，遽以为不可。毋以人言不齐，而阻必为之气；无以前说难为，而持必为之心。集众广思，虚心勘议。曰某处可垦，须亲见可垦之状云何；曰某处不可垦，须亲见不可垦之状云何。合用钱粮，于何取给；合用人夫，于何取办。民间旧有之业，有无妨碍；近边领田之户，果否经久。然后次第具奏，请旨举行。而任之以久，无责一旦；奉之以专，无惑三至；行之以渐，无取一切。万一落落难合，即具实以请，仍如旧议，委之抚按司道，徐徐图之。见本官体国之忠，不相妨也。古有大事，必博谋于众而后行之，故臣等敢效区区之愚加此。臣等不胜惓惓之者也。)

某官吕光洵疏：（臣闻善治病者，必攻其本；善救患者，必探其源。水利之兴废，乃吴民利病之源也。蠲赈优矣，而水利不修，是犹治病者专疗其标，而不攻其本，未有能生者也。臣愚以为莫若两利而并举之，此标本兼治之方也。臣尝巡历各该地方，相视高下，询问父老，颇得其说，辄敢条为五事）水利五条：一曰广疏浚以备潴泄，二曰修圩岸以固横流，三曰复板闸以防淤澱，四曰量缓急以处工费，五曰专委任以责成功。（仰候圣明裁择。）

（工科）给事中吴岩疏：（国家财赋多出于东南，而东南财赋皆资于水利。盖水利不兴，则田畴不治，五谷不登，仓廪不实，而国用不足矣。其所关系，诚非细故。司民牧者，岂可不加之意乎？是故禹之治水也，以四海为壑，而尽力乎沟洫。宋元以来，诸儒以开江置闸治田为东南第一义（按：此段原曾改为"东南水利之废"），有田然矣。夫何近年以来，东南地方，卤泽浸盈，湖水泛滥，加以夏秋淫雨浃旬，山水横发，致将田畴淹没，庐舍漂沦，以稻粱之域，为鱼鳖之区。诸郡之民，流离困苦，殆不可胜言矣。且饥馑频仍，亏损国课，公私匮乏，未有甚于此时者也。揆厥所由，盖以下流淤塞，围岸倾颓，疏道不得其法，董治不得其人所致耳。臣等备员该科，于地方水利，尝悉心推究，互相讲求，得其梗概。谨将东南水利之切要者四□）水利四条：曰疏浚下流，曰修筑围岸，曰经度财力，曰隆重职任（，开坐上陈，伏望皇上轸念东南为赋财所出之地，垫溺频仍之苦，敕下该部会同多官，将臣等所奏开坐前件，一一斟酌，议处施行）。

给事中叶绅疏：窃惟直隶之苏松常，浙江之杭嘉湖，约其土地，虽无一省之多，计其赋税，实当天下之半。（况他郡所输，犹多杂赋，六郡所出，统为粳稻。郊庙之粢盛在此，四府之珍膳在此，百僚之俸给、六军之粮饷亦在此。至于京师士庶，以亿万计，亦皆待饱于给饷之余。是六郡之赋税，诚国家之基本，生民之命脉，不可一日而不经理也。）若水道不通，为六郡农田之害，所系亦重矣。夫天目诸山之水，潴为太湖，而六郡环乎其外。太湖之水，又由江河以入于海。闻晋人于溧阳则为堰坝以遏其冲，于常州则穿港渎以分其势，于苏松则开江河以导其流。惟是入海之处，潮汐往来，易为湮塞。故前代或置开江之卒，或置撩浅之夫，以时浚治，仅免水患。历岁既久，其法废弛，遂致诸湖巨浸壅遏于中，江河故道淤涨于外。土民利其膏腴，或堰而为田，筑而为圃，是以渰没田畴，漂沦庐舍，固其所也。（方弘治四年一涝，迨五年复涝，今岁大水，视昔尤甚。人民困苦流离，不可胜言。即令抚按等官相继论奏。）伏乞圣明思念东南大害，于廷臣中选差有才力、通晓水利者一二员，授以节钺，重以委任，前去会同抚按讲求民瘼，设法赈恤。（军需之可停者停之，逋负之可蠲者蠲之，）俟民困稍苏，然后指定地方，分投相视，何地为山水入湖之冲，何港为太湖入海之道，自源徂流，一一讲究，相与度其经费，量其事期，然后大加浚治，使下流得以宣泄。然当此饥馑之际，欲兴大役，若非任事者处之得其道，则民力不堪，不能不重困也。

山东督理荒政御史过庭训疏（开：一、议通水利。夫引水为渠，而因以足国；凿井取水，而能以捍灾。古之人有行之者矣。臣生长东南，知）：东南财赋之地，猝遇亢旱之灾，而尚可冀秋成之望者，以其能取水以灌田也。今东省自运河大海之外，率多高阜沙泥之地，所凭者天时耳，以故被灾独多于他省。（而被灾之民，独苦于他省。合无自）今（以）后府州县正官于该管地方，查有可以通渠者，责令小民之疏通，按丈尺以定工食；有可以凿井者，责令小民之开凿，据大小以定工食。令附近灾民，得借做工以度日。其工食银两，本地方若有设处者，听其设处；本地方若无设处者，仍于赈银内申请动支。是亦凶年兴大工之遗意也。

（可济灾民于目前，亦可垂永利于将来也。）

（原稿眉注：入水利疏。）兵科给事中魏呈润疏：臣闻农者，天下之大本也；泉流灌溉，所以育五谷也。（是以川泽通气，天地收其成功；雨旸示征，王者因之绳美。钦惟皇上，忧天悯人，因旱步祷，求言释罪，群工效鞠疚之心，万方食云汉之德，亦既□□敷滋，沛然遍四野矣。臣窃思之，）有已旱之修救，自当有未雨之修事。（比者滹沱诸河，干可步涉，东光等浅，转漕甚苦。近京数百里，一望赤地，假□□不雨，哀此劳民，多稼少获，何以卒岁乎？臣闻雨者天地之和气，霏澜上腾，而后云瀹泽解，洋溢顷亩。是以山居知雨，非山之能厌浥也，山必有泽，燥湿相蒸而变化生，高下相感而雨水成焉。夫天下之水，自是灌天下之田，而每苦于不能用；天下之田，自足给天下之生，而每苦于不能获。《周礼》曰：□川薮曰貕养，其川河泲，其侵菑时。冀川薮曰杨纡，其川漳，其浸纷潞。言水泽至沃也。）国家定鼎于燕，用幽冀以为畿辅，负重山，面平陆，奥衍之利，甲于东南。若疏其山源，自涓涓滴滴传而致之，何田不充，何漕不裕？惟北方不知蓄水，听其自旱自雨，自盈自涸，而莫之均节，故潦荡则遍地巨浸，炎烈则满眼砂砾，一遇饥岁，比室如悬，民之凋敝极矣。昔舜命禹治水，至千百年获其利，而考其言曰“决九州，距四海，浚亩浍距川”也，此之谓水政，即农政也，漕政也。自秦开阡陌，废井田，而沟浍之制始湮。汉唐而后，日受河决之害。夫以数丈之河，挟五六月之霪霖，而无有旁地以停蓄之，其溃轶也固宜。此潦害也。潦时不收之为利，一或天靳其泽，地屯其膏，遂至焦毁而无所措。此旱害也。夫圣人在上，水旱不能为之害。其时沿河之水，无一勺不疏如血脉，是以沿河之地，无一亩不化为膏腴。今近畿州县之间，自守令而上，水利河屯等官，各有司存矣。请敕下抚按，分责所隶监司，务以疏瀹水土为事。凡地形高洼之势，源委分合之宜，古今通塞之故，与夫兴作之缓急，工程之多寡，一一循行而咨度之，然后备册以献曰：某处可复为大渠，达于漕河，某处复为中渠，达于大渠，而小渠则谕令自开浚也。册已陈矣，其费不尽需之官帑，亦不尽需之民间。需之官帑者，则以付之罪人，操畚锸而往从之，徒计里而杖计丈，不然则常平之积可间给焉。需之民间者，因水之所利而用之，利在一井，则役一井之民，利在一邑，则役一邑之民，利及邻邑者，邻邑助之，利及邻郡者，邻郡助之，皆官预为会计，而民不苦于追求，则无不趋事之人也。趋事众则水力广，总其全力，既可以致远，分其余力，并可以润槁矣。（昔管仲之相齐也，其说曰：圣人之治于世也，其枢在水。是以自修封界以至于修制十仞，见水不大潦，不见水不大旱。盖诚急富国而尽地利也。皇上圣德天纵，尧舜合为一身，固宜卑卑伯功不道者。曩月食差度，皇上既治历明时，以法尧之天，旸泽愆期，虔祷方应。臣愚以为皇上亦当浚□导泉，以绍舜之辟地。）诚及此时，举地利而经理之，富民不能供贫民之役，必转募田间，而窘于耕者，得食于工，一利也。旱则蓄其流，涝则宣其溢，瘠产化为沃土，流民渐次复业，二利也。水道与田畴相通，譬咽喉之气，达于肺脏，靡不虚而咸通，漕事可以早济，三利也。北地种植既多，即刍茭俱将输之天府，远可省额外之征，而近可蠲召买之役，四利也。原野之间，有沟有防，高下自成天堑，窥间探丸之盗，不敢援弓而驰马，五利也。夫不费太仓之金钱，而坐获此五利，何不可为也。（要之，防沟渠之法，不独卫辉、真定以南，济宁以北，可为漕运计而已。天下无不可用之水，无不可用水之地。如史起之用魏也，引漳水溉邺，而河）

水利之议

州守俞汝为议水利四条：一曰禁淤湖荡，广水利之翕聚也。二曰疏经河，通其干也。三曰开沟渠，浚其支也。四曰筑堤岸，防川泽之泛滥，固田间之围拦也。并山乡积水，沿海护塘。(共为六条。)

大学士徐文忠〔定〕公光启议：窃谓欲论财，计先当辩何者为财。唐宋之所谓财者，缗钱耳。今世之所谓财者，银耳。是皆财之权也，非财也。古圣王所谓财者，食人之粟，衣人之帛。故曰生财有大道，生之者众也。(君以银钱为财，则银钱多将遂富乎？是在一家则可，通天下而论，甚未然也。)银钱愈多，粟帛将愈贵，困乏将愈甚矣。故前代数世之后，每患财乏者，非乏银钱也。承平久，生聚多，人多而又不能多生谷也。其不能多生谷者，土力不尽也。土力不尽者，水利不修也。能用水不独救旱，亦可弭旱。灌溉有法，瀸润无方，此救旱也。均水田间，水土相得，兴云敨雾，致雨甚易，此弭旱也。能用水不独救潦，亦可弭潦。疏理节宣，可蓄可泄，此救潦也。地气发越，不致郁积，既有时雨，必有时旸，此弭潦也。不独此也，三夏之月，天雨时行，正农田用水之候，若遍地耕垦，沟洫纵横，播水于中，资其灌溉，必减大川之水。先臣周用曰：使天下人人治田，则人人治河也，是可损决溢之患也。(故用水一利，能违数害，调燮阴阳。此其大者。不然，神禹之功，仅抑洪水而已。抑洪水之事，则“决九川，距海；浚亩浍，距川”而已。何以遽曰水火金木土谷惟修，正德利用厚生惟和，一举而禹事毕乎？是故)水能为利，亦能为害。不善用之则为害，善用之则为利。能违害而就利，(□求体势不越五法，尽此五法，加以智者神而明之，燮而通之，)田之不得水者寡矣，水之不为田用者亦寡矣。(用水而生谷多，谷多而以银钱为之权。当今之世，银方日增而不减，钱可日出而不穷，又以宋臣李纲所言节用、救弊、核实、开阖、贸迁诸法，设诚而致行之，不加赋而国用足，岂虚言也哉。)

治本之十　修筑

谕三　例无　诏无　案一　疏无　议一

兴工之有益救荒者，莫过于开垦修筑。开垦利于西北，以西北多荒芜也。修筑利于东南，以东南多巨浸也。如修筑一节，令有田而饶者出米，有田而贫者出力，藉此佣工，可得升斗，而且广布招徕，使流徙之民，皆操畚插，则于救荒实有大裨矣。辑修筑第十。

修筑之谕

宣德间，福清民诣阙言，先年官民田百余顷，旧有堤六百余丈，(海水得有障。)今堤坏田荒，永乐中已得旨修筑，迄今尚未兴工。上览奏大息曰：波池堤堰，民所赖以时耕者，小民赴诉得自达甚难，乃今既得请矣，奈何复停阁慢废之乎？因谕工部速行修筑。仍申饬各省直府州县，凡陂塘闸坝年久坍塌、不能潴泄、淤塞不能灌溉田地者，尽令修筑复故。有为豪强所占据，致妨民者，责令吐退，具实奏闻。已后府县官考满，以农田水利为殿最。凡宪官巡视怠废者，纠劾之。

天顺间，河南巡按陈壁奏久雨河溢，水入汴梁城，(官仓民居，漂没过半，公帑私积，荡然一空。周府宫眷并臣等，各乘舟筏，避于城外高处，)军民死者甚众。上恻然，亟命工部侍郎薛远往视，敕之曰：黄河冲决，为患非小。卿须多方设法，消除此患。筑塞河堤，务令坚完。仍巡视下流，开通疏浚，以泄城中积水。尤先抚恤被灾之家。有缺食者，于附近官廪出粟给之，或劝谕富家赈贷。被灾田亩，蠲其租税。官舍民居，以次修理。必水患止息，事妥民安，乃许回京。

正德五年，敕谕工部侍郎周忱：凡各处闸洪陂塘圩田、滨江近河堤岸，有损坏当修筑者，先计工程多寡，务要农隙之时，量起人夫用工。或人力不敷，工程多者，先于紧要去处整理，其余以次用工，不可追急。若近江河堤防，工程浩大者，但于受利之处，令起夫协同修理。其起集人夫，务在验其丁力，均平差遣，毋容徇私作弊。凡所作工程，务要坚固经久，不许苟且，徒费人力。府县正佐官，时常巡视，毋致损坏。

修筑之案

徐垕字宗实，黄岩人。（元末不仕。）洪武初，应荐入朝，擢苏州府通判，奏发粟二十万，以活饥民。春涨病堤，垕相度原隰，大兴筑捍之役。部使者以为妨农劳民，垕言他役诚妨农，水不退则田不可耕，妨农孰甚焉？且令有田者量募贫力，饥人得哺，正所谓佚道使民，曷为劳哉？官终兵部侍郎。

修筑之议

长洲令（夷度）祁承㸁议：修筑总（民事，而在前有□官筑、民筑之二端。然此在丰稔之时为力易耳。今则仓库如洗，无可支销，从何请给？惟遵宪颁原款，合一圩内止除积荒逃绝，无主无利者应免外，）以为民。其有田而稍饶者，计亩出米，每亩每工约出米三四升，有田而家贫者，计亩约出力一二工。（每亩每工，给仓米三升，其米数照人工之多寡，仍通融派算于本圩之内。计共田若干，应修筑岸圩埂堰坝若干丈，该用人工共若干工，内出米若干亩，出力若干亩，每亩出几工，照工科米，每工约给米二升，其堰坝合用桩笆若干，俱于原管堰长名下支办。或工米有羡，就听支凑，期在工具食足，修完而止。各该公正塘长，从公一并会同计确，造入前册，递县亲酌。如有豪猾徇私不均，及吝啬阻挠者，许即连名公正图圩长并被害业户，指名呈县，刻期拘审得实，从前倍罚修塘，仍重责枷号示众。一、酌董修筑以济实效。圩岸堰坝，所以障外水之冲溢，防内水之渗漏。除完固者免议，其颓毁旧堤犹存者，能如式修筑，何忧水潦？尔各圩长查将）至应筑圩岸，必期底阔一丈，或八尺，面阔六尺，离水高六尺。其有数千亩大圩者，中筑十字埂，界画为四；如千亩以下小圩，中筑一字埂，界画为二。此正所谓多筑分埂，以便车戽。圩中塍，听各业户自便分力，以时并完。总之狭者培，低者增，缺者补，贵坚不贵速。假令湿土新加者，必俟一层干实，乃更加之。燥土易松者，必用水浥润而椎实之。其岸两傍，必用荒田草根之土垒筑，仍多植茭芦盘护。尤加堰坝，或二面，或一面，傍用预办桩笆，先钉编，后加土，中或以砾土实筑，更垂永久。其取土筑岸，即于挨近荒田，或低滩坑堑挑取。其取泥之田，一圩共计若干亩，通融均派圩内之田，抵足原税。其增高半筑者，即于傍埂之田取土可也。夫就近取土，则力省而易集，且就其下者环而为沟，潦则可蓄，旱则可灌，又两利也。

救荒全书卷之四　治本章二

垦田十一　广麦十二　蚕桑十三　纺绩十四　钱钞十五　盐屯十六　核饷十七　裁冗十八　节食十九　止酒二十　禁戏二十一　运陆二十二

治本之十一　垦田

谕五　例四　诏无　案无　疏五　议四

兴工为救荒一法，而尤莫妙于开垦。盖饥馑者虽由天时之降灾，亦或因人事有未备。役饥馑之夫，从事畚插，固以救一时之荒也。开芜瘠之地，渐成膏腴，亦以救他日之荒矣。（环相为用，其利最普。辑开垦事。）是兴工其治标耳，兴工而开垦，即治本也。辑垦田第十一。

垦田之谕

洪武初，圣谕：兵兴来所在流徙，所弃田许诸人开垦业之。即田主归，有司于务近拨给耕作，不听争，惟坟墓房舍还故主，不听占。已又诏陕西、河东、山东、北平等处，民间田土，听所在民尽力开垦为永业，无起科。

洪武初，上命两浙等处民无田者，许令往淮河迤南滁、和等处就耕，官给钞户三十锭，使备农具，免其赋役三年。谕户部尚书杨靖曰：朕思两浙民众地狭，故务本者少，而事末者多。苟遇岁歉，民即不给。其移无田者于有田处就耕，庶田不荒芜，民无游食。靖对曰：去年有旨，念泽、潞百姓衣食不足，令往彰德、真定就耕。今岁丰足，民受其利。上曰：国家欲使百姓衣食足给，不过因其利而利之，然在处置得宜，毋使有司侵扰之也。

正统四年（十月）圣谕：（各处有被水旱灾伤阙食贫民，有司即为取勘赈济，切勿令失所。）民间应有事故人户，抛荒田地，无人佃种，有司即为取勘除豁，仍仰召人承佃。中间有系官田地，即照民田例起科。若不系官民田地，许令诸人耕种，三年后听其报官起科。所种桑枣，有司时加提督，务求成效，不在起科之数。（各处逃移人户，悉宥其罪，许于所在官司附籍纳粮当差。其有愿回原籍复业者，免其粮差二年。递年拖欠税粮等项，悉皆蠲免。）

成化二十三年十月，诏曰：农务至重，有司时加课督。所在陂塘，宜预修筑，以备旱潦。其田亩有因大水冲决，虚被税粮，许具告勘实，照例除豁。其有泥沙壅积荒闲田土，开垦成熟，许自首起科，不许隐占，违者罪之。

万历间，工部臣有言沿边水利之地可垦者。上曰：沿边垦田水利事，国家急务也。该巡抚官其责成司道，督之用心查勘。然必讲求便利，渐次修举。如实心任事，果有成效，朕将不时超擢以酬之。

垦田之例

洪武初，令各处人民，先因兵燹遗下田土，他人开垦成熟者，听为已业。业主已还，有司于附近荒田拨补。又令复业人民，见今丁少而旧田多者，不许依前占护，止许尽力耕垦为业。见今丁多而田少者，有司于附近荒田验丁拨付。

洪武三年，令以北方府县近城荒地，召人开垦，每户十五亩，又给地二亩种菜。有余力者，不限顷亩。皆免三年租税。

洪武二十二年，命湖、杭、温、台、苏、松诸郡民无田者，许令往淮河迤南滁、和等处就耕，官给钞户三十锭，使备农具，免其赋役三年。

宣德间，令北直隶地方，照洪武二十八年山东、河南事例，民间新垦田地，无多寡不起科，有气力者尽力种。

嘉靖八年，令陕西抛荒田土最多州县，分为三等。第一等召募垦种，量免税粮三年；第二等许诸人承种，三年之后，方纳轻粮，每石照例减纳五斗；第三等召民自种，不征税粮。抛荒不及三分，有附近及本里、本甲、本户人丁，堪以均派带种者，劝谕自相资借牛种。极贫无力者，官为措给，责令开垦，不时勘报。

垦田之疏

元虞集疏：京师东濒海数千里，北极辽海，南滨青齐，皆萑苇之所生也。海潮日至，淤为沃壤。谓宜用浙江之法，筑堤捍水为之田，听富民愿垦者，合其众，分授以地，定其等，为之疆畔。能以万夫耕者，授以万夫之田，为万夫之长。能以千百夫耕者亦如之。十年后田成，有积蓄，命以官，高者佩印符，许传子孙，如军官之法。则近可得民兵十万以卫京师，御岛夷，远可纾东南万里航海馈运之危难，而江海游食轻剽之民，亦率有归。

吏部尚书张瀚疏：凤、淮两府，地广人稀，一望黄茅红蓼，多不耕之地。间有耕者，又苦旱涝，雨多则横潦弥漫，无处归束，无雨则任其焦萎，救济无资。是以饥馑窘迫，烟稀土旷。此地界连萧、砀、汝、颍，逋逃之薮，积久不无隐忧。宜得专官，教民稼穑。夫水土不平，耕作无以施力，必先度量地势高下，跟寻水所归宿，浚河以受沟之水，开沟渠以受横潦之水。官道之冲，设大堤以通行，偏小之村，亦增卑以成径。惟欲于道旁多开沟洫，使接续通流，水由地中行，不占平地。又度低洼处所，多开塘堰以潴蓄之。夏潦之时，水归沟塘，亢旱之日，可资引溉。高者麦，低者稻，平衍地多，则木棉桑枲，皆得随宜树艺。土本膏腴，地无遗利，遍野皆衣食之资矣。次则招抚流移，宽慰安插，量拨地土，处给牛种，蠲逋负，缓起科。又或招致江南客户，或劝谕本地土邻，或审拟徒夫无力者，令供役开浚，有力者出资给食。

大学士沈一贯疏：臣闻军国之需，最先足食。今山东巡抚缺，蒙特允以尹应元往彼整饬之。臣查其旧敕，山东巡抚原有营田一事，后亦具文而不行。今日时务，特宜重此。宜令巡抚得自选廉干官员，将该省荒芜土地，逐一查核顷亩的数，多方招致能耕之民。（如江西、福建、浙江、山西及徽池等处，）不问远近，凡愿入籍者，悉许报名择便，官为之正疆定界，署置安插，辨其衍汰原湿之宜，以生五谷六畜之利。（语云：荒田不耕，才耕便争。）又必严辑土人而告戒之，毋沮毋争。凡抛荒积逋，一切蠲贷，与之更始，或听和买，或听分种。其新籍之民，则为编户排年，为里为甲，循阡复亩，劝耕劝织。或又听其寄学应举，量增解额，以作兴之。听其试武科，充吏役，纳粟官，以荣进之。毋籍为兵以骇其心，毋重其课以竭其财，有造于新附，而无侵于土著，务令相安相信，相生相养。既有余力，又为之淘浚沟渠，内接漕流，以轻其车马负担之力，使四方辐辏于其间。米多价平，则鸣吠相应，不烦远输，而获利已多。海渠交通，则商贾坌来，渔盐肆出，而其利益广。不出数〈年，可称天府。夫本地自称富庶，以省司农请发之烦〉（按：此据绍兴本补），免百姓加派之苦，纾九重东顾之忧，增环海长城之重矣。

．户部尚书汪应蛟疏：臣窃见天津葛沽一带，无水则皭，得水则润。若以闽浙濒海治地之法行之，穿渠灌水，未必不可为稻田。而一时文武将吏诸人，无肯应命者。至今春始，（买牛制器，）开渠筑堤，（一时并举。）计葛沽、白塘二处，耕种共五千余亩。（为稻二千亩，其粪多勤者，亩收四五石。余三千亩，或种葛豆，或旱稻葛豆，得水灌溉粪多者，亦亩收一二石，惟旱稻竟以皭立槁。）于是地方军民始信闽浙治地之法，可行于北海，而臣与各官益信斥卤可尽变为膏腴矣。夫天津当河海咽喉，为神京牖户。见在水陆两营兵，尚存四千人，岁费饷六万余两。原无请给内帑，俱加派民间。或留兵不免于病民，欲恤民无以给兵，（臣常旦夜熟思，）惟有屯田可成，斯得足食长策。照召募之兵，非有室家妇子之助，计一夫不过耕种四五亩，即亩收三石，不过六万石。而可垦荒田，连壤接畛，奚啻六七千顷。若尽依今法，为之开渠以通蓄泄，为之筑堤以防水涝，每千顷各致谷三十万石，以七千顷计之，可得谷二百万余石。非独天津六万金之饷，可以取给，即以充近镇之年例，省司农之转馈，无不可者。（且地在三岔河外，海潮上溢，取以灌溉，于河无妨。白塘以下多地，原无粮差，白塘以上为静海县，民或五亩十亩，而□一亩，粮差不过一分八厘。民愿卖则给价，不愿则田仍给种，于民情无拂。就中经理得宜，行之久远，可不谓国家万世之利哉。）惟是地广则垦治之难，田多则耕种之难。又招徕数千家，而后能任数千顷之地，必群聚数万人，而后能供数十万亩之耕。如地方十里，为田五百四十顷，一面滨河，三面开渠，与河水通，深广各一丈五尺，四面筑堤，以防水涝，高厚各七尺，又中间沟渠之制，条分缕析，大约用夫六十万人，而后可以成功。无论北人慵惰，惮于力作，即有南方善耕之人，谁能集众裹粮，百十为群，越数千里以从难成之役？其富商大贾，衣轻乘肥，操奇赢，坐收三倍，又谁肯捐数万金之资，以劳形哉！此辟地生财之说，虽屡廑庙议，而未睹成绩也。臣今为计，惟有用军垦田，以田分民，军能垦而不能尽种，民能种而不必自垦。军有月粮而无雇值之费，民无劳役而享可耕之田，然后趋之若流水，应之如赴声，策无便于此者。然非见在水陆两营之兵，所能独成也。（彼以四千之众，勤力于二万亩之耕，又三农之余，无废其坐作击刺之条，其操畚锸而从事于浚筑，所就能几何哉。）臣请以防海官军，用之于海滨垦地。计左右两营兵共六千，并水陆两营之兵，总得万人。除人各耕种外，每岁开渠筑堤，可成田数百顷。一面召募边地殷实居民，及南人有资本者，听其分领承种，少或五十亩，多不过一二顷，悉令仿照南方取水种稻。本年开耕，姑免其科，以偿其牛种器具之费。次年每亩定收谷米五斗，以后永为世业。其军兵自种五亩，每名定收稻米一石五斗。其有父兄子弟愿领种余田听，各营中军总哨及天津三卫官舍有率其子弟僮仆愿领者听，总之多不许过二顷。数年之后，荒田渐辟，各军兵且屯且练，民间可省养兵之费，重地永资保障之安。边境狼烽长静，两营官军尝〔常〕留此可也。万一虏衅可虞，复调春秋递防可也。至于米粟渐多，可支边镇之年例，居民渐广，可实海邑之版图，并一切置署调度事宜，容职次第区画具奏，非可以一端尽也。

大学士徐文定公光启疏：垦荒足食，万世永利，而且不烦官帑。招徕之法，计非武功世职，如虞集所言不可。或疑世职所以待军功，今输财力以垦田而得官，与事例何异？则臣常辩之矣。唐虞之世，治水治农，禹、稷两人耳。而能平九州水土，粒天下之烝民，当时之经费，何自出乎？盖皆用天下之巨室，使率众而各效其力，事成之后，树为五等之爵以酬之。《禹贡》一篇，所以不言经费，弟于则壤成赋之后，终之日锡土姓而已。故曰：建万国以亲诸侯。若必以军功封，则生民之初，何所事而得万诸侯乎？后来兼并之世，乃以武得官，则生人而封，比之杀人而封者，犹古也。况虞集尚言世袭如军官之法，职所拟者，不管事，不升转，不出征，空名而已。田在爵在，去其田，去其爵矣，即世袭又空名也。名为给之禄，禄其所自垦者，犹食力也。事例之官，为天下之最大害者，为其理民、治事、筦财耳。卫所之空衔，安得与事例比乎？今之事例，岁不过六十万。此法行不数年，而公私并饶，即事例可罢，欲重名器，尤宜出此。但恐空衔无实，人未乐趋，故必以空衔为根著，而又使得入籍者登进以示劝。凡狭乡之人才必众，进取无因，以此歆之，自然麇集。又疑土著之民不能相容，则另立屯额科举乡试，不与土人相参也。以此均民而实广虚，甚易矣。或又疑举额加增，则仕途壅滞，不知今之壅仕途者，非科贡也，事例也。今垦田入学，其中式以渐增加，若增至百名，则垦田已得千万亩，岁入至轻，亦得百余万石，而藏富于民者，更不可数计矣。此时渐革事例，以举人入选，犹患其少耳，何壅滞之有？或疑均民之说，以为人各安其居、乐其业足矣，何事纷纷率天下而路乎？不知徙远方之民以实广虚，汉人有此法矣。自汉以来，永嘉之乱，靖康之乱，中原之民，倾国以去，所存无几耳。南之人众，北之人寡，南之土狭，北之土芜，无怪其然也。司马迁曰：本富为上，末富次之，奸富为下。北人居闲旷之地，衣食易足，不务畜积，一遇岁祲，流亡载道，犹不失为务本也。南人太众，耕垦无田，仕进无路，则去而为末富奸富者多矣。末富未害也，奸富者目前为我大蠹，而他日为我隐忧，长此不已，尚忍言哉？今均民之法行，南人渐北，使末富奸富之民皆为本富之民，民力日纾，民俗日厚，生息日广，财用日宽，唐虞三代，复还旧观矣。若均浙直之民于江淮齐鲁，均八闽之民于两广，此于人情为最便，而于事理为最急者也。又虞集言三年之后视其成，以地之高下定其额，以次渐征之。臣今言开垦之月，即定岁入之米，何也？祖宗朝有开荒永不起科之例，不行久矣。必于三年之后，即目前无定则之田，人将恫疑而不就也。职今拟定上田每亩一斗，下田照本地科则折算，名为一斗，以半为其俸入，实出五升而已。其止于五升者，板荒无粮之地，向来弃置，而尽力垦治，为费已多，亩出五升，不为薄也。其半荒者，原有本地粮额，决不可少。正额之外，加出五升，亦不轻矣。且今日之大利在田垦而粟贱，和籴易而畜积多耳，不在多取也。况有岁入之米为据，即可以定其所垦之田，即可以〈定其入籍之人，彼应募者又何吝此两年之入乎？〉（按：此据绍兴本补。）

（原稿眉注：入垦田疏。）广西巡按御使毕佐周疏：粤自（戊巳）大浸〔祲〕（后，□庆诸□），户口逃亡，田土荒芜。臣巡历所到，（见白茅苗苇，一望弥□，行数十里无村舍人烟，地方凋敝若此。计非十年耕垦，十年生聚，何以一朝伏〔复〕元气？）抵郡邑诣有司面诘之，乃知前此未尝不招垦也。招垦数年之后，耕熟之田，系为腴产，土著之民，且觊且忌，新民自恃力耕，更不相下，于是相讦相搆，里排结党，青衿出名，而大力者且为左袒佐斗，有司竟莫可谁何矣。然此惟招垦之初，根脚不清故耳。若有司实心料理，视州县事若家事，亦何难之有？如一县若干里，一里若干图，一图中逃亡若干户，一户中荒田若干亩，土名坐落何处，坵段有何界限，先期逐一查明，预造底册，随大示晓谕逃户亲族人等，赴县领耕，承纳钱粮。其无领耕者，遍行招募，或本地，或广东，或福建，多方招致。但有新民应募前来，有司官单骑履亩，照依顷亩坵段踏勘，照给取认状为凭。其男妇子女，一一查照年庚生业，并取结状为凭，户房造册存照。或官给牛种，令其尽力开垦，三年后方为起科。根脚既清，新民不得于原领顷亩之外，妄意越耕，土著不得以日后垂涎之故，妄指越耕，仇搆之端，何自开乎？（再，照西粤衿绅，向苦冒籍一端。盖闽广人文，素出西粤上，每每借籍以图进取，西粤因之憾之，遂不乐新民有赴考之子弟。离坵垄而来，为衣食计，亦为子孙计。若竟绝其子孙进身之路，又何以示鼓舞，而使共闻□□□。查人户入籍，以户之十年为准。新民既系招集，似与他流移转徙者不同，或量从宽减，以五年为期，准其入学观场。前此递结时，其子弟之孰长孰幼，谁读谁耕，已一一具载明悉。其有亲故族属，借名冒托者，一切禁约，不许混淆于此。而新民土著，两得其平矣。要之，招垦之任劳任怨，原非有司所乐为，非有督责稽查之法，鲜不视为故事。各守道据州县报荒底册，逐年限定开垦分数，即以分数之完欠，定州县之殿最。其胥役瞰利，拨置诛求，豪强觊觎，设阱张机，核实究处。庶法行人惮，而招垦徐臻实效也。）

垦田之议

徐显卿议：向闻溧阳潘令择弃地之可田者二三千顷，赐富民史氏，不征其价，给帖令自执业，惟勒限使之开垦。一时饥民赴工惟恐后，不日而成膏腴之亩，直可四五万金。史氏陆续输其家之所有，不论银钱米布，计工而酬，赖以全活者，无虑以数千。总之费不过万金，又非尽用金也，非顿出金也。窃计史氏始亦岂乐从哉？敝郡无史氏之家，等而下之，即以千百之产，量给弃地，令之开垦，俱可得数倍之利，传之子孙。如更宽其起科之期，则乐从之者尤比比也。

徐显卿又议：我国家定鼎燕京，转漕东南。今西北水利一兴，群畿辅莫非外府，东南之民可以息肩，而转饷不贷之费可以减省。且近边之地，有阡陌沟洫，虏骑不得长驱，小民相生相养，昔也旷莽，今也蕃育，实边之策，无逾此者。顾为之须在得人，必有专官领专敕。若委之抚按，徐徐而图，无济于事。西北军习干戈，而安享常食，民习偷惰，而轻去家业，驱之耕种，如赴汤火，亦有利其弃民而私种之者。今垦而为田，度必起科，其肯欣然就否？且高原则虑沙压，低处则患漂流，能尽强之使垦耶？是在随地相宜，虚心行事，不必处处开垦，不必人人耕种。钱粮于何取给？人夫于何取办？民间旧业，有无妨碍？水利初兴，果否经久？必能千虑无失，然后次第请行（诚久安长治之策，深为明公望之）可也。

定远令诸葛升议：

一、筑塘坝以通水利。淮以南，田无宿水，靠雨为秋，而陂塘坝堰之利，修筑不时，疏通无法，以致雨骤则狂澜四溢，助河为虐，稍干则扬尘涸底，赤地如焚，而旱涝皆以为民害。（岂直地势使然哉！卑职）予莅任三稔，皆遇旱。预计水利，合无责治农一官，专司水利，遍历郊圻，寻往昔旧迹，如池塘之淤塞者开浚之，沟浍之壅滞者疏导之，湾涧间视地之高下，为堰之浅深，而堤之闸之。高则开渠，卑则筑围，急则激取，缓则疏引，水由地中行，无枯竭，亦无泛滥，而荒土皆沃壤矣。

一、设庐舍以复流移。于荒田最多之处，或乡落寥廓之场，量动无碍修理官银，为盖草房，每处约百十余间，使受廛之众，襁褓而来者，咸得栖身而托足焉。

一、借籽种以时播插。(照得)频年蝗旱，二釜不登，民间无种下田，始借贷于有力之家，倍其息犹靳弗与者。贫民计所收不足偿所贷，而且苦于无贷，则有舍己之田，代人耕作，及去而之他者，比比然矣。本县每春夏之交，借种四五千石，至六月中犹有借晚种而布者，虽得升合，如获珠玑，诚粒粒之艰也。合无预设种子一仓，大州县约十处，小州县约五六处，每仓约稻乙千石，岁祲赈济不与焉，专以待开荒者。给借之法，则酌户内人口之多寡，及所垦田亩之广狭以为差。实有田如千亩，始给种如千石。而收成之际，一视岁之荒歉，为息之厚薄。大丰则三息之，次丰则二息之，仅丰则一息之，不丰不歉则收其本而蠲其息。如或大歉，则并其本而蠲之。至于杜冒滥，稽真伪，则责成于乡约保甲长，官唯为综核焉。

一、总军屯以核规避。江北荒田，民荒者十之三，军荒者十之七。民荒者州县督焉，军荒者有司过而不敢问。揆厥所由，曰此田系某伍下积负征粮而逃者也，领其田必且偿其负，而民不敢佃。又曰此摊荒已久，开垦必大费诛锄之力，比方成熟，而本军还夺焉，而民不敢佃，所以一望膏腴之地，坐视为黄茅红蓼之区则已耳。然亦有本军召佃，而贻累更多。本军糊口所急，先期执券收兑二粮，以供枵腹。及旗甲征收，屯官勒比，而上纳不前，则又藉口为某百姓所占，本官不察，谬呈仓屯督储等衙门，批行所在官司，株连蔓引，罄产重输，小民无收获之利，而先受赔累之苦，不有视军屯为陷阱者乎？合无自令伊始，凡有佃屯认粮者，取其合同文券，陈告管屯衙门，准给印信执照，仍置印信文簿登记查考。民以所给印信文约，投本县挂号，亦置文簿登记参核。俾民得安心开垦，尽力耕种。收熟之时，照所佃粮额，竟赴管屯衙门，当官完纳，请给印信实收，随以实收赴县挂号。额粮外每亩量出钱若干文，以为屯造帮掺之费。亦于交纳时，交付本军，附载印信实收之后。此外不得重科，以滋烦扰。开垦之后，须佃种十年，方许更易，不得因成熟有利而遽夺之。庶公私兼足，军民两利矣。

一、禁越告以专农业。(内议不录。)

一、严保甲以专责成。(内议不录。)

一、籍客户以蕃丁口。闻有分土，无分民。苟践吾土、食吾毛而受吾役，即吾也，安问土著客户哉？议令凡外郡商贾，有置事产而愿受廛者，悉许其占籍坊里，入仕当差，则归附既多，荒芜自辟。十年生聚，十年教训，生齿不嵬然与江以南埒乎？

一、改折赎以资工作。(内议不录。)

一、役徒夫以供开浚。(本县□得)近驿之处，每多荒田，责令有力农人，或殷实马户，带领徒夫耕作，每人日给仓谷二升，为饭食之费。供役一日，准算徒限一日。如有亲识愿助供役者，亦准通算。总计三百六十工为一年，满即释放。有司核其所垦过田若干亩，一岁所入谷若干石，而籍记焉。除籽种工本所余，量为该驿廪粮之费，庶可免加派于小民也。如此不但徒配得生全之路，而附驿一带，无复蒿莱狐兔之区矣。亦开荒之一奇也。

尝〔常〕熟令耿橘议：一曰招抚流移人户，二曰尽豁积逋，三曰酌给牛种，四曰矜免杂差，五曰禁绝豪强兼并，六曰禁占芦苇茭草微利，七曰明定税期，八曰分任各区公正，九曰驱打游手盐贩归农。

治本之十二　广麦

谕无　例无　诏无　案无　疏二　议三

五谷皆以疗饥（，二麦□为济用）。江以北（之农）原多种麦为务，惟江以南，种者什一二耳。天时不尝〔常〕，地利有限，所当劝促农家广为布种，倘歉于米而丰于麦，民间亦有恃以无恐。试观袁安抚籴麦之疏，真西山贷麦之奏，徐文贞运麦之议，而近来之漕运，于凡兵荒州县，亦有议以麦代米者。其于救民赡军，盖何如急，而种麦可不广乎！（或者曰：江南之麦，性寒而温，久食多食，亦能致病，非若江北之适宜者。是亦不愈于采草食土者耶？况杂米而用，未见其伤生也。）辑广麦第十二。

广麦之疏

宋（浙东路安抚使）袁说友疏：（臣窃见司马光进读迩英，神宗皇帝问以河北岁饥，何以救之？光曰：饥馑之岁，金帛无所用，惟食不可一日无耳。乞籴谷于他路州县，仍多漕江淮之谷。神宗然之。然则籴谷以赈饥民，固不可缓，若先事豫备，多方为策，则尤免于临时之迫急也。伏自前岁水旱相仍，举行荒政，惟以发仓廪救饥馑为急。累月之间，诸路赈粜，所在储粟十用八九，然犹未能足用也。今诸处见管米斛，盖甚无余。幸去岁中熟，朝廷遍行和籴，目令所蓄，正自不多。若今岁更得一稔，则广粜厚藏，他日犹可凭藉。然）近日雨泽久愆，祷祈未应。（明越两郡，种未入土，浙西运河，不绝如线，自常而北，干旱已甚。所谓）先事豫备，岂宜不讲？（今和籴米斛，已非其时。纵增价收籴，所得无几。窃闻两淮麦已大熟，淮邦种麦，连亘阡陌，非江浙比也。淮人仰此流转江浙，博易楮币。兼闻目即，麦价甚平。臣恭闻仁宗皇帝庆历四年，遣内侍赍内库银三万两，下陕西籴麦，以济饥民。盖谷与麦，其救饥一也。）今籴谷已晚，宜及淮麦稔熟之时，早行收籴，以为他日赈荒之备，诚为急务。臣尝询之农民，谓麦极可收贮，若干燥之麦，仓廒不湿，可收二年。今若朝廷捐铜会三十万，分委两淮漕臣，每路且各籴干燥好麦十万石，以郡大小定数，增价收籴。选委明晓官属，措置革弊，不得纤毫科扰于民，各办高燥仓廒，将所籴麦更切晒晾候干，然后入廒。如一年内，便致腐烂不可用者，罪各有归。取见籴足实数，具申朝廷，然后委官核实。庶几得此十万石麦，或有岁歉，可便应用，其利一也。淮人既得官司增价籴麦，又三十万铜会散在两淮，民旅两得其便，其利二也。若今秋幸得丰熟，不用赈济，则此十万石麦，或且桩留一半，或远近官司乞以元钱兑拨，充造麯等，不患其无用，此其利三也。（欲望圣慈详酌臣先事预备之意，或其言可采，）乞早赐施行，不胜厚幸。

宋真德秀疏：臣等近以本路旱蝗为灾，（屡以斯民危迫之状，仰渎睿听。陛下至仁垂悯，赐缗钱，发廪粟，恩意恻怛，与天同心。臣等钦体圣怀，分遣官吏，抄录户口，举行赈恤之政，欲使山苦穷僻之地，咸被上恩。然此去来秋，尚有期岁，公家之力有限，艰食之日甚长，）早夜以思，未知攸济。访之父老，皆言若二麦及时布种，则人心自安。（盖村野小民，生计易足。田中苟有数亩之麦，便可指为温饱之资。目前虽甚艰难，终不舍之而去。富室大家，知其有所指拟，缓急举贷，亦可相赒。）第目今麦价所在踊贵，（其最平处，每石为钱亦不下二贯有奇。）惟上等殷富之家，自能豫蓄种子。中户籴买，已病其艰。若四等而下，大抵皆贫困之民，今夏所收，仅充三数月之食，饥肠所迫，岂有颗粒尚存？虽欲趁时耕种，有不可得。（今秋田苗稼至少，检放之数必多。官司坐失常赋，已不可胜计。）若麦复失种，则来岁夏税，输纳必艰，上供之额，何所取辨〔办〕？况嗷嗷待哺者以百万计，若广种二麦，则一饱有期，庶几四五月之交，振济或可结局。若种麦稀少，不足救饥，则非至秋成，官司振给，实难遽已。公家事力，岂易支吾？（臣恭睹陛下即位初年九月二十八日尚书省劄子，勘会今来种麦是时功，恐细民无力耕种，有旨令两浙两淮提举司，应灾伤去处，将常平钱措置收籴麦种，并给降米斛，疾速赈贷施行，毋致有失布种。宽恤之恩，载在诏令，焕如日星。臣等今略计本道灾伤去处第四等以下阙少麦种人户，为田数百万亩，每亩用种五升，其费不可胜计。虽尝亟下所部诸州，那融官钱收籴给贷，然今州郡大抵空乏，必无余力可及。而常平钱米，本自无几，见今专充粜济，不复更有赢余。只得倾竭愚诚，控告君父。）伏望圣慈特诏有司给降钱会，令臣等颁下诸郡，斟量给贷，麦熟之日，令民随税输纳（。臣等谨当拘催，还之县官，不敢分毫使用，干冒圣威。臣等无任震惕之至），诚为至便。

广麦之议

宋董煟议：《春秋》于他不书，惟无麦即书。仲舒建议令民广种宿麦，无令后时。盖二麦于新陈未接之时，最为得力，不可不广也。按《四时纂要》及诸家种艺之书，八月三卯日种麦，十倍全收。今民非不知种，但贫而无力，故后时耳。古人春省耕而补不足，秋省敛而助不给。今为政者，于饥饿之年，能捐帑廪推行补助之法，此非徒救荒，亦因寓务农重本之意。

大学士徐文贞公阶议：查得宣、大二镇米麦，每石值银三两以上，而军士每月支银七钱，仅买米麦二斗二三升，岂能养赡？欲尽照时估给价，户部又难应付。今北直隶、山东、河南等处，仰赖圣恩，二麦大熟，每石止值银四钱以下。若乘此时收买数十万石，每石加脚价四五钱，便可运出居庸关，以给宣府月粮；加脚价七八钱，便可运出紫荆关，以给大同月粮。通融计算，在内不过用银一两以上，军士却得一月饱食，费省惠博。盖古管仲、刘晏所以富国之策，大约如此。而在财乏兵疲之时，似宜尤不宜守文泥常，坐失便利。

山东巡抚李长庚议：照得省属地方，秋雨普降，及时种麦，乃目前第一要务。（但恐流民未归，惰农坐视，而贫者又无其资，殊为可虑。为此牌，仰本司道官吏，照牌事理，即便行济兖东三府，转行）须所属府州县将流移在外灾民，作速招回，督令民间上紧种麦。其民间贫难无种者，即令州县各查库贮有何项勘动，及稍缓银两，暂行借动，籴买麦种。谕令贫民三五人具互相结领，仍着令里长户头结保，酌量借给，每人或三二斗不等，领出责令即行布种。其麦种各注定时值价银，登记姓名数目在官。待来岁麦秋之时，令各户照数上银还库。其州县库藏无银者，司府量为设处，作速发领。至于所种四址，各该掌印官须要不时下乡履亩，亲查验勘，以期实效，不许听凭里胥人等，及有力之家，冒领滋弊，致使贫民不得沾惠。（此系目前安抚灾民第一要务，各该有司俱要加意奉行。文到，凡有勘动粮两，一面动用，一面详报，不得候详允方动，有误布种之期。事完将借给过籽种荒户姓名，及种过麦苗顷亩数目，册报查考。）

治本之十三　蚕桑

谕二　例一　诏无　案一　疏一　议一

蚕桑若不关于荒政，然（而实民间自然之利也。荒政欲）有相辅而行者。盖政莫大于开利源，惟农与桑，实所并重。我太祖令民间广植桑枣，载在令甲，（□乃劝民之务，与农并重。）既欲使之饱于腹，又欲使之暖于体，圣祖深意，有司宜首体焉。辑蚕桑第十三。

蚕桑之谕

洪武间，值岁偶饥，上谕工部臣曰：民间但有隙地，皆令种植桑枣及棉花等类，率蠲其租税，仍岁终具数以闻，将以殿最其有司。

宣德时，顺天府尹李庸言，所属州县旧有桑枣，近年砍伐殆尽。请令州县每里择耆老一人，劝督栽种，官当点视。上谕户部臣曰：桑枣生民衣食之计，洪武间遣官专督种植。今有司略不加意，前屡有言者，已命尔申明旧令，至今未有实效。其即移文天下郡县，督民栽种，违者治之。

蚕桑之例

洪武二十七年，命工部行文书，教天下百姓，务要多栽桑枣。每一里种二亩秧。每一百户内，共出人力，挑运柴草烧地，耕过再烧，耕烧三遍下种。待秧高三尺，然后分栽，每五尺阔一垅。每一户初年二百株，次年四百株，三年共六百株。栽种过数目，造册回奏，违者全家发遣充军。

蚕桑之案

张咏知鄂州崇阳县。民以茶为业，詠曰：茶利厚，官将榷之，不若早自异也。命拔茶种桑，民以为苦。其后榷茶，他县皆失业，而崇阳之桑皆已成为绢，（而比者岁百万，）四民以殷富。（淳化中，东西两川旱，民饥，吏失救恤，寇李顺陷成都。诏王继恩充招安使，率兵讨之，命詠知成都府事。时关中率负粮以饷川师，道路不绝。詠至府，问城中所屯兵尚三万人，而无半月之食。詠访知盐价素高，而廪有余积，乃下其估，听民得以米易盐。民争趋之，未逾月，得米数十万斛。军中喜曰：此翁真善干国事者。迁知益州，詠以其地素狭，游手者众，事宁之后，生齿日繁，稍遇水旱，则民必艰食。时斗米直钱三十六，乃按诸邑田税如其价，岁折米六万斛。至春籍城中佃民，计口给券，俾输元估籴之。詠奏为永制，其后七十余年，虽时有灾馑，米甚贵而益民无馁色。）

蚕桑之疏

寺丞兼御史钟化民疏：臣惟救荒于已然，不若备荒于未然。（救于已然者，时穷势迫，而莫可谁何。备于未然者，事制曲防，而可以无患。汉贾谊曰：圣王在上而民不冻馁者，非能耕而食之，织而衣之，为开其资财之道也。臣历中州，至虞城县，村中父老以桑椹供食。臣食而甘之，问父老曰：此地有桑椹，必有桑树。有桑树，必有蚕丝。今桑树罕见，蚕丝罕有，其故何在？父老答曰：民间裁〔栽〕桑不多，养蚕之家亦不纺丝，只是卖茧，颇无厚利。臣喟然叹曰：天地自然之利，何为惰农自弃哉！）臣行各府州县正官，循行阡陌，随地课农。如有地一亩，令其植桑百株，十亩千株，百亩万株，桑多则蚕多，蚕多则丝多，丝多则利多。至于麦豆粟谷，及时深耕，枣梨柿栗，随地编植，务使人无遗力，地无遗利。（昔周家以农事开基，此王业根本也。我朝劝课农桑，载在令甲，有司以此为劝民首务，则殷盛富庶之风无难致矣。）

蚕桑之议

兵部尚书郭子章议：木各有所宜土，惟桑无不宜。桑无不宜，故蚕无不可事。《豳风》

之诗曰：女执懿筐，遵彼微行，爰求柔桑。则豳可蚕。《将仲子》之诗曰：无折我树桑。则郑可蚕。《车辚》之诗曰：阪有桑，隰有杨。则秦可蚕。《氓》之诗曰：桑之未落，其叶沃若。桑之落矣，其黄而陨。《桑中》之诗曰：期我乎桑中。则卫可蚕。《皇矣》之诗曰：攘之剔之，其檿其柘。《桑柔》之诗曰：菀彼桑柔，其下侯旬。则周可蚕。《禹贡》：兖州，桑土既蚕，厥篚织文。则鲁可蚕。青州，厥篚檿丝。《管子》亦曰：五粟之土，其檿其桑。则齐可蚕。荆州，厥篚玄纁。则楚可蚕。孟子告梁惠王曰：五亩之宅，树之以桑。《十亩》之诗曰：十亩之间，桑者闲闲。则梁可蚕。蚕丛都蜀，衣青衣，教民蚕桑。则蜀可蚕。犹之农夫之于五谷，非龙堆狐塞极寒之区，犹可耕且获也。今天下蚕事疏阔矣。东南之机，三吴越闽最夥，取给于湖茧。西北之机，潞最工，取给于阆茧。予道湖阆，女桑姨桑，参差墙下，未常不羡二郡女红之廛，而病四远之惰也。夫一女不绩，天下必有受其寒者，而况乎半天下女不绩也。岂第五十之老，帛无所出？不绩则逸，逸则淫，淫则男女为所蠹蚀，而风俗日以颓坏。(今天下门内之德，不甚质贞。每岁奏牍，奸淫十五，毋亦蚕教不兴使然与?)公父文伯母曰：王后亲织玄紞，公侯夫人加之以纮綖，卿之内子为大带，命妇成祭服，列士之妻加之以朝服。自庶士以下，皆衣其夫，社而赋事，烝而献功，男女效绩，愆则有辟，古之制也。彼大夫之家而主犹绩，奈何令天下女习于逸，以趋于淫乎？国家蚕桑载在令甲，凡民田五亩至十亩者，栽桑麻木棉各半亩，十亩以上者倍之，田多者以是为差，特废不举耳。故《月令》躬蚕之礼，鲁用绩愆之辟，与令甲桑麻之数，此三者不可谓迂而不讲也。

治本之十四　纺绩

谕一　例无　诏无　案无　疏一　议二

救荒者，夫既重农惩惰矣，然而女红之工，亦岂可废？今啼饥者即苦号寒，使纺绩惟勤，不但履霜无叹，而贸易得赀，亦何尝非救饥之助？辑纺绩第十四。

纺绩之谕

宣德间，上谕侍臣曰：朕常历田野，见织妇采桑育蚕，缫丝制帛，累寸而后成疋，亦甚劳苦。因出所赋《织妇词》以示之曰：朕非好为词章者。昔真西山有言，农桑衣食之本。为君者当诏儒臣，以农夫红女耕蚕劳勤之状，作为歌诗，使人日诵于前，又当绘为图，揭于宫掖，布之戚里，使人皆知民事艰难，衣食所自。朕所以赋此也。

纺绩之疏

寺丞兼御史钟化民疏：臣见中州沃壤，半植木绵，乃绵花尽归商贩，民间衣服，率从贸易。古语云：一妇不织，或受之寒。盖纺绩久废，课督不勤故也。臣与乡村父老计之，一妇每日纺绵三两，月可得布二疋，数月之织，可供数口之用。(其余或换钱易粟，或纳税完官。但布之成也，纺而为缕，络而为绵，分而为纬，合而为经，织而成布，一寸一丝，皆从辛苦中来。顾百姓日用而不知，惟牧民者为之督□耳。苟不教之纺绩，而使其号寒于终岁，冻死于沟衢，伊谁咎耶?)臣行各府州县，每遇下乡劝农，即查纺绩之事。凡民家绵线多者，此勤于纺绩者也，则呼其夫而赏劳焉。绵线少者，此惰于纺绩者也，则呼其夫而责戒焉。导之以自有之利，使人情乐趋，鼓之以激励之方，使室家竞劝。《诗》曰：七月鸣鵙，八月载绩。又曰：我朱孔阳，为公子裳。咏七月之诗而兴起焉，杼轴其空之患，庶几其可免矣。

纺绩之议

大学士丘文庄公浚议：按自古中国布缕之征，惟丝枲二者而已。今世则又加以木棉焉。府人调法，民丁岁输绢绫絁及绵，输布及麻。是时未有木棉也。宋林勳作政本书，匹妇之贡，亦惟绢与绵，非蚕乡则贡布麻。元史种植之制，丁岁种桑枣杂果，亦不及木棉。则是元以前未始以为贡赋也。考之《禹贡》：杨州，〈岛〉夷卉服。注以为吉贝。则虞时已有之，岛夷时或以充贡，中国未有也。故《周礼》以九职任民，嫔妇惟治蚕枲，而无木棉焉。中国有之，其在宋元之世乎？盖自古中国所以为衣者，丝麻葛褐四者而已。汉唐之世，远夷虽以木棉入贡中国，未有其种，民未以为服，官未以为调。宋元之间，始传其种入中国。关陕闽广，首得其利。盖以物出外夷，闽广海通舶商，关陕壤接西域故也。然是时犹未以为征赋，故宋元、史《食货志》皆不载。至我国朝，其种乃遍布于天下。地无南北皆宜之，人无贫富皆赖之，其利视丝枲盖百倍焉。故表出之，使天下后世知卉服之利，始盛于今代。

大学士徐文定公光启议：凡种大麻，用白麻子。麻欲得良田，不用故墟。地薄者，粪之。耕不厌熟，田欲岁易。良田一亩，用子三升，薄田二升。夏至前十日为上时，至日为中时，至后十日为下时。泽多者，先渍麻子，令芽生。待地白背耧耩，漫掷子，空泄劳。泽少者，暂浸即出，不得待芽生。耧头中下之。麻生数日中，常驱雀。布叶而锄，勃如灰便刈。蘘欲小，稕欲薄，一宿辄翻之。获欲净，沤欲清，水欲生熟合宜。卫诗曰：蓺麻如之何？衡从其亩。《汜胜之书》曰：种枲大早，则刚坚，厚皮多节；晚则不坚。宁失于早，不失于晚。获麻之法，穗勃勃如灰，拔之。夏至后二十日沤枲，枲和如丝。崔寔曰：夏至先后五日，可种牡麻。

治本之十五　钱钞

谕一　例一　诏无　案无　疏四　议一

钱、钞、盐、屯四者，国家之大利也。原不但为救荒设，而当此灾祲之际，搜无可搜，募无可募，倘不讲求大利之源，而仅仅涂饰目前，荒政之所济亦有限耳。乘此未雨之际，亟为蓄艾之图，固非迂阔而不可行者也。然四者关系时政，皆有全书，卷帙浩繁，不能多载，今但举其一端，以见于荒政有裨。留心经济者，详观博采，当自得之。辑钱钞第十五。

钱钞之谕

嘉靖三年，圣谕说于户部：日前有旨禁约低钞，不许行使。如有弊尚未革，显是号令欠严，不遵守。你部里便出给榜文，晓谕京城内外买卖人等，今后只用好钱，每银一钱，倒换七十文。若是低钱，每银一钱，着倒换一百四十文。再有似前违犯的，着缉事衙门及五城御史，缉访得出，在人烟辏集去处，用一百二十斤大枷枷号示众。（钱钞谕例甚多，因无关救荒，故止录一二条。）

钱钞之例

《大明律》一款：凡钱法，设立宝源等局，鼓铸洪武通宝钱粮，与大中通宝及历代铜钞，相兼行使，折二当三、当五、当十，依数准算。民间金银、米麦、布帛诸物价钱，并依时值，听从民便。若阻滞不即行使者，杖六十。又一款：凡私铸铜钱者绞，匠人罪同，为从及知情买使者各减一等。告捕者官给赏银五十两，里长知而不首者杖一百，不知者不坐。若将时用铜钱剪锯薄小取铜以求利者，杖一百。（□例一款：私铸铜钱，为从者问罪，用一百斤大枷枷号一个月。民匠舍余，发附近充军；旗军调发边卫食粮差操。若贩卖行使者，亦枷号一个月，照常发落。）

户部职掌一款：凡印造大明宝钞，与历代铜钱兼行使用，每钞一贯，准铜钱一千文。其宝钞提举司，每岁于三日内兴工印造，十月内住工。其所造钞锭，本司具印信长单及关领勘合，将实进钞锭照数填写，送赴内府库收贮，以备赏赐支用。其民间行使，及税课司局、河泊所收受课钞，除挑描伪钞外，其余不分油污水迹破烂，务要收受。如有沮坏，照依本部原给钞法榜文内例治罪。（其合用桑穰数目，本部每岁预为会计，行移浙江、山东、河南、北平及直隶淮安等府出产去处，依例官给价钞收买。所在官司应付脚力，差人起解赴京，仍申达本部。本部将来文立案，劄付宝钞提举司交收，及出给印信长单，具手本赴内府关领勘合，填写付差来人，于承天门点进，赴提举司交收，取获实收回部，入卷备点。）

（嘉靖三十二年，题准除光禄寺额办商税，除各钞关额解鱼课钱钞，已有定规，并钱粮重大府州县轻赍折银，照旧收钱外，其余课税罚赎等项，并得依例准收合式钱。每钞一贯，折银三厘，每银一分，收钱七文。不分起存，俱五分为率。以二分存积该处，以备在外官吏折俸支用；以三分解京，转发太仓银库，以备在内文武官员支折布花粮用。）

（嘉靖三十二年，题准历代开元等钱，本朝洪武等钱，及嘉靖通宝，轮廓圆满，体制丰厚，定为一等，每钱七十文，准银一钱。次则纯铜古制中样旧钱，堪以下贯者，定为一等，每钱一百四十文，准银一钱。合无本部行催南京工部铸造嘉靖通宝，类送太仓银库收贮，专备文武官折俸，并官军冬衣布花折放之用。严禁铅锡伪造小钱。如有故违不悛，缉访究治。）

钱钞之疏

吏部侍郎靳学颜疏：（臣闻人之所由生，衣食为重。王者利用厚生，必先乎此。此出于天时、地利、人力，相待而共成，三才之用者也。有此三才，即有此布帛五谷，增亏相乘，有无相贸，而非有水旱之灾，兵革之夺，疠疫之妨。以一岁之功，而供一年之日用自周也。今天下之民，愁居慑处，不胜其□□之惨。）今夫司计者日夜忧烦，（遑遑）以匮乏为虑者，岂布帛五谷不足之谓哉？谓银两不足耳。（夫银者，寒之不可衣，饥之不可食，又非衣食之所自出也，不过贸迁以通衣食之用尔。而铜钱亦贸迁以通用，与银异质而通神者，犹云南不用钱而用海也。三者不同，而致用则一焉。今独奈何用银而废钱？惟时天下之用钱者曾不什一，而钱法一政，久矣其不举矣。）钱益废则银益独行，银独行则豪右之藏益深而银益贵，银贵则货益贱，而折色之办益难。而豪右者又乘其贱而收之，时其贵而粜之。银之积在豪右者愈厚，而银之行于天下者愈少。（再逾数年，臣不知其又何如也。则钱法不行之故尔。今之为计者，谓钱法之难有二。一曰利不酬本，所费多而所得鲜矣。臣愚以为此取效于旦夕，计本利于出入。盖民间之算，非天府之算也。夫天府之算，以山海之产为财，以亿兆之力为工，以修洁英达之士为役，果何本而何利哉！此所谓本，犹不免用银之说尔。臣所谓本，盖无形之权是已。何则铸钱之须？一曰铜料，一曰炭，一曰转致，一曰人工。夫此四者，在民间计之，银一分而得钱四分，诚十不酬五矣。自臣愚计之，皆可不用银而取办者。）诚将天下出产铜料之处，赎军徒以下之罪，而定其则以收铜；于西山产煤之窑，以法司有罪之人，而准其罪以纳炭。其运铜则通水路者，附以官民之舟，如临清带砖之例；通陆路者资以驿递之力，而给之以官库之钱。其运炭则请出府库见贮之钱，或于京城，或于近县，或于营军。如系官身，则量给以工食；如系民户，则平给以脚价。如是而患无材，与夫转致之难，臣不信也。至于人工，取之见役而皆足，则又不烦银两而可办也。臣不知工部及宝源局原额匠役若干，见今坐食与否耶？即以营军九万人论之，抽用其一二千人足矣。而谓妨训练耶？（今京城之内，锻金刺绣，声技力作之徒，与夫靠衙门而衣食者，孰非营军？奚啻一二千也，而未尝患其妨。凡此皆不用银而可以成务，固无本利之足较矣。其二曰民不愿行，强之恐物情之沸腾也。臣愚以为历代无不用之，至称为钱神。我先朝又用之，只见其利，不闻其病。正德、嘉靖以前，犹盛行之。盖五六百而值一两，今七八十岁人固多，尚可一召而讯也。独至于今，屡形而屡废，甫行而辄辍焉。何哉？臣窃详之，钱比钞异，于小民无不利也。独所不便者，奸豪耳。一曰盗不便，一曰官为奸弊不便，一曰商贾恃挟不便，一曰豪家盖藏不便。此数不便者，与小民无异也。臣窃闻往时但一行钱法，则辄张告示，戒厂卫，不先之于卖菜之佣，则责之以荷担之役，愚而相煽，既闭匿观望之不免，而奸豪右族，依托城社者，又从旁簧鼓之，以济其不便之私。一日而下令，二日而闭匿，而三四日而中沮矣。务大计者，宜若是其易动哉？臣闻施恩泽者自无告始，行法令者自贵近始，岂惟贵近自朝廷始可也。）请自今以后，追纸赎者除折谷外，而责之以纳钱；上事例者，除二分纳银外，而一分以纳钱；存留户口，则兼收钱谷；商税课程，则纯用收钱。此谓自朝廷始。又因而赐予之费，宗室之禄，百官之俸，则银钱兼支，又因而驿递应付，雇夫雇马，则惟钱是用，又因而军旅之饷，则分其主客，量其远近，或以代花布，或以充本色。此谓自贵近始矣。此数者有出有入，而民间无底滞之患。（诚以上下交会，血脉流通故也。轻敛轻收，官府有余积之藏，诚以正赋之银，既以无减于常额，而一切之费，又取办于一权故也。此权不可行之于天下，以格盗权之□。）再请于宝源局或西仓，专设侍郎，或即用左右侍郎一员督于上，以十三司员外或主事，分理十三省事于下，以科道各一员监之，铜料工材，各有攸掌，各省敛散，悉照分司。先之以区画条议，计定而行，而又轻重适均，无骇于俗。仍以唐宋以来旧钱兼之，或上有施于下，或下有纳于上，著之以必行之令，迟之以岁月之效，久之而本末兼利，（公私循环，可以辍鼓铸之劳，而罢工作之使。臣愚不揣，窃谓千虑一得也。昔我祖宗初制钞时，下令甚严。有以金银货物交易者，辄没给告者。然不徒责之下也，后又令各处税粮课程赃罚，俱准折收钞，则圣意渊微可测矣。此固血脉流通意之所谓泉也，而法以佐之所谓权也。）公私两便矣。

钞　法

司训范济奏：（楮币之法，萌于汉武之皮币。武帝好大喜功，穷兵黩武，财物不足供给，于是造白鹿皮为币，或为龙为马为龟，各立直而不紊。凡朝聘之士，以荐贡献之物，以为廷实之需，国用赖以少舒。至唐宪宗有飞钱之制，令商贾至京师，委钱富家，以轻装趋四方，合券以取，号曰飞钱，楮币之所始也。宋张咏守蜀，以钱重不便商贾，作交会法。仁宗时，蜀人以交子起民争讼。议者请官自立务，可以利民而息争竞，蜀人便之。乾道中，会子始行，凡民间输纳，官吏俸给，并以钱金帛半之。元因之造元统交钞，以丝为本，银五十两，易丝钞一百两。后又造中统钞，一贯同交钞一两，二贯同白银一两。久而物重钞轻，公私俱弊，更造至元钞颁行天下，中统钞通行如故。大率至元钞一贯，当中统钞五贯，子母相权，官民通用，务在新者无冗，旧者无废。又令民间以缗钞赴平准库倒换。商贾欲图轻便，以中统钞五贯，赴库换至元钞一贯。又其法日造万锭，计官吏俸给，内府供用，各王岁赐，出支若干，天下日收税课若干，各银场窑冶，日该课程若干，计民间所存贮者，万无百焉。以此愈久，新旧行之无庆，由计虑之得其宜也。洎辛卯兵起，天下瓜分，藩镇各据疆土，农事尽废，而楮币无所施矣。天命我国家混一天下，物阜民安，九夷八蛮，朝贡中）国（。太祖皇帝）初，命大臣权天下财物之轻重，造大明通行宝钞，以钞一贯，准银一两。民权趋之，华夷诸国，莫不奉行。迄今五十余年，其法少弊，亦由物重钞轻所致。臣愚切稽圣人之训，殷因于夏礼，周因于殷礼。伏乞陛下断自宸衷，谋之勋旧，询之大臣，重造宝钞，一准洪武宝钞若干，务使新者不冗，旧者兼行。取元日所造之数而损益之，审国家之用而经度之，每季印造几何，内府供用几何，给赐几何，天下税课日收几何，官吏俸给几何，以此出入之数，每加较量。用之不奢，取之适宜，使钞罕而物广，钞重而物轻，则钞法流通，永永无弊。又其要在于严伪造之条。凡伪造者，必坐及亲邻里甲。又必开倒钞库，专收昏烂不堪行使之钞，辨其真伪，每贯取工墨五分，随解各干上司。又或一季，或一月，在内都察院、五府、户部、刑部委官，在外巡按、监察御史、三司府官、县官，公同以不堪之钞烧毁，实为官民两便。（按：此一则为抄本所无。）

铸　　钱

刑部尚书王庄毅公纪疏：（今岁畿南半年不雨，赤地千里，臣于七月曾具疏报闻。嗣是甘霖大沛，秋禾稍茂，少可以糊口。不谓天降鞠凶，大旱之后，蝗蝻、冰雹、霜露之灾，辐凑一时，秋禾麦芽，极目成空。嗷嗷饥民，哭声震动天地。父老相传，以为此数十年来所未有之灾祲也。为今之计，惟有仰恳朝廷，大沛博济之泽，以救此一方灾黎而已。或曰太仓如洗，九边告匮，当此时而议停征，独不为司计者虑乎？此正臣所以为司计虑也。方今茕茕饥民，日啖草子树皮以充饥，寻且析骨而爨，易子而食矣。谁无人心，忍加捶楚？万一严刑催并，非死即逃，不则尽驱而为盗耳。是上虽不停，民亦将自停。孰若停于今，犹望输于后之为得也？且军国之需，臣亦尝筹之矣。）臣闻自昔谭理财者，贡赋之外，率多铸山煮海，以富擅一时。太公立九府圜法，尚矣。如吴王濞、管子、刘晏、刘巴诸人，史不绝书，今特不可仿而行乎？顷盐法户部条议甚悉，无庸再计。惟是铸钱一节，古人往往用之以济军兴、救凶荒，实今日对证之药石，不可不急讲也。或多设坑冶以广其铸，或遣官市铜于聚铜之地，或遣官监铸于产铜之山，或择通敏精悍廉勤之士以董其役，或京边兼收银钱以通其滞，勿以铅锡耗钱之色泽，勿以轻薄损钱之体制，勿以金钱实奸商之漏卮，勿以大计听道旁之聚讼，毅然独断独行，不出数年，刀布山积，太仓充盈（，遇有水旱，皇上特下蠲租之诏，庶小民无穷愁之苦，九边免匮乏之虞，而朝廷亦晏然坐享安富之福）矣。

山东督理荒政御史过庭训疏：（□议宽禁约。昔管仲之相齐也，凿山铸钱，煮海为盐，而齐国之富饶，甲于天下。今之钱法，非不通也，而私铸者罪无赦。盐法非不行也，而私卖者罪无赦。诚虑国之经费不足，而防民之趣利无厌也。）当此灾异频仍（之时，值），公私交匮之日，合无暂令布政司收各处贮天下之铜，平买民间贸易之铜，开一铸钱之局，照京师之则例，每大钱七个，准银一分。随发之各州县以赈济，则于法不甚碍，于民亦甚便也。或虑新钱一行，旧钱多壅，则当今新与旧相杂而用，且以钱发赈，又更易于分给也。（至私盐，若自百斤以外，三尺之法，诚无所逃。其余肩挑步担，不满数十斤者，听民之暂行变卖，而有司不得禁，捕役不得拏。今滨海贫民，得取些须之微利以糊口，是亦可以济赈法之穷也。若暂弛海禁，贩买辽东等处之粟米杂粮，以活登莱两府之民命，臣等业已具疏，不敢再赘矣。）

钱 钞 之 议

兵部员外杨忠愍公继盛议：穷民既无处办米，或卖产佣工，止可得钱。乃今分为等类，定为价数，则钱法纷乱，而民益告病矣。夫钱法之行也，或朝贵而暮贱，或此处用而彼处不用，若有神以使之。虽市人亦不知其所以然也，其可以官法定之乎？为今之计，当为权宜之术，不分等类，不问大小，俱责令折算通行。其价数之多寡，任从民便，官府不得而与焉。则钱法可通，而商民俱便矣。

治本之十六　盐屯

谕一〔二〕　例二　诏无　案四　疏六　议三

盐屯与钱钞并重，而屯之关系于荒政者尤切。乃自盐法坏而屯益废，则盐亦有关于荒政焉。天下之贫，在于金生而粟死，金贱而粟贵。今不修饰屯田，而但以京运济九边之匮，使抛荒益甚，输挽愈难，一遇旱干水溢，粒米如珠，则虽积金至斗，何所用之？明主不重金玉而重菽粟，岂以屯田之大利，可听其与盐法并毁者！辑盐屯第十六。

盐屯之谕

洪武十一年，圣谕中书省曰：朕初以边饷劳民，商人纳粟于边，以淮浙盐偿之，盖欲足军食而省民力也。今既数年，军饷不给，皆因盐价太重，商人无利，以致输粟者少。尔中书其议减盐价，俾输粟于边，庶内地之民，省輓输之劳。于是定拟，凡输粟于各边者，量地远近，价各有差。（盐屯谕例甚多，因无关救荒，故止录此一二条）

（原稿眉注：入屯盐谕。）崇祯十五年，圣谕：朕采集廷议，加意兴屯，已有旨酌定规制，次第举行。念明春耕播，急需粮种，事属创始，不忍重累民间。今穑事告成，畿辅（同地）一带，在在丰稔，止〔正〕可及时收籴，预储屯本。特发御前银十万两，为买籽种之赀。尔部即便檄行该抚按，分给州县，责成印官，召卖嘉谷，收宁〔贮〕仓廒，完日报数备察。俟设有专司，就近支动。该抚按推广朝廷德意，更须设法权处，多方积贮。岁丰既可平籴，谷贱不至伤农，公私兼济，莫善于此。其差官解发未尽事宜，尔部详议条例来看。

（洪熙初，仁宗谕户部尚书夏原吉曰：钞法沮滞，盖由散出太多。宜设法广敛之。民间钞少，将自通矣。其议所以敛之之道。原吉曰：敛之易，莫如许有钞之家中盐。上曰：此可一时权宜耳，俟钞法通即止。然必稍宽为则例，而后人皆趋向。遂命原吉及吏部尚书蹇义等定各处中盐例，各减旧十之四。原吉等奏，沧州盐每引钞三百贯，河东、山西每引百五十贯，福建、浙东每引百贯，输钞不问新旧，支盐不拘资次。上曰：然。其速行之。）

盐屯之例

户部职掌一款：凡天下办盐去处，每岁盐课，各有定额。年终各该运司，并盐课提举司，将周岁办过盐课，出给印信通关，具本入递奏缴。本部委官于内府户科领出立案附券作数，及查照缴到通关内该办盐课，比对原额有亏，照数追理。其客商兴贩盐货，各照行盐地方发卖，不许变乱。合用引目，各运司申报本部，委官关领，本部将来文立案，委官于内府印造，候毕日将造完引目，呈堂关领回部，督匠编号，用印完备，明立文案，给付差来官收领回还，取领状入卷备照。其各处有司，凡有军民客商中卖官盐毕，随即将退引赴住卖官司，依例缴纳有司，类解各运司，运司按季通类解部，本部涂抹不用。凡遇开中盐粮，务要量其纳处米价贵贱，及道路远近险易，明白定夺则例，立案具奏，出榜给发各司府州，并淮浙等运司张挂，召商中纳。

洪武元年，命诸将分军屯种于滁、和、庐、凤地方，开立屯所。京卫旗军，七分下屯，三分守城。每分田五十亩，设都指挥一员统之。又置北平都司于北平府，领燕山等卫，复置大宁都司于兀良哈地，各置屯田，以五十亩为一分，七分屯种，三分守城。

（洪武三年，户部又言，陕西察罕脑儿之地，有大小盐池，请设盐课提举司，捞盐夫百余人，蠲免杂役，专事煎办。行盐之地，东至庆阳，南至凤翔、汉中，西至平凉，北至灵州。募商人入粟中盐，粟不足则以金银布帛马驴牛羊之类，验而准之。如此则军储不乏，民获其利。从之。）

（（洪武三）本年，山西行省言，大同粮储，路远费重。若令商人于大同仓入米一石，太原仓入米一石三斗，给长芦淮盐各一引，引二百斤，则转输之费省，而军储之用充矣。从之。）

盐屯之案

张忠定公詠知成都府。值寇乱，关中率负粮以饷川师，道路不绝。詠至府，问城中所屯兵尚三万人，而无半月之食。咏访知盐价素高，而廪有余积，乃下其估，听民得以米易盐。民争趋之，未逾月得米数十万斛。

张忠定公（詠）知杭州，时岁饥，民冒禁贩盐，捕获者数百余人。詠悉宽其罚。官属执言不可，詠曰：钱塘十万家，饥殍如此，若盐禁益严，则聚而为盗，患益甚矣。俟秋成敢尔，当痛以法绳之。境内卒以无忧。

（忠定凡事皆有胜算，妙在宽严相济，先后得着。）

成化二年，巡视淮扬都御史林聪言，凤阳诸处灾伤，赈济别无余策。查得两淮运司仪真批验盐引，所见有没官盐二万余引，已行招商定价，卖银支用，及淮扬所收铅料钞，亦行暂改收米，以备赈济。从之。

叶淇初变盐法，令两淮等盐运司盐引，俱于运司招商，开中纳银，类解户部太仓，以备边储。国初以来，天下盐课，俱于各边开中，上纳本色米豆。商人欲求盐利，于近边转运本色，以待开中。故边方粟豆无甚贵之时。至是，户部尚书叶淇，淮安人，盐商皆其亲识，因与淇言，商人赴边纳粮，价少而有远涉之虞。在运司纳银，价多而得易办之便。淇然之。内阁徐溥，其同年最厚。淇遂奏准，两淮运司盐课，于运司开中纳银，解户部送太仓银库收贮，分送各边。盐银积至一百万余两。人以为利，而不知其坏旧法也。

盐屯之疏

（开屯大有裨于荒政，而盐与屯相关，故疏议多采录之。）

晋（后军将军）詹应（上□曰）疏：古人有言，饥寒并至，尧舜不能使野无寇盗；贫富并并，皋陶不能使强不凌弱。故有国有家者，何常〔尝〕不务农重谷？近魏武皇帝用枣祇之计，广建屯田。又于征伐之中，分带甲之士，随宜开垦。故下不甚劳，而大功克举也。间者流人奔东吴，东吴令俭皆以还反。江西良田，旷废未久，火耕水耨，为功差易。宜简流人，兴复农官，功劳报赏，皆如魏氏故事。一年中与百姓，二年分税，三年计赋税以使之。公私兼济，则仓盈庾亿，可计日而待也。（按：抄本眉注：此疏宜入“开垦”。）

户部尚书胡世宁疏：甘肃米谷涌贵，军士枵腹，由坏祖宗筹边之法耳。永乐时，边需悉以盐利，每盐一引，输边粟二斗五升。故富商大贾，悉聚边陲，自出财力，自招游民，自垦边地，自艺菽粟，自筑墩台，自立保聚，所以岁时屡丰，刍粟不亏。至天顺、成化间，变其故法，商人中盐，悉令输金户部，边贾无戍，撤业而归，以至墩台日颓，保聚日涣，游民日去，边地日荒。今千里沃野，莽然丘墟，稻米一石，值金五两，皆变坏盐法之故也。安边足国之法，诚莫良于祖宗盐法矣。

户科都给事中管怀理等疏：国初之给边也，有屯田之岁入，有盐引之飞輓，有近省供边之税银，是以岁有余积，边储富厚，而威震四夷。今者屯田不兴，盐法大坏，又加以连岁灾伤，百姓救死不赡，此所以边仓空虚，日甚一日。积至于今，敝坏已极。若不从宜痛加裁处，臣恐将来亦不能振起矣。然所谓屯田不兴，国初边威强盛，胡虏衰微，出则防边，归则治农，而有田积，无有空隙，故公私两利，取用不竭。今则边备废弛，胡马充斥，势不能耕治，一也。军士贫乏，牛具种子，不能备办，力不能耕治，二也。逃亡数多，空野千里，无人耕治，三也。黄河之套，尽为贼有，贼反居内，田顾居外，坚壁清野，无敢耕治，四也。有此四弊，而屯田俱为抛荒草荡矣。管屯官员，复不省忧，乃坐名分派，履亩征求，而曰我能催督屯粮。是岂知屯军无粒米之获，而空赋取盈之税，奈之何军士不逃窜亡匿乎？臣等闻边军月粮，既已扣减，及至开支，又以屯粮未完，尽行坐除。是既无其利，而反有其害矣。屯田何自而兴乎？何谓盐法大坏？国初设立盐法，专为边储，故使之入粟归边，下场支盐，官无科取，商获重利，不费转输，而边仓积实，谓之飞輓。今则开中不时，米价踊贵，而易籴之难。势豪大家，卖窝买窝，而报中之难。官私科罚，吏胥侵渔，而输纳之难。定价太高，反过本值，而取利之难。及至给引下场，又被官吏留难，棍徒辖害，挨单守支，动以数年，而支掣之难。至于行盐地方，私盐盛行，民皆买贱，官盐又复壅滞，而发卖之难。有此六难，故商人有倾家荡产，妻子不相见者矣。夫商人离亲戚，弃坟墓，备资本出于数千里之外者，非以重义也，惟以计生息之利，以资身家耳。今求利未得，而反害之，欲望正课之行，岂可得乎？正课不行，私盐自盛。议者不得已而权为区处，乃设余盐之例，如两淮报中正盐一引，许带余盐二引，正盐在边纳粟，余盐在场纳价，故商人犹肯一一报中，甘受正盐之害，以趋余盐之利。殊不知余盐一行，虽每岁易银百数十万两，而无益边储，则犹故也。盐法何自而行乎？二者俱不能行。司边计者，无术以处之。臣等愚以为今当惩往事之弊，为经久之图，不可狃于目前之安，而不动深长之虑也。臣等今欲通盐法，须先处余盐，必多减正价。大抵正盐贱则私贩自息，私贩息则正盐自行，此不易之定论也。今虽不可知祖宗时八分二斗之制，宜斟酌开中，每正盐一引，定价五钱或四钱，余盐一引，定价二钱五分或二钱，俱令在边照时上纳粟米、豆料、草束，每年差给事中或御史一员，赴边趁时开中，禁革一应买窝占中等弊。正盐给与引目，余盐给与小票。正盐下场支给，余盐自行收买。正盐一引，许中余盐三四引，或五六引，务以尽收灶丁余盐为止。若或未尽，再添一二倍，亦无不可。如此正盐价轻，既有以利乎商人；余盐尽收，又有以利乎贫灶。国课不集而自足，私盐不禁而自止，边储日见富厚，粮饷日见充积，可不动内帑而用无不裕矣。至于屯田之制，即古人寓兵于农之意。无事则耕，有事则战（，□□斯为不费而可兴矣）。我皇上既设风宪重臣以专理其事，又设管屯田诸职以分任其责，其用意可谓详且周矣。奉行至今，犹不见甚兴，何哉？盖以事有鎡基，则贤者可因以成事。若法已败坏，非大圣人纲维而振起之，则谋未成而议者已起于后矣。臣等访闻沿边荒芜之地，十常八九，而见在耕种者，惟近腹里一二耳。今若不大加整顿，苟且补塞，终无益于事。臣等愚以为合无行令差去招募给事中主事，会同各边总制、抚按等官，拘取地方耆老人等，亲履边境，相度形势。某处地方肥饶，形势可依，相应筑为城堡，以便耕守。某处地方广阔，虏酋出没，相应修浚壕堑，以为捍御。或旧有垣墙，而但加修整，或原无基址，而创为建置，务要坚城可凭，互相倚制。画图帖说，具以奏闻。大者或设为卫，小者或立为所。或将招募新军，或用附近旧卒，俯顺人情，量移新城住种。乞下廷臣议处施行。

副使林希元疏：臣按（屯田之法，始于汉武。盖取空闲之地，设人以耕，而因以战守，于以足粮饷而省转输。养兵实塞之要，足国安民之计，莫先于是。三代既降，兵不出农，犹可以兼农而省坐食之费者，屯田之法是也。然古今之用，其途有二。因兵兴而屯田者，若充国之金城、孔明之渭下、枣祗之许下是也。此屯田之本意也。有不因兵而屯田者，若东晋之简流人屯田于江西，后魏籍州郡户十之一以为屯田是也。则无谓矣。我朝屯田又异于是。我太祖）国初既籍民为兵，卫所遍天下，为养兵之费太广也，乃引兵出野屯种，有二八、三七、四六之等。军人受田，京卫犹可，其在诸州，或二十亩，或三十亩，随地腴瘠多寡不同，然皆岁输正粮十二石，余粮如之。正粮输之屯所，以给本军月粮；余粮输之卫所，以给守城军士。一军出种，则省二人之食；四百人出种，则省八百人之食。此其为谋可谓周且密，为法可谓简且易矣。然行之未久而大坏，军士逃亡且尽，田土遗失过半，其故何也？科税太重。又拨田之初，不问腴瘠洼亢，虚实隔涉，但欲足数，牵纽补搭，配抑军人，而使之耕。加之军士多游惰，督耕无良将，此其法所以速坏也。今夫受田一亩，税五升，二十亩而税一石，加以徭差，亦不出二石，然犹多逋负。军人受田，如广东二十亩，乃使输二十四石之税，其能堪乎？况有腴瘠洼亢、虚实隔涉诸弊，则军士安得不逃亡也。军既逃亡，则田或为豪民之所隐，或为官旗之所据，田土安得而不失？田土既失，则税粮安得全征？屯田之坏，其故如此。（后来深知其弊，乃正粮不征，听本军自食余粮，复与减半，军士或颇苏息。然其法已坏，不可复收矣。况以二十亩之田，而输六石之税，比之民田，终然过重。故有以一分而输二石者，有五分而输十石者，法亦随时更变，卒不能守其旧也。）夫军亡田失，官府但责税于卫所见在之官旗，见在之官旗，不得已乃派之同管之军舍，官旗军舍有白手而输税者。自夫军亡田在，而顶种、朋种、佃种之名立。豪强官舍，有虚名冒顶，一人而兼数分二十分，负租税以觊幸免于官者。又有军户尚存，田为官旗占据，或沙水坍压，情弊多端。若夫腴瘠洼亢、虚实隔涉诸弊，又不在此数也。屯田之弊，大率如此。（弘治年间，虽尝遣官查理，何当得其要领乎？见行条例，嘉靖诏书，虽有强占、多占之禁，奸雄曾有所惮乎？朝廷虽遣宪臣督理其事，何尝加之意乎？或曰：如子之言，则屯田之弊，终不可清与？臣曰：何不可清？在得人耳。苟得其人，则志识俱到，操纵不偏，又何不可清也。夫）臣以为屯田之失，可究者必当究，其不可究者且当已之也。屯田之失者，或不可究；屯田之未失者，不可不理也。（可究而不究者惰，不可究而究者固，可理而不理者□。弘治年间，福建清查，不量可否，但欲匀额，乃至一分之田，折为二三以塞责，卒至征租不起，几成激变，巡按御史毁其籍。此失之固也。若今各处管屯官，则失之惰与□耳。或曰：然则今屯田之法可复乎？臣曰）法尚通变，必因其时。（时变可通，何必旧也。今卫所之兵，逃亡过半，守城且不足，况可复屯种乎？）古者屯田固以兵耕，亦有以民者，若韩重华之屯振武是也。屯田之设，本在足食，粮苟不亏，斯已矣，何必军乎？今或营丁顶种、朋种，庶民佃种，皆不必易也，但清其弊，斯已矣。是故军亡既失之田，可究者究，不可究者姑已之，而除其税可也。军亡未失之田，听军顶种、朋种，或民佃种，俱依改元之诏，一人一分或二分，不许多占可也。军官侵占之田，则依条例追究，不以累屯丁可也。沙水坍压之田，腴瘠洼亢、虚实隔涉诸弊，则与审实，有荒田处则拨补，否则与减税，或除税可也。然今之屯田，有在天下诸州者，有在西北诸边者，缓急难易，亦各不同。诸州之屯田犹可缓，沿边之屯田不可缓。诸州之屯田，修之也易；沿边之屯田，修之也难。何谓有缓急？诸州屯田，本为省兵费而设。今兵既逃亡，费亦不广，民间赋税，亦足以供之，（不至上廑九重之忧，损国家之府库，）所以犹可缓也。沿边屯田，本为边备而设。今备边之兵，无一日可缺，各处输边之粮既不至，而屯粮额失，朝廷辄岁出户部数十万银以足之。一有不至，则军士磨刃以挺。（前日之戕抚臣，缚主帅，皆以是也。）且户部之粮有限，又农谷不登，倘遇缓急，将从何籴买？此所以不可缓也。何谓有难易？州县屯田，弊病虽多，然无掣肘不可行者，苟得人以理之，则其弊清矣。此所以易也。缘边屯田，则有掣肘不可行者，虽得其人，未易举手。此所以难也。何谓掣肘不可行？国初兵威远振，备警甚密，胡马不敢近边，故屯田可行。今边备废弛，胡马时出没于边境，禾黍未登场，而践蹂随之矣。其可耕乎？国初威令素行，军士无敢逆命，可使耕种。今威令既失，北边之兵，拱手仰给于太仓，如索负然。一有不至，则出恶言，官府怆惶以应之，惟恐一后而变，尚可使之耕乎？各处军士田虽荒旷，附近之民，犹可召种。沿边之民稀少，非若州县可召种也，将使谁耕乎？故曰掣肘不可行者，此也。然则终不可行与？臣曰：天下何尝有不可为之事，但当费心与力耳。夫欲修备边之屯田，当先饬沿边之兵备。兵备既饬，然后立室庐以居耕人，立堡垒以为捍蔽。所耕之田，可略仿经界法，建阡陌，浚沟洫，而外筑长堤，树杂木以闲之，使胡马不得驰驱。当耕耘收获之时，可用唐人之法，常以兵护之，则屯田之政可施矣。耕种之人，可仿汉晁错、唐李绛法，发京师及近边各处徒流充军罪人，免其工役纳赎，及民之愿田者，皆复其家。不足，则出京军以充之。每人与田五十亩，无牛种田器者，官为具。又略从唐人之法，选民之善农者为田正、田副，俾掌其事，待有成效，则与以官。科税之法，亦不必缘旧。初耕之年，且不征税，三年后可也。宋人用助法公田以处之，如一夫受田五十亩，则以十亩为公田，四十亩为私亩，使并力以助耕公田，不复税其私田，则人有趋利之心，而乐耕种矣。俟事有成效，岁有收获，徒流罪人役满，愿留者听，不留者，则遣罪人或募人补之。边军愿田者，亦听如此。将见不惟足粮饷而省转输，客兵之患，亦可渐消除矣。何也？田既有获，边兵必有听募而愿耕种。兵愿耕种，必有所顾惜而不敢为乱。且耕种之民，杂处其间，亦可为密策，使与相制，而不能为乱。故曰可以消边兵之患者，此也。（然臣之所陈者，亦大略耳。其间规制曲折之详，又在乎临时经理，非臣笔舌所能尽也。虽然，有治人，无治法，苟非其人，道不虚行。有魏相主之于内，赵充国经之于外，无患金城之屯田不可举。有李绛主之于内，韩重华经之于外，何患振武之屯田不可集。是故其要在于得人也。）

给事中王德完疏：边塞转运甚难，率三十钟而致一石。惟招商中盐纳粟，谓之飞輓，言无转输之劳，而有刍粟之利。国朝洪武、永乐时，边商引盐一引，止输粟二斗五升，小米不过四斗，商利甚巨，故耕种甚勤，边地大垦，仓廪自实。弘治来，尚书叶淇变为折银之例。维时粟一石值银二钱，每引纳银四钱二分，自以八倍之利。后至银七钱五分，自以为十二倍之利。而不知边地从此荒芜，米价因之腾踊。倏遭旱魃，银四五两，始买粟一石，于是有米珠之忧。师旅一行，粮饷不继，乃发帑金十万籴买，又无所得粟，于是有脱巾之患矣。

山东督理荒政御史过庭训疏：兴贩私盐，若过百斤之外，三尺之法，诚无所逃。其余肩挑步担，不满数十斤者，听民之暂行变卖，而有司不得禁，捕役不得拏。令滨海贫民，得取些须之微利以糊口，是亦可以赈济法之穷也。

（原稿眉注：入屯盐疏。头一行如此式，第二行低乙字。后款同此。）户部尚书傅淑训疏：

一、军屯之当议也。夫军卖官屯，民占军田，奕叶相仍，不知几更，不可问矣，然亦不必问矣。但就各卫册报见在之田，见在之额，照册征解，即以拆〔折〕色之额，改征本色，不征折色。至于收屯之官，若仍责之卫所，则揽纳侵欺，徒饱贪人之腹。（时身自为，比章成，莫可谁何。）惟以其事，近责之县印，远责之粮所，就近坚城以为积贮之所。如有玩泄轻重等弊，一体参罚。此军屯之详酌也。

一、民屯之当议也。（地荒于无人，亦荒于有人。无力者已倍屣于无算矣。）今欲使民兴屯，则无论新旧荒田，皆属官屯，而州县额设之钱粮，不几于虚乎？宜令各该道备察境内，凡荒闲可耕之地，悉行清勘。（未额钱根部开陈，）然后出示召募，定以半年为限，先尽业主认耕。业主不种，不论军民商贾，愿捐资开垦者，给与由贴，永为己业。其有愿耕而无力者，照佃种法，令州县借给赀本，秋成责偿，不取其息。待三年之后，方准起科。照依祖制，每亩（赋役）以三升起科，例将二百四十步为一亩，周四尺二寸为一步，升用七合，斛用七斗征取。此民屯之详酌也。

一、兵屯之当议也。（夫有事则用兵以战，无事则用兵以耕。点之以身，为公家之身。耕战，公事也，夫又何言哉！然古脱兜□又钱，此必不得之数也。即以七分为守，三分为屯，而羽檄狎斗来。况今）兵非土著，今岁劳力以开之，明岁又非己业，（屯正恐未有此久者。切采人情，唯业所以有则，虽劳不然。）其谁甘于任劳？请照民屯一例开垦，而即以兵开之屯，属本兵永承之业。则兵有恒产，（非串营食粮之兵；有余粮，）无庚癸呼噪之患。其收屯之官，即责之本营之将，收贮坚城，不许轻动，以备不时之需。如有需索破冒等弊，一体参处。又兵惟主兵可屯，而主兵惟有余夫更可屯。此不得借口耕耘，妨误守御者也。是宜责之营将，实心酌行（，勿得参商起目）。至于多设沟壑，（多掘坑，）多种桑枣，于兴屯之中，即寓御虏之意，惟在上者一督率之耳。此兵屯之详酌也。

一、商屯之当议也。自输银之例开，而商屯之利废矣。今日者边儆迭至，人心风鹤，富商大贾，肯以身蹈危地乎？惟有屯学之一法，尚可行耳。凡有沿边可屯之地，愿开垦者，即与印信由贴，永为己业，其法一切照民屯例行。而又另立商籍于边，许其开地一千亩者，实准子弟青衿。其子弟有志上进，即与附州县中量广科额，编定字号，一如辽宣之例。（定额凡各以鼓舞之。古大田多稼，蒸我髦士，即汉亦有孝弟力田之□。征士于农，亦不为过。）其有愿受职衔者，仍依垦田多寡，颁给职衔。二百亩以上，给劄冠带；三百亩以上，散官职衔；四百亩以上，予秩视百户；五百亩以上，视千户；千亩以上，视指挥佥事。其垦地递减于民屯者，盖以边屯与腹屯不同，故须极鼓舞之微权，而后可收耕耨之实益也。此商屯之详酌也。

一、水屯之当议也。东南财赋，甲于天下，正以操作而习勤，善因水性而导之耳。西北之地，一望平原，其泉溢地而出，（非若东南之水转水于数之深者，诚如圣谕，西北水利）尤长便易举，而竟以督率无人，遂使沃田弃为棘蓁，（水利置之无用，）真可惜也。今宜招募南方之人，习乎水利者，察其高下，度其原隰，灌溉蓄泄，相物土之宜而布其利，务使地无旷土，水无遗利。至于起科，一如兵民之例，但缓至三年后而方准起科。则以水田之布种栽插，薅草濯水，无一息暇逸，而浚川疏渠，引水设坝，非岁月可就也。此水屯之详酌也。

一、陆屯之当议也。地有宜于树植，而不宜于耕耨者，耕之则虚费于农工，弃之则空闲可惜。夫人知有用之用，而不知无用之用也。昔苏秦有言，燕虽不佃作，而枣粟之实，足富于民。程琳置杂木数万曰：异时楼橹，其可不出于民。可师其意而行之。则请于不毛之地，斯民树艺桑枣，杂植榆柳诸木，随其所便，给与繇贴，永不起科。则利不归之公家，而处处茂林，家家树蓄，其利不更大乎？此陆屯之详酌也。

一、罪废之当议也。夫罪废开屯，即古徙民塞下之意。除封疆钦案外，其余拟遣拟配，俱准开屯纳赎。有能力开千亩者，准赎戍；（力开）五百亩者，准赎杂犯；三百亩者，准赎配。仍给冠带，俱于问拟之处，认地开垦。定以二年为止，照例察叙。其地永为已业起科，亦照兵屯、民屯一体（，愿去留者准之）。至于废将，除封疆失事，亦照此例，以千亩、五百亩、三百亩，与参游守备衔名（，以原得之职衔补给）。以多寡之数，开功罪之门，庶鬻业赎罪之路开，而渭滨许下之业就矣。此罪废之详酌也。

一、设官之当议也。夫官有专职，而后事有成效。今屯务纷纭，无大臣以总理之，则谁为振领？无庶官以分理之，则谁与分猷？然不假事权以隆重之，则号召不灵，风行不速矣。是必特遣大臣，专理屯务，专设屯官，分理屯差。而且宽之以吏议，迟之以岁月，俾便宜行事，庶下令如流水之源，而登高有呼应之速乎？虽然，此非设官之难，而为官得人之难也。委之以所不能，心欲办而力不从也。强之以所不愿，赏虽重而亦不劝也。是必有练习屯政之学，而又值愿作屯官之志，然后用其所长，而力足赴之，因其所愿，而赏足鼓之。事有成效，则部道即陟清卿，或畀节钺，大吏即跻乡式崇阶。大约以二年为期，而人之才略功能，亦足见于天下矣。凡此大小官属，或廷推，或访举，皆铨部事也。此设官之详酌也。

以上八款，大抵详酌于《潞水客谈》之中，讲求于兴屯裕饷之要。事期可行，政求可久，故夫边屯急而难，腹屯多而易，陆屯宜于西北，水屯宜于东南。然因地制宜，边未始不可为腹，腹未始不可为边，而水陆之屯，又不离于边腹之内。更请以开屯所得之粟，即贮于开屯之地。此粟不可轻易支动。今天下盖多事矣，在在有备，则在在无患。此粟不可轻易解发。今天下民力尽矣，一石之致，卒费十钟。年例折色，如期则留粟以储备，解迟则发粟以抵银，凶年则减价以赡军，丰岁则存本以给折。如此行之数年，而沿边皆成丰穰，腹里糜匪积贮，裕国用而奏安攘，以仰付皇上阜成储待之盛念，在此举矣。

盐 屯 之 议

礼部尚书霍文敏公韬议：今欲复洪武之法，则有上策；欲救今日之策，则有中策；区区修补近年利弊，则已无策。何谓上策？须变通钞法，钞法重则钱法均，而盐法行矣。今若立法，使钞一贯，值钱千文，灶丁为实利，则额盐一大引，给工本钞二贯五百文，余盐一小引，亦给工本钞二贯五百文。各场余盐，尽属之官，私挟私卖，即处绞勿赎，则两淮正盐七十万引，余盐三百万引，举可召中开中。或如永乐时例，一引输边粟二斗五升可也。或如成化时例，一引折银四钱可也。若国家充足，如洪武时例，一引纳银八分，藏富于国亦可也。盖私盐行，由正课重也。正课轻，私盐不禁止矣，故曰上策。何谓中策？须更为令曰：凡各商人中，正额盐一百引，许带中余盐三百引，正盐纳边粮二斗五升，余盐纳边粮二斗，听与灶户价买。又严为令曰：各商借官引影私盐，灶户不办验官引，辄卖余盐者，各照私盐律绞勿赎。又严为令曰：正盐一引，只二百五斤，余盐一引，亦二百五斤。革近年大包之弊，革近年劝借米麦之弊，革盐场积年辖害各商之弊。三边选廉而有才者一人，为提督都御史，兼三边劝农使。遇盐商纳粮，即与收受。粮贱许纳本色，粮贵许纳折色，俾商无久淹。凡积年为商害，阻坏盐法者，悉与革绝。复选廉而有才者一人，为漕运都御史，兼理盐法，俾自举用运司、提举等官。凡商人纳完粮料，即与支盐，勿得久淹。凡积年为商害，阻坏盐法者，即与革绝。则盐课边储，互相关通，盈缩交与接济，利病均为欣戚。边方腹里，共为一心，两都御史如左右手。行之数年，即边储可足，乃以余积召募游民，开垦边地，劝课农亩。边地愈开，边防愈固，百世之利也。故曰中策。

章潢议：古今言屯政之善，无如赵充国。但充国屯营之地，乃取之于羌夷，而今则取之内地，是主客之情异也。充国屯营之势，乃我侵敌而为屯以用之，今则敌侵我而为屯守之矣，是攻守之机异也。充国屯营之兵，不过万人，其期不过逾岁，今则九边蚁聚，岁岁为戍矣，是众寡久近之辩又异也。不论主客之情、攻守之机、众寡久近之辩，概谓今之理屯者，无如充国可乎？常考舆地图内，开宣府一镇，额设官军一十二万六千三百余名，屯粮六万二千三百余石。即便尽数完征，仅支半月，而余所阙者，将尽责之屯乎？而主客行粮，出于常调之外者，又将何以应之乎？说者谓：屯田固不足尽供边储，此外岂无可以开垦，以裨军食者？但监司必委之有司，有司必假之胥里，纵有开报，不过捏文增科，造册销檄而已。以后按册追征，吾知其始而赔，继而累，又继而逃，将并其原额而失，此屯田之所以益废也。古今言盐筴之善者，无如刘晏。但晏始至盐利，岁才四十万，增至六百万缗，随时多寡取之；今则岁额各有定数，恐增之而势难继也。晏令亭户粜商人，纵其所之；今则行盐各有地方，恐纵之而弊难稽也。晏制万物低昂，所理者不独盐之一事；今转运司盐课之外，不敢再及他课，恐侵之而职掌乱也。不察课之有数、行之有力、职之有定，而尽指今之理盐者不如晏，可乎？常考会典借备事例，内开独石、马营、龙门所、云州四边仓，开中淮浙、长芦、河东官盐九十五万二千三百余引。十二年，大同等处开中长芦官盐十万引，河东官盐二十万引。两镇官军不啻二十余万，即使前引尽数报中，仅支两月，而余所阙者，尽责之盐乎？而两镇之外，原未报有开中者，又将何以给之乎？说者谓：盐法固不足尽供边计，此外岂无余盐，可以查核以益军食者？但地广而势不能遍，条繁而力不能及，纵有清理，不过分析地方，完销勘合而已。因而据题为例，吾知其始而信，继而疑，又继而相顾指摘，而尽斥以为非矣。此盐筴之所以益废也。

都御史徐学聚议：国初召商中盐，量纳粮料实边，不烦转运，而兵食自足，谓之飞輓。后因积纳数多，价值亦贱，兴利之臣，遂改议上纳折色。行之既久，习以为常。彼时改折粮料有余，而价亦贱，计似所入为有赢利，未为不可。近来粮料不足，价亦腾贵，徒烦转籴，边用索矣。大率盐一引纳粮五钱，先时可籴米一石，今多不过三四斗，或二三斗。故商人所纳，数倍于前，而国初之所资以饷军者，实则无增于旧。彼此亏费，其弊益滋。是故多得银不如少得米，省和籴之扰也，杜侵克之弊也，慰待哺之望也，渐垦边地以致殷富也，一举而四善具焉。说者又谓：间曾开纳本色，召商不至。何者？盖上纳本色时，商自募民耕种塞下，而得谷为易。又塞下之积甚多，而价轻，又无戎虏之患。今则耕种废矣，塞下之积虚矣，谷价腾涌，强虏出没，势不安居，商人安得粮料应召募乎？欲复本色，非减头斗利商人，使商人趋利而开垦边地不可也。然必迟之四五年，而后得其大利。

治本之十七　核饷

谕一　例无　诏无　案无　疏二　议无

但计生财，不计节用，此今日之通病也。天下之输挽，率以数钟致一石，虽遇饥荒，不敢乞蠲贷。及至京边，而食之者滥冒百端。十人之食，不得一人之用。千敲万朴而来者，几等于泥沙之一掷，岂不重可惜乎？核之说，诚救时针砭，但蠹弊已久，清厘非易，谋国远猷，宜于此亟加之意。辑核饷第十七。

核饷之谕

崇祯十五年，圣谕：朝廷竭天下物力，以输各边，养一兵，务实得一兵之用。但按籍有兵，征调无兵，近来边卒逃亡，不知其几，而缺伍饷额，不惟无减，且日告绌。虚縻滥耗，谁非穷赤脂膏？着户、兵二部彻底清核，将各镇从前兵额若干，饷数若干，今缺若干，宜减饷若干，务要逐一察明，通长打算，以便酌量蠲缓，与民休息。且到处粮料压欠数多，旧逋未补，新逋踵告，日积月累，迄无底止。今议以何日为始，将开来一应挂欠，截然勾销，以致按月解给，毋仍亏欠。即酌议妥确具奏。至于兴屯一事，全书开载甚详。各边果能如法实行，将本屯自充，可渐减京运，不得饰报虚数，私派取盈。各督抚镇道饷司，都着一体申饬。

祁彪佳曰：核饷似与荒政无关，然使饷核而食有余，士卒不忧饥矣。此正救荒之源。故恭录此谕，余可类推。

核饷之疏

户部尚书李待问覆疏：看得养兵之费，岁计一千余万，亦云多矣。今日兵不可已，而兵之滥冒，不可不清。所谓冒者，如鬼名私替，串营食粮，军马之逃故，主客之节旷，以有为无，以多为少之类。所谓滥者，如健丁、亲丁名色，用縻厚饷，村官标官听用，增至数百，既有牢役跟伴，又有杂役，既有廪给薪水，又有养廉，又有心红公费，既有操赏，又有小赏之类。故兵一增，而冒滥之途与之俱增，日甚一日，例中添例，徒以餍分外之求，而未必归实用也。诚清一分冒滥，便可省一分滥额。今日百姓到十日〔分〕穷苦处，物力亦到十分干竭处，故猝遇灾荒，一切补救，束手无策，所在攘臂，聚而为乱，其势大略可推矣。古人比赋法于张弓，非有弛之，莫可张也。伏乞敕下在内戎政衙门，在外督抚道，彻底清察，务使一饷有一饷之实，一兵有一兵之用。毋得徇隐，复滋兵耗。此项虽非目前救荒急务，然精兵在此，足饷在此，宽民力以救逃亡亦在此。

兵部尚书陈新甲疏：（一、议清核。明君贵五谷而贱金玉，谓五谷可以食也。乃今日而五谷与金玉，愈贵而愈贱矣。试观）东南本色，水陆而运之京师，各军即月支不等，亦甚艰矣。近闻一人之身，遇操演则戎服为营兵，遇朝会则刀剑为禁军，遇郊祀则彩衣为厨役，是一人而冒（之四，愈贱）三人也。天下折色，亦水陆而运之边备，各军即月支不等，亦甚多矣。闻各边之兵，豪卒视如泥沙，懦将任人扣克，兼以奸胥积弁，百计侵渔，少不如意，即鼓譟随之，五谷金玉所以愈贵而愈贱也。总之五谷与金玉，兵受其贱，而民受其贵耳。合无敕下中外领兵各官，加意清核，省一军之食，可以活十人，清一兵之饷，可以救数命。即不能如古之寓兵于农，亦庶乎兵食足而民信之，是亦救荒之一急政也。（伏候圣裁。以上三议，是谓救荒□已然。倘户部以为微言可采，伏乞酌录上闻。）

治本之十八　裁冗

谕无　例一　诏无　案无　疏三　议无

从来生财大道，人但知生者为者而已。不知非食之寡，用之舒，则入之孔有限，出之窦无穷，欲（欲国家不贫者）不匮乏难矣。今日水陆飞輓，供之京师，而冗食不清，则虽竭天下之物力，仍然匮乏。刘忠宣裁省诸款，诚哉大臣谋国之忠也。至于停止者，改折者，清核者，取回者，事关内廷，尤人所难言，然此实裁省之源也。舍其源而徒节其流，乃欲食寡用舒，何日之有？忠宣得君之专，毅然担荷，留几许物力于民间，不必琐琐言救荒，而救荒孰有大于是者乎？三复叹羡。辑裁省第十八。

裁冗之例

嘉靖八年，户部题该浙江道监察御史穆相具奏（为应诏陈言，以弥灾异事）：该本部议拟，覆奉敕依，通行各该抚按官将卫州县大小衙门，无名添设冗役，一体清查，类总会奏定夺。庶经费有节，财用可充。（裁冗之例甚多，因无关救荒，故止录此条。）

裁省〔冗〕之疏

兵部尚书刘忠宣公大忱疏：一、传乞升授文武官并匠官，除见任管事外，其余月俸，暂为停止，待丰年定夺。一、内府各监局及光禄寺招收幼匠厨役，多至万人。乞命科道及该部官，拣选堪用者存留，每名止许月支米五斗；其余发回原籍原卫。一、自弘治十四年以前，江西欠苎布、浙江欠绢丝白绵数十万计，宜减半折价类解。一、光禄寺供应猪羊等料，比旧加至数倍，贻累铺户。内臣汤饭日传增各监匠作，月粮已增至一石，又重支直米，以岁计之，至于余万石。宜尽裁革。一、应天并江北府州，自十五年以前，倒失马价，及草场子粒未征完者，宜悉蠲除。一、皇城各门，京通二仓，水次诸仓，坝上各马牛房，并甲字等库，及上林苑管事内臣，俱有额员，近来增数倍。至于内库各衙门亦然。宜量为厘革。一、腾骧等四卫军人勇士，多有冒名及投充者，宜严加清核。一、各处轮操官军，困于工役，逃亡数多。今后有大工役，不得已暂拨，亦宜止令出力，不许科出财物。一、斋醮无益之费，并各处送香挂袍，俱暂停免。一、各处岁例，该派军徭，宜会计一年合用之数均派，不许设法滥取。一、内外监局、库厂等衙门，凡遇解纳物料，多加倍折收，宜严禁之。其巾帽局岁例成造内官内使靴帽皮张，仍照例折价。一、外夷进贡，宜令镇巡官差官伴送赴京，事毕仍令伴送出境，免致差人在途生事。一、南京苏浙等处差官织造并带去人匠，宜悉取回。如供应不敷，止行镇巡官督令所司织办。一、司苑局宜复设嘉蔬所，专理种菜，选官任之，庶军民不至蒙害。一、惜薪司抬柴夫，每名出银十两，亦足雇役，不宜加取。一、太医院额办药材，多有本地不产，买办于京者，或至堆积陈腐，徒费民财。今后缺用者仍旧解纳，其余宜暂停止。

户部核户科给事中蓝璧疏：（今夫虑财之不足也，则节省之议，不可以不申；锦衣之滥，不可以不汰革；官校旗匠之冗，而□以必行。严请乞奏添之禁，而不使滋漫。功次未明者，照旧日改正减革之例，或隶之别卫可也。艺非精熟者，查《周礼》五年、七年之制，不概给与一名可也。该户部覆本官疏：）匮乏之时，必自中达外，共图均节。至于官校、旗匠、厨役、勇士等项，或人浮于食，而经费不给，或食浮于人，而资取无艺。本部移咨礼、兵、工部，务照奏内事理，将所属衙〈门食粮员役严为清查，照近日改正减革之例，复国初〉（按：此据绍兴本补）五斗七斗之制，开送本部，裁为中制。凡遇各项会派之际，减征百姓，与民休息。仍通行各边督抚等官，清查本镇兵马名籍，务存精锐团练，常厚给其衣粮，分汰老弱屯粮，使自食其工佣。则国初三分收城，七分屯田，非出百里之外，虽征哨按伏，不支行粮草料之制，当复见于今日。而兵之冗食，民之馈运，俱可省矣。

户部尚书李待问覆疏：看得内供本色，如布绢、茶腊、颜料、皮张等项，有官领办而未完者，有解户驳回改办者，输办甚难，往往拖至数年。此或州县支给不前，抑亦委官赔累莫措。顷覆南枢臣李邦华疏，已蒙圣恩，准折布绢两年。臣等仰推德意，或可以为用恩之地。伏乞敕下巡视科道臣，察内库本色，当有余积，足供上用，酌量于旧欠新输，改折一二年，估计若干银，即勒限解京充饷。其铺垫银两，或照灾荒处所，酌留赈济。是一举而宽民力，裕军需，救荒祲，三善具焉。

祁彪佳曰：此三疏皆为救荒而发，故并录之。今日竭东南民力以供输輓，倘冗食不裁，冗费不节，如实漏卮耳。故裁一冗食，节一冗费，便足饱几许苍黎，此非救荒之本计乎？

治本之十九　节食

谕无　例无　诏无　案一　疏无　议一

饥凶洊至，贫家自并日而炊，何待上人之示节？然小民安尝〔常〕袭故，不知通变于未穷。丰粟才储，未免滥饔，及于室如悬磬，则欲节无繇矣。早为之计，所全实多。辑节食第十九。

节食之案

苏松兵备曹时聘，因天久不雨，方竭祈祷，遽出告示，遍揭通衢，使民间减损用度，作粥日食，聊以度生。仍和食杂种，节省米谷，为遇祲存活之计。告示有云：一日之食，分为两日之食可也。

节食之议

（原稿眉注：此议在止酒之前。）

祁彪佳议：越中依山阻海，地窄民稠，即以山阴一县计之，田止六十二万余亩，民庶之稠，何止一百二十四万！以二人食一亩之粟，虽甚丰登，亦止供半年之食，是以每藉外贩，方可卒岁。自辛巳冬获后，四方告歉，外贩不至，且邻境尚藉我为灌输，而一岁之间，市中不竭，则何以故？说者曰：疾疫流徙，减其食十之三，而节缩饔飧，留其食十之五也。予于是信节之为用大矣。吾越少有盖藏，类多三飧食饭，故其费米最多。今三飧而二矣，食饭减而粥矣，是两日省一日之需。故值虽涌，米尚未乏也。倘自此岁岁而节之，无待命于天时，无仰给于邻籴。是吾越之亟须自为计者也。

治本之二十　止酒

谕一　例一　诏无　案无　疏无　议三

天下地力有限，人力亦有限。计口而食，尚忧不足，若种秫酿酒，夺人之食，不啻三有一矣。荒岁粒米如珠，堪此旁耗！我太祖首颁其禁，诚有见于民之所天，固不可不重加之意耳。辑止酒第二十。

止酒之谕

太祖高皇帝丙午正月，禁种秫，下令曰：曩因民造酒，糜费米麦，故行禁酒之令。今春米麦稍平，或以为颇益于民，然不塞其源，而欲遏其流，不可也。而令农民今岁无得种秫米，以塞造酒之源。欲使五谷丰积而价平，吾民得所养以乐有生，庶几万民之富实也。

止酒之例

嘉靖元年壬午，禁京师民造酒，淮安民造麯，以户部言其糜费五谷，致米价腾贵也。

止酒之议

丘文庄公浚议：酒酤之禁，虽不能行于平世，若遇凶荒，米谷不继，而一举行酿酒造麯之禁，是亦赈荒之一策也。

刑部侍郎吕坤议：(所当讲者四。)酒之为物，饥不当食，寒不当衣，百害事，百耗谷。山东、河南，千室之邑，麯蘖等费，不减几万石。以此救凶年，所活不减万人。(又酒席衣服，车马宫室。)

宁绍守道大参郑瑄议：绍郡依山傍海，地狭人稠。迩来连年荐饥，米贵如玉。未尽岁时之歉，悉繇人事之乖。如种糯米以造酒，概计田地，十已占其三四矣。又如早稻一收，多置辫麦于不问。迨至来岁春夏之交，瓶空而无可为继矣。夫地利止有此数，酒米多则食米少。造酒以资外，何异搬米以出境？辫麦原属五谷，目下种一亩，则春夏多收数斛。抛荒以待年，何异束手以待毙？况今夏米价涌贵，二麦得力居多，利害得失，较若列眉。一禁一种，农有余粟。(本道谆谆为尔辈计，独不自为身家计。即)今后种麦一节，趁此收成已毕，务要尽数耕种，不许寸土旷闲，违者许田邻纠究，首官重治。至于糯米，约自十五年为始，凡有田地之家，概不许种植。如有故违，仍行栽插者，着里甲田邻首发，治以违禁兴贩，并籍其田。里邻容隐，一体坐罪。至于酒坊造作，贩运出境者，许地方总甲擒获追没，尽法究处。法在必行，各毋违犯。(本道非故为是苛求尔民也。时艰至此，民饥若斯，补救之术，岂容缓讲？愿尔等体本道一腔热念，共保生全。)

治本之二十一　禁戏

谕无　例无　诏无　案一　疏无　议一

优伶之辈，蛊惑心志，平居尚宜屏绝，况当凶年！聚百千之游手，是冗食也。而搬演之时，又有冗费。甚则民情易动，或且因而扰嚷。此其为害地方，夫岂细故，可无所以禁绝之！越中守宪郑公，禁绝于未荒之前，及于荒而得力尤甚。仁人之言，其利真溥哉。辑禁戏第二十一。

禁 戏 之 案

三山郑公瑄宣藩越中，下车即禁优伶。初犹止以为正风俗已也。及庚辰、辛巳间，越罹荒祲，米价骤涌，乃知公此举，为越中省数千人冗食，而搬演之冗费亦省，其有裨越者甚大。后蝗蝻生发，奸民欲扞禁者，讹传演戏可以逐蝗。公不为动，惟步祷以禳之，而蝗卒无患。越民无不感服。

禁 戏 之 议

长乐令夏允彝议：优人之害，不止轻薄伤化已也。当其搭台演戏，哄弄民财，且因之以聚集人众，杂乱男女，既以荒民生业，又或时起讼端。其甚者，辅以奸棍之徒，借迎神赛佛以举事，则又合优娼而一之，尤耗散民财之大者也。

治本之二十二　运陆

谕无　例一　诏无　案无　疏无　议一

水输陆輓，所以为积贮之计。而陆之艰也倍于水。乃崇山深谷，倍见民穷，倘以数钟致一石，是犹燃眉而待救于西江矣。转运之法，有不可不亟讲者。辑陆运第二十二。

陆 运 之 例

永乐十年，陕西秦州民张源言，巩昌、临洮等府，岁税运甘州，相距二千余里，皆陆行，甚艰。乞收储本处仓。遇农隙，令旁近州县民运输兰县仓。自兰县至甘州，每十里设站一，或役刑徒，或令官军转输，庶少苏民力。从之。

陆 运 之 议

广西布政某公议：于山谷之间，而欲济舟楫之用，以通运米粮者，无如搏宵陆运法。其法：每人行二十步，十八人可行一里，一百八十人可行十里，一千八百人可行一百里。每人负米四斗，以布袋盛之，用印封识，人不息肩，米不着地，排列成行。凡行五百回，通计五十六里，轻行二十八里，重行二十八里，可运米二百石。每人给米一升，可给二万人。此百里一日运粮法也。又运人各得工米，以赡其穷。如是则水陆兼济，丰歉咸宜，尚何阻饥之足虑哉！

救荒全书卷之五　厚储章一

凡十六则

庾制一　储说二　义仓三　社仓四　〈常平仓五　预备仓六　广惠仓七　惠民仓八　丰储仓九　济农仓十　翼富仓十一 义社田十二 内储十三 外储十四 官积十五 民积十六〉

厚储之一　庾制

谕一　例无　诏一　案无　疏无　议三

荒政之言积贮，固矣。然使积之不得其法，贮之不得其地，则殷陈化为朽腐，夫亦安所用之。(或庾或窖，南北之风气异宜，在昔人皆有规制。辑庾制第) 京坻仓箱，在古人皆有规制，须熟讲而行可也。辑庾制第一。

庾制之谕

洪武二十一年，上谓户部曰：曩者山东岁歉民饥，盖素无蓄积，以备不虞故也。今岁山东夏麦甚丰，秋稼亦茂，尔户部可运钞二百万贯，往各府州县预备粮储。如一县则于境内为四所，于居民丛集之处置仓，榜示民家，有余粟愿易钞者，运赴仓交纳，依时价偿其值。官积储粟而扃钥之，就令富民守视。若遇凶岁，则开仓赈给，庶民无饥饿之患。

庾制之诏

唐太宗贞观初，诏置（尝〔常〕平）仓处粟藏九年，米藏五年。下湿之地，粟藏五年，米藏三年。皆著于令。

庾制之议

王祯议：

（原稿眉注：另提起一行写。）

仓，谷藏也。《释名》曰：仓，藏也。《天文集》曰：廪星主仓。《史记·天官书》：胃为天仓。此名著于天象也。《礼·月令》曰：孟冬，命有司修国仓。《周礼》：仓人掌粟人之藏。此名著于公府者。《诗》曰：乃求千斯仓。《管子》曰：仓廪实而知礼节。此名著于民家者。今国家备储蓄之所，上有气楼，谓之敖房，前有檐楹，谓之明厦，仓为总名，盖其制如此。夫农家贮谷之屋，虽规模稍下，其名亦同，皆系累年蓄积所在。内外材木露者，悉宜灰泥涂饰，以辟火灾，木又不蠹，可为永法。

窖，藏谷穴也。《史记·货殖传》曰：宣曲任氏，独窖食粟。楚汉相拒，荥阳民不得耕，米石至数万，而豪杰金玉尽归任氏，任氏以是起富。常谓谷之所在，民命是寄。今藏至地中，必有重遇。且风虫水旱，十年之内，俭居五六，安可不预备凶灾？夫穴地为窖，小可数斛，大至数百斛。先投柴棘，烧令其土焦燥，然后周以糠穗，贮粟于内。五谷之中，惟粟耐陈，可历远年。有于窖上栽树，大至合抱，内若变□，树必先槁，又谓叶必萎黄，又搗别窖。北地土厚，皆宜作此。江淮高峻土厚处，或宜仿之。

窦似窖。《月令》曰：穿窦窖。郑注云：穿窦窖者，人地堕曰窦，方曰窖。疏云：堕者似方非方，似圆非圆。《释文》云：堕谓狭而长。令人下掘，或旁穿出土，转于他处，内实以粟，复以草拨封塞，他人莫辨，即谓窦也。盖小口而大腹。窦，小孔穴也，故名窦。

廪，仓之别名。《诗》曰：亦有高廪，万亿及秭。注云：廪所以藏粢盛之穗。《说文》曰：仓黄面而取之，故谓之面，或从一从禾。今农家搆及无壁厦屋，以储禾穗穜稑之种，即古之□也。《唐韵》云：仓有屋曰廪，仓其藏谷之总名，而廪庾又有屋无屋之辨也。

庾，郑诗笺云：露积谷也。《集韵》：庾或作廥，仓无屋者。《诗》曰：曾孙之庾，如坻如京。又曰：我庾维亿。盖谓庾积谷多也。

囷，圆仓也。《礼·月令》曰：修囷仓。《说文》：廪之圆者。圆谓之囷，方谓之京。《吴志》：周瑜谒鲁肃，肃指其囷以与之。《西京杂记》曰：曹元理，善算囷之谷数。类而言之，则囷之名旧矣。今贮谷圜笓，泥涂其内，草苫其上，谓之露笓者，即囷也。

（原稿眉注：入庾制议。）无名氏议：古窖藏多粟，次以谷，未尝蓄米。载于经史可考。武王发巨桥之粟，廪人掌九谷之数，仓人掌粟之藏，廪人继粟。晋饥，秦输之粟。李斯入仓，见鼠食积粟。太仓之粟，陈陈相因，敖仓藏粟甚多。赵充国日月用粮谷十九万九千六百三十斛，郑吉田渠犁积谷。魏太祖许下屯田，所在积谷。以太仓谷千斛，垣下谷千斛，赐袁涣家。《晋〈书〉·天文志》：胃三星，天厨，主藏廪五谷也；南四星，天庾，积厨粟所也。虽谷粟言其大概，然藏米绝少。唐太宗置常平，令粟藏九年，米藏五年；下湿之地，粟五年，米三年。吴会并海卑湿尤甚，且盖藏无法，不一二载即为黑腐。三年之令不复举行，何耶？

刑部侍郎吕坤（积谷条□法）议：

一、谷积在仓，第一怕地湿房漏，第二怕雀入鼠穿。此其防御不在人力乎？大凡建仓，择于城中最高处所，院中地基，务须鳌背，院墙水道，务须多留。凡邻仓庾居民，不许挑坑聚水，违者罚修仓廒。

一、仓屋根基，须掘地实筑。有石者为根脚，无石者用熟透大砖，磨边对缝，务极严匝。厚须三尺，丁横俱用交砖，做成一家，以防地震。房须宽，宽则积不蒸；须高，高则气得泄。仰覆瓦须用白矾水浸，虽连阴弥月，亦不渗漏。梁栋椽柱，务极粗大，应费十金者，费十五、二十金。一时无处，固利于苟完；数年即更，实贻之倍费。故善事者一劳永逸，一费永省，究竟较多寡一费之所省为多也。以室家视仓廒者，当细思之。

一、风窗本为积热坏谷，而不知雀之为害也。既耗我谷，而又遗之粪，食者甚不宜人。今拟风窗之内，障以竹篾编孔，仅可容指，则雀不能入。仓墙成后，洞开门窗，过秋始得干透。其地先铺煤灰五寸。加铺麦糠五寸。上墁大砖一重，糯米杂信，浸和石灰稠粘，对合砖缝。如木有余，再加木板一周。缺木处所，钉席一周可也。

一、假如仓廒五间，东西稍间，各用板隔断，与门楣齐。谷止积于四间，留板隔东一间，如常闲空。值六七月久阴气湿，或新收谷石，生性未除，倘不发泄，必生内热。州县官责令管仓人役，将谷自东第三间起，倒入东一间闲空之处，一间倒一间，是满仓翻转一遍，热气尽泄，本味自全，何红腐之有？

一、大仓禁用灯火。今各仓积柴安灶，全无禁约，万一火起，何以救之？以后不许仍用。官吏以下，饭食外面吃来，不得已者送饭，冬月但用汤壶，如违重治。

一、仓斛有洪武年间铁样，用木边角，以铁叶固之，以防开缝；仍用印烙其四里，以防剜乞。但有不系官烙，自作矮身阔口，及小出大入者，坐赃重究。

大参张朝瑞（建仓□）议：

一、定仓基。凡仓基俱南向，以四亩为率。或地不足四亩者，听其随地建造。前后左右段落，务要酌量停匀，毋使偏邪。（甚有基地不足三亩者，听其将社学及看仓耳房，从便另造于别地，不造入仓内亦可。然）倘地基窄狭者，正厅房门可小，而两仓房间架断不可小。以其每间盛谷原约四百石有余，小则难容也。各仓基址，必择高阜之处，以避水湿侵谷。若地有不平者，须填补方正平坦，方可兴工。四面水道，必开浚归一，不得听其二三漫流。（各县先将四仓四至丈尺亩数、坐落地名，与应建仓廒厅舍间数，每仓画图一张，贴说明白，并应给买民基价数，一一勘处停妥，径送二道及该府厅查核。）

一、定仓式。保民实政簿开：各县立四乡仓。每县积谷，务期万石为率，州县大者倍之。则大县当储二万石，中县一万五千石，小县一万石矣。（今议颁仓式，该府厅督令各县，相度地基，依式建造。金华府属金华、兰溪、东阳、义乌、永康五县为大县，武义、浦江二县为中县，汤溪一县为小县。内金、兰二县原造有社仓四处照旧外，）今定每县各另造（常平）一仓，其余六县各分四乡，每乡建仓一所。（衢州府属西安、龙游二县为大县，江山、常山二县为中县，开化一县为小县，每县分四乡，每乡建仓一所。）每仓一所，应建头门一座，约高一丈三尺八寸，中阔一丈，入深连檐一丈七尺六寸。两傍耳房，每间阔八尺，以便住看仓人役，顶上用大竹篬，覆之盖瓦。大门二扇，每扇阔三尺。东西廒房，大县共该贮谷五千石，每边应造廒房七间；中县约共四千石，每边应造廒房五间；小县约共二千五百石，每边应造廒房三间。每廒房一间，约贮谷四百石以上，约高一丈三尺六寸，阔一丈一尺二寸，入深一丈六尺。廒内先用地工，将廒深筑坚实，外檐用石板镶砌，内用厚砖砌底，仍用条石垫搁楞木，从空铺钉松木杉木厚板，方铺簟席。其仓顶上方木为椽，椽上用板幔，板上用大猫竹打笆覆之，笆上用土，土上盖瓦，其瓦须密。各周围廒墙角阔二尺八寸，先行筑实，方用条石砌脚三层，上用地伏砖扁砌，纯灰抿缝，中用稍碎砖瓦，少以泥和填实，仍用铁牵鈐钉。如地势高燥者，四面俱用砖墙，廒后及两侧墙俱包檐。廒前墙上檐阔二尺四寸，不拘七间五间三间，中俱隔为三段，七间者中三间，两傍各二间，五间者中三间，两傍各一间，三间者亦隔三段，各开三门，气楼亦如之。其廒内贴墙处，用木栅钉相思缝厚板，使谷不著墙，以防浥烂，廒口亦用相思厚板横闸。如地势卑湿者，廒前一面不用砖墙，廒板外用圆木栅栏一带，上面建廊，阔五尺六寸，厅前及两仓外明堂空地，俱用石板铺平，以便晒谷。正厅三间，中间止作一天花板，悬圣谕六条，以便朔望讲习乡约，约高一丈九尺六寸，中间阔一丈四尺八寸，两傍每间阔一丈四寸，入深除檐二丈八寸，中间照壁门六扇。厅前两旁用栏杆，外檐三尺，顶上用便砖，砖上用瓦。内地用方砖砌，檐下石板幔。三面墙垣，墙脚阔二尺，先用地工筑实，方用大石板砌脚三层，上用地伏砖扁砌，亦用铁牵鈐钉牢固。后社学三间，或买旧砖建造，约高一丈七尺二寸，中间阔一丈一尺二寸，两傍每间阔一丈，入深一丈六尺四寸。顶上用幔板，铺完盖瓦。内地用方砖砌，两傍用砖砌。腰墙上用窗，每边四扇。中间用槅门四扇。三面墙垣，墙脚阔二尺，先用地工筑实，脚用石砌二层，高二尺，上用砖砌。本仓外周围墙垣墙脚阔三尺五寸，约高一丈一尺，上用墙梯瓦盖。先用地工深筑坚实墙脚，用大石块砌高三尺，方用土筑，务离仓墙一二丈内，可容人行其上，不可贴近本墙掘取。以上各项仓房厅舍，务期坚固经久，不在华美。其丈量地基、起造房屋，并量木植砖石，俱用大官钞尺为准，其木匠小尺不用，须使画一，毋致参差。

一、办仓料。（仓廒每边七间，合用柱木每根径六寸，矮柱每根径六寸，桁条每根径五寸五分，抽楣每根径四寸，椽木每根径三寸，穿栅木每根径四寸，地板楞木每根径五寸，地板壁板每块厚八分。正厅三间，合用中柱木每根径一尺一寸，用实木边柱每根径九寸，大梁每根长二丈、径一尺四寸，二梁每块长八尺、径一尺，抽楣木每根径四寸五分，桁条每根径六寸，椽木每根径三寸。间房三间，合用柱木每根径五寸，桁条每根径四寸，抽楣木每根径三寸。大门二扇，每扇阔三尺。后社学三间，合用柱木每根径六寸，桁条每根径五寸五分，抽楣木每根径三寸五分，大梁每根径九寸、长一丈八尺，二梁每块径八寸五分、长一丈，椽木每根径二寸五分，顶上用幔板铺完盖瓦。其余帮机、连檐、门窗等项开载不尽者，俱要随宜酌量采买制作，务使与各项材木大小规式相称。凡砖瓦，就于近仓之地立窑一二座，令窑户自烧造石灰见买。地伏砖每块长一尺二寸，阔七寸，厚三寸，秤重十八斤，上烧“常平”二字。开砖每块长一尺一寸，阔五寸，厚一寸，上烧“常平”二字。方砖每块长一尺，阔一尺。便砖每块长七寸，阔六寸三分。瓦每块长九寸，阔七寸，重一斤半。凡采买木植，俱要选择圆长、首尾相应、干燥老黄色者，毋将背山白色嫩木搪塞虚应。石板采买上好青白坚细者，黄色疏烂者不用。其砖须择青色者，如黄色者不用。以上各项物料，）各县掌印官先将每仓应造廒房厅舍，逐一亲自从实勘估，酌量某项应用若干、该价若干，某项应用若干、该价若干，估定照数给银。责令原定各役采买木石等料，搬运一到，即具数报掌印官并佐贰委官及总管，各查验拣择，堪用者收之，不堪者即时退换，不得虚冒混收；烧造砖瓦不如式者，不许混用。仍置簿送县印钤，日逐登填收发数目明白，委官不时稽查。（各县仍将查估过工料价银总撒数目，逐一造册报道查核。）东西两边仓廒，与正厅一应木石砖瓦，皆用新料。其门房、社学木植等料，倘有见成民房愿卖，可以改用者，一照时价，给与见银平买。庶工省费廉，建造尤速，惟不亏其价，而民自乐从矣。

（一、督保甲。保甲之法，先行府督令各县举行。当趁冬月农隙之时，上紧督催，各查照原行审编。其四乡保甲，以在城保甲分东、西、南、北各统之。凡各乡仓工如有迟误，即以在城保甲各催在乡保甲，以在乡保甲各催管工人役，不得用公差下乡，恐滋烦扰。盖保甲之法，于弭盗赈饥尤为切要。编完，以在城四坊保数，及所统在乡保数，要见在城某坊一保统其乡几保，某保坐落何地名及各甲数，并保正副甲长姓名，俱要开写真正书名，不许混造。排行类册，一本申送本道并本府及总捕官查考，其保甲及花户姓名，造册存县，庶几有济。或曰：往岁赈饥，皆领于里甲，而今欲编保甲以代之，不亦迂乎？不知国初之里甲，犹今时之保甲也。初以相邻相近，故编为一里，今年代久远，里甲人户皆散之四方矣。每见里长领赈，辄自侵隐，甲首住居窎远，难以周知，及至知而来，来而取，取而讼，讼而追，追而得，计）

厚储之二　储说

谕一　例无　诏无　案无　疏一　议四

言庾制者，第可因时于天，因势于地耳。若储之已得其法，而壮哉鼠雀，侵蚀百端，则奈之何？是又在乎储之得其人。而一切推易之法，亦不可不深计者也。辑储说第二。

储说之谕

宣德七年，巡按湖广御史朱鉴言，洪武间，各府州县皆置东西南北四仓，以贮官谷，多者万余石，少者四五十石。仓设富民守之，遇水旱饥馑，以贷贫民。今各处有司以为不急之务，仓廒废弛，赎谷罚金掩为己有，深负朝廷仁民之意。乞令府州县修仓廒，谨储积，给贷以时。仍令布按二司、巡按御史巡察，违者罪之。上谕户部曰：此祖宗良法美意，比由守不得人，遂致废弛。尔部亦岂能无过？其如御史言，违者从按察司、监察御史劾奏。

储说之疏

御史沈越疏：请敕户部申明行天下，各府州县乡仓之地，不许废鬻，在仓之谷不许变易，积谷之令不许寝格。仍令有司自行相劝，令乡各有仓，仓各有积。抚按每岁稽其成功，验其勤惰，以行赏罚，开报吏部，课殿最，以行黜陟。

储说之议

（仓谷　粥厂）

（原稿眉注：入储说。）

（刑部侍郎吕坤又议：积贮之法，非独救饥民，正以救死民；非独备荒岁，亦以佐军兴也。古称救荒无奇策，正欲备荒有善政耳。）刑部侍郎吕坤议：人知积贮之当重，仆又以为收放之当详。谷忌湿，今各省仓庾，类多卑湫敝漏。谷易耗，今各省风窗，类多鼠雀难防。则以板铺地，以竹织篾，近仓不可作秽恶，仓内不可畜鸡豕。此当讲者一。社仓之法，收贮于民，不拘大小镇店庵观寺院，随处建设。煮粥放赈之时，就近百凡便宜。此当讲者二。秦晋之民家多盖藏，山东、河南皆无岁计。仆昔在山东，曾有会仓，劝本约之民，各量其力，每会积谷若干，聚于一所。秋敛春散，加三出息。小凶之年，不准独支；大凶之年，各分所积。愿不分而助同会者，旌奖以多寡为差。是在有司得法，社长得人。此当讲者三。

（积贮）

州守俞汝为议：南方土湿润，宜用庾。北方土高燥，宜用窖。常平、预备诸仓，如积储盈余，仓屋不足，当讲其法。但藏米满数年，必至腐朽。粟稍耐久。惟带穰稻谷，经数十年不坏，谚所谓积谷防饥是也。（庾，郑诗笺云：露积谷也。《集韵》：庾或作□，仓无屋者。《诗》曰：曾孙之庾，如坻如京。又曰：我庾维亿。盖谓庾积谷多也。窖，藏谷穴也。《史记·货殖传》曰：宣曲任氏，秦之败也）

（官粜）

谕德陈仁锡议：粜谷之法，各领粜之官，自为一囤，限三年如有浥烂，罪坐本官。每石听米三升，亦限三年盘验之耗。如再有亏折，本官议赔。至于仓廒不足，分为二例：如原有旧仓，致令坍倾，责其修补，而官银不得议动；如旧仓已满，谷尚有余，设处官银，速为创建。

大参张朝瑞议：各仓所钱粮出入之地，奸伪易生，若不立法稽核，恐民不沾平〈粜实惠。各县凡遇放粜，先宜当官较准斗斛等秤，务与时肆相〉（按：此据绍兴本补。）合，烙钉号给各领用，仍存一副在官备照。次置官单，照式刊刻，听各收银富民，刷印填给交银已完之人，执凭支谷。每仓置木筹三十根，每根长三尺，方一寸二分，以天、地、人字编号，自天一号历至天十号止，地、人俱照编号，并发委官收候给粜谷人执照出入。各富民于仓外择一近便空处，专收价银，经收守仓居民在仓发谷。该县选发谨慎吏役四名，赴粜谷仓听用。一名掌筹传送，一名在东边门外查验单票号筹，放人入仓。二名在西边门内，一收单验谷，一收筹放谷出门。仓内用大铜锣一面，东边门外置鼓一面。凡有保甲人民持银赴籴，富民即时将银秤收明白，备将保甲人名、银数并应与谷数，登记号簿，及填单付籴谷人执候。类有十人，先将天字号筹十根散，各执单持筹，从东边听吏查明，击鼓三声放入。如籴谷二石，或一石五斗者，必数人支领，单上明注几人进仓、领筹几根，即一人止籴谷五斗，亦准领筹一根。盖有一人，即执一筹也。量谷牙斗，用荡平斛，不许用手平斛，致有高下。十人量完，发谷之人将单即注"发讫"二字，鸣锣一声，十人负谷齐行，从西边听吏收单验谷交筹放出。必仓内鸣锣放谷出，然后门外击鼓放人入，庶仓内不致拥杂。若散天字号筹已尽，即散地字号筹，地字号筹已尽，即散人字号筹。计散人字号筹之时，而送天字号筹之吏已至矣。相继轮转，周流不穷。如东无单筹执照而入者，与西无单筹负谷而出者，及有单无筹、有筹无单，并谷比单数多者，许各吏一体拿送究治。委官选差皂隶四名守门，捕役四名，内外巡绰，以防奸弊。至晚收单，吏将单类送委官查销，委官将银封贮县库。仍听道府并府管粮官、该县正官，不时亲临仓所查验。如有私换重等小斛，与多收少放，及夹带虚冒等弊，责有攸归。或曰：限以五斗，恐贫民银少；听其升籴，恐人众拥挤，富民收银不及。宜另择空处，每晨领谷数石，或以升粜，或以斗粜。此不论保甲，不用单筹，不拘银钱，听其便宜，令粜至晚交价还官。此亦一法也。

祁彪佳曰：善于储者必善于散，故以放粜之法附之于此。

厚储之三　义仓

谕无　例无　诏四　案五　疏九　议三

金穰水毁，木饥火旱，从古所不免也。于是有积贮之计，敛之于民，聚之于官，此义仓所繇名耳。然惟敛之于民，而民或未乐输，聚之于官，而官或有侵蚀，故后来一变为社仓，而其法为更便。然隋之置义仓，原欲分之各社，未尝集之城郭，胡氏所谓近其人也。惟行之不善，乃止贮州郡，而远乡穷民，遂不得升斗以果腹，要亦不得咎法也。辑义仓第三。

义仓之诏

隋文帝开皇三年，诏本置义仓，止防水旱。百姓之徒，不思久计，轻尔费损，于后乏绝。又北境诸州，异于余处，灵、夏、甘、瓜等十一州，所有义仓杂种，并纳本州。若人有旱俭少粮，先给杂种及远年粟。十六年，又诏秦、渭（、河、廓、豳、陇、泾、宁、原、敷、丹、廷、绥、银）等州社仓，并于当县安置。（又诏社仓准上、中、下三等税，上户不过一石，中户不过七斗，下户不过四斗。）

宋太祖乾德元年，诏多事之后，义仓废寝，岁或小歉，失于豫备。宜令诸州于所属县各置义仓，自令官所收二税，石别税一斗贮之，以备凶歉给民。

乾德三年，诏民有欲借义仓粟充种食者，令州县即计口给计以闻，勿俟报。义仓不足，当发公廪者，奏待报。

宋高宗绍兴间，诏义仓之设，所以备凶荒水旱。又曰：祖宗义仓，以待水旱，最为良法。州县奉行不虔，寖失本意，或遇水旱，何以赈救？可令监司检视实数，补还侵失。

（董煟曰：屡言义仓，本民间以义裒率，寄之于官，凶荒水旱，直以还民，不宜认为己物，吝而不发也。高宗诏义仓之设，所以备凶荒水旱，又令检视实数，补还侵失。大哉王言矣！）

义仓之案

隋文帝开皇三年，度支尚书长孙平见天下州县多罹水旱，百姓不给，于是奏令诸州百姓及军人劝课当社，共立义仓。收获之日，随其所得，劝课出粟及麦（原行间注：一石以下贫富有差），输于当社，造仓窖贮之。即委社司执帐简较，每年收积，勿使损败。若时或不熟，当社有饥馑者，即以此谷赈给。自是诸县储峙委积。

唐太宗贞观初，尚书左丞戴胄上言曰：水旱凶灾，前圣之所不免；国无九年储蓄，礼经之所明戒。今丧乱之后，户口凋残，每年租米不实，仓廪随即出给，才供当年，若遇凶荒，将何赈恤？故隋开皇立制，天下之人，节级输粟，名为社仓。终于文皇，得无饥馑。今请王公以下，爰及众庶，计所垦田稼穑顷亩，每至秋熟，准见田苗以理劝课，尽令出谷，稻麦之乡亦同此税，各纳所在，为立义仓。年谷不登，百姓饥馑，当所州县，随便取给。太宗曰：既为百姓先作储贮，官为举掌，以备凶年，非朕所需，横生赋敛，利人之事，深是可嘉。宜下有司，议立条制。户部尚书韩仲良奏：王公以下，（垦田亩约三升，其粟麦粳稻之属，各依地土，贮之州县，以备凶年。制从之。自是天下州县始置义仓，每有饥馑则开仓赈给。

唐贞观中，太宗课州县吏，凶荒有义仓，赈给不足，为徙民丰登州县就食焉。尚书左丞戴胄曰：请自王公以下，秋熟计所垦田，敛谷于所在为义仓，岁凶以给民。帝善之，诏）亩税三升，粟麦秔稻，随土地所宜，宽乡敛以所种，狭乡薄督之。岁收十损四者免其半，损七者尽免。商贾无田者，以其户为九等，出粟自五石至五斗以为差。其后洺、相、幽、徐、齐、并、秦、蒲等州，各往往置常平、义〈仓〉矣。

（陈仁锡曰：此置仓义助之始。）

唐高宗永徽二年（九月），颁新格义仓，据地取税。（实是劳灼，宜）令户出粟，上上户五硕，余各有差。自此数十年间，义仓不许杂用。其后公私窘迫，贷义仓支用。自中宗神龙之后，天下义仓，费用向尽。

唐玄宗开元二十五年，定式王公以下，每年户别据所种田亩，别税粟二升，以为义仓。其商贾户若无田，及不足者，上上户税五石，上中以下递减各有差。诸出给杂种准粟者，稻谷一斗五升，当粟一斗。其折纳糙米者，稻三石，折纳糙米一石四斗。天宝八年，凡天下诸色米都九千六百六万二千二百二十石。

唐文宗开成元年，户部奏应诸州府所置常平、义仓，伏请今后通公私田亩，别纳粟一升，逐年添贮义仓。敛之至轻，事必通济，岁月稍久，自致盈充，纵逢水旱之灾，永绝流亡之虑。从之。

义仓之疏

唐李诉疏：去岁京师不稔，移民就丰，既废营生，困而后远，又于国体实有虚损。曷若预储仓粟，安而给之，岂不愈于驱督老弱，糊口千里之外哉！宜敕州群〔郡〕常调九分之二，京师度支。岁用之余，各立官司，年丰籴粟，积之于仓，俭则加私之二，粜之于人。如此，民必力田以取官绢，积财以取官粟，年登则常积，岁凶则直给。数年之中，谷积而人足，虽灾不为害矣。

宋（监察御史里行）彭汝砺疏：（臣闻天地万物之数，皆丽于五行，故旱荒凶札，饥馑疾疫，虽盛世或有焉。而人君者，仰有以相之，俯有以安之，故民虽不幸，犹亦不至于捐瘠矣。古者有乡里之委积，以恤民之艰厄；门关之委积，以养老孤；县都之委积，以待凶荒。夫能食之已足矣，又各有所积焉。盖如此所以为仁政之周也。今虽有）常平、广惠（之制，而）等仓中所有，不能供岁月之不足。平时未尝为计，至于已迫而后为之，其计不过强富人出粟而已。富人之粟未集，而饥馑之气已聚而为疾疫怨呼疼痛之声也，复感而为旱气矣。（人皆曰：尧有水，汤有旱，此不足为陛下忧也。为此言者，非忠臣也。尧汤蓄积先具，故水旱虽久，而民不散。今一方不稔，而民之骨肉至于相残，而强者白昼杀人于市以食。今曰：此无害，此所谓罪岁也。以臣所闻，比年东南疫病，浙东西旱荒为甚，苏州又其甚者也。夫人劳苦倦极，未尝不呼天，疾痛惨怛，未尝不呼父母。今天下之民，戴陛下如天，爱陛下如亲，及不得则亦望陛下而已。臣闻大兵之后，必有凶年。盖杀伤愁怨，有以惑之也。今江淮虽薄稔，然久饥已困之民，种艺不及者众，濒江之田，又苦水潦，米价益贵矣。秋不雨，冬少雪，以卜料之，春夏之交，将复有饥疫之忧。愿陛下申饬有司，使早为之计也。今官卖户绝田产，所得者至薄，而所失者甚厚。以数百石之田，而所得不过千缗，冀再岁之收，则已足以当千缗矣。此非有难见也。臣欲乞罢赏官田，尽收以待赈济，以户绝田产，振民之老孤凶札，必理之所宜也。）隋唐之制，虽不足语，如义仓法，非可废也。臣愿取广惠米散畜于里社，而民助之，其所敛以户之上中下，与岁之丰耗为差。大饥则发大熟之所敛，小饥则发小熟之所敛而赈之，取于彼，散于彼，于我无与也，民亦无辞矣。比之于已迫而后图之者，其利岂止于倍蓰哉！（惟陛下裁□。）

宋（殿中侍御史）上官均疏：（臣闻盗贼之多，常起于凶岁；凶岁不足，常生于无备。备灾恤患，常平、义仓之设，最为良法。）熙宁十年，始讲隋唐之旧，兴置义仓，令人户于正税斛斗一石，别纳五升，准备灾伤赈济，不得移用，法颇周密。盖所敛至少，所聚至多，蓄之郡县而散之于民。敛之少，则民易以输；聚之多，则上足以施予。蓄之郡县，则凶岁有备；散之于民，则人情无怨。此隋文皇时、唐太宗尝行于治平之世，已试之效也。（元丰八年，指挥诸路义仓，一切严罢，议者至今惜之。若以为扰民，则所出才二十分之一。若患他用，则当时已有著令。又况水旱不常，饥馑间有，发仓廪则每苦不足，行劝诱则不免强取。与其施于仓卒，不若备之于无事。今平籴之法，既而修复，唯义仓之制，尚未兴举。）臣以为义仓贮积，在近民居，则饥岁赈济，无道路奔驰之劳费，而受实惠。隋开皇中，就社置仓，盖以此也。臣欲乞兴复义仓之法，令于村镇有巡检廨舍处建立仓廪，以便敛散。其余例令有司更加修整，以备饥岁，诚非小补。

宋刘行简疏：（窃惟义仓之法，论始于隋，增广于唐，国朝因焉。其意若曰：古者三年耕必有一年之蓄。九年耕，必有三年之蓄。国无三年之蓄，则国非其国矣。当其丰登，粒米狼戾，俾输其余，以备凶荒，未为过举。不幸有金穰水毁，木饥火旱之变，则用其私蓄，固足以赈之，社仓是也。隋开皇间，长孙平请令诸州百姓劝课同社，共立义仓。收获之日，各出粟麦藏焉，社司执帐，检校多少。岁或不登，则发以赈之。然立法有未备也。至唐贞观间，戴胄请自王公以下，爰及众庶，计所垦田稼穑顷亩，每至秋熟，以礼劝课，尽令出粟，各于所在为立义仓。国朝乾德间，天子哀岁之不登，而仓吏不以时出与民，于是著发粟之制，使不待诏令。其后病吏之烦扰，而民罹转输之困，又罢之。至神宗皇帝，始复旧制，民到于今赖焉。然而推行之意，有未及合于古者。岂得不论？且）所谓义仓者，取粟于民，还以赈之，固不可以不均。今也置仓入粟，止在州郡。岁饥散给，而山泽僻远之民，往往不沾其利。其力能赴州就食者，盖亦鲜少，而况所得不足偿劳，流离颠沛，有不可胜言者，此岂社仓之本意哉！（恭惟陛下天慈广覆，一视同仁。凡政事系赤子之利害者，见于诏令丁宁熟复，靡有不至。而奉法之吏，因习故常，惮于改为，使上之德泽，不克下究。臣窃惜之。臣愚窃谓）义仓之粟，当于本县乡村，多置仓窖，自始入粟以及散给，悉在其间。大县七八处，小县三四处，远近分布，俾适厥中。若未有仓窖，则寄寺观或大姓之家。县令总其凡，以时检校。遇饥馑时，丞簿尉等分行乡村，计口给历，次第支散，旬一周之。庶几僻远之民，均受其赐，不复弃家流转道路。此利害较然也。（伏望圣慈下臣议，更赐详酌。傥以为可断而行之，不胜厚幸。）

宋王琪疏：义仓旧事久废，当酌轻法以行之。如唐田亩之税，其实太重。永徽中别颁新格，自上户以降出粟，又且不均。方今之宜，莫若第五等以上，于夏秋正税之外，每二斗纳一升，随掌赋以入。各于州邑择其便地，别置仓以储之，领于本路转运司。今天下大率取一中郡计之，夏秋正税粟麦之属，且以十万石为率，则义仓于一中郡，岁得五千石矣（。若麦斗收二升，则又倍之），矧天下所入之广乎？使仍岁丰熟，损有余，补不足，实天下之利。

宋嘉定十一年，臣寮疏：顷岁议臣有请计义仓所入之数，除附郭县就州输纳外，余令逐县置数目，自行收受。非惟革州县侵移之弊，抑亦省凶年转般之劳。曩时州仓，随苗带纳，同输一钞。今正苗输之州，义仓输之县，则输为两输，钞为两钞矣。曩时雀鼠之耗蠹，吏卒之须求，一切倚辨〔办〕于正税，而义仓不预焉。今付之于县，既无正税，独有此色，耗蠹须求，又不能免矣。于是议臣有请令人户义仓，仍旧随正税从便就州，作一钞输纳，而州县复有侵移之弊。臣闻绍兴初，台臣尝请通计一县之数，截留下户苗米，于本县纳。开禧初，议臣之请亦如之。盖截留下户之税米，以补一县之义仓，其余上户，则随正税而输之州，州得以补偿其截留下户之数，州不以为怨。县得此米，别项储之，以备赈济，使穷民不致于艰食，则县不以为扰。一举而三利得，此上策也。惟是负郭之义仓，则就州输送，自如旧制。至于属县之义仓，则令丞同主之。每岁之终，令丞合诸乡所入之数，上之守贰官，守贰合诸县所入之数，上之提举常平，提举常平合一道之数，上之朝廷。令丞替移，必批印纸，考其盈亏，以议殿最。

大学士陈文端公以勤疏：各处乡村，宜随其远近，略仿隋唐遗意，皆设立义仓。遇丰岁则每粮一石，令加纳五升，总计粮若干，得谷若干。盖不必多取，即可分给为各仓之本。有本则可以取息，有息则可以济民。又于每仓择一有物力人户，充义仓甲头，以司收放，仍一二年一换，勿令偏累。其他谨盖藏以虞腐败，严稽验以防侵欺，禁别用以耗本息，考虚实以行赏罚，皆一一具为擘画，而蓄积有不足恃者，臣不信矣。

大学士丘文庄公浚疏：臣按朝廷设立义仓，本以为荒歉之备，使吾民不至于捐瘠。而有司奉行不至，方其收也，急于取足，不复计其美恶；及其储也，恐其浥烂，不暇待其荒歉。所予者不必所食之人，所征者多非所受之辈。胡氏所谓：其责偿也，或严其期，或征其耗，或取其息。或予之以米，而使之归钱；或贫无可偿，而督之不置；或胥吏以诡贷，而征诸编民。此数言者，切中今日有司义仓之弊。呜呼！官仓之储，本为军国也，因饥岁以称贷于民。偏方之君，犹不责偿，况以圣明之世，储粟以备荒，而谓之义仓者乎？

吏部侍郎靳学颜疏：(□□□百姓之报本也。闾阎之细民，有终岁无银，而不能终岁无衣，而不能终日无□能终日无食。今百司夙夜，宰卿不遑者，乃在银而不在谷。臣窃虑之。今试移文于畿辅，而核其官舍之所藏，每郡得谷十万焉，则司计者可安枕而无虑矣。得三万焉，犹可以塞转徙者之望。设不满万焉，真寒心哉！臣窃意其不满万者多也。即有水旱，何所赖焉？即有师旅之兴，何所给焉？臣观自古中原空虚，未有如今日者也。汉以前有敖仓，隋以前有洛中仓，唐有义仓，宋有常平仓，皆随在而贮，不专京师。今徐、临、德州皆有官仓，本为寄囤，至于存积几何哉！臣近日有疏为山西积谷，荷蒙皇上通行各省。臣非不知以用言为荣，而所虑者人意向不同，或行之不力，或施之无序，辄以为无益有损焉，臣且不堪其任咎也。臣前疏谓，)积贮之法，一曰官仓，盖发官银以籴者，此必甚丰乃可以举；一曰社仓，盖收民谷以充者，此虽俭岁皆可以行。(臣知中原空虚，不但谷少，而银亦甚少。其官仓一节，今岁已不能举。又闻有灾变，则社仓一节，今岁亦不能行。但能以今岁始讲求其条件，加意于积储，即明岁举而后岁效，未晚也。)此二仓者，社仓举之甚易，而效甚捷。然非官府主持于上，则其事终不能成矣。夫社仓即义仓也，盖始于汉耿寿昌，而盛于隋长孙平、唐戴胄之徒，唐又最盛，计天下积至数千万以上。及推其故，唐义仓之开，每岁自王公以下皆有入，是以其积独多。臣所谓今之行自贵近始也。宋朝准各民正税之数，于二十分而取其一以为社。盖富贵者必田多，田多则税多，税多则社入多，亦唐意也。要之，其出也，则中歉赈极贫，大歉及中户，又大歉焉，乃沾及于富室。所谓恩泽之加，自无告始也。(人之言官仓)今之言官仓者，今年曰库无银焉，明年曰库无银焉，如是除八分纸赎以外，无几耳。言社仓者，此曰官户，当优免我也，彼曰占役，何科扰我也。又田多者曰，我不愿赈于后，亦不愿出于今也。如是不过贫民下士之输，无几耳。(是二法终不可行，而中原之空虚如故也。夫民之饥也，必至于转徙不已，必至于盗，盗必先至官户，与夫役占有力之家。而此辈多不悟，非官府主持而鼓舞之，终空言耳。)臣请下之各省，以唐宋敛谷之法为则，而就土俗、合人情，占岁候以通其变，限明春以里尽报各府已前见贮之数，以品其虚盈。于明年冬末，通计一岁二仓新收之谷，验其功能，著而为令，岁岁修之。在官仓者，时其丰歉，而敛散之利归于官。民有大饥，则以赈之。在民仓者，时其丰敛，而敛散之利归于官。虽官有大役，亦不许借。此藏富于民，即藏富于官。皇上所谓南面而恃以无恐者，其根本在此。今之言计者，不忧谷之不足，而忧银之不足。夫银实生乱，谷实弭乱。银之不足，而泉货代之，五谷不足，则孰可以代者哉？故曰明君不宝金玉而宝五谷。

义仓之议

(之，领于本路转运司。今天下大率取一中郡计之，夏秋正税粟麦之属，且以十万石为率，则义仓于一中郡，岁得五千石矣(。若大观斗收二升，则又倍之)，矧天下所入之广乎？使仍岁丰熟，损有余，补不足，实天下之利。上于是诏天下立义仓。然今之州县，因仍既久，忘其所以为斯民所寄之物矣。)

宋董煟议：义仓合民间散贮，逐都择人掌之，如社仓之法。今输于州县，非也。盖憔悴之民，多在乡村，于城郭颇少。诸处州军，多将义仓米随冬苗输纳州仓，一有饥馑人民，难以委弃庐舍，远赴州郡请求。今欲每遇凶歉之年，相度诸县饥之大小，拨还义仓米斛。其水脚之需，亦于米内，量地里远近消克。县之于乡亦然。如此则山谷之民，皆蒙其惠(，不犹愈于闲为埃尘，耗于雀鼠，仍使斯民饥饿而死乎？一、检准令各州县镇，本)矣。至给散之法，岁于十月初，差官抄检内外老疾、贫乏不能自存之人，十一月起支(，后到者听支)，每人日支一升，七岁以下减半。每五日一次并支，至次年三月终止。(遇闰及本土收成早晚者，官司相度给散时月，但通给百五十日止。)今江浙水田种麦不广，冬间民未困乏，其困乏多在青黄未接之时，此为政者所宜究也。(一、熙宁初，陈留知县苏涓言：臣领畿邑，请为天下倡。户五等，自二石一斗出粟有差。每社有仓，各置守者，耆为输纳，官为籍记，岁凶则出以赈民。藏之久则又为立法，使新陈相登。即诏行之。既而王安石沮之，遂不果行。石介著书，亦谓隋唐义仓最便。若每村立一仓，委有年德者主之，遇饥馑量口以给，则民不乏矣。此法向来福建亦行之，第乃民间再自出米，不若即义仓行〈之之为善〉。)

宋胡寅议：赈荒莫要乎近其人。隋义仓取之于民不厚，而置仓于当社，饥民之得食也，其庶矣乎。后世义仓之名固在，而置仓于州郡，一直凶饥无收，有司固不以上闻也。良有司敢以闻矣，比及报可，委吏属出而施之，文移反复，给散艰阻，监临胥吏，相与侵没。其受惠者大抵城郭之近，力能自达之人耳。居之远者，安能扶老携幼，数百里以就龠合之廪哉？必欲有备无患，当以隋氏为法，而择长民之官，行劝农之法，辅以救荒之政，本末具举，民之饥也，庶有瘳乎？

文学浦龙渊议：荒年补助之法，后世未有详之者，惟义仓之法尚存，则诗所云“我取其陈，食我农人”之意，犹可得而推行之也。三代而下，田非耕者之所有，而有田者不耕。富者连阡陌，贫者无立锥，故虽有省徭薄赋之善政，而有田者见优，素封者得利，至于贫苦之农夫，竭力以耕豪民之田者，终不得蒙其惠也。然〈而限田之说，又卒不可复行〉(按：此据绍兴本补)，故无如修举义仓之法，收自优户穰岁之有余，散于贫人凶年之不足。不惟协于《大易》裒多益寡、称物平施之义，而适使贫人得以尽力于农田，则富人亦不失其利。凡浚沟渠、捕蝗蝻之费，一切取给于义仓，则田之瘠者可以肥，荒者可以垦，丰岁固当倍收，凶年亦不至于全废。佃户既不苦于输租，则业主自不限于供赋，岂非小损而大益者乎？故唐宋劝输义仓，必自中户以上，非故损之，实为有田者树不拔之基也。将欲取之，必固与之，盖深于自为耳。不然，先王之劝农，毋乃太拙乎哉？

厚储之四　社仓

谕无　例一(后又例三)　议一　案无　疏六　议十

社仓非始于朱晦翁也。隋时义仓之始，便令输之当社，则已居然一社仓矣。但义仓多计亩纠粟，且主计在官，不无费扰。晦翁但贷本取息，即一乡贤耆，为一乡积贮，其众力之易举，义仓不若也；赈粜之易施，义仓不若也；收敛之易入，义仓不若也；鼓劝之易动，义仓不若也。先贤立法，千古可师矣。但今之为社仓者，无晦翁六百石贷本，岂能尽纠于民间？于是有议集会以输者，有议照田而助者，有议取之赎锾，议开之纳爵者，总其要在主守得人，散敛有法，简编粲然，莫不具备，惟在力行何如耳。辑社仓第四。

社仓之例

嘉靖八年，题准各处抚按官设立(义)[社]仓，令本土人民，每二三十家，约为一会，每会共推家道殷实、素有德行一人为社首，处事公平一人为社正，会书算一人为社副。每朔望一会，分别等第，上等之家，出米四斗，中等二斗，下等一斗，每斗加耗五合入仓，上等之家主之。但遇荒年，上户不足者量贷，丰年照数还仓；中下户酌量赈给，不复还仓。各府州县造册送抚按查考，一年查算仓米一次，〈若〉虚即罚会首出一年之米。

社仓之诏

隋文帝开皇十六年，诏社仓准上、中、下三等税，上户不过一硕，中户不过七斗，下户不过四斗。

社仓之疏

宋朱文公（社仓法奏曰）熹疏：臣所居建宁府崇安县开耀乡，有社仓一所。系昨乾道四年，乡民艰食，本府给到常平米六百石，委臣与本乡土居朝奉郎刘如愚，同其赈贷。至冬收到元米。次年夏间，本府复令依旧贷与人户，冬间纳还。臣等申府措置，每石量收息米二斗，自后逐年依旧敛散。或遇小歉，即蠲其息之半，大饥即尽蠲之。至今十有四年，量支息米，造成仓廒三间收贮；已将元米六百石纳还本府。其见管三千一百石，并是累年人户纳到息米。已申本府照会，将来依前敛散，更不收息，每石只收耗米三升。系臣与本乡土居官及士人数人，同其掌管。遇敛散时，即申府差县官一员监视出纳。以此之故，一乡四五十里之间，虽遇凶年，人不阙食。窃谓其法可以推广，行之他处。乞特依义役体例，行下诸路州军，晓谕人户，有愿依此置立社仓者，州县量支常平米斛，责与本乡出等人户主执敛散。每石收息二斗，仍差本乡土居官员、士人有行义者，与本县官同其出纳。收到息米十倍本米之数，即送元米还官，却将息米敛散，每石只收耗米三升。其有富家情愿出米作本者，亦从其便；息米及数，亦与拨还。如有乡土风俗不同者，更许随宜立约，申官遵守，实为久远之利。其不愿置立去处，官司不得抑勒，则亦不至骚扰。

（原书眉注：每款头一字提起平，其余俱低一字。）

一、逐年五月下旬，新陈未接之际，预于四月上旬申府，乞依例给贷。仍乞选差本县清强官一员、人吏一名、斗子一名，前来与乡官同其支贷。

一、申府差官讫，一面出榜排定日分，分都支散，先远后近，一日一都。晓示人户，产钱六百文以上，及自有营运、衣食不阙，不得请贷。各依日限具状（状内开说大人、小儿口数）结保，每十人结为一保，递相保委。如保内逃亡之人，同保均备取保。十人以下不成保不支。正身赴仓请米，仍仰社首、保正副队长、大保长并各赴仓识认面目，照对保簿，如无伪冒重叠，即与签押保明。其社首、保正等人不保，而掌主保明者听。其日监官同乡官入仓，据状依次支散。其保明不实、别有情弊者，许人告首，随事施行，其余即不得妄有邀阻。如人户不愿请贷，亦不得妄有抑勒。（据文公叙，以十家为甲，甲推一首，五十甲推一人通晓者为社首。逃军、无行、衣食不缺者不得入甲，得入者又问其愿领否。）

一、收支米用淳熙七年十二月本府给到新漆黑官桶及官斗，仰斗子依公平量。其监官、乡官人从，逐厅只许两人入中门。其余并在门外，不得近前挨拶攙夺。人户所请米斛如违，许被扰人当厅告覆，重作施行。

一、丰年如遇人户请贷官米，即开两仓，存留一仓。若遇饥歉，则开第三仓，专赈贷深山穷谷耕田之民，庶几丰荒赈贷有节。

一、人户所贷官米，至冬纳还，不得过十一月下旬。先于十月上旬定日申府，乞依例差官将带吏斗前来，公其受纳，两平交量。旧例每石收耗米二斗，今更不收上件耗米。又虑仓廒折阅，无所从出，每石量收三升，准备折阅及支吏斗等人饭米。其米正行附历收支。

一、申府差官讫，即一面出榜排定日分，分都交纳，先近后远，一日一都。仰社首、队长，告报保头，告报人户，递相纠率。造一色干硬糙米，具状同保，共为一状，未足不得交纳。如保内有人逃亡，即同保均备纳足，赴仓交纳。监官、乡官、吏斗等人，至日赴仓受纳，不得妄有阻节及过数多取，其余并依给米约束施行。其收米人吏斗子，要知首尾，次年夏支贷日，不可差换。

一、收支米讫，逐日转上本县。所给印历，事毕日具总数申府县照会。

一、每遇支散交纳日，本县差到人吏一名、斗子一名、仓社算交司一名、仓子两名，每名日支饭米一斗，约半月发遣裹足米二石，共计米一十七石五斗；又贴书一名、贴斗一名，各日支饭米一斗，约半月发遣裹足米六斗，共计四石二斗；县官人从共一十名，每名日支饭米五升，十日共计米八石五斗。已上共计米三十石二斗，一年收支两次，共用米六十石四斗。逐年盖墙并买蒿荐收补仓廒，约米九石，通计米六十九石四斗。

一、排保式。某里第某都社首某人，今同本都大保长、队长，编排到都内人口数下项。

一、请米状式。某都第某保队长某人、大保长某人，下某处地名，保头某人等几人，今递相保委，就社仓借米。每大人若干，小儿减半。候冬收藏，备干硬糙米，每石量收耗米三升，前来送纳。保内一名走失事故，保内人情愿均备取足，不敢有违。谨状。（据文公叙，大口一石，小口五斗，五岁以下不与。）

一、簿书锁钥，乡官公共分掌。其大项收支，须问监官签押；其余零碎出纳，即委官公共掌管。务要均平，不得徇私容情，别生奸弊。

一、如遇丰年，人户不愿请贷，至七八月而产户愿请者听。

一、仓内屋宇什物，仰守仓人常切照管，不得毁损及借出他用。如有损失，乡官点检，勒守仓人备偿。如些小损坏，逐时修整大段改造，临时具因依申府乞拨米斛。

宋真德秀疏：臣恭惟孝宗皇帝，深惟民食之重，因朱熹有请，颁社仓法于天下。自是数十年间，凡置仓之地，虽遇凶岁，人无饥色，里无嚣声。臣（于少时实亲睹其利，岁久法坏，每为之太息。嘉定乙亥，蒙恩将漕江东。岁适旱蝗，承诏措置荒政，）奔走属部，亲见饥穷之民，惟乡落最甚，而致粟又为最艰，劳费不啻数倍，因慨然深念，使社仓之法，推行而不废，在在皆有藏粟，以之振民，犹取之怀也，其利岂不博哉？（至是益知孝宗皇帝之圣谟神画，有百世不可易者。）近岁士大夫以其蠹弊多端，（往往归尤于法，）至欲举而废之。抑不思古今之法，曷尝无弊？亦在夫维持整饬之尔。姑以常平、义仓论之，侵渔移易，其害亦不一矣，然卒不可废者，以其害不能揜利故也。何独社仓，必欲举而废之哉？（仰赖圣朝，深知此法，未容轻变。前后监司守臣有欲建立者，皆诏可之。凡今有仓之地，如建昌、南城、袁州、萍乡等处，推行有法，人蒙实惠。而潭之属县曰长沙者，亦有仓二十八所。盖庆元之初，知县事饶余所立。距今三十余载，虽不能亡弊，而穷民赖之亦多。）臣叨帅湖湘，（适潭人连岁艰食，今夏旱暵尤甚。祷请之余，斋居深念，）所以为一方饥馑之备，盖无出社仓之右者。于是樽节浮费，以官钱易谷于总所，凡八万石，益以他谷，为九万五千余石。十二县置仓凡百所，令人户当输谷于州者，既输之社仓。其敛散之规、息耗之数，大概悉仿朱熹所上条约，而因时救弊，视俗制宜者，又加详焉。（□盖淳熙敕旨之所许也。仰惟仁圣临御之初，方务行孝宗故事，臣敢昧死以闻。其申请事宜，已上之尚书省，乞敕赐敷奏施行。）伏望圣慈（察臣汲汲为民之心，）从臣所请，颁降旨挥，令本州常切遵守，庶几良法美意，久存而不坏，（贫民下户，得以蒙天施于无穷，）臣不胜大愿。

元赵天麟疏：（臣闻政化并言，则化切于政。衣食合论，则食急于衣。欲天下之化行，莫先于义；欲天下之食足，皆在于农。农有预防，而业可永安；义有素行，而俗自相睦。隋开皇五年，长孙平奏令军民当社，共立义仓。收获之日，随其所得，各出粟麦，贮之当社，社司检校，勿使损败。当社饥馑，即用赈给。至于隋末，公私廪积，可供五十年，长孙平之力也。钦奉）窃照至元六年（八月间圣旨）条画（内一款），该每社立一义仓，社长主之。每遇年熟，每亲丁留粮粟五斗，躯丁二斗半；年粟不收，许纳杂色。官司并不得拘检、借贷、勒支。后遇歉岁，就给社民食用。社长明置收支文历，无致损耗。（钦此。臣窃见自是以来，二十余年于今矣，然而社仓多有空空如也之处。顷年以来，水旱相仍，蝗螟蔽天，饥馑荐臻，四方迭苦，转互就食。隆冬盛暑，道途之中，襁属不绝，维持保抱，妇泣于后，子号于前。老弱不能远移，而殍者众矣。臣试陈之。今条款使义仓计丁纳粟，其意以为及饥馑之时计丁出之，故方其纳粟而计丁纳之，以取均也。又条款使躯丁半之，彼躯丁亦人也，尊卑虽异，口腹无殊。至俭之日，躯丁岂可独半食哉！又计丁出纳，则妇人不纳，岂不食哉！又同社村居无田者，岂可坐视而独不获哉！且夫义仓者，贵其义也。若计出纳之锱铢，辨亲躯之多寡，则是有义之名，而无义之实也。乐岁粒米狼戾，乞丐者踵门，犹宜与之，况一社之人，而至俭岂宜分彼此哉！是盖当时大臣议法者，有乖陛下之本心也。若从臣言，限田产之法之后，其田数之多寡，亦不甚异矣。伏望陛下普班明诏，详谕农民，）臣以为此法犹未甚备也。以臣之愚见，凡一社立社长、社司各一人，社下诸家，共穿筑仓窖一所为义仓。凡子粒成熟之时纳，则计田产顷亩之多寡而聚之。凡纳例，平年每亩粟率一升，稻率二升。凡大有年，听自相劝督，而增数纳之。凡水旱蝗螟，听自相免。凡同社，万一丰敛不均，宜免其歉者所当纳之数。凡饥馑不得已之时出，则计排家口数之多寡而散之。凡出例，每口日一升，储多每口日二升，勒为定体。凡社长、社司掌管义仓，不得私用。凡官司，不得拘检借贷，及许纳杂色，皆有前诏在焉。如是则非惟共相振救，而义风亦兴矣。

南刑部尚书魏时亮疏：（昔宋贤臣朱熹因本乡五夫里岁饥，特借官谷赈贷。后即所收谷本立为社仓，设法敛散，一乡有赖。遇灾歉民不逃亡，遇流贼且资保聚。复建议于朝，通行各路。凡各贤守令，率依法建置，以活小民。各贤士友并望风创树，以济乡社。近日山东费县最称穷疲，知县杨果，一吏员出身耳，作县数年，计令蓄积遍野，小民自收自散。臣本省新城县原无社仓，贤儒邓元锡未中式时，仅一秀才耳，捐谷设法，遍分各乡，为义仓法，俾各乡父老豪杰敛散自如。盖乡有仓蓄，饥歉赈给，既无背负之劳，老弱就食，可济旦夕之急。乃今饥民待赈于城郭，匍匐而往，率饿死于中途；背负而归，辄使费其多半。或抑退于里胥，或阻斥于隶卒，饥者未必赈，赈者未必遍，徒廑圣明浩荡之恩，而莫济沟壑展转之速也。臣细思之，欲便于）窃惟活济小民，只有广立社仓一法。伏乞敕下户部议允省直抚按严行州县，（许立社仓。）凡州县各乡社有倡义士夫豪杰，并许于本乡捐敛谷本，立仓蓄散。诸凡敛散取息、岁歉减收之法，一一查朱熹已试之规。倘该处无倡义者，即限该里社条议呈请于上。无议请者，正官自为踏看措处。不能多处，少捐本谷，先立仓基，设法收放，渐次充积。为民父母，一一细心遍历经画，察地之便，审民之宜，几社几乡，或分或合，敛散议民自便，务谕主管得人，庶俾通县合州，在在仓蓄，（春）凶荒可济矣。（毕在目前，饥困可活，无劳匍匐。若虑各乡非仓蓄之地，乡民非主守之人，臣备查朱熹一时行之各乡，即主以乡社之最贤者，未闻有他虞也。杨果治费，囷廪野积，未闻有他虑也。元锡以秀才行之通县，未闻有他虞也。臣又询之各省地方，今尽有行之称善者，但未奉明旨一通行耳。天下之事，非一人一家之私，苟可利国利民。恳冀议覆请旨，仍听抚按作为地方便宜，许令倡义，无令绝望。）

都御史邹忠宪公元标疏：（臣切读孟氏曰：民有饥色，野有饿莩，老弱转乎沟壑，壮者散之四方。以为此或危词，动时君之听。乃今数载，孟轲氏语犹不能述其详耳。野庙荒斋，柳岸长堤，一日报死数十人者，赖陛下德意，有司奉行，蒸此良厚，卒不足以回天意者，何哉？则积荒之渐也。臣省两月不雨，民稍有旱获，无秋收矣。长遭穷苦，一一恳陛下发内帑以济；内帑有限，一一援常赋以济；常赋不可阙，一一劝借富民，富民皮肉且尽。此三者不可当〔常〕恃。）臣闻古无常丰之岁，有常丰之政。何者？积之豫也。臣再三审思，除各县各乡多建社仓，虽有管葛，不能济矣。今各郡县止一二仓，有司每以积谷为苦者，何哉？罚赎不得入己，动称不便；为之下者，以仓属上司，日查月核，时问罪赎，[为之下者，] 亦称不便。今欲建无穷之计，臣愚谓宜敕下户部，行各省从长计议。如一县几乡，一乡或一仓，或乡阔建二仓，或一仓积谷若干，两院近行节省所留罚赎，或助为买谷张本，或冠带尚义者，或生员、监生、吏典、富民、欲追荣祖父者，或听纳谷若干，从长计议。每年如何而聚，如何而散，或年不甚荒，不必发散，或每年出陈易新，不三年且有成矣。（天下无不可为之事，顾在人真心如何。昔人云救荒无奇策，臣云在有真心。若有真心，何事不可为！不然，民有衣宝玉而死者矣。）

（嘉靖八年）兵部左侍郎王廷相疏：迩来各省岁饥，（民皆相食。皇上命郡国发仓廪以赈之，而犹不足者，以备之不豫故也。）宜仿古义仓之法。但立之于州县，则穷乡下壤，百里就粮，旬日待毙，非政之善者。臣以为宜贮之里社，定为规式。一村之间，约二三百家为一会，每月一举，第上、中、下户，捐数多寡，各贮于仓，而推有德者为社长，能善事、能会计者副之。若遭荒岁，则计户而散。先下与中者，后及上户。上户则偿之，而免其下与中者。凡给贷，悉听于民。第令登记册籍，以备有司稽考。则既无编审之烦，又无奔走之苦，因是而复寓保甲以弭盗，讲乡约以敦俗，一法立而三善具矣。

寺丞兼御史钟化民疏：（臣闻古有水旱之灾，而民无捐瘠，以蓄积多而备先具也。今地方一遇灾荒，辄仰给于内帑。此一时权宜之计，岂万年经久之规哉！惟以本乡所出积于本乡，以百姓所余散于百姓，则村村有储，家家有蓄，缓急有赖，周济无穷。此义仓之所由设也。）臣行各府州县掌印官，每堡各立（义）社仓一所。不必新创房屋，以滋破费，即庵堂寺观，就便设立。每仓择好义诚实有身家者一人为义正，二人为义副。每遇丰收之年，劝谕同堡人户，各从其愿，或出谷粟，或出米豆，少者数斗，多者数石，置立簿籍，登记名数。至荒歉时，各令领回食用。如未遇荒，今年所积，明年借出，加二还仓。义正副公同收放。此民间之粮，不入查盘，不许借用。出粟多者，照例给赏。义正副年久粟多，给与冠带，免其本身杂差。（此□积贮于粒米粮戾之时，比劝借田园荒芜之后，难易□矣。）此法立而凶荒有恃无恐矣。

〈社仓之议〉

（曰复与得舆，皆有力于是仓。而刘侯之子将仕郎琦尝佐其父于此，其族子右修职郎玶亦廉平有谋，请得舆拜力。府以予言，悉具书礼请焉。四人者遂皆就事，方且相与讲求仓之利病，具为条约。会丞相清源公出镇兹土，入境问俗，予与诸君因得具以所为条约者，迎白于公，以为便，则为出教，俾归揭之楣间，以示来者。于是仓之庶事，细大有程，可久而不坏矣。）宋文公朱熹议：予惟成周之制，县都皆有委积，以待凶荒。而隋唐所谓社仓者，亦近古之良法也。今皆废矣。独常平、义仓，尚有古法之遗意，然皆藏于州县，所恩不过市井惰游辈。至于深山长谷，力穑远输之民，则虽饥饿濒死，而不能及也。又其为法太密，使吏之避事畏法者，视民之殍而不肯发，往往全其封鐍，递相付授，至或累数十年，不一訾省。一旦甚不获已，然后发之，则已化为浮埃聚壤而不可食矣。夫以国家爱民之深，其虑岂不及此？然而未之有改者，岂不以里社不能皆有可任之人？欲一听其所为，则惧其计私以害公；欲谨其出入，同于官府，则钩校靡密，上下相遁，其害又必有甚于前所云者。是以难之而有弗暇耳。（今）予幸数公相继，其爱民虑远之心，皆出乎法令之外，又皆不鄙吾人以为不足任，故吾人得以及是。数年之间，左提右挈，上讫下教，遂能为乡闾立此社仓，以为无穷之计，是岂吾力之独能哉？惟后之君子，视其所遭之不易者如此，无计私害公以取疑于上，而上之人亦毋以小文拘之，如数公之心焉，则是仓之利，夫岂止于一时？其视而仿之者，亦将不止于一乡而已也。（因书其本末如此。）

元张光大议：古有义仓，又有社仓。义仓立于州县，社仓立于乡都，皆民间积储以待凶荒者也。国朝酌古准今，立义仓于乡都，一举兼尽社仓之设，惠至渥也。令附近税户，各以差等出谷为本，每年收息谷一斗。候本息相停，以谷本给还元主，以利为本。立掌仓循环现运，丰年贮积，凶年出贷。有司许令点检，而不许干预侵借。其立法最为详备（，惠民之意亦甚切。至未及十年，仓庾充斥，息过于本倍。然百姓困于义仓，民间但见其害，而不见其利。凶年饥岁，而民不免于离流死亡。其故何也？良由）矣。乃有司任法而不任人，法出而奸生，令行而弊起，以暴心行仁政，政无非暴，虽曰惠民，实所以厉民也。略而举之，其弊有四：一曰掌仓之弊。今之掌仓者，非革闲之吏贴祗候，则乡里无籍之泼皮，（请托行求，公纳贿赂，）投充是役，（上以苟避差役，下以侵削小民。既已过费重赀，宁不贪图厚利？）官司容其奸伪，百姓不敢谁何。二曰点检之弊。其有考满守缺司吏、官员门下亲知，（或结□求差，或依势分付，带领仆从，）名为计点义仓粮盘，（绕乡村呼集社伍，）需求酒食，索取赍发，（餍其欲则抄写虚数，忤其意则苛细百端，）遂科敛社民，粜卖义谷，（以为只待起发，前者既去，后者复来，）所积之粮，十去其七。三曰出贷之弊。掌仓素非仁德忠厚之士，所储之谷，平时先已侵用，至于出贷之际，预行插和糠粃，谷砂土。及至支遣，小斗悭量，比及到家簸扬，所贷不得一半。丰年有米，则勒令民户承贷；凶荒之岁，则推称已贷尽绝。（惟务脱己，不恤济人。）虚装人户，具报官司，或立诡名，交割下次。民之受害，其何可言？四曰回收之弊。百姓贷谷未及半年，为之掌仓者，既交割前界贷数，乃集不逞之徒，（三户为□，遍绕乡村，）催索逋贷，（叫嚣隳突，）需求酒食（，何所不为!）。及至人户担麦到仓，一斗必收二斗，斡人脚谷，上数科陪，满斗豪量，不夺不餍。稍涉分析，则云以后官司计点，亏折谁陪？若或不从，必是解官惩治。民之困于义仓，有甚于凶荒之岁者。（医疮剜肉，谁不恻然?）有此四弊，而欲惠济于民，未之有也。及有虚申案验，伪指仓囷，观其数则亿万有余，考其实则百十不足，官司视为文具，奸吏因缘为私。故自立义仓以来，展转繁文，州县徒有几千万石之名，饥荒之岁，民不沾惠。是盖有司不以荒政为心，但为黩货之具，委任失当，以暴心行之，本既不澄，弊端滋蔓。（尝观朱文公以常平米六百石营运，作社仓于建宁、崇安之开耀乡，行之十有四年，而一乡四十五里之间，虽遇凶年，人不阙食。此其明效大验，安有可行于昔，而不可行于今也？由是而言，则择人委任为第一要事。若委任得人，亦不须差人计点，出纳之公，自然无弊。然君子作事谋始，任人之方，尤所当慎。若一概委用于产税豪富之家，盖富而好义者少，为富不仁者多，中间未免结构所司，侵渔刻剥，其害有甚于吏胥无籍之辈。）今后莫若撰〔选〕择乡里有德望诚信、谨愿好义之人，或闲良故官、素行忠厚廉介之士，不拘产税抵业，但为农所悦而敬服者，许令乡民推举，不必拘以乡都。所司察其行实，以礼敦请，使之掌管，置簿供报，依时出纳，不限年月交替。至如出贷之时，入水和谷，小斗悭支，回收之际，大斗满量，及需索縻费，图利倍取之户者，但有陈告得实，依不枉法例追断；移易虚椿〔桩〕，坐以侵盗之罪，征取还仓。如此则掌仓者知所儆惧，保守廉耻而不妄为，贫者必沾其实惠矣。（虽然，言之非艰，行之惟艰，）又必（也）县州杜其夤缘求充之源于其前，禁其不时计点之弊于其次。至于出贷回收之际，绝其供报文案之需。彼既无所费于官司，则下自可安而行之。源清流洁，上下皆可以诚心为民，有其诚，斯有其实也。（庶几义仓储积，不为虚设，凶年饥岁，得以济民，上不负朝廷立法惠民之美意。倘若上无公论，下有叛心，前弊不除，纯任以法，虽有善者，亦无如之何也已。仁人君子果能确而行之，国家幸甚，斯民幸甚。）

刑部侍郎吕坤议：（其当讲者四。）社仓之法，委官查盘，则多骚扰问罪之累；全不查盘，只肥利己徇情之人。谓宜有司岁一亲身查盘，不许委佐领教职，以滋弊窦。至于府州县欲求查盘虚实，法莫如每岁斗级，年一交代，新者于旧者欠一升不收，旧者于新者作一弊不得。（仆昔作一仓法，每一廒五间，俱以板隔断，五间自西而东，常空闲一隔。每于暑湿之月，倒廒一遍，将东第四隔，量入第五隔，以次递量，空第一隔，量完报数。明年又自西第二隔，量入西第一隔，以次渐而东，量完报数，又空东第五隔。委官查盘仓粮，）欲亲量则一一见斗，不亲量则取掌印官及新旧斗级保结，真莫真于此矣。

（十万石所二千石为则，各该掌印有司，考满参定殿最，军职管事酌取去留。所贵上下相□，人法并任。□心远大之图，用复常平之□。□□）刑部尚书杜贞肃公俊议：劝社民各立义仓，与义学、义冢例置，名曰阜俗三义。尽一义者书一义之门，二义三义称是。义仓之略，社中富民，任其出谷六百石，或四百石，别处一仓。极贫利一分，次贫利一分，春借秋还，转相周助，民乐表异，似亦有从。若常平既复，社仓又行，则饥馑有备，而地方可保无虞。此预备至计，子民至急，而江西今日尤为急者。（伏惟圣慈留意。）

陕西布政汪道亨（修社仓事宜）议：

（原稿眉注：后照此式。）

一、议本谷。本社集社长、社副、社众会议，各量贫富家口为多寡，户分三等，等列三则。其输谷之法，每月一会，约定会期，上上户每会一石，上中户每会六斗，上下户每会四斗，中上户每会三斗，中中户每会二斗，中下户每会一斗，下户不与。社谷初贮，谷本尚微，不许轻易敛散。如遇便肯以一岁之谷，尽输于社，或分为三四会输完亦可，不必拘定作十二次。如粟不便者，许纳银钱登簿，遇贱粜贮社中。若有家道颇殷，而绝无斗谷入仓者，即悬一顽吝牌于门，但遇荒歉，官社仓谷俱不准给。其有乡村隘小户，不能分三等，等不能列三则者，即随社大小减之；其输谷之数，亦酌量增损。

一、议义仓。（已载推赏议中。）（凡社中富而好行其德者，能于本谷外，愿输二石入仓者，纪善一次；四石者，纪善二次；十石者，纪大善一次；二十石者，纪二大善；三十石者，纪三大善，州县掌印官奖赏。输五十石以上者，该府暨州县送匾，书“好义”二字。输百石以上者，本道送匾，书“施仁”二字，照例给与冠带。输至二百石以上，准给冠带优礼，本道及两司送扁，书“乐善”二字。其输四百石以上者，申请两院送扁，书“积德”二字，给与冠带，仍优免杂泛差役，犯罪不许加刑。此外若输粟八百石以上者，申请两院照例奏请，竖坊表里。）

一、议罚谷。凡官司自理赎谷，除照旧入预备官仓外，其各处有乡约演礼不到，保甲直牌怠玩，及一切违犯稍轻者，听约正副处酌罚谷。其有本社小事，口诉不平者，听约正副量剖曲直罚谷，使之平息，以省赴告及株连干证之费。或赴告而自愿和息者，该有司酌量罚谷，输之该社，取具仓收免罪。情轻者，批约正副查处量罚，是为罚谷，登簿备查。

一、议息谷。仓谷收贮若干，每年于二月起，至三月四月止，宜出陈易新（，余月不得轻借）。其交还月分，自九月起，至十月止。（不得延推，以致谷价渐贵，输纳愆期。）初年谷本尚微，每石取息二斗；如时小歉，则减息之半。行至三年之后，谷本渐裕，每石取息一斗；如时小歉，止取五升；大歉则尽免其息。凡给借之户，或过时不还，或还而湿恶不堪者，送官重治，后次不准再借。出借之时，须会同集议，量其可偿，方准托保关借。如游手无赖，刁顽无信，豪强不驯者，不得轻与。以致负骗者，俱在保人及收管人名下追赔。收管之人，捏开诡名冒领，私取规利者，许人讦告，另行追罚。每放借完日，即将本社中下人户支借过谷石若干、应该息谷若干，一一登簿，以便稽考。余谷收贮，不得混支升合。每年终结算出入明白，给与收管人一石，以偿其劳。

一、议仓庾。以上四等仓谷收贮，（仓庾之法，不可不讲。须）查各处旧有仓者，基址或嫌狭隘，相应设法量增，房屋或系假借，相应措处。凡建仓屋，四围空旷，不近民居烟火。其有与之相近者，须买砖堆砌，以备不虞。以上费用，俱就义谷、罚谷、息谷中取之。或有尚义之士，独任其费者，官司重加奖赏。其平素无仓地方，若新敛有谷，或于各乡约宽余处所寄囤，或各乡约所有空屋所处，具值易买，俾乡约社仓合置一处尤便。如各乡约无地无屋，或暂寄于人家，或暂附于邻境，每百石编一露囤，覆以重茅，择地安置。待谷积果多，则公议扣谷建仓。凡有人乐助者，或银谷，或木石，随意多寡，俱登记于簿，勒石垂名。若有仗义独造者，官司给扁优奖。所费十五金上者，仍给以冠带。其无力独修，有能倡义合造者，官司量行奖赏。若地方无力修造，别无所措者，明白报官，以凭另处。各该州县每年终通查所属，共建社仓若干，仍将千字文挨顺里甲，编立字号共若干处，各置牌扁，大书某字号社仓五字，悬挂仓门。该州县将总数报之府州，各府州报司。凡各官着实举行者，定注上考，转报各院重加优异。

一、议收掌。各处既有社谷社仓，其收掌出入，当立社长一人，以本处齿行俱扰〔优〕、家资殷实者为之，或即以约正、保正为之。凡社中事务，皆听裁决。又立社副二人，以年力强壮、行能服众者为之，或即以约讲、约副、保副为之。俱要犬牙相制，社长专管封锁；社副二人，一管出簿，一管入簿。又立社杰二人或四人，以壮年公直、有才干者为之，俱从社长、社副指使，分任勤劳。既立诸人之后，须置社谷出入二簿，先将各户输谷登记入簿内，待出放之时，仍将各户借过若干数目，登记出簿内。造完送官查验，印发本社，待后照数催收。

一、议典守。社仓既设社长、社副、社杰，则典守不可不议。如或社长近仓，则即以社长兼主守之事，社副、社杰亦然。或俱不近仓，则宜另立社直数名，或以本地人夫轮流直日，或换甲选择，一季一换，一年一换，俱听便宜酌处。其或社仓稍阔，可兼为社学者，则在学教读，与其子弟，莫非看守之人，不必别立社直。凡有看守之责者，务要加意防闲，不致疏虞取罪。

一、议稽核。各仓积谷既多，奸民或因之以滋侵渔负骗，官司或移之以补官仓谷数。又或经官逐一查盘，则必重为民累。合无免其查盘，止于本府管粮厅置循环簿二扇，付各州县，每年五月将放过若干，十二月将收过若干，赴厅倒换备查。各仓放出收完，俱报本州县，其余出入，民自收掌。官司或因路便，或出不意抽查，以革奸弊。其经管之人，如果公勤慷慨，（众所推服，）增息谷至三百石以上（众无怨言）者，禀官验实旌奖。其有侵欺及借贷（之人）负措（互相）容隐不（行呈）举者，许诸人密切指名，首告官司，着实查追，不得姑息。

一、议分赈。凡遇大祲年分，官府行赈之时，约算本社，除上等可以自给外，其余中下人户，各照本谷原数，听其分领。自非凶荒，不许讨支。其本谷之外，尚有义、罚、息等谷，约算若干，社长等公议酌量，本社应存若干以防后日，应赈若干以救目前。分数议定，而后开仓。其平时施谷入仓，先上上户，次上中户，次上下户，次中上户，次中中户，次中下户，次下上户，等而上之，至中上户而止。仍查其中有先富而后贫者，准赈；先贫而后富者，不准赈。其年力强壮，能为人营运，及堪为人佣，社中有兴作者收之，给与工食佣工。有力强而不为佣，不事生业，坐以待赈者，赈凡二次即止。其分赈宜常留赢余，以备后赈。

一、议推恩。社仓行至三年以后，粟有赢余，凡社中好修贫士、孝子顺孙不能举火，宗族亲戚俱无足恃者，贫而有丧不能举，及过期未娶，或其子女过时，情景可伤者，节妇年自二十四五以前，孀守至今，已逾五十一，向无隙可议者，民年七十以上，贫而且病，衣食俱乏者，俱听社长等酌议周急，登簿报官查考，不许徇私冒滥。

一、议费用。一仓中逐年纸劄，及修整仓廒，书算、守仓人等茶食工催，并春秋祈报应办仪馔，俱各订为定式，使不丰不俭，经久可行。或所用反过于所积，或所积仅供其所用，则非立法之意、预备储蓄之策矣。违者有罚。若或日久谷多，又将谷本渐置社田，亦无不可。

一、议社学。（古之教者，里有社，家有塾，党有庠。后世言风俗之美者，亦曰十步一庠，五步一塾。此教化之所以易行也。故社学亟宜举行。）社长人等，各查本处现有社学，或有蒙馆几所，坐落某处，系某人房屋，某人为师，某人为主，或某某朋合为主，或某处蒙馆已足，不必加添，或本处蒙馆稀少，听其仍旧，或系公众地基，堪致社学，逐一开报，以凭稽查。其地方该创社学，亦照社仓出谷事例，劝谕众人，随力乐助。或待社仓行久，年岁丰稔，不必分赈，即以义息等谷，扣除创立，报官稽查。若人民独将房屋，出为公众社学，官司重加奖赏。大约费三十金以上者，给尚义扁；五十金以上者，给扁优礼，仍给冠带。若本处馆所稀少，约正副人等，有能劝谕建立，增置三馆以上者，亦重加奖赏，或给以冠带。各处社学，增补建立之后，即报州县，通计若干处，顺里挨甲，编号置扁，书写某字号社学，悬挂馆门。既富而教，亦化行俗美之一大关系也。

杭州司理蔡懋德议：约保社仓，皆古人成法，而实能举行，则化俗弭奸，救荒备变，皆今日绸缪要务也。（除乡约保甲，历奉宪台申饬，不啻详明谆切，）今奉檄行社仓一法，虽四十四年间曩曾举行，而今制稍异。昔之社仓，总隶于官；今之社仓，分隶各里。昔之仓谷，止劝好义愿输；今之仓谷，官府多方设处。昔之仓谷，一经封贮，即入查盘，惟有年年减耗；今之仓谷，不入查盘，司之约长，随时敛散生息。昔之散谷，直待遇荒议赈，贫民拥挤难稽；今之散谷，只在本里，赈贷先定，极贫次贫可考。此在册上虽若空言，而全藉亲民之长，同心力行，久之必有实效。然仓法简要处，尤在即附约保而行，（必约保精详条理，约正副遴选得人，则仓务自可次第就绪矣。本属首善之地，约保遵行已久，倘有未行，正可及时编举。而保甲之行，每每易弛难久者，向多逐户悬牌，或未总造一册存县。浸久牌面模糊，度置不悬；丁户存亡，迁徙不一。该县政务旁午，安得逐一清查，另费一番编扰？今奉院道委查，务将原编牌户挨里顺甲，总造一册存县。凡甲内人户，籍贯生理，老幼次丁，妇女口数，及原系极贫、次贫、中户，俱从公分别预报在册，以为贷赈张本。每季甲内有存亡迁徙，应增减姓名丁口，自甲长而保长而约长，递报明白，于季终约长呈鸣县册改正。各约并造善恶二簿，候府县问官示发应纪善恶姓名，如式分填在簿，听本厅不时吊查。则约保之法，一季一新，又省清查另编之扰。从此欲举行社仓，责成约长，本约某处空闲公所，可因便立仓，见举约长某人，果系诚恪公平，众所推服，即可管理仓务，自各）但使约保得人，自能井井有条，而紧要更在严禁衙役借端生扰，不至以良法为厉政也。

一、定仓制。朱子社仓法，（初建之崇安开耀乡，请于本府，得常平米六百石，夏间赈贷，至冬纳还，每石量收息米二斗。自后随年敛散，小歉则蠲其息之半，大饥则尽蠲之。凡十有四年，得息米造仓三间，及以元数六百石还府。见储米三千一百石在仓，不复收息，每石止收耗米三升。一乡四五十里，虽遇凶年，人不缺食。其有富家愿出米作本者，亦从其便。息米及数，亦于拨还。此社仓之制，朱子请于朝通行天下者也。）今宜仿其意而消息之，（即附乡约保甲而行，）每乡有约，每约有仓，以本里之蓄，济本里之饥，（权丰岁之赢，救歉秋之乏，缓急相通，不出同井，子母相生，总利吾侪。）此乡中人，何若而不乐从哉！曩时社仓虽举易废者，以上台风劝时，士民一输谷入仓，即为官物，封贮不动，有耗无增，人安得常乐施，廪安得有余积！盖袭社仓之美名，而失社仓之妙用，所以间行而不能经久也。今必一如朱子随时敛散、加息减蠲之法，而更因宜变通于其间，则法可久行而泽遍郡邑矣。（前件）覆看得（仓附保约而定，不独随地出纳，因时收散，□便于民，而保约亦因此联属，最良法也。但）一保中平时须先择其贫者，分为极次之等，散时先尽极贫，次尽次贫，收时极贫者宜免其息，次贫者宜收其息，非贫者不得滥放，以滋收纳之扰。（余如议行。）

一、因仓基。建（仓工费，此时必难猝办，既奉宪行，）乡约必有约所，在宽敞寺观，即于寺观内择坚固空房一间，或三间，量里蓄寡，以为增减。（杭地梵宇甚多，不难设法修改，）其他预备、常平之剩廒，空闲公署之余屋，亦可随宜酌用，总求因便以省营造之费。（前件覆看得仓基不必拘定，第就保约沿近寺院，或公共所在，须有收拾之处，即于耗米内量给赁值，庶可长久，亦可责其看守也。余如议行。）

一、裕仓本。昔朱子请府米六百石为本，今议每乡置仓，难尽请给于官矣。（欲劝民间义助，恐杭地鲜蓄，兵火加派之余，未必乐输响应。）今奉明旨四积之法中，可斟酌推行。如纳粟援例，事关达部，而本乡绝产为奸里影占者，可清出，即充本社谷本也。金作赎刑，部文除大辟外，照例准赎，所括甚广，然恐开富室便门，而罪外批枷刑责及例重情轻者，可量纳谷本社，从轻宥免也。时虽诎而尚义有人，（如乡约中即寓劝谕，尔辈同里同甲，生斯育斯，出入相交，守望相助，何等情谊！倘遇灾荒，目击饿□，宁忍秦越相视？且杭俗建宇修刹，礼僧放生，不□捐金，共成胜果。何如本约中设廒积粟，赈茕助乏，全活目前饥民，正是真实功德，岂与徼福冥冥可同日语！此亦因俗转移一机括。又）此中贤士大夫留心桑土，身先为倡，并如朱子法，息米足时拨还原本，则明文所云愿输义士必有风行云蓤者，而又通宪颁约保旌善惩恶之意。如一约中人户富而好义者，量力输谷若干石，与孝子悌弟辈一体载纪善簿。其犯罪应记惩钉匾，而知悔改者，愿输谷若干石，姑免载惩恶簿；再犯不悛，然后载簿，钉匾其门。总在本乡中随方设法，鼓舞流通，而仓本不患无米之炊矣。（前件）覆看得社仓易设，仓本难充，（明旨四积之法固善，但俊秀纳粟，无肯输于本乡也。民间无嗣者，即异姓亦为承继，谁肯作为绝产也？惟劝输一节，便于保约中行之。至金作赎刑，自古已然，在良有司加之意耳。然）劝输之外，或于本保约田地上，每亩劝输一升，愿多者听，即此可以别贤愚，分善恶。（且众擎易举，人亦乐从也。）赎刑之外，或于本保约之犯人，有不愿决责枷号者，俱量力多寡，批纳谷于本地，人亦乐从也。又常见盗贼无主赃物，一行官卖，十止得一，皆为吏胥牙侩干没耳。

似当随时当堂估值，除给赏捕人外，亦随保约处所，易谷入仓。盖失事，法应连累本保甲，而获盗余赃，亦宜为本保甲恤也。由此以推，凡盗船盗妻盗产，皆可以充谷本也。(余如议行。) 所发谷本，(计开：奉钦依积法条款：御史陈原题申饬天下守令乘时积谷等事。一、俊秀纳粟援例。部覆纳银援例，原系助边，今纳粟与纳银不同，如议行。一、义士愿输赈谷。部覆富弼知青州用此法，活人□多，如议行。一、罪犯金作赎刑。部覆除大辟外，照例准赎。昔晁错实塞下用此法，如议行。一、民间丁倒户绝，遗下庄房地土，为里长户头所影占，可以变价。部覆绝军变产，原系助边，今丁倒户绝之产与军产无涉，如议行。奉宪允积法条款：一、本社贤士大夫愿输谷本，俟息米足时拨还，不愿取偿者听。一、本社乡耆里老殷足人户，量力输谷，与孝子悌弟一体载纪善簿。输至五十石、百石者，给扁奖赏。一、本社犯罪初次，应记惩恶簿及钉恶人扁，而知悔改者，量力输谷若干，姑免记簿钉扁，许其自新。一、本社遇岁有收，约田地上每亩劝输一升，其有愿多及不愿者听。一、本社犯罪批枷加责者，量力纳谷若干准免。一、本社犯罪例重情轻者，量力纳谷若干准免。一、本社的决罪犯，量力纳谷若干准免。一、盗贼无主赃物，及盗船盗妻盗产，除给赏捕人外，随约保处所，易谷入仓。以上条款外，或有未尽事宜，听有司官随宜酌处。务要谷归本社，则官表清白，民皆乐从。□奉批发谷本) 俱赴本乡社仓投纳，照式取仓收销缴。仍置社谷本循环簿二扇，如式登收。每月一结总数，约长呈县标日查考，一存县，一存约长收执。循去环来，以防欺弊。

(社谷仓收式)

某某乡约社仓谷仓收式

某

杭州府某县为社仓以联约保事今奉

衙门批发本乡　保　甲某人系 或愿输 或负罪 纳社

仓谷本　石　斗　升　合三面眼同盘量净

谷入仓并无糠秕蒸湿及扶同虚报情弊仓

收是实

崇祯　年　月　日乡约正某人

某乡社仓仓长某人私记

约副某人

保长某人

纳户某人

(社仓谷本循环收簿式：前列缘由条款，右付某乡约正某人、副某人收执。某年某月某日，一奉某衙门批发本乡几保几甲内某人系何条款，纳净谷若干收讫。每月一结，　月　日起止，通共实收谷本若干入仓。)

一、推仓长。社仓既附约所，即用选举有家有行约正、约副司之，夏散冬收，听在本约通融推贷，仍量议看守折耗之费。县正官印簿二扇，一存县，一存仓，止报出入时日数目，以凭不时清稽。官府不必另委查盘滋扰。(前件覆看得仓长即于保约有身家者任之是矣，但保约长必须殷实诚恪之人。然殷实诚恪之名，人皆思避，而地方之事又多责成，非鼓舞人不任也。其果殷实诚恪，为地方共推公直者，不但宜给匾给冠带，宜免其差徭，庶人知乐从耳。余如议行。仓长即用约正，取殷实诚恪之人，或系年高者，其约副取有精力、能书算者佐之。）

一、发仓储。凡仓谷赈贷无法，则奸猾占赖，强梁挤夺，而贫弱仍无实惠。须编保甲时，立法精详，如一甲十户，预先分别上、中、下、最下户等次，明开在簿，与给挂牌符合。每年于青黄不接时出贷，至冬收纳，量加息耗，一如朱法。其间权岁有大荒小歉，计产有极贫次贫，而减免有差，及节妇孤寒、火灾病患，情又可矜者，亦可公议减免。如有顽户年丰力充，故意拖赖者，禀官追谷，仍不许再贷。总以裒富益贫，酌盈济歉，政不必避加息之名，要足备一乡之缓急而已。（前件覆看得领谷之人，宜央亲识者保领。余如议行。

放谷规式）每年青黄不接时放谷，先尽本乡极贫，次次贫，次及中户。俱系耕种蓺业本分穷民，方许放借，照式俱领，付仓长收执。如不务本业，游荡亡赖棍徒，不准给借。（计开：某人系本乡几保几甲次贫，中、极贫户，作何生理，或耕种、或艺业，某月某日领借谷本若干。总结　月　日起至，通共放借谷本若干。）

（收谷规式）一、取仓息。

每年秋成后，（收）视年岁之丰歉，大熟每斗，中户加息二升，次贫加息一升，极贫加息一升；中熟每斗，中户加息二升，次贫加息一升，极贫免息；小歉每斗，中户加息一升，次贫免息还本，极贫免息，次年还本；大荒每斗，中户免息还本，次贫免息，次年还本，极贫本息俱免。（计开：某人本乡几保几甲次贫，中、极贫户，原领本谷若干，加息若干或免，某月某日收讫。总结起止月日，通共收本息谷若干入仓。）

（领谷本小票式）

某某乡社仓谷本领票

某
杭州府某县为复社仓以联约保事今实领借到本县
乡约社仓谷本　石　斗　开　合俟秋成时遵式
加息　还仓不致逋欠领票是实
年　月　日乡保甲　次贫 中户 极贫　某人押
见领保长某人　押
甲长某人　押
原本若干加息若干或免本年　月　日收讫　某乡社仓仓长某人私记
秋成遵式还纳仓长钤一私记原票给还本人收执明
岁执此再借如无还票必系逋欠不准再借其新告借者不在
此例

一、厘仓蠹。凡约正副筦仓，务要敛散公平，登报清核，为里中服从。三年官给扁奖赏，并免杂差，以示劝励。如不称者，许讲约时里众公禀选换。甚有武断生事、欺侵仓谷者，按法治罪。

右社仓法，附约保而行。虽有限蓄储，未能供无穷食指，而乡有仓，仓有积，猝搆〔遘〕灾警，少觉有备，亦足安辑人情。即平时同里相周，不失敦尚风俗。是在因宜而力行之，将古人不专美于前，而疲黎庶几有起色乎！（职因受委查仓，而轇摅一得如此。伏惟采择，转详示行本属，细加妥议施行。）

（青田）永嘉令杨文骢议：（昔者先王制为三千年之通，尚矣。其后丰籴而歉粜，法莫善于李悝。耿寿昌因之为常平，则又善。开皇通之为义仓，每秋人出粟麦一石，轮〔输〕之当社，委司社简较，以备凶荒，抑又善。胡寅氏赈饥莫要于近其人，隋置仓于当社，饥民就近得食，其庶矣乎！朱子乃因开粜乡而遂有社仓之举，请贷尝〔常〕平米六百石为母，每夏受粟于仓，冬则加息以偿。自后随年敛散，小歉则蠲其息之半，大饥则尽蠲。积十有四年，得息米，以六百石还官外，见储三千一百石，厥后遂不复收息。岁发歉止，石取耗三升。盖至是而备凶之法之善，于是为尽矣。当时曾下其法于诸路。我朝从王公庭相请，亦已所在建立。然岁久相沿，徒有其名。缘当事者传舍其官，既不肯认真实做，而其民又生于丰亨豫大之世，骤而语之醵粟结社，以备缓急，末〔未〕免怪为不病之呻吟。夫天灾流行，何地蔑有？鉴莫于近，计莫于蚤。惟我嘉师，盍亟自谋？今虽粥粥然一念为民，有如皦日，窃思认取急着，实实下手，断不敢□□地方。甫入境，念谷价小腾，即为发预备五百余石，作平粜嚆矢。然此岑蹄勺耳，何能及远？兹不揣，切欲浚源不涸，使我有嘉岁周能灾，反覆思惟，）报灾恤患，要无出社仓一法。（敬为□嘉师约，）请社于城之东西南北，俾隅厢两两处一焉，外是则都各为社，庶几就近而得食。第仓建矣，顾安所得六百石者而为之母乎？原夫社仓之意，本通自义仓。无已，请仿义仓家出粟麦一石法，今亦（勉作巧妇炊，）每仓量为助谷若干，如是则廪固有其母谷矣。（惟登记出入，领明且核，则于该社父老子弟择其愿朴敬事者若而人，为分握算鞭，若司册而张主者，则正副于乡先生焉。逮若远都，凡孝秀考翼，并可通为正副。其受粟入息，一如朱规。或事会滞格，则穷变通久。神而明之，抑又存乎其人。）岁终则正副授册于令，第稍稽其部署之良者，以旌别之（，使各鼓舞而不倦，则令事已毕）。他一切勾校磨勘，概不与闻，恐闻之则不无稽延把握而掣肘生矣。总之以官济民，不如以民济民，自出自纳，自息自歆，政如自痛自抑，自痒自搔，无不凑手。社仓之善，凡职以此。条款六则，附列于左：

一、因社仓之所。仓以社名，社于斯，即仓于斯。今将另创一社，物力惟艰，猝弗能办。经见城郭村落，每有寮庙寺观，（其妇子耆艾岁时洁瓣香壶浆以雩赛其间者，）故居然社也，因以仓之，（鸡犬儿童，亦识其处，）事不劳而集（，惠不费而溥，于立社仓意恰宜称）矣。兹于开元寺立社仓一，俾东南隅城南厢共之；嘉福寺立社仓一，俾东北隅望京厢共之；平水王庙立社仓一，俾西南隅集云厢共之；三港庙立社仓一，俾西北隅广化厢共之。各都因便立仓仿是。

一、通助谷之义。所云家出谷一石以为之母者，概其凡也。绅韦素封家，有好义乐施者，自一而十而百，多多益善。或有愿无力，即石缩而斗而升，（积涑漂山，蚊羽折轴，）亦未为无小补。盖此仓即民间联习公会、俵禾子利之法，特习公会联习数人以结；此则联百千万人以结；禾子利则专之一人而独享，此则均之百千万人而众享。是间着一毫悭吝不得，分些子尔我不得也。（万一有悭吝见尔我相者，是犹联会俵利之人，谓缠之我腰者是我钱，轮之直会者即非我钱；扃贮家廪者是我粟，贷偿他困者即非我粟。自非绝愚大惑，当不聩聩至此。）

一、择部署之人。(从来有治人，无治法。法板而人活之，法穷而人通之。)社仓之行，概无所难，差难者，惟是部署之人耳。(然部署之人之难，不难于隅厢附近，而难于远都。盖)隅厢附近，绅韦之所聚处，(其民浸积教化，敦尚行义，)故不乏人。迨于远都，似觉异是。虽然，十室之邑，必有忠信。(十步之内，必有芳草。其能让田间路，宰社中肉，饲邻人牛者，何尝不可寄以任恤事?)今为社立一正副，以总部其要，分执册鑰，凡出入之期，盈缩之数，举关白而受斟酌焉。有乡先生之社，则奉乡先生以当其位；其未有者，则孝廉、太学、茂才与父老之敬事者，具足藉重。自正副外，仍就民间遴其精明谨厚者为社长，以分署其详，而登记册书，俾贷偿共稽，子母相权。大社十二人，大次十人，中社八人，中次六人，小社四人，以是为差。

一、定散敛之期。(凡□必当急，取必及时，庶物有益而己无损。)一岁之中，惟四月蚕桑未了，莳插方殷，借润升合，便同西江。十月场稼已登，鸡豚孔硕，物力稍裕，责偿无难。兹酌以四月发贷。朔日则社长白之正副，鸣锣集社，榜数贴于社之通衢，俾知来贷。其贷户各书所贷于册。望日正副率社长诣仓，按册给发，以发尽为度。或岁丰谷多，贷不尽谷，则正副公同社长酌量通融，出陈入新，仅石取耗三升可也。以十月取偿。朔日社长白正副，鸣锣集社者如四月，仍傍〔榜〕数贴于社之通衢，俾知来偿。望日正副率社长诣仓，按册验入，以偿完为度。未完者，以间日为限而董催之；尽十月而不完者，则布之通社，以大义责之。(大要发贷责偿，当事者须公平和易，无获徇，无偏拗，无有初鲜终，视一社事如一家一身。)最要会计本社见谷若干、贫户若干、每户合贷若干，务令均沾，无或向隅。然贷户尤须察其士农工商，为居民之执业者，方许给贷。如荡逸荒闲之人，此古所为游民，应科罚以夫里者，不得轻贷，致贻逋负。

一、权子母之数。(同朱文公法，今不录。)(每夏初贷谷本一石者，至冬初加息二斗偿仓。中饥则蠲其息之半，大饥则尽蠲。此紫阳旧规也。今一准是。准是而尽无逋负乎？夫逋负而亦安能尽无，但负二三而利七八，母钱家即子然一身，不害其为富。兹合百千万人为母，合百千万人为贷，复合百千万人为责偿，拨之情与理与势，人亦谁能负、谁敢负、谁忍负而竟负也？是真死丧逃亡者也。同社中而有死丧逃亡之若此，此固义所应周，周之久而吹枯起毙，将死丧逃亡者吾见亦寡矣。)

一、树旌别之典。(已别载推赏款中。)(夫无所劝而为善，天下一人而已。即贤者以此自处，而令有风教之司，则何敢以此处贤者？当事者审公平和易，无获徇，无偏拗，无有初鲜终，视一社事如一家一身，若此可谓贤人君子矣。岁终，社正副率其长，授册于令，令为稽实，当赏劳以果酒，标之花红，用鼓吹导引出衙。积三年，其正副社长有故列编氓者，令为赐以冠带扁额，树之风声。又三年，则上其绩于府道。又三年，则上之三院，以尚义旌。其举监生员，积三年而上之院道，则以德行旌。况圣明在上，复汉科征辟之贤，固不越此而他举矣。其乡先生则积三年闻之院道。俾一社之人，尸而祝之，百年后即以配社，倘亦所谓无穷之闻也与？若无状而败类者，则与众弃之，别举以代，□抑不敢过为包荒矣。)

谕德陈仁锡议：饥荒之岁，有小民身在县中领谷，而室内妻女已被强徒掠去，则仓廒窎远之故也。亟宜各立社仓，审实家温行笃者一人为社长，管收放，又择一识字谨愿者为社书，二人俱免差徭。又择有身家之人四名为仓夫，管巡守，岁给米三石六斗。遇有出入，即令其搬运斗斛。如放时贵，收时贱，加息一分，大贱层而加之，不过二分。如放时贱，收时贵，当免其息，大贵层而加之，亦不过二分。新旧谷价相等，还仓止加息半分。立券之法，十人同立一契。一人拐逃，九人代凑还仓。二年一查，以其余者归之县仓。

陈仁锡又议：社仓取息，不异于青苗，而民获其利者，以青苗取钱，责民以所无，社仓取谷，收之于方熟；青苗在官，吏缘得为奸，社仓在民，主以乡人士君子，吏无与为故也。然社仓亦一时恻隐之善，非经久之利也。蠲息之后，止于收耗，即丰岁适足偿其本；一遇水旱，即欲偿其本而无由。民未蒙举贷之利，而先被责偿之害。宽息之惠仅什二，而取偿之急乃什九也。固不若义仓敛之于平岁，贷之凶岁，偿之丰岁之为善也。

山阴文学张岱议：（□者越当大饥，有负薪者进言于越大夫曰：□愚计今日救饥之策，莫若以城市救城市，以乡村救乡村，以濒海救濒海，以深山穷谷救深山穷谷。大夫诚□用野人之言，可以不支官帑，不扰百姓，贫民永饱，粟麦日贱。行之三年，而库藏实，学校兴，府兵成。行之十年，而漕运通，流贼解，边陲固。越大夫曰：言则大矣，奇矣。请尽其说。负薪者曰：今天下搜括田亩，正供之外，有辽饷、剿饷、练饷、军输，敲骨吸髓，民病极矣。有法于此，必）言救荒者，使上无加派之名，下无輓输之苦，使同井同里，自相援救，家家户户，不识不知，而安然自饱者，无过社仓一法。夫社仓之法，宋乾道四年朱子行之矣，而朱子未备也。朱子之法，仓有出入，米有公私，息有子母，如今之常平仓，犹然官粟也。若（野人）予所为社仓者，坊即寄之坊，里即寄之里。坊之社仓，坊之人主之；里之社仓，里之人主之。郡大夫第阅其册籍，稽其田亩，无问士大夫，无问富户，以田多者定为社长，田有消长，以次升跻。一坊之社长，掌记一坊之出入，一里之社长，掌记一里之出入，无他繁杂。第令一坊一里之有田在籍者，计田一亩，出米一升，十亩一斗，百亩一石。准其数，里递催齐，交纳社长，社长自藏之囷廪，不必别立公仓，更烦防护。而县主于收放时，命册书算清，岁岁责社长一领状，则官之事毕矣。（盖□□夏饥，有好义之士，曾以一人蠲赈五百石者。今以百亩之产，而仅出米一石，又不征输入官，第存之闾阎，以周其邻里乡党，素封之家，谁不乐助？合计山阴田六十万亩，会稽田四十八万亩，则是顷刻间有米一万八百石矣。）岁大饥，则悉赈之。小饥则为常平米，使各坊各里饥户平粜，岁熟则照时价取息，仍粜米收贮。一坊之米止救一坊，一里之米止救一里，故曰以城市救城市，以乡村救乡村，以濒海救濒海，以深山穷谷救深山穷谷。（夫万石之米，咄嗟立办，出之民间，上无加派之名，藏之民间，上无催科之迹。故曰：不支官帑。以籍稽田，以田出米，事出虚公，不必问士大夫，而士大夫在其内；不必问富户，而富户在其内。子大夫第籍接定之，一举手之劳耳。旬日之间，公米毕集，而监门之贫者尚不之知也。故曰不扰百姓。夫贵极征贱，贱极征贵，物之理也。世间贱物生于有余，贵物生于不足。夫一年储米万石，十年储米十万石矣。崐山之下，以玉抵乌，彭蠡之滨，以鱼豢犬，所丰故也。故曰贫民永饱，粟麦日贱。大夫曰：若言）且也行之三年，（而）可使库藏实，学校兴，府兵成（者，如何？负薪者曰：吾祖宗有）。请备言之，迩来积谷之法，亦社仓遗意，然所积谷仅纸上空言。（半为胥吏干没，半为司道支销，以应故事而已。今浙之）两台（无他急务，）但督令各府州县将各项下赃罚银尽数粜谷，（其有罪犯自徒流以下，许其以谷赎罪。大府每年积谷若干石，小府若干石，大州大县若干石，小州小县若干石，）两台以积谷之多少，为荐剡之高下。（如我越城一府二县，则城以内每年有谷若干石矣。）遇有旱干水溢，则或赈或粜，一如社仓之法，则库藏实矣。一坊一里之中，自有高贤大老，则尊为社师，以公所为社堂，少年有志之士，立社课艺，送社师甲乙之，朔望则迎社师于社堂讲学，教以孝友文章道义之事。同里之人，扶老携幼，咸往听之，（□罗澄溪守会稽，实行保甲乡约之法。朔望日轮至各保，会集里老，讲学明农。见子弟有颖异者，辄试之，书之夹囊。后遇考较，僻壤芜村，一人不失。举县伏其神明。）如此则学校兴矣。近日召募乡兵，多杂乡里无赖，（什百为群，白昼抢掠，酗酒横行，人莫敢问。故乡兵之患，甚于流寇。）孰若于每社中计亩五百亩，则出其子弟一人，或臧获一人，教演骑射。每岁于农隙之时，集于教场，逐名简选，教习战阵，射中者有赏，射不中者有罚。（两县）山阴、会稽共田一百八万亩，则应得丁壮二千一百六十人。饷不加而自足，兵不简而自精，如此则府兵成矣。

（大夫曰：若言）且也行之十年，（而）可使漕运通、流寇解、边陲固。（如何？负薪者曰：漕运之法，一用天时，一用地理。天时者，七月以前多东南风，七月以后多西北风。地理者，七月以后黄河水高，七月以前黄河水伏。故平江伯之制，其用天时有极巧者：漕船三月过淮，顺风扬帆，催趱重运，旬月之间，可抵京师；八月南旋，西北风高，驱逐回空，旬月之间，又可抵各属。其用地利有极巧者：黄河水涨，运事已竣，回空踵至，河水平矣；隆冬冰合，船艤水次，可事凿补，细载方毕，春潮生矣。苟能应期出入，则海运不必复，而四十七闸不必建矣。且闻之永乐间期以九月回空一尽，十月朔日，封闭临清大闸，俟明岁船集，暮春始开。盖山东泉窦有限，泉眼八十有一，尽涓涓细流，所恃者泗水一道耳。闸河满则导引他河贮之，自冬徂春，储蓄五月，汪岁淼浩。巨舰至则开闸导之，闸水涸则开湖灌之。万顷之水，适足以济万舰之用。近年腊尽尚不得封闸，正月、二月、六旬耳，所潴有几？使春时亢旱，则闸河湊浅矣。苟能应期出入，无论闸河之水，足供闸河之用，即丹阳常镇千里运道，八九月间，秋水汪洋，足济回空，则奔牛吕城一带，浅不必疏，而坝不必筑矣。董漕运者，天时地利，诚不可不讲，而各省运船濡滞不发者，天下通）再请备言之曰，漕运之患，（止）一在无米，一在无水。倘下此社仓法于诸路，至四五年后，公仓积仓蓄储日富，运米不足则借之公谷，公谷不足则借之社仓，旬月之间，责令里递欠户作速补偿，如负固者以通关坐之，则社仓公谷仍不损颗粒，而运米既蚤期于三冬水涸时尽行装载，交春便可解缆，日蚤一日，年蚤一年，统计运道募夫揠浅及造船起剥之费，岁可节省数十余万，如此则漕运通矣。夫流贼者何？天下之流民为之也。流民者何？一村一里之无衣无食无住家之贫民为之也。（贫民家无寸草，无立锥，凶年饥岁，父母不得养，妻子不能顾，邻里之素封又千仓自卫，无涓滴及人。死于饥，与死于法，均死也。不从贼则无衣无食，今日立死；从贼则丰衣美食，有妻子钱帛，今日未必即死。缓死须臾，人犹恋之，况今之为贼者，日处死地，十年以来，尚未扑灭，益足以坚其背逆之志矣。）诚使社仓一立，公米一升入，则贫民有一升之产矣；一斗入，则贫民有一斗之产矣。盖贫民无产，社仓其产也。社仓日久，积储日富，贫民肯舍其百年不拔之产，而萧然远遁乎？（此必不得之数也。）行之十年，而民皆土著，重去其乡，自此之后，更无流民，则流贼日减，故曰流贼解矣。夫江南之社仓，实本之古人之彻法。河北之社仓，当辅以古人之屯田。闻之京东濒海数千里，皆萑苇之场。（北极辽海，南滨青齐，海潮日至，淤为沃壤久矣。）苟用浙人之法，筑堤捍水为田，听富民欲得官者，分授其地，而官为之限，（能以万夫耕者，授以万夫之田，为万夫长，千夫百夫亦如之。三年视其成，则以地之高下，定额于朝，而以次征之。五年有积蓄，乃命之官，使为屯将，就所储给以禄。十年则佩之符印，）俾得以传子孙。则东南民兵数十万，可以近卫京师，外御岛夷矣。再广之山海、榆林及喜峰诸口内外一带效而行之，多设屯堡，宿兵屯田，招集流民，悉力垦地，多掘池塘、沟堑，使虏马不得长驱。一堡繁盛，就近又筑一堡，得尺则尺，得寸则寸，繇近及远，则辽沈海盖，渐次可复。堡中所宿者精兵，非向之编民也；所领者屯将，非向之文职也。农事之暇，教习骑射，一旦虏马南牧，数万精兵，一呼而集，饷不待输，兵不待募，人人自顾其妻子屋庐、田里树畜，勇气倍常，无不以一当百矣。是变边疆之残破为富强也。故曰边陲固矣。（野人□□千载，只有社仓一法，可以坐致太平。惜朱子当日行之不力耳。今考其常平仓制，储贵发贱，敛以赈凶饥，广蓄储，其出入以粟而不以金，是盖斟酌青苗之意，而又以良法出之者也。故天下得其人，则李悝之地力、商鞅之垦草，皆足以富国强兵。不得其人，则王莽之井田、安石之周礼，亦足以厉民而阶乱。良法具在，神而明之，则存乎子大夫矣。）

又社仓之例

（此私例也，不颁于朝廷，故另列此。）

（原稿眉注：独此例在后。）

金华县社仓（规约）例：

一、社仓谷本五百石。

一、每甲不许过三十人，甲头一人；不满十人附甲。不许诡名冒借。（犯者出社，甲头改替。许同甲告，罚甲头所纳给赏。）

一、借谷以三时。（谓除夜，或下田、接新，并须甲头相度。）

一、每户借一石，甲头倍之；无居止及有艺人不借。（若口累农多，作田广，甲头保明，别议措借。）

一、借谷上簿不立契。（还谷就簿勾销。）

一、借谷每户纳钱五十文，甲头免。（十五文给甲头，十文守仓人，十文杂支，十五文掌仓量钱。此外不许分文乞索。许甲内人告，以所得钱支赏。）

一、量谷，本甲甲头执概。（并见清量，掌仓人擅执概，改替。）

一、还以三限，限以三日。（谓如十甲，每甲若干人，一限纳若干，并甲头预报定日子，一人不到，甲内谷并留仓，候齐交量。）

一、息谷二分（谓石收息二斗），中饥减半，大饥尽免。本户纳息已满十年，免收息。（谓第一年纳，至第十一年免。）

一、耗谷二厘。（谓谷一石，取耗三升，以备折阅及充每岁社仓杂费。）

一、甲内逃亡，甲头同甲内均填，甲头倍之。（若系时疫户绝，甲头申仓，差人审实，候还谷日销落。若不循理者，虽已还，出社。）

一、息谷有余，遇饥荒给散。（计所有，每人大人二升，小儿一升，十日止，并以入籍户口为定。）

一、社众于规约犯一事，不借一年；再犯出籍。

靖江县社仓（规约）例：

一、所借贵均平，亦虑失陷米本。其支借时，乡官审问社首及甲内人，某人可借若干，众以为可，方可支借。其素号游手，及虽农业，而众以为懒惰顽慢者，亦不支贷。

一、乡官踏逐，善书写百姓一人（不得用罢役过犯人），专充书写簿书。如收支执概，就差社首，遇收支日，日支饭米一斗。

一、仓中事务，并委乡官掌管。但差使保正编排人户，驱磨簿历，弹压敛散，踏逐仓廒，追断逋负之类，须官司行遣。于县官内择一时可委官一人，以护其事。

一、乡官从本军给帖及本朱记主执行遣。

一、簿历纸札，每岁于息内支破。

山阴征君王朝式（议曰：社仓之设，始于隋开皇初长孙尚书。其法敛民间粟为之本，非良有司不能行也。宋乾道中，朱文公先生乃行之于乡十有四年，而四十五里之间，虽遇凶祲，人不乏食。是则乡先生能行之矣。顾其本六百石贷之府常平仓，亦非尽人可致也。惟刘会孟先生所纪西溪刘氏士人数十辈，各贷粟二三十石，视乡例出纳，而稍杀其息。行之三年，乃挈本还其主，而息自为本，生生无尽。于是穷陬下士，咸得通其赢余，以为乡里百世计。其究也不损一粒，真所谓惠而不费已。式每一展读，未尝不手加额也。已而思三□所偿，有母无子，人情尤或难之，因仿俗所行大明会例，拟鸠同志十股，各出粟六十石，合六百石为一会，而推社仓为之首，视刘氏法行之四年，则以其息补会竣六百石为公家物矣，乃得修文公法以传无穷。若夫与会之人，则以次受粟六百石，亦不啻数倍之息。且自五年以后，其未入者又皆分受余粟，可无先后不平之嗟。盖树德树财，无之而不得已，以此较刘氏法，人情更为乐从。夫人乐从则事易举，事易举则泽物广。虽出于鄙人无已之极思，而奏之仁人君子之前，未必无涓埃之助云尔。谨详其条例于左，惟裁择焉。）社仓例：

一、首年鸠同志十许人，分为十股，各出谷六十石，共六百石，于某月某日封贮社仓。分二次散给乡人，一清明前，一端阳后。至秋成，乡人每石加息五斗，纳之社仓，共得谷九百石封贮。其散敛法别具。

一、次年届期，社仓发谷一百八十石，其九人各出谷四十六石六斗六升六合，共六百石，付二会收。其社仓本谷六百石，息谷一百二十石，共七百二十石，除修仓公费及折耗外，仍散之乡人。后仿此。

一、三年社仓及二会各出谷一百八十石，其八人各出谷三十石，共六百石，付三会收。

一、四年社仓及二会、三会各出谷一百八十石，其七人各出谷八石五斗七升二合，共六百石，付四会收。

一、五年社仓及二、三、四会各出谷一百八十石，共七百二十石。其六百石付五会收，余一百二十石分付后六人，各得二十石。是年社仓点会已竣，总计原存谷数，分给乡人，其息视前减二。如遇大凶年，止收谷本，不起息，甚则煮粥以赈。

一、六年二、三、四、五会各出谷一百八十石，共七百二十石。其六百石付六会收，余一百二十石分付后五人，各得二十四石。

一、七年三、四、五、六会各出谷一百八十石，共七百二十石。其六百石付七会收，余一百二十石分付后四人，各得三十石。

一、八年四、五、六、七会各出谷一百八十石，共七百二十石。其六百石付八会收，余一百二十石分付后三人，各得四十石。

一、九年五、六、七、八会各出谷一百八十石，共七百二十石。其六百石付九会收，余一百二十石分付后二人，各得六十石。

一、十年六、七、八、九会各出谷一百八十石，共七百二十石。其六百石付十会收，余一百二十石其六十石付后一人收，其六十石付七会收。

一、十一年七、八、九、十会各出谷一百八十石，共七百二十石。其六百石付十一会收，余一百二十石分付六、七、八会，各得四十石。

附条约：

一、聚谷。同志数十人，分为十股，每股捐谷六十石，共六百石，封贮社仓，以为谷本。

一、置仓。受千石者一区，积社谷本息。三年后谷浮，分置他所，其费出自社谷。受六百石者四区，积各会本谷，其费出自本会逐年顶赁。

一、任人。立司社正副二人总理社事，立司计正副二人主出纳之数。俱诸同志逐年轮任。每村立保正一人，主本村散敛；每十家立甲正一人，保任各家。俱众推才德堪任者为之。外社夫二人，谷多议增，执催讨之役，择同志家家人勤慎者克〔充〕之。

一、散谷。首年谷少，每家给一石。嗣后谷多，计口议增。每年二月中旬，司社及司计将领谷单发付保正，会同保副及各甲，填写领谷数目，纳之司社。三面查明，各家分发一小单，内编号次，听于发谷日期执单挨号领谷，庶免挤挨等候。

一、敛谷。七月初旬，司社会同司计，将催谷单遣社夫分发各保正，保正分发各甲正，甲正即催督各家，将本息一并晒备，送还社仓。是月完者免次年脚谷。如逾中秋不完，社夫坐定催讨，其欠谷人轮供酒饭。如甲中有逃亡拖负者，责令甲正赔偿。有以湿恶谷充数者，不准收。保正、甲正不行教诫，及司计徇情滥收者，一并议罚。

一、起息。昔朱文公谷本借之常平，本社谷本醵之同志者，不得不起息以偿。前四年仿宋西溪刘氏法，视乡人减二，为五分起息，除置仓公费及诸减免折耗外，大约不过三分。四年后点会已竣，不难尽捐。顾念有耗无增，势不可久，且乐岁取盈，得为凶年之备，仍三分取息。自此永为定例，不得增损。

一、收单。秋成本息谷俱偿讫者，司计付一收单，次年执付保正处填单领谷。保正即以收单汇送司社，以便稽查。如有升斗不完，不发收单者，次年不得领谷。

一、封仓。九月初旬，诸同志咸集，将周岁出纳数目逐项查明，登记社册。其社谷亦行勘实，即志封锁，委的当人看守，仍取本年经管人任单，同社册收贮。至次年发谷完日，其经管人随将原贮数目及现今发谷数目，同否折耗等情，开报司社及本年掌册者，以便清查。

一、社册。置大簿一样二扇，内载缘起条例，送县印志，一付司社收掌，一付诸同志轮掌。每年封仓之日，持至会所，登记前项数目，庶便逐年清理，以垂永久。

一、酬勷。创义举社，为吾乡无穷计，诸同志捐资效力，咸出本心，固不得议报，但事烦役久，须谅加体恤。除司社正副，推本乡心力有余者为之，不在议列。其司计二人，每年轮值，资廪谷十石。其各村保正一人，听支本谷二石，不起息。其甲正听支本谷一石，甲中升斗不欠，免其息之二；以后谷多，渐次议增。其社夫每石给脚谷二升。

一、议恤。里中有寡妇孤儿、疲癃残疾之人，及七十以上，五十无子者，俱属可悯，四年后谷息视乡人减二，以存矜恤之意。

一、议蠲。前四年点会未竟，不得蠲息。此后岁或不稔，议减一分或二分。大凶则全蠲。

一、备赈。社谷新旧相易，人情甚便，但恐水旱不常，万一旧谷已没，新谷未登，乡人嗷嗷，何所仰食？积谷至千石外，每年量留十二，以备分赈。

一、广惠。社仓逾三千石外，不得尽放。每年夏秋之交，仿常平法，计口限斗，减价平粜。其银积为建公所、讲乡约、置社田、立义学等用，俱临时区处。

一、会谷。递年谷本，俱与社仓同积，阅四年点会讫，乃听领归。其生息法，则本会自行料理。如或不便，愿同社谷散敛者，一概偿息三分。余谷存社仓公用。万一三分有缺，亦以社谷补之，如俗首会保任例。

救荒全书卷之六　厚储章二

常平仓五　预备仓六　广惠仓七　惠民仓八　丰储仓九　济农仓十

厚储之五　常平仓

谕无　例无　案九　诏三　疏八　议八

救荒者，曰赈，曰粜。赈则义、社诸仓是也，粜则尝〔常〕平仓是也。然赈者一散无余，其为惠犹小，粜则本尝〔常〕在官，而上不亏官，利尝〔常〕在民，而下不病民。是以积之在民者，莫善于社仓；积之在官者，莫善于尝〔常〕平。且其法不但以救饥已也，谷贵则贱粜以利民，谷贱则贵粜以利农，农与民皆得其利；而米价低昂之权操之自上，不操之自下，可以得平天下之大道焉。辑常平仓第五。（常平始于汉耿寿昌，故案先于诏。）

常平仓之案

汉宣帝时丰穰，谷一石五钱。大司农丞耿寿昌奏言，岁数丰穰谷贱，农人少利。故事，岁漕关东谷四百万斛，用卒六万人。今宜籴三辅弘农五郡谷，足供京师，可省关东漕卒过半。又白〔自〕令〔今〕边郡皆筑仓，以谷贱增其价而籴以利农，谷贵时减价而粜，名曰常平仓。民便之。

唐自太宗置义仓及尝〔常〕平仓，以备凶荒。高宗以后，稍假义仓以给他费，至神龙中略尽。玄宗后置之。其后第五畸请天下常平仓皆置库，以蓄本钱。至是，赵赞又言，自军兴，常平仓废垂三十年，凶荒溃散，餧死相食，不可胜计。陛下即位，京城两市置常平仓官，虽频年少雨，米不腾贵。可推而广之，宜兼储布帛。请于两都、江陵、成都、杨、汴、苏、洪置常平轻重本钱，上至百万缗，下至十万，积米粟、布帛、丝麻，贵则下价而出之，贱则加估而收之。诸道津会置吏阅商贾钱，每缗税二十，竹木茶漆十之一，以赡尝〔常〕平本钱。德宗纳其策，属军用蹙迫，亦随而耗竭，不能备常平之积。

唐宪宗元和六年，制：京畿旧谷已尽，粟麦未登，宜以常平、义仓粟二十四万石，贷借百姓。诸道州府有乏粮处，依例借贷。淮南、浙西、宣歙等道元和二年赈贷，并停征，容至丰年，然后填纳。

元和十三年，户部侍郎孟简奏，天下州府常平、义仓等斗斛，请准旧例，减估出粮，但以石数奏申有司，更不收管，州县得专以利百姓。从之。

宋太宗淳化三年，京畿大穰，分遣使臣于四城门置场增价以籴，虚近仓贮之，命曰尝〔常〕平仓。岁饥即下其值予民。

（宋真宗景德三年，诏京东、河北、陕西、江南、淮浙皆立尝〔常〕平仓，计口多寡，量留上供钱。岁夏秋，视市价贵贱，量减籴粜。三年以上不粜，即回充粮廪，易以新粟。其后荆湖、川陕、广南悉置焉。不数年，常平积有余，而兵食不足，乃命司农寺出常平数百万缗，助三司给军费。）

宋高宗建炎二年，臣僚言常平和籴，州县视为文具。以新易旧，法也，间有损失蠹腐而未常问；不许借贷，法也，间有悉充他用而实无所储。诏委官遍行按视。

宋高宗绍兴九年，宗丞郑鬲乞以常平钱，于民输赋未毕之时，悉数和籴。即诏行之。上因谕宰执曰：常平法不许他用，惟时赈饥。取于民者，还以予民也。

苏文忠公轼知杭州，岁遇大旱，（饥疫并作。）轼请于朝，免本路上供米三分之一，故米不翔贵。复赐僧度牒三百，易米以救饥者。明年春，即减价粜常平米。民遂免大旱之苦。（又作馇粥药剂，遣吏挟医，分坊治病，活者甚众。轼曰：杭水陆之会，因疫病死，比他处常少。乃衰羡缗得二千，复发私橐得黄金五十两，以作病坊。稍蓄钱粮以待之，至于今不废。）是秋复大雨，太湖泛滥害稼。轼度来岁必饥，复请于朝，乞免上供米半，又多乞度牒以籴常平米，并义仓所有，皆以备来岁出粜。朝廷多从之。由是吴越之民，复免流散。

（长民者惟在先事料理，此着必不可失。长公以备荒为救荒，所以民之受惠尤溥。）

宋刘安世请删常平之法，将一路所有钱衮同应副，一路之中不得偏聚一州，一州之境不得偏聚一县，各随户口之多寡以置籴。（此通融有无之法，但今亦难行。然为政者当识前辈规模广大、一局一隅之意。）

常平仓之诏

（常平之法起于汉宣，故先案而后诏。）

晋武帝欲平一江表。时谷贱而布帛贵，帝欲立平籴法，用布帛市谷，以为粮储。议者谓军资尚少，不宜以贵易贱。帝乃下诏曰：夫百姓年丰则用奢，凶荒则穷匮，是相报之理也。故古人权量因用，取赢散滞，有轻重平籴之法。理财均施，惠而不费，政之善者也。然此事废久，天下希习其宜，加以官蓄未广，言者异同，财货未能远通。其制更令国宝散于穰岁而上不收，贫弱困于荒年而国无备。豪人富商，挟轻资，蕴重积，以管其利，故农夫苦其业，而末作不可禁也。今者省徭务本，并力垦植，欲令农功益登，耕者益劝，而犹或腾踊，至于农人并伤。今宜通籴以充俭，法主者平议其为条制，久之乃立尝〔常〕平仓，丰则籴，俭则粜，以利百姓（焉）。

宋真宗景德三年，诏于京东、京西（、河北、河东、陕西、淮南、江南、两浙）等处，各置常平仓（，惟沿边州郡则不置）。以逐州户口多少，量留上供钱一二万贯，小州或二三千贯，付司农司系帐。三司不问出入，委转运使并本州县委幕职一员，专掌其事。每岁秋夏，加钱收籴，遇荒减价出粜。凡收籴比市价量增三五文，出粜减价亦如之，所减不得过本钱。大率万户岁籴万石，止于五万石。或三年以上不经粜，即回充粮廪，别以新粟充数。

宋哲宗元符元年，诏尝〔常〕平仓钱谷，当输钱而愿入谷，若金帛者，官立中价示民。物不尽其钱者，足以钱；钱不尽其物者，还其余直。又听民以金帛易谷，而有司少加金帛之直。凡钱谷当给若粜，皆用九年诏书通取留一半之余。

常平仓之疏

后魏（秘书丞）李彪疏：昔之哲王，莫不克勤稼穑，故尧汤水旱，人无菜色，盖繇备之也。汉家乃设常平，魏氏以兵粮制屯田，军国取济，光武一亩不实，罪及牧守，皆明君恤人若此。今山东饥，京师俭，臣以为宜析州郡尝〔常〕调九分之二，京师度支岁用之余，各立官司，年丰籴积于官，俭则减私之什二粜之。如此则人必力田以买官绢，又务贮钱以取官粟，年丰则尝〔常〕积，岁凶则直给。明帝神龟、正光之际，自徐、扬内附之后，收纳兵资，与人和籴，积为边备也。

唐赵赞疏：自军兴，尝〔常〕平仓废垂三十年，凶荒溃散，餧死相食，不可胜记。陛下即位，京城两市置常平官，虽连年少雨，米不腾贵。可推而广之，宜兼贮布帛。请于两京、江陵等处，置尝〔常〕平轻重本钱，诸道津会置吏阅商贾钱，以赡尝〔常〕平本。

（宋门下侍郎）宋司马文正公光疏：臣勘会旧常平仓法，以丰岁谷贱伤农，故官中比在市添价收籴，使蓄积之家无由抑塞，农夫须令贱粜；凶岁谷贵伤民，故官中比在市减价出粜，使蓄积之家无由邀勒，贫民须令贵籴。物价常平，公私两利，此乃三代之良法也。（曏者有因州县阙常平籴本钱，虽遇丰岁，无钱收籴。又有官吏怠慢，厌籴粜之烦，虽丰岁不肯收籴。又有官吏不能察知在市斛斗实价，只信凭行人与蓄积之家，通同作弊。当收成之初，农夫要钱急粜之时，故意小估价例，）令官中收籴，不得尽人蓄积之家。直至过时，蓄积之家仓廪盈满，方始顿添价例，中籴入官。是以农夫粜谷，正得贱价，官中粜谷，常用贵价，厚利皆归蓄积之家。又有官吏虽欲趁时收籴，而县申州，州申提点刑狱，提点刑狱申司农寺，取候指挥，比至回报，动涉累月，已是失时，谷价倍贵，是致州县常平仓斛斗有经隔多年，在市价例终不及元籴之价，出粜不行，堆积腐烂者。此乃法因人坏，非法之不善也。熙宁之初，执政以旧常平法为不善，更将籴本作青苗钱，散与人户，令出息三分，置提举官以督之。丰岁则农夫粜谷，十不得四五之价；凶年则屠牛卖肉，伐桑卖薪，以输钱于官，钱货愈重，谷值愈轻。（朝廷深知其弊，故罢提举官。今将累年蓄积钱谷财物尽桩作常平仓钱物，委提点刑狱交割主管，依旧常平仓法施行。今岁诸路除有水灾州军外，其余丰熟处多。）今欲降指挥下诸路提点刑狱司，乘有此籴本之时，委丰熟州县官，各体察在市斛斗实价，多添钱数，广行收籴。如阙少仓廒之处，以常平仓钱添盖，仍令少籴麦豆，多籴谷米。（其南方及州界卑湿之地，有斛斗难以久贮者，即委提点刑狱相度逐州县合销数目，抛降收籴。）才候将来在市物货价比元籴价稍增，即行出粜，不得令积压损坏。仍令州县各勒行人，将十年以来在市斛斗价例比较，立定贵贱酌中价例，然后将逐色价分为三等，自几钱至几钱为中等价，几钱以上为上等价，几钱以下为下等价，令逐处临时斟酌加减，务在合宜。既约定三等价，仰自今后州县每遇丰岁，斛斗价钱至下等之时，即比市价相度添钱开场收籴；凶年斛斗价贵至上等之时，即比市价相度减钱开场出粜。若在市见价，只在中等之内，即不籴粜，更不申取本州及上司指挥，免有稽滞失时之患。（仍委提点刑）（温公又一疏略同，今不录。）

宋杜（祁公）衍疏：国家列郡置尝〔常〕平仓，所以利农民，备饥岁也。然而有名无实者，制度不立耳。臣以为立制度，在乎量州县之远迩，计户口之众寡，取贱出贵，差别其饥熟，信赏必罚，责课于官吏，出纳无壅，增减有制。本息之数，勿假以供军，敛导之时，禁其争利。至于蜀汉狭境，交广宽乡，或通川易地之殊，或边郡岩邑之异，各立条教，以节盈虚。限违易之岁时，虞其损败，制立典之侵克，督以严科，则瘠瘦可充，饥馑有备也。

（原稿眉注：前段已入古训。）宋（知杭州）苏文忠公轼疏：臣闻事预则立，不豫则废，此古今不刊之语也。至于救灾恤患，尤当在早。若灾伤之民，救之于未饥，则用物约而所及广，不过宽减上供，籴卖常平，官无大失，而人人受赐。今岁之事是也。若救之于已饥，则用物博而所及微，至于耗散省仓，亏损课利，官为一困，而已饥之民，终于死亡。熙宁之事是也。(熙宁之灾伤，本缘天旱米贵，而沈起、张靓之流，不先事奏闻，但务立赏闭粜，富民皆争藏谷，小民无所得食，流殍既作。然后朝廷知之，始敕运江西及截本路上供米一百二十三万石济之，巡门俵米，拦街散粥，终不能救。饥馑既成，继之以疫疾，本路死者五十余万人。城郭萧条，田野丘墟。两税课利，皆失其旧。勘会熙宁八年本路放税米一百三十万石，酒课亏减六十七万余贯，略计所失，共计三百余万石。其余耗散不可悉数，至今转运司贫乏不能举手。此无他，不先事处置之过也。去年浙西数郡先水后旱，灾伤不减熙宁。二圣仁智聪明，于去年十一月中首发德音，截拨本路上供斛斗二十万石赈济，又于十二月终宽减转运司元祐四年上供斗斛米三分之一，为米五十余万斛，尽用其钱买银绢上供，了无一毫亏损县官。而命下之日，所在欢呼。官既住籴，米价自落。又自正月开仓粜常平米，仍免数路税场所收五谷力胜钱，且赐度牒三百道以助赈济。本路帖然，遂无一人饿殍者。此无他，先事处置之力也。由此观之，事豫则立，不豫则废，其祸福相绝如此。洪惟二圣天地父母之心，见民疾苦，匍匐救之，本不计较费多少，而臣愚鲁无识，但知权利害之轻重，计得丧之大小。以谓譬如民庶之家，置庄田，招佃客，本望租课，非行仁义，然犹至水旱之岁，必须放免欠负，借贷种粮者，其心诚恐客散而田荒，后日之失必倍于今故也。而况有天下，子万姓，而不计其后乎？臣自去岁以来，区区献言，屡渎天听者，实恐陛下客散而田荒也。去岁杭州米价每斗至八九十，自今年正月以来，日渐减落。至五六月间，浙西数郡大雨不止，太湖泛滥，所在害稼。六月初间，米价复长，七月初斗及百钱足限。见今新米已出，而常平官米不敢住粜，灾伤之势恐如去年。何者？去年之灾，如人初病；今岁之灾，如病再发。病状虽同，气力衰耗，恐难支持。又缘春夏之交雨水调匀，浙人喜于丰岁，典卖举债出息以事田作，车水筑圩，高下殆遍，下本已重，指日待熟。而淫雨风涛，一举害之，民之穷困，实倍去岁。近者将官刘季孙往苏州按教，臣密令季孙沿路体访。季孙还为臣言，此数州不独淫雨为害，又多大风，驾起潮浪，堤堰圩埠，率皆破损。湖州水入城中，民家皆尺余。此去岁所无有也。而转运判官张璹自常润还，所言略同。云吴江、平望八斤间，有举家田苗没在深水底，父子聚哭，以舡栰捞摝，云斗米犹堪炒吃，青蘸且以喂牛。正使自今雨止，已非丰岁，而况止不止，又未可知，则来岁之忧，非复今年之比矣。何以言之？去年杭州管常州米二十三万石，今来已粜过十五万石，虽余八万石，而粜卖未已。又缘去年灾伤放税，及扣籴不行省仓缺数，所有上件常平米八万石，只了兑拨充军粮，更无见在。惟籴米钱近八万贯，而钱非救饥之物，若来岁米益贵，钱益轻，虽积钱如山，终无所用。)熙宁中，两浙市易出钱百万缗，民无贫富皆得取用，而米不可得，故曳罗绮、带金玉，横尸道上者，不可胜计。今来浙东西大抵籴过常平米，见在数绝少，熙宁之忧，凛凛在人眼中矣。(臣材力短浅，加之衰病，而一路生齿，忧责在臣，受恩既深，不敢别乞闲郡。)日夜思虑，求来年救饥之术，别无长策，惟有秋冬之间，不惜高价，多籴常平米，以备来年出粜。今来浙西数州，米既不熟，而转运司又管上供年额斛斗一百五十余万石，两司争籴，米必大贵，饥馑愈速。和籴不行，来年青黄不交之际，常平有钱无米，官吏拱手坐视人死，而山海之间，接连瓯闽，盗贼结集，或生意外之患，则虽诛殛臣等，何补于败？(以此须至具实奏闻，)伏望圣慈备录臣奏，行下户部及本路转运、提刑两路钤辖司，疾早相度来年合与不合，准常平斛斗出粜救饥。如合准备即具逐州合用数目。臣以约度杭州合用二十万石，仍具逐司擘划，合如何措置，令米价不至大段翔踊，收籴得足。如逐司以谓不须准备出粜救济，即令各具保明来年委得不至饥殍流亡结罪闻奏。缘今年已是立秋，去和籴月日无几，比及相度往复取旨，深虑不及于事，伏乞详察速赐指挥。

宋苏(文忠公)轼又疏：臣在浙江二年，亲行荒政，只用出粜常平米一事，更不施行余策。若欲抄劄饥民，不惟所费浩大，有出无收，而此声一布，饥民云集，盗贼疾疫，客主俱毙。惟有依条将常平斛斗出粜，即官司简便，不劳抄劄勘会、给纳烦费，但得数万石斛斗在市，自然压下物价，境内百姓人人受赐。古今之法，莫良于此。

（食不下咽也，虽然，与其贬损于既荒之余，孰若保养于未荒之先？非独下民不罹其苦，而上之人亦无俟于降杀也。）

大学士丘文庄公浚疏：臣按耿寿昌常平之法，因谷贵贱，而增减其价以粜籴之。其法非不善也，然年之丰歉不常，谷之种类不一，或连岁皆歉，或此种熟而彼种不收，为其敛散之际，非斟酌而上下之，其法将有时而不平者矣。惟今江北之地，地可窖藏，杂种五谷，宜放〔仿〕此法，于要害处立常平司，专差户部属官，往涖其事，随其熟而收其物。不必专其地，因其时而予之价；不必定于官，视年丰歉，随时粜籴。立仓用寿昌之名，敛散行李悝之法，庶乎其可也。

寺丞兼御史钟化民疏：臣惟（积贮之法，在民莫善于社仓，在官莫善于常平。夫）常平云者，官为立仓，以平谷价。民间谷贱，官为增价以籴之；民间谷贵，官为减价以粜之。（本常在官，而上不亏官；利常在民，而下不病民。中州常行此法矣，但官府之迁转不常，仓廪之废兴不一。燃眉则急，病定则忘，岂有济乎？）臣行各府州县，查将库贮籴本银及堪动官银，秋收籴谷上仓，以行常平之法。谷贱必增价以籴，非伤本也，官与民籴，其入常多，虽增价亦与民间等耳。况籴一利民也，即多与何伤？谷贵必减价以粜，非徼惠也，民与官籴，其出常少，况粜一利民也，即乐施何病？设遇灾荒，先发（义）社仓，（义）社仓不足，方发常平。不必求赈，在在皆赈恤之方；无俟发粟，年年有不费之惠。（此前任抚按之所已行，今臣与抚按之所修举者也。）

常平仓之议

（韩琦平价济村民）宋韩忠宪公琦议：自来尝〔常〕平仓，遇年岁不稔，物价稍高，合减元价出粜。出粜之时，诸县取逐乡近下等第户姓名，印给关子，令收执赴仓，每户粜与三石或两石。唯是坊郭，则每日零细粜与浮居之人，每日五升或一斗。故民受实惠，甚济饥乏。即未曾见坊郭有物业人户，乃来零籴常平仓斛斗者。前贤处事，精审如此。故谓谷可留，而米不可久留。若过三年以上，则不可食，不于饥荒之时粜钱，他日易新，则终化埃尘而已。

宋董煟议：（常平之法，专为凶荒赈粜。谷贱则增价而籴，使不伤农；谷贵则减价而粜，使不病民。谓之常平者，此也。比年州县窘匮，往往率多移用。差官核实，亦不过文具而已。自乾道间给降会子一百万道，兑起诸路常平钱一百万贯，而郡县遂多义仓。后虽许用会子措置和籴，其间未免抑配，当时甚患之。然则平籴之法，遂不可行乎？曰：不然。臣前于李悝、后于和籴篇论之详矣。但官司籴时不可籍数定价，须视岁上中下熟，一依民间实直，宁每胜高于时价一二文，以诱其来，何患人之不竞售哉！盖官司措置，惟欲救民之病，财用非所较。若以私家理财规模处之，则失所以为常平之意矣。）

一、常平本法，无岁不籴，无岁不粜。（上熟籴三而舍一，中熟籴二，下熟籴一。此无岁不籴也。小饥则发小熟之敛，中饥则发中熟之敛，大饥则发大熟之敛。此无岁不粜也。）近来熟无所籴，饥无所粜，其间有司之吝，闭为埃尘，良可叹息。

一、常平钱物，不许移用，不知他费不许移用，至于救荒，正所当用。若必待报，则事无及矣。今遇旱伤去处州县，仰一面计度，用常平钱，于丰熟处循环收籴，以济饥民。俟结局日，以籴本拨还常平可也。

一、常平赈粜，其弊在于不能遍及乡村。今委隅官里正监视，类多文具，无实惠及民。宜仿富弼青州监散米豆之法，变通而行之。但水脚之费、般运之折，无所从出，故县不敢请于州，村不敢请于县。不知饥荒之年，人患无米，不患无钱，每升增于官中所定之价一文，以充上件糜费，则自无折阅之虑矣。何患赈粜之米，不能遍及村落哉？但当逐保给历零卖，以防近上人户顿买兴贩之弊。

（一、绍兴庚午，高宗皇帝谓执政曰：国家常平以待水旱，宜令有司以陈易新，不得侵用。若临时贷于积谷之家，徒为文具，无实效也。）

（一、昔苏轼奏：臣在浙中二年，亲行荒政，只用出粜常平米一事，更不施行余策。若欲抄劄饥贫，不惟所费浩大，有出无收，而此声一布，饥民云集，盗贼疾疫，客主俱毙。惟有依条将常平斛斗出粜，即官司简便，不劳抄劄、勘会、给纳烦费，但得数万石斛斗在市，自然压下物价，境内百姓人人受赐。古今之法，莫良于此。臣谓苏轼之法，止及于城市，若使县镇通行，方为良法也。况赈济自有义仓，并行不悖，此又为政者所当知。）（原稿眉注：此奏前已录矣。）

一、或谓减价出粜官廪，以压物价，固善矣。然饥荒之年，常平无米，则如之何？臣曰：不然。元祐元年四月，左司谏王岩叟言，访闻淮南旱甚，物价踊贵，本路监司殊不留意。诏发运司截留上供米一十万石，比市价量减，出粜与阙米人户，每户不得过三石。其粜到钱起发上京，又何患于无米也。此例前贤行之甚多，兹不再举。

张光大议：常平者，荒歉之预备，无伤于农，有益于民。（谷贱时增价而籴，谷贵时减价而粜，故遇水旱霜蝗之变，民无菜色，不至于流离饿莩之患。此古活民之良法也。）夫豪家巨室，为富不仁，惟望凶年饥岁，闭粜图利（，谁肯以仁德济民?）。若常平一行，可以遏塞富豪趋利之心，而米价自然平矣。（既平则诸物价直无复高矣。）又常平出粜之际，无抄劄户口之烦，饥民凑集之扰，此其所以为良也。（圣朝屡颁明诏，而当言□路者，亦已常建言，文非不明，意非不善，盖为有司奉行不至，视为文具。原其所自，亦籴本之所未立尔。若以御史所言，）宜将三台追到赃罚，各随所属，拨为常平籴本。（此亦道本还原，仁民之良策。）又僧道度牒（，古者平时不轻出，必俟缓急之际。故宋淳熙岁荒，给降度牒博换米硕，以济饥民，亦备荒救民之活法。矧今朝廷亦降度牒发下诸郡，俾为僧道者，每道约免丁钱至元折中统钞五锭。莫若酌古准今，申明朝廷，将所降度牒免丁钱，改拟愿为僧道者，每）一道，以免丁钱约量出米若干，永著为令。在城者输之于路仓，属县者纳之于县廪，方许簪剃。如此儹积，以为常平之本。（又复将三台赃罚，斟酌□卖，）均分路府州县，一依常平古法，视岁上中下熟收籴，相参收贮，无岁不籴。如遇凶荒，发粜尽绝，则又将所粜价钱，于有米去处收籴，依彼中籴价，登答水脚盘费钱数，循环粜籴，本立矣。而施惠之策，又当在人，何患乎米有限而不能遍及村落哉？（但当端本澄源，若本源不清，则弊生滋蔓，民受其害。）谓如收籴之时，若验税科籴，增损价值，则有司官吏因缘为市，粜者亦不甘心。如能照依乡原市价，依法收籴，或每升增搭分文价钱，划便支付，不致克落，以诱其来，则人心亦乐愿粜矣。又须于粜籴之际，革其监临者附历批号之需，及豪量削刻斛斗之病。如有近上人户、势要公吏、祗候人等诡名冒籴顿买者，事发到官，量拟科断，仍将所籴米粮，倍征还官，价钱断没。如此则奸贪者有所儆畏，细民均沾其惠，方可为复古之良法。（苟或不然，反为民病。为政君子，果能深味常平之意，实能行之，则可以固邦本，结民心，甚为万世之长策。）

刑部尚书林贞肃公俊议：抚臣与巡按督并二司，专责守令，于囚犯纸米并应追赃罚工价逐旋存积，务取数足为期，不容分外科罚。如县一十里，则积一万石，二十里则积二万石。籴本精选富户领买，上上六百石，次四百石，次三百石，又次二百石。不许市民供役，冒领侵费。专廒收受，名曰常平。如秋成谷贱，六石籴人，春夏谷贵，五石四斗粜出；秋成五石籴人，春夏四石五斗粜出。每石明扣一斗，以备折耗。存积俱令社长、社正开报，贫民每丁止买二钱，以杜兼利。前项银两，当令前该富户给领，秋成照价籴入，谷贵依前粜出，循环如常。若谷贱年分，不必发粜。

金衢守道张朝瑞议：（曰：伏睹《大明会典》：洪武初，令天下县分各立预备仓，官为籴谷收贮，以备赈济。就责本地年高笃实人民管理。盖次灾则赈粜，其费小；极灾则赈济，其费大。曰赈济，则赈粜在其中矣。赈粜即尝〔常〕平法也。奈何岁久法湮，各州县仅存城内预备一仓，其余乡社仓尽亡之矣。天灾流行，国家代有，则救荒之政，诚当亟讲。顾既荒而赈救之也难，未荒而预备之也易。今之谈荒政者，不越二端：曰义仓，曰社仓，此预备而敛散者也；曰平粜，曰尝〔常〕平，此预备而粜籴者也。昔魏李悝平粜法，中饥则发中熟之所敛，大饥则发大熟之所敛而粜之。汉耿寿昌请令边郡筑仓，以谷贱时则增价而籴以利农，谷贵时则减价而粜以利民，名曰尝〔常〕平仓。英雄豪杰，先后所见略同，万世理荒之上策在是矣。今欲为生民长久之计，则尝〔常〕平仓断乎当复者。）常平之制，亟宜修复。兹欲令各属县备察四乡，有仓者因之，有而废者修之，无者各于东西南北适中，水陆通达，人烟辏集，高阜去处，官为各立宽大坚固尝〔常〕平仓一所。仓基约四亩，合用工料，本道查发赃罚，并该府县查处无碍官银辏合，陆续备办建造。每岁将守巡及府县所理罪犯纸赎，实将一半籴谷入仓。或查有废寺田产及无碍官银，听其随宜籴买。又或民愿纳谷者，一如祖宗已行之法，（一千五百石，）请敕奖赏（为义民；三百石以上，勒石题名。或如近日救荒之令，二百石以上，给与冠带；五十石以上，给与旌扁）。大约每乡一仓，上县籴谷五千石，中县籴谷四千石，下县籴谷三千石，各实之，但不许逼抑科扰平民。各择近仓殷富笃实居民二名掌管，免其杂差，准其开耗。每收谷一百石，待后发粜之时，每名准与平粜三石，二名共籴六石，以酬其劳。粜完即换掌管，勿使重役。城中预备仓照尝〔常〕造送查盘。四乡尝〔常〕平仓免送查盘，止于年终，各仓经管居民，将旧管、新收、开除、实在总撒数目，用竹纸小册开报该县，将四仓类册申送各院并布政司及道府查考。凡收粜，俱该县掌印官或委贤能佐贰官监督，不许滥委滋弊。谷到，用该县原发较勘平准斛斗，收量明白，暂贮别所，积至百石以上，方许禀官一收。如有临收留难及未收虚出仓收，既收侵盗、私用、冒借、亏欠等弊，查追完足，各县径自从轻发落。其有侵冒至百石者，通详定夺。每岁秋冬之交，本道或该府掌印管粮官单车间一巡视，以防掌印官之治名而不治实者。每除无饥、小饥之季不粜外，或值中饥、大饥，四乡管仓人役，禀官监粜，另委富民数名，用官较平等收银。其放粜一节，当与四邻保甲之法并行。如该乡谷多，即粜谷一日，保甲一周；谷少则粜谷分为二三日，或四五日，保甲一周。务使该乡积贮之谷数。可待饥民冬春之籴数方善。四乡不能尽同，各宜审量行之。大率赈粜与赈济不同，不必每甲寻贫民而审别之，以多寡其谷数。如一甲应籴五斗，或一石或二石，则甲甲皆同。惟以谷摊人，不因人增谷。籴银每甲一封，亦可庶乎易简不扰。或甲中十家轮籴，则每日每甲籴不过二人，每人籴不过一斗。此荒年赈粜之大较也。每乡除无灾都保不开外，先期将有灾保甲，派定次序，分定月日，某日粜某保某甲，某日粜某保某甲，明日出令保正副公举贫民，至期令其持价籴买。如富者混买，连坐保甲，仍行宋张咏赈蜀之法，一家犯罪，十家皆坐，不得粜。中饥粜仓谷之半，大饥粜仓谷之全，俱照原籴价银出粜，不可加增，宁减之。大约减荒年市价三分之一，方可压下谷价，不至腾踊。或仓谷粜尽，而民饥未已，则慎选员役，持所粜之谷本，赴有收去处，循环籴粜，源源而来，民自无饥。救荒有功员役，分别奖赏。此盖储用社仓之法，而粜用平尝〔常〕之意者也。四乡粜完，即将谷价送官，听掌印官于秋成之日，就近各选殷实人户领银，尽数照时价籴谷。虽牙脚等费、晒扬等耗与造册、纸张、工食等项，俱准开销。其谷晒扬干洁，官监上仓，如法安置。仍总计籴谷正银并牙脚折耗等费，每石约共银若干，报官贮册，以为日后出粜张本。官不得将银贮库过冬，致高谷价难买。如谷贱不籴，责有所归。是仓不设于空僻去处者，恐荒年盗起，是赍之粮也。谷不隶于台使查盘者，恐委盘问罪，是遗之害也。行平粜之政，而不用称贷取息之法者，恐出纳追呼，蹈青苗之扰民也。盖社仓之法立，则以时敛散，富者不得取重息，而贫民沾惠于一岁之中；尝〔常〕平之法立，则减价粜卖，富者不得腾高价，而贫民受赐于数十年后大饥之日。（昔苏文忠公自谓在浙中二年，亲行荒政，只用出粜常平米一事，更不施行余策。若欲抄劄饥贫，不惟所费浩大，有出无收，而此令一布，饥民云集，盗贼疾疫，客主俱毙。惟有依条将常平斛斗出粜，即官司简便，不劳抄劄、勘会、给纳烦费，但得数万石斛斗在市，自然压下物价，境内百姓人人受赐。此前贤已试之法，信不我欺。故曰常平法断当复也。就经金衢二府勘议申呈，随该本看得）今城内之预备仓，以待赈济，然有出无收，其费甚巨。四乡之社仓，以待敛散，然易散难敛，其弊颇多。惟常平仓，胡端敏公所谓不必更为立仓，就当藏谷于四乡仓之侧者，其法专主粜籴，而籴本尝〔常〕存。盖不费之惠，其惠易遍，弗损之益，其益无方，诚救荒良策矣。（□今节奉明文，建仓积谷，以备凶荒，此正兴复尝〔常〕平仓之大机也。但积谷固难，建仓尤难。建一时美观之仓非难，建百季永赖之仓为难。欲如法建仓，非多方处费不可。今据二府属县查勘四乡仓基，虽各就绪，而营造之费则未备也。本道随查将守巡两道项下纸赎，每县先坐发银四十两，各为买基造仓之费。余少工料，合听陆续议处□。惟事当经始，若非仰藉各院明示允赐遵行，曷克有济？合无候详允日备行各府，）定委管粮通判专董其事，仍严督各县掌印官，先将查出各乡仓基旧址及空闲官地，并尚义捐助者听从建仓外，若系凑买民地，即以所发纸赎照时价给买，不得亏损于民。其仓务要宏敞〔敞〕坚固，可垂百年盖藏之计。（宁广勿狭，宁质勿文，毋惜小费，毋急近功。）见在兴工人役食费，应照府议，行令各县酌量动支预备仓谷给用，仓簿内按季开除。（欠少工料价值，悉听本道陆续查发赃罚，或该府县查处无碍官银，请详动支，辏合建造，并）不许分毫科扰里甲。如工费一时不能接济，许于四仓之中择近便或一仓，或二仓，先行起建，余听渐举。（至于各仓谷本，以后许将守巡道并府县所理罪犯纸赎，实将一半籴谷入仓，仍听查处别项无碍官银，随宜籴买，陆续积贮，不急取盈。如民间有义助建仓及输粟备赈者，照依前例，呈请分别奖劝，但不许坐派大户，科罚扰民。其余籴买安置，掌管稽查粜放等项事宜，悉照前议举行。工完之日，听道府亲行查阅，有功员役，甄别奖赏。年久仓损坏，如无官银，准及时支谷修理，但不许贱算谷价。仍令该府县掌印官遵照新颁保民实政簿式，将创修过仓廒、积贮谷数等项，逐款填造，遇蒙各院巡历复命，及本官考满，一体申送稽核。中间未尽事宜，俟本道博采舆论，随斟酌举。）

陕西布政汪道亨（尝〔常〕平仓）议：

一、贱籴贵粜，此常平法也，与社仓、公廪不同。盖社仓听里社居民敛散，公廪听有司积贮备赈，而常平法简易，可以补二仓之所未备者。（昔汉宣帝尝曰：庶民所以安其田里，而无叹息愁恨之心者，政平讼理也。与我共此者，其惟良二千石乎？）今止责之各郡，以为太守吏民之本也。以故此仓约法，悉听各郡守随宜处置，务在便民。而银谷之成数，每年只凭府册循环查考，更不另行州县，以滋烦扰。

一、缮修仓廒、较勘斗斛诸法，悉照公廪议行。但社仓、公廪，或春放秋收，或分给赈济，或量行取息，出陈易新，悉从里社州县，随时酌处。若常平则只用籴粜一法，谷贱依时价量增以利农人，谷贵依时价量减以利贫民。此外必不逐什一，权子母，致难勾稽簿书，重烦收放。籴则银出谷入，粜则谷去银还，两者循环，直截行之，庶为省便。

一、（今陕府州）收入不同，价值难一，（当此籴谷之时，）宜令斗行人等，每日从实报价消长。谷有高下，价有低昂，一凭时估，而量为增之。不拘谷粟，各从其类收贮。但要干圆洁净，能耐久储，不许搀和湿秕。仓庾亦须高爽坚固。脱遇年岁屡丰，不便粜卖，就使一二年贮之不动，或量行翻晒，务免红腐，斯为得策。

一、各府属州县，收获有丰歉不同，或于丰收地方籴买，运入府仓，或量籴粟米，发薄收州县贮之，俟明春青黄不接，照时价量减以粜。（悉听本府随时酌处。）但吏胥弊窦多端，（如预备仓粮，闻官府于出陈易新之时，行令小民关支，而猾吏作奸，辄曰小民不愿，久之自不得不听吏胥积猾，）每有诡名冒领（矣。此蒙蔽之为害也）。今惟见银出粜，自无欺诳。每年亦宜酌量年岁丰歉而调剂之。如遇丰年，小民不甚乏食，或十石，或五七石，听民间时估籴买。荒年米谷腾贵，其时减价出粜，各府官当选委廉能官，务要着实稽查严禁，止许贫民，不拘升斗，陆续易籴，虽多亦不许过五斗或一石。（如有衙门积猾、市肆牙行及富豪之家希觊价减者，暗行假名收买，尽法惩治。）谷虽粜而非赈，然暗减其值，是亦不赈之赈也。其极贫之家，无银赴市者，又听社仓、公廪分赈之。此仓（一籴一粜，出入银谷之数，须会计明白，凡遇）出粜事毕，除扣下籴本，已足常平旧管原额外，但有余剩银两，一一登之簿籍，另作常平新收项下，下次又为籴本。（以后再用以籴，再粜以还，悉依此例行。）又或大荒之年，计算谷粟若干，只依时估出粜若干，已足原额籴本，而其余谷粟，即用以分赈极贫民，亦无不可。其出入升斗等秤，须较勘画一，不许擅用私置，或虐取乡民，或亏短粮石，或冒费官银，或伪增虚数。如承委各官容隐轻纵，慢不稽查者，听该府从重参究。行之得法，众口称平者，重加优异，转报各院另行荐奖。（庶劝惩之中寓鼓舞之意，而良法不至废格矣。）

一、乡民有上纳钱粮缺银者，以干洁谷粟，（或车辆推挽，或驼载挑负，）不拘多寡，径赴仓所，比市增价若干，委官用平斗盘量，随到随收。不许类集总收，致令乡民等候，遏其再来。每日辰时委官到仓，不许衙役恐喝刁难，量谷见数，即时登簿。（某人谷若干，该价若干，注于本人名下。）逐名按数平准，包封给散，如有折耗，明开官认。愿即领银者，登时支给，不许类数总放，致有豪强作弊，而柔善者反不得实数，以阻其出粜之意。如谷多者，或作数次零运，登记簿册，总计若干后一起领银者，亦从其便。如市籴则照依时估，严禁牙行街棍诈称官籴，愚弄乡民。（此在委官才能之何如耳。）

一、每遇春二三月青黄不接之时，减价出粜，仓谷出厫上市，不惟搬运人夫，装盛家活不便，抑且夹带等项，滋弊难防。应出示明写谷每石折米若干，市价若干，今减若干，（俱要从实作数，不许有名无实，）晓谕乡民。愿籴者，以足色银两，自一钱起，至二三两止，不分多寡，于每日天明，照寻常赴市时候，俱赴该仓。委官亦于此时到仓，用较定平等平准秤银，不许加重毫厘。委官挨次收授，包封登簿，某人银若干，该谷若干，给以图书印票，听其支谷。收银毕，开廒放谷，用准斗准斛行概，不得用手抹量，致有高下之弊。每日辰时委官人仓，至午未时止，收银一次，放谷一次。倘人多谷多，或委一官收银，一官支谷，不致耽误农工，尤为便益。如无丝银，即以成色折算，以免倾销银匠暗窃亏折之弊。第乡民籴谷出仓，严禁（宗室富家、街市豪右、衙役里排，务主□家人等，敢）有指称欠债逋粮、工食差粮、截赔酒钱等项，邀夺质当（，及市肆垄断）。每日更名换人，多籴过十石以上营利者，（访出或许发，）拏究问罪。（究日枷号一月，宗室家人一体从事。）讦禀人役，赏谷一石，作数开销（，不得市恩姑息。其中事宜，开载未尽者，听该府临时斟酌施行）。

一、重籴本以垂永久。（陕省□邑频年最苦织造者，以本省应出工料，岁以万六千计，原无正项，接踵搜括，年复一年，闾阎匮诎，库藏不支，且并社仓、预备仓粮石粜卖以供机杼。适值大荒，束手无措，有由然矣。本司受事以来，屡檄府厅盘查局库，裁冗机，汰冗役，□旧料，节新料，实省在库银一万五千九百八十五两零。内除今岁铺垫银一千五百八十五两九钱零，仍该实在银一万四千四百两四分零。又本司召买川丝省价二百三十一两，又陆续发本司赎羡，至八月终止，共银一千二百三两六分零。其词讼□项，以后按月按季，陆续充发，有增无减，俾就二项见在实数）本省处有丝价省羡及赎锾共银一万五千八百有奇，除酌量分发八府一州，趁时籴谷入常平仓，各宜置底簿二扇，一注籴本银两，一注粜谷石，用府州印钤。首开万历三十九年九月奉本司发前二项银各若干、共若干，今年时估米每石价若干、该算谷若干、该银若干，官籴每石若干、共出银若干、入谷若干，完日务要明白填入，循环报查。次年春二三月青黄不接，粜谷之时，务要查访时估的确，每米一斗，值银若干，约用谷若干，该价若干，官粜比市减价若干，定数出示。通共出谷若干，入银若干，除原籴本银若干，增出时估银若干。自三十九年九月起，以后续收词讼银若干，共银若干，收贮至秋八、九、十月，仍将以前银两籴谷，比时增价如前例，出银若干，入谷若干。除春粜若干石外，增谷若干。以后随时粜籴，仿此例行之。每年秋冬出银籴谷一次。凡旧管、新收、开除、实在四注明白，填报本司循环一次，以凭转报两院。至春夏出谷入银一次，亦将管收除在循环填报一次，本司亦凭此转报。（凡五十九张，全张五十四张，其五张折半。）

礼部主事颜茂猷（论曰）议：西汉耿寿昌常平一法，为万世之利，但后世循行，愈失其初。府县配户督米上仓，有稽违则追蹙鞭挞，甚于税赋，名为和籴，其实害民。又致救荒之时，悭吝不发，即发亦多衙门有力者包之，不能遍及乡村也。若用常平钱，于丰熟处循环收籴，以济饥民，而乡村下户，即以钱赈之亦可。（又此法原无岁不籴，无岁不粜。上熟籴三而舍一，中熟籴二，下熟籴一，此无岁不籴也。小饥则发小熟之敛，中饥则发中熟之敛，大饥则发大熟之敛，此无岁不粜也。夫然故不患积久成埃尘，亦不患侵用徒文具。苏轼云：臣）

文学浦龙渊议：管子有言，天下有兵，则积藏之粟，足以备其粮；天下无兵，则以赐贫甿。则知当时积粟，不独救荒，并以供军。至汉以后常平等仓，则专设以备赈，而军需不与焉。故陆宣公以为除赈急不得贷便支用，杜祁公亦谓本息之数，勿假以供军，正欲绝那移之弊，以防常平之窘乏耳。宋以兵食不足，移用过多，致蓄藏无几。此必贪吏因缘为奸，借兵事以供谿壑者众也。不然，借使常平未立，则军费遂无所仰给耶？且夫用兵者不求精而求多，无用之卒弥繁，则无名之赋愈重，虽罄天地之所生以养之犹不足，又岂止于移用常平之粟而已也。故欲防那移之弊，而止横征之害者，莫先于息兵端，理军政。恤民之患，所以息兵端也；师出以律，所以理军政也。

厚储之六　预备仓

谕八　例十二　诏无　案无　疏三　议一

前代有义仓，有社仓，有尝〔常〕平仓，而国朝则立之为预备。盖义仓、社仓，即预备以赈济者也；尝〔常〕平仓，即预备以平粜者也。总之皆预备，而国朝以一仓兼前代三仓之美。且其所为谷本者，仅取之赎锾，劝之义助，及搜括于无碍之钱粮，不以养民者厉民，犹三仓之制所不及。然自殷陈之储无稽，而实惠不若义仓矣；乡僻之民无得，而广普不若社仓矣；平粜之利无资，而循环济饥不若尝〔常〕平矣。是奉行者之过而非法之过也，何可因人以废法哉？辑预备仓第六。

预备仓之谕

洪武三十一年，上谕户部曰：曩者山东岁歉民饥，盖素无蓄积，以备不虞故也。今岁山东夏麦甚丰，秋稼亦茂，尔户部可运钞三百万贯，往各府州县预备粮储。如一县则于境内定为四所，于居民丛集之处置仓，榜示民家，有余粟愿易钞者，许运赴仓交纳，依时价偿其值，官储粟而扃钥之，就令富民守视。若遇凶岁，则开仓赈给，庶饥民无饥馑之患。已而又令未备处皆举行，召天下老人至京随朝，命择其可用者，使赍钞往各处协同所在官司，籴谷为备。

洪熙元年，无为州奏，州民艰食，已给预备仓粮济之。上谕户部尚书夏原吉曰：预备仓储，正为百姓，比之前代常平，最为良法。若处处收积完备，虽有水旱灾伤，百姓可无饥窘。此大祖皇帝良法美意，卿宜遍行天下，申明旧典，务存实惠，勿事虚文。

宣德元年，谕侍郎何文渊等：

一、见今官司收贮诸色课程，并赃罚等项钞贯杂物，可以货卖者，不拘稻谷、米粟、二麦之类，贸易储积，并须照依时值，不亏官损民。凡州县所积预备谷粟，须计民多寡，约量足以备用。如本处官库见储钞物不敷，于本府官库或本布政司官库支买。如又不敷，移文户部奏闻处置。

一、凡丁多田广及富实良善之家，情愿出谷粟于官，以备赈贷者，悉与收受，仍具姓名、数目以闻。

一、籴粮在仓，须立簿籍二扇，备书所积之数，用州县印钤记，一在州县收掌，一付看仓之家。若遇饥荒，百姓艰窘，即便赈贷。并须州县官一员，躬亲监支，不许看仓之人擅放。二处簿籍放支之后，并将实数具申户部。所差看仓，须选行检老人富户就兼收支，不许滥设。

一、洪武年间所置预备仓粮，多繇州县不得其人，视为泛常，全不留意，以致土豪奸民，盗用谷粟，捏作死绝逃亡人户，借用虚写簿籍为照，是以仓无颗粒之储，甚致斥毁仓屋。间遇饥荒，民无所藉，负祖宗仁民之心。尔等于所属府州县，并须亲历查勘前项官仓粮储，原数实在几何，百姓借用未还，亏折几何，务要根究的实，着落前后经手人户，供报追偿。不许听其诡诈指报死绝逃亡人口，搪塞遮掩。追完之后，令照例纳米赎罪。若限外不完者，毋论赦前后，械赴京师，发戍辽东边卫。

一、比先所建预备仓廒，或为豪民所据，责令还官；或年深毁坏，量加修葺；其倒塌不存者，官为起盖。如本处有空闲官房，令拆用，并须完固，可以经久。

一、所遇州县仓廪谷粟充实，陂塘堤岸完整者，必其正佐之官得人。若有虚空废坏等项，其正佐之官，必不得人，悉具名奏闻。如或贪酷虐民，验有实迹，即便拏问。

一、今后府州县官考满赴吏部者，并须开报预备官仓所储实数及修筑过陂塘堤岸等项，吏部行该部查考虚实，以凭黜陟。事完回京，仍将所备谷数及所修陂塘圩岸闸坝，细造册具奏。遇有兴利除害之事，难以处置者，具奏来闻。

正统六年（十一月诏）谕：

一、今年被灾去处，所在巡抚官、巡按御史，并都司、布政司、按察司，各委的当官，同各卫所府州县踏勘是实，其该征税粮马草子粒即与停征，备开户部除豁。不许刁蹬留难，亦不许扶同作弊。

一、永乐、宣德年间至正统五年以前，有因灾荒饥窘，借用预备仓粮，其家贫难不能偿纳者，悉皆蠲免。

一、预备仓粮，务要收顿如法。民有饥窘，即时验实赈贷。如遇丰年，仍依例与给官钱收籴备用。收支之际，兼委所在掌印正官专理，不许作弊。

一、军民有愿出谷粟者，听所司具实奏闻，以凭旌表。亲临上司及风宪官按临点闸。但有侵欺盗用，即便拏问，以土豪论罪。

天顺元年，(正月诏) 谕曰：预备仓有司常加修理，蓄积粮储，遇有民饥，验口赈济。待丰年，仍将收贮在库赃罚，照依时价收籴。收支之际，并令掌印官员专理，不许作弊。军民人等，有愿纳粟谷者，照例收受，见数奏闻，以凭旌异。合于上司及风宪官按临点闸，但有侵欺盗用者，即便拏问。各处连年灾伤，人民饥窘，一应造作，除修理城垣急务，所司备呈该部具奏定夺外，即令内外修寺造塔，一应不急之务，悉皆停罢，以苏民力。

成化七年，(七月诏) 谕曰：各处预备仓粮米，本以赈济饥民，近来有司通同下人作弊多端，民不受惠。今后务要验实放支，抵斗还官，不许过取。合于上司用心提调督察，毋事虚文。各处人民但有被灾阙食者，有司宜设法赈济，流移者招抚复业，务体朝廷仁恤之心，不许坐视民患。

(成化七) 本年，又谕曰：洪武年间，每州县各设预备四仓，所以广储蓄，备旱涝，著在令典，民咸赖之。比年所司因循废弛，视为虚文，是以一遇饥荒，民无仰给。今特命尔修举预备之政。敕至，尔布政司、按察司掌印官，即督同各府州县正官，将原设四仓，查勘有无、现在粮数若干多寡，除现在外，应该添粮若干，先尽各处在官赃罚等项钱粮支给收纳，及令囚犯照例纳米赎罪。如有不敷，或于存留内借拨，或于各里上中户税粮内米正粮一石，另劝米麦共五升，或有可行，从宜区处。如里分用粮数多，原设仓廒不敷收贮，亦须量为添盖。遇饥寒，照例赈给，秋成之日抵斗还官。如连年丰稔，仓粮亦须易新，勿令腐烂。其看仓大户老人，于附近里分佥点殷实、有行止之人充当，不许滥设。敢有不行用心看管，有通同官吏插和糠粃沙土，实收虚放，侵欺作弊，使小民不受实惠者，尔等就行拏问，治以重罪。其军卫屯所，原设有预备仓，尔都、布二司掌印官一体督同卫所正官并屯田官员，照例整理。尔三司并府县卫所该管官员，务要递相督率，十分用心，从长区画，三年之内，务臻实效，不许仍前怠慢，虚应故事。如违，许巡按御史通行纠举。应拏问者；就便拏问；应奏请者，参奏究治。尔等每遇岁终，将收过仓粮数目，从实奏报，毋或稽迟。

成化二十年，令各省直核实预备仓。先是大旱，廷臣皆言汉用耿寿昌议，置常平仓为良法。乃谕布、按二司曰：洪武中，州县设预备四仓所以广储蓄，备旱涝，为民赖也。比来久弛，汝等督同各正官，将原设四仓核实见在储蓄有无多寡之数，仍尽各处在官赃赎籴粟备之。有不敷，听于存留粮内借拨，或于各里上中户内劝助以充。其看守仓者，于附近里分佥殷实有行止者主之。有通同官吏，虚实收放，以侵盗论如律。都司督同卫所正官，于卫所地置仓亦如之。

预备仓之例

洪武初，令天下县分，各立预备四仓，官为籴谷收贮，以备赈济。就择本地年高笃实民人管理。

永乐初，制：郡邑各置预备仓，官出金籴粟，若民赎罪入粟，收贮备赈，择其地年高笃实人管理之。已诏天下郡县于四乡各置仓，出官钞籴谷粟备赈。

永乐九年，从科臣之请，有司积谷，五百里不及五百石，三百里不及三百石者罢。

正统五年，令六部督察院推选属官领敕，分投总督各布、按二司并府州县，处置预备仓，发所在库银平籴贮之。军民中有能出粟以佐官者，旌其义，复其家。

正统五年，奏准各处预备仓，凡侵盗私用、冒借亏次等项粮储，查追完足，免治其罪。其侵盗证佐明白，不服陪偿者，准土豪及盗用官粮论罪。

正统七年，令福建布政司，凡预备仓粮，给借饥民，每米一石，候有收之年折纳稻谷二石五斗还官。

成化十八年，命南京粜常平仓粮。时岁饥米贵，南京户部请减价粜以济民，候秋成平籴还仓。

弘治十八年，议准在外司府州县问刑应该赎罪等项赃罚等物，尽行折纳，籴买稻谷上仓，以备赈济。并不许折收银两及指称别项花销。

正德四年，南直巡抚罗鉴上言，苏松常及嘉湖等府米亦腾贵，宜放预备仓粮，减价量粜，贮其银于官，俟年丰籴谷备赈。部覆如议。

嘉靖六年，令抚、按二司，督责有司设法多积谷米，以备救荒。仍仿古人平籴常平之法，春间放赈贫民，秋成抵斗还官，不取其息。如见在米谷数少，将贮库官钱并问过赎罪折纸银两，趁秋成时，委贤能官一员籴买，比时估量添二三文。府以一万石，州以四五千石，县以二三千石为率，明立簿籍查考，岁荒减价粜与贫民。仍禁奸豪不许隐情捏名，多买罔利，事发重治。

隆庆三年，户部覆陕西巡按御史王君赏奏请宽积谷之例，言近时有司积谷之数，虽已半减，然州县大者数万石，小者犹数千石，即日入民于罪，不可得盈。宜再减其额，十里以下岁额谷千石，十里以上，递增百里以下二千五百石，二百里以下三千石，即剧郡无过五六千石而止，则官不扰而谷易积。从之。

（隆庆三）本年，户部以葭州知县尹际可等三十五员，各积谷征赋不如数，例当降调，移文吏部。言有司积谷备荒，虽亦急务，然较之正赋，轻重自是不同。况皆出于赃罚纸赎及他设处，所入之数，视地方贫富、狱讼繁简为差，不可以预定也。若必欲所在取盈，是徒开有司作威生事之端，反失济民初意。今宜止治其侵渔者。若止怠玩，仍当分别轻重，明注考语，俟本部劣处，不必遽议调降。从之。

预备仓之疏

弘治十年，户部覆疏通行各处巡按、巡抚，今后三年一次查盘预备仓粮之时，查勘各该州县卫所，除义民情愿纳粟、囚犯赎罪纳米之外，但有空闲官地湖池等项俱以佃收租米，及赃罚、纸价、引钱等项一应不系起解支剩无碍官钱，俱已尽数籴粮。三年之内，不足原数，委的别无设法者，俱免住俸参提。若例可区画，而因循不理或将纳内银那移妄费，或侵欺入己，住俸参提，悉照旧例。中间若有未及三年查盘，升除、事故等项去任者，俱要申达本管上司，委官照依前拟，查盘无碍，方许离任。若有因循不理及那移侵盗等弊，应拿问者，就便拿问；应参奏者，参奏拿问。该管上司不行查盘明白，容情起送放回者，听巡抚、巡按参奏治罪。

正德六年，户部覆疏通行各该巡抚等官，及各该司府州县，今后遇有查盘之时，每石每年准开折耗一升，三年准开三升，三年之外不准开耗。中间若有亏折之数不及百石上者，就行依律论罪，止照常例发落，照数追陪完官。其有侵欺盗卖等项，亏折或数至百石以上，不分官吏斗级人等，俱照成化二十三年侵盗预备仓粮事例施行，仍将该府州县提调掌印经手官员，一体参究。

正德九年，户部覆疏：查得旧例，各处布政司并直隶府州，每岁终将区过预备仓粮数目，从实奏报。后因各布政司添设管粮参政等官，亦令年终将整理过预备仓粮，造册奏缴，俱系见行事例。至弘治三年，因南京户科给事中罗鉴等建言，论其里分多寡积粮，三年之内务足其数，以为殿最，以此定为三年一次查盘之例。但地亩税粮尚有逋欠，例外措处，岂能取盈？及查仓库官攒并主守钱谷官吏，任满查盘交代，自有祖宗钦定法律，明白简易，万世当遵。今不申明离任交代之法，创立三年查盘之例，三年之内，类非一官，年月有久近，历任有浅深，阘茸误事者，得以迁官自勉，勤敏效职者，不得以初任辞责。近年差官湖广查盘预备仓粮，计数行罚，祸延缙绅，毒流一省，皆贻谋不臧之所致也。今该司呈举三年一次查盘之例，臣等备查旧例当遵、新例当革缘由明白，伏乞圣裁。合无通行各司府州县并卫所等衙门，今后用心备荒，设法措置，照依旧例，年终具奏查考。如遇州县等官升迁、事故等项去任，务照律例，将经管仓库钱粮交代明白，方许离任。若有侵欺借贷及数目不明等弊，该管上司不行查盘，辄与起送，听巡抚、巡按、分守、分巡等官参奏处置。

预备仓之议

佥都徐学聚议：按国初立预备仓，即古常平仓遗意。盖支给官钞和籴，以备凶荒耳。正统后，许将囚罪赎罪米收入，然无定数。成化后，始有每里积三百石，或五百石之例，然未有不及数之罚。弘治后，或有不及数罚俸及降用之例。夫不问其所取之由，而但责其所积之数，岂能无弊哉？

厚储之七　广惠仓

谕无　例无　诏无　案二　疏无　议无

留心民瘼者，必开民以衣食之源，而后民可得而治。如没入绝产，鬻之仅帑藏锱铢耳。若募耕收租，惠及无告，是化无用为有用，其利便在天下矣。魏公相业甚伟，即此一事，亦可为经久之谟，要之其留心于民瘼者素耳。辑广惠仓第七。

广惠仓之案

宋仁宗诏诸州置广惠仓，天下没入户绝田，官自鬻之。至是，韩琦请留勿鬻，募人耕而收其租，别为仓贮之，以给州县之老幼贫疾不能自存者，谓之广惠仓。以提刑领其事，岁终具出纳之数上三司。每千户留田租百石，以是为差。户寡而田有余，则鬻如旧。

宋王安石秉政，改贷粮法以为借助，移常平、广惠仓钱斛而为青苗，皆令民出息，诏卖天下广惠仓田。哲宗虽诏复广惠仓，既而章惇用事，又罢之，卖其田如熙宁法。

厚储之八　惠民仓

谕无　例无　诏二　案无　疏一　议无

积贮者，要未有不取诸民者也。惟取之有经，而取诸民者，还以救民，则纠敛之名，所不必避也。如真文忠公之所议折粳者，犹之尝〔常〕平钱耳，正与耗者犹之义仓米耳，特改其名曰惠民，而俨为一代之良法矣。辑惠民仓第八。

惠民仓之诏

宋太宗淳化五年，诏诸州置惠民仓。如谷稍贵，即减价粜与贫民，不过一斛。

宋真宗咸平二年，于福建置惠民仓。

惠民仓之疏

宋真德秀疏：窃见国朝张咏成化中守城都，以蜀地素狭，生齿实蕃，稍遇水旱，民必艰食，时米一升，直钱三十六文。乃按诸邑田税，如其价，岁折米六万石，至春籍城中细民，计口给券，俾输元估籴之。奏为定制。其后百余年间，虽时有灾馑，米甚贵而民无菜色。臣之于詠，无能为役，然心窃慕之。考之吏牍，本州秋税米内，有所谓折粳者，本正苗之数，其后折钱以充郡用。前后守臣，或遇缺米支遣，则令仍输本色。臣令措置，自今岁为始，将上项折粳，令人户输纳本色，更不折钱，以嘉定十六年纳到数目计之，合正与耗为米五万余石，别廒盛贮，名曰惠民仓，岁岁赈粜。其规模大略悉仿张咏之法，庶几城中细民，自此永无艰食之虞，而因养寓教，又于风化不为无补矣。（所有张咏旧法，与臣今来区处事宜，不敢上溷天听，已具申朝廷省外，窃惟古今良法，未有百年而无弊者。惟詠赈粜一事，自淳化至宣和，百有三十余年，蜀民被惠如一日。不惟詠之区画有方，亦由继其后者，更相继持，小有弊病，随即救药，虽有异议，不为动摇，而朝廷又为著之令甲，前后议臣复主张而申明之，以故行之愈久，其利愈博。臣今欲望圣慈，将臣奏申事宜，特降敕旨，行下本州，永永遵守，使潭人世世蒙被圣朝子育之恩，实一方大幸。）

厚储之九　丰储仓

谕无　例无　诏无　案一　疏无　议无

言贮仓者，多取之民间，今乃椿〔桩〕留上供米，不其难哉？惟宋之上供为数甚多，故可为椿〔桩〕留之计，在今则有未易言矣。事泥古而不通今，鲜有济者。辑丰储仓第九。

丰储仓之案

宋绍兴间，户部尚书韩仲通乞以上供米所余之数，岁椿〔桩〕一百万石，别廪贮之，遇水旱则助军粮，及减收籴，号丰储仓。诏从之。

（董煟曰：丰储乃上供所余，本备水旱，助军食耳。后之经国用者，傥遇水旱，可不明立仓之本意哉？）

厚储之十　济农仓

谕无　诏无　案无　疏一　例一　议无

周文襄公有大功于江南，凡所以留既匮之物力，弭未然之变患者，指不胜屈。若俸粮舡脚之省，昔曾行之南都矣，然立仓济农，法未有如公之善者。即今三吴之民，世世食其福，是法亦安可以不传？辑济农仓第十。

济农仓之疏

巡抚京畿工部左侍郎周文襄公忱疏：切见苏、松、常三府，所属田地虽饶，农民甚苦，（观其春耕夏耘、修筑圩岸、疏浚河道、车水救苗之际，）类皆乏食。又其秋粮起运远仓，（经涉江湖风浪之际，）中途常有遭风失盗，纳欠数多。凡若此者，皆须倍出利息，借债于富豪之家。迨至秋成，所耕米稻偿债之后，仅足输税。或有敛获才毕，全为债主所攘，未及输税，而糇粮已空者有之（，兼并之家日盛，农作之民日耗）。不得已而去其本业，去为游手末作，膏腴之壤，渐至荒莱。（地利削而国赋亏矣。比岁以来，累蒙朝廷行移劝籴粮米，以备赈济。缘因旱涝相仍，谷价翔贵，难于劝籴。）臣昨于宣德八年征收秋粮之际，照依敕画事理，从长设法区画，将各府秋粮置立水次仓囤，各连加耗船脚，一总征收发运。查得数内有北京军职俸粮米一百万石，该运南京各卫上仓，听候支给。计其船脚耗费，每石须用六斗，方得一石到仓。臣尝奏乞将前项俸米一百万石，于各府存放，着令北京军职家属就来关支，可省船脚耗米六十万石，又免小民船运之劳。荷蒙圣恩准行，遂得省剩耗米六十万石，见在各处水次囤贮。今欲于三府所属县分，各设济农仓一所，收贮前项耗米。遇后青黄不接，车水救苗之时，人民缺食者，支给赈济食用。或有起运远仓粮储，中途遭风失盗，纳欠回还者，亦于此米内给借陪纳，秋成各令抵斗还官。若修筑圩岸，疏浚河道，人夫乏食者，验口支纳食用，免致加倍举债，以为兼并之利。如此则农民有所存济，田野可辟，官粮易完矣。（据王直记，各府秋粮，粮长、里胥皆取多耗于纳□户。周文襄于水次置场，许细民径自送场，不入里胥之手，视旧所纳减三之一。不特俸粮之省脚耗也。）

济农仓之例

（因疏而后有例，故列于疏后。）

劝借则例：

一、每岁秋成之际，将商税等项及盘点过库藏布疋，照依时价收籴。

一、丰年米贱之时，各里中中人户，每户量与劝借一石，上户不拘石数。愿出折价者，官收籴米上仓。

一、粮长粮头收运人户秋粮，送纳之外，若有附余加耗，俱仰送仓。

一、粮里人等有犯迟错、斗殴等项，情轻者量其轻重，罚米上仓。

赈放则例：

一、每岁青黄不接，车水救禾之时，人民缺食，验口赈借，秋成抵斗还官。

一、孤贫无倚之人，保勘是实，赈给食用，秋成不还。

一、人户起运远仓粮米，中途遭风失盗，乃抵仓纳欠者，验数借与送纳，秋成抵斗还官。

一、开浚河道，修筑圩岸，人夫乏食者，量支食用，秋成不还。

一、修盖仓廒，打造白粮船只，于积出附余米内支给买办，免科物料于民。所支米数，秋成不还。

稽考则例：

一、府县及该仓每年各置文卷一宗，俱自当年九月初一日起，至次年八月三十日止，将一年旧管、新收、开除、实在数目，明白结数，立案附卷。仍将一年人户原借该还粮米，分豁已还、未还总数，立案付于下年卷首，以凭查取。

一、府县各置廒经簿一扇，循环簿一扇，每月三十日，该仓具手本明白注销。

（济农仓：王直记：天子之为政也，既有以养其民矣，则必思建长久之利，使得其养于无穷。盖仁之所施，不可以有间也。苏州济农仓，所谓建长久之利，而思养其民于无穷者也。苏之田赋，视天下诸郡为最重，而松江、常州次焉。然岂独地之腴哉！要皆以农力致之。其赋既重，而又困于有力之豪，于是农始弊矣。盖其用力劳而家则贫，耕耘之际，非有养不能也。故必举债于富家，而倍纳其息。幸而有收，私债先迫取足，而后及官租，农之得食者盖鲜，则又假贷以为生，卒至于倾产业，鬻男女，由是往往弃来耜，为游手末作，田利减，租赋亏矣。宣德五年，太守况）

（原稿眉注：低二字接上写。）祁彪佳曰：按周文襄公忱在吴中，曾创为平米法。官民田亩，皆画一加耗，而请工部铸铁斛为式，下之民，令县于水次立舍团收，曰便民仓。征焉米毕输，立支拨簿以转运灌输。初年正米一石，收加耗米七斗，以待拨比运期，酌所兑远近为支拨。京通仓远运，率正一石而支三，为舟樯剥浅诸费。其临清、淮安、南京等仓，以差次定支，立网运簿以填出销入。其支拨羡余，各存积县仓，曰余米。次年余米多，减加耗为六斗；又次年益多，减耗为五斗。最后令县各立仓贮羡余米，曰济农。而三府岁运米百万石，贮南京仓。会廷议下平籴之令，而济农仓之粟大裕。于是凡运输、风飘、盗夺者，以国服转假，俟秋成抵斗还诸民。民夫修圩岸，开浚河湖者，得计口给饷。择县官廉公有威与士民之贤者，掌济农之籍，而司其出纳。验中下事力及种田多寡给之，秋成并税粮并输，凶岁再赈，不偿者来岁不贷。诸条约甚具，皆忱为亲画其当。于是岁连旱而民不知饥。

救荒全书卷之七　厚储章三

翼富仓十一　义社田十二　内储十三　外储十四　官积十五　民积十六

厚储之十一　翼富仓

谕无　诏无　案无　疏无　议一　例一

鸠赀散敛，此社仓中之一法也，王征君业已行之。乃若仓分定运，则司成有独得之见，运以出息，定则存本，使司事者子母之利益厚，则受赈者凶荒之藉益广。其言托卑、居约、绝累、制欺、藏富之五说者，真百世良规，可与考亭并传法者也。辑翼富仓第十一。

（心执矣，终日宁当不知其味乎？寝处京坻而我无与焉。不及十年，庸人皆倦矣。今以为其粟之肥，春而归子，旬而归母，后乃尽子囷母。凡谷六千石，受息千二百石，计上田岁入谷五石，千二百石则为腴田二百四十亩。是则五家子孙世世之业也。富此五家，而千家乃）

（然者安知是仓不为武库耶？或疑此法终难行者，固也。当考亭始议社仓时，吕东莱□以任所难任，恐不成功。朱、吕且然，何况今日？虽然，请自隗始。夫众不可倚也。自为之法，不能身先之而倚众，耻也。）

翼富仓之议

国学司成倪元璐议：

一、每村坊各建义仓一所，度可容六千石者，或初年物力不敷，暂借同会中私囷贮之，俟后资集，补建充拓可也。

一、仓以防盗备火为要。

一、会侣以少为贵，五家足矣。内有资计不足，集两为朋者，其出名任事，惟只一人，意防败群。此为切著。更少至三家、两家，或一人独任尤妙。

一、千石、五百，各随其便。

一、仓分运、定二号。运仓以供春夏平粜，转输于秋成之前者也。定之为言停也，留之秋成之后，以防临获忽荒。（如万历戊子大稔将收，忽大风落穗，遂成奇荒。固须八月万宝告登，然后发粜。）凡新谷入时，人争贵陈米，礲净出粜，较新米可赢息二分，少亦一分五厘。即时回籴新谷，以一本一利还仓。

一、每年入谷，以早谷方旺、晚谷将升之时为度。其出粜，初年谷少，恐太早，猝遇米贵，无以为救。须六月中旬以后，几及秋成之时，后可出仓。其后谷数渐增，惟权饥口，扣留平粜百日之资为度，其余不妨随时征贵，粜之他方。又初年每五百石，量留百石，至新谷既升，以陈谷发粜，亦防意外。此因定仓无谷而然。其后定仓谷入至五百石以上，运仓即不必更留余谷迟粜矣。或当五六月时，大水亢旱，荒征已见，即应悉留停粜，以备非常。盖大饥极歉，非留经岁之粮，不足以济也。

一、每年以七月十五日，交盘运仓粜出本利银两；以九月初一日，交盘定仓及迟粜陈谷本利银两。承领者必先输质物，田屋照活卖，货物照典当，以十抵六。仍集众公验繇票真伪、产业虚实、器物佳恶，计谷本利，万全无失，就册开写明白，交下肩收执，方准承领。其次年下肩领到本利不欠，方准发还原质。如少欠留质勒补，多欠即以所质物当之。此为经久之计，不容不慎，且相稽相察，一彼一此，不须拘嫌，违约者罚。

一、谷息运仓以二分、定仓以分五厘为率。浮者悉入定仓，充修仓、犒丁及抵补等费。缩者于所给五家剩息内扣抵。如又不足，明于册内开载本年少利若干，俟后赢年补足。

一、每年交盘之际，上首知会定期，次及者陈戒牲醴，集诸家告于关圣及本境上谷，启焚誓文，随具散福小饭，公同交割承领。

一、每年籴谷既集，司会具五簋小饭，集诸家验过，仍将籴数及价登载册内。至出粜平籴之时，俱各知会诸家集议而行，不得专擅径遂，违者议罚。

一、平籴初年虑亏仓本，米价如止一两四五钱，不议平籴；自一两六钱至一两九钱，俱以一两五钱粜；二两以上，俱以一两六钱粜。其后谷盈至二千以上，渐可松减，至一两而极矣。然又须权量籴本，如原籴谷五钱，计米石一两，即初年亦可以一两三四钱粜矣。余仿此。若谷至七钱，科本利即应米价一两七钱八分，此亦不可谓平。合减一分，以一两五钱四分，蠲利之半；更减至一两四钱，则全蠲利矣。利可蠲，本不可折。然此自其初年谷少言之也。谷至二千以上，耗于本坊者，可取偿于他粜，通计本利，必有賸无亏。

一、平粜查清户口，分为上、中、下、极四等，上户不听籴，中户六日一籴，下、极户三日一籴，极户仍减平籴价什之二。每口日五合，初年谷少，或只三合，给票验发。往年凶米价腾时，坊分二等，次贫平籴，极贫给赈。今有社仓，岁岁平籴，则无凶年矣。所以不分籴赈，惟减价示优。若有非常，又非此论。

一、坊各管坊。本坊平籴所余发粜他坊村者，一准时价。

一、粜价贱与籴等，即免科利，亦不分给五家。或粜贱于籴，亏折原本，五家仍敛资补足如数，俟赢年补还五家。

一、定仓谷随用随补，取之五家分息。一年不足，则以两年三年完之，务如原数而止。

一、五家先而收息，既而还本，久而徒手得利，日久益充，此为藏富于社。猝遇大饥大赈，仓所不足，此五家者，即责之倾资以应，其何辞之与有？

一、谷以极燥入仓，自然不耗升合。耗即始入不慎之故，司会自行赔补。

一、日后谷盈，或官以公事勒借，他坊以缺籴告通者，皆须死争不应。不得则率一坊之众，操引誓条，婉切陈晓，事必当止。若畏祸循情，以致亏废者，俱如誓言，难逃神斧。

一、每当平籴之时，惧有他坊起而强籴者，预选本坊壮丁（，自十人渐增至五十人）。初年物力未敷，只可十人，或二十人。以后渐充，则渐益至五十人而止。署曰护籴乡丁。每一次平籴，轮十人防护，有事则纠众遏御。每一次值班十人，各给谷六升。秋收新谷既入，统给各丁人谷一石，俟后谷充，渐可加厚。秋给岁以为常，日给不遇平籴即除。自初年选定人数、姓名、年貌，登载丁册，永永用之，不堪则革，遇缺即补，以寓保甲乡兵之意云。

一、助罚等谷，皆入定仓。

一、建仓之费，五家合出。粜谷之费，取之粜本。惟修仓及护丁工食，司会措发，取偿公息，先扣后分。本年或无可扣，明年补之。仓或间岁或三年修之。

一、给赈无告，虽丰年亦然，然且需之十年之外者。惟因初年资薄，尚难广捐，要在仁人，岂能等待？因时起义，随所用心耳。

翼富仓之例

（因议而后有例，故列于议后。）

助例：

一、科第。乡榜元五十石，魁四十石，散名二十石；会榜元一百石，魁八十石，散名五十石；殿榜元一百二十石，二三甲传胪五十石。

一、除迁。特简一百三十石，超迁八十石，平除三十石，津要一百石，冷闲二十石，外任善地一百石，平缺五十石，异途佳缺三十石。

一、小试。入学一石，补廪二石，贡选四石。

一、家庆。生子添孙各二石，旬诞三石。

罚例：

一、败群三百石，所侵没者，鸣鼓攻追。交盘不清，予受各二十石。交盘愆期，每过一日，罚一石。粜粜径擅，不知会仝事者，十石。贷谷与人，虽获赢息，亦罚如所贷之数。蹇抗不遵，罚者倍之。

千石运仓出纳册式（例）：

五家各出谷二百石，二分科息，升斗细数不科。

第一年运仓收谷一千石。

第二年本利一千二百石，分五家十六石，共八十石，入定仓二十石，存本仓一千一百石。

第三年本利一千三百二十石，分五家共八十石，入定仓二十石，存本仓一千二百二十石。

第四年本利一千四百六十四石，分五家共八十石，入定仓二十石，存本仓一千三百六十四石。

第五年本利一千六百三十六石，分五家共八十石，入定仓二十石，存本仓一千五百三十六石。

第六年本利一千八百四十二石，分五家共八十石，入定仓二十石，存本仓一千七百四十二石。

第七年本利二千零九十一石，分五家共八十石，入定仓二十石，存本仓一千九百九十一石。

第八年本利二千三百八十九石，分五家共八十石，入定仓二十石，存本仓二千二百八十九石。

第九年本利二千七百四十六石，分五家各二十石，共一百石，入定仓五百石，存本仓二千二（按：原文如此）百四十六石。

第十年本利二千六百九十五石，分五家共一百石，存本仓二千五百九十五石。

第十一年本利三千一百一十四石，分五家共一百石，入定仓五百石，存本仓二千五百一十四石。

第十二年本利三千零一十六石，分五家共一百石，存本仓二千九百一十五（按：原文如此）石。

第十三年本利三千四百九十八石，分五家共一百石，存本仓三千三百九十八石。

第十四年本利四千零七十七石，分五家各一百六十石，共八百石，入定仓二百五十石，给本坊孤穷老病死丧之无告者二十七石，存本仓三千石。

第十五年本利三千六百石，分五家各一百一十石，共五百五十石，给无告五十石，存本仓三千石，岁以为常。

千石定仓出纳册式：

一分五厘科息，助罚及赢息者不科载。

第二年入二十石。

第三年本利二十三石，又入二十石，共四十三石。

第四年本利四十九石四斗五升，又入二十石，共六十九石四斗五升。

第五年本利七十九石八斗六升，又入二十石，共九十九石八斗六升。

第六年本利一百一十四石八斗三升，又入二十石，共一百三十四石八斗三升。

第七年本利一百五十五石零三升，又入二十石，共一百七十五石零五斗（按：原文如此）。

第八年本利二百零一石八斗二升，又入二十石，共二百二十一石八斗二升。

第九年本利二百五十五石零九升，又入五百石，共七百五十五石零九升。

第十年本利八百六十九石三斗五升。

第十一年本利九百九十八石七斗四升，又入五百石，共一千四百九十八石七斗四升。

第十二年本利一千七百二十三石五斗四升。

第十三年本利一千八百八十七石四斗六升。

第十四年本利二千一百七十石五斗七升，又入二百五十石，共二千四百二十石五斗七升。

第十五年本利二千七百八十三石五斗四升。

第十六年本利三千二百零一石零五升，分给五家共二百石零，存本仓三千石。

第十七年本利三千四百五十石，分给五家各九十石，共四百五十石，存本仓三千石，岁以为常。

五百石运仓出纳册式（例）：

五家各出谷一百石，二分科息，升斗细数不科。

第一年运仓收谷五百石。

第二年本利六百石，分五家各十石，共五十石，存本仓五百五十石。

第三年本利六百六十石，分五家共五十石，存本仓六百一十石。

第四年本利七百三十二石，分五家共五十石，〈存本仓六百八十二石。

第五年本利八百一十八石，分五家共五十石，存本仓七百六十八石。〉（按：此为原稿无，据绍兴本补。）

第六年本利九百二十一石，分五家共五十石，存本仓八百七十一石。

第七年本利一千零四十五石，分五家共五十石，存本仓九百九十五石。

第八年本利一千一百九十四石，分五家共五十石，存本仓一千一百四十四石。

第九年本利一千三百七十二石，分五家共五十石，入定仓三百石，存本仓一千零二十二石。

第十年本利一千二百二十六石，分五家共五十石，存本仓一千一百七十六石。

第十一年本利一千四百一十一石，分五家共五十石，存本仓一千三百六十一石。

第十二年本利一千六百三十三石，分五家共五十石，存本仓一千五百八十三石。

第十三年本利一千八百九十九石，分五家共五十石，入定仓三百石，存本仓一千五百四十九石。

第十四年本利一千八百五十八石。

第十五年本利二千二百二十九石。

第十六年本利二千六百七十四石。

第十七年本利三千二百零八石，自十四年至十七年，五家俱不取运仓息谷。

第十八年本利三千八百五十石，分五家各六十石，共三百石，入定仓五百五十石，存本仓三千石。

第十九年本利三千六百石，分五家各一百一十石，共五百五十石，给本坊孤穷老病死丧之无告者五十石，存本仓三千石，岁以为常。

五百石定仓出纳册式（例）：

一分五厘科息，助罚及赢息入者不科载。

第九年入三百石。

第十年本利三百四十五石。

第十一年本利三百九十六石。

第十二年本利四百五十五石四斗，又入三百石，共七百五十五石四斗。

第十四年本利八百六十八石七斗一升。

第十五年本利九百九十九石零一升。

第十六年本利一千一百四十八石八斗六升。

第十七年本利一千三百二十一石一斗八升。

第十八年本利一千五百一十九石三斗四升，又入五百五十石，共二千零一十九石三斗四升。

第十九年本利二千三百二十二石二斗三升。

第二十年本利二千六百七十石零五斗六升。

第二十一年本利三千零七十一石一斗四升，分五家共七十一石一斗四升，存本仓三千石。

第二十二年本利三千四百五十石，分五家各九十石，共四百五十石，存本仓三千石，岁以为常。

（第十三年本利八百六十七石九斗八升。

第十四年本利九百九十八石一斗七升。

第十五年本利一千一百四十八石八斗六升。

第十六年本利一千三百二十一石一斗八升。

第十七年本利一千五百一十九石三斗四升，又入五百五十石，共二千零一十九石三斗四升。

第十八年本利二千三百二十二石二斗三升。

第十九年本利二千六百七十石零五斗六升。

第二十年本利三千零七十一石一斗四升，分五家共七十一石一斗四升，存本仓三千石。

第二十一年本利三千四百五十石，分五家各九十石，共四百五十石，存本仓三千石，岁以为常。）

（按：此括号内部分系绍兴本所载，与稿本有出入，故录于此，以备参考。）

交盘（例）式：

第一年某司会，领到各家银若干两，足色数，时价每谷一石，用银若干，使费若干，通共用银若干两，籴入谷若干石。次年出粜，某时若干石，时价每石银若干，收银共若干两，又某时若干石，时价每石若干，收银共若干两。平籴谷某时若干石，每石科价银若干，又每时若干石，每石科价银若干两，共收银若干两。通计共银若干两，足色数，较原本入息二分不少，或赢若干，或缩若干，于七月十五日，第一次交盘若干，九月初一日，第二次交盘若干完讫。

第二年某司会，领到银若干两，足色数，籴入谷若干石，照时价每石用银若干两。除照刊定本利不少，或少若干外，入定仓若干石，扣还前会银杂费若干，或无可扣，即不书。护丁秋给若干石，分五家若干石，或无所分，即不书。实在运仓若干石，定仓若干石，次年出粜，云云仝上。

第三年某司会，领到银若干两，足色数，籴入运仓谷若干石，用银若干两，定仓谷若干，用银若干两，通共用银若干两，使费若干两，除照刊定云云仝上。

第四年以后仿此。

杂费式：

某年某司会某月日籴谷，往来盘费、搬运脚价共用银若干两，支销讫。某月日修仓工料用银若干两，准谷若干石，候新谷入息扣还。某月日护丁工食用谷若干石，候新谷入息扣还。某季某月日给过无告某某各若干石，共用谷若干石，支销讫。

厚储之十二　义社田

谕无　例无　诏无　案无　疏无　议三

仓之宜于社，固也。然推陈易新，一出一入之际，终不能无疑于侵耗焉。况谷之为物，少积之不足备荒，多积之易至朽腐。曷若变其法以置田？谷既不与日以俱耗，租乃得与岁以俱增。且谷可侵，田不可没，可侵者弊在于一时，不可没者，利在于永世矣。辑义社田第十二。

义社田之疏

河东巡盐御史李嗣京疏：伏思皇上以四事保民，积贮尤生民之大命。运城商庶骈集，嗷嗷食指，薪米如珠，虽有囷仓，竟无颗粒，设值意外之惊，安所恃以元〔无〕恐？臣先后买赈田二百亩，征收额租，因时敛散，岁以为常。不惟估值可平，抑亦熯潦有备。倘此后陈陈相因，累积不已，三年九年之蓄，米谷可胜用乎？但恐官胥借支蠹耗，合无置豆循环报部存案，非遇馑荒，不得擅动。每差满，必以积谷数并造事迹册中，用备考核，则现在者永杜侵那，而将来者益增储蓄矣。

义社田之议

（知抚州节制军）宋黄震议：予穷年余之力，以其收息，买田六百亩，永代人户纳息。且使常年不贷，唯荒年则贷之，而不复收息。大抵小民假贷，皆起于贫。贷时则易，还时则难；贷时虽以为恩，索时或以为怨。倘稍从而变通之，鸠钱买田，丰年聚租，荒年赈散，不唯不取其息，并亦不取其本，庶乎有利而无害。

知吉安（太守）府祁承爜议（曰：郡县之吏，所以修职而惠民者，在令甲首重积谷之一事。而江右尤夙称奉职惟谨，是以）：吉州预备之积存，不减十万，而民间之社仓义谷，亦复称是。当其始也，仿朱子常平之法，而岁收其息，腾踊可以平一方之价，凶荒可以给四境之民，法至善也。迨（人情日伪，）风俗渐浇，计口而听之出者，不能操券而责之入，故一变而为积存之说，遂有入而不复出矣。然储之既多，则看守为难，积之既久，则蒸湿可虑。且社仓散处于各乡，诚不乏壮哉之鼠雀，而每至佥点巡缉典守之人，不啻若赴汤蹈火者，故又一变而为粜谷存银之说，遂并其备荒之意而失之矣。夫俭岁之所宝者，谷耳。若银则一金止易一金之粟，欲以平粜而粜不可平，欲以济饥而饥不能济。（顾名思义，积谷之意谓何？而徒以存银于库乎哉！）且银既在库，或遇公家之急需，而计无可抵，或遇夙逋之督责，而征输不前，往往那之以应用。是以数十年郡邑锱铢之所积，闾阎升斗之所捐者，一旦付之乌有也。（即于令甲课吏之法亦不相蒙矣。故）本府（备酌舆情，揆之政体，）窃以为当照见行通例，凡大县积谷在一万石之外者，其余存库之银，俱酌量多寡，择置公田。若社谷之银，凡有存库者，俱以置立社田，必以旱涝无虑，膏腴常稔者为则，每年应收之租皆贮官廪，大约以十石之谷置田，岁可收一石之租。（谷既不与日以俱耗，而租乃得与岁以俱增，）不出十年，则岁收之息且过于原存之银。小歉则出之以平粜惠民，大荒则出之以赈饥救困，斯亦地方永利之政乎？（然而事宜谋始，法贵虑终。况有司之迁代靡常，后此者谁复临圻而履亩？豪右之兼并不一，将来者岂禁日削而月侵？倘不画以经久之规，垂以确然之式，使今日不能举事而如指诸掌，则后日又岂能按籍而如在目前乎？为此备陈一得，条列四端，仍俟置田完日，每县将一应给过银两，置过田亩，备造一册，缴报查考。）

一、慎择田以收实益。（吉郡之田，多瘠而少腴。沿江既以畏涝，沿山更复畏旱。夫田舍翁为子孙计，非得水旱无忧者不业也。况以一郡之举，创一郡之永利，可不为久长计哉！其）置田之规则，务须于县治左右附近二十里内外者为佳；又须人烟辏集，耕佃不乏，而溪深水长、土厚弓足者为佳。宁饶其值以市常丰常稔之田，毋俭其价而收有名无实之产。至于置田一节，（在县官既不能亲访之民间，势必托之于人，）使所托不得其人，彼以瘠为腴，以下为高，（以薄为厚，已为弊薮矣。乃有）指甲以为乙，移东以为西，又有以契价不明之田，久贷未了之局，藉名官买，（以快其私图者，）其害不可胜言哉！惟是境内高绅，（其体国爱民之念既切，而）自为桑梓之计更周。县分四乡，或每乡各烦一位，或一邑总烦一位，而一切审择高腴，度量远近，成契定价，俱听其裁处。该县惟据契书，躬至田所，再一点明圻段租额，仍将通县置田若干，用价若干，俱一一登入簿籍，通行申报，以便查考。其一应卖契总粘一卷，俱用府县印钤，存贮县库，登入查盘。（如此不但置田者，有一亩之田，得一亩之实益，即鬻产者，有一分之价，得一分之实用矣。业与乡绅已有成议。）

一、明勒石以垂经久。夫田亩之圻段有定，而人情之影射无穷。租额之所输有常，而奸顽之藉口甚巧。（即民间膏梁子弟，问以父兄所遗产业，坐何都图，在何圻段，计何租税，且有茫然不知者矣。）况以县官之迭往迭来，天时之或丰或歉，（加以岁月之久，）当事之人，非复昔日任事之人，佃种之家，非复昔日鬻田之家，即欲沿圻履亩而核之，（亦戛戛乎难为力）难矣。（诚欲使千百年之后，如在目前，则）务于买田之日，各于田塍之上，立以片石。如圻段零星者，一处总为一牌，内备开某县公田或社田若干亩，共若干圻，计粮若干，计租若干，系某都某人所卖，向系某人佃种，处处皆然。通完之日，仍于县门之外竖以大碑，上书院道批详事理，并列奉行条款，下书买过田数，给过价数，圻段租额，备载其后。仍置坚实绵昏册籍，一样三本，每圻绘以图形，列以四至，开以弓步，并将原契逐一抄录于后，俱先用道印，次用府印，后用县印，各以印钤，其一存道，其一存府，其一存县，以备不时之查核。册后各备空白数张，后有陆续添置者，仍请发册籍登载于空白之内。（如此则道路之共目击者，已自晓然于今日。而册籍之所备载者，复足征信于将来。即有豪右奸民，必无所容侵没矣。若曰楚人失者，楚人得之，无庸过虑，则本府之所深惧也。）

一、立公户以省征输。盖有田则有粮，有粮则有户，此定例也。既为官田而仍复留于民户，是重困卖主也。岁有额征之粮，而不酌以定规，是重困里排也。今后各县立以两户，凡郡邑积谷所置之田，名曰某府某县公田户；凡民间社谷所置之田，名曰某县社田户（，各不相溷）。每年应纳钱粮，照民间则例，即于所收租谷之内扣完。倘日后各县有开垦升科之田，即渐次抵为公田之粮，亦为便计。仍各置公田、社田户管册三本，上开坐落某都某图田某圻某段，中开粮额斗则，后开收租数目，仍送道府各用印钤，各存其一，以备稽查。夫户永在则田亦永在，田永在则租亦永在。既不以公家之粮，累及里排，复不以已去之产，困及业主。且于每年扣粮之中，即可寓每年查租之意。

一、酌收放以均德意。夫公田、社田之举，稽之通国，实有同心，无不合词称善者。独收租与给赈之法，其议尚有不同。其收之也，有谓宜存该都殷实之家，以便就近之给发，不送查盘，不入官廪，乃为便计者；有谓租不入官，则数载之后，俱成乌有，一切以官法董之，乃为长策者。其出之也，有谓布德惟均，既曰官租，则给赈凶荒，自宜一体沾被者；有谓社谷之积，在各都原有多寡之不等，在给散亦宜有厚薄之不同者。总之收放之法，不出此四言，而本府折衷其间。夫公田之租，属公家之事，不必言矣。即如社田之租，在当日欲苏管守者之累，故易银以存库。今复责之以守租，其与昔之守谷也何异？合应以各乡之社租，俱收贮县仓，而总责成于仓吏之看守，即遇查盘，亦仓吏之责，于民间无与矣。独其载谷入仓，不能不委该都之见役。虽有小劳，然十年之中，止一年之事，即劳亦有限。但其交谷之时，务须加意体恤，毋令其有守候之苦，及县役仓役需索之费。如谷一到县，止具谷数报单一纸，县官即令仓吏面同收斛。收完之日，即于报单上标收讫二字，付里长持去。仓吏仓役不得需索分毫，止于仓收簿内，令仓吏自行当官登入，不必再取仓收，以致守候。其仓吏看守公食及席蕈之费，即将租谷之内，每石量给三升，此外不得一毫派及里排。其每年耗谷，仍照常科算。至于给发之时，在官府固无分民，在各都实有肥瘠，以原无颗粒义谷之乡，而与厚助者同类而沐颁赈，在人情自有不均之叹。今应听各县查明，各都社谷有原数多寡可据者，即与登入置田数目之后。后日遇有给发，酌量颁行。如无原数可查，则一体置田者，一体给赈可也。总之，公田、社田二项额租，如遇大灾，则倾庾而济饥民；如遇小荒，则减价而平市粜。所动者，其岁入之租；而不动者，其原在之本。要以事不扰民，而民被实惠，则惟在家事视国之心耳。

弋阳令王万祚议：义田一款，实为民生永利，就经力行置买，又多方劝谕乡绅士庶等人，不拘多寡，随意蠲助，共计田四百四十七亩零，合陈善后事宜四款：

一、立石通衢，以防隐占。官置之产，事无专属，日久湮没可虞。今议蠲置田亩，逐一填注印簿，俟蠲有定数，刊刻成书，总立一官户，绅衿各存一本；仍于通衢勒石，胪列业主字号，庶三尺之童，皆能认识，而永绝隐占之端矣。

一、设法征收，以省骚扰。佃户皆系乡农，内有足迹不入城市者，岂便与衙门交易？今议蠲置田亩，仍着原佃布种，其租谷仍照原数，每年责令本都见年征收代纳，取仓吏实收。庶乡民得安耕耨之尝〔常〕，而永无骚扰之累矣。

一、随时出纳，以杜朽蠹。陈因虽见充盈，而红腐徒滋耗折。今议每年于新陈不接之际，减价平籴，止许贫民赴县纳银给粟，多不过五斗。其衙役铺户，概不许揽买。俟秋收照数籴谷上仓，庶颗粒皆俾实用，而永无耗折之虑矣。

一、禁止那移，以绝影射。蠲置义田，皆官绅士氓，加惠穷黎，冀垂永利。若一经那借，便开侵耗之端，究饱奸胥之橐。今议每年登报盘察一遍，专备本县荒歉，严禁别项支取。庶穷黎获沾实惠，而永无枵腹之虞矣。

厚储之十三　内储

谕四　例七　诏无　案无　疏八　议二

储蓄者，天下大命也。国朝无尝〔常〕平之钱、义仓之粟，所恃为郡邑凶荒备者，惟赎谷一项。乃取之几于穷铢锱，而非化为朽腐，则徒托纸上耳。欲为民生计者，要又稽核有方，推易得法，诸贤言之详矣。辑内储第十三。

内储之谕

宣德元年，巡按湖广御史朱鉴言，洪武间，各府州县皆置东西南北四仓，以贮官谷，多者万余石，少者四五千石。仓设富民守之，遇有水旱饥馑，以贷贫民。今各处有司，以为不急之务，仓廒废弛，赎谷罚金掩为己有，深负朝廷仁民之意。乞令府州县修仓廒，谨储积，给贷以时。仍令布按二司、巡按御史巡察，违者罪之。上谕户部曰：此祖宗良法美意，比由守令不得人，遂致废弛。尔户部亦岂能无过？其如御史言，违者从按察司、监察御史劾奏。

嘉靖三年，圣谕：各处州县预处仓粮，本为救荒而设。近年以来，所在官司往往怠玩废弛，未见修举。你部里便查旧规，着写敕与各该巡抚都御史、无巡抚处巡按御史，严督所属司府州县卫所掌印正官，照依先年奏行事例，逐一查处。务要多方区画，设法措置，着实举行，不许虚应故事。给由旌擢降用等项，俱照例行。

嘉靖十年，圣谕：积谷事宜，不必拘泥旧例，只着司府州县官将在官赃罚、纸价、赎罪、租课等项银两，尽数籴谷入仓，以备赈济。仍置立文簿，着各该巡抚御史按季稽查，年终类造。如有侵欺隐匿，指称花费，及仍前多方科害小民，以为功绩的，事发定行从重治罪，你部里便通行天下知道。

（原稿眉注：入内储说。）崇祯五年，以户部覆请，奉圣谕：积谷备赈，有司急务，自当按年甄别，确核劝惩。如何隔越数载，各官已多离任，始行类题？明属虚应故事，好生玩泄。今后都着年终奏报，不许止参一二佐领署篆塞责。违者抚按官一体纠治。该部通行严饬。

（原稿眉注：入内储说。）崇祯五年，以户部覆请，奉圣谕：这积贮谷石，著该管官设法查核，严禁侵那。违者巡按官参奏处治。

崇祯十四年（五月十七日），圣谕积谷折银，便于侵那。以后通行省直，凡备赈谷石，俱要本色入仓，不许折银滋弊。有违者抚按参来重处。

（原稿眉注：入内储说。）崇祯十五年，户部覆本，奉圣谕：国家设尝〔常〕平、预备等仓，原广积贮为裕民救荒至计。况军兴旁午，急藉粮刍，岁值丰稔，尤宜储备。这奏内酌州县冲僻，分定多寡，量征本色。有司洁己奉公，将一应存留赎锾等项，听其通融，官自收买，不得借端扰民。事完分别殿最，该抚按劝励有方，自可缓急有济。尔部还申饬行。

内储之例

正统七年，令各府州县一应赃罚入官之物，俱于年终变卖在官，候秋成籴粮，预备赈济。

嘉靖十年，应天巡抚毛思义言，府尹江晓等，积谷溢于原数；苏松常镇等府知府聂豹等，不及限。诏令晓等体国为民，分别等第。豹等各守郡，反不及数，行政守已可知，参究以闻。仍通行天下抚按查册送部，以凭朝觐黜陟。

（原稿眉注：入内储。）嘉靖二十四年，议准徒杖笞罪，审有力者，俱令照例纳米，入预备仓。不许以稻黍杂粮，准折上纳。

万历五年，议准行各抚按详查地方难易，酌定上、中、下三等，为积谷等差。如上州县每岁以千石为准，多或至三二千石，下州县以数百石为准，少或至百石，务求官民两便，经久可行。自本年为始，著为定额，每年终分别畜积多寡为赏罚。其不及数者，查照近例，以十分为率，少三分者，罚俸三个月；少五分者，半年；六分者，八个月；八分以上者，一年，仍咨吏部劣处；全无者，降俸二级，亦咨部停止行取推升。待有成效，抚按酌议题请开俸。若仍前怠玩，参究革职。

万历七年，题准各省直抚按督各州县官，将库贮自理纸赎，并抚按等衙门所留二分赃罚，尽数籴谷。其纳赎事例，春夏折银，秋冬纳米。如年久谷多，酌量出陈易新，以免浥烂。

万历七年，议准各省直抚按酌量所属知府地方，繁简贫富，定拟积谷分数。其积不及数者，与州县一体查参。其升迁离任者，照在任一体参究。

万历八年，题准各抚按官查盘积谷实数，分别府州县总撒，填注主守职名，每年终奏报。其更代官候交盘明白，方准离任。

万历十一年，题准各省直抚按官会同司道，各查所属，除富庶州县，仍照原额积谷，其疲敝灾伤，及里分虽多，词讼原少者，酌量裁减，以后照例查参。俱以三年为期，通融计算，分别畜积实在之数，照例旌奖参罚。如三年之内，偶〔遇〕升迁事故，抚按官行该司道按年考核，积谷如数，方许离任。果有灾荒事故，委不能及原数者，明白具奏，方免参罚。其考满朝觐，俱照例行。

内储之疏

工部尚书刘清惠公麟疏：（窃惟国以民为本，百姓以食为天。经制之大，储蓄为上。故将欲安民者，必先积谷。但百里之外，风气顿殊，而物之不齐，物之情也。今使九州一律，势岂能同？若北方郡县，每里必取一千五百之数，十里百里，以数而推，地至百里，粮至一十五万。北方里社户口几何，生产几何，常赋几何，词讼几何？是就其耕桑所入，尽数取之，不足以充前数。即以武邑一县言之，原额二十五里，三年例该积谷二万五千，常出常赋，三年不过七千余石。今欲至二万五千，则是额外巧取，倍于常赋数多。其他州县，亦多类此。况是以十年为率，灾伤俱半，又势有所不能行者。积谷惟词讼一事，其言为正，但有力者少，无力者多。近有事例，虽有力亦减。若令事事输谷，人人赎罪，则贫者死于缧绁，猾者逃于异乡。本欲积谷，而其源反塞，非计之得。此外又有劝谕一途，不过望门横索，未免滥及无辜。加以官贪吏弊，其害不可胜言。昔也止于贫者不安，今也富者亦无不病，尤为失计。纵使用刑劝谕，一切不顾，而见行之数太多，亦恐未足。本官有见于此，所以关申详切，揆之事势，委有不能。若谓成命已下，不敢阻违，而大势相悬，难于责效。循良者累岁不迁，横敛者胥□致愿。蓄积未盈，本根先瘁。国家一举，而理财用人之道皆废，诚可忧也。为今之计，必须俯鉴）北方与南方不同，北方地瘠民贫，（将前项）积谷之数，宜照所办秋粮，以为赢缩，又视灾伤轻重，以为行止。十里以下，议积粮一万五千石，改积若干；二十里、三十里以至七百里、八百里，俱各以秋粮为则，照前递减。如每岁纳粮千石者，止可令其积谷九百石、八百石，秋粮万石，令其积谷九千石、八千石，而百十皆然。（又不及数，方照前议，夫复何词?）中间又有水旱虫荒，两收无望，仍与官民分豁，小饥则发银远籴，大饥则开仓议赈，不必更拘前数，以恤贫民。（其应否分豁，即照奏勘灾伤以为分数。如此则事有本末，政有差等，官才民力，经久可行。再，查直隶保定六府，见今数年水旱相仍，而大奸大盗，纵横之后，民之憔悴，其在北方尤为特甚，欲议积谷如数，必须仍待丰年。见今敕旨已布，虽竭力奉行，不过理刑赎罪盘验赔补常行之数，安能便有厚积？惟是巡抚以来，禁约诸司，不敢擅兴工作，裁抑浮费，月稽季考，一钱守帛，囊括在公。除起运粮站等项额例不敢轻重者，听其转解外，其余百计清查，但有赢余，上仓入库，一一查盘封号。计今所积，除已经放赈开除不算外，见在仓粮共四十六万五千九百七十三石有零。自巡抚以后，日月所积，约有二十万余石。银两亦除放赈、修仓、修库等项开除不算外，见在鞘封及新收未曾入鞘，一应可以籴谷官银，通计共该银十万一千五十余两。遵照敕旨，就此区画救时之意，莫如议籴。虽前项银数不多，而费不烦公，敛不动众，损上益下，计出政平。）至于中熟而籴，择地而行，择户而授。每银一两，籴谷三石。每一上中人户，领银不过三十两，籴谷不过百石。或者以为价减斗增，比之望门劝罚，不为无故。即使谷价稍贵，斗石稍增，每银一两，所增三斗六斗，有事而发，悉以为民，不为太甚。（□前项银两储积，一方命脉，全在于此。括索之烦，怨有所集。今欲倒囊动支，诚非细故。况此本六府掌印各官经收，就令支销，出入一人之手，必致事久难明。）合无敕下户部选差公正主事一员，亲诣各府，望秋籴买，督率各该官吏，抢场播晒，洁净干圆，仍预先定拟何处地僻有粮，储谷宜少，何处地冲粮少，储谷宜多。斟酌分派已定，仓廒已修者，如法铺垫，未修者，一面修完。若廒座不彀，亦许量为增益。（盖臣已预先行属整理未尽，其修仓籴粮地方廉干官员，俱听本官从宜定委；奸贪误事者，悉听拘提参究。臣亦多方觉察，从公区处。）事完之日，将支过银两、籴过粮数通行查盘，另廒收贮。仍将新买旧积粮数，分别明白，置立木牌，书记各廒之上，以便查考。其盘验若侵欺短少，悉听本官拿究追赔。如此则任土立法，政有可经（；以义制利，官有定守。理财用人之道，一举而两得）矣。

（原注：积谷之疏，入预备仓亦可。）嘉靖十年，户部覆疏：照得前项积谷事，我祖宗累朝以来，备荒善政，（一向因循，未见修举，）所以尚书梁议复前例，令其司府州县掌印官员，以三、六、九年考满任内积粮多寡，听本部查考，行移吏部黜陟（，无非预备不虞，裕国安民之意）之议。今给事中王证等所奏，有司乘风淫刑滥罚，大张骗局，计营私橐，反资奸贪，乞要从长议处，著为定例者，盖恐举行官军不能体悉朝廷至意，敢有瘠民肥己之弊。又恐偏僻处所，词讼简少，虽以一律拘泥耳。（，所以复弊。）为照各处预备仓，专为积谷备荒而设。今之所谓积谷者，即举行预备仓之事也。不宜于预备之外，又立积谷之名。况无名科罚，国朝严禁，问刑条例，照然具载。若不问有无罪犯之人，一概严刑科罚，务求足数，岂不惊扰地方，致人愤怨？是欲利民而先病民。若有司府州县官，能将应问应行事宜，如赃罚纸米价银，如堂食引钱税课，如无碍赃罚，如应劝官钱，如余剩银两等项，毋为侵渔之计，尽数籴谷上仓，则未有不充实盈溢者。又照弘治初年立定积谷数目，似乎太重，如十里之县，人户不满千百，三年之内，令其积谷一万五千石，岂不病民？俱合相应酌处，合候命下本部通行各该抚按官，备行所属司府州县卫所等所属衙门，即将见年积谷数目，各照里分多少，量减三分之一，递为劝惩之法。中间果有贤能官员，事不越分病民，自能如数积谷，或有加倍者，照依升赏。如或地方偏僻，词讼减少，委实无可措置，不足此数者，亦不必拘泥。务使凶荒有备，上下无怨。仍各置立循环文簿二扇，通行各布政司直隶各府掌印官，用印钤盖，发各衙门掌印官收掌。如某日上司发下词状若干名目，自受过词状若干，某日上司发下并自问过犯人几名口，某人纸价若干，某人赃罚若干，杂犯死罪准赎，并徒流笞杖纳米，或米价若干，给过路引若干，该银若干，税过某处某人买契若干，收过某湖某地某池某荡各该租银若干，或义民某人，吏农某人，纳过米谷各若干等项，一应支剩无碍官钱，俱已尽数籴粮，送预备仓收贮，逐一附写于簿，分别旧管、新收实在数目明白，按月倒换。各该抚按并布、按二司守巡官到各州县地方吊取前簿，严加查考。仍候年终类造文册奏缴，青册送部查考。所积之数，随其事之繁简、州县之大小，去严就宽，酌量举行。如有贪〈官污吏，假以多方为名，不分有无事由，如以前项名〉（按：此据绍兴本补）色，分外科罚，及严行恣威，多方巧取，致人嗟怨，一体查究治罪，甚者查照问刑条例施行。及查盘预备仓粮之时，务要严加覆勘，曾否有无那移侵费等弊，逐一查究，务见下落。应拿问者即便拿问，应参奏者参奏施行。

吏部尚书胡庄肃公松疏：（臣闻之晁错曰：一日不再食则饥，〈一〉岁不制衣则寒。夫民饥不得食，寒不得衣，则虽慈父不能以有其子，君安能以有其民哉？臣始诵其言，以为太过，至于近日，乃知其信然不诬。何者？自顷山西被围，才旬日尔，然人情皇皇，已皆狼狈相顾。假而围之月余，又或数月不解，此其急当何如也？讯察其故，盖以民间积蓄，本自不多，而官庾所藏，又苦不富。即此一处，而天下具可知已。谨按先年户部奏行积粟条例，其意颇善。徒以吏缘为奸，奉行弗至，而上之人亦不闻有所甄拔饬励，故使良法美意，旷寝废阁至于今。臣愚以为宜严行申厉，重纠贪墨。夫郡县储峙，所以待有事而备可虞也。今法自徒以下，得赎者有力入粟，其稍有力则令入金，名工食，所以缘人情也。顾吏因为利，不以归官府之帑藏，而以充私室之橐笥，是教之偷也。为今之计，莫如改令，）请得赎免者，准入粟而为之差等。如法应杖七十者，而有力则令入谷十石五斗矣；其稍有力者，则与减十之三四。其他徒流，并准此以为之则。而又明敕抚按之臣，时巡稽籍，因以观察其人之廉与贪，及奉法与否。其有仍前赎金者，并以赃罪论罢。其余江南岭表诸处，或下湿不可久贮者，令抚按官画一具奏，务期有备。（陛下采之舆议，著在令甲，令该科记籍，毋辄轻改革。如此则仓谷相望，师行粮食，即虽兵连祸结，当亦有资于转运。比诸仓卒积发，乘急翔贵，收籴无几，缓不及事者，其利害轻重，岂不相悬绝哉！）

户部尚书萧彦疏：（窃惟天下无不弊之法，而贵有救弊之方。因其弊而调停之，则事不至于大弊，而民可相安。天下所以长治无虞，率是道也。恭惟圣明御极，百度一新，海隅苍生，举喁喁焉思见德化之成矣。惟是一二事宜当调停者，臣等职掌所关，不敢不具列以闻，而皇上试垂听焉。一曰积谷。夫积谷备荒，岂非常策？而言者往往称不便甚，岂诚不便哉？臣以为有两端焉。）有罪则有赎，有赎则有谷。自戍而上，例申详抚按，曰抚按之赎也。徒而上，例申详司道，曰司道之赎也。有司不得作数，则有司自理，惟杖而下耳。而杖而下者几何哉？又郡与州县，非分土也。讼而赎者，州县之民也。灾而赈者，亦其民也。而近议者曰，郡自有仓廒，自有词讼。令积谷有差，即杖而下，讼于郡者，又属之郡已，而州县所自理几何哉？于是有刻意推求，以无力为有力者；于是有多方科罚，借民赀以遣己责者矣。（虽有贤者，亦所不免，虽有严禁，不能猝止，其势然也。夫立法初议，岂其若是？而开载未明，奉行过当，即今造册奏缴，若福建一省，各自为项，两不相蒙，其他或含糊支吾，不合原式。）臣谓州县积谷，制也；郡积谷，非制也，是可更也。抚按赃罚，解京者无论已，其二分备赈者，与司道所详行而存留者，并有司自理，通算可也。一转移间，而有司者可措手矣。即按成数而查核之，降罚如令，造报如式，奚辞哉！

南刑部尚书魏时亮疏：（臣闻民为邦本。语曰：王者以民为天，民以食为天。又曰：积储者，天下之大命。国无三年之积，国非其国。饥寒切身，虽慈母不能保其子，而君安能安其民乎？乃今为民积储，最要于积谷之法。何各府州县之积，率多文具？在籍者仅属空名，在仓者徒号虚数。上官纵有查盘，有司临期搪塞。一遇凶荒，赈给无措，始或议借议籴。万口嗷嗷，勺合无济，惟饥瘠流散以死而已。伏乞严饬）各该抚按，凡所属一应纸赎，除照例八分收银，以备解额公用外，其二分务令收谷入预备仓。凡各府州县原定有积谷分数者，俱限措处足数。未有定数及原数太少者，酌定量加。原无屯积仓廒，许令创建。原系穷僻难处县分，该道府多方措置，呈请抚按加添。仍依道里远近，听各抚按先报依准通行，限三年内将所属积谷事宜完销勘合。有不完销者，该科定行查参。其守令有仍前文具者，抚按定宜论斥。即分数不足，亦宜降责无贷。务令有司处处留意贮积，而民命可恃以无恐矣。

临山丞王邦直疏：（王制曰：国无九年之蓄，曰不足。是储畜者，诚天下之大命也。近年以来，仓廪空虚，军卫惟支折色，而升合之积全无。有司不积谷石，而预备之仓虚设。若加之以师旅，因之以饥馑，其能免于捐瘠者乎？臣谓）军粮之上纳者，当复其本色；屯田之征收者，当取其籽粒。至于预备仓之储蓄，尤当多为设法。各处库藏赃罚，宜尽数籴买；各官问断纸赎，当取其米粟。夫纸赎之取银，实有司之私弊也。州县之所问者，多不登报；上司之所问者，多为馈送。若定为法制，止许取米而不许取银，不惟革各官之侵扣，亦以救天下之民命也。

户科都给事蔡经等疏：窃惟国之本在民，民之命在食。故水旱有或然之数，而历代先备蓄之防。今郡县置仓，名曰预备，正以广储积，备饥荒也。奈何有司官员，好名者避聚敛之嫌，营私者为囊橐之计，阘茸无为者，置之不理，甚至仓廒尽废，蓄积全无。（祖宗良法美意，往往视为虚文，民无实惠。）所据前项法例，相应再行申明，合候命下本部备行翰林，查照旧规撰敕备载前项积谷事宜，移咨兵部马上赍捧分送各巡（抚，无巡抚处行巡按）按，各要（仰体圣怀，敷□德意，）严行所属府州县卫所等衙门，着落掌印正官，照依先年奏行事例，逐一查处。预备仓廒，坍塌者另行起盖，损坏者量加修葺。自明文到日为始，务要多方区画，设法措置。凡合干上司及本衙门日逐问过词讼赃罚纸价，及税契给引等项，一应无碍官钱，俱令尽数籴买杂粮，上仓收贮，以备凶歉。仍遵照前例，一体旌擢降罚，以示劝惩。一遇水旱灾伤，饥民缺食，动支前项仓粮，查照佥事林希元所奏各项事宜，斟酌轻重，分投委官，多方给赈。其司府州县等官，如有不行用心，坐视民患，听抚按官指实参奏拿问。其有尽心为民、赈济无弊者，仍量加旌奖，以励贤能。若抚按官督率无效，纠举失真，听两京科道官指实参奏，请自上裁。如此则内外相继，备荒有政，（在上者不事虚文，在下者得沾实惠，）内帑不致频烦，而国本用以巩固矣。

（山东巡按御史）毕懋康疏：（照得国无六年之蓄曰急，无三年之蓄曰国非其国。古者三耕而一余，九耕而三余，岂非以薫□之中，丰歉相半，预为先事之备，故虽遇有凶荒，而国无捐瘠也。乃若二东之今日，则民力既竭，杼轴已空，年来猝遇大祲，公私交罄，至于屠人而食，骨肉相残，群盗蜂起，几于瓦解。揆厥所自，则积蓄不裕，而豫备之道未讲也。脱使仓有余糈，亦何至仰屋书空，而束手待毙，一至此极乎？幸赖圣恩浩荡，拯此孑遗，使数百万就死之白骨，复得含戴，列而为人，而海岱之间，犹得晏然安堵无恙，幸矣。万一天不悔祸，阅兵则无兵，征饷则无饷，鸠民则民饥而死，搜帑则帑扫一空，果何所恃而不恐？夫惩羹者吹冷齑，）今日积谷之法，（亟宜预讲也，可不待再计而决矣。查各府州县官积谷各有定额，诚费一段苦心，额数自宽然有余。夫十亩之家，其工伯亚旅果相勤劬，必有余穑。宁有有司为郡邑之长，而不能于出入裒益之间，挹彼注此乎？）姑举其细者，如走递青白夫押决重囚等银，每岁未必其全用也。朔望讲书，伞扇公费等银，每月未必其支尽也。又如旧役已革，而新役未顶，其间接续之旷工，未必其无有也。三年修宅，虚其官不必用其实也；二季桌围，用其一便可裁其二也。此外纤悉，尤有可推。至若上司经临，既备有馔饩矣，而下程小饭，心红纸劄，何不可裁也？过客往来，既资其扉履矣，而下程小饭，请筵折席，何不可省也？即臣等与各差共事地方，诸凡宴会交际，必不可已者，业已裁去十之八九矣，岂有司独不可仿而行之乎？（务使吾仓有涩□之储，又何惜宾筵有缾罄之耻乎？惟是锐意节省，尽力笃行，不必别立名色，但只据实积储，而本官之贤能自见矣。若夫巧名以借贮，曰上司新例也。甚者科罚以诛求，曰登报额数也。吮尽膏血，暗曩不响之钟；蠹浸□斛，明填难满之壑。未及藉用于凶年，早已掊克于稔岁。此则不肖之尤者，即储峙如山，将焉用之？纠弹之文，正为此辈设耳！昔晋当兵氛冲发，魏武子请祈以币，更而后晋之粮饷不绝。乃若时事艰厄至此，而不一钱一纸，共相爱惜，以为地方积者，岂其视封疆之事，尚堪再误？彼有毁家乘以补公伍者，夫独非臣子之面孔耶？尝按魏李悝平粜法，中饥则发中熟之所敛，大饥则发大熟之所敛而粜之。汉耿寿昌请令边郡筑仓，以谷贱时增价而籴以利农，谷贵时减价而粜以利民。此常平仓之所由来也。若近年仓谷，多行春散秋敛之法，意非不善，惟是官有贤不肖，地方有良有刁，天时有利有不利。粟一出仓，便如沉海。兼以出之之时，仓如市，阍如鬼，筦计者如帝，耗蠹多端，骚然烦费，诸如此类，最所当念。恐出易之间，未可轻言。说者谓出陈易新之举，惟有）平粜一法，简便易行。或谓年谷顺成，不必每岁出纳，则有岁一晒扬之法，每石量准折耗一升，以示可久。其安置不如法，致有浥烂者，以损坏仓库财物坐赃论。至于每岁委官查盘，不必预行知会，惟单骑减从，蓦地潜至。每到一仓，即拘集经管吏书、社长仓夫、仓甲斗子人等，逐石盘验，有无糠粃抵换，有无亏损侵克，有无将多作少，或捏欠作完。如簿数增减，仓廪空虚，经承人役以监守自盗论，印官以增减钱粮枉法论。（此皆臣等所可径行者，当不至为□毛为免角，而莫可过而问也。惟是二年查参之例，则不得不易而为岁终举刺之法。盖欲重其事，必示人以忻然欲趋，而憬然不自甘之意，则人争效其所可为，而勉其所未至。是每岁一行，断不可已。第举劾不必定额，止以积谷之多寡完欠为主，而尤必问其所从来。如本年积谷过额，又以前无逋负，无妄借，其所为寸积铢垒而储之者，绝无一毫违禁科罚之事，而词状亦复如常额，则所谓贤之尤者，不必拘定资格之崇卑、履任之久近，自应破格特荐。其有谷不如额，或谷即如额，每多滥科以充数者，又安得不以吏议绳其后也!）至于经管之官，少有逋负，即循良不得考满，升迁不得径行。查参之法，画为一切，即去任不得独遗，甲科不得曲徇，而甄别必及于司道，殿最必及于查盘官，如是有不勉而思奋，惩而思惕者，人情乎哉!（兹幸一时司道有司，同心同德，为下为民者，颇有其人。顷闻各官苦心查刷，极力节缩，直从减省中得来，有数至千百计者，此谁非前人所为泥沙用之者乎？夫地方物力，止此数耳。泥沙用之，则为焚林野火，而锱铢积之，便是续命丹䃚，致相远也。庭有二器以贮水，一日去一升，一有瑕璺，则立尽之术也，而可弗戒漏孔哉！既经该司会议佥同，相应合词以请。抑臣等犹有说焉。齐鲁海岱之民，素鲜盖藏，当其瓯篓满车，秸秷满庾，辄眡为狼戾长物，而鹬冠泽輶，闘金距而走骕骦，方且折柳挟丸，迎神醮鬼，结盟于狭斜琳宫之胜者，靡不虚内以实外。猝遇眚祲，不作仳离之鸿雁，则为道殣之□羊。甚至人□而犬豕用之，如宋襄公之用□子者。惟其无终日之计，是以无担石之储也。今不急为）又有劝谕积谷（，欲民俗之不柱而自砥也，其将能乎？夫好义之心，人皆有之。歆以高谊，彼将高谊自命也；薄以鄙吝，彼将鄙吝自为也。今）一事，请著为令，此后捐谷之立坊奖谕，一如救荒例。但岁当丰稔，视大祲不同，宜为二分加一之议。如原应八百石以上者，加至一千二百，原应五百石者，加至七百五十，其余仿此，各听其输纳备荒。若夫给冠带，赐门扁，免杂差，赦小过，一听纳谷各有差，皆照前加一法，似不妨酌议永格，便宜通行（者也。人亦有言，定之方中，作于楚宫。虽无异居，而作宫作室，正如江河之有支派，岳嵺之有峰螺，有其名即当有其实者）。若夫积谷一也，而官与民则必有分矣。迩来官仓虚耗，每以一纸文书开销，或竟悬前件存案，又甚至将民间输粟，那借抵数，良以名实溷淆，遂至那移错杂耳。今须于预备仓内，另设一廒，颜其上曰尚义仓。始终为民之藏，官第为之谨其扃镝；始终济民之用，官第为之司其出纳。独此谷遇小歉，当即仿常平流通，虽颗粒不得充官物那用者也。（须行部所至，问民疾苦，靡不人人举手加额。愿以蠲逋赋、恤蝗灾、劝输粟三事为请，除蠲逋勘灾，容臣等查确另题外，敢采舆人之言，而附以劝输之一说进。伏乞敕下户部作速议覆，俾臣等相与合力戟揭，大修储政。宁损在官，勿敛在民。令贤者得以自见，即中人亦使可行。由圭撮而为京坻，自不难蓄，比及三年，粗可有备。即猝遇水旱盗贼之虞，而公私露积，聊堪补救。庶几可稍纾九重东顾之忧矣。此可以计安东土而直为此廪廪也。）

（原稿眉注：入内储疏。）户科给事中吴南灏疏：春夏积粮，秋冬积谷，此从来旧例。近不积谷而概积银，每值查盘，或以零星数石报，不然以从容买谷报，久则饱奸胥之橐，讵独无谷，并亦无银。一旦水旱不时，（赈济无籴银，）有斩木揭竿，宁死于法，无死于饥者。嗟嗟备赈救荒，独非守土事哉？宜敕天下有司，凡所报积谷，实实照数入仓，勿以纸上空言，作囷中红朽。而又出陈易新以去其腐，丰籴凶粜以平其价。万一灾祲见告，皆先以有待之，民自不至展沟壑而弄潢池矣。

（原稿眉注：入内储疏。）南京户科给事中戈久礼疏：秋冬积谷备赈，每赎银一两，折谷二石三斗。民间即谷价甚平，买纳亦须二两。乃北地之谷，贵时多而贱时少，则入谷之条，名罚一两，实罚三两。臣谓应准时价，如赎银一两，则尽此一两之谷而止，不必拘二石三斗之额。庶买无重科，民不赔累，是即法中之仁矣。至州县有不论罪名，辄罚各三二十石者，尤为可恨。宜令赴抚按申诉坐赃，庶民免以罚而破家矣。

（原稿眉注：入内储疏。）山东巡按御史王道纯疏：今日积谷之议，皆严于下而宽于上，重折色而轻本色，职犹以为未尽善也。何以为严下而宽上也？守令积谷，人皆知责成矣，层而上之有司道，司道积谷者有几，即积矣而及额者有几？有抚按焉，真能积谷者有几？

即报积矣，而有仓收者有几？徒工纸上之铺张，不究廒中之积储，毋怪日绳州县而州县不受也。何以谓重折色而轻本色也？秋冬收谷，春夏折银，行之已久矣。时既因循，闻秋冬而改折者有之，春夏而入仓者几何？奸弊百出，（闻截银收籴，多有虚数，而折平本崇，半归乌有。）充仓吏之囊橐，供滑胥之渔猎，毋怪日议积谷而所积无几也。职以积谷之法，须自抚按始行之，行之实须重本色。（始职自入境来，见抚臣余九成首倡积储，迄今司道府俱有积储。职慨慕之，檄秋谷先尽折色充饷外，即收本色，另立一仓，名曰按院积谷仓。即时值谷费〔贵〕，亦照市价征收，不必拘定斗数。如春夏无谷之时，二麦菽豆，皆可收之为用。又委廉明推官不时稽查外，凡职按历所过，亲自点查。自八月初一日起，计岁经十二月止，半年间外得谷二万石。则一年内，约得四万余石，可类推也。人之好义，皆有同心。递及各司道运府，皆有赎锾，如依此法行之，酌其词状之烦简，立以成规，务期及额，溢额者荐，缩额者参。至各州县自有观感，又无呼之不应也。）然紧关必须各立一廒，凡院司道府州县，不得混置一处，庶查者一寓目而知也。满盘打算，每年约得数十万石，行之三年，无虞饥馑；行之五年，无虞师旅；行之十年，约有数百万石。渐积渐充，如不涸之泉，不竭之府，一切加派辽粮之名，俱可不设矣。（□能□□实行，节节清楚，合州县积之而一府富，合各府院司道积之而一省富，合各省积之而天下富。于民无丝毛之扰，于国有富庶之益。廉者得以自见，贪者无所属奸。一举而众美备焉。职所谓藏富于国，可收实用者，此也。）

（原稿眉注：入内储疏。）御史戴相疏：（窃见灾祲之流行不时，而意外之虞变叵测，令天下民，困于役，困于贼，日削月剥，萧条之状，何处不有？富民少，贫民多，富者衣食颇赡，贫者朝暮不保。幸而时平年丰，犹可帖然，设值寇贼旱荒，谋生无路，贫欲仰给于富而弗得，则饥馑流离之苦，何以堪命？所恃仓庾之积，或可赈救一时，以幸无事耳。第尔来积弊日甚，不惟宁〔贮〕数源少，而亏折尤多。朽蠹余稻，民虽受赈，然沾升斗之及，何益一饱？故）为今日积贮计者，当先厘其弊，而后广其积。盖弊之多端，大抵奸吏猾胥，侵牟其中，（鼠窃难搜，蚁穴难塞，）即有司循例稽查，止据一成帐，而年久蠹深，有不可胜言者。厘弊之法，当着郡邑守令，按数盘验，勿徒凭簿书之虚报，有折必补，勿轻徇浥烂之搪抵。又于旧贮之外，再加推广，增其积额，填其实数，不啻倍蓰之而后已焉。其最吃紧者，则必一年一散，出陈以易新。随散即随收，使侵冒无所容其奸，而旧谷不至于红朽，此于法最便，于民最利。向之有赈名，无赈实者，弊端可杜矣。乃积贮之广，更有法于此。村落之间，（连屋比贫比）贫富不齐，如贫穷啼号，半菽不饱，殷厚之家，安能坐享？必多设义仓，率富民输助，以需赈救。即有司间有举行者，无奈岁久情玩，侵成废阁。（今欲地方整顿修举，为未奉明纶涣发，毕竟视为故常，民何赖焉？）伏祈皇上敕下各省直抚按，特行府州县，悬令鼓率，（有能捐□□仓，广储济众者，）酌谷数之多寡，分别旌异。（或给扁额以示劝，或给冠带以优奖。天语遐布，庶黎赤倾心，）必有向义乐输，博急公之名，而征一时之荣者。一人输纳，编户无不共趋；一乡好义，闾党无不竞效。千仓万箱，崇墉栉比，乡鄙之所积者，合凑于邑之所积，邑之所积，层累于郡之所积（者，棋置罗于直省环辖之内）。藉富以资贫，既下不病乎小民；因民以赈民，又上不费乎公帑。此以佐豫备之不及，莫善于此者。（故积贮宜广，其议似缓，而所关不小。行之目前，而垂之永久，将见有备无患，则民安本固，而社稷灵长，实始基之，亦平治一策也。）

内储之议

山东巡按御史毕懋康议：（曰：照得本院初按长芦时，曾经具题，议通行各省直按差，将一应问理罪赎，尽改纳谷备赈。除每岁解部济边等项钱粮，于罪赎内照数积银若干，专供解部，此外不得分毫溢额。如是则馈遗可绝，仓廪常充，吏治肃清，民生安乐。即有意外灾变，民间亦可恃以无恐等因。

虽未奉旨，本院已如议行之。迄今河间等处地方，煮粥救荒，犹赖有此谷也。及再按陕西，仍如前议举行。当年西安等处地方，煮粥救荒，亦赖有此谷也。今照二东连年大祲，仓廪在在空虚，虽有司例有自理纸赎积谷之法，然率多视为故事，法久人玩，每每尽充私费。一遇灾荒，束手无策，为民上者，宁忍以秦越相视？拟将本院项下赎锾，除济边公费之外，相应酌议积谷，以为地方有司官嚆矢。今后各府州县，凡遇本院）凡抚按一应批问词状，内应拟罪赎者，概改纳谷。又念民穷财尽之时，罪赎更宜从减。除事犯重大，间有一二不得不重惩外，其余寻常杖罪，但拟有力者，俱改稍有力；至于稍有力，该工价银，就中复豁免一钱五分，以为运谷上仓之费。如时当丰稔，径令犯人籴谷上仓，查照时价贵贱，以为谷石多寡，不得拘执定数。若遇荒年，小民有不便籴谷者，有司官权收赎银，候收成随即买谷入仓，概取仓收缴报，而贫民则照旧拟无力的决。至其所收完谷石，另贮一仓，仍于（本院）抚按纸赎簿内，另列一款，按季倒换。秋成后，（本院）两院不时委官亲诣掣查一次。如有在仓之谷，不足额数，乃将在库之银，混行抵数者，访出定行参处。至于各地方应建本院仓廒几间，即悬扁大书抚院按院备荒仓五字，专贮本院谷石。如谷数不多，即附于本处预备仓内，另廒收贮，亦悬一扁识之。其寻常及小歉年分，此谷不得轻动。如遇大荒之年，则各该州县即据实申请，酌量平粜赈济。（诚如此法久行，则仓谷陈陈相因，其于地方穷民，未必无补济也。）

毕懋康又议：（曰：照得积贮生民之大命，救荒有司之先图。况节奉明旨，立限参罚，其法綦严，凡有牧民之责者，果能留心民瘼，恪遵明例，原不必滥科累民，而本等额数，不患不充。大约以二东通省岁计之，积谷当不下十余万。年复一年，廒□充实，陈陈相因，凶荒有备，又何忧岁哉！惟是年来有司沿袭敝套，百般粉饰，每遇查参之期，希冀一时倖免，纸上虽觉盈□，庾中实无半菽。间有些须积贮者，又或变价充费，滥支冒破。或给散衙役，任意扣抵，或那借约里，拖欠不还。秕政种种，复至罄尽无余。一遇灾荒，束手无策，惟坐视斯民之饥而死已耳。谁司民牧，而令至是？有司官第能提出一点胞与真心，稍少修举本等职业，亦何至流徙死亡，如今日之甚乎？拟合查议，以便责成。为此仰司呈堂即查）通省府州县等衙门，分别某处每年例应积谷若干，额外应多积若干，大约查照幅员广狭，以定额数多寡。或撙节支剩库银，或裁减冗役工食，多方设处，加意讲求，宁损在官，勿敛在民。此则积贮之当议者也。每年出陈易新一次，或量取什一之息，庶子母旧谷日增，而锾金之新谷日益。卒遇荒年，则大开赈济。若寻常及小欠年分，不得轻贷。或仿周官春颁秋敛之法，或如汉耿寿昌常平之法，谷贱则增价而籴以利农，谷贵则减价而粜以利民。（惟在一二良有司如理家事，持杂总人体而人调之，不厌烦琐而已。）要之，此事原以加惠小民，切勿遗累大户。此则收放之当议者也。各该有司官须各立籴粜过数目仓库文簿，按季倒换，以便稽查。每岁收谷之后，（本院）抚按仍不时委官盘查一次，以防吏胥之干没、有司之那移。如有在仓之谷，不足额数，乃将在库之银混行抵数者，即系弥缝，便以不职墨吏议，断不姑息。此则查核之当议者也。近例查参之限，以二年为率，除积谷及数，并过额不多，见任去任各官，俱免叙，少谷三分等官，系事故去任，俱免究外，止据见任溢额短额，各官旌奖罚治有差。（然此非所施于今日之束手也。）兹当灾祲叠罹之后，（疮痍未起之昨，所求以安集而救疗之者，）仅仅积储一着，若非每岁终考成，破格举刺，以劝能振怠，又安望实举其职而愉快乎？此则举劾之当议者也。（若夫节奉明旨所云，抚按官一方表率，都要崇俭务实，撙节存贮，以佐地方之急，则两院业以身先之矣。）

厚储之十四　外储

谕无　例四　诏无　案四　疏二　议无

挽漕输粟，皆储之境内也。然或山川限阻，舟车之力有不能齐，于是储之沿途，用为外府。如唐时输粟关中，而一储于河阴，一储于太原仓，一储于东渭桥是也。如国朝挽漕燕京，而一储于淮安，一储于徐州，一储于临清，一储于德州（，一储于通州）是也。各州县之告籴和籴者，或有阻碍，亦宜仿此，使得移民就食，拨军支粮，岂非通变于必穷者乎？辑外储第十四。

外储之例

宣德四年，黄福陈瑄奏：宜令江西、湖广、浙江之民，运粮一百五十万石，贮淮安仓。苏、松、宁国、池、庐、安庆、广德民，运粮二百五十万石，贮徐州仓。应天、镇江、常州、太平、淮安、扬州、凤阳及滁、和、徐三州民，运粮一百五十万石，贮临清仓。山东、河南、北直隶府州县粮，俱令运往北京仓（为便。于是户部尚书郭资同六部都察院堂上官、六科给事中会议，除淮安仓收贮及河南、山东、北京郡县粮如瑄所言外，会议徐州仓可增粮二十四万石，临清仓可增七十余万石。其官军差遣者，令各卫拨补，并预定空闲仓廒，增置斗斛。江南民船，量地远近抽摘，及浚河修闸，俱依瑄所奏）。

成化二十年，命南京户部主事张伦督理怀庆、平阳、潼关等处运事。伦上言，黄河自河南入淮，直抵南京，水陆无碍。请量摘淮安、瓜州军粮十万石，南京常平、乌龙潭等仓十万石，运至沔池县，令河南、山西、陕西三司委官转运，以五万石存留怀、庆二府等处，以五万石给平阳、蒲州等处，十万石给潼关、西安等处，以备赈济。（又以两浙盐七十四万余引、两淮盐一百二万余引，卖银送京，以给军饷。所司谓其言皆可行，且论陕西人方以公务至京，宜遂令奏敕督运。俱）从之。

弘治十四年，令徐、淮二仓各拨米二万石，临清仓拨四万石，分派附近被灾处所赈济。

嘉靖三十二年，于临清仓动支漕运粮米三万石，装至卫辉府，酌发被灾各州县收领，候明春青黄不接散赈。

嘉靖三十八年，令将新运停泊天津应派通仓漕银，拨八万石运发蓟州，转运山海，令山海以东应赈人户自来搬运。其广宁、辽阳、金、复、海、盖隔远处，于真保地方，易买驴头，就令辽阳见调蓟州防秋步军回日顺带驮运备赈。

外储之案

隋文帝开皇三年，以京师仓廪尚虚，议为水旱之备，诏于蒲、陕、虢、熊、伊、洛、郑、怀、邠、卫、汴、许、汝等水次十三州，置募运米丁，又于卫州置黎阳仓，陕州置常平仓，华州置广通仓，转相灌注，漕关东及汾晋之粟，以给京师。

唐关中久雨谷贵，明皇将幸东都，召京兆尹裴耀卿谋之。对曰：关中帝业所兴，当百代不易，但以地狭谷少，故乘舆时幸东都以宽之。臣闻贞观、永徽之际，禄廪不多，岁漕关东一二十万石，足以周赡，乘舆得以安居。今用度浸广，运数倍于前，犹不能给，故使陛下数冒寒暑，以恤西人。今若使司农租米悉输东都，自都转漕，稍实关中，苟关中有数年之储，则不忧水旱矣。且吴人不习河漕，所在停留，日月既久，遂生隐盗。臣请于河口置仓，使吴船至彼，即输米而去，官自雇载，分入河洛。又于三门东西，各置一仓，至者贮纳，水险则止，水通则下。或开山路，车运而过，则无复留滞，省费巨万矣。河渭之滨，皆有汉隋旧仓，葺之非难也。明皇深然其言。明年，以裴耀卿为江淮河南转运使，于河口置输场，于河东置河阴仓，西置栢厓仓，三门东置集津仓，西置盐仓，凿漕渠十八里，以避三门之险。先是，舟运江淮之米，至东都含嘉仓，僦车陆运三百里至陕，率两斛用十钱。耀卿令江淮舟运，悉输河阴仓，更用河舟，运至含嘉仓及太原仓，自太原仓入渭输关中。凡三岁，运米七百万斛，省僦车钱三十万缗。或说耀卿献所省钱，耀卿曰：此公家赢缩之利耳。奈何以之市宠乎？悉奏以为市籴钱。

唐运关东谷入长安者，以河流湍悍，率一斛得八斗，至者则为成劳，受优赏。刘晏以为江汴河渭，水力不同，各随便宜，造运船，教漕卒。江船达扬州，汴船达河阴，河船达渭口，渭船达太仓。其间缘水置仓，转相受给。自是每岁运谷或至百余万斛，无斗升沉覆者。

王沂公曾留守洛，时岁歉，（里有囷积者，饥民聚党胁取，邻郡以强盗论报，死者甚众。曾但笞而释之，远近闻以为法，全活者数千。仍）上言国初淮浙未下之日，常命陕、雍、晋、绛岁输陕粟以赴京师。遂诏给陕粟二十万，储廪充而民息肩，于今赖之。

（聚党胁取，即难以盗论如法，然此风断不可长。如上言储廪，是乃长策。）

外储之疏

唐（德宗时，尚书）李讦疏：去岁京师不稔，移民就丰，既废营生，困而后达，又于国体实有虚损。遏〔曷〕若于四外豫储仓粟，安而给之，岂不愈于驱督老弱，糊口千里之外哉？宜析州郡常调九分之二，京师度支岁用之余，各立官司，年丰籴粟，积之于仓，俭则加私之二，粜之于人。如此民必力田，以取官绢，积财以取官粟。年登则常积，岁凶则直给。数年之中，谷积而人足，虽灾不为害矣。

（朱熊曰：常平之设，实益吾民，恤乎历代不能行，或行之而不能尽。昔梁惠王语孟子，移民就粟，当时不免受其讥。何哉？以其不知所本也。李讦斯言，实为确论。彼刘晏于江淮，劳亦至矣，奈何一旦以流言贬忠州，竟杀之。噫！中兴之功业，卒不能复振于前，良有以也。）

礼科右给事中李焻疏：臣闻王畿为天下根本，而附近辟邑，即股肱羽翼之地，（皆当有三年五年之蓄。今太仓屡有匮诎之形，自畿南以至齐晋陕豫三楚，流寇未靖，土寇日增，连岁亢旱，飞蝗蔽天。大江以南，水患频仍，道及怆心。今畿甫所仰给者，犹是去秋之籽粒也。若明年所给，则今岁也。如此遍地旱蝗，计明年春夏之交，民间廪庾既空，太仓之储糈告匮，京师及真保等郡，万命嗷嗷，枵腹待哺，何所恃以无恐？而畿以外，犹非论也。孔子曰：人无远虑，必有近忧。况今事在目前。臣愚）谓宜（重此）将旱潦差减地方，敕令近畿抚道守令，不论米豆麦菽等项，及时多方设法收置，随水陆远近，渐次输运积贮，以备（平素）他日赈贷之资，或可为通融缓急之用。必真保等郡，无捉衿露肘之虞，然后京师有居重驭轻之势。（至如新旧两饷及练饷急需，万一灾荒之余，外解愆期，司农仰屋，庚癸频呼，不可不早为深长思也。大抵帑金之发，恐内帑非不涸之源，捐助之劝，将拮据无九里之润。又如事例之开、屯盐之举、钱粮之议，俱非旦夕可以取携。又如杂解本色，积逋既多，应否量折，及滨海开洋，罪谴收赎，前此闻有议及者，亦皆不得已为权宜之策，而皆不足当圣心之图迴。臣愧无管商之才，徒抱杞人之忧。惟当此民困饷诎之秋，宜有桑土绸缪之虑。伏乞皇上敕下该部，毕集在廷诸臣，广收群议，从长计策，仰候圣裁。）总之务求积贮充裕，先时预备，庶（大旱不足忧尧，大潦不足忧汤，）畿辅安而天下之民举安，宗社有无涯之庆矣。（臣无任翘企之至。）

厚储之十五　官积

谕无　例无　诏无　案无　疏无　议二

积之在官者，向不过尝〔常〕平、预备、义、社等仓耳。此非取给于官帑，则纠募于民间也。今乃有不烦官帑之取给，不藉民间之纠募，而一转移间，常使万石之粟储于城中，此其为法最便，为利最普。越之贤司理议之，越之贤监司、贤太守行之，越其有瘳矣。辑官积第十五。

官积之议

宁绍守宪大参郑瑄议：绍郡凶荒米乏，与其事后议补救，曷若事先议盖藏？近者输米准粮之法，收成后每亩输米一升，纳贮官廒，即作民间完粮几分之数，俟次年青黄不接之时，平价发粜，银即解公，米可惠民，官民两便。访得松江府积米之举，自崇祯二年起，其多寡听乡绅典户自注簿籍，至夏秋之交，青黄不接，减价发粜，价听本户自收，岁以为尝〔常〕，非一日矣。籴则与之，无拣择也。其照亩均派，自崇祯三年始，官户每亩一升五合，民户则熟田每亩一升，荒田五合，灶荡亦然。其经管收贮，则孝廉中有心计、有热肠者，经管官册之米，民户汇齐纳官，遴役收管。以上二项，择小民中之委实难食者，给以印票，减价赴籴。其官册米价，即扣作本宦税粮，至冬各准扣过之银，照依时价纳米。其民户米价，则扣作民户中殷实有身家者之税粮，而至冬亦照时价纳米。此自今以往积米之大概也。平粜不无亏折，而要以冬间米价定贵于今，多寡亦可相准矣。万一冬价如春，则官甲照亩均派，务期补及今岁原积之额，每亩不过合计，而民户不与焉。此常平仓额，有增无减之大概也。据此再行酌议，输米与捐赈不同，捐则须量其力，粮则一等而输，每亩科米一升，似于派征较便。但吴利积米，越利藏谷。盖以海邦斥卤，米多蒸湿，询谋佥同，咸谓积谷之鲜亏折耳。今议每亩输谷二升，若夫管收里役之务须正身，纳户上仓之不许包折，谷色务高，斗斛宜准，以及催征之出示纳单，耗折之严核量补，与夫建仓规制，发粜事宜，总督委任之官，衙胥勒索之弊，备细酌量，列款于后。庶预储之米，既可以备时艰，而准抵之银，仍不亏夫正额，诚一举而两得也。（良法美意，无逾于此矣。

宁绍守宪大参郑瑄议：绍郡田畴不广，匮乏难支，往复计议，佥谓积米一法，云间行有成效。今以海邦斥卤，仿而行之，便于积谷。其积谷之法，毋论官民，每一亩输谷二升，每年以十月、十一月两月分为三限，设法征纳，务期不扰于民。照时准价，抵作存留税粮，择诚实殷富之里民，以董出入，而免其差，遴廉洁贤能之府佐，以司稽察，而杜其弊。次年春夏之交，即以所积之谷，定期平粜，抵充存留之银。）再，照当今功令严切，京边起解钱粮，时刻难迟，分毫难欠，只有本府存留一项，征期原缓，粜谷可应，上不妨国课之正额，下不增民间之额征，年丰则出陈入新，岁歉则有备无患。（人情乐趋，可行可久，立款分条，期于善后。）此一役也，无累于民，无损于官，穷黎从此可免饥饿，地方从此恃以无恐，诚未雨绸缪之策，一劳永逸之道也。

绍兴太守王孙兰议：

一、议输米。（准粮与捐助不同，捐则须量其力，粮则一等而输。）无论官民高下，每亩输谷二升，准作本户税粮。其米完仓，即照时价给与串票。

一、议收米。择民之殷实老诚者，免其别项差解，务要地方公结及递年互结，方准着役。俱要正身，不许衙役包揽夤充，每名约收谷一千石。凡在仓量斛人等，俱用家丁。至看守之任，亦即责成本里。追明年青黄不接之时，仍令司粜，将银还官，抵解正粮。

一、议谷上廒。总督官不时亲验，先将官称，每谷一石，约重若干，较定觔数，烙式称量。如有潮湿、插和糠皮秕谷等弊，随行责究，仍明注于入廒簿内，俟出粜时照亏折赔补。至若鼠耗，有难责其全补者，察果无祲〔侵〕蚀，粜时量行减除，即于价羡内扣算。

一、议纳谷人户。务期亲自上仓，不许积歇包头，揽纳不完，致亏储额。即零星小户，责着本管里长，照数催完。倘散碎不便输纳，愿与里长汇齐代交者，听从其便。不许抑勒遏索，多收少纳，违者察究。

一、议木斛升斗。须当堂较准，以铁皮包裹，不许用宽松木板，致滋他弊。其发粜即用前项出入相准，不得异同亏小，违者察究。

一、议谷色。务要扇飏干洁。若人户以低谷挨纳，行令飏净，平量直概，不得滥收，亦不许故为勒耗狼藉，以滋民害。

一、议催征。无论官户民户，先行出示开填粮额，张挂都图，使民共晓。仍每里给长单一纸，细载各户应纳谷数，着令里长催完。务要十月、十一月两月分作三限，头限要完五分，二限要完八分，三限要完十分，尽数储仓。敢有不遵，许本里执单禀追。其粮房吏胥，不许借名科索。府县俱要严防，违者察究。

一、议完仓之谷，原以备储，务期颗粒皆实实入仓，不许私自兑会折干，违者察究。

一、议管收之人，既免别差，又除鼠耗，所以曲体其情者至矣。本里亦宜小心谨慎，守法奉公。其收银斗斛，衬仓席垫，所费无几，即令自备。俟役完用过，或听其领回，或交下首接收，各从其便。

一、议籴谷。年丰照时价发铺户领籴，而年荒则量减价给饥户领籴。其发粜处所，核实户口，董理需人，总俟临时设法商妥而行。

一、议春月米价，视收冬之时，谅必稍昂。若果有赢羡，则除扣抵正供外，或粜谷，或给赈，总以惠民。

厚储之十六　民积

谕无　例无　诏无　案无　疏一　议五

地方薄有岁收，而四境皆当荒歉，则趋利者必越贩如流，内藏行且与外粟同竭矣。于是有民积一法，使之照田计积，备来年青黄不接之时。此不禁贩而自禁者也。况粜不越本村，价必依时值，今年积之，明年自可以得利。此正所谓藏富于民也，民何患乎？所患者户等高下，吏缘为奸，大姓以倖免少储，小户以科抑多积。至出粜之时，有田无米，半属纸上之空言，则不但转滋骚扰，而且愈见空虚矣。宋人之于民积也，重劝分而禁抑配，正以鼓诱之意多，督促之意少耳。辑民积第十六。

民积之疏

宣大总督张福臻疏：臣阅邸报，见条议部覆，因大荒民饥，预以积粟义仓外，又有户积一议（，诚救民一粒丹也。臣做秀才时，臣邑县社仓谷充盈，虽半被官役折放，积棍侵渔，籍尚在也。忽被一令，听荧衙蠹，借口子虚，尽数报除，上官竟不察而允，一县社谷空虚。而万历四十三年之蝗灾，至骨肉相食，求一粒救生不得。使遇贤有司，蝗旱足为灾乎？至户积之法，）〔。〕乃民间生息一大利，即无劝谕，（而乡绅富室率出己资，遂米少年转贷他人，久）亦当争先籴囤，以待春贵之粜。若州县与闻，反有却步而不认者。何也？贫富之名，一入有司之耳，贤者借贫爱富，不肖者明取暗索，将无所不至矣。（贪酷万辙，罄竹其能书乎？）且恐富家收屯，粜价高抬，止知利己，谁肯恤穷？则劝认正为之树赤帜耳，果何益穷民之秋毫哉？臣谓户积必各为己，而官积尚可以为民。伏祈皇上敕下各省抚按，严饬有司，亟修仓廒，积赎谷，捐俸薪，搜无碍，劝义输。臣愿输谷五百石，为士民倡，先实义仓，报循环，备今冬煮粥、来春平粜之用。时定息三分，民间劝籴者亦如之。庶官籴民籴，皆有济于民，并裕于国也。（若社仓另俟丰年可耳。然总赖贤有司。有司贤，则官有仓庾之充，民无科罚之患。不然，何处非利薮□偕哉！臣尝著说云，□情走利以如惊，世道澄之而愈浊。参拏当前，倖尚天网之有漏；庄正南案，谬称妄灾之无辜。盖实慨廉吏之少，因有察吏提网之疏。但得廉监司提衡表率，谢绝馈遗，有司敢重敛滥罚、剥民肥己者，臣不信也。臣故云，朝廷有良法，天下无好官也。统恳皇上圣裁施行。）

民积之议

刑部侍郎吕坤议：民间奢纵自恣，散懒成性，其自积以待凶荒者，百一耳。缘民间不肯自积，故欲立会仓，各量贫富家口为多寡，每月二次积之，以宽大处所贮之。粟不便者，纳钱候籴。大率每岁二十四会，富者每岁积粟二十四石，贫者亦不减二十四斗。百石以上，编一露囤，覆以重茅，不许敛散，恐难催收。直至大歉之年，各照原积之数，分领救生。盖粟在家便于花销，粟在会难以支用，自非凶荒之年，大分之际，即有十分紧急，不许辄讨先支，违者禀官责治。其谷数每岁报官，（分时禀官。）其仓属之民社，与州县原不相干，有司但查积多者奖赏，不积者督责。如此则家家有救命之资，人人有备荒之策。时值大祲，官社两仓虽少，而待命于官者不多，可必其无流亡之患矣。

祁彪佳曰：吕公之意固善，但贫家既不能积，而富室以贮之公所，又不肯积。大约以积于家，而籍其数于官为便。

谕德陈仁锡议：凡实占田百亩者，认平粜米十石，本户自贮，而报其数。使贫民知地方积有多米，则不忧匮乏；使米铺知地方积有多米，则不敢高价是矣。然此令须每年收成时，布示预积则可，临期实无米，安能猝办？予遇荒无岁不平粜，然不敢以是强人，总归虚名耳。如官司积谷，亦宜以登场为期，而缙绅素封之家，更有一策，岁积米数百平粜，不论丰荒，储十年之粜钱，以积十年之稻谷。为地方计，亦为子孙计，请熟思之。

宁绍守道大参郑瑄议：绍郡连年告饥，民间议助之力已竭。揆厥所繇，皆因民不积蓄，以致境内空虚，故临时剜肉医疮，拮据尽瘁。今议立官积，（则）以抵（存贮）〔钱粮〕，不待言矣。其民积一项，不过使民以所收之米，存贮于家，不许外贩，来岁听民照价自为发粜，并与赈助毫无干涉。然官必立簿稽核者，诚恐虚应故事，有数无米耳。立法之意甚善，劝民积贮，正为尔民省赈助也。宜趁此秋成，务照印簿，作速报填扣数，实实存贮。俟来春匮乏之时，俱听尔民凭价发粜，则在坊村不患无米，而积蓄之家未常无厚息，于己甚便，于人有济，法无两便于此者。

（绍兴太守）〔知绍兴府〕王孙兰议：于越灾祲之余，春夏之交，黎民莫必其命，赖上台殚心扼救于上，贤荐绅士民竭力驰骛于下，孑遗仅存，厥惟艰哉！迩者早禾方熟，米价日减，闾阎有欣欣更生之望，职独不敢以为喜，而窃以为忧，何也？夫越地出米无多，旱禾又其十分之二，而何以能使米价顿减？可以见小民之贫，尽出贸易而无升斗之储也。况（北自杭嘉苏松，西南自金衢一带，米价皆贵，独越中贱耳。）四境之外皆贵，而我独贱，则虽欲禁其攔出，而漏卮卒不可塞。转瞬冬春，出者已穷，去者无限，必至征贵。（此理势之自然者。即令晚稻既罄，米价复增，讵非明验？当其贱时，则轻以畀人，及其既贵，而嗷嗷仰给于人，岂可得乎？）今官议积谷二万石，而城中义仓诸法，亦渐渐讲求，然职以其为数有限，所济尚寡，必须合一府八邑乡镇村落处处积储，始为藏富于民，明岁乃可无虑。（但小民只见目前，难与虑始，非以法约束之，而徒以温文劝谕，岂能户晓？究成画饼耳。）访得松江、湖州等处，皆报大户积米，或曰官囤，或曰广籴。但越郡大户本少，开报恐致生事。职意当以各都图为主，每都图发一积贮簿于现年，假如某图有田二千亩，计可得米四千石，则当限之积米四百石。一图之中，其人户则以田之多寡为先后，俗名虎头鼠尾册者是也。其中必有田数百亩，以致于数十亩者焉。田多者多积，田少者少积，至于五十亩以下零星细户，则愿积者听，不必注在册内，总期足四百之石数而止。各图田数多寡不等，皆以此为准，其人户田数，则该县各照实征册填好，给付现年，不得使上下其手。册既到图，则现年集本户人户，公议填册，不得以私意增减，俱限十日内缴官，迟者提究。其米各藏本家，官不必验，里保不必察，直至明年三四月间，倘米价如尝〔常〕，即听民自便，官不复问。若四方价势渐增，则发粜本图，俱照时价，必不抑勒。盖大凡米价之日增，皆起于待价不发，市上无米。若各家有米发粜，只照时价，人心自定，米价自平，原不必减损也。（职窃见上台惠念元元，情同饥渴，凡在下吏，敢不同心？贵贱之势，洞若观火，得失之计，争于须臾。）思惟民积一法，上不烦官，下不扰民，行之可（谓）云无弊（。陈其一得，乞赐施行）也。

王孙兰又议：

（一、古社仓之制，丰年收敛，俭岁散给，官不扰而民获济，诚为标本并治之图。然在今日正当宜散之时，方为议收之计，则举事已缓，而责效倍难，故宜师其意而变通行之。如山、会两县，有三十九坊，但照坊认积，每坊共约米二百石。而坊之大小，则又权衡而增减之。总期量力劝储，不至强以太难，则所储之米，即是无形之社仓。明年听其时价出粜，不致过亏，以辜好义。迨秋成之日，稍幸丰登，则建仓复制，为永久计，当亦不得再缓矣。至官府捐储为士民倡，虽捉衿见肘，苦倍曩时，然谊应率先，何敢自外？尚祈司牧者共加意焉。）

一、初议照田派储，概县通行，以为捐输最易，（且无偏枯之病。）然熟思似可行于大户，而不便于细民。盖寒畯之家，即有户田一二十亩，而升斗所入，尚不能以资俯仰，（完赋税，）必欲人人（而）课之，恐事烦而易扰（，势散而难稽。名虽大公，而后且滋弊，有不胜其里役之需求者）。今止就各坊内，如某户田五十亩以上，量积米五石，一百亩以上，量积米二十石，以此递加，不得推阻。（认储过少，有妨义举。）其或户田无多，而实系素封者，坊中自能熟察，尤不可拘于田之一格（，故为吝啬。倘肯分外多积，更为好义，列名申奖，用示优□）。

一、典铺收子息，无田而获有田之利，亦宜各照典本，为积米多寡。然不许里递混报，致滋扰害，应着各典铺从公会议报官，以凭取认。

（一、夏有司赈子衿，盟神出募，不避劳怨，以底于成。今似不能再烦其将事，然舍此而他求，则或责之坊役，转恐易滋混扰。今议各坊贤绅夙为领袖者，送簿敦恳，听候主持。或琐务不便仰烦，即求择人代任。无论袍衿耆义，总须老成端练者为之。庶所委不滥，而责成亦易也。）

（一、时值冬月，再过两旬，便谋卒岁。凡认过米数，若非上紧督聚，转眼开春，又成画饼。今议每坊既有任事之人，则稽核尤宜留心。即使各贮本户，必须确察米在何处，积有若干，毋徒虚揑了事，以致临时有误。总期于腊月中旬，结报全完，则实存有据，将来可恃缓急耳。）

（一、旌异之典，悬而有待，人情未必乐趋。如夏间争先输助，力任劝募者，业经行县覆核，即分别崇奖。如免差、给匾、冠带、纪录诸款，一一详请允行。而嗣今以后，或肯认储米若干，照数多寡，仍如前旌异，务惬□评而坚善念，洵鼓舞人心之一大机括也。）

一、储米之举，安贫民，实安富户也。正须大家识得此意，互相告诫，俾知目前之缓计，即开后日之隐忧，真若自病自医，自危自救（，有万万不能不出于此者，则不必家谕户晓。而揆时度务，与其狃近以贻殃，何如先几而弭变？谁独无抉择之明哉!）。如有从中更议，隳坏全局者，即系败类之尤，细访得实，倍罚助赈。

（一、各乡地势渐广，然各有村镇，各有都图，其间好义士民，正复不少。但须彷〔仿〕城坊规制，自照地面，量行储积，而登报完数，慎加稽核，亦分给印簿，以便汇查。至山、会为外县之倡，山、会行而外县亦次第以行。无拘成格，无拂舆情，戮力同心，共图利济，则真地方之厚幸矣。即当另示，以董其成。）

（王孙兰又议：）

一、民积与官积并行，或疑一时所难，然官积以抵正粮，非额外有征也。即民积亦仅报在官，而仍藏在民，非遽责于一旦也。（向年行之坊里，略有成绪。大约如我坊之登簿者，业已十之七八。后因春月抢攘，改为坊赈，照数派给，甚得其力。然初时议积，未常〔尝〕言赈也。嗣后改赈而更议积，恐士民必有虑将来之复仍前局，致生观望者。）今宜先为劝谕，凡（自今以后，）所积之米，不过藏之于冬，粥之于春，总须留得旦夕，以为酌量平籴计耳。决不移之捐赈，重为民累。况春月米价，必视冬较昂，照时发粜，毋令过抑，则就积储之家，亦自有利（非□之）也。

（一、向年城坊积米，每坊共约米二百石。而坊之大小，又权衡而增减之。今推而行之各乡，则亦当以都图之大小，权衡增减。如原详计田□十，积米四□。初意欲其多多益善，今恐取数太奢，终难如额。乃备采舆情，酌为定例。凡户田三十亩以上，每亩积米五升；六十亩以上，每亩积米七升；一百亩以上，每亩积米一斗；其二百亩以上，皆视此递加，不得推阻。使多者不妨居好义之名，少者不可有规避之病。仍如田多多积、田少少积之说。如是则势均而法便矣。抑越俗大户多收银租，不收米租，以故出米颇艰。然行法之始，即令籴入以储，明年子母相权，自多赢息。明于此意，人未有不乐从者。至若户田无几，夙称素封，坊里自能洞察，则又不得拘田之一格，故为吝啬。倘肯分外多积，定当列名奖异，用示优嘉。此向年款中曾及之者，今宜通行申饬。）

一、劝积之行，官府不便查验，以滋纷扰，（自宜责成坊里，但）又恐坊里虚揑，仍为画饼。必须每坊每都，各置一印簿，分发坊里，即着知会本坊都绅士义者，确能核户之虚实，定米之多寡者，推为领袖，公同开报。又令本户自填自押，明年按籍而稽，彼自难诿。至若开数之不均，报册之不速，坊里原不得辞责，则官虽无扰，而操纵自行于中，民各向义，而约束一禀于上（，所谓联络之法，无□议）矣。

（一、山、会为外县之倡，山、会行而外县亦次第以行，务期八属一体广积。即使成格不可尽拘，总须力行以图实际。通限于一月内报数凭察，俾明年处处有资而人人获济，吾越其有廖乎!）

（□囤禁　即劝分）

山阳孝廉杨璘（□曰：愚以为）议：今有因时而变者，囤积之禁宜弛也。通国绝粮，而富人高廪不发，许人首告，疗饥急着，宜也。今富人惧罪，竞出其粟，穷民不能多买，而铺户疑其日贱，又不肯多贮，于是奸商又从而贩之，大可惜也。为今之计，但籍其米数若干，存发听其自便。总之积于地方，贤于委诸境外。惟以外籴之米，日给市廛，则夏月有备，虽饥民日益，可无虞矣。

祁彪佳议：以民间之积，而一入于官，便不可问。但听其自储自粜，人犹易于乐从。况一贮公所，而未得其地，便有浥烂之虞，未得其人，又有浸损之弊，故不如自储自粜之为便也。

救荒全书卷之八　当机章一

凡二十六则

巡行一　安众二　勘灾三　报灾四　重都五　重乡六　救水七　救旱八　戒缓九　戒烦十　杜侵十一　慎发十二

当机之一　巡行

谕无　例无　诏无　案一　疏无　议一

巡行阡陌，劝课农桑，固郡县事也。今有司安坐堂皇，惟是以催科讯谳为事，民隐安能周知乎？自上下之情未通，而痛痒不关，即有设施，未能中窾。若钟公单骑巡行，真得古人遗意，而谘询利病，又复惓惓，全活之多，固其宜矣。辑巡行第一。

巡行之案

（寺丞兼御史）钟化民救荒（法）中州，于散赈之（法非一）时，必正官下（四）乡，亲身查核，（而）防冒破，给印票，定时日，公出纳，使银无虚耗，民受实惠。（公曰：以一人救千万人，则泽易穷；以众人救亿万人，则泽易遍。）复选廉能推官及府佐，令昼夜单骑，连络稽核。（各州县正官，令其躬赴四乡振救。）公星驰遍察，念中州地广洊饥，若设仪从及遣牌知会，不惟两月难遍，且使州县粥厂预知按临，得粉饰规避，乃尽革舆卫，选捷骑素服驰巡，昼夜寝食鞍马间，随行者择精力吏书六名，（历数州县，辄粪血惫甚，公精力虽天植，而念切民瘼，罔顾劳瘁，）不逾两月而巡遍合省州县。随地拊询饥民疾苦，民泣亦泣，痛若家人父子。复预示父老，与饥民进见时，令人各具一纸，勿书名姓，开何利当兴，何弊当革，官吏豪猾，有无侵克横行，散布地上，汇览择佥同者察之，名曰拾遗。亟行兴革处分，贪廉勤惰，昭然莫混。公遍巡不坐司，禁供给，所至惟食厂粥。策马巡驰，所向莫测。每到辄行拾遗法，广搜利弊。如粥不堪及侵克为饥民所公举者，审实即毙之杖下。司厂人知重身家，而更砺赏罚，皆矢心用命，亿万垂亡得全活焉。

巡行之议

祁彪佳议：越城近来赈事，以各坊赈各坊，各村赈各村，即以各坊护各坊，各村护各村。饥疲与之以拊恤，桀黠收之为防卫（。其在城中及附城大村），俱已行之有效矣。但山僻之处，离城甚远，文告有所未及。今虽刊示印簿，责成于现年里役，催请缙绅文学，而遐陬僻壤，并无有缙绅文学者，任事无人，赈济必不能徹举。（欲求宪委两）必须邑父母亲历各乡，面加晓谕，一以劝都里之举赈，一以戢奸宄之非心。（面加晓谕，胜于文告甚多。数日前敝邑）近来数村抢劫蜂起，赖毕（公祖）二守巡辑一番，所至安贴，方略茂著，舆人颂之。以此见正官之劝谕安拊，有必不可已者。（更求老公祖）更须道台宪牌二面，行两邑捕官，宣布德威，亦以劝赈戢奸为事。（或者恐捕官惮远畏难，则）令各都各里，取一曾否举赈，有无抢劫之结状，以备（老公祖）查核。（何如？盖敝越之饥馑，从来所无，苟非广为赈恤，实有不能存活。必惠以济威，法乃可行。彼）（按：原稿胶片此处有缺漏，台湾本亦缺此页。）饥民得所，则奸民虽有邪心，亦不能鼓胁而起。故今四乡之赈事，有万万不可偏废者。（昨求两父母必精神时时贯注，于四乡而必藉老公祖提挈于上，乃使无远无近，皆畏威怀德也。）

当机之二　安众

谕无　例无　诏无　案一　疏无　议一

救荒原有大体，非在乎煦煦之小惠也。若使人人陈诉，在在乞求，即此便是（端）乱兆。故必谕令安静，禁其环拥，乃严肃法纪之一端，于治道大有关系者。辑安众第二。

安众之谕

（原稿眉注：入安众谕。）

崇祯十四年，户部覆本，奉圣谕：览奏河北灾乱情形，殊堪矜切。亢旱之后，忽逢春雨，著该抚按鼓舞见在居民，迸〔并〕招集逃亡，乘时播种，啃聚之氓，散遣归农，或剪除渠魁，勿使病民耕作。有怠玩的，该抚按道府有司俱从重治。

安众之案

成化间，陕西饥，巡抚郑时于赈济之外，每朔望必至文庙行香，升明伦堂，令诸生讲书。人问其故，时曰：方今人情汹汹，皆欲为乱。在诸生既有所赈，又儆省以遵王之义，异言不作，何由起乱？人心果定。

安众之议

山东督理荒政御史过庭训议：奉命赈济，要在酌被灾之轻重，审饥民之多寡，剂量银米而分布之各州县，使小民得沾实惠而止，非能家予而户给也。诚恐无知小民，一闻赈济，或蜂拥于会城，或蚁集于本府，千百成群，控乞求赈，殊非法纪。合（行）晓谕饥民，俱在各州县本乡村地方，静听分赈，不许轻信扇惑，聚众合伙，妄行陈诉，自干法网。

当机之三　勘灾

谕五　例六　诏二　案三　疏四　议三

人但知灾荒之宜赈矣，而不知勘之不详，则冒滥之弊，与遗漏者等。是以前代于陈诉有限期，检放有节候。至朱文公救荒浙东，以垦田合户口，及于蠲免之数，而为荒为熟，益以瞭然。若苏次参之逐乡分抹，袁燮之乡都合绘，是为巧于勘者也。辑勘灾第三。

勘灾之谕

（减赋谕）

（原稿眉注：此条宜改入第一叶。）洪武元年（八月）谕（曰）：今岁水旱去处，所在官司不拘时限，从实踏勘实灾，租税即与蠲免。

（蠲逋谕）

宣德五年（二月），敕谕六部督察院，各处有经水旱蝗蝻去处，速行巡按御史、按察司委官从实体勘灾伤田土，明白具奏，开豁税粮，坐视不理者罪之。

（减赋谕）

正统十四年（九月）谕（曰）：各处有被水旱灾伤之处，许令申达上司，踏勘得实，该征粮草，所司即与除豁。人民有阙食者，即便设法赈济，毋令失所。

景泰元年（八月）谕（曰）：各处但遇水旱重伤之处，所司从实取勘，申达镇守巡抚、三司御史，覆实具奏，户部量与蠲免税粮。

天顺七年，谕各处被灾府州县，所种田禾无收，已经具奏者，着巡按御史即与踏勘分豁，以苏民困。其有具奏曾经宥免者，该部即与准理，不许重征。

勘灾之例

大明律一款：凡部内有水旱霜雹蝗蝻为害，一应灾伤田粮，有司官吏，应准告而不即受理申报验踏，及本管上司不与委官复踏者，各杖八十。若初覆检踏官吏，不行亲诣田所，及虽诣田所，不行用心从实验踏，止凭里长甲首朦胧供报，中间以熟作荒，以荒作熟，增减分数，通同作弊，瞒官害民者，各杖一百，罢职役不叙。若致枉有所征免粮数，计赃重者，坐赃论；里长甲首，各与同罪受财，并计赃以枉法从重论。（钦此。）

（又）诸司职掌内一款：各处田禾，遇水旱灾伤，所在官司踏勘明白，具实申呈上司，转达本部，立案具奏。差官前往灾所覆踏是实，将被灾人户姓名、田地顷亩、该征税粮数目造册缴报本部，立案开写灾伤缘由具奏。

永乐二十二年，令各处灾伤，有按察司处按察司委官，直隶处巡按御史委官，会同踏勘。

弘治五年，右都御史白昂言，天下奏报灾荒多不实，或以荒为稔，以稔为荒，其弊甚多。宜命御史核实天下田数高下之则，藏之官，旱则蠲高，水则蠲低，庶其弊可绝。上（嘉纳，）命行之。

嘉靖十六年题准，今后凡遇地方夏秋灾伤，遵照勘灾条例，定拟成灾应免分数，先尽存留，次及起运。其起运不敷之数，听抚按将各司府州县官库银两钱帛等项，通融处补，及听折纳轻赍存留不足之数，从宜区处，不许征迫小民，有孤实惠。

隆庆二年，以河间、广平（、保定、真定、顺德、大名）等府灾伤，令有司查勘分数，赈给有差。

勘灾之诏

宋高宗建炎二年（七月十九日御批）诏：大水飞蝗，为害最重之处，仰百姓自陈，州县监司次第保明奏闻，量轻重与免租税。

（董煟曰：水旱检放，只免田租而已。今御批欲与免租，政合唐人免调之意。高宗真中兴圣主哉！）

宋孝宗淳熙八年（敕）诏：浙西常平司奏，本路去岁旱伤轻重不均。在法五分以上，方许赈济。今来逐县各乡都分，有分数不等。若以统县言之，则不该赈济；若据各乡都分，有旱至重去处，则理当存恤。除已逐一从实括责，五分之上量行赈济，五分以下量行赈粜。（得旨依。）

（董煟曰：饥荒大小不同，倘不分都分等降，则惠不均而力不给。今五分已上赈济，五分以下赈粜，其法固简易，然五分已下都分，贫弱狼狈之人亦）

勘灾之案

苏次参权安乡县，值大涝，令典押将县图逐乡抹出，全涝者用绿，半涝者用青，无水之乡用黄，不以示人。又令乡司抹来参合，方请乡耆逐乡为图，复以青绿黄色别其村分，出图参验，不检涝而分数可知。催科赈济，亦视此为先后。

袁燮为江阴尉。浙西大饥，常平使者罗点属任赈恤。燮命每保画一图，田畴、山水、道路悉载之，以居民分布其间，凡名数、治业悉书之。合保为都，合都为乡，合乡为县。征发追胥，按（抄本作“披”）图可立决，此以为荒政首。

祁承爜曰：如此方是置四境于眉睫之间，精神自然贯注。合保为都，合都为乡，合乡为县，此法即丰岁无不当行。

宋时吴中大水，诏出米百万斛、缗钱二十万赈救。谏官谓诉灾者为妄，乞加验考。给事中范祖禹封还其章云：国家根本，仰给东南。今一方赤子呼天赴愬，开口待哺，以脱朝夕之急，奏灾虽少过实，正当略而不问。若稍施惩谴，恐后无复能言者矣。

勘灾之疏

唐（中书侍郎同中书门下平章）陆宣公贽疏：臣频得盐铁转运及州县申报，霖雨为灾，弥月不止。前者面陈事体，须遣使抚绥，陛下尚谓询问来人，所损殊少，即议优恤，恐长奸欺。臣惟（等旬日以来，更番借访，类会行旅，所说悉与申报符同，但恐所闻圣聪，或未尽陈事实。昔子夏问于孔子曰：何如斯可谓人之父母？孔子对曰：四方有败，必先知之，斯可谓人之父母矣。盖以尹人之道，子育为心，虽身居九重而虑周四表，虽恒处安乐而忧及困穷。近取诸身，如一体之于四支，其疾病无不恤也。远取诸物，如两曜之于万类，其鉴照无不切也。故时有凶害，而人无流亡，特天听之必闻，知上泽之必至。是以有母之爱，有父之尊。古之圣王，能以天下为一家、中国为一人，用此术也。今）水潦为败，绵数十州，奔告于朝，日月相继。若哀其疾苦，固宜降旨优矜，倘疑其诈欺，亦当遣使臣巡视，安可徇往来之浮说，忘惠恤之大猷，失人得财，是将焉用？况灾害已甚，申奏亦频，纵不蒙恩复除，自当准式蠲免，徒失事体，无资国储。恐须速降德音，深示忧悯，分道命使，明敕吊灾，宽息征徭，省察冤滥。应家有溺水及漂没居产都尽，父子不存济者，各量赐粟帛，便委使臣与州府，以当处官物给付。其损坏庐舍田苗者，亦委使任与州府，据所损作分数等第闻奏，量与蠲减租税。如此则没者蒙瘗酹之惠，存者霑煦妪之恩，霈泽下施，孰不欣戴？所费者财用，所收者人心。若不失人，何忧乏用？（臣等已约支计所费，亦不甚多。倘蒙圣恩允从，即具条件续进。臣又闻圣人作，则皆以天地为本，阴阳为端。庆赏者顺阳之功，故行于春夏；刑罚者法阴之气，故用之秋冬。事或愆时，人必罹咎。是以《月令》所载，夏行秋令则苦，雨数来，丘湿水潦；夏行冬令则后，乃大水败其城郭。典籍垂诫，言固不诬，天人同符，理当必应。既有系于舒惨，是能致于灾祥。顷自夏初，大臣得罪亲党，坐累其徒，实系邦宪已行，宸严未解，畏天之怒，中外竦然。若以《月令》推之，水潦或是其应。虽天所降沴，不在郊畿，然海内为家，无论遐迩。伏愿涤瑕以德，消沴以和，威惠之相济合宜，阴阳之运行自序。臣等不胜睹灾惭负之至。）

宋（谏议大夫）孙觉疏：向来诸路灾伤，各以实言，不实者坐之；灾伤虽小，而言涉过当者不问。今民间纵有被诉灾伤，县道往往多不受理。间有受理去处，又不及时差官检踏。比至秋成，田间所有虽曰无几，其服田之家，只得随多少收割，以就耕垦。官司惟见民间收割已毕，便指作十分丰熟，不容检放，是时开场受纳，遂即举催全苗。贫民下户，欲诉则田无可验之禾，欲纳则家无见储之粟，于是始伐桑柘、鬻田产，流离转徙，弃坟墓而之四方矣。

宋文公朱熹疏：（臣蒙恩将命浙东，奉行救恤。到官日夕考究，求所以上副焦劳之意。窃见浙东诸州，例皆荒歉。台、明号为最熟，亦不能无少损，而绍兴府之饥荒，昔所未有。臣以目所睹，回思去岁南康之歉，犹谓之乐岁可也。赈救既在所急，事体宜先奏闻。今绍兴八邑，余姚、上虞号为稍熟，然亦不及半收；新昌、山阴、会稽所损皆七八分；嵊县旱及九分；萧山、诸暨水旱相仍，几全无收。今除余姚、上虞稍似可缓外，且论萧山等六县，约其所收，不过十一。先次朝廷拨米一十四万七千石、钱九万贯，并本司前官申朝廷于衢婺州通融拨到义仓钱三万八千七十五贯一百文、明州义仓米五千石，数目非不多。州郡日夕惟赈济是务，官吏稍解事者，皆奔走不暇。虽寄居士大夫亦不敢宁处，不可谓不留意。然终未有能救饥殍之实，民情嗷嗷，日甚一日。不独下户乏食，而士子宦族第三等人户，有自陈愿预乞丐之列者。验其形骸，诚非得已。兼自秋来卖田拆屋，斫伐桑柘，鬻妻子，货耕牛，无所不至，不较价之甚贱，而以得售为幸。典质则库户无钱，举贷则上户无力，艺业者技无所用，营运者货无所售。鱼虾螺蚌久已竭泽，野菜草根取掘又尽，百万生齿，饥困支离，朝不谋夕。其尤甚者，衣不盖形，面无人色，扶老携幼，号呼宛转，所在成群。见之使人酸辛怵惕，不忍正视，其死亡者盖亦不少。臣深究其所以然乎？缘）窃见绍兴地狭人稠，所产不足充用，稔岁亦资邻郡，非若浙西米斛之多。又以和买偏重，无巨富之家，连遭水旱，兼失蚕麦，些小积谷，春首劝粜，无有存者，上户先已匮乏，是以细民无所养给，狼狈急迫。大抵荒歉自五分以下，犹可措置。盖以五分之粟，给十分之人，稍行劝分，便可苟活。今以空虚之郡而荒及九分，则一分之粟，既不能给十倍之人，而户口甚多，所阙浩瀚，亦有非移民移粟所能补助者。臣所目见心思，兼寻访士夫父老者既如此，复约垦田收租之数以证之。除余姚、上虞外，令将田亩计其岁入，六县为田度二百万亩，每亩出米二石，计岁收四百余万。又将令再抄劄山阴、会稽两县口数，以约六县之数，则山阴、会稽丁口半于诸暨、嵊县，而比新昌、萧山相去不远，绝长补短，两县当六县四分之一。今抄劄山阴、会稽四等五等贫乏之户，计三十四万口，四等之稍自给及上三等者不预焉。则统计六县之贫民，约须一百三十万口，并上户当不下百四十万。计稔岁所敛四百万石米，除上供及州用外，养百四十万之生齿，日计犹不能及二升之数，则所谓乐岁无余者，既信而有证矣。又约六县所蠲放分数，以计今岁民间所收，不过十分之一，则所不收之米，约计三百六十万石，而所收止四十万石。阙乏数目如此浩瀚，则所谓补助无策者，又信而有证矣。（今将绍兴府先所得钱一十二万八千七十五贯一百文，并臣所得三十万贯，除五万贯诸州申到，已无见在，又揞留五万贯，均给诸州外，不过共折米八万二千余石，并前项米一十四万石。总而计之，不足其田租所阙十分之一。今来措置，除萧山仅能口给半月外，其余五县以户计之，日之所得，固已不过一二升，若以口计之，则日之所得又不过一二合。是仅足以使之皆知圣主忧劳悯恤，不忍坐视之意而已。若谓如此而便足以救其必死之命，则固难指准，然遂欲以百三十万之贫民尽仰官司，口以升计，麦秋之前九十余日，当为粟百万石，则亦非朝廷今日事力之所及也。然臣窃谓有司之力诚有限量，而圣主天地父母、覆载生育之心则无终穷。以有限之力言之，则救护之切，拨赐之多，诚若不可以有加于今日，然以陛下无穷之心论之，则岂不欲使此邦更得数十万石之粟，以必救数十万之人命，其忍直以无可奈何处之，而熟视其饥饿颠仆于前乎?）

嘉靖十一年户部题疏：窃惟国以保民为要，法以常经为极。民瘼之缓急轻重，国用之登耗盈缩，相须者也。若非预图经常之法，窃恐财用有不继之忧。况水旱虫蝗，灾沴之作也无常；踏勘覆勘，法例之制也有等。仰惟太祖高皇帝优免踏勘，播之训诰，（载之律令，累朝申明诏书，著为令典。）诚为法天保民、足国定赋经常之法，万世可行。然田亩之高下肥瘦，地利不同，雨露之早晚霑歉，天泽亦异，故大熟而有不收之农，凶岁而有不病之利。踏勘以及时，而始可得其真；蠲豁以分数，而始不紊其等。近年天下奏报灾伤，无岁无之，有司官之奏，未经乎风宪官之踏勘，抚按官之奏，止据乎有司官之文移。有及时未踏勘而奏报者，有奏行踏勘而久不报者，揆之旧例，不无少悖。且灾伤既过，踪迹莫考，平原旷野，分数何知？民以停征为幸，官以姑息自持，甚至无灾报有，轻灾报重。奸顽里书，贪赎官吏，恣意欺瞒，实迹无所凭视，攒造藉乎虚文，以致实灾小民混淆难分，田多大户蒙蔽幸免，常赋恒亏，额税益损。内而六宫及百官六师之廪饩，外而各边以及藩臬郡邑之馈饷，供亿浩繁，一岁所入，不足以补其所出，（况畿辅之内，州县卫所民田屯田、三宫庄地牧马草场，官民田亩，何啻十万顷？皆膏腴之田，连年水旱，灾伤固多，而中间岂必尽皆薄收耶？率欲停征拖欠，概以听勘，经年不报，任意延捱，费出多门，常用不继。臣等职司会计，实切忧惶。况近年地方一遇奏灾，不□轻重，辄云破格停征，则节年事例，皆不可行。）本部职掌必至废阻，诚非细故。所据前项节年历奉事体，相应申明，覆奉钦依，行移各该抚按官，备行所属司府州县卫所，今后但遇灾伤，一面遵照旧例踏勘，一面奏报，毋得延缓失时，以致分数不明，多滋奸弊。以灾出非常随即具奏者，本部覆题，近不出三个月，远不出五六个月，定拟（抄本作“议”）成灾几分，明白造册，开写某府某州某县系某官踏勘，某卫某所系某官踏勘等语，星驰差人赍奏，听本部照例议拟征免。仍先将勘定分数，应征应免数目缘由，出给告示，晓谕小民通知，以杜侵渔。大约夏灾不得过六月终，秋灾不得过九月终。若不踏勘泛报及踏勘不实者，从重参究；过期奏报及延至经年以上者，立案不行。其勘有成灾，系起运之数，例不蠲豁者，行巡抚（无巡抚处，行）巡按，转行布政司通融拨补，或派轻赍，以示宽贷。若系灾轻，巡按分巡官戒谕所属，不必徇情要誉，漫为申奏，以致征〈免失时，反遗后患。及凡遇奏灾，毋得辄云破格、不拘常例等项字样，但遇覆勘、踏勘灾伤，俱要委官亲诣被灾去处，务秉至公，毋得信凭里胥那移增减，枉为征免，作弊害人。违者本部查参究治。

巡按浙江御史王范疏：浙省今岁灾伤，水旱蝗三者，黄被流离颠沛之象。〉（按：以上为稿本所无。）□漕雇舡，故汹汹之状，犹自未息。浙东诸郡，随在受灾，犹幸蝗虫不及，各有微汲，而山径峭深，盗贼频起。（金、衢、严、处之间，日见警示，就此眼前之景状，而各属灾伤之轻重，暨可知矣。）今核被灾十分者，则有仁和、钱塘、安吉、归安、乌程、德清六州县；被灾八分者，则有富阳、余杭、临安、嘉兴、秀水、崇德、鄞县、慈谿、奉化、定海、象山、萧山、新昌、西安、常山、淳安一十六州县；被灾七分者，则有海宁、武康、孝丰、诸暨、嵊县、黄岩、太平、开化、江山九县；被灾六分者，则有新城、於潜、昌化、长兴、余姚、临海六县；被灾五分者，则有山阴、会稽二县；被灾四分者，则有海盐、平湖、上虞、龙游四县。外此尚有桐乡县被灾八分，应与并列。以下不及尽载。此分数之大略也。（据杭州府臣刘梦谦，欲以该府县被灾之十分者，及六、七、八分者，则请蠲带征，暂缓见征，分别轻重之额。又湖州府臣陆自岩，有漕折白粮蠲旧缓新之详文。先后接踵而至，情殊迫切，势难概从。漕粮三饷，俱关军国，正廑宵旰。臣非聩非聋，岂敢漫为轻请，势实不支。如杭湖二府，积疲积灾，如衢州一府，又不得不稍为加恤，以慰安地方。若湖州可冀恩者有二。一为起运南京，自粳正耗米及卫芼米，原系见征，无容更议。唯今岁乏米，籴粜兑漕，实苦难竣，安有余力以完南解？今亦不敢徇该府之议，□为议折。合无请将白粮二千七百石零照旧压办，其水兑三万一千石零，则令南粮长目下但征各户折色，照随时价，每石若干，至来岁春夏之交，领批赍银，自赴江广等处，就便籴秈兑解南都。此时不便概征本色，扣减米数，缺误漕额。此又广籴秈之义，而多方为兑漕地也。其二为带运□粮练米一项，奉文自十四年始。但此项原属创行，以今岁之极灾，初犹冀漕辽之折求宽于额运之中，今复有练米之及，多于额运之外，其何以堪？则请暂免一年，至十五年起运，稍苏民困，即是天恩。若杭州练米，亦请如湖州，暂议行宽免。而府臣刘梦谦之议，请现带起存钱粮，酌蠲酌缓一节，伏恳圣裁，特为被恩之蠲一分，民受赐一分矣。至若衢州起运南粮，向来折色，自崇祯元年改为本色，屡年积逋，不独病民，而且损国，府臣张文达奏请仍旧永折。及尝山练饷，请见年奉旨在部，所当亟议允行者也。其现存前留钱粮，应折应缓，同湖州府属县，仍照被灾分数，一如后议。除杭属已悉所议，中沛特恩，今）合照藩臣议，（以安吉、归安、乌程、德清四州县，）被灾十分者，请自十三年以前存留带征，概从暂缓，本年存留项下本色准与改折；被灾八分（嘉兴、秀水、崇德、桐乡、鄞县，悉如慈溪、奉化、定海、象山、萧山、新昌、西安、常山、淳安一十四县）者，缓其十年以前存留带征七分，本年存留项下本色改折十分之七；被灾七分（如武康、孝丰、诸暨、嵊县、黄岩、太平、开化、江山八县）者，缓其十二年以前存留带征五分，本年存留项下本色姑改折一半；被灾六分（如长兴、余姚、临海三县）者，缓其十二年以前存留带征五分，本年存留项下本色改折十分之四；被灾五分（如山阴、会稽二县，被灾）四分（如海盐、平湖、上虞、龙游四县）者，缓其十二年以前存留带征三分，本年存留项下本色改折十分之三。若此者，犹未足以餍灾黎之心，夫亦为酌斟其缓急，而权为轻重，稍亦为宽恤之意（倘邀圣明鉴轸，弘□浩荡，则此方待尽之孑遗，恍焉起白骨而肉之，其于国脉民生，所裨非浅。乞敕下户部，再为通加斟酌。其杭、嘉、湖三府，俱如议复请行文知照，庶有流亡伏业之渐，而东南消意外之虞矣。）耳。

勘灾之议

宋董煟议：灾伤水旱而告之官，岂民间之得已？今之守令，专办财赋，贪丰熟之美名，讳闻荒歉之事，不受灾伤之状，责令里正伏熟。为里正者，亦虑委官经过，所费不一，故妄行供认，以免目前陪费，不虑他日流离（、饿殍劫夺）之祸，良可叹也。一、在法陈诉灾伤之限，至八月终止，诉在限外，不得受理。昨来臣僚奏请晚禾成熟，乃在八月之后。今早〔旱〕有浅深，得雨之处有早晚之不同，乞宽其限。得旨展半月。臣寮申请，乞以指挥到县日为始。

一、淳熙元年孝宗御劄，委帅臣监司，令从实检放，不得信凭保正伏熟。时宪司接榜，许人户经本州陈状，别差官检放，时已十一月矣。及账目到部，户部以今文至八月终止出限者，不给受理，皆不为除放。而人户恃宪司榜示，不肯输纳，鞭挞过多，反为民害。

（元祐元年，谏议大夫孙觉言：诸路灾伤，各以实言，不实者坐之。灾伤虽小，而言涉过当者不问。

今民间纵有被诉灾伤，县道往往多不受理。间有受理去处，又不及时差官检踏。比至秋成，田间所有虽曰无几，其服田之家，只得随多少收割，以就耕垦。官司惟见民间收割已毕，便指作十分丰熟，不容检放。是时开场受纳，遂即举催全苗。贫民下户，欲诉则田无可验之禾，欲纳则家无见储之粟，于是始伐桑柘，鬻田产，流离转徙，弃坟墓而之四方矣。）

山东督理荒政御史过庭训议：东省之灾极矣。然六府被灾虽均，而被灾之轻重则异。有频年颗粒无收，而为灾之极重者；或有去冬虽遭荒旱，而已前尚多成熟，为灾之次重者；或有灾虽极重，而舟车往来，地方尚可支吾者；或有灾虽次重，而山川险阻，小民实难过活者。若概行给赈，则不均之叹起，而偏枯之患生矣。须查别赈济，逐一备查。要见通省之中，某府为极重，某府为次重；一府之中，某州县为极重，某州县为次重。就极重之中，某处可通川楫车辆，而便于赈米；某处难通川楫车辆，而便于赈银。又就重轻分别之中，某处地方狭小，即少赈亦可以支持。又就去冬开赈米之数，某处应多而反少，今不得不加厚；某处应少而反多，今不得不量减。一一查议妥当。其应赈米者，仍要酌量道路之远近，搬运之脚价，并议的确，即日造册，（送院，以凭）庶便速赈（施行）。

（原稿眉注：入勘灾议。）山永巡抚都御史杨嗣昌议：地方水灾，自不能禁百姓之不告，但若准状行勘，府州县官未必亲历地方，一勘便了。或委佐领卑官，今日勘灾，明日勘灾，兼带衙役里老，此村需索，彼村需索，是吾民未沾告灾之利，而先受告灾之害矣。踏勘既了，文书寂然，吏胥帖写骗钱，今日要若干日，文书便上去了，明日要若干日，文书便下来也。有等棍徒，前来包揽，今日哄乡民曰：州县衙门要若干使用，尔民不知京边钱粮，例不蠲免，就令请旨部覆，止免存留者，师生俸廪、孤贫月粮、囚米之类。尔州县教官可不支俸乎？廪膳生员肯不支廪银膳银乎？养济院孤贫男妇狱囚，可令饿死乎？从来蠲免存留，止是虚文故事，无益百姓分毫。本院面谕来人，不准状发府州县，恐（见状上姓名等禀解□然）害尔别项经营，半年生理，是明知而明害尔也。何忍为之！惟是濒海地方，本称沃野，涨落之后，可种獲〔菜〕蔬，一叶之舟，可觅鱼蝌，尔等自饶为此。若濒〈海〉河洲渚，东坍西涨，此不足则彼有余，州县有司以一二日间亲自踏勘一次，取籴〔涨〕地之新科，补坍颓之失额者，则一举足举目间，而公私两利，造福且无穷也。

广西布政某公议：救荒者必先核实而后惠无虚冒。如一里一区，某处为极荒，某处为次荒，某处为稍荒，里甲申报，遽难凭信。须州县正官，亲临踏勘。而踏勘之法，当使荒区报熟，熟区报荒，始为简易。盖荒区荒处既多，若复一一报荒，则不惟攒写费烦，弊且日滋，而官府亦难于遍踏。且踏时复通同纵役为奸，得贿则引之荒处，无贿则引之熟区。故当止就荒区中报其仅熟者，则余剩皆荒不待问矣。册报既定，随行检踏，更出其不意，单骑轻舟，猝赴田间，按册查对，中有移丘换段［者］、以熟作荒、以荒作熟，增减分数者，则痛以法绳之。至穷谷深山，或脚力十分难遍，不得不分委官属，然必本官平日清谨自持，真有为民之热心，不为民扰，始可托重。又当间一行查，以防不称。

当机之四　报灾

谕三　例五　诏无　案无　疏一　议一

灾荒之至，人但知勘之宜详，而不知报之宜速。盖勘而不报，仍使上恩不沛，下望不孚。其于救之也，何日之有？然报匪但宜速也，又必且明晰其事，真恳其言，以达闾阎之隐痛，以冀庙堂之鸿仁。报之所系，诚大矣。辑报灾第四。

报灾之谕

洪武二十年，青州旱蝗民饥，有司不以闻。有使者奏之，上谓户部曰：代天理民者，君也；代君养民者，守令也。今使者言青州民饥，而守臣不以闻，是岂有爱民之心哉？其亟遣人往赈之，就逮治其官吏。

永乐五年，上谕都御史陈瑛曰：国之本在民。民无食，是伤其本。朕自嗣位以来，夙夜以安养生民为心。每岁春初及农隙之时，敕郡县浚河渠，修筑圩岸陂池，捕蝗蝝。遇有饥荒，即加赈济。比者河南郡县荐罹旱涝，有司匿不以闻。又有言雨旸时若、禾稼茂实者，及遣人视之，民所收有不及四五者，有十不及一者，亦有掇草实为食者。闻之恻然。亟命发粟赈之，已有饥死者矣。此亦朕任用匪人之过，已悉寘于法。其榜谕天下有司，自今民间水旱灾伤，不以闻者，必罪不宥。

洪熙元年正月，谕曰：各处遇有水旱灾伤，所司即便从实奏报，以凭宽恤。毋得欺隐，坐视民患。

报灾之例

洪武十八年，令灾伤去处，有司不奏，许本处耆宿连名申诉，有司极刑不饶。

洪武三十六年，定凡各处田禾，遇有水旱灾伤，所在官司踏勘明白，具实奏闻。仍申合干上司，转达户部立案具奏，差官前往灾所覆踏是实，将被灾人户、姓名、田地顷亩、该征税粮数目，造册缴报，本部立案开写灾伤缘由具奏。

成化十二年，令各处巡按御史、按察司官踏勘灾伤。系民田者，会同布政司官；系军田者，会同都司官。

弘治十一年，令灾伤处所及时委官踏勘，夏灾不得过六月终，秋灾不得过九月终。若所司报不及时，风宪官 徇情市恩，勘有不实者，听户部参究。

万历九年题准：地方凡遇重大灾伤，州县官亲诣勘明，申呈抚按。巡抚不待勘报，速行奏闻，巡按不必等候部覆，即将勘实分数作速具奏，以凭覆请赈恤。至于报灾之期，在腹里地方，仍照旧例，夏灾限五月，秋灾限七月内；沿边如延宁、甘固、宣大、山西、蓟密、永昌、辽东各地方，夏灾改限七月内，秋灾改限十月内，俱要依期从实奏报。若州县卫所官申报不实，听抚按参究。如巡抚报灾过期，或匿灾不报，巡按勘灾不实，或具奏迟延，并听该科指名参究。又或报时有灾，报后无灾，及报时灾重、报后灾轻，报时灾轻、报后灾重，巡按疏内明白从实具奏，不得执泥巡抚原疏，致灾民不霑实惠。

报灾之疏

河南巡按御史高名衡疏：顷自中州洊灾，百姓流离转徙，饿殍盈野，奸民已蠢蠢思动。蒙皇上哀此穷黎，帑金二万以赈河北，又劝地方各官及富民大姓，捐金输粟，（救济中州，）百姓得蒙全活之恩，益重有秋之望。无何大降甘霖，河南河北俱先后沾溉。臣劝谕有司，多方设处牛种，罄各仓庾积储，借为布种之用，而小民亦竭其心力，罄其囊箧，谓一粒入地，千粒归家矣。不意天未悔祸，旱魃频仍，又伏〔复〕两月不雨，禾尽枯而成草，豆亦落而为萁。前日罄竭家资，多方称贷之谷种，已入地而不复归矣。即下湿之地，一二青苗，蝗复尽之。当此时也，父子哀号，夫妻涕泪，顾兹如洗之田畴，尽是一家之骨肉。谓不如不种，尚有种在也。且以前仓尚有谷，可以赈济煮粥，今仓庾亦竭矣。以前犹有富民可劝，今且不能自给矣。以前自冬而春，自春而夏，盼树头发青，则有木叶之可食，荒田生绿，则有野草之可挑。忍死苟延以待有秋，而秋竟若此。从此自秋而穷冬，自冬而枯春，木叶尽脱，野菜无苗，无衣复无食，苦昼复苦夜。若不作贼，其势无以自存。即稍有生计者，亦谓我不劫人，人将从而劫我。故今之为戎首者，皆生员、千总、武生、富豪有力之家，非穷民也，将乘机以诱穷民耳。而穷民之自为计，则亦曰：与其坐而死于追呼，无宁掠而死于劫杀；与其甘黄馘而以饿死，无宁为寇盗而以饱死。是故甘盗如饴，走死如骛，劝谕之所不能加，而法律之所不能禁也。夫饥寒切身，征输相迫，即慈父不能有其子，官能有其民哉！独思民生于天，即生于君。今天既欲死吾民，而叩之不灵，呼之不应，或有劫运所钟，天亦不能自主，乃于必死之中而祈留一线生路，则不能不望之于君父耳。（报灾之疏甚多，惟此最为恳切，今取以为式。）

报灾之议

大学士丘〈文庄公〉（按：此为稿本无）濬（曰：苏轼书云，朝廷厚设储备，熙宁中，本路截发及别路般来钱米，并因大荒放税及亏却课利，盖累百巨万，然于救荒初无丝毫之益者，救之迟故也。呜呼！救之迟之一言，岂但熙宁一时救荒之失哉！自古及今，莫不然也。）议：臣常见州郡每有凶荒，朝廷未尝不发仓廪之粟，赐内帑之银，以为赈恤之策。然往往行之后时，缓不及事。朝廷有巨万之费，而饥民无分毫之益，其何故哉？迟而已矣。所以迟者，其故何在？盖以有司官吏，惟以簿书为急，不以生灵为念。遇有水旱灾伤，非甚不得已，不肯申达。县上之郡，郡上之藩府，动经旬月，始达朝廷。及至行下遣官检勘，动以文法为拘，后患为虑，因一人之诈，疑众皆然。（惟己之便，不人之恤。）非民阽于死亡，（狼戾惨切，）朝廷无由得知。及知发廪之令行，赍银之敕至，已无及矣。（虽或有沾惠者，亦无几耳。）臣愿圣明行下有司，俾定奏灾限期则例，颁行天下。灾及八分以上者驰传，五分以上者差人，二三分以上入递，随其远近以为期限。缓不及期，以致误事者，定其罪名，秩满之日，降等叙用。如此则监司守令咸以救济为念，庶几无迟缓之失乎！

当机之五　重都

谕二　例一　诏无　案无　疏二　议一

都城为天下根本，使都城而有饥民固不可，使外郡之饥民聚集于都城尤不可。但得各地方赈济有法，自不至于流移。迨其流移入都，方以升斗活之，抑已晚矣。况其未必活而殍死载道，愈干天和。倘奸宄乘之，更有不可言者耳。司马温公、杨忠愍公皆言及于此，真有独见其大者。辑重都第五。

重都之谕

嘉靖四十年，上命发米粥药饵，给京师流民。已闻有司给散非法，谕户部曰：朕闻汤药不对症，且饥馁之肠反伤生。又给米时，贫弱者无济，有力者滥与，违上行私，甚非朕意，是执事者之过也。可传示令小民知，非朕下令初意。部言：圣慈下赈惠之令，虽全活甚重，但闻风络绎难继，群聚日久，蒸为疫疠。宜于近京要路，委廉干官约期分给，使后来者得食，不必入京，久著者藉资得还故土，则势分而惠溥矣。上是其言，复谕府臣曰：近各处饥民来京数多，皆因有司坐视，不能赈恤所致，殊为旷职。令户部移文各抚按督率守令，招集安抚，毋事虚文。若仍前玩愒，治罪不赦。再发京仓米四千石，内库钱三百万，以给贫民归费。仍视地里远近为多寡，务称朕意。

嘉靖四十四年，各处饥馑，京师饿殍尤众，加以疫疠流染，死亡枕藉。上欲作粥施饵，以救灾疾，大学士徐阶言：粥饵之施，有名无益。况给散无纪，则强壮者幸而关领，老羸者多致践踏而亡。上曰：二事俱增民病，出粟又无多积，众灾难免矣。阶曰：往岁不过三二千石，太仓虽无多积，尚足办此。但京师出粟，四方贫民闻知，多有匍匐至者，至则施毕空归，颠殒道路矣。宜命户部出粟，止给京民；其在外者，行令抚按一体赈给。仍谕远迩元元，各于郡县候赈，勿得来京，庶全活为多。从之。

重都之例

嘉靖十七年，户部言：各处饥民流聚京师，宜令大兴、宛平二县分地查核，录名呈部，人给太仓羡米三斗，责令还籍。给事中曾烶等言：诸路俱有旱灾，而顺天、永平为甚。饥民闻有大役，匍匐就工，乃令饥死城隅，日数十人，通会河侧尸骸枕藉。乞急发帑救恤及行各处赈贷。从之。

重都之疏

（□□□□）

宋司马温公光疏：臣窃见朝廷差官支拨粳米于永泰等门，遇有河北路流民逐熟经过，即大人每人支与米一斗，小人支与米五升，仰子细告谕，在京难以住泊，令速往近便丰熟州军存活者。臣切思之，（如此处置，欲以为恤民之名，掩人耳目，则仅可矣。其）实恐有损无益。（何以言之？）向（者或）闻河北有人讹传京师散米，民遂襁负南来。今若实差官散米，恐河北饥民闻之，未流移者因兹诱引，皆来入京。京师之米有限，而河北流民无穷，既而无米可给，则不免聚而饥死，如前年许、颍二州是也。今来苗既伤于旱蝗，（日益滋生，）秋田丰歉，殊未可知，一斗五升之米，止可延数日之命，岂能济饥馑之厄哉？凡民之情，见利则趋之，见害则避之。若京师可以住泊，虽驱之亦不肯去，若外州不可以存活，虽留之亦不肯止，固非数人口舌所能告谕。故臣以为有损无益也。（臣闻民之本性，怀土重迁，岂乐去乡里，舍其亲戚，弃其丘垄，流离道路，乞丐于人哉！但以丰稔之岁，粒食狼戾，公家既不肯收籴，私家又不敢积蓄，所收之谷，随手糜散，春指夏熟，夏望秋成，上下偷安，姑为苟计。是以稍遇水旱螽螟，则餱粮已绝，公私索然，无以相救。仰食县官，既不能周，假贷富室，又无所得。此乃失在于无事之时，不在于凶荒之年也。加之监司守宰多不得人，视民之穷，曾无矜悯，增无名之赋，兴不急之役，吏缘为奸，蠹弊百出，民搏于计穷，无以为生，则不免有四方之志。天意谓他处必有饶乐之乡、仁惠之政，可以安居，遂伐其桑枣，撤其庐舍，杀其耕牛，委其良田，累世之业，一朝破之，相携就道。若所诣之处，复无所依，使之进退失望，彼老弱不转死沟壑，壮者不起为贼盗，将安归乎？是以圣王之政，使民安其土，乐其业，自生至死，莫有离散之心。为此之要，在于得人。）以臣愚见，莫若谨择公正之人为河北监司，使之察灾伤州县守宰不胜任者易之，然后多方那融斛斗，合使赈济本州县之民。若斛斗数少、不能周遍者，且须救土著农民，各据版籍，先从下等次第赈济，则所给有限，可以预约矣。若富室有蓄积者，官给印历，听其举贷，候丰熟日，官为收索，示以必信，不可诳诱，则将来百姓争务蓄积。夫如此饥民知有可生之路，自然不弃旧业，浮游外乡。居者既安，则行者思返。若县县皆然，岂得复有流民哉！臣曾上言，王者以天下为家，不可使恻隐之心止于目前而已。（此特河北饥民过京师耳。顷闻其他灾伤之处，饥民亦为不少。若臣言可采，伏望圣慈依此行也。）

大学士徐文贞公阶疏：臣昨冒昧上对，兹蒙答谕，汝谓施济二项，俱伤君恩，增民病，反害无用，焉是妄（抄本作“枉”）费一场？如出□票（抄本作“粜票”），又恐无多积者，众灾难免矣。臣查得先年出粟大约只一二千石，今太仓虽无多积，尚能办此。但中间亦有一节当处，盖往年京师出粟，四外贫民闻之，匍匐而来，及到则多已散毕，空手而归，颠殒道路。臣闻各处赃罚银两，荷蒙皇上降旨，不许抚按官私馈妄费，除解部外，各颇有积余籴谷在仓。似应令户部出粟，止给在京及近京之人；其在外者，行令抚按官，查有灾疾去处，将赃罚银谷一体赈给。仍明白晓谕百姓，各于本府县候领，不必前来，则中间全活，计亦不少。伏乞圣明裁定，谕下户部施行。

屯马御史姜思睿疏：京师系天下之重，（岁仰漕输百万于东南，除留兑改折，所入之数，仅供所出。求所为一十九年者，何有也。财亦□虚□□。）臣以为积谷之法，宜自京师始。盖京师与各省直不同。各省直抚道有司，皆身提财货之柄，手握生节之权，若其互相砥砺，一官日积一石，一年则三百六十石矣。推而至数十官，岁且可至数万。京师丛集千官，皆虚寄名号，僦屋雇马，计口料食，以称贷为有年。又五方之民，肩踵摩接，弥塞市津，耗糜漏溢，百倍省会，而徒蚁攒太仓，无他通资，家鲜兼晨之计，人无隔宿之谋，饱则倚依，饥辄飚逝。（臣向见虏薄城下，仅一两月，米价再倍平时，人情嚣急，几莫可测。）每一回思，不寒而栗。（故）臣措置（直隶、山东、河南诸郡处所，共积过籴谷备赈银八百五十两有奇，于京师则现寄于顺天府籴谷银一千四百五十两，尚有节裁类取未齐银五百五十两，共计籴谷备赈银二千。通内外算之，则）二千八百五十两有奇，目前青黄未接，谷价腾踊，恐籴则益贵妨民，仍预备两贮谷之所，东则隆福寺，西则崇国寺，于两寺廊庑，捐资葺治，各可五楹。俟秋成谷熟，乘贱籴贮，度可得谷三千余石。岂敢曰此便有济？而美事共成，岁岁相继，即臣所谓一官积一石之意也。

重 都 之 议

兵部员外杨忠愍公继盛议：（至都城中，饿殍死亡满道，人人惊惶，似非太平景象。夫）京师之民，各有身役常业，何（以顿至于死，而）至于今饿殍载道？盖所死者，皆外郡就食之人也。（盖）缘各处司民牧者，无救荒之策之心，而京师有舍米舍饭、减价卖米之惠，故皆闻风而来。当其事者，又不肯尽心，鲜有实惠，故每冻饿，以至于死。是以京师为沟壑，诱外郡之民而填之也。救荒自有均平普遍之政，何必煦煦然为此小惠，诱民以至于死乎？莫若行令各处抚按有司，作急赈济，然后出给告示，谕以本处赈济之故，使各归乡里。又将所舍之米，预支二三十日，以为回家盘费之资，则穷民有乡井饱食之乐，京师无死亡道路之惨矣。（□□丰稔，止有此岁之饿，一郡之粟自是以供一郡之食，特在上者区处之无其道耳。官仓之粟可赈济也，亦可价卖也；富室之粟可劝借也，亦可责令减价粜也。盖官仓除备边急紧不可动支外，其余有积至数十年将腐者，合暂变卖收价，到秋易新，似为两便。富室有积粟至千万石者，皆坐索高价以邀重利，故米价至于腾踊。合依少定价裁抑之，又当以礼奖劝借，官给以帖，到秋偿还，则米价自）

当机之六　重乡

谕无　例无　诏二　案无　疏一　议三

救荒者每以城市为腹心，赈施首及，而僻地远村恒不沾暨。即以乡济乡，又因照注未周，料理有缺，空有其名，殊鲜实惠。至于发廪给银，使其入城侯〔候〕领，大都困踣道路，空手言旋，少有所得，不偿其费，乡民之苦较倍城市矣。不知在乡多务本之民，所宜首加拊恤，而贼盗啸聚，又皆盘踞僻远，可不使恩威并济乎？辑重乡第六。

重乡之诏

宋高宗绍兴中，福建帅臣奏乞措置拯济事。高宗诏曰：拯济为贫民。近世拯济，止及城郭市井之内，而乡村之远者未尝及之。须令措置州下之县，县下之乡，虽幽僻去处，亦分委官属，必躬必亲，则贫民沾实惠矣。

（董煟曰：赈济当及乡村，常于义仓论之详矣。然尝闻蜀道寇作，临汝侯嘲（抄本作“朝”）罗研曰：卿蜀人，何乐祸如此？研曰：蜀中百家为村，有食者不过数家，贫迫之人十常八九，束缚之吏十有二三。各令有五母鸡，二母彘，床上有百钱，甑中有数升麦饭，虽苏张巧说于前，韩白按剑于后，将不能一夫为盗。盖赈济不及村落，其弊如此。高宗论拯济，谓幽僻去处，亦分委官属，必躬必亲，所谓不出户庭而周知天下者欤！）

宋孝宗乾道间（御批）诏：今春闽中艰食，朕甚念之。向时诸处赈济，多止及于城郭而不及乡村，甚为未均。卿等一一奏来。

（董煟曰：韩愈诗云：前年关中旱，闾井多死饥。我欲进短策，无由到丹墀。聂夷中亦云：我愿君王心，化作光明烛。不照绮罗筵，只照逃亡屋。盖伤上之人不恤下也。今孝宗虑赈济未均，不及村落，令卿等一一奏来，岂有下情之不上达哉？）

重乡之疏

宋赵汝愚疏：臣伏见州县之间，每遇水旱，合行赈济、赈粜去处，往往施惠止及城郭，不及乡村。乡村之人，为生最苦，（有终日役役而不能致一钱者。）使幸而得钱，则又一乡之中，富室无几，近者数里，远者一二十里，奔走告籴，则已居后，于是老稚愁叹，始有避荒就熟，轻去乡井之意。其间强有力者，（又不肯坐受其弊，）刦攘剽窃，无所不至（，以陷于非辜。城郭之人，率不致此。）。故臣尝谓：城郭之患轻而易见，乡村之害重而难知。（然而求所以施行之策，则亦不过劝谕上户，广行出粟，转移常平、义仓之米以赈之而已。夫劝谕上户，殆成虚文，移斛复多欺弊。）臣愚欲望圣慈，（远采隋唐社仓之制，而去其损耗乏绝之弊，）明诏有司，将逐州每年合纳义仓米斛，除五分依见行条法，随正税就州县送纳外，将五分于逐乡置廒，每岁轮差上户两名充社司掌管受纳，委县丞检察其弊，不如法者正治之。使幸得连岁丰稔，所在稍有储蓄，则乡里晏然，（本有所恃，）虽遇歉岁，奸轨之心，无有生矣。（如以臣言可采，即乞指挥行下本司及本路常平司同共措置，先次施行。）

重乡之议

新建伯王文成公守仁议：据石城县所申，许中户籴买，下户给散，准如所议施行。今出粜之数止及一千，而望济之民不知几许。附郭者得遂先获之图，远乡者必有不霑之惠。

先选该县殷实忠信可托者十数辈，不拘生员、耆老、义民，各给斗斛，候远乡之民一至，即便分曹给散。仍选公直廉明之人数辈，在傍纠察，如有夤缘顶冒，即行擒拏，照议罚治。庶几小民得蒙救急之惠，而远乡可免久候之难。

广西布政某公议：乡村之民，切不可使就赈于城市。盖饥饿孑遗，方觊得斗升之粟以缓须臾，乃疾履而来，有守候日久，不得支粮，而转于沟壑者；有寄食得粮，止足偿居停主人者；有被豪强窥获，准折偿负者；有为里老恐吓，抵还钱粮者；有抱病而来，排挤不前，因托人带领，为其骗脱者。凡百艰苦，未易缕述。合于各荒歉区中，暂僦民房，或庵院寺宇，多置廒廪，扁曰义仓，就令各乡义户，各以所籴实其中。又或于本乡积谷之家，依民间实值，预给官银平买，令附近饥民赍领官票，径赴其家，如数支取，于策尤便。然亦必须正官匹马循行，亲查亲放，斯在城在乡人人被泽矣。

祁彪佳议：吾越在城中以坊赈坊，在近乡以村赈村者，盖因坊坊有殷富，村村有殷富，故可以不出坊村而絜富济贫也。若山阴天乐一乡，殷富甚少，一图之中，有皆属贫窭者矣，而况一甲乎？今欲统三都而一之，势必不能。但本部所募之资，断宜均计合一，散之本都，更不宜画定各图，使贫民有偏枯之叹也。

当机之七　救水

谕无　例无　议无　案二　疏一　议二

水旱之灾，尧汤不免，所贵裁成辅相，足以济民。如遇水也，或疏或筑，在前贤皆有深意。而柜田一法，可以救滔天之巨浸，尤出人虑表。辑救水第七。

救水之案

彭思永通判睦州，会海水夜败台州城郭，人多死。诏监司择良吏往抚之，思永遂行。将至，吏民皆号诉于道。思永悉心救养，不惮劳苦，至忘寝食。尽葬溺死者，为文以祭之。问疾苦，赈饥乏，去盗贼，抚羸弱。其始至也，城无完舍，思永周行相视，为之规画，朝夕暴露，未尝憩息。民贫不能营葺者，命工伐木以助之。数月而私舍毕，人复安其居。思永视故城颓坏，仅有仿佛，思为远图，召僚属而谓之曰：郡濒海而无城，此水所以为害也，当与诸君图之。程役劝功，民忘其劳，城遂为永利。（天子嘉之，锡书奖谕。后去台还牧，一州之民，喜跃啼恋者交于道。）

程珦知沛县，会久雨，平原水出，谷既不登，晚种不入，民无足岁具。珦谓俟可耕而种，时已过矣。乃募富民，得豆数千石以贷民，使布之水中。水未尽涸，而甲已露矣。是年遂不艰食。

是亦救饥一策。地利之活民甚博，司土者不可不推广其意行之。

救水之疏

西晋（武帝咸宁四月〔年〕秋七月，螟伤稼，诏问主者何佐百姓。度支尚书）杜预（上）疏：（以为）今者水灾，东南尤剧，宜敕兖、豫等州，留汉氏旧陂，缮以蓄水，余皆决沥，令饥者尽得鱼菜螺蚌之饶。此目下日给之益也。水去之后，滇淤之田，亩收数钟。此又明年之益也。典牧种牛，有四万五千余头，不供耕驾，至有老不穿鼻者。可分以给民，使及春耕种。谷登之后，责其租税。此又数年以后之益也。

（朱熊曰：治灾同乎治疾，先要察夫脉之弦缓，然后加之以扶导之功，则自愈矣，反此未有不颠蹶者。当阳侯为一代伟人，鉴识宏远，不言则已，言必有济于事。良哉！）

救水之议

州守俞汝为议：古法柜田者，筑土护田，似围面小，四面俱置瀽穴，如此形制，顺置田段，便于耕莳。若遇水荒，田制既小，坚筑高峻，外水难入，内水则车之易涸。浅浸处宜种黄穋稻。（《周礼》谓：泽草所生，种之芒种，穋黄稻是也。穋黄稻自种至收，不过六十日则熟，以避水溢之患。）如水过泽草自生，糁稗可收，高涸处亦宜陆种诸物，皆可济饥。此救水荒之上法。一名埧水溉田，亦曰埧田，与此名同而实异。（王桢议与此同，今不录。）

大学士徐文定公光启议：北土最下，地极苦涝，土人多种蓟秫，数岁而一收，因之困敝。余教之多艺麦，当不惧涝。涝必以伏秋间，弗及麦也。涝后能疏水，及秋而涸，则蓺秋麦；不能疏水，及冬而涸，则艺春麦。近河近海，可引潮者，即旱后又引秋潮灌之，令沙淤地泽，亦随时艺春秋麦。此法可令十岁九稔。若收麦后，随意种杂粮，则听命于水旱可也。凡春麦，皆宜杂旱稗耩之，刈麦后长稗，即岁再熟矣。（稗，既能水旱，又下地，不遇异常客水，必收。亦十岁可七八稔也。）

当机之八　救旱

谕无　例无　诏无　案一　疏无　议七

水与旱，等灾也，而旱尤甚于水。盖水则在高阜之乡反资灌溉，旱则虽卑洼之邑亦多浅枯。水则洪涛万顷，而苗浮于水，间有釜庾之收；旱则赤野千里，而苗委于土，必无升斗之获。然其救之也又反是。水则倾泻于一时，而障御无可施其力；旱则蒸烁于累日，而车灌尤足奏其功。水则排山倒峡，天怒似为独深；旱则凿井开沟，人工尚能半补。辑救旱第八。

救旱之案

宋真宗大中、祥符间，（帝）以江淮两浙稍旱，即水田不登，遣使就福建取占城稻三万斛，分给之为种，择民田高仰者莳之。内出播种法，命转运使榜示，又种于玉宸殿，召近臣同观。

救旱之议

（州守俞汝为）王桢议：按旧说，区田地一亩，阔一十五步，每步五尺，计七十五尺。每一行占地五寸，该分五十行，长一十六步，计八十尺。每行一尺五寸，该五十三行。长阔相折，通二千六百五十区。空一行，种一行，于所种行内，隔一区，种一区，除隔空外，可种六十二区。每区深一尺，用熟粪一升，与区土种相着。苗出看稀稠存留，锄不厌频，旱则浇灌。结子时，锄土深壅其根，以防大风摇摆。古人依此布种，每区收谷一斗，每亩可收六十六石。今人学种，可减半计。又参考《氾胜之书》及务本书，谓汤有七年之旱，伊尹作为区田，教民粪种，负水浇稼。诸山陵倾阪及田丘城上，皆可为之。其区当于闲时旋掘下，正月种春大麦，二三月种山药芋子，三四月种粟及大小豆，八月种二麦、豌豆，节次为之，不可贪多。夫丰俭不常，天之道也。故君子贵思患而预防之。如向年壬辰、戊戌，饥歉之岁，但依此法种之，皆免饥殍，此已试之明效也。切谓古人区种之法，本为御旱济时。如山郡地土高仰，岁岁如此种蓺，则可常熟。惟近家濒水为上，其种不必牛犁，但鐅镬垦斸，又便贫难。大率一家五口，可种一亩，已自足食。家口多者，随数增加，男子兼作，妇人童稚量力分工，定为课业，各务精勤。若粪治得法，沃壤以时，人力既到，则地利自饶，虽遇灾不能损耗，用省而功倍，田少而收多，全家岁计，指期可必，实救贫之捷法、备荒之要务也。

贾思勰议：区田以粪气为美，非必须良田也。诸山陵近邑、高危倾阪及丘城上，皆可为区田。区田不耕旁地，庶尽地力。凡区种不先治地，便荒地为之。以亩为率，令一亩之地，长十八丈，广四丈八尺，当横分十八丈，作十五町。町间分为十四道，以通人行，道广一尺五寸。町皆广一尺五寸，长四丈八尺。尺直横凿町作沟，沟一尺，深亦一尺，积穰于沟间，相去亦一尺。尝（抄本作“当”）悉以一尺地方积穰，不相受。令弘作二尺地以积穰，种禾黍于沟间。夹沟为两行，去沟两边各二寸半，中央相去五寸，旁行相去亦五寸，一沟容四十四株，一亩合万五千七百五十株。种禾黍，令上有一寸土，不可令过一寸，亦不可令减一寸。凡区种麦，令相去二寸一行，一沟容五十二株，一亩凡四万五千五百五十株。麦上土，令厚二寸。凡区种大豆，令相去一尺二寸，一沟容九株，一亩凡六千四百八十株。（禾一斗有五万一千余粒，黍亦少此少许，大豆一斗一万五千余粒。）区种荏，令相去三尺，胡麻相去一尺区种，天旱常溉之，一亩常收百斛。上农夫区方深各六寸，间相去九寸，一亩三千七百区，一日作千区。区种粟二十粒，美粪一升，合土和之。亩用种二升，秋收区别三升粟，亩收百斛。丁男长女治十亩，十亩收千石，岁食三十六石，支二十六年。中农夫区方九寸，深六寸，相去二尺，一亩千二十七区，用种一升，收粟五十一石，一日作三百区。下农夫区方九寸，深六寸，相去二尺，一亩五百六十七区，用种六升，收二十八石，一日作二百区。（谚曰顷不比亩善，谓多恶不如少善也。）区中草生茇之，区间草以划划之。若以锄锄苗，长不能耘之者，以剗镰比地，刈其草芟。

《齐民要术》曰：旱稻用下田，白土胜黑土。（非言下田胜高原，但下停水者，不得禾、豆、麦、稻四种，虽涝亦收，所谓彼此俱获，不失地利故也。下田种者，用功多；高厚种者，与禾同等也。）凡下田停水处，燥则坚垎，湿则污泥，难治而易荒，跷埆而杀种。（玄扈先生曰：）（旱稻有粳有糯，有迟有早，每亩须粪二十余石。亦惧大旱，可灌之。又曰：旱稻，稻也，最须水，宜用区种、畦种两法。）其春耕者，杀种尤甚，故宜五六月暵之，以拟穬麦麦时水涝不得纳种者。九月中复一转，至春种稻，万不失一。（春耕者十不收五，盖误人耳。）凡种下田，不问秋夏，候水尽，地白背时，速耕耙劳，频烦令熟。（过燥则坚，过雨则泥，所以宜速耕。）二月半种稻为上时，三月为中时，四月初及半为下时。渍种如法，裛令开口，耧耩掩种之，（种稻者，省种内生科又胜掷也。）即再通劳。（若岁寒早种，虑时晚，即不渍，恐芽焦也。）其土黑坚强之地，种未生前，遇旱者，欲得牛羊及人践履之（輈亦可），湿则不用一迹入。稻既生，犹欲令人践垅背（践者茂而多实），苗长三寸，耙劳而锄之，锄唯欲速（稻苗性弱不能扇草，故宜数锄），每经一雨，辄欲耙劳。苗高尺许则锋，大雨无所作，宜冒雨薅之。科大如概者，五六月中霖雨时拔而栽之。（栽法欲浅，令其根须四散，则滋茂而直下者聚而不科。其苗长者，亦可拔去叶端数寸，勿伤其心也。）又七月不复任栽。（七月百草成，时晚故也。玄扈先生曰：水稻秧长，亦用此法。

南土立秋后，十月尚可栽，北土不然。）其高田种者，不求极良，唯须废地（过良则苗折，废地则无草），亦秋耕，耙劳令熟，至春黄场纳种（不宜湿下）。余法悉与下田同矣。

山东巡抚李长庚议：

一、每岁雨泽，春间独少，而凿井一节，所费价廉，尽可灌溉，（各州县有行之已效者。）相应一体劝谕民间修凿。无力者，或量给官谷。其地方沙确不便开凿者，不必强行。

一、掘沟一节，旱可以蓄，涝可以泄，且初生之蝗不能越沟，一举三便，相应督率举行。

（一、种树一节，桑可为衣，枣可备食，榆可救荒，事之极利者。相应督率举行。）

一、附近河流地方，若照南方水车一具，可以灌引成渠，以成沃壤，尤莫大之利。（近东兖道制法尤精。见发标下中军厅，造有式样。）各州县酌量近河可行者，一体颁布车式，劝谕民间行之。（但以此举素不习用，故向不知水车之利。若以一见其利，自当有争赴者矣。）

吏部主事贺灿然议：夫东南之宜稻也，古之所谓涂泥，今之所谓膏腴水田，固宜稻也。今亢旱土槁矣，尚可称水田乎？稻不得种，（且东南之种必以稻也，五谷惟稻为最美，而所获为最厚。人情未有不择其最美且厚者，不可得矣。）无宁转而思其次乎？愚以莫若亟令民种菽。非敢为臆说也。同一浙也，浙以西先麦而后稻，浙以东先稻而后菽。浙以西冬十二月种麦，夏四月获；五月种稻，九月获。浙以东春三月种稻，夏六月获；秋七月种菽，九月获。今旱固宜菽，而七月正其所种时也。请即以浙东之法行之。天地未有旷半岁而不生一毛者也，农未有旷半岁而不荷一锄者也。宜亟下令，令民各种菽。菽有三，有黄有绿有赤，则令民杂种之，冀必有一穰焉。（夫高粱之子，非甘脆弗啖。三日不得食，即粗粝如饴矣。种菽之利，曾不足以当稻之一二。然与其弃之为不毛之地，无宁薄有所收，犹可忍死以待岁也。）第漫焉令民种菽，恐民未必听。少缓即菽不可种，此其机不可失也。必亟下令曰：即令秋令，不能复种稻。浙以东类于七月种菽，惟菽宜旱宜秋，尔民于抛荒之田及既种而就槁者，亟市菽种之，毋惑毋缓。菽种不甚贵，为费易办。种菽者，验为全荒，免其租；不种菽者为惰农，他日有赈，必不尔及。尔民其亟从事。然亦必逐图勘报，民始不敢违令。此即以委之富家巨室，以为他日赈恤张本可也。

徐献忠议：居山中往往旱荒，乞得旱稻种于吴石岐大参家，糯紫黑色，而粳者白。往时宋真宗因两浙旱荒，命于福建取占城稻三万斛散之，仍以种法下转运司示民，即今之旱稻也。初止散于两浙，今北方高仰处类有之者。因宋时有江翱者，建安人，为汝州鲁山令。邑多苦旱，乃自建安取旱稻种，耐旱而繁实，且可久蓄，高原种之，岁岁足食。种法大率如种麦。治地毕，预浸一宿，然后打潭下子，用稻草灰和水浇之。每锄草一次，浇粪水一次，至于三即秀矣。

《农桑通诀》曰：稻之名一，而水旱之名异。盖水稻宜近上流，旱稻宜近下田。（《齐民要术》曰：凡下田停水处，燥则坚垎，湿则污泥，难治而易荒，跷埆而杀种。其春耕者，杀种尤甚，故宜五六月暵之，以拟大麦时水涝不得纳种者。九月中复一转，至春种稻，万不失一。凡种下田，不问春秋，候水尽田白背时，速耕耙劳，频翻令熟。二月半种稻为上时，三月为中时，四月初及半为下时。渍种如法，裛令开口，耧耩掩种之，锄惟欲速。每经一雨，辄欲耙劳。苗高尺许则锋，大雨无所作，宜冒雨薅之。科大如概者，五六月中霖雨时拔而栽之。余法悉与下田同。今闽中有得占城稻，种高仰处，皆宜种之，谓之早占。其米粒大而且甘，为旱稻种甚佳。北方水源颇少，惟陆地沾湿处种稻，其耕锄薅拔一如前法。一种有小香稻者，亦芒白粒，其米如玉，饭之香美，凡祭祀延宾以为上馔，盖贵其罕也。）

当机之九　戒缓

谕七　例无　诏一　案无　疏二　议一

荒政言预计，正戒缓也。然预计者，如采集医方而疗治，则在临病。设预计于平日，仍稽迟于届期，则一日之缓，不知有几许死亡矣。生死呼吸，全关于拯救之人。言及此，虽欲稍缓旦夕，其心忍乎？辑戒缓第九。

戒缓之谕

洪武三年（正月），西安、凤翔二府饥，户部奏须运粟以济。上曰：民旦暮待食，若须运粟，死者多矣。况今东作方兴，民无食而废耕，其患益甚。即令户部主事李享驰驿往赈之，户给粟一石，计三万六千八百八十九石。

洪武二十六年，湖广孝感县饥，官请发预备仓储粟以赈，命行人驰驲赴之。上谕户部曰：朕尝捐内帑金，付天下耆民粜粟御凶荒，诚急民也。若岁饥俟奏请而后发，则民饥而死者多矣。其即谕天下有司，后遇岁饥，先发廪赈贷，后乃闻。著为令。

永乐元年，尚书咨真定、枣强民复业，适旱蝗饥，流殍者众，乞核实赈济。上曰：民困甚，救之当如救焚拯溺，少缓无益也。今往还核实，非两月不给。民命在旦夕，谁能待之？命监察御史速督官发赈。

永乐七年己丑三月，都御史虞前、给事中杜钦奉命巡视两淮，启颖〔颍〕州军民缺食，请发廪赈恤。皇太子遣人驰谕之曰：军民困乏，待哺嗷嗷，卿等尚从容启请待报，汲黯何如人也？即发仓廪，赈之勿缓。

永乐十七年，上闻开、徐等州县民饥，慨然叹曰：君以民立国。古人所以致雍熙之世者，其道始于民足衣食。虽有水旱灾伤，而民不至于饥窘者，则恃蓄积有素。但如汉文景之世，太仓之粟，陈陈相因。太宗时，民间斗米三钱，行旅不赍粮，亦何忧水旱？皇考置预备仓，出内帑易粟储之，以赈饥荒，此诚良法。然有司必至饥民嗷嗷，始达于朝，又必待命下乃赈之，其馁死者已不逮矣。其令有司，今后遇饥荒急迫，即验实发仓赈之，而后奏闻可也。今后各处所奏民饥，宜急遣官赈之。

（永乐十六年）本年，以陕西旱，命成山侯王通偕户部官驰传往赈之。通等陛辞，上谕曰：民饥饿，朝不保夕，譬之赴救水火，当速往毋缓，早至即存活亦多。尔至彼，其有司一切不急之务，悉停止之。民间事有不便者，条陈以闻。于是赈饥民九万八千余户，给米十万四千三百余石，钞十二万六千三百锭。

宣德元年，户部奏：比者青州府言民艰食，请借官粮赈济，而未见开报饥民多寡之数，请覆勘然后给。上曰：民饥无食，济之当如拯溺救焚，不可少缓。若待覆勘而行，岂不有馁死者？宜遣人驰驿往山东，令布政司与府官就便分给，庶几有济。

戒缓之诏

唐玄宗开元二十八年诏：诸州水旱，皆待奏报然后赈给，道路悠远，往复淹迟。宜令给讫奏闻。

戒缓之案*

（原稿眉注：入戒缓案。）吴自湖守淮扬，适大祲，乃下其法，令各长吏箪（抄本作“单”）车裹粮，巡行阡陌间。所至集饥户里正并父老谊评素著者，与俱互相诘验，实则籍其名，以金若粟，分别口之多寡给付之。金预凿缄定，輓以自随，唱名授粟，填给符帖，阔仅如掌，许使得持赴官庾关支。守庾者日开庾，坐庭下，至则验帖遄发，无斯须留滞。不数日，竣其事。一时饥民欢呼载道。

戒缓之疏

丘文庄公浚疏：臣按苏轼书云：朝廷厚设储备，熙宁中本路截发及别路般来钱米，并因大荒放税及亏却课利，盖累百巨万，然于救荒初无丝毫之益者，救之迟故也。呜呼！救之迟之一言，岂但熙宁一时救荒之失哉！自古及今，莫不然也。臣常见州郡每有凶荒，朝廷未尝不发仓廪之粟，赐内帑之银，以为赈恤之策，往往行之后时，缓不及事。朝廷有巨万之费，而饥民无分毫之益，其故何哉？迟而已矣。所以迟者，其故何在？盖以有司官吏，惟以簿书为急，不以生灵为念，遇有水旱灾伤，非甚不得已，不肯申达。朝廷及至行下遣官检勘，动以文法为拘，后患为虑，因一之诈，疑众皆然，惟己之便，不人之恤，非民阽于死亡，狼戾惨切，朝廷无由得知。发廪之令行，赍银之敕至，已无及矣，虽或有沾惠者，亦无几尔。臣愿圣明行下有司，俾定奏灾限期则例，颁行天下。灾及八分以上者驰传，五分以上者差人，二三分以上入递，随其远近为期限。缓不及期，以致误事者，定其罪名，秩满之日，降等叙用。如此，则藩服监司郡县守令咸以救济为念，庶几无迟缓之失乎？

（六、三戒，申戒迟缓者。）副使林希元疏：臣闻救荒如救焚，惟速乃济。民迫饥馁，其命已在旦夕，官司乃迟缓而不速为之计，彼待哺之民岂有及乎？此迟缓所当戒也。（昔苏轼与林希书云：朝廷厚设储备，熙宁中，本路截发及别路般来钱米，并因大荒放税及亏却课利，盖累百巨万。然于救荒初无分毫之益者，救之迟故也。然迟之一言，岂但熙宁一时为然，自古及今，莫不然也。）臣昔至泗州，适江北大饥。府县九月、十月，赈济皆是虚文，而民饥死正在十一、十二月。及至正月而差官发银始至，盖亦坐迟之病也。今宜以此为戒，严立约束，申戒抚按二司、府州县各该大小赈济官员，凡申报灾伤，务在急速；给散钱粮，务要及时。申报灾伤，与走报军机同限，失误饥民，与失误军机同罚。如此则人人知警，待哺之民庶乎有济矣。

戒缓之议

王文成公守仁议：南建等郡洪水非常，下民昏垫，实可伤悯。但计府县所积无多，实难溥赈。其地方被水既广，而民困朝不谋夕，若候查实报名，造册给散，未免旷日迟久，反生冒滥。须各府委佐二〔贰〕官，及行所属被水各县掌印等官，用舡装载谷米，分头亲至被水乡村，验实果贫难下户，就便量行赈给。为照南昌所属水灾尤剧，但居民稠杂，类多顽梗，若赈给之时，非守巡督临于上，或至腾踊纷争。又须分督该府县官，于预备仓内支米，用船装运，亲至被水乡村，不必扬言赈饥，专以踏勘水灾为事。其间验有贫难下户，就便量给升斗，暂救目前之急。给过人户，略记姓名数目，完报查考，不必造册扰害。所至之地，就督各官申严十家牌谕，通加抚慰开导，令各相安相恤，仍督各官俱要视民如子，务施实惠。

当机之十　戒烦

谕无　例无　诏无　案无　疏一　议一

今天下上德不究，下情不通，皆因文法所拘，格套所缚耳。不知民命倒悬，何如时也；生死关系，何如事也。尚可以章程往返，致赈恤之惠不立沛于闾阎乎？缓宜戒矣，烦正缓之根也。辑戒烦第十。

戒烦之疏

（曰戒拘文者）副使林希元疏：尝见往时州县赈济，动以文法为拘、后患为虑。部院之命未下，则抚按不敢行；监司之命一行，则府县不敢拂。不知救荒如救焚，随便有功，惟速乃济。民命悬于旦夕，顾乃文法之拘，欲民之无死亡，不可得也。朝廷虽捐百万之财，有何补哉？（昔汉河内失火，延烧千家。汲黯奉使往视，以便宜持节发仓禀以赈济贫民。宋洪皓秀州赈济，宁以一身易〔万〕十万人命，截留浙东纲常平米斛，以赈济仰哺之民。此皆能便宜处事，不为文法所拘者也。）今各灾伤去处，宜告诫抚按司府州县官，凡事有便于民，或上司隔远未便得请，事有妨碍者，并听便宜处置，先发后闻。惟以济事为功，不得拘牵文法，致误饥民，有孤朝廷优恤元元之意。则大小官员，得以自遂，而饥民庶乎有济矣。

戒烦之议

寺丞兼御史钟化民议：覆议章程，类郡邑申详本院，本院行之司道，司道行之郡邑，郡邑覆议，然后转呈司道，司道转呈本院。中间文移往来，或经千里，迟疑顾虑，延阁〔搁〕时日，及其得详，灾民且沟瘠矣。乃胶柱常程，不通权变，张颐待哺，朝不谋夕，真所谓求我于枯鱼之肆耳。今有急切利弊兴革，不妨便宜径行，本院不时亲临，类行详验，事有不干重大者，方为覆议。惟于批行之后，验其善否，则彼必尽力以验其言，我亦因验言而定其品。

当机之十一　杜侵

谕无　例一　诏无　案无　疏一　议一

钱谷之出入，吏缘为奸久矣。此在常时尚不可，况于赈济之时。一铢一粒，实关死生，严为令而重其罪，谁曰不可？然待侵渔之后方行发觉，则攀报追赔，又贻民害。早做防闲，斯为善耳。辑杜侵第十一。

杜侵之例

成化二年奏准：今后若有侵欺赈济银粮，或将官银假以煎销均散为名，却乃挿和铜铅，给与贫民者，一体解京发落。

杜侵之疏

副使林希元疏：(禁侵渔者，盖)人心有欲，见利则动。朝廷发百万之银以济苍生，而财经人手，不才官吏不免垂涎，官耆正副类多染指，是故银或换以低假，钱或换以新破，米或插合沙土，或大入小出，或诡名盗支，或冒名关领，情弊多端，弗可尽举。朝廷有实费而民无实惠者，皆侵渔之患也。(昔王莽时南方枯旱，流民入关者数十万人，置养赡院廪之。吏盗其廪，饿死十七八。夫盗廪之弊，岂特莽时为然。自古及今，莫不然也。不重为禁，可乎?)臣按《大明律》，凡监临主守盗仓库钱粮者，问罪刺字，至四十贯者斩。《问刑条例》：宣大、榆林等处及沿海去处，监临主守盗粮二十石、银一十两以上者，问罪，发边卫永远充军。臣愚以为赈济钱粮，人民生死所系，若为侵盗，其罪较之盗宣大沿边等处钱粮者为尤大，其情尤为可恶。合无分别等第，严立条禁：凡侵盗赈济钱粮至一两以上者，问罪刺字，发附近充军；十两以上者，刺字，发边卫永远充军；至二十两以上者处绞。按律杀人者死，侵盗赈济钱粮达二十两以上，致死饥民，不知其数，处之以死，岂为过乎？重禁如此，庶侵渔知警，饥民庶乎有济矣。

杜侵〈之〉议

山西巡抚都御史吴甡议：

一、禁差役拘扰之弊。审赈官当单骑减从，亲赴乡村，(唤集里老开赈饥民，面审某都里几甲，某人有无妻子，作坐何处，)分别极次，填给赈票，听候委官散赈，不得遣差皂快下乡催拘需索。(如有故违，依律究拟如前。)

一、禁里书诡冒之弊。饥民户口，有司官宜稽查编审册籍，各有都里甲户、籍贯住止。若册籍无名，必系重冒，毋令豪蠹捏报鬼名，以图侵克。(设有违犯，究惩如前。)

一、禁里胥催粮之弊。穷民逋赋虽多，已经奉旨蠲停，(今才得赈济，不过涓滴，能救活几时？而里)[有]胥借名欠粮，吓要追讨，或禀官拘摄，反致丧生(，究竟赈济银钱，止充奸滑橐橐。)者，此宜严禁。(敢有犯违，里长□头户房差役等，坐赃倍追，拟罪如前。)

一、禁讨索宿债之弊。贫民负欠，缓急时有。(在丰年子母相权，违例独禁，况今何时也?)今饥饿待毙，专望赈银，办籽种，易升斗，救死不赡。如势豪之家(、强梁之辈)有逼讨私债、罄囊剥去者，(贫民吞声，无可诉告，是朝廷□望其生而此辈不顾其死也。敢有犯违，)除将原债不偿外，仍坐赃倍追拟罪。

一、禁衙役扣克之弊。赈济原为饥贫，别无旧规常例，但恐吏胥巧计禀官，或借审查饥民，攒造文册纸张工费，或快壮门皂借名工食，强逼兑支。州县官耳软腹饥，一受其饵，出票差人，大家猫鼠，则此所散金钱，不足当若辈吞噬也。敢有犯违，从重坐赃，挐问枷责(，拟罪如前)。

一、禁富民买票之弊。穷民朝不保夕，赈票到手，望眼欲穿，势必求售于富家，照利折筭。及至领赈，有名无实，是为富民作涯也。(至负朝廷之恩矣。)如有犯违，买票之家，坐赃拟罪(如前)。

一、禁劣衿把持之弊。寒士义当并周，朝廷之恩岂能独靳？但府州县须另行查明，酌量给赈，不得混入饥民数内。如有不顾大体，拥集喧扰，把持混乱者，申明究处。

一、禁散赈欺诈之弊。赈给饥民，或银钱，或粟米，有司官逐一验明，查收赈票，照极次等第分别多寡面给，毋令幺麽群小，（历年□□），临时那移，揷合低假，致小民不沾实惠。如违枷责重惩（如前）。

当机之十二　慎发

谕无　例无　诏无　案无　疏无　议三

散钱给米，诚是利民，然恐为时既久，物力有限。与其匮竭于后，不若慎重于前。今有司见民小饥，轻言捐赈。及于凶荒洊至，米粟愈腾，蓄储已穷，募助莫应，便不免袖手坐视矣。所以救荒者，须有迅敏之作用，尤须有远大之见识，必且斟酌乎时势之间，通计于前后之际，与期当厄，事无后艰，乃为善政耳。辑慎发第十二。

慎发之议

刑部侍郎吕坤议：发赈之法，最莫轻行。饥民未必饿死之民，凶岁更防大凶之岁。

（刑部侍郎）吕坤又议：州县仓积，须有谷豆二万石以上，方为宽绰，虽遇凶年，人不至于相食。决不可一半在外，即放在外，许借不许赈，救死不救饥。即借，春出秋必收，利必加三还县。仓名预备，非但救荒年也，城一被围，缺仓五日，岂暇觅草树根皮，罗雀掘鼠哉！（安庆绪据邯郸，郭子仪与九节度围之。城中食尽，一鼠值钱四千。食禀万分要务，此围城为第一吃紧事。）今但遇小民告赈，衙蠹开端，一时申请赈借，放出再不催还，到兵荒马乱之时，百姓死活，莫能相顾。但遇小饥、中饥之年，上司轻动仓粮，本县士夫不可不以此意强止之。

某友（抄本作“官”）何景明议：救荒之策，窃为民计，大率利一而其害有三。征求之扰，工役之勤，寇盗之忧，此为三害。而所利于民者，独发仓廪一事耳。夫发仓廪本以利民，而其弊反甚。仓舍一启，豪强骈集，里胥乡老，匿贫佑富，公家之积，只以饱市井游食之徒，而野处之民曾不得见糠粃。富者连车方舆，而贫者曾不获斗升。乡民有入城待给者，资粮已尽，日贷饼饵自啖，而卒不得与。此〔比〕其少得，不足偿贷，反因是等死。耳闻目睹，可为痛扼。（本欲有所与，必先为去其所夺。养驯兔者，不蓄猎。）

救荒全书卷之九　当机章二

择人　隆任　恤劳　炤价　劝富　核饥　警谕　纠劾

当机之十三　择人

谕无　例无　诏无　案无　疏五　议二

为治者不外知人善任，而况救荒同于救焚，尤非一手一足之力所能办，顾人不易知也。千百人之生命，悬之于任事之一二人，倘收之不广，则事不集；倘择之不精，则惠不普。是以前贤处此，破格询访，至取之于待阙持服之人员，其收何如广，其择何如精乎？盖惟爱民之念实，则任贤之衷虚，实念运之以虚衷，而人自乐为之用矣。吾于此见集思广益之大道焉。辑择人第十三。

择人之疏

宋文公朱熹疏：伏见州县之吏不为不多，而其间才能忠信可倚仗者，极不易得。将来七州粜济，往来督察，用人必广。乞降指挥，特许将得替、待阙、丁忧、致仕及在法不应差出之官，权行差使，候结局日如旧，庶可集事。

朱文公熹又疏：救荒之政，（著在今〔令〕甲，及近年节次指挥，虽已详悉，然而）全在官吏遵奉推行，然后民被实惠。（况今年荐饥，公私匮竭，比之当岁，事体不同。）欲乞圣慈特降指挥，戒敕本路守令以下，令其究心奉行，悉意推广。其故有违慢不虔之人，俾臣奏劾一二，重作施行，以警其余。其有老病昏愚，不堪驱策者，亦许具名闻奏，别与差遣。却选本路官吏，恻怛爱民，才力可仗者，特许不拘文法，时暂差权。仍依富弼、赵抃例，选得替待阙宫庙持服官员，时暂管干。事毕具名申奏，量与推赏，如减磨勘升名次之类，庶几官吏向前，人蒙实利。

朱文公喜〔熹〕又疏：臣七月二十三日到台州，（二十五日准尚书省劄子，恭奉圣旨，给降度牒三百道、官会一十五万缗。臣即时分拨应副诸州外，仍于台州刷到常平司及诸州库银有管窠名钱八万贯，及于降到钱会内拨钱二万贯，共揍一十万贯，量□县灾伤轻重、地里阔狭，均拨应副。仍）寻访到土居官员士人，诚实练事、为众所服者，一县数人，以礼敦请，令与州县当职官公共措置，差募人船，前往得熟去处，收籴米斛，循环赈粜。仍多方敦请上户说谕，或出米谷，或出钱物，并行运籴，添助赈粜。（仍据本州申到见管常平、义仓米五万二千余石，已令桩管准备赈济，及一面立式，选差都正乡官等，家至户到，从实抄劄。法应粜济大小户口，取见的确数目，）各随比近置场，以俟将来阙食，就行粜济。仍立罪赏约束，不得泛滥抄劄，枉费官廪。

兵备副使林希元疏：（二、二难。曰得人难者，）盖闻为政在人，（况救荒无善政，使得人犹有不济，况不得人乎？）人存政举。如常平、义仓之法，在耿寿昌、长孙平行之则为良，后世踵之则有弊。其故何也？正以不得其人耳。今各处灾伤，民罹凶危，陛下隐念至痛，府库百万之财尽不爱以济苍生。此真爱民如子之心也。使不得人以行之，臣恐措置无方，奸弊四出，饥者不必食，食者不必饥，府库之财徒为奸雄之资，百万之费不救数人之命，此臣所以深忧过虑也。然所谓得人者，非特府县官，凡分委赈济官耆，皆所当择而不可苟者。（昔富弼青州赈济，其所用之人，则除青州县正官外，就前资及文学等府佐领官，择有廉能者用之。夫有欧阳修以主赈济，则府县正官不用择，所当择者，分委赈济之官。今不得如欧阳修者主赈济，则主赈济者，府县正官之责，所当精择，而择委官又其责也。）臣愚欲令抚按监司，精择府州县正官廉能者，使主赈济；正官如不堪用，可别拣廉能府佐或无灾州县廉能正官用之。盖荒事处变，难以常拘也。至于分赈官员，可令主赈官就所属学职等官及待选举人、监生等人员，择素有行义者，每厂一员为主赈，又择民间有行义者一人为耆正，数人为耆副。使监司巡行督察各厂，所至考其职业，书其殿最，并开具揭帖。事完，官上之吏部。府县学职等官，视此为黜陟；举人监生等人员，视此为除授。耆民上之抚按，有功者以礼奖劳，仍免徭役；有过者分别轻重，惩治不恕。如此则人人有所激劝，而荒政之行或庶几矣。

吏部侍郎何孟春疏：昔宋孝宗时，赵汝愚奏曰：讲行荒政，全在得人。任得其人，则能每事随宜措置，不至乖疏；任非其人，鲜不败事。（守令之不堪倚仗者，宜委诸路监司体察。监司之责，在今尤须谨择。若旱伤分数稍重路分，必须选帅臣有才望者专一措置施行。）臣惟今日所在有司，得人甚少，灾伤地方，复有贪苛之吏，民何以胜？（光等所谓抚按体察者，惟圣明留意，右都御史宗廷举等通民情，晓吏治，责任斯在，固当追效古人。）伏望敕旨叮咛（而）督劝（之），使于当职人员，有赏格以待能干，有刑条以惩不职，作新济农之仓，大举惠民之政，则齐民获免于饥饿，饥民不至于流徙，流民不至于殍亡（，斯副朝廷好生之德）。

择人之议

宋（知抚州节制军）黄震议：急粜者富室也，待籴者饥民也。官司既不以文移滋吏弊，则通此脉络于公私上下之间者，乡曲好谊之士也。今不以公移劝分，而礼请宋节幹等十员，分乡提督劝粜。不以官司督促而以本心之所同然者，往来于文书之间，不立官价，不立官斗，而一听蓄米之家，随时低昂，接济籴户。凡此岂但为饥民之计，正深为诸富室计。

宋董煟议：抄劄之际，须当革弊。臣亲见徽州婺源村落赈济，里正先巡门抄劄，每家觅钱，无钱者不与抄名。逮至官司散米，皆陈腐沙土不可食之物。得不偿失，极为可恨。然全在施行委选得人。村落之间，又各委本土公正有望、为乡闾所信服者，（不可信凭公人所举，须）且参寄居及士人贤者之论，庶人望稍服。仍先延见委谕之，因察其人物，不许子弟代名出官，时以杯酒虚礼激劝，使乐为效命。又须有术察其任私不职者，略责一二，以警其余。此等设施，非可一概论，又在临机应变也。

当机之十四　隆任

谕四　例无　诏无　案一　疏无　议五

救荒之事非一，而揔须任之得其人。任事者以才以识，而尤在于一心。此心之缓急广狭，千万人生死系焉。故王征君之议任事也，亟以订心为要。心一正，而施为措置，自然合节中窾。然则生千万人者，不在于贷银赈粟，在于担任者满腔之慈爱耳。辑隆任第十四。

隆任之谕

永乐十年，敕户部曰：朕为天下主，所务者安民而已。故每岁遣人巡行郡邑，惟欲周知岁之丰歉、民之休戚。近者河南民饥，有司不以闻，往往有言年谷登者。若此欺罔，获罪于天，此亦朕任非其人之过。其速令河南发粟赈民。自今凡郡县及朝廷所遣官目击民艰不言者，悉逮下狱。

正统五年（七月二十四日），敕行在工部右侍郎周忱：得奏，镇、常、苏、松等府潦水为患，农不及耕，心为恻焉。今遣员外郎王瑛往视，就赍敕谕尔。尔即躬自踏勘，凡各部所渰没不得耕种之处，具实奏来处置。其被水之民，有艰难乏食者，悉于官仓储粮给济，仍戒饬郡县官善加存恤，毋令失所。比闻浙江湖州、嘉兴皆被水患，今亦命尔一体整理。朝廷专以数郡养民之务委尔，尔宜夙夜用心勤思，精虑区画，以称付托。钦哉！故敕。

嘉靖十年，上幸西苑仁寿宫，召大学士翟銮、李时，左都御史汪鋐、夏言等入见。上曰：陕西饥荒，已遣户部侍郎叶相赈济。今相病，宜何处？銮等请就用陕西巡抚刘天和，或河南巡抚徐讚，因言陕西初灾伤重大，后闻亦颇纾。上曰：百姓艰难，还用赈济，民乃天下之民也，岂可不救？又问吏部侍郎唐龙如何，众皆称其才，遂升龙兵部尚书兼右督御史，总制陕西三边，管理赈济。上复曰：朕念陕西灾伤重大，民多死亡流徙，故发银三十万两，遣官赈之，欲令小民速沾实惠。龙宜亟赴任。相病，得无规避否？吏部勘闻有朋比者治其罪，龙疏辞，上手诏答曰：卿才兼文武，性资端亮，朕特简用，卿其勿辞。亟往视事，展布才猷，俾民得安，副朕奉天忧民之意。

万历十七年，敕户科给事中杨文举：直隶、浙江系财赋重地，近该各巡抚官奏报旱灾异常，小民饥困，流离失所，朕心恻然。已该部议发太仆寺马价及南京户部银各二十万两，分给赈济。今特命尔前去南直隶应天、苏、松等府，及浙江杭、嘉、湖三府地方，会同彼处抚按官，查照被灾轻重、人户多寡，将前项银两通融分派。（□慎选实心任事有司官员，计口给赈，务须放赈如法，使饥民各沾实惠，不许任凭里书人等侵克□□。）其应征应停及改折等项钱粮，仍与抚按官备细查理，逐一示谕小民，无使奸猾吏胥及粮长土豪通同作弊。各该承委官员，悉听尔会同抚按官严加稽考，遵照上中下定格，分别存赏论劾。（倘有无知恶少，乘机啸聚，假名劝借，公行抢夺，甚至拒捕伤人者，尔即会同抚按官，遵照先前谕旨，擒拿首恶者，从实参奏。）敕内开载未尽事宜，听尔斟酌奏请施行。事完之日，通将赈过州县、用过银两数目，造册奏缴。尔受兹委任，尤当持法奉公，悉心经画，务使惠溥人安，以副朕轸恤小民至意。如或迁延疏玩，具文塞责，罪有所归。尔其钦哉！故敕。

隆任之案

成化十九年，（命刑部左侍郎何乔新巡边。时马亦思因拥众寇大同，杀边将，紫荆、居庸告急。勅何乔新巡边，声言捣巢，虏惧遁去。时）山西饥，人相食，（即）命[刑部侍郎何]乔新赈赡，得便宜行事。乔新请内帑淮盐银及鬻祠部僧道牒，得粟数十万石，分部赈恤。又僦饥人疏沟渠，出粟偿直。凡活人三十万。

隆任之议

嵊令邓藩锡议：赈饥之法，不藉众力，则涓滴亦无以沃焦枯。于是刊定赈册，在城则隅分东西，在乡则分某都某图，请诸孝廉德行生员，以为综理。分十二阄，阄分二人，共二十四人，推择本部诸生耆老心力俱胜者，以为本方司募司赈，分道劝谕，听人乐输，多寡注明，即随稽报本部饥饿户口，据实登册。山路崎岖，公给诸生舆马，凡穷岭僻谷，无不遍历察核。每饥民一口，日给米四合，每一月给米一斗二升。行以两月为止，候二麦日至罢赈。先期给票，做二次散给（，令自二月十五日赈起矣）。或此方输米多而饥民少，或彼方输米少而饥户多，（卑县）与综理司赈通融移赈。又以本方司赈给本方饥民，率皆熟识之人，绝无虚冒之弊，从未假手一胥一役，以滋滥扰。

（嵊令）邓藩锡又议：募赈之役，从诸乡先生商定，或综理，或分司，重烦猷（按：抄本作“犹”）念。今司赈诸君子自乡远来领册，虽载在册者，已言简而意尽，恐于中条款，尚须面悉，或因地因时，不无参酌。今特（假李氏祠堂为）设公所，以便综理司赈不时集议，内烦（徐文儒、尹仲明同）在城（贤）庠友数人，食息其中，耑理其事。（幸）诸君子自乡至者，即赴本（祠）所会谈商榷，（不佞）邑令时亦赴议此中，不妨竟日永漏（，恐倒屣未皇，有稽从者，希惟鉴谅）也。

征君王朝式订姚江文学任事（七条）议：

一、订心。（二兄既蒙邑父母）既受当事之委任，则合姚饥民生死，尽系于二兄之一心。此心所以不可不自订也。然（式所言者，）不在善恶邪正之间，而在缓急广狭之际。盖太急则恐事机之未可乘，而稍缓一日，则待哺之民多一日之死。（吾计姚中饥户不下数万，而举赈之期不逾一月，粥不可待，一日约死千命。则虽赈法尽善，以千人之死，曷足赎哉!）此心所以不可不急也。凡饥民之待哺者，在四郊固多，而穷山溪谷之间，尤为可虞。（姚境东西六十里，南北二百六十五里，截长补短，周回约六百里而遥。两兄身任其事，足迹虽不能尽到，而颓檐败壁之下，一有死者，举皆二兄之罪，讵可以耳所及闻、目所及见，为吾精神所周之域乎?）此心所以不可不广也。至于发端易，竟事难，鼓于方兴易，振于垂尽难，则靡不有初，鲜克有终，古人所戒。此又不可不熟讲也。（盖始事之日，人情方新，吾气复盛，□□□□□□及乎途已九十，功在一篑，则甘苦备尝，劳怨两茹，使此时事多违志，则意兴定阻，即幸而成绩，□□人人赞扬，亦将怀□满之疑，以自沮永贞之念。不知）盖赈饥之役，异于别事，假令万人俱活而一人即死，则活万人之功，不足以赎吾杀一人之罪。何以故?（邑父母）当事既有成命，（诸）善信既有义资，则此万人之活，分固应尔，而彼一人之死，特系我一念沮废，（遂致不获食邑父母及诸善信再生之德，吾）罪将奚逭哉?（是故始终无怠，尤任赈之第一义也。不为不为两兄深祝之也。）

一、缔盟。（赈之役，诸兄俱有同心，业共控之邑父母。邑父母乃择二兄而任之，岂有所茹吐其向哉！良以）事关通邑，合有统纪，故特借（二兄）一二人以聚诸兄之灵。非谓（二兄）一二人已任而诸人便可退后一着也。（诸兄咸以活人为念，自不以此为嫌，二兄亦不得以此稍介之于中，因而自疑自沮，但既）故为首事之人，则谋虑不可不出诸人先，心思不可不出诸人下。（邑父母有爱民之心，诸兄体而行之，一时耳目有所未周，计智有所未到，正藉二兄及诸兄匡扶之力。二兄有不忍人之心，诸同志体而行之，一时耳目有所未周，计智有所未到，则藉诸同志补救之功。邑父母尚有藉乎诸兄，岂二兄独无藉乎诸同志乎？邑父母尚当虚己以尽诸兄之怀，岂二兄不能虚己以尽诸同志之怀乎？人情不难睹，例求之自见，此二兄所当深长思者也。至于）人发一议，议未必尽当；户操一说，说未必可行。（邻子聚讼，讥及筑室。此古今议论方起时常态，在高明者[正须]于瓦砾中拣出下璧，粪箒边拾起隋珠，）正须裁短取长，删繁就简，或触类以旁通，或因情而传势（，则彼一言一论，皆入吾家好家具。万一执我以格众，或者因噎而废食，使诸兄有怀不吐，甚且发为后言，以致承瑕射衅之人，得乘间而操吾短长，甚非全姚之福也）。至于订心之说，（二兄）[吾辈]既以之自订，亦当与诸兄共订，其中心之从违与否，未尽可知，而此种心事，此种道理，人人定以为然。（得其一时首肯，异日亦可以此相助。）况乎感应之机，毫不可爽。（二兄）设诚而（力）行（之），自表达里，（自始彻终，）靡有间然，则诸（兄）[人]之相观而劝，固有不知其所以然者。此则以心感心，即是以心订心（，不言而喻，不动而神，自古及今，未之或改也。二兄苛以鄙言为然，则此一赈之后，通邑之人心风俗殆将丕变，岂特邑中二三同志倍为鼓舞而已哉！）[也]。

（一、体情。邑父母有良法美意，非二兄不能布之于通邑。二兄有良法美意，非诸兄不能布之于穷乡。故必腹心股肱联为一体，而后姚中数十万户可含哺而歌也。方今任事诸兄[友]，大半多舌耕以自赡者。身当此担，自孟秋中旬，一获告竣，中间殆将百日，外固不免于主人之怨，内复无逃于室人之谪，揣其情状，甚为狼狈，而往来车马之资，又欲出于自办，此必不得之数也。或者曰：救灾比于凶事，正合徒步裹粮。不知[夫]衔邑侯之命，入乡陬绝无知识之地，使其寒窭不若一县卒，即有多方好论，谁复耸听？且时日亦尔有限，幅图甚阔，势非徒步所能周到，以故一仆一马断不可省。此项资给，若不出之公家，同志定多坐困。然又不可明以相告，所望二兄急为酌处，以便诸同志之启行。毋徒曰此甚义事，奈何琐琐及此也。至如式在[予]赈嵊邑时，凡同志之一出一入，无不经心；凡饮食卧具医药之类，靡不具备。以故一时同事诸人，皆能不避暑雨，不惮劳病，驰驱于崇山邃谷之中，而一以活人为事。以鄙意揆之，今日之役，例合如此。然而资粮未集，公私无可告语者，未敢轻议也。）

一、定约。方今四境之民，无不知有赈事矣。其贫者计日而待，尚幸须臾无死，（必饱父母之德。）其富者则罔不心动，曰行且及我。（然而任事者为公乎？为私乎？果以义劝我乎？抑以势驱我乎？果尽我力所能及者而止乎？抑为溪壑之无厌？抑指灶寻宝，可以倖脱乎？抑采之舆论，断以公议，无可解免乎？是皆未可知也。迨夫诸兄一出而赈之熛末尽睹矣。然则诸兄今日之出，固姚氏生死之关也。可不慎欤！凡百败群非行之事，无足为诸兄虑者，但）恐意见有所未合，情事有所不周，或者舆从之间，彼不知此事之利害，小有声色未当，亦足为明德之累。流闻四方，足以沮为善者之心（，而坚不肖者之患。故我愿二兄会同诸兄），[故须]共定一约，凡出乡用马仆若干，至某处中火，或食于亲友之家，则自二簋之外，不得增设。劳则酒数行，不得如平时过饮。主人辞色不善，则姑忍之以待再劝。（所携举中门役，尤宜戒谕，）其日用一须公家给之，不得于民间擅取丝毫。如此，庶几人易信服而慕义者众。（此特出乡之一节，其即他思虑所不及者尚多，统惟诸兄酌而裁之可也。）

（一、告神。忠信既薄，盟誓始起，固有道者所羞言。况诸兄怀恻隐以活人命，则此心具有神明，岂必更质之冥漠哉？但念末世多伪，而事迟仓卒，将以齐一人心，耸动观听，非借灵于赫然耳目之间者，不易得也。姚人所共处事者，为关圣帝君，而主邑则有城隍尊神。此其明威甚著，穷乡僻户之民，谈及莫不动色。然则今日诸兄因人情而为之鼓舞，合奉二神以为盟主。始事之日，宜蠲吉为文，合同志以告二神，大白诸君子不忍斯人之本志，使四乡罔不闻知。中间万一市恩报怨，借公行私者，神必亟之无赦。凡遇朔望之日，诸兄咸谒庙庭，一如受事之仪，如此则神佑必至，而人心易服。大易萃涣之法，莫先于立庙，此固至诚所不废者也。且民所恃以立命者，明则有官府，幽则有鬼神。方今饥馑荐臻，家不自保，神鬼狐祥，将无所食，则万灵之隐痛理当甚大于人类。吾曹竭诚哀控，而此种心事，无一念不可对越神明，则上天之垂佑，必有非人情所能测者矣。唯德动天，无远不届。式以是卜诸君子赈事之有成也。）

一、广善。凡事依人而成，故任天下之事业者，必求天下之人才。行之一邑，亦尤是也。（今二兄入告邑父母，已于广义册外，复制广义任事一册，诚得之矣。但邑中同志窃闻不过二十余辈，其间尚有不能尽以身历乡邑者，则势必以一人而兼数都，往反动淹旬日，恐于赈事有弗及矣。故仆劝二兄）今须更于同志中求同志，（南北城）须得三四十辈，（堪与此籍者诚不易得，而今日事势如此，二兄不可不委曲推求，多方延致，以图共了此局也。）然所择之人，与其才有余而德不足，无若德有余而才不足。盖此事得一番朴心，便足动人，（□□进口，皆经二兄指授，则其人□不必皆具非常之才也。）若夫心术不端之人，遇事辄生许多狡伪，惯习为常，一时不可顿革，不若绝之于早为策之得。至于四乡之同志，则又在（诸兄）委曲访求，不可以常格拘，不可以成数限（，而煮粥之日，一方必须有任事之人。苟此地无贤者，借才殊为未便，其势不得不宽心收之，或得一才一德者，相须而济，则为甚善。此惟诸兄临时裁定，非式所敢悬计）也。

一、审地。一邑之中为都凡数十，为里凡数百。（姚所莅三十五都，领里二百十里。此地形之大段也。）至于一都之中，不知凡几村落，大小杂处，远近相参，则非熟询之土人，不可得其梗概。异日设厂煮粥，固将无所不遍，而今日茫不知计数，或者更待谘访，岂不益饥民之困哉？（式故谓诸兄之出，便）今当以审地形、查村落、量道里、相粥厂便利为急务。合无（按：抄本作“令”）都制一册，分界诸（兄）友，诸（兄）友即访其都之堪任者托之，与订报命之期。恐其置之高阁，则重以县印，督以邑侯之命，无不可者。此册既聚，则全姚瞭若指掌，（二兄）首事之精神，可坐而布之四境矣。（其开载之法，式具于别纸。）大都通邑当以两城为会，各都则以所市集处为会，其都或无市集，则村落之大者为会。其道里远近，皆准此开载，庶几有条而不紊也。（至于饥民之多寡，业已定议煮粥，则不必更查，而或乘此便，得其大约之数，则亦可以量赈资之盈缩。故于中附此一款。其可行与否，统惟二兄裁之。）

四乡周知册式

某都

一市某处去城几十里　一村某处去市几里

约人家若干，饥户若干，某处可以煮粥，或社庙，或祠堂，或闲空房屋能容若干人。

某人堪任司赈，某人任副赈。

姚江文学邹光绅议：凡任事者，或诸生，或非诸生，必假以礼貌，继以称奖，俾闻尊德乐义之风，无不竞相趋事。盖姚邑不特捐资者少，即或有遵例奉行者，不过数辈。捐助之后，亦未必协力共事。不若概行鼓舞，以驭不测之恩，则无有不竭力任事者矣。任事者有二种：一尚德，如公忠有识贤士、可备咨访者，须（帅台）邑父母躬亲折节而馆之公所，以听其酌议；二尚才，如明敏笃实之士、可以任事者，此须随人选举而布之四乡，以共其展布。前一种不可多得，得一二人领袖足矣。若后一种，多多益善，惟在开诚布公以求之。

祁彪佳议：司募之文学，任事极难而敛怨最易。富家大户多有视长物为肌肉，反置切身之利害于罔闻，(身都富厚，而惮平粜有贩鬻之烦，宁以捐金塞责，) 甚有遽出恶言，麾之户外者。(不孝以为) 从来任劳，便当任怨，但于我扫绝私心，正不必有所趋避。任事之先，令其盟神誓众，不但恩怨不可横于胸中，即虚骄之意气亦不可有，乃克底于成绩。但恐事未告竣，谤议旋生，倘中道罢撤，饥民亦何赖焉？(伏乞老祖台鼎言府公祖，) 或出之明示，以杜非毁之萌，或呼之诫谕，以坚担荷之念，或 (老祖台俯) 赐之公见，以 (宪语) 示鼓励之意，庶垂成不 (无) 至复偾 (之虑) 也。

当机之十五　恤劳

谕无　例无　诏无　案一　疏无　议一

王道本乎人情，未有下情不恤而可以为政者也。况饥馑之岁，凡为吾奔走司事者，谁无内顾之私？必使之足以自给，而后可责其成功。倘室家交谪，比门兴叹，其有不灰心者鲜矣。(推赏之外，此举有甚不可已耳。) 辑恤劳第十五。

恤劳之案

富郑公弼青州救流民，凡役使官吏，自前资、待阙、寄居者，皆给其禄。(使即民所聚，选老弱病瘠者廪之。山林河泊之利，有可聚以为生者，听流民取之，其主不得禁。官吏) 其堪任者，皆书其劳，约为奏请，使他日得以次受赏于朝。率五日，辄遣人以酒肉糗饭劳之。出于至诚，人人为尽力。

恤劳之议

征君王朝式议：方今任事诸友，大半多舌耕以自赡者。身当此担，(中间) 殆将百日，外固不免于主人之怨，内复无逃于室人之谪，而往来舆马之资，又欲出于自办，此必不得之数也。夫衔邑侯之命，入乡陬绝无知识之地，使其寒窭不若一县卒，即有多方好论，谁复耸听？且时日 (亦尔) 有限，幅图甚阔，势非徒步所能周到，以故一仆一马断不可省。此项资给，若不出之公家，同志定多坐困。(至如) 予赈嵊邑时，凡同志之一出一入，无不经心；凡饮食卧具医药之类，靡不具备。以故一时同事诸人，皆能不避暑雨，不惮劳病，(驰驱于崇山邃谷之中，而) 一以活人为事。以鄙意揆之，今日之役，例合如此。

当机之十六　昭价

谕无　例无　诏无　案七　疏一　议三

小荒之岁，贫民仰藉于囤户；大荒之岁，境内仰藉于邻郡。若抑减其价，则囤户不肯出粜，而邻郡无复贩运矣。至于运贩不前，牙肆罢市，小民求籴无所，汹汹之状，势所必至，是皆抑减之为害也。前贤不行抑减，而反从权以增之者，良有深意。辑昭价第十六。

熠价之案

唐虞〔卢〕坦为宣歙观察使，到郡岁饥，谷价增。或请损之，坦曰：所部土狭谷少，仰四方之来者。若价贱，谷不复来，益困矣。既而商米辐辏，市估遂平。

赵抃知杭州，两浙旱蝗，米价踊贵，饿死者十五六。诸州皆榜衢路，立赏禁人增米价。公独榜衢路，令有米者任增价粜之。于是诸州米商辐辏诣杭，米价更贱。（民无饥死者。）

范仲淹知杭州，二浙阻饥，谷价方踊，斗计百二十文。仲淹增至百八十，众不知所为。仍多出榜文，具述杭饥及米价所增之数。于是商贾闻之，晨夕争先惟恐后，且虞后者继来。米既辐辏，价亦随减。

包拯知庐州，不限米价，贾至亦多，不日米贱。

宋绍兴五年，行在斗米千钱。时留守参政孟庾、户部尚书章谊亦不抑价，大出陈廪，每升粜二十五文，仅得时价四之一。既于小民大有所济，次年米贱，令诸路以上供钱收籴，复多羸〔赢〕余。

颜师鲁知福清县，大祲，发廪劝分有方，而不遏籴价。船粟毕凑，市价更平。

王椿为湖北漕，岁大祲。官强民赈粜，且下其价，米不至，益艰食。椿损所强粜数而不遏其价，未几米船凑集，价减十三。

熠价之疏

兵备副使林希元疏：（曰禁抑价者，）年岁凶荒，则米价涌贵。尝见为政者每严为禁革，使富民米谷皆平价出粜。不知富民悭吝，见其无价，必闭谷深藏，他方商贾见其无利，亦必惮入吾境，是欲利小民而适病小民也。（昔范仲淹知杭州，两浙阻饥，谷价方涌，斗计百二十文。仲淹增百八十，众不知所为。仍多出榜文，具述杭饥及米价所增之数。于是商贾闻之，晨夕争先恐后，且虞后者继至。于是米石辐集，价直遂平。今各处灾伤，）若抑价有禁，参用仲淹之法，则谷价不患于腾涌，小民不患于艰食矣。

熠价之议

宋董煟议：常平令文，诸粜籴不得抑勒。谓之不得抑勒，则米价随时低昂，官司不当禁抑可知也。比年为政者不明立法之意，谓民间无钱，须当籍定其价。不知官抑其价，则客米不来，若他处腾踊而此间之价独低，则谁肯兴贩？兴贩不至则境内乏食，上户之粗有蓄积者，愈不敢出矣。饥民手持其钱，终日皇皇，无告籴之所。其不肯甘心就死者，必起而为乱，人情易于煽摇，此莫大之患。何者？饥荒之年，人虽卖妻鬻产，以延旦夕之命，亦所不顾。若客贩不来，上户闭籴，有饿死而已耳，有劫掠而已耳，可不思所以救之哉！惟不抑价，非惟舟车辐辏，而上户亦恐后时，争先发廪，而米价亦自低矣。

（按：原稿此处删削部分，其内容与前文多有重复，故不录。）

〈董煟又议：尝见蓄积之家不肯粜米与土居百姓，而外县牙人在乡村收籴，其数颇多。止缘上司指挥不得妄增米价，本欲稍抑兼并，存恤小民，不知四境之外，米价差高，小民欲增钱籴于上户，辄为奸民胁持。独牙侩乃平立文字，私加钱于粜主，谓之暗点。人之趋利，如水就下，是以牙侩可籴而土民阙食。今若不抑其价，将由近而及远矣。安忍出粜于外邑人哉!〉(按：此为稿本所无。)

祁彪佳议：二麦已熟之时，而米价愈湧，(至二两七钱,)奸牙罔利，诚为可恨。但若抑减其价，则现在者将闭户不售，外贩者将裹足不至。是以古人有增价以召商，使米多则价自减，非抑勒所能使然也。

当机之第十七　劝富

谕一　例无　诏无　案五　疏二　议十一

《周书》：救荒要在安富。富民者，国之元气也。若夫以督促为劝募，使之勉强从事，已非所以安之矣。倘更有驿骚，致其破累，究则富者尽而贫者益何所赖藉哉？后所载种种诸法，大要出于感动鼓舞，人自乐输，而贺公议先以赈事委之，亦有因势利导之术。辑劝富第十七。

劝富之谕

正德四年，湖广巡抚王纶奏：境内岁祲，预备仓粮已竭，欲行武昌、汉阳礼劝富民，纳粟赈济，而立表刻石以旌之。若恃富党恶不从者，疏闻究治。户部言：荒政在于恤民，若穷州下邑概欲劝分，恐官吏乘机科害，是穷民未必蒙福，而地方先受扰矣。武汉富民颇多，宜如拟劝借，(其出米千石以上者，表其门；九百至二三百者，授散官，自从六品至从九品，凡四等,)仍刻石旌名。其余州县，原有侍郎毕亨奏留余银，可备赈济，不必劝借。今年该征兑运粮米，宜量折十五万石，而以其加耗为给赈之助。上曰：劝分固救荒权宜之法，但近年逼迫太甚，民情不堪。其令镇巡官再行斟酌，须富室乐从，不可强之。

劝富之案

赵抃知越州，岁大歉。公集富民，诱以赈济之义，自解其腰间金带置庭下，于是施者云集，全活十数万人。

曾巩赈赵州饥，度尝〔常〕平不足赡，而田居野处之人不能皆至城邑，至者群聚，有疾疠之虞，前期谕告属县，讽富人自实粟数，总十五万石，视尝〔常〕平价稍增以予民。民得从优受粟，不出田里而食有余。又贷之种粮，使随秋赋入官，农事赖以不乏。

高弘图曰：子固必先尽尝〔常〕平为赈，度不足，然后不得已谕富人，使自实粟数，以佐其尝〔常〕平不足者。盖尝〔常〕平恒赈八九矣，设若尝〔常〕平不可问，唯欲师其实粟数法，窃恐所数不必实，而雠颊讦陷，衙胥嚇索，饥民有以乘其间，则救饥是乎？救乱是乎？此谓不全师子固法者，不无窒碍，非子固立法之不善也。

陈郎中贯擢利州路转运使，属岁饥，出所得职田粟，尽以赈民。富民有积粟者，率令计口自占，其数有余，则皆发之。

马光祖知临安，岁饥。荣王府积粟不发。光祖再谒王，王辞明日。又往卧客次，王不得已见之。光祖厉声曰：天下孰不知大王子为储君。大王不于此时收人心乎？王以无粟辞，光祖探怀中文书曰：某庄某仓若干。王语塞，得粟活民甚多。

(借盈补虚，一时之术。当尔时，王亦不得不勉从。)

司马旦知祁县，天大旱，人乏食，群盗剽夺，富家巨室至以兵自备。旦召富者，开以祸福，于是争出粟减直以粜，不失其赢，饥者获济，盗患亦弭。

（劝富民出粟，当官者多以此取怨，然保全富民者自远。）

成化六年庚寅夏，京畿大水，命右都御史项忠巡视顺天、河间、永平三府。忠多发官廪，又设分劝法，得米十六万石，银布牛俱各万余，所活二十七万八千余人。

何乔新奉命赈晋中，请发内帑并淮盐银数万两，劝贷富室，得粟数十万石，活三万人，招回复业者十四万人，附籍者六万余户。（凡此皆盖以百姓之财者救百姓之死，倡导鼓舞之机，惟豪杰默运之已耳。）

劝富之疏

宋文公朱熹疏：伏睹近降指挥旱伤州县上户赈粜，止令劝谕，毋得科抑。仰见圣明深察情物，恤贫安富，两得其所。然窃恐官吏被此指挥之后，其间或有便文自营之人，必将泛然不以劝谕为意，而上户亦有词说，难以劝谕。官司米斛不多，将来无以接续，其害又有不可胜言者。欲乞且令州县将未劝谕者，权以去年认数为约，已劝谕者，权据见认之数为准，多方询访，加意考核，不得比同寻常报应空文。须管究心体访，得其实数。其实不能及数者，更与量减；实可更多出者，则与量添。其有卤莽灭裂，徒为烦扰去处，将来本司觉察得知，具名闻奏。庶几所认之数，必得其平，而无科抑之患矣。

兵科给事中曾应遴疏：（臣闻救荒犹救火也。水可以扑火，而不能待于西江之汲；赈可以疗乱，而似难待于旦夕之命。非藉大力，互相救援，民几何而不尽哉？无已，则有劝救之法。在巨室者，地方之根株也；小民者，地方之枝叶也。今饥饿流离，人将相食，死亡枕藉，盗贼蜂生，枝叶离披，根株岌岌，即巨室岂有幸焉？设法赈济，屡廑明旨，然上方开一设法之门，下又增一刻削之术矣。）救荒之法，臣愚以为以官救民，民必扰，以民救民，民必安。合无令本地巨室将自己得分地亩招徕饥民，给与牛种资本，概行佃种。此自巨室之自为家谋也，而赈饥行其中矣。又无田可种者，劝巨室之家出粟出财，以相贷借，量输子息，俟有秋成，计本抵偿。此亦巨室之自为交易也，而赈济行其中矣。夫招徕多则人情乐便，第令有司将宦富户内招徕多寡、赈贷人数稽核册报，务令借者实还，官胥不得经手侵渔，饥民免于流离死徙，（富者以贝票为安定之道，贫者以力量为度荒之谋，）计无便于此也。虽然，赈而不劝，谁乐为之？汉臣有言：爵者上之所擅，出于口而无穷；粟者民之所种，生于地而有限。以无穷计有限，是在举而措之耳。今亦不必另议功格，臣谨按保民四事内“储粮”〈一〉条，有文武各官、贡监生员、庶民输助三条，以银粟输助多寡，分别旌表升叙冠带有差。夫储需大命，原备兵荒，使其平时储备有余，何至今日颠连遍告！是在该抚院督率有司，设诚感动地方巨室，拯溺救焚，以奠此一方民耳。（其有悭吝逃闪者，抚按疏列姓名，请旨议罚。夫立赏而人不劝，示罚则人知愧矣。是又辅助劝救之成法，但严饬而力行之，则家获人给，何盗贼之敢生？抑臣犹有虑焉。各处救荒犹可也，第以荒歉之故，而议蠲议缓，势非得已，不知明春京边本折，处解何赖？非计日悉心通融，预备存部，何以补缺额而裕军储哉？如臣言有可采，伏惟圣裁鉴察施行。系民不逢岁，恭陈救荒即所以弥盗，以备圣明採择事理，为此理合具题。）

劝富之议

宋富文忠公弼议：勘会当路淄、青、潍、登、莱五州，自春以来，风雨时若，夏已大稔，秋复倍登，（咸遂收成，绝无灾害。）兼曾指挥州县，许人户就近输纳，务从百姓之便（，不顾公家之烦）。当司累奉朝廷指挥，凡事并从宽恤，（一无骚扰，）颇获安居。今者河北一方（尽遭水害），老小流散，道路填塞，（风霜日甚，衣食不足，已逼饥寒，将弃沟壑。）坐见死亡之阨，岂无赈恤之方？又缘廪所收簿书有数，流民不绝，济赈难周。欲尽救灾，必须众力，庶几冻馁稍可安存。况乎今年田苗既大丰于累载，而又诸郡物价复数倍于常时，盖因流民之来，遂收踊贵之值，岂可只思厚己，不肯救人？共睹灾伤，谅皆痛悯。兼日累据诸处申报，以斛斗不住，增长价例，乞当司指挥诸州县城郭乡村百姓，不得私下擅添物价，所贵饥民易得粮食。见今别路州县城郭乡村并皆有此指挥，惟当司不曾行。盖恐止定价例，则伤我土居之人，须至别作擘画，可使两无所失。其上项五州乡村人户，分等第，并令量出口食，以济急难。施斗石之微，在我则无所损；聚万千之数，于彼则甚有功。凡在部封，共成利济。敛本路之物，救邻封之民，实用通其有无，岂复分于彼此？今具逐家均定所出斛米数目如后：第一等二石，第二等一石五斗，第三等一石，第四等七斗，第五等四斗，客户三斗。已上并米豆，中半送纳。

寺丞兼御史钟化民议：屡荒之后，仓庾若洗，而待哺方殷，则先劝尚义。刘晏曰：因民之所急而税之，则国用足。今民富者，不难输金以博名，而输金者恒虑重徭以致累，虽悬冠裳之宠，未有应也。夫好名尚义之民，可以德感，难以势加。愿输赈者，或银或粟，立册汇报。出粟者送之粥厂，出银者即在本家分给，不得收混官帑。官无染指之嫌，民免匍匐之苦。照册稽查，视所损多寡之数，不惟优以匾额冠带，仍免其徭役，与司粥厂者同赏格，以风厉之。

山东巡抚钱士完议：正官出劝之时，不许衙门一人与事。但县官审饥时，地方果有殷户，众所共知，岂得高坐不来见？见时谕令救饥好事，上司况有明文，坊匾相待。或置一簿，听之当面自认（。本院题疏中，原有就近分付佐领官，将查定饥民上次几十人百人，如与认出谷粟殷户数目相同），即令同往面给，最称简易的确。

山东督理荒政御史过庭训议：照得东省大荒，巨室富家有可赈之力，而苟无欲赈之心者，窃以为必非人情。然或有心甚切于慕义，而陆续可以处备，一时难于顿措者，势之所时有也。或有力尽可以施予，而因见地方奉行无法，恐银米竟付长流，又心之所不甘也。故除愿助谷米至十石以上、愿助银两至十两以上者，类报该地方官，听本院于复命时具疏奏闻，照例建坊给扁外，其乡绅士民之中，有自愿设立粥厂，以全活附近垂死之饥民，与自愿给散银谷，以稍助灾民东作之费者，取有食粥人户姓名、数目领状，该地方官总计其所费若干、所出若干，查明的实，亦当与助赈者一体申报，（本之所院，）具题表扬（也）。

吏部主事贺灿然议：夫人未有不爱其财者也，骤而语之以捐贷，未有不格格不相入也。今所谓劝富者，非必遂为劝借之举也，且先以赈之事委之。赈事往往属之里甲胥吏，弊孔百出，（于是贫者未必报，报者未必贫，给者未必贫，贫者未必给，至于克减那移之弊，百计除之而不可得也。何也？）饥民之于所报所给者，不知其为谁也。或赵报而钱给，或甲给而乙报，而所报所给者，亦不知饥民之为谁也，而弊孔百出矣。似宜即于其里中之富者而委之。夫环一里之内，所称富家巨室，多者十余家，少者三四家，所必有也。同里而居，则其人之面貌，所素习也。其丁之多寡与夫家之贫窭与否，所可覆而核也。宜以最富者为正，而次者副之。先赈济之期，各籍其里中之贫不聊生者若干家，总若干人，毋有冒也，而滥朝廷之赈，毋有漏也，而亡视老羸之死。夫一里之内，耳目所不能掩也。其有冒也，人所能讦也；其有漏也，人所能自陈也。冒则报者与所报者各有罚，漏则即令其家赈之。富者颇自爱，固知必不敢玩法而冒且漏也。于是自秋谷不登之后，以至夏麦未熟之前，其所宜给粟及设糜者，总计若干石，并计煮糜薪水之费，付之富者而转给于里中，仍书富者某，报饥民某某，某某给与粟若干，某某日给糜二餐，县于其门，而总一邑姓名并赈给之数，县书于邑治之前，晓然与民共知之。万一有所谓冒与漏，及他克减那移之弊，令饥民得据实陈告，辄单车临视之，果尔，不妨重罚以惩。固知富者必自爱也，盖以赈事委之富者，有七利焉。分良父母赈济之劳，利一；吏胥不得侵渔为奸，利二；可披籍而得人民谷米之数，易于查勘，利三；粟不至掺以秕糜，不至搀以水，令民得沾实惠，利四；饥馁之民，得免于匍匐奔走、关支濡滞之苦，利五；食糜各于其乡，不至群聚喧杂，秽恶蒸而成疠，利六；富者操给散之权，得熟识其人，必不敢因而攫夺，可以弥盗，利七。夫不分富者之财，而仅以赈事委之，仍曲加体恤，毋令胥吏得因而为市，如是即少有领散之烦，宁遂为劳费乎？倘更能曲其尊重，优以礼貌，讽以德义，且良父母不难捐俸以为士大夫倡，贤士大夫不难捐赀以为富民倡，即闾闬之中，讵无慷慨节侠之士轻财相恤者哉！要在风之而已。

杭州太守刘梦谦议：分里自赈之法，劝化殷户，救济贫民，在本府为奉行圣天子之洪恩，在各殷户实为保守身家之要务。其好义急公、慨然多助者，本府察照钦奉明旨款则，事完之日，分别通详旌异，不敢隐抑。倘或里中殷户，力能多助，忍心违抗者，本里主赈绅士登门劝化。一次不从，再劝二次。二次不从，乃报本府，见今预置“为富不仁”牌匾数面，即将一面送挂其门。倘彼悔过自新，许照众议原劝之数加倍输助，方准撤回此匾。（法在必行，各宜省悟。）此等劝助事体，原系（本府）敦请绅士从公主持，惟是起初着现年里长总甲引路，以凭绅士沿门逐户，一面察饥民，一面劝捐助。及饥民册、捐助册既定之后，仍着见年里书总催米送主赈处。此等人止供奔走，原不能上下其手，倘有妄言阻挠者，从重究治。但念尔百姓有本心愿助，但畏大户之名，不敢出头者，情更可原。今与尔百姓约，凡捐助之后，旧有里役者必不加增，旧无里役者必不新报。本府现行两县一体遵守，尔等切无疑畏，勉力为善，自有福报也。

嵊令邓藩锡议：本县以民饥之故，募义备赈。夫乞物行惠，是岂情之得已哉？幸好义仁人乐施喜助，（大而百两千铢，下至一担半石，一时响应，四野更生。今幸嵊之僻苦穷庐无复阻于饥者。天之报施善人，将自不爽。社稷神祇，实福祐之。本县嘉赖，又无足论矣。所喜以乐输之故，）遂能积少成多，复经诸君子善耆公明察给，不至冒破。今较颁赈之数，犹有余粟。贫民既已食德，何敢重滥善人之赀？为此通酌输助数目，定十分减一收给，以示体恤慰谢之意。是本县同诸综理司赈诸君子及通邑饥民所共举手加额也。

祁彪佳曰：赈赀会计有余，量为减收，更足使富民鼓劝。

文学刘世鹍议：劝谕富户，须分别上次，以服其心。上富则求其发米，至公所平粜，自数十石以至百石千石；下富则求其捐资助赈，自一金以至十金百金。

姚江文学邹光绅议：劝法有三：一者速令粜谷，不许留匿，不许顿粜奸牙，以出境外；二者暂贷通商，数月后即还其本；三者直令捐助，或给匾，或考试加之意。若大助者，或免其徭役重差。乡绅及巨富之家，粜、贷、捐三法并举者，必邑父母躬临其宅，而诚恳以求之。但此不多几家，必上者以百计，最少者亦以十计可也。总之量其力之所能而止。万一人情不等，有执鄙匆从者，动以至诚不可，晓其利害不可。多方谆复而鼓舞之终不可，此须酌令亲见邑父母，或庄语以临，或设法以制，庶乎可以齐其不齐。

邹光绅（拟同善册叙）又议：（盖闻民病而后图之，与夫先事而为之计者，则有间矣。不习而有为，与夫素历而得之者，又有间矣。昔赵清献备荒之政，至今称善。夫备荒便在常平之设，今仓无储积，本县自下车以来，已虑及此，殊惴惴焉。后事之图，日以国课告急，簿书为劳，而有志未逭，然亦无日不以不及预问民畜、先时备患为念。不意迩来四乡嗷嗷，将见困毙，恻然束手，不能作无米之炊也，计非劝募不可。姚邑为文成阙里，遗风尚在，岂仕民耆老辈忍坐视乡邻踣饥而死，无仁人君子起而倡议，相助为理者乎？且此举）倡义救饥为通邑急务，必与通邑之人共济之。（本县）官府耳目有限，行之自官，不若行之自下更为便民。今（本县）置赈饥同善录一扇，不论生员、举监、童儒、耆民、贵贱贫富等人，凡有此心者，悉载名氏并住居都里于上。一人止募十人，十人各募十人而成百矣；百人又各募十人，则又成千矣。因亲及亲，自近及远，穷乡僻地，山谷海滨，咸为义士，良善遍野，断无有听饥民泣隅，饿夫在道，膜然无救已也。即任赈募，不必财由己出，或助广长舌以善巧劝化，或助手足以趋跄共事，务克有济。（四乡遍有同心，听首事者区处任托。如诸生儒中有真诚任事、材德敏妙者，正所谓自做秀才时，便以天下为己任，范文正之器略，今天已具见一斑，本县当录纪其美，俟试日力为推引。其耆民等众果能真实协济者，本县申请三院，与生儒一体建坊纪名，以垂不朽，或立石勒名，或给扁奖誉。嗟乎！赈荒，义事也，诸君子诚能共济，全活民命，既阴骘有归而令名永彰，夫亦必有同心者矣。）若夫殷实之家，仗义捐赈，自不可已，（本县）听其愿力厚薄，亦不强勉。盖（好义乐施，今古美谈，必当事者强勉从事，便成恶套。且周书救荒，首在安富，本县岂忍因此以扰尔辈？）所愿（尔等）殷实以慨然乐输，同归于善，登名册籍，扬之海内，垂之后昆，所得良亦多矣。（至有平素居乡敛怨厚积之家，虽有捐赀者，岂因其数十百金便可盖其一生罪案，滥列善籍！本县欲彰瘅并施，断在不纳，不得名污此册。并告同志。）

长乐令夏允彝同善会议：

一、广劝募。本县（奉）之行（按院）保甲（一法，微有增益），大抵防不肖之意居多，然欲禁民为非而不能为。至贫至困者，求一生计，则未得其本也。民之为邪，多困不得已而后动。为民父母，不化之于前而禁之于后，此（本县之）所重愧也。故特倡为同善会，与保甲相翼而行。（凡缙绅先生与我良士民，必欣然愿与。如其不与者，是明白摒于善人之外也。本县轻之鄙之，实从兹始。）都甲长持簿务行开谕，凡有余力者，自数两以至数分皆可；唯力不足者，不之强也。

一、定都会。合八都甲长为一会，都内有缙绅孝廉愿为会长者，都甲长先报，本县敦请，如不愿者不强。或会中无缙绅孝廉，各都甲长会集甲长，不拘太学子衿、素封长者，但有慷慨好义、正大详谨者，公推一人为会，专主其事。或保长约正即堪为会长者，更便以都甲长八人佐之。每二人共司一季，周而复始。其有零剩一二都甲，愿附入会［内］者听之。

一、核名数。（本县）邑内所最急欲周者有四，饥无食、寒无衣、病无药、死无棺是也。都甲长先各查本都某甲极贫无食者若干户、户若干人，次贫无衣者若干人，或久病不能生理者若干人，各填的名年貌，汇造一式二簿，一送本县存案，一送会长稽查，以凭按簿分别赈给。

一、募与会。人之好善，谁不如我？（第患倡之无其人耳。本县自莅任以来，每遇有）予于贫（而求济者，或）无养、死无（以）殓者，（或棺暴露不能瘗者，辄）虽捐簿俸以助之，（非曰于民果有济也，聊以尽吾心而已。但）恐薄俸有限，而四境之失所者无穷，故特倡兹会，计缙绅长者必有同心而起者。各会长各置簿二扇，送县用印，付都甲长随方劝募。自缙绅以及士庶，人不论贵贱，银不论多寡，或一年总题，或按季分题。先募一人捐题若干倡首，其余随所乐助，各书名簿上，一送本县存案，一送会长收执。其银即送都甲长转送会长，设立公篋收贮，以听公用。或有题助米谷者更妙。其米谷暂赁无碍民房一间贮之，俟日后积有赢〔赢〕余，即公买修为同善仓，以垂永久。倘会中既鲜缙绅，又乏富室，所入不足供所出，本县身任其责，捐俸佐之，不虞不给也。

一、广愿力。善量无已，惟愿力大小是视。兹以八都定一会者，盖恐地界太辽阔，都甲长奔走不遑，难免疏漏之虞。故约略道里适均，定为都会。若好义乐施，决难以一例相格。倘缙绅先生及素封长者慨然发博施弘愿，不拘一二会，或三四会，或五六会，俱喜捐助者，即于劝募日随给告白，明开愿助若干会，付都甲长实粘邻会地界，听邻会都甲长登门募题。尤见豪杰举事，果超出寻常万万也。

一、酌施予。极贫无食者，壮丁壮口，每名月给米二斗。幼丁口，十五岁以下者，月给米一斗五升；十岁以下者，月给米一斗。会长先筭明每月应给米若干，为价若干，每月二次，按簿分给，率以为尝。次贫无衣者，至冬孟时同极贫丁口。年壮者每名给银二钱五分，置买衣絮；十五岁以下者给银二钱，十岁以下者给银一钱五分。岁只一给。有死丧贫不能殓者，甲长登时报都甲长，都甲长登时报会长，给银五钱，付丧主棺殓。或时值银数不敷，即报本县，捐俸补足。或有病不能赎药者，约每剂定价一分，十剂一给。药完而病未愈，又给银一钱，务病愈而后已。

一、严督课。（有食有衣，不事生理，此待尽之术也，谁能引长江之水以给之？）凡我贫民，惟年七十以外，十岁以内，及手足不全者，竟行赡给。此外年力尚可营生者，自领米以后，俱要随资质所近，或肩挑，或杂技，各习一艺生活。即于领米之日报明会长，某人愿习某事，各与登记本名下。至月终通计生活所得，足供几日之费，仍报会长，量为扣减，稽其勤惰，分别奖戒之。如一月中全无事事者，此窳民也，养之无益。即于给米时，同都甲长送县责惩，姑准再给一月，听其改肄。如次月仍不事事，送县责治外，尽革其米，以示与众弃之之意。其十五岁以下者，课督如之。

一、助婚产。贫民糊口不给，谁暇计及婚娶？兹既有衣有食，复有生理，不过一二年内，可以余力谋有室家矣。顾婚娶费用颇繁，仍苦借贷无门者有之。倘贫民从此拮据，力能议亲，告明都甲长，转告会长，于纳币时先给助银五钱，至婚期再给五钱助之。至于贫民生子或不能举，委弃道旁，尤可惨伤。以后贫民每遇生产，不论男女，登时报都甲长领之，同报会长，注名簿内，每月给米一斗，永以为常。

一、商葬埋。查此中棺柩不葬，堆顿多至数年，（或至数十年。甚或嗣续沦亡，家产破耗，遂至入土无期，棺木朽坏，骨殖委积道傍者有之。哀哉！掩骼之典久废，伤何如之？）除前经地方举报者，（本县）捐俸瘗埋外，兹欲为永久计，惟有广义塚之一法。都甲长各查本会内有无碍官山，择藏风聚气，广可数亩者充之。或无官山，即措处公买附近一区，设立义塚，树碑植界。遇有贫不能葬者，给银二钱，雇工埋瘗。或棺主力能自埋，特苦无力买山者，准听葬入山内，量出银一钱，付会长以充公用。

一、诱自新。（鼠窃狗偷，其初皆良民也。）[小民]饥寒所迫，计出无聊，一经败露，终身永无出脱之期。或为惯盗供报，或受捕快吓索，展转坑陷，遂成惯盗。(本县) 予实凄然念之，久未有以处也。嗟乎！此独非我之百姓乎？都甲长各查本都内惯盗案盗姓名，自愿改过者，亦开一款，造入簿内。会长集众约之，谕以改图，按月计口，照例给米，任地方巡逻之责。岁终无事，量加给赏，以坚其自新。如本会内一家被盗，先将本盗送官究责，妻子监禁，着落身上追赃。倘会内原无盗案，查附近邻会有之，不妨协议赈恤，以资侦伺之役，不必分彼此也。

一、处恶少。恶少不除，欲地方之善无由也。峻法穷诛，非为民父母者所忍言也，惟商所以化之而已。都甲长各查本都内真有膂力过人，酗酒行凶，素性无赖，为地方扰害最著者，亦汇造一式二簿，一送本县，一送会长。集众约之，除以往一切不论，从今嘉与维新，谕其改弦易辙，按月给米，为地方独任守望之助。如再不悛，是果于为恶也，集众送官究治，重加枷责，以为怙终者戒。(呜呼！恶少之不齿于地方久矣。若能翻然改图，为地方出膂力，捍外患，既豪侠之名归焉。所谓广额屠儿放屠刀立地成佛者，此也。尔曹念之毋辜。本县乐举人为善之意，) 但此种人，原亦甚少，倘一会俱无，尤见淳风，不必更添蛇足。

一、议供应。都甲长朔望给米，有许多劳瘁，势不能裹粮以从，又不堪独累会长。兹议遇给米之日，会长供便饭一餐、味四器、酒一壶，支公银一钱办之。

一、稽出入。会名同善，则与会者无非善人，况身为会长，其善盖一会可知矣，可先疑其冒耗乎？但钱谷一出一入，实通会诸人发大愿心而施舍不倦者，使本县不知数目，无论贫民得所与否，不能细察，即亦何由稽同会诸人果永坚而不替乎？各会长置循环二簿，送县用印，登记出入，虽分厘斗升，俱对值季都甲长，备细登簿，每季终送县倒换稽查。其本季用剩银米，仍注明存贮若干，以备下季支用。倘有不足，先期算明短少若干，报县以听措找。

一、均劳逸。一会之中，择都甲长八人，共襄善事，任不轻矣。(倘劳逸不均，安能无观望相形，渐开废弛之隙？) 兹议初行劝募，每人先置小簿一本，各募本都。或甲长同心好善者，听自募甲内以分其劳。又各查本都极贫、次贫人户。此件须同各甲长逐户挨查，不得听甲长混报。募查既毕，约期集会长处，公同登入印簿。其同善簿一以银米多寡为先后，户口簿一以极贫、次贫为先后，量入为出。大略已得过半，编定二人共司一季。此一季中收募散给等项，俱二人均任其劳。至季终，与接管者同集会长家，交盘受事，方可卸担，不得互相推诿，(致兴我独贤劳之叹)。

一、隆优异。有善不旌，则人不知为善之荣。绅缙孝廉固无藉此区区者，即本县亦自别有矜式。或特闻诸当道，不必赘陈。若太学子衿及素封长者，果能力行不倦，相与有成，俟岁终汇查实绩，通详两院各上司送匾旌异。或齿德俱尊者，分别冠带，免其差丁，以为一方仪表，使慕善者知所向风焉。若医生，若布行，若匠铺，倘能平价交易，广行方便者，年终并许会长报明优奖。

一、附劝平粜。以上各款，皆为贫民区画也，四民之自食其力者不与焉。四民之所苦者，独遏籴耳。(每思春末夏初，青黄不接，持银在手，望籴无门，而宦门富室方日索高价以自为得计，又或潜通奸商，搬贩出海，视桑梓谷价腾涌而不恤，怨气靡伸，莫此为甚。) 今方相劝为善，此风独不可少变乎？迩闻直隶、浙江各省有官行积米之法，(本县) 非不欲仿而遵之，顾以为拘定积数，中间奉行，或有未便，故不为也。平心思之，惟有缙绅先生、素封长者慷慨好善，肯略通融减价，以为之倡，将谷价不期平而自平。如百亩以下者，一年所收之谷仅足供一年之用，收成未几，卖粜已几过半，此诚不可概责也。其自百亩以上，或数百亩或千亩，倘每百亩肯粜谷三十石，即所粜之谷不赀矣。仍乞明书簿内，或大张告白，相助若干外，愿粜本会内谷若干石，每石减价若干，自五斗以至三石，俱不拘时日，听其陆续买籴。计所减之价，每石数分，即多粜至数百石，所差银数，在本人亦止如太仓稊米，然转移一邑谷价，则甚无穷。此等善量广大，尤非笔舌可尽。各会长仍于季终将会内平粜芳名谷数，汇造簿内送查，另行旌奖。

祁彪佳曰：以会行劝，此真善于劝者也。且不待其荒而赈救于平日，尤得先事之妙。

当机之十八　核饥

谕二　例无　诏无　案六　疏二　议八

赈饥为极贫设也，乃人情狡诈，奸欺百出，使不贫而冒赈，则有真贫而不赈者，空掷银钱，无补枵饿。是以核之一字，不可不亟为讲求也。章文懿之勘黄册，刘世教之核丁口，亦既详且尽矣，而总不若料民之为要。有司一到地方，原当知民户之数，况在饥荒赈济时乎？李珏之四等抄劄，林希元之六等分辨，正得料民之法者也，使欺弊革而极贫必受实惠矣。辑核饥第十八。

核饥之谕

嘉靖七年，以河南灾，谕巡抚官督令司府州县等官，将极贫人户，先尽见在仓粮，量为给赈。

万历十七年，圣谕户科杨文举，内称仍要慎选实心任事有司官员，计口给赈，务须放散如法，使饥民各沾实惠，不许任凭里书人等侵克冒支。

核饥之案

苏次参赈济澧州，患抄劄不公，给印历一本，用纸半幅，上书某家口数若干，大人若干，小儿若干，合请米若干，实帖各门首。如有虚伪，许人首告，以备委官校点。又患请米冗并，分几人为一队，逐队用旗引，卯时一刻引第一队，二刻引第二队，以至辰巳，皆用前法，并无冗杂，老弱、疾病、妇女皆得均籴。

李珏知毗陵，将灾伤都分作四等抄劄。“仁”字系有产税物业之家，“义”字系中下户，虽有产税，灾伤实无所收之家，“礼”字系五等下户，及佃人之田，并薄有艺业，而饥荒难于求趁之人，“智”字系孤寡、贫弱、疾病、乞丐之人。除“仁”字不系赈救，“义”字赈粜，“礼”字半济半粜，“信”字全济，并给历计口如常法。

郑刚中为温州通判，岁大饥，流民甚众，乃出俸劝粜。守曰：恐实惠不及饥者。答曰：已有措置。乃以万钱，每钱押一字，夜出坊巷口，遇饥者给一钱，戒曰勿拭去押字。翌日凭钱给米，饥者无遗。自守以下，莫不称赏。

刚中之意固善，倘饥者不及夜遇授钱，将不沾一粒矣，更须酌之。

宋淳熙中，庐陵艰食，饥民万余，守谯门求赈。录事参军谢谔亟命植五色旗，分部给赈，顷刻而定。

余童蕲州赈济法，尽括户口之数，第为三等：孤独不能自存者专赈济，下户乏食者赈粜，有田无力耕者与赈贷。阖境五邑，以乡村远近均粟置场，以一总首主出纳，十场以官吏伺察。蕲人称之。

史弥巩提点江东刑狱，岁祲，乃厘户为五，甲乙以等第赈粜，丙为自给，丁粜而成济。全活一百四十万有奇。

核饥之疏

副使林希元疏：（曰审户难者，盖赈济本以活穷民，夫何人情狡诈，奸欺百出，乃有颇过之家，滥支米食，而穷饿之夫，反待毙茅詹。寄耳目于人，则忠清无几；树衡鉴于上，则明照有遗。此审户所以难也。古云救荒无善政，正坐此事。昔宋富弼青州赈济流民，古今所称。臣谓此殆不难，何也？民至于流，即当赈济，无事审户，何难之有？惟夫土著之民，饥饱杂进，真伪莫分，此其所以难也。）赈饥以审户为要。迩时官司审户，有委之里正者矣，有亲自抄劄者矣，有行赈粥之策者矣，然皆不能厘革奸弊。何者？以臣所见言之。臣昔待罪泗州，适江北大饥，臣始至，稽其簿籍，本州已赈济两月。仓库钱粮已竭矣，而民父子相食者不能救，盗兵潢池者日益炽。臣深求未得其故。既而见民有投子于淮河者，问其赈济，则曰无钱与里书，不得报名也。又审贼犯于狱，问其赈济，则曰未也。而稽其簿籍，已支两月粮，盖里书之冒支也。又收饿殍于野，问其赈济，则曰无有。何以不济？曰：户有四口，二口支粮，月支三斗，道途遄复，已费其半。二口支粮，四口分之，每口只得六七升，是以不济也。此按籍之弊也，此里正之不足任也。臣既灼知其弊，乃亲自抄劄，则才入其乡，而告饥者塞途，真与伪莫之辨也。既而沿门审验，则一日不能十数家。千万饥民已不能遍，而分委之人，其弊与里正要亦不甚相远，（此亲自抄劄之难也。及见廷臣建议赈粥，其说以为穷饿不得已者始来食，不须审户，可得饥民。臣始是其议，用意推行。不知岁既大饥，民多鲜耻，饥饱并进，真伪莫分，甚至富豪佯仆报名食粥，穷乡富人遣人关支。臣因痛加沙汰，追罚还官者无数。是赈粥之法亦难任也。故曰三者皆不能厘革奸弊者，此也。昔宋苏次参澧州赈济，患抄劄不公，令民用纸半幅，上书某家数口若干，合请米豆若干，实帖各人门首壁上。如有虚伪，许人首告，甘伏断罪，以备委官检点。古今以为良法。但以臣观之，门壁之贴未必从实，检点之官未必得人，安能保其可以革弊而绝无欺伪于其间也？然则终无策与？）臣愚欲分民为六等，富民之等三：极富、次富、稍富；贫民之等三：极贫、次贫、稍贫。稍富不劝分，稍贫不赈济。极富之民，使自检其乡之稍贫者而贷之银。次富之民，使自检其乡之次贫者而贷之种。非特欲借其银种也，欲于劝分之中而寓审户之法也。何者？盖使极富之民出银以贷稍贫，彼必度其能偿者方借，而不借者即次贫也。使次富之民出种以贷次贫，彼必度其能偿者方借，而不借者即极贫也。不用耳目，而民为吾耳目；不费吾心，而民为吾尽心。法之简要，似莫有过于此者。责委官耆，逐都推勘，随户品题，既皆的实，然后随等处分赈济，则府库之财，不为奸雄之资，而民蒙实惠矣。或曰：贫分三等，流民何居？臣曰：流移之民，虽有健弱不一，然皆生计穷尽，不得已弃乡土而仰食于外，与鳏寡孤独穷乏不能自存者何以异？虽谓之极贫，可也。臣故曰：不须审户，即当赈济者，此也。

（福建道监察）御史张天德疏：赈济之策，必惠及贫民。合无令各掌印官，单骑亲历各乡村，就一乡村之中，择一二家道颇殷、素有行谊、为乡人推信者，谕以朝廷轸恤至意，就令当众开报极贫应济人户，从实注名。其他公门人役，市井棍徒，及佣作窭夫，稍可自给者，不得滥与其列。其或开报未尽，兼有报而未实者，许各小民互相面诘。庶所开者必皆贫民，而所赈者必无差舛矣。

核饥之议

宋董煟议：（寻常官司赈济，初无奇策，只下保抄劄丁口姓名，云已劝分到若干数目，用好纸装写数本申诸司。此是故纸救荒，徒扰百姓，实无所益。今宜革之。供报上司，只用幅纸，申述施行之方可也。）

一、抄劄最当留意，急则卤莽多遗落，缓则玩弛不及事。其间有多徇私意者，须明赏罚以励之。断在必行，不当姑息，仍多出手榜，严行禁约。（更用苏次参实粘姓名、口数于门首之法。）

（一、检点抄劄，须逐县得人以行之，然其法繁琐，奸弊最多。若夫要法有三：城市则减价出粜常平米；村落则一顿支散义仓钱；其不系赈济之人，则有逐都上户，领钱兴贩，循环粜籴之法。简要便民，无逾于此。）

一、近臣寮劄子，官司平日预先抄劄，五家为甲，有死亡迁徙，当月里正申县改正。此意亦善。今用四等之法，每知县到任，责令用心抄劄，存留当县，以备缓急，庶免临期里正卖弄之弊。一遇荒歉，按籍便可赈救矣。

一、常见州县救荒，不先措置，临时仓卒，鞭挞里正抄劄，大段卤莽。迨抄劄既毕，未见施行，村民扶携入郡请米。官司未即支散，裹粮既竭，馁死纷然。是以赈济之名，误其来而杀之也。亦有诈作流民，经过请乞，官吏多厌烦之。然此皆饿穷，实非得已。官司积藏，本为斯民，正当矜怜，岂可坐视？今凡赈恤，须预印手榜晓谕，以见行措置，发钱米下乡，未可轻动，恐名籍紊乱，反无所得，庶革饥贫云集之弊。

（宋从政官）董煟又议：赈济之法〔弊〕如麻。抄劄之时，里正乞觅，强梁者得之，善弱者不得也。附近者得之，远僻者不得也。胥吏里正之所厚者得之，鳏寡孤独疾病无告者未必得也。帐成已是深冬，官司疑之，又令覆实，使饥民自备裹粮，数赴点集，空手而归，困踣于风霜凛冽之时，甚非古人视民如伤之意。今县令宜每乡委请一上户，平时信义为乡里推服官员一名，为提督赈济官，令其逐都择一二有声誉行止公干之人为监视，每月送米麦点心钱，县道委令监里正分团抄劄，不许邀阻乞觅。如有乞觅，可径于提督官投状申县断治；如更抑遏，可自于本县或佐官厅陈诉。当痛惩一二，以励其余。其发米赈粜亦如之。若此，则庶乎少革耳。

（原稿眉注：入核饥议。）南京户部尚书高弘图议：凡系缙绅及士民，多田土之家，其佃户佣丁有饥者，各主人自为存活，慎勿使登名赈册，以分茕独无告之钵。违者并许提督监视人员公举于体访绅处所，以凭改正。各该体访士绅，亦宜先期晓谕其本家各庄督佃苍头，务要共遵有司画一之法。缘乡绅及旧家子弟，与夫殷实百姓，佃田多，佃丁亦多，本赈饥非以赈绅赈殷，不可不早为禁也。

章文懿公懋议：有谓每图贫户，择其尤者四十户报之。此意亦可，但不知令何人开报。若付之粮里，适以为其取钱作弊之资，而贫无钱者不得报矣。愚意只取黄册图眼，将该图里老亲自审问。假如某户人口若干，田粮若干，以何事为业，其有田产而富实者，不必言矣。或无田产，而为商贾、工匠、僧道、医卜诸技艺之业者，皆可自给。惟无田产、无职业及老幼残疾者，乃为真贫，所宜赈济。其或户有田粮，而为他人所诡寄，或同户各房有田粮而本身无有，又无技艺营生者，亦为贫民，亦宜赈济。此等事若非为政者先之劳之而付手下之人，则有无端卖弄作弊，不惟无益，而反有害矣。

山东巡抚钱士完议：真实饥民有数，饥者不赈，赈者不饥，糜费（主上）大赉，罪何可辞？若此时不审，更待何时？（文到即日，）须掌印官肩舆到乡，一村之中，饥民毕至，审定共几十人百人，面给一票，分上、次二等。又将一票发该保甲贴在本饥民墙壁，如系妄报，听众人举发责治，冒领者追赃，即散饥民。如只听保社举报失实，罪有所归。

大参王士性议：赈粥时，监爨官置一历簿，送州县钤印。如今日初一日起，分为二大款：一、本处饥民，照其坐位，从头登写花名，赵天、钱地、孙玄、李黄。有父母妻子，病在家下不能来者，公同保甲查的，即注于本人下，父系何名，妻系何氏，不得冒支。前件以上若干人。二、外处流民，又分作东、西、南、北四小款：一、某处人，某人某人系欲过东者；一、某系欲走西、走南、走北者。其下即注本日保甲某人送出境讫，违者连坐保甲。前件亦结以上共若干人。至初二日，又分作三大款：一、本处旧管饥民，即昨日给过粥者，官则先照昨日旧名，尽数填此项下。来者分付先尽旧人，照昨日坐定点名。如有不到者，大红笔抹去。前件总结共若干。二、本处新收饥民，其有新来者，令坐旧人之下，以便查点。亦结共若干人。三、外处流移，若流民则每日皆新来者。其昨日给过旧人，除病老不能动移外，再与给食，余者不得存留。亦照前记共若干人。至初三日以后，即与初二日同，但初二新收者，亦作初三旧管登。如初三无新收，即于本款下注“无”字。如此不惟人数有所稽查，有一人即有一人之食，合勺米谷，无由冒破。

王士性又议：夫赈恤所以不霑实惠者，止因官照里甲排年编造，而里甲细户，散住各乡，不在一处，故里老得任意诡造花名，借甲当乙，无由查核。既住居不一，则其势不得不裹粮入城，赴县候审，喧集耽延。今与两府吏民约，报饥民不照里排，止照保甲。州县官先画分界，小县分为十四五方，大县二三十方，大约每方二十里，每方内一义官、一殷实户领之。如此方内若干村，某村若干保，某保灾民若干名，先令保正副造册，核完送县，仍依册用一小票，粘各人自己门首。县官亲到，逐保令饥民跪伏门首，按册核查。排门沿户，举目瞭然，贫者既无遗漏，富者有又难诡名，且不致聚集概县之民，赴县淹待。他日散粟散粥，亦俱照方举号，挈领提纲，官民两便。如此方内无殷实户，则查城市之民，孰有田庄在于此处多者佥之，义官亦然。义官若与保长殷实能竭才尚义，举行有效者，州县官揭报，用牌额花红嘉奖。又（别等第。夫赈多诡冒，良不如散粥便。第生儒之辈、门楣之家，有宁饿死不食嗟来食者，则赈尤不可后也。）虑赈粟散粥，两相影射重支，则仓粟不及。各保正副报册之时，既确查次贫愿领赈灾民某人，极贫愿食粥某人。其次贫愿赈者又分为二等：某系正次，应量赈若干；某系极次，应多赈若干，庶无冒破。至于审饥，必以官就民，（若徒树威饰貌，不惜民艰，驺从满途，骚扰为甚，反不若就县之便也。）今（本道）与诸长吏约，（本）守巡道单车就道，止用蓝旗二竿，执板皂吏四名，行李二，差遣舍快马匹称是。到处中火，止蔬肉三器，诸长吏亦宜如是，违者暗访揭院。该州县审毕，将红笔改抹其上，止将此竹纸原册送道，核毕发回各州县，赈讫送道缴完备查，不必再用绵纸登造。始终止此一册，验毕仍发回各州县存验。

广西布政某公议：（核荒籍饥，非欲真正饥民得沾实惠。顾）从来抄劄，每患不公。（强梁者得之，而良善者未必得也。附近者得之，而远避者未必得也。胥吏里正之所厚者得之，而鳏寡孤独疾病无告者，未必得也。以至改头窜面，更姓移名，欺弊丛生，莫可穷诘。）今后一面勘荒，辄一面籍饥。正印官务亲诣各乡，随门审察，逐户填注，某男妇几口，孩稚几口，某务农，某生理，某稍饥，某次饥，某极饥，总登一簿，各给一单，仍实粘姓名、丁口、等第于其门。俟开赈之日，饥民各执单支领，官亲按簿点查。复谕令五家一保，一户不实，一保通不得赈。有遗漏者许本户陈诉，有诈冒者听同保首告，毋得容隐。僻远处官司不能到，则就各乡中简一二耆年公正有望者，优以礼貌，激以赏罚，分委而责成之，庶亦有济。

海盐刘世教议：巨室之余廪，以义粜者，非赈而赈者也，法不必及春也。时而昂，昂而立斥以抑之可，粟有余日斥之亦可。升可活二人，日百石可活二万人，中邑倍之，巨邑更倍之。自十月迄四月，而粟可计也。第自升以上，盈斗而止，禁弗得多粜，务使尽入于贫民之腹，而毋令力可自活者与黠者得猥冒焉，斯善矣。若夫赈则难言哉！往者籍具于里胥，馁者不必籍，籍者不必馁，（甚则一人耳，而籍五六其姓名也；又甚则五六其姓名未已也，至并其一人者而无之，民莫得而质也。）官亦莫得而诘也，不几于虚明诏、蠹旷典乎哉？兹将厘之，其说有二：其一曰择人。夫环一里之中，宁无有饶于力而为众所凭信者乎？凡里之人，其家之丰啬，丁之多寡，必其所稔知者也。择一人焉，俾司其事，次者副之，而令其具籍焉。胥第供笔札，毋得上下其手。籍既成，复环数里之内，择其更饶而材者二人主且副之，俾家而核焉。其有未当者，亟为厘正。是谓择赈之人。其一曰核丁。夫赈以振乏也，无论不当赈者，即不计其人之几何而等予之，是寡者获宿饱，而众者犹之乎馁也，非法也。请计丁以为率，家十人者为上，七人者为中，四人者为下。令籍者明疏之，毋以幼稚入，必若干岁乃与，复令核者慎稽之，是谓核赈之丁。于是合一邑之籍而计焉，凡上丁家若干，中及下各若干，赈之粟可若干，家可赈粟若干，损其下者以益上者。凡三等，一以丁为差，并计以授司者，并出纳畀之。官亲莅其地，按籍以赈。赈之时，遍召里之人，令得举其失，失三人有罚，六人以上倍之，十人以上并罚核者。其无失有赏。窃谓是举也，其便凡六：居同井里，丰约多寡，必不敢颠倒县绝，一也；方赈时，因属于一方之众，即欲为欺罔，不能亡惮于发露，二也；饥民无奔走期会之苦，不致匍匐颠顿于道路，三也；粟皆入馁腹，不致若往者之虚冒，四也；富者操籍与核之柄，情相联络，窭人不致生它心，五也；富者即不无往来给散之劳，而初无损其庾廪，且令示德焉，六也。赈之便，虑亡善于此者矣。（顾此为荒野言耳。若夫城廓关厢之间，择人而具之籍。一、佐贰之良者，家至户到，核之而无难也。抑古有为糜以食馁者，意非不美也。第其群聚秽恶，势不能亡薰蒸疫疠之虞。请姑以是待流民之亡籍者，可乎？诚于四郊之外，择寺观之弘敞者，遴缁黄以主之，而官予之粟若器具，且时稽察焉。其善若事者，即以其官官之，计无有弗尽力者矣。凡此第其大略耳。若夫斟酌损益，讲求尽善之策，是在用之者矣。）

当机之十九　警谕

谕无　例无　诏无　案无　疏无　议三

夫富室既已劝勉矣，宁无有一膜自封，绝不以施济为念者乎？督责之法固不可行，惟有遍行申谕，动之以祸福，怵之以利害耳。勿谓言语之感人浅也。于忠肃公救荒中州，一示真恳，义民赵守质巨万之赀，感悟捐助。是则警谕一端，亦有不可已者。大抵一体之谊，第为明理者言；若夫庸俗鄙吝，惟邀福取利足以动之。诸公明为剖示，使知福利者，在此不在彼，则（有触而发，仍可还仁爱之本矣。）虽悭贪成性，知必翻然矣。辑警谕第十九。

警谕之议

大学士沈鲤议：往见里中士大夫，有富于财者，未有不结社饮酒，以一日之乐，糜小民终岁之费也；未有不穷奢治具，集水陆之珍，强客属厌，而客谢不能不止也；未有不盛饰山池台馆，虫鸟花竹，声容耳目之玩，而费累千金不惜也；未有不以其鼠壤弃余，委诸无用，而明以资盗，阴以损福也。诸如此类，费何可胜计！（吾人敢谓诸君之尽然，间亦有不免焉者。）倘稍裁百分一，以输之社廪，备荒年赈济，而起人沟壑之中，不过斗斛中一粒耳。而遂能施仁义以行德，化无用为有用，诸君亦何惮不为此？吾窃为诸君大惑之。夫既名为士大夫，读书明道理，当思天下饥由己饥，顾乃于仝室之困，不少置念，（凶年饥岁，家有余贯，厚有余粮，僮仆温饱，而目睹乡井饿夫枕藉沟壑者，曾不少颦蹙其眉，）则亦与凡民何异乎？（读书明道理谓何？此无论阴骘暗亏，触望难释，第人皆有不忍人之心，岂以吾辈号士大夫，反不能善推其心，以为乡闾倡耶？且条陈民间疾苦，以请命于邑大夫，亦吾辈责也。今邑侯不待片言，先自轸恤，廑思善后之策，欲使吾父老子弟长无冻馁，吾辈有不感激踊跃、相率首应者，非夫也。诸君必不自□也。）乃若环邑居民，虽称不腆，然其间有力者，不尝有结社攒钱，随会讲经（，为奸人□取）乎？不尝有修寺建塔，铸佛塑神（，望南海之东岱，跋涉道路，足重茧不惜）乎？不尝有斋僧饭道，建醮设坛，（为游食供糗糒，）而自谓修因果，积福田乎？夫此数者，皆无益之事，而奸人诳惑之，辄竭蹶恐后。积谷备赈，本有益之事，而邑大夫惓惓焉，乃趑趄不前。此何以说也？夫神明正直，非可私媚，所福佑者必是好人。既好人必行好事，行好事无大于济人利物，济人利物，无过于凶年饥岁与人盂饭，可当斗粟。举我一念，可活一人。故欲积阴德行好事者，惟此时最得力，亦为此时最省事。神明降鉴，惟此时最分明，亦惟此时最锡福。诸君如欲修今生与来世，为身家，为子孙，当无以逾此者。何故不为？而乃营营焉，役役焉，求之于茫昧窈冥之中，不见有分毫报应之益也，吾又为诸君大惑之。

宪副王志坚（序）议：今年米价腾贵，人不聊生，（赖郡邑诸公多方设法。然民间奇穷，其状有难尽言。据余所闻见，有领票累月，苦无粜赀者；有男子出籴不返，妇人自缢于家者。数十年来，荒歉之景，至此可谓惨矣。）于是友人陈芝台倡为同里相助之说，以广诸公德意。或曰：末俗浇讹，人知自救而已，何暇及人？余曰：一夫向隅，而满堂为之不乐，非为其人，正以自为也。今出门四顾，皆伤心惨目，其为向隅也多矣。有不急起拯之者，非情也。或又曰：凡人之好施，大抵为福田利益耳。今以恤邻为名，其谁应之？余曰：所谓福田，岂真有操券而偿者？天道好还，人情忌拥，凡人之所为而有合，则夫吉祥善事，恒必归之。今此举之有合天人甚矣，较之饰空闲之宇，继淄褐之富者，不啻胜百千万亿倍！其敛福也，理也，非妄也。或又曰：今之不足者比比，而有余者十无二三，助者其能有几？余曰：三簋之需，损其一足以活一夫矣；一缣之衣，迟一岁足以存数口矣。推而言之，凡宾筵之觞豆，楼船之萧鼓，得无有可省以为鹄形者地乎？仁人君子其起而应之，当不待辞之毕矣。

嵊令邓藩锡（谕）议：照得民苦饥饿，所在抢掠，本县拘一二倡首凶人，尽法惩治，无非安善良、保殷实耳。即今与诸贤君子，日夕不遑，议募议赈，亦无非安养饥民，使弗为乱，犹是安善良、保殷实之意也。（尔等）有谷之家，如能体上人之心，通乡里之谊，尽发储谷，或在乡镇，或在城市，照价平粜，不惟乡民赖之，本县嘉之，将神明昭鉴，受福无量。况今米价及二两，比之往昔，倍而又差。在粜者得价不为不高，籴者出价不为不苦，倘又乘人之急以为利，佐岁之凶以行贪，是天人之所共弃也。（本县）酌盈虚之道，通有无之权，劝尔（等）殷富，毋狃利以贻殃，须先几而弭变，正要大家识得此意。如仍图利如狂，守财效虏，此即前日致乱之繇矣。夫教乱者与倡乱者等，（法）威惠互施，（本县为政，）无谓（本县）法独不行于殷实也。（慎之戒之！）

当机之二十　纠劾

谕二　例二　诏四　案二　疏三　议无

奖劝之典，自士民已及于有司矣。然使有举无劾，则人心亦未为悚动。罚与赏原属并行，不可偏废。向来救荒使者，入境之初，即劾去贪墨，而迄于告成，皆宜体访。至于胥役侵克，所在皆然。贫民有一番饥荒，富室有一番捐助，胥役即有一番需索。夺一线续命之丹，恣饱其谿壑，古今来良法美意，此辈借以行私，便成利窟。言至于此，真有可裂眦痛心者。钟公救荒中州，廉其实，立毙杖下，此当与纠劾之令同申，而万无容假贷者也。辑纠劾第二十。

纠劾之谕

嘉靖八年，湖广饥，巡按张禄绘饥民图以献，词甚惨切。时已有旨，留显陵宫银（及贵州折兑银）备赈。上览禄奏，复感动，谕部臣再申前旨，下所司多方处分，使民沾实惠。有司奉行不讳及作弊者，悉论如法。

嘉靖二十四年，户部奏，（近来各处奏报灾伤，业已奉旨蠲免。此是朝廷浩荡之恩。第诸司多玩愒虚饰，民不受恩。臣以为守令亲民之事，守令得人，则民受其福，关系匪轻。）乞乘今赈恤之时，令所在抚按加意督察，果有能先事储蓄，及时赈贷，全活众多者，奏荐升擢。或其废职误事，参劾黜治。（庶贪残有警而疲困少苏也。得旨）奉圣谕：近来水旱灾伤，皆由官不得人，或贪残殃民，致干和气。所奏依拟行各抚按严督守令，及时加意惠民。贪酷害民者，即时具奏处治。

成化二年，济州卫典史乔昺言：朝廷以淮扬等处饥馑，敕命赈济，而州县官将赈济钱粮，银杂铜铅，米和糠土，不堪贸易食用。户部请移文抚按等官，将作弊官吏人等，通行究治，械送京师，官发边卫充军，民发口外为民。后有犯者，一例解京处治。从之。

纠劾之诏

宋仁宗每见天下有灾伤州郡，必加存恤。嘉祐中，河北蝗涝，时霸州文水县不依编敕告示灾伤，百姓状诉及本州不以时差官检视。转运以为言，上曰：朝廷之政，寄于郡县，郡县之政，寄于守令，守宰之官，最为亲民。民无灾伤，尚当存恤，况有灾伤而不为受理，岂有心于恤民乎？主簿赵师锡罚铜九斤，司户晁舜之、录事参军周约、判官冯泌各罚铜八斤，通判王嘉锡罚铜七斤，知县雷守臣冲替。上谓左右曰：所以必行罚者，欲使天下官吏，知朝廷恤民之意。

（董熠曰：祖宗之时，州县灾伤，不时差官检踏。虽主簿司户，至微之官，姓名亦彻于上，至劳圣断责罚。可见下情无壅，圣主留意饥民如是也。）

宋孝宗乾道九年诏：江淮闽浙，咸荐告饥，意者水利不修，失所以为旱备。朕将即官吏勤惰行殿最，各殚厥心，毋蹈后悔。

（董煟曰：水利凡农民之与税户，自知留心，不待上之人加劝而后始兴也。但农夫每患贫而无力，税户虽助之）

宋仁宗嘉祐四年，蠲逋三千二百一十六万。有司或务聚敛，有尝以恩除而追督不抢者，朝廷知其弊，下诏戒饬。

宋理宗绍定二年诏：成都路潼州旱歉，令制置司及各路监司，疾速措置赈恤，务要实惠及民，仍考察郡县奉行勤惰以闻。

纠劾之案

宋宣和中，某公赈济淮南，所陈八事，仅允其四。公行，或谓公曰：执政不肯尽用公疏，其意可见矣。况淮南监司郡守，皆出权倖之门，凡财用又多供应御前为名，公其慎之！公曰：吾受命访察，若趣时顾避，则两路生灵，实吾杀之也。借使获罪，岂敢爱一御史而轻亿万之命哉！即檄监司州县，问百姓疾苦。宿守吴寿宁闻公将至，令诸门毋纳饥民，遂致城外僵尸纵横，悉差公吏穴地藏之，乃申以无饥民，无可抄录。真守苏之悌夜遣兵伏逼饥民，载之江上洲中，悉皆致死。二守皆宦官腹心，专以进奉花石珍禽为务，旁连漕使孙点，雄视江淮间。公并劾之，繇是两路所养饥民流移仅二十万，赈给关食人一十七万有奇，赈粜借贷谷三十余万，劝诱人户出粜及借贷七十万有奇。

宋理宗绍定三年，臣寮奏：戒饬诸道常平使者，遵用淳熙诏令，每岁核州县丰歉分数，或灾伤重处，即与赈恤。不许隐蔽不实，违者罪之。

纠劾之疏

户部覆赈院过庭训疏：近闻（该）东省有司有领银米归，不以赈饥，而充为修城修衙之费者；有发作衙役工食者；有该管人役花费仓米，惧清仓无补，领出抵兑，苟且完局者；有发厂煮粥，预令人扣除一半，复行平粜，扣价入己者；有沿途粜卖，止将五分开报，余尽入己，民不沾惠者；有发银不照时价，勒令加倍者；有富户领银，不敢开封买米，后仍以原封还库者；有买米后拆开原封，多加秤头，一并入官者；有发银买米，不定交卸地方，俟买完交县，仍令搬运各厂，倍费脚价者。（合纠疏所陈并传闻所及，欲小民不流亡啸聚，得乎？法立弊生，事端无尽，抚按自有耳目，赈臣自有谘询，臣部可以无言。偶因纠疏稚意查访，故附及之，以备参考云尔。）种种弊端，合应纠参，以苏民困。

户部尚书李待问覆疏：看得有司救荒，（真）宜如父母之抚病儿，无一刻不苦心以图。一切拯救事宜，俱要州县官必躬必亲，先减讼停刑，予民休息，而核其名数，察其虚冒，酌量钱粮，公定处所，煮粥必尝，医药必慎，巡视必审，实实体贴百姓身上。而于殷户劝贷，务以真诚恻怛动之，不强以所难，不责其过多，自然灾民得受卵翼，活人必多。如此则应赏。不然者，或借端而派大户，或生事而加私征，或安插无法，举动乖张。如此则罚。众目众口，胡可弭也？抚按当时时体察，有闻必以入告，优者必录，破格廷叙，不肖者必纠，立置重法。若抚按仍以情面从事，悠忽度日，是自隳厥职，科道官自有指察，不容宽矣。

礼科给事中周正儒疏：凡被灾地方，抚循不容少缓，故守土勤怠，尤须体察。其某县招抚流移之虚实，某乡全活人民之多寡，某处赈济给散情弊之有无，某邑劝农开垦地方之广狭，逐处开报，朝廷分优劣而示劝惩。非惟竭群虑以用事情，亦可兼询考以观能否，（臣前疏所云）用人责实，此其一也。（三者虽非奇策，或于荒政宜先，必内地安而后边方靖，此根本之计也。伏乞敕下该部详饬施行。）

救荒全书卷之十　当机章三

和籴二十一　告籴二十二　召商二十三　禁遏二十四　饬贩二十五　捕蝗二十六

当机之二十一　和籴

谕三　例二　诏二　案十四　疏十　议三

（甚矣！和籴之有大利于地方也。）古之所谓常平者，即和籴之法，李悝行之于魏，耿寿昌行之于汉矣。（彭果行之于唐。）至陆宣公以及黄、蔡诸公之所议，且可以一岁之籴，省漕卒三万人，且可以一斗之价，得和籴四五斗，利孰大焉。然必视上中下熟，为价值之低昂。若不论丰收，惟行配抑，则其为患又在民间，包公、董公亦已详言之矣。辑和籴第二十一。

和籴之谕

正德五年，谕总督南直隶工部侍郎周忱：见今官司收贮诸色课程，并赃法等项钞贯，及收贮诸色物料，可以货卖者，即依时价对换谷粟，或易钞籴买。随土地所产，不拘稻谷、米粟、二麦之类，务要坚实洁净，不许掺和糠粃、沙土等项。并须照依当地时直，两平变易，不许亏官，不许扰民。凡州县正官所积预备谷粟，须计民多寡，约量足照备用。如本处官库支籴，本府官库不敷，具申户部奏闻处置。

嘉靖六年谕：各抚按司道督责有司，照见行事例，设法多积谷米，以备饥荒。仍仿古平粜法，春放支以赈贫民，秋成抵斗还官，不取息。如见在米谷数少，各将贮库银并问过纸赎银，趁秋成委的当官籴买，比时估量添二三，庶来者辐辏，易于收积。府以一万石，州以四五千石，县以二三千石为率，明立簿籍稽查。如遇荒年，减价粜与贫民。

嘉靖三十四年，上谕户部曰：朕闻宣、大二镇，米价腾贵。其北直隶、山东、河南麦熟之处，或可仿昔人平准法，以济民饥者，当急计行。

（原稿眉注：入和籴议。）崇祯十五年，户部覆本：奉圣谕，这条列收买未尽事宜，俱依议。着即行各抚按严饬所司，竭力实行。仍各搜括无碍银两，或动支罚赎，那借赀本，广籴种谷，秋后一并偿还。其地方绅士商民，有能倡义捐输的，分别旌叙，以示鼓劝。该抚按仍将买过谷石银数，造册报部，以凭稽察。

本年，户部覆本：奉圣谕，据议徒罪杖赎，钱粮征比，俱照时价，酌收本色。并劝谕绅衿乘时多贮，俱有旨了。设仓贮谷，规制详明，只因地方官贪收折色，以致仓庾空虚。该抚按严加察饬，备将各州县贮仓实数册报，以凭殿最。如致缓怠不敷，事发一并治罪。户部通饬行。

嘉靖九年，榆林灾，发太仓银十万两往赈之。给事中夏言请以佥都御史李如圭出抚，和籴输边，以全生命。上从之，特召至御前，面赐谕责其成功。

嘉靖三十二年，令劝谕殷实铺行，给领官银，或不敷，听于临清仓折粮银，借支二万两，作为籴本，前往邻近有收地方，收买粮米听赈。仍立为均籴之法，照依原买脚价，听从过得人户易买自济，或互为贸迁，相兼接续赈粜。

和籴之诏

汉昭帝始元间诏：（乃者民被水灾，颇匮于食。朕虚仓廪，使使赈困乏。其止四年毋漕，三年以前所赈贷，非丞相御史所请边郡受牛者。又诏）谷贱伤农，今三辅太常谷减贱，其令以菽粟当今年赋。

唐德宗（间）诏：（其）宣武等军，宋、亳、陈州等节度，（淄青等州节度，河阳怀州节度，东都畿汝等州节度，潞美军泽潞磁邢等州节度，保宁军节度，成德军恒深赵等州节度，易定等州节度，）每官各赐米五万石，所司即般运都于楚州，分付各委本道差官受领，赈给将士百姓等，务令均给，以惠困穷。江淮之间，连岁丰稔，迫于供赋，颇亦伤民。收其有余，济彼不足。允孚发敛之术，且协变通之规。宜令度支于淮南、浙江东西等道，量置场加价，和籴米三五十万石，差官般运于诸道，减价出粜。贵从权变，以利于人。

和籴之案

齐武帝永明元年，天下米谷布帛贱，帝欲立常平仓，市积为蓄。六年，诏出上库钱五千万于京师市米，买丝、绵、纹、绢、布。扬州出钱千九百一十万，南徐州二百万，各于郡所市籴。南荆河州二百万，市丝、绵、纹、绢、布、米、大麦。江州五百万，市米、胡麻。荆州五百万，郢州二百万，皆市绢、绵、布、米、大小豆、大麦、胡麻。湘州二百万，市米、布、蜡。司州二百五十万，西荆河州二百五十万，南兖州二百五十万，雍州五百万，市绢、绵、布、米。使台传并于所在市易。

唐西北数十州，多宿重兵，地租庸田，皆不能赡，始用和籴之法。玄宗时有彭果者，因牛仙客献策，请行籴法于关中。敕以岁稔谷贱伤农，命增时价什二三和籴，东西畿粟各数百万斛。停今年江淮所运租。自是关中蓄积羡溢，车驾不复幸东都矣。敕河南北租应输含嘉、太原仓者，皆留输本州。

唐玄宗天宝中，岁以钱六十万缗，赋诸道和籴，斗增三钱。每岁递输京仓者百余斛。米贱则少府加估而籴，贵则贱价而粜。

唐宪宗元和七年，户部奏：今年冬，诸州和籴，贮粟凡一百三十万石。今于时价，每斗加十文，所冀人知劝农，国有常备。

唐敬宗宝历元年，以两京河西大稔，委度支和籴二百万斛，以备灾沴。

宋太宗端拱二年，置折中仓，许商人输粟。优其价，令执券抵江淮，给其茶盐，每一百万石为一界。禄仕之家及形势户，不得辄入粟。

宋太宗淳化三年，京畿大穰，物价甚贱。分遣使臣，于京城四门置场增价以籴，令有司虚近仓以贮之。俟岁饥，即减价粜于贫民。

宋真宗景德元年，内出银三十万，付河北经度贸易军粮。自兵罢后，凡边州积谷，可给三岁，即止市籴。大中、祥符初，连岁登稔，乃令河北、河东、陕西增籴，靡限常数。

宋真宗时，河北旧有便籴之法，听民输粟边州，而京师给以缗钱。钱不足，即移文外州给之，又折以象牙、香药。景德元年，三司请令河北有输藁入官者，准便籴粟麦例，给八分缗钱，二分象牙、香药。其广信、安肃、北平粟麦，悉以香药博籴，从之。自有事二边，戍兵寝广，师行馈运，仰于博易，有司务优物估，以来输入。

宋仁宗庆历四年二月，遣内侍赍奉宸库银三万两，下陕西，转籴谷麦，以济饥民。

董煟曰：水旱，先发常平赈粜，义仓赈济。度其不足，则预觅度牒，借内库钱，于丰熟去处，循环粜籴，以济饥民。祖宗未尝吝惜。今为守令者，不知典故，惟以等第科抑，使出米赈粜。不知饥荒之年，中产之家，自不给足，安能有余赈粜乎？

宋神宗留意边备，务广储蓄。熙宁五年，诏以银绢各二十万，赐河东经略安抚司，听人赊买，收本息封桩，以备边费。自是三路封桩所给，不可胜计。或取之三司，或取之市易，务或取之他路转运司，赐常平钱，或鬻爵给度牒，而出内藏钱帛不与焉。

宋高宗绍兴五年，温州大旱。知府章谊用刘晏招商之法，置场增直以籴。米商辐辏，其价自平。

杨谏议告除京西转运副使，时属部岁饥，所至发公廪，又募富室，出粟以赈之。民伐桑易粟，不能售，告命高其估以给酒官。由是获济者甚众。

李绅权知贝州，会岁旱，百姓失业。绅大市酒务所用薪草，贫者得以樵采自给，而官有余积。（治平间，河北凶荒，继以地震，民无粒食，往往贱卖耕牛，以苟岁月。是时刘涣知澶州，尽发公帑之钱以买牛。明年震息，逋民归，无牛可以耕，而其价腾踊一倍。涣以所质牛，依元直卖与。是河北一路，唯澶州民不失所，由涣权宜之术也。）

祁彪佳曰：吴、李二公之所行，非和籴也，然而以薪易米，道贱为贵，盖亦隐然师和籴之意者。故并附于此。

吴遵路知通州，值岁饥，使民采薪刍，官为收买，以其直籴官米。至冬大雪，即以元价易薪刍于民，官不伤财，民亦蒙利。

和籴之疏

唐（中书侍郎同中书门下平章）陆宣公贽疏：近者有司奏请税茶，岁约得五十万贯。元敕令贮户部，用救百姓凶饥。今以蓄粮，适副前旨。望今转运使总计诸道户口多少，每年所得税茶钱，使均融分配，各令当道巡院主掌。每至谷麦熟时，即与观察使计会散，就管内州县和籴，便于当处置仓收纳。每州令录事参军专知，仍定观察判官一人，与和籴巡院官同勾当。亦以义仓为名，除赈给百姓已外，一切不得贷便支用。如时当大稔，事至伤农，则优与价钱，广其籴数。谷若稍贵，籴亦便停。所籴少多，与年上下，准平谷价，恒使得中。每遇灾荒，即以赈给。小歉则随事借贷，大饥则录奏分颁，许从便宜，务使周济。循环敛散，遂以为常。如此则蓄财息债者，不能耗吾人，聚谷幸灾者，无以牟大利，富不至侈，贫不至饥，农不至伤，粜不至贵，一举事而众美具，可不务乎？俟人小休，渐劝私积，平籴之法斯在，社仓之制兼行，不出十年之中，必盈三岁之蓄。弘长不已，升平可期，使一代黎人永无馁乏，此尧汤所以见称于千古也。

陆贽又疏：顷以边兵众多，转馈劳累，设就军和籴之法以省运，制与人加倍之价以劝农。无屯田课责之劳，而储蓄自广；无征役践更之忧，而守备益严。果能用之，是谓长筭。既而忘国家制备之谋，行市道苟且之意。当稔而愿籴者，则务裁其价，不时敛藏；遇灾而艰食者，则莫拨之粮，抑使收籴。度支以苟售滞货为功利，而不察边食之盈虚；军司以所得加价为羡余，而不恤农人之勤苦。夫聚人以财，而人命在食，将制国用，须权重轻。食不足而财有余，则弛于积财，而务实仓廪；食有余而财不足，则缘于积食，而啬用货泉。关辅以谷贱伤农，宜加价籴谷，以劝稼穑；江淮以谷贵民困，宜减价粜米，以救凶灾。今宜籴之处则无钱，宜粜之处则无米，而又运彼所乏，益此所余，斯所谓习见闻而不达时宜者也。往年虫旱，关辅洊饥，当崔造作相之初，惩元琇罢运之失，遂请每年转漕米一百万石，以赡京师。比至中途，力殚岁尽，所以节级停减，分贮诸仓。每至春水初通，江淮所般未到，便取此米入运，免令停滞州船。江淮新米至仓，还复留纳填数，轮环贮运，颇亦协宜，不必每岁加般，以增不急之费。所司但遵旧例，曾不详究源由，迩来七年，积数滋广（。臣近勘河阴、太原等仓，见米犹有三百二十万石。河阴一县，所贮尤多。仓廪充盈，随便露积，旧者未尽，新者转加，岁月渐深，耗损增甚。纵绝江淮输转，且运此米入关，七八年间，计犹未尽。况江淮转输，般次不停，但恐过多），不虑有阙。今岁关中之地，百谷丰成，京尹及诸县令（频以此事为言），忧在京米粟大贱，请广和籴，以救农人。臣今计料所籴多少，皆云可至百余万石。又今量定所籴估价，通计诸县贵贱，并雇船车，般至太仓，谷价约四十有余，米价约七十以下。此则一年和籴之数，足当转运二年，一斗转运之资，足以和籴五斗。比较即时利害，运务且合悉停。边蓄既富，边备日修，以讨则有赍，以守则可久，是乃立武之根抵，安边之本原也。

唐白居易疏：和籴之事，以臣所观，有害无利。何者？凡曰和籴，则官出钱，人出谷，两和商量，然后交易。今则不然，配户督限，蹙迫鞭挞，甚于赋税，何名和籴？今若令有司出钱，开场自籴，此特价稍优饶，利之诱人，人必情愿，且本请和籴，惟图利人，人若有利，自然愿来。今若除前之弊，行此之便，是真得和籴利人之道。又必不得已，则不如折籴者。折青苗税钱，使纳斗斛，免令贱粜，别纳见钱，在于农人，亦真为利。况度支比来所支和籴价钱，多是杂色匹段，百姓又须转卖，然后将纳税钱，至于给付不免侵偷，货易不免损折，所失过本，其弊可知。今若量折税钱，使纳斗斛，则既无贱籴麦粟之费，又无转卖匹段之劳，利归于人，美归于上，则折籴之便，岂不昭然？由是而论，则配户不如开场，和籴不如折籴，亦甚明矣。臣久处村闾，曾为和籴之户，亲被迫蹙，实不堪命。臣近为畿尉，曾领和籴之司，亲自鞭挞，所不忍闻。伏望宸衷，审易详察。

宋蔡戡疏：（臣闻谷贵伤民，谷贱伤农，古今通患也。是故有平籴之法，李悝行之于魏，耿寿昌行之于汉，彭果行之于唐，皆用谷贱增其价而籴、谷贵损其价而粜，亦古今良法也。）粤自去岁江浙大稔，斗米之直，五六十钱，（今浙西雨旸时若，高下之田，皆有丰登之望。新谷既升，其直愈贱，老农所谓数十年来所未尝有。古者谷贱伤农，今者农末俱伤，公私皆病之。田家作□，十得一稔，欲以输租偿债。今也）负担适市，人莫之顾。（不得已而委之，仅得千钱而去。一岁所入，不足以纾目前之急，何暇为后日计？所以粒米狼戾，而不免于冻饿也。）米价既贱，钱弊益重，（人所艰得，何敢轻费？）所以客旅稀少，市井萧条（，工商游手之徒，莫不坐困。民间钱既艰得，冬租縻费，夏税物帛，无所从出。州县催科，所以劳扰倍于常年）。此皆谷贱之患也。夫欲利农民，不若行平籴之法。今秋成在即，臣愚欲望睿旨行下户部，委官于苏、常、湖、秀四州，踏逐空闲寺宇，置场收籴，随市价低昂而少增之。吏胥乞觅者，坐以重罚。米价既增，又无他费，利之所在，不惮远近，自当连樯而至。所籴既多，可以代江湖上供之数，却截留纲运，于沿江州军桩管，以为边备。不唯民力裕，边备足，他日万一有歉岁，损价而粜，亦可以济饥民、补国用也。

（宋工部尚书廖刚疏：臣闻昔晋饥，使乞籴于秦。秦伯以问诸臣，百里奚曰：天灾流行，国家代有。

救灾恤邻，道也。郑之子豹在秦，有怨于晋，请伐之。秦伯曰：其君是恶，其民何罪？于是乎输晋之粟。故后世者莫不以秦伯为有得于晋，而以晋之闭籴为负义。夫秦晋，敌国也，犹贵于通有无以拯其民，孰谓一化之内，乃欲分彼此耶？昨岁旱伤，所在高田多不收。今旧谷将没，民且艰食，窃虑州县官吏各私其民，胡越相视而不相恤，则老弱有沟壑之患，而壮者聚为盗贼，在朝夕之间矣。欲望圣慈申饬诸路监司，使之检察所部官吏，毋得遏籴，富民毋得闭廪须价，庶几通融相赒急，而国无饥民，诚一时之急务也。）

（又疏：臣闻金穰水毁，木饥火旱。此天数也，虽尧汤之世，有所不免。先王惟修人事以补天时，是以有荒政存焉，不待事至而后图也。比日雨泽愆期，圣心焦虑，凡可以格天者，无所不致其至。近关辅率多得雨，旱势亦不甚广，秋成固有望矣。然惟事事乃有其备，有备无患。）

宋廖刚疏：臣谓今当为来岁之备者有二事，早降米价钱于丰熟州军，及时和籴；禁约所在官吏，不得遏籴。此则赈救之急务也。若籴本降迟，谷米先为□家收聚，虽欲增价取之，民间已无米矣。若遏籴无禁，则所在各私其人，楚越相视而不救。惟听其有无相通，自当不至于阙食，不过远致者价稍高耳。如此则虽有歉岁而无饥民，则是先王之政也。（陛下若不以臣计为迂，欲乞睿旨，早赐施行。）

宋（监察御史）包拯疏：（臣闻天以五星为府，人以九谷为命。五星紊于上，则灾异起于下；九谷绝于野，则盗贼具于外。天之于人，上下相应，故天变于其上，则人乱于其下。是天人相与之际，甚可畏也。若变异上□，则恐惧修省以谢于下；年谷不登，则赈贷已责而恤其困。盖不使天有大变，而民有饥色，则人获富寿，而国享安宁矣。方今灾异之变尤甚，臣近已论列详矣。惟）江淮六路连岁亢旱，民食艰难，流亡者比比皆是。朝廷昨遣使，命安抚赈贷，以救其弊。而东南岁运上供米六百万石，近虽减一百万石，缘逐路租税尽已蠲复，则粮斛从何而出？未免州县配籴，以充其数。由是民间所出，悉输入官。民储已竭，配者未已，纵有米价，率无可籴。（父子皇皇，相顾不救，老弱者死于沟洫，少壮者聚为盗贼。不幸奸雄乘间而起，则不可制矣，当以何道而率安之哉？且国家之患，未有不缘此而致，可不熟虑乎？）欲望圣慈特降指挥，应江浙六路灾伤州县，凡是配籴及诸般科率，一切止绝。如敢故犯，并坐违制，庶几少释疲民倒垂之急。（其上供米数，若不敷元额，即候向去丰熟补填，仍令州县官吏多方擘画，救济饥民，不得失所，兼委逐路提转，专切提举。如不用心救济，以致流亡，及结成群党，即乞一例重行降黜。）

宋黄幹疏：（臣惟国家以深仁厚泽，覆露宇内，一民一物之微，抚摩爱育，不忍使之不得其所。独于水旱凶荒，州县无素备之策，而民之死于饿殍者，不知其几，甚可伤也。今之守令为救荒之策者，不过曰劝分、曰通商而已。劝分、通商不听其自为低昂，则客旅税户不肯出粜；若听其自为低昂，则人心无厌，数倍其价。闾阎小民，当丰穰之岁，亦必父子竭作，然后可以易一饱。迨至凶荒，虽有技艺，已无所售，安得有数倍之钱可以籴米？则亦有相与枕藉而死耳。夫事固有若老生常谈，而确实不可议者，广储蓄是也。然人皆知其不可易而不可为者，病在困〔因〕循而已。本军每岁苗米，不过二千余石，仅足以解总所、给大军，而本军官兵之请给，皆旋行收籴，素未尝蓄积也。自前知军孙□首籴万石，知军王从继之，亦籴万石。）今岁大旱，偶米价未大贵之日，臣急发郡帑，借贷缗钱，籴客舟税户米三万余石。汉川县亦籴万石。自六月以来，米价顿贵，藉此六万余石之米，发以赈粜，每户数石，则亦可以及万余之众，日食贱米而无虑。以是推之，则积贮者，信其为天下之大命也。臣愚以为莫若及今行下两浙、江东西、湖南北诸路，择沿江十数大郡，起立仓廒，使可积数十万石。才遇丰熟，即于诸郡和籴桩积，则十郡可积数百万石，虽有水旱，不能为吾忧矣。（况胡运日衰，中原故壤指日可复，师旅一动，悉发此米，方舟而下，何患粮食之不继哉？方旱而思造舟，方暑而思造裘，岁若近于迂阔，然先事而虑，可以无忧，事至而忧，则无及矣。惟集议而决行之，天下幸甚！

给事中王德完疏：（臣闻古有三年耕，则有一年之食；九年耕，则有三年之食。国无九年之蓄曰不足，无六年之蓄曰急，无三年之蓄曰国非其国。今天下内外蓄藏，可指而数也。京师漕粟仅支四年之食，各省仓庾竟无卒岁之储，彊家大户旧不接新，细氓窭夫朝不谋夕，岁当丰穰，尤可偷生，一遇凶荒，便填沟壑。昨年四方灾沴盛行，蠲赈不遗余力，然困倒庾竭，莫可谁何。顷以抚臣请赈饥漕粟二万石，尚且难之，设有方二三千里之灾、数年之旱，安所取给？中外廪匕，可为寒心。臣闻《易》诚思患预防，《书》称先事有备。灾荒之年，民多伐桑柘，鬻妻子，流亡死徙，不忍见闻。庙廊之上，宵旰咨嗟；郡邑之间，仓皇踞蹐。积贮无素，常自懊悔，及灾伤甫起，年谷方登，上下嬉媮，绝口不谭积粟。惟倖天灾之不至，罔虞荒政之不修。其于先事预防之训何似？此臣所为欷歔而叹息者也。夫谷有贵贱，用有轻重，惟握其轻重之权，则财可足而民可安。管仲曰：民有余则轻之，故人君敛之以轻；民不足则重之，故人君散之以重。李悝曰：粜甚贵伤人，甚贱伤农。人伤则离散，农伤则国贫。善为国者，使人无伤而农益劝。此）臣闻齐之平准，魏之平籴，为富强之根抵，积贮之楷模也。（夫）农夫（作苦，无间丰凶。）岁凶苦谷贵，无钱可买，至丰年始得石粟，则公私督责，交迫一时，又苦谷贱，所售无几。终岁勤动，转眼罄空，迨至凶饥，依然饿殍。今年水旱之灾虽有，想丰穰之处必多。臣等愚见，宜及此时远体管仲之遗意，讲求李悝之良法，令于丰收去处，借支官钱，广收平籴，随时低昂，量增数钱，以劝稼穑。待至岁有饥馑，减价粜卖，以救凶荒。仍令各处修盖常平仓，平计一省钱粮，通融支给，各随州县之大小，户口之多寡，为积粟等差。其斛斗则式，务令较量如一。相度地方可窖藏耐久者，扣粜三年之食而止。其南方地势下湿，虑有浥烂，稍令出陈易新。在在积谷粟有余，则灾地漕粮可折。如耿寿昌请粜三辅、河东东郡谷，可省关东漕卒过半，陆贽为一年扣籴之数，足当转用二年，皆可圆活行之。（积贮既赢，伸缩在我，备荒长策，何以逾斯！）或以旧有预备仓，近且建保赤仓，臣等兹议，得无多事乎？不知预备一赈而不还，平籴则常存而不朽，保赤尚劝借而取息，平籴则受粜而无追。或谓国用甚诎，何从得籴本若干？不知国家发帑金赈济可二十万，则二十万（可四十万）捐弃不责偿。今籴本暂借，原非弃捐。况赈之后时，虽费无及，备之先事，虽灾不害，其功效又相万也。或谓法制不善，只足害民，查盘问罪，恐添一累。不知戴胄之义仓，朱熹之社仓，法岂不善？苟非其人，皆足为缺。然不罪其人，而欲废其法，是因噎而废食，见刖而废履也，舛之甚矣。若查盘一节，请自今常平仓勿入大查盘内，止令清实数，杜侵渔，不许科罚，翻为民病，则人存而政举，禁止而令行矣。然此自内地言之也，乃沿边事多，兵甲时兴，储峙粮饷，犹为急务。（志曰：虽有汤池百步，石城十仞，而无粟则莫与守也。边塞转运甚难，率三十钟而致一石。惟召商中盐纳粟，谓之飞輓，言无转运之劳，而有刍粟之利。国朝洪武、永乐时，边商引盐一引，止输粟二斗五升，小米不过四斗，商利甚巨。故耕种甚勤，边地大垦，仓廪自实。弘治来，尚书叶淇变为折银之例。维时粟一石值银二钱，每引纳银四钱二分，自以八倍之利。后至银七钱五分，又以为十二倍之利。而不知边地从此荒芜，米价因之腾踊，倏遭旱魃，银四五两始买粟一石，于是有米珠之忧。师旅一行，粮饷不继，乃发帑金十万籴买，又无所得粟，于是有脱巾之患矣。）今盐商垦田纳粟之例不能遽复，宜准平籴之法行之。耿寿昌常平初制，只令边郡皆筑仓，贱籴贵粜。宋真宗内出银三十万，付河北经度贸易军粮。今宜略放其意，预发九边年例银两，趁时丰熟，召买粮料，不拘豆麦粟谷，尽数收籴。约边军十万，一年粮饷，扣用一百二十万石。各量兵马数目，多积预储，及至支放之时，查照丰凶，兼支本折。籴之，丰年则二石而有三石之余；粜之，凶年则六石而有十石之用。夷虏不能为之困，水旱不能为之灾，岂非治兵理饷、安边足用之善经乎？（然此非臣始言之而始行之也。臣考万历十五年，以司农宋纁言，发南京户部库银二十五万两、临德二十四万，于陕西、河南、山东、山西、直隶减粜矣。十六年以司农言，动支余剩籴本、义劝香税银两，收买二麦矣。十七年以按臣徐申言，动支赃罚银一万四千五百，发近畿籴，且令各处抚按照例行矣。十八年以经略郑洛言，发籴本八万四千三百余两，于陕西召买粮料矣。二十年又以郎中李甲言，发临青仓折粮银十万两，于大同籴买矣。然或以灾祲而行，或以农穰而止，或以募兵而作，或以变弭而辍，或暂行于近畿而未通行于外地，或请于一塞而未遍及于九边，以故欲籴则无银，欲粜则无米。愍兹宿疾，未试良方，犬彘厌人之食而不知收，郊野委人之骨而不知发，帝阍有叩，能不恻然！臣等伏读皇上节次纶音，不曰储谷备荒，地方要务，则曰丰年召买粮料，甚为得计。不曰近来各地方官平时不以备荒为意，一遇灾伤，赈救无策，则曰凶荒既称无米可粜，及查丰收，又不趁时籴买，所干何事？大哉王言！轸恤民隐，痌瘝在躬，独照颓风，肺肝如见。而年来实效未臻，皇仁未著者，则以法不定也。）伏乞敕下户部，查平籴旧法，一应轻重敛散、出纳裒益事宜，转行各省直边镇督抚司道等官，悉心商榷，擘画科条，期于边腹咸宜，农人两便，开具上请，俟宸衷裁定，颁布施行。其有守令奉行不效者，令抚按官不时论劾；督抚监司不恤民艰者，许臣等两衙门指名参奏。则上意所向，风动景从，仓廪未有不充盈，粮刍未有不丰赡（，□地未有不康，又边陲未有不阜安者也。臣等款款之愚如此，惟皇上采纳，幸甚）者也。

兵部尚书李康惠公承勋疏：河西一线之路，山多地少，必须仰给河东之粟。成化、弘治年间，西、凤各府起运边粮，多是纳户自运，往往至于破家。后遂改为折色，每银一两，折米一石。彼处供事军卫管粮等官，将银给散军余人等，令其趁熟买粮上仓。领银则有侵扣抵换之弊，输纳复有守使加耗之陪。又银一入贫军之手，未免妄费，催征不完，遂多逃避。本为养军，实以累军，此旧日和买之为害也。（目前饷军，全仰此举，难以一旦遽革，必须图之以渐。）自嘉靖八年为始，每岁户部于岁计外，发银二十万两，行令管粮郎中于兰州召商籴买。每银一两，籴米一石，时价纵贱，官价不减，但因时高下。其耗以取常平，每石亦不得过四升。兰商买卖辐辏，闻价既高，粮必云集。兰州之积既多，招商以渐，而及庄、浪、凉、甘。二三年后，将见肃州之商，亦有可招，而强军领买之弊政可除矣。此后米价每石值银一两一二钱以下，则放折银；每石值银一两四五钱以上，则放本色。若再如近日斗米值银三四钱，地方荒歉之甚，乃立二法：一则令军士挨次东行二三日程，就有粮仓，分支本色，是移军以次而就食于东也；一则转搬兰州之积，以救甘肃之荒，是移米以次而渐入于西地也。转搬之役，或借倩递运之闲军，而官给之车牛，或雇甘肃之车牛，而酬其脚价。是又于运粮之中，寓赈济之策也。（此其大略也。提纲于上而因时变通，督饷中丞其人也；专任而分理于下，则郎中之责任也。盖兰州之积既实，则甘凉之气自充；甘凉之积既实，则肃州之气自壮。譬如人之一身，元气充足，手足自然强健。故《诗》称公刘迁邠，始则力于农事，终则归附日众。有夹皇涧，即芮鞫而居者也。释此不图而亩□实力以事远夷，外强中干，何以支乎？此勋所以断然以治兰为甘肃之先务也。诸镇土俗不同，合行经略事宜，开列于后。总而论之，大要在于得人。得人为巡抚，则调度中机宜；得人为揔帅，则号令整肃，边军气壮，而夷虏不敢犯。此二官既得其人，又假以事权而久任之，则偏裨之属，自然皆得其人，而大小庶政，无不举矣。）宣大二镇，地方事宜，大略相同。岁收则米贱难卖而病农，岁歉则米价踊贵无买而病官。又有势力之家、刁豪之客，乘青黄不接之时，低价撒放于农，而秋成倍收，五谷低价，预买俸粮，而临仓顶名冒支，此实官军穷困之根。若官库有银，趁熟而籴买，则小民无求于彼，而撒放之弊自清。官仓有米而按月放支，则官军无赖于彼，而预买之端可绝。此不禁之禁也。（辽东土广人稀，最宜施营田之法，副参、游击、守备等官军马，不必长聚城中，令各自择肥美之地，据形势，立军营，就将所领兵马，常川驻扎，而分地以耕，有警则听截杀，无警则就近耕牧，所分地亩，永不起科。不知兵者，必以守城为言。譬之人家，镇城是其寝室，形势扼要之地，乃其门户与冲要之路也。门户有守，主人可高忱而卧矣。若门户不守，而惟寝室之谨，不亦愚乎？勋初至辽东宁远前屯，达贼每入，则经官路掳掠人畜。后巡边择要害三道沟等处，设令三营，令官军将久荒沃土，尽力开耕，许其永不起科。一年之后，三营之军，遂有余粮，达贼再无敢犯官道者。又沈阳十方寺去处，地土极美，但临边有山，贼常登之以望内地，以是久弃不耕。遂筑墙包山于内，而于山项立一大台以瞭望，辽寇遂绝，沈阳至今米价为之独贱。盖营田之法，且耕且守，大行则大利，小试则小利，比之屯田，尤为便利。宣大地方，恐亦可行也。榆林自米脂以西，地涉深沙，而行车不可前，骡驴驮负，三日而后至镇城。东西边堡，远者又须十余日。驴骡自备料草已重，所载正粮，不能数斗，故转运最难。延、庆二府差近，而甚难已如此，况西、凤各府乎？延、庆若熟，不可不多买预积，以备转搬也。宁夏地宜五谷，兼有蒲鱼之利。人言黄河在天下皆为害，独宁夏为利，偏关仰给本省二处，区处本色颇易，但不可缺负年例折银耳。）

李（康惠公）承勋又议：防御边患，虽非一事，总其大要，不外两途，曰丰财、用材而已。以丰财言之，月粮赏赐，俱有定额，此每镇经常之制，可以预而计者也。行粮料草，师出无常，此每镇不时之需，难以逆而知者也。弘治以前，每边在仓粮料，皆百万以上，陈陈相因，盖非一日之积也。后遭正德十五六年之间，费用俱尽。（各镇仓廪皆空，宣大、辽东、延绥、宁夏为甚，而）甘肃（尤为甚。姑指一事最易见者言之。如）等镇，米每石值银一两，而官散折银六钱，是官军每月止得米六斗，而少四斗，军何得不贫？米每石值三两，军多饿死。是官银三两止当银一两之用，官安得不费？（各边众口嗷嗷，皆咎巡抚不于有收之际，预买以省银。巡抚非不知出此，其如无见银何？人又咎户部出纳之太吝，然户部每岁额外解发各边官银，动辄至数十万或百万，不为不多，然岁入已尽，而上不足以塞请者之求。盖以数年之深敝，非岁月之可以骤举，其势然也。理欠褚，自古为难，而在今为尤难也。）臣尝备员各边，颇识其俗，请举一言以赞末议之万一，曰预为和籴而已。假如各边于岁用外，每岁预得见银二十万两别储之，岁小收，则可买米二十万石，大收或倍之。比之以三两折米一石，在官获三倍之利矣；歉岁得一石米值三两，军亦获三倍之利矣。盖各边谷粟之价，不论丰凶，十二月以前，其价尚可；正月以后，则日贵一日。商贾兴贩之术，亦无他巧，只是米贱则买于民，米贵则买于官。若官府银有余，米贱时买于商，而以银折放官军月粮，米贵时则发本色，官军咸便而商贾不得以牟大利矣。

和籴之议

魏李悝议：粜甚贵伤人（此人谓工商），甚贱伤农。人伤则离散，农伤则国贫。故甚贵与甚贱，其伤一也。善为国者，使人无伤而农益劝。令一夫挟五口，治田百亩，岁收亩一石半，为粟百五十硕。除十一之税十五硕。余百三十五硕。人日一硕半，五人终岁为粟九十石，余有四十五硕。硕三十。为钱千三百五十，除社闾常新春秋之祠用钱三百，余千五十，衣人率用钱三百，五人终岁用千五百，不足四百五十（少四百五十不足）。不幸疾病死丧之费及上赋敛，又未与此。此农夫之所以常困，有不劝耕之心，而令粜至于甚贵者也。是故善平籴者，必谨观岁有上中下熟，其收自四，余四百石（平岁百亩收百五十石。今大熟四倍收六百石，计人终岁长四百石，官籴三百石，此为籴三舍一也），中熟自三，余三百石（自三，四百五十石也，终岁长三百石，官籴二百石，此为籴二而舍一也），下熟自倍，余百石（自倍收三百石，终岁长百石，官籴其五十石，云下熟籴一，谓之平分百石之一也）。小饥则收百石（平岁百亩之收，收百五十石。今小饥收百石，收三分之二也），中饥七十石（收二分之一也），大饥三十石（收三分之一也，以此推之大中小饥之率）。故大熟则上籴三而舍一，中熟则籴二，下熟则籴一，使人适足，价平则止。小饥则发小熟之所敛（官以敛藏出籴），中饥则发中熟之所敛，大饥则发大熟之所敛而粜之。故虽遇饥馑水旱，粜不贵而人不散，取有余以补不足也。（行之魏国，国以富强。）

宋董煟议：尝论和籴之弊，在于藉数定价，不能视岁上中下熟。须一依民间实直，宁每升高于时价一二文，以诱其来。或难臣以此说不可行，盖今民间无钱，若官司和籴，增长米价，则小民目下之患，大为不便。臣曰不然，和籴本谷贱伤农，增价以称提之耳。若此处不熟，米价腾踊，又何于此而籴哉？古人和籴，皆行于丰熟去处，其间止缘官司见识浅陋，以得小利为已功。籴买之官，低价满量，以备交纳之折；交量之所，飞斛弄斗，以为乞索之端。上下诛求，遂致失时，艰于及数，将来计无所出，必有配抑之患。今诚能及时收之，多寡相时，水脚之费，交量之弊，抑价之说，一切尽革，又何患焉？然臣之所深虑者，在于官司知籴而不知粜。夫积而不散，非惟化为尘埃，亏折常平籴本，而民间之米，由是愈少矣，此为政者所当致思。然饥荒之年，非独收籴粳米而已，凡粟豆荞麦之类，苟可以救民命者，亦何所择？

宋马端临议：按古之国用，食租衣税而已，毋俟于籴也。平籴法始于魏李悝，然丰则取之于民，歉则捐以济民，凡以为民而已。军国之用，未尝仰此，历代因之。自唐始以和籴充他用，至于宋而籴遂为军饷边储一大事。熙丰而后，始有结籴、寄籴、博籴、均籴、俵籴、兑籴、括籴等名，何其多也。推原其由，盖自真宗、仁宗以来，西北用兵，粮储缺乏，遂以茶盐货物，召商人入中，而奸商黠贾遂至低价估货，高价入粟。国家急仰军储，又法令素宽，致有此弊。后来惩其弊，所有只籴之于民，而不复堕商人之计。然至于计其家产而均敷之，量其蓄积而括索之，甚至或不偿其直，或强敷其数，则其为民病，又有不可胜言者。盖始也官为商所亏，终也民又为官所亏，其失一也。何谓结籴？熙宁八年，刘佐体量川茶，因便结籴。熙河路军储，得七万余石，诏运给焉。未几，商人王震言结籴多散官或浮浪之人，有经年方输者。诏措置熙河贮用，孙回究治以闻。是结籴也。何谓寄籴？元丰二年，籴便粮草，王子渊论纲舟害，因言商人入中，岁少不登，必邀厚价，故设内郡寄籴之法，以权轻重。是寄籴也。何谓俵籴？熙宁八年，令中书计运米百万石，费约三十七万贯，帝怪其多。王安石因言俵籴，非特省六十七万缗岁漕之费，且河北入中之价，权之在我，遇斗斛贵住籴，即百姓米无所粜，自然价损，非唯实边，亦免伤农。帝以为然，乃诏岁以末盐钱钞、在京粳米，总六十万贯石，付都提举市易司贸易，度民田入多寡，预给钱物，秋成于澶州、北京及缘边籴粟麦封桩，即物价踊，权止入中，听籴便司充用，须岁丰补赏。是表〔俵〕籴也。何谓均籴？政和元年，童贯宣抚陕西奏行之。以人户家业，田土顷亩均敷，上等则所均斛斗数多，下等数少。五年，言者谓均籴之法，推行往往不齐，故有不先椿〔桩〕本钱，已籴而不偿其直，或不度州县之力，而敷数过多，有一户而籴数百石者，于是诏诸路毋辄均籴。既而州县以和籴为名，裁价低下，转司程督，愈峻科率，倍于均籴之数，诏约止之。是均籴也。何谓博籴？熙宁七年，诏河北转运提举司，置场以常平及省仓澌用余粮减直，听民以丝绵绫绢增价博买，俟秋成博籴。崇宁五年，诏陕西钱重物轻，委转运司措置，以银绢丝紬之类博籴斛斗，以平物价。是博籴也。何谓兑籴？熙宁九年，诏淮南常平司于麦熟州郡，及时兑籴。元祐二年，常以岁丰麦贱，下诸路广籴。诏后价若与本相当，即许变转兑籴。是兑籴也。何谓括籴？元符元年，泾原经略使章楶请并边籴买，务牓谕民，毋得与公争籴，即官储有乏，括索蓄家，量存其所用，尽籴入官。是括籴也。

丘浚曰：按马氏此言，唐以前所谓籴者，聚米以赈民；宋以后所谓籴者，聚米以养兵。所以为民者，今日宜行之内郡，臣向谓置常平司于山以东、淮以北是也。所以为兵者，今日宜行之边郡，臣向谓置常平司于辽东、大同等处是也。

当机之二十二　告籴

谕无　例无　诏无　案五　疏一　议六

和籴之法，所以能行于前代者，以其有尝〔常〕平银钱，可以出入裕如也。至国朝，则无此项钱粮矣。然旦遇饥荒，内藏已竭，能无仰给于外境乎？或借公帑，或劝民赀，或差官役，或委富室。俾外境之粟，时为灌输，则内地之民，可免流徙。虽不能如和籴者之先着图维，而通融有无，裒益多寡，可以济饥，可以平价，是亦荒政之首务也。辑告籴第二十二。

告籴之案

隐公六年，京师来告饥，公为之请籴于宋、卫、齐、郑。庄公二十八年，久饥，臧孙辰告籴于齐。

（董煟曰：春秋之时，诸侯窃地专封，然同盟之国，犹有救患公灾之义，未尝遏籴也。今之郡县不知本原，但不容米下河出界，同〔回〕视春秋列国为有愧矣。）

僖公十三年冬，晋荐饥，使乞籴于秦。百里奚曰：天灾流行，国家代有。救灾恤邻，道也。行道有福。秦于是输粟于晋，自雍及绛，相继命之，曰泛舟之役。僖公十四年，秦饥，乞籴于晋，晋人不与。僖公十五年，晋侯及秦伯战于韩，获晋侯。《传》云：晋饥秦输之粟，秦饥晋闭之籴，故秦伯伐晋。

（董煟曰：《春秋》于诸侯无书获之例，而经书曰获晋侯，贬绝之也。春秋之世，王道不绝如线，一闭籴而圣人诛之。宋朝列圣视民如伤，屡降诏旨，不许诸路遏籴，坐以违制，而迩来官司，各专其民，辄违上意，此皆讲求未至耳。）

鲁饥，臧文仲言于庄公曰：夫为四邻之援，结诸侯之信，重之以婚姻，申之以盟誓，固国之艰急是为；铸名器，藏宝财，固民之殄病是待。今国病矣，君盍以名器请籴于齐？于是以鬯圭玉磬如齐，告籴曰：不腆先君之敝器，敢告滞积以救敝邑。

（董煟曰：饥荒之年，古人虽鬯圭玉磬，皆不敢惜，犹以请籴。今常平、义仓，本备饥荒，内帑之积，军旅之外，本支凶年，若吝而不发，诚未考古耳。）

吴遵路知通州。时天下蝗旱，遵路乘民未饥，募富者，得钱几万贯，分遣衙校航海籴米于苏、秀，使物价不增。（又使民采薪刍，官为收买，以其直籴官米。至冬大雪，即以元价易薪刍于民。官不伤财，民亦蒙利。又建茅屋百间以处流移。出俸钱，置席盐蔬，日与饭食。有疾者，给药以治之。其愿归者，具舟续食，还之本土。是岁诸郡率多转死，惟通民安堵，不知其为凶岁也。明年，范文正公按抚淮浙，上路治状，颁下诸郡。）

（先事而忧，故灾而不害，胜眉睫之救远矣。无一念不是真实心，无一着不是真经济。）

后周太祖广顺三年，南唐大旱，井泉涸，淮水可涉，饥民渡淮而北者相继。濠、寿发兵御之，民与兵斗而北来。太祖闻之曰：彼我之民一也，听籴米过淮。唐人遂筑仓，多籴以供军。诏唐民，以人畜负米者听之，以舟车运载者勿予。

（陈仁锡曰：此无过籴也。）

告籴之疏

副使林希元疏：（曰借钱以籴粜者，）年岁凶歉，（则米谷涌贵，富民因之射利，贫民益以艰食。昔宋吴遵路知通州，适灾伤，民多流转。遵路劝富豪家，得钱两万贯，遣牙吏散出，收籴米豆，归本处依元价出粜，民谓之便。今）既劝富民出贷贫民，若又借其财以籴粜，则民不堪矣。臣愚，欲借官帑钱银，令商贾散往各处籴米谷归本处，依原价量增，一分为搬运脚力，一分给商贾工食，粜尽复籴。事完之日，籴本还官。官无失财之费，民有足食之利。非特他方之粟毕集于我，而富民亦恐后时失利，争出粟以粜矣。然籴粜之法，专为济贫，商贾转贩，所当禁革。又当遍及乡村，不得只及坊郭，则贫民方沾实惠。（或曰：宋苏轼浙中赈济，谓只将常平斛斗出粜，则官司不劳抄劄、勘会、给纳烦费，但得数万石斛斗在市，自然压下物价，境内百姓，人人受赐。董煟以为良法，遂建救荒三策，而以是为首。今三贫之赈而不之取，何也？臣曰：大饥之岁，三贫俱困，安得许多银可籴米豆？而籴买者，多商贩或富民也，故其策不可用。苏轼之行于浙中者，或未至于大饥也。）

告籴之议

海盐刘世教议：赈之力至是亦几竭矣，而赈之粟终不能亡虞匮也。（行百里者半九十，岂其夺之沟中而复委弃之也者。）于是乎有籴之事在，曰官曰民，必互用之而后可。今郡国之帑即不至大饶，然独无余镪可暂发者乎？即所当上输，而独无可稍缓者在乎？请括而斥之，又集一郡之所有而计之。择佐领之强干者二三人，分领其事，予之符繻。及兹西成之先，或之豫章，或之荆楚，为移檄于所在而告籴焉。返之日，仍于彼索檄以报，必明疏其价，毋令得增益于间而为之蠹。其能勤于事而洁廉无议者，予上考，甚者特荐而叙迁之。粟则合其价与舟楫之费而共计焉，石为金几何，分予诸邑，使设法平市，如赈之义粜法，粟散于民，金归于帑，便孰甚焉。顾非独粟可市也，即菽麦亦奚不可者！此籴之在官者然也。若夫民间之远市者，计必不乏，特不无道路之虞与关市之阻耳。今诚予之以符，使亡虞于往来，诸关市悉不得以税榷为名，横有科扰。迨其归也，悉听以时价受直，毋有减抑，则愿往者必众，而粟必充牣于市矣。此籴之在民者然也。籴于官者，一以原贾粜，以阴制猾牙狙狯之命而持其冲；籴于民者，听以时价粜，以明辟懋迁有无之路而通其权。然有其在官者，而民必不能过为之昂也；又有其在民者，而官又不必过虞其不能继也。故曰官与民互用之，而以济赈之不逮者，此也。

吏部主事贺灿然议：救荒虽无奇策，乃平籴当有权宜。向苦无郡邑平准之赀，恐募商之滋扰。今幸有朝廷赈恤之镪，欲行贾以何难？即不敢尽出其金，以广灌输，亦似宜稍分其半，以资转运。每一邑召十数善贾之富商，每一郡委一二廉勤之干吏，通给关引，分授官银，令于丰熟之乡，特为转贩之事。杂籴百谷，或以米，或以菽，或以荞。分为三番，一在籴，一在途，一在粜。大都五万金可籴十余万石，十万石可活数十万人，约一月之内而更番，将数郡之民而胥赖。盖减价之谷日日在市，则待哺之民在在蒙恩。无粟而粟用饶，不赈而赈最溥，市价不减而自平，盗风不戢而自息。

贺灿然又议：荒年不但虞价高，亦且虞米竭，宜亟行官籴之法。令于丰熟州县籴米，米不足则杂籴菽、粟、麦、荞之类凡可充饥者。如东南尽属荒旱，则不妨稍远，盖宋吴遵路诸人尝行之。第官籴之法，亦有难言者矣。将欲出官帑以为籴资，官帑征发之不给，恐其未必赢，即赢而或未敢擅也。将欲劝富户以资转运，富户不习于商，而重去其家，其往而籴也，彼必以为甚于漕挽之劳，而其籴而待粜也，即守支之苦不啻焉，恐其以为厉也。将欲召米商以广兴贩，彼米商籴而自为粜也，低昂自由，官府为主粜，而彼以为束缚其手足也，吾恐其适驱之而去也。然则官籴之法，遂不可行乎？愚窃有一焉。似宜委之新都商人之开典于部中者，徽固赢于资而又习为商也，而初不如行商者之鼠窜而不可迹也。环三吴之地，新都商人之开典者若基置，（然一邑之内，当不下五十余家，）小民固赖其缓急，而彼所为括吾民之利，车而还之新都者，岁不知其几矣。彼岁岁收其利，而独不宜一恤其患乎？然非以其利吾民而故扰之也，实民与商两利之术也。（夫米价较量歉之中，率以白金五钱为平岁，大有减而至三四钱止矣。岁则祲，其价有不知所极者。然平籴之令，米石八钱，此其价亦不为少也。今三吴虽皆旱，溯江而上，楚最多米，乱江而北，淮徐最多菽麦。楚之米价，大约不过五六钱。轻赍走楚，方舟顺流而来，即有浅阻转搬之费，石一钱最多矣。归而准诸所定平籴之价，则是石得利一钱而奇。而且或有不必走楚者。若菽之价，每视米递减之，菽不及米十分之七，麦不及米十分之五。闻迩年淮徐菽麦甚丰，其价当不过三四钱，此则为道近，为费省，为利益后矣。故曰两利之术也。）今宜亟召部中新都商人之开典者，大约一邑得三十家，则分为三番，而各推择一资最雄者以为长。番各籴米三千石，菽以三准米二，麦以二准米之一。大约一番在粜，一番在籴，一番在途，循环转运。其出母权子，则总于其长，得利均之。然仍申报抚按，给以符验，令关津不得阻抑，丰熟州郡不得闭遏，则为费益省，而转输益利矣。

一、衙官董诸役，而出纳于衙役之手，似属可虑。必择地方忠诚有能干者数人主其事，正官不时亲临论访，宜王文成公谆谆乎防之也。

一、设处堪动库内两番本银，一往一来，道路不绝，市中时价，不禁自平，且事竣银仍还库，在那移转换之间。选委贤能，家饶世职，交与库银，仍立法纪录。

（一、籴谷之法。各领籴之官，自为一囤，限三年内如有浥烂，罪坐本官。每石听米三升，亦限三年盘验之耗，如再有亏折，本官认赔。至于仓廒不足，分为二例：如原有旧仓，致令坍倾，责其修补，而官银不得议动；如旧仓已满，谷尚有余，设处官银，速为创建。）

祁彪佳议：近见明旨痛禁遏籴，而亦点出文引，则可见所宜通者，在有文有引之商贾，非谓任奸商之贸利，而实无益于贫民也。（此某所曾陈之当事者也。）若籴既通矣，则籴赀出之何处？领籴任之何人？其法（则）有三（端）：府县（公祖父母）申详上台，那借钱粮，差官专领，淮安、金坛等处现行之。其一法也。但近来无可缓之钱粮，籴之于今冬，粜之于明年青黄不接之际，不知此正供之项可以缓待否？是则须商也。将现在籴米牙家立为官商，令其领批前往。籴至之日，立局另粜，算其加一二利息，仍可少咸〔减〕于市价。其一法也。但牙家一隶于官，便不乐从，又必欲随到随粜，未必肯留囤以待明夏，又恐籴多粜少，专利于已，是则须商也。今劝储之簿已发矣，俟收簿之日，阅簿中某某认储若干，即给与告籴若干之批，籴米之处既得贱价，则粜米之时必不贵征。其一法也。但绅缙富家多不善经营之计，或辞以往返之无人，或辞以转运之无赀，或辞以现有岁租，无烦别籴，未必人人领批，是则须商也。（总之所商者原无甚不便之处，可以因其势而裁酌之，但申请院道，令彼中速速自认，如某之前说者，此为目前急着。得彼中果肯许籴，则官籴可，商籴可，储米之家籴亦可。）

祁彪佳又议：地方当荒歉之时，不得不行告籴之策。然近来所在阻截，求其源源而来，事未可必。今于通之中寓节之意（，窃陈一法，敢请台裁）。向来上台布德，徒使奸贩专利，盖繇数籍莫稽，致于阑出甚夥。兹（求老公祖）宜檄行郡邑，酌其盈虚多寡，每邑认通若干，倘或执吝数少，更须（本宪）道府驳议增加。以其认定之数目颁示此处，然后起给批文，实填定数，总赴（台下）道府挂号，方至彼邑平籴。即所至之邑，亦必实填批中。（敕府）此处陆续给批，必不敢溢于所认之外，倘有无批越贩，任其阻遏，即批溢于认，亦听禁止。至于批内之米，则（□）彼邑每差一役，护之出疆。在（敝乡）此处惠籴有望，人情恃以无恐；在彼邑滥溢无虞，民心亦可大安。

当机之二十三　召商

谕无　例无　诏无　案三　疏二　议五

告籴固为亟矣，然其价有难处焉，借之官而虞不给也，劝之民而虞不应也。且其人有难任焉，差官役而虞其侵耗也，委富室而虞其逡巡也。则不若通商为便。盖走利如骛，商之情也。吾正欲借其征贵征贱之情，以济吾地方一时之匮乏，是彼之所以自利者，乃即所以利吾地方耳。然亦宜设法招徕，方使之通如流水。匪但不抑其价也，而且免其收税，与之告身，如朱文公浙东之劝诱，而米航自然毕集，灾荒可以获济矣。辑召商第二十三。

召商之案

范纯仁知襄城，久不雨。纯仁度其将来必阙食，遂尽籍境内客舟，召其主谕之曰：民将无食，尔等商贩惟以五谷贮于佛寺中，候阙食时，吾为汝主籴。众贾从命，运贩不停，至春首所蓄无虑十数万。诸县饥，独境内之民不知也。

浙东大饥，王淮荐文公朱熹。即日单车就道。召入对，陈七事，帝深纳之。熹始拜命，即移书他郡，募米商，蠲其征。及至，则米已凑集。

周文襄公忱每遇凶荒，辄以便宜从事，补以余米，常赋之外，无复匝役。初至苏、松属，岁大饥，米价翔贵。忱遣人四出，察米价高下。江浙、湖广方大熟，乃令人橐金至其地，故抑其直而勿籴，且给言吴中米价高甚。繇是江浙、湖广大贾皆贩米赴吴中，数百艘一时俱集。忱知四方米已至，下令发官廪米尽出之，以贷民而收其半直。城中米价骤减，而四方米欲还载，度路远不能，乃亦贱粜。忱复椎牛驴酒以谢。

召商之疏

宋文公朱熹疏：臣伏睹岁既不登，所在艰食，全赖商贾阜通之利，所宜存恤（，不可骚扰）。今米谷（不得收税，虽有成法，而州县场务多不遵守。至于往籴而有所挟之资，既粜而有所贸之货，则）往来之间，经由去处，尤以邀阻抽税为苦，是致客人惮于兴贩。欲望圣慈特降睿旨，申严旧法，仍诏有司，诸被灾州县人户，欲兴贩物货，往外州府收籴米谷，就阙米处出粜者，各经所在或县或州或监司，自陈所带货物，判执前去。其粜米讫，所买回货，亦各经所在自陈，判执回归。往回所在，并不得辄收分文税钱，违者并依税米谷法，必行无赦。（如蒙开允，即乞径下转运司，约束沿江滨海所过场务，遵禀施行，）庶几商贩流通，民食不匮。

朱熹又疏：今年旱地广阔，只有湖南、二广及浙西两三郡丰熟。而广东海路至浙东为近。臣昨受命之初，访闻彼处米价大段低平，即尝印牓，遣人散于福建、广东两路沿海去处，招邀米客，许其约束税务，不得妄收力胜杂物税钱，到日只依市价出粜，更不裁减。如有不售者，官为依价收籴。自此向后，必多有人兴贩前来。（但臣元牓约束本路州县税场，不得妄有邀阻收税及力胜一节。更乞圣慈申严行下，有违戾者，官吏并比见行条法，各加一等坐罪。至来年六月，却依旧法。）其收籴本钱，乞许行下本路沿海州军，将今年粜过米钱，及兑那诸色窠名支拨充应。庶几不失信于客人，向后易为招诱。如或更蒙朝廷量立赏格，召人兴贩，行下诸路晓示劝诱，仍先降空名告身数十道付本司，俟有上件贩到米斛之人，与书填给付。盖缘客人粜货了毕，便欲归回元处，不能等候，即与土居上户不同，伏乞圣察。

召商之议

刘世教议：等籴耳，而胡其出之异耶？官倾储而致之邑，必不能盈数千也，不及旬而尽矣。夫民也，自非觊锱铢之润，而能驱之数千里之外，以相灌输乎？且民之安土而重服贾，莫此（诸郡）浙西为甚，其蹑跻而奋者鲜矣，则所藉者亦惟是四境之外素习于商者耳。彼其左顾右盼，征贵贱而权弃取，隶胥之所不能穷也。今将鼓舞而招徕之，（使危舸巨艑捆载争前，以纷集于吾土，令官无告籴之劳，民无炊玉之叹，其何术而可？则请斟酌于限价之令而已。盖属者商羊为政，市贾骤腾，自非禁令之画一，执且日益而未已。一时单窭之子，其幸脱于立槁者，非此令之力与？第一岁之产，止供一岁之食。今之所及禁者，大都境内之粒多，计秋尽而罄矣。）请（自今）亟著为令。凡商贾以粟至者，价高下悉听民间时直，官无所与。若牙狯欺罔，必重法勿宥。夫非故昂之也，物之不齐，神圣所不能强，而商贾之趋利，则不啻若鹜也。惟毋抑其贾，而粟之至者，日益多矣。粟之至者日益多，又不必必其抑之而自平矣。即不然而厉禁之，意非不仁也，法非不善也，彼虑夫数千里之仆仆，而所获之不偿也，必将有却步而不前者矣。（且夫生生者，造化之大机也。机不暂息，则不能长动而出。故物生之数，有大亏，无大赢。今吴越之粟，骤而沦胥者至八九千万石，是所谓大亏者也。彼荆楚豫章之间，即幸而有年，其必不能大赢，兹数明矣。即杀而取足其半，彼中讵能无稍踊也者，而焉能遥断其质之必廉而遽限之哉？惟独计其来之繁，则必不能大踊云耳。曰：有如踊也，若之何？曰：郡国之有积贮也，巨室之有义粜也，质库之有乐输也，官之有告籴也，备之则已悉矣。时出而抑之，其何难之与？有曰：一市而二价，可乎？曰：官粜之为法也，籴弗得过斗，以饱窭夫也。彼民之自为粜者，多寡无制，非矛盾也。夫宁有弃廉而趋贵者乎？且又不有赈之事在乎？必如是，而后足以济官籴之穷也。）

应天府府丞张玮议：南都民稠谷贵，况遇荒年，流民就食日多，外省商贩不至，市价日昂。各商贩米，原逐什一之利，（本府）决不可减之价值，一听照时公平贸易。有载米来京，发粜三千石以上者，（报府）准给冠带；五千石以上，纪名入册，特与题旌。若经纪人等，故借官价之说，阻抑来商，地方奸棍或借题恐吓，希图强买者，即当严提重究。其囤户卖米完日，许给印信批文，赴出米地方，籴还再卖。（尔等）庶获息源源，居民不至乏食，（至）两便之道也。

宁绍（守道宪副）道大参郑瑄议：霪霖米贵，惟有措籴一项。今买米官商，络绎而来，见在（本道）又多发印批到县，听商民自备己资，随便领籴。总期外来之米充足，以实吾民。其米买到，毋论官商私商，一听炤凭时价发粜，并不计较亏克，必使跋涉盘运者稍沾微利，以酬其辛苦。(嗷嗷待哺者，有钱可买，不虞其空虚矣。

宁绍守道宪副郑瑄议：米价高贵，贫民嗷嗷。今府县各措籴本，召募牙商，给批前往有米处所买运接济，要使外米源源而来。今官籴复恐有限，本道将船批刻过，府县印刷数百张，印钤轮号，不拘何项人等，凡要外方买米者，即给予一张，听其出价往买。犹) 又恐道途关隘阻塞，(本道威令不能遍行，) 特请 (按院) 直指于浙东、浙西各府，俱出明示，禁止沿途奸棍梗阻 (外)。计不日便可给络绎到郡，地方自然充足矣。

杭州太守刘梦谦议：杭属素非产米之地，全赖四方商贩接济。(昨岁叠罹灾沴，饥馑荐臻，冬春之间，米价日益腾贵，加以) 自雇募民舡兑漕之说风闻远迩，米商疑畏不前。其运河一带，南自杭关，北至京口，乃自古及今通籴之路，向无阻遏。奈近来各处棍徒，藉口本地无收，往往不繇官示，私自拦截，(以此商贩日稀，斗米至二钱八分，人心惶惶，实难存济。窃照雇募民船一事，已有明文晓谕，只于外江水阔船多处所雇募，断不在于里河雇募矣。至于沿途群〔郡〕邑阻遏，虽承屡次移文直隶，出示疏通，惟是事关隔省，呼应未必灵通。且各处地棍，敢尔违法阻遏，势必) 且结交衙蠹，比周为党，商旅被其毒者，下情何繇上达？(该职) 博采舆情，佥谓须得特遣官兵一枝，上下河道往来防护，然后讹言不致乱传，地棍不敢肆虐。今后选委廉干官一员，领兵数十名，给以行粮，繇北新关起，直抵镇江府，赍持告示数十道，沿途张挂。遇有南直江广米船来杭贩粜者，即便防护，令其紧随官兵之后，衔尾而来。敢有地棍阻遏者，许即拿赴所在官司究问。每官兵一枝，往返以二十日为期。扣至三十日满，照前另拨一枝，前往更换。其委官果能星夜勤劳，疏通商贩，米价暂平者，不次擢用。如是而米艘有不源源来者，不敢信也。

会稽令周灿议：米价高腾，皆因地方缺少。(本县) 日思广籴通贩，(以济嗷嗷。若有外路客商载米至者，尔民) 正宜高价收籴，则闻风踵至，米价自可渐减。(近有) 倘地方奸棍以抢夺为事，谁其肯来？此后有别县商人贩米至本地者，本商先赴县禀明，即差役护送前来，投牙贸易，务使商米源源，地方安堵。再有鼓众截抢，致令商民裹足，(本县) 所宜立拏凶犯，枭首示众。

当机之二十四　禁遏

谕无　例一　诏二　案无　疏三　议二

夫有告籴者，必有通籴者而后可。若彼来告此不通，则譬如血脉壅阏，举体是病矣。丰收之地，任其运贩，一无限阻，此通之上也。不然，产地有限，自救宜先，则惟告籴者乃通之，而定数给批，如小议所谓于通之中寓节之意，更为两利之道矣。若必各私其民，坐视邻邦之患，五霸尚且羞称，而况此大同之世乎！辑禁遏第二十四。

禁遏之例

嘉靖七年，户部题该江西监察御史张惟恕奏 (为陈愚见以裨荒政事) 称：窃惟天下一家，有司自分彼此，间有颇熟州县，邻封粜买，辄行遏籴等因。该本部议拟，覆奉钦依，行移各该抚按衙门，严督所属司府州县掌印正官，严加晓谕，今后遇有被灾邻民前往丰熟州县籴买，或有客商贩卖，其所在官司，毋得自分彼此，辄行遏籴。若有能设法处置，安养饥民，而惠及邻封者，听抚按官保举升用。

禁遏之诏

宋徽宗正和七年九月（手）诏：州县遏籴以私境内，殊失惠养元元之意。自今有犯，必罚无赦。

（董煟曰：嘉祐四年，诏诸路运司，凡邻路灾伤，而辄闭籴者，以违制坐之。至此复有是诏。非州县不能奉行，盖俗吏识见浅狭者多也。）

宋孝宗淳熙九年（雨，降指挥）诏：诸路监司不许遏籴，多出文榜晓谕。如敢违戾，令总司觉察申奏。

（董煟曰：宋朝列圣，一有水旱，皆避内殿，减膳徹乐，或出宫人，理冤狱，此皆得古圣人用心。孝宗尤切惓惓焉。宜其享国长久，恩德在人，虽千百年而未□也。）

淳熙，令课利场务经灾伤者，各随夏秋限之所，依所放分数，于租额除豁。

（董煟曰：当歉岁民穷于财，而百事减省。课利场务，安得如旧？臣切观宋朝熙宁八年，灾伤最艰，放苗米一百三十万石，而酒课亏减亦六十七万余贯，此可概见。自中兴之后，陈亨伯等议立经总制窠名，而大抵多出酒税茶盐，与夫税赋之所入。自绍兴三十年臣寮建请，始为定额，行下诸路提行司，每岁如数拘催，不管拖欠。其发纳有限，其趁办有常，其违欠有罚。自立额之后，至凶年饥岁，而有司督办。）

（原稿眉注：入禁遏案。）赵观察滋知雄州时，契丹大饥。旧米出塞下，不得过三升。滋曰：彼吾民也。令出米无所禁。

禁遏之疏

宋工部尚书廖刚疏：臣闻秦、晋敌国也，犹贵于通有无以拯其民，孰谓一化之内，乃欲分彼此耶？（欲）伏望圣慈申饬诸路监司，使之检察所部官吏，毋得遏籴，富民毋得闭廪须偿。庶几通融相赒急，而国无饥民，诚一时之急务也。

（万历十五年阁臣申时行等奏）大学士申文定公时行疏：今年岁荒歉，人民流离，饥饿切身，起为盗贼，乃理势之必然者。（不独东昌一处为然。前敕旨申严保甲，缉捕盗贼，非不严切。然捕盗者，治之标也。治本之道，使民得食。）顷者皇上大发帑银，遣使分赈，恩至渥矣。然赈银有限，而饥民无穷。即如山西饥民，在册者六十余万人，以六万赈银分散，人得一钱，止三四日之食耳。过此则空手枵腹如故，朝廷焉得人人而济之？惟是邻近协助，市籴通行，米谷灌输，不至乏绝，乃可延旦夕之命。近闻河南等处往往闭籴，彼固各保其境，各爱其民，然天下一家，自朝廷视之，莫非赤子，灾民既缺食于本土，又绝望于他方，是激之为变也。臣等以为宜禁止遏籴之令，讲求平籴之法。各该地方，听商民从宜籴买，河南则籴于江西，山陕则籴于河南。各抚按官互相关白，接济转运，不许闭遏。其籴本或于各布政司，或于南京户部，权宜措处。河南、直隶四府，则以临德二仓之米平价发粜。则各处皆有接济，百姓皆有仰给，或不至嗷嗷待毙，汹汹思乱也。

户部尚书李待问覆疏：看得移民移粟，荒政不废。乃有司狃于独丰，复下闭关之令。贩籴者抢夺折本，（或）裹足不敢前，而本地富商巨室，又居积为奇货。两者之疟民，更甚于荒。则设法通籴，实为要务也。而于漕粮，尤为急务。抚按应令被灾各州县，除发仓赈贷外，设处籴本，或差官，或责铺户，或给批往买。一面行文知会所往地方，禁遏抢劫，抗违不遵者，立置重典。

禁遏之议

宋董煟议：（嘉祐四年，谏官吴及言春秋之时，诸侯相倾，窃地专封，固不以天下生灵为忧，然同盟之国，有救患分灾之议。秦饥，晋闭之籴，而《春秋》诛之。圣朝恩施动植，视民如伤，然）近来州县之间，官司各专其民，擅造闭籴之令。一路饥则邻路为之闭籴，一郡饥则邻郡为之闭籴。夫二千石以上，所宜同国休戚，（而）宣布主恩，坐视流离，（又甚于春秋之时，）岂圣朝所以子育兆民之意耶？（故丁丑诏诸路转运司，凡邻郡灾伤而辄闭籴者，以违制坐之。）

一、或者谓遏籴固非美名，然听他处之人恣行搬运，不加禁止，本州本县自至艰籴。臣曰：此见识狭陋之论也。天下一家，饥荒亦有路分。今邻郡以吾境内丰稔而来告籴，义所当恤。此宜物色上流丰熟去处，劝诱大姓，或本州发钱差人转籴，循环粜贩，非惟可活吾境内之民，又且可活邻郡邻路之饥民，尚何艰籴之有？脱使此间之米不许出吾界，他处之米亦不许入吾界，一有饥馑，环视壁立，无告籴之所，则饥民必起而作乱，以延旦夕之命。此祸乱之尤速者也。

一、淳熙八年八月敕：今岁闻有旱伤州县，全藉邻境，或旁近丰熟去处，通放客贩米斛，已降旨挥，不得遏籴。（访闻上流得熟州郡，尚不能体认朝廷均一爱民之意，辄将客贩米斛邀阻禁遏。圣旨）劄付诸路帅漕司，各检坐条法，遍下所部州军，恪意奉行。如敢违戾，仰逐司察觉按劾。倘若容蔽，委御史台弹奏。

一、小民闻官司有榜禁遏，每遇外人籴米，则数十为群，胁持取钱，殴人伤损，村民亦不敢担米入市，民间逐至阙食。其令下诈起，类如此。

一、检会编敕诸兴贩斛斗，虽遇灾伤，官司不得禁止。又条法：兴贩斛斗，乃以柴炭草木博籴粮食者，并免纳力胜税钱。（注云旧收税处依旧；即灾荒地分，虽有旧例，亦免。观此则知条敕不许遏籴明矣。）

章文懿公懋议：近闻官府榜示，不许外郡来此贩籴。（此乃世俗私小之见，非公平正大之道，犯五伯之禁，亦非朝廷之法。）一言之失，弊端随起。小民因此但见有谷舡米舡来往者，尽行抢夺，驯此不已，将成大盗。先年曾有明鉴矣，不可不谨其始。（小民诡言，皆谓官府许其抢夺，必不甘休，若往上司诉理，来此追捕，县中将被其扰。《易》所谓"行人得牛，邑人灾"者，亦所不免。又）况今官府催并物料，皆要银两，设不粜籴，银两何从而出？此皆理势之必然，不可止遏者也。乞早除遏籴之令，及严行抢夺之禁，以免数者之患，乃今日为政之急务也。

当机之二十五　饬贩

谕无　例无　诏无　案无　疏无　议五

告籴之宜通固也，然必告籴者而通之。乃今奸商罔利，走海越江，徒以竭此间之物力，实未平彼中之米价。此间民稠地窄，方且仰给外方，乃尔剜肉以实漏卮，其宜禁也，又奚待言！总之，宜通者在有文有引之告籴，宜禁者在无文无引之私贩。道为两全，义实不倍。但此禁一厉，而劣衿地棍，借名作奸，饱其欲则行护送，拂其意则肆要抢，致境内之籴粜，亦相戒而裹足，是又弊随法生矣。要抢之禁，又应与护送并申者。辑饬贩第二十五。

饬贩之议

吏部主事贺灿然议：(夫)春秋无遏籴(之政，霸者羞称。)者，夫亦谓彼歉而我丰，而闭不相恤。如晋饥秦输之粟，秦饥晋闭之籴之类也，非谓夫彼歉而我亦歉，而亦不当遏也。邻人之赤子饥，同室之赤子亦饥，夺吾同室之赤子之食，以与邻人之赤子，非人情矣。非不欲为德于邻人，独奈同室何？故愚以为丰而闭之籴，霸者羞之；歉而闭之籴，即王者以为不得已也。乃若射利之商米，非其耕所获也，亦非其租所入也。当秋成之后，谷贱之时，籴而贮之，以待高价。盖其心日夜非望潦即望旱，以饥荒为幸，冀得饱其居积之利，而曾不恤民之颠危，即斗粟千钱所不厌也。(顷吾良父母祷雨赤日中，日夜望甘霖之霈，而彼惟恐雨之旦暮至，而米价遂减。此其心馁虎何异焉?)即重抑之，无不可者。况未尝损其母钱，而固有所利乎?

宁绍守道大参郑瑄议：杭民、绍民，总属一家。况省会重地，杭饥，绍无不济之理。(故虽今岁收成苦雨，登场未及一半，自奉院檄通籴以来，士民纷纷呼号，苦控求免。本道仰体德意，)未之敢许也。(集诸郡县商榷再三，唯以勉遵宪令焉。)但(求)当于通籴之中，乞一节制之法，冀留升斗，(以)惠此灾黎。既而详(得所)请示下，籴有院批，米有定数，(本道遂)于是遍谕(云)士民，凡运米往杭，有院批挂号，路繇西兴者，地方不得阻挠；无批而影藉以下海出境者，不许放行(，致绍立困)。今奸宄百出，夹带者多，乘机强买，市民莫支。就中之说有二焉：一则批匿怀中，弗赴府挂号，指一买十，不容稽察，使奸棍得以乘机贩运作奸也；一则营兵到绍，不体饱腾德意，则动以数十人携械恃强，强勒多米，小民慌避，(风鹤皆兵，)相率闭户也。(兹据全郡绅士里老合力吁恳，本道转达，又据府详力求，总恳宪台始终造就□越，求出明示，但)嗣此赍批者必赴府验挂，则府得以稽其数目，考其时日，(每五日一报宪台，)将粒粒济杭，而无借名旁漏，则杭受实惠，而绍亦免空匮矣。至于兵粮，万不可缺，唯免遣弁卒，另择首领一员，为之输輓，批如前法，则三军可饱，而绍民亦安矣。(□原定米数，府据舆情请减，并求前后另批者算入数中，亦因禾稻成熟，淹烂无收，万不得已之请也。)

孝廉王谷议禁贩之法：其一在用踈。米贾专以行贩为事，预赂各役，以故缉贩化为护贩。境内籴粜者，自谓无弊，而地方诈之不遂，少者自行分散，多者分散之外，以余报官。贾之贩者多，而民之食者少矣。愚谓但于交界之处，如江口、海口等地方，委廉干之吏，严行禁绝。而境内籴粜者，第令各役尾之，如果至交界之处行贩，然后发觉之。而不至交界之处，则米不出境，可不问也。其一在用密。近日米贾因市上行贩未便，向各村有米之家预付米价，而各村有米之家设法护送，此弊又出于意料之外。今宜严行保甲之法，一甲之内，何人资贩，何人行贩，不能禁数家之发觉也。保甲之法，原以缉奸，而私贩则奸之类也。愚谓此法果行，恐无漏网者矣。

文学张岱议：(岁庚辰，越大水，米价涌贵。越大夫忧之，微服徒行，巡行国邑，周视原野，仰天长吁，愁见衣表。有负薪者释负而前，盘旋熟视之曰：子非越大夫耶？窃闻子之长叹，一是重有忧者。大夫曰：噗！旱蝗水潦半天下矣，而越为甚。救越耶？而无策；不救越耶？而有越责。吾将奈何?

负薪者曰：子大夫救天下耶？救越耶？望天下之救越而天下不足救，则子大夫亦毋以越救天下矣。大夫曰：何谓以天下救越？负薪者曰：）越之俗，地狭齿繁，岁即大稔，越之出亦不足以供越之食。故外计之，食楚什三，食江右什二，食毗陵十一，食姑熟什一，食鄞什一；内计之，食剡什一，食诸暨什一。（去冬扬大司马宿重兵于荆襄。楚之粟，楚食之，在楚之兵食之，流贼食之，走粒米于境外者死。近闻江右米至安庆，安庆士大夫绝其流，重贯籴之以供军饷。则是）近来楚粟不出境，江米不得至芜关，遑问越耶？毗陵、姑熟，米之都会也，（止价一两二钱，）价浮于越四钱矣，孰过而问之？鄞遏籴，不能乞邻，而暨阳七十二湖漂没无颗粒。剡米差蚤，负贩四出，又十去八九矣。（故曰）望天下之救越而天下不足救矣。（大夫曰：何谓）不如以越救天下。（负薪者曰：）盖山阴田六十万亩，会稽田四十八万亩，总计之为田百八万亩。岁大熟，亩出米二石，百八万亩出米二百十六万石。今年丰收，存百八万石，去百八万石矣。以百八万石泥泞腐烂之米，几什百万之生灵嗷嗷待哺，而新安食之，虎林食之，近且苏常食之，嘉湖食之。新安、虎林食之者，江运无虚日；苏常、嘉湖食之者，海运无虚日。蕞尔越也，欲以果七郡之枵腹，是犹以疋雏喂群虎也。（大夫）或曰：通籴，两台意也，（敢不奉行惟谨？负薪者曰：）奈之何不奉行？不知以两浙言，两台大宗也。以大家人理大家事，讲大家话，两台职也。以八越言，越大夫小宗也，一家之人，不足以办一家之事。握粟耳，呼群召类，一啄而尽，绝一家之烟火，而仍不足以救众家之饥，不若家保之之为得也。且鄞独非浙乎？遏籴禁甚厉，而米价止一两二钱。父祖知之，谓吾子妇善保一家，此一家人不向吾啼饥号寒，未必不辗然喜也。（大夫曰：魏本不欲救赵，魏公子窃符□内夺晋鄙兵以救之。）或米之无胫而出境者，乡绅出之，牙侩出之，巡逻侦诇之胥役出之，将奈何？（负薪者曰：）予以为出越米，江一而导江之孔百，海一而导海之孔百，毛窍之多，一手难障。（子）越大夫弟悬重赏以待之，勅胥役与江口、海口之居民，协力守望，沿江有坝，沿海有塘，米不能飞而渡也。米至江口、海口，方谓之通贩。凡居民获得通贩船者，赏与胥役等。张示晓谕，密使人诇之。地方有纵放者，罪坐之；乘机抢掠者，罪坐之；妄指河内米为出境米者，罪坐之；有弃米脱逃，隐匿官物者，罪坐之。如果赃贩现获，米则入官，为来岁粥厂之用；人则械系之，仍令其家属分布四出，必获一人交代，始开释之。如侦得前四项，有实迹可简者，亦开释之。如此则百里之内，粟不自走矣。（故曰子大夫亦毋以越救天下矣。）

祁彪佳议：自越贩之宜禁也，或以为官禁尚疏，欲民禁并行，愚意则有不可者。盖禁贩之令申，便有一种劣衿奸棍，或见米而抢，或得贿而放。其时止行官禁，尚且借为利薮，若复听民禁之，则狐假鸱张，（益当）无所不至。甚则暗行分抽，明为包送，是且授之以权矣。此辈抢米索贿，尤害之彰明者。从来法度纪纲，必宜提挈自上，倘一或倒持，隐忧方大。宁使上行其法而疏节阔目，毋使下操其柄而比栉察渊。此地方治乱之关，非细故也。

当机之二十六　捕蝗

谕七　例一　诏一　案三　疏一　议四

蝗之宜捕也，所不待言。今即西北之民，亦无复惑于祭祷者矣。然不知其生发之源与捕扑之法，欲以人力胜天灾，得乎？徐文定公一疏，援古证今，最为详备，故全录之。而其它方略，亦附例其间。见蝗之必宜捕，亦见蝗之必可捕也。辑捕蝗第二十六。

捕蝗之谕

永乐十一年，上谕行在户部臣曰：近山东蝗生，有司坐视不闻。及朝廷知之，遣人督捕，则已滋蔓矣。此岂牧民者之道？其令各郡县，每岁春至惊蛰之时，即遣人巡视境内，但有害稼若蝗蝻之类，及其时初发，即设法捕绝，或虫蝗有遗种，亦须寻究尽除。如因循不行，府州县官悉罪之；若布政司、按察司失于提督，同罪。其各处卫所，令兵部一体移文，使遵行之。

宣德元年，河南布政司奏安阳、临漳二县蝗。上谓夏原吉等曰：近者有司数言蝗蝻，此亦可忧。姚崇捕蝗，终不为灾，但患捕之不早耳。卿宜遣人驰驿，分督有司巡视，若遇蝗生，须早扑灭，毋遗民患。

宣德五年，易州奏蝗蝻生。上谓都御史顾佐曰：今禾苗方生，宿麦渐茂，而蝗蝻为灾，若不早捕，民食无望。即选贤能御史，往督有司，发民并力扑蝗。初发扑之则易，若稍缓之，为害不细。

正统元年，命侍郎王士嘉等巡视顺天等八府，赐之敕曰：今命尔巡各郡，遇有蝗蝻生发，随即催督卫所州县，起集人夫，打捕尽绝，毋致滋蔓，以贻民患。往者差官捕蝗，不体朝廷恤民之心，肆行箠楚，民受酷疟，甚于蝗灾，尔宜深戒。务行设法，使人不劳困，禾不损伤，庶副朕恤民之意。钦哉。

正统七年，遣吏部侍郎魏骥等往南北直隶各府捕蝗，赐敕曰：朕念蝗虫为患，特命尔等分巡各处，遇有遗种，及早掘毁；如有生发，随即扑灭。尔等必廉必勤，用人之际，务体下情，均其劳逸，不许自求安闲，指使官员，苟且行移，以应故事。于民不能有济，斯尔之愆。如有贪累不律，及纵容下人，扰害军民，则尔罚匪轻。钦哉。

崇祯十三年（九月初三日）圣谕：今岁禾稼稍茂，庶望有秋，蝗蝻变生，伤害可悯。着府尹等官，修省虔祷，再谕百姓，速行竭力扑打。特发内库制钱六十锭，给五城分投买蝗，照市值易收，仍着陈应祥监理巡察。该抚按亦严督有司，设处钱谷，一体祷禳。扑买完日，具奏（该衙门知道）。

崇祯十三年（八月二十九日）圣（旨）谕：春初捕蝗，坐视治罪，会典开载甚明。近来有司官通不遵行，以致蔓延害稼。人事实缺，反委诸天行，殊可痛恨。着该部即便行文，责令于明春惊蛰之时，巡视境内。遇有蝗虫方生，即作速设法扑蝗，务要尽绝。如再致滋蔓为患，必重罪不宥。抚按官先将各有司境内有无蝗患，据实奏闻，以凭处分。若占徇隐庇，及布、按二司不严督所属巡视督捕者，俱着一体从重处治。其九月十一日两次行文，俱遵炤旧例，严加申饬。

捕蝗之例

永乐元年，令吏部行文各处有司，春初差人巡视境内，遇有蝗虫初生，设法扑捕，务要尽绝。如是坐视，致使滋蔓为患，罪之。若布、按二官司不行严督所属巡视扑捕者，亦罪之。每年九月行文，至十一月再行，军卫令兵部行文，永为定例。

崇祯十三年，吏科都给事王家彦有疏，申饬得旨通行。疏不录。

捕蝗之诏

宋孝宗淳熙间诏：诸虫惶初生，若飞落，地主邻人隐蔽不言，耆保不即时申举扑除者，各杖一百，许人告报。当职官承报不受理，不即亲临扑除，或扑除未尽而妄申尽净者，各加二等。诸官司荒田牧地，经飞蝗住落处，令佐应差募人取掘虫子，而取不尽，因致次年生发者，杖一百。诸蝗虫生发、飞落及遗子，而扑除不尽，致再生发者，地主、耆保各杖一百。又因穿掘打扑损苗种者，除其税，仍计价官给地主钱数。

捕蝗之案

唐太宗时，畿内有蝗。上入苑中，见蝗掇数枚，祝之曰：民以谷为命，而汝食之，宁食吾之肺肝。举手欲食之，左右曰：恶物或成疾。上曰：朕为民受灾，何疾之避？遂吞之。是岁蝗不为灾。

董煟曰：太宗诚心爱民，观其“朕为民受灾，何疾之避”之语，其爱民之心，真切如此。宜其一念感通，蝗不能为害也。

孙觉调合肥主簿。岁旱，州课民捕蝗，输之官。觉言：民方艰食，难督以威，若以米易之，必尽力，是为除害而享利也。守悦，推其说下之他县。

（恐米不胜易，然捕蝗亦自无法。）

正统十三年，巡按河南御史奏，开封府及汝阳县蝗，秃鹫万余食之，蝗因无损禾稼，秋成可期。

捕蝗之疏

大学士徐文定公光启疏：国家不务蓄积，不备凶饥，人事失也。凶饥之因有三：曰水，曰旱，曰蝗。地有高卑，雨泽有偏被，水旱为灾，尚多倖免之处。惟旱极而蝗，数千里间，草木皆尽，或牛马毛幡帜皆尽，其害尤惨过于水旱也。虽然，水旱二灾，有重有轻，欲求恒稔，虽唐尧之世，尤不可得，此殆由天之所设。惟蝗不然，先事修备，既事修救，人力苟尽，固可殄灭之无遗育。此其与水旱异者也。虽然，水而得一丘一垤，旱而得一井一池，即单寒孤孑，聊足自救。惟蝗又不然，必藉国家之功令，必须百郡邑之协心，必赖千万人之同力，一身一家，无戮力自免之理。此又与水旱异者也。总而论之，蝗灾甚重而除之则易，必合众力共除之然后易，此其大指矣。谨条例如左：

一、蝗灾之时。谨案春秋至于胜国，其蝗灾书月者一百一十有一，书二月者二，书三月者三，书四月者十九，书五月者二十，书六月者三十一，书七月者二十，书八月者十二，书九月者一，书十二月者三。是最盛于夏秋之间，与百谷长养成熟之时，正相值也，故为害最广。小民遇此，乏绝最甚。若二三月蝗者，按《宋史》言：二月，开封府等百三十州，蝗蝻复生，多去岁蛰者。《汉书》安帝永和四年、五年，比岁书“夏蝗”，而六年三月书“去岁蝗处复蝗”。子生曰蝗蝻，蝗子则是去岁之种蝗，非蛰蝗也。闻之老农言，蝗初生如粟米，数日旋大如蝇，能跳跃群行，是名为蝻。又数日即群飞，是名为蝗。所止之处，喙不停啮，故《易林》名为饥虫也。又数日孕子于地矣，地下之子，十八日复为蝻，蝻复为蝗，如是传生，害之所以广也。秋月下子者则依附草木，枵腹枯朽，非能蛰藏过冬也。然秋月下子者十有八九，而灾于冬春者，百止一二。则三冬之候，雨雪所摧陨，灭者多矣。其自四月以后而书灾者，皆本岁之初蝗，非遗种也。故详其所自生与其所自灭，可得殄绝之法矣。

一、蝗虫之地。谨按蝗之所生，必于大泽之涯。然而洞庭、彭蠡、具区之旁，终古无蝗也。必也骤盈骤涸之处，如幽、涿以南，长、淮以北，青、兖以西，梁、宋以东，诸郡之地，湖漅广衍，暵溢无常，谓之涸泽，蝗则生之。历稽前代及耳目所睹记，大都若此。若他方被灾，皆所延及，与其传生者耳。略摭往牍，如《元史》百年之间所载灾伤路郡州县，几及四百。而西至秦晋，称平阳、解州、华州各二，称陇、陕、河中，称绛、耀、同、陕、凤翔、岐山、武功、灵宝者各一。大江以南，称江浙龙兴、南康、镇江、丹徒各一，合之二十有二，于四百为二十之一耳。自万历三十三年北上，至天启元年南还，七年之间，见蝗灾者六，而莫盛于丁巳。是秋奉使夏州，则关、陕、邠、岐之间，遍地皆蝗，而土人云百年来所无也。江南人不识蝗为何物，而是年亦南至，常州有司士民尽力扑灭乃尽。故涸泽者，蝗之原本也，欲除蝗，图之此其地矣。

一、蝗生之缘，必于大泽之旁者。（职）所见万历庚戍〔戌〕滕、邹之间，皆言起于昭阳、吕孟湖。任丘之人，言蝗起于赵堡口，或言来从苇地。苇之所生，亦水涯也，则蝗为水种无足疑矣。或言是鱼子所化，而职独断以为虾子，何也？凡倮虫、介虫与羽虫，则能相变，如螟蛉为果蠃、咭蜣为蝉、水蛆为蚊是也。若鳞虫能变为异类，未之闻矣。此一证也。《尔雅翼》言虾善游而好跃，蝻亦善跃。此二证也。物虽相变，大都蜕壳即成，故多相尚。若蝗之形酷类虾，其首、其身、其纹脉肉味、其子之形味，无非虾者。此三证也。又蚕变为蛾，蛾之子复为蚕。《太平御览》言丰年则蝗变为虾，知虾之亦变为蝗也。此四证也。虾有诸种，白色而谷〔壳〕柔者，散子于夏初，赤色而谷〔壳〕坚者，散子于夏末，故蝗蝻之生，亦早晚不一也。江以南，多大水而无蝗，盖湖漅积潴，水草生之。南方水草，农家多取以壅田，就不其然，而湖水常盈，草恒在水，虾子附之，则复为虾而已。北方之湖，盈则四溢，草随水上。迨其既涸，草留涯际，虾子附于草间，既不得水，春秋郁蒸，乘湿热之气，变为蝗蝻，其势然也。故知蝗生于虾，虾子之为蝗，则因于水草之积也。

一、考昔人治蝗之法，载籍所记颇多。其最著者则唐之姚崇，最严者则宋之淳熙勅也。崇传曰：开元三年，山东大蝗，民祭且拜，坐视食苗不敢捕。崇奏：诗云：秉彼蟊贼，付畀炎火。汉光武诏曰：勉顺时政，劝督农桑，去彼螟蜮，以及蟊贼。此除蝗证也。且蝗畏人易驱，又田皆有主，使自救其地，必不惮勤。请夜设火坎其旁，且焚且瘗，乃可尽。古有讨除不胜者，特人不用命耳。乃出御史为捕蝗使，分道杀蝗。汴州刺史倪若水上言：除天灾者当以德。昔刘聪除蝗不克，而害愈甚。拒御史，不应命。崇移书谓之曰：聪伪主，德不胜妖，今妖不胜德。古者良守蝗避其境，谓修德可免，彼将无德致然乎？今坐视食苗，忍而不救，因以无年，刺史其谓何？若水惧，乃纵捕得蝗四十万石。时议者喧哗。帝疑，复以问崇。对曰：庸儒泥文不知变，事固有违经而合道，反道而适权者。昔魏世山东蝗，小忍不除，至人相食。后秦有蝗，草木皆尽，牛马至相噉毛。今飞蝗所在充满，加复蕃息，且河南河北，家无宿藏，一不获则流离，安危系之。且讨蝗纵不能尽，不愈于养以遗患乎？帝然之。黄门监卢怀慎曰：凡天灾，安可以人力制也？且杀蝗多，必戾和气，愿公思之。崇曰：昔楚王吞蛭而厥疾瘳，叔敖断蛇福乃降。今蝗幸可驱，若纵之，谷且尽，如百姓何？杀虫救人，祸归于崇，不以累公也。蝗害讫息。（宋淳熙勅：诸虫蝗初生，若飞落，地主邻人隐蔽不言，耆保不即时申举扑除者，各杖一百，许人告报。当职官承报不受理，不即亲临扑除，或扑除未尽而妄申尽净者，各加二等。诸官司荒田牧地，经飞蝗住落处，令佐应差募人取掘虫子，而取不尽，因致次年生发者，杖一百。诸蝗虫生发、飞落及遗子，而扑除不尽，致再生发者，地主、耆保各杖一百。又因穿掘打扑损苗种者，除其税，仍计价官给地主钱数，毋过一顷。）此外复有二法：一曰以粟易蝗。晋天福七年，命百姓捕蝗一斗，以粟一斗偿之，此类是也。一曰食蝗。唐贞元元年夏蝗，民蒸蝗曝飏，去翅足而食之。臣谨按：蝗虫之灾，不捕不止，倪若水、卢怀慎之说谬也。不忍于蝗，而忍于民之饥而死乎？为民御灾捍患，正应经义，亦何违经反道之有？（修德修刑，理天相左；夷狄盗贼，比于蝗灾，总为民害。宁云修德可弭，一切攘却捕治之法，废而不为也？）淳熙之敕，初生飞落，感应申报，扑除取掘，悉有条章，今之官民所未闻见。似应依倣申严，定为公罪，著之系令也。食蝗之事，载籍所书，不过二三。唐太宗吞蝗以为代民受患，传述千古矣。乃今东省畿南，用为常食，登之盘飧。臣常治田天津，适遇此灾。田间小民，不论蝗蝻，悉将煮食，城市之内，用相馈遗。亦有熟而干之，鬻于市者，则数文钱可易一斗。啖食之余，家户囷积，以为冬储，质味与干虾无异。其朝餔不充，恒食此者，亦至今无恙也。而同时所见山陕之民，尤惑于祭拜，以伤触为戒，谓为可食，即复骇然。盖妄信流传，谓戾气所化，是以疑神疑鬼，甘受戕害。东省畿南，既明知虾子一物，在水为虾，在陆为蝗，即终岁食蝗，与食虾无异，不复疑虑矣。

一、（今拟）先事消弭之法。臣窃谓既知蝗生之缘，即当于原本处计画。宜令山东、河南、南北直隶有司衙门，凡地方有湖荡淀洼积水之处，遇霜降水落之后，即亲临勘视，本年潦水所至，到今水涯有水草存积，即多集夫众，侵水芟刈，敛置高处，风戾日曝，待其干燥，以供薪燎。如不堪用，就地焚烧，务求净尽。此须抚按道府实心主持，令州县官各各同心协力，方为有益。若一方怠事，就此生发，蔓及他方矣。姚崇所谓讨除不尽者人不用命，此之谓也。若春夏之月，居民于湖淀中，捕得子虾一石，减蝗百石，干虾一石，减蝗千石。但令民通知此理，当自为之，不烦告戒矣。水草既去，虾子之附草者，可无生发矣。若虾子在地，明年春夏得水土之气，未免复生，则须临时捕治。其法有三：其一，臣见傍湖官民，言蝗初生时最易扑治。宿昔变异，便成蝻子，散漫跳跃，势不可遏矣。法当令居民里老，时加察视，但见土脉坟起，即便报官，集众扑灭。此时措手，力省功倍。其二，已成蝻子，跳跃行动，便须开沟捕打。其法视蝻将到处，预掘长沟，深广各二尺，沟中相去丈许，即作一坑，以便埋掩。多集人众，不论老弱，悉要趋赴，沿沟摆列，或持帚，或持扑打器具，或持锹铲。每五十人，命一人鸣锣其后。蝻闻金声，努力跳跃，或作或止，渐令近沟。临沟即大击不止，蝻虫惊入沟中，势如注水。众各致力，扫者自扫，扑者自扑，埋者自埋，而沟坑俱满而止。前村如此，后村复然，一邑如此，他邑复然，当净尽矣。若蝻如豆大，尚未可食。长寸以上，即燕齐之民，畚藏囊括，负戴而归，烹煮暴干，以供食也。其三，振羽能飞，飞即蔽天，又能渡水，扑治不及，则视其落处，纠集人众，各用人兜兜取，布囊盛贮，官司以粟易之。大都粟一石易蝗一石，杀而埋之。然论粟易则有一说。先儒有言，救荒莫要乎近其人。假令乡民去邑数十里，负蝗易粟，一往一返，即二日矣。臣所见蝗盛时，幕天匝地，一落田间，广数里，厚数尺，行二三日乃尽。此时蝗极易得，官粟有几，乃令人往返道路乎？若以金钱近其人而易之，随收随给，即以数文钱易蝗一石，民尤劝为之矣。或言差官下乡，一行人从，未免蚕食里正民户，不可不戒。臣以为不然也。此时为民除患，肤发可捐，更率人蚕食，尚可谓官乎？佐贰为此，正官安在？正官为此，院道安在？不于此辈创一警百，而悠噎废食，亦复何官不可废，何事不可已耶？且一郡一邑，岂乏义士？若绅若弁，青衿义民，择其善者，无不可使。亦且有自愿损资者，何必官也！其给粟则以得蝗之难易为差，无须预定矣。

一、后事剪除之法，则淳熙令之取掘虫子是也。《元史·食货志》亦云，每年十月，令州县正官一员，巡视境内，有虫蝗遗子之地，多方设法除之。臣按蝗虫下子，必择坚垎黑土高亢之处，用尾栽入土中，下子深不及一寸，仍留孔窍。且同生而群飞群食，其下子必同时同地，势如蜂窠，易寻觅也。一蝗所下十余，形如豆粒，中止白汁，渐次充实，因而分颗，一粒中即有细子百余。或云一生九十九子，不然也。夏月之子易成，八日内遇雨则烂坏，否则至十八日则生蝻矣。冬月之子难成，至春而后生蝻。故遇腊雪春雨，则烂坏不成，亦非能入地千尺也。此种传生，一石可至千石。故冬月掘除，尤为急务，且农力方闲，可以从容搜索。官司即以数石粟易一石子，尤不足惜。第得子有难易，受粟宜有等差。且念其冲冒严寒，尤应厚给，使民乐趋其事可矣。臣按已上诸事，皆须集合众力，无论一身一家，一邑一郡，不能独成其功，即百举一毁，尤足偾事。唐开元四年夏五月，敕委使者详察州县勤惰者，各以名闻。繇是连岁蝗灾，不至大饥，盖以此也。臣故谓主持在各抚按，勤事在各郡邑，尽力在各郡邑之民。所惜者，北土闲旷之地，土广人稀，每遇灾时，蝗阵如云，荒田如海，集合佃众，犹如晨星，毕力讨除，百不及一，徒有伤心惨目而已。昔年蝗至常州，数日而尽，虽缘官勤，亦因民众。以此思之，乃愈见均民之不可已也。

备蝗杂法有五：

一、王祯《农书》言蝗不食芋桑与水中菱芡，或言不食菉豆、豌豆、豇豆、大麻、麻、芝麻、薯蓣。凡此诸种，农家宜兼种以备不虞。

一、飞蝗见树木成行，多翔而不下；见旌旗森列，亦翔而不下。农家多用长竿，挂衣裙之红白色光彩映日者，群逐之，亦不下也。又畏金声炮声，闻之远举。总不如用鸟铳入铁砂或稻米，击其前行。前行惊奋，后者随之去矣。

一、除蝗方。用秆草灰、石灰灰，等分为细末，筛罗禾谷之上，蝗即不食。一说极畏菜油，洒之水上即不渡，洒之田间即不下。

一、傅子曰：陆田命悬于天，人力虽修，苟水旱不时，一年之功弃矣。水田之制由人力，人力苟修，则地利可尽也。且虫灾之害，又少于陆，水田既熟，其利兼倍，与陆田不侔矣。

一、元仁宗皇庆二年，复申秋耕之令。盖秋耕之利，掩阳气于地中，蝗蝻遗种，翻覆坏尽。次年所种，必盛于常禾也。

捕蝗之议

(原稿眉注：每款平起，下低一字如前式。)宋董煟议：

一、蝗在麦田禾稼深草中者，每日侵晨，尽聚草梢食露，体重不能飞跃。宜用筲箕栲〈栳〉之类，左右抄掠，倾入布袋，或蒸或焙，或浇以沸汤，或掘坑焚火，倾入其中。若只瘗埋，隔宿多能穴地而出，不可不知。

一、蝗最难死，初生如蚁之时，用竹作搭，非惟击之不杀，且易损苗。莫若只用旧皮鞋底，或草鞋、旧鞋之类，蹲地掴搭，应手而毙，且狭小，不损伤苗稼。一张牛皮，可裁数十枚，散与甲头，复收之。虏中闻亦用此法。

一、蝗有在光地者，宜掘坑于前，长阔为佳，两旁用板及门扇接连八字铺摆，却集众用木枝发嗷，捍逐入坑。又于对坑，用扫帚十数把，俟有跳跃而上者，复扫下，覆以干草，发火焚之。然其下终是不死，须以土压之，过一宿乃可。（一法先燃火于坑，然后捍入。）

一、捕蝗不必差官下乡，非惟文具，且一行人从，未免蚕食里正。（其里正又只取之民户，未见除蝗之利，百姓先受捕蝗之扰，）不可不戒。

一、附郭乡村，即印捕蝗法，作手榜告示，每米一升，换蝗一斗，不问妇人小儿，携到即时交支。（如此则回环数十里内者，可尽矣。）

一、五家为甲，姑且警众，使知不可不捕。其要法只在不惜常平、义仓钱米，博换蝗虫。虽不驱之使捕，而四远自辐凑矣。然须稽考钱米必支，倘或减克邀勒，则捕者沮矣。（国家贮积，本为斯民。今蝗害稼，民有饥殍之忧，譬之赈济，因以博蝗，岂不胜于化为埃土，耗于鼠雀乎?）

一、烧蝗法。掘一坑，深阔约五尺，长倍之，下用干柴茆草，发火正炎，将袋中蝗虫倾下坑中，一经火气，无能跳跃。此《诗》所谓"秉畀炎火"是也。（古人亦知瘗埋可复出，故以火治之。事不师古，鲜克有济，诚哉是言。）

山东巡抚李长庚捕蝗（法）议：

一、备捕蝗之具。蝗之初起，利用薄鞋底打之。其面廓，则蝗伤者多；其面软，则禾伤者少。及后禾长茂密，须张网罗之，閧赶使自投入。至于小蝗，则能跃不能飞，欲打不胜打，只于地头掘壕，共驱之入可也。

一、议督蝗之人。（夫）蝗之将来也，（已食邻人之有，而犹曰于己与也，独不思蚕食至乎?）各有司出示严谕，凡民间救人者，正所以自救。一处有蝗，群一里之众，聚族合党，结队而出，不论尔疆我界，务尽而止。然须掌印官亲自巡行督派，方为有济。毋得委之佐贰，况里胥乎？尤宜严禁。

一、立治蝗之令。今后各有司出示，凡百姓（有）告状者，责令纳蝗若干方准。有犯罪者，杖笞以下，责令纳蝗若干准赎。其死蝗用盐水煮过，以备查验。家有积蝗一石者，准赏谷一石。如蝗起不捕，即为惰农，以后即有赈恤，亦不加施。其有司官员尽心督打，总计积蝗数多者，注考登荐；坐视不理，转委佐贰，虚文塞责者，指名参究。

一、积贮蝗之所。夫蝗死不二日便烂，嗅之多有生病者。各掌印官行令送到，即时用盐水煮过，晒干收入，以备查验。倘或遇饥，磨作细末，和糠秕食之，不犹胜草根木皮乎？于贮蝗之中，兼以备荒，是或一道也。

一、恤被蝗之家。各掌印官亲暗记之，待加厚济。至其地前，或另布菉豆、荞麦等种，或令之种菜，庶不虚此地利也。

一、除育蝗之种。夫飞蝗之为患小，而小蝻之为害大。查遗种之处，地面未有无孔者，须勒令铁锥或尖竹取之，但用力稍细，宜倍赏之。须察其带土有胞络者，方是地中物，不然则从死蝗剖腹取者。各掌印官宜查验分别，以除蝗种。

一、塞生蝗之源。夫蝗之初生，率于洼下之处，其种原多，渰则为蝗，从来然也。往率自北而南，则天津一带其地也。今则自南而北，则汶上诸湖其地也。该府属州县起功浚深，令泉深不枯，而天雨可注，则悠久之计，非止今日也。

（海盐）太守钱琦议：（某伏枕之余，闻）飞蝗（如广陵之潮，汹汹薨薨，）蔽天（塞野。乡村细民），村民惟知赶逐，幸其去己之田，不知虽去己之田，而亦害他人之田，正孟氏所谓以邻为壑者。（且来而逐去，逐而复来，聚散环迴，何所底止！此惟侥幸目前，支障于旁罅微隙，而不思遏其归、殄其类为上策耳。诗不云乎"相彼蟊贼，秉畀炎火"？《唐史》太宗吞蝗、姚崇捕蝗，昭昭也，夫何俗人不悟？或以烧捕为不仁，或以察告图幸免，然则将坐视其恣睢饱食，殄荡禾苗，而不为一驱逐也耶？愚亦甚矣。某虽屏退家食，然从大夫之后，见一方利病，义不敢隐。伏望严加禁约，多出教谕晓乡村，少处则蝗必附于苗，不拘男妇，各持一口袋捕之；多则依董煟《救荒活民书》，以粪箕聚之，以皮鞋扑之，或随处掘坑，驱置其内而焚之。）闻日捕必于清晨，此时蝗翼沾露，不能纵飞，捕之易也。夜捕则用炎火，盖积枯草，焚之田岸，蝗睹光群聚，乃就而焚之也。仍乞谕晓，凡捕者，悉送仓验量籍记，且候申奏，有一分作一分蝗灾，减蠲税粮。其有乡村不曾捕蝗送验者，虽颗粒无收，税粮不与减免。则乡民晓知利病，所存聆风腾跃，竞相扑捕，不数日而蝗可尽矣。（某昔过淮，闻捕蝗之令，能捕一石者，官给谷三斗。此在当路高明裁决，区区东野之人不敢与知也。）

会稽令周灿然议：蝗虫生发，于捕获之中，兼行续赈之法。每区先发官米四石，付本区任事文学赍诣各厂。除老病残疾力不任捕者，每日仍给粥米二合，余俱听纳蝗一斗，给米一升，不拘多寡，登时给发。所交蝗虫，类贮本厂，蒸晒固封，以凭吊验。其官米候温米到日，再行酌给。第终属有限，念有田富户，蝗灾实系剥肤，若置膜外不闻，坐使秋成失望，噬脐何及！悔之晚矣。当听司赈劝谕，再发米每亩半升，贮厂收蝗。是以升斗之捐，易仓箱之庆，其利较然。且以急己之思，行济人之术，为德甚便。

祁彪佳议：（顷乡间言蝗害者纷至，诚不可不力劝民捕之。）捕蝗之法，莫妙于（台谕）收买（之法）。但令乡民入城送官，旷时多费，恐不乐趋。（众议）宜以德行文学下乡，会本地耆民，赍现发银米，作速收捕，或可为立尽之道。至于文学，（祁彪佳议：捕初出之蝗，为力稍易，为利最溥，万望老父母俯听愚言，将现在之米十八石，委德行文学，载之舟中，亲至各村察访。倘有蝗蝻，即令停舟收蝻，现给升斗。在我则杜患，在彼则济饥，人未有不乐从者。至于德行文学，治某敢荐二人，其一为陆曾烨，其一为金式玉。皆能从民生起见，以实心行实事者。近如病坊、粥厂，俱竭诚担荷，辄有成效。老父母）宜延之署中，温言礼待，且给与大牌一纸、印簿一扇，俾察有蝗之处，召集里总，公同收蝗瘗埋，散米充赏，即登记印簿，事完汇缴。（其收赏之数，视老蝗可以稍轻，大概以升米易斗蝗可矣。并求拨给大河舡一只，人米同行。其舡直，待事竣勾拘日期，令埠头量为帮贴两生并从人食用。倘无别项可给，不得不量取米数，然亦有限。）如此行之，庶几蝗灾有尽绝之望。若只在城收买，止近城者藉此索赏，乡僻之处，为害方张，无肯问也。且小民但知贸利，不知绝害，此必使一方罄尽，乃有济于农事，否则空费银米，其祸复烈。故有非沿村察捕不可者。又议得今年粥厂（祁彪佳记辛巳夏粥厂），初期两月。后因秋成尚远，再延二十日，原属格外。今除妇女病夫外，其余令纳蝗一升，方许入厂食粥，似于救饥捕蝗，一举两得。

救荒全书卷之十一　应变章一

凡二十八则

擅发一　借拨二　就食三　劝囤四　持法五　用恩六　禁抢七　治盗八　纳爵九　赎罪十

应变之一　擅发

谕一　例无　诏三　案十五　疏无　议无

当民命呼吸时，赈救之道，不争多寡而争先后。前贤所以擅发者，诚以民为重，则一身轻，何难以一身全数万之民命？汲长孺之后，踵行之者不少矣。然必酌国储之盈亏，权时势之缓急，利于民亦利于国，而后行之可无弊。若不为之深计，而仅以博名，贤者不为也。辑擅发第一。

擅发之谕

洪熙元年六月，河南新安知县陶镕奏：县在山谷，土瘠民贫，从来薄收，去年尤甚。今民食最艰，採拾不给，欲申明待报，而民命危在旦夕，已先借粮一千七百二十八石给之，俟秋成还官。上谓夏原吉曰：知县所行良是。朕闻近年有司不体人情，苟有饥荒，必须申报，展转的实，赈济失时，民多饥死。陶镕先给后闻，能称任使，毋拘文法，责其专擅。

擅发之诏

宋孝宗乾道间，知温州赵舆可，以支常平钱五百贯并系省钱五百贯赈给被灾人户，自劾。诏曰：国家积常平米，正为此也。可赦罪。

宋宁宗庆元初，赵汝勚知当涂。时岁饥谷贵，乃即开仓散米万斛，一邑获全。事闻，诏他郡依汝勚赈恤法。

宋宁宗嘉定间，知广德军耿秉田，因岁歉，发仓赈济，活饥民万余，自劾矫制之罪。上闻之，赐玺书褒异。

（原稿眉注：入擅发案。）张侍郎溥知楚州，会岁饥，贻书发运使，求贷粮不报。因叹曰：民转死沟壑矣，尚待报耶？乃发上供仓粟赈之，所活以万计。因上章待罪，降敕奖谕。

（原稿眉注：入擅发案。）钱秘监昆知梓州时，会岁旱歉，民多流移，大发常平粟赈之而自劾。释不问。

（按：以上两条，抄本直接并入“擅发之案”。）

擅发之案

汉武帝时，河内失火，延烧千余家。上使汲黯往视之，还报曰：家人失火，屋比延烧，不足忧。臣过河南，贫人伤水旱万余家，或父子相食。臣谨以便宜持节，发河南仓粟以赈贫民。臣请归节，伏矫制之罪。上贤而释之。

（董煟曰：古者社稷之臣，其识见施为，与俗吏固不同也。黯时为谒者，而能矫制以活生灵。今之太守，号曰牧民，一遇水旱，牵掣顾望，不敢专决。）

汉明帝时，王望迁青州刺史，甚有威名。时州郡灾旱，百姓穷荒。望行郡，道见饥者，裸衣草食五百余人，愍然哀之。因以便宜，出所在布粟，给其廪粮，为作褐衣。事毕上言，帝以望不先表请，章示百官详议其罪。时公卿皆以为望之专命，法有常条。钟离意独曰：昔华元子反，楚、宋之良臣，不禀君命，擅平二国。春秋之义，以为美谈。今望怀意忘罪，当仁不让，若绳之以法，忽其本情，将乖圣朝养育之旨。帝嘉意议，赦而不罪。

第五访少孤贫，常佣耕以养兄嫂，有闲暇则以学文。仕郡为功曹，察孝廉。补新都令，政平化行。三年之间，邻县归之，户口十倍。迁张掖太守。岁饥，粟石数千，访乃开仓赈给，以救其敝。吏惧谴，争欲上言。访曰：若上须报，是弃民也。太守乐以一身救百姓。遂出谷赋人，顺帝玺书嘉之，由是一郡得全。岁余，官民并丰，界无奸盗。迁南阳太守，去官拜护羌校尉，边境服其威信。

祁承㸁曰：饥民待命顷刻，生死攸分。发粟赈饥，如乳母之哺婴儿，啼声方至，母怀已开，更何处可容思维拟议？有意惠民，已落第二念，况能计及于一官之得失，一方之利害哉！后人慎毋以前贤擅发为嗽名也。

郑默为东郡太守。值岁荒人饥，默辄开仓赈给，乃舍都亭，自表待罪。朝廷嘉默忧国，诏书褒叹，比之汲黯。班告天下：若郡县有此比者，皆听出。

（与我共此民者，惟二千石乎！急民发粟，原非矫制，乃后世反借以为美名，则尽失古人救民之意矣。）

舒仲应为沛相。岁大旱，江淮间民相食。袁术以米十万斛与为军粮，仲应悉散以给饥民。术闻，怒将斩之。仲应曰：知当必死，故为之耳。宁以一人之命，救百姓于涂炭。术下马牵之曰：仲应足足，独欲享天下重名，不与吾共之耶？

（赈荒不待报而发廪者，不可胜数。惟舒仲夺军与民，非有机权胆力者不能。袁术即能转念为重名计，亦一智汉。）

员半千调武陟尉，岁旱，劝令发粟赈民，不从。令谒州，半千悉发之，下赖以济。刺史怒，囚之。薛元超让曰：君有民不能恤，使惠出一尉，尚可罪邪？俄举岳牧。

（一尉政自难）

程师孟庆历中知楚、遂二州，提点夔路刑狱。属岁大饥，孟行部，以常平粟赈民，尤不足，即奏发仓以济之。吏劝须报，孟曰：本道至都五千里，报至则民殍矣。遂活饥民四十余万。

苏耆充陕西转运使。景祐中，洛阳大旱，谷贵，百姓饥殍，京东转运使无以为赈。洛阳留守移书求耆粟二十万斛，遂移文陕西，如数与之，仍奏于朝。同职谓耆曰：陕西沿边之地，屯军甚众，粟若有余，止可移之以实边郡，奈何移之别路？耆曰：天灾流行，春秋有恤邻之义。生民皆系于君，无内外之别，奈何知其垂亡而不以奇赢赈恤耶？苟有输运，耆当自谋，必不以此相累。朝廷甚嘉之。

（有分地无分民，当事自应切一体之念。）

范讽通判淄川，是岁春大旱，六月始雨，民乏食。讽行县至邹平，发官廪贷民。县令争之，讽曰：令无与也。即贷以万斛。比秋，民皆先期而输。

（虽是师古人之意而行之，难在郡佐而能独行其意。）

范纯仁知庆州，是时秦中大饥，饿殍满路，官无谷以赈恤。纯仁欲发常平封椿〔桩〕粟麦济之，州郡皆欲俟奏请得旨而后散。纯仁曰：人七日不食即死，何可待报？诸公但勿预，吾宁独坐罪。（时一路洊饥，耕）

杨逸为光州刺史，荒歉连岁，以仓粟赈给，有司难之。逸曰：国以人为本，人以仓为天。以此获戾，乃所甘心。

李昂知青州，值岁大饥，昂捐帑分粜。复愀然曰：民已枵腹，行将填沟壑，其何及耶？遂不俟请，开廪以赈。不足，复移岁输助之。继劝富民粟，为粥以饲饥者。全活甚众。既而法吏以不请论，昂叹曰：民既生全，罪复何憾！自劾乞罢。上下部议，诏所移粟与输官同，特加奖慰。（昂尤虑饥馑后民不能耕，循行阡陌，贷与之具。其惸嫠无告者，辟庐栖之，时给服食，问吊药檖。建漏泽园于关北，俾道殣者托瘗焉。流移复归，外封附者辐辏，博兴一邑，至占三千余户。父老叹曰：不图今日，复见富公。）

（此公救荒无大作用，然亦有实济，至荒政后循行阡陌一着更好。）

洪浩〔皓〕为秀州录事，值岁饥，借用所掌发运名钱物。钱且尽，会浙江纲常平米斛四万过城下，皓遣使锁津栅，谕守使截留。守噤不肯，曰：此御笔所起也，罪死不赦。皓曰：民仰哺当至麦熟。今腊尤未尽，中道而止，则如勿救。宁以一身易十万人命。竟留之。

成化（二十一年）间，广东肇庆大水。左布政使陈选驰奏灾伤未报，便宜发粟赈之。

项襄毅公忠为陕西按察司。时陕洊饥，斗粟千钱。有司方请赈，公曰：民腹枵就毙矣，请而赈，毙将安待？赈不俟请，罪在臬长，宁以一身活此一方民。亟檄郡邑，大发粟分赈之，而后上闻。民赖以苏者百万计。

应变之二　借拨

谕一　例二　诏无　案无　疏无　议无

被灾之处，各为其地方，即邻近丰收，亦仅召商、告籴已耳。若夫借拨之法，非王者大道为公，岂能得此？成、弘之治，过于文、景，即是可征矣。辑借拨第二。

借拨之谕

成化四年（九月）圣谕：湖广、江西上年灾伤，曾将文武官员人等俸粮存借赈济，有收之处，许令照旧关支。今年灾伤去处，人民阙食，巡抚、巡按等官即督所司取勘赈济。如本处阙粮，即于邻近有粮去处借拨，丰年抵半还官。如邻近州县俱各阙乏，无可措置者，即奏闻区处，不许坐视。

借拨之例

成化六年，勅差堂上官二员，往顺天、河间、永平、真定、保定等府灾伤地方，设法招抚赈济。如本处仓粮缺乏，许于附近通州（、天津、涿州、保定）[等]处仓分量给（及）搬运接济。其一应差徭，俱暂优免。

嘉靖十八年，令将新运停泊天津应派通仓漕粮，拨八万石运发蓟州，转运山海。令山海以东应赈人户，自来搬运。其广宁、辽阳、金、复、盖隔远处，于真、保地方易买赢头，就令辽阳见调蓟州防秋步军回日顺带驮运备赈。

应变之三　就食

谕无　例无　诏一　案二　疏无　议无

移民移粟，战国行之矣，乃移粟难而移民易。汉高即此一令，宜其有天下也。惟是移民则开流徙之端，使就食处拊恤无法，恐大之为李蜀之窃踞，小之为刘千斤、石和尚之剽掠矣。故（次之于附流之后）[必善拊流移]，乃使贫民得以更生，地方可无他患。辑就食第三。

就 食 之 诏

（数年后）汉武帝时，山东岁不登，人或相食，方一二千里。天子怜之，诏曰：江南火耕水耨，令饥民得流食江淮间。欲留之处，遣使冠盖相属于道护之。下巴蜀粟以赈之。

就 食 之 案

汉兴，接秦之敝，诸侯并起，民失业作而大饥馑，米石五千，人相食，死者过半。高祖乃令饥民就食于蜀。

汉武帝河平四年，赈贷濒河郡水伤不能自存者。避水他郡国，所在冗食之。（冗散廪仓，使生活，不占著户，给役使也。）

应变之四　劝囤

谕无　例无　诏无　案三　疏一　议二

米价高翔之时，设有囤藏以待价者，宁非法之所必加？古人所以有闭籴之禁也。然劝之不得其法，徒为衙役、地棍一番需索，而其囤藏也乃益坚。盖将荒之际，惟恐其囤之不多，及于事势孔亟，则当于缓急贵贱之间，以善巧方便，夺民命于将危耳。囤而系之以劝，固知有法惩之不可者。辑劝囤第四。

劝 囤 之 案

令狐文公守兖州，时境方旱，米价甚高。延吏至公署，问米价几何，州有几仓。问讫屈指独语曰：旧价若干，四仓各出米若干，定价粜则可以赈救矣。左右听之，流语达郡中富人，竞发所蓄米，价方平，人心欣然得安。

（暂一言之，可略平一时之腾踊，然转盼仍复倍增。此必须有一实着以及民乃可。）

苏缄绍兴初为南城令。岁凶，里中藏粟者固闭以待价。缄籍得其数，先发常平谷，定中价粜于民，揭榜于道曰：某家有粟几何，令民用官价籴。有勒不出及出不如数者，挞于市。以是民无艰食。

赵不息改成都转运判官。适岁饥，不息行抵泸南，贷官钱五万缗，遣吏分籴。比至，下令曰：米至矣。富民争发粟米，价遂平。

劝囤之疏

南宋刘义康疏：东土灾荒，人凋谷踊，富商蓄米，日成其价。宜班下所在，隐其虚实，令积蓄之家，听留一年储，余皆勒使粜货，为制平粜价。此所谓常道在于百代，权宜用于一时也。又缘淮岁丰，邑地沃壤，麦既已登，黍粟行就，可折其估赋，仍就交市三吴饥人，即以贷给，使强壮转运，以赡老弱。

劝囤之议

会稽令周灿议：米价高翔之时，有米囤户，即当发粜。恐为富不仁之流，积米待价，米价何繇而平？（本县特）多方体访，其各图有米之家，俱已通知，（尔等）囤户除自给外，速将余米照依时价，于二月内发粜（抄本作“粟”）一半，余一半于三月中尽行发粜，使贫民可接麦秋，不至流离失所。内有好义，愿减价平粜者，（呈□本县）核实旌奖。如尚坚闭不发，（本县）则亲勘搜出，或被人具首，定行吊贮常平仓，入官赈济。

祁彪佳议：近因米贵，有议搜囤减价者（之说），（不有）此议断难（于）举行（者）。盖不但价不可减，而乡间实无多囤之殷户，但禁其他贩，（贩）则此米在越，终为越用，何必急急搜之？（况搜之于冬春间犹可，而非所论于瓶罄罍耻之日也。）此法一行，徒为奸牙取利，而无毫末之益于救荒。（治某）愚见今日断断以召商通籴为要紧一着，不宜只在两邑之中，与民间争尺寸高低之价值也。（祁彪佳议：乡间囤户或有余米，但可概行劝谕，不可指定姓名，须拟小示以劝之。若必使其知惧而发粜。）若必不得已，欲行劝粜，则宜唤坊长、里长，令其到私衙密报。报者密书，一进一出，不令共知，亦不可先期称报囤户，但托言别项公事，使其不得预行需索。（然此须善巧行之，若行之不善，宁若勿行为妙。

祁彪佳议：劝屯惟有公报一法，但若票押令报，必滋需索。须骤呼里役，令其密闭而）即囤户姓名，勿露于牌示，恐奸民（便不得）藉之为口实（，市上或当有发粜者矣）也。（而）各囤户人人怀畏，皆以为已报在官，恐过限而如法追没，自然竞出发粜（，市上不患无米矣）。此须善巧行之，若行之不善，不若勿行为妙。

应变之五　持法

谕一　例无　诏无　案二　疏一　议一

岁荒民饥，苟无以约束之，则奸宄蜂起。攘夺，其猝起之萌者也；盗贼，其已成之势也。攘夺不已，必为盗贼，而其端皆起于讹言孔将、好莠自口之辈。豮豕牿牛，盖为此耳。救荒固出于慈爱，然非煦煦以见小惠也。必肃申法纪，使人无越志，而后可以行吾之救恤。威与惠，原有互济而不得偏废者。辑持法第五。

（长州令夷度祁公议）

持法之谕

万历十七年，敕给事中杨文举，内载：倘有无知恶少，乘机啸聚，假名劝借，公行抢夺，甚至拒捕伤人者，尔即同巡按官遵照先次谕旨，擒拿首恶审实，一面枭示，一面具奏。若府州县官有纵容隐匿者，从实参奏。

崇祯十四年，以应天巡抚黄希宪奏，奉圣谕：奸民借饥倡乱，该抚按即遵旨严行禁治，不得踈纵。其平枭旌赏条格，该部酌议具奏。

持法之案

抚州大饥，黄震以通判绍兴起知州事，单车疾驰中道，约富人耆老集城中，毋过某日。至则大书"闭粜者籍，强籴者斩"，揭于市。坐驿舍署文书，不入州治，不抑米价，价日损。亲煮粥，食饥者。请于朝，给爵赏旌劳者。而后入视州事。转运司下州籴米七万石，震曰：民生蹶矣，岂宜重困之？以没官田三庄所入应之。（升提举平仓司。旧有结关拒逮捕事，系郡狱二十有八年，存者十无三四。以事关尚书省，无敢决其狱者，以结关为作乱也。震谓结关犹他郡之结甲也，非作乱比，况已经数赦。于是皆释之。新城与光泽地，犬牙相入，民夹溪而处，岁常忿斗争渔。会知县事蹇雄为政扰民，因相结拒起焚掠。震乃劾罢雄，谕其民散去。初，常平有慈幼局，为贫而弃子者设，日久名存实亡。震谓收哺于既弃之后，不若其未弃保全之。乃损益旧法，凡当免而贫者，许吏胥请于官赡之；弃者许人收养，官出票给所收家。成活者众。）

（未下车而中道约耆老，已入境而驿舍署文书，真是拯溺起焚、褰裳濡足之意。若其大书"闭粜者籍，强籴者斩"，只此八字，尽救荒之要。）

辛弃疾帅湖南，属江右大饥。弃疾赈济榜文，止用八字，揭之通衢，曰：闭籴者配，劫禾者斩。（次令尽出公家官银钱器，召官吏、儒生、商贾、市民，举有干实者，量借钱物，逮其责领运籴，不取子钱，期终月至城下发粜。于是连樯而至，其直自减，民赖以济。时信守谢源明乞米救助，幕属不从。弃疾曰：均为赤子，皆王民也。即以米舟十之三予信。）

祁承爜曰：（此真赈济乎？）大较岁凶之际，小民谋生，无所不至。惟前予以必生之路，始可后愓以必死之条，惠溥而乱自戢。（黄震之知抚州，救饥之约，惟大书"闭粜者籍，强籴者斩"，揭于市，不抑米价，价为日损。此古人之成效，司牧者所当究心。）

持法之疏

宋司马（温）文正公光疏：臣闻《周礼》荒政十有二，散利、薄征、缓刑、弛力、舍禁、去几，率皆推宽大之恩，以利于民。独于盗贼，愈更严急。盖以饥馑之岁，盗贼尤多，残害良民，不可不除也。顷年官吏不知治体，务为小仁，或遇凶年有劫盗斛斗者，小加宽纵，盗贼公行，更相劫夺，乡村大扰。不免广有收捕，重加刑辟，或死或流，然后稍定。今若朝廷明降敕文，预言偷盗斛斗，因而劫财者，与减等断放，是劝民为盗也。百姓乏食，官中当轻徭赋，开仓赈贷，以救其死，不当使之自相劫夺也。今岁水灾极多，严刑峻法以除盗贼，尤恐春冬之交，饥民啸聚，不可禁御，又况降敕以劝之？臣恐国家始于宽仁，而终于酷暴，意在活人，而杀人更多也。

巡抚应天都御史黄希宪疏：积储固是预备，劝惩尤贵严明。盖江南民性，多险善动，不可驯制。乘疲剧之时，百十奸人，簧口鼓煽，一时群应，遂至燎原。惟愿我皇上严必行之法，重不赦之条，则奸民不敢玩视长上，逞厥不轨。即如苏郡之承天寺，于正月十七日午刻，急聚奸民二百余人，抢掠僧众，而举火焚其二门，合城震动。臣即审明正法，其余七名，量行责儆，发保领回，一时远近帖然。此亦奉禁抢新纶之明验也。嗣后敢有藉饥倡乱，定以重法绳之，以信明旨。

持法之议

长洲令夷度祁公祁承𤏲议：（人心不同，有如其面。故）饥荒之时，乘机而曹为议，因事而曹为咻者，皆窥上意指，而以自逞其决藩扞网之雄心者也。（昔卫鞅立法，而民间始言不便，后复言便。鞅曰：言便与不便者，皆乱民也。而一切置之法。此无他，盖一意以力持为主，故法立而莫之敢玩也。况当人情汹汹之际，众论纷纷之时，镇之则自定，劝之则愈淆，故有）如一二无赖之民，犯法而甘为徇，指借贷以望入腹，非不春春（抄本作"眷眷"）动矣，然才一绳之，如鸟骇鼠散，易为力也。其有借事以陈言，因众而快已，肆其不根之语，布为匿名之帖，此其诡谲不情，藐视法纪甚矣。如廉得其人，必置之法，无少贷也。不则兀然不为所动，惟持一画一之法以示之耳。（昔董□□为上地守，过山涧而叹曰：使吾法之无赦，如入涧之必死也。则人莫之敢犯也。何为不治？此今日荒政之要剂也。）至于里巷乡落之民，虽有嚣然思动之心，惟在安戢有方而已。（昔河朔大水，流民就食京东者不胜数。富郑公择公私庐舍十余万区，散处其人。劝所部民出粟，以佐官廪之乏。凡活五十余万人，募为兵者以万计。夫处流移不可诘之众，犹且截然，而况境内之民乎？则奉上三尺以宣布德意，本县有不敢自诿矣。）

应变之六　用恩

谕无　例无　诏无　案六　疏无　议无

救荒之法用严，昔贤言之已屡，然亦有无知之宜宥，协从之宜宽者。若专恃搒击，恐伤元气。救荒如治病，因病发药，或补或攻，皆所以去病也，不得谓严者是而宽者尽非也。辑用恩第六。

用恩之案

宋太宗时，两京、江浙大饥，民多相率持杆棒投胜富家取其粟，坐强盗弃市者甚众。蔡州民张绪等二百一十八人皆当死。知州张策、推官江嗣宗共议取其为首者杖脊，余悉论杖罪，以其事上闻。帝感悟，下诏褒之，又令本州大发廪以赈饥民。遂遣使分诣诸道巡拊（抄本作"行"），自临遣，语之曰：彼皆平民，因艰食，强取糇粮以图活命耳。若其情非叵测，悉为末减法，不可从强盗之科。其凶狠难制，为患闾里者，始便宜从事，务于除恶。由是获全活者千计。

陈从易在真宗时知处州。时岁饥，有持杖盗发囷仓者，请一切减死论，于是全活千余人。

王尧臣知光州，岁大饥，群盗发民仓廪，吏以法当死。尧臣曰：此饥民求食尔，荒政之所恤也。乃请以减死论。其后遂以著令，至今用之。（按：原稿其后删除文字，系前文"陈从易"条。此略。）

马寻明习法律，皇祐四年，知襄州。会岁饥，或群入人家略囷粟，狱吏鞫以强盗。寻曰：此脱死耳。其情与为盗异。奏得减死论，遂著为例。

董熠曰：荒政除盗，亦当原情。顷有尹京者，以死囚代为盗者，沉之于江，此最为得策。盖凶荒之年，强有力者好倡乱，须当有以耸动之，使远迩自肃之为上。不然，则群聚而起，杀伤多矣。

（原稿眉注：入用恩案。）陈龙学从易知处州，岁饥，有持杖盗杀发囷仓者，请一切减死论，于是全活者千余人。（按：此条与上文重合。）

周济守安庆，时郡中三岁不登，（以子女易食者，满载而南，无虚日。济至，即命止其舟，借漕运粮以济之。子女得存者，不下万余。闽中寇起，天下骚动，安庆）贫民（亦）欲乘势为乱，乃聚众强取。富民以盗讼于官，济曰：此非盗也，乃贫耳。即碎其状，晓于贫民曰：得其谷者报以数，吾代偿之。贫民闻之感愧，遂解散。（周文襄公巡抚诸郡，独虑安庆，岁必数至为综理。自济下车之后，曰：我无安庆之忧矣。）

祁承㸁曰：碎状非救荒之法，即代偿之语，亦黄叶之止儿啼。（断不可以为实语，即以为实，饥民愈无法矣。）暂一行之，必有一番不测之恩威，乃可使奸宄摄伏。

景泰四年，苏、松民饥，乞粟富家不与，遂火其居，蹈海以避罪。时遣大学士王文往讯之。文以谋叛连坐五百余家，众皆畏势莫敢发。大理寺卿薛瑄抗章辨雪，文亦悟其非，获免者甚众。

应变之七　禁抢

谕无　例一　诏无　案四　疏二　议六

奸民乍起，盖亦迫于饥寒，非遂有变乱之心也。然驯此不已，必致造斩木弄兵之祸。故禁抢者，当禁之于其早。凡以借贷为名，便是抢夺之始，侦探捕擒，岂容俟告发之后乎？然或百十为群，倘致当场格斗，即已势成骑虎，故待其散之委巷，此时各不相顾，密布兵役，擒此易易耳。人赃现获，必申立毙之刑，彼自云飞鸟散。一经解散，即与安静，虽有余党，一切宽之，是杀一二人所以安千万人也。倘在前擒治不严，使之效尤，溃决将来，损伤必多。况乎告讦供攀，弊端百出，岂非宽（一二人，所以危千万人也）之者适所以害之乎？然必预计赈施，先示存恤之意，如晦翁所云者，使穷民感则奸民无从鼓动，尤为弥戢之首务耳。辑禁抢第七。

禁抢之例

万历十六年，直隶、江浙大饥。南通州数百人邀抢米麦人船。余千县数百人抢民间粮食。昌国卫军人因放粮稍迟，即将卫官围拥，仓官稇射。慈谿县生童二三百人，拥入士夫之家，迫胁借贷。事闻，命抚按严法惩警首恶，以靖地方，尤当弛平籴之令，禁遏籴之风，以甦民困。

禁抢之案

乾道间，饶郡大饥，诸处啸聚，开廪劫夺者纷然。时通守柴瑾封剑付诸县曰：散为渠魁者，斩之。群盗望风遁匿。

淳熙十五年，德兴饥荒，民有剽掠道路者。县令曾棐廉得二人，锁项号令于地头，日给米一升，俟来年麦熟日放。盗贼由是衰止。

绍兴四年，乐平饥，村民携钞市米，山路遇亡命，缚而取之。邑宰杨简曰：此曹断刺则复为盗，配去则复逃归。断一足筋，传都示众。一境肃然。

许孚远作巡抚时，值民乱。有幕客言：当擒乱民，一次割左耳，二次割其右，三次斩之。公从其言，一割左耳而乱民即辑。

禁抢之疏

宋文公朱熹疏：访闻诸州府村落，已有强借劫夺之患。此在官司固当禁约，然亦须先示存恤之意，然后禁其为非，庶几人心怀德畏威，易以弹戢。若漫不加省，待其生事，然后诛锄，则所伤已多，所费又广。况其不胜，何患不生？乞降指挥，早拨上项钱数，使如臣者得以奉承布宣，遍行晓谕。即德意所孚，固有以销厌祸乱之萌矣。然后明诏安抚、提刑两司，察其敢有作过唱乱之人，及早擒捕，致之典宪，庶几奸民知畏，不至生事。

兵备副使林希元疏：（曰禁攘盗者，盖人有恒言，饥寒起盗心。荒年盗贼难保必无，纵非为盗之人，当其）年荒缺食之时，借于富民而不得，相率而肆劫夺者，往往有之。于此不禁，祸乱或繇以起。（《周礼》荒政之十二，有除盗之条。辛弃疾湖南赈济，严劫禾之令，正为是也。）然处之无方，（则禁之不止，）民迫于亡死，方且侥倖以延旦夕之命，岂能禁之（使不攘盗乎？臣昔至泗州，适江北大饥，盗贼蜂起。臣先赈济，次招抚，次斩捕。凡赈过饥民三千四百口，抚过饥民四百五十口，捕过抚而复叛饥民六十口，而盗始大靖。今各处灾伤重大，盗贼攘夺，难保必无。）？若官府赈济未及，必作急区处赈济，俾不至攘夺。若赈济已及而犹乱，是真乱法之民也，决要惩治。然不预先禁革，待其既犯，遂从而治之，是不教而杀，谓之虐也。必也严加禁革，攘夺者问罪枷号，（为盗者依律科断，如有过犯，不可轻宥。）甚则致之死，如此则人知警惧而不敢犯（，祸乱因可以弭）矣。

大学士丘浚议：（荒歉之）荒年（民间闭籴，固是不仁，然当此际米价翔涌，正小人射利之时也，而必闭之者，盖彼亦自量其家口之众多，恐嗣岁之不继耳。彼有何罪而配之耶？若夫）有劫禾之举，此盗贼之端，祸乱之萌也。周人荒政除盗贼，正以此耳。小人乏食，计出无聊，谓：饥死与杀死，等死耳。与其饥而死，不若杀而死，况又未必杀耶？闻粟所在，群趋而赴之，哀告求贷。苟有不从，即肆劫夺，自诿曰：我非盗也，迫于饥寒，不得已耳。呜呼！白昼攫人所有，谓之非盗，可乎？渐不可长，彼知其负罪于官，因之鸟骇鼠窜，窃弄锄挺，以扞游徼之吏。不幸而伤一人焉，势不容已，遂至变乱，亦或有之。（臣）愿明敕有司，遇有旱灾之岁，势必至饥窘，必先榜示，禁其劫夺，谕之不从，痛惩首恶，以警余众，绝不可行姑息之政。此非但救荒饥，乃弭祸乱之先务也。（然则富民闭籴）

绍兴太守王孙兰议：越郡今日救荒定乱之法，惟有三言，曰坊各赈坊、坊各护坊、坊各戢〈坊〉而已。推之各乡，亦犹如是。坊各赈坊者，通计三十九坊，各以本坊之大户，给赈本坊之穷民。穷民不得食，责在本坊之大户，听穷民公呈告府，以凭督催。坊各护坊者，各以本坊之穷民，守护本坊之大户。大户或被抢失，责在本坊之穷民，听各户公呈到府，以凭惩究。坊各戢坊者，各以本坊之乡约总甲，禁戢本坊之穷民。穷民出各坊鬨抢，责在本坊之乡约总甲，听大户公呈到府，以凭惩治。令下之后，限各坊乡约总甲，于三日内报成。至于通籴之谋，责在本府，当竭力设法，应期接济。其仓谷之现贮及籴米之继至者，俱候临期出示，行令各坊，给散平粜，事完缴报。乱民抢攘，此后惟有立置重法，令在必行耳。

会稽令周灿议：地方奸棍，乘机煽惑，致无知之民与喜事之辈，混乱鼓躁，大坏法纪。究竟止一二渠魁从中作祟，先行晓示，各宜猛省，速行解散。如再屯聚一方，谣言惑众者，预备探马，精选壮丁，每日令各方巡视，稍有变动，即行驰报。先发高脚牌一面，谕令附和及聚视闲人，作速散去。第二再发牌一面，令有身家之民，各出壮丁，齐集在彼。至第三牌，本县即督率各乡勇及素闲武艺之人，前来擒获。首犯先责一百板，即解（三院）抚按，直至死地。第一牌，尔等饥民原无叛志，一切附和及聚视闲人，尽皆散去，免至玉石俱焚。第二牌，抢夺乱民，法应擒治，尔等有身家者，即拔壮丁，伺候本县协拿。第三牌，仰各捕快乡勇，即随本县擒获乱民。

（会稽令）周灿又议：此番扰攘饥民，原自无多，只是奸棍数人，乘机倡乱，攫金报仇。其现经告发者，（逐名带齐，虚公研审，）分别首从，但协理法而止，并不株连，不许差役卖放一名。（如卖放首犯，许诸人出首，或原告证明，定将原役究革枷号。）其无对头告发之人，俱各寻生理，不许衙役白捕，乘风吓骗，违者（容）被害告发重惩。即被告讦而事（会稽令周灿议：饥馑为灾，抢攘见告，皆繇一二奸民鼓煽生乱，以致讦讼盈庭，非必人尽可诛也。本县虚公鞫审，既有怙终必刑之条，亦有灾眚肆赦之例。元凶而外，余悉概从宽政，乐与维新矣。乃内有未赴审者，向因畏法躲避，近闻原告且幸其在逃，自占本犯之产，差役复肆其形影，恣肆需索之奸，致令负咎者开释无门，归还无地。本县实重悯其无知以至此，合行晓谕：未到各犯，如有事）属株连，首犯已经审断者，悉许复还故乡，整理家业，前情概置不究，原告差役，不许逼诈。（敢有故违，定行重治。）

	罪自笞杖而至鬼薪城旦，五流之法，罪碍问革。									
端午	蒲剑	蒲龙	乾	坎	艮	震	巽	离	坤	兑
重阳	艾旗	艾虎	☰	☵	☶	☳	☴	☲	☷	☱

（山阴）孝廉杨璘（纪曰）议：越中辛巳入春连雪，（天地迷濛，益之苦雨凄风，）物情汹汹，（米价二两五钱，而市无半粒。至正月十六而乱作矣。千百成群，望门肆掠，城以内一日连劫十七家，城以外不可胜计。）不逞之徒，乘时煽动（，一郡鼎沸。幸公祖父母胆识坚凝，不为姑息养乱）。幸当事立时擒剿，（□□渠魁，号令余党，）众乃詟服（不敢动）。乃知应变贵速，成功惟断。（处天下事，当如是矣。）彼煦煦者方以为可矜可原，非奉糈以媚骄子，则闭户以保厥身。夫威不立而加恩，恩即乱阶；劳不著而求安，安为祸始。今日之事，要知俛首乞怜，饥民也；攘臂肆掠，乱民也。认定题目，是乱民而非饥民，则必有以处之矣。

祁彪佳议：大凡饥极之时，米铺、典铺一应闭罢，则刁民便藉口抢攘。宜每铺给一简切告示，令其照常贸易，米铺不抑价，当铺不减息。如有刁民强当强籴者，立刻取死，断不轻贷。庶使铺家得以安心，而刁民无所藉口矣。倘复有奸徒乘机肆抢，则必（祁彪佳议：越中仓猝变起，自宜用电掣风驰之手。自城中之擒治，乃一日而安静。今山乡僻址，与诸嵊接壤，尚有于念之一二。方行倡乱，□列械聚众，其横更甚。□得胆智如毕公祖，）密探其实，亲历数处，歼渠散胁，自得要领。（日前擒治之犯人，虽曾重责枷示，犹不足见威于城乡。）夫擒治不在于多，须取死一二以示警。姚江袁父母立殛数人，投尸江水，奸豪股栗，（可称霹雳手矣。会稽山中有因抢杀人者，其犯现□血□可证。乞老公祖檄促审谳，果系真情，则立赐正法，悬首藁街。杀一人而千万人可安，功德无量。）此其征矣。至于已经安静之地，正宜化有事为无事。近来抢犯，攀报甚多，刁徒乘机告讦，徒滋累扰，无益创惩，（伏乞俯颁□□，）须亟为禁止。倘或真正首恶，则必取通都通里公呈公结，府邑坐名迅拿。其抢犯之攀与一人之告者，悉宜存案不行。至广捕之牌无有坐名者，亟宜收缴。闻捕役借此需索甚多，是又一法立而一弊生矣，所宜亟为严禁者也。

应变之八　治盗

谕无　例无　诏无　案二　疏无　议三

因荒致盗，大略有三：有四方流民，地方官不为拊恤，遂致一时（猖獗）啸聚者；有（素为）闾里无赖（之子，不事生业，）乘机啸聚者；有初止借贷，渐至要夺，（及兹格伤官役，势不能已，铤而走险者，以）胠箧以始，揭竿终者。所当消弭于未形，殊胜收拾于横决。故盗不第于荒宜治也，而治之于荒为尤亟。盖荒则民轻其乡，鼓集最易。先之以解散，不得已而继之以薙擒，剿抚并用，恩威互施，当事者其惓惓焉。辑治盗第八。（守城书中已另有弭盗一集，今但辑入因荒而致盗者。）

治盗〈之谕〉

崇祯五年，圣谕：饥民啸聚，原与夷虏不同。果贼首伏诛，余党悔罪乞哀，何难招抚？但须体察真情，安戢有法。

崇祯八年，以山西巡抚吴甡奏，奉圣谕：化贼为民，不至胁民为盗，是消弭要着。酌蠲缓、请丁徭，俱已有旨。奏内分别地方，着户部查议速奏。

治盗之案

乐護授宣城知县，初至值岁歉，道殣相望，饥民相聚为盗，劫掠无虚日。護知其故，单骑径诣村落中，曲加抚谕。贼众喜曰：父母来矣，何以生我。相与感泣而散。遂遍历各村，咨访疾苦，计口类册，归即发廪赈济。置大牌数十面，上书乡贯，序列十余里，民以次由南门入，既给粟，从北门出，绝无停留侵冒之苦。（甚得赈济良法。善听讼，□郡县疑狱，监司多以委護。太平乡民有甲乙素善，戏相搏击，乙误中甲。甲归语其故，而妻与所私者夜杀甲，诬乙，抵死。台檄護覆视之。细阅案牍，见甲两耳后重伤，悟曰：岂有重伤若此，不即死而能归家，至夜始绝耶？此必同谋故杀诬人，以便己私者也。召甲妻诘之，具得其状，伏辜。乙得免死。其他平反多类是。）

（散赈之次第有法。）

（寺臣兼御史）钟化民以寺丞兼直指，救荒中州。先（救荒法，先）是，饥民啸聚，盘踞汝南各府山谷间，出没剽掠，几至燎原。当事者兢缉以兵，公念须单骑往谕。若片纸终难取信，乃撤兵卫，遍历寨栅，召其渠魁，宣上德意，（曰：圣天子万方哀恻汝等，寝食不宁，乃大发金，特敕本院到于地方，多方拯救。凡尔百姓，各有良心，乃是迫于饥寒，情出无奈，未奉敕谕特恩，嗷嗷不定。尔等宜相传说圣天子九重悯念，遣官赈济。我等小民，何福顶戴？必有咨嗟流涕，焚香顶拜，祝我圣天子万方无疆之寿者。且粥厂散银之法，尔等宜闻，必俟尔等麦熟方止。且尔民都是赤子，无知入井，岂忍复加以罪？即时解散，便做良民。若执迷不悟，自有法度，虽悔何及？今日正尔转祸为福之时，悟处便是天堂，迷处便是地狱，始迷终悟，便化地狱为天堂。尔其前思祖父，后念子孙，中保身命。）晓以利害祸福，至再至三。由开封历南阳、汝宁等各府，亲赈面谕，无不流涕感悟，环拜投戈，各归本土，吃粥领银，复为良民。

治盗之议

吏部主事贺灿然议：夫救荒要在弭盗。民而饥，人争怜之；民而盗，人争憝之。民而饥，止于填沟壑；民而盗，不能全首领。民而饥，互相保恤，贫者犹或延其喘；民而盗，群起攻剽，富者不能保其生。民而饥，患犹在民；民而盗，患且在国。此其害可胜道哉？顾与其弭之于后，不若禁之于前。有犯者辄重惩一二以警，而乱萌自戢矣。

刘世教议：牧之去，败群也；耕之薙，非种也。夫岂不慈？执实使然。今得无有不令之民藉口饥馑而辄肆其虿尾也者？（有如上之人重爱其力，而轻视其死亡，则亦何辞之有？乃今所极计而亟拯之者，即令其自为虑，曾不是过，而能无去之而薙之乎？）请先事制而防之。曰道路之禁。凡一切周行，画地而戍，五里一艘，五艘一裨校，十艘一偏校，二十艘一都尉。各警于其地，毋令宵人得以窃发；〈发〉则当其地者坐之，发而匿者罚。终月而无事则劳，终半岁则大劳，或俾之事任。曰荒野之禁。卒伍追胥，其人故非乏也，第令严侦焉。间有草窃攘夺，能合其人而绁之者劳，非追胥者倍，即不能亟以告而穷治焉。匿则罚，匿而有所私重罚。曰聚落之禁。狭者艘一，广者倍之，司以裨校其事，若赏罚视荒野。曰坊市之禁。城郭之间，干掫旧矣，然特故事耳。宜益申饬而加毖，或杀其地而得以时及可。夫如是不将有所加置，而重糜糗哉？曰：非然也，海艘之非汛而辍者，不可庸乎？其卒不可役乎？即廓之内外，不可令画地而戍乎？不费斗粟，不增一人，而尺地无弗严矣。然此第为探囊胠箧者备耳。夫氛祲者，明圣之所忧，而奸雄之所幸者也。今之民，非昔之民矣。（远弗不及，即迩之十岁前，而何其澩之甚哉！重以比者庙堂之上，百废百敝，岂其）草野之氓，（人尽聋瞶，）宁独无占风角，习谶纬，若唐之巢、宋之腊也者，窥伺于其间乎？无之，宗社之灵也。即万有一有之，非藿食者所敢深言也。

祁彪佳议：大荒之后，仅获有秋，此饥民之至幸也。乃稻黍在野，每被偷窃，小民终岁勤动，奸人一夕捲怀，八口奚资？三尺不贷。今除官法惩究外，宜各村自立团结巡察之法：

一、大坂有田数百者，即立团结一处，东、西、南、北，各安排舍。本坂计田若干，应费若干，照田公派。

一、中坂亦另一处团结，愿附大坂者听之。至于数十亩小坂，必须附大坂帮费，以便一并巡逻。

一、每舍着人看守处，一坂之中，仍每夜轮五人周围巡逻，每夜每人给工食银三分。若大坂路远，愿加人巡逻者听之。

一、巡夜人即种田之家，轮夜派觅。家丁不足，听其雇募。四人执械持灯，一人敲梆。遇有盗贼，即喊会四旁守舍之人，各在路口及河口兜拿，彼盗自难飞渡。从水路来者，夺其船只，更易擒拿。

一、巡夜人倘有怠堕贪睡以致偷割者，五人各罚银一钱，仍查轮派之家罚银五钱；如偷多则倍罚。若巡夜人内有监守自盗，与盗贼一体送官，仍加等治罪。

一、擒到盗贼，田主会同里邻佥具公呈送官。擒盗之法，当场伤折毋论，倘有反诬者，里邻公呈保质，不得坐视。

一、巡逻以八月十五日起，收割尽完之日止。本家收割已完，而本坂未尽完者，仍需在舍瞭望，派人巡警。不得止为己田，罔故众家之事。须本坂田家盟神申约。

一、本村宜照保甲之法，十家一甲，互相稽察。如有偷藏禾稻者，许两邻出首。倘为容隐，事发连坐，但不许因而诬陷飞烧。（窃苗窃稻，盗之类也。今附及之。）

应变之九　纳爵

谕三　例四　诏无　案一　疏五　议四

鬻爵非古也，然当岁歉民饥之际，少假以名器，而即可以苏无限之沟瘠焉，计亦仁人所不废矣。诸公所议，条例各有不同，要皆为救饥起见，可以参观而求济也。至于贺君之议，令纳多金，比于科甲，是又出于寻常事例之外者，（亦并存之）第存其说可耳。辑开纳第九。

纳爵之谕

成化二年，吏部尚书姚夔奏：南京兵部尚书李宾等，奉敕赈济南京流民，欲令官员军民子弟纳米，送监读书。国子监近因各处起送（□□□）纳草纳马生员，动以千计，已不胜滥。今又行此，将天下以货为贤，士风日趋于陋。上曰：祖宗设太学，教育人材，非由贡不得滥送。宾等此奏，古无此例。且天下财赋所出，其途孔多，学校岂出钱谷之所？礼部议是，其勿许。

成化九年，（罢山东入赀赈饥。）御史杨守随言：爵赏不可以无律，名器不可以假人。顷因山东灾伤，办事及寄名吏纳银免考，悉依资格选用。倖门一开，越次授职，荡无纪极，争相黩货，以规骤进。其于害政，莫此为甚。上批答曰：朕患吏道不清，严考试以为进退。今若募胥吏入资赈饥，免考登仕，是教吏贪也。御史言是，其亟罢此例。

成化十四年，巡抚宁夏都御史贾俊奏边储无措，请开纳银。十三道御史（堂堂天朝，富有四海，供输贡入，不可数计。使能量入而出，用一省百，则边储何患不充，军需何患不足，而为此卖官鬻爵之事？伏乞痛革前弊，别为经久常行之策，务使兵备不乏，名器不滥，旧章不紊，异议不生。疏上）争之，上曰：汉文帝从晁错备边之策，令人纳粟拜爵，后人惜其作俑。迩者有司以乏边储，又议行纳银事例，后世又将谓何？御史所言是也，宜一切罢之勿行。

祁彪佳曰：按成化间圣谕三道，皆以止纳爵者，非开纳爵也。然止者其经，开者其权，列宗皆有深意，可以两则参观。

纳爵之例

成化六年奏准：预备救荒，凡一应听考吏典，纳米五十石，免其考试，给与冠带办事，在外两考起送到部。未拨办事吏典〈纳米一百石〉（按：此为稿本所无），在京各衙门见办事吏典，一年以下纳米八十石，二年以下纳米六十石，三年以下纳米五十石，免其考试，就便实拨，当该满日，俱冠带办事，各照资格挨次选用。又令在外军民子弟，愿充吏者，纳米六十石，定拨原告衙门，遇缺收参。

成化九年（令），因直隶保定等处灾荒，令府州县两考役满吏典，纳米一百石，起送吏部，免其办事考试，就拨京考；二百五十石，免其京考，冠带办事。（一百七十石，就与本府拨备三考，满日送部免考，冠带办事，）俱挨次选用。其一考三个月以里无缺者，纳米八十石，许于在外辏历两考。

成化二十年，大学士万安等议令山陕生员有纳米者，廪膳八十石，增广一百石，俱赴陕西缺粮仓分上纳，起送国子监读书。军民舍余人等，有纳米者，授以军职，百户纳二百石，副千户纳二百五十石，正千户三百石，指挥照例加米，定与卫分带俸。

成化二十年（三月），以山西、陕西等处饥荒，令天下生员纳粟入监。又令被灾所在，三年、六年考满官员，纳粟预备赈济。四品纳粟六十石，五品五十石，六品、七品四十石，八品、九品三十石，杂职二十石，免其赴部给繇，惟造完须知功绩牌册并通关差人缴部。

纳爵之案

汉文帝时，边粟不足给食当食者，于是募民能输及转粟于边者拜爵，爵得至大庶长。

纳爵之疏

汉晁错疏：请令募天下入粟县官，得以拜爵除罪。又言入粟郡县足支一岁以上，特赦勿收民租。如此则德泽加于万民，若遭水旱，民不困乏。其后上郡以西旱，复修卖爵令。

都御史韩襄毅公雍疏：近年广西等处已有见行榜例，许人民纳米上仓，就彼给与冠带。臣愚以为江西虽与彼处缓急不同，但当以米数多寡为例行之。而使民纳米之后，或赴京授官，或差人旌表，未免经延岁月，乐为者少。臣切惟古人救荒，亦有建议先给空名告身付之，以劝人出粟者。今使民间纳米上仓，而即得冠带旌表，谁不乐为？而朝廷冠带旌表一人以济十万人之饥，权以济时，亦仁政所先（，亦何足以为滥哉）矣。乞敕该部会同（□官，查照前后各项纳谷事例，）计议（斟酌）定夺。凡照数纳米已完，获有通关者，听臣等照依广西等处见行事例，就行给与冠带，并旌门立名，令其望阙谢恩，以示鼓舞。

山东督理荒政御史过庭训疏（开：一、议开事例。夫援纳事例，已经户、工二部条议，奉有明旨，各省直地方官监生儒学等，遵行已久矣。）：东省灾伤异常，可以急救目前者，无如援纳之一节。然不就近地，不减银数，谁肯乐于赴纳哉？（查得万历二十二年二月，户部尚书杨俊民因中州灾伤，题有民饥异常，就近开纳以佐赈惠事。奉圣旨：这开纳事例都准行，就留本地方赈饥，不许别用。富民但有愿纳米谷者，还着从宽估值，以示招徕。钦此。今东省灾伤更甚于中州，）合无查照昔年递减银两事例，又照户、工两部见行应纳银两，监生、生员、儒士、俊秀、吏役、纳官、纳监、纳年各项事例，如应纳银一百两者，减银十两；应纳银五百两者，减银五十两。而或有以米谷上纳者，准时值之价，抵作银两实数，就于灾重州县上纳，取本地仓库实收，具申布政司领给文书，类报部院。如南直、北直、河南附近地方，各愿输纳者，一体准行。俱以文书到日为始，俟秋成有望，即行停止。纳过银谷，专听臣等衙门赈救饥民，不许那移别用。（臣查先臣杨俊民之疏，有云就近地，复减银数，人情乐于趋承，照时估兼收本折事体，无烦那凑。今日之事，大率类此。）至廪生旧有准贡之例，（近日礼部具题停止，亦清楚贡途之意。第廪生非食廪三十年不得贡，若非少年补廪者，则出贡之期，便合引三之例矣。贳其强壮而需入太学，于国用微有济，而于人材未必无补，矧当此需财甚急之时乎？所在廪生）果系科举三次，食廪十年以上者，行提学道查明，当照昔年题请事例，听其援纳准贡，仍照例量减银两。民间俊秀子弟，有能纳谷一百五十石者，取有本地仓收行提学官，准其以附学纳监。如愿纳银者，仍照时价准谷。或不愿纳监者，准与衣巾名色，免其杂泛差徭。愿入学者听，提学官再试，果系文理堪观，准其充附，日后与在学生员一体送考。武职中如纳级指挥，许其纳银四百两，授守备职衔，不食粮，咨抚院衙门听用。有荐者遇缺推用，无荐者止许衣冠荣身，有司以礼相待。自今春至夏而止，后不为例。此亦可以广皇上作人之典，而亦可以济灾民旦夕之急也。

户部尚书李待问疏：看得赈济之事，（全在设处钱粮。钱粮无措，仁言安施？故）不得已议以户、工见行事例，被灾省直照行之。其银以为赈济之具，一面收纳行赈，一面照数报部。诸臣又以为饥民至众，钱粮多多益善，或将县丞，主卜、吏目、典史四项，照五年以前例，准其开纳，民生亦准照辽生旧例，纳银入学，廪生空年准贡，皆所以广事例之门也。（以上各款，或银或粟，听其折输，总以银数为准。）经纳州县，即开报抚按，汇数报部，（然亦不敢久滥，）总限来年三月停止。臣等会议欲再请推广皇仁，佥以为遥授之例可行也。察本部见行加纳事例，原议定遥授各项，令照数输助，扎以虚衔，自是可从。（又有愿伏其祖父官职，及自己冠带者，除逆案封疆贪酷及钱粮剿寇，不敢轻议，其余量轻重以定输纳多寡。）有赴纳者，在内则户、工二部，在外则抚按察明具题，奉旨遵行（，亦以来年四月停止）。

（户部尚书）李待问覆疏：（该山西司案呈送户科抄出广西道御史魏景琦题前事，奉圣旨：军犯不准再赎云云。钦此。抄出案呈到部，该臣等）看得畿南以及山东、河南（数千里之地），饥馑荐告，（户部职在民曹，徒伤生计之无依，日苦救荒之策，察自春月以来，圣明动色民艰，于轸恤补救之道，无所不至。故以赈则发帑金矣，发尝〔常〕平仓粮矣，以贷则发储备、发漕粮矣，以蠲则免历年旧逋、减近年新逋矣，以缓则罢见征，迹于三饷，至急之军需，亦分别暂停矣。两奉圣谕，于一切赈救条件，责监司回奏，且令殷富赡养贫户，分别奖劝。大圣人视民如伤，救民弥切，凡可拯斯民之厄，补天地之憾，圣心早已揆量而曲赐之生全矣。今）御史魏景琦（所陈）仰体圣明勤恤至意，（扩而充之，以普全仁者也。）议有复职一条。除军罪不准再赎，已奉明旨，不敢再议。惟赎徒并革职者，许令输银伏官，于救荒事宜有裨。除事关逆案及真犯庄不准输纳，其余或可以例起。如因职掌偶悮，革职为民者，纳赈银五百，准其冠带闲住。如冠带闲住者，纳银二百，准其致仕。如其祖父已故，子若孙代纳者，准减银一半。此系为赈饥民而设，（有确纳者，）准纳银于北直被灾各县及河南、山东布政司，该司即酌量某州县应赈即（应）量发（赈）之，抚按仍每月汇察经纳职名具奏。（此项银数，恐亦有限，未必可抵州县钱粮及可分修练储备之用也。再，惟此系圣明非常之恩，正以灾黎穷苦，故破格议纳，为生灵造命，俟赈事完日即行停止。完日，抚按仍具纳过银数、发过被灾州县数目报部察考，原奉该部酌议具奏。）

纳 爵 之 议

巡抚侍郎于忠肃公谦议：贤良富家巨室，能捐二百金以上者，与冠带奖励；能捐贷四百金以上者，奏闻录为义民，建坊旌表。或本身原有官职者，即荣封其父祖，或录其子孙衣巾寄学。有昔年贱价籴粟麦，肯输千百石，仍照昔日价卖者，同前旌奖。或收留遗弃子女五六口，并十口以上者，或肯减一二钱时价粜者，皆照前给赏旌表。贤士大夫能捐贷者，亦即保奏，不时擢用。每县置二仓，一曰尚义仓，一曰平准仓。义仓即贤良捐赀输谷之仓，平准即丰年贱籴、遇凶平粜者。仓前立碑勒石，大书某人捐金若干，某人输粟麦若干，计全活人若干。不但立碑建坊奖旌，亦使在在口碑传诵。

（巡抚）刑部尚书林贞肃公俊议：凡布政司招纳义民官一千名，除问革官吏外，不拘本省别省客商、军民舍余、老疾监生、廪增附学、吏典及子孙追荣父祖，各听纳银。七十两者，授正七品；五十两者，正八品；四十两者，正九品。各散官，二十两者，冠带荣身。监生减十之三，廪膳减十之二。陆续填给，收完银两，分俵各县，以资籴本。各该冠带，虽不免其差役，亦用加之礼貌，毋妄黜罚，毋轻差遣，使绝輢轹，乐于顺从。其不愿冠带，愿立表义牌坊者，若出谷二百石，亦容盖竖。

刘世教议：（曰：今救荒，若漕粟截矣，积贮罄矣，巨室之义粜广矣，质库之乐输者麕而集矣，若是而赈亦不藉哉！惟是待哺之方庆也，岁月之方遥也，无已，则请推广令甲之意，而稍开拘挛之路可乎？往两宫三殿之鼎建与漕河之有事也，当事者尝首输开纳之意矣。其鬻爵诸事弗论，乃若输金而入太学，亡义亡之。夫）太学贤士薮，（盖自圣祖以来，翠华黄屋，历世所亲历而广历者也，然）犹得以输金入，今独不可推之郡邑，以济一时之急乎？请下令曰：民间少年有文艺稍通，愿游胶庠者，听输粟若干石备赈，准补博士子弟候试。试而异等，如例叙补。即或稍劣，以六岁故事宽之，至九岁逾期而试仍不前，听以冠服终，或以诸生名入太学。如是，彼才者得自见，即驽者亦冀倖全，而应必夥矣。（顾得无以始进难之乎？则太学又何异焉。彼其取上第者累累也，何伤乎其赀进也？且天子尚不难收之太学，而有司者何独靳之胶庠耶？又往岁督学使者尝创之令矣，凡入田胶宫者，得以诸生入太学；其诸生而入田者，得超等而以饩廪入。夫田犹有之，粟奚不可？饩廪犹可以田得，而何独难于其始阶也？且夫收一士而遂可以活数百千人，是仁人者之所褰裳而前者也。不然，将亡乃重惜士而轻忍之死乎？异日者鬻爵之令下，旦捐朽贯而夕疏仕籍，俨然而被绣矣，而乘轩矣。其籧篨戚施，而旅进退于郡邑之庭者亡论，独不有身列赤墀之下者乎？其以视逢掖，孰重轻焉？是不可谓非赈之一策也。）

吏部主事贺灿然议：昔汉入赀为郎，往往得至九卿。然最称得人，吏道不以为杂。顾今世所重者，独科甲一途，故人争艳之。诚令入赀者，得与科甲等；入五千金者，其署用与乡科等；入万金者，其署用与甲科等。（我国朝之法，民间俊秀子弟入四百余金而游成均，其署用不得与岁贡等。彼入五千金与万金者，独不可与科甲等乎？）其间才猷茂著，治绩烂然，不妨至九卿如汉法。且国初尝有编民以刀笔吏位至六卿者，彼独不可与编民刀笔吏等乎？富而好修者多，此亦于科目之外，收录人材之一端也。而其不肖者，一听监司铨部之论黜，视科甲毋苛毋贷，如是而吏道奚患其为杂也？（国家输纳之例多端，时闭时开，然大都区区，为内供之费。今以东南赤子滨死之故，而特开此例，奚不可者？其必欲与科甲等者，何也？必如是而后所入多而人响应也。且）以两浙论，得万金者五人，得五千金者十人，而荒政易易矣。天灾流行，国家代有，然大都三十年一大祲。是三十年之内，两浙增比甲科者五人，比乡科者十人，未见其滥也。官制必侈矣，即司选者骤而增，比甲科者五人，比乡科者十人，亦未见其壅也。自非大祲，不复开此例，则国家之贵甲科者，固自若也。

应变之十　赎罪

谕无　例三　诏无　案一　疏四　议五

金作赎刑，唐虞不废。若周穆王之时，并大辟亦议赎之，则不可以为训矣。乃贺公之议，择最雄于赀者，赎其一二，便可活千万余人，要亦偶为通变者耳。若其可以（长）常行，使上不废法，下得沾惠者，戍遣而下，自有诸君集议之条在。至于赎不以银而以粟，使婪朘不得饱而贫民沾实惠，又不易之论也。辑赎罪第十。

赎 罪 之 例

景泰四年奏准：山东、河南（、江北、直隶、徐州）等处灾伤，令所在问刑衙门，责有力囚犯于缺食州县仓纳米赈济。杂犯死罪六十石，流徒三年四十石，徒二年半三十五石，徒二年三十石，徒一年半二十五石，徒一年二十石。杖罪每一十一石，笞罪每一十五斗。

天顺间，项襄毅公忠奏请各郡邑论断罪囚，俱纳米自赎，储以待赈。笞一十，纳米五斗，余四等递加五斗。杖六十，纳米三石，余四等亦递加五斗。徒一年，纳米十石，余四等递加五石。流三等，纳米三十五石。杂犯死罪，视流加五石。得旨行之。

嘉靖六年奏准：贵州灾伤，凡遇军职犯该立功罪名者，每一年纳米十石。省令在卫闲住，年限满日，方许带俸差操。纳过粮米，存留备赈，丰年停止。

赎 罪 之 案

汉景帝时，上郡以西旱，亦复修卖爵令，而贱其价以招民。及徒复作，得输粟县官以除罪。

赎 罪 之 疏

巡抚林贞肃公俊（议）疏：凡问口外为民，边远充军，囚或逃而不去，或去而即逃，徒名治奸，无益事实。乞勅法司计议，除情重外，如扛帮诬告，强盗人命，不实诬告十人以上，因事忿争，执操凶器，误伤傍人，势豪不纳钱粮，原情稍轻，不系巨恶，参审得过之家，愿纳谷一千石，或七八百、五六百石，容其自赎，免拟发遣。其诬告负累平人致死，律虽不摘，情实犹重。并窝藏强盗，资引逃走，抗拒官府，不服拘捕，本罪之外，量其家道，罚谷自五百石至一百石，以警刁豪。俱系抚巡参详，无容司属专滥。

山东督理荒政御史过庭训疏（开：一、议酌罪赎。夫赎刑，盛世所不废，而周□王之时，则并大辟而亦议赎，不可以为训矣。）：本朝之赎，自徒流杂犯而止，而斩罪、绞罪、军罪概不得出赎以倖免，法最为近古。然有论死而取决无日者，有论配而发遣无期者，众心之忿未快，而囹圄之累日多。至军徒发遣，骚扰几遍合邑，中途脱逃，贻累又及他人。臣心窃伤之，概不敢轻拟问遣。且五流之法，总以冀其改过迁善耳。若愿输粟，全活数百人，是亦改过迁善之机也。除真正人命强盗、重大事情，概不敢议赎外，中有斗殴杀人，而或系一时过误，据法论遣，而原非永远充军者，该地方官酌量听其出谷免罪；如无谷而愿出银者听，取本地仓库收领缴布政司，以备赈济之用。然止行之于本年春夏之间，后不得援以为例。（则既必昭钦恤之意，亦足广）

户部尚书李待问疏：看得赎刑之说，（唐虞不废，）圣明（抄本作“旨”）初亦议行。况今灾祲病民，流离死徒之际，宽一人即救数千百人之性命，故诸臣咸议及之。凡内外罪系官民人等，自死罪以下，除逆案（抄本作“党”）、封疆、贪酷及钱粮剿寇重情，为国法所难贷，不敢轻议，惟是事属诖误，情可矜疑，酌其差等，定为赎额。察当日题定之数，稍为褒益，军罪附近者若干金，边远若干金，烟瘴永远，以次增加，徒流以下，以次递减。在内则分别事情，开列上请；在外则抚按列款具奏，请自圣裁。仍通以来年三月为止，无久滥也。（其应赎者，以金为准，纳粟听之。）内纳者，解部充饷，用半赈饥民；外纳者，照灾荒地方分发赈济。至于犯官身家既重，赎宜加等。感幸再生，即使罄产或赤爨，臣所不惜也。凡此皆为可议赎者言耳，其有情罪难宽者，借题思脱，内外法臣徇庇奏请，当以欺蒙论治。使天下知朝廷之法如山，非金钱所得而挠甑也。

户科给事中戴英疏：（至睹见今日饥黎，自畿甫以迄各省，图不胜绘。我皇上加意轸念，多方煮粥，又大发帑金赈济，是填沟壑者岁死之、兵死之，而皇上必欲生之也。从来荒政之策，唯此圣明必欲生之一念推广之耳。今日饥民，其以仰皇上饘粥之赈、帑金之发固多矣，然皇上亦安能一一赈之，源源发之也。臣幼时见各州县有济农仓，有社仓，有义仓，皆积谷以为防饥之具，丰则敛之，歉则散之，农作则贷之，秋成则收之，其法甚善。今已到处颓废矣。臣愚以为宜敕该抚按严督有司，务修旧制，其历来存积米豆，何年耗尽，应追应补者，务须清核还官；仍一面修葺仓房，劝募乡绅大户，量力捐米若干，有多至数千百石者，分别旌表。此人知蠲富以赡贫也，熟知贫民不为盗，正以安富民也。与□）照得词讼罪赎，除徒犯以上解部充饷者，其余杖赎，悉属有司私囊。今民困力疲，词讼不应滥准。其即有应理者，勅各府县官，灾荒未甚之处以后杖犯，令各以应输银数，照时价纳米。夫纳银则银适以入婪官之囊，纳米则米仍养枵腹之民。但不得借名科罚，以妨立法之意。违者，该抚按严参处治。若所积谷米，则必须巡方按臣严查细盘，毋此影射虚冒。将见不数年而各仓陈陈相因，一旦凶荒，欲行赈贷，随取之而足也。（窃臣因是有感焉。自十一年军兴，司农告诎，在籍乡绅啧啧捐助而报者寥寥，嗟嗟阿堵几何，而君父之忧漠然不入耳也。则输米实仓，必先乡绅为倡，唯藉皇上严勅行之，必不以充耳置矣。）

赎罪之议

大学士丘文庄公浚议：凡藩臬州县，民间词讼属户律者，如户婚、田土、坊场、津渡、墟市之类，讼而得理者，俾量力而出粟。（争田者，上田一亩三斗，中田二斗，下田一斗。争婚者，上户三十石，中户二十石，下户十石，或四五石之类。）其无理者，亦罚米以赎罪。皆贮之仓，以备荒政。

海盐刘世教议：（鬻爵非古也，有之自汉始。乃若刑之有赎，唐虞以降，盖世守之而周为甚。初第于鞭扑耳，卒乃五刑皆用之。故）《周礼》荒政十有二，而弛刑居一焉。赎所从来，非一日矣。（岂其亡当而代袭之？为今即悬造士之令而邑可几千石乎？窃以为赎可议也。）在制鬼薪城旦而下，法得入粟以赎，其重辟不然。嘉靖间岛夷之难作，军兴不给，即大辟且及之矣。请自今以前，凡已谳而赦令所不原者，并不得赎。其它稍可矜疑，许以赎论，或衡其罪之重轻，或权其力之丰啬而衷之。其自今以后，迄于献岁之麦秋，诸大辟如制外，其它杂犯以下，非力不能赎者，悉以赎从事。其罪稍重而力饶于赀、非亡意者，从刑故论，勿赎。罪稍薄而非有意者，且力不任赎者，从弛刑论，勿赎。赎以粟以谷，勿以金，其多寡视罪而微（抄本作“征”），以力为轩轾。计一笞赎而所活倍之矣，一杖赎而所活更倍之矣。若鬼薪以上，则所赎一而所活者且十之而百千之矣。于法初无大屈，而于穷民则所济博矣。（且三代已试之故事也，宜若无不可。然第其名为赈而赎之也者，必其实为赈而用之者也。夫宁有民之阽危如是，而为上者忍复计其它哉？是二策者，固非圣世之所宜有也，第不得已而佐时之急可耳，则所谓破拘挛之见者也。然要之于令甲，故亦无径庭也。）

吏部主事贺灿然议：饥荒之际，宜仿往者军兴之例，除十恶不赦外，其他自流而上，皆令得入金赎罪。然非人得而赎也。其当流者，必籍其家十分之五，多者可得数千金，少者千金，而后得免罪。在大辟者，必籍其家十分之八，多者可得万金，少者数千金，而后得免。又定为令，今夏以前犯者得赎，今夏以后犯者勿许。即以一郡论，多者五六人，少者三四人，所必有也。此亦救荒权宜之策也。但杀人者死，死者啣冤地下，而彼得偷生，圣明之世，诚失之纵。然大都一金可活一人，籍其家得万金或数千金，则可活万人或数千人。以活万人数千人之命，偿一人之死，于救荒无策之时，窃谓一时之权，似亦可者。他如侵冒、舞文、武断诸不法，而罪当流者，彼未尝杀人，而籍其家可活千人，则何难一屈法也？故愚以为荒而赎，赎而仅于其最雄于赀者，似不为纵也。

贺灿然又议：大荒需赈，宜清狱囚之有力而当赎者，谅减其十分之二，赎锾稍轻则完纳自速。其情重即有力而必决配者，亦以荒故，许其收赎，而特不在减例。其罪本可赎而无力者，则减其十分之五。自非极贫，亦必勉力出赎矣，而极贫者听。然赎不必谷，不必镪，而当以米。夫谷取其可久贮也，今且旦暮需之，不若输米便。镪将易米以赈饥者，亦不若即以米准镪之为便也。

长洲令（夷度）祁承㸁议：官之所粜与民之所留，此可以便贫民之日用耳，然皆有出而有入者也。而赈济之术，必一出而不复入者然后可。夫欲求一出而不复入者，则惟有赎罪之途可议耳。然罪自笞杖而至鬼薪城旦，即丰时亦未尝不赎也，所赎几何？是必重大狱情，除悖逆及真正人命强盗之外，其余自军罪而下，皆得纳米以赎罪。而至于监生、生员及吏农人等，凡经以罣碍问革者，俱许于本等所纳之外，再加一倍而赎还职役。仍视其历事听选及参役之久近，而递为增加。如监生原纳四百两者，令倍之，则八百两矣。若听选在十年之外者，则又更加三分之一。其吏农等项，皆递及而递加。除生员须申请学院，且无所纳之则例可议，听临时酌处外，其余有愿赎者，本犯具呈本县，查其原案，具由申详，以凭裁酌。如此则虽屈法于一人，而实可以活千万人之命也（，固《周礼》十二荒政之一端也）。

救荒全书卷之十二　应变章二

搜藏十一　核田十二　捐俸十三　节镪十四　截漕十五　折漕十六　籴漕十七　带漕十八　抵粮十九　折粮二十　放粮二十一　征粮二十二　兴工二十三　募卒二十四　便邮二十五　通海二十六　留班二十七　度僧二十八

应变之十一　搜藏

谕无　例二　诏无　案无　疏一 议无

民命至重，当此生死之关，锱铢可以生一命。与其积之饱蠹窟，何如搜之救苍黎？虽今帑藏匮乏，搜无可搜，而涓埃之积，谁谓无裨乎？曲计生全，于此项亦有所不能已者。辑搜藏第十一。

搜藏之例

正统七年，令各府州县一应庄罚入官之物，俱于年终变卖在官，候秋成籴粮，预备赈济。

嘉靖九年，令各处运司，将在库无碍官银及赃罚银两，趁时收买米谷，别仓收贮，委官守掌。如遇饥馑，运司将极贫灶丁，查照有司赈济事例，呈巡盐御史动支。（若有不敷，各该有司查明，与民一体赈济。）

搜藏之疏

山东督理荒政御史过庭训疏（开：一、议搜帑藏。）：夫帑藏至今而空虚已极，安所容其搜索？然亦有为河工而设者，为备倭而设者，或系余粮银两，与各院项下赃罚，而州县官不敢轻动者，未必尽其无也。（目今人情汹汹，势同累卵，万一弄兵潢池，祸既不小，费亦不赀。）该地方官自方面以至有司，将库内存贮银两，尽数查报，以佐赈银赈米之所不及。客臣会同宪臣，酌量发赈，堪动者径动，不应动者暂借。即钱粮职掌，各有司存，而急则治标，蔓且难图。凡有地方之责者，自不当借职掌以分胡越，臣亦不敢不破常例以拯水火也。

应变之十二　核田

谕无　例一　诏无　案无　疏一　议一

行荒政者，搜之于公帑，或不得矣。宁无入官田产，或为豪家所毁籍，或为奸佃所侵租？此际百钱斗粟，便足活饥人一命，岂可听其干没，徒实漏卮！刘君之议，是可行也。至于寺观之田，亦有可得而核。聂贞襄公之疏，宜并存之。辑核田第十二。

核田之例

嘉靖九年，户部题：该学士桂萼奏（为授时佐民事。内）称：见今荒废寺观，俱无僧行住持，田产多为人侵占，逐年失陷税粮，贻累里甲，官府清查，又无人照对。合无出榜召人报勘纳价，改主登册等因。该本部查得赋役黄册事例：一、庵观寺院已给度牒僧道，俱要遵照旧例，有田粮者编入黄册，同里甲纳粮当差，无粮者编入带管畸零。今本官乞要出榜召人，报勘纳价，改主登册，承纳税粮，相应查处等因，覆奉钦依。合行各该抚按官通行所属，查勘寺观田土，但有荒废寺观无僧行住持，及遗下田产无人管业者，逐一清查见数，各照彼中时价，召人承买，改名入册，办纳粮差。不许势豪用强侵占及因而减价承买，违者从重参究治罪。

核田之疏*

兵部尚书聂贞襄公豹疏：臣考常平法，州县寺舍，岁用有余，则以归官，赈民之穷饿者。宋儒杨时为浏阳日，使行旅之疾苦，饥踣于道者，随所在申县，县令寺舍饮食之，是皆前代已试之法也。臣谨按福建一省，总官民田粮，计八十四万九千有奇，内寺观田粮，已计有十二万八千有奇。夫僧道在四民之中，百分未有其一（抄本作“二”），而僧道所得产业，十分乃有其二。井地不均，异端昌炽，可以永叹而遐思者。（臣固未易率言也。时有僧道既有是田之多，则其斯仓斯箱，饱满充盈，富不期骄，佚则生淫。饮食男女之欲，多出乎天理人情之外，亵渎僭多，不可名言。又乃结交官府，为败露之先图，私买田宅，为还俗之退计，以致前日所积，悬罄一空。一遇官府追征、均徭、上役，便尔举手无措，则其势不得不求假于士夫豪富之家矣。士夫豪富之家，乘其有急，要其必从，必欲本少利多，方借与银应办。为僧道者，又不得不投托士夫之家，以为栖身免难之计。凡僧道田租，一概包收殆尽。甚者贪饕不息，绝无良心，只要收谷入家，任彼粮差负累。而为僧道者，命不可堪，则又裹茶赍约，而望他仕官之门，以为己归矣。是以在福建巡按、监司、府州县等衙门，为僧道田租一事，词讼文卷，如毛如山，弊积竭神，不能扑遏，而救民之善政，理财之善方，为是分夺亏损多矣。）臣谨按景泰三年事例，各处寺观田土，每寺观量存六十亩为业，其余拨小民佃种纳粮。又按成化六年事例，令福建僧寺及有寺无僧田土，每寺除征及百亩以下，其多余田地给与无田小民领种。臣谓二圣兹法至精至当，可以决行而无疑，永行而无弊者也。（然而至今不行者，窃恐当时言事之臣，徒忿寺观之积弊，一时用计之未详，是以僧道有所藉口，假托榷倖，虑受翻诉，复有所谓士夫之嗜利者，立乎其间，为之摆布，是以法尼不行，流弊至今。间有一二名，虽拨与小民佃种，实则俱为大家所得。）臣谓宜通查天下寺观粮米，百亩以上者，俱依成化年间事例，每寺观给田百亩，以为常住僧道修理屋宇、香灯茶果之费；粮米百亩以下者，俱依景泰年间事例，给田六十亩，以为常住僧道修理屋宇、香灯茶果之费。其小寺观粮米不满六十亩者，俱各并归大寺观。除住持僧道给田亩外，余僧道查果有真度牒者，每名仍给田二十亩，与为垒粮，其余田地，俱入于官。每田百亩，责令排年里老结报佃户一人，或寺院原管下甲首丁力相应者承种之。该纳佃租斛秤等项，俱照僧道前收租谷事例，不得有所增损。其该收租谷，储于官之别仓。该年秋粮驿传八分科粮，与夫十年里役均徭等项费用，皆于是乎取给。其所余者，再不许别项支用，专备赈济，仍令司府县管粮官督理之。前后收支存留数目，务要每年终申呈巡按衙门，以凭查考，以防侵欺。至于重造黄册之时，其在寺观僧道所管，所谓百亩二十亩者，俱以本寺观僧道立户，曰一某寺僧某，某观道某，田地若干亩，米若干石。僧道所办一应粮差，只是照其所收田产外，此外粮差皆与无预。其在官所收田粮，则另立社庄为户，以备过割，不得复以僧道为名，曰一某社庄收某寺观田地若干亩，米若干石。夫寺观田米既除粮差，公用必省。因其害而除之以息争，因其利而导之以足囤，量其所入，计其所出，截长补短，有剩无欠。而预备仓所积，一年之间，可得粟数万石，积之数年，八闽之荒，可有备矣。（伏愿圣明裁之。一则可以养僧道清净无为之规，二则可以免官府逋赋追摧之扰，三则可以息士夫争夺之风，四则可以供国家赈恤之用。今者饥馑荐臻，国用不足，陛下宵旰亦尝以是虑矣。乃以有用之谷粟，为僧道淫欲之资，以裕民之厚利，为豪势争夺之门哉！）

（原稿眉注：入搜藏疏。）兵科给事中常自裕疏：（救荒弥盗，两者正急，而救荒无奇策，不过此赈济、蠲免、缓征、贷助而已耳。然欲取资于赈济，而州县之仓库如扫；欲取于民助，而各处之富户谁存？欲邀恩于蠲免，而军兴之刍饷难减；即下缓征之令，而西江岂能润涸鲋？虽有院发之粟，而杯水不能救车薪。无已，惟我皇上垂念）中州重地，（闽□）饥荒涂炭，（比照万历甲午年河南之饥、乙卯年山东之饥、前岁陕西之饥，慨发帑金数万，专遣御史分赈，使此两河之生灵，或不尽毙于荒盗乎？然职尤恐此时此势，即邀圣慈发帑遣赈，恐缓不济也。）不得已于拯溺之中，行权宜之术。祈敕抚按行令有司，将已征在库钱粮，不拘何项，暂且挪移施赉，仍待秋成征还。此亦即缓征之法，而转之为急济之仁也。更严禁侵欺之弊，毋令藉名赈济而私充囊橐。务计口授食，俾人沾实惠，庶此彫瘵之余生，尚可缓须臾无死乎？（夫食为民之天也。民得其天，谁乐从贼？将盗党不欺散而自散，寇氛不期消而自消矣。）

核田之议

海盐刘世教议：一郡一邑，多有入官之田。如胶序之学田，岩邑以千计，即下者犹以百计。其岁入固可按籍数，积之数年而不亿矣。然而弊亦与之等。其名若输于民，而实不出自民者，可核也；其貌若敛于官，而实不入于官者，尤可核也。盖胶庠原非钱谷之媒，而慢藏终为诲盗之饵，弊所从来久矣，顾安得烛照而数计之乎？昔人之论节俭，曰无轻其豪厘。今日之事，何以异此？第取盈于故额，而姑宽三尺，以比于弛刑之谊，奚不可？（且有甚于此者。下终岁竭蹶以终事，稍失期会，而鞭笞待之矣。然而堂簾辽绝，问其所输者何，而终不能略举其概也。上亦终岁竭蹶以从事，稍失期会，而停罚随之矣。然而薄领殷凑，问其所征者何，而亦不能缕举其悉也。徒令积滑巨奸，蟊蜮其间，颠倒下上而属厌焉，非一日矣，亦非一事矣。夫宁知剜肉补疮，剔髓朘血而输之者，乃以填若曹亡当之壑哉！讵惟此二端而已。且）岂谓（二者之）此项之核，遂足以尽赈乎？夫赈，公事也。兹其在公者也，不先核之在公，而遽以风励私室，可乎？

应变之十三　捐俸

谕无　例无　诏无　案四　疏二　议无

俸以养廉（也，或缘救饥靡措，不得已而用之。与其减之于朝廷，不若令百司自捐以示惠。盖一官之俸，所添几何？然以是为风劝，譬之九转之丹，可点顽铢。），今欲重惩墨吏而先夺其养廉之资，是教之贪耳。惟是偶因饥馑，暂为裁减，朝廷亦勿宜示之以意，但可令百司自捐以见惠。盖百司自捐，可以风动黎庶，上以锱铢先，下自以千百应矣。若（朝廷计□）捐之令出于朝廷，使民间得之不为德，而徒以失士大夫之心，（诚不如百司自捐之为愈也。）固有所不可也。凡先贤别有捐者，总括之曰俸。辑捐俸第十三。

捐俸之案

常懋字长孺，武康人，以集英殿修撰知平江府。值旱，故事郡守合得缗钱十五万，懋悉以为民食军饷，助蠲苗九万、税十三万、版帐十六万，又蠲新苗二万八千，大宽公私之力。飞蝗几入境，疾风飘入太湖。（改浙东安抚使。）

向经至河阳，大旱蝗，民乏食。经度官廪岁支无余，乃先以己圭田所入租赈救之。已而富人皆争效募出粟，所全活甚众。

仁宗时，扈称为梓州路转运使。属岁饥，道殍相望，称先出禄米赈民。故富家大族皆愿以米输入官，而全活者数万人。（降敕奖谕。）

（原稿眉注：入捐俸案。）扈谏议称为梓州路转运使。属岁饥，道殍相望，称先出禄米赈民。故富家大族皆愿以米输入官，而全活者数万人。

赵舆檟于宋咸淳间知建德县，民以旱涝告请于朝，得粟一万斛以济。寻迁建德府。暨解任，以所积俸钱并堂馔、直役钱，预为建德县人户代输咸淳四年茶租。

捐俸之疏*

吏部侍郎何孟春疏：昔宋王禹偁因饥馑之时，奏乞上自乘舆服御，下至百官俸粮，非宿卫军士、边廷将帅，悉遍减之。上达天谴，下厌人心。俟雨足，复故。虽朝行中家最贫，俸最薄，亦愿首减俸以赎耗蠹之咎，但感人心，必召和气。臣惟今日饥（则江南、淮北等处）馑为甚，（馑则湖广等布政使司在处有之。成化间，布政彭绍曾奏，要将在京在外文武官员位禄厚者，额设皂隶，递减名数，还官公用。该部查例具奏，多寡次第，以□斟酌。彼时不为灾伤，具有此议。近日）侍郎吴廷举（又）奏南京府部院等衙门直堂皂隶，应各退出若干赈济。次第明白，深合昔人递减之意。四品以上禄厚，则家不可以言贫；五品以下家贫，则俸不能以更积。禹偁所谓上答而下厌者，惟圣明留意。自四品以上悉递减之，文官五品及武官四品以下，听其自审为义，无积不强。在京在外官，有因事加俸添皂之资，即当裁割，以备拯恤。

（一议捐俸）崇祯十四年，兵部汇疏：国初张官置吏，以官计设俸，原以养廉臣。频年以来，每见我皇上捐俸则不允，而捐赀者听，总欲成养廉初意。然赀独非俸乎？与其诛求于黎庶，不若取助于忠君爱国之士大夫，合无从十四年始，中外大小诸臣，约筭得俸若干，在内听户部扣留，在外责抚按催解，而一切细捐薄助之数，俱告罢焉。总计一年约得若干万，即以此数留抵各直省或请蠲请停之数。一通融间，而士大夫不过以有余还之朝廷，即可以不尽留之民间，是救荒一大政也。（伏候圣裁。）

应变之十四　节镪

谕无　例无　诏无　案无　疏一　议一

赎罪之端开矣，倘不严为存节，而以小民之脂膏，供有司之交际，则荒未必救，而借名科敛，适为厉阶。大司马言及与此，非特珍惜金钱，且得端本澄源之道。辑节锾第十四。

节锾之疏

（一议从減。）崇祯十四年，兵部汇疏：交道接礼，固圣贤所不废，而无奈江河日下，交际日奢。臣频年以来，每见皇上于长安钻遗严禁痛绝，而各直省天高日远之处，尤积套相沿。与其吸民锾以充交际，不若省缛节以留有余。合无勅下各督抚按，转行各监司以及守令，凡遇到任升转、节令生辰，平处者概免交贺，居下者尽绝逢迎。自抚按道府以及州县自理衙门，各造纸赎循环簿二扇，按年按月按日，某起某事罚赎若干，不许另造一簿，不许隐匿一件，（如此明白，则可与天知，可与人见。）递而上之，严加考核，应解京或充兵饷，或充公费，其余尽以留本处或请蠲或请赈之数。责抚按一年一报，仍听户部确定规则，凡廉者作何优异，贪者作何处分。一劝惩间，而在上者可养淡简和平之福，在下者实受省刑薄敛之仁（，是亦救荒之一大政也）矣。

节锾之议

祁彪佳议：（词讼之中，揆其罪轻情重者，）今日之赎锾，以饱私橐者多矣。若量罚备赈，（申明上台，即上台之批词，亦可间一行之。权宜救荒，断无遗议。昨见）犹恐借名科敛。乃即日理之词讼，但使不入私囊，则积谷之外，以此充赈，尚有盈余。昨见一生条陈，以为原告具词一纸，先令纳米一石。此法固不可行，但迩来一经告讦，央求关说，费用差钱，极小之事，何尝不至二三十金？今贤父母体恤民瘼，尽除此弊，但令稍输赎罪，亦何患民间之不乐从乎？

应变之十五　截漕

谕一　例一　诏一　案一　疏二　议一

国家定鼎燕京，漕运为军国命脉。苟非时处极灾，谁敢轻言留截？倘京庾获有充裕，而暂截数十万石，亦一时权宜之计。万历间曾行于东省矣，彼其时归价农部，尚止五钱。愚以为饥荒所在，止忧无粟，非可吝银，但视所截之地时价几许，半以折之，使粟济饥荒，利归公帑，不必拘于常额，或得司计者之首肯，然亦非可议于都城匮乏时也。辑截漕第十五。

截漕之谕

泰昌元年，户部尚书李汝华言：辽地亢旱既极，军民倒悬可虞。据辽东经督抚按议称，辽东岁需米豆二百万石。今时值旱荒，非截漕召买，不可以济旦夕。（光宗）上览奏，深然之，谕曰：截漕及买米豆，俱依议行。内外诸臣，都要同心共济，毋得争执推诿，致误军需。

截漕之例

成化三年，巡按江西御史赵敔请以兑粮赈济，仍停免盐钞。从之。

截漕之诏

宋真宗大中、祥符间，诏江淮发运司岁留上供米五千石，以备饥年赈济。

（董煟曰：祖宗之时，上供之米，犹每岁截留以备赈济，则常平、义仓无所吝惜可知矣。然则祥符之诏，可不端拜而大书乎？）

截漕之案

马忠肃公亮知升州，行次九江，属岁民饥，乃邀湖湘漕米数千艘以赈之。因奏濒江诸郡皆大歉，而吏不之救，愿罢官籴，令民转粟，以相赒足。朝廷从其言。

（留漕以济民，难乎为上；转粟以相赒，则上下俱利。）

截漕之疏

山东巡抚毕懋康疏：看得截留一节，（奉仰天恩，）脚价（一项）自应地方（竭力）区处。但（去岁为搬运漕粮，设处煮粥等费，）仓库在在皆空，委无分忽可处。今该司议济、兖、东三府，除附近河道地方，其余（照依地里，）二三百里外者各加脚米，无容别议。（至于定价七钱，屡经部覆，亦不敢徒请。且青、莱二府，海运费多，委与各府不同。况登州不领，而青、莱之请又继之。夫以民穷欲死，望米如珠之秋，而至于不敢赴领，则民情之难可知也。臣等虽不敢强民情之所不便，然舍此之外，别无区处。倘秋成失望，时事可忧，则桑土之图，仓卒难办，臣等何敢虚德意而贻后日之悔。）惟是西三府自淮至河之费，出自轻赍，而由河起陆者，方任于东省，则东二府之由淮入海，与河等也，亦宜出之轻赍，而由海起陆，方任于东省，斯事理之可从者（宽。盖去岁之灾独重于青、莱，即为二府而稍议宽议减，亦他府之不可援请者。是望于庙堂之主持，圣明之鉴察矣）。

山东督理荒政御史过庭训疏：漕粮改折，每石以五钱折价。自是漕折定例，外加耗米四斗有奇，始折价七钱。（若以计臣之议，每石以七钱为准，果连正耗合作一石乎？抑止以正米言而耗米尚在外乎？若连耗米四斗有奇合作一石，则臣亦不敢不勉从计臣之议。倘耗米在外，而每石定价七钱，则除水次径自交免外，其余尚多搬运脚价之费，远者六七钱，近亦不下三四钱，则每石之价，仍逾一两之外矣，于民亦何利之有？）臣愿计臣仍照臣前疏每石五钱之议，而济、东、兖之三郡（抄本作“府”），则听其截留下滩之漕米；青、莱、登之三郡，则截留淮上之漕米，听其雇募习熟海道之民船，从胶州、诸城地方，分运于三郡。（计臣得无惮海运之难通乎？臣请言其概。盖辽东一带之海船，祖制许其往来贸易，良有深意。数年之严禁，亦未必非思患预防之至计。然自此禁一立，而登郡之民，因交易之不通，丰岁则苦米价之太贱，凶岁又苦米价之太贵。故议宽海禁，宁直有补荒政，实大造于地方者。至淮阳一带之海道，向来原不设禁，商贾往来，习以为常。冬末春初，米价腾贵，而登、莱二郡之民，尚多全活者，实藉此海运之力也。则漕米截留，或从运河而东，或从海运而来，似不妨各从其便者。）臣前疏业请十分之三，而计臣所许者四十五万，职掌所关，势亦不得不详慎也。第四十五万石之数，臣不敢再为民以求增，每石七钱之价，臣不敢不为民以求减。（若每石定价五钱，而地方官尚有迁延不行起解，以给发京军者，臣愿计臣以此项钱粮入于考成之数，倘有拖欠，不准其考满。计地方官顾念京储之重，而又自顾其考成，未有不上紧类解者。计臣可无他虑也。惟是每石五钱之价，原无损于京军，而实有济于灾民者，计臣尚须再一酌议耳。）且每石五钱之价，臣止就东南之大米言也。若西北之粟米，其味力不足比东南之大米，而价值亦微有低昂。漕米截留，大米与粟米相间而发，则粟米之价，又当量减于五钱之内矣。（此漕米之价所当酌议量减者也。）

截 漕 之 议

刘世教议：赈之自朝廷出者，则囊之斥帑金是已。日者太仓之金钱匮，大司农至仰屋叹，骤而议赈金，必不得之数也，不再计而审矣。籍令徼非常之恩，而金非可食也，亦安所得粟而易之？即有之，非巨室之滞穗，则豪商之居积，轻千里而来者耳，价且必大踊，费金多而易粟寡。寡予之而氓亡济也，多予之而帑不能堪也。岂惟氓不能宿饱，而于主计者先已坐困矣，非策也。则莫若截留漕粟便。今夫豫章、荆楚之漕艘，献春而入真州者，尾相衔也，其顺流而下吴若越，又甚便也。请议截百万，分予两地，期以中春而集，各听设法行赈。其它道路一切之费，并计而归之司农。窃谓其便有七：上不废旷荡之恩，亦不致损度支镪，一；民捷于得粟，二；国中粟骤益，则贾必不大踊，三；当春耕时，农有所藉，四；赈得其时，民不致惫极而难拯，五；赈金则胥吏易缘为奸，粟则差不便，六；漕卒终岁道路，暂而获息肩，且可稍杀其行糗，七。其便于赈金，势相百也。而其得请于司农，又不啻易也。（然而非百万石不可，何者？今其委波涛者，已不下八九千万石矣。即幸而得请，亦仅仅百之一而差盈耳。损之而所济几何？且以司农之折色例，为金可五十万，其浮于已丑，十不能七也。然而道里之费与行糗之杀，计亦已当其半矣。况今之祲，又不啻倍之昔也者，天子方将南顾而痌瘝，大司农仰承德意，直振廪竭粟之不暇，而宁靳此为？是在力请之耳。）

应变之十六 折漕

谕无 例十乙 诏无 案无 疏二 议无

漕粮岁四百万石，自全运全征，军民交困。（加之）若饥馑所在，亦必如数运征，则敲骨剥髓，更不可言。先年屡有改折，凡所省脚价等费，仍可充军国之需，于国于民，诚为两便。但欲议折漕，必西北不尽藉于漕而后可。倘屯田开荒得有成绪，而招商和籴亦岁岁兼行，则折漕之议，便可审时酌势，为灾地留不尽之物力矣。辑折漕第十六。

折 漕 之 例

（弘治十三年，漕运总督张敷华奏江西南兑改折，从之。每石六钱，折银二十五万两。）

嘉靖五年，河南、山东州县岁输太仓粟米，民皆领价，有司市之京师。时京城米价翔贵，计值当亏正课三之一，民莫能办，乃自言愿尽输原领价银，以苏困苦。户部请从民便，每石输价银八钱五分，加耗五分。上许之，命来年仍纳本色如故。

（嘉靖十四年题准漕粮二十五万石，内量准折一十三万□千七百二十一石。每石连席耗，共折银七钱。南京仓粮二十一万石。内量准一十九万石。每石连席耗，共折银五钱。）

嘉靖十八年，漕运总兵顾寰奏：顷者粮船阻冻，共有二千九百余只，必至明年河泮时始得还，恐过期不复能领运。且各处灾伤，民不堪命，明年兑运，未必能如期。暂将前船免下年装运，约所装粮，可九十六万七千四百余石。即以各灾伤地方，量准折银上纳，系正兑者石银七钱，系改兑者石六钱，同本色米以时输太仓。一以省冻阻之船，一以宽地方之困，兑运无亏，军民两便。户部覆（言可）请，从之。

（嘉靖三十一年，以黄河淹没安东县治，令该县应派改兑折银移派该府别州县，止派支运。）

嘉靖三十二年奏准：河南灾盗地方，量行折征兑改米五万石。内于临清仓支运三万石，德州仓支运二万石，以补漕运之数。

嘉靖二十三年题准：各处灾伤，漕运正改兑粮米四百万石，除原额折银并蓟州、天津仓本色照旧外，其余本色以十分为率，七分照旧征运粮米，三分折征价银。每正兑米一石，连席耗，共征银七钱；改兑米一石，连席耗，共征银六钱。

嘉靖三十三年题准：淮、凤灾伤，将未完改兑粮，待麦熟后，止征折色。

嘉靖四十三年议准：淮、扬、徐州灾伤，改折。

隆庆三年，以水灾改折（松江府）华亭、上海二县漕粮十分之五，存留蠲免亦如之。

隆庆三年，以杭、嘉、湖三府水灾，改折湖州之漕粮六分，杭、嘉三分，南京各卫仓米一年，每石六钱。（并免三府额征本省兵饷及工部黄麻等料，又量留抚按赃罚以赈之。）

万历间，户部题准内开：合行各该抚按转行道府，严行所属各州县，以后遇有灾伤，据实申呈巡抚奏报，巡按核实。仍定灾之重轻，以为折银多寡。如果被伤八分以上者，不分正改兑，每石折银五钱。被伤七分以下者，仍照议单事例，正兑每石折银七钱，改兑折银六钱。其不愿折者听。仍行监兑官严督有司，将改色银务要与本色一齐交兑。

又，户部题准：查得近年各省直被灾七分以下，未及八分者，漕粮每石亦有量折六钱之例。

万历三年，（岁比不登，又多水旱，诏责有司加意收养，□□计□佐百姓。民有穷饿或岁大祲，若岁久赋重，度终不能输将者，其悉除之。时）以太仓所储足支八年，（独）而大帑无羡金，民间复苦输粟，终岁勤动，不得休暇，上下交病。阁臣请令今岁赐民改折十分之三，实公帑，宽民力，真两利之道。上从之。

万历二十九年，户部覆直隶巡按何熊祥题：苏、松水灾异常，乞将嘉定县永折漕粮姑准减折一年，毋分正改，每石折征银五钱，以后仍照原题起解。被灾十分江阴一县，被灾九分以上太仓州、吴江（、昆山、武进、江阴、宜兴、金檀）等七县，本年漕粮俱准改折七分，仍征本色三分。被灾八分以上长洲（、吴县、常熟、华亭、上海、青浦、无锡、丹徒、丹阳）等九县，俱准改折五分，仍征本色五分。其改折之数，不分正改，照例每石折银五钱。连席板、耗脚、轻赍在内，每同其本色齐征。其改折项下运军月粮，亦准扣数免编。

折漕之疏

漕抚都御史马卿疏：（查得以前灾伤年分，皆派有折色。自臣承乏漕运，嘉靖十一年粮斛，除折色支运外，本色派该三百余万石。嘉靖十二年钦奉圣谕，全征本色。数内止准河南改充折银七万石。嘉靖十三年复全征本色，通无改折。姑以两年较比十一年，共多征本色二十万石。况）往岁江南、江北各有灾伤，然犹间有收获之处，臣限各官多方催督，幸俱早完。然本色加耗甚重，比之折色，所费几倍，两年全征，东南之民力竭矣。运军往年粮有折色，则船有减存，得以休息。今两年全运，而军士之疲劳甚矣。乃复遇此数省全灾，军民困苦，若不量改折色，其何以堪？（臣备员总漕，以国储为职，岂不欲全运以自见微劳，而顾欲蠲减以取避难之嫌哉！诚见地方灾伤，恐督责虽严，终不能完，一年误运，则数年不复，诚不可不预为之虑也。夫连岁全运，臣于运船不足者，俱已造完，军士逃缺者，俱已佥捕，河道不通者，俱已浚复，则运事之至难者，特地方灾伤之甚耳。诚惟民为邦本，国储之所自出，不可有伤。若处置得宜，则饥疲得苏，储蓄无损，而国与民皆〈不〉受其害。一得失之间，而利害之相去远矣。）臣查得以前节年灾伤，无不减折，嘉靖七年折银粮一百七十六万石有零，嘉靖八年折银粮一百七十万八千石有零，嘉靖九年折银粮一百五十二万九千石，嘉靖十年折银粮二百一十万石，嘉靖十一年折银粮一百万石。（嘉靖十二年分，圣谕全征本色，盖以财为浮赀而粮为食用，诚经国之远猷也。但执有常变，时有权宜，济时之急，所以为善后之计也。伏望比照往年灾伤之例，）宜将今岁粮运，多派折色，则贫民免贵籴之费、加耗之费、脚价之费，军士免行粮之费、修船之费、盘剥之费，此军民之利也。臣非敢以军民之小利损国计也，时不得不然也。（夫方今修理九庙宫殿，军士月粮，多充工价。及）闻京畿近来米价颇减，若多放折色二三月，每石量为加添常数一二钱，不为后例，则军士不胜感激，而太仓之粟可存数十万（矣。今岁灾伤，既蒙多派折色，则粮运易完不误，待后丰年仍征全运，则民力不亏，而国计无损矣）。况今京庾充羡，宽民于灾伤之时，则邦本不亏，租赋有出，固亦国之利也。抑臣又有一得之愚焉。若将折色银两招商和籴，则亦无损于本色矣。（唐陆贽奏请减京水运储蓄军粮事，议略曰：封制国用，须权重轻。食不足而财有余，则弛于积财而务实仓廪；食有余而财不足，则缓于积食而缓于货泉。近岁关辅之地，年谷屡登，田农之家，犹困谷贱。江淮水涝，漂损田苗，与凡时常米贵加倍，宜减水运，请和广籴。若待运钱到京，则恐收籴过时。宜贷户部库物，依平估价，以候折填所贷。论者以贽意深合时宜。今大江南北，旱灾数千里。窃闻京辅之地颇为丰熟，适与贽之所论符合。若趁时招商，但稍加其直，平其收，宜无不乐从者。今若准贽议，借出库银，招商籴买米粟百余万石，待解到折色银两补还，则亦不失四百万石之数，而国与民俱利矣。乞敕户部再加详议，如臣言可行，准照前项灾伤年分事例，不拘正兑改兑，或本折相半派征，其灾重者又为量改支运，仍乘此京辅农穰，早为籴买粟米补运之数，则天下幸甚！漕运幸甚！）

山东巡按毕懋康疏：看得东省频年荒屯，亘古未有。（骍刚谆卤，弥望如赪。饥民无所得食，至析骸而敲其骨，白鬼趋几同罗刹，亦甚岌岌已。不谓疮痍未疗，沴戾再婴。夏旱之后，继以秋蝗，甚至蔽天而下，极地为殃，秫秔穟穟，一啮如扫。每极目平畴，率皆挺若枯杨，凋如败箨者。是何天厌东人，种种降割未已耶？于时目击心伤，忧思如捣。即盘飧不忍食肉糜也，日索蝗数升啖之；听狱不忍科金矢也，令纳蝗数石贳之。至若事例一节，复不能拘泥银谷也。先是赈臣苦心调剂，藉此以广捕蝗之令。臣等亦稍少展限旬余，以招徕之。诸如此类，一切权宜之法无不行，檄揭之力，亦既殚矣。即今郡邑庾廥，蝗积如山，动以千万石计，尚未尽歼蟊贼，秉畀炎火也。然则螟螣害稼之惨酷，亦略可概见也。）当此日而议开征，本折并艰，而本色尤甚，杂粮俱乏，而粟米尤甚。尽属孑人，疲僬以奉漕，犹若不给也。小民自为计，特不敢再言停耳。无已而求折，盖酌银粟之重轻也。即地方为小民计，亦特不敢言折耳。无已而量为之折，又酌受灾之重轻与水次之远近也。况北边连稔，军士利于得银，而东省荐饥，百姓艰于输粟。强此以不堪，而投彼所未欲，如忧河水之涸沍以益之，涓滴无裨而血泪已枯，殊非计之得也。（再照漕粮一节，关系军储，自非大祲，不敢轻议改折。第事有不可胶柱者，使丰歉迭见，犹可酌盈剂虚，又使夏秋间收，亦可挹此注彼。乃年来鞠凶，层见叠出，夏复旱旸，累息未属，而蝗蝻煽虐，随武其后，牂羊墳首，鸿雁离群，流亡□□，迄□未有宁宇。自非加意救恤，稍苏其困，譬之尫羸垂毙之夫，复重为任而诛之不胜，只有立而视其死耳。则今日除异常蠲免存留等项外，计自不得不出于漕折也。

山东巡按毕懋康疏：查漕粮旧例，被灾八分以上者，不分正改兑，每石折银五钱；七分者，正兑每石折银七钱，改兑每石折银六钱。但荐灾之余，即七分以上未及八分者，亦应照近例量折六钱。）临、德二仓粮，被灾八分以上者，每石折银五钱，七分以至四分者，每石折银六钱。而卫所屯粮，灾重者每石折银三钱，轻者每石折银三钱五分，通融抵作月粮。至于青属，原无漕粮，难徼改折之惠，仍当照例蠲免存留及丁口盐钞。武城、馆陶、高唐三州县续报夏麦无收，相应改折常盈仓麦，每石改折银七钱解纳。乃若零灾州县及被灾贫民，听各该道府酌议赈恤。此特循议灾故事耳，恐未能救此一方痱也。惟推而广之，诸如解京俵马、棉花、绒、蜡、芝麻、红花等项，俱应减价改折，庶于民不扰而于惠不费（。虽所省不多，而省一分，民亦受一分之赐）。此皆改折中事也。

应变之十七　籴漕

谕一　例无　诏无　案无　疏二　议一

京庾至今日而时虞其竭矣，是以截漕不可，折漕亦未易得也。然而灾荒之处，虽欲勉力输挽，何从办之？计惟有征银于民，专官向产米地方告籴交兑，是不亏上供岁额，而灾民免无米之炊，诚便计也。但今所在乏米，而京军之所需原多二麦，倘使米麦参半，宁使浮其麦以代米，庶几办纳较易耳。辑籴漕第十七。

籴漕之谕

隆庆四年，以水灾，谕（免）令浙江湖州府县（秋粮有差）起兑漕粮，暂派成熟邻邑代运。

祁彪佳曰：因灾而告籴以完漕，诚不得已之策。若邻邑代运，则圣恩又过于籴漕矣。故附及之。

籴漕之疏

河南道监察御史吴履中等公疏：（切惟天灾流行，未有甚于此时者也。然合南北计之，灾伤之数虽极于西北，而军国之计尤急于东南。三吴为财赋陕区，臣郡实三吴咽喉。频年以来，江介戒严，最称重地。故臣郡饥，则江南之大忧也。盖自戊寅枯旱，臣郡巨浸，如洮、练诸湖比成桑土。时臣等里居，与地方有司讲求荒政，设粥赈济，嗷嗷之众，赖以不即填沟壑。哀此孑遗，困于旱魃久矣。今岁江南旱涝不齐，而臣群〔郡〕之旱蝗尤甚。屡接家报，芒种之后，竟无滴雨，泽竭井枯，土肤折裂，水稻旱谷，并不能播种。重以蝗灾，堇有草根树叶，供其啮啖。如此光景，尚忍言乎？夫江南奸民思逞，非一日矣。近闻苏常之间，势且岌岌。幸臣郡守令绥辑有方，未至效尤耳。其无事何以消萌，有事可以弭变，不可不预备也。且民命方旦夕莫支，而漕粮又转盼告急。在畿南齐豫，皇上则有发帑缓征之诏矣。）江南为国储之所倚办，请蠲请折，谈何容易。然而责不毛之土以上供，非有通融协济之术，岂真天能雨粟乎？江南地狭人稠，岁岁仰输于江楚。臣郡滨江，转运较易，近奉明旨，不许遏籴，听民移粟，所以通有无而平贵贱，诚为救时急着。然小民岂能越疆贸易？若待命于客贩，则亦利归贾竖耳。臣等展转备筹，惟有官籴一法，最为省便。谓宜敕下臣乡抚按，通计臣郡漕粮若干，悉令征银在官，委粮署协同有身家粮里，奉文前往江广产米地方，一照彼中时值，公平交易。米（一）至，令宁郡城漕艘一到，便用官兑。此不独岁额不亏，比之往时，完兑更早，而下邑穷乡并省骄弁横卒一番骚扰，尤一便也。（臣等虑切维桑，念护国计，谨合词吁请，伏乞圣明俯赐采纳，敕部覆议施行。）

浙江湖州府知府陆自岩疏：（臣樗庸无似，三载版曹，日夕饮冰，饷暂渐濡。第皇上不以臣为不肖，擢居表率之司，任以专城之重。臣切惟湖州乃东南财赋重地也，逴闻连年荒歉，民不聊生。臣矢竭驽钝，百计抚绥，下拯百姓之阽危，上急朝廷之赋额，妄谓奉法守职，可幸无罪。不意甫入境而流离载道，哀号啜泣之声，委沟弃壑之惨，诚有不忍闻见者。盖缘湖地素称泽国，以南亩为生涯。自五月初大雨盆倾，天目诸山之水一时奔起，高塍低地尽化波涛，鱼游釜灶之间，舟行阡陌之上。民间竭力播种，青青满目，指望有秋者，一旦全付冯夷。臣与父老雪涕相对，未遑料理他务。急命小舟，遍阅七邑。□长山阜居多，灾者十之七；安阜高下相错，灾者十之八。至归、乌、德清三县，则水退已许时，而各圩园岸犹伏中涵沮洳，系十分极灾。但见嗷嗷，虽弱者不免道殣相望，强者甚至聚掠为生。臣宣布皇上恩威，遍行抚辑，且出官帑之积粟，倾僚之俸薪，劝绅袍以募助，勒商贾以买籴，凡可为饥民计者，沤心呖胆，不遗余力。目前勉强支吾，将来未卜税驾。切意民饥至此，天所不能生者，惟皇上能生之。察照万历三十六年，该府水灾异常，知府陈幼学具疏请恤，下部议覆。奉圣旨：准于部进拖欠买办银内给发五万两，赈救灾民，务使得沾实惠，以体朕悯恤元元至意。其余依拟行。钦此。部扎到府，即将款开改折漕银、南粮，并蠲停流抵各项钱粮数目，通行遵照在卷。今水患与三十六年无异，而地方当叠灾之后，穷困十倍曩时。然臣切念自离版曹，甫及三月，回想羽书旁午，需饷孔亟，臣堂官攒眉仰屋，计无所施。其在于今，安敢望蠲？安敢望赈？臣愿不识忌讳，冒干天听者，惟有缓征、改折二项可以仰襄皇上法祖好生之仁，可以抚拯湖）照得湖郡灾荒，民有绝粒倒悬之厄。伏乞皇上立沛恩膏，（敕下户部，察照湖属被灾分数，）将十三年条编见征七分、带征三分，漕兑本色三分、折色七分，其南运白粮与存留秦〔奏〕定仓粮，协济嘉兴、海盐粮，以及随漕带运辽粮，并行粮等米，乞照前例，通准改折。再照湖郡本产米之乡也，今沃壤亦为巨浸，邻郡亦皆荒歉，除七分改征外，其余三分，欲求本色大米，虽重费金钱，势无从得。（焦心忧思，踌躇无计，）臣请勒官殷大户籴江广籼（抄本作“私”）米以充漕兑。至旧例漕折每石六钱，臣请加至八钱，并浙省修舡之费，悉解京充饷。督以分所宜输，不强以势所难办，无非曲推皇上权宜拯救之德，以庶几保此孑遗也。（臣若此时不言，拭目漕艘鳞集，粮长逃亡，重以悍弁逞凶，穷硕走险，坐见雨粟无术，敲首何堪？臣粉身碎首，无补误漕之罪。为此先经申请抚按题外，惟湖属被灾独深，拟合专疏吁恳，伏乞皇上早赐乾继。）

籴漕之议

（□□）孝廉王谷议：杭郡米价，石至四两二钱，人情汹汹，（几成大变。然皆望及麦可以复平。乃四五两月，增而不已，殍殣载道，已不可支。今六月内，数日之间，贵至四两二钱，何怪乎从之攘臂而起也。）议者佥谓当事虑嘉、湖漕粮未完，尽封塘栖之栈，以致本境无米可籴。又粮艘在淮，捉民舡佐运，而米商闻风裹足，故至于此。今必弛封栈捉船之令而后可，然漕事无从而办，（欲以息变，其惟请蠲贷乎？而京师乏米，价倍于兹，即当事以蠲贷请，能必朝廷之从之耶？愚谓）若请蠲贷，固必不得之数也。若欲弛封栈捉船之令，（诚属易事，）唯当事一通融之而已。（请陈其说。）夫嘉、湖征粮，甫及其半，当事虽过为之计，而人情如此，是无益而有害也。且今奔牛等处，天旱水干，黄河壅塞，挑浚未就，即使足额，未能飞渡也。宜以嘉、湖之粮分为两运，先将已征之粮，令之前去，其未完者，俟七月中各处新米已出，使粮户籴之，二限完纳，以为续运。约河路得水，挑浚完工，正在此时，未为愆期也。不然，将未征之粮尽改折色。闻淮麦石止五钱，一石之外，加以杂项五斗。如谓麦贱而米贵，每石之外，再纳折色五钱。五钱之数，即昔日一石之米价矣。夫以麦抵粮之半，而又以一石米价佐之，曾无毫发之亏损，未为不便也。（如上二策，择一而行之，今岁之粮可以无缺，又使粮户得宽其力，不至束手就毙，而地方得食，无意外之虞。具疏以请，明王未有不从者也。昔人捍患，发粟截漕，矫诏而行，无不可者。今不亏公家之额而稍为通融，上下交得，何不可之有?）此议既定，随即出示开栈，使其尽行出粟。又行牌西路，明示以大小米船至者，决不兑（抄本作“充”）粮，亦不佐运。小舡至者，先示以信，则外米源源而来矣。（抑有不尽于此者。自杭郡米价腾贵，浙东各府及苏松等府尽行闭籴，而积米之家亦欲坐邀厚利，不肯出粜。今宜行诸处，速驰其禁，以成朝廷之公而全唇齿之谊。又嘉湖以及苏松等府多有栈户积至万余石者、数千石者，少亦不下千石。宜命正印官率领铺户，带银就栈户现籴，不可太抑其价，石以三两为率。盖彼处亦二两八九钱，□铺户籴归出粜，许增二钱，勿损其息。半月之后，再往籴之，减价二三钱。至二限之后，浙东早稻已熟而淮麦且至，可以接济矣。至于六郡荐绅积米，寻常至万石，士民之富者亦然。今因米贵，俱留而不发，其意非欲邀厚利如栈户也，以自为防耳。不知此时大暑已至，而七郡全未种植，农夫不耕，易于为乱，其所眈眈而视者，恒在于富贵之家，吾恐粟有者不得阖户而食也。惟当事出扎于荐绅，出示于士民，以劝之喻之，或赈或粜，一从其便。此二者，亦平价之端也。故得及之，以备采择焉。）

祁彪佳曰：以麦代漕，最为权宜良策。近来灾荒之处，多已行之。麦需籴于淮安，故入籴漕则内。

应变之十八　带漕

谕无　例无　诏无　案无　疏一　议无

自漕舡之回空稍迟，而雇募民舡之议起。长年依舟为命，令之代为转输，虽高与之值，亦且视如汤火。台使者不得已，请带民米，诱之乐趋。倘得漕河无碍，不致受压帮阻浅之苦，则不但民舡获利，而所带之米召买以实京都，于军国亦有大裨焉。辑带漕第十八。

带漕之疏

（广东道监察）御史陈羽白疏：（臣惟今日情势，天不假时，地不假利，民生其间，生意促矣。捉襟露肘，计已诎于今日；三空五尽，将何救于来年？此臣所早夜鳃鳃，隐忧无已。思此兵荒，非有大权变之术不可。我国朝西北一带仰食东南，一年漕米仅供一年之需，岁丰未见盈余，岁歉辄苦不给。迩以灾祲洊至，漕运不前，畿南嗷嗷。值此秋成之日，米价沸腾，不知来春何以待之？近奉明旨，拟将旧欠绢布暂准改折。深哉睿虑，固已洞悉民瘼。臣谓或可扩充此意，如胖袄皮漆铅系等项，倘可暂从省节，通准于旧欠酌输改折一年，仍于所在稍熟地方籴卖充漕，以实畿甫。此一着也。）今岁回空比往岁尤迟，而来年漕需尤比往年更急。近奉明旨，责成地方预雇民船开兑，以为来岁计，详乎虑之矣。但有雇必有雇之费，雇民船势必至夺民船矣。夫民趋利避害，是其常情，未利先害，谁其应之？臣谓不如榜示起载民船，合得附带私米，直抵天津。船只不论官民大小，许以官六民四，预备装载。（官米不必另议脚价，但照往例给之私米先散引通。）如载官米六百石，许带民米四百石之数，以类便通，及时召卖。民无遏籴之苦，（伏着同津之征，抵津类籴，又）商获转收之利，（皆）谁不乐趋?（加瘼至回空，仍赶后续发，以为后帮，）如此则官米依民而信速，民米附官而骈集，是不动朝廷一费，而四方之米辐辏畿辅，此一着也。（前着行之，则以折色各项者免买本色之粮；后着行之，则流通民运，还收官运之实。但宜先时料理，使十一二两月装束以待，庶几来春国计，其有需乎？臣荷恩深重，兹奉差茶马，将有万里行，占恋辇毂，依依杞忧，敬陈愚得。万一有当，乞敕部速覆施行。）

应变之十九　抵粮

谕无　例无　诏无　案无　疏一　议无

岁荒之时，民重于食，则本色令以银折；秋收之后，民重在银，则折色令以米代。通变时宜，皆所利益吾民也。凶丰不常，使抵粮之谷获存于仓，且有饥荒，又可出粟，是有一举两得者。此亦即官积之意。但彼则均派于田亩，此惟独恤于贫丁耳。辑抵粮第十九。

抵粮之疏

山东巡抚李长庚议（抄本作“疏”）：东省连岁灾荒，今秋少获收成，一切起存钱粮，势必开征。念乡民别无生计，不过以秋成之租出粜供税。若以银易银，为力既难，而倾销火耗，所费更倍。惟有各道府所议纳谷抵税一节，似为便利。该州县应解起存银两，竟自征银，无容别议。至于存留银两，应在本处支用者，计筭该银若干，出示谕令，大户照旧纳银，贫丁下户该银一两以下者，准将粟谷杂粮，上仓交纳。先将时估市价呈报道府，即照依估价，筭银销历。至于价值，尤须比时值市价每斗稍增银一二分，以便贫民收完贮仓。或按季支与各役工食之用，坐筭本年条鞭额征之数，或抵发下籴谷赎银及事例籴买积贮银两，但须听民便，不愿者听。仍先定限期仓口，如某日收某里，卯时开仓，至申时止，置立木牌，某都某图序入，无使小民有等候挨挤之苦。收受斗斛，俱照司颁定制，不许私自增添。其登簿给照，即于赤历上注销，给予照票，不必另立一簿，反滋需索。其事须正官亲自查收料理，若有衙官需索，以至里排人等及管仓人役指称量收、刁难花户者，即行揭报，提究如律。

应变之二十　折粮

谕一　例二　诏无　案一　疏二　议二

都下军粮，兼支本折。乃当米贱之日，折而存之，则可以蓄储糈；米贵之日，折而粜之，则可以平价值。在军还其所应折之常，且有加价之喜，而一存一粜，一得太仓二十万之米，一得京师十五万之金，略为通融，所利莫大。至章文懿公增价恤军，减价恤民，亦有与两贤符合者。辑折粮第弟二十。

折粮之谕

隆庆四年圣谕：黄陂、孝感等县被灾最重者，今起运南粮改折其半。

折粮之例

弘治十七年议准：苏、松灾伤，起运不前，暂将一年在京各衙门官员月粮米，每石折银八钱；该在南京本色禄俸，每石照旧折银七钱；其南京各衙门官员俸粮，每司除米一石，折银八钱；其余并南京各衙仓粮，俱每石折银七钱。（漕运粮米，折银二十万石，每石兑运七钱，改兑六钱，各解交纳。）

嘉靖十五年题准：通行各省管屯官员，如遇灾伤之年，将各屯种灾重者每石折征银三钱，灾轻者每石折征银三钱五分。就以所征之银抵斗支放，不许刁军妄扯分数，延误钦限。违限者比照占种屯田事例，附近改调边卫，边卫改调极边卫分。

折粮之案

宋神宗熙宁二年，帝阅群臣奏，以仪鸾司官孙思道言坐仓事，善之。坐仓者，以诸军余粮愿粜入官者，计价支钱，复储其米于仓也。诏条例司条议以闻，条例司请如嘉祐附令敷坐仓故事行之。曾公亮谓：支米有量数不同，难以立价。帝曰：家各有斗，人自知其所得之多寡，虽定价庸何伤？然此法第以恤军班、防监人可也。安石曰：诚然。今立价自一千至六百，过此则军人自粜，与民间所定价亦适平，更增数钱，未至伤民。价钱贱于所定，则军人受患矣。帝曰：善。王珪曰：外郡用钱四十，可致斗米至京师。今京师之钱，反用钱百坐仓籴一斗，此极非计。司马光曰：坐仓之法，盖因小郡乏米，而库有余钱，故反就军人籴米，以给次月之粮，出于一时之急计耳。今京师有七年之储，而府库无钱，更籴军人之米，使积久陈腐，其为利害，非臣所知也。惠卿曰：今京师坐仓得米百万石，则减东南漕百万石。转易为钱，以供军师，何患无钱？光曰：臣闻江淮之南，民间乏钱，谓之钱荒。而土宜粳稻，彼人食之不尽。若官不籴取以供京师，则无所发泄，必甚贱伤农矣。且民有米而官不用米，民无钱而官必使之出钱，岂通财利民之道乎？

祁彪佳曰：籴粮即折粮之意。此亦有弊，留之为戒。

折粮之疏

大学士徐文贞〈公〉阶疏：伏蒙密谕：太仓今积，可略盈余否？臣闻近来太仓只有二三年之储，而一岁所入，又仅足供一岁所出，未见有积。惟上年四月米贱，仓米每石粜银三钱四五分。臣劝户部以所收折兑银，每石五钱给军。于时军士既喜于得价之多，而太仓却留得二十余万石之米。缘折兑每石该银七钱，二十万石该银十四万两。今给军每石只银五钱，二十万石只银十万两，则是省银四万，计该米八万。此乃盈余者耳。（其折兑之详，臣别具一帖，呈进圣览。〇折兑一件，若岁岁行之，及以所折之银供别项支用，则太仓之积必亏。旧时太仓有八年之积，而今只有二三年者，由此故也。若专主不折，外间或遇水旱，不能办纳本色，而必欲取盈，又非所以便民。况其势终至于逋负而不能完，则于仓储亦未见有益也。惟于）若于水旱之处，照常折兑，而以所折之银，收候米贱之时，给放月粮，则军民两便，而仓储亦不致亏损。况折兑每石该银七钱，今放银每石只五钱，计三石之银，可充四石之用，仓储仍可望增。此只在户部留意行之耳。

户科给事中黄云师疏：臣闻救荒以弭盗为急，弭盗以赈饥为急，赈饥以实期有济为急。况京邑翼翼，杂聚五方，（往者时和岁丰，而啼号丐乞之流，每当严冬届节，则散钱给粥，仰廑皇仁，然且饥殍死亡，仅存余息。况今何时乎？野童于蝻，祲岁不禳，环甸无告之民相携而奔投都会。古云医门多疾，诚自纳于皇上之轸绥也。且邦畿米价恒高，小民百计营生，典鬻褋衣，取资糊口，而寒气将至，肤力何勘？故各赈之难于春，赈之今冬难于赈之去冬。）若不预为区筹，实期有济，则饥寒在身，必无廉耻，挺险剽窃，可谓大忧。臣每蒿目以思，（外解不前，内吁何恃，独）计有可以通融之术而军民两便，不得不为皇上陈之也。何者？军粮月给，悉在京仓，兼之岁岁辇输，故城内积米裕如，而民食不匮。今率土奇荒，畿甫之间，转籴都内，此即京仓月给，而外市已不可杜矣。近奉明旨，各营兵月粮，与操军一体赴通支领，顿省脚价，应宜永遵。但岁荒行此，切恐都城米贵，从兹日甚。何者？官省脚价而散之军，军省脚价而卖之贾，此数千石粮必不肯内赴矣。又察军士月粮，一岁之中，正、四、七、十等月，给与折色。据万历七年题准，米贵已极，十月之期，若伏折色，则冬米颗粒无觅。臣又恐突烟不暖，人心惶惶也。以臣愚计，给军不失折色之名，而朝廷且得收数万金之益，资赈有具，可恃无恐。正谓此时民间米价每石值银四两，例折色一石，给银六钱。若敕户部将应给本色粜与民间，每石酌价二两五钱，而于给军折色外加四钱，是一两骤得，军既感恩，米布民间，价必不贵。度京军一月所给不下十万石，即朝廷一月所息不下十五万金，以此分赈群黎，甚为有济。而又严大户囤积闭粜、坐索高价之罚，严私运出城之罚，严赴通支领、不送来京之罚，兹固一时权术，然银米两优，人心巩固，岁不能饥，而盗何自作乎？倘臣言可采，伏乞勅下该部速议施行。

折粮之议

章文懿公懋议：（臣）予昔年分巡至邵武，正值饥荒，米价极贵，本府仓粮不能完纳，小民纷然告求赈济，而仓无颗粒之粟，军士群然告缺月粮，而查军仓之储，仅可支两月。时将五月，青黄不接，（分守裴参议无可处置，避而去之。臣）予谓（其）军士曰：今仓中无粮，与民之饥荒，难以追米，皆汝所知也。吾欲每月给米五斗、支银三钱与汝，则可延至八月。八月以后，则各处有米可籴，与银六钱，任汝转易。军皆乐从。乃谓其民曰：汝欲赈济而无粟可发，别无可为。汝今征粮上官，每米一石，该银一两二钱，于法不该宥免。我与汝减价，止纳六钱上官，其余六钱，就与作赈济。民皆懽然（曰：得如此，过于赈济矣）。其有户无田粮而贫困者，乃借支布政司银两以赈之。上下皆安，不然几于激变矣。今本县科派烦重，又有散钞、散盐等项无艺之征。若会计各图饥民，该用赈济稻谷若干，就令该图里长领去粜卖，以代贫民办纳科银若干，使民皆受其惠，则官欠易完，而免于豪猾冒支官谷之患。虽不赈济，犹赈济矣。（此乃权宜之法，不知如何。）

祁彪佳议：越中军粮，例应上仓给散。今（不知）当荒歉，可以少为通融（否？治某伏思）。夫军民一体，（倘）肥民（以）瘠军，万（一致运有言，亦非所以平政体，足以显揭之明示。治某亦不敢以此为请者。盖恐老祖台）万不可。是以明开改折之门，则纳户欲抑价以与军，军必执词以不愿矣。若听纳户私与之折，虽较之市价，可以少减些须，而亦必饱军之欲而后已。盖军之利折者，以其寅食卯粮，明年之需，可得先供今冬之用，故亦肯少减于市价，而纳户则可以留此以为积储之米，是实军与民两利俱存者。（虽不可执之为成格，而值此大歉之岁，暂行一年，于储米救荒，亦有裨焉。）

应变之二十一　放粮

谕一　例三　诏无　案一　疏一　议二

当国家丰豫之时，南北仓粮皆有余积。是以偶值凶荒，但行放粜，即可以平价济饥，而所得之银又行加倍收储，不但为民，亦且为国矣。辑放粮第二十一。

放粮之谕

万历间谕：朕思雨水连绵，京师米价日贵，着于通州仓粮暂借十万石，运赴京仓支放。而该月折色军匠米粮，候新粮到日，即与补完。（其五城房号银两，除旧例免征外，再着免征几月，以昭朝廷相宜救灾之德意。）

放粮之例

成化六年（，敕差堂上官二员，一员往顺天、河间、永平三府，一员往真定、保定二府灾伤地方，设法招抚赈济。如本处仓粮缺乏，许于附近通州、天津、涿州、保定等处仓分量给及搬运接济。其一应差徭，俱暂优免。又）奏准：将京、通二仓粮米，发粜五十万石，每杭（抄本作“粳”）米收银六钱，粟米五钱，以杀京城米价腾贵。再将文武官吏俸粮，预支三个月。

嘉靖十六年正月，御史韩岳言：京师米价翔踊，请令有司（收养穷民，及）发太仓银平籴以赈济之。部议仓粮既以时放，而豪右乘贱居积，价复腾贵，宜严其禁。上令巡仓御史及缉事官严捕治之。

嘉靖三十一年，令大同全灾卫所预放官军月粮两月，仍以该镇煤税、盐税等银及预备仓粮赈济。

放粮之案

韩忠定公文为南京参赞尚书，属岁饥，米价腾踊。公移文户部，官军粮俸预支三月，以平籴价。度支以未得命为辞，公曰：救荒如焚，民命在旦夕，安能忍死以待？即得罪，吾请当之。遂发米六十万石，米价渐平，人不病籴。

放粮之疏

大学士彭时疏：京城米价，日贵一日，在京蓄积之家，因而闭籴以要厚利。乞命户部将官俸军粮预放三月，如又不足，将东西大仓米平价发籴。收贮价银，待丰年支与官军折俸。其德州仓粮，亦宜量数发粜，以济河间之急。此令下，庶几人不闭籴，米价可平。

佥都巡抚唐顺之议：南都仓粟，其羡至四百万以上，可彀十年之支而有余。去岁所奏平籴一法，此军民公私凶丰兼利之术。（奈何当事者议论不同，遂使美意不竟，然此法终不能罢也。）近闻之一户部长官，言此法有三利云。纵使诸郡尽荒，但得京仓粜粟三数十万石，分散诸郡，诸郡每发官帑银万两为籴本，输之京仓，则可得米二万石。平岁人食米一升，凶岁则减之，是二万石者，二三万人百日之命，以待来岁之熟也。三数十万石，而得银十五万两，是国家不过钱米互换之间，实未尝费斗粮，损一钱，而赐五六十余万人百日之命，以待来岁之熟也。其议论异者，不过以苟有缓急、京储缺乏为说耳。夫粜三数十万之米，于四百余万石羡余之中，特十余分之一耳。且今（江东虽灾，而）江西、湖广颇闻丰熟，则京仓岁额本色之入，固将源源而来也。（岂预忧十年之后之不足，而辍旦夕之所必救哉!）至于有司所请速籴一节，盖虑异日谷既不登，而远商又不来，则虽积钱盈箧，坐而待毙矣。故救荒惟是预处钱粟，而变钱为粟，尤是先事预处之善者也。

祁彪佳议：越当大歉，二守毕玉台以军士之粮先期给之，使千石发粜，（此乃续命之膏，）不召商而米集，不差官而运通。（即此见老祖台敏心妙手。）一转移之间而千石在市，民情可安。（读至于此，不觉拜服。但）[然若]用商银兑籴，已是商人之米，未必能计坊均粜。愚见必各坊任事者，纠齐一坊之赈银，面兑与卫官，取其印领，到仓关支，即分粜与各坊之饥户。在（老祖台）[官府]可无催督之烦，而各坊实得均沾之惠。

应变之二十二　征粮

谕无　例无　诏无　案无　疏无　议一

折粮所以广储也，抵粮所以恤贫也。乃一折一抵，而奸蠹因之以为利矣。所以王孝廉有尽额征米之说，使其在仓犹之在民。然丰则征，荒则折与抵，要惟视年岁何如，而总不可饱奸蠹之腹也。辑征粮第二十二。

征粮之议

孝廉王谷议：越中如坻仓，每年应纳米一万三千石。乃有所谓揽头者，向应纳之户折银入手，别营子母。延至次年追比之时，又向官军买票销缴，名曰摘支，所以仓中乏米。而揽头将来囤贮，待价以贩，于是境内亦乏米矣。今宜于秋收之时，严禁揽头，必将米数尽行征足，计官军家口若干，发与食用。所余之米，令仓官同卫官比照时价，量减若干，以粜于民。万石之米，一朝而在仓，且在境矣。难者曰：此米原属官军，未便于平粜。不知近日在卫之官，多属欠粮应罚，其余有票无米可支。所伍之军亦多乌有，即有召募之人，亦贱售其票，未能得米也。仓廪既实，则官军各足，而以其余者及民，岂有不便者哉！

应变之二十三　兴工

谕一　例无　诏无　案二　疏二　议五

弛役者，《周礼》荒政之一也。顾无益之役固应弛，若役之有益于农事，有益于公家，俾贫民受此工资，聊给朝夕，诚一举二两得。是昔弛之以救荒，今举之以救荒，其义正相合也。辑兴工第二十三。

兴工之谕

崇祯十三年（十月十八日）圣谕：据奏内开水道以通商，兴河工以活贫，亦是救荒一策。如议着于岁存盐课银两内，动支一万两，亟为鸠工疏浚。仍着总漕河臣遴委勤廉官，悉心料理，计工奏报察核。如有侵尅等弊，即参来重处，徇阬兼治。

兴工之案

范文正公仲淹知杭州，（二浙阻饥，谷价方踊，斗许百二十钱。公增至百八十，仍多出榜文，具述杭饥及米价所增之数。于是商贾闻之，晨夕争先惟恐后，且虞后者继来。米既辐辏，价亦随减。）[岁饥]，凡一切发粟存饷之政，为术甚备。吴俗素喜竞渡，好为佛事，仲淹乃纵民竞渡，与僚佐日出宴于湖上。自春至夏，居民空巷出游。又召诸佛寺主首，谕之曰：岁饥，工价至贱，可大兴土木之役。于是工作鼎兴。又新仓廒吏舍，日役千夫。监司劾奏杭州不恤荒政，宴游兴造，荡耗民力。仲淹乃条议所以如此，皆欲发有余之财，以惠贫者，使工技服力之人，皆得仰食于公私，不至转徙填壑。荒政之施，莫此为大。是岁，惟杭饥而不害。

祁承爜曰：（按：救荒莫过于通籴，通籴莫先于听价。此赵清献知赵州时所榜通衢，令有米者任其增价。按管子曰：滕鲁之粟釜百，则使吾国之粟釜千，滕鲁之粟四流而归我，若下深谷。二公皆祖管子之意。）兴工役以济饥民，是亦救荒一策。近代何公乔新赈山西，僦饥人疏河渠，出粟偿直，张公敷华赈楚，因修学宫，以佣直资饿者，皆得古人之用心。

莆阳一寺观建大塔，工费巨万。或告待郎陈正仲曰：当此荒岁，寺僧剥敛民财，兴无益土木。公为此邦之望，盍白郡禁止之？正仲笑曰：子过矣！建塔之役，寺僧能自为之乎？莫非佣此邦之人为之也。敛之于富饶之家，散之于贫窭之辈，是小民藉此以得食，而羸〔赢〕得一塔耳。当此荒岁，惟恐僧之不为塔也，子乃欲禁之乎？

隆庆元年，苏、松二府大饥。巡抚海忠介公瑞奏开吴淞江，吊取各县无碍官银，给散工食，全活饥民甚众。

兴工之疏

宋文公朱熹疏：（臣昨所奏逐项事理，并蒙开允，独有依准旧制，募饥民修水利一事，未蒙施行。）臣窃见连年旱灾，国家不忍坐视天民之死，大发仓廪以拯救之，其费以巨亿计。盖其赈给者固不复收，其赈粜者虽曰得钱，而所折阅亦不胜计。仁圣之心于此固无所吝，然饥民百万安坐饱食，而于公私无毫发之补，则议者亦深惜之。故臣尝仰稽令甲，私计以为，若微于数外有所增加，以为募民兴役之资，则救灾兴利，一举而两得之。其与见行粜给之法，利害之筭，相去甚远。（故不自揆，既以奏闻，而辄下诸州，委自）臣曾委通判询究水利合兴复处，以俟报可。至于近日巡历，又得亲见，所至原野，极目萧条，唯是有陂塘处，则其苗之蔚茂秀实，无以异于丰岁。于是窃叹，益知水利之不可不修。（自谓者得奉承明诏，悉力经营，令逐村逐保各有陂塘之利。如此则民间永无流离饿殍之患，而国家亦无蠲减粜济之费矣。不谓言语疏略，未蒙鉴昭，敢竭其愚，重以为请。）伏望圣慈深察上件事理，许臣前项所请百七十万贯者，而令于内量拨什三，候诸州通判申到合兴修水利去处，即与审实应副其合粜给人，有应募者，即令缴纳粜给由历，就雇人役，俟毕工日，粜给如旧。则所捐不至甚多，而可以成永久之利。（绝凶年之忧，费短利长，未为失策。）

副使林希元疏：（曰兴工役以助赈者，盖）凶年饥岁，人民缺食，而城池水利之当修，在在有之。穷饿垂死之夫，固难责以力役之事；次贫稍贫人户，力任兴作者，虽官府量品赈贷，安能满其仰事俯育之需？故凡圮坏之当修、湮塞之当浚者，召民为之，日受其直，则民出力以趋事，而因可以赈饥，官出财以兴事，而因可以赈民。是谓一举而两得，于工役之中而有赈济之助者。（昔宋熙宁七年，河阳灾伤，常平仓赈济斛斗不足，诏赐常平谷万石，兴修水利，以赈济饥民。董煟谓此以工赈济者。今之大臣，盖尝用之于宰县之日。臣昔师其意而行之于泗州，既有效者，今各处灾伤，似可用也。）或曰：（荒年财力方诎，凡百工力，皆当停止。故）《周礼》荒政有弛力之令，今子乃欲兴工役，何也？臣曰：荒年工役之停止者，盖谓宫室、台榭之类之可已者。若夫城池之御侮、水利之资农，皆荒政之所不可已者。府库之财，自有应该支用而不干赈济之数，若里甲之类者，臣在泗州盖尝支用而不碍于赈济者矣。

兴工之议

寺丞兼御史钟化民（救荒法）议：昔范仲淹、苏子瞻任浙西，岁饥，乃发粟募民兴造。服力之人，仰食于官者，日计万数，民赖以济。各州县查堪动工役，如修学、修城、浚河、筑堤之类，计工招募兴作，每人日给谷三升以为雇值。是借急需之工，以养枵腹之众，公私两利，实救荒格外之良策也。（《周礼》以弛役为荒政，今以兴役助济荒，事固有相反而相成者。）

广西布政某公议：借工作以寓赈恤，前贤固有行之辄效者，但恐所在原无应作之役，亦无堪动之银，而妄议亟筑，消功殚贿，是时诎而转举赢也。兹择有裨国计而兼可济贫民者，无如开垦一事。其或无地可垦，则一切城郭关梁、黉宫廨宇，有不得不修葺者，亦不妨因荒鸠僝，而为公私两利之术。大都动千人之工则活千人，动万人之工则活万人，总期于接济饥民而止，亦前贤遗意也。

长洲令（夷度祁公）祁承㸁议：夫议荒政而及于鸠工，使贫民得役力以糊口，事诚然矣。然所谓兴工者，必修建有原设之额，帑藏有见赈之银，及此荒岁，一举行之，是两利而俱存之说也。在本县（原无应作之役，亦无可动之银，而辄议兴工，则势必至加编加派以取给。夫加编派于灾民以动役，犹之剜垂毙之肉而疗饥，饥未疗而先速其亡矣。使范希文而当此时，必亟停之不暇也。）至于无烦官帑、有益大户，而兼可以济贫民者，无如修圩之一事。（盖本县屡岁旱而不涝，故民皆忽此修筑，而原存圩埂，日塌月削，仅存一钱〔线〕。所以一遇大水，捍御无策。今诚及八九月水退之时，本县轻船寡从，遍至穷乡，）每圩之中，有田而稍饶者，计亩出米若干，有田而家贫者，计亩出力若干，即以饶者之米充贫者之腹，而使之毕力于修筑之举。其圩埂之狭者培之，低者增之。有数千亩共一圩者，仍界画为数圩，而多筑其埂以分之。夫埂厚而高，则御水有具，圩分而小，则车戽可施。在出米者非置之无用之地，在出力者即自为己田之谋，且可以目前救荒之谋，为后来备荒之用（，诚一举而三善具矣）。

孝廉卓彝议：赈发之时，或使无赖之流更名冒领，是奸民乐有荒也。或使遥远之民奔走数千里，求乞升合，是农民疲于道也。今议彻底打筭，自某月某日起，至某月某日止，每人应食几斗，凡穷民无告者，俱报名本县，明开家中男几丁，妇女几人，住某县某都某图某甲。一都不许移二都，二都不许移一都，使穷民有定处，然后官有定法，简料人数，择相近出米大户，使之就食。男子单日为大户执役，报其食也，双日自耕，不废一岁之职也；妇女小儿，俱即为大户执（抄本作“报”）役。朔望日，大户具饥民花名勤惰手本，惰者本县责治，不悛者革其食。如城市大户，无用饥民之处，或以米输本县，简料饥民实数，编定老壮保甲，修城浚池，五十日给米，朝夕课其职业。是法果行，其利有五：饥民以力耕偿大户，杜奸人倖取之心，一也；大户收饥民力耕之报，深慰其好义之念，二也；饥民知所食之出于大户，而身又隶于大户，必将力为环卫，唯恐自绝其食，纵有不逞之徒，不能倡乱，地方可恃无患，三也；保甲久废，势难修复，今简料饥民，阴行保甲，众心乐从，四也；资大户之米，用饥民之力，修城浚池，以备不虞，五也。

卓彝又议：人自七旬以下，十岁以上，苟非游惰失业者，其力皆足以自食。故古人粥溢之说，止于救疲癃尫疥，非泛及也。输米煮粥，使十数里之外，奔走朝夕，以求一饱，果腹而归者，及家而又饥矣。且使之有用之农工，疲于道途，深为惜之。查得粥米每人约三合，今议令饥民报名本县，编册立户，壮丁自为一甲，每日给米一升，老弱自为一甲，每日给米六合。(府前之)河可开也，(城)隍可浚也，(关下之)塘可修也，(洞口之海塘可筑也。)各拨就近饥民派米执役，择谨厚吏为保长，督工分米。有能办事不欺者，吏准一考。是饥民既无饿殍之虞，而国家又收饥民之用矣。

应变之二十四　募卒

谕无　例无　诏无　案一　疏无　议二

傑黠之人，在平日尚宜收罗，及一旦遇饥馑，倘不为我用而自为用，则鼓众逞私，何所不至？虞翊三科募士，正虑及此。予乡辛巳年，城中抢夺猝起，赖当事行以村赈村，即以村护村之法，而乡间亦择饥民之强壮者，统之骁勇，自为团练，地方因以宁谧。此收罗杰黠之明效也。辑募卒第二十四。

募卒之疏*

(原稿眉注：入募卒疏。)

兵部尚书熊明遇疏：陕西延安，遍地皆贼，盖岁饥民穷之故。欲胜之以兵，不如使之化为民。但其生资荡尽，欲还无路耳。今若议赈，则计人给银，不过数天，待哺未几，又复赤手。臣等与户部议处银垂二十万，令该抚按设法招其精健者为兵，给以月饷，而杂处于旧兵之中，使旧兵尝足以制之，驱而杀贼，用为前茅。计精健既收，疲弱者即欲为变，势必不能逞。然后给以免死票，散遣归农，彼必乐从。而此健兵，若贼平之后，即以补各边兵缺额，未为无用。此则寓赈抚于招募，艮不虚掷，兵不别调，督抚便宜从事。但期敉(抄本作“安”)宁，文法在所宽也。

募卒之案

李允则赈济湖南，因募饥民堪役者隶军籍，得万人。转运请发所募兵御邵州蛮，允则曰：今蛮不扰人，无名益戍，是长边患也。且兵皆新募饥瘠，未任出戍。乃奏罢之。

募卒之议

长洲令(夷度)祁承㸁议：吴门游手之民诚众矣，然其间黠有力者，不过千百中之一二耳。此一二人者，其欲可豢也，其力可笼也，其势又易于约束也。诚令城中各练兵将领，自于信地处，凡一坊一巷之间，果有投石超距之勇，及胆略不凡、游手无事、仰食无地者，皆密访而密识之。愿补伍者，即收之行伍中，稍优其饷。更有杰然自见其才者，不妨量补队长等役。每哨以数名为率，其本等之饷，即以抚属中空月之银，通融给散。而且明谕各将领，能用心体访，所收得人者，注以上考；其漫不经心者，以不职论。如此，收罗之恐后矣。夫使之铲落角距，而笼一二人于千百之中，为力甚易。然以一二人之黠有力就我之笼络，而彼千百人者，即欲蠢蠢以动，无能为矣。无事既可实行伍而时训练，有事且可贾余勇而作先驱，倘亦古人貙牙之意乎？

祁彪佳议：大荒之时，抢攘猝起，以各村赈各村，即以各村护各村，饶裕者出财，困乏者出力，是守望相助之道。今将给米人户，拣择其中壮丁，备造花名，送府查照，立为团结防护之法：

一、无事之日，听鸣锣三通，聚齐团结，每人各给酒肉。

一、遇惊听紧急锣声为号，即刻持器械赴鸣锣住所，防护擒拿。点名到者，各给酒钱二十文。

一、擒获大盗一名，被盗之家谢米四石；擒获窃盗一名，被盗之家谢米二石；擒获强抢强借凶犯一名，被抢被借之家谢米三石。

一、凡鸣锣不到者，一次革米一期，二次除名不给。

一、村中（族中）有捏造匿名谤帖以图倡乱者，定会仝保甲长挨察的名送官，依匿名律取问死罪。有举首得实，保长赏银五钱。

一、借团结为名，聚众私殴，或报仇挟诈者，送官重责枷示。

一、壮丁之中，有不遵约束，肆言挠阻者，革米送究。

应变之二十五　便邮

谕一　例无　诏无　案无　疏一　议无

救荒以救民之饥也。乃此驿卒者流，多民中之无赖，倘不酌处钱粮，使之应付走递，彼肯安于饥否？裁减之议起，而此辈之为盗者不知凡几矣。况当荒岁，可无为之所乎？且皇华之使，委诸草莽，亦非所以重国体也。辑便邮第二十五。

便邮之谕

洪武五年，（太祖）上念驿传重繁，故元之民，有役马夫而至破家者，乃谕部臣曰：善治者视民犹已，爱而勿伤；不善者征敛诛求，惟日不足。殊不知君民一体，民既不能安其生，君亦岂能独安厥位乎？譬之驭马者，急衔勒，厉鞭策，求骋不已，鲜不颠蹶，人独能无伤乎？元之末，政宽者失之纵，猛者失之暴。观其驿传一事，尽百姓之力而苦劳之，此与驭马者何异也。岂可蹈其覆彻耶？自今马夫必以粮富丁多者充之，庶几其力有余无损。有司务加存抚，有非法扰民害者罪之。

（原稿眉注：入便邮疏。）陕西巡按吴甡疏：延郡奇荒四年，（赤地千里，大盗横行，民靡孑遗，流离死亡，焚掠屠戮之惨，从来所未有也。）流离载道。至于驲（抄本作“驿”。下同）递，疲苦更甚，驲卒马夫，强半从贼。所遗剩者，每驲不过数家。自非老弱忍饥待毙之辈，未必肯恋恋于兹土，而应募当差，何以支吾？（夫盗贼充斥，闾里萧条，犹恃有道路之流通、轮蹄之绎络，成一郡县。若一概断绝，则千里无烟，竟同沙漠，成何景象？曩之君子所履，小人所视，今凡鞠为茂草，满目荆榛。臣□所为顾瞻周道，潸焉而出涕也。）臣与督抚诸臣往返商榷，四年裁省站银，似皆扣供军饷，合无于存剩赈银内动四千两，自今年九月初一起，接济至十二月终止。再，议动五年裁省驲站银四千两。所费仅八千耳，而为地方利便者三：疏通道路，使转输无滞，塘报无阻，一也；轮蹄所聚，冠盖往来，盗贼不敢逼处孔道，二也；穷饿饥寒之民，借此衣食，得以存活，不至流而为盗，三也。此虽无关于赈济，而赈济孰大于此？

便邮之疏

山东督理荒政御史过庭训疏（开：一、议处驿递。）：夫驿递至今日而疲极矣。惜其疲，不得不防其滥；而防其滥，又当重惜其疲。盖昔日之疲，疲于应付之过多；而今日之疲，疲于钱粮之不足。以故即应得夫马，多不肯应付，此匪直为过客累也，且大为贫民累。夫贫民之稍有身家者，借走马以营生；而其原无身家者，借做夫以度日。（近因钱粮停征，驿递银两概不给之，致走马者半多脱逃，而做夫者多散去矣。皇上）今轸念灾民，〈发银赈济〉（按：此据抄本补），（特发银米赈济，）此辈独非灾民，独不当赈济乎？且走马、做夫之人，更多强有力者，若令其千百成群，又非愿就粥厂之灾民可比。（惟是廪给口粮，原为过客往来设者，不妨暂行停止，）合无自（本年三月，以至七月终，）今本省驿递中，一切过客廪给口粮，暂行停止，概不应付。其夫马银两，查系最冲者仍照数全给，次冲者给十分之七，又次冲者给十分之五。驿传道查各府州县有堪借银两，酌量于最冲次冲之间，给散各驿，（而过客往来之夫马，果系真正勘合符验，仍照常应付。）令贫民之走马者仍归走马，做夫者仍归做夫。则不惟可以通往来之血脉，亦可以散会聚之贫民。

应变之二十六　通海

谕无　例无　诏无　案无　疏一　议无

救荒者，使上为之谋，不如使下自为谋。下自为谋，不过开之以利孔，节之以蠹窟。所谓利孔之开，通海其一也。防盗、防倭，固有厉禁，而闽广浙直何可不自相往来乎？况米航之运贩，惟海最捷，亦惟海最多。朱文公救荒浙东，告籴闽广，乃已事之彰彰者。严防其勾引，而宽与以贸易，是在地方官加之意耳。辑通海第二十六。

通海之疏

山东巡抚钱士完疏：东省奇荒，臣与州县府道诸臣频蹙而谋必有所以处此者，独有海运一说。如天津岁稔数倍，移粟升斗，可活一命。缘向来倭炽，通海有禁，恐其以利器授倭，以转运通辽也。若天津内地，计日往返，不在禁例。倘以天津为名，而私通辽地，是在道臣禁约有方，安得因噎废食（，上视一方沟壑不为之所）乎？司道诸臣佥以为然。以北地之余，赈数郡之阨，是民之再生有机矣。

应变之二十七　留班

谕无　例无　诏无　案无　疏一　议无

班军赴调，在内以壮神气，在外以捍牧圉，诚旧制之不可已者。但若时值饥荒，则安家行粮，一切难办，而枵腹荷戈，情亦堪悯。或行暂免，活行征折，是在有军之地，当事者为之酌请耳。辑留班第二十七。

留班之疏

山东督理荒政御史过庭训疏：看得东省班军，（在内以壮神气，在外以捍牧圉。）其赴调也，有更番，有期限；其起行也，有安家，有行粮，遵行已久（，从不敢违，敢有轻议免班者乎?）。第尔来东省灾荒，（事出创见，已该前后诸臣题请停征。）通计一班之费，共该银三万二千四百四十八两五钱三分。此时（将）既难征之民间（乎？则□□各行，俱已告停，岂能独征此项？况民间甫受休息之惠，而骤闻追呼之声，于情理有所不安，将处之库藏乎？则去岁煮粥运粮，搜括已尽，兵夫驿递，借抵皆穷，而欲以瓶罄罍耻之秋，为师行粮从之举，又时势之所难强。），又难处之库藏，况连年灾眚，荷戈之士，失伍离次，半作流移，见在之兵，枵腹尫形，不堪畚挶。（念此狷狷之辈，资庳为先，值兹嗷嗷之民，盖藏俱竭，处斯两难之地，惧蹈违限之愆。臣与该司再四筹维，万非获已，非不知边防紧要，明制当遵，惟是时处异灾，恩希破格，倘蒙）伏乞轸念二东民穷财尽，暂将今秋班军与来岁春班，免其赴役。如以例不可废，容俟秋成照依司议，征折班价，解济边储，亦转移救急之一策也。

应变之二十八　度僧

谕一　例二　诏无　案无　疏二　议一

宋时度牒足以换米济饥，是以苏文忠公乞降二百道，便可于缺米县分入中出卖。今度牒利减，而虑增游食，林次崖所以谓宜禁止也。然此时僧徒最冗，倘因荒歉而或行清汰，恐至流为盗贼。惟是广为晓谕，除住持及力作者外，皆令乞食于丰收之地，待此处成熟，仍然令归。一州一县，亦可省数千冗食矣。辑度僧第二十八。

度僧之谕

成化八年，（禁僧道赈荒给度。时）总督漕运都御史张鹏请给僧道度牒，鬻米济荒。上曰：僧道度牒不宜太滥，且鬻米之数所得几何，而所损于国者多矣。其在官吏监生，尚不可以为常，况此辈乎？其勿许。

祁彪佳曰：僧之不宜度者，以其游食耗国；僧之可暂度者，借其纳例救民。是在酌时势而行之。

度僧之例

成化二年，命礼部给度牒鬻僧，以赈济饥民。

成化二十年，预度天下僧道六万人。时山西、陕西饥，谕江浙等处愿为僧道者，输粟赈济，给以度牒。

度僧之疏

（原稿眉批：此宋法也，我朝不能行。）宋兵部侍郎胡铨疏：臣（闻《春秋传》曰：救灾恤邻，道也。行道有福。又曰：是宜为君，有恤民之心。陛下勤恤民隐，若保赤子。近缘江浙水旱，诏令为济饥而下者十常七八，监司、郡守为济饥而行者，踵相蹑也。比诏州县修筑圩田，又遣使核实，诚惧官吏徒为虚文，而实惠不下。究陛下恤民之心，可谓至矣，尽矣，不可以加矣。而臣犹欲竭罳罳之虑，以为陛下献者，诚欲效涓埃于崇深，可笑不自量也。）谨按国朝故事，济饥之说有三：粜常平米，一也；截拨本路上供，及宽减本路上供斛斗，二也；给赐度牒，三也。（元祐五年，浙西灾伤，自正月开仓粜常平米，临安倚郭两县日粜千石，外七县大县日粜百石，小县日粜五十石，计日粜五百余石。自二月至六月终，民无流殍。此济饥之一术也。是年十一月终，首发德音，截拨本路上供二十万石赈济。又于十二月宽减漕司四年上供额斛三分之一，为米五十余万斛。命下之日，所至欢呼。此又济饥之一术也。苏轼知杭州日，乞降度牒二百道，召募苏、常、湖、秀人户，于本州缺米县分，入中斛斗，以优价入中，减价出卖。又元祐五年，赐浙西度牒三百道，以助赈济，而一路帖然。此又济饥之一术也。）是三者，皆今日之急务。然常平之米已不多，而截拨宽减之说，恐难卒行。惟给降空名度牒，惠而不费。臣愚欲望圣慈特赐给降，付逐路转运提刑按抚司，分擘与灾伤州军，仍须参州郡大小、户口众寡及灾伤分数，品配合得道数，依公分擘，庶几实惠及民，老弱转于沟壑者，无不被尧舜之泽矣。（臣复契勘熙宁中两浙饥馑，是时米斗二百，人死太半，父老至今言之酸鼻。今来行在米斗已及数百，日长骎骎，深可忧虑。臣愚受知之深，且久素餐无补，若不尽　　臣之罪大矣。）

副使林希元疏：（曰禁度僧者，盖见）往时岁饥，多议度僧赈济。不知一僧之度，只得十金之入；一僧之利，遂免一丁之差。十年免差，已勾其本，终身游手，利不可言。（况又坐享田租，动以千百，富僧淫逸，多玷清规，污人妻女，大伤王化，是谓害多于利，得不偿失，事不可行，理宜深戒。）昔宋（孝宗淳熙九年，敕令广东、福建帅臣晓谕愿为僧道者，每名备米三百石，请换度牒一道。续恐米数稍多，特减五十石。臣按宋人全失中原，财赋之入已窘，又苦于岁币之需，一遇饥荒，故不得已而出度僧之策，）以度牒换米，亦非得已。然犹一僧换米三百石，其不轻易如此。今国家（财赋既倍于宋，蛮夷输贡，无复岁币，其财用既不若）无宋人之窘迫，乃因荒年给度，又一僧只易其十金，所获不多，（而受此不美之名，何也？故宋人之策不可复用，度僧之事）决不可行。今各处灾伤重大，恐有偶因费广，复建此议者，所当禁也。

度僧之议

宋董煟议：尝谓度牒换米，盖亦一时权宜。（所谓行议者，咸谓度牒广行，人丁丧失。不知今日游民甚多，而所谓童行者不可数计，今）以度牒一本，度一人为僧而活百十人之命，何惮而不为？（然平时所以不轻出者，政为缓急之举也。）淳熙九年，敕勘会已降指挥，令广东、福建帅臣晓谕愿为僧道之人，每名备米三百石，请换度牒一道。续降旨挥，给到空名度牒一百道付绍兴府，每道许人户以米三百石请换。虑恐米数稍多，圣旨每道特与减五十石，余依已降指挥。今乞依仿孝宗之法施行，然须州郡相度申请可也。

救荒全书卷之十三　广恤章

凡十四则

免赋一　蠲逋二　停征三　薄敛四　厘蠹五　苏役六　减税七　省耗八　宽租九　宽债十　省讼十一　省差十二　清狱十三　革行十四

广恤之一　免赋

谕十一　例二十一　诏十三　案三　疏七　议一

免赋者，就现征之额而免之也。有此免，而流移可以复业，殷富可以赈施。失赋得民，是减之一日，裕之后日，岂非王道之大者？但止免存留，不免起运，则为德犹虚；豪猾倖免，单弱派征，则于惠未遍。诸贤之议，皆已及之，当事者均酌上请，（未有不得沛然）方得共沾浩荡之恩也。辑免赋第一。

免赋之谕

洪武初，（太祖）上谕曰：予本布衣，因天下大乱，集众渡江，抚定江左，十有三年。中原之民，流离颠顿，尚无所归，吾乃积粟控弦于江左，坐视民之涂炭而莫之救，岂不负上帝好生之德，有愧古圣人爱民之心哉？今特命中书省，凡徐、濠、泗、寿、邳、东海、安东、襄阳、安陆郡，及今后新附土地人民，桑麻谷粟，税粮徭役，令有司蠲免三年。

（洪武元年，上谕中书省曰：予常亲历田野，见人民凋弊，土地荒芜，盖因久困兵革，生息未遂，且如太平、应天诸郡，及吾渡江开创之地，供亿先劳之民，其所有租税，且与量免，少苏民力。省臣付巘对曰：恤民，王者之善政。主上念之及此，真发政施仁之本也。上因叹曰：吾昔在军中常乏粮，空腹出战，归得一食，虽甚粗粝，食之甚甘。今尊居民上，饮食丰美，心未尝忘之。况吾民居于田野，所业有限，而又常供百出，岂不重困？于是免太平府租赋二年，应天、镇江等处租赋一年。）

（洪武三年圣谕：应天、太平、镇江、宁国、广德、滁州、和州，朕兴师渡江时，资此数郡以充国用，致平定四方。朕念其勤劳，未尝恩之，仍免今年夏秋税粮。其徽州、金、衢、严、广、信、池、饶、庐等郡，以次归附，供亿军国之需，亦甚烦劳。河南、北平近入版图，重念其民久罹兵革，疲困为甚。山东、河南壤地相接，宜优恤其民，使贸迁有无，相资为生。今年三处租税，再行蠲免，以苏民力。）

（洪武三年，免苏州逋负秋粮三十万五千八百石。先是，户部奏苏州多逋税，其官吏当论如法。上曰：苏州归附之初，军府之用多赖其力，今所逋税，积二年不偿，民困可知。若逮其官，必责之于民，民畏刑罚，必倾赀以输官。如是而欲民生之遂，不可得矣。其悉免之。）

（洪武十一年，上谓中书省曰：人君视天下犹一家，一家之内，一人不安，则事为之废；天下之广，尺土不宁，则君为之忧。近者雷州府海康、遂溪二县，田地为潮水所渍，斥卤不收，租税从何而出？其令有司核实免之。）

（洪武十三年，命户部减苏、松、嘉、湖四府重租粮额。上曰：天地生物，所以养民。上之取民，不可尽其利也。夫民犹树也，树利土以生，民资食以养。养民而尽其利，犹种树而去其土也。比年苏、松各郡之民，衣食不给，皆为重租所困。民困于重租而官不知恤，是重赋而轻人，犹虞人反裘而负薪，徒惜其毛，不知皮尽而毛无所傅，岂所以养民哉？其赋之重者，宜悉减之。）

洪武十八年圣谕：呜呼！天位艰哉！朕即位以来，十有八年，不遑暇食，以惜民生，奈何内外之臣，数用勿当，实在予一人，以至上天垂戒，灾于万姓，水旱相仍。今闻山东、北平雨水愆期，农艰栽植，岁苗有亏。诏书到日，今岁秋粮尽行蠲免，有司如命，毋扰吾民。今后凡有水旱灾伤去处，有司若不来闻，本处耆宿连名赴京申诉灾繇，以凭优恤，朕则罪有司极刑。

（永乐间，四川成都府等奏民田荒芜，乞蠲租赋。上谕户部臣曰：田土荒芜，皆缘人民凋耗所致。若复征其租赋，则凋耗愈甚，荒芜愈多矣。可并其岁额除之。但人民蕃息，则土地自辟，赋税自充矣。）（按：此条亦见于抄本。）

（永乐间，成祖敕户部臣曰：朝廷设官分职，本以治民。治民之道，在安养之而已。朕即位之初，一遵成宪，首命尔等查荒芜田土无人佃种者，令所司核实，蠲除其租，庶不贻患于民。尔等略不体朕爱民之心，因循玩愒，视为虚文，有司拘于岁额，一概征收。下民之情，郁而不达；朝廷惠泽，遏而不流。岂其人臣为君为民之心乎？其速下各布政司府州县，但有荒闲田地，无人开垦，即于岁租额内消除，庶几民免横扰之苦。）

（永乐二年，上谕户部曰：数年用兵，北京、顺天、永平、保定供给特劳，非休息二三年，不能复旧，可免三府田租。又曰：凡人常居劳苦者，后来安逸，亦当同之。常见前世人主，一旦富贵，顷忘向来所共艰难之人，朕甚不取。夫昧己心，以失人心，为庶民且不可，况人主乎？）

宣德间，以山东无麦，下诏免夏税。上谕户部尚书夏原吉曰：山东民食，大半仰麦。今久不雨，麦已无收，秋谷亦未可知。朕特免其夏税。但旧闻诏书所蠲，户部每复催征，或云已收在官，或云灾伤未甚，多方阻格，至朝廷失信于民。稷思天下有饥者，犹己饥之。伊尹在相，一夫失所，若挞于市。卿，国之大臣，宜体此心，勿蹈前弊。

宣德八年（□□）谕：南北直隶府州县并河南、山东、山西三布政司，凡灾伤去处人户，自宣德七年十二月以前拖欠夏秋税粮、户口盐粮，及官军屯种子粒，悉皆停征。其拖欠各色课程盐课，并各衙门见坐派买办、采办诸色物料颜料等项，及亏欠孳牧马驴牛羊牲口，悉皆蠲免，仍免其今年夏税。（军民乏食者，所在官司验口给粮赈济。如官无现粮，劝导有粮大户借贷接济，待丰熟时抵斗酬还。）

宣德九年十月，□敕谕巡抚侍郎周忱及巡按监察御史并南京江南直隶卫府州：被灾之处，人民乏食，尔等即委官前去，于所在官仓，量给米粮赈济，毋得坐视民患。凡各处府州县逃移人户，其递年拖欠并现征粮草，尔等即同府州堂上官从实取勘见数，俱令停征，仍设法招抚其复业，蠲免粮差一年。（一、各处府州县有全家充军并死绝人户，遗下田地，尔等即同府州县堂上官从实勘取现数，召人承佃。如系官田，不分古额近额，俱照民田例起科，其递年拖欠税粮草束免征。）

天顺元年（七月）谕：山东顺天、河间二府地方，为因上年积水未消，不曾布种夏麦田地，各该巡按御史、按察司官勘实具奏，该征今年夏麦农桑丝绢，悉与蠲免。（先令差官踏看山东、河南、北直隶空闲地田，俱免踏看。其新增起科田地，除造册已定外，其余悉皆除豁。民间河滩沙淤田地，所司踏看是实，即于空闲地面拨补。应有情愿承佃抛荒田地者，有司验亩认照轻例，三年之后起科，就于本处仓廒送纳。）其各处军民人等，天顺元年七月十二日以前借过预备仓等粮米，俱免还官，以苏民困。

（天顺七年三月诏曰：各处被灾府州县所种田禾无收，已经具奏，着巡按御史即与踏勘分豁，以苏民困。其有具奏曾经宽免者，该部即与准理，不许重征。）

天顺八年正月，谕曰：各处奏报水旱灾伤，曾经巡抚官踏看，明白其〔具〕奏，悉与除豁。各处民间纳粮田地，水冲沙压，不堪耕种，曾经奏告者，所在官司勘实，悉与分豁。

成化九年（四月）圣谕（曰）：被灾之处，成化九年夏税小麦、丝绵绢匹、户口食盐，山东六府并顺德、广平、彰德三府，尽行蠲免。顺天、河间、真定、大名四府免五分，保定一府免三分。所属州县灾有轻重，宜从巡抚官酌量施行。其秋粮马草并卫所屯田子粒，待秋后具实奏报处置。

嘉靖九年，上因灾荒敕谕都察院：朕因民穷，屡有蠲贷之命，闻所在官司仍征又催之者。夫官免之，意在裕民，却乃如是论财，则官民两不获，上拥虚名，下受重困，法令俱亡。着议处考究，其有欺隐及不遵的，从重治罪。

（万历间，户部言恩诏蠲免钱粮，有司不宜重征。神宗谕之曰：朕轸念民穷，履行蠲恤。迩闻各该有司不能奉宣德意，以致书吏作弊，将蠲免之数重复催征，朝廷明旨竟作虚文，成何政体？尔部可晓谕抚按布政司官，用心查革奸弊，务使民沾实惠。）

万历间，上谕户部曰：天时亢旱，屡祷未应。朕思民为邦本，小民困苦灾伤，地方钱粮出辨〔办〕艰难，殊可怜悯，朕心恻然。尔部便查各处奏到灾伤重大地方，准蠲本年钱粮，以副朕轸恤民穷至意。

万历七年，工部都给事中王道成等奏言：苏、松大水，民救不暇，请酌减织造段疋。圣谕云：东南地方既有灾伤，这段匹等项，准减半织造。其支费银两，着户、工二部措处，毋得加派小民。

免赋之例

洪武元年，令水旱去处，不拘时限，从实踏勘实灾，税粮即与蠲免。

成化元年，以旱灾免陕西延安等处税粮八万七千一百石有奇，又免保定、永平二府所属十六州县税粮。

成化四年，以水旱免（成化三年）高邮州秋粮六万五百七十石有奇，马草九万五百余包。

（成化四）本年，以旱灾免江西南昌等府卫官民田并山塘屯田秋粮子粒，凡二百八十万六千三百余石。

成化六年，免河南汝州粮，凡三万七千六百石有奇，草四万八千余束。又以（成化六年大雨）水灾，免直隶溧水（、溧阳、句容、六合、江浦、当涂、芜湖）等七县税粮，凡三万六千四百余石。（成化六）本年，又免陕西临洮府属县并巩昌等五卫（去年）税粮，凡八万一千石有奇。（成化六年，）又以水灾免保定等卫子粒，凡二万三百石有奇。（成化六年，）又以旱灾免河南民田夏税，凡三十七万七千七百石有奇，军屯子粒八万六百石有奇。

成化六年，京畿大水，遣大臣巡视赈恤。（巡视河南户部左侍郎时等）使臣上言：近来旱伤去处，（除南方路远，未知虚实，北方）山东六府、直隶（大名、广平、顺德）三府及河南地方夏麦无收，秋田未种，虽经累报灾伤，有司未免照例覆勘，辗转迟延，人心不安，流移道路，势所必至。请勅三处巡抚官设法赈济。凡灾伤州县，今年夏税并户口食盐钞贯，照数蠲免。其见今追陪各项马匹，亦暂停止。（太仆寺丞暂令回来，待后丰年再令买补。）奏入，从之。

成化七年，以水灾免福建福安（、连江、龙岩）等三县税粮一万五百余石。又（成化七年，户部奏赈恤远近饥民，从之。成化七年，）以水灾免凤阳府泗州、天长（、盱眙、宿州、徐州、萧、沛、砀山、丰）等诸州县夏税，凡麦九万二千余石，丝五万九千二百余两。

（成化八年，畿省水旱。）

成化八年，以旱灾免顺德、真定（府等）所属并河间卫秋粮，凡九万七千余石，谷草二百余束，绵花五十万余斤（，以旱灾故也）。又以水灾免湖广武昌等府秋粮，凡三十二万余石。

成化十年，（免寿、泗等州县卫秋粮子粒。凡免）以水灾免寿、泗、和三州，霍丘等八县去年秋粮三万七千余石。〈凤阳留守等七卫并洪塘湖千户所籽粒七千五百余石。〉（按：此为稿本所无。）（成化十年，免湖广武昌等府州卫秋粮子粒。凡）又以旱灾免武昌（、汉阳、黄州、常德、辰州、衡州、长沙）等七府去年秋粮五十三万五百余石，衡州等十一卫子粒二万九千六百余石。（武昌、）衡州（、常德、靖州、沅州、五□、茶陵、黄州、长沙、铜鼓、辰州）等十一卫子粒二万九千六百余石（，以旱灾也）。

成化十一年，以水灾免直隶镇江府（卫秋粮子粒，以水灾免直隶镇江府）秋粮五万四千八百余石，镇江卫屯田子粒五千二百余石。又（免福建漳州府龙溪等县卫秋粮子粒。）以水灾免福建漳州府龙溪（、南靖、漳浦、长泰）等四县秋粮二万三百余石，漳州卫屯田子粒一千三百余石。

成化十六年，以旱灾免直隶顺德所属九县秋粮一万八百石有奇，草一十九万余束（，修设惠民药局）。

成化十七年，免山西太原（凡免山西太原）等三府，泽、潞等五州，并太原左等十二卫去年夏税七万三千四百石，秋粮子粒四十万一千九百石，草八十六万五千三百九十束，以水旱霜雹等灾故也。

成化十九年奏准：凤阳等府被灾秋田粮，以十分为率，减免三分。其余七分除存留外，起运者照江南折银则例，每石征银二钱五分，送太仓银库，另项收贮备边。（以后事体相类者，俱照此例。）

成化二十一年，以流火星变，宽恤天下旧年粮米，未征者尽行蠲免，已征者粮米留本处赈济。坐派物料，未征者尽免，已征物料准作次年之数，不许朦混再征。

（成化二十一）本年，又以旱灾免常州府武进等五县秋粮，凡免秋粮十七万二千一百余石，草十六万九千四百余包（，以旱灾故也）。

隆庆三年，以水灾免浙江临海、天台、（黄岩、仙居、太平、宁海、上虞、余姚、诸暨、萧山、嵊县、）山阴、会稽、慈谿、奉化（、定海、象山）、丽水、青田、龙泉、缙云（、松阳、遂昌、云和）等县存留钱粮。（绍兴府南京仓粮，俱改折六钱。）

嘉靖七年奏准：北直隶八府灾伤，将本年分夏税，不分起运存留，尽数蠲免。其秋粮视被灾分数，仍照旧例行。

嘉靖十六年题准：今后凡遇地方夏秋灾伤，遵照勘灾体例，定拟成灾应免分数，先尽存留，次及起运。其起运不敷之数，听抚按官将各司府州县库银两钱帛等项，通融处补，及听折纳轻赍存留不足之数，从宜区处。不许征迫小民，有孤实惠。

嘉靖三十二年，以徐、淮水灾，减免有田有产之人应纳税粮五万石。其见在淮、徐两仓米麦，专给与无田无户之人。或不敷，将淮、徐附近府州县该起运兑改及各处见运到淮漕粮内，照数截拨补给。

万历十二年议准：以后地方灾伤，抚按从实勘奏。不论有田无田之民，通行议恤。如有田者，免其税粮；无粮免者，免其丁口盐钞。务使贫富一体，并蒙蠲恤。

万历二十六年，浙江水灾，户部覆巡按方元彦、巡抚刘元霖奏准：除天台（、仙台、黄岩、太平）等县各被灾三分，不准免外，将被灾十分海宁（、临安、遂安、桐乡、嘉善、崇德）[等]六县准免七分，被灾九分安吉州、仁和[等]（、钱塘、富阳、新城、鄞县、慈谿、奉化、定海、武义、汤溪）十县准免六分，被灾八分余杭（、於潜、昌化、秀水、海盐、平湖、归安、乌程、象山、金华、兰谿、东阳、建德、淳安、桐庐、分水）[等]十二县准免五分，被灾七分长兴（、德清、武康、孝丰、义乌、永康、浦江）[等]七县准免四分，被灾六分嘉兴（、寿昌、常山）[等]三县准免三分，被灾五分龙游（、江山、临海）[等]三县准免二分，被灾四分宁海（、西山、开化）[等]三县准免一分。俱于本年存留粮内，照数豁免。其免过银数，仍令各府州县议处无碍官银抵补。（其严、衢二所屯粮，照灾重例，每石折银三钱。二十一年以前八府未完米折盐钞等银，悉准蠲免。）

万历四十三年，户部题准内开灾免事例：凡遇夏秋灾伤，取勘是实，除三分以下者不免外，全灾者免七分，九分者免六分，八分者免五分，七分者免四分，六分者免三分，五分者免二分，四分者免一分。其应免之数，俱于本年存留粮内除豁，不许将起运钱粮一概混免。

崇祯十一年，以户部覆请，奉圣谕：这六合等八州县存留钱粮，准豁五分，旧欠秋后开征。还着抚按责令有司官，动支仓谷，酌量赈济，以苏穷困。

免赋之诏

汉文帝后元十二年，诏赐天下民田租之半。十三年，除民之田租。

汉和帝永元四年，诏郡国秋稼为旱蝗所伤者什四以上，勿收田租。九年，诏如之。

汉顺帝永建元年，诏以疫疠水旱，令人半输今年田租，其伤害什四以上勿收责，不满者以实除之。

唐太宗贞观元年，诏免民逋租宿负，又免关内及蒲、芮、虞、秦、陕、鼎六府州二岁租，给复天下一年。又以山东旱，免今年租。

唐玄宗开元五年，诏免河南北蝗水州今岁租。八年，免（天下）水旱州逋负。九年，免天下七年以前逋负。十七年，免今岁租之半。二十七年，免今年税。天宝十四年，免今年租庸半。

唐肃宗乾元二年，诏免天下租庸来岁三之一，陷贼州免三岁税。

（唐代宗广德□年，诏免民逋负租宿负，次年又诏免之。）

唐宪宗元和四年，诏免山南东道、淮南、江西、浙东、湖南、荆南今岁税。（十四年，又免元和二年以前逋负。）

唐武宗今〔会〕昌六年，诏以旱灾免今年夏税。

宋太宗乾德元年（夏四月），诏诸州长吏，视民田旱甚者，则蠲其租，不俟报。

（董煟曰：岁之灾变旱伤，至易晓也。历时不雨，孰不知旱？旱则令长吏上闻而蠲其租，何必俟报？臣见今时州县，或遇灾伤，两次差官检覆，使生民先被骚扰之苦，然后量减租入之数，所得几不偿所费矣，宜以乾德之诏为法。）

宋孝宗乾道六年，诏江东运司将建康府太平州被水县分四等、五等人户身丁钱，并与放免一年。不得巧作名色，依旧科取。如有违戾，令监司按劾，许人户越诉。

宋孝宗淳熙元年诏：江西、湖南路累经灾伤，所有上供米斛，逐年已行减放外，今年虽是丰熟，尚虑民力未苏，所有第四、第五等人户合纳淳熙元年秋苗，特与蠲放一半。如州县辄敢违戾拘催，许人户越诉。及不得纵容吏人作弊，将第三等以下之人户减免。令监司觉察，按劾闻奏。

宋理〈宗〉宝庆三年，诏蠲绍兴府余杭、上虞二县民户折麦一年，以水灾故。

免赋之案

唐宪宗元和七年，上谓宰相曰：卿辈屡言淮南去岁水旱，近有御史自彼还，言不至为灾。李绛对曰：御史欲为奸谀以悦上意耳。上曰：国以人为本，民间有灾，当急救之，岂可复疑？即命速蠲其租。

董煟曰：陆贽论江淮水旱有云：流俗多徇谄谀，揣所悦意，则侈其言，度其恶闻，即小其事。斯言正与李绛合。

宋真宗祥符中，澶州上言，民诉水旱二十亩以下，求蠲租者，所伤不多，望勿受其诉。真宗曰：若此，贫民田少者常不及矣。朕以灾沴蠲租，正为贫民下户，岂以多少为限耶？独虑诸县不晓此意，当遍戒之。

董煟曰：自田制坏而兼并之法行，贫民下户极多。而中产之家，赈贷之所不及，一遇水旱，狼狈无策，只有流离饿莩耳。今真宗以灾沴蠲租，正为贫民下户，此非圣谟宏远，灼见闾阎之病乎？

宋孝宗淳熙元年，宰执进呈检放过乾道九年灾伤停阁钱物，浙东路自淳熙元年为始，作三年带纳；江东路候丰熟，作两年带纳；江西路即不曾据州军报到灾伤数。上曰：既是灾伤，若与停阁，税赋亦无从出，可并与蠲免。如有已纳数目，与理充一年合输之数。

免赋之疏

宋真德秀疏：臣（闻乾道二年四月诏曰：自春徂夏，时雨尚愆，深恐黎民失于播植，所宜优恤，俾获苏安。一应诸道所催今年夏租，委所在官吏检视民田无见苗者上闻，并与除放。绍兴二十八年八月，上日诏令诸路转运，疾速行下州县，开具实被伤顷亩数目及合放分数以闻。祖）观祖宗朝，皆以保全民命为本，故于灾伤之岁，切切（如此矣）拊恤。以四月而蠲夏税，以八月而检秋苗，自常情观之，毋乃太早。盖救灾恤患，当于民未甚病之时。若待其饥莩流离，然后加惠，则所全寡矣。为民父母，忍使至斯？两朝诏书，可为大法。今臣所陈三事，如蒙圣慈降出三省，早赐施行，其于公私皆有便利。一则征敛既宽，逃亡必少，所在田亩不至抛荒，公家租赋亦免失陷。二则农人肯行播种，自救其饥，不致大段缺食，全仰官司粜济。三则穷窶之民，粗有生理，何苦轻损其身而为盗贼？未萌之祸，销弭尤多。（臣蒙圣恩，畀以漕计，一路休戚之责实在，臣庸敢斋沐投诚，仰于天听。）

宋（孝宗淳熙七年，浙东提举）朱文公熹疏：去年水旱相继，朝廷命检放秋苗，蠲阁夏税。缘起催在前，善良畏事者多已输纳，其得减放者，皆顽猾人户，事件不均。望诏将去年剩纳数目，理作八年蠲豁。（诏户部看详，诏淳熙七年、八年诸路州军应催并权免拘催，候秋成理纳，或随料留纳苗税，缘系连年旱伤，可特与蠲放。）

（宋）朱文公熹又疏：臣伏见祖宗旧法，凡州县催理官物，已及九分以上，谓之破分，诸司即行住催，版籍亦置不问，由是州县得其赢〔羸〕余，以相补助，贫民些小拖欠，亦得迁延，以待蠲放。恩自朝廷，惠及闾里，君民两足，公私两便。此诚不刊之令典也。昨日曾怀用事，始除此法（，尽刷州县旧欠，以为隐漏，悉行拘摧。于是民间税物，毫分铢两，尽要登足。怀以此进身，遂取宰相，而生灵受害，冤痛日深）。夫得财失民，犹为不可，况今政烦赋重，民卒流亡，所谓财者，又无可得之理。若不早救，必为深害。

吏部侍郎何孟春疏：昔宋孝宗时，赵汝愚奏曰：诸郡连岁旱伤，流徙未定，不可不厚有施惠，以慰人情。合将旱伤州县人户第四等、第五等来年诸物课钱，尽数蠲放，使彼无聊之民蒙被德泽，预知嗣岁青黄未接之际，免其催征，自然人情稍安，不至失所。臣惟今日重灾地方，百姓艰食，已多流徙，若不早加安慰，彼恋土者亦将首鼠两端。逮春狙夏，日月尚遥，丰凶之期，岂能自定？户有负逋，各怀忧畏，宁无相率而逃？失业既众，赢〔羸〕弱者饿死沟壑，强壮者聚为盗贼。盗贼一起，猝难讨擒，兵盗相寻，邦国深祸。汝愚所谓使彼预知免征，惟圣明留意，敕下该部行抚按官于重灾地方，再行询究，分别等第，先后奏闻，旷然垂恩（，以示谕之）。征催既宽，逃亡必少，（所在田亩，不至抛荒，乡农安心布种，自救其饥。万一更罹薄灾，可以不仰官司重为拯恤，而将来公家租赋亦免失陷矣。

寺丞兼御史钟化民（救荒法）疏：自古议赈，每急蠲租，故《周礼》荒政，次曰薄征。正以宽一分，民受一分之赐。乃今蠲免之诏虽下，有司漫不经心，致令奸猾里书，借口分别里分之灾伤为减免，以邀贿赂，任情移夺。所蠲者尽出富豪势家，而单丁弱户，征派犹故。彼村僻愚民，岂知免数？以故大额虽除，而小民不沾实惠。然久荒之民，无产者贫甚，而有产者亦困，即通为蠲免，亦不为过。今查照题准分数给发，所余赈银，通抵京边钱粮，照每项原派银若干，今减免银若干，出示四郊，使民共晓，庶里书莫能上下其手，令比户实沾。

户科给事蓝璧疏：恤民莫善于救荒，救荒莫先于省赋。近来以来，灾变频仍，例以起运不免，止于存留量减。夫存留之数，有全轻者不及十之一二，而又不得全豁。是虽有全灾免七分之例，而实免者不过一二分而已。然又皆岁给之必不可缺者，概以一例而不少为通融，民又安得而不日瘁耶？是以追征益急，逋欠益多，招辑徒勤，流移日众，此民之困于荒而恩不究也。

给事中张栋疏：从来蠲免钱粮，朝廷旷荡之恩也。而节年议蠲，率以起运存留为限制，蠲存留而不蠲起运，岂非以起运为急，存留为缓耶？但朝廷之议蠲，非直以虚名啗人，而不必其泽之下究也。蠲存留，是有蠲之名；不蠲起运，是无蠲之实。此何以故？盖所为存留钱粮，不过官吏俸薪、师生廪饩、庶仪俸（抄本作“禄”）米、孤贫口粮等项而已。此数者，不因岁登而可加，不登而可减也。一邑之内，额设员名自有定数，偶遇灾伤，谓可减其人乎？人不可减，俸廪不可减，而曰存留可蠲，何弗思之甚也！故蠲存留而不蠲起运，犹不蠲也。臣以为弗蠲则已，蠲则何分于起存？倘司农以岁计为忧，宁损其数。如欲蠲五分，请损之为三分，欲蠲三分，请损之为二分，什而用其七，什而用其八。总计银十两，或纳七两，或纳八两，即为全完。使愚夫愚妇明白而易晓，则庶乎所蠲皆实惠哉！然有司之踏灾，抚臣之报灾，（抚臣勘灾）按臣之勘灾，展转往复，动经岁月，迨奉俞旨，则征收已过半矣。奸民倖未然之惠而故意延捱，良民据已然之数而安心输纳，以故所蠲者必属奸民，而良民不与焉。此又何贵于蠲也？自后踏灾、报灾、勘灾，并宜刻期定限，毋使迟违，而奉旨准蠲者，宁于次年新钱粮内扣免，则受惠者遍而且均矣。

免赋之议

海盐刘世教（曰）议：三吴浙西七郡地，不能当天下二十之一，而赋乃几十之五六。盖丰岁而力已竭矣，矧兹千里为壑，（天如之卉，不可复得，）民旦夕救死不暇，安所得赋而输之？故蠲亦无赋，不蠲亦无赋。蠲则朝廷犹任其恩，不则遂敛之怨矣；蠲则吏得藉手以安集，不则溃决而莫可支矣；蠲则损之一岁，而嗣之入者，固无涯也；不则徒据其虚名，而意外之芽蘖且渐长矣。等失赋耳，孰与蠲之力为得哉？顾此犹以利害言也。（夫宁有方千里之灾民，父子至不相保，而圣明在上，能不下哀痛之诏，罢田租之入，重计其安全而亟拯之溺乎？谓国体何！）及今抗章力请，凡今岁额赋，悉与蠲除。有如小缓，而司农之尺一下，有司以期会从事，即敲骨而椎之髓。自二三巨室外，乌能神运而鬼输之哉？且得赋而失民，智者不以易也。矧赋必不得，而第以撄其心乎？藉令喜乱乐祸之夫，乘之而起，事将有不可胜言者矣。夫非不知司农之诎方甚，（罄岁入之不支出，而九塞之需若灼眉也者。）顾民之颠跻极矣。司农即告匮，而水衡将作之储可暂贷也，冏寺（抄本作“等”）留署之蓄可稍括也，甚而琼林太盈之积镪可特发也。是国计非遂终诎也。彼穷民者失，不于朝廷请命而何所复之乎？藉令主计者之持之也，奈何？则及兹稽天时，请特使得以行勘，可乎？（夫非以使者之言能重于当道也。又冠盖之客，从此而之长安者，贲〈常〉相望于道，为不足于咨询也。盖必如是而司农之后言塞耳，蠲得请而赈之事可徐策也。）

广恤之二　蠲逋

谕九　例三　诏七　案二　疏五　议一

蠲逋者，举旧欠之粮而蠲之也。一人拖（抄本作“抱”）负，波累全家；举室逃亡，责征里甲。差拘有如虎狼，驿骚及于鸡犬。恒时已为甚苦，荒岁益觉难堪。所宜核其确数，概与蠲除，庶勿使满野哀鸿，化为潢池封豕。辑蠲逋第二。

蠲逋之谕

永乐十二年，蠲苏、松、常、湖、杭五郡水灾旧欠田租四十七万九千七百余石。初，有司请减半征之，上谓户部尚书夏原吉等曰：民田被水无收，未有以赈之，又可征税耶？于是悉蠲之。

永乐十七年，上闻山东高密逃民复业者，有司征其累年所负粮刍，因谓户部曰：往古之民，死徙无出乡，安于王政也。后世之民，赋役均平，衣食有余，亦岂至于逃徙？比来抚绥不得人，但有科差，不论贫富，一概烦扰，致耕获失时，衣食不给，不得已乃至逃亡。及其复业，田地荒芜，庐舍荡然，农具种子，皆无所出。政宜赒恤，乃复征其逋负，穷民如此，岂堪存活？自今逃民复业者，积年所负粮刍，悉与蠲免。

洪熙元年，山东布政司言：登莱诸郡今岁雨水伤麦，其累岁所逋税，宜令民以他物代输。命户部议所以宽贷之者，户部以国用不足为言。上曰：军民一体，民贫不可不恤。宜从所言，自永乐二十年以前所逋税悉蠲之；二十一年税，令以钞代输。

宣德间，(宣宗)上御奉天门，谕行在户部臣曰：恤民必有实惠，若惠民无实，非恤下之诚。比者（有司）郡县间有水旱，税粮欠多，积岁既久，未能输官，有司催征逼迫，而民愈困。四方奏逃亡逋赋者以此，朕甚悯焉。其于宣德三年以前民所欠税粮，悉令折收钞与布绢。尔户部定议，务得其中，无亏于民。由是户部议以十分为率，三分折阔布，三分折阔绢，四分钞。上复曰：虽然如此，但布绢阔幅者亦难得，宜只随民间所常用者，依时价收之，则民易办，庶几民受实惠。

宣德二年十一月，谕曰：各处盐粮、税粮，除宣德二年以来未完者依例征纳，其宣德三年未完税粮、盐粮，以十分为率，蠲免三分。

成化七年（十一月），谕曰：各处拖欠未征税粮、马草子粒、农桑绢布，并户口食盐、钞锭商税、河泊门摊课程差拨银两，自成化五年十二月以前，尽行蠲免。今岁奏报灾伤去处，曾经勘实者，粮草子粒悉与除豁。

成化二十年（正月），谕曰：各处该纳粮税、马草子粒、农桑人丁丝绢、户口食盐、门摊商税、鱼课枣株诸色课程钞贯，除已征在官外，其小民拖欠未征者，自成化九年十二月以前，悉与蠲免。今岁奏报灾伤去处，即行勘实，粮草子粒，悉与除豁。各盐运司、盐课提举司，自成化八年以前该办盐课拖欠未完者，亦与除豁。其有被水淹没盐课，曾经风宪官勘实者，俱免追赔。山东并顺天等八府军民，先因饥荒关过赈济仓粮，悉免还官。

弘治五年三月，谕曰：各处先年为因灾伤，小民拖欠税粮草束、马匹物料等项，有司畏罪，捏作已征，及虚文起解，后虽遇赦，例以在官之数，仍前追征，不与分豁者，诏书到日，巡抚巡按官要用心查勘是实，悉免追征。

崇祯四年圣谕：天启六七两年，各省直未完旧饷并杂项银两，依议照数蠲免，以示朝廷轸恤穷黎至意。着各该抚按大书榜示，不许蝼猾暗派混征。其有已征及起解的，仍着查明报部。敢有乘机隐克者，定行重治。

崇祯八年，以户部覆疏，奉圣谕：蠲豁原为宽恤穷民，奉旨完过钱粮及应奏请酌免的，该抚按必先查明民欠确数，方使得沾实惠。并招抚逃亡，归并里甲事宜，俱依议饬行。

本年又圣谕：陕西、河南、山西、湖广、庐凤二府，兵荒最甚地方，六、七、八年分应征钱粮，俱着停征。州县官即将被灾轻重等第，详报抚按，限文到八月内奏请，以凭酌议蠲缓，不许稽延。其不系停征处所，及应停征而已征在官，起解在途，那移别用，实非民欠者，仍行解部，不得藉口侵润，致误军需。

崇祯十四年（十一月），又（抄本作“圣”）谕户部：年来时诎用烦，民穷赋重，以致输挽不继，逋欠日多，朕心正切轸念。今你每部里既经遵旨说通蠲旧征新，既可苏民，仍可足用，深合朝廷悯恤小民至意。即着将崇祯十二年以前一应存留、起解上供本折钱粮，尽行蠲免。各省直抚按大张榜示，晓谕民间，不许有司重征混派，违者定以重典。其有司曾因十二年以前旧欠参罚的，也着该部察明，豁除开复，不许仍行牵累。其新粮从十三年为始，俱作见征，务要照额全完，以济国用，不得再有希冀拖欠。府县各官于见征亏额的，定依部规罚治不贷。朕痛念民瘼，深欲薄税缓征，无奈时事多艰，度支不给，今特征新缓旧，以明用一缓二之仁。中外臣民，各宜祗遵，仰奉急公好义，谅必有同心。特谕。

崇祯十五年，户部覆请，奉圣谕：济、兖、东三府兵荒频仍，孑遗可悯。本内濮州等处卫所州县十三四年各起存钱粮，照灾荒重轻，分别蠲免带征。俱依议。该抚按仍行榜示，用彰朝廷宽恤之仁。

蠲逋之例

永乐十年，浙江按察使周新言：永乐九年，湖州府所属被霖潦，尽没霪田，负粮十六万二千四百余石，有司不与分豁，民被迫责，日就逃亡。命户部亟遣人覆实蠲免。

正德十六年，户部题：该南京户科给事中陈江（题为陈愚见以裨治道事，）奏称，仪真张家湾南沿河一带（，地方冲要，供亿浩繁，府州县疲惫，兼以）连年灾伤，（人民困苦，）乞将正德十六年租赋尽行蠲（抄本作“豁”，下同）免。该本部查得近奉诏书，内开除漕运粮斛四万石外，其余夏秋税粮，嘉靖元年以十分为率，俱免五分，正德十五年以前拖欠尽行蠲免，钦遵外，今若将正德十六年租赋尽行蠲免，则将来国用不无缺乏。覆奉钦依，通行各该巡按御史，即查按属地方夏秋税粮，果有灾伤无收，作急具奏，照例分豁，无灾伤而有收，令其照旧完解。

嘉靖元年，户部题：该户科（□□）给事中张汉卿题（为□赈灾伤地方，以回天变事。内）称，南京应天府及直隶镇江等府，并湖广、凤阳、江西等处，各抚按官各奏报灾异非常，（被伤重大，）乞将一应钱粮量与停免（。又该浙江道监察御史沈灼题开，要将前项被灾地方，不为常例，再略量免）等因，本部拟覆奉钦依，行移各该被灾地方（巡抚巡按衙门，通行所属都布按三司府州县卫所），将正德十五年十二月以前各处军器军三民七出办物料，拖欠未征者，俱尽数蠲免。已征在官，成造已完者，系腹里起解京库，系边方就彼收贮；未完者，以渐成造解纳，俱准作以后年分该纳之数。（其胖襖监局奏派神器、火器、铳炮等件，果系灾伤地方，俱暂停止，俟候丰年待征。）

嘉靖四年，先是，苏、松、常三府大饥，诏缓征岁赋三十八万有奇，俟两年后带征。至是，巡按朱实昌言凶灾之余，后责宿逋，重为民困。户部复议，带征钱粮有可缓者，宜蠲之。上从其议。

蠲逋之诏

晋孝武帝太元五年，以比岁荒歉大赦，诏自太元三年以前逋租宿债，皆蠲除之。

宋英宗治平三年，诏逋负非侵盗，皆除之。或请所负须嘉祐七年赦后已输十之三，乃以赦除，端明殿学士钱明逸言：此非赦意，请如初令。诏可。

宋神宗熙宁元年，诏释逋负，贷种粮一百六十二万（八千五百石）有奇，钱一万七千四百缗有奇。

宋高宗建炎六年，诏去年旱伤及四分已上州县，绍兴四年已前积欠租税，皆除之。执政初议倚阁，上曰：若倚阁，州县因缘为奸，又复催理扰人。乃尽蠲之。

宋高宗建炎二十八年，三省言平江绍兴府湖秀州被水，欲除下户积欠，拟令户部开具有无侵损岁计。上曰：不须如此。令止具数，便于内库拨还。朕平时不妄费，内库所积，正欲备水旱。本是民间钱，却为民间用，何所惜？乃诏平江等处应日前积欠税赋并蠲之。

宋孝宗乾道五年，诏蠲诸路州军，隆兴元年至乾道二年终拖欠上供诸色窠名钱粮，及乾道二年已前上供籴科纲运欠米。又蠲江淮等路绍兴二十七年至乾道二年终拖欠内藏库岁额钱，共八十七万五千三百缗有奇。

宋孝宗淳熙四年，臣僚言：屡赦蠲积欠，以苏疲民，州县不能仰体圣意，至变易色以取之。宜下诸路漕司，如合该除放，无得更取之于州，〈州〉无得更取之于县，仍督逐县销豁欠簿，书其名数，榜民通知。诏可。

蠲逋之案

宋真宗咸平元年，王钦若与毋宾古同佐三司。宾古谓天下宿逋，自五代讫咸平，理督未已，民病不能胜，将启蠲之。钦若得宾古言，即夕俾吏治其数，翌旦具奏。真宗愕曰：先帝曷不知此？钦若曰：先帝固知之，特留遗陛下收天下心耳。真宗感悟，因遣使四出，蠲宿逋凡一千余万，释系囚三千余人。由是遇钦若甚异，卒用为相。仁宗继立，推广先志，亟改追欠司曰蠲纳司，旋命近臣详定应在名物，下诸路转运使，期以三年，悉蠲之。每三年，复一大赦。凡宿逋之总于蠲纳司者，苟非侵盗，皆得除洗。

宋理宗绍定四年，林棐知广德，奏蠲两县逋租二万五千余石，代输积欠十二万贯。

蠲逋之疏

宋赵善防疏言：贫民下户，每岁二税但有重纳，未常拖欠；朝廷蠲放，利归揽户乡胥，而小民未常沾恩。乞明诏自今郊霈与减放，次年某料官物，或全料，或一半，其日前残零，并要依数纳足，则贫民实被宽恩，官赋亦易催理。

宋苏文忠公轼疏：二圣嗣位以来，恩贷指挥，多被有司巧为艰阂，故四方皆有“黄纸放，白纸收”之语。虽民知其实，止怨有司，然陛下未尝峻发德音，戒饬大臣就尽理推行。况臣所论市易、盐钱、酒税和买绢四事，钱物虽多，皆是虚数，必难催理。除是复用小人，如吴居厚、卢秉之类，假以事权，济其威虐，则五七年间，或能索及三五分。若官吏守循常法，何缘索得？三五年后，人户竭产，伍保散亡，势穷理尽，不得不放。当此之时，不得谓之圣恩矣。伏乞留神省览。或执政只作常程文字行下，一落胥吏庸人之手，则茫然如坠海中，民复何望矣。

大学士桂文襄公萼疏：臣按天下小民历年拖欠钱粮，已经蠲免而又重追者，因州县有司畏忌稽缓之罪，先期虚报完数所误，故又行查追，谓之逋租。宜一切蠲免。其已纳收头，捏作未征者，许小民首出粮，坐原收之人，追补小民下年该纳之数。若有纳过而产已变卖者，亦随产追给。又按天下小民，为正德以来，粮差重大，因避里甲，抛弃妻子，荒芜田土者，谓之逃民。必劝之归农，宜预为量免六年分钱粮，则小民始沾实惠矣。或曰：蠲逋租，固足以宽恤小民矣。兵粮不足，奈何不虑乎？臣曰：是在省无用之有余，补有用之不足而已。今天下州县民壮，祖宗所设，其供给不可少，其额不可废也。但在承平之际，徒为冗食而已。为今之宜，卫所告乏，则折其费以资卫所；卫所不乏，则役其人以苏民困。此乃转无用为有用，兵农相资之道也。（臣于治县之时，尝一行之，民皆称便。举而措之，天下无二理也。是何兵粮不足之忧，而逋租之不可免乎？）或曰：免六年之租，则逃民来归，固足以劝农矣，然国必有数年之蓄，备不虞也。奈何不虑乎？臣曰：田租免而逃民归，则编户充而里甲众，此尤得算之多者也。（昔汉文帝、唐太宗方草创之初，每预免民租，卒以收富强之效。今仍于会计之前不肯预免，会计之后奏荒者至，又不得不为免之。因之以赈济，重之以盗贼，是所以招不虞也，恶在为备不虞乎？或曰：不识预免之法，可常继乎？臣曰：奚而其不可也？今淮安听拨粜米之廒，若量发附近各省缺官支候，及各关抽分等银，岁就淮安收买银料，以补充正运，将沛然有余，何患其不继乎？）

山东巡按御史毕懋康疏：窃照东省奇荒，而眼前最苦，无如开征一节。（闾阎危猝之状，发肤可捐，各处告急之移，手腕为脱。开征二字，无论民不欲闻于耳，即臣等不忍形诸口也。俯思上而军国之赋，缺至二百余万，下而兵驿廪饩，凡百所需，熟〔孰〕可缓者？开征之令，度难复已。日与藩臬有司蹙额而商，焦心而计，抑惟朝三暮四，少安其情，用一缓二，少舒其急，方圆并重。）疾痛呼天，不得不鸣于皇上者，则旧逋之蠲为第一义也。（夫四十二年之灾，古今罕有之灾也。皇上慨下之部，该部仰体德意，而为委曲允覆。苟非是者，彼悬釜之民，谁肯忍死以待？移口之辈，谁肯望惠而归耶？仁声久播，晓谕多方，明旨少稽，催檄再至，民间咸曰此皇仁之所已下蠲者，而归咎臣等奉行之不力，已安之心，变为疑怨。且什一惟正，岁有常供，并之一字，丰岁难堪？以灾异之岁，而责其可并乎？不可并乎？斯万不可得之数也。闻蠲而来，闻并而徙，未免以虚名而失见在也。故蠲之当先也。）二曰逃户当免。（□户□曰逃，户无其人矣。淮扬一带，糊口百万，南至三吴，西至荆豫，北至都城者，佥东省之流民也。以皇上殊恩，差人招抚，各处资送而来，犬疑故主，燕失常巢，中谷兴嗟，乐郊未适，而弃背于外省者，踯踣于中道者，髡钳于地所者，繁而有徒。一一按旧籍而征之，势必包于本图之大户。遭遇祲年，本身□粮，千艰万苦，而强以包认，令不能行，义不敢出，胥及旧田，何不为彼逃者之倖也。故逃户之当免也。）三曰荒地当免。（国家之法，任土责供，有土有人，而后有财。自古记之。东方人亡地芜，萧条极目。获雨以后，流移之户，招而未还，无主之田，听其开垦，给以牛种，予以农具，人怀趑趄，十无一应。以国家垦荒之令，三岁方许起科，出示申明，渐有应者。一旦征之新垦之田乎？子粒未获，立弃其田而还之官。征之未垦之田乎？原主死徙存亡，不知何所，其问诸空宅乎？宽之于人垦者，应募不数年而可成沃壤，征之转急，弃之转多，荒以益荒，利于何有？故曰荒地之当宽也。）四曰旱蝗当议。（该臣等四月入境之初，桔槔声断，四野焦焚，良岌岌矣。商羊甫舞，蟊贼旋生，蔓延直隶、河南，以及淮楚者，东省之飞蝗也。皇上不见各省直报灾之疏乎？飞蝗起自山东，饱餍而分之他省，中间六府虽有及不及，而被灾独重州县，犹不止臣前疏所报者。试观他省直分数之多，而本省集数之盛可知也。故曰旱蝗之当议也。）五曰起存当酌。（国家灾伤之例，止免存留，不及起运。免过存留，令地方自行设补。然此例可施于常灾耳，东省为何等时乎？去岁煮粥运粮之费，库藏搜刮全空，近者防盗须兵，兵无饷矣；请报须驿，驿无马矣；挑河运粮须夫，夫无值矣。天潢之赡、官吏师生之俸、衙门各役代耕之资，一无所处，不得不请那借；那借已罄，不得不给空文。庚癸惊呼，痛瘏载叹。缺一镪，则少一供役之人，有一人，则必索一日之养，朝夕环告，凛凛乎惧将变焉。兹岁之存留，将何以免，亦将何以补也？至于起运漕粮，贫户不能纳，逃户无可纳，所余大户仅自完其税耳。）盖富者（民）贫之庇也，尽之则立贫；贫者乱之机也，急之则为乱。臣愚以为今之所免者，必当酌免于起运；而今之所征者，必当少假为存留。不然，全输起运，法近束新，纵免存留，终成画饼，乃官民两敝之道也。（故曰起存之当酌也。再，照国家京边最急，臣等非有胸无心，添室忧人，嫠妇恤纬，讵肯独后？四十三年已征之数，见在严查起解，借过之数，立议补还。其四十四年见征钱粮，通行各属酌议开征。）再，照国家京边最急，无敢故为怠玩宽假，惟是逃者、荒者、灾者，一无其人，一无其地，一无其禾，焉能强之为有？而若兵、若驿、若俸、若值，存留应用之数，乌能免之使无乎？正此际东方之谓也。（语曰：反裘而耕，皮毛俱尽。然萁煮豆，根实齐销。果有一毫未尽之民力，而臣等不为勉征，有一毫剩积之官银，而存留不为区处，致烦主计之虑，臣从木石，何敢欺此心以欺皇上？矧此异灾，所共知见，只愧笔不能形，固无容臣等之增饰为也。）

户科给事中汪惟效疏：（天下之大患曰虏与寇，杞人之忧，以为胡马不嘶，金鱼就俎，治平无事矣。臣切谓有急于此者，水旱为荒，民穷盗起是也。夫国以民为本，民以食为天。今灾祲流行，饥馑遍宇内，所闻豫晋诸处，且不具陈，惟臣所躬至而目击者，如臣乡徽、宁诸郡，春夏雨涝，二麦全淹，稷艺失时，秋成无望。两浙田亩泛滥，民居荡拆〔析〕。夫江南此又法劝赈米，至流离而困已极矣。渡南而北，历山左郡邑，以及畿南，更不可言。天下之惜雨如金，数月不沾甘澍，蝗之食稼如刈，千里不留良苗，升米百钱，突烟昼冷，莩死流离，鬻儿卖女，真不忍见。而黠者则御人掠货，揭竿啃聚，百众千群，所在告警，已伏为虺为蛇之忧矣。此在地方抚按察先入告，何俟臣言！皇上轸念民瘼，赈蠲缓征，屡沛德音，臣又何言？但思民为邦本，而使四方之沟壑，□而聚萑苻，即无事之日尚忧之，今何时哉！臣目击不言，臣不敢也。）夫救荒无奇，不越明旨赈蠲二策。赈难言矣，万口待哺，为时难继。在民牧诸臣实心轸恤，如慈母之鞠病子，百计求生，庶克有济。而民所仰望，尤在蠲也。赋从地起，地无所产，赋从何出？势不能不逋。但逋则罪在民，恐藉倡乱之口，蠲则恩在上，自消悖逆之心。（况量而□能蠲者，伏谁敢逋？于度支无大妨。）是在省直抚按察奏实灾分数，听皇上裁夺，拯民命，弭盗衅，无先此者。（□转灾为祥，自有大计。言）

蠲逋之议

吏部主事贺灿然议：东南比岁丰稔，顷一遇淋潦，其流离颠踣，遂不忍言。（今旱熯若此，不知何所底止也。）倘非及今申请，异日司农派牒既出，董储使者驰传而来，窃恐民方嗷嗷徼惠朝廷，以延旦夕，而朝廷方且取给东南，以充国储，其相背驰甚矣。即糜民之骨，其能办乎？此必蠲之势也。但与其蠲之于后，不若蠲之于前。必先议蠲而后可以徼朝廷之赈贷，必先议蠲而后可以戢贫民之作奸，必先议蠲而后可激富室之相恤，此荒政之第一义也。

广恤之三　停征

谕五　例二　诏一　案无　疏三　议一

停征者，并现征旧欠而暂停之也。国家当匮乏之际，边塞脱巾，司农仰屋，斯时概言蠲（减）免，抑为难矣。莫若分别停缓，俟丰熟带征，在朝廷不失其旧额，而岁月之舒徐，示德于小民者已渥。不争有无，但争迟速，夫亦仰体匮乏而为是婉曲调剂尔。披诚入告，当亦圣明不靳之仁也。辑停征第三。

停征之谕

永乐元年，户部尚书郁新等奏：湖广今年夏税过期，数目不足，其布政司府州县官皆当罪之。上曰：赋入有经制，耕获有先后，地里亦有远近，急则必至于病民，其勿问。第更定期，令照限输之。

永乐七年，山西安邑县言县民逃徙者，田土已荒芜，而税粮尚责里甲陪纳。上谕行在户部尚书夏原吉曰：百姓必耕以给租，既弃逃徙，则租税无出。若令里甲陪纳，必致破产，破产不足，必有逃徙，租税愈不足矣。即移文各处，有若此者，悉停征其税。县官不能抚民，致其逃徙者，姑宥罪，令即招抚旧业，勿复扰之。

宣德九年（八月）勅谕：南北直隶应、大、苏、松等府州县，今水旱、蝗蝻灾伤之处，民人缺食，好生艰辛，但是工部派办物料，即皆停止，待丰熟之时办纳。其不系灾伤之处，所买办物料，亦令陆续办纳，不许逼迫。差去催办官员人等，除修造海船物料外，其余悉令回京，不许迁延在外扰民，违者论罪不恕。尔等其体朕恤民之心。钦哉！故谕。

嘉靖六年圣谕：朝廷遇有灾伤，辄行蠲免，但各该官司奏报稽迟，及行覆勘，文移往来，耽迟月日，覆勘未报，一面征收。及至蠲免，文书到日，良善小民惧怕刑责，多已典卖折誊，运送到仓，徙〔徒〕遂粮里侵渔之计。今设有重大灾伤，勘定分数，即便出给告示，晓谕人民知悉，先停征收，待明文至日施行，庶愚民不为奸人所欺。

崇祯十三年（十二月二十一日）圣谕：上荒缓十分，次荒缓五分，其籴免七年以前，见征照常征解，应缓的宽在来年四月。（及绅衿富室屯粮等项，俱依议，以后不得再为控吁，以滋纷扰。其临德二仓，应否改折，还着该抚按会同该监督酌妥具奏。）

停征之例

嘉靖五年，令凤阳等处被灾州县税粮照例除免，应解物料暂且停征。（两广盐价，留四万两接济应用。）

隆庆三年，以水灾（免河南开封等府所属州县及宣武等卫所屯粮，仍改折漕粮有差。十一月，以水灾）免束鹿、大名二县停带征粮一年，又停带征文安等四县粮一年。

（原稿眉注：入停征例。）崇祯十年，以湖广景陵等被灾十县八九年分解京未完钱粮，实欠在民者，准暂缓征，俟十年麦秋完解。

停征之诏

宋哲宗元祐五年，诏府界诸路人户积年负欠，以十分为率，每年随夏秋料各带纳一分，愿并纳者听。又诏诸路负欠，许将斛斗增价折纳。

祁彪佳曰：带征即停征之意也。故附于此。

停征之疏

宋乾道间，臣寮疏：访闻今岁旱伤，（非独浙东被害，如江西诸州，例皆缺雨，禾稻不收，而赣、吉二州尤甚。江东之太平、广德，淮西之无为军、和州，多先被水患，继之以旱，自今民已艰食。）其间州郡或有讳言境内灾伤，不即申陈，致失检放条限，或有虽曾陈闻措置赈济事件，朝廷未与行下。（切念救荒之政，譬如拯溺救焚，势不可缓。）今欲从朝廷专委逐路官疾速巡历灾伤去处，如委系失收，不曾检放，或检放不实者，仰将今年苗米依合减分数权行倚阁，令俟来年秋熟带纳。其有和籴米斛、抛降马料及诸色科买，并权与住罢一年。（应令赈济、赈粜去处，许提举官将一路见管常平、义仓米，通融拨借应副。其有诸州已条画到措置赈济事件，朝廷速将指挥，庶几官吏便可奉行，百姓早被实惠。）

河南巡按御史高名衡疏：切惟彼苍不造，降罚中州。自去秋以及今春，未沾点雨，大河南北，尽成赤地，（百姓流离转徙，饿莩盈野，奸民已蠢蠢思动。蒙皇上哀此穷黎，帑金二万以赈河北，又劝地方各官及富民大姓捐金输粟，救济中州，百姓得蒙全活之恩，益重有秋之望。无何大降甘霖，河南、河北俱先后沾溉。臣劝谕有司，多方设处牛种，罄各仓庾积储，借为布种之用，而小民亦竭其心力，罄其囊箧，谓一粒入地，千粒归家矣。不意天未悔祸，旱魃频仍，又伏两月不雨，禾尽枯而成草，豆亦落而为萁。前日罄竭家赀，（按：原稿胶片此处疑有脱漏）莫若蠲停为急。今若一不蠲停，民必尽成寇盗，虽欲征之，亦从何处可征？）不如（发纶音，下明诏，令垂死之民共沾浩荡之皇仁，而）留未尽之残民，办他年之租税也。然蠲不敢望，则莫如停征耳。忆万历四十三年山东大荒，（不减中州今日，）神宗皇帝特遣台臣过廷训（赍银六万两）大赈山东，停四十三四两年租税，至明年丰熟，然后带征，后三年之内，带征俱完。则所征不过迟速，仍是归之公家，而保全民命，安戢地方，其利赖固无穷，则神宗之所虑者深也。况所以急征解者，不过恐边廷缺乏，保障空匮耳。乃先使腹心之地动摇，即边关有险固之金汤、腾饱之士马，亦何益于胜负之数哉！（至有）可设法赈济，多方劝谕百姓之说，止可言于地方尚可支，人心未动摇之日。若此时此际而尚为此不关痛痒之语，是自欺以欺皇上，自误以误地方，非臣谊之所敢出也。惟皇上大沛仁恩，速赐蠲停，则已作贼者尚可解散，而未作贼者尚不至驱而纳之，即加臣以斧钺，以为居官而不敢使时和年丰、民安息者之戒（，臣且甘之如饴矣。谨会仝巡抚河南李仙风合词上请，伏惟圣鉴俯允，敕部施行）。

户科左茂第疏：臣办事垣中，恭读圣谕，因直陈饥荒，有念念怆心、言言堕泪之语，（臣不觉泪下。）是小民茹土剜肉之状，俱已在圣明离照中（。发帑、劝赈、蠲停，屡奉明旨，臣复何言！但思救荒者急事也，日不再食则饥，三日不食则死，有缓旦夕而莫救者。臣切以为）矣。然皇上蠲停之谕下，而直省敲扑如故，无救于饥民，何也？蠲停者，不过存留一二，钱粮各有考成，催征愈急，饥民奚赖焉？皇上劝赈之诏下，而各里甲富民尤恐不肯收养饥民，（亦不长使富民收养饥民，亦无益于饥民。）何也？近日催征痁政，凡有逃亡拖欠，则责其富民代纳。各里甲富民，方恐为代纳钱粮，安敢认来收养？有司方责令代纳，又安能令收养饥民？此则情之易见者也。（皇上屡沛德音，而省直尤死人枕籍，群道〔盗〕载途，贫者枵腹待毙，富者亦负赀他徙，坐是故也。臣有说于此，可救活许多民，少许多盗贼。未蠲钱粮输收不得缓得几日，则）莫若极荒地方，目前急下停缓之诏，责令秋收之后一总开征。即敕有司息讼停征，终日惟作赈济一事，查饥民，察粥厂，劝谕收养，祈祷雨泽，而各里民不令代纳钱粮，收养亦其愿矣。即有不尚义者，有司得而问之矣。更勑抚按道府，单骑减从，抽察州县。有不能赈济及滥讼私征者，照贪酷吏参纠，而饥民之就者必众也。（转盼秋成，不过三月，饥者不饥，富者不徙。官有仁爱之意，是以感民；民少怨恣之意，是以召雨。有司、百姓俱戴皇上生成之恩，而多方劝谕，共力输收，各项未蠲钱粮得带征尚可完也。目今极荒之地，麦苗未收，秋成尚远，鞭朴虽急，实无益于催征之事，徒毙人命，兼滞圣恩。臣前令秦，值七年旱荒，曾蒙皇上停缓。臣暮受檄而朝榜示，四月停，九月方开征。臣宣传皇仁，从容劝输，民力渐复，钱粮各如额，事之明验也。况经各抚按奏报，无待行察，嗷嗷民命，真在旦夕，屡廑圣怀。如果臣言不谬，伏乞皇上勅部檄行，但分缓急，万民生死系焉。）

停征之〈议〉

山东（巡抚王国宾疏：本年三月十八日，据布政使司□据济南府知申称：济属频年灾祲，民不堪命。值大变之余，罹凶荒之岁，一望人烟尽断，连村磷火宵荧，草木之根已尽。伤哉！卖子鬻妻，萑苻之惊时闻。惨矣！食人炊骨，剜肉无从，敲髓何益？如历城、长山、齐河、禹城、济阳、海丰、临邑、陵县八处，虏患蝗灾，兵荒交亟，应议上等。如长清、平原、德州、邹平、青城、泰安、商河、德平、蒲台、武定、莱芜、乐陵、肥城、新城十四处，未破而蹂躏更惨，岁既凶而疲瘠久，应始以空城之存，议为次等。如淄川、章丘、齐东、利津、新泰、阳信、霑化、滨州八处，疮痍未起，流离相继，恳将宿赋全豁，新征暂缓。又据东昌府署印推官沈应明申称：被虏州县，如茌〔茌〕平、博平、丘县、恩县、夏津、武城，残破灾伤，如聊城、堂邑、新县、临清、冠县、馆陶、范县、高唐、濮州、朝城、观〈城〉被虏蹦蹂，杀掠凶惨，上年蝗旱异常，今春涓滴无润，民生无望，晨夕何慰？始厌糟糠而糟糠已尽，继食树皮而树皮已尽，四野黄埃，千里赤地，沟中之瘠几满，村集之庐已墟，征输难追，敲朴何加？恳将积年逋欠概求蠲豁，十三年京边新旧饷额更求蠲缓。又据兖州府知府雷应乾申称：兖属州县自奴变之后，旱蝗叠见，加以荒春重闰，率皆十室九空。但地土有肥硗，流离有多寡。如曹州、平阳、滕县、宁阳、东河、邹县、汶上，以上中荒；如曹县、武城、武阳、谷县、东平，以上极荒；如郓城、泗水、济宁、钜野、金乡、定陶、峰〔峄〕县，以上次荒。诸处上岁亢阳，麦禾未种，今春虽种些须蓠谷，遭飑风沙土尽淹，目前无望，赋税何出？恳求蠲缓，以拯灾民备由详到司。本司）左布政周应期（会同济南道蔡懋忠、分守道胡之纮）议：会看得二东蹇遭虏变，（生灵杀戮几尽，乡村掳掠无遗，为此即岁事丰稔，犹须数年生聚，而不意旱赤千里，一望篙莱，饥口嗷嗷，草木啮尽，以故饥□在道，因致殍骨盈野，灾残困苦，背井流离。荷圣明已照彻穷檐，发帑赈饥，凡此孑遗未死之民，莫非皇仁所留。第今春作届期，日见风霾不雨，小民皇皇，无以为命，）又值旱灾，亟应分别缓免，拯救灾黎。如历城（、齐河、禹城、长山、济阳、临邑、海丰、茌〔茌〕平、清平、博平、恩县、夏津、武城）等州县，先经残破，又被灾（高康城虽未破，四郊蹂躏，已尽荒残）歉，俱起解钱粮，应全缓征。如泰安（、德州、武定、新城、邹平、商河、莱芜、青城、平阳、东河、阳谷、曹县、武单、曹州、东平、汶上、滕县、聊城、堂邑、莘县、临清、冠县、馆陶、范县、濮州、观城）等州县，虽城未残破，抄掠殆遍，灾疲交困，俱系中荒，起解钱粮，应缓十分之六。如淄川（、阳信、霑化、齐东、新泰、利津、滨州、章丘、寿城、郓城、泗水、济宁、钜野、金乡、峄县、定唐）等州县，被虏有甚不甚，受灾较首较次，起解钱粮，应缓十分之四。统候秋成起解如额。其力年积逋秋成带征，亦分别等第，极荒者免带，中荒者带征一分，次荒者带征二分完解。伏候速赐具题，以苏目前之困（者也等因，呈详到臣。该臣看得济、兖、东三府兵荒相继，今春二麦全无，草根树皮食尽，始而贫民就食，流离满道，今且有家者因上催征，亦弃乡井，兼之饥寒所感，多染杂症，弱者既转于沟壑，壮者又复迫而走险。此时若非亟议蠲停，目前情苦，大可寒心矣。据察历城等十六州县皆荒残最急，合将积逋蠲豁，十三年本折起运及新旧练饷俱暂停缓。泰安等三十六州县，荒残次之，起送钱粮合缓十分之六。淄川等十六州县，荒残又次之，起送钱粮量缓十分之四。其余俱宽至秋成，照额解足。庶灾民得缓须臾之命，而东土可稍余孑遗矣。恭候圣鉴施行。）

祁彪佳曰：缓征之议甚多，此取其分数明晰，可以为式耳。

广恤之四　薄敛

谕一　例无　诏无　案无　疏一　议无

今之言减、言蠲、言停者，犹是治标之说也。夫不有薄赋税为本计乎？然今加派日增，尚忧不足，其于薄也，何日之有？或如范公所谓冗官、冗兵与土木之费，一为经画，方使国家不忧匮乏，而民生遂得休息乎？辑薄敛第四。

薄 敛 之 谕

永乐二十三年，上谕户部尚书夏原吉曰：田土，民所恃以衣食者。今所在州县奏除荒田，得非百姓苦于征徭，相率转徙与？抑年饥，衣食不足，或加以疫疠而死亡与？自今一切科徭，务樽节。仍令有司，凡政令不使于民者，条具以闻；被灾之处，早奏赈恤。有稽违者，守令处重罪。

薄 敛 之 疏

宋范镇疏：臣伏见今岁无麦苗，朝廷（为放税免役及以常平仓、军储仓振贷，）存恤之恩，不为不至矣，然而人民流离，父母妻子不能相保者，平居无事时，不少宽其力役，轻其租赋，岁虽大熟，使民不得终岁之饱，及一小歉，故虽加重施，固已不及事矣。此无他，重敛之政在前也。今特一谷不熟耳，而流民如此，就使九谷皆不熟，朝廷将如之何？臣窃以水旱之作，由民之不足而怨；民之不足而怨，由有司之重敛；有司之重敛，由官冗兵多与土木之费而轻〔经〕制不立也。伏乞陛下勅大臣捡臣前所上章，考今官数、兵数与赋入之数，立为经制，又罢土木之费，使民得足食而少休，天地之和至矣。古人言太平者，止于民之足食也。诚能立经制，省官与兵，节土木之费，使民足食，陛下高拱深居而太平坐致，顾陛下责任大臣如何耳。

广恤之五　厘蠹

谕无　例无　诏无　案无　疏二　议无

新征既有减矣，旧逋既有蠲矣，乃蠲减之外又不能停，则催科其能已乎？惟正之供，民间自当输纳，而火耗差钱与种种不经之费，可不彻底剔厘？尚为民间留一分物力，便足救几许生命。至于粮外之役，尤能破家。东南之竭，大率缘此。按田均派，无令偏累，虽不言救荒而救在其中矣。辑厘蠹第五。

厘 蠹 之 疏

（一、议催科。）崇祯十四年，兵部汇疏：国家因壤则赋，小民任土作输，原自不一。若臣频年以来，见良有司留心民瘼者固不乏，而或者靡丽熏心，兼以吏书作弊。如某年以上某项钱粮已奉旨蠲免，而仍朦胧带征者；如某年以上某项加派已奉旨停征，而仍一概追比者。且额外火耗，非不出示禁绝，而收头暗索，或以逢官府，或以充囊橐，民有不竭泽而穷焉者乎？甚且余户流离，间一二归里生业，而苦于追征，不顾卖妻，不顾鬻子，民有不拔宅而逃焉者乎？合无颁行圣谕，各府州县，（正用一张，）大书已蠲已停者，不许朦胧混征；不论带征见征者，不许暗加火耗；不论民屯军屯，多方招抚，不许苦逼逃亡。（俱责成州县儒学教官张挂，）务使穷乡僻远，咸听共知。（仍敕行各省抚按，转行风力司道一官，严加考核，而司道以守令之殿最为殿最，即抚按亦以司道之殿最为殿最，）想民即无良，未有不奉惟正之供，而甘作化外之民者，是救荒之一急政也。（伏候圣裁。）

又疏：(一、议差徭。民间蓄积之厚薄，不可探囊而知，地□之多寡，固有按籍而定。如) 近畿州邑，有买马、买米、买豆、买草各差；远省州邑，用兵处所，有派支运米、修城浚濠各差。臣频年以来，见 (贤有司不畏强御者固多，而或) 豪绅有力之家，恃势抗拒，或武弁子衿之徒，巧肆躲闪，甚至以包揽为固然，且以营免为得计。(第苦八口之家，敲肤吸髓，民有不铤而走险乎?) 合无敕行各省直抚按，严行各有司，一应地方必不可已之差务，须按亩均派。如县官畏富而差贫者，即行参拿；如豪富肥己而瘠人者，并行提究。想即水旱不常，民未有轻去其故乡，且将忍死以待时和矣。是亦救荒之一急政也。(伏候圣裁。)

广恤之六　苏役

谕无　例一　诏无　案二　疏一　议一

以推赏而劝富室，盖将欣之以所好也。然欣以所好，不若去其所恶，而后劝之为用神。繇东南之徭役，推之于西北之召买，皆可量免以示劝。以民命是重，而量免之，仍不废于输将，则当事者亦何不可为之有？辑苏役第六。

苏役之例

嘉靖八年，户部题：该浙江道监察御史穆相奏为应诏陈言以弥灾异事，该本部议拟覆奉钦依，循行浙江等处布政司，并南北直隶巡抚、都御史会同巡按御史，选委公正官员，将人户严加审编，[修] 务使殷实上户充为粮长，五年一编，一年一换，不许放富差贫。

苏役之案

江州饥，总管王太中贷富室赈之，而免其杂役以为息，期岁丰还其本，民无病焉。

刘辰为江西参政，时江水泛滥，濒江之田皆涝，饥民为盗，富室多罹其害。公檄郡邑，劝富民出粟贷饥者，蠲其役以当息，官为立券，约明年偿本。由是富室乐从，饥者得食。

苏役之疏

宋贾从熟 (言) 疏：出粟赈济，赏有常典。多者至命以官，固足示劝，然应格沾赏者，未有一二。偏方小郡，号为上户者，不过常产耳。今不必尽责以赈济，但随力所及，或粜或贷，广而及于一乡，狭而及于一都，有司核实，量多寡与之免役一次，少者一年或半，庶几官不失信，民必乐从。

苏役之议

长州令 (夷度) 祁承㸁议：(平粜之说，为小民之力能办数文以博升合者言也。不有瓶无颗粟，甑有飞尘，并升合而力不能办者乎？则) 赈给之议，(又所以济平粜之穷矣。顾) 当此帑藏若洗 (之) 时，(取给于官，无论无米之炊，势不能办，而蹄涔之水，所苏几何？故) 欲以官而济民者，不若以民济民，而其惠始溥。然自私自利，习俗之渐人也久矣，苟非识超流俗之表者，安能割其所甚爱，而予之不可知之人乎？即引令甲所著，助若干而给扁，若干而冠带，若干而树坊，谆谆劝谕，彼且以空名吐之，如飘风之过耳矣。夫人情欲割其所甚爱，非动以所甚畏则不能。夫吴民之甚畏而欲自释者，莫如差解之一事。今诚与大户约，凡有田之家，输米三十石[以上]助赈者，或平粜至三百石以上备赈者，（或平粜之三千石以上，）皆免千亩之差三年。米以递加，田亦以递免，适相当而止。此固不必以后日点役之掣肘虑也。诚使应者多而尽役皆免，则尤有客户之寄庄，与百亩以下之零户，可并而议也，况所应者必不能尽其所役乎？（夫急而治标，医家犹然，救时者可知矣。）第劝借助之银，原无定额，收之在官，则吏书易容其干没，而里巷易起其疑端。须推一二缙绅以莞之，而仍请宪钤二簿，一存县以登记，一存缙绅以收放，而所输之米，及所给之人，务期于两相券合而止。如此，则劝之而有不应者，在县官固可信心而行，即劝之而应者，齐民亦且心折而服（。往年□□县，以修塘之役，费至巨万，役成而民无异议者，则□收掌于缙绅耳。此已事之可法者也。）[矣]。

广恤之七　减税

谕一　例无　诏无　案无　疏无　议一

救荒以通籴为要，通籴以召商为要。设复严关梁之禁，则商贾之愿出其途者寡矣。曾见浙关贤使者胤（抄本作“胤”）锡堵君，当省会匮乏时，招徕远商，尽免其税，于是米航鳞集，杭城恃以无恐。近来粮艘不至，借运民舡，益相戒裹足，识者深切虑之。宜大有以示宽恤，而后使远商之乐趋也。辑宽税第七。

减税之谕

万历间圣谕：所在关津，不论官商军民，但系赈籴之资，不得阻格抽税。

减税之议

宋董煟议：古人泽梁无禁，关市讥而不征。今山林河泊，各有所主，又民心不醇，一闻榜示，因而斫伐坟林，大起争竞，则弛泽梁之禁，已为难行。惟有场务邀阻米船，此当禁约耳。（然比年场务刻额稍重，多藉舟车，虽令文米麦不许收税，而场务别为名色，号曰力胜钱，多端邀阻。虽累降指挥，诸处场务不得将客米船违法收税，庶几商贾兴贩，然终未能革。臣谓为）监司太守，（莫若）每遇凶荒去处，相度饥之大小，奏之朝廷，乞权减场务课额一月或半月。如此，则少宽煎逼之弊，自然不敢重困米船，亦古人凶年弛禁之意。（宋淳熙令，课利场务经灾伤者，各随夏秋限，依所放分数，于租额除豁。）

广恤之八　省耗

谕无　例无　诏无　案无　疏一　议无

粮米之输纳，有正米，便有耗米。耗者，舡脚等费也。如倪公所言，即南都俸粮，临舡兑支，便已省耗十余万石。以此推而广之，北漕南运，独无耗费可节，以救海内之民命者乎？厥后周文襄公因之，遂省耗六十万石，而济农仓由是立矣。今日但言生而不言节，民间之物力几何哉？节之一字，又不但为加耗言也。辑省耗第八。

省耗之疏

（倪岳疏曰：窃惟农无常稔之年，国有备荒之政，求之古人之所已行，盖惟常平独为尽善。是以）

吏部尚书倪文毅公岳疏：成化初年，南京守备官员，（因见岁凶民饥，莫能拯救，乃）仿古常平之意，奏将没官房屋改为仓廒，名曰常平，铨官置吏，以司出纳。每岁将苏、松等处运到粮米，免其上仓，将各卫官军三个月俸银临船兑支，省出加耗脚价，每岁将有十万余石，运赴常平仓交纳。遇岁凶米贵，减价粜卖，银钱收贮官库；岁丰米贱，增价籴买，粮米收贮本仓。良法美意，与古实同。（后因本仓积米数多，南京户部奏将作正支放，常平之法遂废，仓廒虽存，倾圮过半。当时费用财力，即今弃之可惜。况京师之大，略无备荒之储，岂宜然也。且）往年米价腾贵，至八九钱一石，民皆缺食，盗窃纷起。若使官廒有米，能粜数十万于市，则米不涌贵，民饥可疗矣。如今年米价极贱，至二三钱一石，民卖轻赍，亏损至极。若使官库有银，能籴数十万于仓，则米不狼藉，农力可苏矣。（奈何坐视米价贵贱之机，莫救农末交困之苦，岂宜然也？如蒙乞敕该部查照先年奏设常平事例，再为斟酌，仓廒损坏，量行修理，仍）宜自弘治十二年为始，浙江等布政司，苏、松等府该运南京粮米，照例三个月临船兑支。将所省耗米脚价，或一年者，或二年者，运赴本仓上纳，以为常平之本。行令该管官员，随时米价贵贱，依拟粜籴。若本仓粮米积至四五十万石，恐至陈浥不堪，方准作正放支。就将本年临船兑支所省粮米，照依前数运纳，以为常平之本。务使新旧相更，贵贱相济，仓有余粮，岁荒无缺食之忧，市有平价，年丰无伤农之虑，实为便益。

广恤之九　宽租

谕无　例一　诏无　案二　疏无　议无

水旱告歉，朝廷自有蠲减之令。乃朝廷已蠲减于上，田主独全取于下，可乎？不得不宽者，亦情也，势也。然佃户多有刁顽，倘官府以蠲减张示，则佃户有挟于田主，宽之亦不以为德，而徒长嚣风。在官府宜会集绅富，谕之以意，使蠲减仍出于田主，而佃户则可以得实惠。此贫富互保、上下相维之道也。辑宽租第九。

宽租之例

宣德十年，给事中年（抄本无此字）富言：江南小民佃富人之田，岁输其租。今诏免灾伤，税粮所蠲，特及富室，而小民输租如故。乞命被灾之处富人田租，如例蠲免。从之。

宽租之案

何敬叔在政清约，不通问遗，常岁俭夏节，忽榜门受饷，共得米二千八百石，悉取以代贫人输租。

祁彪佳曰：代人输租，较之宽自有之租者，为德更大矣。

万历戊子，东南水灾歉收，新建喻均守松江，得请免田粮若干，出示佃户，还租亦如减粮分数。仍令有田之家，量留谷本，至春耕时贷与佃户，为来岁种田资。泽及穷民，一时称为惠政。

广恤之十　宽债

谕无　例一　诏一　案无　疏一　议无

贫民朝不谋夕，不能不出于借贷。若债家索取赈赀，是扼吭而夺之食矣。宽之良便，但此为平时之借贷言也。至官借、民借，原有限期，蠲减之外，自应催追，又不得以此藉口也。辑宽债第十。

宽债之例

嘉靖七年，户部题：该江西道监察御史张惟恕奏（为陈愚见以裨荒政事，奏）称，各处豪民大户，放债网利，有本利俱欠，立逼而逃亡者；有本足利欠，锁打迫逼者；有本利俱足，犹为拖欠利上起起利者。乞要严禁。该本部覆奉钦依，行移灾伤去处各该抚按官，严督各该司府州县掌印官晓谕，除依律取利不禁外，敢有豪民大户，恃强多取，或以利起利，强夺畜产等项情弊，即便擒拿，依律究问，照例发落。亦不许刁泼之徒，将应还钱债一概告扰，以启争端。违者各治以罪。

宽债之诏

宋高宗建炎二十三年，温州布衣万春上书，请将民间有利债欠，还息与未还息，及本与未及本者，并除放，庶少抑豪右兼并之权，伸贫民不平之气。上谓辅臣曰：若止偿本，则上户不肯放债，反为细民害。乃诏书私债还利过本者，并与依条除放。

宽债之疏

三边总督唐龙疏：饥民得赈银，止勾延喘而已。若富豪恃强，挟逼赈济银两以偿私债者，饥民鸣告，将恃强之徒，（用八十斤重枷）枷号问罪，仍加倍追给银补饥民。凡民间私债，俱候年丰，渐以理还。

广恤之十一　省讼

谕无　例无　诏无　案无　疏一　议三

政简刑清，便是循良之绩，况当芜歉，尤宜休息民生。若复加之夏楚，追以赎锾，有立毙耳，此讼之所以（断不可不）宜省也。至于粥厂、药局、病坊，饥民所聚，死亡必多。若复容奸人告讦，藉为讼端，非但穷民刺髓，且使好义灰心，司牧者更宜深为杜绝。辑省讼第十一。

省讼之疏

寺丞兼御史钟化民（救荒法）疏：周官荒政曰缓刑，盖当米珠薪桂之秋，正折〔析〕骸炊骨之日，若刑讼如常，非所以全灾民也。盖一罪之赎，夺一家数月之粮；一纸之追，绝一人数日之食；一番之驳，窘证犯数家之命；且一日被责，则数日不便工作；一人疮甚，则数口皆为待毙。司民者奈何泾逞至此？且饥荒之后，幸留残喘，一遭讦讼，即无鞭棰淹系，已剥肉不堪，可速之死乎？通行府州县，立行尽停词讼，悉禁牌差，惟以粥厂散银为务。倘事涉强盗大逆者，速为审决，止许现获，不得稽延连坐，违者治参。

省讼之议

广西布政某公议：人情不平而鸣，听讼亦非得已。但片纸一入，蚩蚩之氓，遂为胥吏所鱼肉，酒食金钱，骚然烦费，鼠牙之局未终，而室已若扫。此在大有之年且坐困，况俭岁乎？自今除人命强盗重情外，其户婚田土，小忿小争，有司皆不得准理。至笞杖折赎，尤宜停免。庶讼简刑清，闾里无追呼之扰。

长州令（夷度）祁承㸁议：当民不聊生之时，一命非所惜也者。（强者甘蹈法而攫人于市，弱者撞身命而诈人于家，往往而是。甚至有父子兄弟，豺狼满室，委一老惫不堪者于平民之家，而不逞之徒群而和之，视其家赀皆为己有，不锁之未已也，群抢之未已也，尽室以饱其劘牙之啖，然后以徐徐尺帛裹首而拦街塞巷，狂呼于府县之前。及事体得白，而平民之家已荡然矣。此风一倡，不特非所以安大户，反非所以生灾民也。）今后凡有以饥荒之故，强借不从，拚命图赖，如投河、自缢、服毒等情，决不断给葬埋，以遂其欲，使民多轻生无赖之行。至于民间一应词讼，应追应给之银，除钦依及上司追赃入官还官之外，其余民间租债与断给找绝等项，俱不得无端缠告。即告亦一概停追，通候成熟之年，方与追断。夫禁图诈以安巨室，停追偿以宽小民，情法两平，上下胥便。

祁彪佳议：饥荒之岁，饿殍载道，辄有地方棍徒，居为奇货。今（敝）村中城中皆立病坊，将来各乡俱设粥厂，就医食粥之处，聚集既多，死亡愈众。若遭其诈紥，善念必灰，（伏乞老祖台垂谕，内□）须申其禁令，用戢嚣风。

广恤之十二　省差

谕无　例无　诏无　案无　疏二　议二

讼之为害最彰，其甚者更莫过于差役。彼其（恣睢骚扰，致人室家不保，鸡犬不宁）剥肉吸髓，能使人亡身破家，民愈穷而差役愈横。语云：官府一点硃，百姓一点血。真堪为之痛心也。今讼既省矣，有事关重大，不得已而受理者，或差原告，或差里总，无使饥馑之年，更受勾摄之苦。辑省差第十二。

省差之疏

宋苏文忠公轼疏：（臣闻之孔子曰：善人教民七年，亦可以即戎矣。夫民既富而教，然后可以即戎。古之所谓善人者，其不及圣人远甚。今）二圣临御，八年于兹，仁孝慈俭，可谓至矣。而帑廪日益困，民日益贫，商贾不行，水旱相继，（以二圣之资，无善人之教，）臣窃痛之。所至访问耆老有识之士，阴求其所以，皆曰：方今民荷宽政，无他疾苦，但为积欠所压，如负千钧而行，免于僵仆则幸矣，何暇举首奋臂，以营求于一饱之外哉？今大姓富家，昔日号为无比户者，皆为市易所破，十无一二矣。其余自小民以上，大率皆有积欠，监司督守令，守令督士卒，文符日至其门，鞭笞日加其身，虽有白圭猗顿，亦化为筚门圭窦矣。自祖宗以来，每有赦令，必曰凡欠官物，无侵欺盗用，及虽有侵欺，而本家及五保人无家业者，并与除放。祖宗非不知官物失陷、奸民幸免之弊，特以民既乏竭，无以为生，虽加鞭挞，终无所得，缓之则为奸吏之所蚕食，急之则为盗贼之所凭籍，故举而放之，则天下悦服，虽有水旱盗贼，民不思乱。此为捐虚名而收实利也。自二圣临御以来，每以施舍已责为先务，登极赦令，每次郊赦，或随事指挥，皆从宽厚。凡今所催欠负，十有六七，皆圣恩所贷矣。而官吏刻薄，与圣意异，舞文巧诋，使不该放。监司以催欠为我业，守令上为监司之所迫，下为胥吏之所使。大率县有监催千百家，则县中胥徒举欣欣然，日有所得，若一旦除放，则此等皆寂寞无事矣。自非有力之家，纳赂请求，谁肯举行恩贷？而积欠之人，皆邻于寒饿，何赂之有？其间贫困扫地，无可蚕食者，则县胥教令，通指平人，或云衷私擅买，抵当物业，或虽非衷私而云买不当价。似此之类，蔓延追扰，自甲及乙，自乙及丙，无有穷已。每限皆空身到官，或三五限得一二百钱，谓之破限。官之所得至微，而胥徒所取，盖无虚日。俗谓此等为县胥食邑户。嗟乎！圣人在上，使民不得为陛下赤子，而皆为奸吏食邑户，此何道也！商贾贩卖，例无见钱，若用见钱，则无利息，须今年索去年所卖，明年索今年所赊，然后计算得行，彼此通济。今富户先已残破，中民又有积欠，谁敢赊卖物货？则商贾自然不行。此酒税课利所以日亏，城市房廊所以日空也。诸路连年水旱，上下共知，而转运司窘于财用，例不肯放税，纵放亦不尽实。（虽无明文指挥，而以喜怒风晓官吏，孰敢违者？所以逐县拖欠两税，较其所欠与依实检放，无异于官，了无所益，而民有追扰鞭挞之苦。）近者诏旨，凡积欠皆分为十料催纳，通计五年而足。圣恩隆厚，何以加此！而有司以谓有旨倚阁者，方待依十料指挥，余皆并催。纵使尽依十料，吏卒乞觅，必不肯分料少取。人户既未纳足，则追扰常在，纵分百料，与一料同。（臣□知杭州，又知颍州，今知扬州，亲见两浙、京西、淮南三路之民，皆为积欠所压，日就穷蹙，死亡过半，而欠籍不除，以致亏欠两税，走陷课利，农末皆病，公私并困。以此推之，天下不将皆然矣。）臣自颍移扬州，舟过濠、寿、楚、泗等州，所至麻麦如云。臣每屏去吏卒，亲入村落，访问父老，皆有忧色，云丰年不如凶年。天灾流行，民虽乏食，缩衣节口，犹可以生。若丰年举催积欠，胥徒在门，枷棒在身，则人户求死不得。言讫泪下，臣亦不觉流涕。又所至城邑，多有流民，官吏皆云，以夏麦既熟，举催积欠，故流民不敢归乡。臣闻之孔子曰：苛政猛于虎。昔常不信其言，以今观之，殆有甚者。水旱杀人，百倍于虎，而人畏催欠，乃甚于水旱。臣窃度之，每州催欠吏胥率不止五百人，以天下言之，是当有二十余万虎狼散于民间，百姓何由安生，朝廷仁政何由得成乎？（臣自到任以来，日以检察本州积欠为事。内已有条贯除放而官吏不肯举行者，臣即指挥本州，一面除放去讫。其于理合放而于条未有明文者，即且令本州权住催理，听候指挥。其于理合放而于条有碍者，臣亦未敢住催，各具利害，奏取圣旨。）

祁彪佳曰：文忠此疏为蠲逋而具也，乃其所言胥徒之横，痛哭流涕，有与今日同弊者。举追逋一事，而词讼之拘摄，被其大害可知矣。附入省差条内，以为司牧之戒。

三边总督唐龙疏：勾摄最为扰民，灾伤之时，尤非所宜。即词讼除强盗人命外，其余户婚田产及一切小事，俱暂停受理，免得差人下乡骚扰，以重民之殃。

省差之议

长洲令（夷度）祁承㸁议：灾民犹之尪夫然，培之尚不能有起色，少触之即颠仆矣。

故轸恤之计，惟在力苏民困。而民之所最不堪者，无如勾摄之一事。八口旬日之供，不能当市肆之一啮也；贫民终岁之役，不能充胥隶之一饱也。纵严禁群役生事扰民，而法之所不能禁。其大弊有三：其一为军丁之起解。夫一军之赴伍，其佥妻挂号旅邸长途之费，不下二百余金，每一里排约费二三金，而此二三金者，里胥又以分厘而掊敛于细户，不知其几千百家也。故一军起解而半县骚然，灾民之不堪者一。其一为隔属之关提。夫民间理直气壮之事，未有不归结于本境也。其有冒籍生端者，非以诳批为难结之局，则以关提快拖累之谋。在承提者视为奇货利薮，在被关者见若赴火蹈汤。彼小民宁尽其所有，以求解一日之阨也。虽本县已经通详禁革，而奉宪关者终不能无。此灾民之不堪者二。其一为远年之宪案。夫簿书之吏，责在案牍，官与吏相易者不下十余人，事与年相隔者不下数十载，使事可完而卷可结也，安有茸阘至此者乎？此皆必不能竟之局也。而上司既按籍而责比，则承行敢不奉法而拘催，及拘催而人亡事远，徒拘一二里排及亲故为回话张本耳。（非不知拘一番多一番之扰，而未完宪卷，不得不然。）此灾民不堪者三。诚奉宪允而勾军、补伍、关提人犯，一概暂停，通俟有秋之后，方为查行。至于远军宪案，其未结者允销，其未完者允豁，已问配而赃久未完者，姑准发配，释淹理滞，亦所以感召天和也。

祁彪佳议：差役之横，所在皆然。当此十室九空，典鬻已罄，民间小讼，必宜停省。即事须准理，亦当付牌里役，或行原告。若仍用差拘，则剥脂竭髓，更不能堪矣。（差役实实横索，小民实实困穷。人或以此讳言，治弟不敢不痛告于老祖台者，诚有见于禁差省讼，大与荒政相关。万乞严申以必行之法，保全闾阎身家，不知凡几矣。）

广恤之十三　清狱

谕二　例一　诏无　案无　疏二　议一

天灾流行，四民中尚有三旬九食、灶突不黔之嗟，况乎幽系囹圄，生计皆绝？即举家彷徨，欲以供一人之食，而讼费之余，大都悬磬。是一人在狱，将举家为之饥窘。倘其中更有无辜覆盆者，伤心惨目，盖孰甚焉。武林因此有赈狱之举，吾越踵行，亦已数载，设僧煮粥，日勿缺也。然赈狱又不如清狱之为要，赈之止惠及一人，清之且惠及举家矣。辑清狱第十三。

清狱之谕

成化元年，谕各问刑衙门疏淹滞罪囚。时南部陈翌因灾异，请照正统年例，差官审录。刑部左侍郎廖庄以寇贼未息，水旱频仍，恐扰民，寝之，第敕各问刑衙门疏淹滞罪囚而已。

崇祯十五年圣谕：朕体天好生，矜全民命，深念刑狱一道，堪哀实多。今在京刑部等衙门见监已结未结各案人犯，特命元辅会同清理，业已就绪。其北直南京及各省一应大小罪囚，着该抚按责成道府州县，通行察审，所有军徒杖笞各罪，应释放的竟行释放，应减等的即与减等。有讯谳（抄本作“论”）未结的，牵累监禁逾时的，通着速问速结，或成招立案，或免提注销，都要一一清楚，不许一概混监。其大辟重罪，虽已奉旨定案，若有情可矜疑及年久有疾等情，即一面减拟保候，一面请旨发落。凡追赃人犯，除军需库藏、起解京边钱粮侵欠奸弊，应追不饶，及就中仍听酌议外，其余赃罚罪赎、给主征逋等项，都著察明宽免，或减半，或宽豁，不许仍羁禁敲比。至于佐贰等官，尤不许擅受词讼，轻送监铺，违者拏问治罪。各抚按须遴委清明道臣及风力推官，分行各府县，亲拟狱监审理疏豁。一应减罪减赃，都要悉心详酌，分别年分久近、事情轻重，以为差等。务期一清淹禁，尽涤烦冤，宁失不经，勿入非罪，以称朕爱民慎罪、刑措囹室至意。尔法司还察照道里远近，立限与各抚按，去如奉行不实、玩视虚名的，察出从重论治。其凛承之毋忽。特谕。

清狱之例

泰昌元年，上命议减矜疑改拟犯人七十五名，法司又奏赦放过徒杖等罪，并监禁日久者，共五百四十一名口。三日之内，滞狱一清。

清狱之案

宋太祖开宝二年，命诸州狱吏恤系囚。帝以暑盛，诏狱吏五日一检视，洒扫狱户，洗涤杻械，贫者给食，病者给药，小罪即时决遣。自是岁以为常。

清狱之疏

副使林希元疏：（曰轻重系囚急宽恤者。臣按《周礼》荒政十有二，三曰缓刑。盖）民迫于饥寒，不幸有过失，缓其刑罚，所以哀矜之也。况年当荒歉，疫疠盛行，狱囚聚蒸，厥害尤甚。若不量为宽恤，则轻重罪囚，未免罹灾横死。故充军徒罪，追赃不完，久幽囹圄者，必量情轻重，暂为释放；绞斩重罪，有碍释放者，必疏其枷杻，给以汤药。如此则轻重罪囚各获其生，无夭札之患矣。（然囚系既急宽宥，则凡户婚诸不急词讼当且停止，恐负累饥民及妨误赈济。此又不可不知也。）

寺丞兼御史钟化民（救荒法）疏：近因连荒多盗，各州县捕役，因地方失事惧比，率混拿疑似平民为贼送监，赃证俱无，拷讯淹系，毙狱者甚众。（及别府州县缉拿真贼，解验真贼，方知向所拿送者乃是平民。然死者不可复生，上干天和，关系不小。无论强盗，凡一应人命告发，即为验审，）今后无辜者作速释放，一应词讼，不得混监。一人在狱，举家悽惶，囹圄多疫，轻（者）非罪（不）致死，心诚何忍？不惟损德，实以招殃。即令该州县清查狱囚若干，释过诬攀强盗若干，逐一开报。

清狱之议

祁彪佳议：饥荒之岁，土著居民尚然艰食，犴狴之苦不言可知。闻此中瘟疫盛行，死亡相继，乃各县衙官竟有不请堂印而拘人、不禀堂官而监人者。（伏乞老祖台特垂台神，即不便）宜司宪公祖亲至清查，（亦乞）不时吊掣其底簿。苟非罪犯重大，稍有一线矜疑，姑先予之保释。若夫衙官滥禁，尤宜宪法严饬。（庶几圜扉鞠草，造福宏多。敝地邻村，昨者获盗一起，）至于问辟人犯，多有内结牢禁，外通地棍，肆行诬吓，良善魂惊。（赖毕老公祖明烛其奸，立颁告示，人喜更生。监犯诈害，所在皆然，乞老祖台）亦宜严示狱中，立牌勒石，凡有诈害之监犯，立刻取死牢头禁卒一体责惩，牢头且行换监，禁卒仍加革役。如是而诬吓之端，不患其不熄矣。

广恤之十四　革行

谕无　例无　诏无　案无　疏无　议一

阛阓之中，以贩鬻取什一者，亦吾民也。时值灾祲，方思所以赈救之，禁〔奈〕何以日用（抄本作“月”字）之微，重为此辈困？悬鱼留犊，古今人岂不相及乎？辑革行第十四。

革行之议

山东巡抚李长庚议：照得抚绥一方者，民间疾苦相关。闻各衙门日用（米面酒肉果品柴炭器皿细物，以及纸劄布疋段帛杂货之类）等件，无一物不用行，无一行不受困，即间有给价，亦值不及半。且以空名相谩，衙役为奸，需索稍不如意，遂假以抗违朦禀，甚至倾家亡身者相属也。（敲瘠骨之髓而取其羸，扼市儿之吭而夺之食，此殆以士人而躬贩夫之行者，其细已甚矣。又况）当此灾祲异常、民穷财尽之秋（乎?），亟应通行禁革。自今以后，凡有各色行户，尽行革去，其应用等物，俱用见银两平易买，不许仍前扰累。如有故违，仍用行户答应者，察访得出，定以白简从事（，必不宽假）。

救荒全书卷十四　宏济章一

凡三十六则

发帑一　留税二　官粜三　民粜四　商粜五　转粜六　官借七　民借八　里赈九　族赈十

宏济之一　发帑

谕五　例十六　诏三　案无　疏无　议无

灾荒频仍，在官与在民，每有交匮之苦，此时有不得不望之内帑者。夫积财本为养民，财散而民聚，此帝王经国之訏谟也。然此内帑者，在上发之为施德，在下请之为市恩，归其权于上而普其利于民，则斯善矣。辑发帑第一。（发地方之积贮，皆可谓之帑，发粟米者并附之。）

发帑之谕

（嘉靖八年，湖广襄阳大饥，巡按御史张禄绘饥民图以献，词甚惨切。时已有旨留显灵宫银及贵州折兑银备赈，上览禄奏，复感动，亟谕部臣再申前旨，下所司多方处分，使民沾实惠。有司奉行不谨及作弊者，悉论如法。）

嘉靖八年，河南巡抚潘埙言，河南岁大饥，近发帑银五万两，尚不足赈。上（命）谕尽发河南司府仓库钱粮，不足则移山东临清、广积二仓米二万石济之。

隆庆三年，上谕户部曰：朕阅河道都御史翁大立奏报，水灾异常，百姓困苦，朕甚悯之。尔户部发太仓银二万两，选差司官一员赍去，同大立先尽灾重去处亟行赈济，务使民沾实惠。（其余被灾地方，行各该抚按一体设法赈恤，仍查灾伤分数，酌量蠲免，）以副朕轸念元元之意。

万历三十八年，圣谕内阁：朕昨承圣母传谕，因见自春至今，雨泽稀少，旱魃为灾，小民饥馑，钦降银十万两，着给该部差官赈济，务使得沾实惠，以仰体圣母悯恤元元至意。特谕卿知。又谕内阁：朕见圣母降帑银赈济，朕将累年御前积余，及新到浙直税银共五万两，朕又谕令中宫等各出费剩之资不等，今一并给与该部查发，差官赈济。且朕欲发米数万石，以救畿辅灾民，卿可详拟来行。今一并谕卿知。（钦此。）

（原稿眉注：入发帑谕。）崇祯六年，以户部奏请，奉圣谕：秦省六年新饷，依议留十万两，还着该督抚详筹善后，务期盗孽尽消，饥民伏业，以称朝廷轸念岩疆至意。

（圣谕）崇祯十三年，（闰正月初二日，上传）据科臣范志髦疏奏，真定府所属百姓，饥馑流徙，殊可悯恻。着内库发银八千两，忠勇营差官并京营拨兵防护起解前去，交付该抚按监，严督有司官，并行积谷，设法救济，或散钱，或给米，务令得沾实惠。乡绅富户，有能出银百两、米百石以上者，抚按奏请旌奖。目今雪泽沾足，有司极力招抚，尽力农事，庶保流徙。特谕。

崇祯十三年（三月十八日），圣谕户部：畿南粟贵民饥，多有殍于道途，流离相望，深轸朕念。着发内库银三万，作速分发顺天等八府。该抚按酌量拯救，州县或煮粥，或散银米，急行赈济。若地方乡绅富户，有能遵前谕急公捐输者，即将所捐银米数目具奏，以凭旌奖。有司官还多方抚恤，务令各归丰裕，尽心南亩，以待西成。特谕。

发帑之例

成化二年，江淮饥，人相食，命副都御史林聪赈之。（巡视淮扬都御史林）聪请发松江府粮十万石，赈济淮、徐等处饥民。

成化二十年，山西巡抚督御史叶淇（请恤荒。淇）奏山西连年灾伤，乞给太仓银数万两，以备赈济。诏发京库银三万两，遣官赍付淇籴粮应用，俟丰年徐议还官。

嘉靖元年，令将太仓银库见贮银两，差官秤盘二十万两，运赴陕西蝗旱地方专用。（又令将浒墅钞关收贮嘉靖元年秋冬二季、二年春夏二季共四季银两，照数查取在官，类解南直隶巡抚衙门，相兼原查余盐等银，通融赈济灾伤地方。）又令将湖广正德十四年起至嘉靖二年止解京银三万五千两，给发赈济荆州府荆门、石首等州县旱灾。又令将嘉靖三年分净乐宫库藏查盘节年所积香钱，暂支两千两，赈济湖广地方旱灾。

嘉靖二年，南直苏松等十四府灾，（南京给事中顾溱、御史吴瀚等，俱以为言，欲责成中令，招抚存恤，）下户部议。尚书孙交请（留苏松折兑银两、折盐价、苏常粳白米、浒墅关钞课、应天府缺官皂薪、赎鍰等金兼赈。从之。又请）发太仓银二十万两、折漕米九十万石往赈，亦从之。

嘉靖五年奏准：湖广地方灾伤，将合属各预备仓原积谷米杂粮八十二万石，银四万两，量轻重赈济。

嘉靖七年奏准：河南灾荒，将所属库贮各项钱粮动支，及准留改折兑军米十万石，赈济被灾分饥民。（又谕巡抚官督令司府州县等官，将极贫人户，先尽见在仓粮，量为给赈。若有不敷，将各项官银给发。灾轻去处，照例征免输纳。其兑军起运，不可缺折，将两淮等运司盐价银两，及各处先因别项征纳今未用者，酌量派补运纳。）如有不敷，仍将太仓收贮官银动支百余万两，派发送去，以备代补起运及赈济两项支用，事完造册奏缴。

嘉靖十八年，河南巡抚王杲，（言救荒当如救焚，今河南灾甚，待其查勘请发，文移往返，动淹累月。）乞先发内帑银十万两，遣官赈济。章下户部议报，给事中郭鋆等亦以为言。诏发临清仓粮价银五万两，命主事王继芳赍往，并令王杲查盘回奏。杲至河南，复奏言河南民饥甚，所在仓库钱谷及赍去银仅可支两月之用（。来春青黄未接，势难坐视），必复得银十五万两有奇。乃（可。）户部议发德州仓银五万二千七百余两，及河南布政司贮库解京富户银，并开封府河道赃罚银八万两与之，诏如议。

嘉靖二十年，以顺天所属州县灾伤，诏免税粮有差，仍发太仓银二万两，通仓米二万石，减值发粜，以平米价。又以永平大饥，发太仓银六千两，通仓米六千石赈之。上以二府岁灾，忧念不已，复遣主事许登瀛往会巡按御史议处，务体朝廷德意，弘济民艰，如或虚应故事，责有所归。

嘉靖三十一年，宣、大二镇饥，兵部以闻，因请借军饷银赈济。上切责本镇守臣不先上闻，令各自陈状赈济事宜，命原差督饷侍郎马坤驰往经理，仍发库钱二十万给之。坤辞行，奏举主事刘尔牧自随，且言钱粮不足充赈，请加给十万。诏可。

嘉靖三十二年，发京、通二仓挨陈粳粟米各一万五千石，赈济河间、保定水灾。又以河南寇灾，令发预备仓粮及事例民兵等银给赈。

嘉靖三十七年，辽东大饥，人相食。诏发太仓库银五万两，补给三十六年以后军饷。已上意未慊，诏再发户、兵、工三部库银一万两，命御史吉澄往赈。未几，又以巡按御史周斯盛之奏，复发二万两，趣澄疾驰，至镇给之。

嘉靖四十五年，赈畿内饥民，在京者出太仓粟，计口给济；在外行抚按就近给赈，无致饥死。

隆庆三年，束鹿县大水坏庐舍，溺死人民甚众。巡按房楠请发帑银赈恤。（又乞将夏秋二税、食盐丝绢及徭役等银悉行停免。）上用户部议，许动支隆庆三年分应解赃罚银两。（其蠲免钱粮，行抚按酌议。）

本年，户科刘继文以浙直、山东灾伤，请量发帑银，遣官分赈。（□留淮浙盐鱼及发临德二仓粟米，或令司府以开纳银两籴谷预备。其漕运等粮，并备马匹，各照被灾分数量准折征，俾小民得沾实惠。）礼部黄才敏亦请发德州仓见积米二三万石，以赈饥民。（令抚按扣赃罚银两抵补原额。其他被灾诸省，如有仓储，皆如此例。）户部覆奏如原议，（其起运存留等项钱粮，应蠲免改折者，候抚按酌议以闻。）报可。

（隆庆十）本年，（按：此处有脱漏）江（以）南霪，三月不绝，田禾（皆）漂溺，所司以蠲赈请。（淮、扬、徐大水，奏）发运司余银三万两、钞关船料三万八百余石、盐院赃赎一万八千六百余两、河道二千三百两、司府州县赎赃二万五千余两、积贮劝借买谷十五万石、截漕三万石以赈之。

万历二十二年，命遣使以两宫及中宫银五万五百两，赈济河南、徐淮、山东诸处。

万历三十五年，（□入京河，诚况世未有之变也。）以京城异常水灾，诏发银十万两，付五城御史，查各压伤露处小民，酌量赈救。仍照甲寅年例，发太仓米二十万石平粜。

发帑之诏

宋孝宗嘉定元年，（临安府赈济饥民。是年又）诏出米二十万石，赈江淮流民。

宋理宗嘉熙元年，诏出内库缗钱二十万，给被灾之家。（三年，诏出封椿〔桩〕库祠牒三百道下江东宪司，赈饶、信、南康三郡旱伤之民。）四年，（诏）出封椿〔桩〕库缗钱十万，赈临安府贫民。淳祐二年，诏出封椿〔桩〕库十七界，楮弊〔币〕十万，赈赡绍兴、处、婺水涝之民。

宋理宗绍定三年，以雪寒，诏出封春〔桩〕库缗钱三十万，赈恤临安贫乏之民。

宏济之二　留税

谕无　例三　诏无　案无　疏一　议一

议救荒者，动言请蠲请赈，皆望恩于庙堂。此不通时变之论也。夫亦视公帑之盈缩何如，而动以蠲赈为言乎？惟关商等税，在司农非额内之资，而酌留几许，实足以回生民之命脉。宜庙堂亦可曲俞者。辑留税第二。

留税之例

嘉靖元年，令将浒墅钞关收贮嘉靖元年秋、冬二季，二年春、夏二季共四季银两，照数查取在官，类解南直隶巡抚衙门，相兼原查余盐等银，通融赈济灾伤地方。（又令将湖广正德十四年起至嘉靖二年止解京银三万五千两，给发赈济荆州府荆门、石首等州县旱灾。又令将嘉靖三年分净乐宫库藏查盘节年所积香钱，暂支两千两，赈济湖广地方旱灾。）

嘉靖二年，南直隶灾，户部请留浒墅关钞课、应天府缺官皂赎锾等金兼赈，从之。（又请发太仓银二十万两、折漕米九十万石往赈，亦从之。）

万历三十六年，（南京科道、内外守备、大小九卿、应天巡抚各揭帖皆称，地方因淫雨连绵，江湖泛涨，自留京以至苏、松、常、镇诸郡皆被淹没，周迴千里余，茫然巨祲，二麦垂成而颗粒不登，秧苗将插而土寸难艺，圩岸无不冲决，庐舍无不倾颓，暴骨漂尸，凄凉满目。在高燥之地者，今皆荡为水乡，街衢市肆，尽成长河，舟航遍于陆地，鱼鳖游于人家。盖二百年来未有之灾也。）以南畿水灾，诏留税银五万两，赈济苏、松、常、镇四府。又发盐课仪真税银共十五万两，赈济浙江杭、嘉、湖三府。

留税之疏

（福建道）御史张天德疏开：一、酌议堪动商税，以为赈济之策。夫钱粮原属起运者，固不可免，而原属存留者，亦不可缺。（是秋粮夏税之中，无一可议者，彰彰明矣。）臣意以每年所余之银，其在芜关者，发为应、太、池、宁等府赈济之资；浒墅关者，发为苏、松、常、镇等府赈济之资；杭州两关者，发为浙江各府赈济之资。此不过以商贾之余财，拯苍生之急困，因抽分之驻扎，赈邻近之小民，其势为甚便，而其理为甚宜者。（若不蠲此虚贮之余税，以挽回岌岌将去之人心，臣恐潢池弄兵，一呼响应，则不惟涂炭生灵，损我威重，且调兵遣将之资、修城叠垒之用，将必致廑圣衷，取足内帑，何不割此赘疣，速为给济？潜消于未行之际，收拾于未发之时，纵捐数万缗，在皇上为不费之惠，而在小民获生之资矣。）

留税之议

吉安太守（夷度）祁承㸁议：停征与改折之所及，及于有田者耳。乃若无田之贫民，（四壁既颓，寸椽无据，室家荡析，露处宵啼，且转盼秋冬，）觱烈鉥其肌肤，粒粟艰于口腹，谁司守土，忍见此情？顾安成之帑藏若洗，势不能不求叩阍以请帑，而请之恐未必即得也。不若以见在应解之商税、关税、契税，及各府之事例与两台济边之赃赎，尽乞题请便宜留用，酌量分给，则郡邑庶有所藉以颁布，而可以立起沟中之瘠乎？（抑职犹有说焉。灾民之症，实症也，惟实惠乃足以疗之。故必停为实停，折为实折，赈为实赈，而后有司有不以实意为奉行，灾民不实沾朝廷之得意，而实沐当道之深仁者，是上以负国，下以负民，执严谴而议其后，夫复何辞？不然，即有恳迫恤灾之心，而且以空拳之应画饼之说，付之无可奈何也。职见天下之事，以无可奈何，悠悠相视者多矣，故不敢不毕其款款之众，以求垂察。）

宏济之三　官粜

谕一　例四　诏四　案十一　疏三　议七

在官既有积之矣，可不议所有粜之乎？人但知粜之益，而不知弊亦随之。盖豪猾把持，则贫户不能得食；城市专利，则乡村无以救饥。所以立法者，使贫户得零星籴买，在乡村则设法搬运，而且躬之以稽察，严之以体访，法至密矣。若夫权时日之久近，计价值之盈缩，又在当事详为斟酌耳。辑官粜第三。（谕、例已见于放粮条内。）

官粜之谕

正统十年，巡抚河南、山西大理少卿于谦奏：近者山陕人民饥窘，俱往河南地方起食。访得怀庆、河南二府仓粮，见有六十余万石，乞粜与饥民，依时价收钞解京。上谓户部曰：凶年减价，粜以利民，此古良臣为国救荒之长策也。今谦为朕举行，甚可嘉尚。其驰报谦，如奏行毋缓。

官粜之例

成化六年，奏准将京、通二仓粮米，发粜五十万石，每秔米收银六钱，粟米五钱，以杀京城米价。又将文武官吏俸粮，预支三月。

成化七年（辛卯秋），京畿饥，敕户部发太仓粟一百万斛，减价粜以利民。权贵有乘时射利者。户部侍郎陈俊请于上，凡粜惟以升斗计，满一石者闭不与，饥者获济。

成化间，从项忠之请，命发太仓粟一百万石，于在京如例平粜。

万历四十三年，户部（覆疏：救荒固难少缓，仓储实难罄发，及）将临德仓粮题发平粜，北直顺、永（已动）十万石，（今）真定等处（又议）十万石，（若）山东发赈（又去）二十万石（，将二仓之米一旦俱空，何以备军储缓急乎？且平粜犹有价入仓，请赈则峙粮无赖。以二东情景，急若燎原，难以坐视，而二仓积贮，深惧悬罄，更宜却顾。合无照依北直隶事例，量发平粜米十万石），庶于灾民稍济燃眉，而于军仓可望填补，亦两得之道也。但仰给二仓，原非长策，事求万全，又在该省。本部近题救荒之事，曾蒙明旨许可，所当并行该省一并力行。

官粜之诏

宋仁宗庆历四年诏：陕西谷翔贵，其令转运司出常平仓米，减价以济贫民。又诏曰：天下常平仓，其依元籴价粜，以济贫民，毋得收余利，以希恩赏。

宋哲宗绍圣元年七月，司农卿王孝先言：置场粜米，今后过斛斗价高，须正月半以后，方许出粜。至麦熟罢。诏今后所在置场粜米，更不限时日，如遇在京斛价高，户部取旨出粜。

宋绍兴戊寅，户部侍郎赵令□请将州县义仓陈米出粜，右仆射沈该等言，义仓米在法不应粜籴，恐失豫备。（上）高宗诏曰：逐郡自有米数，若量粜十之三，椿〔桩〕其价，次年复籴，亦何所损？

董煟曰：义仓本民间所寄，在法不当粜钱。但大陈腐，在不可食。高宗令椿〔桩〕其价，次年复粜，与今之粜钱移用者有间矣。

宋宁宗嘉定八年，诏出米六万石，赈粜临安府贫民。七月又出米三十万石，赈粜江东饥民。

官粜之案

高定子知夹江县，会水潦洊饥，贫民竞诉无所粜。定子曰：无忧，汝等持钱往常所籴家以俟。乃发县廪给诸富家，俾以时价粜，至秋而偿。须臾，米溢于市。

张咏守蜀，季春粜廪米，其价比时减三之一，以济贫民。凡十户为保，一家犯罪，一保皆坐，不得籴。民以此少敢犯法。（王文康知益州。献议者改詠之法，穷民无所济，复为寇。文康奏复之。蜀人大喜，为之谣曰：蜀守之良，先张后王。惠我赤子，俾无流亡。何以报之？俾寿而康。）

（宣和五年正月，臣寮言蜀父老谓，本朝名臣治蜀非一，独张咏德政居多。如赈粜米事，著在皇祐中，令常刻石遵守，至今行且百年。其法）张咏在蜀行平粜法，（一斗正）约小铁钱三百五十文，人日二升，团甲给历赴场，请籴岁计米六万石。始二月一日，至七月终。贫民缺食之际，悉被朝廷实惠。

宋仁宗初即位，乾兴元年十二月，以京城谷价翔贵，出常平仓米，分十四场贱粜，以济贫民。庆历元年十一月，以京师谷价踊贵，发廪一百万石，减价出粜，以济贫民。（四年正月，诏陕西谷翔贵，其令转运司出常平仓米，减价以济贫民。皇祐三年十二月，又诏曰：天下常平仓，其依元籴价粜，以济贫民，毋得收余利，以希恩赏。）

（董煟曰：昔苏轼论救荒大计，全在广粜常平斛斗。若乘艰食之际，便行减价出粜，平准在市米价，则人皆受赐，亦可免流移之灾。此外更无长策。若只巡门俵米，拦街散粥，终无救于饥馑。且俵散之利，所及者狭，不如出粜之利，所及者广也。观此则知苏轼所行，真得祖宗之遗意。但当推行村落，尤为尽善尽美。）

文潞公彦博在成都，米价腾贵，因就诸城门相近寺院，凡十八处，平价粜卖，仍不限其数，张榜通衢。翌日，米价逐减。前此多减升斗以粜，或抑市井价直，适足以增其气焰，而终不能平其价。人服公之有识。

（大抵临事，当须有术。）

祁承㸁曰：夫惟不与之争，故能得其平，妙在不限其数。今之平粜以升斗限，民适足为市价资。

赵忭〔抃〕知吴越州，值粟涌，告富人无得闭籴。诸州皆榜禁米价，忭〔抃〕令有米者增价籴之。自解金带置庭下，命籴米，繇是施者云集。又出官粟五万余石平价予民，粜粟之所凡十有八，以便籴者。又僦民修城四千一百人，为工三万八千，计其庸，与粟再倍之。

元符元年六月，河北转运副使黄实言，乞将封椿〔桩〕斛斗，今后于新陈未接间，不亏元本，量减市价出粜。（诏）从之。

李之纯为成都路运判，时成都每岁出米六万斛，下其直出粜，以济贫民。议者谓幸民而损上，诏下其议。之纯曰：成都，蜀部根本，民恃此为生百年矣。苟夺之，将转徙无所不至，愿仍旧贯。议遂格。

王随知江宁，岁大饥，转运使移府发常平仓米，计口日给一升。随曰：民所以饥者，由兼并闭籴以邀高价。乃出官粟平其价，民赖以济。

（计日给米之法，最为救荒弊政。）

祁彪佳曰：计日而给，亦是一法。若境内粟当可支，则劝粜乃为本计。

嘉靖二十二年，（癸丑冬十月，诏）令发太仓米赈济饥民，仍令有司掩骼埋胔。时上问大学士严嵩：民多无食，若何？嵩言：四远饥民来京求食，一时米价腾贵。请以太仓米数万石，平价发粜，仍禁市行，不许多买转卖，以索高价。（嵩又言，民有身无一钱，仍坐毙道路，请于十万石内，以八万石粜济，二万石委官运赴城外，每早召集饥民，人给一升。上曰：朕意正如此，令以六分出粜，四分给贫苦者。既而上又曰：我思饥民必有毙于道路者，暴露骸骨，朕所不忍，宜有以处之。乃敕令在京行五城御史，在外行抚按各督有司，查视掩埋，以称朕不忍暴露之意。）

官粜之疏

兵部尚书项襄毅公忠疏：今畿辅灾深，（民居荡析，虽蒙皇上发粟赈济，然流移道路，困苦万状。目今尚可苟延旦夕，若薄冬临春，青黄不接，必难堪命。）非早为区处，设有不虞，即竣法严绳，倾廪遍救，亦缓不及事。请广施粜卖之术。如宋绍兴五年，斗米千钱，时参政孟庚、户部尚书章谊请按原价大出陈廪，每升止如前二十五文，既济军民，次年米贱，令诸路以钱收籴，复多羸〔赢〕羡。载在史册，足为明验。今天津、涿、蓟、通等仓并水次官粮，动称万计，乞勅户部令各司属会计足支来岁夏初官军俸粮外，所余粮米豆麦，俱自今十一月始，各委州邑正官，按月粜米三千石，每石五钱，麦减一钱，豆减一钱五分，凡籴至二石，至来岁三月止。粮少者，许就近粮多之仓，多粜算补。其劝借搬运接济者，不在此数。俟麦熟米贱，即以所易银布，月准官军买粮自给。其贫无籴者，仍验口赈济。（大司徒杨公议如公请，而价则加所定者各一分。上从之，且命发太仓粟一百万石，于在京如例平粜。）

都御史韩襄毅公雍疏：臣初到巡抚之时，所劝稻谷，除递年放支赈济之外，尚有一百万石有余，亦恐年久腐烂，应合从宜照例减价粜卖，以救饥荒。臣随将会议定谷价、该粜数目，（且仰本司备榜发属张挂晓谕，）分委府县的当官员，开仓粜卖。遇有买户到仓，务要研审的系本处家无积谷人户，附簿粜与，每户止许买银一两以下。并不许纵令积谷富家大户、铺户客商，集银多买，转粜取利。仍委二司分巡官员，设法禁革奸弊。监督粜尽，合将银两铜钱，解府印封收库，候秋成谷贱之时，籴谷上仓，务在不失原粜价数。其有目今无钱籴谷贫民，仍照原行，再行取勘赈济。

山东巡按毕懋康疏：看得截留漕米，颗粒皆出圣恩，必须实惠究于贫民，毋容豪猾恣行屑越。各州县平粜，须正官亲理其事。自一石五斗而下，不拘几斗几升，减准分粜，不许市侩奸徒乘此射利。远县村集，设法搬运，县官赴彼亲粜，务要竭已奉公，毋得私行增价，及委衙官、厮役、里胥，以致滋弊。奸徒揽射者，即行拏究。本辖道府亲自巡行，察其勤惰。如有不遵禁规者，体访得出，臣等分别参奏，提问革降。其有司赴兑勤劳，平粜得法者，事完分别荐奖，庶法令严而平粜之弊窦可杜。若夫贫宗寒官，米价扣于禄粮，学校官生与民间一体平买，又权变之可行，无容更议者也。抑臣等又有说焉。平粜之举，原与发赈不同。发赈为无田无丁者而设也，平粜兼为有田有丁者而设也。彼无田无丁者，虽有平粜之米，难办平粜之价。且去岁以来，民间弃产而不能耕，市司踊价而不得籴，是有丁有田者之不能存，俾无丁无田者益无所庇。今日之举，要使四十五万之米流通东省，则市价无增，民间有恃。臣等计之，其法应使有丁有田者获平粜之利，而即藉其力或取其余以为无丁无田者之资。况今日防盗须兵，而兵无饷；请报须驿，而驿无马；黄河挑浚须夫，而夫无值。皆地方之急务也。倘各府中有以道远而不领，或以获雨而少缓者，听该地方官酌量于时价之间，给兵马夫役之工食，而于秋成之际，扣解还部。倘有余剩，发赈贫民，类齐具奏，总济给需，更广圣恩，极为两便。（至于被灾独重，道里相远者，情形更切。或发轻赍，或宽脚费，势不得不觊于发棠，非敢故侈于望蜀也。此又非近地他府之可比也矣。）

官粜之议

宋董煟议：平粜者，用常平米，其法在于平准市价，默消闭籴之风。如市价三十文一升，常平只算籴时本钱，或十五六至二十文一升出粜。然出粜之时，亦须遍及乡县村落之民，不可止及城郭游手而已。若所蓄之米，度不足支用，当以常平钱委官四出，于有米去处循环粜籴，务在救民，不得计较所费，规图小利，以为己能。然施行之际，须令上下官吏咸识此意乃可。

徐宁孙议：粜卖米斛，本谓接济艰食之民。今访问州县，却是在市牙侩与有力强猾之徒，借倩人力，假为褴褛之服，与卖米所合二人，通同攙夺，不及乡村无食之民。（□□本州立赏钱一□贯，）须约束密切，委官讥察，不得容牙子停贩、有力强猾、公吏军兵之家，假作贫民请买，务要实及村民，无致冒滥。（如有违犯之人，断罪追赏。）

长洲令祁承㸁议：官粜之米，但以多储积为主，而不轻言发也。盖米价之腾踊，自有物极必趋之势，有法令所不能遏者。当此不可遏之时，而以向所储之米，照原价而一旦散粜于民，则一低一昂，相去悬绝，彼昂者岂能久腾于一时乎？将不终日而平矣。如火方炽而以水沃之，则其焰自熄。此亦救荒之一机也。

应天府府丞张玮议：减粜之举，原以济贫，止许零籴一升至五升而止。务使米无短少，价不低昂，一切插合刁难等弊，自应尽绝。但恐买米人多，临时不无拥挤错乱，发卖时须置写小票，预先给散，验票发米，并不许衙门人役，搀买升合。其逐日卖米小票，五日一汇送收察，每日所卖米钱，即着监粜耆义收贮，以便易银买米，仍备发赈。

余姚大尹袁定议：顷者买归官米，不过六百，若欲减价平粜，实杯水于庭，呼数万渴人而饮之，胡得无乱？所以决计时价，除原值堪补库外，即以余米给散都里，中助少缺赈之乡，虽曰寡恩，尚可弥乱。且力能籴米者，是穷民，非饥民，即照时价散行人分粜，粜毕即买，以图灌输，无致罢市，其利讵不大于减价乎？

祁彪佳曰：籴至之米，照时价出粜，而以其利散赈贫民。盖恐贫民虽减价，亦不能措籴本耳，此官粜权宜之法也。

祁彪佳议：饥荒之岁，不忧在价之高，而忧在米之乏。倘得（两）郡县（父母）各借条银三千余两，委廉慎之官，（和）告籴于别府，凡半月可籴（贩）运一次。自四月至六月，可六次转输。是半月之内，每有六千石米在城市，民心自定，价不期减而自减矣。倘以委官不便，则立为官牙，每牙各领银若干，贩到之日，本则还官，利令自取，但许零星粜卖，（极多至五六石而止。）有乘机出境者，米即追入。领（贩）籴之始，道宪但为给批，而不限其数。彼借官为名，己本必倍，但使米航鳞集，不患籴买无赀。此亦一策也。

祁彪佳又议：官粜之米，一以平价，一以济贫。恐有奸牙刁棍，乘机射利，于是以文学耆义立局监粜，其法似乎是矣，而中尚有弊焉。盖立局监粜，每皆限之时日，如一户许粜三斗，彼贫民旦夕间，安所得三斗之资？是以有望粜不能，或转售其粜票于奸牙刁棍者，仍不得平粜之惠也。宜令各坊各村司赈者，核实上贫、次贫应粜人户（姓名），每户给以印票一纸，通计本坊本村籴户若干，应米若干，总发于本坊本村之米铺。其籴户姓名米数，并立一簿，发米铺知照，票与簿无名，该铺不得擅粜。其持票来粜者，许零星取给，备一升之资者即可籴一升，备一斗之资者即可籴一斗。该铺以所粜升斗，一填票中，一填簿上。若粜满其应籴之数，即收票类缴。宽其期为五六旬日，贫民可以取办籴资。给此朝暮，官无喧拥之虞，民无迫促之苦。此一法也，不特官粜宜行，即民粜亦宜行也。

宏济之四　民粜

谕一　例无　诏二　案一　疏无　议十五

民间之积粟粜米，以时低昂，原有不知其然者。至于劝积劝粜，已是不得已之计。若劝之无法，则非坚其吝念，亦只徒托虚名耳。官粜有限，必求民粜济之。真文忠公所谓不计产、不遣官、不议价，大得劝分之妙。而给票给册，则近来奸弊易生，亦不容不防闲者耳。若粜余者官为收买，贷去者官为追偿，虽并存其说，恐亦有不能通行者矣。辑民粜第四。

民粜之谕

崇祯十三年（九月初一日）圣谕：据奏官积义仓，于荒政有裨。即着该抚按严饬有司，多积赎谷，设法搜错。仍多方劝谕绅（豪）富义输，为冬月煮粥、来春平籴之用。出粜不必定息。其收囤抬价，地方官力行禁治。该司道仍严察州县，不许虚饰塞责。违者，该抚按一并立奏重处。该督领倡输谷，具见好义。知道了。该部知道。

民粜之诏

宋孝宗隆兴二年，霖雨害稼，出内帑银四十万两，付户部变籴以济之。其年淮民流于江浙十数万，官司虽济，而米斛有限，乃诏民间不曾经水灾处，占田万亩者粜三千石，万亩以下粜一千石。

民粜之案

宋天禧元年四月，濮州侯日成上言：本州富民储运斛斗不少，近来不住增其价直。乞差使臣，与通判点检逐户数目，量留一年支费外，依祥符八年秋时每斛上收钱十五文省，尽令出粜，以济贫民。诏只依前后敕旨，劝诱出粜，余不得行，虑扰民也。

（董煟曰：富民有米，本欲粜钱，官司迫之，愈见藏匿，须当有术以出之。其术为何？臣于劝分、抑价篇论之详矣，然则祖宗不从日成之言，真识大体。）

民粜之议

宋真文忠公德秀议：近因祷雨，思所以为邦人久处之计。在城则置平粜仓，储米数万石，岁岁出粜；在诸县则广置社仓，储谷数万石，岁岁出贷，其为虑悉矣。又念食米有限，贫民至多，岂能均及？于是又以居乡之日，所谓义廪规约，以劝有力之家。盖欲公私协力其济，斯使民无饿莩流离之苦。义廪云者，非损所有以予之，特出所有以粜之而已，于富家无所损，而于贫民实有益。今举行义廪，使上、中之户自相推排，随力出备，官司不计产强敛之也；自置粜场，自收粜钱，官司不遣吏监临之也；价值高下，视时稍损，官司不抑令痛减也。

宋董煟议：发米下乡，般运水脚，减窃拌和，弊倖非一。故令税户等弟认米，谓之劝分，非为抑配扰民，然适启闭籴。今莫若责隅官交领常平钱，逐都给与所保上户，每都数千缗，随都分大小增损，令于丰熟处循环收籴米豆，归乡置场，随时价出粜，麦熟日以本钱还官。饥荒甚处，贩至小熟。官不抑价，只认都内有米。其领钱不兴贩，及兴贩而不归本乡粜者，皆有罚。利之所在，人自乐为，富室亦恐后时争先发廪矣，何必劝分扰扰也。

董煟又议：民户有米，得价粜钱，何待官司之劝？只缘官司以五等高下，一例科配，且不测到场检点，故人户忧，恐籍以为名，闭粜深藏，以备不测。其往还道路与无历头之人，反无告籴之所。（推原其弊，皆缪戾无策，但欲认米之虚数，假劝分之美名，欺罔上司，以图观美，不知适以病民也。）臣居村落，目睹其弊，谓上户固所当劝，自余中下之家不必劝。所谓上户者，田亩之跨连阡陌，蓄积之红腐相因。然今之乡落，所谓上户者亦不多矣。中下之户，凶荒之余，所入未能供所出，安能有余以赈粜哉！人之常情，劝之出米，则愈不出，惟以不劝劝之，则其米自出。臣谓今莫若劝诱上户及富商巨贾，俾之出钱，官差牙吏，于丰熟去处贩米，令各归乡里，以济小民，结局日以本钱还之。村落无巨贾处，许十余家率钱共贩，或乡人不愿以钱输官，而愿自籴贩者听，官不抑价。利之所在，自然乐趋，富户亦恐后时争先发廪，则米不期而自出矣。此劝分之要术，更宜斟酌而行之。若山路不通舟楫处，又有抄劄赈给、就食散钱之法，初非执一。

一、吴遵路知通州时，（淮甸灾伤，民多流转，惟遵路）劝诱富豪之家，得钱万贯，遣牙吏二十六次，和赁海船，往苏、秀收籴米豆，归本处依元价出粜，使通州灾伤之地，常与苏、秀米价不殊。当时范仲淹乞宣付史馆。诚以饥荒之年，人既缺米，官复以认米责之，则其势颇逆，惟俾之出钱，各自运米，其策为最。（吴遵路一条已入告籴案中。）

一、天下（有有田而富之民，有无田而富之民。）有田而富者，每岁输官，固藉苗利，一遇饥馑，自能出其余以济佃客。至于无田而富者，平时涉利，侵渔百姓，缓急之际，可不出力斡旋以救饥民，为异时根本之地哉！汉家重困商贾，盖为此耳。今饥馑之年，劝诱此曹，使出钱粜贩，初非重困，又况救荒乃时暂之役，彼亦安得而辞？

（一、淳熙间，臣寮上言，州县荒政，所谓劝分者，盖以豪家富室，储积既多，因而劝之赈发，以惠贫民，以济乡里。此亦理所当然。臣）一、访闻去岁州县劝谕赈粜，乃有不问有无，只以五等高下科定数目，俾之出备赈粜，于是吏乘为奸，多少任情。至有人户名系上等，实家贫窘，至鬻田籴米，以应期限，而豪民得以计免者。其余乘中户之急，济其奸利，缘此多受其害。臣切见朝廷重立赏格，劝谕赈粜，已是详备。所有用等则科粜，理宜禁止，（。臣愚欲望睿旨下诸路漕臣，严戒所部，如有依前用等则科粜，即许按劾，仍许人户赴诉，重作施行。寻得旨：）止行劝谕，毋得科抑（。则圣意诚知科抑之弊扰民矣）。

一、凶年粜粟，以活百姓，可谓惠而不费，况所及者皆乡曲邻里，可以结恩惠，可以积阴德，（可以感召和气而驯至丰稔，可以使盗贼不作而长保富赡，其于大姓亦可补矣。倘使小民转死沟壑，流移他所，大姓□田何暇自耕，土地荒芜，必有所损，况又有甚于此者乎？）何可不亟亟行之？止缘间有小民，谓官司抑配，我所当得，不知感谢，却使大姓有怠于劝分之意。此为县令者所宜知，而以此意晓谕可也。

大学士丘浚议：饥荒之岁，富民开籴，何以处之？曰必先谕之以惠邻，次开之以积福，许其随时取直，禁人侵其所有。民之无力者，官予之券，许其取息，待熟之后，官为之追偿。苟积粟之家，丁口颇众，亦必为之计算，推其赢〔嬴〕余，以济匮乏。若彼仅仅自足，亦不可强也，然亦严为之限。凡有所积，不肯发者，非至丰穰，禁不许出粜，彼见得利，恐其后时，自计有余，亦不能以不发矣。（官券之说，虽利贫民，但恐借易偿难，反滋督促，如青苗之法耳。）

山东巡抚李长庚议：照得省属连年荒歉，（米价腾踊。）今岁二麦（虽收成厚薄不等，查）亦有收获处所，（本院已经查动赎银，并行各府州县，查有堪动银两借动，趁时籴买，平价粜卖，以济时艰。去后惟是）官籴之法行于上，必民籴之法通于下。（若民间有身家富户及铺行人等，赍有资本，前往丰熟处所及附近省直收买杂粮，运回本省平价粜卖，则众易为力，所济尤易。拟合通行晓谕。为此牌，仰本司官司照牌事理，即便转行各道，通行所属）须各府州县（，如有）劝谕富户铺行人等，愿赍资本，前往丰收地方及附近省直，收买杂粮。至千石者，（本院）抚按告给执照文引；百石者，（该）布政司径给；数十石者，本县径给各执照文引。沿途不许阻抑，听其运回本处。此乃民粜，官司不为定价，许其自照市价平粜。各州县官晓谕明白，庶便招徕。（内中若有减价粜卖，以济民间，即系尚义良民。该州县查实申呈，准给予冠带，以示优奖。但不许买粮为名，收囤勒价，以自为例者，访出定行严究。）

山东督理荒政御史过庭训议：平粜便民，为救荒（之）第一义。（而地方未有应者，岂民间之空虚，至此极乎？抑虑灾民之生心，有所畏而不敢也。岂有司之鼓舞无法乎？抑各自为心，任其垂危而不顾念也。）宜行各属地方，劝谕富室，将所积粟麦等项，先扣本家足用外，其有余者，照依时价，粜与饥民，以解一时米珠之厄（，以佐朝廷赈济之穷）。若肯每石减价一钱，尤见垂怜梓里之高谊。减价百石以上者，官犒羊酒，给尚义门扁；二百石以上者，加纱一匹；三百石以上者，加段一匹，羊酒门扁如前给；五百石以上者，具疏奏请，给以冠带荣身；二千石以上者，奏请表为义门。不愿减价，照常发粜者，亦从其便。或虑转粜小民，价多零星，而愿报官平粜者，有司官即时发价，将米谷贮仓发赈，仍以姓名报院，以凭酌量旌异。然皆听民之自愿，不许衙官衙役借官粜以扰害富民。

谕德陈仁锡议：向来民粜，多（一、）官给印票于好义之家，籴米多系鬼名。宜令贮城内官仓，验过发粜，不许私载回家。此于忠肃义仓外别设平准一仓，以待平粜意也。（贮仓固以防奸，恐亦有未便处。）（一、平粜米价，止可七钱以外。在富家多入百金甚小，在贫者多出一文甚难。）

广西布政某公议：粤西常平废缺，惟恃官银收买和籴。除委官外，不得不佥报大户。然大户之名，人之所避，而好义之心，人之所同。有司悉心谘访，诚得家殷行谨，素为乡闾推服者，延见慰谕，毋曰大户，而曰义户，则谁无急公事上之忧，与邻里乡党之念乎？（未有不慶然起而驩然用命者。）近籴远籴，各从其便，米粟菽麦，兼收而来。一番在粜，一番在籴，一番在途，循环转运，络绎不绝，庶常平斗斛日日在市，而饥民岂有廖乎？顾米至之日，须正官亲自检验，平量入仓，严禁仓役，不得抑勒加耗，为籴户累。仍酌定支放日期，先行晓谕，某都亲临，某都委某官，某都就令本都原籴义户某出粜，俱照依原价，平斛平等，而正官复时加体察，毋许高下其手，及搀和糠秕砂土等物，违者皆有罚。（候事完日，将前后效劳职名一并申报，量行奖赏。如此则官民）

绍兴太守王孙兰（书募册曰）议：照今霪雨为灾，蒸民艰食，（本府初叨司牧之责，愧乏救济之方，）除与厅县遵奉上台宪檄，各行措籴发仓，捐赀议赈外，但嗁饥者颇众，而取给者无多，（其何能拯此一方，使均沾微泽乎？幸承合郡达尊先生公议，）目下救荒良策，惟有劝谕（输助和籴）平粜一法。（盖巨室大户，平时收租采利，皆赖小民之力。今偶值兹水灾，正若四尽三空，况复桂薪玉粒，救患岂无同志，忧时自宜一心。为此）今置立劝募印簿五本，分给（诸）德行文学，相劝各郡尚义士民，不拘多寡，量力输（助）粜，或自出仓米，或别行措籴，各填姓名、数目于簿，听候另示发粜。完日即行给还各户，应得之价，绝无亏短。庶灾民藉以生活，而有司亦可稍逭重督矣。（合将募助优奖事宜，逐款明列于后。须至簿者。）

计开：

一、城中五隅，东南、东北、西南、西北、中区，立为五总，将各坊配入五隅入内；乡间亦立为五总，将各村配入五隅之内。

一、在缙绅老先生，好义乐助，自不待于劝勉，其他殷实之户，诸文学执此簿婉曲相劝，鼓励其痛痒切体之谊。大约户田三百亩以上者，劝其出粜五十石。其有田不及额，而粜米愈多，尤为好义可嘉。（删。赏格另载推赏中。）（生员粜一百石以上，以德行申学道，粜五十石以上，行学纪录。民户粜百石以上，免其户田二十亩差解，粜五十石以上，给冠带。生员有不愿申德行纪录者，照民户酌免差解；义民有不愿领冠带者，亦酌免差解。）

一、城中每隅，大约每次须粜米两千石；乡间每隅，大（“计开”二字可删，赏格另载推赏中，当小字写注，下仿此）约每次须粜三千石。诸文学能劝勉，多多益善。初粜之后，如旱稻已经成熟，即行停止。倘仍然歉收，须各再粜一番，以待秋成。

一、籴米必在外府，万不可即揭籴于本地，以蹈剜肉医疮之病。各家或托之亲戚，或命之干仆，或附之牙贩，纠有百石籴本，即赴道台请批一张，万无前途阻遏之虑。

一、所籴之米，照产地价钱，并算入盘费之资出粜，但不取其利，而任贩鬻之劳，在小民受惠已多。其有肯多减市价以粜者，倍见乐善好施之德。（删，赏格载推赏中。）（缙绅老先生容率属登门躬谢。生员粜八十石即申德行，粜四十石即纪录；义民粜八十石，即免本户田二十亩差解，粜四十石即给冠带。有其不愿纪录德行冠带者，酌免差解如前。）

一、今米价日涌，救之者必如拯溺救焚，乃克有济。凡登簿助籴者，必于三日内往来府籴米，限六月初一日粜起。每一日每隅分四处出粜，每处开坐某坊，每粜一次必零星分发，五日发止。乃使贫民得以从容措处籴赀，而无拥挤之患。

一、各坊着总甲挨报上贫、次贫户口，开写于首事缙绅文学。虽别处求籴，亦不能尽画方隅，然必先尽本隅贫户，有余粟后及他处，籴米止许三斗（，不许多籴）。

一、贫民若有不依行等，不用纹银，过求减价，及恃强搀先者，首事缙绅文学指名报知，（本府）重责枷号。

一、诸文学既分隅任事，具见真心实念，此事行之底绩，便是真实学问，他日当官，便是真实经济。但从来任事最难，劳怨不可避，意气不可动，惟存斯民一体之怀，实实如手足之救头目，则自能真诚担任，婉委成全。凡劝粜监籴，必躬必亲，必详必慎，毋挟私而勒报，毋托故而迟延，毋多带舆从，毋辄出呵詈。认粜之家，其有籴不如期，粜不如法，皆诸文学之责，本府得而纠察之。在诸文学好修笃行，固无市德之心，然本府不敢忘报也，当视任事之久近勤怠，分别申详奖赏。

（储米减粜）海盐刘世教议（曰）：盖今之所最患而势不能遏者，不曰粟贵哉？即厉禁抑之不得，惟实有不贵之粟在。（使民左手孑镪而挈之囊，则垄断之子，无所复用其巧，将不禁而自平矣。顾吾方欲为民请命，而惴惴焉不能下虞于不尽，得重以郡国之拮据，历二十年而未知所储穑为几可〔何〕，全活者若而人，公家之力概可见矣。谓亡藉于巨家富室可乎？夫中产而上，故渐有余粟矣。）今非若劝借者之扰也，第稍令输其所余，视市直而少损焉，以市之窭人。是于藏者初无大损，而馁者不啻重受益矣。荐绅先生，夫孰无慕义之致？此一时也，当必有投袂而起者。第无程以格，而风之市义，以自为德也可。若夫素封之家，请视其稸而程之。稸不及三百石者听，五百石者二十而一，千石者十而一，二千石者十一而五，三千石者十之二，浮之十二而止。官豫索其数而揭诸途，与众共核之。敢有欺匿者，令得廉实以告，告有赏，赏以匿之十一。粟则仍藏于其家，异日者以贾予主。其匿而见告者，没其半以赈。是所损者，特不过意外横溢之贾，而实未尝少损于其质也。（且可以博义声，可以为德于乡，可以善完其所有，一事而三善集焉。讵惟无损，抑亦重有利矣。至于缁黄者流，业已弃离一切，何复拥厚赀以自污？即在彼教，不能无禁，矧其作奸蒐匿，往往而是，则财实为之。请姑贳而概核焉。百石以下听，五百石以下微益之，千石以上更益之。何者？彼固无所事此耳。此非必尽粟也，其藏谷者等。独虑夫拘挛之士，不能亡泥于胶柱也。夫死亡祸乱之日迫，而必斤斤曰无动为扰焉，不因噎而废食哉！且财非从地出也，铜山金穴，其始能亡掊克而致者鲜矣。是故吴越之间，一小豪起，而方数里之内，靡非其属厌之余也；一巨豪起，而数十里之内，无不被之矣。满则必概，天道固然，兹固其全之之日也。且昔之善聚敛者，广汉、元宝之属，有一能自全者乎？即齐奴、元雍，身都弁冕，而何以卒不免也？彼素封者而知之，方将虞守虏之难终，矢见散之之不暇，而尚区区滞穗之是靳也。噫！）

长洲令（夷度）祁承㸁议：救荒之事，与其招外商而不可，必不若令土著而易为趋。本县除民间已经留米若干外，其有开张大铺，及酿酒油坊等业，俱给以宪颁引票，责令各备资本，暂以籴粜生理，每月但稽查其贩到米数若干，往回几次，稍挂批中，而其米之获利多寡，一听其照时发粜，而官府不问焉。夫兴贩之途多，则米自足，米足则价自平。且彼固自为利也，亦何惮而不为乎？（至若官粜之米，但以多储积为主，而不易轻言发也。盖米价之腾涌，自有物极必趋之势，有法令所不能遏者。当此不可遏之时，而以向所储之米，止照原价而一旦散粜于民，则一低一昂，相去悬绝，彼昂者岂能久腾于一时乎？将不终日而平矣。如火方炽而以水沃之，则其焰自熄，此亦救荒之一机权也。）

（长洲令夷度祁公）祁承㸁又议：本县救荒之政，首空在于储米。自去秋发囤米以便水灾之民，残冬发官米以济岁寒之用，是商米与官米已并行而兼济矣。乃春米米价，日腾一日，（灾民嗷嗷待哺，尤为可悯。）本县去年原议民间各留余米，以俟冬春发粜。今当此二麦未登，（瓶无粒粟，）米价既腾，其留米之家，输纳折银，供给日用，皆在于此。若仍久积，固非所以惠灾民，尤非所以便大户。为此特颁发粜条格，令粜户籴户，及义民铺行人等，一体遵守。

一、民间原单填注留讫之米，原议留本家看守，至期发粜。但积米之家与发粜之处，使东西太相隔远，恐大户运贮不便，亦且看守为难。今令各留米大户，照依后开次序，各自将应粜之米，发往附近本镇，同后开义民铺家逐升逐斗，粜给贫民。约一家之米已完，次家之米方发，接续而来，不至空缺，亦不至堆塞一处。自正月起至四月止，率以为常。各该义民俱于三日内，齐赴县领印簿一扇，并告示一道，或于本镇空阔寺观，或于本镇原开铺行之家，从便开粜。其日逐粜过米若干，收过银钱若干，粜过贫民若干，逐一登入印簿，本县不时吊籴米贫户，并原给印簿查验。仍每处令本区公正粮长二人，同义民监视。如有义民公正，通同大户隐匿不粜，或止粜一二，而坚称粜完者，查出之时，大户与义民各以一罚十，即时颁赈本区，仍解院道究罪，绝不轻恕。

一、民间之米，与官粜之米不同。盖官粜之米，止要原价补还，原撮库银，则此外尽可轻价便民矣。民间之米是其赀本，若太为裁减，于贫民虽便，而于有米之家不无偏累。今着令大户照依原较升斗，不许短缩升合，其价一照时价，每石量减十分之一。（如冬米时价或九钱，则减为八钱，尖米时价或八钱，则减为七钱之类。）贵贱之价，因时十一之减有定。其粜下银钱，着铺家估看，即给与有米大户，日逐收归。俟粜完之时，义民具粜完米数结状，大户具收领米价结状，一同附卷。至于籴米之户，（虽系贫民，然亦）须照减价，公平交易，不得因而强赊白借及低银搀拥（之类），违者许公正粮长禀究。

（本县官籴之米，已经发粜外，止剩七百有余。今着令义民同铺家在申明旌善之亭发粜，以济城乡极贫饥民。俟湖广官籴之米至日，更当遍发各乡。）

一、本县所议照常减十分之一者，此乃酌量贫民与大户，两便之计也。若有米之家，肯于原减一分之外，更为再减一倍，（□若干价，）至二百石以上者，免百亩之差；至二千石以上者，免千亩之差。即给帖备照，仍申院道给匾风示，决不有爽。

文学刘世鶺议：粜米须择宽敞寺院，分作两处，收银发票，执票取米，各为一处，庶免群聚挤嚷。两处俱令粜米之家，自收自发，而择诚笃庠生监视，务要平等平斗，庶各家安心行粜，而饥民沾被实惠矣。至一城一乡之平粜，亦须刻期认粜，如某姓粜完，则某姓继之，先期排定，庶无断续。（若小议之发铺零粜，则于籴户尤便，而此可无议矣。）

文学张升议：平籴之议，所以舒民财也。使与市籴之价仅减毫末，犹市籴也，乌在其谓舒民财也。故越中庚辰平籴之价，断须以一钱二分为准，市价平则递减之，是为定议。今越中平籴之米，计千石有余矣。饥民不得沾口者，一苦冒名，一苦定额。冒名者，为牙行丐户所欺骗，一人分身为数十人，日去几担，止是一家之米。定额者，许以斗籴，不许以升籴，则囊无一钱二分者，有僵卧而已，不敢过而问也。故升谓平籴之米，总稽米数，分给各坊，每坊以一二义友主之，止许一坊贫民籴一坊公米。贫户计其人口，给一印单，以五日为率，日需几升，五日需几斗，顿籴者顿发之，零籴者零发之，止许满五日粮，毋得多逾口数。下户有口数未满者，许五日内陆续补之。每坊设一总簿，明书某户名下籴米几次，去米几斗，则米之出入，纤悉可考，以杜侵渔。单中口数一足，则禁其重来，以防欺骗。则是一坊之米，自足供一坊之用矣。至若以一升二升到厂请籴者，尤是穷黎，银水等头，更须假借。是在任事义友临时活变，勿轻视此升斗，一家之命系之矣。

祁彪佳议：民粜之中，原有三等：一曰减粜，每米一石，照市价减数分是也；二曰平籴，但照产地之价及盘费之赀，而不取其利是也；三曰照籴，但要粜实有米，听其一照实价是也。其中事宜又有十三款：其一，府县有司通请乡绅孝廉文学，会于公所，务期各发实心，共思拯救。在城缙绅分为五隅，每隅择一二贤绅，听其自纠其亲，自劝其族，各措籴本一千石。是一城之中，一时有五千石米，人心可定，米价可平矣。其二，各乡有缙绅者，亦听其自纠其亲，自劝其族，出粜于本乡。其无缙绅之乡，就现征簿上，查田亩之多者，邑父母请之入城，以礼敬待，托之领袖。其三，城乡缙绅衿民，认籴之后，除自囤之米出粜外，其有欲告籴于外方者，求道台给批一张，且总计所认几许，分为三月之期，即以此为给批之迟速，先期悬示某户认籴在某月上半月，某户认籴在某月下半月，以便其备银伺候。籴到之日，俱全散至城中，印官亲为查验，即注米数于批后，用印钤盖，使其粜完之日，将批进缴，（但米到之后，又当设法稽防，严示各门，监以官役，第许米舡之入，不许其出。其有自乡来籴者，载数多者，不在此禁。）更不许囤藏待价，令其随到随粜。其四，减籴平籴，但可听诸人之发心，而不可悬之为功令。在郡邑止宜以劝其照粜，不可勒其减粜平粜。小民贪欲无厌，若以为减粜平粜出于官府之功令，不出于各人自发之善心，恐又深求不已，或减而又求减，或粜而又求粜，便滋地方之乱萌，是不可不虑也。其五，邑父母设印簿百十扇，凡缙绅富户领粜者，即发与印簿一扇，令其将所粜之米、领粜之人、减折之价，逐日备开簿上，完日缴县，以凭申详上台，行激劝之法。其六，开籴日期，须以告示克定，约会齐粜，一则可望米价之顿平，一则可绝奸民（假作贫民，籴出贸利之弊）之影射。若或迟或早，纷纭不一，恐先籴者已夙饱，后待者仍嗷嗷，亦非均平之道也。其七，开粜之局，监粜之人，俱须于告示中裁定画一，并禁恃强搀拥等弊。官较厘等升斗，发之各坊，尤杜贫民口实。其八，所贵乎劝粜者，不在于价之减，而在于米之多。（计早稻之出而须四十余日。此四十余日中，必城乡各粜两番乃济。□□与其止一次而□减，不如不□减而多粜几次）盖减价之所惠有限，令城乡一月两粜，庶乎可以平价直、安人心。其九，开粜之法，陈卧子司理在暨阳行之极妙。先查本坊饥民若干，再查本坊所储之米若干，大约每一饥民，给与三斗籴票一纸，内用县印，如本坊米少，则量减之。（分作三次开粜，）每人籴一次，即填注印票，所粜数满，储米家将印票总收，缴官府查验，以见本家实粜若干，一使贫家冒领不得，二使大户虚隐不得。其十，城中分各坊，乡间分各村，以小坊附大坊，以小村附大村，即书于所领之簿，仍记存其地其人于县，以备查考。其十一，所粜之米，除家中藏蓄，听其发出外，其余必籴自外府，不许即籴于本地。盖今日（正贵乎米之多）患在少米，若籴自本地，与剜肉医疮者何异？其十二，公祖父母但可以文告劝粜，万一指实某家有米囤藏，便开奸民强籴之端，是则不可不慎也。其十三，今日米价至极贵之时，作急商议，议妥即行，已觉其晚。稍一迟延，必且困敝滋甚，（则又当议粥为治标之法）无济饿莩矣。至于开报发簿等事，必用里役耆民，必不可差衙役出牌票，尤为切要之论。

宏济之五　商粜

谕无　例一　诏无　案一　疏无　议二

议召商者，方以任便为招徕之术，可定之粜法，致其裹足乎？惟是吴门一带，有大栈大囤焉，流商亦近乎土著，储之于贱，粜之于贵，彼之得利已不少矣。于是约以日时，定以价值，使吾民有零籴之便，地方无顿乏之虞，要亦与时通变，不倍乎招徕者也！辑商粜第五。

商粜之例

嘉靖三十二年，令劝谕殷实铺行给领官银，或不敷，听于临清仓粮银借支二万两，作为籴本，前往临近有收地方收买粮米听赈。仍立为均籴之法，照依原买脚价，听从过得人户易买自济，或互为贸迁，相兼接续粜与。

商粜之案

辛弃疾帅湖南，值岁饥，尽出公家官银钱器，召官吏、儒生、商贾、市民，举有干实者，量借钱物，逮其责领运籴，不取子钱，期终月至城下发粜。于是连樯而至，其直自减，民赖以济。时信守谢源明乞米救助，募属不从。弃疾曰：均为赤子，皆王民也。即以米舟十之三予信。

商粜之议

长洲令（夷度）祁（公）承爃议：本县近以灾民嗷嗷待哺，（且屡奉抚院道府汲汲于拯溺救灾，本县自惭仓库空虚，周恤无策，）不得已将客商见囤之米，逐廒查的，通申上司，定价七钱。盖以尔商去年所囤之时，其价不过四五钱止耳，今至七钱，有本有利，商不为病，民不为厉矣。但细思囤上之米，非可以一日而尽粜也。先者得本已生息，而后者积米以守候，米日耗而价不日增，于商人心岂能甘乎？今本县再三斟酌，自目下至七月内，凡发粜者止照所定七钱之数，嗣后每迟一月，每石量加二分，庶迟速之间，本利相当。然亦止据在囤者言也。若外省客商，有从江右楚中，大船远贩来此发粜者，彼其挟重赀、冒风涛之险者谓何，而本县岂以一概定价，阻商人之路乎？其米原不在官粜之列，惟凭买者卖者，各依时价高下，两相交易可也。至于囤园发米之次第，牙行铺家之发粜，及小民贫户之报名，各具款式于后，以便一体遵守（，俾以杜绝诈冒。凡尔商民，俱宜深体本县一念惓惓为民之心，毋至自干法纪，取究不便）。

一、本县在城及在乡市镇处所，各公正、见年公同酌量人烟之稀密，用米之多寡，开报牙行，应多者数名，应少者一二名，每一名以殷实者二人为首，以公平者三四人为帮，星夜开揭递县，以凭给单赴各囤园领米，分发各市镇铺户照定价平粜。其有误事者，一体重责枷示。

一、各商之米，本县酌量多寡，每先发三分之一。凡遇牙行赍单领米，尔商即面同发米，照依所定之价，着有米客商亲自收银。如粜（米）去一斗，则收一斗之价；粜去一升，则收一升之价。每晚将各铺户粜过米若干，客商应收价若干，如有短少及米已粜而无价者，许客商即面来禀究。其单中之米，亦不必一日尽发，如单中标三百，先发粜一百五十石，完日又发一百五十石，逐渐发去，逐日粜完，省得客米到，又有一番封贮之扰。其有低银搪塞及等称短少者，俱责在牙行补足。

一、本县城乡，各籴米贫户不下数十万人，本县安所据以稽查？即铺家牙行，亦安所据以知非捏名冒籴？今着亲图排年，将甲内应籴贫户开报见年，各见年开报公正，公正总一册报县，本县据册印，以小票总发公正，给散小民。每粜一次，或铺家，或牙行，即注明其小票上，某日粜米几升斗。大约单丁者，一月不过二斗，双者倍之。其粜过数名，各牙铺仍登草册，以便不时吊查，俱限星夜三日造报。但恐嗷嗷之民守候不及，日下先着牙行铺家，一面照价零星发粜，但不得顿粜，以滋冒滥。（如查出，一体究治。）

祁彪佳议：（计彼地许通之米若干，除官籴六次或一二次外，若无余米，分与各牙行。）官籴之外，每牙行令各领一批，满彼地所认通籴之额而止。向来牙行籴到之米，（令其）将米数报官，一面销批，在一公所发粜，其价照市价每石减数分，每一公所（照前次）拨诚实耆老生员一二人监（□。然又恐立局监粜，另立公所，□牙行裹足不前，奸民又□而生事，则不若听其在店照市价发粜。但因其曾借官批，每石纳银数分在库，以便总发为赈济之用。）之。此昨岁所以行者。愚意设局则有搬运之费，监粜则多耳目之防，皆非商牙之所愿也。或者曰：听其在铺自粜，而少减其价可乎？愚又以为，（祁彪佳议：商米附批而来，费老祖台（郡县）几许清思（心计），乃得抵越。今市价已二两七钱，顷闻更增之矣。较之台价，溢出一两之外。减其价已惠平民，谁曰不宜？但减其价而听彼在铺自粜，彼籴户不知限制，将来各铺之米，藉口告示，俱欲求减，即一铺之中，别处发来之米，亦藉口告示，俱欲求减，则反有脊脊之状矣。商人之奸诈者，又或量以数十石作台米出粜，其他仍复囤留以索高价，未必不相持而哄。（昨者山阴父母有减价之示，汛兵强籴，几于罢市。藉老祖台同道台速出明示，乃得开粜照常，不至汹汹他变。今亦不可不深长虑之也。或者以台商之米，设局另粜，如昨年故事乎？但恐一粜无余，贫户多不能措本，而奸民则多籴以射利。且设局另粜，未免有搬移之地，有监押之人，恐亦非商人所深愿。）今日以通商为一义，故须招徕之意居多，即明知其获利之厚，而有不必一一以计之者。（以治某之谬见，以）愚意须召集（台）牙商，面（赐）为询问，倘设局监粜而便也，则（事在可行）如昨岁之故事可也。倘（果有如治某所迟疑者，）有不便，则将所应减者，或令其面酌一纳银纳米之数，每一石或纳银一二钱，或纳米几升几合，（在老祖台）可取以为各坊极贫之找赈，使极贫者实实受惠，无奸民多籴射利之弊，而商人得以任意出粜，无他疑阻，当欢然乐输，似为一举两得。

宏济之六　转粜

谕无　例无　诏无　案一　疏无　议一

救荒者，不过曰捐赈，曰平粜。捐赈则散赀于民而无余者也，平粜则收值于官而不再者也，孰若以捐助之赀籴米平粜？如所谓贵籴贱粜，赀尽乃止。是只此捐助之资耳，但能转环数番，而百石之赀可以及千，不但济贫民，且足平市价，救荒之最善者也。辑转粜第六。

转粜之案

孝廉杨璘囤越中。庚辰春月，霪雨五旬，米价骤踊至一两八钱。约里之绅衿父老，相与捐金聚粟，行平粜法，减市价三钱，得价复贵籴贱粜，赀尽乃止。凡十四次，共米七百二十三石，受米者三千四百二十人。又间以余利赈施。（后存活二千余人。是举不惟受米蒙福，即市价从此不腾，阴受其福更无量矣。）

转粜之议

祁彪佳议：粥、赈二者，乃救民于极荒之际。若先事设策，自当以和籴、劝粜为急务，而后以粥、赈助之。（闻）越中金楚畹侍御发米价三百金出粜，意欲转展贸易，每一次每石减价数分，折尽此三百金而后已。此法至为精妙。盖以三百金为赈，数止此耳，为泽有限。若转展贸易，便可有三四千米，时在市上。倘乡绅富室，肯大家发心，不论多寡，如法出粜，米价必然顿减，较之和籴、劝粜，其取效更捷。

宏济之七　官借

谕无　例一　诏二　案三　疏无　议一

官借一法，舒中户之力，而不至遂同于极贫，非不善也。但今在官者，帑藏空虚，已不能如前代之截留封椿〔桩〕，而人心日坏，责偿必至于追呼，且出纳滋奸，不且有荆公青苗之弊乎？虽然，有治人无治法，顾官司行之何如耳。倘保领以富室，给发以耆儒，不经衙役之手，不入豪猾之囊，庶乎其可矣。辑官借第七。

官借之例

正统五年，令各卫所屯军，有因水旱、子粒无收缺食者，照缺食民人事例赈（济）[贷]，俟秋成还官。

官借之诏

宋孝宗淳熙十二年诏：浙东提举具到淳熙十年旱伤，绍兴府令稽县下户，借贷官米四百三十余石，特蠲放。

（宋孝宗淳熙十二年）[本年又]诏：婺州、兰谿第四、第五等人户，淳熙八年内借过常平钱收买稻种，见欠四千九百六十余贯，可并蠲放。

官借之案

赵怍〔忭〕知吴越，岁饥，民取息钱者，告（□□□□□□）富人纵予之，而待熟官为其偿。

邢宥（复起为）[知]苏州府，（苏田赋甲天下，揽纳者滋为弊，赋因以亏。宥痛绳以法，责之偿，且得余钱数千缗。因以辟永丰仓，筑沙湖长堤，甓运道桥梁，为永久利。民俗喜奢，宥率以俭约，诸游宴亭馆、老佛殿阁，一莫之顾。）值成化丙戌〔戌〕大水，民饥。宥开仓廪，且劝得米八十余万斛赈之。民犹不给，相聚持券，入富家强取。宥即日榜谕，许民持书券赴府，府召乡老引领往贷。其不发与强取者俱抵罪。同官以专擅为虑，宥曰：民命在须臾，待报何及？吾当任其咎。民赖全活，殆四十余万。

（与其使小民强借，不若以官府往贷。然亦非救荒良法，特一念恳恻之意，可无添司牧耳。）

黄裳知政和县，适岁荒，劝富民发私粟以借饥民，官置簿书，条其人名，以印钤之，授诸富民。约至秋成，令石米以二斗息并归之，且禁粟无得出境，获全者众。

（抚饥民断不可开抢夺之端。官置簿书而约之以息，固可安富民之心，然欲使在下者乐从，而在上者不强，此处更自难调。）

官借之议

宋董煟议：[官]借（贷）者，截留上供米，或借省仓米，或为朝廷启封椿〔桩〕米，或于诸色仓廒权时那用，一面申奏朝廷借内库、乞度牒籴米补还。其法专及中等之户，与农民耕夫之无力者，既不取息，其势必偿。此真得以陈易新之术。家不许过二石，但支给之际，戒有虚伪催索之时，戒有骚扰交纳之时，戒有乞觅。仍不得用小斗量出，大斗交入，须令收支斗斛一同。又不得取民间头子、朱墨、勘合、抄纸等钱。其间实系死亡，或有不能偿者，姑已之，譬之赈济，一散无收，亦岂在责其必偿哉！此乃官司一时救荒之举，纵有赔费失陷，居上者亦当以社稷根本为念，是乃利国家之大者也。

宏济之八　民借

谕无　例一　诏无　案一　疏一　议无

赈止及于极贫，仅以起沟瘠已耳。惟贷则藉为赀本，展转营运，不但救一时之饥荒，且可成后来之产业。是以官借之外，又有民借一法。第恐徒手贷归，视同己物，借之甚易，偿之甚难，贷给不足以见恩，催偿反致于成怨，故义当、米当者，乃以通借法之穷耳。而官司之风示富家，使之有无相济，则又不可不存其说者。辑民借第八。

民借之例

宣德十年，给事中年富言：各处饥馑，官无见粮赈济，间有大户赢〔赢〕余，多闭粜增价，以规厚利，有司绝无救恤之方。乞命自令或遇荒歉，为贫民立券，贷富人粟分给，仍免富人杂役为息，候年丰偿本。从之，

民借之案

宋司马温公（疏）曰：岁饥，请富室有蓄积者，官给印历，听其举贷，量出利息。候丰熟日官为收索，示以必信。

民借之疏

（曰稍贫之民便转贷者。）副使林希元疏：臣按出官粟以贷贫民者，古之义仓是也；劝民粟以济贫民者，今之例纳是也。仅臣所谓转贷者，借民财以济贫民，而不费官财，酌二者之间而参用之也。夫稍贫之民，较之次贫，生理已觉优裕，似不待赈济，然时当荒歉，赀用不无少欠，不可全不加念，是故不之济而之贷也。然欲官自借之，则二贫之给钱谷，亦或不敷，若使富民借之，则民度其能偿，必无不可。故使极富之民出财以借，官为立券，丰岁使偿，只收其本，不责其息，贫民得财而有济，富民捐财而有归，官府无施而有惠，一举而三得备焉。此其所以便也。其法八口之家，四口借银，每口二钱，自正月至四月，总四月之银，一次尽给之，待其展转营运，亦可以资其不足，而免于匮乏矣。一人所借，多至二百口，少不下一百口。若本乡无富民，则借之外乡，并官立文册，事完之日，以礼奖励，量免几年徭役，作之有道，则民自乐于供输矣。

宏济之九　里赈

谕无　例无　诏无　案无　疏二　议三

救荒之惠欲其普，救荒之法欲其简，盖不简则不核，不核则富者规避，贫者冒滥，惠不普也。州邑民稠地广，稽劝难周，于是有里赈之法。左垣长言之详矣。然里有大小，有贫富，画地而赈，则小者贫者，饥民其何奈焉。裒多益寡，通融搭附，要不失于简之意而已矣。辑里赈第九。

里赈之疏

户部尚书李待问覆疏：看得饥民宜赈而不宜于聚赈，既虑赈赀有限，又虑党众生奸，故有一里赈一里之说。力既分易周，势且散而易驭，惠饥弭乱，法无逾此。所苦者钱料不敷。今若有赎罪、劝赈事例数者，取给自有饶裕。是在州县官斟酌图济，实及灾黎，无致奸胥豪猾，借此为奸可也。说者又恐州县奉行不实，须抚按每季差风力推官下巡，以提掇士民劝义输助，揭报抚按，立行赏罚。倘救荒有效，即应攸擢示劝者也。

户科给事中左茂第疏：（臣作言弭盗矣，又以救荒进者。尧舜之治，不离教养，而百姓穷极，甚至不畏刑法，不有以救之，而彼且曰上之不我恤也，但法绳我，饥且死，安能守法？群□易乱矣。《周礼》以荒政十二聚万民者，聚饥馑民而不离散也。即目前宜行者曰散利，曰除盗贼，即臣弭盗说矣。散利者，将使捐助，所捐几何？即圣恩发赈，可使沾浩荡，而非可常继。况今畿南山左皆有荒形，豫、浙、江右，又以灾告，各省未报恐尚多也，救荒无奇，真可忧思。因思）臣令秦时（曾遭）大荒，（无可奈何中）设为各里赈各里之法。（谨陈愚虑，供圣明采焉。）一曰各里审饥之法。州县里有其长，十甲亦各有长，甲中各户，各有户长，以纲领赋役，而饥民因此可知其数。官示居民具状，各书里长，而官散各里长，里散各甲长，甲散各户长，于户内择一人为首，有乡绅则乡绅内为之，或贡监生员，则择其公平者，无则择年长有德、曾为耆约者，报官定之为首，约其所集本户饥民审之，极贫次贫、待赈不待赈，固难逃本户之推敲矣。审明填簿，送官钤印，然后为首者，公议本户某人出或银或钱或粟米若干，不拘多寡，积以成之，贫者本户知之，其富者差等分数，亦不待称量可知也。数定亦填簿，送官印钤，银数钱粟，为首者收之，赈事可举矣。一曰各里散赈之法。户长审之贫者，约某日至厂赈，或散钱，或散米，或煮粥，但贫民散处，未便往来，为首者或劳苦不堪，或难日至，守候愆期，必至颠踬，任非其人，侵克丛生，兼饥民聚食，自日达夜，皆有可虞。又为散钱米之法，银则令易钱与米，约某日某时至厂，一日即散十日，如散钱八日、十文，则多百文矣。如散米八日、五合，则多五升。如初八日散，则约十一日再散，直至停止。为首者不许失信，而人食其实矣。如朝廷发赈或抚按及州县设处者，查簿发分，如法赈给分为各户，合之而贫民有不得食者鲜矣。但敕令事完之日，各州县将散赈得法活人多者，以各长报抚按具题旌赏，劝者众矣。

里赈之议

绍兴太守王孙兰议：民艰粒食，在城各坊，幸有倡义捐助。若仅行于城，而不行于乡，则遐陬僻壤，贫乏更甚，望泽尤殷。合行通谕该县合乡仁厚长者，好义士民，分认都图，自照地面，备查饥户几何，量力捐资，不拘多寡，期于足赈一方之民而止（，则广惠而泽均矣）。盖就一都以赈一都，则人相习熟，易于稽考，既可绝诡冒之弊，且饥户领给甚近，又可免走候之烦，极为良法。

会稽令周灿议：（此中）当灾祲频仍之后，（小民艰于粒食，前已分簿议积米数，以济时艰。不意新岁雨雪为灾，困苦更甚，阻饥之众，）群口嗷嗷，则救时急着，惟有劝本坊之富户，将本坊之贫民，稍得支吾旦夕。合行请同诸生，每坊公议饥户若干口，并查富户若干家，因即家产之厚簿，派认饥民之多寡，登册给票，每日饥民持票亲领，富户照票给发，庶冒滥可清，而扰攘可息。（恤邻救患，尔富户独不闻古义乎?）若贫民既沾其惠，亦应护卫其家，本坊有事，须为之殚力捍卫。倘有他虞，一家鸣锣，各家协救，毋得坐视观望。

进士钱喜起议：

一、本里分东南、西南、东北、西北四隅，派为和、睦、丰、亨四号，画疆施赈。每隅推选因果明慎、实心任事者一人主之，（不得□委他人，以致湖涂失听。）一样置四簿，即收本隅内殷户所助银米，务要盘验登记明白，如有少欠，即便补足。其银米如有收多支少、收少支多者，会齐清算协济，毋得混淆。事毕，四隅汇算刊册，分布列数遍张，以明丝粟无欺（，不愧□影之意）。

一、隅长门首，明贴（平安）某坊（三）某图某隅居民某字号，于某日各执所给米票，至本宅支米。先期贴出禁约，每隔四日，发米一次。至日每贫民一口，给米一升，一月共计六升，遇小尽扣除。每隅各置花名坐簿一扇，务要查对明白。其支米票，与坐簿合同钤印毕，（即）斗照店斗，发完即于收米簿上，注明某月某日起，至某月某日止，共收米若干，或银若干，籴米若干，共米若干，某日发米若干，尚存若干，候别隅查验。

一、委巷僻径，易藏匿奸盗。今足迹所到，目力所察，亦十得其八矣。当此凶年，宜防窝薮，即于赈饥之内，隐行保甲之条。是以支米票上明开领米之家，不许停宿外来面生之人，窝藏赌博。有能首举者，即将窝户所给之米，加与首人，其窝户禀官究逐。（别□）其不系领米之家，而窝藏盗赌者，亦禀官逐究，首人赏米三斗。如系挟仇妄首者，反坐（首人）。如此则良善安生，闾阎乐业，虽遇三鬲不充之岁，而有外户不闭之风矣。隅长如遇本隅有首举前项事情者，便知会三隅，公同商议，仍晓谕通里，（其）共知儆（承）惩。

一、分里自赈，立法甚善。一里之中，殷户有限，不能分给他里，使各里皆然，则可保目前无饥殍矣。况郡邑明谕，瘠里则以官米给施，真补天妙手。如有他里贫民求乞者，须婉言谢之，万勿与争。

一、四隅察历已遍，应无漏丁。如有新增求入者，须知会三隅察明，方许补进。

一、老弱颠连，极为可悯，今已给之粥饘，延其岁月矣。壮者膂力虽能自给，若以助守望、资捍卫，断不可无。今别置壮丁册一簿，就本里挑选精壮有力、朴实不欺者二三十人，分隶四隅，五日给米一升五合，每五人则就中以一人统之，名为丁总，五日给米二升。俱要互相保结，并示以规约数条。万一一隅有事，则隅长传丁总，丁总传壮丁，顷刻而集。隅长仍计名备械，一月之内，试演数番，临期授械往救，事毕交械报功。其壮丁散米，别为一日，不与贫户同发；尤须于散米之日，晓以忠义，鼓勇知方，庶人人可用，去古者寓兵于农之意不远矣。

宏济之十　族赈

谕无　例无　诏无　案无　疏无　议二

言赈而分之里，简矣，核矣，然犹以势相比，恐非情相联也。于是乎更有族赈之法，非其子弟，则其父兄，恤困周贫，谁忍作秦越之视？况夫常情之施济者，大都欲见德于人。欲见德于里，必更欲见德于族。动之以水源木本之思，则鼓劝尤易，且稽核之便，又如是彰彰也。若夫通融其间，亦犹之乎里耳。辑族赈第十。

族赈之议

嵊县令刘永祚议（曰）：救荒（无奇策，然从来救荒之策，）莫先于赈。待赈者贫民也，而贫民之差等难分，且又有不贫而冒贫者，孰从而稽之？施赈者富户也，而富户之盈虚难定，且亦有实富而避富者，孰得而指之？兼之道里辽绝，嗷嗷待哺者，奔命于往反之艰，定有甫下咽而毙者矣；给散混淆，奄奄欲尽者，屈力于强悍之后，究至终枵腹而死者矣。况施赈之富户，原不识待赈之贫民，倏而赵甲，倏而钱乙，有者偏有，无者偏无，（举涓滴之微膏，成偏枯之觖望，）赈之法盖难言矣。（本县）愚再四筹度，（此地之）嵊邑著姓大族，动以千计，至以万计，俱以氏族为比闾。其间贵显衣冠，年高德邵，通族所共钦服者，凡通族之孰为上富，孰为中富，孰为极贫，孰为次贫，可按谱而定也。则酌贫之口数，以定富之施救，断无有实富而避富，不贫而冒贫者。况乎以本族之有余，补本族之不足，不困于道里之远，不苦于给散之艰，一可以免流移，一可以昭敦睦，一可以资捍卫。而即于族党之中，严保甲之法，（断无有非种之窝藏。凡系流民，尽行屏逐，）更可以清盗源矣。（各族好义者，编名汇册，申报上司旌奖，以示激劝。其间有不好义者，或将所积变卖他方，寄顿别处，通族效鸣鼓之功〔攻〕，彼亦何颜以入祠庙乎？此一举而数善共备、诸弊尽除者也。）自著姓大族外，层累而下之，以数百计，以数十计，俱准是为差。至于小户零星茕民无告者，著该坊里报名编册，另候设法赈之，期于尽沾实惠，另有规则颁行，非可一言尽也。

广西布政某公议：官赈有报名之扰，有虚冒之弊，求其法简而泽周，莫便于分赈。假如一姓一族，水木源本既同，痌痒休戚与共，（凶年饥岁，族人啼号岌岌，而我仓有余粟，囊有余赀，不为拯济，忍乎？）要当推食分哺，竭力周赡。（如唐萧复遇岁荒，有先人之昭应墅，不以徇时相取右职，而鬻之以济群族，义至高也。）此外则同里同甲，朝暮同其作息，消长均其利害，族属虽殊，岂等胡越？而各业主于各佃户，授田取租，谊亦相关。佃户展转流亡，而得秉耒荷锄，耕以给我否？况丰年大食其力，岁歉不恤其私，非情也。凡斯三项，或赈或贷，量力而施，于富室无大损，于贫民有实济（，皆我之当为，事之易行者）。其贷者即不能折券市义，须待丰庑责偿，或官给印簿，着落同保约正，以所借数目，注簿收领。若抵负不还，呈官追理。使征索有凭，而贷予乃无靳矣。然有田之家未必有积，而贫甲单宗自救不瞻，奚能赡人？则又须官为振救，不得而强也。第于审饥之日，诘其在本宗本甲者，以至各佃主户，俱令依实结报，不得扶同，庶诡冒之奸亦可少杜。此一议也，与官赈相表里，鼓舞激劝，是在良有司加意耳。（此议非耑为族者，故置之刘令后。）

救荒全书卷之十五　宏济章二

拊流十一　招佃十二　给米十三　散钱十四　善贷十五　耑救十六

宏济之十一　拊流

谕十二　例四　诏三　案十　疏十　议五

言拊流者，宽徭减赋，赈恤于方饥之时，此盖治其本也。待其流而后招徕安集，第为治其标耳。然灾荒重大，或不得不轻去其乡，故须标本兼治，乃使民命有皈。至于他乡之民，越境趁熟，苟非一体念切，谁能无秦越之视？富郑公、滕郓州，良法可师，卓然（可师）千古，而入籍设（法）治，如原公之于郧阳，尤标中之本矣。辑拊流第十一。

拊流之谕

洪武二十四年，太原府代州繁峙县奏，逃民三百余户，累岁招抚不还，乞令卫所追捕之。太祖谕户部臣曰：民窘于衣食，迫于苛政则逃。使衣食给，官司无扰，虽驱之使去，岂肯轻远其乡土？今逃移之民，不出吾疆域之外，但使有田可耕，足以自赡，是亦国家之民也。即听其随地占籍，令有司善抚之。若有不务耕种，专事末作者，是为游民，则逮捕之。

（永乐间，广东布政司言，揭阳诸县，民多流徙者，近招抚复业，凡千余户。户科给事中奏，此皆逃避差役之民，宜罪之。成祖曰：人情怀土，岂乐于迁徙，必有不得已而去者。既复业，则当抚绥之，何忍复罪？为近臣者，宜戒刻薄。遂敕广东布政司及诸县善抚辑之。）

永乐间，河南南阳县言，县民多逃徙，赋役无所出，乞下令捕之。（成祖）上顾谓户部尚书郁新曰：人谁是乐去其乡者？河南连岁水旱蝗螟，饥馑相仍，守令又鲜能拊绥，不得已举家逃徙，自图存活计耳。今其乡田庐生业，必已废弃，归且何依？捕之徒益困之耳。南阳县所言不听。

永乐间，圣谕：百姓必耕以给租税，今既弃之逃徙，则租税无出。若令里甲赔纳，必致破产，破产不足，必又逃徙，则租税愈不足矣。其即移文各处，凡有若此者，悉停征其税。若县官不能抚民，而致逃徙者，罪之。还令即招抚复业，勿复扰之。

永乐二十年，山东高密县言，逃民七百余户已复业，其累年所负粮刍，上司屡遣催征，乞宽贷之。上谕户部臣曰：往古之民，死徙无出乡，安于王政也。后世之民，赋役均平，衣食有余，亦岂至于逃徙？比来抚绥（者）不得人，但有科差，不论贫富，一概烦扰，致耕获失时，衣食不给，不得已乃至复业。及其复业，田地荒芜，庐舍荡然，农具种子皆无所出，政宜赒恤之，乃复征其逋负，穷民如此，岂有存活之理？尔户部其申谕有司，继自今逃民复业者，积年所负粮刍等物，悉与蠲免。

洪熙元年，圣谕：郡县水旱缺食，有司即体勘赈济。其民流徙，田土抛荒者，为核实除豁，召别佃中官田，听照民田例起科。

宣德二年，工部侍郎李自新自河南还，言山西饥民，流入河南者十万余口，为有司军卫所捕逐。上谓夏原吉曰：民饥流徙，岂其得已？仁人君子，所宜矜念。昔富弼知青州，存恤流民，饮食居处医药，皆为区画，山林河泊之利，听流民取之不禁，所活至五十余万。今乃驱逐，使之失所，不仁甚矣。其即遣官往同布政司及府县官，加意抚绥，发廪给之，随所至居住，敢有逐捕者罪之。

宣德六年（二月，钦降抚民榜文内一款），圣谕：逃移人户，但招回复业之后，有司逐一委付亲邻里老收管，或有被人侵占庄宅田地，即与追还。若有初回产业，牛具种子，或有未备，务要递相劝谕，周急资助，使各成家计，不致失所。若亲邻里老，不行周给资助，却又索债欺凌，妄取替办粮差等项钱物，百般扰害，或有司官专管抚民官，不行用心抚绥，仍复生事科扰，致使初回之人，不得安生，又复逃移者，抚民侍郎、巡按御史、按察司官就行拿问，仍立限委令招回复逃之人。

正统四年，圣谕各处逃移人户，悉宥其罪，许于所在官司，附籍纳粮当差。其有愿回原籍复业者，免其粮差二年，递年拖欠税粮等项，悉皆蠲免。

正统十四年（十一月十九日，遣官招抚河南流民，敕□）圣谕：今开河南开封府陈州等处，多有各处逃来趁食流民，或与本处居民相聚一处，诚恐其中有等小人，久则至于诱惑为非，难以处置。今（特简）命（尔往彼处，会同）左副都御史王来，及彼处三司堂上官，并原专一抚流民官员，及巡按御史，及本府州县堂上能干官，平日为民所信服者，分投说法，小心招抚，令各自散处，耕种生理。有缺食者，量给米粮赈济；无田种者，量拨与田耕种。务令得所，宣谕朝廷恩重，使之警悟，不许急逼，致有激变，又为患害。其中果有能体朝廷恩恤，各散复业者，量与免其粮差三年，庶俾有所慕恋。仍提督所在卫所官军，操练军马，固守城池，如有寇盗生发，即令相机剿捕，毋致滋蔓。（尔为近臣，受朝廷之委命，必须夙夜尽心，以毕乃事。不可因循怠忽，有误事机，如违罪有所归。事妥民安之时，具奏俟命，然后回京。故谕。）

成化二十一年，谕曰：陕西、河南灾伤军民，全家逃往邻境南山、汉中、徽州、商洛、湖广、荆襄、四川、利顺等处，趁食求活者，情实可悯。各该巡抚巡按、三司府州县卫所官，不许赶逐，务要善加抚恤，设法赈济，安插得所。候麦熟，官为应付口粮复业，免其粮差三年，本处不许科扰，及追逼私债。

正德十三年，给事中李长奏，直隶、山东灾，人民流徙。上曰：流民情可矜悯，人给米三斗，令各归乡，以听赈济；死者官为瘗之。各巡抚其督有司加意抚恤，毋致失所。

嘉靖六年，谕：各处逃亡人户，抛弃故土，流离地方，皆因饥寒所逼，或钱粮负累，私债逼迫，情非得已。然安土乐业，岂无来归之愿？奈何有司不知存恤，听信该管里老，有复业者，就令认赔拖欠税粮，承当重大力役，逼迫无奈，只得复逃，田地经年荒芜，见在人户，愈加靠累。今后逃民有复业者，免除差徭三年。里长不许勾扰。其荒芜田地，无田小民，岂无愿开垦耕种者？亦因官吏里甲，逼其认粮当差，不敢承种。有司即便出给告示晓谕，但系久荒田地，许诸人告官承种，亦免其差徭三年。三年之后，如果成熟，方才量纳轻粮。如有不遵，官吏里甲人等，一体治罪。各州县官有设法劝谕，招抚流民复业数多，及召人开垦承种荒白田地数多者，俱作贤能官保荐擢用。

崇祯十三年（正月二十一日，上传）圣谕：近闻京中贫民甚多，又有流徙入者。着五城御史煮（饭）粥赈济，仍着答应牌子，分投监视，务使穷黎得沾实惠，不许侵克取罪。

拊流之例

正统二年，令各处有司，委官挨勘流民名籍，男妇大小丁口，排门粉壁，十家编为一甲，互相保识，分属当地里长带管。若团住山林湖泺，或投托官豪势要之家，藏躲抗拒官司、不服招抚者，正犯处死，户下编发边卫充军。里老窝家，知而不首，及占恡不发者，罪同。

成化六年，奏准流民愿归原籍者，有司给与印信文凭，沿途军卫有司，每口给口粮三升。其原籍无房者，有司设法起盖草房四间。仍不分男女，每大口给与口粮三斗，小口一斗五升。每户给牛二只，量给种子，审验原业田地，给与耕种，优免粮差五年，仍给下帖执照。

成化二十年，南兵部尚书王恕言，流民之在荆在襄者，要令该管里老，招抚复业。恐里老亦多流徙，料无人可差，且家业已失，田野无望，又无口食，岂能回还？臣恐拊循失策，必为盗贼，劳师动众，所费益多。合无将湖广今年该起运南京各仓及兑军秋粮量留一二十万石，又将河南该充军秋粮量留一二十万石，俱运赴荆襄水次仓，赈流民以销后患。有旨从之。

嘉靖十年，令被灾人民、逃出外境者，招集复业，倍与赈济银两，官给牛种。隆冬时月，饥民有年七十以上者，添给布一疋。

嘉靖三十九年，近京地方饥荒，民流入京者甚众，无所得食。上悯念之，令部臣详议事宜以闻。户部议上五事：一、议赈流聚，言宜令户部锦衣卫，各简其属十人，与五城御史，悉录见在流民，发太仓米万石，人日给一升，至五月终止。五月后，系百里外者，人给五升，远者以次递加，至二斗止，使还旧业。二、议济病弱，言凡就赈饥民，病不能赴官者，令所在富户，为糜食之，太医院仍给药调治。三、议处游惰，言凡年力少壮者，取其年籍，令工部酌议雇觅，给与工价，勿令转徙。四、议处近民，如昌平、通州诸处，宜于太仓、通仓各发米五百石，付所司分赈。五、议处远民，宜移咨顺天、保定巡抚，凡应赈之处，定拟多寡分数，驰报本部，请发太仓银折米充赈。上俱从之。

拊流之诏

汉景帝（时）中元间诏：间者岁比不登，民多乏食，夭绝天年，朕甚痛之。郡国或硗陿，无所农桑谷畜，或地饶广荐，草莽水泉，利而不得徙。其议民欲徙宽大者听之。

（陈仁锡曰：此后世招抚流移之始。）

宋仁宗天圣七年（闰二月），诏河北转运司，契丹流民，其令分送唐、邓、襄、汝州，以闲田处之，仍令所过人日给米二升。初，河北转运司言契丹岁大饥，民流过界河。上谓辅臣曰：虽境外之民，皆是朕之赤子也，可赈救之。（故降是诏。）

（董煟曰：境外之民，一遇饥歉，流徒〔徙〕过界，仁皇尚且赈救之，圣度广大如此，况同路同郡之民！为守令者，其可不加意乎？）

宋神宗熙宁八年（正月）诏曰：方农作时，雨雪颇足，流民所在，令州县晓谕丁壮，各愿归乡者，并听保结。经所属给粮，每程人给米豆一升，幼者半之，妇女准此。州县毋辄强逐。

（董煟曰：近年江浙流移之民过淮上者，接踵于道，暨至失所，悔恨欲归无策，忧愁而死者，不可胜数。然则熙宁之诏，州县宜效之以为法。）

拊流之案

唐仪凤间，王方翼为肃州刺史，蝗独不至方翼境。而邻郡民或馁死，皆重茧走方翼治下。乃出私钱作冰磑，薄其直，以济饥瘵，起舍数十百楹居之。全活甚众，芝产其地。

董煟曰：流民至，当为法以处之。富弼令樵采打鱼之类，地主不得为主是也。但一时未免侵扰，莫若修堤浚河，兴水利，公私两便。不然，官司出钱租赁民间芦场，或柴篠山，近县郭市井去处，纵流民樵采，官复置场买之。非惟流民得自食其力，雪寒平价出卖，亦可济应细民。

宋富文忠公弼判汝州，上言：襄、邓、汝地广不耕，河北流民至者日众。臣遣官察其无业可复者，尽给以田，羸疾老弱不任农事者，始以粟给之。其后知青州，河朔大饥，民东流。公以徙来极饥，多聚之州县，人既猥多，仓廪不能供，散以粥饭，欺弊百端，由此人多饥死，秽气薰蒸，疫疾随起。是时方春，野有青菜，公出榜要路，令饥民散入村落，使富民不得私陂泽之利。民重公令，米谷大积，借民仓以贮，得十万斛，益以官廪。得公私庐舍十万余区，散处其人，给以薪米。择地为场，掘沟为限，与流民约，三日一支，出纳之详，一如官府。比麦熟，人给路粮遣归。死者做丛冢葬之。强壮堪为禁卒者，募得数千人，刺指挥二字，奏乞拨充诸军。时中有与公不能者，持之不报，人为公忧之。公连上章恳请，且待罪，乃得报。

滕元发知郓州，岁方饥，乞淮南米二十万石为备。时淮南、京东皆大饥，元发召城中富民，与约曰：流民且至，无以处之，则疾疫起，并及汝矣。吾得城外废营地，欲为席屋以待之。民曰：诺。为屋二千五百间，一夕而成。流民至，以次授地，井灶器用皆具。以兵法部勒，少者炊，壮者樵，妇女汲，老者休。民至如归。上遣工部郎中王古按视，庐舍道巷，引绳棋布，肃然如营陈〔阵〕。古大惊，图上其事，有诏褒美，盖活五万人云。

祁承㸁曰：滕达道之处流民，大类富郑公。富散而不扰，滕聚而能整，皆可以为法。（如此异才，即经济天下而有余，岂止为救荒一事乎？）

洪皓为秀州录事，秋大水，田不没者十一，流冗塞路，仓库空虚，无赈救策。皓白郡守，以荒政自任，悉籍境内粟，留一年食，发其余，粜于城之西隅。不能自食者，官为主之。立屋于东、南两废寺，十人一室，男女异处。防其淆伪，涅黑子识其手，东五之，南三之，负爨樵汲有职。民羸不可杖，有侵牟斗嚣者，乱其手文，逐之。（借用所掌发运名钱物，钱且尽，会浙江纲常平米斛四万过城下，皓遣吏锁津栅，谕守使截留。守嗫不肯，曰：此御笔所起也，罪死不赦。皓曰：民仰哺，当至麦熟。今腊犹未尽，中道而止，则如勿救。宁以一身易十万人命。乞留之。）廉访使者王孝谒至郡，曰：平江哀号诉饥者旁午，此独无，何也？守具以对，延至两寺视验。孝谒曰：吾尝行边，军法不过是也。违制，吾脱之。所活九万五千余人。

（洪之救土著，与滕元发之救流民，均一作用，而妙在整肃。王孝谒所谓行边军法，亦）

吴遵路知通州，建茅屋百间，以处流移；出俸钱，置盐蔬，日与饭食；有疾者给药以治之。其愿归者，具舟续食，还之本土。

晁补之知齐州，岁饥，河北流民道齐境不绝。补之请粟于朝，得万斛。乃为流民治舍次，具器用。人既集，则又且日给糜粥药物。补之皆躬临治之，凡活数千人。择高原以葬死者，男女异墟。使者颇娼其功，欲有以挠之。既至境按事，乃更叹服。

谙都刺，至顺间迁襄阳路达鲁化赤。山西大饥，河南行省恐流民入境为变，檄守武关。谙都剌验其良民，辄听其度关。吏曰：得无违上命乎？谙都剌曰：吾防奸耳，非仇良民也，可不开其生路乎？既又煮粥以食之，所活数万人。（又城临汉水，岁有水患，为筑堤城外，遂以无虞。）

（流民不开以生路，地方立受其害矣！）

景泰间，王竑巡抚两淮诸郡。时徐淮大饥，民死者相枕籍。竑至，尽所以救荒之术。既而山东、河南流民猝至，竑不待奏报，大发广运仓官储赈之。近者人日饲以粥，远者量散以米，流徙者给米以为道食，被鬻者赎其人以还其家，共用米一百六十余万石，全活者数百万人。择医四十人，空庾六十楹，处流民之病者。死者给以棺，为丛冢葬之。穷昼夜，竭精虑，事事穷理。有所委任，必委曲戒谕，出于至诚，人为尽力。先是，淮上大饥，上阅疏惊曰：奈何！百姓其饥死矣！后得竑奏辄开仓赈济，大喜曰：好都御史！不然，饥死吾百姓矣！

成化初（元），陕西至荆、襄、唐、邓一路，皆长山大谷，绵亘千里，所至流逋藏聚为梗，刘千斤之乱因之，至李胡子复乱，流民无虑百万。都御史项忠下令有司逐之，弗率令者，皆发戍边卫。当盛夏，渴死、役死者不可胜计。（国子监祭酒周洪谟悯之，乃著流民说，略曰：昔同修天下地理志，见东晋时庐、松、滋之民，流至荆州，乃侨置滋县于荆江之南；陕西雍州之民流聚襄阳，乃侨置南雍州于襄水之侧。其后松滋遂隶于荆州，南雍遂并于襄阳，垂今千载，宁谧如故。此前代处置荆襄流民者，甚得其道。今若听其近诸县者附籍，远诸县者，设州县以抚之，置官吏，编里甲，宽徭役，使安生理，则流民皆齐民矣。何以逐为？右都御史李宾深然其说。至是，流民复集如前。时宾乃援洪谟说疏上之，上可焉。）后命右副都御史原傑往莅其事（。傑受命驰至），遍历诸郡县（深山穷谷，）宣上德意，延问流民父老，皆忻然愿附籍为良民。傑于是大会湖、陕、河南三省抚按藩臬，（合谋佥议，）籍流民得十二万三千余户，皆给与闲旷田亩，令其开垦，以供役赋。建议郡县，以统治之，遂割竹山之地置竹溪县，割郧津之地置郧西县，割汉中洵阳之地置白河县，又升西安之商县为商州，而析其地为商南、山阳二县，又析唐县、南阳、汝州之地，为桐柏、南召、伊阳三县，使流寓土著，参错以居。又即郧阳城置郧阳府，以统郧及竹山、竹溪、郧西、房、上津六县之地。又置湖广行都司及郧阳卫于郧阳，以为保障之计。（经画已定，乃上言，谓民犹水也，水性之就下，犹民之彝而好德也。曩协从之党，岂皆盗耶？设若置立州县，简任贤能，轻徭薄税，先以羁縻其心，佩犊带牛，渐以化成其俗，则荆榛疆土，入贡于版籍之间，反侧苍生，安枕于闾阎之下。抚按之策，莫良于此。）因荐邓州知州吴远为郧阳知府，诸州县皆选才以充。复虑新设郡县，漫无统纪，荐御史吴道宏（，才德优裕，堪代己任，）总治三省。（上悉从之，擢道宏为大理少卿，抚治三省八府州县。进傑右都御史，寻迁南京兵部尚书。汉南诸郡县之民，闻之莫不流泪，皆为立祠焉。）

袁应泰备兵淮徐，流移沓至，徐、邳、海、赣间，蚁聚百万人，掠贩妇女，盐徒乘而劫淮市，弓刀□尽。公发金十万二千、稻六万四千余石、米万石，设厂作糜，现计入厂三四十万。又立数百厂，以待山东。岁除元旦，必躬巡察，咨嗟流涕，吏民感动。又条上动漕折马价三万金，径行檄发（圣慈慨允，无竣部覆）。凡偕计入觐在途，公悉其弓矢人役，五里一送，所至换票绝盗警。（公为令，尝决太行之水，以灌河内之田。）

拊流之疏

宋赵汝愚疏：（臣伏睹往牒，见古之人为能因事为功，多致转灾为福。其理非有他术，亦惟所以处之之道如何耳。）臣比闻江浙州县，（自夏秋以来，水旱相继，细民逐食，）渐多移徙，往往去向江北诸郡。盖缘其处地广人稀，尚多旷土。若有土著人户，因而接纳，使之耕种，犹不至大段失所。或者日后流徙者众，而富室之力，不能尽给，其势又有狼狈道路之忧。（陛下深轸皇慈，每令所在赈给，若乘此际，就）宜选本路监司守臣中，有忠实堪倚信者，委令踏逐系官闲房及寺观屋宇，权令安住外，别踏逐荒闲田土，及人户请佃、限满未垦之田，选择利便去处，措置兴盖屋宇，候至来春，给赐牛具种食，计口授田，使之耕种。其人父母妻子，皆是乍离南亩之人，既感戴朝廷抚养之恩，又深思一家温饱之计，必能尽力耕凿，俾无遗利。其视向来屯田之兵，老于行伍者，其为勤惰，盖不侔矣。待其三数年后，家业渐成，人有固志，徐于农隙之时，教人战阵之法，此即古井田、唐府卫之遗制。臣所患者，惟患朝廷责其速效，而所付之人不能久安于彼耳。诚御之以长策，诱之以重赏，毋惮少劳，毋惜小费，则事无不济矣。（昔张全义为河南尹时，经黄巢、秦宗权之乱，荆棘弥望，居民不满百户，全义麾下才百余人，四野俱无耕者。全义乃于麾下选十八人材器可任者，人给一旗一牓，谓之屯将，使诣十八县墟落中，植旗张牓，招怀流落，劝之种艺，惟杀人者死，余但笞杖而已。无严刑，无租税，民之归者如市。又选壮者教之战阵以御寇盗。数年之后，户口归复，桑麻蔚然，野无旷土。其胜兵者，大县至七千人，小县不减二千余人。比户皆有畜积，遂成富庶。夫全义一刺史，屯将皆匹夫，当唐室大乱之余，集一时流散之众，犹能有所植立，今以朝廷之力，官吏之众，当国家无事之际，而用畎亩习劳之人，诚付之得其人，处之尽其道，而事有不济者，臣未之信也。）

宋袁甫疏：窃为区处流民之策，惟富弼之法最为简要。所谓简要之策，惟曰散处其民于下，而总提其纲于上而已。窃闻金陵诸邑，流民群聚，皆来自淮西，荷戈持刃，白昼肆掠，（动辄杀伤，沿江出兵驱之。其在句容之境者，轶入金坛，若宣城，若池阳，若当涂，所在蚁聚，剽劫成风。逃亡之卒，皆入其党，江南奸民，率多桁和。目前势已若此，冬杪春初，日月尚长，）蔓延不已，各将溃裂四出，不可收拾。臣愚欲乞朝廷行下督府及诸阃，与凡安抚总漕诸司，作急措置，自一路推之诸路，繇诸路而推之诸郡，每处流民，随所在分之。（则）凡赡养之费，惟分则易供，居止之地，惟分则易足。此非臣之臆说也，弼（择所部五州，劝民出粟，得十五万斛，益以官廪，随所在贮之。又择公私庐舍十余万区，散处其人，以便薪水。弼之所作，）之诸法，可谓委曲详尽矣。今日果能推行此策，非但劝民出粟而已，或拨上供之数，或拨桩管之钱，或乞科降，则上下当相视如一家，或请团给，则彼此当联络为一体。而所谓团给者，又不止一途而已。能劳苦者庸其力，有技艺者食其业，其间有为士者则散于庠序，为商者则使之贸迁，心有所系，而奸无所萌。此皆分说也，分之愈多则养之愈易，而其要在督府制阃以及总漕诸司为之领袖而已。是故民贵乎分而权贵乎合，所谓散处其民，而总提其纲者，正谓此也。（臣愿朝廷使长吏任责，一如青州故事，流民幸甚！社稷幸甚！）

宋（淮南转运使）苏颂疏：臣窃闻近日（甚有近地）灾伤，人民流移，（往）邻路州军逐熟，（并有朝旨下诸路，令州县常切存恤。恭惟圣恩溥施，靡所不逮，然恐州县拘文，不能上副仁悯之意。何则？其流民所之，惟是岁丰物贱，便为安居之地。□并淮诸郡，虽稍登稔，若食口既多，必是物价腾踊。万一将来秋成失望，漂泊之民，未有归业之期，坐食贵谷，便见失所，彼时须烦县官赈救，为患差迟，则其□益甚矣。）臣以谓存恤之法，莫若先平物价。欲物价之平，则莫若官为粜给，使之常食贱价之物，则不觉转移流徙之为患也。臣欲望特降朝旨，应有流民所聚州县，权将上供或军粮米斛，比见今在市实直，量减分数，估定价例，将来更不得添长。专差强干官一员，置场出粜，直候流民归业日即罢。其约束事件，并依昨来在京粜场施行，收到价钱，却委转运司和粜斛斗充数。如此擘画，比之出粟赈济，所费寡而所惠博，惟朝廷垂意，幸甚！

大学士商文毅公辂疏：（近闻各处有司，遇有外县逃民到来，一切驱逐，不容在境潜住。若果能驱令复业；固是美事，但恐前项艰难地方，及素无产业，或系在外逃匠囚犯等项，宁死道路，不愿复业之人，被所在官司驱逐急迫，无所依归，必至失所，不无激变。及今水患已息，仍虑逃回河南、凤阳原处地方居住，异日虽欲招抚，必不肯从。去留之机，实系于此，不可不虑。臣）切照畿内顺天等八府所属，计一百三十余州县，所在除官府草场并官员庄田，及军民见种田地不计外，其余多有抛荒，并空闲无碍田地。（如蒙敕户部计议，出给榜文，）宜遍行山东等处逃民聚集之所，张挂晓谕，前项逃民，有志复业者，即令复业；其不愿复业，无所依归之人，许令于顺天府等八府所属州县，分投从便居住，有司照名拨田，设法赈恤。（其宽恤等项，榜内有当开写者，悉照本部节次奏准事理，明白开写，晓谕施行，移各府）巡抚巡按等官，督同各有司，遇有逃民到来，即令报名在官，酌量乡村广狭、田地多寡，四散安插。如某州田地数少，逃民数多，则发遣于有田州分住居；某县田地数多，逃民数少，亦须将别县逃民递相分拨。或某州可安插千人，止留五百人；某县有田千顷，止拨五百顷。盖人少易于赈恤，田多以备后来。其口粮种具等项，或暂借官储出给，或劝令富民假贷，俟有收成之日，照数追还，俱听巡抚巡按等官设法整理，从宜处置。仍时常往来抚绥，及时劝课。俟三年后生计成立，有家可恋，有土可怀，然后计户定差，度田出赋，清军勾匠，随所设施，合新附之户籍，增旧收之版图，强本安邦，莫善于此。

吏部尚书马端肃公升疏：（窃惟户口以版籍为定，人民以抚字为先。民虽有流移，法贵乎招抚。若流移者不能招回，则见在者日见消耗，而军匠埋没者多矣。）我朝洪武初招抚流民，俱有定法。彼时人民安业，无多逃亡，遇有灾荒，流移他所者，所司即委佐贰官员，带令各里里甲，分投前往有收去处，寻访招抚，带领回还，重加存恤。或给与鸡豚，或量免税粮，苏息数年，方当差役。窝藏流民者有重罚，隐占不报者有严禁，所以流民易于复业，而版籍不至于有亏，军匠不至于埋没。此诚安民之良规也。（迨至宣德、正统、天顺、成化年间，民困财竭，一遇大荒，流移过半。上司不知行文，有司不行招抚，任彼居住，诡冒附籍。南方州县多增其里图，北方州县大减其人户，军匠消耗，率由于此。年远者率难得回，近逃者尚可招抚。若不申明旧制，着实举行，诚恐数十年后，逃移税粮，并于在见人户，赔纳日加，困苦无以聊生，诚非治道之所宜也。）乞敕户部通行（陕西、山西、河南、山东、北直隶巡抚都御史，各行所属大小州县，各）,查自正统元年以至弘治十六年，某州县逃移人户共若干，曾经招抚复业若干户，一向未曾复业若干户，（及行湖广、四川、南直隶巡抚官，亦通行所属州县，各）又查某州县安插某布政司某州县人户共若干，军匠民籍若干，添设若干里图，各州县备造文册，俱缴送巡抚官处，咨送（地方前项布政司、巡抚官）前来。即行所属州县查对相同，委有前项逃移人户，仍各差佐贰官，带领里老甲首，前去各该州县关取。如已生成家业者，分房前去，承种田地，办纳粮差，其余愿在彼居住者，听从其便。此外别有招抚良法，从宜具奏施行。（如此庶流民复其原业，而版籍不至于大亏矣。）

都御史赵锦疏：臣窃见淮地一带，人民流窜，田地荒芜，询之父老，其故有二：一曰积逋，二曰重役。何谓积逋？（先年水旱不时，饥馑继作，）饥民多就食于外，而有司不能奏请蠲其租税，（岁复一岁，）逋负渐多，虽有怀土之心，而其势不能复归。此积逋之为累也。何谓重役？其地人民素稀，物产既薄，而独当天下之通衢、漕运之孔道，船头马户，既无以异于他郡，而看洪守闸，引泉捞浅，接递供应等役，则为独繁。此重役之为累也。赋繁役重，而力不能支，则其势不容于不逃。逃亡既多，而赋役无所于出，则官府不得不责之于见户，故一里之中，二户在逃，则八户代偿，八户之中，复逃二户，则六户赔纳。赔纳既多，则逃亡益众，逃亡益众，则赔纳愈多，田地之荒芜者日甚不治，而公家之赋税日益不给矣。前此一二有司，固尝处置牛具种子，设法以招徕之，然复业者晨至，而里排暮聚其门，耕稼之所得，不足以当赋役之所出，于是归者复逃，而逃者不归。其不幸而为有司所得，则往往自经于沟渎之中，而莫之悔。（孟子所为老弱转乎沟壑、壮者散而之四方者，不知几万人矣。孰非陛下之赤子，而流离困苦，至于此极，陛下忍闻之乎？）臣愚以为今日之计，惟有蠲积逋、宽重役，然后可以招徕欲归之民，安辑未散之众。臣请于前项地方，除见户拖欠者，照旧酌量带征，其余逃户钱粮，若一概追求，徒足以驱逐见在之民，而其势终不能完纳。宜查照景泰三年事例，暂与蠲除，待后复业开垦成熟，然后以次升科抵补。（臣伏读嘉靖六年诏令有曰：各处逃亡人户，抛弃故土，流离他方，皆因饥寒所逼，或钱粮负累，私债逼迫，情非得已。然安土乐业，岂无来归之愿？奈何有司不知存恤，听信该管里老，有复业者，就令认赔拖欠税粮，承当重大力役，逼迫无奈，只得复逃，田地经年荒芜，见在人户，愈加靠累。今后逃民有复业者，免除差徭三年，里长不许勾扰。其荒芜田地，无田小民，岂无愿开垦耕种者，亦因官吏里甲逼其认粮当差，不敢承种。有司即便出给告示晓谕，但系久荒田地，许诸人告官承种，亦免其差徭三年。三年之后，如果成熟，方才量纳轻粮。如有不遵，官吏里甲人等，一体治罪。各州县官有设法劝谕，招抚流民复业数多，及召人开垦承种荒白田数多者，俱作贤能官保荐擢用。钦此。是则处置周悉，陛下不惟有不忍人之心，又可谓有不忍人之政矣。今行之二十余年，而流亡日多，荒芜益广，其故何也？有司不能皆得其人，而迁转不常，监司无耑责，而考成不在于是，故德阻于下究，而民不被其泽也。臣愚以为宜）再乞选素有才望之臣，授之都御史之职，或按察司副使，重以专敕，使之专一往来其地，提督有司，凡招集流移，开垦荒芜，悉遵诏令施行。至于处给牛具种子，开浚水利等事，俱听便宜处置。三年之后，果有成效，量加俸给，而仍其职。事成然后报而论赏，则百姓知其有恃，而乐于承种复业；监司以是考成，而不至沮格废弛。（陛下仁心仁政，于是乎可以覆被于无穷矣。）臣尝读史，唐至中季，财用不足，乃以刘晏为转运使。方晏之初，天下见户不过二百万，其季年乃三百余万；岁入不过四百万缗，其季年乃千余万缗。夷考其法，则以为户口滋多，赋税自广，故其理财，一以爱民为先。诸道各置知院官，始见不稔之端，则预以状白使司，及期晏不待州县申请即奏行之，应民之急而不待其困弊流亡，故民得安其居业。由是观之，臣之所言，不特可以销患于未形，亦可以裕财于异日；不特一方之民命，实国家基本之深虑也。

大学士丘文庄公浚疏：臣（按人生莫不恋土，非且不得已，不肯舍而之他也。苟有可以延性命，度朝夕，孰肯捐家业，弃坟墓，扶老携幼，而为流浪之人哉！人而至此，无聊也甚矣。夫有土此有民，徒有土而无民，亦恶用是土为哉！是以）惟知治本者，恒于斯民平居完聚之时，豫为一旦流离之虑。必择守令，必宽赋役，必课农桑，汲汲然惟民食之为急，先水旱而为水旱之弊，未饥馑而为饥馑之储。（此无他，恐吾民一旦不幸无食，而至于流离也。夫蓄积多而备先具，则固无患矣。若夫不幸蓄积无素，虽有蓄积，而连岁荒歉，请之官无可发，劝之民无可贷，乞诸邻无可应，将视其民坐守枵腹以待毙乎？无不听其随处趁食以求生也。然是时也，赤地千里，青草不生，市肆无可籴之米，旅店无充饥之食。民之流者未必至所底止，而为途中之殍多矣。然则如之何□可？曰：国家）设若不幸而有连年之水旱，量其势必至饥馑，则又豫为之计。通行郡县，查考有无蓄积，于是量其远近多寡，或移民以就粟，或转粟以就民，或高时估以招商，或发官钱以市籴。不幸公私乏绝，计无所出，知民不免于必流，则亟达朝廷，豫申于会府，多遣官属，分送流甿，纵其所如，随处安插。所至之处，请官庾之见储，官为给散，不责其偿，借富民之余积，官为立券，估以时直。此处不足，又听之他。既有底止之所，苟足以自存，然后较其老壮强弱，老而弱者，留于所止之处，壮而强者，量给口粮，俾归故乡，官与之牛具种子，趁时耕作，以为嗣岁之计。待岁时可望，然后般挈以归。如此则民之流移者，有以护送之，使不至于溃散而失所，有以节制之，使不至于劫夺以生乱，又有以还定安集之，使彼之室家已破而复完，我之人民已散而复集。是虽所以恤民灾患，亦所以弭国祸乱也。（臣尝因是而论之，周宣王所以中兴者，以万民离散，不安其居，而能劳来还定安集之也。晋惠帝所以分崩离析者，以六郡荐饥，流民入于汉川者数万家，不能抚恤之，而有李特之首乱也。然则流民之关系亦不小哉！）今天下大势，南北异域。江以南地多山泽，所生之物，可食者众，而商贾通舟，贩易为易。其大江以北，若两淮，若山东，若河南，亦可通运。惟山西、陕右之地，皆是平原，古时运道，今皆湮塞，虽有河山，地气高寒，物生不多，一遇凶荒，所资者草叶木皮而已，所以其民尤易为流徙。为今之计，莫若特遣臣僚，寻商于入关之旧路，按河船入渭之故道，若岁运常数有余，分江南漕运之余以助之，一遇荒歉，舟漕陆輂以往，是皆先事之备，有备则无患矣。盖此二藩，非他处比，是乃近边之地，所谓保障茧丝，二者皆有赖者焉，尤不可不尽其心。

寺丞兼御史钟化民疏：臣每至粥厂，流民告称，一向在外乞食，（离乡背井，日夜悲啼，）今蒙朝廷赈济，情愿归家，但无路费，又恐沿途饿死。臣（体皇上爱民无已之心，行开封等府州县，）查流民愿归者，量地远近，资给路费，仍与印信小票一张，内开流民某人，系某州县人，愿得归农，所过州县给银三分，以为路费，执票到本县，补给赈银，务令复业。（据祥符等县申报，共给过流移男妇二万三千二十五名口。《诗》曰：鸿雁于飞，集于中泽。又曰：虽则劬劳，其究安宅。夫流移之未复也，招抚之难；流移之既复也，安定之难。彼室庐尽坏，鸿雁难栖，所谓其究安宅者，竟何如耶？必引养引恬，置之衽席之上，而后即安也。）

户部覆山东抚按疏：（有土所以有财。今）东方异灾之后，（十室九空，幸而赈救多方，招抚备至，死徙之余，渐有首丘之望。十年生息，）全赖拊循，（昔富弼知青州，河北、京东大水，流民就食者，劝所部出粟，益以官廪，得公私庐舍十余万区，散处其人。今流徙欲归者，犹欲都故国，旧燕新巢，为力尚易，有司宜尽心存恤。）其有田无力者，官以籽种借给布艺；其无田者，宜激劝富民，受耕授室。有司时减驺御，循行阡陌。其都图村里，有义民富户安置得所，成居成聚者，即与申明，例给冠带，以示竞劝。而又为之立保甲、严守望、省力役，使变故不生，耕作无扰可也。

山东督理荒政御史过庭训疏：（臣自入境之初，）窃念招抚流移，为荒政之第一要务。臣即移檄徐淮、河间等处，（大约谓本院奉敕督理荒政，一念惓惓，惟欲弘宣圣天子之德意，使尔被灾小民，各保其生命，相安于故土而已。近据各处之申报，皆谓东省灾民，纷纷就食于他乡，而河间、淮徐等处，尤为最多。本院心切怜之。夫我实有民，而令其就食他乡，且河间、淮徐等处，亦系被灾之地，尔民不难舍此而就彼者，止缘饥寒之苦迫于前，催征之苦又迫于后，计无所出，万不得已，而轻去其乡耳。虽灾祲之重大使然，而有司之贤不肖，亦从可概见。然尔等宁为离乡背井之民，不为作奸坏法之民，则又尔等本来之良心，不为垂危而顿易者。今圣天子方普施赈济，而有司亦斤斤奉行惟谨。钱粮概不催征，词讼概不准理，各处设有粥厂，而不愿食粥者，查果贫难，又各量助其耕作之费。倘有奉行无法者，本院又不时参处，则东土又为尔民之乐土矣。凡尔流移之民，原系山东六府地方者，幸翻然省悟，各自还乡，且连日得雨，六府皆有二麦之望，又尔民所习闻也。如以千里间关，乞食无门，则当）令明开籍贯，于彼处地方起一印信公文，许其沿途就食粥厂。如入东省地方，而有司或有以隔县不容食一二日之粥者，许赴道府申告。（三春渐毕，农事可兴，二麦有望，秋成亦不远，尔民早自为计。乡里亲知，祖宗坟墓，尔民宁终忍弃而不顾乎？慎勿执迷不悟，生为离乡之流民，死作他乡之饿鬼也。）所在居民，如有弟男子侄，亲戚故旧，逃移在外者，查访得实，蚤通音信，转相传示，令其速归。至流民之仍归故土者，该地方查明籍贯，一体稍助其耕种之费，仍于赈济银米内动支。（将流民归籍姓名，与赈过银米数目，造册类报。此实臣之酌量时势，揣摩情形，通行之省直，遍挂之城市，以晓谕流民者。臣窃谓流徙不常之民，但可招之使归，不能强之使必归；但无驱之使去，亦难禁之使不去。强之必归，而仍无以慰其愿，终难留之使不去；禁之不去，而苟无以安其生，不为沟中之饿鬼，必为劫掠之乱民矣。总之，出死而就生，固人情之所必然；乐宽而惮苛，犹流民之所深计。苦于无以为生，更苦于无以为税，本年暂尔停征，他年必至重征，灾民虑此至熟矣。故臣之晓谕流民，首以钱粮概不催征为言，而数日以内，通省地方，多以流民复业，求广赈银申请者。或此茕茕他徙之民，亦信臣言之不虚也。近据计臣覆疏，四十三年之钱粮，亦既以尽数蠲免，乞恩于皇上，恐四十三年以前者，即使本年有秋，势亦断难追比矣。）然臣更有说焉。盖前此之积逋尽蠲，则灾民之已去者，即难必其尽归，而灾民之见在者，可保其不去。蠲租之诏令一下，则已往之京边，不无待于区处，而将来之国课，尚可望其再征。不然，去者必不来，而来者仍复去，将陇亩尽成荒区（而赋税何所处办？日后事体，恐更烦庙堂之忧矣。莫谓臣今日不言也。）矣。

拊流之议

宋富文忠公弼议：当司昨为河北遭水，失业流民，拥并过河南，于京东青、缁、潍、登、莱五州丰熟处，逐处散在城郭乡村不少。当司虽已诸般擘画，采取事件，指挥逐州官吏多方安泊，存恤救济施行。本使体量，尚恐流民失所，寻出给告谕文字，送逐州给散诸县令逐耆长，将告谕指挥乡村等第人户并客户，依所定石斗，出办米豆。数内近州县镇，只于城郭内送纳；其去州县镇城远处，只于逐耆令耆长置历受纳。于逐耆第一等人户处，图那房屋盛贮，收附封锁，施行去讫。自后据逐州申报，已告谕到斛米数目，受纳各有差第。今体量得饥饿死损，须至令上项五州，一例于正月一日，委官分头支散上件劝谕到斛米救饥民者。

一、请本州才候牒到，立便酌量逐县耆分多少差官，每一官令专十耆，或五七耆。据耆分合用员数，除逐县正官外，请于见任并前资寄居及文学、助教、长史等官员内，须自拣择有行止清廉，干当得事，不作过犯官员，仍勘会所差官员本贯，将县分交互差委支散，免致所居县分，亲故颜情，不肯尽公。及将封至贴牒书，填定官员职位姓名、所管耆分去处，给与逐官收执，火急发遣往差定县分，计会县司，画时将在县收到臧罚钱或头子钱，并检处远年不用故纸卖钱，收买小纸，依封去式样字号，空歇雕造印板，酌量流民多少，宽剩出给印押历子头，各于历子后粘连空纸三两张。便令差定官员，令本县约度逐耆流民家数，分擘历子，与所差定官员，便令亲自收执，分头下乡，勒耆壮引领，排门检点，抄劄流民。每见流民，逐家尽底唤出，本家骨肉数目，当面审问的实人口，填定姓名口数，逐家便各给历子一道收执，照证准备请领米豆。即不差委公人、耆壮抄劄，别致作弊虚伪，重叠清却历子。

一、指挥差委官抄劄给历子时，仔细点检逐处流民。如内有虽是流民，见今已与人家作客锄田养种，及有钱本机织贩舂诸般买卖，图运过日，不致失所人，更不得一例抄劄姓名，给与历子，请领豆米。

一、应有流民老小羸疲，全然单寒，及孤独之人，只是寻讨乞丐，安泊居止不然等人，委所差官员擘画，归著耆分或神庙寺院安泊，亦便出给历子，令请米豆。不得谓见难为拘管，辄敢遗弃，却致抛掷死损。请提举官常切觉察。

一、应系土官贫穷年老，残患孤独，见求乞贫子等，仰抄劄流民官员，躬亲检点，如别不是虚伪，亦各依历子，令依此请领米豆。

一、指挥差委官员，须是于十二月二十五日已前，抄劄集定流民家口数，给散历子了当，须管自皇祐元年正月一日起首，一齐支给，不得施延有误。至日支散，不得日数前后不齐。

一、流民所支米豆，十五岁以上，每人日支一升；十五岁以下，每日给五合；五岁以下男女，不在支给。仍历子头上分明细算定一家口数、合请米豆都数，逐旋依都数支给，所贵更不临时旋计者。

一、缘已就门抄劄，见流民逐家口数及岁数，则支散日更不令全家到来，只每家一名，亲执历子请领。

一、逐官如管十耆，即每日支两耆，逐耆并支五日口食。候五日支遍十耆，即却从头支散。所贵逐耆每日有官员躬亲支散。如管五七耆者，即将耆分大者，每日散支一耆，其分小者，每日支散两耆，亦须每日一次支遍，逐次并支五日口食。仍须先有村庄剩出晓示，及令本耆壮丁四散各报流民指定支散日分去处，分明开说甚字号耆分。仍仰差去官员，须自及早亲自先开所支斛斗去处，等候流民到来，逐旋支散。才候支绝一耆，速往下次合支耆分。不得自作违慢，拖延过时，别致流民归家迟晚，道途冻露。

一、指挥差管官员，相度逐处受纳下米豆，如内有在耆分遥远第一等户人家收附，恐流民所去请令遥远，即勒耆壮量事图那车乘，般赴本耆地分中心稳便人家房屋内收附，就彼便行支散。贵要一耆之内，流民尽得就近请领。

一、指挥所差官员，除抄劄籍定给散流民外，如有逐旋新到流民，并须官员亲到审问，仔细点检本家的实口数，安泊去处。如委不是重叠虚伪，立便给与历子，据所到口分起请。如有已得历子流民起移，仰居停主人画时令流民将元给历子，于监散官员毁抹。若是不来申报，及称带却历子，并仰量行科决，不得卤莽重叠给印历子，亦不得阻滞流民。

一、逐耆尽各均匀纳下斛斗，切虑流民于逐耆安泊不均，仰县司勘会，据流民多处耆分，酌量人数发遣，趱并于少处耆分安泊，令逐耆均匀支散救济。若是流民安泊处稳便，不愿起移，即趱并别耆斛斗，就便支俵。不得抑勒流民，须令起移。

一、州县镇城郭内流民，若差委本处见任官员，亦先且躬亲排门抄劄逐户家口数，依此给与历子，每一度并支五日米豆。候食尽，挨排日分，接续支给米豆，一般施行。

一、逐州除逐处监散官员，仍请委通判，或选差请干职官一员，住本州界内，往来都大提举。诸县支散米豆官吏，仍点检逐耆元纳，并逐官支散文历，一依逐件钤束指挥施行。仍亲到所支散米豆处，仔细体问流民，所请米豆委的均济，别无漏落。如有官员弛慢，不切用心，信纵手下公人作弊，减刻流民，合请米豆不得均济，即密具事由申报本州，别选差官充替讫，申当司不得盖庇。

一、所支斛斗，如州县内支绝已纳到告谕斛斗，外有未推到数目，便且于省仓斛斗内，权时借支。据见欠斛斗，如未足处，亦逐旋请紧切催促，不得阙绝支散，闪误流民。

一、每官一员，在县摘道手分斗子各一名，随行干当，仍给升斗各一支，仍差本县公人三两人当直。如在县公人数少，即权差壮丁，亦不得过三人。

一、所差官员，除见任官外，应系权差请官，如手下干当人，并耆壮等，及流民内有作过者，本官不得一面区分，具事由押送本县勘断施行。

一、权差官每月于前项臧罚钱内，支给食直钱五贯文。见任官不得一列支给。

一、权差官已有当司封去贴牒。若差见任官员，即请本州出给文示干当，其赏罚一依当司封去权差官贴牒内事理施行。

一、才候起支，当司必然别州差官，遍诣逐州逐县逐耆点检。如有一事一件违慢，本州承牒手分并县司官吏，必然勘罪严断，的不虚行指挥。

一、逐州县镇候差定官员，将印行指挥画一抄劄一本，付逐官收执，照会施行。

一、勘会二麦将熟，诸处流民，尽欲归乡，寻指挥逐州并监散官员，将见今籍定流民，据每人合请米豆数目，自五月初一日，算至五月终，一并支与流民充路粮，令各任便归乡。

一、指挥出榜青、淄等州河口晓示。与免流民税渡钱，仍不得邀难住滞。

一、指挥青、淄等州，晓示道店，不得要流民房宿钱事。（富郑公之救荒，诚千古良法，故其疏议皆一字不删。）

（救荒无奇策，为赈贵早，为法贵肃，为制贵条次有序。惟文忠公法，出于一片至诚，能使人人尽力，所以为难。公自言胜二十四考中书，所快于心者远矣。）

富文忠公弼又谕：右请当职官员体认，见今流移饥民至处，立便叮咛指挥诸县官，火急行遣，遍于乡村道店村疃内，分明粉壁晓示。应系流移饥民等，除人户墓园，桑枣果园，及应系耕种地内诸般树，不得采取斫伐外，其近外远去处泊野山林内，柴薪草木橡子，并沿河蒲苇、芰打捕鱼，诸般养活流民等事件，不拘系官系私，有主地分，自随流民诸般采取，养活骨肉。其耆壮地主，并不得辄有约拦阻障。如违，仰逐地方耆壮具地主姓名，解押送官，严行断遣。若耆壮通同拦障，并仰流民于近便县镇官员处，出头陈告，立便追捉，重行勘断。申当司所有前项事件，盖为应急救济流移饥民，才候向去丰熟日，即依旧施行。

（原稿眉注：入拊流议。）南京户部尚书高弘图议：输银粟用以赈其土著饥民，犹恐不能遍，势不得不坐视流移者之死亡于我土地也。有策于此，除输粟一百石以上、银一百两以上者，谓之大赈。既从十月初一日开厂煮粥，远乡者给粟讫，今将十一月矣，所见流莩渐多，冻雨在途，合无普行劝募，名曰小赈。大赈专以赈土著，小赈则专以赈流民。合置流民号簿一扇，簿分鳏、寡、孤、残四柱。鳏一号至十号、百号，断篾为牌，填写流民鳏字第一号，用麻索牵系，令饥民佩之。寡、孤、残三号仿此。今拟十一月初一日为始，预将流来饥民集在一处，共得七百余人，审其来历，详其面痣，汰其十分之三，随用注簿，请为之沿门募粥。每门以贴养五号为率，多不过十号而止，虽一二号亦无不可，愿少者不强以多，不愿者不强以必从其事，一如浮屠家募化檀越，随心而已，不问其力。又当以本日所集之数为额，自派后有续至者，即系额外，难以再收，惟听额内有死损之人，许以续至者补其死损之缺。各门将所贴养之人日施粥一餐，遇大风雪则加一餐，夜须为之安厝荐铺，死则为之深瘗，免致犬豕所残，此之谓小赈。倘流来无穷，门施不足，则收于大赈厂内。如此虽千百流来，零星认去，各有安插，其饿死者必少，而诸能举火之家，亦可安枕无夜窃之虞。虽曰小赈，实赈之大者也。

州守俞汝为议：流民什百成群，百千成党，所过村市州县，蚁聚蜂屯，（望烟投止，沿门借栖，或佣赁，或行乞，或樵山渔水以食，病虐传染，死恶秽闻。）百姓患苦之如蟊贼。然官司下令驱逐，闾闬拒莫能容，愤激成哄，黠者出为统率，以相扞御，于是有揭竿相向者，有肆行劫掠者（，地方敌视之如寇仇。然狂悖一逞，犴法何所不至？此辈本以逃死，旋入死路中。有知本分者，欲归不得，欲脱无门，恸哭道旁，莫可谁何?）。间遇良有司及村市慕义之人，设聚钱谷善遣之，俾令出境，一方复靖，他方复然。官司习闻暴悍，但知流民之为患，不念人情安土重迁，一旦捐田庐，弃坟墓，（皆离亲戚，携父母妻子，冒犯霜露，）仰面他乡，万非得已（，何忍至此？往待罪沁州，沁荐饥后，里甲逃亡几半。询之田庐固在也，田荒无收，粮欠无偿，衣食罔资，牛种亦尽，遂相率趋成熟处，如流水之不可遏。辛丑腊月抵沁，壬寅大）。予昔初抵沁州，即揭示蠲免一切旧逋，并令里甲见存者传谕四方，招还其亲戚故旧，稍得设储谷种待之。百姓携老幼投归收籍，无日无之。（自夏徂秋，计得二千余人。）前此官司第知粮银拖欠，非州郡所得释去，不悟民散，等一无追，与释逋同。与其听民之逃亡以免，弗若招来之，犹有日后新粮可征（，于国为捐虚数而收实利。时巡按御史汪以时、巡抚都御史白希绣咸报可，御史特下其议所司，行之三晋）。乃知抚流民之法，当从土著处招安，视所在安插，尤易为力也。

山东巡抚李长庚议：照得济北一带，（罹灾重大，）小民逃徙。（本院先经行文各属招抚去后，闻复业者固有，而未回者尚多，）合（再）设法招抚。（为此牌，仰本司道府官吏，照牌事理，即便通行六府，每府）须选委州县贤能佐领官二三员，先开其职名报院，各委令于冲要大路，分头查勘。凡遇有流移贫民，即传两院已经出示缓征，开仓给种。又差官往丰收处收籴杂粮平粜，劝令回籍种麦，毋致自误。其有贫苦难归者，查其籍贯，填给一印票，每人量给路费银三四分不等，即于事例及堪动银内支销。仍通行经过州县驿递验票，一体给与口粮，递送归家安业，趁时种麦，听候朝廷赈恤。（其北直流民来集境内，一体劝谕使归，贫难无力者，一体给与口粮，毋分彼此。各州县官职司民牧与承委各官，安抚有方，斯为良吏，定与上考；举行无实者，定行参处。事完该府将招过流民姓名，并动用钱粮数目，册报本院查考，仍出简明告示，俾令道知。文到星速申饬遵行。）

文学浦龙渊议：窃自封建既废，便隐然成一流民世界矣。夫世其土，子其民，则视其国如一家，虽有不肖，犹欲为子孙之计。三四年一迁，或五六年一迁，则以其官传舍，虽有贤者，终其任则已矣，遑恤我后哉！故三代之后，安民之道，惟以久任良吏为差胜也。如或不然，则民之不安于其土者多矣。遇歉而流，谁复止之？（夫以土著视流民，虽有主客之异，而自有天下者视之，则皆吾赤子也。又其艰苦更甚，惨戚更深，则其轸之宜更切。守土之官，其可漫为驱逐，而不思所以善待之乎?）故三代以后，救荒之法，比三代之世为尤难。何也？多一待流民之事也。既欲息之，又欲遣之，息则饲之，遣则资之。甚者因其所聚，遂徙而郡县之。天子不得惜费，有司不得辞劳，虽以三代之所难，而后世不得不勉为之者，何也？畏其莫为生全，而一旦自为生全之计也。然世皆知其难，而不思反求其易，沿流而下，势将安底？各复其本，生理自优。若予之以可怀，示之以无苦，则民有老死不去故乡矣。是以青州之法，南丰之议，至今伟之，而愚尤取温公之论，以为独得其本云。

宏济之十二　招佃

谕无　例一　诏无　案无　疏无　议二

江以北一经流徙，地即抛荒。未流徙者，欲行承佃，恐原主之执争。已流徙者，欲行复业，恐钱粮之为累。于是未流徙者亦轻去，已流徙者永无归矣。膏腴之地，亦成脱瓯。虽天假以时，地假以利，而耕种无人，竟绝丰登之望。二东之招佃，为心良苦，于法甚备矣。辑招佃第十二。(招佃与垦田相类，但彼以开田为主，此以拊流为主。)

招佃之例

嘉靖十三年题准，各处但有抛荒堪种之地，听流移小民，或附近军民耕种，照例免税三年。官给牛具种子，不许科扰。如地主见其开种成熟，复业争种者，许赴官告明，量拨三分之一给主，二分仍听开荒之人承种，各照亩纳粮，十年之上，方行均分。敢有恃强夺占者，官司问罪枷号。

招佃之议

山东督理荒政御史过庭训议：照得东民困迫灾伤，流移强半，所在地土，率多荒芜。业经本院通行该省，查有田有土之贫丁，量与官银，稍助牛种，或借或给，随地酌行矣。至于无主之地，居民虽逃，而粮额犹存，附近之民，又不敢佃种，似不容不亟为酌处也。宜将见在地土，逐一查明，有主而果不能耕者，悉照原行供给。如逃亡之民，原有亲族者，责令代为之耕，日后原主复业，准与均分。即有亲族而贫不能耕者，亦不妨查照原行事理，一体酌量借给。若既无原主，又无亲族者，州县印官招主认领，不拘土著流寓，给与印票，暂免钱粮，听其耕种。原主回籍，亦准均分，永为己业。若无主认领，印官亦须多方设法，或谕令地方乡约，或雇募附近乡民，亦照原行量给牛种，尽行耕种。俟至成熟，听其收获，照亩量完粮课。两年后，原主不归识认者，官为给照，作为永业，不许他人告扰。

山东巡抚李长庚议：照得省属频年灾沴逃亡，以至野多旷土。若不设法开垦，以示招徕，则民困课逋。(合行所属)须州县掌印官亲自履亩踏勘，见有新旧荒田各若干顷亩，召令开垦。如无牛种者，查有仓库堪动银谷，申请支给。如系有主新逃者，本主回日，收获之谷，听耕者收用，牛还于官，田还于主。其无主者，给印票执照，每年每亩纳谷三升。俟三年成熟，照田起科，永为己业。但要里长户投呈递甘结，及造四址，候收成之日，委官照册开四址查验明白，方准开销。毋得凭信下人，虚开妄报，以致有地亩而实无钱粮，指牛种而开销银谷，种种情弊，则今日之开垦，非徒无益而反害之矣。(目今按院行委各道亲勘灾荒，正可一举便勘，尤为救时实政。事完之日，州县官招抚多人，开垦得实者，本院照例提荐，其有慢不经心，定行参)

宏济之十三　给米

谕无　例五　诏一　案四　疏一　议五

给米之便于煮粥也，小议业已极言之。然必饥口确核而后可给，否则虞其冒滥矣；亦必米数有余而后可给，否则虞其匮竭矣。募米既足，核饥无欺。予两年行此于城乡，罔不称便。若次崖之法，更为详焉，遵之宜永无弊也已。辑给米第十三。

给米之例

（洪武十八年，令天下有司，凡遇岁饥，先发仓廪赈贷，然后具奏。）

洪武二十七年，定灾伤去处散粮则例：大口六斗，小口三斗，五岁以下不与。

永乐二年，定苏、松等府水渰去处给米则例：每大口米一斗，六岁至十四岁六升，五岁以下不与。每户有大口十口以上者，止与一石。其不系全灾，内有缺食者，原定借米则例，一口借米一斗，二口至五口二斗，六口至八口三斗，九口至十口以上者四斗，候秋成抵斗还官。

弘治二年，议准顺天、河间、永平等府水渰死人口之家，量给米二石；漂流房屋头畜之家，给与一石。

嘉靖五年（丙戌春正月甲申朔），诏给食京师饥民。时饥民多，乃命养济院月给米，蜡烛、旗竿二寺，日给食，以惠贫民。

嘉靖八年，题准各灾伤地方，守巡官查审流民，大口给谷二三斗，小口一二斗，令各速还原籍。

给米之诏

宋英宗嘉祐四年，诏改隶司农寺，州选官二人，主出纳。岁十月，则遣官验视，应受米者，书其名于籍，自十一月始，三日一给米，人一升，幼者半之，次年二月止。有余乃及诸县，量其大小而均给之。

给米之案

赵抃视事吴越。熙宁八年，吴越大旱，州县吏录民之孤老疾弱、不能自食二万一千九百余人。以故事，岁廪穷人，当给粟三千石而止。及简富人所输，及僧道士食之羡者，得粟四万八千余石，佐其费使，自十月朔日，人受粟日一升，幼小者半之。忧其众相蹂也，使受粟男女异日，而人受二日之食。忧其且流亡也，于城市郊野为给粟之所五十有七，使各以便受之，而告以去其家者勿给。（计官为不足用也，取吏之不在职而寓于境者，给其食而任以事。告富人无得闭籴。又为出官粟，得五万二千余石，平其价予民。为粜粟之所，凡十有八，使籴者自便如受粟。又僦民修城四千一百人，为工三万八千，计其佣，与粟再倍之。民取息钱者，告富人纵予之，而待熟，官为责其偿。弃男女者，使人得收养之。明年春，人疫病，为病坊处疾病之无归者，募僧二人，属以视衣药饮食，令无失时。凡死者，使往处收瘗之。）法廪穷人，尽三月当止，是岁五月而止。事有非便文者，抃一以自任，不以累其属。有上请者，或便宜多辄行，事无巨细必躬亲，给病者药食，多出私钱。民得免于转死，得无失敛埋者，皆抃力也。

宋真宗咸平五年，遣中使诣雄、霸、瀛、莫等州，为粥以赈饥民。两浙提刑钟离瑾言，百姓阙食，官设糜粥，民竞赴之，有妨农事。请下转运司量出米赈济，家得一斗。从之。

黄简肃公珂初为湖广龙阳令。（龙阳民赀窳，亡厚积，公闵闵于怀。凡赋役有关利病者，皆以渐罢行之。）会岁大祲，民困。公请于当道，蠲常赋三之二；复请发公帑，分籴米粟以赈之。严立程式，以里之远近为限，人各粟一斛，米半之。至即给与，无时刻稽留。如是者三月。其泽薮所有鱼虾蓼芦之属，听民自取，公私无所禁，民是以免死徙。（珂雅意学校庙宇堂斋，恒为缮葺。躬课诸生，授以作文，矩矱力学而有贫者，量给薪米纸笔之费，以督其成。时或循行田野，察民勤惰，有劬于耕织者，加赏劳。间夜出坊市，酗酒作恶者，察识其人，晨则系之，置于法。人皆畏而爱之。）

（救荒妙在严立程限，又妙在至即给与，无时刻稽留。然只此二事，便已不易。）

万历十五年，中州饥。时衷贞吉巡抚其地，见河北诸郡及他省流寓者甚众，因命所司查勘，每大口给粟二斗，小口五升，活二万余人。愿回籍者，计程人给粟二升。又移檄本郡邑计口赈之，有地者量给种。一时复业者三千余口。

给米之疏

（曰极贫之民便赈米者。臣按宋富弼青州赈济流民，所支米豆，十五岁以上，每口日支一升；十五岁以下，每口日支五合。仍历子头上，分明算定一家口数。一官如管十耆，即每日支两耆，逐耆并支五日口食。河北流民，赖以存活五十余万人。此荒政之最善，古今所称。）副使林希元疏：给米之法，近时官司赈济，多有用之（而专赈米者。然）。以臣（观之）愚见，若次贫稍贫人户，家道颇过，不幸而际凶歉之年，生理虽艰，犹未至悬命朝夕。且其力能营运，不至束手待毙，使其终日敝敝而守升合之米，彼固有所不屑者。且欲食之民，略无涯限，仓廪之米，岂能尽济？惟夫极贫之民，室如悬磬，命在朝夕，给之以米，则免彼此交易之艰、抑勒亏折之患，可济目前死亡之急，此其所以便也。其法大口日支一升，小口半之，八口之家，四口给米，四口之家，二口给米。非不欲尽给之也，民无穷而米有限，穷饿之民日得米半升，亦可以存活矣。随饥口多寡，不分流移土著，合就乡集立厂，每厂赈济官给与长条小印，上刻某厂极贫饥民，以油和墨印志于脸，每人给与花阑小票，上书年貌住址，如系一家，即同一票，五日一次，赴厂验票支米。十人为甲，甲有长，五甲为群，群有老。每甲一小旗，旗上挂牌，牌书十人姓名，甲长执之。每群一大旗，旗上挂牌，牌书五甲姓名，群老执之，群以千字文给号。当给之日，俱限巳时，群老甲长各执旗牌，领率所属饥民，挨次唱名给散。每口一支五升，每甲五斗，每群二石五斗。群甲之粮，只给长老，使之给散。必印脸验票者，防其伪也。必群分旗引者，防其乱也。必一时支给者，防其重叠也。必总领细分者，省其繁且迟也。每厂给与印信文簿，将饥口支粮数目，逐一造报，以凭稽考；仍给升一、五升斗一、五斗斛一，当官印烙，发付应用。其发米下船，如不系沿流及产米去处，难于搬运，则散银各厂官耆，令就本乡富户，照依时价籴买。或本乡富民粟尽，可令饥民远近就有粟去处，一顿关支，亦移民就粟之意也。

给米之议

大参王士性议：赈之不沾实惠者，非独诡名冒领。即赈矣，里甲一召，四乡云集，由其居错犬牙，一动百动故也。及至城市，动淹旬日，得不偿失，遂弃而归，此谷皆为里长歇家有耳。今（既）议照保甲可以随方定期，如初一日开仓，则初一日出示，初三日赈东方灾民，仰天字号、地字号若干方保甲，带领应赈人赴县，余方不许预动。初四日赈西方亦如之，南北亦然。如东方至者，又视其远近，以为次第，庶无积日空回之弊。然若（不立赈法）临赈无法，则强壮先得，孱弱空手，甚至病瘠者且践踏而死矣。当令各村保饥民，随地远近，各定立某处聚齐，弗混先后，每一村保，用蓝旗一竿先引，次用大牌一面，即照册书各姓名于上，要以军法巡行，保正副领各细户执门首原票，鱼贯从左而入，交票于官，官验毕，佥几斗几升字样于票，执之向廒口领谷。一村保毕，堂上鸣锣一声，仍执旗牌从右引出。听锣声则左者复入，庶无混乱。出者仍令原人押送关外，贫民不许在街停留，富民不许邀截讨债。再差探马于近城一二十里外，不时查访，违者即枷号游示，以警其余。

嵊令邓潘〔藩〕锡议：给散之期，先一日将饥户列名张榜，捱察正身给票。应赈富户，按数运米至公所，听司赈验票唱名，次递分给。其乡都隔远，助谷至二十石以上者，搬运不易，听司赈酌派附近饥民，给票往彼家，照数而给。但不许发赈之家，扣克短少。赈户饥民，各都多寡不齐，或此都待哺多，而赈资不足，或彼都殷实繁，而余润可推，则通融周济。四境之内，无容秦越，是在综理者临时权议。

文学张弘议：凡赈贷，皆议本色，不议折色。非但不任商贩，亦虑多销算耗折也。自本户亲登印册后，皆令如期运米赴公所，亲同给散。故虽明日有数千人待籴待赈，今日不必粒米登场，止凭寸纸传呼，而担负接踵，不失期会，人皆餍足。

文学张陛议：

一、聚米法。城市尚多米，自昌言减价，则米皆拥闭不出，故古人有增价以召商者。陛输金輓粟，有市侩言某铺户藏米多多，许以官檄致之，必得贱价。陛谓既行善事，复苦一铺户，于心何安？遂誓众曰：但毋遏籴石米，愿羡市价伍分。于是牙家辐辏，集米计千有余石，赈事遂办。

一、踏勘法。初谓查沿门册，则无遗屋，查十家牌，则无遗民。孰知穷街僻巷，屋不入间架，民不入保甲者，如蜂房蚁垤焉。故曲巷之中，虽二三破户，陛必步履亲到，携一印札，呼邻里细讯之。不能举火者，谓之赤贫；稍能自食而蓄积不多及生齿繁盛者，谓之次贫。赤贫者以斗计，次贫者以升计，面书米数，纳期给米。

一、优恤法。呼蹴之与，诚为乞人不屑，骄盈之气，尤使贫惫难堪。踏勘之时，毋多携仆从，毋乘坐舆马，使乡里睥睨，贫人引避。陛凡至一里，必邀其耆宿，卑心下气，逐户查讯，务得其情。有故家寒士，宁甘饿死，不肯告人者，侦得之，不敢入册，另以礼馈，使其可受。凡属饥户至门者，愉色和气，分给确当，毋许仆从呵叱，以避嗟来。（盖时至荒馑，仁人君子，恻然哀怜，全以忧关笃挚之念，使人人自饱。天道祸盈，以骄气出之，反成罪业矣。）

一、分别法。散米之日，勿杂僧道，辟左道也；勿杂乞丐，明贵贱也。僧道受之十方供养，其斋粮易办。乞丐有粥厂足以糊口，俟饥民完日，另作方便布施。然有数项决不入册者，娼优隶卒、牙门胥役、驵□市嚣、游惰酒徒、不孝不弟之辈也。

一、散米法。（口惠而实不至者，君子耻之。）凡米数升斗，宁逾其额，勿使短少。米必簸杨洁白，毋杂糠秕（，使贫人得受实惠）。凡散米之日，午上下分定坊数，人少地宽，既无蹂躏之患。贫户一到，验票查簿，照数给米。先发妇人童稚，次发老耄废疾，壮者少伫之，以明长幼男女之礼。领米者随给随散，既无停留，自少喧杂。（故陛家千人履阈，绝无蚊蚰之声达于户外。）

一、覆实法。向来赈济，止博虚名，蜂喧蝇嚷，团簇不开。强有力者，奔走攫夺，去而复来，老弱妇女，徒咽馋涎，恐遭蹂躏，门外望洋，赤手空去。陛既设法稽查给散，（井井有条，）复请县给官簿，升斗户口，纤悉毕书。散完城市，则报城市总数，散完乡村，则报乡村总数，册籍有名，既不敢指鹿为马，多寡有数，断不敢以羊易牛。（陛自矢愿天鉴知，若以虚名博人厚誉，则积福不如免祸矣。）

一、渐及法。痌瘝一体，非不愿洒雨空中，使遐迩立遍，但力既有限，势亦不能。今陛以次渐暨，繇家及族，繇族及邻，繇邻及里，繇里及城，繇城及垌，繇垌及乡，繇本县及邻县。得尺则尺，得寸则寸，止求实济，不贵速成。

祁彪佳曰：庚辰岁，越患霪雨，米价骤涌。当事者虽有赈粜之议，人情尚在观望间。张文学陛慨然首捐米五百余石，普赈两邑，义声载道，业闻之明廷，下玺书旌矣。乃其散给之法，又复井然如此，可为后世法也。故摘录之。

祁彪佳议：近来海内半荒，而东南之情形，与西北稍异。西北近多流移，无户籍之可稽，无处所之可定，故不得已惟有煮粥一法。东南则多土著也，恐食粥者冒炎触暑，守候搀拥，且炊煮无法，反生疾病，就食未便，仍复嗷嗷。今改为给米，使老幼妇女，残疾卧病之人，皆可计口受给，一便也。无炊煮之烦，设厂置器之费，二便也。无守候之劳，搀拥之弊，三便也。饥民片刻受给，仍可别作生理，不费时日，四便也。或一家数口，以受给之米，可通融朝夕，聊图一饱，五便也。核定真饥，给予印票，一家数口，止须一人候领，以票为主，不必辨人，六便也。有此六便，庶几得〔德〕普而惠周。乃难之者又曰：改煮粥为给米，恐物力之难继，恐拥求之难应。愚意即认粥之人，为给米之人，总是众擎易举。虽米较之粥，增一为二，而柴火器具，所省亦多，是不患物力之不继也。又即设粥之期，为领米之期，且户籍可稽，处所可定，虽欲分身冒领，计将安出？若流移乞丐，彼自能沿门求乞，何必给之？是不患拥求者之难应也。（〈庶〉几德普而惠周。邑父母已经给票各里，递于各乡村，劝议认派，汇呈本县裁定。）所有条款，开列于后：

一、每大村即立一给米处所，其四旁小村附之。以本村有缙绅着姓名者为大村，人烟稀少之处为小村。

一、给米自某月某日起，至某日止，须好义之人，各行派认。多者或十余日，少者数日，更少者两三人共一日，或力不能认，而任劝募几日。小村中有好义之家，即派认于大村日期内，务足此三月之期。本县即行填注告示，使饥民依期向本家受给，以免互相推诿。

一、每饥民一口，给米三合。每日各村，定于辰时，或三日一总给，或五日一总给，认给者先示一期，以免奔走伺候。

一、给米之家，必确查本村及所附小村饥民户口，真系鳏寡孤独、贫窘疾病者，方与登籍。仍先给领米票一纸，上书一户某人，妻某、子某、媳某、女某、孙某，共几口，每日应米几斗几升几合，后空三十日之期。如初一日给完，即于本日下填某家给讫字样，用本家图书钤印，此票即发还饥民，以便次期再领。一月已周，再发一票，三月已竟，收回原票。

一、所给之米，必须干洁，毋许短少。其饥民不许搀先拥挤，恃强求多。如违，听本家同里递总甲，公共诫谕。倘再不改，送官责治。

一、每大村县发与印簿一扇，各家将逐日给过饥民共若干口，米共若干石，完日同告示缴县，以凭甄别奖赏。仍将刊票亦钉一簿，一面给票，即一面登簿。姓名米数，簿票相同，票付饥民，簿送次期应给之家，听本县不时吊核。

一、向来首事者敛米总散，不无染指之疑。今是以止派日期，令贫民向出米之家，自给自领，给者易于见德，领者易于沾惠。

宏济之十四　散钱

谕二　例无　诏无　案一　疏一　议六

议赈者曰给米、曰散钱，或以钱之不如米，即可果腹也。然饼饵之市，亦足充饥。而次贫得钱，或资营运，是给米又不若散钱矣。要在乎酌势审时，以期实济。至于先时之防滥冒，临时之防拥候，后时之防要索，或钱或米，皆当加意者。辑散钱第十四。

散钱之谕

崇祯十三年（二月十四日），圣谕总理巡捕及五城御史：目今食物踊贵，京城内外，贫民甚多，求食无所，深轸朕念。兹发内库制钱，着陈应祥会同五城御史，在城外各寺庙分投赈济，每人给钱二百。务使穷民实沾恩惠，定限一月竣事具奏。若有委官吏胥，串通假冒侵克等弊，仍着缉事衙门即时拏参，定打一百棍，用一百五十斤枷枷号半年，仍行问罪。或有强壮欺凌攘夺的，还多方严禁。如内外文武各官，及商贾富民，愿捐银米赈济者听，仍分等旌奖。特谕。

崇祯十四年（六月初二日），圣谕各衙门：今幸甘霖渐降，稼穑西成可期，都下穷民，急宜散归生理，不可苟且目前，前已有旨。又念远地饥贫，及老稚残笃，无力还乡者，深轸朕念，着内库发钱锭，特遣司礼监秉笔太监王德化，督率员役，分投各粥厂给散，每人各钱一百五十文，毋使均沾实惠。大牌晓谕穷民，恪遵屡旨，还乡生理。再宣示朝廷德意，不许奸豪衙蠹侵克冒领，犯者即行拏究。散给须要得法，勿至拥挤抢夺等弊。事毕结总具奏。得雨地方，着各该抚按率有司措备牛种，多方招垦，俟有成效，即行荐举，违者指名纠参。特谕。

散钱之案

李珏知昆陵，（及郃□，将灾伤都分作四等抄劄。"仁"字系有产税物业之家；"义"字系中下户，虽有产税，灾伤实无所收之家；"礼"字系五等下户，及佃人之田，并薄有艺业，而饥荒难于求趁之人；"智"字系孤寡贫弱、疾废乞丐之人。除"仁"字不系赈救，"义"字赈粜，"礼"字半济半粜，"信"字全济，并给历计口如常法。惟）以赈济米预散榜文，十日一次，委官支给。又将义仓米，每日就城中多置场减价出粜，先救城内外之民，却以此钱纽价，计口逐月一顿支给，以济村落之民。（非惟深山穷谷，皆沾实惠，且免减窃拌和之弊。一物两用，其利甚博。）或谓赈饥给钱，非法令所载。珏曰：此庸儒之论耳。村民得钱，非惟取赎农器，经理生业，以系其心，又可抽赎种子，收买杂斛，和野菜煮食，一日之粮，可化为数日之粮，岂不简便？

散钱之疏

副使林希元疏：（曰次贫之民便赈钱者。臣按董煟《救荒活民书》谓：支米最不便，弊病又多。不系沿流及产米去处，搬运脚费甚大。不如支钱最省便，更无伪滥之弊。小民将钱可以抽赎典过斛斗，或一斗米钱，可买二三斗杂料，以二三升伴和野菜煮食，则是二斗杂料，可供一家五七口数日之费。其说是矣。近专官司赈济，多有用之，而专赈银钱者。然）散赈之时，有谓赈米不如赈钱者。以臣观之，极贫之民，室如悬磬，命在朝夕，若与之钱米，未免求籴与富家，抑勒亏折，皆所必有。又交易退还，动稽时日，将有不得食而立毙者矣，可谓便乎？惟次贫之民，自身既有可赖而不甚急，得钱复可营运以继将来，此其所以便也。其法：八口之家，四口支钱；四口之家，二口支钱。每口所支，折银二钱。编群给票，亦准极贫，印志旗引，则不必用。支钱于穿钱绳索，系以钱铺散者姓名；支银于包银纸面，即誌银匠散者姓名。如有低伪消折，听其赴官陈告，坐以侵渔之罪。如是则法不生奸，而民蒙实惠矣。然块银细分，必有亏折。如银十两，散五十人，每人二钱，必亏五六七厘，此臣所经验也。要不若散钱为尤便，且贫民以银易钱，又有抑勒亏折之患也。

散钱之议

宋董煟议：赈济所以救饥者，多以支米为便。不知支米最为重费，弊倖又多。不系沿流及产米去处，般运极为费力，往往夫脚与米价相等。更有在路减窃拌和之弊。若是大荒年分，谷米绝无，民间艰食，不容不措置移运米斛。若不是十分荒歉，米斛流通，物价不踊，不如支钱最省便，更无伪滥之弊。小民将钱可以抽赎典过斛斗，或是一斗米钱，可买二斗杂斛，以三〔二〕三升拌和菜茹，煮以为食，则是二斗之杂斛，可供一家五七口数日之费。然恐纯于支钱，所委不得其人，亦有减克之弊。不若钱米兼支，实为两利。

董煟又议：赈济者，用义仓米，其法当及老幼残疾孤贫不能自存之人，使无告者免于夭亡，然亦不可止及城郭。或米不足，则近来州县，有义仓钱，当用此钱，广籴豆麦菽粟之类，同其赈给，或散钱与之。（□抄劄之际，须当革弊。臣亲见徽州婺源村落，赈济里正，先巡门抄劄，每家觅钱，无钱者不与抄名。逮至官司散米，皆陈腐沙土、不可食之物，得不偿失，极为可恨）。然全在施行委选得人。村落之间，又各委本土公正有望、为乡闾所信服者（不可信凭公人所举，须参寄居及土人贤者之论，庶人望稍服），仍先延见委谕之，因察其人物（不许子弟代名出官），时以杯酒虚礼激劝，使乐为效命。又须有术察其任私不职者，略责一二，以警其余。然此等设施，非可一概论，又在临机应变也。

章文懿懋议：赈赀若付里长分散，则其或散或不散，亦不能无弊。不若令里长叫来，验其人物饥瘦，衣服蓝缕，亲自给散，无为弊也。有欲令里长排定资次，责其彼此相识，以防诈冒，不若就依图眼资次面审，令其彼此相识。又欲以一县分作五日，亦恐难以定限。若事务忙冗，再加数日亦不妨。但恐厌其烦劳，而付之于人，则未免（如昨书所言，前官之）滋弊矣。

（刑部侍郎吕坤议：发（粥）赈之法，最莫轻行。饥民未必饿死之民，凶岁更防大凶之岁。积惯之）

寺丞兼御史钟化民（救荒法）议：垂死之人，既因粥厂以得生矣，稍顾惜体面者，以散银赒之。（公以）往常赈济，查审不真，致吏胥豪猾，因缘为奸。令各州县正官遍历乡村，唤集里长保约，公同查审。首重胥棍作奸，许诸人举首弊端，得实者重赏，冒破者抵罪。审果系极贫次贫，给与印信小票，上书极贫户某给银五钱，次贫户某给银三钱，鳏寡孤独则更加优恤。候正官下乡亲放，移官就民，毋劳民就官。分东西南北四乡，先示散期，以免奔走伺候。往时贫民领得银谷，里长豪恶每以宿逋肆行夺去，深为可恨。（公立法遍示，）今后犯者以劫论，出首者赏，人人得沾实惠。散银验发帑金，正官监凿，分付封上加印立册。每月期日分给，差廉能推官不时掣封秤验。候巡至本地，延见各色人等，如粥厂拾遗法，将所拆散银，原封开注。如有侵克，视轻重律处。

广西布政某公议：言赈者必以支米为便，不知米价高下不同，又城市与乡村不同。且溪山险阻，搬运烦难，纵使设法便民，而个中弊病，毕竟难免。不若与银自籴，则杂粒野蔬，皆可果腹。一日得两日之餐，一口受两口之赐，殊为简便。（古之人有行之者矣。）合移所属通查库银实在若干、动支若干，酌量以三分之一易换制钱，相兼搭放。附近城市，则中半关支；若穹远村落，则概与银钱。然亦听其自愿，有不愿者，仍准支给米谷。

祁彪佳议：辛巳岁，越中大荒。即一村镇之中，流移乞丐，死者日以五六人计。恻然怜之，亟拟赈救。但是时各村镇尚未设粥，若独设此处，不胜环拥。欲募米给之，而流移乞丐，无处炊煮。适市上有售买饼饵者，人得四五枚，便可济一日饥饿。予于是约吴期生昆仲同予兄弟认期散钱，凡三日一散，共十五期，给至四十五日。又虑逢期麕至，人多钱少，而店铺之日施，反因之以停罢。乃相订所散，或早一日，或迟一日，大要不出此三日之中，而搀挤遂少矣。散之期，于佛寺鸣钟，令乞施之人，先集殿宇，从内以出，人给十钱。妇女孩幼，别集一所，亦如此法，孩幼稍减之，妇女稍增之。每期乞施者几千人，滥者或有，（而）遗者（则）绝（少矣）[无]。

宏济之十五　善贷

谕无　例一　诏九　案六　疏三　议四

岁值灾祲，人民乏食，赈贷所不能已。然同一赈贷也，而预计与后时，其利病已天渊矣；总给与零发，其利病又已天渊矣。所以温公之意主于预，南丰之意主于总。如温公而预计，则民无流移之虞，如南丰而总给，则民无守候之苦。夫如是而朝廷之殊恩，在闾阎皆有实济。辑（赈）[善]贷第十五。

善贷之例

（此与官借相似，但内有赈者，故别为一则。）

成化二年（夏四月，命赈贷上元饥民），南京右佥都御史高明请发军储仓粮数万石，借与上元县贫民，候秋成还官。上命户部定议以闻。

善贷之诏

汉文帝后元二年，诏民贷种食未入、入未备者，皆赦之。

汉武帝元朔元年，诸逋贷在孝景后三年以前，皆勿收。

汉昭帝始元二年，诏所赈贷种食，勿收责。

汉宣帝元年，诏所赈贷勿收。又神爵元年，诏所赈贷物勿收。

汉元帝永光四年，诏所贷贫民勿收责。鸿嘉元年，诏逋贷未入者勿收。四年，逋贷勿收。

汉成帝河平四年，诏诸逋租赋所赈贷勿收。

宋太宗（太平兴国八年，以粟四万石赈同州饥。）淳化二年，诏永兴、凤翔、同、华、陕等州岁旱，以官仓粟贷之，人五斗，仍给复二年。

淳化五年，（命）诏直史馆陈尧叟等往宋、亳、陈、颍等州，出粟以贷饥民，每州五千石及万石，仍更不理纳。

宋神宗元丰元年，诏以滨、棣、沧州被水灾，令民第四等以下，立保贷，请常平粮有差，仍免出息。

宋孝宗隆兴三年，臣寮言，日前富家放贷，约米一斗，秋成还钱五百。其时米价既平，粜四斗始克偿之，农民岂不重困？诏应借贷米谷，只还本色，取利不过五分。

善贷之案

（此与官借相似，但贷而兼之以赈，故别为一类。）

宋祥符初，王旭知颍州。因岁饥，出廪钱贷民，约蚕熟，一千输一缣。其后李士衡行之陕西，民以为便。令行于天下，于岁首给之，谓之买绢。（或曰：预买始于旭也。）

祁承㸁曰：和买病民，新法之害。即贷钱偿缣，亦仅可荒岁偶以此为救饥则可。不然，缣日积而钱日空，后将何以应之？

宋英宗治平四年，河北旱，民流入京师。待制陈荐请以粜便司陈粟，贷民户二石。从之。

（原稿眉注：入善贷。）梅谏议挚通判苏州。初，二浙饥，官贷种食，已而督偿之甚急。挚上言，赈民所以为惠也，反扰民不便。因下其奏，他州悉得缓期偿之。

宋神宗熙宁二年，制置三司条例司请以常平、广惠仓见在斗斛，遇贵量减市价粜，遇贱量增市价籴。可通融转运司留税及钱斛，就便转易者，亦许兑换，仍以见钱依陕西青苗钱例，愿预给者听之，令随税纳斗斛，半为夏料，半为秋料。内有愿请本色，或纳时价贵，愿纳钱者，皆许从便。如遇灾伤，许展至次料丰熟日纳。非惟足以待凶荒之患，民既受贷，则兼并之家，不得将乘新陈不接，以邀倍息。又常平、广惠之物，收藏积滞，必待年凶物贵，然后出粜，所及不过城市游手之人。今通一路有无，贵发贱敛，以广蓄积，使农人得以趋时赴事，而兼并不得乘其急。凡以为民，而公家无所利其入，亦先王散惠兴利，以为耕敛补助之意也。欲量诸路钱谷多少，分遣官提举。自河北、京东、淮南三路，施行有绪，乃推之诸路。其广惠仓除量留给老疾贫穷人外，余并用常平转移法。并从之。

宋马端临曰：按青苗钱所以为人害者三，曰征钱也，取息也，抑配也。今观条例司所请，曰随租纳斗斛，如以价贵，愿纳钱者听，则未常专欲征钱也；曰凡以为民，公家无利其入，则未常取息也；曰愿给者听，则未常抑配也。盍（原注："盍"字当"盖"字）建请之初，姑为此美言，以惑上听，而厌众论，而施行之际，实则不然也。

祁彪佳曰：此贷之不尽善者，以备观览，庶为出贷之戒。

宋熙宁七年，知河东折克柔奏，今岁河外饥馑，虽蒙赈贷，尚未周给，人欲流散，以求生路。恐北虏因而招诱，遂虚立并边民户。臣乞保借米三万石、粟二万石赈贷，丰熟令偿。诏赐省仓粟二万石、赈济米三万石赈贷。

赵令良于宋兴隆中帅绍兴。流民聚城郭待赈，死者不可胜计。通判王怡孙建策云，今尽常平、义仓之米赈之，至来年麦熟止，恐无以为继。况旬给斗升之米，官不胜其劳，民不胜其病。莫若计其地理远近，口数多寡，人给两月之粮，令归治本业，不犹愈于城郭待升斗之给，因饿而死乎？赵行其言，委管抄劄，给粮以遣之。不旬日间，城中无一死人，全活甚众。

祁承㸁曰：此即曾南丰之遗意。升斗岂能久活？给粮归业，旨哉别驾之策。

宋理宗淳祐十二年，徐清叟奏：水退之后，贫民无以为生，亦有自经沟渎者。闻帅臣陈昉发楮三十万，漕臣饶虎臣发楮五十万、米五千石以赈之，乞与除豁，使知圣旨。上欣然从之。其后蠲九都苗米凡二十二万五千八百七十余石有奇。

善贷之疏

宋（门下侍郎）司马温公疏：臣惟乡村人户，播植百谷，种艺桑麻，乃天下衣食之源，比于余民，尤宜存恤。（凡人情恋土，各愿安居。苟非无以自存，岂愿流移他境？国家若于未流移之前，早行赈济，使粮食相接，不至失业，则比屋安堵。官中所费少，而民间实受赐。若于既流移之后，方散米煮粥，以有限之储蓄，待无穷之流民，徒更聚而饿死。官中所费多，而民实无所济。伏睹近降朝旨，令户部指挥府界诸路提点刑狱司，体量州县人户，如委是阙食，据见在义仓及常平米谷，速行赈济。仍叮咛指挥州县，多方存恤，无致流移失所。此诚得安民之要道。然所以使民不流移者，全在本县令佐得人。欲使吏）请令提点刑狱司指挥逐县令佐，专切体量乡村人户，有缺食者，一面申知上司及本州，更不候回报，即将本县义仓及常平仓米谷直行赈贷。仍据乡村五等人户，逐户计口，出给历头，大人日给二升，小儿日给一升。令各从民便，或五日、或十日、或半月一次，赍历头诣县请领，县司亦置簿照会。若本县米谷数少，则先从下户出给历头，有余则并及上户。其不愿请领者听。候将来夏秋成熟，粮食相接日，即据簿上所贷过粮，令随税送纳，一斗只纳一斗，更无利息。其令佐若别有良法，简易便民，胜于此法者，必听从便。要在民不乏食，不至流移而已。（仍令提点刑狱司常切体量逐县令佐，有能用心存恤阙食人户，虽系灾伤，并不流移者，保明闻奏，优与酬奖。其全不用心赈贷，致户口多流移者，取勘闻奏，乞行停替。庶使吏有所劝沮，百姓实沾圣泽。）

巡抚右侍郎于谦疏：臣奉命总督河南、山西二处预备粮储，今在仓各以数百万计。第恐有司不谨，复如前日他处事体，臣欲于每岁三月初，令州县记其缺食之家，申达布、按二司，斟酌得宜，方令支给。其所给者，大口月三斗，小口半之，至五月蚕麦既收，随即住支。仍将所给之数，申报上司及户部，俟秋成抵斗偿官，岁终仍报所偿之数。果有贫乏及笃疾老废、不能偿者，官为设法补完，毋损原数。其放支之序，先菽，次䅯秫，次黍麦，次米稻，后先有伦，毋致红腐。州县官有能设法经营，使新陈相易，不致浥坏者，听考满；预备粮储未完者，不得离任。仍令风宪官稽考伺察。如此则出纳以时，而所贮不腐，防闲严密，奸弊不生。

大学士商文毅公辂疏：臣切见各处预备仓所储米谷，本以赈济饥民，每岁官司取勘口数，里老止将中等人户开报，其鳏寡废疾、无所依倚者，一概不报。盍〔盖〕虑无力还官，负累赔纳故也。今后各处预备仓，饥民关过米谷，不拘丰中年岁，通取息一分。有系鳏寡废疾、无所依倚之人，不必追征，将所收之息，抵补其数。抵补之外，或有余剩，自作正数入仓。仍乞令巡按、分巡等官，严督府州县正官，收放之际，务在亲行提调，痛革出纳之弊。庶几官无虚费，民无〔有〕实用。

善贷之议

宋曾巩议：河北地震水灾，有司建言请发仓廪，与之粟，壮者人日二升，幼者人日一升。然百姓暴露乏食，已废其业矣。使之相率日待二升之廪于上，则其势必不暇乎他及。是农不复得修其畎亩，商不复得治其货贿，工不复得利其器用，闲民不复得转移执事，一切弃百事而束意于待升合之食，以偷为性命之计，是直以饿殍养之而已，非深思远虑为百姓长计也。以中户计之，户为十人，壮者六人，月当受粟三石六斗，幼者四人，月当受粟一石二斗，率一户月当受粟五石（，难可以久行也。不行，则百姓何以赡其后？久行之，则被水之地，既无秋成之望，非至来岁麦熟，赈之未可以罢）。自今至于麦熟，凡十月，一户当受粟五十石。今被灾者十余州，（州以二十万户计之，中等以上及非灾害所被，不仰食县官者去其半，则）仰食县官者为十万户（。食之不遍，则为施不均，而民犹无告者也。食之遍，则），当用粟五百万石而足。何以办此？（又非深思远虑为公家长计也。至于）况给受之际，有淹速，有均否，有真伪，有会集之扰，有辨察之烦，措置一差，皆足致弊。又群而处之，气久蒸薄，必生疾疠，此皆必至之害也。且此不过能使之得旦夕之食耳。其于屋庐修筑之费，将安取哉！屋庐修筑之费，既无所处，而就食于州县，必相率而去其故居，虽有颓墙坏屋之尚可全者，故材旧瓦之尚可因者，什器众物之尚可赖者，必弃之而不暇顾。甚则杀牛马而去之者有之，伐桑枣而去之者有之，其害又可为甚也。万一或出于无聊之计，有窥仓库，盗一囊之粟、一束之帛者，彼知已负有司之禁，则必鸟骇鼠窜，窃弄锄挺于草茅之中，以扞游徼之吏。强者既嚣而动，则弱者必随而聚矣。不幸或连一二城之地，有抱鼓之警，国家胡能晏然而已乎？然则为今之策，下方纸之诏，赐之以钱五十万贯，贷之以粟一百万石，而事定矣。何则？今被灾之州为十万户，姑计一户得粟十石、得钱五千。下户常产之赀，平日未有及此者也。彼得钱以全其居，得粟以给其食，则农得修其畎亩，商能治其货贿，工得利其器用，闲民得转移执事，一切得复其业，而不失夫常生之计。与专意以待一升之廪于上，而势不暇乎他为，岂不远哉！由有司之说，则用十月之费，为粟五百万石；由今之说，则用两月之费，为粟一百万石。况贷之于今，而收之于后，足以赈其艰乏，而终无损于储待之实。所实费者，钱五巨万贯而已。（此可谓深思远虑为公家长计者也。）

徐显卿议：昔周官之法，有乡里县都之委积，以恤艰厄，而待饥荒。晏子举省耕，为先生美谈。汉文诏曰：方春时和，民或饥寒而不能尽力农亩者，议所以贷之。此皆察民隐、重农事，可为今日式者也。愚谓司农之官，乘此具筹画，通行郡邑长吏，取诸帑羡，权其缓急以施赈贷。（议者或谓一年残粟，民尚足支。即有匮乏，十室不一二。未闻旱涝凶荒之警，而亟发轻散，非所以厚富积、操赢缩也。愚谓此议在惜目前近小之利耳，非深见远识、先事独观之谟也。）盖民迫饥寒，则工力不赡，不赡则耕作失时，失时则凶荒洊至。设有流移死亡，空数百里之地，奸宄盗贼，窃发一时，方欲赈恤而安弭之，难矣。（涓涓不塞，将成江河；荧荧不灭，将燎原野。视今春赈且万倍，而况有凶残之名、讨伐之祸，策无失于此者。）故愚之议，谓宜早计而豫（赈）图之也。（使民俯仰无虞，口体足赡，以获专力于农事，则丰穰可致，赋税可入，府库可充。即以得失多寡计之，犹所入胜所出，而况家殷人足，黔首安业，上下和平，则王道之兴，可不劳而自定也。若夫计户口之籍，谨权量之数，杜里役之欺弊，禁吏胥之侵渔，或讲求常平、义仓之设以勤抚字，或贮积三年九年之谷以备凶灾，则有司守令职也。谨以是为今日养民兴治助。）

（置之随处通融以补益之，使必足而后已。一旦遇灾，有备无患矣。）

大学士丘文庄公浚议：大抵备荒之政，不过二端，曰敛、曰散而已。（有以敛之，而积久不散，则米粒浥腐而不可食；有以散之，而一切不敛，则仓廪空虚而无以继。守者有破产之患，贫者无偿官之资。）乃有司多苟且（具文）逭责，往往未荒而先散。及有荒歉，所储已空，饥民有虑后患者，宁流移而死亡，不敢领受。甚至官吏凭为奸利，给散之际，饥者不必予，予者不必饥；收敛之时，偿者非所受，受者不必偿（。其弊非止一端。必欲有利而无弊，莫若尽捐予民、不责其偿之为善。然又虑夫气运不常，丰凶莫测，徒有散而无敛，后将无以为继。），良可惜也。宜计所积之多少，料民产之有无，积苟有余，不责其偿可也。若或土地之偏隘，人民之众多，遇有凶灾，难于取具，赈饥之后，丰年取偿，可分民为三等，上户偿如其数，中户取其半，下户尽予之，则有均给之惠，而无勒偿之苦矣。

广西布政某公议：昔人拯荒，尽括户口之数，第为三等，孤独不能自存者赈济，下户乏食者赈粜，有田无力耕者赈贷。并给历计口，贷者家不得过二石，粜者人不得过三斗。其在城籍户，与浮居之人，每日零籴，则不过一斗。毋容奸牙市猾假作贫民，通同仓役，重复收买。

宏济之十六　耑救

谕无　例无　诏无　案无　疏无　议一

救荒者，类普而赈贷之耳。然或资给于目前，而匮乏于后日，是则中途弃之，与不救等耳。司成倪公乃立人救一命之说，自夏及秋，使必免于沟壑。夫使普救千万人而仍复捐委者，何如耑救一二人而必使生全乎？然今明旨，裨好义绅富，养活饥民，各以口计者，（是即先得）正此意（矣）也。辑耑救第十六。

耑救之议

司成倪元璐议：窃为米价方腾，天灾未已，麦青有待，上忧三四之交；榆赤无余，远危六七之际。顷者分坊设赈，亦既普郡归仁，然固有穷谷荒村，它乡别井，卧儒游旅，废丐庾囚，居远仁者之邻，名逸饥民之籍，鸠鹄在望，殍殣渐繁，谁不有怀？所患无术。今则曲求巧便，别启因缘，不假多施，但占一命。计自春暮以及秋中，为期百有四旬，量米日才五合，不过七斗，已阅三时。今以万钱广施万众，万腹仍枵。苟只一桥专渡一蚁，一缗即足。为此功德，胜于浮图。然而福不唐捐，法宜严核，倘承它谩，即为自欺，各务尽心，共回厄运。以万宝登廪之日，为七级合尖之期。此即吾儒，能近取譬。又如彼梵，一句为他，敬当白佛告成，修齐圆会，所得福数，讵减恒沙。

一、册到，愿与者直注某认救一命，其不愿者听。

一、有志存多命而力又足副之者，听得杂举家众姓名，人占一命，既可广仁，又不违例。

一、力不足者，许以二人朋占一命。

一、原在本坊赈籍之中者，不准算。

一、虽坊籍所遗，而发愿施德，在未见此册之先者，不准算。

一、注认之后，不必关会首事，径自举行。惟须访查确核，必得真实无告、束手待毙者，而后可以当之。无或忽略受欺，虚此善愿。

一、每十日给米五升，自三月十日，至七月尽止。

一、注认之后，司会每十日一传单催讯，以防冗忘。

一、至七月望日，司会传册，征填各众所救饥命姓名、本缘，佛前起愿。于七月终旬，择吉启建回向道场，请僧六众，诵莲华经六部，具疏白佛，条列赈主及饥命姓名，集众拈香，设斋圆满，以鼓善缘。或有不尽其心者，佛亦必知之乎？其斋诵等费，首事独承，不烦众举。

一、有心鼓斯会，而力不能从者，听认察举真实饥民，册中即注某认察举，自一名以至三名。苟不欺溷，与赈同功，回向书中，一体申白。

救荒全书卷之十六　宏济章三

宏济之十七　赡士

谕无　例无　诏无　案无　疏无　议三

士为四民之首，当此时甑釜生尘，徒存四壁，嗟来既所不屑，佣贩又所不能，较之齐民，倍多艰窘。赈赡之赀，自宜首及。今日者广励学宫，崇重德行，倘更分核三等，以为赈赡之厚薄，则维风式俗，于斯乎在。辑赡士第十七。

赡士之议

寺丞兼御史钟化民（救荒法）议：（公）行赈时加惠寒士，不过免其一时之饥，非长久之计。惟有广置公田，分给各学。该府州县于各地方置买膏田腴地，详开一册，（申呈院道存案，）共计本学田地若干亩，佃户某某。每岁随时年之上下，征租银以供贫生膳读，严禁县学虚冒干没。给银本生，俱令亲赴本县具领，（内开并无侵克短少，）以袪宿弊。其学田价，不费公帑，俱（公）行自发。王府所送交际礼仪，及公之俸薪等费，尽以贮之县库，变价置买，又广劝富人捐助。

州守俞汝为（曰）议：国制，士隶学校者，复其家，免人二丁、粮二石，该田四十亩，例免杂泛差徭。朝廷优士功令，在平时迥出齐民上，凶年宜仰体德意，以行存恤。釜尘灶蛙，兴三旬九食之嗟，长人者羞之。凡遇饥馑，当先令学官遍列贫生姓名，分上次二则，并着地方人等，开报处士之饫诗书、敦行谊，而贫不能养者，官司廉实，设处米谷，计户分授，按月斗升，未必无济。遇灾不忘礼食，风士类穷且益坚之节。若学田有储，预备仓有积，轸恤更不难办。毋待其自行请乞，伤廉耻之素心可也。

广西布政某公议：青衿之子，（□腹伊□，）贫者居多，（即年登尚或啼饥，而遭此穷凶，宁无菜藿不糁者乎？学田有储，及仓府有积，皆可措置。）宜令学官从公开报贫士姓名，分极次等，计等周给（，务俾环桥芹藻，并有生色可矣）。其有名不列黉序，而身处嵁岩，以经明行修推重于时，亦宜行学公举，与诸生一体赈济。

宏济之十八　赡兵

谕一　例一　诏无　案一　疏无　议一

设兵以卫民也，其于凶荒之时，尤藉捍御之力。乃饷不加增，而米则日贵，使之枵腹荷戈，不为脱巾之呼鲜矣。今欲加增其饷，势固不可，而豫发两月，向贱米之地，告籴给散，是岁虽荒而兵食仍然不减（矣）。如此一往一返，循环无端，营伍之心，必益感动，猝然有变，一臂可资也。至于王文成营本之法，最便士卒，先大夫行之中州，亦有成效，所宜并议及之者。辑赡兵第十八。

赡兵之谕

永乐二年，户部尚书郁新言，四川松潘卫军兵缺食，请遣官审勘。上曰：饥者待食，朝不及夕。若待审勘而给，殍死多矣。宜亟赈之。于是命军士家有十口者，给米一石，九口八斗，七口六口者七斗，五口四口者六斗，三口以下五斗。总小旗给，如其月粮之数，不必验口。

赡兵之例

嘉靖十一年题准，凡遇赈济，除各卫所上班官军自有应得月粮外，其原无粮饷军余，或父母妻子极贫者，与饥民一体给放。

赡兵之案

程明道摄江宁。江宁当水运冲，舟卒病者多留之，为营以处，岁不下百数人，至者辄死。明道察其由，盖既留然后请于府，给券乃得食，比有司文具，则困于饥数日矣。明道白漕司，给米贮营中，至者与之食。自是全者太半。

赡兵之议

谕德陈仁锡议：遇荒岁，预给兵两月之饷，审发头目，令世职押往籴米，照原价分散各兵。盖兵虽三千，而家属不下万数，免万众之买籴，即余十万之□粮。

宏济之十九　赐衣

谕一　例无　诏无　案无　疏一　议无

向来救荒者，但使之果腹已耳。乃冱寒一至，无寸帛遮身，仍亦转展于沟壑。我皇上给赐绵衣，仁恩真超越于前代。惟是流集既（多）冗，恐冒滥必多。朱君之议，乃所以推广皇仁者。辑赐衣第十九。

赐衣之谕

崇祯十三年（十月十四日），（圣谕）谕都察院：今岁近畿灾黎，已经颁发那措银两，令赈济外，其在京贫民，虽有煮粥赈济，然无衣者甚多。时值严寒，深轸朕念。特发御前银一万两，着五城领出，作速颁办旧绵衣，必足二万件，分投给散。务使穷黎得沾恩惠，不得滥委衙役，侵冒取罪。完日仍行回奏。特谕。

赐衣之疏

鸿胪寺鸣赞朱光国疏：（臣司□职，语浅识陋，何敢混渎天听？窃睹我皇上□□亲，敬天恤民，宵旰勤劳，诚尧舜之君，英明之主也。跪读圣谕，轸念京城穷民隆冬饥寒困苦，先行煮赈。）昨者皇上颁发帑银一万两，买办绵衣，普济赤贫。（□如天之仁，好生之德，）一时穷民，（亦欢欣鼓舞，）更生有日。第念京城五方杂住，奸宄丛生，（况米价腾贵，穷民甚多，非立法赈给，不无假冒重领，非严行缉□，恐始终转换，以致皇恩不能均播久被也。）臣为宜责成五城御史，亲行赈恤。先期出示，于某日某处，逐一报名领衣。又每名给予小票一张，某日候领。又恐赤贫之夫，将绵衣变卖易食，仍责经管官将绵衣用白布一块，上书赈恤二字，并载穷民姓名，钉于其背。又令有拆衣者，巡缉衙门，密拿重惩。庶穷民实沾恩惠，不致有重领变鬻之弊矣。（臣又有说焉。向睹明纶，畿南、山东、山西、陕西、河北兵荒殊甚，敕令抚按劝谕乡绅富室，各行捐助，赡养贫民，示以救活民数，奖励旌异。此天语颁布已久，此法可行之省直，不可行之京城乎？乞敕五城两县，榜示绅衿富室，有捐助若干者，各城据实开报，仰祈皇上照依前旨内事理，给匾旌异。庶贫民有靠，人人免啼饥号寒之苦。攘）

宏济之二十　设寓

谕无　例无〔一〕　诏一　案二　疏一　议二

贫民栖寄所在，不有养济院乎？然流徙麇集，苦无容足。富郑公借公私庐舍十方〔万〕余区，滕元发置城外席屋二千五百间，皆为此耳。若都城乞子，多赤体叫号，尤不堪于露宿。栖流一所，真仁人之用心哉！辑设寓第二十。

设寓之例

景泰七年，光禄丞王钟奏，（东安门外夹道中，日有）京城多颠连无告穷民，（扶老携幼，跪拜呼唤乞钱。一城之内，四关之中，无处无之。）今将寒冱，必有冻饿而死者。乞敕户部等衙门勘审，人给布衣一身、粟米一斛。审其原籍有亲戚者，待明年春暖，沿途给与口粮，递送还家；其无亲戚者，在京以没官房给之。仍行天下有司，遇有穷民，一体矜恤。命户部议行之。

设寓之诏

宋理宗乾道五年，诏江浙沿江郡县，刷其流民口数，于朝廷桩管钱米内赈济，仍许于寺观及空闲官舍居住。

设寓之案

季昂知青州。值岁荒，择惸嫠无告者，辟庐栖之，时给服食，问吊药槥。建漏泽园于关北，俾道殣者托瘗焉。流移复归，外封附者辐辏，博兴一邑，至占三千余户。

王致远知慈溪。值大饥，置居养院，给薪米以处老弱之无归者。置慈幼院，厚乳哺以活婴孩之委弃者。病与医药，死为敛埋。山谷穷民，感恩流涕，称为王佛。

设寓之疏

翰林院修撰魏藻德〈疏〉：顷者天灾流行，（水旱蝗蝻，所在□□，而）畿南一带为甚。（百姓流离狼狈，就食于京师者，络绎不绝。及米价腾贵，天气骤寒，率多冻死而馁。幸蒙皇上好生之德，同乎虞舜，如伤之视，切于周文，慨发帑金，赈粥赈衣，隆恩周至。一时奉行诸臣，仰体圣裁，朝夕拮据，亦靡有遗术矣。但待食之民日多，赈济之物有限。迩来长安道上，生者赤身哀号，酷似地狱之鬼，死者尸体暴露，尽为背井之魂。何非赤子，而惨伤至此极也。臣每一见之，酸鼻良久，固不避出□之讥，条列三议，仰祈睿览。如有一得可采，乞敕该衙门及蚤施行。计开：一曰劝谕之当广也。臣乡通州贫民甚众，幸部道诸臣设立粥厂赈济，令耆老持疏劝募绅士富民及大小铺户输助，或米或钱，或石或斗，即三升五升亦可。阖州乐输，至今煮粥不缺，贫民赖之。今京城劝输，历奉明旨，未见实有捐助，以劝之无法也。似宜照臣州见行事宜，选委顺天府耆老善人，劝募京城内外人户，随意输纳。如有好义之家，输至三石以上者，奏闻旌奖。但不得强派滋扰，则谁无恻隐，而不愿输恐后者？伏候圣裁。一曰坊官之当设也。）臣见贫民乞化房钱，讯之云，房子每夜要钱三四文始放人，如无当夜冻死。夫贫民安所三四文而与之乎？合无严行禁止。察于城外，多设栖流所，安插贫民，登记姓名。就中立一火头，按人给米，按米给柴，在本所煮粥烧炕，司坊官不时稽察，严防奸弊，庶贫民无往来冻馁之患矣。（伏候圣裁。一曰责成之当专也。五城顺天府已有信地之任矣。似宜作速议定，遴选得人，务令曲尽其心，实任其事，以存活贫民之多寡，为考核本官之殿最。仍悬一实格，鼓舞诸臣及耆老人等，则必有实惠及民，不至空言无补也。伏候圣裁。以上三款，因臣州已试之法而酌之，倘有小补，伏乞皇上敕畿甫各州县，悉照事宜，实实可行，则在京之贫民可以解散，而他处之贫民，亦不愿轻去其乡矣。事关饥民，已被恩恤，道路且犹多饿殍，为此谨陈末议，以广皇仁，以救孑遗。□臣□任激切之至。）

设寓之议

宋富文忠公弼议：河北人民，流至青、淄、登、潍、莱五州地分，乡村县人户若不那趱房屋安泊，多是暴露，并无居处。目下渐向冬寒，切虑老小人口，别致饥冻以死，甚损和气。凡州县坊郭等人户，虽有房屋，又缘见是出赁与人户居住，难得空闲房屋。今逐等那趱房屋（间数如后），第一等五间，第二等三间，第三等两间，第四等、五等一间。凡乡村等人户，甚有空闲房屋，易得小可屋舍，亦逐等（合）那趱（间数如后），第一等七间，第二等五间，第三等三间。（若议）在州即请本州出榜，在县镇乡村，即指挥县司晓示人户，依前项房屋间数，各令那趱，立定日限，须管数足，仍叮咛约束管当人等，不得因缘骚扰，乞觅人户钱物。如有违犯，严行断决。仍指挥州县城镇门头人，常切辨认，才候见有上件灾伤流民老小到门内，其在州则引于司理处出头，其在县即引于知县处出头，其在镇内即引于监务处出头，各仰逐官相度人数，指定那趱房屋主人姓名，令干当人画时引押，于抄劄下房屋内安泊。如门头不肯引领者，许流民于随处官员处出头，速取勘决讫，当便指挥安泊了当。如有流民欲前去、未肯安泊者，亦听从便。如有流民不奔州县，直往乡村内安泊者，仰耆壮画时引领于趱那下房内安泊，讫申报本县。及当职官员躬亲劝诱，逐官量口数，各与桑土，或贷种救济，种植度日。如内有见在房数少者，亦令收拾小可材料，权与盖造应副。若有下等人户委的贫虚，别无房屋那应，不得一例施行。除此擘画之外，如更有安泊不尽老小，即指挥逐处僧尼道士女冠宫观门楼廊庑，及更别趱那新居房屋，安泊河北逐熟老小。如有指挥不及事件，亦请当职官员相度利害，一面指挥施行。务要流民安居，不至暴露失所。

应天府府丞张玮议：天色渐寒，穷民暴露，深可哀愍。议创冬生院，须卜其早。除南城已经亲踏看明，克日兴工外，再托文学上舍等，一一相度官地明白，务于初旬内竖造，至望日毕工。各城乡约，察有疲癃废疾，不能行走，及身无寸丝者，速令入居冬生院。本府发常平仓米，每人每日，与粥一飡，约三个月，俟天气和暖方止。此种残病之人，原无可疑，不必移会，以致耽延，俾穷民不沾惠也。

宏济之二十一 借种

谕三 例三 诏三 案二 疏三 议七

前于赈而已及贷之一条矣。然贷有二。若曾子固之议，贷之以为食用者也，而不若贷之以为耕种。小民食用无余，他日偿之匪易。惟青青遍野，秋成有期，有贷有偿，庶钱谷不等于逝波耳。言种而牛在其中。辑（贷）借种第二十一。

借种之谕

嘉靖二十四年（乙巳），圣谕天下有司招抚流移复业，给与牛具种子，俟年丰抵还。有能开垦闲田者，蠲赋十年。

万历间谕：朕闻江北地方叠灾，黎民逃亡，田土荒芜。准留漕粮六万石，作牛种之需。所在有司，其尽心招辑抚养，使人沾实惠，庶不致有转徙流离之患（也）。

崇祯十三年（闰正月一十日，圣）谕户部：畿南州县灾荒，深轸朕念，已发御前银赈恤。今值春融地润，乘时耕作，但恐籽种惟艰，特将戍〔戊〕寅年差官在永清、保定、霸州、涿州、大城、良乡、新城、东安、武清、固安收买过杂粮草束，着各该总监分守会同抚按，檄行府州县，仍差官委的当员役，前去监看。将见贮杂粮草束，酌量耕民贫富散给，俟秋成按照原数收纳。不许官胥奸役，擅行暗加多收。还榜示通知，仍将收放数目具奏。

（原稿眉注：入借种谕。）崇祯八年，以宣大奏请，奉圣谕：该镇追贮抚赏银两，依议于内动支一万两，为赈给穷民牛种之用。仍着该抚按遴委廉干，查明分散，务令得霑实惠，事完报部稽核。如官胥敢有通同侵冒的，即行参拏重处。

借种之例

嘉靖三年，户部题该吏科给事中曹怀题（为陈急务以消咎征事，内）称，招抚流民，本部议拟，覆奉钦依，行移各被灾地方抚按官员，出给告示，招抚流民，行各所属量给资粮。东作之时，给与牛具种子，趁时布种，务使各安生业。年终仍将招抚过复业人民，并给散资粮，及牛具种子数目，造册奏缴。

嘉靖八年，户部题该兵科给事中周祚奏（为应诏陈言以弥灾异事，内）称，北直隶等府，河南、浙江、山东、广东、大同等处，各奏灾伤，岁饥民穷，乞发银两，量处牛具种粒，计口给散等因。本部议拟，覆奉钦依，通行天下灾重地方，各该巡按都御史会同巡按御史，严督各该守巡并各府州县掌印等官，除赈济外，查有极贫小民缺少牛具种子者，动支官钞，酌量处给。务使闾阎有安堵之望，畎亩无不耕之田。府州县奉行无方，即便拏问。守巡官不行用心往来督察，听抚按官劾奏治罪。

嘉靖二十八年，令发太仓银六万两，赈蓟辽饥荒。另发银五万两，以给牛种。

借种之诏

汉元帝初元元年，诏赈业贫民，赀不满千钱者，赋贷种食。永乐〔光〕元年，赦天下，令各务农，无田者皆假之贷种，食如贫民。四年，诏所贷贫民勿收责。

汉章帝建初十六年，诏贫民有田业而匮乏者，贷种粮，勿收责。

宋太宗至道二年，诏官仓发粟数十万石，贷京畿及内郡民为种。有司言，请量留以供国马。太宗曰：民田无种，不能尽地利，且竭廪以给之。国马以刍藁可矣。

（董煟曰：厩焚，子退朝曰：伤人乎？不问马。孟子曰：厩有肥马，民有饥色，野有饿殍，此率兽而食人也。圣人贵人贱畜如此。饿荒之年，其忍以菽粟给马哉！）

借种之案

宋文帝二十一年，北魏太子课民稼穑，使无牛者借人牛以耕种，而为之耘田以偿之，凡耕种二十二亩，而耘七亩，大略以是为率。使民各标姓名于田首，以知其勤惰，禁饮酒游戏者，于是垦田大增。

（朱熊曰：物之不齐，物之情也。民之贫富不翅者亦然。苟能以其所有，易其所无，则何事之不济哉！大抵佚者人之常情，劳者人人之所不乐。苟非明哲之君，循循而善诱之，使遂其给养之道，人谁各食其力哉！魏太子知此，他日拓地千里，国用充足，宜矣。）

（牛杀尽，五谷绝种，官储有限，方惧无以继，）范纯仁之庆州，时耕会，是秋蓬生蔽野，而结食如粟可食，所收狼戾。民食之余，纯仁令官籴。所收尚不赀，又于邻路市耕牛谷种，计户口分贷蕃汉人户，兼以人力垦耕，布种甚广，遂大有年。（或言纯仁廪贷过多，而无活人之实。朝廷疑之，遣使按治。民闻之，争先输官，比使至，无负者。）

（自来康济，定须先事为谋，若待沟中瘠而）

借种之疏

宋文公朱熹疏：据婺州申本州乡俗体例，并是田主之家给借。今措置欲依乡俗体例，各请田主每一石地，借与租户种谷三升应副，及时布种，候收成日带还，不得因而收息。如有少欠，官司专与催理，不同寻常债负。已下诸县从此施行。（及绍兴府申支拨官钱，委官同与县官措置给借，五县共给借过第五等下户并流移归业人五万七千八百户，计钱一万七十四贯五十四文省，并衢州申管下属县那借官钱五百贯文，及劝谕上户，将收到稻种共二万一千六百二十二石四斗二升二合，斟量分借乡民布种去讫。）

吏部尚书杨襄毅公博疏：宣府、大同、蓟镇三处逼邻虏境，十室九空。（即日春融，正当布种之时，而或有牛无种，或有种无牛，迁延过时，自绝秋成之望。臣博向在右卫，固尝目击其苦。）若使因天之时，顺地之利，稍为处给，计种一石，可得子粒数石，（富民以裕国，足食以强兵，）比之岁荒召买之费，月粮折支之难，曷啻倍蓰！户部帑银，见称缺乏，本部马价，数虽不多，尚可措置，系干边计，不敢自分彼此。相应通行议拟，合候命下劄行太仆寺，于马价银内支三万两，宣府、大同、蓟镇各发一万两，（差官分解巡抚都御史赵孔昭、陈其学、徐绅处，）责委各该守巡、兵备等官，收买各样种子，沿边军民中，审其十分贫乏者，分等查给，合用牛只，官为劝借，令其趁时布种，秋成之日，抵斗还官。另立小仓收贮，专备来年给种支用。巡抚衙门仍置循环文簿二扇，年终赴部倒换查考。

（曰借牛种以通变者。盖饥馑之后，赈济之余，官府左支右吾，府库之财亦竭矣。民方艰食之际，只苟给目前，固不暇为后图。幸而残冬得度，东作方兴，若不预为之所，将来岁计，复何所望？故牛种一事，尤当处置。若燕慕容皝以牛假贫民，宋仁宗发粟十万贷民为种，为是故也。今府库之财既殚于赈济，如欲人人而与之牛，则都里之民甚多，一牛之费甚大，欲人人而（按：原稿胶片此处有缺漏）民既有次富之民出种借之，极贫之民则何所借？臣曰：极富之民，既借之银，次富之民，既借之种，不可复借矣。要极贫之中，无田者多，若有田者，再处一月之粮，而一给之，则其事尽济矣。）

（与之种，则缺种之户不少，府库之财莫续，是难乎其为图。）副使林希元疏：臣昔在泗州，（承上司文移，上里与牛六具、种若干。臣召父老计之，其法难行，乃自立法，）逐都逐图差人查勘，有牛有种者几家，有牛无种者几家，有种无牛者几家，牛种俱无者几家，有牛者要见有几具，有种者要见有多寡，通行造报，乃为处分。除有牛无种、有种无牛人户，听自为计外，无牛人户，令有牛一具，带耕二家，用牛则与之共养，失牛则与之均赔。无种人户，令次富人户，一人借与十人，或二十人，每人所借杂种三斗，或二斗。耕种之时，令债主监其下种，不许因而食用。收成之时，许债主就田扣取，不许因而拖负。官为立契，付债主收执。此法一立，有牛种者皆乐于借，而不患其无偿；缺牛种者，皆利于借，而不患其乏用。（臣半月之间，凡处过牛千九百六十五具、种八百四十七石、银一百七十五两，处给一州缺牛种人户，计四千八百五十六家。此于财匮之时，得通变之术。时江北州县，多有仿行者。今各处灾伤重大，如臣之法似可行也。）然臣昔在泗州，不曾定六等人户，故须临时查勘。今既定民为六等，则稍贫者不待给，次贫者令次富给之，不待临时查勘矣。或曰：次贫之（按：原稿此处有错简及缺失，据绍兴本校补）民，既有次富之民出种借之，极贫之民则何所借？臣曰：极富之民，既借之银，次富之民，既借之种，不可复借矣。要极贫之中，无田者多，若有田者再处一月之粮，而一给之，则其事尽济矣。

借种之议

宋董煟议：贷种固所以恤民，然不必责其偿也。人情易于贷而难于偿，征催不集，必有勾追鞭挞之患，青苗之法可见矣。（仁宗朝，江南岁饥，贷民种粮十万斛，屡经倚阁，而官司督责不已，民贫不能自偿。上怜而蠲之。周世宗亦谓，淮南饥，当以米贷民。或曰：民贫，恐不能偿。世宗曰：安有子倒垂而父不为之解者？安在责其必偿也。今之议贷种者，当识此意。）名之曰贷，盖防其滥请之弊耳。其所可忧者，抄劄之际，利未之及，而扰先之。若措置施行之得人，此等皆不足为虑。

三边总督唐龙议：饥民所缺牛种，俱官给之。官不能给，须劝借于有力之家。借种一石，收后令还一石一斗，借牛工一日，令还人工二日。若他处有逃来我土者，亦要一体存恤（，安插得所。俱是朝廷赤子，若分彼此，大非仁人君子之道。仍将招抚过复业人户姓名数目呈报查考。）。

山东督理荒政御史过庭训议：照得东省灾伤异常，（居民流徙强半，所在）地土率多荒芜。（且粥厂业将竣事，有田土之贫丁，若不预为区处，以稍助其耕作之费，毋论地土终于抛荒，而贫民永绝秋成之望矣。为）宜多方设处，如赈银赈米，尚有余剩，尽数量给。或米一二斗，或银二三钱，核实散助，俾其蚤兴农事，日后不必取偿外，如赈银已尽，或贮有未解起运钱粮，或贮有别项堪动官银，不妨酌量暂动借给。田以十计而力不能耕者，量借以种价，毋得过五钱之外。田以百计而力不能耕者，量借以牛价，毋得过一两之外。俟秋成有望，责令照本还官，或买谷备赈，或类齐起解，且俟临期再酌。然须州县正官，挨丁逐户，亲自稽查，沿乡给散。官置一簿，民给一票，目下执票领银，日后执票还官，毋令衙役开报，以滋别弊，毋令伺候日久，以废农工。

长洲令（夷度）祁承㸁议：救荒之事，莫善乎藉赈济以复农业。（今三吴之水，不谓不稽天矣。水乡之民，不谓□鱼鳖矣。然至于汹汹而好言乱者，此本非力农而被灾之民也。皆市井村落中，无赖恶少，干纪扞网，不耕而食者，在荒固无获，即丰亦无获，而特乘机以肆其跑□〔咆哮〕耳。使赈济而行于此辈，是以膏粱饫豺狼也。况里排又畏之如虎，而不敢不以贫民报者。其力农而被渰之户，则犹然半菽不及耳。且小民自巨浸以来，庐室无依，插莳无期，虽百计慰安，而托舟楫、负耒耜，以博一日之命于四方者，不知其几矣。转瞬三冬，春农是赖，而使野无归鸿，将田谁为垦？则莫若以赈济之惠，为招来复业之举。）合将本县见贮在仓之谷，分而为二，于八月间给发一半于种麦之民，以为麦种，于三月间给发一半于种稻之民，以为谷种。其应给之民，皆令里排核其所种之田，及真正务农之户，造册报县，方准给发。即仓谷不足，不妨别以输赈者给之。而既给之后，仍间查其布种过麦禾若干，以防冒领。夫以布种为赈济，则赈之民间者，皆布之田亩者也。田亩之所布，即不能一时以仰给，而青青遍野，将民心自安。与其以赈为名，而徒恣里胥之乾没，饱奸民之口腹者，相去远矣。

（中州）河北道（夷度祁公）大参祁承㸁又议：看得河北去年旱涝洊臻，蝗蝻遍野，瘠土之区，几同瓯脱。（所幸本院之请蠲颁赈，发廪烹饘，凡可援沟中之赤子，而拯境内之苍生，固无不溥之惠，不悉之心矣。惟是一时之所赈有限，而八口之日食无穷。且自秋而冬，自冬而春，为日益久，待哺益多，米价益踊。窭于典质之物既尽，居民称贷之路亦穷，不但牛犁种谷，尽为救死之资，抑且榆屑蒿根，争甘果腹之具。败垣颓舍，瓶罄罍空，突且无烟，衣安蔽体？然饥民尚扶老携幼而忍须臾，犹不至流离载道者，则以田中幸有青青之麦苗，旦夕可望为续命之膏者，此耳。然）目今正在农作将兴之际，春花既待于锄壅，秋禾亦在此耕植，失今不为料理，将三春之功一虚，而终岁之望遂绝。（当此鸿雁之哀鸣，忍忽牛羊之刍牧？此本道所以触目伤心，而食不下咽者也。然各属之廪庾已空，有司之赈济亦竭，本道转展筹度，无可为计。）查得新建一仓，（系本道项下积谷，除去年赈过被水营兵一百四十六石外，）实存四千七百三十六石零。合无将此仓谷借给磁州四乡之民，以资农本。其余各县，凡系申报两院贮存未发之仓谷，皆令一体借给于本县之乡民（，使其今日得尽力于南亩，庶几后日可收效于西成，所以培养民力，而转输赋税者，为益匪浅）。其中杜冒领、查捏名、禁勒索，事事定以规条，而尤须随借随领，毋令有守候之苦。（此惟与实意爱民之有司，斟酌而行之足矣。然本道更有说焉。）然赈给与借给，其惠民之心则一，而施惠之事不同。赈给者，一去而不还者也；借给者，有出而有入者也。人情之意愿难调，今日借之甚易，后日完之甚难，迨至于征比，则不以前日之借为恩，而且以后日之比为怨矣。又须令各里查明果系庄民，欲耕无力，方与准借。而一切游手游食、无室无家之人，不得滥与。则彼既以庾中之粟，救我目前，自不难以田中之收，偿此官物，定不至追比之难完矣。（本道再查向来各属出陈易新之规，则每石还仓。加息二斗。安有为民上而与民权子母之利哉！况又以惠借平民者乎？）又此番入仓，利息一概革免，惟是定以目前之成价，而使小民一照成价以还官。限定麦收之后，先还折色一半，俟秋获登场，尽数完纳。如愿纳本色者，仍各炤时价为炤。如此则以贵散于民，而以贱籴于仓，于民无出息之名，于仓有增益之谷。此则于施惠之中，又少寓权衡之意者也。

祁彪佳议：辛巳岁，越中大饥，而天乐乡为尤甚。推穷饥馑之源，虽曰天行，亦繇人事。陂塘不修，蓄洩无藉，近乃牛种俱绝，东作乏人，是以弥望芜莱，几成瓯脱。即岁称大有，一乡之饥馑犹故也。计惟有贷给牛种，劝之力田，（庶陂塘可次第浚筑，流移得以复业，而穷民少有起色乎?）会计钱谷，得卤台守宪之捐助计一伯〔百〕五十金，邑父母复助米三十石，司宪陈公祖特助米十五石，并各区助米之余者，以易钱得四十七两零，家明经仲氏凤佳亦贷与一伯〔百〕九十五两。两公祖请之守宪，亟嘉与焉。太公祖、邑父母同心而济，措发以时，文学陆曾熙慨然身任，偕文学秦弘祐畀物以往。时方亢旱，至则雨泽沾暨，人情鼓舞。陆友心计最精，贷给有法，先择一村之诚实者为保长，与之盟神要质，而后以保统甲，以甲长统各甲，游惰者无冒领，一铢一锱，皆以为南亩之用，不数日而镃莳云兴。计种田得六千八百六十余亩，是皆昔日以硗确弃之，而今瓯窭之祝，可望有秋者也。已复两公祖再商之，牛种一时之利也，以牛种之本息作社仓，则其利在世世乎？家仲氏者蠲其息，官物量取于二分，秋成日输本色入仓，贮之两都，以朱子法为推易，小歉蠲其息之半，大歉则尽蠲，岁岁而积之，天乐一乡，无难媲美开耀（，世世食其利，更何患乎饥馑）矣。

祁彪佳又议：牛种之银，定约计月取息二分。今秋成有获，合将本息征取，永为（尔）本乡社仓之用。（为此）此须邑中给牌各保长，催齐各甲，务备干洁之谷，每谷一石，照十一月时价折银，每贷银一两，按月输息一分。（自五月起，十月止，计六个月，每两应息六分。）本息皆以谷折。此谷暂贮国字第一号保长（华中锜）家，俟社仓议妥，即为立廒收贮。务使他日散敛以时，一遵朱文公之良法（，使尔乡荒歉有备。先）。其给牌自国字第一号保长起，催趱尽完，方顺序传至末号保长止。倘不上紧催趱，以致拖负，（文学下乡之日，）察牌停某保，即将保长呈罚。（本县）不用差役者，恐开需索之端。各保长与各甲共里而居，情谊相联，止催本息候收，此外不得分毫索取，有失（本县）邑父母拊恤穷氓之意。

宏济之二十二　蓄牛

谕三　例一　诏无　案二　疏一　议二

农家之所需，曰牛，曰种。大荒之后，夫既贷之种矣，而不预蓄牛，则春耕其奚赖焉？是以慕容皝以苑牛贷民，封裕谓不当取其税，而刘涣之知澶州，亟亟以买牛为务。若张密之请宽宰杀，又一时权宜以活民。其实杀牛之禁，当与储牛之令并申者。辑蓄牛第二十二。

蓄牛之谕

洪熙时，京城军民私宰耕牛甚众。（仁宗）上闻而叹曰：愚人苟图目前之利，更不知怖刑罚。遂命三法司，自今已后，但有私宰耕牛，致妨农务者，十倍时值追钞，仍治以罪。

景泰间，户部奏京城居民徇利逐末，屠宰耕牛。（景皇帝）上曰：民以耕食，牛以供耕，岂宜私宰！其令巡城御史兵马捕问之，追牛给贫民耕种。

崇祯十五年（三月），圣旨：私宰律有明禁，何况荒残亟需牛种。着该部院严饬抚按，颁示遵行。

蓄牛之例

永乐初，征耕牛于朝鲜，送至万头，每头酬以绢一疋、布四疋，以其牛分给辽东诸屯士。

蓄牛之案

宋治平间，河北凶荒，继以地震，民无粒食，往往贵卖耕牛以苟延岁月。是时刘涣知澶州，尽发官帑之钱以买牛。明年震摇息，逋民归，无牛可以耕，而其价腾踊十倍。涣以所买牛依元直卖与，于是河北一路，惟澶州民不失所。

张密知益州。会岁旱，（乃导江水为堰，以溉民田。又自出公租，减价以赈民。初，）民饥，多杀耕牛食之，犯者皆配关中。密奏，民杀牛以活将死之命，与盗杀者异。若不禁之，又将废穑事。今岁小稔，请一切放还，复其业。（从之。）

（救荒立法，一意恤民，私宰之禁，安得不弛！）

蓄牛之疏

兵备副使林希元疏：（曰禁宰牛者。盖）年岁凶荒，（则）人民艰食，多变鬻耕牛，以苟给目前。不知方春失耕，将来岁计，亦旋无望。臣按问刑条例，私宰耕牛，再犯累犯者，俱发边卫充军。弘治十二年九月初一日，又节该钦奉圣旨：私宰耕牛，今后违犯的，照例治罪。每宰牛一只，罚牛五只。钦此。夫耕牛私宰，在平时尚有厉禁，况荒年宰杀必多，所关尤大，不为之禁可乎？然徒为之禁，而不为之处，彼民迫于死亡，有不顾死而苟延旦夕之命者，况充军乎？有同类之人，父子相食而不顾者，况牛乎？谓宜预为禁处，凡民间耕牛，不许鬻卖宰杀，卖者价银入官，杀者充军发遣。如果贫民不能存活，欲变卖易谷，听其赴官陈告，官令富民为之收买，仍付牛主收养，待丰年贩买，或牛主取赎。如此则牛可不杀，而春耕有赖，民获全济，而官本不亏。（臣昔在泗州，盖尝行之而已后期。今各处灾伤，宜敕所在官司，早为禁处，斯可以有济矣。）

蓄牛之议

提学副使薛应旗议：（有能为起者，则天下之富强，将不出淮海汶泗之外而致之矣。姑举一二郡县言之。庐多苦雨，凤多苦旱，非天时异也，地形使然也。庐地多窪，无泻水之渠，凤地多窿，无潴水之陂。以二郡而推之，则天下之不可无水利也明矣，是可以不务乎？夫）农必资牛，淮扬之间，广原长薄，牛实产之。淮徐而北，一牛之直，其贵一金。然而屠竖贩买，不以之服济上之耕，而以之塗吴人之釜者，岂非北则陆，南则水，陆有牵輓之难，固不若水得舟楫之易耶？此其情易通，其势易止，但能立一官以监之，则期月之内，牛遍疆场矣。李彪之在后魏，相水陆之宜，料顷亩之数，以赃赎市牛，其时赖以丰赡。唐开元间，亦复酌量土宜软硬，配牛有差。其为法有不可行于今日耶？（夫事不师古，则劳而寡效。有古人之法，而复因循不振，是斯民之命也。今若立以科制，而科农官之殿最，而以前所谓四逭者，严其罚而重其权，则目前即未见其利，而十年之后，宇内富庶，和气充盈，作乐制律，唯上所欲为矣。昔之树王霸之业，服戎狄而坐制南面者，粲然史册，莫不率由兹道。况以天下之力为之，其所成就，岂曰小补之哉！故愚必欲先之以贵粟，终之以重其权。）

山阴令汪元兆议：六畜之生，虽并物产，然或以代劳食其力者，自不得复戕其生，各有攸重，不可概以利赖而供口腹也。尔民朝夕力作，试思一种一粒，有不自牛喘筋挛膝，服衡载轭而出者乎？则尔民服勤可念，牛亦可念也。语云：帷盖不弃，以待犬马。何独于牛而不仁尔尔？既重役之，复饕啖之，苟有仁心，断不忍为。至于杀业相报，又不待言。（各行晓示）居民人等，毋许擅自屠宰。如有违犯（者），许（诸色人等）获实首告，立示枷责（不贷）。

宏济之二十三　设粥

谕一　例一　诏无　案二　疏四　议十二

昔人言救荒者曰粥斯下矣。然粥亦不可偏废者。嘉靖间，席公首议其便，以此疗江南江北之饥民无限，及后钟公踵行之。而剖晰其所以便宜处，莫详于东郊毕公。然行之而最有效，则吾越为甚。此其要先在择地择人，得其纲领，且联络有方，鼓舞得法。故一邑之厂，至一百二十余处，而残疾妇女，皆可不出户庭，便得宿饱。以此补赈济所不足，岂真救荒之下策乎？人存政举，择人尤在择地之先，司牧者不可不于是加之意焉。辑设粥第二十三。

设粥之谕

崇祯十三年（十月初五日，圣）谕户部、都察院：特已入冬，各处贫民，正饥寒迫切之时。昨曾那借帑金三万，分发真保、河南、山东，买米煮粥，俱限于十月初一日为始。其极次州县，各给买米银若干，籴买过若干，及有无奸役借名短价，掯勒小民，粥厂作何设立，散给系派何官，速将府州县素给米谷，及再多方劝输银米，察拨接续赈济，不许中断缺乏，毋致枵腹等候。各该抚按一面恪遵屡旨，不时减从巡察，地方有无流移饥民，及盗贼有无聚散，着据实举劾，以定赏罚，不得徇隐取罪。并各地方赎锾，前旨着尽收官库，充饷备荒。抚按官见今果否作何奉行，俱着逐一面奏，还立严限去。特谕。

设粥之例

万历二十九年，户部奏，节序方严，茕独可悯。京师民自十一月初一日起，至次年正月终止，煮粥济贫民。

设粥之案

王致远以父任历知慈谿县。嘉熙庚子，浙东大饥，死殍成丘。致远请邑贤士大夫，分僧寺置局，为粥以食饥者。始日食千人，既而邻民纷至，日至八千人。己俸不足，复诣台借助，劝巨室出米以续之，迨麦熟始罢。（寻置养济院，给薪米以处老弱之无归者。置慈幼院，厚乳哺以活婴孩之委弃者。病与医药，死为敛埋。山谷穷民感恩流涕，称为王佛。）

（皆救荒实事，一一可行。）

钟化民以寺丞兼御史，于万历间中州救荒（法，救荒之法，不出蠲赈二端。蠲则有产者蒙利，而无粮者是遗；赈则有家者获全，而流移者无告。中州贫民已半无家室，惟煮粥可以赈极贫，而救垂亡之命），谕各府州县正官，遍历乡村，集保甲里老，察举善良，以司粥厂。就便多立厂所，每一厂收养饥民二百，不拘土著流移。仍分老幼，别妇女，人以面纸面貌，明注某厂就食，印封以油纸护系于臂，汇立一册，听州县正官不时查点，使不得东西冒应。如有虚冒，许出首追遣。其在城市，即因公馆及寺观立厂，量大小居饥民多寡。（如叶县光武庙，一鼓而食者五千人是也。如在）乡僻（，则）鳞次建厂五大间，一贮米，且为司厂煮粥四处。食粥人各画地方二尺五寸坐焉，日两餐，米八合，食于辰未二时，餐各二盂，期至麦熟止。煮粥务令洁且熟，严禁搀水。用数人煮粥，挑分均遍，食粥者不得携粥他往，供粥者不得减浅盂数。（所至仍行拾遗法，别载纪中。）核米数，问疾苦，察其菜色之减否，验有司及司事者之勤惰，以行赏罚。各府预择风力推官董之。亦以二员交换相随，皆联骑而驰，屏去舆从，遍历州县村墟粥厂。每日夜风驱稽查，约五百余里。所至即食粥厂。（盖）公以食厂粥之利有三：驱驰间即有司莫可踪迹供膳，一也；且司事者无不尽食厂粥，司粥者更激励奉宣，莫敢违误，二也；督荒者既同食粥，不避劳苦，则地方官无不望风感动，竭力赈济，三也。

设粥之疏

（户部侍郎）礼部尚书席文襄公书疏：臣窃见今岁南京地方，人民饥馑（殊甚）。为今日计，先须分别等第，酌量缓急，赈恤两畿。宜先江北，次及江南，二等三等州县可也。赈济户口，宜先垂死，次及可缓，二等三等人民可也。臣日夜筹计，今日有司仓库，既无储备，户部钱粮，又难遍给，考求荒政于古，率多有碍于今。惟作粥一法，不须审户，不须防奸，至简至要，可以举行时下，可以救荒目前。今世俗缘曾有聚于一城，不知散布诸县，以致四远饥民，闻风并集，生者势力难给，死者堆积无计，遂谓作粥之法，不宜轻举，可痛可惜。今计南畿大县，设粥十六处，中县减三分之一，小县减十之五。设粥厂分，约日并举。凡穷饿者，不分本郡外省，不分江南江北，不分或军或民，不分男女老幼，一家三口五口，但赴厂者，一体给粥赈济。计自十一月中起，至麦熟为止，四个半月为率。江南十二县，约用米五万余石。江北三十州县，约用米十万余石。有司能守此法，一行饿穷垂死之人，晨举而午即受惠，三四举而即免死亡，其效甚速，其功甚大。

按：席文襄公奉命赈南直隶，谓饥民命在旦夕，若待编审事定，将无遗类矣。乃令州县每十里为一局，先发见银，市米为粥。行之两月，饿者稍苏，始定议银米间月兼给。此疏中所未及者，今补载之。

（曰垂死贫民急饘粥者。臣按作粥以饲饥民，昔汉献帝盖尝行之，后世多有用之，而专赈粥者。但以臣观之，次贫之民，生计未急，日授之米，已有不屑，而况粥乎？极贫之民，生计虽急，而给之粥，亦有所不愿者。何则？粥之稀稠冷暖不一，食之多寡缓急又殊。早关晚放，人弗自便，气蒸疫作，死亡相继。始也不得已扶携强健而入厂，终也不得已空拳匍匐而出门。此所以不愿也。臣昔泗州亲见之审亦。若夫）宪副林希元疏：垂死之民，生计狼狈，命悬顷刻，若与极贫一般给米，则有举火之艰，将有不得食而立毙者矣。惟与之粥，则不待举火而可得食，涓勺之施，遂济须臾之命。此粥所以当急也。必于通都大衢，量搭小厂，亦设官耆，令其领米作粥，流殍所过，并听就食。但人饿既久，肠胃噎塞，乍饱多毙。粥要极稀，毋令至饱，当以渐与之，待气完体壮，然后与极贫一体赈米。（然作粥之法，又虑生熟不齐，参和灰水之弊。要在委任得人，则民蒙实惠矣。或曰：赈粥之法，昔大臣尝行于江北，今子三贫之赈不之取，独取而用于垂死贫民，何也？臣曰：昔江北之大饥也，民饿死与为盗，正在十一、十二月之间。臣至，多方赈济，稍健能行者，随口给米，弱惫不能行者，为汤粥饲之。及正月初，廷臣建议赈粥，民多不愿。臣乃试为二厂，一赈粥，一赈米，民皆舍粥而趋米。臣因与面论可否，其说凿凿可听，臣不能夺，乃一意推行，而更得法。然行之未久而弊作，何也？饥饱混进，而靡费浩繁，疫疠盛行，而死亡枕藉。当日上司目击其弊，故行之不两月，羽书星驰，令停粥而给米，则上司已知其法之不可行，而自改之矣。臣目击其弊，乃多方澄汰，亦只查革得一二，续因饥民病愈乞归，遂给米散遣之。虽以赈粥造报，实则赈米者半月，则臣已知其法之不可行而阴改之矣。）然臣始至泗州也，亲见饥民立死，乃亟行赈济，城郭饿殍，既仆者、欲仆者，亟取米饮灌之，旋以稀粥按续与食，既仆者十救其五，欲仆者全救。因思垂死饥民，非粥决不能救，又不可缓。（若夫三贫之赈，决不可用。乃知昔人此法，实为垂死饥民而设。择羸弱给粥，候气完然后一给，则宋儒程颐之论实有见矣。今臣三贫三赈，去粥不用，而独用之垂死贫民者，岂空言无据哉？或曰：赈粥民既不愿，又有滥食者，何也？臣曰：不愿食者贫民，其滥食者非贫也。）

山东督理荒政御史过庭训疏：（开：一、定赈规。夫法欲其简而易行，尤欲其均而普遍。自去冬以来，停征息讼，臣等已通行于遍省，一一遵守矣。惟是）赈银与赈粥，两者具有利弊，而地方之议论，亦互有异同。臣酌量于人情事势之间，似当两全而两用之。有田有丁之民，查果贫难者，当酌量赈银，以助其东作之费；无田无丁之民，贫难自活者，当收入粥厂，以延其旦夕之生。（夫有司系亲民之官，有田有丁之民，贫不能自存者，计不难按籍而查，何待于里老与衙官之开报？而田野小民，稍有身家，顾恤廉耻者，讵肯轻入粥厂哉！）臣请自今之后，所在有司，开设粥厂，听贫民之自来就食。俟三日之后，令食粥者自开姓名籍贯，随以每厂就食贫民若干数目，开报臣等衙门，以便酌量赈发。审户报名之法，无救沟壑之危，先饱奸贪之肠，一切可废也。

（山东督理荒政御史）过庭训[又]疏：（开：一、议广赈地。夫群数百人而聚之，易与为非；群数百人而赈之，又未必得赈。州县正官，如遇赈银到时，即当照数给发。然必先期出示，某乡贫民，于某处关领。至期，正官亲至乡村附近公馆，先将应赈贫民查点，给一印信纸票，点完之后，随按票发银。则既可免稽迟伺候之苦，又无需索冒领之弊。至）粥厂须设之于人烟毕集、庵观寺庙之中，每厂无得过二百人之外。每丁每日定米五合，幼丁减半，上午给以干饭，下午给以水饭。而择里民之有身家，如省察官与曾任州县佐贰等官一人主其事，而以见役吏农或诚实之乡约两人佐之。又择贫民中之精壮者，以炊爨而搬运，每人每日再加米二合，以酬其劳，每厂七八人足矣。（毋得过多，以滋费且滋弊也。赈米下锅者，须扇扬一番，以去其沙泥。入锅之后，如煮水饭，无参入生水，使以济人者而害人也。）至贫民中有能勤力作者，每日愿领米五合，自行炊爨，亦随其便，亦止可每日给发。（粥厂既定，责令州县佐贰首领或教官之能任事者，分布稽查，日夜不许偷惰。正官不时亲自查点，亲尝贫民之饭，以防别弊。臣亦时常委官觉察。倘有滥支冒费，民无实惠者，不敢不从实参处也。）

设粥之议

宋程公颐（曰）[议]：（常见今时州县济饥之法，或给之米豆，或食之粥饭，来者与之，不复有辨，中虽欲辨之不能也。谷贵之时，何人不愿得？仓廪既竭，则殍死者在前，无以救之矣。鸡鸣而起，亲视俵散，官吏后至者，必责怒之，于是流民歌咏，至者日众。未几谷尽，殍者满道。愚常矜其用心，而嗤其不善处事。）救饥者，使之免死而已。当择宽广之处宿，戒使晨入，至巳午而后与之食，给米者午时出，日得一食则不死矣。其力自能营一食者，皆不来矣。比之不择而与者，当活数多倍之也。凡济饥当分两处，择羸弱者作稀粥，早晚两给，勿使至饱，俟气稍完，然后一给。第一先营宽广居处，切不得令相藉。如作粥饭，须官员亲尝，恐生及入石灰。或不给浮浪游手，无此理也。平日当禁游惰，至其饥饿，哀矜之一也。

刑部侍郎吕坤议：煮粥之法，亦有可言。煮粥第一便流民，而土著之少妇女，断不肯赴场，老病残疾之人断不能赴场，则核其口数，每口十日领炒豆十碗或米三升，务令本家无病之人，查实领给。其当讲者一。罢场之月，野有草叶树皮，则壮者先放，次及流民妇女，次及流民老疾。死者，有司量给一席，埋于漏泽，问其姓名贯址而标记之。此其所当讲者二。煮粥，各州县齐日则流民少，流民少则开场之日无拥挤杂乱之扰，散场之日无结聚为盗之患。所当讲者三。耘之月，有司令民积菜蘘之之令。民积糠多者给赏。豆每湿，月一晒则耐久。干菜粗豆腐可做粥场之费，不必米也。所当讲者四。

耿橘议（曰）：荒年煮粥，全在官司处置有法，就村落散设粥厂。若尽聚之城郭，少壮弃家就食，老弱道路难堪，一不便也。竟日伺候二餐，遇夜设宿无地，二不便也。秽杂易染疾疫，给散难免挤踏，三不便也。（非上人亲尝严察，人众虞粥缺少，增入生水，食之往往致疾。且有插和杂物于米麦中，甚至有插入白土石灰者，立见毙亡。以上诸弊，一一讲防，穷民度可籍延喘息。）有谓煮粥不若分米，盖目击其艰苦也。若城郭中官司加意经理，各处村落属慕义者主之，画地分煮，泽易遍而取效速，亦荒政之不可废者。（城四门择空旷处为粥厂，绳列数十行，每行两头竖木橛，系绳作界。饥民至，令入行中，挨次坐定，男女异行，有病者另入一行，乞丐另入一行。预谕饥民各携一器，粥熟鸣锣，行中不得动移，每粥一桶，两人舁之而行，见人一口，分粥一杓贮器中。须臾食尽，分毕，再鸣锣一声，听民自便。分者不患杂蹂，食者不苦见遗。上午限定辰时，下午限定申时，亦无守候之劳，庶法便而泽周也。）

徐显卿议：向闻毘陵谭太守定设糜之法，东、西、南、北各五里，饿莩皆就近食之。然许就食，不许携归，则坐毙于家者尚多。窃谓分都分图，就中殷实之家，各令出米以供煮粥。官遣义民耆老，设处器物，籍记其数。都有总管，图有分管，东、西、南、北，更约之相去一二里。老弱卧不能起者，各许携归，不至百十成群，以滋假冒。即一二里之间，饥民或止数十口，或数口，官亦不废其法。盖地愈近则人愈少，食粥者与施粥者素相识面，彼既感德，此亦乐于布德。官视其出米之多寡，或冠带，或扁额，或免杂差，凡可激劝，无不加厚，岂唯殷实之民乐从乎？等而上之，或举监生员，或士夫，各量其终岁有余者，可给吾前后比邻之饥民，无不愿输于官。甚有乡间富户，田连阡陌，合一二里饥饿之民，皆其佃户，岂容坐视他人出米，以救其佃户乎？如此不独游手之徒，无所售其欺，即真正饥民，亦将耻其就食之久，可工者工，可农者农，各思以力当食。繇是饥民渐少，设糜益不多，何患其难继哉！（惟采择行之。）（张天德议大概相同，今不录。）

山东巡抚钱士完议：（夫煮粥为荒政第一，从来举行，而州县纷纷难之，曰老病之难赴也，体面之顾惜也，查核之难差人也，县官仓狱之不可尽委也。岂不诚然，独不曰米则有所给，有所不给，其遗漏更多乎？钱则出诸袖中，入诸袖中，其稽核更难乎？煮粥一举，贫民及者已居八九。如老病之人，顾体面之人，煮粥之外，另核实而给之，有何难周？至于县官全副精神，悉当煮粥，间一东西往看，蚤出晚归，何忧库狱？且城门衙门，时刻严谨，又不必在县而后可保无虞。至于查核，岂有差人可委者乎？行）设粥之时，须各府佐遍行稽核，不拘时，不须檄，不设导，不许送迎糒糗之设。到衙门时，略取充给，尤须出其不意，单骑猝至粥厂，验其有无，尝其旨否，并问其得法与不得法，各役之用命与不用命，贫民之有遗与无遗。至于赈蠲停征，催科抚字，并与道路间得之。一以决壅蔽之情，一以作媮惰之气，一以示简素之风，一以示与民同苦乐之意。恤贫弥乱，察吏观风，庶几德意实到小民。（此何等重事，而云委之差人，其不然明矣。本院方与各道酌议间一查核，当如前屏驺却饷，携干糒充饥。有不如约者，敢昧自责，幸共竭力图之。各印官尚欲雍容养重，不如一给米之为简便，宜其所见异矣。今粥厂既定，并执事人役，派拨已均，大约每日蚤一餐，定巳时，晚一餐，定申时。巳刻鸣锣三通，挨排序定，用准木杓给一大碗，满为度，晚亦如之。如争抢乱次者，已领冒支者，罚不与食。如给散不均，米数不足者，管粥之人，严谕责治，不改须痛责之。又如粥生则人病，搀水则人病，人多于米则不饱，米多于人则以人食而饱异类，其事似细，遗害则不小，不可不严核之。倘粥已煮，尚有老病不能移，年幼不能赴者，另于赈银内酌量给之。要在不滥不遗，足以活命而止。）

长洲令（夷度）祁承㸁议：（人生一日不再食则饥，饥寒□于身，而求缓须臾之死者，其情状可知矣。□今公私匮竭之时，而欲以□罕民饩国人之举，势所不能。但本邑九省脉络，五方错居，颠顿沟洫之人，与蓝缕乞食之辈，踵接于途。故惟有多设粥厂，庶济者易于广恩，而食者易于取足。然）粥以济民，而适以病民者有之。盖煮粥必委之里排及居民之有心力者，（彼岂能人人奉法而毫无侵渔者乎？又岂能视公事如家事，而炊煮得宜者乎？）或粥少而食者骤众也，则以水渗之；或糜薄而食者怨恚也，则以灰混之，（况）久枵之腹，岂暇择食？未有不恣其饕餮者。薄恶之糜，骤然一饱，其有不伤生者乎？（故曰粥以济民，而适以病民也。况）就食者聚于一处，则未食之先，有淹滞不逮之嗟，而既食之后，有饥饱不均之叹。且群处而食，杂还而来，气久蒸薄，必生疾疠，此皆必至之害，不可不防也。（而粥厂须以多设为主，亦不必更烦木植，以费官民。自城及乡，每于寺观庵院之处，度其可容数百人者，即就便开厂。而府城之内，则分设四关，仍择令地方好义之民，督同一应效劳人役，共襄义举。随人所食众寡，以为粥之多少，并给示以禁缉恶少乘机生事。其府城成聚之所，本县不时先到检点，以防前项之弊。）

（坏，况侯然之，属前史官郡人张洪疏其始末。）

巡按陕西监察御史毕懋康议：自古救荒叹无奇策，不过散赈、煮粥而已。两者相提而论，利害不敌，相去天渊，故煮粥尤要焉。盖放赈则中产之丁，可以冒领，（里胥之辈，易于夤缘为奸，而木强穷民）而单弱寡控者，反厄于奸胥之需索，不沾升合。若粥厂则迹涉聚丐，稍任衣履，可自苟活，非迫于无所者，谁肯觍颜厕其中乎？是审择之初，难易不敌，一也。公廪所贮盈能几何？（□捐赈田，）原以延（旦夕，存）一线之残喘（，须臾待熟）耳（，匪以恣口实腹也）。顾百姓（愚顽，）不知撙节，领赈入家，则纵适饕飧，（谁肯虚腹而禁口，米谷易尽，）长此安继？（至举家领米，而竟不能存一口者。）若煮粥有时有数，官禁其口，而民充其腹，收一人实活一人，厂中至千万人皆可存活者。（古人立法，良有深意。盖凶年民饥，食倍于丰。）计一月之谷，私食止可给半月，公食足延两月。是审丁之后，久近不敌，二也。官储有限，告饥无穷，误收一富民，即塞一贫者之孔；误遗一贫民，即削一生者之录。笔底去留，生命攸系。厂中有冒名冒食，可时察而时汰之，惩一警百，贫民可蒙实惠。（若谷一出仓，谁复稽查？即有前弊，能复追而入廒乎？使仓庾有数之积，只糜奸猾之漏卮。）是核汰之法，虚实不敌，三也。贫民何常？有钮耰释而即饥者，有粮尽而饥者，有变卖尽而饥者，有依亲被阻而饥者，有闻赈复业而饥者，有乞路逃荒愿留而饥者，一日之间，千态万状，数月之久，藉藉纷纷。朝收数人焉投之厂，暮收数人焉投之厂，旋告旋收，旋收旋活，而生门常开。如一切放谷，绳以定期，既放之后，诘旦有一尪羸，乞升许不得，即立视其死，又将临仓启扃，撮升许活之乎？又况数千人拥泣也！是收养之法，广狭不敌，四也。

饥寒迫身，慈母不能保其爱子，凶年多盗，不胜斧钺，弥之有方，可容覆载。（盗发多歧，鬼魅叵测，赈无渤海之线，安从觉盗？）必查其□警者，及乡里无赖，窃鈇有迹者，并其妻孥，尽收之厂中，照口给粥，严禁其出入。附近地方有事，即加连坐，庶粮窟绝而盗靖矣。是弥盗之法，严纵不敌，五也。夫两者之法，利害较然，乃世或兼用之，甚有重赈而略粥者，何哉？盖煮粥立厂于各乡，以食就民，便在民，不便在官；散赈聚众于城市，以民就粟，便在官，不便在民。散赈可计日了前件，具文报上，利在官，不利在民；煮粥非朝夕焦劳，迟久三五月，不能竣事，利在民，不利在官。故谀之者少，挠之者多，间有行有不行也。（昔富郑公青州之政，只美古今。谨按本传，河朔大水，流民就食，劝所部民出粟，益以官廪，收养寄居，凡活者五十余万人。量包民物，而德埒生成矣。疑必□绝，不可企及，而夷考其要，务惟广设粥厂，数犒视事粥长而已。非有□□瑰奇难行者也。出于至诚仁爱，人争为用力耳。故心诚爱民，自卧不帖席，食不下咽，思所不通，鬼神启之，力所不到，鬼神扶之，何难济荒？苟非诚心爱民，修故事，守官常，民安得蒙实惠乎？《管子》曰：水暵螟疫，天之四刑也。《系辞》曰：天地之大德曰生，刑以成自孽，而生主之。仁人君子，以天心为心，视民犹己，自有恻然汲汲者矣。）或曰：放赈宜于荒，煮粥宜于凶。又曰：放赈救次贫，煮粥救极贫。是两存之说，而非确论也。计莫便于煮粥，条议十二款列于左：

一、亲审贫民。（入厂食粥，虽万不得已，非饥饿所迫，谁肯汗颜？然亦有里老假此以为市恩、修怨、索骗之计者，故贫丁当审也。然聚众于城，食费不资，毁瘠骨立者，不能匍匐强赴，故）莫便于以官就民，单骑减从，裹粮野宿，执簿籍小票，沿村逐里，一一面审。果面有饥色者，方准收，即给准吃粥小票一张，填写里甲姓名，许执票入厂，面印吃粥二字，仍登入簿籍，以便稽查。须要耐劳耐久，细心查审（，庶贫民不滥，而所收皆真矣）。

一、多设粥厂。（众聚则乱，人少则易于约束。众则粥难精，少则粥易精。精则食之养人，不则害人，易于生病。富郑公设公私庐舍十余万区，散处其人，以便薪水，可谓不惮区处，而委悉民情矣。今议于）州县大者设粥厂数千百处，小者亦不下百余处，厂中贫民，多不过百余人，少至六七十人（，庶金〔釜〕爨便而米粥洁，钤束易而实惠行）。

一、审定粥长。（劄数百贫民。反掌生命，悬之粥长。得其人，即贤有司之百身分视；不得其人，则弊窦丛生。务在精核百姓中殷实朴厚及向善慕义者，或畏法度、敬神明者，每厂二三人管理，再三劝谕，以济人阴功，使输心任事。如有短少米数，及盛粥不满，或稀稠不均者，甚至搀水作弊，许贫民赴官禀究。富郑公用官吏，自前资待缺者，书其劳，约他日为奏请受赏。）（同赈院过庭训议，今不录。）

一、亲查厂弊。（粥厂素称弊薮，遂因噎而废食，惟在稽查严审耳。）佐领分视，则懈弛易生，必守令躬察，而后人知警惧。然守令一耳，安能人百其身？必（得以实击虚、以逸待劳之法，）限粥长三五日执簿赴堂领米，报开收贫民。及此时必语次询绎，查其勤惰。又加密访，预知某厂无弊，某厂有弊，置签筒一，中贮大签四根，书东、西、南、北四字。不日抽出一签，如东单骑东驰，不拘远近，直走有弊厂中，逐一严审。果有假贫冒领、重支鬼名等弊，即除名重惩，里书粥长连坐。粥长克米减粥，造作不精，重加罚治。

一、犒劳粥长。（夫饥民群聚，易于争乱，粥长约束，任劳任怨，非上之推心置腹，特恩激劝，谁肯效力乎？预期事完，上劳申两院给冠带，次劳给门匾，并复其家，优免其重差。当厂中特加犒劳，别其勤惰，以示鼓舞。此粥厂中第一吃紧、彻始彻终事也。富郑公五日遣人持酒肉饭粮慰藉之，至诚所感，故人争输力。近有仿郑公遗意者，粥长每半月集公堂一赏罚。煮散有条、开收明白、任事勤谨者，扁盒酒花红劳之，不者量惩以警其后。）（载推赏中，今不录。）

一、预备米谷。仓廪不实，支取易匮，（无米之炊，巧妇所难。半渡而舟覆，与不渡等耳。）

故粟米宜预，或动支官银籴买，或劝借义民输粟，而动支尤为正费。（至若巨室富家，亦谁无此不忍之心？当以活人大德，济世阴功，再三劝谕之，自有慨然施济者，多寡从心，石斛皆利。事完奖赏优礼之，以酬其功。若所输数多者，则申两院给冠带门匾，一如犒劳粥长式行之。有司官须劝谕有方，毋使贫民藉口，告扰富户。）（余载劝富条中。）

一、预置器薪。（一）厂中器皿，不可扰民间，然釜鬲之数，犹可借用。惟量粥铁杓，此最紧关，必官备铁打造铁杓，当堂较验准平，每杓足盛三碗，铸官号为记，每厂给一铁杓，不许私改大小。其柴薪之费甚多，（官有委之粥长者，赔累何堪！）即于粥长所领煮粥米内，扣价置买柴薪，完日一并扣数报上。不许粥长侵民芦树。其附近官山陂草木有可采取者，听粥长便。

一、严立厂规。（驭饥民如驭三军，必号令严明，规矩齐一，而后强者不敢兼食，弱者不至空盂。）每厂立印簿一扇，照收到先后，顺序列名。即依序置签编号，自一至百，鸣钟会食，唱名散签。各持足盛三碗食器并箸匙，挨签次趺坐，顺次散粥，食毕收签。更约定单日自左行散起，双日自右行散起，或自上散，或自下散，或自中分散，互为先后，则人无后时之叹，不至垂涎起争。不许起立搀越，并擅近粥灶，犯者即抶出除名。（粥长不遵规矩，先行惩治，庶无敢詈谇沸厂者。）

一、收留子女。（饥寒困苦，展转流离，父子不相保，有弃子于道傍，有系子手足而置之，甚至投之崖坡者。嗟嗟父子天性，谁忍至此？言之痛心。宜预示贫民，不许擅弃子女。万一有之，令所在地方，保甲里老人等，即时收起，抱领赴官，官收牧养。预于州县门内外，置空闲官房数间，择孤老贫婆壮健者数人，官给米薪，令煮粥哺儿，日二顿，食乳者觅乳母乳之。俟熟，听其父母亲识领去。）（载保婴中，今不录。）

一、禁止卖妇。（凶岁流离，夫妻割爱，甚至卖妇以自活。为民父母，忍任其仳离而不为之所乎？严谕穷民不许卖妇，果有迫切真情，夫妻尽收入厂中，庶可两全，而室家相保聚矣。）（载赎鬻中，今不录。）

一、收养流民。（一饥民逃窜，以道路为家，以乞化为业，有能收养者，如鱼赴渊，如爵归丛，谁非同胞，孰分畛域，而忍秦越视之？必）于通衢及城郭空闲所在，另立流民厂，另置流民簿，随到随收。明开姓名籍贯，每厂满百余名，即便增厂舍。其蓝缕乞丐，浊污难近者，另立花子厂，与部民一体收养。（富郑公所活五十万，皆河朔流民也。令部民输粟，使官吏即民所聚，查老弱疾病者恤养之，麦熟各以远近，授粮而归。仁人君子，一体万物，动超寻常万万固如此。）

一、散给药饵。（语云：凶年之后，必有疠疫。天灾流行，惨于兵刃。非药饵救疗，安望回生？疫者，万病同症之谓。但论症不论脉，可以一概救治。此朱南阳活人书所明著者。伤寒传经，瘟疫不传经，与春时温病同，独中一二经，始终不移。陶节庵独发明及此，故治法伤寒随经变药难治，瘟疫照经加药易治，不论时日蚤晚，一概以人参败毒散主之极效。或九味羌活汤、参苏饮、解毒汤，辛散苦酸之类亦可。但以用药频数，可取速效。张仲景、孙思邈行之称神，两汉六朝而后罕知者。合动官银，令医生买办药材，合前败毒散等药，每厂散给三五十贴，照法煎服。如感病者众，用大□一次煎十数帖，众病人分服为便。至夏间感者名热病，于败毒散内加桂苓、甘露饮神效。败毒散不用人参，加石膏，其随症加减，良工自有妙用也。又简易方：大黄一两，牙皂一两，欝金五钱，共为细末，麦糊为丸，梧桐子大，每服五十丸，不拘时日，菉豆汤送下，立见汗出即愈。治瘟疫天行痄疾，俱神验。）（载药局中，今不录。）

（巡按陕西监察御史）毕懋康又议：（照得救荒十二议，刊刻成书，已经分给各府州县去讫。其煮粥立法之善，不啻详矣。第曩闻吕中丞填抚晋中时，赈荒煮粥诸议颇悉，大略与所颁者，互相发明。

其前议已及者，不复赘陈，中有一二随俗事宜，尚有可采，附刻于后，以晓谕各属，令其随便遵行。）

一、广煮粥之地。（查得饥民无定方，而粥厂有定处。若不多设处所，以粥就民，而图我近便，以民就粥，恐奔食于场，归宿于家，或朝食一来，十里之外，不胜奔疲，不便一也。壮丁就粥，便可随在歇止，而老病之父母，幼弱之小儿，羞怯之妇女，饿死于家，其谁看管？不便二也。乞粥以归，不惟道远难携，亦且妄费难查，三也。不如十里之内，就近村落寺庙之处，各设一厂，庶于人情为便。）（与别议同，今不录。）

一、别食粥之人。凡来食粥者，报名在官，立簿二扇，分为三等六班。老者不耐饿，另为一等，粥先给，稍加稠；病者不可群，另为一等，粥先给，稠稀从便；少壮另为一等，最后给粥，匀和在稠稀之间。此谓三等。造次颠沛之时，男女不可无辨，男之三等在一边，女三等在一边。是为六班。

一、定散粥之法。（凡散粥时，约定擂鼓一通，食粥之人，男坐左边，以老病壮为序，女坐右边亦然。灶头将煮熟粥，稠者一桶，匀者一桶，遍向两边面前，各照碗数，每人一满碗。周而复始，大率止于两碗。老病者加半碗一碗可也。每日夕人给炒豆一碗。）（与别议同，今不录。）

一、分管粥之役。粥场当分大小，如大粥场立总管一人，掌簿二人，司积二人，管米豆，俱以廉干者为之。每锅灶头一人，炊手一人，壮妇人更好，柴夫一人，桶夫二人，水夫总十人，皆以食粥中之少壮者为之。但有惰慢及作弊者，即时杖逐。

一、计煮粥之费。凡在仓有米者，掌印官差在官夫役，车载驴驮，十日一发，积在粥场严密之处，司积者自带锁钥，总管判封条，每日每人以三合为率。食粥之人，每日增减不同，掌簿先一夕日落报名数于司积。司积先将各锅编为字号，某锅煮米若干，某灶头管某锅，定有姓名斗数，贴一单于面前。每日平明，司积照序点名，照数领米。司积冒破米豆者，每一升，罚一石；灶头克减米豆者，不必论多少，重责革出。

一、酌给粥之节。久饿之人，乍饱即死。总管查有曾经久饿者，另作一等，姑与稀粥，少食，一日宁四五次。待气息少复，十数日后，方补六班。

一、备粥场之药。凡灾荒之后，瘟疫颇多，若不早治，渐至死亡。每场设医生一人，制药一人，预备时病汤散，即与调理。（不惟救济一人，恐伤传染多命，仁人不可不加之意也。）

一、议碾米之法。查照（得）[在]仓谷石，早发行户碾米，每石细米五斗，即以碎米余糠充为工食。其谷之次等者，纳米酌量减之，不可累及碾户也。

一、调饥病之人。饥病之人，坐卧无所，亦易生疾。州县将谷稻藁秸，用麻织为草荐，令之铺地，庶不受湿。有力之家，平日肯织千百，或冬月施与丐子，或饥年散给粥厂，一大阴德事，事完另行奖励。

一、重干没之法。各乡村煮粥，即于社仓支谷，亦照上法施行。（但仓中出纳，其弊无穷，）掌印官选择仁人义士，令之司财，仍与誓告于关公城隍庙，（彼必不忍剥贫饥之赀，为身家之计，求神明之祸。）倘有不自爱者，坐赃问罪，仍十倍加罚。（赈济贫民，虽变卖家产，亦难轻恕。）

一、优好义之家。（好善乐施，仁人君子有同心也，第官府不可强之耳。盖民之好义，由感不由劫也。倘一邑一乡之内，自己酌量家道厚薄，能推以济人者，不必拘定多寡，凡舍粥之家，费米二三石者，纪善一次；费米五石以上者，纪大善一次；十石以上者，纪大善二次；二十石者，给与免帖一张，犯笞杖罪名，应的决者免决，应纳赎者免赎；三十石以上者，州县呈该道送牌，仍给免帖一张；五十石以上者，州县呈本院给与冠带，本县送匾，仍令各给免帖二张。其所活人数，亦照官簿纪名。将散之前五日，有司官亲至舍场，查簿审〈人〉。众口称德、活千人以上者，本院亲至其门，仍题请冠带，请入乡饮；仍给免帖五张，子孙犯死罪以下，虽难免罪，不许加刑。）（与别议同，今不录。）

一、贮煮粥之器。天道无十年之熟。一切煮粥器皿，就收藏于原煮之处，备造一册报官，委付一人收掌。待有饥年再用，不许变价及被人花费。

越郡司理陈子龙议：

一、厂中所用粥米，除官府量为倡助外，或听其乐输，或募之殷实，或照田亩数多者均派，或大镇大村，募之浮铺，或查各村社庙有公赀、各家祠堂有公产，量行借助，皆听司赈酌行。

一、司募者将募助银米，汇收支发，必须洁己任事。其有好义之家，各认煮粥几日，一切粥米柴银，及雇工器具，俱认粥之家自备待用，亦可听随其便，在经理者酌妥行之。

一、各坊村俱有寺观社庙，可以作厂，窄狭者另立篷厂，但须厂外借木作栅，以防混杂。每厂内大略用土灶二座，大锅二只，水缸二只，水桶一对，扁担一条，吊桶一只，缸四只，缸盖四个，长柄大水杓四把，粥碗数百，竹梆一个，号筹数百枝，上书自一号起至某号止，及一切应用柴斧、火叉、笔研等物。如各家各认粥几日，则认粥之家备之。如仍总收银米，便须动支募资置买，或令本处见年里长借用，听经理者酌行。但本日监粥之人，事完即点付次日监粥之人，仍开列件数于厂中，以防遗失。

一、经理会同司募，每日将所募之数、认粥之人、用过银米若干、食过饥民若干，逐一登簿，以俟不时掣察，完日结一总数送核。

一、厂中有经理总其事，司募鸠其资，僧人等任其炊爨奔走之劳矣。此外每日又须监粥者。凡粥之稀稠，食之迟蚤，人之拥挤参差，俱监粥者之任。用本村文学耆老，须派定日期，每人监看几日。派定之期，厂中倘有不妥，以致伤生偾事，定查所繇责成。

一、监粥者极须细心察看，方使调粥得法。若生熟不均，多致成病。倘因人多粥少，搀入冷水，必然烦胀泻痢，尤为害事。民命所关，极当慎重。凡煮粥必在黎明，候滚熟调均，贮在二石缸内，每缸先各分贮其半，即将缸盖盖定，下以微火温之，不致速冷。倘不足用，随又煮候如前，又分贮各缸，用酒爬略搅，令冷热适均。分粥之时，用木杓从容倾注，勿得暴戾仓猝，以致溢粥伤人。

一、约束不齐，必致先到者拥抢，后到者守候，无赖乞流，反行混入，以致分给不均，饥饥不等。每日既轮二人监粥，每至晨刻，敲梆一通，齐众，先行散筹之后，缴一枝，方许进厂一人。进一人，则通坐一人，后至者坐先至肩下，但坐下即不许起，一行坐尽，又坐一行，以面相对，以肩相依，空其中间，可容走动。至食时敲梆一声，高唱给第一次食，即令均匀分给。其有速食先毕者，亦不许再与，再与则乱生。须将第一次散过，然后击二梆，高唱给第二次食，从头又散亦如之，三次照前。三食既毕，纵有能食者，不得过多，随即出厂。是日粥若有余，查本村土著，有家口饿病者，量令带归，如无则已。乞丐混人，秽气熏蒸。俟食完，方将余粥用桶盛出厂外，每人给粥二碗，不许闯入厂栅之内。若有食粥妇人，另于厂旁借屋一间，分等给粥，一如前法。

一、呼蹴之食，稍有体面，恐不屑就。监粥者须约束执事人等，不许凌虐饥民。厂中设长桌数张，长凳数条，食粥者令其坐下分给，体面稍全。桌凳有限，须食完一班，再放进一班，可免拥挤搀抢之弊。

一、村中青衿儒士、寒苦异常者，向多在给米之列。今若煮粥，彼未必肯含羞就食。经理会同监粥，查实给票，每日令其家丁持票前至厂中，计口给粥送归，以示优待。

一、粥厂之设，原为兼济流移，是以就食之人，已到本厂者，即不得借言清核，致其枵腹，但须散筹顺序，以免拥挤。散筹时，先散土著，后散流移，就食以此为序。

一、向来食粥，多定于午、未二时。今当炎暑之后，至午、未而更甚郁蒸，恐生疾疫，改定于辰、巳二时为便。犹恐食粥人多，秽气传染，厂中须支募赀，买苍木、艾叶熏烧。

一、炎热之天，粥若多煮，才至午间，便已酸馊。若少煮，而就食者众，岂可令空腹以归？今二麦方熟，每厂可作设面饼数十枚，以待后至不及食粥之人。但既食粥者，不得冒领。此在经理者核行之。

一、议者有言，或恐就食之人，守候支值不便，不妨变食粥为领粥。先令领筹，后令纳筹一枚，置立画一之器，给粥三碗，随到随给，亦是一法。但恐来者既多，不能尽给，而重叠冒领，亦有弊窦。若经理者有绝弊之法，亦听酌行。

一、每厂书圣谕六言，悬牌于上，设香案供奉。每日食粥之始，皆向上叩头，然后就食。经理者、监粥者时当申明六言大意，以广教化。

一、饥病既久之人，或毙粥所，即着里总量行设募，当时深埋，不许棍徒因以生事。如有大户义能舍一棺者，许经理登记簿后，以凭赏奖。

制科钱喜起慧云寺施粥（纪事）议：

粥厂执事

（饥黎猬集，炎疫交蒸，且老弱尫羸〔羸〕，动须扶掖，分给粥菜，慰恤殷勤，饥民犹有惭色。非道心苦行僧伽，鲜克忍辱加礼。今议此役，不用俗而用僧，列各僧执事如左：）

一、执事俱用禅僧，库头三人，一司银钱出纳，一司米谷出纳，一司杂项器皿食物支交。而内外各务，以居士司其总。遇银米至，眼同秤盘入柜登帐，如缺注明，以便销算。其各色杂用等费，一照信施，发心支销。不得那用柴米之银，务期因果分明。每日发米照数量明登帐，交监米僧淘净付厨。

一、书记用僧一人，居士一人。凡遇施送银米至厂者，照原札明注，作何支销，答札必详，登记弗错。仍用直日居士图记于札尾，以便稽查。

一、监米二人，赴库支米，同淘米僧淘净，付饭头僧炊煮。仍尝〔常〕川在厨监管，有错即时纠举。

一、淘米四人，务期洁净熟透，与监米僧同往水次，毋致遗漏。

一、饭头十一人，每日二更起煮粥，粥熟陆续搬贮缸内。粥胀稍和以滚汤，弗入冷水，以致食者成疾。侯殿上传钟，将缸内贮粥冷热调匀，干稀适口，付行堂僧搬运分给。

一、柴头一人，司柴出入，务期登账明确。其劈柴者另雇，工银赴库支给。

一、火头四人，赴柴头僧领柴，务期节省，毋得漏失。其残火余落，煞成水炭，交库变银，仍买柴以供炊煮。

一、茶头一人，运茶僧一人，施茶僧一人。茶头煮茶，并煮炒米汤，务期精洁，并付运茶僧，挑至大门上，付施茶僧，施给就食居民。其炒米渣仍入粥内。

一、水头二人。凡用水俱以滤水袋滤过，以免伤虫。

一、碗头三人，筋头三人。其碗箸每散一堂毕，即将热水洗净，方听次堂供用。

一、分菜二人，每日先期赴库支取盐菜，调和停当，至期随粥分给，不可过多。

一、堂主四人，以三人值男子堂。凡遇居民就食者，务期礼待，毋得诃慢。谕令照所界各方图画，依次挨坐，毋得闲走搅扰，粥到静听分给。以老成者一人值妇女堂，把守门口，膈别内外，不许男子进内窥探。俟男子散尽，妇女后行。

一、行堂散粥者，男子堂内派定二十四人，再拨别执事者十人助散。妇女堂止派高年者六人。

一、给丐粥者三人，俱于大门外，每丐各给粥一杓。

一、买办一人，先期赴库领银，所买物俱应时缴库查收。

一、知客一人，客至，务期恭敬留茶；知随一人，即尝〔常〕川送茶。

一、门头六人，遇传钟散粥之时，一应僧俗，止许进不许出。既散粥之后，止许出不许进。如有擅取柴米、粥食、器皿等出门者，即时拏送。

一、各执事僧俗，日夜辛劳，给两粥一饭，并点心粥。其夜起煮粥，再加点心粥一飡。所用器皿蔬菜，动支杂费银两。其余在寺散僧，照施粥例止给一次。其会首、司事居士，点饭自备。

粥厂规条

一、男众粥堂，设在前后二大殿，居民坐左，僧道坐右。就食者先进后殿实坐，次及两廊，次前殿，务依堂主分拨，照所界各号图画就坐。至巳刻传钟三下，行堂僧将碗箸腌菜从四隅散起，至中央止。散毕，堂主击云板三下，云各号散粥，如有违条约者，收碗扶出。众民食粥已毕，候行堂僧收完碗箸，击鼓三下，众民方起立，鱼贯从东南角门出寺。堂主即开西南角门，放未食粥者进殿就坐，散法如前。

一、妇女堂在西廊内之地藏殿。妇女进内，照所摆桌凳依次实坐，静候给粥。如有男子擅进窥探者，堂主及守门役即时拏送。

一、衣冠堂在大殿左首进内斋堂。知宾都管僧及行堂居士，如遇食粥之人，内有衣冠者，自惜颜面，不愿随众同食，即委曲延入斋堂内与膳。随到随食随散，不必拘大众例。

一、久饥之后，食粥太急，过多者延途呕吐，反致伤人。今分粥限定六巡，共计六碗为止。如有六碗之内，自吃不完，愿带回膳家者听。

一、施粥以巳时为始，午时为止。过时至者不给，以防参差搅扰之弊。如果远来迟到，尤可深悯，须执事人不辞辛苦，陆续量情给粥，不在过时不给之例。

一、行堂内外各众，凡遇食粥男妇，尤宜礼待，毋得诃慢。如遇闲人窥探讥诮者，即时拏送重治。

一、食粥之人喧哗乱众者，收碗扶出。

一、互相争闹者，收碗扶出。

一、不静听本号粥至，见傍号有粥，从人肩上索粥者，收碗扶出。

一、坐身有粥糁堕地，不即收食者，收碗扶出。

一、自已吃粥已毕，不候众人收拾碗箸、先起立者，次日不许赴寺吃粥。其出恭者听。出恭毕，仍归本号静坐，候众齐散。

一、恶疮烂足之人，不得列坐殿内。总甲查出，即引至西廊下坐定，一体给粥。

（原稿眉注：照编定号数写。）祁彪佳议：

（一）一、推总任。各乡地方辽阔，德意难以遍及，先择真实学问、留心经济者五十人。山阴、会稽两邑，每邑分作东、西、南、北、中五区，每区以五人任之，名之以总理。

（二）一、定地方。各区总理，分投下乡，某大村可以设厂，某小村附之，粥厂设于本村之某处，（俱总理文学）会同各村[之]（缙）绅（文学）[衿]耆老，详酌确定。厂地愈多，则其势愈分，就食愈便，为惠愈广。

（三）一、（分责成）[择分任]。五区总理文学到乡，再详酌确定设厂之村，某为经理，某为监粥，某为司募，（每厂）备书姓名。公祖父母巡行之日，发一名帖，请之至厂，面询利病，且示鼓劝。

（四）一、附小村。在大镇大村，既立粥厂，其每村镇四旁小村，须任事文学，详悉（采询）附入，即零星数家，不得遗漏，一则使（饥民）[小村]可以就近食粥，一则使大村（大镇）可以到彼募助。

（六）一、颁簿示。总理文学（已明开设厂之地、搭附之村，经理、司募、监粥之人，逐一详报矣。）[缴册之后]，须（预）[设]立印簿，计两邑不下二百三十厂，每厂发簿一扇，凡各区总理文学，亦列名于其中，他日可督之巡察，至设厂之地、附食之村，与夫经理、司募、监粥之人，宜逐一详载（，乃不至于推卸迁延）。每厂又须明示一张，必须辞意恳到，务使感动鼓舞。凡簿中之所载者，并开示中，使远近通晓，而设粥起止之日期，尤须画一申明，勿致参差先后。尚有厂中事宜，另刊一示，俾共遵守。凡此一簿二示，俱面交该厂任事，以绝推诿之弊。

（五）一、（征）[缴]厂册。各区总理文学，既已择设厂之地，又已（择）推任粥之人，每区汇造一册，请公祖父母，莅集公所，进诸文学，令之逐区缴册，即令其分区面陈，闾阎之疾苦，地方之情形，饥富之大略，以仰供采择。更须加之鼓励，奖前劳以责后效，坚任事之心，杜谗谤之口。

（七）一、亲巡劝。文学（总理）缴册，公祖设簿示之后，三厅公祖、两邑父母，亦分认各区，亲至四乡，轻舟寡从，一茶一饭，不扰民间。至山间穷苦最甚，尤望以肩舆遍莅，一以拊恤贫民，一以劝谕富室，一以缉弭奸宄。

（八）一、广银米。柴银粥米，岂可全藉郡邑之设处？但每厂必发米数石，以为倡率。厂以三等为则，殷富者助一石，贫瘠者助三石，中等助二石。至山乡最苦之地，如山阴之天乐乡、会稽之平水乡，则临时加助，或八石、或十石。俱于当事亲临时，面判面发，交司募亲领，杜绝侵耗。

（十二）一、耑委托。凡总理文学，必（求）公祖父母，隆以礼貌，信其心迹，有呼必应，方不致格关难行，始劝终息。

（十三）一、处盘（资）费。总理文学，多属寒素。凡饭舟舆之费，须郡邑设处量给。俟酌定多寡，开数候领。

（十四）一、坚誓约。总理文学，必须盟神立誓，绝私为公。勿以劳怨推诿，必期有济饥黎。

（十）一、严察核。公祖父母巡行之后，仍每区发一牌于总理文学，令其分头察核，某厂某人，孰勤孰怠，与夫粥之稀薄，钱粮之多寡，先行开报。其勤劳最著、捐助最多者，先即奖赏一二人，示之致励。其顽梗阻挠，立加惩治。庶有风行雷动之象，而事乃克终。

（十六）一、广邻邑。越中八邑，所在饥荒，虽贤父母尽力处赈，五六月恐亦须以粥济之。刑尊为八邑提衡，须以宪牌分督，且山、会与嵊县、诸暨、萧山接壤，倘粥设于此，而不设于彼，则三邑之人，就食必多，恐致嚣乱。分其势而普其惠，亦急着也。

（十五）一、酌城赈。城中根本之地，不宜招聚流移，故有议设粥之不便者，诚为远虑。但四关厢立有四厂，恐城中无粥，则倾城而出，每厂当不下一二千人，易于嚣乱。今城中或分坊煮粥，或总设四厂，或仍旧给米，还须裁定画一。

（十一）一、明事任。初之采询，继之劝谕，后之督催，与往来巡察，皆五区总理文学之事也。至于本镇本村，募银米，设器具，皆本村镇缙绅孝廉（富户）耆老文学事也。至于煮粥分粥，须僧人任之。并俟总理文学，同本地（绅耆）推举。

（九）一、举乡约。公祖父母巡行所至，先期令里总举报约正、约副、约赞人等，届期伺候，以便临莅之时，举讲乡约，化俗劝民。

（十八）一、告成事。粥厂之将设也，先有人地之推择。其既设也，又有勤怠之劝惩。计其事必能克终矣。竣事之后，须令总理文学，汇造一册，每厂：一、纪事。内纪人情土俗之大略。一、募资。内列银米之数目。一、旁附，内开附食之各村。一、饥口。一、流移。内载食粥之总数。一、应奖。内列本厂勤劳最著、捐助最多之姓名。汇册既成，仍召集公所，令分区缴册，加之奖赏，用告成事。至各厂奖赏，另有条款，须接续行之。

（十七）一、杜差胥。凡相地择人，巡行发米，以及稽核造报，有公祖父母提纲于上，文学绅耆效力于下，一切差胥，俱不必遣。惟各厂有顽梗最甚者，不得不偶一拘警，然亦随差随撤，勿开需索之端。

祁彪佳又议：城乡之间，粥厂将竣，议者纷纷，以为当此时晚禾未登，早谷有限，典鬻已竭，口食奚资？赈之于米价方腾之前，撤之于米价未平之际，譬如待哺婴儿，遽夺其乳，数旬而弃之，与数月而弃之一也。前功可惜，后效宜补。其议则诚是矣，然（治）某审时度势，则颇觉有难行者四。今日粥厂之举，全赖上台劝谕与责成，两者并举，然后六十日之期，无敢或缺。民间祗遵，亦云谨矣，再欲议延，惟当劝谕。若更加以责成之法，则在上为不信；若不加以责成之法，则在下多不从，是法自此穷矣。一难也。厂事初兴，米尚在二两稍余，及今而三两之上，彼助出一斗，较前多三升矣。时以德意殷殷，勉思终事，且既登印簿，不免强输，其实吝惜之私，奚啻剜肉！若不（更）别行交通，惟在责派殷富。彼谓捐输无已，窃恐怨詈转生，是赀至此穷矣。二难也。各厂执事者，初尤以奔走为荣，尚多担任。迨今两月来烈日炎风，往返劳役，苟无实意，宁免倦思，甚则经理而被告讦，司募而受詈辱，有此恶状，皆足灰心。方且盼望及期，勉告成事，乃局方终而复兴，力已疲而又策，是执事之精力穷矣。三难也。两邑五区总理诸文学，初则相地择人，继而陪侍巡劝，后来往来稽核，周环不啻千里，劳苦亦已五旬，甚至馆谷怨其旷时，室家责彼废事。且三番费用，除每区公给四两，此外所费，又十余金。今复命其劝谕，更必有以支赔，营私既所屏绝，寒素实为不堪，是总理之赀费穷矣。四难也。延粥之名非不美，欲延之念非不慈，然而审时度势，有此四难，宁敢遽以请于贤当事。议者又谓事固难矣，然虽加一日，不愈于已乎？救得一人是一人，延得一厂是一厂，苟具此心，必有所济。数万人将苏而复绝，子不为之再请于贤当事，是数万人即子杀之也。（治）某怵然而惧，乃（与倪鸿老于念四之未刻，）邀集（各区诸）总理，详加酌议，有可延之机者三。（谨以闻于左右。）目今温米将至，约略计之，每石价止一两三钱，较之市价，尚缩其半。除抵还官帑，尚应有数百石之余。量其多寡，发助各厂，官倡于先，民自不得不随于后，是可延之机一也。各区之中，惟山阴西区、会稽南区最属贫瘠，此外偶有富村尚义者，或原派在八月之初，或曾拟至七月之末。以此数处，似可触类引伸，因势利遵，是可延之机二也。五区总理诸文学，虽皆心知其难，而念切救民，莫不愿更竭其心力，察彼神情鼓励，初无怠倦之思，气既不衰于三鼓，功或可成于一篑，是可延之机三也。有此三可延之机，而更布之以上台之教令，奉之以诸生之鼓劝，庶几乎饥民可得食，而救荒克底绩乎？然上台之教令，须有先声焉，更须有实惠焉。所谓实惠者有三：温米之补助，一也。更求会计厅县公祖父母，有因粥以罚米者，发给若干，尚存若干，除留为本厂之用，又可以酌盈而济虚，二也。五区诸生，再出核劝，虽极从俭省，必每区二两，总计有二十两之数。亦乞于罚米之中，取其余者，变价充用，三也。是此实惠之三，所（求老祖台裁）宜酌（赐）行者也。所谓先声者亦有三：助米殷户，近方奔走办粮，倘得（老祖台鼎言）邑父母于七月内特宽新征一限，缓急之间，所感已多，一也。各厂中任事助米，固当俟事竣之日行察奖赏。今欲先示兴起，则宜速令总理开报，择勤劳最著、捐助最多者，耆民先给与花红，大书官衔，令自制扁；文学儒童，立案钤印，准作府考。在一区不过数人，便觉有鼓动之意，二也。诸总理之再出，非奉宪示，则家谕户晓，其谁听之？（乞）照前给发大牌一面，（内称会同刑尊，）加之勤惓劝谕之语，中以缓征普其惠，奖赏欣其心，官米之量助倡其德，听睹一新，观感必速，三也。是此先声之三，所（求老祖台斟）宜酌（赐）行者也。

宏济之二十四　市粥

谕无　例无　诏无　案一　疏无　议二

从来言赈粥，不过设厂已耳。然而中贫者，未必得食也。虽极贫而衣冠之裔，羞于呼蹴者，未肯就食也。令卖粥之法，持钱二文，便得盂粥，一人市归，举家可饱。主卖之长者，虽捐折大半，而得此售货，转展贸易，又可稍延时日。彼流移乞丐，向市上求得锱铢，可以一日不死。（此法行而又有一种慈悯之人，苟在铺外施钱，资其市买，是所以济粥厂之穷，而妙于用者也。）又有高僧募资担资，饲饿更少，助无钱之贫子矣。辑（卖）市粥第二十四。

市粥之案

辛巳岁，越中大荒，流移云集。时各村粥厂尚未设，有僧月堂出而劝募，日作粥十桶，以五僧挑之，并携盂器，分行街巷，凡遇菜色饥人，（皆）即施与之（饱）。行之既久，饥人益感德。所至环数百十人，皆令列坐念佛，以次分给，无一人哗者。别有僧德芳，日亦以四桶佐所不给，（自正月起，至九月方止，）存活不可胜记。

市粥之议

文学陆曾熙、张懿才议：凶祲经年，道殣相望，拯济之术，无不毕举。施者不能无倦，而待泽者未艾，可奈何？不得已设立粥肆，每大碗取钱二文，中碗取钱一文，就食贮回，各从厥便。彼无贪心，我无德色，行吾意而并忘吾意，所从来爱其人，而并爱其人之廉耻，且以普济之心，图可久之策。自今（月廿五日本庙）日创始，率兹以往，稼获为期，广而行之，多多益善。凡我同心，共期黾勉。一、就食不过三碗，买回不过五碗；一、值粥者先日备白米五斗，柴银一钱二分，腌菜一筐，送至局内，以便蚤煮；一、察系残疾老稚女流，无钱买粥者，即于庙外施钱，断不局内给粥，以滋纷扰。

祁彪佳议：

一、去年越城广设粥铺，得人得法，行之已久。兹第就旧约略为增定，以见叮咛惧重之议。

一、（每粥一碗，取钱二文，每人许买粥三碗。家有妇女病□实归者，许五碗。业经道台明示，所宜彼此恪遵。）买粥限碗，已载张、陆二文学约。

一、城中每区统辖八坊，惟中区统辖七坊，食粥饥户，须照方认买，惟流移不在此限。至于各坊乐助者，亦归各区统辖之中，当即登簿，以彰好义。

一、旧约云：凡粥米柴银，须一友专司出纳，其余诸友派日董事。今议每日将出纳之数，立簿书明，候道台掣缴察核。

一、旧约云：粥铺弊窦甚多，任事须亲监下锅，勿致稀簿。倘有弊漏，皆应罚补。其本日事完，即须预催次日任事，早赴料理。今议仍照此行。

一、旧约云：每铺用诚实行僧，常川典守器具，兼任收钱发粥之劳，每日量酬之。今议僧人食铺粥二餐，给盐菜银一分。

一、无钱求乞，与钱不及数者，一概不得容情滥给，业有道台告示申明。乃饥饿之人，市粥无钱，实可怜悯。善信者肯于铺外施舍，所惠极大，并烦任事诸友一鼓劝之。

一、旧约云：本日收钱，本日司赈稽核，量钱多寡，公登印册，即付八坊忠诚米铺，随便取米，循环不息。米既出之乐输，钱复贮诸公所，省转贩之须，绝流言之至。今议仍照此行。

一、旧约云：粥以精洁为贵，米以干白为上。每日五鼓始事，至午方止。先日备米待炊，以便应时分给。接饥民如遇嘉宾，不可起厌憎心；司赈事如承重祀，不可起怠玩意。今议仍照此行。

一、旧约云：司赈不到，罚银五钱。其有真实要务，先期敦请一交代之。迟到罚银一钱，意气偾事罚银一两。综理不严，致群下漏卮，自涉嫌疑，以滋物议，匪罚能蔽，期各勉旃。今议仍照此行。

救荒全书卷之十七　宏济章四

宏济之二十五　养孤

谕六　例四　诏无　案四　疏一　议无

惠恤孤贫，仁政首务。我朝有养济院，亦宋福田院之意，而州县皆建立之，则其惠也更（普）周。然法久弊生，其中有奸棍盘踞，每收一人，辄索顶首，而且虚冒衣粮，十不得其五六之用。倘于此一为清核，使所收者皆鳏寡孤独，亦何至饿莩之载道哉！司牧不可不加之意。辑（收）养孤第二十五。

养孤之谕

洪武八年（正月），命中书省行天下郡县，访穷民无告者，月给衣粮；无所依者，给之屋舍。谕曰：天下一家，民犹一体。有不获其所者，当思以安养之。昔吾在民间，目击其困，鳏寡孤独、饥寒困踣之徒，常自厌生，恨不即死。如此者展转于沟壑，可坐而待也。吾遇乱离，此心常恻然，故躬提师旅，誓清四海，以同吾一家之安。今代天理物，已十余年，若天下之民，有流离失所者，非惟昧朕之初志，于代天之工，亦不能尽也。尔等为吾辅相，当体朕怀，不可使有一夫之不获也。

洪武十九年（六月），谕曰：所在鳏寡孤独，取勘明白，果有田粮，有司未曾除去，设若无可自养者，官岁给米六石。其孤儿有田，不能自为，既免差役，有亲戚者，有司责令亲戚收养。无亲戚者，邻长养之，毋致失所。其无田，有司一体给米六石，邻里亲戚收养。其孤儿名数，分豁有无恒产，以状来闻，候出幼同民立户。

天顺元年，上谕户部曰：京城贫穷无倚之人，行乞于市，诚可悯恤。其令顺天府于大兴、宛平二县，各设养济院一所收之。即令暂于顺便寺观内，京仓支米煮饭，日给二餐。器皿、柴薪、蔬菜之属，从府县措办。有病者拨医调治，病故者给以棺木。务使鳏寡孤独，得沾实惠。

成化元年，礼部尚书姚夔（奏：今京城街市，多有疲癃残疾之人，扶老携幼，呻吟悲号，亦足以干天地之和，而四夷使臣见之，将为所议。昔文王发政施仁，必先鳏寡孤独。伏望皇上以恤民为心，特敕巡街御史，督五城兵马，拘审道途乞丐残疾之人。有家者责其亲邻收管，无家者收拾养济院，照例时给薪米。其外来者亦暂收之，候天道和暖，量与行粮，遂还原籍，有司一体存恤，务令得所。此亦调摄和气之一端也。）请收养贫民，上可其奏，曰：无问老幼男女，有无家及外来者，顺天府尹尽数收入养济院，记名设法养赡，毋令失所。

成化四年，（诏顺天府存恤孤贫。先是，）给事中陈鹤言，京城内残废无告之徒，朝暮哀号（徒次，饿死道路）。乞敕有司添设养济院，给以粟布。（刑部主事薛□亦以为言。）上谕府尹收入养济院。外来者给口粮，程送还乡，官司存恤，无令失所。

成化时，户部奏顺天府收养孤老，岁给粮布，多为人侵欺，乞命查勘，仍通行天下禁治。上曰：养济院之设，所以收养孤老无告之民，盖体天地好生之德，以尽人君司牧之责。何有司全不加意奉行，以致奸弊滋生？京师如此，四方可知。其通行禁约，务使朝廷德泽下流，颠连皆沾实惠。

养孤之例

洪武元年，令天下置养济院，以处孤残疾无依者。

正德六年，户部题该巡按直隶监察御史郑本公（题为陈愚见以裨新政事，）奏称，近年天下，至于京师，乞丐之民，或身无一钱，（而横尸于闾阎之下，）或日不一食，（而馁吼于道路之傍，）乞要加意抚恤。该本部覆奏钦依，通行（各该抚按衙门，转行所属）司府州县掌印官，今后本境凡有无依之人，务要尽心抚养。应得衣粮，依时支给，房屋随时修理。贫无依者，尽为收入养济院，使道路无饥吼之人。死无主者，即为掩埋，俾壑无暴露之尸。违者听抚按官访察究治。再照京师之乞丐，（多系平时无籍之辈，游食日久，不务生理，）若欲一概收养，恐后仿效成风。仍谕令于今设舍饭寺，听其依时给散饮食。若有侵匿，听巡城御史访拏究治。

嘉靖七年，先是，养济院收养孤老，有诈称贫户，滥给衣粮，有故填空籍，附之实在者。（穷民或转死不收，而奸利至以起□肥厚，）于是户部主事王松建议，请遣部属二员，会同五城御史，严督所属，查系孤老无依者，给与衣粮。其间逃亡之数，一一籍记，以便豁免。而放粮有司，仍案录见在，实唱名给领，不得令甲头总关，致有干没。从之。

养孤之案

汉光武帝建武六年，令郡国有谷者，给廪高年、鳏寡、孤独、笃癃、无家不能自存者。

汉明帝永平十八年，赐鳏寡、孤独、笃癃、不能自存者，谷人三斛。

（宋神宗元丰九年，知太原府韩绛言，在法诸老疾，自十一月一日州给米豆，至次年三月终止。河东地寒，与诸路不同，乞自十一月一日起，支至次年三月终止；如有余，即及三月终。从之。）

宋嘉祐中，罢鬻诸路户绝田，以夏秋所输之课，给老幼贫疾、不能自存者。神宗以来，其法不废。自蔡京置居养院、安济坊，给常平米，厚至数倍。差官卒充使令，置火头，具饮膳，给以衲衣絮被。州县奉行过当，费用既多，不免率敛，贫者乐而富者扰矣。

养孤之疏

宋（著作郎）范祖禹疏：（臣伏见陛下以今冬太寒，异于常年，圣心忧轸，救恤小民，无所不至。近又出禁中钱十万贯，以赐贫民。此诚博施济众，尧舜之仁也。《礼记》曰：财聚则人散，财散则人聚。臣知此财一散而人心皆聚于朝廷矣。古之圣人，未有不矜恤孤穷者。尧命舜，舜命禹，皆以四海困穷为说。《书》称：不雪无告，不废困穷，惟帝尧能之。盖置而不恤，则是虐之矣；弃而不养，则是废之矣。伊尹称汤曰：先王子惠困穷。周公曰：文王怀保小民，惠鲜鳏寡。孟子曰：文王发政施仁，必先鳏寡孤独。圣人养天下之民，使贫者不至失所，则不贫者自安，是故古者为政，必先恤困穷之民。国朝祖宗以来，惠恤孤贫；仁政非一。每遇大雨雪，则放公私房钱，以至粜米、卖炭、散钱，死者则赐钱瘗葬，惠及存没。近日朝廷无不举行，而又发内帑之钱，降非常之恩。德泽之厚，无以加矣。陛下勤恤小民如此，而臣参在左右，窃思有可以少补圣政之万一者，忍默而不言哉！）古者鳏寡孤独废疾皆有养，既养之则不至于冻馁而死。朝廷自嘉祐以前，诸路有广惠仓，以救恤孤贫；京师有东西福田院，以收养老幼废疾。至嘉祐八年十二月，又增置城南北福田院，共为四院。此乃古之遗法也，然每院止以三百人为额。臣窃以为京师之众，孤贫者不止千二百人。又朝廷每遇大冬盛寒，则临时降旨救恤，虽仁恩溥博，然民已冻馁死损者众。（夫救饥于未饥之时，先为之法，则人不至于饥死。救寒于未寒之时，预为之备，则人不至于冻死。今每岁收养，与临时救济，二者等为费用，不若多养之为善也。）臣愚以为宜于四福田院增盖官房，以处贫民，不限人数，并依旧法收养。委左右厢提举使臣，每至冬月，多设方略救济，或给米豆，设糜粥，不必专散见钱。其使臣存活到人数，书为课绩，量与酬奖，死损多者，必立殿罚。如四厢使臣，提举难遍，即委吏部临时更选差使臣四员，相兼提举，量与添给。仍理为重难短使，存活死损殿最，亦依四厢使臣法。（其天下广惠仓，窃虑州县不以为急，乞更申明成法，每岁以时举行，委逐路监司丁宁行下所属州县，及因巡历案视，或于逐州别差官点检，使知朝廷桂意，令官吏用心振恤。须要实惠及贫民，不得轻易以为末事。畿内诸县，亦乞令擘画官屋，依京师收养，无令远者聚于都下。重立条禁，以绝主掌支散之人减刻之弊。）如此则物不虚费，而所活益多矣。（国家富有四海，每岁用系省钱一二万缗，于租赋之入，无异海水之一勺。而饥穷之人，日得十钱之资、升合之米，则不死矣。此乃为国者所当用，王政之所先也。况朝廷幸不惜费，唯更增修旧法，推广祖宗仁政，以副陛下惨怛爱民之意。夫何难哉！臣窃陛下近日所行万万于此，而臣之所陈，事乃至微。然古之圣人，莫不以此为先务，所以拯生民之性命，其法不可不备也。如臣言稍有可采，伏乞详酌施行。）

宏济之二十六　赎鬻

谕二　例一　诏一　案二　疏一　议一

凶荒之时，妻子不能相保，非遗弃则鬻卖耳，永拆生离，总之皆人生至苦之情状。处赀赎还，昔贤虑之早矣。然欲鬻之男女，官为赎之，则无不称欲鬻者。亦犹欲弃之孩幼，官为养之，则无不称欲弃者。赀有限而鬻弃无穷，则奈之何？在吾辈爱物仁民，正不得以防欺一念，自为阻遏，宁使不必鬻而亦赎，不必弃而亦收，总以完满此仁爱耳。若丘文庄收赎补伍之说，似亦一举两得者。辑赎鬻第二十六。

赎鬻之谕

永乐间，（上）谕户部曰：人从徐州来，言州民以水灾之〔乏〕食，有鬻男女以图活者。人至父子相弃，其穷极矣。即遣人驰驿发廪赈之。所鬻男女，官为赎还。

永乐十九年四月，谕曰：各处军民人等，有因陪纳税粮马匹等项，将子女并田地产业，卖与人者，官与给价赎还。其子女已成婚配，不愿收赎者，听从其便。

赎鬻之例

永乐八年，令被灾去处人民，典为子女者，官为给钞赎还。

赎鬻之诏

唐太宗时，关中旱饥，民多卖子以接衣食。诏出御府金帛为赎之，归其父母。（诏以去岁霖雨，今兹旱饥，赦天下。其略曰：若使百姓丰稔，天下乂安，移灾朕身，以存万国，是所愿也，甘心无吝。会所在有雨，民大悦。）

（董煟曰：王者以得民为本。凡此举动，皆足以得民之欢心。太宗真至治不世出之主哉！）

赎鬻之案

周济守安庆。岁饥，民以子女易食者，满载而南，无虚日。济至，即命止其舟，借漕运粮以济之。子女得存者，不下万余。

（寺丞兼御史）钟化民救荒（法：）中州，以为饥民于待哺时，多割情鬻妻卖子，以为彼此图存之计。（公）令凡荒年出卖者，付有司报名，官倍给原价，取赎完聚。若有力之家，能尚义不索原价放还者，视所还多寡，照粥厂例，厚加奖赏示劝。父子兄弟夫妇，方离仳肠裂，一旦合离续断，恍若两世再生。时帑金及本省听用官银将尽，公行文湖广布政，取银八千充用，以解京额来辞。公下便宜檄，戒以稽缓，则先将经历官解处，本司听参。始如数解至，为赎还妻孥之用。计官银所赎四千三百六十三名。其尚义给还与民间奉行得赎者，殆不可以万数计。

赎鬻之疏

大学士丘文庄公濬疏：（臣按饥馑之年，民多卖子，天下皆然。而淮以北、山之东尤甚。呜呼！人之所至爱者，子也。时日不相见则思之，挺刃有所伤则戚之。当时和岁丰之时，虽以千金易其一稚，彼有延颈受刃而不肯与者。一遇凶荒，口腹不继，惟恐鬻之而人不售。故虽十余岁之儿，仅易三五日之食，亦与之矣。此无他，知其偕亡而无益也。然当此困饿之余，疫疠易至相染，过者或不之顾，纵有售者，亦以饮食失调，往往致死。是以荒歉之年，饿殍盈途，死尸塞路，有不忍言者矣。）臣愚窃（以）为唐太宗赎饥民所卖之子，固仁者之心也。然待其卖之而后赎，彼不售而死者亦多矣。莫若遇饥歉之年，民有鬻子者，官为买之。每一男一女，费以五缗以上为率，量与所卖之人，以为养赡之计，用其所余之资，以为调养之费。因其旧姓，赐以新名，传送边郡，编为队伍，给以粮赏，配之军士之家，俾其养育。如此既得以全其性命，又得以济其父母，内郡不耗，边城充实，是于救荒之中，而有实边之效。或者若谓国家府库有限，费无所出。惟令江南之人，有谪戍西北二边者，勾丁补伍，有如弃市，及至戍所，多不得用。今后遇有荒岁，预借官银买之，待后于江南民户，有隶戎伍于极边者，愿出五百缗以上者，除其尺籍，出二百缗以上者，改隶近卫。如此则除一军，得百军，移一军，得四十军。随以所得，抵数还官。数十年之后，边境之军日增，而南方之伍亦不缺矣。或曰：因饥募兵，古有其事与？曰：富弼在青州，因济饥民，募军万计，史可考也。

赎鬻之议

山东巡抚李长庚议：省属灾荒，冬春间饥民卖妻鬻子，为糊口资。而奸徒贩稍者，（乘之为利，无所不至。此固吏人□□不造，以至骨肉参商，离散失所，诚司民上者不忍闻见而咨嗟也。）串通地棍牙行，耑一要截略卖，甚至得钱数百，生妻永离，授食一餐，幼儿顿拆，真可痛也。目今秋成可望，所据民间卖过子女，（拟合）宜通行稽查，议令赎还完聚（为宜）。当张挂晓谕，凡民间有卖过子女，除远去外省、无可取赎外，查访在于本省之内及邻近地方者，许其备原价赎回。如力不能赎者，各该有司量为设处价值，给助取赎。务使穷民骨肉，复得完聚。如各买主有能不取价，即以礼退还者，斯系尚义良民，该有司申请旌奖，但不许奸民指此混扰生事。

宏济之二十七　安老

谕无　例无　诏无　案一　疏无　议一

饥荒洊至，强壮者犹可以筋力博一饱，若衰老之辈，无以济之，惟有转展沟壑耳。《周礼·大司徒》保息者六，原有养老一条。苟得延未尽之年，亦仁政所必先也。辑安老第二十七。

安老之案

宋神宗时，知太原府韩绛言，在法诸老疾，自十一月一日州给米豆，至次年三月终止。河东地寒，与诸路不同，乞自十一月一日起，支至次年三月终止，如有余即及三月终。从之。

安老之议

应天府府丞张玮议：古来养老慈幼，为政治之大端。日前遗弃婴孩，已设局收养。若老人疾病缠绵，筋力衰耗，既不能力作自活，又不能匍匐乞哀。际此饥年，岂无宛转床箦，呻吟待毙者？深为可悯。合令乡约耆老等，遍察各城，其有年过七十、无子侍养，即有子而家无担石、不能举火，或卧病奄奄、药饵不具者，造册报府，量捐俸资，少给升斗，以示轸恤之意。

宏济之二十八　保婴

谕无　例二　诏一　案六　疏三　议三

人未有不爱其子女者，凶荒洊迫，至于遗弃道路，彼父母心酸肠断，盖当何如？婴孩多口不能言，足不能步，咿哑颠连，顿入死路。嗟嗟是有何罪，乃至此耶？于此而设法收养，诚足补造化所不及，即谓民之大父母可也。辑保婴第二十八。

保婴之例

嘉靖八年，题准灾伤地方军民人等，有能收养小儿者，每名日给米一升。（埋尸一躯者，给银四分。邻近州县，不得闭籴。）

嘉靖十年，令遗弃子女，州县官设法收养。若民家有能自收养至二十口以上者，给与冠带。州县官于养济院支预备仓粮，设一粥厂，就食者朝暮各一次，至麦熟而止。

保婴之诏

宋孝宗乾道三年，饶州饥。帝因览知州王秬赈济条画，言饥岁民多遗弃小儿，诏付诸路收养。如钱物不足，可具奏来，于内藏支降。

保婴之案

宋（宁宗）庆元间，叶筠知剑南州。州贫，生子多不举。筠请立举子仓赈给之。

（原稿眉注：入保婴案。）任昉守义兴。岁饥，民有产子不举者。昉严其制，罪同杀人。孕者供其资费，济活千室。在郡所得公田俸秩八百余石，昉五分资□余者悉原儿□食麦而已。

（宋理宗乾道五年，）宋朱熹因闽人生子，贫者多不举，请立举子仓。淳祐中，赵汝愚帅闽，推广其意，括绝没之田产，召佃输租，仍发籴本建仓收储。遇受孕五月以上者，则书于籍，逮免乳日，人给米一石三斗。至是，诏赐常平钱米赈给之。

刘彝所至多善政。其知处州也，会江西饥歉，民多弃子于道上。彝揭榜通衢，召人收养。日给广惠仓米二升，每日一次抱至官看视。又推行之县镇。细民利二升之给，皆为字养。故一境间子无夭阏者。

（此之谓民之父母，能补造化所不及。位天地而育万物，只此一念。）

叶梦得在许昌，（岁）值大水灾伤，（京西尤甚，）浮殍入境，（自邓、唐入许昌境，不可胜计。）令尽发常平所储，奏乞越常格赈之。几千余人，稍能全活。惟遗小儿，无由得之。梦得一日询左右曰：人之无子者，何不收以自畜乎？曰：人固愿得，患既长或来识认尔。梦得为立法，凡伤灾弃遗小儿，父母不得复取。遂作空券数千，具载本法，即给内外厢界保伍。凡得儿者，皆使自明所从来，书于券付之，略为籍记，使以时上其数，给多者赏。且分常平余粟，贫者量授以为资。事定按籍给券，凡三千八百人，皆夺之沟壑，（而）置之襁褓。恤灾而能及乳哺者，术无过此。

（子产古之遗爱也，左丞近之矣。往余守宿时，亟欲设一慈幼局，不论凶荒，常以收养各省流民乳哺之遗弃。意正类此。）

黄震知抚州。州初有慈幼局，为贫而弃子者设，日久名存实亡。震谓收哺于既弃之后，不若先其未弃保全之。乃损益旧法，凡当娩而贫者，许里胥请于官赡之；弃者许人收养，官出粟给所收家。成活者甚众。

（原稿眉注：入保婴案。）方谏议慎言知泉州。会岁饥，大发官廪以贷民，又恤其鳏寡孤独而皆爱之，至有生子以方儿为名者。

钱元登，浙江山阴人。于辛巳荒岁，拾遗弃婴孩，养之室中。自能行以至乳哺者，各置一处，每以老妪妇人拊之。须乳者，至为觅乳母（数人），主人督视调养。一夕数起，啼号满屋，粪秽狼藉，主人不以为嫌。有遗弃而置姓名于怀者，为之编号制牌，悬之婴孩手腕，立簿书某号者，系某姓某名，并所弃之地、所收之时。仁风既广，许不能存养之家，夫妇抱持而寄托焉。其邻近婴孩，昼食夜宿，且可时时归宁其父母，父母亦得时时来视其子女。至丰熟乃令认领，无不感泣而去。其无可归者，主人终收养之，女为择配，男教之成立，所全活无算。（其存婴檄有云：每见道路边傍，辄有婴孩投弃，啼声彻耳，羸状伤心。□欲携归，艰于存恤。今不自□，□房屋一处，择老妪数人，床席□周，器具聊备，眎其食息，扶其起居。庶使无知之童，亦获再苏之命。然一人之力有限，而沟壑之委无穷，恳募善信于诸方，共发菩提之道愿。其已弃而无主者，亟须抱归抚养，有欲弃而未忍者，不妨暂尔寄育，待至秋熟，听凭认领，以广人嗣，以□惇黎。）至次年，承贤监司郑公瑄之委，更为殚心竭虑，日拊育以二百余人计。

保婴之疏

副使林希元疏：（曰遗弃小儿急收养者。盖）大饥之年，（民父子不相保，）蓰蓰弃子（而）不顾（。臣昔在泗州，见民有投子于淮河者，有弃子于道路者，为之），深可恻然。（因思）宋刘彝（知处州，尝给米）令民收弃子，（乃仿而行之，置局委官，专司牧养。令司凡收养遗弃小儿者，）日给升米（一升，一支五日，每日抱赴局官看验）。饥民支米之外，又得小儿一口之粮，远近闻风，争趋收养。甚至亲生之子，亦诈称收抱，以希米食。旬月之间，无复有弃子于河于道者。今各处灾伤去处，若有遗弃小儿，如臣之法，似可行也。

三边总督唐龙疏：凶荒之年，多有遗弃子女，州县官务要设法收养，俟岁熟访而还之，毋令失所。若民家能养四五口者，犒以羊酒，给尚义大字一幅。八九口者，加纱一疋；十口以上者，加段一疋，羊酒大字俱如前给。二十口以上者，臣具奏给与冠带荣身。

户科给事中左懋第疏：（臣道路闻见，移流之民，有自南而北者，亦有自北而南者。问其所之，皆云就食。而就食之地，实无定所。又见其负担推车，扶老携幼，时势仓卒，必有弃捐。不为之所，必多鬼录。念此逃徙他乡，孰非皇上之赤子，而竟不计其生耶？臣有说焉。官须设厂赈贫之法，各里贫民有归矣。里户岂无独户单丁，茕茕莫告，即非里甲中人，又有乞食流民，嗷嗷欲死，如臣所言者。须独户单丁，许控之官，令本甲巨户收之附食。里甲所不能收，与乞食流民莫归者，则官审之，城外自为厂，请动备仓赈之。仍设处其不给，一照各里散钱米之法，十日一散，而里甲外饥饿可望生矣。官收养婴儿，准为之法，饥岁十嫌口累。）尝见大荒，至有弃婴儿者，旋弃旋送，不得见其父母。彼亦生命，尤属可悯。能行走成童者，使之随民就食。有婴儿弃地，令其地方抱送养济院，而官发谷，令院内老妪粥伺之，官视亲查焉。婴儿所食无多，而贫妪利其余食，且惧官查考，婴稚皆可活也。（此二款，臣令秦亦曾行之，并前疏二议，虽曰救荒，实以止乱，虽似烦苛，实非迂难。各部虽有捐施，并未赈漠不相关之人，而适得睦族之美。孟子所谓人人、亲亲、长长而天下平之说也。官即有涓滴设处，亦赈甲不收之人，而非有难周之众，则即文王先穷无告之说也。纲举目张，简易可行。如里甲中有放生怨者，皆开攘夺之论，流民有窃取人物者，皆系乱民，许为首者及地方举官严治之，如臣致疏弭盗之法。自此民有得食之乐，官无不清之心。散利与除盗二政者，俱当并行，不至相悖，而荒政次第可举，岁不为灾，民安盗息，端自圣明致之矣。伏乞皇上采择臣疏，如果所言不谬，敕下查荒歉之处，责令抚按严行府州县行之，则圣泽无疆矣。）

保婴之议

应天府府丞张玮议：四路道旁遗弃小儿，并无食幼孩，劝谕仕绅（生耆等）收养，另行旌奖。又（令）劝贫家收养，（本府）给钱（以）为饼饵之费（矣）。惟小儿失乳者，尤为可悯。拟择空闲公所为慈幼局，召募无倚老妇哺养诸儿，给赏口粮，各幼儿每口每日给钱三十文。所有条约开后：

一、察婴儿无父母，并有父母贫病、不能自赡者，着落五城有品行乡约及坊长，并两邻具结开造报府，以凭察核造册，发经历司给发印票，免致冒滥。

一、婴儿有父母者，钱给本儿父母。无父母者，如有尚义亲族邻里收养，钱给本人。

每儿一名，每日给钱三十文。五日赴局一次，察验给放。

一、生耆每五日到局一次，察验婴儿，给发赡费。俱赴总理处具册领钱给散，十日一开报本府，以便察验。

一、遗弃道路婴儿，无父母并无亲邻收养者，乡约坊长，即着该坊总甲，访有愿养者，立刻呈报。每儿每日给钱三十文，五日赴局领一次。

一、慈恤婴儿，（但）法立弊生，多有奸民稍可过活，故意抛弃，希图冒领钱粮。遇有此等，许乡约、坊长、保正副人等报府，以凭重治。

宁绍守道大参郑瑄议：迩来时歉民饥，（疾痛流离，）每每父不顾子，以致婴儿载道，割爱待尽，（大路中哀泣莫语，望救无亲。谁无至情，）念之酸鼻。（本道今与府厅酌）今议设局于城中（江桥二祠内），措赀收养，募妪召医，特托好义绅士钱长史乔梓辈，主持其事。（仰）各坊里甲首，遇有前项弃儿，登时抱送到局，开其父母姓氏，告以住址生时，明白填簿，立给赏钱。如有忍心坐视，任弃不恤，在坊责坊，在里责里，（本道日逐察访，提坊甲痛惩，）坐以故杀之罪。倘本生父母（姓氏，告以住址生时明白，）力果不能存者，亦准抱送收养，着保甲邻里，认过婴孩，日后体气渐充，照认状许父母领回。余者听殷实诚恪人等，有愿抱去抚养，亦着保甲认过，（本道）给与印照，永杜奸棍诈端，即系所生父母亦不得认夺。（盖弃置之时，父子之情已绝，世无他人代活其子，而突出认归者。违者绳以重法。）如坊里中有发心慕义出力，或捐输以共成胜事者，破格优奖（，决不食言。嗟乎！救雀至今，颁然入井，谁无怵惕？本道固有保赤之任，迩民皆有不忍人之心。同为父子，彼生不□）。盖救得一孩，胜造七级（□特此遍谕，各宜恪遵）也。

宏济之二十九　尚德

谕无　例无　诏无　案一　疏无　议二

救荒皆所以养之矣，然使养不兼教，则多方之施济，有适所以骄其志、惰其力者。况以行义自持，而嗟来耻受，其为苦也倍常。今使普施大济，首及善良，是于养之之中，即寓教之之意矣。辑尚德第二十九。

尚德之案

鸳湖朱东山与戚纳湖等同社十人，皆以道义相许与，捐赀为会，择市义田，公同收租。乡党中或有崇节守义，可以表正闾里者，皆得以义起，恤其贫，显其善，不使泯没无闻。

尚德之议

应天府府丞张玮议：煮粥、平粜，二者兼行，救荒之法止此矣。然岂无或出身名族，或敦行儒门，或守节孤嫠，或无儿穷老，欲籴则不能具钱，宁饿而不肯食粥者？使饥羸不能出门，向隅无可控诉。有心者闻此，能不恻然？托生儒乡约，好义行慈，留心咨访，就耳目所灼知，及邻里所传说，有前项穷苦人等，访其居址，列其姓名，手书一册，密报本府，当设法量为赈济。即使不能遍及，倘因此济得一二，亦吾辈所共快也。

姚江文学陈祚先议：旌善礼贤，化道所先。遗黎偷薄，益宜振起道义之徒，以轨训嚣俗。里中有孝子节妇，端人彦士，品格既异流辈，赈恤宜倍寻常。（某等）兹另开册内，欲较饥民特加一二合。指不多屈，所费甚约，风励已多，于救灾之中，略寓激扬之意（，伏惟台断。至有素行虽嘉、稍足自给，亦不敢溷开矣）。

宏济之三十　掩骼

谕六　例三　诏二　案无　疏一　议二

民死于饥者，形骸暴露，固仁人之所不忍，而腐臭熏蒸，因荒致疫，恒多繇此。予于尝〔常〕岁皆托僧掩埋，而际此饥荒，饿殍载道，有非数僧之力所能办。然徒命工佣，又恐浅埋浮掩。是以分赀各寺，令其轮日监管。而地窄之区，贫民欲杯土（之）以覆，殊不易得。置买义冢，有与掩（骼相表里者）埋并亟者。辑掩骼第三十。

掩骼之谕

洪武三年，上谕中书省曰：往者四方争斗，民不得其死者多矣。中原草奔〔莽〕，遗骸遍野，朕闻之恻然于心。宜遣人循历水陆，悉收瘗之。省臣曰：陛下仁及枯骨，圣王之善政也。上曰：先王之世，人得以养生送死者，上得其道，下无夭阏。元季政荒，民困干戈，加以饥馑相寻，故死亡者众。朕荷天命，为亿兆主，顾兹失所者，岂忍使之暴露哉！

宣德元年，淳化县丞吴整言，自京师通州至河南两岸，多漂流骸骨，乞官为瘗之。上谕礼部尚书吕震曰：文王仁及朽骨。丞所言当从之，其即施行勿缓。

正统九年，圣谕都察院曰：近闻各处军民，往往发人坟冢。尔等职总风纪，其严行各处巡按御史及按察司，督令各司府州县官，凡境内但有暴骨在田野道路者，悉令所在里老人等，即时掩瘗。仍严谕军民，不许再犯，违者罪之。

正德十一年，谕都城内外各寺观，寄放胔骼。有主者立限收葬，无主者随地瘗之。仍谕两京及各布政司，如例举行。

嘉靖三十二年，圣谕大学士严嵩曰：我思饥民必有毙于道路者，暴露骸骨，朕所不忍，宜有以处之。乃敕令在京行五城御史，在外行抚按各督有司，查视掩埋，以称朕不忍暴露之意。

嘉靖二十四年，圣谕礼部：朕思京城九门，地大人众，多有死丧贫难、不能葬者，或有四方客死、不能归者，暴露尸体，朕甚悯焉。五城御史，其专率各该官役，以义地收瘗之。

掩骼之例

洪武三年，命民间立义冢，仍禁焚尸。若贫无地者，所在官司择近城宽闲之地，立为义冢。

（洪武三）本年（庚戌四月），令天下郡县设义冢，禁止江西等处火葬、水葬。凡民贫无地以葬者，所在官司择近城宽阔地，立为义冢。敢有徇习元人焚弃尸煅者，坐以重罪。命刑部著之律。

嘉靖十九年，题准南京各城外地土，宜作义冢、漏泽园，新旧三十一所。间有纳租地土，于新开荒地内补还前租。及于园门口作一两柱小坊牌，仍立碑石以表识之，永为遵行。及欲拆毁淫祠材料措用。仍要通行各省遵奉施行。

掩骼之诏

宋宁宗嘉定二年，诏出内库钱十万缗，为行在贫民棺槥费；又赐行在诸军死者棺钱。

宋理宗景定三年，都省言临安、安吉、嘉兴属县水涝，溺死颇众。诏各郡守臣给钱埋瘗。

掩骼之疏

副使林希元疏：（曰既死贫民急募瘗者。盖）大荒之岁，必有疾疫流移之民，多死道路，（不为埋瘗，则形骸暴露，腐臭熏蒸，仁者所不忍也。）故先王有掩骼埋胔之令，宋仁宗有官为埋瘗之诏，良有以也。然死者人所畏恶，责人以所恶，其从则难，诱人以所利，其趋甚易。臣昔在泗州，见郡县差官给银，买席瘗尸，督责虽严，而暴露如旧。臣知其故，乃择地势高广去处，为大冢，榜示四方军民，但有能埋尸一躯者，官给银四分（或三分）。每乡择有物力行义者一人领银开局，专司给散。各厂赈济官给与花阑小票。凡埋尸之人，每日将埋过尸数呈报该厂，领票赴局，验票支银，事完造报，以便查考。埋过尸骸，逐日表志，以待官府差人看验。此令一出，远近军民，趋者如市，数日之间，野无遗骸。官不费力，而死者有归，至简至便。（今各处灾伤疫疠，不无饥饿转死，所不能免。如臣之法，似可行也。）

掩骼之议

寺丞兼御史钟化民（救荒法）〈议〉：先是，饥民遗骸遍野，（公）令行各府州县及村墟乡落，遍为收骨掩葬。凡掩一尸，官给工食银三分，衬席等费银二分。抬至义冢，令开深五尺余，培土掩盖筑实，勿致浅露。各乡义冢，核数优劝。仍行牌（云：令甲尤重收瘗骸骨，本院已经牌行外，今查该）州县察原有义冢若干，曾否收瘗骸骨若干，逐一开报。

祁彪佳议：近来言掩骼者，置买义冢山，官给工赀收葬已耳。不知督理无人，必不能深埋厚掩，霪雨数番，辄复暴露。且义冢之山有限，而收葬之尸棺无涯，于是上下叠积，而埋不能埋，掩不能掩矣。今议环城四方及各大村，俱广募多劝，置买山地。至掩埋之法，曾有二种。其一给钱粮于各寺主僧，令之轮日监看，某门某村之尸棺，责成于某寺之主僧，埋不深、掩不厚者，挨日察究。此一法也。其二如越中通水处多，置造一舟，以僧人寝食其中，自城及乡，周环收葬。尸棺多而力不能及者，量以工人助之。舟僧所到之处，即募此处之善信，即葬此处之尸棺。此一法也。此皆予于庚辰、壬午间所已行者也。若叠积者必移置，暴露者必加土，或预开大窖，以免浅埋，或严禁樵采，以杜践踏，是在善信者勉力为之耳。

宏济之三十一　药局

谕四　例一　诏无　案无　疏三　议二

荒与疫相因。大荒之时，彼强壮者尚可佣工任役，聊支口腹，一旦疾疫缠绵，则有举家僵卧，莫可为计者。赈济之外，施药岂不宜亟哉！然庸医误投，有救之而适以杀之者。选医辨药，必起膏肓，吾越行之而有成效矣，予愿广之于海内。辑药局第三十一。

药局之谕

洪武间，上遣官施药于朝天宫，谕礼部臣曰：朕祇承玄祐，仰体生德，命官施药济民。昨侍郎孙承恩等奏，边方军民亦宜拯济。况今疲于征伐之后，岂免疾疢？兹一体施济，即遣锦衣卫千户同道录司官一员，赍赴宣大、山西等处，会同抚按，立法给散，务俾均沾玄惠，以章同仁之意。

永乐间，上御经筵。与侍臣语，知京师民间疾疫，多不能得医药者，叹曰：内府贮药甚广，而不能济人于阙门之外，徒贮何为乎？因命太医院如方制药，于京城内外施散。复曰：朕一衣一食，不忍忘下人之艰。乃今于辇毂咫尺，而不能行济，何况远外！

嘉靖二十四年乙巳闰正月，命施药于朝天宫。上谕掌詹事府事吏部侍郎孙承恩、锦衣卫指挥使陆炳曰：方此春时，民多疾疫。朕体上天好生之命，令尔等施药于朝天宫，用以溥济群生，宜如谕行。既而承恩奏，边方军民，亦宜救疗。乃复命锦衣千户同道录司官，赍赴宣大、山西等处，会同抚按官，立法给散，务俾均沾玄惠，以广同仁之义。

万历间，上谕礼部曰：朕闻近日京师内外，灾疫盛行，小民无钱可备医药，坐致死亡，深可悯痛。尔部其即行太医院精选医官人等，多发药料，分投诊视施给，以称朕救民疾苦之心。

药局之例

嘉靖二十一年（壬寅夏四月），上制济疫小饮子方，颁所司遵用济民，诏施药饵。时都城疫疠盛行，死者枕藉。礼部左侍郎孙承恩请命太医院及顺天府惠民药局，依按方术，预备药饵施给，以济阽危。上从之。

药局之疏

（曰疾病贫民急医药者。盖时际凶荒，民作疫疠，极贫之民，一食尚艰，求药问医，于何取给？昔宋赵抃〔忭〕知越州，为病坊以处病民，给以医药者，正为此也。）兵备副使林希元疏：往时江北赈济，官府亦发银买药，以济病民。然敛散无法，督察无方，医人领银，不尽买药，而多造花销，穷民得药，初不对病，而全无实效。今各处灾伤重大，贫民疾病，所不能免。臣愚欲令郡县博选名医，多领药物，随乡开局，临证裁方。郡县印刷花阑小票，发各厂赈济官，令多出榜文，播告远近，但是饥民疾病，并听就厂领票，赴局支药。仍开活过人数，并立文案，事完连册缴报，以凭稽考。济人多寡，量行赏罚；侵克钱粮，照例问遣。如是则病者有药，而民免于夭札矣。（三边总督唐龙疏意相同，今不录。）

寺丞兼御史钟化民疏：大荒之后，必有大疫。（况粥厂丛聚，传染必多。医药无资，旋登鬼录。）臣（仰体皇上好生之德，）行有司查照原设惠民药局，选脉理精通者，大县二十余人，小县十余人，官置药材，依方修合，散居村落，凡遇有疾之人，即施对症之药。务使奄奄未尽之年，（嗷嗷众生，）常沐圣朝再造之德。（据各府州县申报医过病人，何财〈等〉一百一十名。《康诰》曰：痌瘝乃身。夫皇仁育物，枯槁回春，即痌瘝乃身，不如于此矣。）但久病之余，其神必伤，如再植之木，其根必损，欲使元气渐复，神气渐完，岂可以旦夕致哉！必休养生息数年，然后可复其旧也。（山东赈院过庭训疏意相同，今不录。）

都御史邹忠介公元标疏：人皆知救荒，不知救疫。疫者，荒之因也。民饥饿中，虚湿相蒸，始一人，终千百人，始一隅，率穷乡极邑。（西江会城数月八千有余藁葬，余有生者可知已。臣邑月一城门外出五百人，他又可知已。臣以为此西江则然，及舟经南直隶等处，强村巨室，悉成莽苍，甚至父子不相顾，兄弟不相往来。嗟嗟天何使民至此极哉！臣郡邑赖各官竭力布医施药，稍缓须臾。不然，城郭不几丘墟乎？臣因悟曩之死者，皆枉也。故）先臣有言惟疫与大兵，修短不可言命。（虽然，握宇宙元元之命者在陛下。陛下往闻畿内小民疫疾流行，施药以济。小民焚香吁天，共视圣寿。今此海内之民，均陛下赤子也。夫捐帑藏济民，所施有限，臣愚）谓宜敕各处抚按，每县于岁编内编派济疫银一款，一县或三百两，或四百两，每石粮不过毫末耳。如疫疾流行，召医在各处施药，年年如是。活一人得一人，活一方得一方。不然，与饥民均死耳。至各处名医，亦宜搜访起送，赴部听用。如有便民济疫全书，亦显广布民间，以博圣惠，以度群生。（此非臣之迂谭也。宋有惠民局，我祖宗亦有医学科，今特一振举之耳。）

药局之议

祁彪佳议：

药局分任事宜

〇总理之任。会计赀用之多寡，辨认药饵之美恶，稽察执事之勤怠，以诚意鼓动太医，以慈肠悲悯病夫。要使方必合症，药必愈疾，局中无侵废之虞，局外无阻挠之患。

〇司计之任。筦一切发到银钱，酌丰俭之宜，以为出入。药铺之药赀，五日一付；执事之饭费，三日一给。投柜之助赀，不限时，但得若干，会同总理开收公用。每五日即将一应出入，总结四柱大数，视赀用之或羸〔赢〕或诎，为停局之或迟或早。

〇司药之任。先期酌必用之药，告明总理，会同司计，给发银钱。药到之时，公同秤收，即发图书印票，一面登入簿中。每日照方与药，分两对准，以期取效。药方之上，印给讫图书，连药交付。日晡时会计某药已缺，发票支取。支票令随药送局，必取收票为准。贵重之药，另自制买。辨药之色味必详，收药之登记必明，藏药之处所必谨，分药之头绪必清，用防欺漏，以起膏肓。

〇司记之任。用刊印之票，每日必先填日期，与太医姓名住址。太医一面诊脉写方，司记一面填写入籍，每日类钉，以为药案。其有止领方者，用不给药图书。填写不明，致药有失误，惟其责；填写不速，致人有拥嚷，亦惟其责。

〇司签之任。每日轮禅僧一人，执红（黑）绿二筹，分给看病，令之红东（黑）绿西，照号序入。前人将竣，后签方发。使病夫不致拥挤，太医亦免（臭）秽气。

议既定，复有议者。盖以取药必先胗脉，方可中其膏肓。局设一处，则四方之远来者，扶携不便，不若城中分坊，乡中分里，分医挟药，及门以治之。但恐分则察核无人，医者等为故事。或在城在乡，各设其局，此须多储药赀而后可。存其议，以俟后来之举事者。

祁彪佳又议：

药局事宜

一、太医每位请诣局三日，每日二位，一期已周，再行邀派。合照另单派定日期。逢期者必辰时初至，未时末散，勿使病人致有怏望，尤见太医普济之仁。

一、初方服药未效者，持方到局，再行加减。如系前期太医之方，属后期太医值日，务在审病看方，加减得法，以图奏效。

一、取用之药，一照时价，现发纹银。倘不用道地好料，及供用有缺，致误病人者，即呈明（道台）处治。

一、给药止疫痢疟泻等时症。其余痼疾他症，止准给方，不准给药。

一、每次只给药二帖。如服药之后，病尚未愈，许持方加减再给。

一、病人到局，先于寺头门外领签，分东西二号，照序进入（看病），不得混乱。

一、重病卧床、不能扶掖胗视者，许亲属细写症候，到局领签，取方给药。

一、看病写方既毕，病人即将原方赴给药所，入簿与药。亦照方内字号，毋得搀拥。

一、太医并执事每日茶饭点心，俱经各僧房另单包办。荒俭之年，不得不极意简省，但三餐二点，轮值之房，务要精洁应时。至于发银，一听司赀料理。

一、妇女看病者，定于巳时在十王殿齐候。烦东局太医到殿前诊脉写方，司记随入，誊写医案。

宏济之三十二　病坊

谕无　例无　诏无　案二　疏一　议二

疾病之人，既有药局疗之矣，然此犹是土著者，可以就医问药耳。若夫道途流徙，而一病缠身，不但医药无赀，即欲觅片席之栖息，且不可得。夫如是则虽非危疾，亦致伤生。悲哉！病坊之设，夫岂可已？予于辛巳设之，止收近乡之人者，所活亦五六十人。况于城市都会，令活岂可限量乎？辑病坊第三十二。

病坊之案

赵抃知吴越。岁饥，人疫病，为病坊处疾病之无归者。募僧二人，属以视衣药饮食，令无失时。凡死者，使住处救瘗之。

宋学士苏轼知杭州。值饥疫，作饘粥药剂，遣吏挟医，分坊治病，活者甚众。轼曰：杭水陆之会，因疫病死，比他处常多。乃裒羡缗得二千，复发私橐得黄金五十两，以作病坊，稍畜钱粮以待之。至于今不废。

病坊之疏

（曰病起贫民急汤水者，盖）副使林希元疏：疾病饥民，或不能与赈济，或与赈济而中罹疾病。逮疾病新起，元气初复，正当将息之时也，而筋力颓惫，不能赴厂支米。若非官为之所，则呻吟床箦之上，有枵腹待毙者矣。臣昔泗州赈济，四月疾作，见饥民多病，不能赴厂食粥，因遣人访问其家，则有患病新瘥，欲食而无所仰者。乃遣人沿门搜访，但是疾病新起贫民，每人给米一升五合。三日内外，散米一十一石七斗，而济病民八百二十二名口。所费不多，全活者众。今各处灾伤重大，民病有所不免。臣愚欲令各厂赈济官，遣人沿门搜访，但是患病新起贫民，俱日给米五合，一支五日。使其旦夕烧汤，不时餐饮。待元气既复，肤体既壮，方发饥民厂照旧支米，则病起有养，而民免于横死矣。

病坊之议

山阴令江元兆议：越当灾祲，窃念尫羸病饥之夫，寝暴道路，颠连沟壑，不特未死之身，情状堪矜，且使行道之人，熏蒸秽气。今（生员张懿才、陆曾烨、鲁□等）[文学]呈明设簿，创立病坊，（以栖此等，）蔽其风雨，时其医食，疗之不起，即与葬埋。仁人君子之用心，至此盖甚难矣。但厂宇有限，费给不赀，非甚残危，（命悬呼吸者，一概）不（许）[得]混入。倘有无籍棍徒，饰病以图安处，并疗能行动、仍恋厂内不去者，（着住僧把总人等即行）[则有]驱逐（，必不使好生广利之场为尔等贪□无厌之所也）[之法在]。

文学张懿才、陆曾烨（病坊）议：

一、董理。人命至重，上台责任至隆，起死回生，并归慈心，日慎一日，以苏多命。

一、巡行。日巡各坊，收载各途病者。

一、司粥。煮粥务使稀稠得宜，给诸病者，须有分寸。

一、司药。如法煎药，识认病者与服，日告司记。

一、司茶。尝烹新茶，给诸病者。

一、监葬。监视土工舁至义冢，督使深埋，仍插牌于上，以便寻识。

一、司净。时勤熏扫，并倒溺壶矢桶。

一、司记。日登进坊者男妇姓名、地方于册，生则书某月日疗去，死则书某月日身故。事竣之后，汇册送道府厅县，以慰轸念。所捐助米银，照数分毫入册，详录所捐姓名、所费用，亦照数分毫入册，以凭查算汇报（上台）。

按：（疗所）[病坊]自四月十二日起，至八月初一日止。残羸恶状，诚见者睥睨，闻者掩鼻。赖石田上人，备秽受劳，全活者什之七，埋葬者什之三。凡出（所）坊者，俱给钱二十文，以便沿途买粥。其病妇另置一间，耑以丐妪一人司其粪除。（然一切入坊者，多属人奴衙役、游手伎业之辈。而病妇必自言向曾受用罗绮花彩，亦曾随畜奴婢，或被非人所诱，一旦失所至此。呜呼！不务本而逐末，不谨节而浪费，生罹凶惨，死仅藁埋，可悲也夫！）

宏济之三十三　米当

谕无　例无　诏无　案无　疏无　议二

刘君世教之议曰：质库拥赀甚厚，而践更不及，宜岁计输粟，以备凶荒。乃自辽事起而征税以备辽者，盖有年矣。沿门劝募，亦必及之，故按岁输粟，有不可行者。惟是令其粜米出当，彼自取利而民亦有赖，经营之辈庶乎乐趋。先君子之议，殊为切实可行也。若劝城市之间，多开米当，以物质米，以米取物，质之于青苗不接之时，取之于场圃既登之后。在司质者获子钱三倍，而小民以贱米赎贵米，曾无有锱铢之费焉。低昂得均，人己两利。使城市而多设之，可以济贫民，可以平米价。司牧者宜亟（亟留心，）广为劝谕者也。辑米当第三十三。

米当之议

长洲令（夷度）祁承㸁议：为今日权宜之计，即典当亦有可议者。宜严行示谕，令此辈遇有小民衣饰器具，照依常年规则，值十当七，不得过为克估，且托言无本，以拒绝贫民。仍着典铺每家赴县具领宪给印信批文，不论远近，令其籴米来家，银米兼当。而其米一照时价高下，苟非腾涌之甚，官府不得限制。如此在开典之家，既可以米为本，且可以籴获利。在来典之民，不必易米以银，而竟可以物博米。况典之铺多，则米之途广，前之当者将尽，后之籴者又来，如环无端，流转不匮。此亦以民济民中更一术也。

祁彪佳议：今日米价涌腾，当铺多有闭罢者。使小民典质何所？亦恐皇皇生心。（并乞老祖台与两邑父母）宜酌所以劝其开张之法。前有文学议，各当俱令籴米当出，以现前市价入票候取，每当必盈数百石之米。亦是救荒一法。

宏济之三十四　义当

谕无　例无　诏无　案无　疏无　议一

饥荒之岁，小民不难罄质所有，聊图一饱。其于典铺，犹外府也。然有质无取，典铺亦且告匮，而所质者又多敝衣朽器，孰肯以白镪易之？故每遇大饥，典铺闭而民急矣，米铺闭而民益急矣。徐子之议苟能行之，其有裨于贫民甚大。此亦一米当也，而以尚义始，非以取利始，名同而意则异矣。辑义当第三十四。

义当之议

会稽徐子震议（曰）：越中雨旸不时，桂薪玉粒。（吾越枵腹老稚获免易子拆骨者，皆赖诸仁贤殚谋轸恤，多方奖劝，或捐金募商，或减价平籴，或简其不炊而给之升斗，或矜其菜色而饱之糜粥。种种施济，民有二天，信救荒之有奇策矣。不肖才谫位卑，言不高贵，何敢更蛇足一说，以渎清听。然而智者决不以千虑自慊，而狂愚庸有一得之长。）予草创一法于左，（似于施惠受惠者，均可不穷于继，与树恩适以府怨者不同，虽类剜肉补创，然青黄不接时）似于裒益平施，不无少助（，诚未计矣。幸以刍荛之辞采焉。凡辩论七条）。此法不拘城乡市泊，请给告示，劝令开张尚义米当。其例以一升至十升止，凡穷家什物，不限衣襦器皿书画，有直一分已上者，俱听其质。但半升一升至三升，则直十当九；自四五至六升，直十当八；自六七至十升，直十当七。轩轾差别，自有深情。其不许过一斗外者，以此法为真贫者设也。夫此举诚利于贫民，而富者恐非不竭之仓，如鲜克有终何？今酌一子母回环定局，正源深流长之法。凡质物以早谷既登，迄至八月初旬，即未赎者，不取其利。迨秋尽晚禾收后，取赎者连前照例起息，限定十月初旬，不取者概行发卖，决不停留。此非益富抑贫，盖一以不取利欣之，一以即变卖恐之，总欲贫者之急归故物，即可以所取之直，转展为灌输之资也。（有议之者曰：枉直寻尺，嗜利者有同情。方今坐拥陈朽以待踊贵，即白镪现籴，尚有德色难词，孰肯以鹑衣敝器，什袭封贮，以蹈舍钟炼铜之诮？嗟乎！吾为尚义者稔筹之，盖其小利有二焉，莫大之利有三焉，似不必以现价与质物较寻尺也。何谓小利？例以七月后起息，则撚指光阴，不无子母，一也。例限冬初必卖，岂无浮直羡余？二也。至于三大利者，盖一则阴行周急，天地鬼神所必简，一则权宜方便，功过毁誉所不干，一则既不沽名，又不市德，有无互易，聚而能散，遐迩可无仇雠。何必戒及朴满，而有多藏厚亡之悔也哉！更有谓银钱典铺，比栉皆是，何必拘以米当，方称加惠贫民？是不然。盖贫非一例，品亦不等。尽有故家廉士，不食嗟来，修节讳名，难登饥册。而况青氈长物，所直几何，奚堪持入银钱大铺？彼则瞠目，此则汗颜，费多许工夫，乞情祈请，十不得五。复欲持此锱铢，买兹玉粒，不无高下其手，出纳重

轻。窃恐刮股于鹭脚，其不至于鹄立者有几矣。且也耄婆孤）

宏济之三十五 备种

（备种、立方，非同他则，故不列谕、例等项。）

五谷既已告歉，苦饥者不得不求诸草木之实。周藩所刻《救荒本草》，有数百（十）种，繁不胜载也。且茹之多菜色，久亦辄能致病。毕东郊公独取芜菁、甘薯、芋子三种，以其味可代谷。而罗先生愿则有取于蒒草，徐玄扈公则有取于稊荑，帙中乃仅存乎此。他若藕芡荸荠之属，味（虽）同佳，人所共识，故不录焉。言救荒而借饱于草木之实，其大不得已矣。末附之，以为司牧者愧。辑备种第三十五。

附　议

徐光启议：荒俭之岁，于春夏月，人多采掇木萌草叶，聊足充饥。独三冬春首，最为穷苦，所恃木皮草根实耳。余所经尝者，木皮独榆可食，枯木叶独槐可食，且嘉味。在下地则燕葍铁、荸荠皆甘可食，在水中有藕菰米，在山间有黄精、山茨菇、蕨苧、薯蕷之属尤众，草实则野稗、黄藘、蓬蒿、苍耳，皆谷类也。又南北山中橡实甚多，可淘粉食，能厚肠胃，令人肥健不饥。凡此诸物，并《救荒本草》所载，择其胜者于荒山大泽旷野，皆宜预种之，以备饥年。

芜　菁

《嘉话录》曰：诸葛亮所止，令兵士独种蔓菁者，取其才出甲，可生啖，一也。叶舒可煮食，二也。久居则随以滋长，三也。弃不令惜，四也。回则易寻而采之，五也。冬有根可劚而食，六也。比诸蔬属，其利不亦博（按：抄本作“普乎”）矣。刘禹锡曰：信矣，三蜀之人，今呼蔓菁为诸葛菜。江陵亦然。

《本草图经》曰：芜菁四时皆有。春食苗，夏食心，亦谓之薹子。秋食茎，冬食根。河朔尤多种，亦可备饥岁。菜中之最有益者，惟此耳。常食之，通中益气，令人肥健。其实夏秋熟时采之，用水煮三过，令苦味尽，暴干，捣簁水，服二钱。（七日□）久服可以辟谷。

孟祺《农桑辑要》曰：十月终，犁出芜菁根数，牕过冬月蒸食，甜而有味。春生薹苗，亦菜中上品。四月收子打油，比芝麻（□种收多，油不发风。临用时熬动，少掺芝麻炼热，即与小油）无异。

贾勰《齐民要术》曰：种不求多，唯须良地，故墟（新粪坏墙垣乃佳。）耕地欲熟，七月初种之，一亩用子三升。（漫散而劳，种不用湿，）既生不锄。九月末收叶，仍留根取子。十月中犁粗畤，拾取（耕出者，）其叶作葅。（□料理如常法，拟作干菜及酿葅者，割讫则寻手择治而辫之，勿待萎。挂著屋下阴中风凉处，勿令烟熏。又多种法：芜菁□，近市良田一顷，七月初种之，一顷收子二百石，输与压油家，三量成米，此为收粟六百石，亦胜谷田一顷。）

《臞仙神隐》曰：凡种芜菁，以鳗鲡鱼汁浸其子晒干，种之无虫。

甘　薯

《稗史汇编》曰：岭外多薯，间有发深山邃谷而得者，枝块连属，有重十斤者，味极甘香，人多采食，名玉枕薯，又曰甘薯。或曰芋之类，根叶亦如芋。大如拳，有大如瓯者，皮紫而肉白，蒸食味如薯蓣。性冷，生于朱厓之地。海中之人，皆不业耕稼，惟掘地种甘薯。秋熟收之，蒸晒切如米粒，作饭食之，贮之以充饥，是名薯粮。北方至者，或盛其牛豕脍炙诸味，以甘薯荐之，若粳粟然。海中之人寿百余岁者，由食甘薯故耳。

毕懋康疏曰：闽广薯有二种。其一名山薯，彼中故有之。其一名番薯，则土人传云，近年有人在海外得此种，海外人亦禁不令出境。此人取薯藤，绞入汲水绳中，遂得渡海，因此分种移植，略通闽广之境也。两种茎叶多相类，但山薯植援附树乃生，番薯蔓地生，山薯形魁垒，番薯形圆而长，其味则番薯甚甘，山薯稍劣耳。盖中土诸书所言薯者，皆山薯也。今番薯扑地传生，枝叶极盛，若于高仰沙土，深耕厚壅，大旱则汲水灌之，无患不熟。闽广人赖以救饥，其利甚大。（而东坡云：薯菜不熟。殆不可解，想亦因山薯植援附树，而海南多大风，故为所损。若番薯就地□蔓□成根，虽飓风无如之何，则番薯之胜山薯，又非独其味而已。）

又疏曰：闽广人种薯法，种须沙地，仍要极肥，腊月耕地，以大粪壅之，至春分后下种。先用灰及剉草，或牛马粪，和土中，使土脉散缓，可以行根，重耕地二尺深。次将薯种截断，每长三二寸种之，以土覆深半寸许，大略如种薯蓣法，每株相去数尺。俟蔓生盛长，剪其茎，另插他处即生，与原种不异。至冬初掘起，生熟蒸煮任用。其藏种有二法：其一传卵。于九十月间掘薯卵，拣近根先生者，勿令损伤，用软草挂通风处阴干。至春分后，依前法种。一传藤。八月中拣近根老藤，剪取长七八寸，每七八条作一小束，耕地作埒，将藤束栽种如畦韭法。过一月余，即每条下小卵如蒜头状。冬月畏寒，稍用草掩盖，至来春分种。若原卵在土中者，冬至后无不坏烂。盖薯根极柔脆，居土中甚易烂，乃信风干藏种为是。今留都人传瓮菜种，皆曝干收藏也。闽人言薯根虽极干，来春得土即活。若闽中携种北来，宜于秋时用传藤法，造一木桶，栽藤种于中，至春全桶携来，过岭分种，可保必活。若于春间携种，宜择传根者持来。若传藤者，大都不能度岭。余两度取种，皆用瓴三四具种之。至中途渐次烂坏，到家每年一株，则皆带根者。乃知传根力厚易活也。至所云携藤度海，便得传种，此恐是本年事。若五岭以北，藏取旧藤，至来春作种，必不可活。

又疏曰：薯每二三寸作一节，节居土上，即生枝节，居土下即生根。种法：待延蔓时，须以土密壅其节，每节可得三五枚。不得土，即尽成枝叶，层叠其上，徒多无益也。今拟种法：每株居亩中，横相去二三尺，纵相去七八尺，以便延蔓壅节，即遍地得卵矣。若枝节已遍，复生游藤者，宜剪去之，犹可饲牛羊。

又疏曰：薯苗延蔓，用土壅节后，约各节生根，即从其连缀处剪断之，令各成根苗，不致分力。此最要法。薯苗二三月至七八月俱可种，但卵有大小耳。卵八九月始生，冬至乃止。始生便可掘食，若未须者，勿顿掘。居土中，日渐大，到冬至须尽掘之，不则烂败矣。其种宜高地，遇旱灾，既可汲井灌，在低下水乡，亦有宅地园圃高仰之处，平时作场种蔬者，悉将种薯，亦可救水灾也。若旱年得水，涝年水退，在七月中气复，其田遂不及艺五谷。荞麦可种，又寡收而无益于人。计惟剪藤种薯，易生而多收。至于蝗蝻为害，草木无遗，（种种灾伤，此为最酷。乃其来如风雨，食尽即去。）惟有薯根在地，荐食不及，纵令茎叶皆尽，尚能发生，不妨收入。若蝗信到时，能多并人力，益发土遍壅其根节枝干，蝗去之后，滋生更易，是虫蝗亦不能为害矣。故农人之家，不可一岁不种。此实杂植中第一品，亦救荒第一义也。

芋

《本草衍义》曰：芋，所在有之，江浙二川者最大而长，京洛者差圆小，而唯东西京者佳，他处味不及也。当心出苗者为芋头，四边附芋头而生者为芋子。八九月已后可食。至时掘出，置十数日，却以好土匀埋，至春犹好。生则辛而涎，多食滞气困脾。

（《说文》曰：芋，大叶实根骇人者，故谓之芋。齐人呼为莒。）

郭义恭《广志》曰：蜀汉既繁芋，民以为资。凡十四等。有君子芋，大如斗，（魁如杵□，）有草谷芋，有锯子芋，有劳巨芋，有清浥芋。此四芋多子。有淡善芋，魁大如瓶，少子，（叶如散盖，）叶绀色紫，茎长丈余，（易熟长味，）芋之最善者也，茎可作羹臛（，肥涩得饮乃下）。有蔓芋，缘枝生（，大者□二三升）。有鸡子芋，色黄。有百果芋，魁大，子繁多（，亩收百斛。种一百亩，以养彘）。有旱芋，七月熟，芋大而不美。有象空芋，大而弱，使人易饥。有青芋，有素芋，子皆不可食，茎可为植。凡此诸芋，皆可干，又可藏至夏食之。又百子芋，出叶俞县。有魁芋，（无旁子，）生永昌县。有大芋，出范阳、新郑。

《氾胜之书》曰：种芋区，方深皆三尺。取豆萁内区中，足践之，厚尺五寸。取区上湿土与粪和之，内区中。其上令厚尺二寸，以水浇之，足践令保泽。取五芋子置四角及中央，足践之，旱数浇之，具烂芋生子，皆长三尺。一区收三石。

毕懋康疏曰：诸书所言，皆旱芋也。氾氏言区种法，当亩收数百石。今人但畦种，即不如水芋。水芋与稻同，宜下泽之地。种谷者又须平畴旷野，远风四交，方能成实。若宅房侧近，及园圃篱落，或左右林木，若水乡堤岸，上种桑柘诸树者，其下风日雨露，间有不及，稻苗总盛，子不土秀，此等地独以种芋，不废成实。可令芜弃之地，反获数倍之收。（今人计虑妨谷田中，不复种树，尚可并家园宅地亦不复种也？树尚可并桑柘乌白等切民用而十倍收者，亦不复种园宅，尚可）

稊　芡

（大学士）徐（文定公）光启曰：稗，名稊芡，多收，能救水旱。孟子言：五谷不熟，不如荑稗。淮南所谓小利者，皆以此。且稗秆一亩，可当稻秆二亩，其价亦当米一石。宜择嘉种于下田艺之，岁岁无绝。倘遇灾年，更得广植，胜于流移捃拾，不其远矣。

《氾胜之书》曰：稗既堪水旱种，无不熟之时。又特滋茂盛，易生芜秽，良田亩得二三十斛。宜种之，备凶年。稗中有米，熟捣取米炊食之，不减粟米；又可酿作酒。

土　粉

（原稿眉注：入备种后。）

苏松巡按御史任浚疏：据府县报称，金坛、丹阳之间，十里长山，土色青白，如茯苓状，石子涧山，土色黄赤，如肝模形，俗呼为观音粉。臣因召居民慰问之，佥云饔餐之不给，无奈淘土作粉，搅米菜食之，或用土十分之三，犹可度命延日。如土多强餐，则腹痛后坠难活。臣于是不禁涕泗横流也。彼初食时，人气胜，而土气尚可以充馁。久食之，则土气滞而人气轖矣，乃多有闷结以伤者。且糁米兼食之，则谷气存，而土气犹可以无恙。既糁糠叶食之，则谷气尽，而元气伤矣，乃多有枕藉以死者。（臣一面劝谕煮粥，一面搜粟平粜。饥民日得一餐，庶可以少食而免忧。但收成之期尚遥，嗁饥之口日众，臣心忧之，而计无所出耳。

要之人日数万，仰哺之遗黎，则皆向者食土之残喘也。嗟乎！民至于食土以生，而不敢有异志，此良民之尤堪怜者也。然民至食土以死，而终无所控者，此饥民之尤堪痛悼者也。民以饥不聊生，方至以土为食，□□钱宝，臣益目击心伤，而敢不以入告圣明乎?）昔宋仁宗戊子之旱，饥民有食乌昧草者。范仲淹撷草进御。臣谨缄土二包，上尘睿览。仰祈皇上心镜轸恻，有不待臣言之毕者矣。

篩　草

罗愿《尔雅翼》曰：草之似谷，可以养人者甚多。《博物志》称，篩草实生海州上，食之如大麦。从七月熟，民敛至冬乃迄。或曰禹余粮，言禹治水，弃其余粮，化而为此。《本草》称，东廧（子虚赋云东廧，张楫曰实可食）生河西，苗似蓬，子似葵，可为饭。河西人语曰：贷我东廧，偿尔田粱。又冈米可为饭，生水田中，苗子似小麦而小，四月熟，久食不饥。《尔雅》所谓皇守田者也。（又有蒯草子，亦堪食，如秫米。又有蓬草子，作饭无异秫米，俭年食之。此皆五谷之外，以接粮者，故附著之。）

宏济之三十六　立方

救荒者不得已，求诸草木之实。又不得已，立疗饥、辟谷诸方。盖亦仁人之极思也。诸方未必尽效，偶得一焉，足延残喘，即救荒所不废矣。至治病之方，则惟因饥而病者，附及一二耳。辑立方第三十六。

辟　谷　方

晋惠帝时永宁二年，黄门侍郎刘景先表奏：臣遇太白山隐士，传济饥辟谷仙方。上进，言臣家大小七十余口，更不食别物，惟水一色。若不如斯，臣一家甘受刑戮。今将真方镂板，广传天下。大豆五斗，净淘洗，蒸三遍，去皮。又用大麻子三斗，浸一宿漉出，蒸三遍，令口闭。右件二味，豆黄捣为末，麻仁亦细捣，渐下黄豆同捣，令匀，作团子如拳大，入甑内蒸。从初更进火，蒸至夜半子时住火，直至寅时出甑，午时曒干。捣为末，干服之，以饱为度，不得食一切物。第一顿得七日不饥，第二顿得四十九日不饥，第三顿得三百日不饥，第四顿得二千四百日不饥。更不服，永不饥也。不问老少，但依法服食，令人强壮，容貌红白，永不憔悴。渴即研大麻子汤饮之，转更滋润脏肺。若要重吃物，用葵子三合许，水煎冷服，取下其药，如金色。任吃诸物，并无所损。前知随州朱贡教民用之有验，序其首尾，勒石于汉阳军大别山太平兴国寺。

又一方：用黑豆五斗，淘净蒸三遍，晒干去皮，细末。秋麻子三升，温浸一宿，去皮晒干为细末。细糯米三升，做粥熟，和捣前二味为剂。右件三味，合捣为如拳大，入甑中蒸一宿。从一更发火，蒸至子时，日出，方才取出甑，晒至日午令干，再捣为末。用小枣五斗，煮去皮核，同前三味为剂，如拳头大，再入甑中蒸一夜。服之，一饱为度。如渴者，淘麻子水饮之，便更能滋润脏腑。芝麻汁、无白汤亦得少饮，不得别食一切之物。

又一方：许真君传武当山李道士，累试有验，避难歇食方：用白面六两，黄蜡三两，白胶香五两，右拌〔件〕将前面冷水冻冷，熟如打面一同。然后为圆，如黑豆大，日晒干。再将蜡溶成汁了，将圆子投入内，打令匀。候冷单纸裹，安在净处。如服时，每日早晨，空心可服三五十丸，冷水咽下，不得热食。如要吃时，任意不妨。

又一方：用苍术一斤，好白芝麻香油半斤，右件将术用白米泔浸一宿，取出切成片子。前香油炒令熟，用瓶盛取。每日空心服一撮，用冷水汤咽下，大能壮气助颜色，僻邪，又能行履。饥即服之。

疗饥方

糯米、脂麻各一升，去皮。红枣一升，煮熟去皮核。共研为细末，炼蜜为丸，如弹子大。每服一丸，水下，可不饥。

又一方：黑豆一斗五升，炒；赤豆一斗五升。共捣末和匀。每服一合，新水下。尽三升，经旬不饿。

又一方：黑豆无论多寡，量用铁脚凤尾草，入甑同蒸。至豆熟，去草，食豆五七粒，镇日不饥。又以柏叶与土豆同嚼，则豆不腥，亦可疗饥。

又一方：石莲子蒸熟去心，捣末，炼蜜为丸，如梧桐子大。日服三十丸不饥。

又一方：柏叶、松叶、白茯苓、制香、白芷，微炒，各等分为末，炼蜜为丸，如豆粒大。每服十丸，冷水下，至三服即不饥。如欲解前药，宜先饮米汤，或菜汤。

又一方：粳米一斗，赤石脂三斤，水渍二三日，捣丸食之，可以辟谷。

又一方：粳米一升，酒三升渍之，晒干，又渍。取出食之，可辟谷一月。足一斗三升，可辟谷一年。

又一方：粳米一斗，淘汰，百蒸百晒，捣末。日食一餐，以水调之。服至一月止，可一年不食。

又一方：藕与密〔蜜〕同食，可以休粮。

又一方：榆树皮、檀树皮为末，日服数合，可以不饥。

又一方：管仲大者一个，置大锅内，覆以马料豆三升，大半锅水煮。剩汁一碗，取豆晒干，以汁拌之。又晒汁尽为度。一日之内，蚤食三十粒。午食三十粒，晚食四十粒。如此十余日后，但食柏叶，不必豆矣。如欲仍饮食，须渐进粥汤，不可多食，恐伤肠胃。食豆后宜戒语常默，又不可与他食同用。

又一方：黑豆一升，去皮，贯仲、甘草各一两，白茯苓、吴术、缩砂仁各五钱。右五味剉碎，用水五升，同豆熬煎。火须文武紧慢得中。直至水尽，拣去药，取豆，捣如泥，作鸡头子大，入有盖磁瓶密封。若每嚼一丸，则恣食百般苗叶，可为终日饱。虽异草殊木，素所不识，亦无毒，甘甜与进饭同。《太平御览》内《博物志》曰：荒乱不得食，可细捣松柏叶，水送令下，以不饥为度。粥清送尤佳。每用柏叶五合、松叶三合，不可过度最善。

又一方：白面一斤，黄蜡四两，白茯苓一斤，去皮。右三味为细末，打糊摊成煎饼。先清斋一日，饱食一顿，七日不饥。再食一顿，一月不饥。若要食物，葵菜煎汤服一钟。如无，茯苓汤亦可。

又一方：白面六斤，香油二斤，蜜二斤，干姜二两，火炮白姜四两、甘草二两，茯苓四两，黄米三升。右八味为细末，和成一块，切作片蒸，一时阴干为末。先食一饱饭，随后服一匙，净水送下。若服至三盏，一月不饥。若要解药力，煎葵菜汤服之食饭。

又一方：贯仲一斤，用槌槌碎，水煮出味，去渣，量水十碗，煎至六碗。再入白术四两、甘草二两，同豆一升，煎至水尽为度，晒干收贮。遇饥荒之时，将豆兼诸草食之，并无草气，可以抵饥。且贯仲一味，如天行时气，用半斤在水甕中，可救一乡之病。

又一方：黑豆一石，贯仲十斤。将贯仲细剉，与豆相拌，斟酌著水，慢火煮熟。去贯仲，将豆连汁晒干。空心日食五七粒后，随意去取百木枝叶生食，皆有味，可饱。

又一方：蜜二斤，白面六斤，香油二斤，茯苓四两甘草二两，生姜四两去皮，干姜二两炮。右为细末，拌匀捣为硊，甑内蒸熟，阴干为末。每服一匙，冷水调下，可得百日不饥。其麨以绢袋盛之，可留十年。

又一方：用黑豆一升，挼莎极净。用贯众一斤，细剉如骰子。同豆斟酌，水多少，慢火煮。豆香熟，日干之，翻覆令展尽余汁。簸取黑豆，去贯众。空心啗七粒，食百草木枝叶，皆有味可饱也。

[又一方：用白面六斤，蜜、香油各二斤，茯苓四两去皮，甘草二两，生姜四两去皮，干姜二两，炮为细末，拌匀，捣抟作块蒸熟，阴干为末。每服一匙，冷水咽下，可饱百日。

又一方：用白面一斤，黄蜡四两化开，白茯苓一斤去皮。右三味为细末，打糊摊成煎饼。先清斋一日，饱食一顿，七日不饥。再食一顿，一月不饥。若要食饭，葵菜煎汤服一钟。如无，茯苓汤亦可。

又一方：用白面六斤，香油二斤，蜜二斤，干姜二两火炮，生姜四两去皮，甘草二两，白茯苓四两，黄米三升。右八味为细末，和成一块，切作片蒸，一时阴干为末。先食一饱饭，随后服一匙，净水送下。若服至一盏，一月不饥。若要解药力，煎葵菜汤服之食饭。

又一方：荒乱不得食，可细捣松柏叶，水送令下，以不饥为度。每用柏叶五合，松叶三合，不可过度最善。]（按：以上内容为抄本所无，亦与前文多有重复。）

服松柏方

用茯苓、骨碎，补杏仁、甘草，捣罗为末。取生叶蘸水，衮药末同食，香美。

食草木方

用杜仲（醋盐炒夫系）、茯苓、甘草、荆芥，等分为末，糊丸如桐子大。每服数丸，细嚼，即吃草木，可以充饥。止有竹叶、恶草不可食。尝见苦行僧人入山耽静，必炒盐入竹筒携往，云食草叶有毒，惟盐可解。

食生黄豆方

取槿树叶同生黄豆嚼之，味不作呕，可以下咽。每日食豆二三合，可度一日。

服百滚水方

水经百滚煎熬，亦能补人。曾在严陵，见衲僧枯坐深崖，多积山柴，每日煎服沸水数碗、枣数枚、芝麻合许，可百日不死。

疗垂死人方

边海有失风船飘至塘，船中人饿将绝者，急与食，往往狼吞致死。有煮稀粥泼桌上，令饥人渐渐吮食之，尽生。饥肠微细，不堪顿食也。

救水中冻死人方

凡隆冬冒冰雪，或入水中冻死，急取棉絮盖暖，用热灰铺心脐间，可活。若遽用火烘炙，逼冷气入内，多不能生。

黄虀煮粥方

取菜洗净，贮缸中，用麦面入滚热水，调极薄浆，浇菜上，以石压之，不用盐渗。六七日后菜变黄色，味有微酸，便成黄虀矣。此后但以菜投入虀汁中，便可作虀，更不复用面。取虀切碎，虀米相兼，煮粥食之。每米二升，可当三升之用。虽不及纯米养人，充塞饥肠，聊以免死，亦俭岁节缩之一法也。往从阳羡山中野人家得此法，念其可以度荒，每用语人。且如此用菜，菜之用益弘。谷不熟曰饥，菜不熟曰馑。古人饥馑并言，良有以也。

附太平丸方

食粥之人，呕吐者有四种。一食粥过饱者必吐，行堂僧慎勿多与。一食粥太热者必吐，饭头僧务取温和。一食粥太急者必吐，碗头僧切勿催促。最可悯者，久饥之人，肠枯胃弱，虽止食半碗，亦必呕吐。堂主僧凡遇此等之人，重加抚恤，即给以太平丸药半丸，令含口内，其吐立止。药用苍术三两，用米泔水浸一宿，刮去皮微炒，白术三两，东壁土炒，甘草二两，陈皮三两，厚朴三两，姜汁炒，白蒺藜一两，炒去刺，丹参一两。以上为末，专治男妇缓急诸病。须食远服药，药远服食。若食后偶病者，即服药不忌。每服二钱，小儿止用一钱。山岚瘴气，霜露中行，感冒寒邪，鼻流清涕，或鼻塞头痛，胃口冷气，或受臭秽，呕吐泻痢作痛，过伤饮食，脾胃不和，不思饮食，霍乱腹痛，及吐解俱不得者，俱用生姜汤下。或感冒暑毒，身热汗出，用香薷汤下。胸腹饱闷，及受气拥上，用砂仁汤下。多思伤脾，心气不足，用大枣龙眼汤下。久疟痢，用乌梅汤下。产后风邪寒热，用生姜汤下。如孕妇勿多服。或遇臭秽，或空心行路，将密〔蜜〕为丸，预噙三五分于舌上，断无受秽瘴寒暑等患。服药者忌生冷、油腻、面食，服药后须谨避风寒。如黄胆沙、白火丹、阴虚夜热等症，俱不对治。

治疫方

大荒之后，必有疫。疫者，万病同症之谓。但论症不论脉，可以一概救治。此朱南阳《活人书》所明著者。伤寒传经，瘟疫不传经，与春时温病同，独中一二经，始终不移。陶节庵独发明及此。故治法伤寒随经变药难治，瘟疫照经加药易治。不论时日蚤晚，一概以人参败毒散主之极效，或九味羌活汤、参苏饮、解毒汤，辛散苦酸之类亦可。但以用药频数，可取速效。

又一方：夏间感者，名热病。于败毒散内，加桂苓甘露饮神效。败毒散不用人参，加石膏，其随症加减，良工自有妙用也。又简易方：大黄乙两，牙皂一两，郁金五钱，共为细末，麦糊为丸，梧桐子大。每服五十丸，不拘时日，菉豆汤送下，立见汗出即愈。治瘟疫天行疟疾，俱神效。

又一方：用黄连四两，贝母四两，犀角二两，硃砂二两，真珠二分，琥珀一钱，沉香五钱，金箔三帖，礞石三两，大黄五两，黄芩五两，胆星三两，防风三两，羌活四两，三棱五两，蓬木三两，天麻三两，薄荷八两，石羔八两，以老酒、陈醋、蜜姜、硝乳等制，其用药汤作引。如（伤寒）头疼发热，柴胡汤送。潮热不散，黄□□□□。狂言乱语，辰砂汤送。胃口不开，石斛汤送。吐泻恶心，藿香汤送。大便不通，麻仁汤送。气急发痰，薄荷汤送。语言不清，犀角汤送。（伤寒）吐□□□□汤送。脾虚发胀，大腹皮汤送。（伤寒）食积不散，枳实汤送。口燥舌焦，井水送。（伤寒）骨节疼痛，羌活汤送。（伤寒）肚痛作饱，木香汤送。此方（行）壬午岁施之于越中，最有效。

救荒全书卷之十八　善后章

凡六例

告成一　会计二　推赏三　旌功四　福报五　覆鉴六

善后之一　告成

谕无　例无　诏无　案无　疏二　议无

凶荒洊迫，宵旰忧勤，特遣使臣，广行赈恤，迨于荒政既竣，全活已多，可无一言，用告成事？且宣布皇仁，既已捍灾于既往，绸缪未雨，又可防患于将来，按图省疏，更必有大启宸衷，（沛恩波于四讫）终图求民之瘼者矣。辑告成第一。

告成之疏

寺丞兼御使钟化民疏：顷者中州极祲，食人炊骨，科臣杨东明进饥民图说。皇上览之，恻然动念，发帑金三十余万两、漕粮一十万石，特敕微臣专理荒政。继蒙宫闱施赈，又发帑银三万两，差官解运。（复敕微臣如前给散。盖中州之荒，乃从来未有之荒；皇上之赈，实从来未有之赈也。臣虽至愚极□，敢不仰承德意乎?）臣陛辞之后，星夜驰入中州，（但见流离满道，饥莩盈途。）仰体皇上好生之心，亲亲仁民，情有厚薄，于贫宗首恤焉；礼士待民，分有先后，于寒士加惠焉。煮粥者，救民之急务也，多开粥厂，就便安插，以活垂死之命。散利者，荒政之要机也，审别贫户，分投给领，以赒窘迫之人。大荒之后，必有大疫，则择医以视之，施药以疗之，使枯槁者皆得以全生。流移之民，欲归无赖，则分钱以与之，给票以送之，使转徙者皆还其故土。已得生矣，而妻妾子女，贱卖他人，则官为收赎，俾得全其天性之恩。已复业矣，而家室一空，荒芜满野，则官给牛种，俾得遂其有秋之望。此惟皇上假臣以便宜，故臣便宜以从事，匹夫匹妇之生，皆天高地厚之德也。（仰赖皇恩广被，中土腾欢，继以二麦全收，众心遂定，干戈转为祝颂，盗贼化为良民，圣德感人之速，一至此哉!）臣复念之，救荒于已然，不若备荒于未然。平时无备，一旦有急，辄仰给于内帑，恐有限之金钱，难以支无穷之变故也。臣闻（为国家者，每行一事，必为千百年之计，则善后之宜，岂可以不讲哉？故）本业不修，则生之无道。臣行各府州县敕务农桑，课勤纺织，使男务于耕，女勤于织，期为不饥不寒之民。积贮不豫，则备之无方。臣行各府州县民设义仓，官修常平，期为三年九年之积。奢侈之风不革，则所生不胜其所用，民日贫矣，然不以礼隄防之不止也。臣述四礼以谕输士民，冠婚以礼，何嫌于濯冠浣衣、荆钗裙布之陋？丧祭以礼，何嫌于庐居暮宿、菜羹瓜祭之薄？敦礼教所以黜浮靡也。乡保之令不申，则嘉禾不胜于莨稗，民日乱矣，然不以教先明之不改也。臣遵圣谕以申乡约，十家为甲，十甲为保，不必增兵以防矿，而人自为兵；出入相友，守望相助，不必增饷以食兵，而家自为饷。除奸慝，所以保善良也。夫农桑积贮，礼教乡保，载在令甲，班班可考，臣之所申明而修举者，孰非仰承我皇上容保无疆，教思无穷之至意哉！虽然，（臣犹有望焉。臣入中州之初，天雨时施，二麦成熟，此皇上积诚格天之功也。继而霪雨过多，秋禾告损，卑下复遭湮没之虞，高亢者未免损折之苦。积荒久困之余，虽年年丰稔，犹患未复其常，况加之以灾沴乎?）故疮痍者病而起，起而复病，吁嗟生息之难；凋瘵者稿而苏，苏而复稿，慨叹流离之易。伏乞皇上格天之诚，纯一无间，勤民之念，终始不移，视朝讲学以慷聪明之量，容贤纳谏，以弘化理之资，蠲累年逋负，苏积困之遗黎，留已发漕粮，实久虚之仓廪，轸忧勤以理机务，躬节俭以率臣民，不作无益害有益，修和成永赖之功，不贵异物贱用物，安静养和平之福，则久安长治，胥此致矣。臣当竣事之日，愿效款款之忠，谨以救荒始末情形，及善后事宜，各绘一图，图著一说，皇上俯垂清览，则艰难困苦之状，常在目前，经纶康济之猷，起于心上。（若臣一念微忱，望皇上为尧舜之君，致唐虞之治，绵万年有道之长者，即图有所不能描、说有所不能尽也。）臣救荒之事，皆原任抚臣赵世卿、按臣陈登云，竭心力于其先，今任抚臣张一元、董裕、按臣李时华，协心力于其后，则备救之事，岂臣之所能独成哉！（况臣已离中州，而地方自有专职，）伏乞敕下该部将蠲积逋、留漕粮二事覆议上请，仍行彼中抚按，将备荒事宜，责令有司着实举行，务为久长之计。祖宗幸甚，生民幸甚！

山东督理荒政御史过庭训疏：窃惟东省连岁被灾，实从来所未有，而微臣奉敕督理，又近世所仅见。念从来未有之灾伤，则拯救倍切，膺近世仅见之委任，则报称更难。（且饥民区处无法，必至聚为乱民。东土乱萌一起，必至蔓延海内，又臣之所大惧矣。故）入境以来，务期弘宣皇上德意，于以全活饥民，杜戢乱萌为主。第（富民者，饥民之所就食者。各兵各役，又饥民之所视傚也。）以轸恤饥民之故，骚扰稍有身家之富民，使不得安其业，则国赋何从处办？而为饥民之累更大。以概行停征之故，罔恤各兵各役之苦楚，则缓急将何倚恃？而为乱民之媒更速。故安顿富民，调剂各兵各役，实臣惓惓一念，有出于煮粥赈饥之外也。至天潢之派，实资藩屏，可令其枵腹笼中乎？青衿之士，实首四民，宁忍其受饥膠序乎？负海贫灶，历尽艰苦，供亿边需，而遭此凶荒，又宁忍其滨死于广汉之野乎？故首恤贫宗，继惠寒士，而余波及于贫灶者，又臣惓惓一念广夫煮粥赈济之仁也。（皇上又责臣与抚按各官设法区处，无得专恃发去银米了事。大哉皇言！可谓洞悉二东之苦，明见万里之外矣。故臣于条议中有劝助赈、开事例、酌罪赎、搜帑藏诸款，荷蒙皇上下部覆议，俯赐俞允，责令著实举行。臣敢不曲体圣心，遍行各属，一体着实遵行。惟是此时帑藏已无可搜，助赈罪赎，所入亦不甚多，独事例一款，则通省之中闻风响应，而输粟输银者济济，以故有司官得借此接济措手。藉非徼明旨于皇上，则停征许久，仓库尽空，无论广设粥厂、给助耕作之费，无从处办，而各兵各役又安得支吾至今也。则臣等之多方区处者，藉明旨而始得展布，灾民之茕茕待哺者，藉圣恩而更得全活矣。臣又看得盛王之世，猝遇水旱而国无捐瘠者，以积蓄多而备先预也。）又思二东素无积贮，年来搜括，又已无遗，（业误于既往，讵可再误于将来?）今秋即果逢年，而公私之费，逼于一时，有田者且难撑持，无田者仍难存活，入冬情景，大有可虞。（臣为此虑，）故于设法区处之中，如拿问官吏之赃罚与援纳衣巾之银谷，自本年一月中起，五月中止，煮粥助耕，尚有余剩者，尽数转行该地方官，如原系谷石，则留以备赈，原系银两，则发以籴谷，仍以数目知会抚按，不时稽查。此又臣仰体皇上设法区处之明旨，以备本年三冬发赈之用，并备他年不时之需也。（皇上敕臣之词有云，汲黯矫诏而河内攸安，龚遂便宜而渤海底定。臣实愧不能为汲黯、龚遂，而皇上之加惠东土也，不既远出于汉武、汉宣之上乎？目下时雨沾洽，地利甫兴，瓜果可以采食，而草根树皮不至再行搜剥，且流徙渐还故土，而竹篱茅舍，争思补缉安居，即未能顿复熙熙皞皞之旧，亦大非嗷嗷汹汹之时。此实倚藉皇上之威灵，而臣或得借以仰副皇上之任使耳。盖入春以来，灾变异常，惘人穷者，惧其朝不保暮，至季春而光景似一变矣。孟夏之中，旱蝗见告，策荒政者苦于计无所出，至仲夏而光景又一变矣。第季春之得雨而光景一变，则以皇上之慨发银米，又速点抚按之臣，注意于东土者独切也。孟夏之得雨而光景又一变者，则以皇上之俯从部覆，又特许漕米之留，加恩于东土者更渥也。即此时米价稍平，地方官恐误军储，多不愿领，仍拟还司，乃就当日民情论之，则欢声雷动，不减于大发冏金之时矣。故曰人事修于下，则天道应于上，《洪范》庶征之说，岂不信若影响哉！但居安者当思危，善始者贵善终。目下比之春初，幸有其安矣，而已往苦楚景象，可遽置之若忘乎？本年即幸逢年，亦仅有其始耳，而将来难测情形，可竟忽之不念乎？臣是以询之地方之口碑，采之各官之条议，与□□）臣谨将巡历时耳聆目击，最真最确者，每事绘为一图，每图著为一说，极知粗浅无当于乙夜之观，而自信狂愚，谬附于千虑之得云耳。（皇上试览臣之图，择臣之说，念及已往，而垂亡频死之艰危，如在目前，顾及将来，而思患预防之计画，运诸掌上，则细流未必无补沧海，土壤未必无补泰岳也。矧皇上去凶即害之时，正海内仰德承休之日，吉祥善事，如诸臣之所条议者。皇上若设诚到行，则圣德何患不增修，天心何患不感召？至东省当累岁大祲之后，荷蒙皇上破格赈恤之仁，亿万灾民始出百死得一生，此后即岁岁丰稔，元气未易顷复。矧天灾流行，又有不可测者乎？则修救修备之策，如臣前疏之所条议者，更望皇上之下部覆议，责令地方官之着实举行也。至本年初困于旱而二麦无收，继困于蝗而禾苗残啮者，通省州县，亦自不少，但不至如去岁之甚耳。踏勘既定之后，按臣计必从实奏闻，臣不敢以再赘。惟是四十三年以前钱粮，查系小民拖欠者，尽数乞恩蠲免。臣与抚按诸臣再三渎奏者，夫岂不计国课之重，盖亦深念民瘼之苦也。神宗，宋中主耳，触于郑侠之图，长吁数四，慨然悟新法之扰民，立罢数事，一时欢呼相贺。皇上比隆尧舜，览臣之图，何难立蠲此积逋，以广全活东土之殊恩哉！臣生平愧乏他长，勿欺二字，则臣所自矢。若今日之绘为图而著为说者，则事事之光景逼真、语语之吐露皆实，不敢一毫粉饰，以失勿欺之本指也。惟是此番之役，饥民各有起色，而地方幸无他虞者，实藉旧抚臣钱士完、按臣赵日亨弭变于仓卒，而用剿用抚，动合机宜，新抚臣李长庚、按臣毕懋康，疗病于垂危，而察隐察微，悉中肯綮。臣特宣布皇上之威命明德，使饥民之悦而思感，乱民之畏而思戢耳，实非能有所斡旋规画，可以佐抚按之所不及也。旧抚臣钱士完力疾捍灾，酌轻重而分布全省，规便弛禁，通有无以曲存孑遗，其保障之功，尤不当以去后而掩。至其为青、莱、登请十余万之金者，真见积苦之民，望米如珠，连灾之后，帑藏如洗，其恐万有不测，则养兵之费，更百倍于养民。每与臣道及登、莱之苦，不觉殷殷泪下，故于赈银之外，增银二千两，臣又增银二千两，以接济登、莱，总以缓灾民旦夕之死，广皇上无穷之仁耳。籍令四五月之间，再不得时雨之润，不知此时作何景象？恐烦庙堂之区处更大，京边之动又不是言矣。乃知旧抚臣当日之请，固已急救目前，亦已预防不虞，出于万不得已也。）

善后之二　会计

谕无　例二　诏无　案无　疏无　议一

救荒使者奉命而出，竣事而还，关系最为重大，钱谷极宜清楚。支发既已多端，稽核必须彻底，务使漏卮尽杜，沟瘠皆甦，上报天子，下慰士民，在此举矣。辑会计第二。

会计之例

户部职掌一款：凡各处田禾，遇有水旱灾伤，所在官司踏勘明白，具实奏闻。仍申合于上司，转达本部立案具奏，差官前往灾所覆踏是实，将被灾人户姓名、田地顷亩、该征税粮数目，造册缴报，本部立案开写灾伤缘由具奏。如奉旨赈济，仍定夺大小男女口数。则例：差官前去赈济给赏毕日，仍将散过钞粮，分豁备细数目，造册缴报，以凭稽考。

户部职掌一款：凡所在有司仓廪储积粮斛，除存留彼处卫所二年官军俸粮外，务要会计周岁该支数目，分豁见在若干、不敷若干、余剩若干、每岁开报合干上司，转达本部定夺施行，仍将次年实在粮米及该收该用之数，一体分豁旧管、新收、开除、实在开报。

会计之议

山东督理荒政御史过庭训议：照得督理荒政，要在清查赈银赈米之拨派散给。（使有司无敢侵冒，灾民得沾实惠而止。但关系最重，而时日又甚促，待拯最切而地方又甚广，则银米之赈发，势固不能家予人给，而吏治之清查，势亦概难身亲自□也。所以广耳目之所不及，以仰承圣天子轸念灾民至意者，实惟一二各府之刑厅是系。且）今银米发赈已遍及于东省，灾民得赈业过期于三春，本院便当料理复命之事矣。（各差以年计，尚须查盘，本院之差以月计，更宜清楚。为此牌，仰本官即离任前往某府一郡地方，）须各府理刑推官，逐州逐县，亲自清察。要见自去冬十月中起，至本年二月中止，领去银米若干，赈过饥民若干，有余者存剩若干，不足者那借若干，开载明白。续查本年自二月中起，至五月终止，领去银米若干，发赈若干。果系煮粥者，设有粥厂若干，某日起，某日止，费米若干，全活若干。其不愿食粥而以银发赈者，极贫若干，发银若干，次贫若干，发银若干。或以赈银助耕作之费者，查其开垦田地若干。贫宗有赈矣，贫生有赈矣，贫灶有赈矣，各查其赈过姓名数目，一体类报造册。若赈银赈米之外，该地方官自藩臬以至县正，设处谷若干，银若干，赈济饥民若干，地方官自行设处之外，乡绅士民之中，愿助谷若干，银若干，赈过若干，不拘多寡，各造册类报。其各州县所报赈过饥民，间一抽问，以查虚实。（务使升合皆有着落，分厘各无渗漏。）至官评之殿最，全凭荒政之修否。荒政业有成劳者，入其邑计当自见，即科责应注上考；荒政只饰虚文者，入其邑亦当自见，即甲科亦注下考。（无徇□换以塞责，无托衙役以滋弊，无以乡曲之情而有所偏护，无以墙壁之故而始为优容，不论出身之资格，不采□尔之声望，）其自知府而下，以至署印各官，查自十月中旬起，至五月终止，一切荒政，属伊料理者，查勘的实，分别等第，填注考语。其佐贰首领等官，有关于荒政者，亦一体分别等第，填注考语。各造钱粮数目，官评殿最，简明册一本，（俾本院）得据以报部复命。此实彼此职掌所关（，匪直本院借以无陨越于地方也）。其衙门人役与里老乡约等侵冒有据者，照各差查盘事例，一体追赃究罪，以凭发赈，毋纵毋枉。

善后之三　推赏

谕二　例十一　诏二　案二　疏二　议七

救荒惟择人要矣，然人材有限，大概因赏罚而激劝者居多。当荒政之始事也，欲以齐一众心，则非罚不激。迨荒政之终事也，欲以鼓舞好义，则非赏不劝。吾儒万物一体，痌瘝在抱，亦何俟于推赏之及，后为兴起？然不可概言乎庸俗也。因时置令，要当先为庸俗之地，故不但议赏者必须申同仁之视，即受赏者不可居独洁之名。虽然，赏格徒颁而无一段真切感动之意，但以文具饰行，恐庸俗亦未易兴起也。能如富郑公之书劳受赏，时时慰犒，出于至诚，则人无不尽之心，无不尽之力矣。辑推赏第三。

推赏之谕

嘉靖八年户部题：该湖广荆州府江陵县（署印主簿周符奏□乞恩旌白尚义，以励民风、以沛圣化事。内称：本县）义官傅钺，先年出谷千石，（赈济饥民，已经抚按衙门照例行令竖立坊牌。）今复输粟千石（及施棺，令人用席簟掩瘗无主死尸，分巡官行县具奏，乞要）［，乞］表厥宅里，激励将来等因。（奉旨）［圣谕］：傅钺出粟赈饥，施棺掩骼，义气可嘉。著有司量支无碍官钞买办花红羊酒，以礼奖励；原竖牌坊，还着量加修葺，以励后人。（钦此。）

崇祯十三年（五月初四日），圣谕户部都察院：畿南、山东、陕西、河北灾荒殊甚，深轸朕怀。间经发帑赈恤，地方甚广，朝廷德意势难遍及。各该有司为民父母，今当自行拯救。兹特专责各抚按，即行府州县，多方劝谕乡绅富室，各行捐助，亟为救济。确查某里某户，有真正赤贫，不能存活者若干，各谕令本里本户之殷实大家，协同赡养。事竣之后，各该户头开报该府州县，转报该抚按，每户能救活十名上下者，即行给扁奖励；救活二十名上下者，富室给冠带荣身，乡绅奏叙；救活三十名上下者，题准建坊旌异，府州县官一并超擢。务要奉行尽善，不得因而滋扰。各府州县积谷，先便赈济，如有侵没情弊者，即行参处。特谕。

推赏之例

宣德五年，江西饥。掌吉水县事知州柯暹劝富民出谷赈济，邑义民胡有初出谷一千五百石。（众胥效出谷，邑人赖焉。）巡抚赵新上其事，诏赐玺书褒美，复其家，遣行人劳之。

正统三年（六月十日），遣行人卢懋赍以玺书，旌江西吉安府泰和县民萧襄为义民，因其出谷一千二百石作义廪。

新淦界江里李孟都，宣德十年尝出谷五百石，县如制建碑表之。乡人荣之。正统五年，（令）刑部侍郎薛君修荒政于江右，（宜）［重］宣上德，以风励其民。孟都跃然感激，复出谷千五百石。事闻，赐玺书旌为义民，劳以羊酒。孟都祗请阙谢，命光禄赐酒馔。

正统五年议准，凡民人纳谷一千五百石，请敕奖为义民，仍免本户杂泛差役。三百石以上，立石题名，免本户杂泛差役二年。

成化六年，令凤阳、淮安、扬州三府军民、舍余人等，纳米预备赈济者，二百石，给与正九品散官；二百五十石，正八品；三百石，正七品。

正德四年，户部题准湖广武汉、黄等府劝借事例，凡出米千石以上者，表其门；九百至二三百者，授散官；自从六品至从九品，凡四等。（仍刻石旌名。其余州县，原有侍郎毕亨奏留余银可备赈济，不必劝借。今年该征兑运粮米，宜量折十五万石，而以其加耗为给赈之助。）

嘉靖八年，令抚按官晓谕积粮之家，量其所积多寡，以礼劝借。若有仗义出谷二十石、银二十两者，给与冠带；三十两者，授正九品散官；四十石、四十两者，正八品；五十石、五十两者，正七品，俱免杂泛差役。出至五百石、五百两者，除给与冠带外，有司仍于本家竖立枋牌，以彰尚义。

嘉靖十年奏准，陕西灾伤重大，令各州县戒谕富室，将所积粟麦，照依时价，粜与饥民。若每石减价一钱，至五百石以上者，（上）给与冠带；一千石以上（，表为义门。被灾人民逃出外境者，招集复业，倍与赈济银两，官给牛种。隆冬时月，饥民有年七十以上者，添给布一疋，动支官银收买。）遗弃子女，（州县设法收养。）民家有能自收养至二十口以上者，给与冠带。（州县各于养济院支预备仓粮，设一粥厂，就食者朝暮各一次，至麦熟而止。）

万历十二年，陕西巡按奏，义妇王氏输粟一千石赈饥。上命给银竖坊旌表。

嘉靖十年，令动支官银，收买遗弃子女，州县官设法收养。若民家有能自收养至二十口以上者，给与冠带。

推　赏

崇祯十二年，钦定保民四事书内一款：藩王输银一千两以上，与输粟二千石以上者，照山东三蕃例请敕奖赏。勋戚输银五千两以上，与输粟一万石以上者，照附马冉兴让例题请加级，仍敕谕旌奖。输银三千两以上，与输粟六千石以上者，请敕旌奖。输银一千两以上、粟二千石以上者，请给扁额旌扬，仍与记录。在京官员，在外文武各官，输银五百两以上，与输粟一千石以上者，请敕旌奖，自竖坊；输银三千两以上，与输粟六千石以上者，照御史李玄例题请加级。监贡生员，输银二千五百两以上，与输粟五千石以上者，照李鳌、汪机例，题授中书职衔；千两以上者，照傅爵汝例，题请建坊，仍与叙录。侯选里问，输银一千两以上，与输粟二千石以上者，照程光裕例，题加虚衔一级，行吏部速选优缺，仍许自为建坊，量免一丁。指挥输银一千两以上，与输粟二千石以上者，照金之纯例，题授守备职衔，自备建坊，仍赐旌奖。庶民输助，照万历四十六年题行事例，酌量加增，银一百两、粟二百石以上者，地方劄给冠带给匾；银三百两、粟六百石以上者，题给匾外，免本身杂差；银五百两、粟一千石以上者，题给八品散官服色；银八百两、粟一千六百石以上者，题给七品散官服色，仍各给匾，量免一丁；银一千五百两、粟三千石以上者，照王芳例请敕旌奖，许自建坊，仍给七品散官服色。土司输银五千两以上者，照木增例，题请加给，并赐诰旌劝。以上所输银粟，俱解本府州县仓库，备充城守，（刍粮为主，止）取仓库实收，具题报部，即与照款旌奖。

推赏之诏

汉成帝永始二年诏曰：关东比岁不登，吏民以义收食贫民，入谷物助县官赈赡者，已赐直，其百万以上，加赐爵右。更欲为吏，补三百石，其吏也迁二等。三十万以上，赐爵五大夫，吏亦迁二等，民补郎。十万以上，家无出租赋三岁。万以上，一年。

宋高宗建炎元年，诏劝诱富豪出粟米济粜饥民。粜及三千石以上，与守阙进义校尉；一万五千石以上，与进武校尉；二万石以上，取旨优异推赏。已有官荫，不愿补授名目，当比类施行。

宋理宗乾道五年，诏赏福建路监司州郡所上官民之家济粜者凡九人，补转官资有差。

推赏之案

宋孝宗隆兴七年，中书门下省言湖南、江西旱伤，立赏格以劝积粟之家。凡出米赈济，系崇尚义风，不与进纳同。无官人，千石，补进义校尉，愿补不理选限将仕郎者听。以上补官，或进士则免文解，及补上州文学迪功郎各有差。文臣一千石，减二年磨勘，选人转一官。以上循资及占射差遣有差。武臣亦如之。五千石以上，文武臣并取旨优与推恩。

（寺丞兼御史）钟化民救荒中州，司厂不用在官人，俱于各本地方保甲里耆，公举富好义者，州县正官审实，以乡宾礼往请。至则繇宾阶升堂，长楫躬送，花红荐三爵，破格优礼，俾之实心任事。凡厂内利弊，陈请即行，月给官俸。司一厂者，能使一厂饥民得所，则旌以采币扁额，倍之者与冠带。若能司五六厂以上，则任所请。或欲荣身者，竟以便宜授光禄、鸿胪等衔，品止于六，汇题比实授。或为骨肉赎罪，虽应戍应辟者，得从末减。或欲为子弟青衿，则竟行督学录名，与文艺考进同。劝谕富室倡义，有乐助赈者，视所捐之数，与司厂同赏格。

推赏之疏

宋文公朱熹疏（内一条）：迩来一应募献米合格推赏之人，多被官吏邀阻乞觅，闻有至今未推赏者。（况虽已蒙立法约束，更）乞明照户部，先具见今奏到已未推赏名件进呈，将来推赏人，日下推赏。（行下诸路州县，有未申奏者，限一月内并到。如违，许被抑人进状陈诉，重作行遣。）又上户已经去年献助，今年所蓄想已不多，若必依旧格方得推赏，则恐无复及格之人，可以献助。（欲）乞（检会淳熙元年三月二十四敕户部，勘当到点检台州措置赈济官耿延年所申浙东路赈济赈粜，）依湖南、江西米数，减半纽计，推赏指挥，申明行下，庶几应募者众，得济饥民。仍勒所司立定保明状式，及令逐处官司承受应募理赏词状文帖，并要当日行遣。如将来依式奏到，省部却称文字不圆，及诸处故违程限者，官员重加降责，人吏并行决配，庶几富者乐输，贫者得食，实为两便。

（宋文公）朱熹（申三省状来）又疏：臣前所奏，乞特降睿旨，支拨一百七十万贯，凑前所给，通作二百万贯，令（熹）臣及早分给诸州，广行运籴。俟见粜给户口实数，却行计度支用不尽之数，先次拘收回纳，仍乞于内纽计米数，量给空名告身五七十道并度牒官会凑成二百万贯，付（熹）臣收掌。如有献助及格之人，令臣与安抚使书填给付。

推赏之议

（宋隆兴中，上书门下省言河南、河西旱伤，立赏格以劝积米之家。凡出米赈济，系崇尚义风，不与进纳同。）

大学士丘文庄公浚议：鬻爵非国家美事，然用之他则不可，用之于救荒，则是国家为民，无所利之也。宋人所谓，凡出米赈济，系崇尚义风，不与进纳同是也。臣愿遇岁凶荒，民间有积粟者，输以赈济，则定为第等，授以官秩。自远而来者并计其路费。授官之后，给与玺书，俾有司加礼优待，与见任同。虽有过犯，亦不追夺。如此则平宁之时，人争积粟，荒歉之岁，民争输粟矣。（是亦救荒之一策也。）

三边总督唐龙议：凡平粜减价百石以上者，官犒以羊酒，给尚义大字一幅。二百石以上者，加纱一匹；三百石以上者，加段一匹，羊酒大字俱如前给。五百石以上者，具奏给与冠带荣身。二千石以上者，奏请表为义门。

山东督理荒政御史过庭训民粜议中一款：凡士民出粜米谷，若肯每石减价一钱，尤见垂怜梓里之高义。减价百石以上者，官犒羊酒，给尚义门扁。二百石以上者，加纱一匹；

三百石以上者，加段一匹，羊酒、门扁如前给。五百石以上者，具疏奏请，给以冠带荣身。二千石以上者，奏请表为义门。

陕西布政汪道亨社仓议中一款：凡社中富而好行其德者，能于本谷外，愿输二石入仓者，纪善一次。四石者，纪善二次。十石者，纪大善一次。二十石者，纪二大善。三十石者，纪三大善，州县掌印官奖赏。输五十石以上者，该府暨州县送遍，书"好义"二字。输百石以上者，本道送匾，书"施仁"二字，照例给与冠带。输至二百石以上，旨准给冠带优礼，本道及两司送扁，书"乐善"二字。其输四百石以上者，申请两院送扁，书"积德"二字，给与冠带，仍优免杂泛差役，犯罪不许加刑。此外若输粟八百石以上者，申请两院照例奏请，竖坊表里。

永嘉令杨文骢社仓议中一款：一、树旌别之典。每值岁终，社正副率其长授册于令，令为稽实，当赏劳以果酒，标之花红，用鼓吹导，引出衙门。积三年，其正副社长有故列编氓者，令其赐以冠带扁额，树之风声。又三年，则上其绩于府道，又三年则上之三院，以尚义旌。其举监生员，积三年而上之院道，则以德行旌。况圣明在上，复汉科征辟之贤，固不越此而他举矣。其乡先生则积三年闻之院道，俾一社之人，尸而祝之，百年后即以配社，倘亦所谓无穷之闻也与？

绍兴太守王孙兰民粜议中一款：生员粜一百石已上，以德行申道学；粜五十石以上，行学纪录。民户粜百石以上，免其户田二十亩差解；粜五十石以上，给冠带。生员有不愿申德行纪录者，照民户酌免差解；义民有不愿领冠带者，亦酌免差解。有肯照市价多减以粜者，生员粜八十石即申德行，粜四十石即纪录；义民粜八十石即免本户田二十亩差解，粜四十石即给冠带。其有不愿纪录、德行、冠带者，酌免差解如前。

祁彪佳（越中赦赏）议：照得信赏必罚，励世磨钝之大权，其于救荒尤为首裨。盖非罚则不足以齐一众志，非赏则不足以鼓动群情。前是荒政旁午，其中不无阻阂，以故罚有所必行。今既告成矣，可无旌奖，以彰好义？况饥馑洊臻，盖藏甚鲜，升合之助，皆匪易致，推赏格例，所宜宽收。至于司事诸衿耆，劝募既难，劳绩尤著。虽其中究心学问，利济为怀者，原无冀望之思，而上恩普暨，当无异同。谨拟旌赏等则，用备采择。

耆民粟官助米二十石已上，助银五十两以上，平粜五十石以上，减粜四十石以上，及在各厂任事勤劳，而助米十石已上，助银二十两已上，平粜四十石已上，减粜三十石以上，为第一等。助米八石已上，助银十两已上，及在各厂任事勤劳，而助米三石已上，助银五两已上，为第二等。助米三石已上，助银五两已上，及在厂任事勤劳，而助米一石以上，助银三两已上，及助米助银虽少，勤劳最著，系经理开列者，为第三等。第一等者，订期召集公堂，面赐花红杯酒，鼓乐迎导，给与刊印扁额一纸，令其自制，耆民许冠带荣身，并录叙姓名，申院道题旌。第二等者，召赐花红杯酒，鼓乐迎导并给刊印扁额一纸，令其自制，耆民许冠带荣身，不申叙。第三等者，召赐花红杯酒，鼓乐迎道，并给扁自制，不冠带申叙。

生员、监生、儒士，先议劳：凡去年任事，兼今岁各区总理，各坊各厂司赈者，为第一等。虽止司事一次，而勤劳最著，系经理开列者，亦为第一等；止于去年任事，或止于今岁各区总理，各坊各厂司赈者，为第二等。再计资：凡助米八石已上，助银十两已上，平粜八十石已上，为第一等；助米二石已上，助银五两已上，平粜八十石已上，减粜四十石以上，为第二等。议劳第一等与计赀第一等、二等者，定期召集明伦堂，面奖花红杯酒，加纸四刀，鼓乐迎导，以德行另申详学道特奖，仍请院道题旌，又准入册存案，遇科试一体列府案送试，监生给扁迎送。议劳第二等与计赀第一等、二等，及议劳一等之最著，而贫不能出赀者，召给花红杯酒，加纸二刀，鼓乐迎导，以德行汇申学道纪录，仍准府考，监生给扁迎送。止议劳第一等，与止计赀第一等者，召给花红杯酒，鼓乐迎导，以德行行学存案，监生给扁式自制。止议劳第二等，与止计赀第二等者，召给花红杯酒，鼓乐迎导。

善后之四　旌功

谕无　例无　诏无　案无　疏一　议一

荒政告成，士民固有推赏矣，然而皇华之命使，郡邑之长吏，多有殚力苦心，手口瘁瘏者，可无旌异，以示风劝乎？虽人臣体国恤民，原无居功之想，而朝廷磨励大权，舍此其何从焉！辑旌功第四。

旌功之例

正统五年，命御史薛希琏举江西荒政。希琏所至，以便宜剗奸弊，广储蓄，增筑坡塘，以兴水利。变通有法，宽猛得宜，民惠赖之，能声益著。事竣升刑部右侍郎。

弘治三年题准预备仓粮，议行各照州县大小、里分多寡，定以额疏，斟酌处行。如十里以下，积粮一万五千石；二十里以下，积粮二万石；三十里以下，积粮二万五千石；五十里以下，积粮三万石；一百里以下，积粮五万石；二百里以下，积粮七万石；三百里以下，积〈粮〉九万石；四百里以下，积粮一十一万石；五百里以下，积粮一十三万石；六百里以下，积粮一十五万石；七百里以下，积粮一十七万石；八百里以下，积粮一十九万石。三年之内，务彀一年之用。如其数者斯为称职。过其数，或多增一倍两倍，再有卓异政绩者，听府案官具奏旌擢，俱给本等诰敕，行移吏部，遇缺不次擢用。不及数者，以十分为率，少三分者，罚俸半年；少五分者，罚俸一年；少六分以上者，是为不职，候九年考满，送吏部降用。至于知府，视所属州县积粮多寡以为劝惩。如州县仓粮俱如数者，知府亦如称职。州县仓粮过其数，多增一倍两倍，知州知县得旌异者，知府一体旌擢。不及数而少三分、五分及六分以上者，知府一体罚俸降用。至于六年、九年，亦照例查算积粮多寡。其军卫三年之内，每一百户所各要积粮三百石。数外有能多积百石以上者，军政掌印、指挥千百户，俱给羊酒花红激劝。不及三百石之数者，一体住俸。以后年分，不拘数，要年年有积，无积者比较责罚，侵欺者参奏拿问。知州知县考满，先赴本部行查任内积粮多寡，行移吏部以凭黜陟。（嘉靖八年奏准例与此同，今不录。）

正德六年，佥都御史丛兰巡抚庐凤滁和等处，兼赈济兵荒。兰赈济全活十二万六千八百口，抚释胁从男妇几六百人。事闻，赐敕奖励，赉金帛。

嘉靖四年，庐州知府龙诰在任修盖义仓，置买义田，行赈粜、赈贷、赈济之法，又条积蓄便民八事。户部覆议，得旨：龙诰留意备荒，有裨仁政，加官一等。所奏事宜，抚按官勘果便利，通行各府州县仿诰所行，随宜酌处，以备赈济。有成效者，奏加升如例。

嘉靖十八年，赏辽东巡抚刘璋、山东巡抚乔佑各银币，仍令以礼奖劳山东参议高登、佥事张九叙、（辽东）苑马寺卿李珣，以其赈济有方，全活者众也。

旌功之疏

刑科右给事中王都疏：切惟直省之抚按道府以及州县知推，为朝廷亲民官也。于民间疾苦，见闻逼真，痛痒关切者，惟州与县为最近（，父母所以称也。然亲民至今日难言矣。内寇外虏，赋重役烦，饥馑荐臻，盗贼遍地。我皇上以子遗可虑，其谕该部者，奉有灾伤各邑，作何宽恤之旨；以多暴堪虞，其谕抚按者，奉有率属拯救、设法消弭之旨。忧旱患盗，保育残黎，皆州县亲民事也。非有诚求苦心、应变长才、耐久定力者不能。所恨不肖州县，不思为荒年之谷，尚忍剥穷民之膏，犴狴作威，搀抢贻虐。近被抚按科参者，俱严行提问，以为不亲民者之惩。职）臣愚谓惩不肖者，当使州县不得不亲民，亦当劝贤者，使州县不忍不亲民。（惟求民之生活，必不以曲徇情而善事上官。此时）果能救得逃亡，（消得盗贼，地方诵德，社稷式灵，）便是大经济、大学问。（有官如此，不可多得，何忍负之！在抚按二臣，当为朝廷爱惜人才，据实开报。）伏乞皇上轸念劳吏，注名御屏，可破格以旌之，或褒以玺书，或赐以金帛，用昭循良之宠光，亦天子葵之与之之盛举。此后奉有减俸行取之旨者，如期召用，奉有纪录之旨者，升转攸擢，庶使亲民贤者感激策励，不毁前功，又使不肖有司，因而化贪酷为廉能，各做亲民实事。语曰：三代而上，有荒岁，无荒民。今日何难复见焉？

旌功之议

山东督理荒政御史过庭训议：顷者庄诵圣谕，令有司实心任事，设法区处，无得耑恃发去银米。盖原欲地方官于赈银赈米之外，别为处置也。（所宜悉心区画，多方措置，务求保全民命，以仰副圣明之德意。）该地方官除积谷额数外，果能委曲斡旋，或于平时预有积贮，或于临期另行设处，银至千两以上，谷至千石以外者，申请（本院）批发赈济，（俟复命之时，于）荐扬之外，特题优异，以俟吏部纪录扰〔优〕擢。即银至五百两以下，亦（据实开报，本院）当（分别数目，）一体上闻。

善后之五　福报

谕无　例无　诏无　案十九　疏无　议无

为善者不望报于天。况当饥馑垂危，正如见赤子入井，此时悉力拯救，决无有纳交要誉之心。若因邀福而为此，虽力竭矣，心仍未真。惟是触于万物一体之怀，所不能自已者耳，然苍苍亦未尝忘报也。揭此一类，可以劝中人之勉于为善者。辑福报第五。

福报之案

春秋之时，郑饥，未及麦，民病。子皮饩国人粟，户一钟，是以得郑国之民。故罕氏世掌国政，以为上卿。宋饥，司城子罕出公粟以贷，使大夫皆贷，司城氏贷而不书，宋无饥人。晋叔向闻之，曰：郑之罕、宋之乐，二者其皆得国乎？

（董煟曰：子皮、子罕为一国之卿，固与宰天下者大相远，不知其惠之所及者能几？而天之佑善，罕氏遂掌国政于郑，乐氏遂有后于宋。盖亦《传》所谓"天灾流行，国家待〔代〕有，行道有福"，理必然耶！）

伏湛，汉更始时为平原守。见天下荒乱，谓妻子曰：天下皆饥，奈何独饱？乃共食粗粝，悉分俸禄以赈邻里，来客，至百余家。后官至司徒封候，子隆为光禄勋，翁嗣爵，孙缓鲁、孙无忌，玄孙质，俱为显官。

韩韶，汉末为赢长。贼闻其贤，相戒不入境。余县多被寇盗，废耕桑，流民入韶县界，索衣粮者甚众。韶悯其饥困，乃开仓赈之，所廪赡万户。主者争谓不可，韶曰：长活沟壑之人，而以此获罪，含笑入地矣。太守素知韶名德，竟无所坐。李膺、陈实等立碑颂德焉。子融官至太仆，年七十卒。

代宗广德中，岁大饥。萧复家百口不自振，议鬻昭应墅。宰相王缙欲得之，使其弟紘说曰：以君之才，宜在左右，胡不以墅奉丞相取右职？复曰：鬻先人之墅以济孀单，吾何用美官，使门内寒且馁乎？缙憾之。由是坐废数岁，改同州刺史。岁歉，有京畿观察使储粟，复发之，以贷百姓。有司劾治，诏削停刺史。或吊之，复曰：苟利于人，胡责之辞？其后拜兵部尚书。

（董煟曰：官职自有定分，以巧得之，不若拙而见称于后世。萧复以墅奉宰相，岂不立取富贵？不发观察使储粟，岂削停刺史？然一时龃龉，其后亦为兵部尚书。岂非官职自有定分，虽巧何益也。后之赈济者，但当诚心为民，可行即行，一己之利害，非所当计。）

王仆射初为谯幕，因按逃田。时岁饥而流亡者数千家，乃力谋安集，上疏论列，乞贷以种粒牛种。朝廷皆从之。一夕次蒙城驿，梦空中有紫绶象笏者，以一绿衣童子遗之曰：上帝嘉汝有爱民仁心，故以此为宰相子。后果生一男，王亦拜相。

张詠镇蜀时，梦谒紫府真君。接语未久，吏忽报请到西门黄兼济。黄幅巾道服，真君降阶迎接甚谨，且揖詠坐黄之下，询顾详款，似有钦叹之意。詠翊日命吏请黄，戒令常服来。比至，一如梦中所见。遂以梦告，因问黄有何阴德，蒙真君礼遇如此。黄曰：无他长，惟每岁禾麦熟时，以三万缗收籴。民或艰食，即以元籴斗斛不增价粜之。在兼济向无损，于小民颇有补。詠曰：此君所以居詠上也。命二吏掖扶黄令坐，索公裳拜之。

陈尧佐知寿州，遭岁大饥，自出米为糜以食饿者。吏民以故皆争出米，其活数万人。尧佐曰：吾岂以是为私惠邪？盖以令率人，不若身先而使其从之乐也。（后为两浙转运副使。钱塘江篝石为堤，堤再岁辄坏。尧佐令下薪实土，堤乃坚久。徙滑州，造木龙以杀水怒。又筑长堤，植柳万本，作柳溪，民赖其利。迁右谏议大夫，为翰林学士，拜枢蜜〔密〕副使。）后拜同中书门下平章事，以太子太师致仕，年八十二（卒，赠司空兼侍中，谥文惠）。

李允则知潭州，（兼管干湖南巡检兵甲公事。初，马氏暴敛，州人出绢，为之地税捐。又屋每间，输绢丈三尺，谓之屋税捐。又牛岁输米四斛，牛死犹输，谓之枯骨捐。允则一切除之。又民输茶，初以九斤为大斤，后益至二十五斤。允则请以十三斤为定制。）会湖南岁饥，欲发官廪，先赈之而后奏。转运使以为不可。允则曰：须报逾月，则饥者无及矣。不听。明年又饥，复欲先赈之。转运使又执不可。允则乃愿以家资为质，由是全活者数万人。天禧二年，以客省使知镇、潞二州，领康州防御使。

查道知虢州，岁蝗灾，民歉。道不候报，出官廪米赈之，又设粥以救饥者，给州麦四十斛为种于民。民赖以济，所全活者万余人。其居官时多茹蔬，或止一食，默坐终日。尝梦神人谓曰：汝位止正郎，寿五十七。而享年六十四，论者以为积善所延也。子循之为大理评事。

汉州长者李发，遇岁不登，辄为食以食饥者，自春徂冬，日以千数。乾道戊子，民饥甚，官为发廪劝分，而就食李家者，日至三四万人。明年流庸未复，（而荒政已罢，民愈困弊。）数百里间扶老携幼，挈釜束薪而以李为归者，其众又倍于前。盖李之为此，自绍兴之丙辰，至此三十余年（，岁以为常，所出捐不知其若干斛，所全活不知其几何人矣。及是而惠益广，绩愈茂。故）矣。州郡及诸使者始上其事，孝宗（皇帝）嘉之，授初品官。其后孙寅仲登第，唱名第三，至礼部侍郎，出为潼川路安抚使，敷文阁直学士。

宋子贞为东平行台幕府详议官，时汴梁初下，饥民北徙，饿殍盈道。子贞多方赈救，全活者（按：此处有脱漏）余人。金士之流寓者，悉引见周给且荐用之。后官至中书平章政事，寿年八十一，子勃官至集贤学士。

苏杲，眉州苏洵之父，轻财好施，急人之病，孜孜若不及。岁凶，卖田以赈济其邻里乡党。逮熟，人将偿之，君辞不授，以致数破其业，危于饥寒。然未尝以为悔，而好施益甚。

倪闪字奏夫，沙县人，（颖悟嗜学，用俭好施。）每出以钱自随，遇贫则掷，不问知否。绍定三年寇起，官兵获从贼者皆系狱。闪以无知罹法，日饮食之，已而得释。后大焚民舍，将及闪家，贼党相与扑灭，邻家复全。明年大饥，道殍相枕，闪大煮粥济之，活者万计。次年赴试，人多梦竖旗于闪门，旗上书“饘粥阴功”四字。是岁果魁天下（。除宁国教授，出私帑创斋舍，置义田，俸资悉分兄弟姑妹），仕至尚书。

祝染，延平沙县人，遇岁凶，赈济煮粥，疗病无虚日。生一子甚聪慧，应举入试。乡人梦黄衣使者，执旗报喜，奔驰而告曰：状元。榜旗上有四字，曰“济饥之报”。及开榜，子果中状元。

张八公性好施，乡人德之，号张佛。每岁禾谷，钱六十文一把。晚年产分二子。值其岁歉，乡价八十，其子亦增之。八公坐于门首，粜者出，问价几何。曰视前小益。公索钱还之，自后其子不敢增价。其孙曾、立皆登第。（更溪冯公为人本分，亦好施，人以呆称之。其子梦兰中进士，乡人谣曰：张八佛子孙享其佛，冯大呆子孙享其呆。）

李谦尝值岁歉，出粟千石，以贷乡人。明年又歉，人无以偿，谦即对众焚券曰：债已偿矣。明年大熟，人争偿之，一无所受。明年又大歉，谦竭家财煮粥以济之，动以万计；死者复为瘗之。人咸曰：子阴德可谓大矣。谦曰：阴德犹耳鸣，人不知而己独知之。今子皆知，何足为阴德乎？一日假寐，梦一紫衣人告曰：上帝嘉汝有德及人，报在汝后。谦寿至百岁而终，子孙皆为大官。

徐栻，常熟人。其父素封，偶遇年荒，先捐租以为同邑之倡，又分谷以赈贫乏。夜闻鬼唱于门曰：千不马匡，万不马匡，徐家秀才倒做了举人郎。相续而呼，人共闻之。是年栻果举于乡。徐益积德，孳孳不怠，修桥砌路，斋僧济众，凡有利益，无不尽心。后又闻鬼唱于门曰：千不马匡，万不马匡，徐家举人直做到都堂。栻果官终两浙巡抚。

荆溪吴公某督学四省而无子。素善一术士李某者，告公曰：仆得种子之法，专尽人事。公自度家业，肯捐其半为胤嗣计乎？公曰：无子，身皆剩物，且受人侮，何有于半？李生曰：方今岁祲，固天假公以会也。请条其缓急，以备举行。一、荒粮大户，力或可支，细民室如悬磬，公查钱数两数者，代纳以全民命。一、狱囚大辟勿论已，如追赃赎罪等项，一日未完，一日监候，公与代完。一、饥民四城门各设厂煮粥，其次族属姻党，不时馈遗，其次村落穷民，亲履给粟，其次制药救疫，其次掩埋白骨，其次修整庙宇，其次城外环绕皆大河，民患跋涉，当悉驾大石梁以通往来。他时义庄宜设，学田宜助，役田宜出。愿公触类引伸，大行方便。吴公欣然如其言，所行不满数事，所费不逾万金，连举二子，一发乡科。

陈天福，茶陵人，其家初不甚富，而有米皆平粜，无米遇人急则借银与之，乡里莫不感德。一日，有道人以钱一百二十文籴米一斗，陈辞钱与米。道人出，题诗其门云：远近皆称陈长者，典钱粜米来施舍。他时桂子与兰孙，平步玉堂及金马。陈后富饶，起经济仓，平粜济人。生三子，皆显达，孙登第，官至太常，子孙累世荣贵。（今湘湖陈氏宦族，其后裔也。）

润州金坛县陈亢，熙宁八年，饿殍无数，作万人冢，每一尸设饭一瓯、席一领、纸四帖，藏尸不可纪。是岁生廊又生度，皆为监司，孙登仕者相继。

（按：此条原列“覆鉴”，据原稿眉注移至此处。）

善后之六　覆鉴

谕无　例无　诏无　案十八　疏无　议无

救荒者业以福报欣之矣，然非怵之以祸患，则尚有隔膜无关，置民生于不恤者。故略举往辙，较若列眉，令人知殷鉴不远，庶仁者救，而不仁者亦不得不救，上之人救，而下之人亦不敢不救。盖于暗室屋漏，醒其良心，比之以法令弹治者，鼓动较速。辑覆鉴第六。

覆鉴之案

王莽时，南方枯旱，使民煮木为酪，酪不可食，重为烦扰；又令饥民掘凫茈食之。流民入关者数十万人，置养赡院以廪之。吏盗其廪，饥死十七八。

（董熠曰：木岂可煮以为酪。莽之规模如此，其即日败亡之宜哉！）

梁末侯景作乱，江南连年旱蝗，（江扬尤甚。）百姓流亡，相与入山谷江湖，采草根木叶菱芡而食之，（所在皆尽，）死者蔽野。富室无食，皆（鸿面鹄形，）衣罗绮，怀金玉，俯伏床帷，待命听终。千里绝烟，人迹罕见，骸骨聚如丘陇。（按：此条原稿错为两处。）

（董熠曰：春秋之时，战争相寻。秦晋之饥，犹且乞籴。梁末旱蝗，土宇虽狭，盗贼虽起，然百里之地，犹足以朝诸侯，况据大江之南乎？时宇文泰在魏，方讲行府兵，有惠养黎元之志。傥走一介，赍宝玉以告滞积，仍乞护送，彼以生民为念，其忍坐视而弗救乎？惜也梁之君臣昏庸，不知出此，至使百姓转死乎沟壑，甚至衣绮罗，怀金玉，悲夫！）

东汉献帝兴平元年，四月至七月不雨，谷一斛直钱五十万，长安中人相食。帝令侍御史侯汶出大仓米豆，为贫人作糜，饿死者如故。帝疑廪赋不实，取米豆各五升，于御前作糜，得二盆，乃杖汶五十，于是悉得全济。

大业七年，炀帝谋讨高丽，发民夫运米，积于泸怀二镇。耕稼失时，田畴多荒，饥馑荐臻，谷价踊贵，米斗直钱数百。所运米或粗恶，令民籴以偿之，重以官吏侵渔，百姓困穷，财力具竭。安居则不胜冻馁，剽掠则犹得延生，于是始相聚为群盗。

（董熠曰：自古盗贼之起，未尝不始于饥馑。上之人不惜财用，知所以赈救之，则庶几少安，不然，不鲜有殃及社稷者。况夫军旅之后，必有凶年。炀帝不知固本，且轻举妄动，以至于亡。有天下者，可以为鉴。）

十四年，炀帝幸江都，郡县竞刻剥以充贡献。外为盗贼所掠，内为郡县所赋，生计无遗，加之饥馑无食，始采树皮木叶，或捣药为末，或煮土而食之。然官廪犹充牣，吏皆畏法，莫敢赈救。

（董熠曰：自古张官置吏，本以为民。今吏皆畏法，莫敢赈救，是必上之人讳闻荒歉也。以荒歉为讳者，其祸至此。然天子者，民之父母也。子既饥饿，父母其忍坐视乎？今民至采树皮、捣藁末以充饥肠，而上犹不知，可叹哉！）

隋末，河南、山东大水，饿殍满野，死者数万人。徐世勣言于李密曰：天下大乱，本为饥馑。今更得黎阳仓，大事济矣。密遣世勣袭破黎阳，开仓恣民就食。

（董熠曰：为人上者，平居暇日，其所积贮，正为斯民饥馑计尔。不知发廪赈恤，乃至英雄散之以沽誉，迹其祸患，可不鉴欤！然尝观密开洛口仓，散米无防守，取之者随意多少，或离仓之后，力不能致，委弃衢路。自仓城至郭门，米厚数寸，为车马所輾践。群盗来就食者，并家属近百万口，无甕盎，织荆筐，淘米洛水西岸。千里之间，望之如白沙。密喜，谓贾闰甫曰：此可谓足食矣。噫！食也者，民所赖以为命，而轻弃若此。使密得志，岂生灵之福欤？）

隋末，马邑太守王仁恭不能赈施。刘武周欲谋作乱，宣言曰：今百姓饥馑，（僵尸满道，）王府君闭仓不赈恤，岂为民父母之意！众皆愤怒。武周称疾卧家，豪杰候问，武周椎牛纵酒，因大言曰：壮士岂能坐待沟壑！仓粟烂积，谁能与我共取之？豪杰皆许诺。未几，以计斩仁恭，郡中无敢动者。开仓赈贫民，境内属城皆下之。

义宁元年，左翊卫郭子和坐事徙榆林。会郡中大饥，子和潜结敢死士十八人，执郡丞王才，数以不恤百姓之罪，斩之，开仓赈施。

隋末，河内饥，人相食。李轨兴义兵，僭称帝号，倾家财以赈之。不足，欲发仓粟，召群臣议。曹珍等曰：国以民为本，岂爱仓粟，坐视其死乎？时有隋官心不服，排珍曰：百姓饥者，自是羸弱，勇壮之士，终不至此。国家仓粟以备不虞，岂可散之以饷羸弱？轨以为然。由是士民离散，寻致败亡。

（董熠曰：李轨，饥贼耳，固不足论。然行反间者，多倡为仓粟不可散之说，使失士民之心。况夫万乘之主，欲为根本虑者，岂当爱惜仓粟，坐视百姓死亡耳。）

天宝十三年，水旱相继，关中大饥。杨国忠恶京兆尹李岘不附己，以灾沴归咎于岘，贬长沙太守。上忧雨伤稼，国忠取禾之善者献之，曰：雨虽多，不害稼也。上以为然。扶风太守房琯言所部水灾，国忠使御史推之。是岁，天下无敢言灾者。高力士侍侧，上曰：淫雨不已，卿可尽言。对曰：自陛下以权假宰相，赏罚无章，阴阳失度，臣何敢言？上默然。

（董熠曰：自古奸臣固位，惟欲谄事人主，不乐闻四方水旱盗贼之警，故多为掩遏之计。不知稔成祸基，非国之福。孟子曰：入则无法家拂士，出则无敌国外患者，国恒亡。是欲使人主常怀恐惧也。况水旱不恤，民心日离，国忠不学无术，何足以知之？）

唐大历二年，秋霖损稼，渭南令刘藻称县境苗独不损。上曰：霖雨溥博，岂渭南独无？更命御史朱敖视之，损三千余顷。上叹曰：县令字民之官，不损犹应言损，乃不仁如是乎？贬藻南浦尉。

（董熠曰：代宗斯言，真得人君之体。然今之县令，孰无爱民之心？顾惟一有荒歉，县道固难支吾矣。而上司责令赈救，供报纷然，费扰不一，又有使者不测巡按，吏辈诛求，小不满意，则妄生事端。由是日椿〔桩〕月解，愈难办集。今须上官先灼见此弊，上下同心，勤恤民隐可也。）

唐贞元十四年旱，民请蠲租。京兆尹韩皋虑府帑已空，奏不敢实。其后事闻于上，贬抚州司马。

（董熠曰：旱伤所当赈恤，倘不蠲租，则催科日逼，而民心必思乱，其祸有不可测者。韩皋之贬也，宜哉！）

唐懿宗时，淮北大水，征赋不能办，人人思乱。及庞勋反，附者六七万人。自关东至海大旱，冬蔬皆尽，贫者以蓬子为面，槐叶为齑。乾符中大水，山东饥，中官田令孜为神策中尉，怙权用事，督赋益急。王仙芝、黄巢等起，天下遂乱，公私困竭。昭宗在凤翔，为兵所围，城中人相食其子，天子食粥，六宫及宗室多饿死，而唐祚遂亡。

（董煟曰：当太宗时，元年饥，二年蝗，三年大水，上忧勤而抚之，至四年而米斗四五钱。观此则知广明之乱，虽起于饥荒之余，亦上之人无忧民之念耳。盖天下非有水旱之可忧，而无水旱之备者为可惧。）

唐咸通十年，陕民讼旱。观察使崔尧指庭树曰：此尚有叶，何旱之有？杖之。民怒作乱，逐尧。

（董煟曰：水旱灾伤而不知以民为念，其祸必至于此。《书》曰：臣为上为德，为下为民。若尧者，失其所以为民之义矣，安知辅上之德哉！）

后唐同光三年，大水雨，河流徙。庄宗与后畋游。是时大雪，军士寒冻，宰相请出库物以给军，后不许。宰相论于延英，后居屏间属耳，因取妆奁及皇子满喜，置帝前曰：诸侯所贡，给赐已尽，宫中惟有此耳。请鬻以给军。及赵在礼乱，始出库物以赉之。军士负而诉曰：吾妻子已饿死，得此何为！上曰：适得魏王报平蜀，得金银五十万，尽给尔等。对曰：与之太晚，得之亦不感恩。

（董煟曰：尝考周人财用之制，有内府以受其藏，有职内以受其用，宜可以纵一人之欲。然天子无私藏、王后无侈用者，以冢宰制财用之权。故岁荒民乏，则或薄征，或散财，皆可以通融其有无。天子敛其财，特以为天下之用，而吾身无与焉。自汉人以私藏归之少府，专供上用，后世因之为私有。于是民虽告病，而上下不知恤，海内既贫，而人主独富。凡内库所蓄，欲损尺帛斗粟以及民，而重如丘山。盖流弊之极，有如庄宗者，可不鉴哉！）

淳熙初，王浚明（晓）为司农少卿，尝以平旦出访林景度给事，值其在省。林之妻，浚明侄女也，垂泪而诉曰：林氏灭矣。惊问之。曰：天将晓，梦朱衣人持天符来，言上帝有敕，林机论事害民，特令灭门。悸而寤，犹仿佛在目也。浚明固不知何事，（姑慰安之曰：果如是，自是林家将获谴，吾族何预焉。无为深戚戚以自苦。）因留食，候林归，从容扣近日所论奏。林曰：蜀帅以部内旱歉，奏乞拨米十万石赈赡，即有旨如其请。机以为米数太多，蜀道不易致，当审实斟酌而后与，故封还敕黄。上谕宰相云：西州往复万里，更复待报，恐于事无及，姑与其半可也。只此一事耳。浚明颦蹙而去。未几林以病丐归，至福州捐馆。有三子，继踵而亡。王氏求诸林近亲以为嗣，亦辄不久，其后竟绝。

元（顺帝）至正二年，兴国路永兴县雷震死粮房帖书章尹于县治。时方大旱，有朱书在其背云：有旱却言无旱，有灾却道无灾，未庸歼厥渠魁，且击庭前小吏。（事见《通考·物异门》，亦宜辑入，大可为有司匿灾者戒。）

万历三十六年，米价腾贵（极矣）。有一富户卜之城隍，向道士曰：此签何用？曰：米价可再增否？道士大骂，抵家骤死，盖城隍杀之也。

饶州富民段二十八，（绍兴丁卯）值岁大饥，流民满道。段积谷数仓，闭不粜。一日，方与家人评论物斛低昂间，忽天雨晦冥，火光满屋，段遂为震雷所击。家人发仓求救，其所贮谷亦为天火所烧尽矣。

附：救荒全书（抄本）目录

救荒定议

选自《棣香斋丛书·石集》

清道光十三年刻本

（清）陈瑚 著

李文海 点校

救荒定议

古人救荒之政，大约不出社仓、常平二法。社仓之法，春夏散之，秋冬敛之；常平之法，谷贱则增价籴之，谷贵则减价粜之。此二说者，不易之常法也，而皆不能无弊。社仓之弊在乎出易而入难，得其人则利，不得其人则害，直与青苗之法等。常平之弊在乎内米价贱而外米不至，外米不至则籴者日益多，籴者日益多则后惠将至于不继。此近世官米之法，必计户给票，计口限米，所谓得常平之意而变通之者也。然已为从来积弊之政，此其故何也？凡饥荒之岁，民易为乱，不可使大众聚于一所。官米一行，人争先籴，势必壅立铺行门外。或升斗稍浅，发放稍迟，即同声怨谤，一人传十，十人传百，而抢攘斗争之患作矣。故当事者审思其法，而欲出于逐户挨送之一策。虽然，愚犹以为未尽善也。送米之法，必将责成约正副。度吾娄十八铺，地有远近不同，此法行，约正副将赤日暑雨奔走不暇给，是使约正副不胜其劳。其不便一也。约正一人，约副一人，约正副家人一人，司升斗者一人，担米者一人，地方又一人，每铺五六人，十八铺不下百余人，势必日费石米以资之，是月费三十石也。其不便二也。且零星而给之，朝夕而散之，升斗之间，能必其均平如一乎？宽一分则米不给，悭一分则怨毒归于约正副矣。其不便三也。贫民室如悬磬，待米甚迫，使挨户以给，从某地至某地，势必穷日之力乃遍，则饥者将枵腹以俟乎？抑无米而炊乎？其不便四也。贫民求钱甚难，倘送米之时一时无钱以应，则将不给以米乎？抑姑与之而俟其异日补偿乎？不给以米，则有所不忍；姑与之而俟其异日补偿，则必有不能全其信者。其不便五也。况计口授米而册以三口为断，岂无家甚贫而人丁之数溢于三口之外者？今乃概为限制，则与者沾其惠，不与者将嗷嗷而道饥。其不便六也。犹未也。更有大利大害之所关，又出于事所必至，势所固然，而不可不豫为之虑者。官米一出，则市有二价；市有二价，则米铺必闭；米铺闭，小民之生路绝矣。城中不下百万户，或家虽未贫而有钱无米，或衙役胥吏或经纪生理不列贫户册，或缙绅生监家人不给口粮，或所居隐僻偶遗册外，若此者，盖不可胜计也。朝不食，夕不食，不群起为乱乎？前日已事可为寒心。其不便七也。然则有仁心仁闻者，必当行之以仁政然后可。今有法焉，可以不劳，可以不费，可以使极贫、次贫不失其为极贫、次贫，可以使册外之人不至束手无措，可以使米铺欣然乐开而不闭籴，可以无冒滥之弊，可以无拥挤抢攘之患，可以使百姓见德而不归怨于约正副，可以使境内之人均平如一而不至有甚饥之民，则其法莫妙于以钱给贫户而以米发铺家。以米发铺家，听其照常价发粜；以钱给贫户，如减价之数，助其籴米之资。夫以米给贫户，即不必逐户挨送，而钱入米出，亦未免纷纷。今给之以钱，则约正副可坐而理之，故曰可以不劳。米则升斗大小、分给广散，易于耗损，钱则十百千万皆有定数，百姓不得喧竞，约正副不得侵渔，故曰可以不费。极贫者减价多则给钱多，次贫者减价少则给钱亦少，故曰可以使极贫、次贫不失其为极贫、次贫。给米则及于册内者，不及于册外者，今照册给钱而米则发之铺家，听百姓之自籴，是不论在册不在册，皆得以蒙其泽也。故曰可以使册外之人不至束手无措。米照常价发粜，则商贾可致，兴贩可通，米铺亦与有利焉。故曰可以使米铺欣然乐开而不闭粜。凡给米，则虽小有家者皆得以无米为辞，必欲与册，必欲给票，且或有重叠侵冒者矣。惟给钱，则稍稍自给者，即当耻而不屑受，其受钱者，必其大不得已者也，故曰可以无冒滥之弊。钱既随时可给，不必拥众一时，而又不必主于粜米，或买面麦以自给，亦可度朝夕也。故曰可以无拥挤抢夺之患。给官米，以为常例耳，人不见德，稍一不平，或反见怨。给钱则无端而家赐人予之，苟有人心，清夜自思，其何以受之而自安乎？故曰可以使百姓见德而不归怨于约正副。且物之不齐，物之情也。上之人有可得而整齐之者，有不可得而整齐之者，则以不整齐之法整齐之。户有贫富，吾稽其极贫、次贫而周之助之，俾无一人一家之遗漏，所谓以整齐之法整齐之者也。若夫生计有转移，人口有多寡，物价有低昂，吾听其粜者自粜，粜者自粜，而不为之一概取必，则所谓以不整齐之法整齐之者也。故曰可以使境内之人均平如一而不至有甚饥之民。孟子曰：禹之行水也，行其所无事也。如智者亦行其所无事，则智亦大矣。此正行所无事之说也。尝考宋《活民书》中所载监司条例，则曰毋强抑价，太守条例则曰宽弛抑价之令，县令条例则曰听客人之粜粜，任米价之低昂。累累以此为言，亦概可识矣。然则其法终无弊乎？曰有之，时有去弊之道耳。去弊之道若何？如逐日散钱之法可行也。约正副怠惰，或十日一给，或五日一给，则无赖之徒转以此为赌博酒食之资而枵腹如故矣。约正副监核之法当严也。发米铺行，价重则为铺行累；价太轻，则或私自匿取，以为异日重价地。今照时价不过少减，而每次止领五六石，约正副又不时察核之，其敢匿米为弊乎？强粜、多粜宜禁也。贫户止许五升以内，过五升者，许铺户出首。铺户不首，而他户知之，或约正副察知，则罚若干。民自不敢多粜矣。此法一行，则有减价之实，无减价之名，有官米之利，无官米之害，真可行之万世而无弊者。又何惮而不为也？

救荒策

选自《荒政丛书》

清宣统三年文盛书局石印本

（清）魏禧 撰

俞森 辑

李文海 点校

救荒策

天灾莫过于荒，天灾之可以人事救之，亦莫过于荒。古之行荒政、言荒策者不一，有永利者，有利用一时不可再用者，有可行者，有言之足听行之不必效者，要或散见诸记籍中，未有统要。余摭所见闻，择其可常行无弊者条之。救荒之策，先事为上，当事次之，事后为下。先事者，米价未贵，百姓未饥，吾有策以经之，四境安饱而吾无救荒之名，所谓美利不言是也。当事者，米贵而未尽，民饥而未死，有策以济而民无所重困，所谓急则治标是也。事后者，米已乏竭，民多殍死，迂就支吾，少有所全活，所谓害莫若轻是也。凡先事之策八，当事之策二十有八，事后之策三。

先事之策

一曰重农。农者，粟之本。或兴屯田，或修水利，或赈贷牛种，或亲行田野劝相，或分督里役地方谪举游惰，或开垦荒之法，而首在不以工役妨农时，不以狱讼扰农家。如此则农事举矣。

一曰立义仓。贫民富民多不相得，富者欺贫，贫者忌富。贫民闲时已欲见事风生，一迫饥饿，则势必为乱，初或抢米，再之劫富，再之公然啸聚为贼。富民目前受贫民之害，贫民日后受官府之刑，兵刃之惨，真贫富两不得益也。所以朱子修举社仓，不特救一时饿殍，实所以保富全贫，护人身家，养人廉耻，为法至善。今师其意而少损益之。凡每坊设立义仓，不必分派若干家、若干人，随其相附近处择便为之，听民自议自行，则众情和矣。但建仓费重，或劝富民，或设处公费，随时斟酌，此在官长以真心劝力行之。凡欲立义仓，先集父老士民，恳切开谕以义仓之利，身先捐俸以劝富室，然后出示远近，令十日内报命。凡报命者，合坊具连名呈一纸，内称遵谕设立义仓，共计户丁若干，出谷者若干，举值事者一正二副某人。造册二本，一丁册，一义谷出入册。凡丁册，不论男妇贫富贵贱，皆载之。呈及二册，官皆用印，旋给本坊收掌。其官所助谷若干，照各坊丁数多少派贮仓内。旧册写完，则仍以新造之册送官用印。坊中有富豪悭吝不肯助义者，许本坊呈官，视所应出者加罚三等。所举值事之人有不法、不公者，本坊呈官重罚，公举他人代之；或本人有病故久出者，仍签他人代之，俱要呈官，其呈仍用印付还。或坊中事繁，三人不能理，许值事人随签几人帮之，本坊俱要酌处公费以酬其劳。至义谷出入之数，官府不预，只于当发粜时先期出示，令各坊清核丁数，定于某日粜米，官府时行巡坊；于当收籴之时先期出示，以某日起籴谷，至某日报完，逾期不完者，以欠谷多少议罚。凡坊内与籴者，设签一根，写户首姓名，下注共计几口。粜米时，左设一人散签，右设二三人量米。来籴者先将名下应籴米钱若干交左人领签，即将签投右人，照签领米；散米已完，右人缴签，交左人收。明日如之。富室及僮婢皆许与籴。凡粜米，如原价每升一分，今价三分，则取分六厘；二分，则取分四厘；分半，则取分二厘；分二厘，则取一分；一分，则不出陈矣。盖酌取余息，以共〔供〕耗折及修仓杂用诸费也。凡石斛升斗之类，皆一听官造。日久器坏，许如法私造，仍送官验押。盖以赏罚之权归于官，则人知所畏；以出入之数归于民，则官无可私，所谓官民相制，其法无弊者也。造仓之法，如系五间，只以四间贮谷，空闲一间，以便搬移仓谷、防整仓及新谷发热等事。法详治谱，可按而行之。

汤念平先生《〈劝积义谷〉序》曰：民穷日甚，借贷无门，一有灾荒，坐而待毙。昔朱文公社仓一法最为尽善，然时诎举嬴，实为难事，宜师其意而力行之。为积义谷法：每坊造一木柜，置本坊神庙。每月朔望，谒庙者各持义谷少许，或一角，或半升，或一升，至小斗而止，勿得过多。不愿助者，听随其意，而因其力不相强也。数少而不欲多者，相形则意沮，力轻则可久也。共推一端谨者司登记，虽一角半升，必纪其名，以彰好义。推一稍有恒产而素行忠信者司出入，每朔望迄晚，即将贮柜者登仓，次年春夏推陈出新，因数多寡，贷与农人，息取加二。小荒，则以贷诸贫人而减其息，必公议而酌行之；若大荒，则尽捐以赈困穷，必计众而均分之，先其老弱之无告及孝子节妇之贫者。是举也，专以备荒而利农，他虽公事急需，不得轻移，以致耗散。有恃强而索者，众共持之，不听则控诸官，庶几可久行而不废。夫为数甚少，则人皆乐助，日月积之，岁岁行之，斯可无大饥之患矣。噫！省目前宴饮之费，即可苏异日数人之命；减一月鸡鹅之粟，即可救他年同类之生，独何惮而不为哉？

又《募义谷疏》云：里中亲友寿诞称觞，当共计其费，出义谷；欲为人称觞者，亦计其费出之。或宴会有不可已者，则薄其费，而以义谷补之。夫省酒食之浮费以利济饥贫，此祝寿之上术也。又有疾病及一切祈求，亦于神庙发愿，出义谷若干。夫省斋醮之虚文以利济饥贫，此祈神之上术也。盖天地鬼神，原以爱人为心，能爱人者则彼亦爱之，以此祝寿，寿必永；以此祈福，病必愈；以此祈名利子息，名利子息必得矣。

按：二条法最简妙，能济义仓之穷，故备记之。

黄存斋曰：畜马乘，不察于鸡豚。士大夫而积谷高价以病小民，可乎？朝廷当为禁律，凡已出仕、田满五百石者，谷贵出粜，止许依秋成原价，每石酌取仓耗三分，于己无损，于人有益。若乘风高价者，治如违例放债之罪。

按：此意只可劝谕乡绅富民，听其自行，贤士大夫身为之倡，未可以法绳人也。

一曰设砦堡。义仓之法，仍当劝谕乡落行之，或一乡自建一所，或数乡共建一所，其事概听之乡人，而官府第颁式劝成而已。但乡落中无城郭足恃，或有兵寇骚扰，则义谷荡耗，断难复聚。当令各乡于附近之山有险足恃者，因以为砦，无砦者为堡，而置义仓其中。有急，则并妇女、牲畜、衣服、器用徙居之。盖砦堡之设可以固生聚，可以保义仓，可以行清野之法以困敌，所谓一举而三善备者也。

彭躬庵曰：设砦堡最利乡落，更可以保护城邑，而险不为贼据。此从来救荒策中所无。

一曰酌远粜之禁。本地产谷有足支数年者，以远方籴运过多，遂致产谷之地顿成饿殍。然概禁远粜，则一方粟死，一方金死，交困之道也。当于收成时出示谕民，凡收谷者自计两年口食以外，每谷十石粜五石支用，存五石备荒。又为酌视时价贵贱以为启闭，如仅满地方常价，听其搬粜；过常价三分之一外，则不得粜远，违者籍谷入官，分给义仓。至新谷收成已完，则旧谷仍粜矣。

一曰严游民之禁。百姓不谋生业者，宜置常罚，令乡者邻里时简举之。盖游手好闲之人，如米中蠹虫，饥馑之时死亡犹甚，多至为盗贼者。若督令务生，则自可生财，有养生之具矣。然欲耆里简举而不实心行乡约保甲之法，未易办也。

一曰制谷赎罪。凡有罪犯情理可原者，一照买谷备赈银数输谷，不令输银。其谷分寄各坊义仓，值事者具领状交官。俟赈粜时如数取出，以施最穷苦无告之人，或米或粥，视米多少可也。盖义仓虽以周贫，然须有籴米本钱，则鳏寡孤独一文不办者尽饿死矣。但施米仍当责成各坊值事，每日清早粜米，饭后施米。仍效义仓领签例，令各来报名，每人写一票，给之为据，领票领米，一如义仓，但不须交钱耳。盖事归一人，则坊人姓名已熟，虚实尽知，自不至于混领。若以事归官府，另签胥役行之，为弊不可胜言。

一曰豫籴。凡地方有遇水旱，便当实稽境内人丁，核境内谷粟，扣算缺少若干，即多方那处，遣富商豫往谷多处买之。盖有水旱，则必有饥荒，若临饥方议他籴，便难措手，且米价亦必踊贵也。

一曰教别种。地方遇有水旱，种植必不得时，即须先察地利，如水多害禾，则急以不忌水者种之；旱久害禾，则急以不畏旱者种之。失彼得此，尚可支持其半。大抵以先持急做为胜著也。

当事之策

一曰留请上供之米。地方大饥，或有本地应解粮米及他处经过米船，不妨权留赈济，然后申报，秋熟即行籴偿。在朝廷不过缓数月之粮，在百姓即活数十万人之命，虽以专制贾罪，又何伤哉！

一曰借库银转籴。地方大饥，欲他买，又苦无银，不妨那借库中钱粮籴赈，从容设处以偿，择平日众推诚实能干百姓任其事；或仍劝富民自贩，开以薄利，使之乐趋。

一曰权折纳之宜。时当凶灾，择荒熟相应处，以荒处折纳之价于熟处和籴，则荒处不至太贵，熟处不至太贱，两利之道也。凡为守令，权不自主者，则申请上司行之。他准此。

一曰捐俸劝赈。地方大饥，有司当以至诚开谕，劝富民赈济，或减价出粜，或竟行施予。然本官须先捐俸倡义，庶几不令而行。

一曰重赈谷之劝。饥馑时，有能大出粟以赈者，或闻于朝廷，加以官号，或请于上司，给其冠带扁额，以示酬劝。

一曰兴作利民之务。地方大饥，穷民多无生业。此时或修桥路，或浚水利，种种必不可已之务，当概为修理。穷民借力作以资生，而我又因以与利，一举两得之道也。

一曰劝富室兴土木、举庶礼。地方大饥，宜劝富室营造土木及一切当行之礼，使贫民得以资生。盖损富而富实未损，益贫而贫不虚益。劝谕时，当以三利歆动之，一则成吾欲为之事，一则借此赈贫有大阴德，一则贫民乐业，不至为盗，富室所益更多矣。

一曰均籴。米数既贵，富者得以多籴，则贫者益少。每日市籴，当依每家丁口为准，人口少者不得多籴，则米谷均矣。

一曰严闭籴之法。富民拥有多粟，除本家口食外，余至百石以上闭籴专利者，许人告发，官府尽籍谷赈贫，告虚者反坐。盖彼所利在多得米价，今并米本失之，其闭籴者鲜矣。

温伯芳曰：吾邑荒少而谷常踊贵，弊不在富户而在铺户。铺户闭粜，而后价忽高；铺户得高价，富户之价愈高。总之宁民家无杵臼，皆籴于市，铺户遂操其重。昔叶令公（名向荣，金华人）处之极善。每早巡行各街米户，不出粜者杖数十。于是铺户欲高其价不得，而富户知市价如常，各竞出粜矣。盖公稔知此时非有水旱兵凶之灾，客岁之入如常，何以来岁之供不足？不过雨旸偶愆，何至旧谷顿尽，至于闭市乎？

按：此须实知境内谷多，乃可行，不可执为定法。

一曰重强籴之刑。时方大饥，民易生乱，若纵其强籴，则有谷者愈不肯粜，四方客粟闻风不来，立饥死矣。且强籴不禁，势必抢夺，抢夺势必掳杀。当著为令曰：有不依时价强籴一升者，即行枭首。盖彼原欲少取便宜，今并身命而亡之，其强籴者鲜矣。或谓闭籴自百石以上，强籴自一升以上，闭籴者止于籍谷，而强籴者遂至杀身，轻重不太悬乎？曰：闭籴之人虽不仁，犹不过专自有之利；强籴则是妄取他人，罪自不同。况闭籴者少，强籴者多乎！

彭躬庵曰：此法须不动声色，使百姓晓然，知杀一人乃可以生众人，始不激变。

一曰不降米谷之价。米方大贵，有司乐于市恩，动辄降减米价，以博小民一时欢心，不知米价减则富户不乐粜，而四方客米亦不来矣。惟当听民间自消自长，粟贵金贱，人争趋金，米价不降自减也。或谓古人有遇饥辄增米价而米贱者，其法可行乎？曰：此非一定可行之法也。万一我增米价，而客米一时不来，彼贫民能当许久重价乎？大抵地方富饶，所欠止在于食，则不妨增价以招客粟。若地多贫民，此法恐不可行。止一不降米价，尚为稳著。

一曰核户口。时当饥荒，须先详核户口若干，扣算赈粜之谷若干，赈济之谷若干，每丁应得若干。先有定局，则无不均之患，而设处之方可早谋矣。

一曰无失期。不论赈粜赈施，俱当先期四处张示，的于某时举行，不可迟误失期，有辜人心，且虚劳小民奔走。

一曰定乡城分给之法。凡赈粜赈施，每日一给则太烦，而小民易荒生业，至乡落尤难行矣。当先定为令曰：凡城市，每给五日；乡落三十里内者每给十日，三十里外者每给半月。或谓乡落路远，当每给两月。曰：每给两月，为数太多。小民不知远计，多谷在手，便不撙节，甚至以易酒肉者有之。到瓮尽杯干时，不束手待毙，又邪思生乱矣。或谓贫民无资，必待每日生理，方可得籴。此条只可行于赈施，不可行于赈粜，当酌其无弊可也。

一曰多置给米之地。给米须多设处所，派定某关某处给、某关某处给，则不至挨挤失序。

一曰编户丁牌。领米最易争挤，多至混数。若仿义仓领签，又人多难行。当照户编牌，如考试例，循次领给，则诸弊俱无矣。其牌每户止写丁首一人。

一曰慎择给米之人。主管给米，最要得人，须平日实访其人公平廉能者方可属事。每处择一善耆主之，又听其各择一二人为副，必不可令衙役与事也。

一曰不时巡访。任纵得人，未必一一皆当。有司于给米时，当不时出访，或东或西，或详或略，或随手取米以验美恶，或随唤领米人验克减与否。至于出访，或轻车，或缓步，不可盛列驺从，使人得为备。

一曰别赏罚。不时巡访，则任事者之贤否见，而赏罚可行矣。有公平廉能者则重赏之，或优以冠带，或旌以财帛，随其功之大小可也。有奸贪私克者则重罚之，或加刑，或罚谷，随其罪之轻重可也。至于无他罪犯，止是才力不济，不能处分条理者，则无赏无罚，下次不复签用而已。

一曰暂省衙门役期。时方大饥，衙役工食多不足赡。此时当减其半役，使之营生。如旧例一月供役十日，今止取五日。

一曰清狱。饥馑时，平民已难治生，狱囚死者八九矣。清狱宜分三等，轻者竟释之；次者限亲邻保结，俟谷熟时再拘；大罪重犯，囚而少赈之。

一曰禁讼。大荒之时，治生不暇，况治讼乎？凡除人命、贼情、抢掳外，一切财产婚姻等讼，概不准告；已告者，概停不行。

一曰弛税禁。山泽市货等利法有禁者，此时宜暂弛税弛禁，广其营生之路，至谷熟时复旧。

一曰修街道。街道污秽，易生疾病，荒疫相因，尤不可不慎，故当修洁街道，以防其渐。

一曰收弃子。饥民有弃置子女道路者，许人收养。凡收养者，具呈至官，云某年某月某日于某处收得子女几人，归家抚养，官为用印给之。太平长大，一听收主照管，本生父母不得争执；其收主愿赎者听。或能收养自几人以上者，官府为立赏格劝之。

一曰赎重罪。重罪无赎之理，然能多出谷救荒，则虽枉法以生一人，而实救数千百人之死，亦权道也。重罪如泛常人命事，则许赎；若劫杀真贼及人伦大变之犯，则不可赎。更旧冬以前人命可赎，本年所犯则不可赎，恐富人乘机报复故也。

一曰收买民间草薪、衣服、器用。饥荒之时，贫民多卖衣服、器用以给食，而富民乘人之急，甚至损价十之九者。此时官府宜那移钱粮，设人收买，使贫民不至大亏，则谋生之路宽矣。秋冬间仍行发卖，便可补数。至于草薪之类，亦当于此时收买矣，寒雨卖之，仍可得利。此古人已行之效。

一曰多置空所以处流民而严其法。大荒之时，有他郡流民走徙就食者，若处之不得其道，则流民立死，且或生乱。有司当择寺观公廨一切空所，分别安插，每处设一人管其事，立法以绳之，诸如卧所有定、出入有时、领米有叙。若乱法者，初犯三日不给粮，再犯逐出境外。其有休养壮健者，则令执工役之事，或雇募民间，便不许坐食矣。

事后之策

一曰施粥。饥荒已极，不能赈米，当设法施粥。施粥须因里设厂，若劳其远行，恐半途仆毙。又须立人监理，令饥民至者，随其先后，来一人则坐一人，后至者坐先至之外，坐者不许再起一行；坐尽又坐一行，以面相对，以背相倚，空其中路，可令担粥人行走。坐至正午，击梆一通，高唱给第一次食，令人次序轮散，有速食先毕者不得混与。一次散讫，然后击梆二通，高唱给第二次食，如前次。共三次即止。盖久饥之人，肠胃枯细，骤饱即死。惟饥民中称有父母妻子卧病在家者，量行给与携归。处分已讫，方令散去。散去之法，令后至坐外者先行，挨次出厂，庶不拥挤践踏。又多人群聚，易于秽染生病，须多置苍术、醋碗，熏烧以逐瘟气。又不时察验，严禁管粥者克米，将生水搀稀，食者暴死。其碗箸各令饥民自备。

按：米多亦不得施饭，久饥食饭，有立死者。

一曰施药。赈粥或不能多，服药亦可免死。当多合救饥丸以周给之，亦不得已之极思也。诸经验奇方另载。

一曰葬殍饿。盖秽戾之气，易生疾病，随时收葬，最不可缓。

魏禧曰：古称救荒无奇策，要凡天下之策未有奇者，因时制事，世人不能行而独行之，则谓之奇耳。是编多辑古人成法，间以意损益之，然一人耳目有尽，心思有所不及，又或自拟良法行之，不能无弊者，增美去恶，以成万世万民之利，是在后之君子矣。

荒政考略

清康熙十九年刻本

（清）张能麟　撰

夏明方　点校

序

今上临御之十有七年，诏举博学鸿词科。鳞方待罪青齐，前抚军赵公不知鳞固陋，谬以名闻征诣阙，未即试。明年春，会东省大饥，有诏遣部臣分赈。鳞窃伏念岁荒民流，守土者责也。即膜视之而以民命易功名，其何以安！具疏自陈不职状，请得回籍赈济，奉俞旨报可。以二月六日陛辞，兼程载道。至则请于台使者，倡捐输，招流亡，宽繇赋，设粥糜，贷牛种，次第举行。上赖天子仁圣，大臣慈惠，民用更生。今年岁乃稔，则又窃伏念曰：夫前事者，后事之师也。一方者，天下之镜也。夫事不素讲而欲应猝，难矣。于是稍诠次经史所载重农贵粟先之未荒者以及有裨于救荒者，列其行事，旁及征应，益以奏疏、杂文，厘为八卷，曰《荒政考略》。又辑两年来所行救荒事宜，别为《政略》一卷（按：即《救荒政略》。此次点校，作为单行本排印）附其后。梓既成，为之序曰：天下事当其未事而筹之，则常见以为迂阔而不足图。及其临事，则又患不知所以应，而一切出于苟且权宜之术，以取济于一时。其始不立，其卒不成，盖遈遈然也。夫天灾流行，何代蔑有？水旱之忧，尧汤被之矣。然而民不困者，其备豫也。譬之养身，慎兴居，节嗜欲，深居而简出，不犯雾露燥湿，又为之蓄参苓、谨服食，凡以防其未病也。至于既病而后，任医而治之，杂投以汤熨针石。幸其小间，则一家父子兄弟惊喜相告，斯已劳矣。然而治之而获全者常十五，则犹愈于不治也。夫救荒亦然。古者三年耕而余一，九年耕而余三。冢宰乃以三十年之通制国用，而又有遗人、委人所掌，以待非常。三代盛时所以有饥岁无饥民也。后世平籴之法、常平社仓之设，谨其积贮，计其赢缩，通其有无，是豫之未荒也。急而赈之，计口而食之，呕煦而抚摩之，是救之已荒也。夫救之于已荒，斯为无策，然而犹得半焉，故不可废也。是编成于簿书鞅掌之余，荟萃掇拾，不无牴牾挂漏。然前人成法略具，有足取者。夫议论者，医之方也。试之而效者，医之案也。屏方却案，虽扁仓不能为功，在乎善择之而已。天子方悯念元元，屡诏中外修举废坠，视天下如一家，视兆姓如一身。其已病者既已起之，其未病者尤宜防之。诚举前人已行之法，贤公卿悉意讲求于上，良有司实心奉行于下，其始欲立，其卒欲成，则斯民之幸也夫！则斯民之幸也夫！

赐进士、分巡山东青州海防道布政司参议、加十二级、诰封正一品、光禄大夫、前礼部仪制司员外郎燕山张能鳞，撰于青署之二铭堂

时大清康熙庚申嘉平既望

荒政考略目录

荒政考略卷一　经

《易》

包牺氏没，神农氏作，斲木为耜，揉木为耒。耒耨之利，以教天下。盖取诸益。日中为市，致天下之民，聚天下之货，交易而退，各得其所。盖取诸噬嗑。神农氏没，黄帝、尧舜氏作，通其变，使民不倦，神而化之，使民宜之。易穷则变，变则通，通则久。

坤也者，地也，万物皆致养焉。故曰致役乎坤。兑，正秋也，万物之所说也。故曰说言乎兑。艮，东北之卦也，万物之所成终而成始也。故曰成言乎艮。

神也者，妙万物而为言也。动万物者莫疾乎雷，挠万物者莫疾乎风，燥万物者莫熯乎火，说万物者莫说乎泽，润万物者莫润乎水，终万物、始万物者莫盛乎艮，故水火相逮，雷风不相悖，山泽通气，然后能变化，既成万物也。

《诗》

中谷有蓷，暵其干矣。有女仳离，嘅其叹矣。嘅其叹矣，遇人之艰难矣。中谷有蓷，暵其修矣。有女仳离，条其啸矣。条其啸矣，遇人之不淑矣。中谷有蓷，暵其湿矣。有女仳离，啜其泣矣。啜其泣矣，何嗟及矣。

凶年饥馑，室家相弃。妇人览物起兴，而自述其感叹之辞也。

鸿雁于飞，肃肃其羽。之子于征，劬劳于野。爰及矜人，哀此鳏寡。鸿雁于飞，集于中泽。之子于垣，百堵皆作。虽则劬劳，其究安宅？鸿雁于飞，哀鸣嗷嗷。维此哲人，谓我劬劳。维彼愚人，谓我宣骄。

鸿雁，美宣王也。万民离散，不安其居，而能劳来还定安集之，至于矜寡，无不得其所焉。

倬彼云汉，昭回于天。王曰：於乎！何辜今之人？天降丧乱，饑〔饥〕馑荐臻。靡神不爱，靡爱斯牲。圭璧既卒，宁莫我听？旱既太甚，蕴隆虫虫。不殄禋祀，自郊徂宫。上下奠瘗，靡神不宗。后稷不克，上帝不临。耗斁下土，宁丁我躬！旱既太甚，则不我推。兢兢业业，如霆如雷。周余黎民，靡有孑遗。昊天上帝，则不我遗。胡不相畏？先祖于摧。旱既太甚，则不我沮。赫赫炎炎，云我无所。大命近止，靡瞻靡顾。群公先正，则不我助；父母先祖，胡宁忍予！旱既太甚，涤涤山川。旱魃为虐，如惔如焚。我心惮暑，忧心如熏。群公先祖，则不我闻。昊天上帝！宁俾我遯！旱既太甚，黾勉畏去。胡宁瘨我以旱？憯不知其故。祈年孔夙，方社不莫。昊天上帝！则不我虞。敬恭明神，宜无悔怒。旱既太甚，散无友纪。鞫哉庶正！疚哉冢宰！趣马师氏，膳夫左右。靡人不周，无不能止。瞻卬昊天，云如我里。瞻卬昊天，有嘒其星。大夫君子，昭假无赢。大命近止，无弃尔成。何求为我？以戾庶正。瞻卬昊天，曷惠其宁？

《云汉》，仍叔美宣王也。宣王承厉王之烈，遇灾而惧，侧身修行，欲消去之。百姓见忧，故作是诗也。

《书》

帝曰：弃，黎民阻饥。汝后稷播时百谷。禹曰：洪水滔天，浩浩怀山襄陵，下民昏垫。予乘四载，随山刊木。暨益奏庶鲜食，予决九川，距四海，浚畎浍，距川。暨稷播奏庶艰食鲜食，懋迁有无化居，烝民乃粒，万邦作乂。

周公告成王曰：呜呼！君子所其无逸，先知稼穑之艰难。乃逸，则知小人之依相。小人厥父母勤劳稼穑，厥子乃不知稼穑之艰难。

《春秋》

隐公五年秋，螟。

《公羊传》曰：何以书？记灾也。

《穀梁传》曰：虫灾也，甚则月，不甚则时。

《左传》曰：六年冬，京师来告饥。公为之请籴于宋、卫、齐、郑，礼也。

桓公二年，有年。

《公羊传》曰：有年何以书？以喜书也。大有年何以书？亦以喜书也。此其曰有年，何仅有年也。

《穀梁传》曰：五谷皆熟，为有年也。

桓公五年秋，大雩。

《公羊传》曰：大雩者，旱祭也。然则何以不言旱？言雩则旱见，言旱则雩不见。何以书？记灾也。

《左传》曰：书不时也。凡祀，启蛰而郊龙见，而雩始杀，而尝闭蛰，而烝过，则书。

螽

《公羊传》曰：何以书？记灾也。

《穀梁传》曰：螽，虫灾也。甚则月，不甚则时。

庄公七年秋，无麦苗。

《公羊传》曰：无麦苗，曷为先言无麦，而后言无苗？一灾不书，待无麦，然后书无苗。何以书？记灾也。

《穀梁传》曰：麦苗同时也。

庄公十有七年，冬，多麋。

《公羊传》曰：何以书？记异也。

庄公二十有八年，冬，大无麦禾。

《公羊传》曰：冬既见无麦禾矣，曷为先言筑微而后书无麦禾？讳以凶年造邑也。

《穀梁传》曰：大者，有顾之辞也。于无禾，及无麦也。

臧孙辰告籴于齐

《公羊传》曰：告籴者何？请籴也。何以不称？使以臧孙辰之私行也。曷为以臧孙辰之私行？君子之为国也，必有三年之委。一年不熟，告籴，讥也。

《穀梁传》曰：国无三年之畜，曰国非其国也。一年不升，告籴诸侯。告，请也。籴，籴也不正。故举臧孙辰以为私行也。国无九年之畜，曰不足；无六年之畜，曰急；无三年之畜，曰国非其国也。诸侯无粟，诸侯相归粟，正也。臧孙辰告籴于齐，告然后与之，言内之无我交也。古者税什一，丰年补败不外求，而上下皆足也。虽累凶年，民弗病也。一年不艾而百姓饥，君子非之不言，如为内讳也。

《左传》：冬饥，臧孙辰告籴于齐，礼也。

《国语》曰：臧文仲言于庄公曰：夫为四邻之援，结诸侯之信，重之以昏姻，申之以盟誓，固国之艰急是为。铸名器，藏宝财，固民之殄病是待。今国病矣！君盖以名器请籴于齐。于是以鬯圭玉磬如齐告籴，曰：不腆先君之敝器，敢告滞积，以救敝邑。

僖公二年冬十月，不雨。三年春王正月，不雨；夏四月，不雨；六月，雨。

《公羊传》曰：不雨，何以书？记异也。其言六月雨何？上雨而不甚也。

《穀梁传》曰：不雨者，勤雨也。雨云者，喜雨也。喜雨者，有志乎民者也。

《左传》曰：僖公十三年冬，晋荐饥，使乞籴于秦。秦伯谓子桑：与诸乎？对曰：重施而报，君将何求，重施而不报，其民必携，携而讨焉？无众必败。谓百里：与诸乎？对曰：天灾流行，国家代有，救灾恤邻道也。行道有福。丕郑之子豹在秦，请伐晋。秦伯曰：其君是恶，其民何罪？秦于是乎输粟于晋。自雍及绛相继，命之曰泛舟之役。僖公十四年冬，秦饥，使乞籴于晋。晋人弗与。庆郑曰：背施无亲，幸灾不仁，贪爱不祥，怒邻不义。四德皆失，何以守国？虢射曰：皮之不存，毛将安傅？庆郑曰：弃信背邻，患孰恤之！无信患作，失援必毙，是则然矣。虢射曰：无损于怨而厚于寇，不如弗与。僖公十五年，晋侯及秦伯战于韩侯。晋饥，秦输之粟；秦饥，晋闭之籴，故秦伯伐晋。

僖公二十有一年夏，大旱。

《公羊传》曰：何以书，记灾也。

《穀梁传》曰：旱，时正也。

《左传》曰：公欲焚巫尪，臧文仲曰：非旱备也。修城郭，贬食省用，务穑劝分，此其务也。焚尪何为？天欲杀之，则如弗生。若能为旱，焚之滋甚。公从之。是岁也，饥而不害。

文公二年，自十有二月不雨，至于秋七月。

《公羊传》曰：何以书？记异也。大旱以灾书。此亦旱也，曷为以异书？大旱之日短而云灾，故以灾书。此不雨之日长而无灾，故以异书也。

《穀梁传》曰：历时而言不雨，文不忧雨也。不忧雨者，无志乎民者也。

《左传》曰：文公十有六年，楚大饥。戎伐其西南，又伐其东南。庸人率群蛮以叛楚，麇人率百濮聚于选将伐楚。楚人谋徙于阪高。𫇭贾曰：夫麇与百濮谓我饥，不能师，故伐我也。若我出师，必惧而归。自庐以往，振廪同食。

宋公子鲍礼于国人。宋饥，竭其粟而贷之。

宣公十年，饥。

《公羊传》曰：何以书？以重书也。

宣公十五年冬，蝝生。饥。

《公羊传》曰：未有言蝝生者。此其言蝝生何？蝝生不书，此何以书？幸之也。幸之者何？犹曰受之云尔。受之云尔者何？上变古易常，应是而有天灾。其诸则宜于此焉变矣。

《穀梁传》曰：蝝，非灾也。其曰蝝，非税亩之谓也。

襄公二十有四年冬，大饥。

《穀梁传》曰：五谷不升为大饥。一谷不升，谓之嗛；二谷不升，谓之饥；三谷不升，谓之馑；四谷不升，谓之康；五谷不升，谓之侵。大侵之礼，君食不兼味，台榭不涂，弛侯，廷道不除，百官布而不制，鬼神祷而不祀。此大侵之礼也。

《左传》曰：襄公二十八年春，无水。梓慎曰：今兹宋、郑其饥乎？岁在星纪而淫于元枵，以有时灾。阴不堪阳，蛇乘龙。龙，宋郑之星也。宋郑必饥。元枵，虚中也。枵，耗名也。土虚而民耗，不饥何为？

《左传》曰：襄公二十九年，郑子展卒，子皮即位。于是郑饥而未及麦，民病。子皮以子展之命饩国人粟，户一钟。是以得郑国之民。故罕氏常掌国政，以为上卿。宋司城子罕闻之曰：邻于善，民之望也。宋亦饥，请于平公。平公出公粟以贷，使大夫皆贷。司城贷而不书，为大大之无者贷。宋无饥人。叔向闻之曰：郑之罕、宋之乐，其后亡者也。施而不德，荣氏加焉。其以宋升降乎？

定公元年秋九月，大雩。

《穀梁传》曰：雩月，雩之正也。秋大雩，非正也。秋大雩，雩之为非正，何也？毛泽未尽，人力未竭，未可以雩也。雩月，雩之正也。月之为雩之正，何也？其时穷人力尽然后雩，雩之正也。何谓其时穷人力尽？足月不雨，则无得矣；是年不艾，则无食矣。是谓其时穷人力尽也。雩之必待其时穷人力尽，何也？雩者，为旱求者也。求者，请也。古之人重请。何重乎请？人之所以为人者，让也。请道，去让也，则是舍其所以为人也。是以重之，焉请哉！请乎应上公。古之神人有应上公者，通乎阴阳。君亲率诸大夫道之而以请焉。夫请者，非可诒托而往也，必亲之者也，是以重之。

冬十月，陨霜杀菽。

《公羊传》曰：何以书？记异也。此灾菽也，曷为以异书？异，大乎灾也。

《穀梁传》曰：未可以杀而杀，举重；可杀而不杀，举轻。其曰菽，举重也。

定公五年夏，归粟于蔡。

《公羊传》曰：孰归之？诸侯归之。曷为不言诸侯归之？离至不可得而序，故言我也。

《穀梁传》曰：诸侯无粟，诸侯相归，正也。孰归之，诸侯也。不言归之者，专辞也，义迩也。

《周礼》

大司徒以荒政十有二聚万民，一曰散利，二曰薄征，三曰缓刑，四曰弛力，五曰舍禁，六曰去几（关市不几也），七曰眚礼（凶荒杀礼也），八曰杀哀（哀礼杀也），九曰蕃乐（闭止乐奏也），十曰多昏（不备礼而昏也），十一曰索鬼神（祷祠求雨也），十二曰除盗贼。以保息六养万民，一曰慈幼，二曰养老，三曰振穷，四曰恤贫，五曰宽疾，六曰安富。

大荒大札，则令邦国移民、通材、舍禁、弛力、薄征、缓刑。廪人掌九谷之数，以待国之匪颁。赒赐稍食，以岁之上下数邦用，以知足否，以诏谷用，以治年之凶丰。凡万民之食食者，人四鬴，上也；人三鬴，中也；人二鬴，下也。若食不能人二鬴，则令邦移民就谷。

遗人掌邦之委积，以待施惠。乡里之委积，以恤民之艰阨。门关之委积，以养老孤。郊里之委积，以待宾客。野郡之委积，以待羁旅。县都之委积，以待凶荒。

旅师掌聚野之锄粟、屋粟、间粟而用之以贯剂，致民平颁其兴，积施其惠，散久利而均其政令。凡用粟，春颁而秋敛之。

小行人，若国札丧，则令赙补之；若国凶荒，则令赒委之；若国师役，则令槁桧之；若国有福事，则令庆贺之；若国有祸灾，则令哀吊之。凡此五物者，治其事，故及其万民之利害，为一书。其礼俗政事教治刑禁之逆顺，为一书。其悖逆暴乱、作慝犯令者，为一书。其札丧凶荒厄贫，为一书。其康乐和亲安平，为一书。凡此五物者，每国辨异之友，命于王，以周知天下之数。

《礼记》

国无九年之蓄，曰不足；无六年之蓄，曰急；无三年之蓄，曰国非其国也。三年耕，必有一年之食；九年耕，必有三年之食。以三十年之通，虽有凶旱水溢，民无菜色，然后天子食，日举以乐。（《王制》）

公叔文子卒，其子戍请谥于君。君曰：昔者卫国凶饥，夫子为粥与国之饿者，是不亦惠乎？昔者卫国有难，夫子以其死卫寡人，不亦贞乎？夫子听卫国之政，修其班制，以与四邻交，卫之社稷不辱，不亦文乎？故谓夫子贞惠文子。（《檀弓》）

齐大饥，黔敖为食于路，以待饿者而食之。有饿者蒙袂辑屦，贸贸然来。黔敖左奉食，右执饮，曰：嗟！来食。扬其目而视之曰：予唯不食嗟来之食，以至于斯。□从而谢焉，终不食而死。曾子闻之曰：微与！其嗟也可去，其谢也可食。（《檀弓》）

季春之月，天子布德行，惠命有司，发仓廪、赐贫穷、振乏绝。（《月令》）

八蜡以记四方。四方年不顺成。八蜡不通，以谨民财也。顺成之方，其蜡乃通，以移民也。既蜡而收民息已，故既蜡君子不兴功。（《郊特牲》）

年不顺成，君衣布搢本，关梁不租，山泽列而不赋，土功不兴，大夫不得造车马。（《玉藻》）

子云：君子不尽利，以遗民。诗云：彼有遗秉，此有不敛穧，伊寡妇之利。（《坊记》）

《论语》

哀公问于有若曰：年饥，用不足，如之何？对曰：盍彻乎？曰：二吾犹不足，如之何其彻也？曰：百姓足，君孰与不足？百姓不足，君孰与足？

《孟子》

梁惠王曰：寡人之于国也，尽心焉耳矣。河内凶，则移其民于河东，移其粟于河内。

河东凶，亦然。察邻国之政，无如寡人之用心者，邻国之民不加少，寡人之民不加多。何也？孟子对曰：不违农时，谷不可胜食也。数罟不入污池，鱼鳖不可胜食也。斧斤以时入山林，材木不可胜用也。又曰：五亩之宅，树之以桑，五十者可以衣帛矣。鸡豚狗彘之畜无失其时，七十者可以食肉矣。百亩之田，勿夺其时，数日之家可以无饥矣。又曰：狗彘食人食，而不知检；涂有饿莩，而不知发；人死，则曰：非我也，岁也。王无罪岁，斯天下之民至焉。

孟子对邹穆公曰：凶年饥岁，君之民老弱转乎沟壑，壮者散而之四方者，几千人矣。而君之仓廪实，府库充，有司莫以告。是上慢而残下也。

孟子之平陆，谓其大夫曰：凶年饥岁，子之民老羸转于沟壑，壮者散而之四方者，几千人矣。曰：此非距心之所得为也。曰：今有受人之牛羊而为之牧之者，则必为之求牧与刍矣。求牧与刍而不得，则反诸其人乎？抑亦立而视其死与？曰：此则距心之罪也。

孟子曰：五霸，桓公为盛。葵丘之会五命曰：无曲防，无遏籴。

禹稷当平世，三过其门而不入。孔子贤之。孟子曰：禹思天下有溺者，由己溺之也。稷思天下有饥者，由己饥之也。是以如是其急也。

孟子曰：有布缕之征，有粟米之征，有力役之征。君子用其一，缓其二；用其二，而民有殍；用其三，而殳子离。

诸经总论　　张能鳞

谨按：十三经言荒政者，莫详于《周礼》。遗人所掌乡里之委积，以恤民之艰阨；县都之委积，以待凶荒。此制之未荒者也。廪人以岁之上下数邦用，以知足否。若食不能人二鬴，则令邦移民就谷，诏王杀邦用。此备之将荒者也。大司徒以荒政十二聚万民，始于散利、薄征，终于索鬼神、除盗贼，其事至纤至悉。此救之既荒者也。其未荒也有制，其将荒也有备，其既荒也有救，故三代盛时有饥岁无饥民。下逮春秋，纷纷告饥告籴，泛舟出磬，孔子书之。移民移粟，行于梁惠，而孟子訾焉。岂非以王政废坏，平时畜储无备，而临事为一切苟且补苴之术，固圣贤所不许哉？虽然，当时为苟且之政，在后世则为善政。此亦可观世变矣。夫经，经也；史，纬也。事必宗经而后可征史。予故采六经、四子、左氏、公、穀诸书稍涉荒政者，悉汇钞之，以冠是编。当世士大夫留心经济者，宜折衷焉。

荒政考略卷二　史

历代诏令

汉文帝元年，诏曰：方春时和，草木群生之物，皆有以自乐。而吾百姓鳏寡孤独困乏之人，或危于死，而莫之省忧。为民父母，将何如？其议所赈贷之。

调鼎元年，诏曰：今京师虽未为丰年，山林池泽之饶，与民共之。今水潦移于江南，迫隆冬至，朕惧其饥寒不活，方下巴蜀之粟，致于江陵。遣博士等分行谕告，有赈饥民免其厄者，具举以闻。

元凤三年，诏曰：乃者民被水灾，颇匮于食。朕虚仓廪，使使者振困乏。其止四年无漕。三年以前所赈贷，非丞相御史所请。边郡受牛者，勿收责。

本始四年，诏曰：盖闻农者，兴德之本也。今几岁不登，已遣使者赈贷困乏。其令大官损膳省宰，乐府减乐人，便归就农业。丞相已下，至都官令丞上书，入谷输长安仓，助贷贫民。民以车舡载谷入关者，得毋用传。

初元元年，诏曰：关东今年谷不登，民多困乏。其令郡国被灾害甚者毋出租赋。江海陂湖园池属少府者，以假贫民，勿租赋。

初元元年，诏曰：间者阴阳不调，黎民饥寒。惟德浅薄，不足以充。人旧贯之居，令诸官馆希御幸者勿缮治，太仆减谷食马，水衡省肉食兽。

初元二年，诏曰：岁比灾害，民有菜色。惨怛于心。已诏吏虚仓廪，开府库赈救，赐寒者衣。今秋禾麦颇伤，一年中地再动，北海水溢，流杀人民。阴阳不知，其咎安在？公卿何以忧之？其悉陈朕事靡讳。

鸿嘉四年春，诏曰：数敕有司务行宽大而禁苛暴，讫今不改，一人有辜，举宗拘系。农民失业，怨恨者众。伤害和气，水旱为灾。关东流冗者众，青幽冀部尤剧。朕甚痛焉！未闻在位有恻然，孰当助朕忧之？遣使者巡行郡国。遣使者什四以上，民资不满三万，勿出租赋。逋赋未入，皆勿收。流民欲入关，辄籍内，所之郡国，谨遇以理，务有以全活之，思称朕意。

光武六年，诏曰：往岁水旱蝗虫为灾，谷价腾跃，人用困乏。朕惟百姓无以自赡，恻然愍之。其命郡国有谷者给廪。高年鳏寡孤独及笃癃无家属贫不能自存者，如律廪给之。二千石勉加循抚，无令失所。

建武十八年，诏曰：自春已来，时雨不降，宿麦伤旱，秋种未下。政失厥中，忧惧而已。其赐天下鳏寡孤独笃癃贫不能自存者粟，人三斛。二千石分祷五岳四渎名山大川能兴云雨者，长吏各洁斋祷请，冀蒙嘉澍。

建初元年，诏曰：比年牛多疾疫，垦田减少，谷价颇贵，人多流亡。方春东作，宜及时务。二千石劝课农桑，弘致劳来。

永元元年，诏曰：比年不登，百姓虚匮。京师去冬无雪，今春无雨，黎民流离困于道路。朕痛心疾首，靡思所济。数诏有司务择良吏，今犹不改，竞为苛暴，侵愁小民，以求虚名，委任下吏，假势行邪，令下而奸生，禁至而诈起，朕甚病焉。公卿不思助明好恶，保以救其咎罚？若上下同心，庶其有瘳。其赐天下鳏寡孤独贫不能自存者粟，人三斛。

吴赤乌三年，诏曰：君非民不立，民非谷不生。顷者以来，民多征役，岁又水旱，年谷有损而吏不良，侵夺民时，以致饥困。自今以来，督军、郡守，其谨察非法。当农桑时，以役事扰民者，举正以闻。

晋泰始二年，诏曰：古人权量国用，取赢散滞，有轻重平籴之法，理财钧施，惠而不费。政之善者也。然此事废久，天下希习其宜，加以官蓄未广，言者异同，未能远通其制。更令国宝散于穰岁而上不收，贫弱困于荒年而国无备，豪人富商，挟轻赀，蕴重积，以筦其利。故农夫苦其业，而末作不可禁也。今宜通籴，以充俭法。

宁康二年，诏曰：顷乾象或愆，上天表异。仰观斯变，震惧于怀。三吴奥壤，股肱望郡，而水旱并臻，百姓失业。夙夜惟忧，不能忘怀。宜及时拯恤，救其凋困。三吴义兴、晋陵及会稽遭水之县尤甚，全除一年租布；其次听除半年。受赈贷者，即以赐之。

宋元嘉八年，诏曰：自顷农桑惰业，游食者众，荒莱不辟，督课无闻，一时水旱，便有罄匮。不深存务本，丰给靡因。郡守赋政、方畿县宰，亲民之主，宜思奖训，导以良规，耕蚕树艺，各尽其力。

齐建元四年，诏曰：比岁未稔，贫穷不少。京师二岸多有其弊。遣中书舍人优量赈恤。又诏曰：水潦为患，星纬失序。建康、秣陵二县贫民，加赈赐，必令周悉。吴兴、义兴遭水县，蠲除租调。

永明四年，诏曰：耕籍所以表敬，亲载所以率民。朕景行前规，躬执良耜，千畛咸事，六仞可期，重以天符灵贶，嘉禾同穗，斯乃宗社之庆，岂寡薄所臻？诸逋负在三年以前，一皆蠲除。孤老贫穷，赐谷十石。凡欲务农而粮种缺乏者，并皆给贷，务任优厚。

永明五年，诏曰：善为国者，使民无伤而农益劝。是以什一而税，周道克隆；开建常平，汉代惟穆。自丧乱弥多，民咨涂炭，农桑不殷于曩日，粟帛轻贱于当年。所谓民失其资，能无匮乎？凡下贫之家，可蠲三调。

梁天监十七年，诏曰：朕矜此庶氓，无忘待旦，亟弘生聚之略，每布宽恤之恩。而编户未滋，迁徙尚有，轻去故乡，岂其本志？资业殆阙，自返莫由，巢南之心，亦何能弥！凡天下之民流徙他境，悉听还本土，蠲课三年。若有不乐还者，即使土著为民，准旧课输。

陈太建十二年，诏曰：朕君临四海，日旰劬劳。思弘至治，未臻斯道。夏中亢旱伤农，畿内为甚。民失所资，岁取无寄。黎民阻饥，君孰与足？宜布惠泽。其丹阳等十郡田租，并皆原半。

北魏太和四年，诏曰：朕承乾绪，夙兴昧旦。今东作方兴，膏雨不降。岁一不登，百姓饥乏。其令天下祀山川群神及能兴云雨者。民有疾苦，所在存问。六年，诏曰：去秋淫雨，洪水为灾，百姓嗷然。朕用嗟愍，故遣使者循方赈恤。而牧守不思利民之道，期于取办，爱毛反裘，甚无谓也。今课督未入及将来租筭，一以丐之。十一年，诏曰：去夏以岁旱民饥，须遣就食。乃者以来，饿死衢路，无人收识。良由本部不明，籍贯未实，廪给不周，以至于此。朕用慨然。可重遣精检，无用遗漏。

北齐武定元年，诏曰：诸牧民之官，仰专意农桑，勤心劝课，广收天地之利，以备水旱之灾。

北周建德元年，诏曰：兴农之节，亢旸不雨，气序愆度，盖不徒然？岂朕德薄，刑赏失中欤？将公卿大夫或非其人欤？宜尽直言无隐。

唐开元二十九年，制曰：承前饥馑，皆得奏报然后开仓。道路悠远，何救倒悬？自今委州县及采访使给讫奏闻。兴元元年，诏曰：夫人事失于下，则天变形于上。咎征之作，必有由然。自去岁以来，灾沴仍集。雨泽不降，延历三时；虫蝗既臻，弥亘千里。谷价翔贵，稼穑卒瘅。嗷嗷蒸人，聚泣田亩。兴言及此，实所痛伤。遍祈百神，曾不获应。方悟祷祀非救患之术，言辞非谢谴之诚，忧心如焚，身自刻责。得非刑法舛谬，忠良郁湮，暴贼未蠲，劳师靡释，事或未尽而重为烦费，任或非当而横肆侵蠹。有一于此，足伤和气。原其所以，罪实在予。百姓何辜，重罹殍馁。所宜出次贬食，节用缓刑，侧身增修，以谨天戒。朕避正殿不御。百寮奏事，并于延英处分。尚食进膳，宜更节减。百司不急之务，一切且除。诸军将士外，自余应食官粮人及诸色用度等，并委本使长官商量，权行停减，以救饥馑。仍限十日内具元额及所厘革条件开奏，待至丰稔，却令依旧。畿内百姓，委京兆尹切加慰抚。除正税正役外，征科差遣，并宜禁绝。非交相侵夺，寻常诉讼，不宜追扰，务且息人。京畿内外见禁囚徒，死罪降徒，流已下一切放免。咨尔卿佐，实惟股肱。所当一其诚心，同恤灾患，勉修厥职，副我忧勤。

兴元二年，诏曰：国之经制，储蓄备灾，虽遇凶年，人无菜色。时或弛征、散利、务穑、劝分，徙有以均无，因丰以补败。救患之术，抑其次焉！自戎役繁兴，两河尤极。农桑日废，井邑为墟。丁壮服其干戈，疲羸委于沟壑。伤残未复，荒馑荐臻。历河朔而至太原，自淮沂而被洛汭，虫螟为害，雨泽愆时，稼穑卒瘅，蒸黎重困。然犹征赋不息，征役未宁。冻馁流离，寄命无所。兴言感悼，焚灼于怀。朕闻刑罚失中，虐沴斯作。致咎之本，在予一人。百姓何辜，遭罹其弊。竞竞惕畏，不敢遑安。庶蠲下土之灾，用答上天之戒。其宣武等军各节度，每管各赐米五万石。所司即搬运，都于楚州分付，各委本道差官受领，赈给将士百姓，务令均沾，以惠困穷。军费方殷，国储尚歉。今所赐赈给，其数非多，犹虑孤茕或未周赡。谷价翔贵，何能自资？江淮之间连岁丰稔，迫于供赋，颇亦伤农。收其有余，济彼不足，允孚收敛之术，且叶变通之规。宜令度支于淮南浙江东西等道量置场加价，和籴米三五十万石，差官搬运于诸道，减价出粜，贵从权便，以利于人。无或劳烦，重予不德。方岳守将，实朕股肱。恤患分忧，与朕同体。宜即遣使，分道宣慰，劳勉将士，省问乡闾。有可以救岁之凶灾，除人之疾苦，各与本道节度使商议，具以闻奏，必精必详，用称朕意。

兴元五年，诏曰：朕以薄德托于人上，励精思理，期致雍熙。鉴之不明，事或乖当。百度多阙，四方靡宁。伤残未瘳，而征役荐起；流亡过甚，而征敛弥繁。人怨闻上，天灾降下，连岁蝗旱，荡无农收。惟兹近郊，遭害尤甚。谷价腾跃，人情震惊。乡闾不居，骨肉相弃。流离殒毙，所不忍闻。公私之间，廪食俱竭。既无赈恤，又复征求。财殚力疲，继以鞭箠。弛征则军莫之赡，厚敛则人何以堪？念此困穷，痛切心骨。补过实害于增修，救患莫如于息费。致咎既由朕躬，谢谴当自朕始。宜令尚食，每日进膳各减一半。事无大小，一切并停。公私债负，容待蚕麦熟后征收。百姓诸色人等，有能力行仁义，均减有无，赒贷贫人，全活数众者，府司具事迹闻奏。朕当授以官秩，蠲其征徭。如县令劝导有方，流庸克济，至夏初以来类例勘会，但户口不减、田畴不荒者，亦以状闻，量加优奖。百姓有迫于饥馑全家逐食者，其田宅、家具、树木、麦苗等，县司明立簿书印记，令近邻人同检校，勿容毁损及典卖填纳。本户却归，便令复业。夫致理之本，在于令长导王者之泽以被于下，求庶人之瘼以闻于朝，得失所系甚大。百里之安危，万人之性命，付以长吏，岂容易哉？今甸内凋残已甚，非慈惠不能恤疲甿，非才术无以赈艰食。昨者详延群彦，亲访嘉猷。员外郎窦申、郑珣瑜、贾全可、韦武、霍琮、王仓、李会、荀鲁、李绲，咸以器能理道，精心究蒸黎之疾苦，知教化之宗源，可长安等九县令，以京官兼秩。泾阳令韦涤，有御灾之术，有字物之方，人不流亡，事皆办集。古之循良，何以过此！就加宠擢，可检校工部员外郎兼本官，仍赐绯鱼袋，并赐衣一袭、绢百匹、马一匹。咨乃庶尹，其惟钦哉！

元和六年，诏曰：京畿旧谷已尽，粟麦未登，宜以常平义仓粟二十四万贷借百姓。诸道州府有乏粮处，依例借贷。淮南浙西宣歙等道元和二年借贷，并停征，容至丰年，然后收纳。

宋太祖乾德元年，诏曰：多事之后，义仓废寝。岁或小歉，失于预备。宜令诸州于所属县各置义仓，自令官所收税，每石别税一斗贮之，以备凶歉，给与贫民。

三年，诏曰：民有欲借义仓粟充种食者，令州县即计口给讫以闻，勿候报。义仓不足，当发公廪者，奏待报。四年，诏曰：诸州义仓用赈乏绝，颇闻重叠输送，未免劳烦。宜饬其玩法者。

仁宗天圣七年，诏曰：河北大水，坏澶州浮桥。其被灾之民见存三口者，给钱二千；不及者半之。溺死而不能收敛者，官为瘗埋。已检放税外，听近输官权停州县配率。其注米仓库营壁，亟修完之。并究官吏贪暴不能存恤者，差去河北安抚使钟离瑾奏劾之。其民间疾苦，何由周知？须实心体访。或灾荒而有司莫告，或赈济而虚冒多端，或地之远近为阻，或时之后先未悉，各具实以上闻。

神宗熙宁七年，诏曰：朕之听纳有不得于理欤？讼非其情欤？赋敛失其节欤？忠谋谠言郁于上闻，而阿谀壅蔽以成其私者众欤？咎自朕致，民实何愆？与其降咎于人，不若降灾于朕。方春作时，雨雪颇足。流民所在，令州县晓谕丁壮，各愿归乡者，并听结保，结所属给粮。每程人给米豆一升，幼者半之。妇女准此。州县无辄强逐。

徽宗政和七年，诏曰：州县遏籴以私境内，殊失惠养元元之意。自今有犯，必罚无赦。

高宗建炎二年，御批：大水飞蝗为害最重之处，仰百姓自陈，州县监司次第保明奏闻，酌量与免租税。

绍兴三年，诏曰：义仓之设，所以备凶荒，最为良法。州县奉行不善，浸失祖宗本意。或遇水旱，何以赈济？可令监司检视实数，补还侵失。

孝宗乾道五年，御批：今春闽中艰食，朕甚念之。向闻诸处赈济，多止及于城郭，而不及乡县，甚为未均。卿等一一奏来。

乾道九年，诏曰：江淮闽浙，或荐告饥。意者水利不修，所以为旱。朕将即官吏勤惰行殿最，各殚厥心，毋蹈后悔。辽乾亨五年，诏曰：五稼不登，开帑藏而贷民税。螟蝗为灾，罢徭役以恤饥贫。

开泰元年，诏曰：朕惟百姓徭役烦重，则多给工价。年谷不登，发仓以贷。田园芜废者，则给牛种以助之。

太平九年，诏曰：朕于早岁习知稼穑。力办者广务耕耘，罕闻输纳；家食者全亏种植，多至流亡。宜通检括，普为均平。

元大德五年，诏曰：闻夏秋以来，霖雨风水为灾，南北数路民罹其害。奏言及此，朕甚悯焉。其议遣官分道赈恤。各路风水灾重去处今岁差发税粮，并行除免。贫乏缺食人民之家，计口赈济；乏绝尤甚者，另加优给。其余灾伤，亦仰委官省视存恤。

大德七年，诏曰：比岁不登，赈恤饥乏，蠲免差税，及贷积年逋欠钱粮。屡降诏旨，戒饬中外官吏。近闻百姓困乏者尚众。今遣官分道前去，宣布朕泽，抚安百姓，赈济饥贫。内郡大德六年被灾缺食曾经赈济人户，其大德七年差发税粮尽行蠲免。饥民流移他所，多方存恤，从便居住。如贫乏不能自给者，量与赈给口粮，毋致失所。被灾去处有好义之家，能出己财周给贫乏者，具实以闻，量加旌用。

大德八年，诏曰：弭灾之道莫若修德，为政之善贵在养民。比者地道失宁，岁饥民困，救荒拯艰，良切朕怀。平阳、太原两路灾重去处，系官投下一切差拨税粮，自大德八年为始，与免三年。隆兴、延安两路与免二年。上都、大同、怀孟、卫辉、彰德、真定、河南、安西等路被灾人户，亦免二年。大都、保定、河间路分连年水灾，田禾不收，人民缺食，速委官设法赈济。保定、河间两路大德八年系官投下一切差拨税粮，并行蠲免。江南佃户承种诸人田土，私租太重，以致小民穷困。自大德八年以十分为率，普减二分，永为定例。比及收成，佃户不给，各主接济，毋致失所。借过贷粮，丰年之后归还田主，无以巧计多取租数，违者治罪。

至大元年，诏曰：近年以来，水旱相仍，缺食者众。诸禁捕野物地面，除上都、大同、隆兴三路外，大都周围，各禁五百里。其余禁断处所及应有山场、河泊、芦场，诏书到日，并行开禁一年，听从民便采捕。诸投下及僧道权势之家占据抽分去处，亦仰革罢。汉土人等不得因而执把弓箭，聚众围猎。管民官用心钤束，廉访司常加体察。

至大二年，诏曰：爰念即位以来，恒以赈灾恤民为务，而恩泽犹未溥传，流离犹未安集。岂有司奉行弗至欤？今特命中书省遴选内外官僚，专以抚治为事，简汰冗员，樽节浮费，一新政理，期称朕意。被灾曾经赈济百姓，至大三年腹里江淮夏税，并行蠲免；至大二年正月以来民间逋欠差税课程，照勘并行蠲免。

至大三年，诏曰：各处人民饥荒转徙，疾疫死亡，虽令有司赈恤，而实惠未遍。今岁收成，转徙复业者，有司用心存恤。元抛事产，依数给还。在官一切逋欠，并行蠲免；仍除差税三年。田野死亡遗骸暴露，官为收拾，于系官地内埋瘗。

延祐元年，诏曰：被灾去处皇庆二年曾经赈济人户，延祐元〈年〉差发税粮尽行蠲免。流民所至去处，有司常加存恤，毋致失所。愿务农者，验各家人力，官为给田耕种；不能自存者，接济口粮。如有复业，并免三年差役，元抛事产尽皆给付。

天历二年，诏曰：今天下岁一不登，米价腾涌，民辄缺食。仰所在官设置常平仓，谷贱则增价以籴，谷贵则贱价以粜，随宜以济其民。岁丰举行，毋为文具。

明洪武元年，诏曰：今岁水旱去处，所在官司不拘时限，从实踏勘实灾，租税即与蠲免。

洪武十九年，诏曰：所在鳏寡孤独取勘明白，果有田粮有司未曾除去，设若无可自养者，官岁给米六石。其孤儿有田不能自为，既免差役，有亲戚者，有司责令亲戚收养；无亲戚者，邻里养之，毋致失所。其无田者，各一体给米六石。邻里、亲戚收养其孤儿名数、分豁、有无恒产，以状来闻。候出幼，同民立户。

永乐十九年，诏曰：有被水旱缺食贫民，有司取勘赈济。

洪熙元年，诏曰：各处遇有水旱伤灾，所司即便从实奏报，以凭宽恤。毋得欺隐，坐视民患。

宣德八年，诏曰：朕以菲德恭嗣天位，统御兆民，夙夜惓惓，图维安利。今畿内及河南、山东、山西并奏自春及夏雨泽不降，人民饥窘，朕甚恻焉。夫上天降灾，厥有所自。其政事之有阙欤？刑罚之失中欤？征敛之频繁欤？抚字之不得人欤？永念其疚，内咎于心。思惟感通之道，必广宽恤之仁，庶天鉴之，旋灾为福。所有合行事宜，特条开列，故兹昭示，咸使闻知。

一、南北直隶府州县并河南、山东、山西三布政司，凡灾伤去处人户，自宣德七年十二月以前拖欠夏秋税粮、户口盐粮及官军屯种子粒，悉皆停征。其拖欠各色课程、盐课并各衙门见坐派、买办、采办诸色物料、颜料等项及亏欠孳牧马驴牛羊牲口，悉皆蠲免。仍免其今年夏税。军民乏食者，所在官司验口给粮赈济。如官无见粮，劝率有粮大户借贷接济，待丰熟时抵斗酬还。

宣德九年，敕曰：南京、直隶、应天、苏松等府州县，今水旱蝗蝻灾伤之处，民人缺食，资生艰辛。但是工部派办物料，即皆停止，待丰熟之时办纳。其不系灾伤之处，所派办物料，亦令陆续办纳，不许逼迫。差去催办官员人等，除修造海船物料外，其余悉令回京，不许迁延，在外扰民，违者论罪不恕。尔等其体朕恤民之心！钦哉！故谕。

宣德十年，诏曰：水旱灾伤之处，并听府州县及巡抚官从实奏闻，朝廷遣官覆勘处置。并不许巧立名色，以折粮为由，擅自科敛小民金银段匹等物，那移作弊，侵欺入己。违者罪之。

正统四年，诏曰：朕以眇躬嗣承大统，仰惟天眷之隆、祖宗创业之难，夙夜祇慎，用图治理，以宁万邦。一切不急之务，悉已停罢。尚念群生乐业，上协天心。切虑民情幽隐，庶职未尽得人。承流宣化，有所未至，深歉于怀。兹当春和，万物发舒，吾民或有未得其所者，悉从宽恤，以遂其生。尔中外臣僚，其体朕心，尽乃职务，以求实效，勿事虚文。所有合行事宜，条示于后：

一、各处有被水旱灾伤缺食贫民，有司即为取勘赈济，切勿令失所。

一、民间应有事故人户抛荒田地，无人佃种，有司即为取勘除豁，仍仰召人承佃。中间有系官田地，即照民田例起科。若不系官民田地，许令诸人耕种，三年后听其报官起科。所种桑枣，有司时加提督，务求成效，不在起科之数。

一、各处逃移人户，悉宥其罪，许于所在官司附籍纳粮当差。其有愿回原籍复业者，免其粮差二年；递年拖欠税粮等项，悉皆蠲免。

万历二十二年，谕曰：朕览饥民图说时，有皇贵妃在侍，自愿出累年所赐用外之积五千两助赈。朕意其少，欲待再有进助。今见卿等所奏，着发与该部差官解彼赈用。

万历三十八年，谕曰：朕昨承圣母传谕，自春至今，雨泽稀少，旱魃为虐，小民饥馑。钦降银十万两，着给户部差官赈济，务使得沾实惠，以仰体圣母悯惜元元至意。特谕卿知。

诏令总论　　张能鳞

谨按：三代以后诏令，汉最近古。迄今读文景诏，不过数言，而忠厚恺恻之诚蔼然可想见。唐宋以来，皆出代言之臣。如唐德宗奉天罪己诏书，出于陆贽，最为谆切。诏下诸道，一时悍卒投戈，黄童白叟至有涕泣者。然而征敛弥繁，戍役未解，搜括督责于有司间架，僦税苛求于百姓，诏书虽颁，具文而已。故曰仁言不如仁声之入人深也。然唐之贞观、宋之真仁、明之洪宣，其敬天勤民惧灾之意，犹有可法焉。故备录之如右。

历代积贮

齐管仲相桓公，通轻重之权。曰：岁有凶穰，故谷有贵贱；令有缓急，故物有轻重。人君不理，则畜贾游于市，乘民之不给，百倍其本矣。民有余则轻之，故人君敛之以轻；民不足则重之，故人君散之以重。凡轻重敛散之以时，即准平。准既平，使万室之邑必有万钟之藏，藏镪千万；千室之邑必有千钟之藏，藏镪百万。春以奉耕，夏以奉耘，耒耜器械、钟饷粮食，必取赡焉。故大贾畜家，不得豪夺吾民矣。又曰：国之广狭、壤之肥硗有数，终岁食余有数。彼守国者，守谷而已矣。故善为天下者，谨守重流而天下不吾散矣。请置屯籍农，国贫而用不足，以价取之，则积藏囷窌之粟，皆归于君矣。

魏文侯时，李悝言：籴甚贵伤民，甚贱伤农。善为国者，使民无伤而农益劝。每岁大熟，籴二而舍一，中熟籴二，下熟籴一，价平则止。小饥发小熟之所敛，中饥发中熟之所敛，大饥发大熟之所敛而粜之。

汉文帝时，贾谊、晁错皆说募民入粟。武帝时，桑弘羊为治粟都尉。请令民得入粟补吏及罪以赎，令民入粟甘泉各有差。宣帝即位，大司农中丞耿寿请籴三辅、弘农、河东、上党、太原郡谷，以谷贱时增其价而籴以利农，谷贵时减价而粜，名曰常平仓。民便之。显宗永平五年，作常满仓，立粟市于城东。粟斛直钱三十，府廪环积。至十年，帝欲置常平仓，议者多以为便。刘般对以常平外有利民之名而内实侵刻百姓，豪右因缘为奸，小民不得其平，置之不便。帝乃止。

晋武帝时，谷贱而布帛贵，欲立平籴法。议者谓军资尚少，不宜以贵易贱。泰始二年，下诏通籴。主者平其议，具为条制。

北魏孝文太和中，析州郡常调九分之二。京师度支岁用之余，各立官司，丰年籴贮于仓，时俭则减以粜之。天平元年，逐丰稔之处，折绢籴粟，以充国储。于诸州缘河津岸，皆官仓贮积，以拟漕运。

北齐时，置富人仓。初立之日，准所领中下户口数得支一年之粮。谷贱时，斟量割当年义租充入。贵则下价粜之，贱则还用所粜之物，依价籴贮。

后周创制六官司仓，掌辨九谷之物，以量国用。国用足，即畜其余，以待凶荒。不足则止余用，足则以粟贷人。春颁之，秋敛之。

隋文帝开皇五年，朝廷以京师仓廪尚虚，议为水旱之备。令诸州百姓及军人劝课当社，共立义仓。收获之日，随其所得，劝课出粟及麦，造仓窖贮之。十六年，诏社仓准上中下三等税，上户不过一石，中户不过七斗，下户不过四斗。其后山东频年霖雨，皆困水灾。天子遣使赈给，用谷五百余万石。

唐初有社仓以备凶荒。贞观中，戴胄建议，自王公以下，计垦田秋熟所在为义仓，岁凶以给民。太宗善之，诏亩税二升。粟米、粳稻，随土地所宜。田耗十四者，免其半；耗十七者，皆免。商贾无田者，以其户为九等，出粟自五石至五斗，为有差。岁不登，则以赈民，或贷为种子。至秋而偿。其后，洛、相、幽、徐、齐、并、秦、蒲州又置常平仓粟。高宗以后，稍假义仓以给他费，至神龙中略尽。元宗时，牛仙客为相。用彭果策，敕以谷贱伤农，命增时价十之二三，和籴东西畿粟各数百万斛。开元间，和籴一百一十三万九千五百三十石，诸色仓粮一千二百六十五万六千六百二十石、正仓粮四千二百一十二万六千一百八十四石、义仓粮六千三百一十七万七千六百六十石、常平仓粮四百六十万二千二百二十石。天宝八年，天下诸色米九千六百六万二千二百二十石。其后第五琦请天下常平仓皆贮库，以蓄本钱。代宗时，刘晏掌财赋。诸道各置知院官，每旬月具州县丰歉之状白使司。丰则贵籴，歉则贱粜。德宗时，赵赞请诸道并敕税竹木茶漆，以赡常平本钱。其后，陆贽以诸道所得税茶钱均融分配。每至谷麦熟时，散就管内州县和籴，便于当处置仓收纳。贞元四年，诏京兆府，于时价外加估和籴。差官先给价直，然后贮纳。续令所司自搬运，载至太原。宪宗时，府县配户，督限有稽违，则迫蹙鞭挞，甚于税赋。号为和籴，其实害民。元和六年制：京畿旧谷已尽，粟麦未登，宜以常平义仓粟贷借百姓，至丰年填纳。敬宗宝历二年，两京、河西大稔，委度支和籴二百万斛，以备灾沴。文宗太和九年，以天下回残钱置常平义仓本钱，增市之。非遇水旱不增者，判官罚俸，以枉法论。文宗尝召监仓御史，问太仓粟数，对曰：有粟二百五十万石。帝曰：今岁费广而所蓄寡，奈何？乃出御史督察州县壅钱谷者。

宋太祖乾德初，诸州各县置义仓、岁输二税，石别收一斗。民饥欲贷充种食者，县具籍申州，州长吏即计口贷讫，然后奏闻。太宗端拱二年，置折中仓。商人输粟，以二百万为一界。淳化三年，京畿大穰，物价甚贱。分遣使臣，于京城四门置场，增价以籴，有司贮于近仓。俟岁饥，即减价粜与贫民。真宗景德元年，内出银三十万，付河北经度贸易军粮。自兵罢后，凡边州积谷可给三岁，即止市籴。其后连岁登稔，乃令河北、河东、陕西增籴；又命司农寺出数百万缗，助三司，给军贯。天禧元年，濮州侯日成上言：本州富民储蓄不少，近价值日增，乞差使臣与通判点检，量留一年支费，余悉令粜。真宗有旨，劝诱出粜，不得扰富民。仁宗时，诏天下置广惠仓。初天下没人户绝田，官自鬻之。韩琦请留弗鬻，募人耕收。其租别为仓贮之，以给州县郭内之老幼贫疾不能自给者，谓之广惠仓。英宗命增置南北福田院，并东西各广官舍，日廪三百人。岁出内藏钱五百万，给其费。后易以泗州施利钱，增为八百万。神宗熙宁初，河阳灾伤。诏常平仓粮四万石，贷共城、获嘉等三县阙食人户。又制三司条例司，请贵发贱敛，以广蓄积。广惠仓并用常平转移法。天下常平钱谷，见在一千四百万贯。诸路各置提举一员、管勾一员，以京朝官为之。自用王安石为参知政事，讲求新法，令既具，会苏辙自大名推官上书召对，安石出其法示之，辙曰：以钱贷民，使出息二分，本非为利。然出纳之际；吏缘为奸，虽有法，不能禁。钱入民手虽良，不免非理费用，鞭笞必及，州县多事。安石自此逾月不言青苗。会河北转运使奏，与安石意合，至是请施行之。常平、广惠仓之法遂变而为青苗。判大名府韩琦言其不便，神宗出琦奏示执政曰：琦真忠臣也。朕始谓利民，不意害民若此。十年，诏畿县立义仓法，仍以义仓隶提举司，而京东西相转输。颁其法于川陕四路。哲宗元祐元年，诏提举官，累年积蓄钱财物尽改作常平钱，罢各县专主簿，再立常平钱谷给敛出息之法。下诸路，申严州县抑配之禁。蔡京用事，复议行焉。徽宗宣和五年，州县常平仓谷，每岁支俵，多有伪冒。敕令陈诉。高宗绍兴元年，复常平官，讲补助之政，以广储蓄。户部尚书韩仲通乞以上供粟米所余之数，岁桩一百万石，别廪贮之，遇水旱以给民。从之。又以常平钱，于民输赋未毕之时，悉数和籴。孝宗乾道七年，饶州旱，措画义仓米八万石。又拨附近州县义仓五万石，并截留上供米二千石。并立赏格，劝谕出粟，江南民艰食，朱熹请于府，得常平米六百石赈贷。夏纳之于仓，冬则加息计米以偿，名曰社仓。宁宗庆元元年，诏户部右曹专领义仓。十一年，以一县之数截留下青苗米输之于县，别储以备赈济，使穷民不至于艰食。惟负郭义仓，令就州输送。至于属县之义仓，则令丞同主之。每岁终，令丞合诸乡所入之数上之守贰，守贰合诸县所入之数上之提举常平，提举常平合一道之数上之朝廷，考其盈亏，以议殿最。度宗咸淳元年，有旨拨公田米五十万石付平籴仓，遇米贵减价出粜。御史赵顺孙请行平籴之法。宋之籴法不一，其曰博籴者，诏河北转运提举司置场，以常平及省仓岁用余粮，听民以丝绵绫绢增价博买，俟成博籴也。其曰结籴者，体量用茶，因便结籴熙河路军储也。其曰俵籴者，以末盐钱钞在京粳米六十万贯石，付都提举市易司贸易，度民田人多寡，豫给钱物，秋成入米粟于封桩也。其曰兑籴者，诏淮南常平司，于麦熟州郡及时兑籴也。其曰寄籴者，因商人入中岁小不登，必邀厚价，故以所籴钜万散于诸郡寄籴也。其曰括籴者，请并边籴买，豫榜谕民，毋得与公家争籴。即官储有乏，括索赢粮之家，量存其所用，尽籴入官也。其曰劝籴、均籴者，先入其斛斗，乃给其直于有斛斗之家也。

金熙宗命有司增价和籴。世宗谓宰臣曰：国家经费甚大，向令山东和籴，止得四十五万余石，未足为备。山东军屯处须急为二年之储。若遇水旱，则用赈济。自余宿兵之郡，亦须籴以足之。九年，谕宰臣曰：尚书省奏，先奉诏赈济东京等路饥民，三路粟数不能给。上曰：朕尝谕卿等丰年广籴以备凶歉，卿等皆言天下仓廪盈溢。今欲赈济，乃云不给。自古帝王皆以蓄积为国长计。朕之积粟，岂欲独用？即今不给，可于邻道取之。自今多备，当以为常。章宗谕：天下生齿至众，如欲计口，使余一年之储，则不惟数多难办，又虑出不以时而致腐败，况复有司抑配之弊，殊非经久之计。如计诸郡县，验户口，例以月支三斗为率，每口但储三月，已及千万数，亦足以平物价、救荒凶矣。若令诸处自官兵三年食外，可充三月之食者，免籴；其不及者，俟丰年籴之可也。又曰：随处常平仓，往往有名无实。况远县人户，岂肯跋涉，直就州府粜籴？可各县置仓，命州府县官兼提控管勾。遂定制：县距州六十里内，就州仓；六十里外，则特置。旧拟备户口三月之粮，恐数多致损，改令户二万以上，备三万石；一万以上，备二万石；一万以下、五千以上，备万五千石；五千户以下，备五千石。

元世祖至元二十二年，始行其法于京城南城。设铺各三所，分遣官吏发海运之粮，减其市直，以赈粜焉。凡白米，每石减钞五两；南粳米，减钞三两。岁以为常。成宗元贞元年，以京师米贵，益广世祖之制，设肆三十所，发粮七万余石粜之。白粳米，每石中统钞一十五两；白米，每石一十二两；糙米，每石六两五钱。二年，减米肆为一十所。其每年所粜，多至四十余万石，少亦不下二十余万石。至大元年，增两城米肆为一十五所，每肆日粜米一百石。四年，增所粜米，价为中统钞二十五贯。自是每年所粜，率五十余万石。泰定帝天定二年，减米价为二十贯。致和元年，又减为一十五贯。云赈粜粮之外，复有红贴粮。红贴粮者，大德五年始行。初赈粜粮，多为豪强嗜利之徒用计巧取，弗能周及贫民。于是令有司籍两京贫乏户口之数，置半印号簿文贴，各书其姓名口数，逐月对贴以给。大口三斗，小口半之。其价视赈粜之直，三分常减其一，与赈粜并行。每行拨米总二十万四千九百余石，闰月不与焉。

明洪武元年，令各处悉立预备仓，各为籴粜收贮，以备灾荒。择其地年高笃实者管理，命户部运钞二百万贯，往各府州县预备粮储。宣宗宣德年间，大学士杨士奇奏申饬之，择廉干官督理平籴以备荒，而郡县官以废举为殿最。正统六年，南直巡抚周忱奏定济农仓之法，应天十郡赖之。英宗是年遣使旌奖吉安府义民周怡等，以其各出粟二千石佐官，以备赈饥民也。宪宗成化中，敕设预备四仓。官吏实收虚放为侵盗者，论如律。弘治中，诏州县所储粟，务三年足周一岁之余。大都五十里，积粟三万石；百里，积粟五万石。官储中积为程职；不及三分而上，罚有差；少六分，课殿。嘉靖中，侍郎王廷相言，备荒莫善于义仓，宜贮之里社，定为规式。又问袁炜：民多无食，何也？炜曰：四远饥民来京求食，一时米价腾贵。请以太仓粟数万石平价发粜。上允之。复思民身无一钱者，坐毙道路，令以六分出粜，四分给贫。隆庆初，陕西巡按御史王君赏奏请宽积谷之例。五年，山西巡抚靳学颜请置常平仓。部覆请以防秋客兵银并盐课六万，发各府县籴谷，又修复社仓。万历十九年，命巡按严惩强夺，弛平籴之令，禁遏籴之风。天启间，蔡懋德议通常平遗法，以广储蓄，请发帑库余金为本。崇祯十三四年间，连岁旱荒。中书舍人陈龙正创举社仓，于本乡御史李悦心上其法于朝。

积贮总论　　张能鳞

谨按：三代以下言积贮者，大约有三：曰常平，曰义仓，曰社仓。常平之法，籴于官而贮于官者也；义仓之法，敛于民而贮于官者也；社仓之法，敛于民而贮于民者也。考义仓始于隋长孙平，其言曰：古者水旱为灾，人无菜色，皆由劝道有法，蓄积先备。请令诸州百姓当社各立义仓。收获之日，随其所得，劝课出粟及麦，于当社造仓窖贮。是义仓即社仓也。唐宋因之。其后稍假义仓以给他费，古法浸坏。而朱子乃踵其遗意，别为社仓。愚以为义仓法非不善，然取于民也，有科敛抑勒之扰；藏于官也，有旁缘作奸之弊。则恤民之事，适以厉民。在今日可行者，独常平、社仓耳。迩年水旱之灾方数千里，议赈议蠲，动糜大司农金钱以百万计。于是，士大夫稍讲求其端矣。虽然议复常平，而郡县苦无籴本；议复社仓，而有司视为具文。是不无望于当国者熟筹而力行也。若夫前人捐注规画之成法，则是编略可考云。

积贮为豫荒急务，常平为积贮良法，而常平之本必出于官。今州县额赋，锱铢悉属上供。有司既无策通融于赋中，又不敢溢取于赋外，虽有其心，往往束手。盖无米之炊，势实难也。愚意常欲请于建言诸公，就现行事例中择一二可通行者，如捐纳文武生童及官员诰敕二项，听令就各州县捐纳一年，准其多寡，造册报部，即为该州县常平之本。以一方之所入，仍以恤一方之穷民，上既可不费公帑而人情乐从，其捐输必倍加踊跃。至敛散之规，一仿朱子社仓故事。一年之后，州县之常平可尽复矣。刍荛管见，未知有当否？能鳞又识。

历代赈济

齐桓公出游，见老而饥寒者，命赐之食。老人曰：愿赐一国之饥者。命赐之衣，老人曰：愿赐一国之寒者。桓公曰：寡人之廪府，安足以周一国之饥寒？老人曰：君不夺农时，则国人皆有余食矣；不夺蚕要，则国人皆有余衣矣。汉高祖时，关中大饥，米斛万钱，人相食。令民就食蜀汉。文帝元年，诏赈贫民布帛。六年，大旱蝗，发仓廪。武帝建元三年春，河水溢，平原大饥，人相食。赐徙茂陵者户钱二十万。元狩三年，遣谒者，劝有水灾郡种宿麦，举吏民能假贷者，以名闻上。昭帝元凤三年，诏赈济水灾。宣帝本始四年，遣使者赈贷困乏。元帝永光元年，令各务农。无田者，皆假之，贷种食如贫民。和平四年、永始二年，俱行赈贷。平帝元始二年，郡国大旱，蝗，青州尤甚。遣使者捕蝗。民捕诣吏，以石斗受钱。民疾疫者，舍空邸，第为置医药。赐死者葬钱。王莽时，南方枯旱，使民煮水为酪。酪不可食。又令饥民掘凫茨食之。流民入关万人，置养赡院以廪之。世祖建武六年，命郡国有谷者，给廪高年鳏寡孤独。明帝永平中，诏鳏寡孤独、笃癃、贫不能自存者粟，人三斛。和帝永元五年，诏离宫果园、上林、广成圃，悉以假贫民，恣得采捕。遣使者分行三十余郡。十五年，令流民欲还归本而无粮食者，经过地方廪给之。永初二年，连年水旱灾异，郡国多被饥困。樊准上疏言：伏见被灾之郡，百姓凋残，恐非赈给所能胜赡。可依正和元年故事，遣使持节慰安。尤困乏者，徙置荆杨熟郡。既省转运之费，且令百姓各安其所，诚父母之计也。即擢准守冀州。准到部，开仓廪给之，慰安生业，流人咸得苏息。桓帝时，三辅大旱。帝出太仓米豆，作糜食饥人，而人相食啖，白骨委积。帝疑赈恤有虚，乃亲于御坐前量试作糜，乃知非实。使侍中刘艾出责有司，收候考实。自是之后，多得全济。

魏文帝黄初二年，冀州大蝗民饥。遣使开仓廪以赈之。六年，遣使者巡行沛郡，问民疾苦，贫者赈之。明帝景初元年，冀兖徐豫四州遇水，遣使循行。没溺死亡及失产财者，所在开仓赈给之。

吴大帝赤乌三年，民饥。诏开仓廪，以赈贫穷。

晋武帝泰始八年，大雨霖河洛，水溢居人四千余家。有诏赈贷给粟。成帝咸康元年，杨州诸郡饥，遣使开仓赈给。穆帝升平五年，赐鳏寡孤独不能自存者人米五斛。宋文帝元嘉中，三吴水潦，谷贵人饥。彭城王义康立议，以东土灾荒，人凋谷踊，富商蓄米，日高其价，宜颁下所在，审其虚实，令积蓄之家听留一年储，余皆勒使粜货，为制平价。又沿淮岁丰，令三吴饥人即以贷给，使强壮转运，以赡老弱。

北魏太和元年，诏州郡水旱蝗，人饥，开仓赈恤。七年，以冀、定二州饥，诏郡县为粥于路，以食之。定州上言，为粥所活者九十四万七千余口。冀州上言，为粥所活七十五万一千七百余口。延昌元年，州郡十一大水。诏开仓赈恤。以京师谷贵，出仓粟八十万石，以赈恤贫民。明帝永兴中水旱，分简尤贫者就食山东，敕有司劝课田农。北齐世祖皇建四年，诏给西、兖、梁、沧等处遭水潦之民粟各有差。

隋文帝开皇十四年，关中连岁大旱，民多饥馁。上遣左右视民食，得豆屑杂糠以献。为之流涕、不御酒，殆将一月。乃帅民就食于洛阳，敕斥候不得辄有驱逼，男女参厕于仗卫之间。遇扶老携幼，辄引马避之，慰勉而去。至艰险之处，见负担者，令左右扶助之。

仁寿二年，河南北水灾，遣工部尚书赈恤之。炀帝伐高丽以来，耕稼失时，饥馑荐臻。是时幸江都，竞刻剥以充贡献。民采树皮水叶或煮土而食，官廪充牣。吏皆畏法，莫敢赈救。民皆为盗。

唐太宗贞观初，关中大饥。上谓侍臣曰：水旱不调，皆朕失德。朕之不修，天当责朕。百姓何罪？而多遭困穷，闻有鬻男女者。朕甚愍之。乃遣御史大夫杜淹巡检，出御府金宝赎之，还其父母。高宗仪凤二年夏四月，江南旱。遣御史中丞崔谧等分道赈给。侍御史刘思立上疏曰：麦秀蚕老，农事方兴。聚集参迎，妨废不少。既缘赈给，须立簿书，远近共知。中宗景云三年，关中大饥。诏运山东、江淮谷输京师。元宋开元二十九年，立赈饥法，委州县给讫奏闻。然是时杨国忠擅政，四方水旱，不以上闻。扶风太守房琯言所部水灾，国忠使御史推之。上忧雨伤稼，国忠取禾之善者献之，曰：雨虽多，不害稼也。肃宗时，百姓残于兵盗，米斗至钱七千，鬻糠为粮。民行乞食者属路。乃诏能赈贫乏者，宠以爵秩。代宗时，河东租庸盐铁使裴谞入计，帝召问榷酤利，岁入内几何。谞久不对。帝复问，谞曰：臣前自河东来，涉三百里，而民人愁叹，谷菽未种。臣谓陛下轸念元元，必先访民疾苦，而乃责臣以利，故未敢即对。上曰：微公言，朕不闻此。秋霖捐稼，渭南令刘澡称邑境苗不损。代宗命御史朱毅视之，损三千顷。代宗曰：县令，字民之官，不损犹应言损。乃不仁如是乎？贬澡南浦尉。八年，天下四十余州大水。陆贽请遣赈抚。上曰：闻所损殊少，即议优恤，恐生奸欺。贽奏曰：流俗之弊，多徇谄谀。揣所悦意，则侈其言；度所恶闻，则小其事。今遣使赈抚，所费者财用，所收者人心。苟不失人，何忧之有？上曰：淮西贡赋既阙，不必遣也。贽退而奏曰：率土之内，莫非王臣。或有昏迷不共，是由教化未至。自希烈乱常，污染淮甸，职贡废阙，责当有归。在于编氓，岂任其咎？想其翘望圣化，诚亦有足哀伤。倘弘善救之心，当轸内沟之虑。乃遣赈之。宪宗时，南方旱饥，遣使赈恤。将行，宪宗戒之曰：朕宫中用帛一匹，皆计其数。惟赈恤百姓，不计其数。卿等当知之。僖宗以后，屡遭旱饥，尝发义仓赈给，有司视为虚文。懿宗时，淮北大水，关东大旱，各蔬皆尽，贫者以蓬子为面，槐叶为菹。民生困苦已极，起而为盗。

后唐明宗，岁常旱。已而大雪，诏武德司宫中无得扫雪，曰：此天所以赐我也。数问宰相冯道民间疾苦，闻道言谷帛贱、民无疾疫，则欣然曰：吾何以堪之？当与公等作好事，以报上天。

周显德六年，淮南饥。世宗命以米贷之。或曰：民贫，恐不能偿。上曰：民犹子也。安有子倒悬而父不为解者？安责其必偿也。

宋太祖临御之初，遣使诸州赈贷。分诣城南，赐饥民粥。曹州饥，运京师米以赈之。开宝七年，河中府饥。发粟三万石赈之。太宗淳化二年，陕西缘边诸州饥，民鬻男女入近界部落者，官赎之。仁宗每见天下有奏灾伤州郡，必加存恤。嘉祐中，河北蝗旱。时霸州文水县不依编敕告示灾伤，百姓状诉本州。上曰：朝廷之政寄于守令，有灾伤而不为受理，岂恤民耶？主簿赵师锡罚铜九斤，司户晁舜之及冯有谧罚铜八斤，通判王嘉锡罚铜七斤。因谓左右曰；所以必行罚者，欲使天下官吏知朝廷恤民之意。庆历八年，赐瀛、莫、恩、冀州缗钱二万，赎还饥民鬻子。皇祐元年，以缗钱二十万市谷种，给河内贫民。至和元年，京师大寒，民多冻馁成疾。碎通天犀，和药以疗民。嘉祐三年，命京东西湖北盐司分行水灾州军赈饥，出内帑银绢三十万贷之。英宗治平四年，河北旱，流民入京师。待制陈荐请以籴便司陈粟贷民。神宗熙宁间，以久旱忧见容色。每辅臣进见，每谓荒政宜为急务。王安石曰：尧汤不免水旱，不足烦圣心。上曰：朕所以恐惧者，为人事未修也。于是赈恤。元丰元年，诏以滨棣、沧州被水灾，令民第四等以下立保贷请常平粮有差。孝宗隆兴二年，霖雨害稼。出内帑银四十万两，付户部博籴，以济之。淳熙六年春，两次赈雒东饥民。七年，赏监司守臣修举荒政者十六人。绍兴大水，出平江府米赈之。又出南库钱三十万缗，付提举常平朱熹赈粜。宁宗嘉定十五年，诏江西提举司赈恤旱伤州县。理宗淳祐六年，泉州岁荒。其民谢应瑞非因有司劝分，自出私钞四十万籴米，所全活甚众。诏补进义校尉。

辽太康二年，辽东饥，民多死。东京户部使王棠请赈恤，从之。

金熙宗天眷八年，尚书省奏天下仓廪贮粟二千七十九万石，诏赈河东及鄜延两路。余者不得腐败，令诸路以时曝晾。制可其奏。

元中统元年，平阳旱，遣使赈之。二年，迁大都属郡贫民就食河南、平阳、太原。三年，济南饥，以粮三万石赈之。是年七月，以课银一百五十锭赈畿内贫民。四年，以钱粮币帛赈东平、济川贫民；钞四千锭，赈诸王只必帖木儿部贫民。至元二年，以钞百锭赈阔阔出所部军。五年，益以粮，或以盐引，或以钞。

明洪武元年，遣使赈恤中原老稚孤贫。时陕西宝鸡县进瑞麦，太祖曰：朕为生民主，惟思修德致和，以契天地之心。三光平，五谷熟，乃为上瑞。止百官勿贺。又幸钟山，归由龙冈，步至淳化门，始骑而入。谓侍臣曰：朕久不历农亩。适见田者，悯其劳，不觉徒步至此。十九年，河南大水。命赎民鬻子。永乐七年，都御史虞谦、给事中杜钦奉命巡视两淮，启颍州军民缺食，请发廪赈贷。皇太子遣人驰谕之曰：军民困乏，待哺嗷嗷。卿等尚从容奏报！汲黯，何如人也。即发廪赈之勿缓。十八年十一月，皇太子赴凤阳祭皇陵毕，过邹县。岁荒民饥，竞拾草实为食。皇太子见之，恻然下马入舍。视男女衣皆百结，灶釜倾仆不治，叹曰：民隐不上闻若此乎？命中官赐之钞。时山东布政使石执中来迎，责之曰：为民牧而视民穷若此，亦动念否？执中言：被灾之处，皆以奏乞优今年秋粮。太子曰：民饥且死，尚及征税耶？汝往督郡县，速取勘饥民口数。近地约三日，远地约五日，悉发官粟赈之。执中请人给三斗，太子曰：且给六斗。汝无虑擅发。予见上，当自奏也。太子至京奏之，成祖曰：昔范仲淹犹能举麦舟救其父之故旧，况百姓吾赤子乎？天顺元年，山东大饥。从李贤奏，发太仓银四万两赈之。成化六年，京畿大水。命右都御史项忠巡视顺天、河间、永平三府，多发官廪。又设分劝法，得米十六万石、银布牛俱各万余，所活二十七万八千余人。七年，京畿饥。敕户部发太仓粟一百万斛，减价粜以利民。凡粜惟以升斗计，满一石不与。饥者获济。万历九年，神宗御文华殿。讲论辅臣张居正以南京给事中传作舟疏进览云：今江北淮凤及江南苏松等府连被灾伤，徐沛之间，至以树皮充饥，相聚为盗。大有可忧。上曰：淮右频年告灾，何也？居正奏曰：此地从来多荒少熟。今当大破常格，急发赈济以安之。特允其奏。二十二年，刑科给事中杨东明进饥民图说，河南巡按御史陈登云封进饥民所食雁粪，发内帑银赈之。三十六年，诏留税银五万两，赈济苏、松、常、镇四府。又发盐课十五万两，赈济杭、嘉、湖三府。三十八年，奉皇太后给银十万两并御前节省银五万两赈济，务令均沾实惠。三十九年，阁臣叶向高请留北直、山东、山西、河南税银一半，令地方官多方赈恤。从之。

赈济总论 张能鳞

谨按：赈济之法，先时则有功，后时则无及。唐刘晏为转运使，州县荒歉有端，皆先知之。民未及困，而奏报已行。明王竑巡抚两淮，会流民猝至，不及奏闻，大发官储赈之。二臣盖深识此意矣。恭惟我皇上如天好生，每遇水旱之灾，必分遣重臣临赈，动支地丁，截留岁漕，辄以数十百万计。深仁渥惠，溢于间阎。文景贞观，方兹蔑如矣。然而有司或不能奉行德意，申报稽延，往返动需旬月。大泽将至，而枵腹之民已有不及待者。盖郡县吏平时既苟且因循，无所筹画，临事复拘牵文法，观望逡巡，不敢稍有展布，坐视老羸颠踣，丁壮流离。圣主在上而民不免卒填沟壑者，意在斯与？意在斯与？林希元《荒政业言》，陈二难三便六急，而终之曰戒拘文、戒迟缓，有味乎其言之也。

荒政考略卷三　史

历代祈祷

汤之时，大旱七年。雒拆川竭，煎沙烂石。于是斋戒，翦发断瓜，以己为牺牲，祷于桑林。以六事自责，曰：政不节耶？使人疾耶？苞苴行耶？谗夫昌耶？宫室崇耶？女谒盛耶？何不雨之极也！盖言未已，而天大雨。

齐大旱之时，景公召群臣问曰：天不雨久矣，民且有饥色。吾使人卜之，祟在高山广水。寡人欲少赋敛，以祠灵山可乎？群臣莫对。晏子进曰：不可祠。此无益也。夫灵山固以石为身，以草木为发。天久不雨，发将焦，身将热，彼独不欲雨乎？祠之无益。景公曰：不然，吾欲祠河伯，可乎？晏子曰：不可祠。此无益也。夫河伯以水为国，以鱼鳖为民。天久不雨，水泉将下，百川竭，国将亡，民将灭矣。彼独不用雨乎，祠之无益！景公曰：今为之奈何？晏子曰；今诚避宫殿暴露，与灵山、河伯共忧。其幸而雨乎？于是景公出野，暴露三日。天果大雨，民尽得种树。景公曰：善哉！晏子之言可无用乎？其惟有德也。

齐景公之时，天大旱三年。卜之曰：必以人祠乃雨。景公下堂顿首曰：凡吾所以求雨者，为吾民也。今必使吾以人祠乃且雨，寡人将自当之。言未卒，而天大雨。

卫大旱，卜有事于山川，不吉。宁庄子曰：昔周饥，克殷而年丰。今邢方无道，诸侯无伯，天其或者欲使卫讨邢乎？从之。师兴而雨。

郑大旱，使屠击祝款竖柎，有事于桑山。斩其木，不雨。子产：有事于山，蓺山林也。而斩其木，其罚大矣。夺之官邑。

汉承秦灭，学正雩礼废。旱则太常祝天地宗庙。

晋武帝咸宁二年，春旱。因后汉旧典，诸旱处广加祈请。五月，祈雨于社稷山川。

穆帝永和时，议制雩坛于国南郊之旁。依郊坛近远，祈上帝、百辟。旱则祈雨，大雩社稷、山林川泽。舞僮八佾，凡十四人，皆元服，持羽翳，而歌《云汉》之诗。

齐明帝建武二年，旱，雩，以武帝配飨于雩坛。祠部郎中何佟之议曰：皇齐以武帝配五精于明堂，今亦宜配飨于雩坛矣。今武帝遏密未终，自可不奏乐。至于旱祭舞雩，盖是嗟吁之义。既非欢乐，此不涉嫌。祝史称祠，仰祈灵泽，舞雩无阙。

梁武帝天监元年，有事雩坛。帝以为雨既类阴而求之正阳，其谬已甚。东方既非盛阳而为生养之始，则雩坛应在东方，祈晴亦宜此地。遂移于东郊。十年，帝又以雩祭燔柴，以火祈水，于理为乖。于是停用柴燔，从坎瘗典。大同五年，又筑雩坛于籍田兆内。四月后旱则祈雨，行七事。天子降法服，七日，乃祈社稷。七日，乃祈山林川泽常兴云雨者。七日，乃祈群庙之主于太庙。七日，乃祈古来百辟卿士有益于人者。七日，乃大雩上帝，遍祈前祈所有事者。大雩礼于坛，用黄牯牛一，祈五天帝及五人帝。各依其方，以太祖配位于青帝之南，五官配食于下。七日，乃去乐，又遍祈社稷、山林川泽。就故地处大雩国南，除地为坛。舞僮十四人，皆衣元衣，为八列，各执羽翳。每列歌《云汉》诗一章而毕。旱而祈澍，则报以太牢。皆有司行事。若郡县因旱请雨，则五事同时并行。守令皆斋洁三日，乃祈社稷。七日不雨，更斋祈如初。三变仍不雨，复斋祈其界山林川泽常兴云雨者。祈而澍，亦各有报。陈因梁故事。武帝时，以德皇帝配废帝，以文帝配牲，用黄牛而以清酒四升洗其首。其坛墠配享歌舞，皆如梁礼。天子不亲奉，则太宰、大常、光禄行三献礼。其法皆采齐建武二年旧典。

后魏文成帝和平元年四月，旱。诏州郡，于其界内，神无大小，悉洒扫，荐以酒脯。年登之后，各随本秩，祭以牲牢。北齐以孟夏龙见而雩祭太微。以五精帝于夏郊之东，为圆坛，广四十五尺，高九尺。四面各一陛，为三壝。外营相去深浅并燎坛，一如南郊。若建午申未之月不雨，则使三公祈五帝于雩坛。礼用玉帛，有燎，不设乐。选伎工端洁善讴咏者，使歌《云汉》之诗于坛南，其仪如郊礼。隋制雩坛国南十三里，启夏门外道，左高一丈，周二十丈。孟夏龙见，则雩五方上帝，配以五人帝于上。太祖配飨，五官从祀于下。牲用犊十，各依方色。若京师孟夏后旱，则祈雨，行七事。七日，祈岳镇海渎及诸山川能兴云雨者。又七日，祈社稷及古来百辟卿士有益于人者。又七日，乃祈宗庙及古帝王有神祠者。又七日，乃修雩，祈神州。又七日，仍不雨，复从岳渎以下祈礼如初。秋分以后不雩，但祷而已。皆用酒脯。初请后二旬不雨者，即徙市禁屠。皇帝御素服，避正殿，减膳彻乐，或露坐听政。百官断伞扇，令家人造土龙。雨澍，则命有司报。州县祈雨，则理冤狱，存鳏寡孤独，掩骼埋胔，洁斋祈于社稷。七日乃祈界内山川能兴云雨者，徙市断屠。雨泽，亦有报。

唐武德初，定令每岁孟夏雩祀昊天上帝于圆丘，景皇帝配，牲用苍犊二。五方上帝、五人帝、五官并从祀，用方色犊十。

太宗贞观时，雩祀于南郊。

高宗显庆时，行雩礼于圆丘。

元宗开元十一年初，孟夏后旱，则祈雨，审理冤狱，赈恤穷乏，掩骼埋胔。先祈岳镇海渎及诸山川能兴云致雨者，皆于北郊遥祭而告之。又祈社稷宗庙，每月七日皆一祈。不雨，还从岳渎如初。旱甚，则大雩。秋分后不雩。初祈后一旬不雨，即徙市禁屠，断伞扇，造大土龙。雨足则报祀。祈用酒脯醢。报准常祀，皆有司行事。已斋未祈及所经祈者，皆报祈。

后汉乾祐二年，蝗灾。命尚书侍郎段希尧祭东岳，太府卿刘皞祭中岳。

宋太祖建隆二年，夏旱。翰林学士王著请令近臣按旧礼告天地宗庙社稷，及望告岳镇海渎于北郊，以祈甘泽。诏用其礼，惟不祀配坐及名山大川。雨足报赛如礼。真宗咸平元年，以旱遣使祷卫州百门庙、白鹿山。

神宗元丰四年，详定礼文所言。按《礼记·祭法》曰：埋少牢于泰昭，祭时也。云汉之时，曰靡爱斯牲。《周礼·太祝》注曰：襘荣皆有牲。是祈祷有牲也。请祈祷郊庙社稷，皆用少牢。从之。

高宗绍兴后，孟夏雩祀上帝。在城西惠照院望祭，斋宫行礼。其后又于圆丘行礼。

孝宗淳熙十四年七月，太常寺言亢旸为沴，检点国朝典礼，凡京都旱则祈岳镇海渎及诸山川能兴云雨者，于北郊望告。又祈宗庙社稷及雩祀上帝皇地，祇诏命宰臣以下分诣告祭。八月三日获感应，命报谢。

宁宗嘉定八年八月蝗，祷于霍山。九年六月蝗，祷于群祀。

理宗淳祐七年六月，大旱。命侍从祷于天竺及霍山祠。金大定四年，不雨。命礼部尚书王竞祈雨北岳，以定州长贰官充亚终献。又不雨，于都门北郊望祀岳镇海渎。有司行事，礼用酒脯。又祈太社太稷，祈宗庙。

元至元七年十二月，大司农请于立春后丑日祭风师于东北郊，立夏日申日祭雷雨师于西南郊。仁宗延祐五年，乃即二郊，定坛壝之制。遇旱亦有祷于名山者。

明洪武三年夏，久旱。太祖忧之，乃择日躬祷。届期四鼓素服，草履却辇，步诣山川坛，设藁席露坐。昼曝于日，顷刻弗移。夜卧于地，衣不解带。皇太子捧盒，进农家之食。凡三日，大雨沾足。

嘉靖七年春，旱。世宗躬祷南郊山川社稷。不雨，御制祷雨不应自咎说示廷臣。二十二年七月，久旱。躬祷雩坛。是日大雨，御制感雨诗，以示群臣。

祈祷总论　　张能鳞

谨按：应天以实不以文。桑林之祷、《云汉》之诗，忧勤惕励，感召天和。后世崇尚虚文，如董仲舒《春秋繁露》，其失诬；开元崇祭诸礼，其失烦；颁李邕画龙法于郡邑，其失伪。汉唐宋祈祷，无足取者。惟明太祖素服草履、却辇露坐，庶几近之。

皇上轸念民瘼，于十有八年久旱不雨，孟夏之望，先期斋戒，步祷园丘。方行礼，甘霖立应，远近沾足。馆阁诸臣赋诗恭纪。能鳞承乏青齐，拜读之余，额手称庆。曰：成汤、周宣，复见于今。精诚孚格，灵贶克臻。宜矣！《礼器》曰：天时雨泽，君子达亹亹焉。信乎应天之以实也！

历代蠲荒

汉兴，天下大定。高祖约法省禁，田租十五而取一。文帝诏赐天下民租之半，务令均沾实惠。宣帝本始二年，诏郡国水旱灾伤甚者，无出租赋；命有司省役劝农，毋虚德意。成帝建始元年，郡国被灾什四以上，无收田租。鸿嘉四年，被灾什四以上，民赀不满三万，勿收租赋。哀帝令水所伤县邑及他郡国被灾什四以上，民赀不满十万，皆无出今年租赋。平帝元始二年，天下民赀不满二万及被灾之郡不满十万，勿收租税。章帝元年，诏以大旱，勿收兖、豫、徐州田租。和帝永元四年，诏郡国秋稼为旱蝗所伤什四以上，勿收田租。顺帝永建元年，诏以疫疠水旱，令人半输今年田租。其伤害什四以上，勿收责；不满者，以实除之。桓帝永寿九年，灾旱盗贼之郡，勿收租入。

晋武帝太康三年，诏四方水旱甚者，无出田租。孝武帝宁康二年，太后诏三吴义兴等郡水灾尤甚者，全除一年租布。

唐武德六年，定租庸调之制。凡遇水旱虫蝗为灾，十分损四分以上，免租；损六分以上，免租调；损七分以上，课役全免。贞观元年，以山东旱，免今年租。开元五年，免河南北蝗虫水灾诸州今岁租。贞元十四年旱，民请蠲租。京兆尹韩皋虑府帑已空，奏不敢实。其后事闻于上，贬抚州司马。元和四年三月，旱。欲降诏，学士李绛、白居易上言，实惠及人，莫如蠲租赋。从之，天大雨。元和七年，宪宗谓宰相曰：卿辈屡言淮南水旱，近有御史自彼还，言不至为灾。李绛对曰：御史奸谀，不足信。上曰：国以民为本。有灾，当急救之。岂可复疑？命速蠲其租。僖宗以后，每遇旱饥，常敕州县一切停止税征，有司竟不能行。会昌六年，以旱免今年夏税。大中九年旱，宣宗遣使巡抚淮南，减上供馈运，蠲逋租。

后唐潞王以刘昫判三司，钩考旧逋。必无可偿者，请蠲之。免长兴以前户部及诸道逋租三百三十万石，贫民大悦。

宋建隆二年，太祖因商州鼠食苗，诏免赋。谓宰臣曰：比命有司度田，多邀功害民。今当慎之。乾德二年，免西川今年夏税及诸征之半。曰：不得耕者，尽除之。四年，诏诸州长□视民田旱甚者，蠲租，不俟报。开宝元年，诏民田为霖雨河水坏者，免今年夏税。太宗淳化元年，吉洪江蕲等郡大水，开封大旱，蠲田租之半。真宗咸平二年，定州雨雹，除租。四年，东川民田为江水所害者，除其租。景祐元年，京东大旱，民多饥殍。有司以征赋不完，上其数于朝。仁宗谕曰：江南岁饥，贷民种粟数千万斛，且屡经停阁，而转运督责不已，民贫不能自偿。昨遣使安抚，始以事闻。不尔何由上达？其悉蠲之。又蠲三千三百一十六万。然有司或务聚敛，不即宽除。朝廷知其弊，下诏戒饬。神宗熙宁间，释逋负贷钱一百六十二万八千六百石、钱十一万七千四百缗。哲宗诏，积年负欠，以十年为率，每年秋成带征一分。苏轼言：有司巧为支饰，有黄纸放、白纸收之语。又曰：臣自颍移扬舟，过寿、泗等州，禾麦如云，民有忧色。臣访问父老，云：丰年不如凶年。民虽乏食，缩衣节食，犹可以生。若丰年，催完积欠，胥役在门，枷棒在身，此时求死不得。言讫泪下，臣亦不觉流涕。及所至城邑，多有流民。官吏皆云夏麦方熟，举催积欠，流民不敢归乡。高宗绍兴二十八年，平江湖秀被水，欲除下户积欠。户部具有无损岁计，上曰：止令具数，当于内库拨还。朕平时不妄费，所积本为水旱耳。本是民间钱，为民间用，何所惜之！屡蠲旱伤州县民积欠钱帛租税，如潼川、楚州及沙田芦场是也。通三百七十七万缗有奇。孝、宗以两浙江东大水旱蝗，悉蠲其租。淳熙七年，严州大水。诏被灾之民，蠲其和买；三等以上户减半。知泸州赵雄言：自今歉岁，户部毋得督趣已蠲阁之数。从之。朱熹言：水旱相继，检放秋苗，蠲阁夏税。缘起催在前，善良畏事者俱已完纳。其得减放者，皆顽猾人户。望诏将去年剩纳数目，理作八年蠲豁。从之。宁宗诏免临安府被水灾租赋。

金章宗大定二十九年八月，尚书省奏河东地狭，稍荒则流亡相继。窃谓河南地广人稀，若令招集他路流民，量给闲田，则河东饥民减少，河南亦无旷土矣。兴定元年，亳州水灾，免租三十万石。三司官不以实报，止免十万。御史中丞完颜伯嘉言之，诏命治三司罪。四年，河南水灾。下令被水田，已燥者布种，未渗者种稻。复业之民，免本租及一切差发。天眷五年，命有司：凡罹蝗旱水溢之地，蠲其赋税。后屡以水旱，免中都、西京、河北、山东、陕西等处租税。章宗蠲河南灾伤租税。又以山东、河北三路被灾，其权阁之租及借贷之粟，俟岁丰日续征。

元代中统元年，以各处被灾验实，减免科差。四年，以秋旱霜灾，减大名等路税粮。至元三年，以东平等处蚕灾，减其丝料。五年，以益都等路禾损，蠲其差税。六年，以济南、益都、怀孟、德州、淄莱、博州、曹州、真定、顺德、河间、济州、东平、恩州、南京等处桑蚕灾伤，量免丝料。七年，南京、河南蝗旱，减差徭十分之六。十九年，减京师民户科差之半。二十年，以水旱相仍，免江南税粮十分之二。二十四年，免北京饥民差税。是年扬州及浙西水，其地税在扬州者，全免；浙西减二分。二十五年，南安等处被寇兵者，税粮免征。二十六年，绍兴路水，免地税十之三。二十七年，大都、辽阳被灾，免其包银俸钞。元贞元年，以供给繁重及水伤禾稼，免咸平府边民差税。大德三年，以旱蝗除扬州、淮安两路税粮。五年，各路被灾重者，其差税并除之。六年，免大都、平滦差税。七年，以内郡饥，荆湖、川蜀供给军饷，其差税减免各有差。至大元年，以江南、江北水旱民饥，其科差、夏税并免之。二年，腹里江淮被灾，免其科差。皇庆二年，免益都饥民贷粮。延祐二年，河南归德、南阳、徐、邳、陈、蔡、许州、荆门、襄阳等处水；三年，肃州等处连岁灾荒，皆免其民户税粮。天历元年，盐官州海潮，免其秋粮夏税。

明《洪武宝训》云：凡四方有水旱等灾，验国之所积，于被灾去处优免租粮。若丰稔之岁，虽无灾伤，亦当验国之所积，稍有附余，择地瘠民贫优免之。特不为例。永乐元年五月，敕府州县核除荒田租税之数。洪熙元年，诏免山东及淮南、徐州夏秋粮之半，停罢一切官买物料。时有至自南京者，仁宗问所过地方何似？对曰：山东、淮、徐民多乏食，而有司征税方急。遂召杨士奇等草诏。士奇曰：悯恤民穷，事出至仁。亦可令户部、工部与闻。仁宗曰：姑徐之。救民之穷，如救焚拯溺。有司虑国用不足，必持不决之意。卿且勿言。中官具纸笔，士奇等就西角门书诏，命用玺遣使赍行。顾士奇曰：今可语户、工二部，悉免之矣。左右咸言，地方千里，其间未必尽无收，亦宜分别。仁宗曰：恤民宁过厚。为天下主，与民尺寸计较耶？成化四年，以水旱免直隶高邮州上年秋粮马草。六年，以水灾免溧水、溧阳、句容、六合、江浦、当涂、芜湖七县粮税。十年水灾，免寿、泗、和三州，霍丘等八县上年秋粮及各卫屯粮。

蠲荒总论　　张能鳞

谨按：灾荒蠲免，始于汉，盛于唐，尤数于宋。是编大略可考矣。宋臣苏轼有言曰：民既乏竭，无以为生，虽加鞭挞，终无所得。缓之，则为奸吏之所蚕食；急之，则为盗贼之所凭籍。故举而放之，则天下悦服。此为捐虚名而收实利也。呜呼！利害尽之矣。本朝养民四十余年，宽大之诏屡颁，复除之令数下，所以计安元元甚厚。遇水旱，检勘分数，本年放免，尤高出前代。何者？前代多除宿逋，本朝独蠲新租。除宿逋，则偏惠奸民；蠲新租，则泽及编户，甚渥惠也。惟是闾阎咨嗟，犹殷殷有望者。灾什免三，灾八免二，灾六免一，所蠲视所灾不逮其半，余则剜补，甚苦生计者。念邦本之至重，权国用之赢缩，悯民力之艰难，或有可为请命者乎？勘验果实，照灾蠲赋，不犹愈于发帑而赈乎？

历代捕蝗

《春秋》书螽、书有蜚、书螟、书蝝生，皆蝗属也。刘歆以为贪虐取民则螽。史载蝗飞蔽天，不一而足。或困于征敛，或害于兴戎，所由致蝗也。京房《易·飞候》曰：食禄不益圣化，天视以虫。虫无益于人而食万物也。先儒曰：人主失礼烦苛，则鱼螺亦化为虫蝗，故曰鱼孽。

汉光和元年，诏策问曰：连年蝗虫，至冬踊。其咎安在？蔡邕对曰：臣闻《易传》曰：大作不时，天降灾厥咎蝗虫来。《河图·秘征编》曰：令贪政暴，则吏酷诛杀，主蝗虫。蝗虫，贪苛之所致也。

唐太宗贞观初，上入苑中，见蝗，掇数枚，祝之曰：民以谷为命，而汝食之，宁食吾之肝肠。欲吞之。左右谏曰：恶物，或成疾。上曰：朕为民受灾，何疾之避，遂吞之。是岁，蝗不为灾。

高宗时，王方翼为肃州刺史，蝗独不至方翼境，而邻郡民皆重茧走方翼治下，所全者甚多。

开元三年，员州蝗。有白鸟数千万，群飞食之。一夕而尽。四年，山东大蝗。宰相姚崇奏曰：螟螣蟊贼，秉畀炎火。此古除蝗诗也。乃出御史为捕蝗使，分道杀蝗。汴州刺史倪若水上言：除天灾者，当以德。昔刘聪除蝗不克而害愈甚。崇移书诮之曰：聪伪主，德不胜妖。今妖不胜德。古者良守蝗不入境，今刺史坐视食苗。若水惧，乃纵捕，得蝗十四万石。时议者喧腾。卢怀慎曰：凡天灾，安可以人力制也？且杀虫多，必戾和气。崇曰：昔楚王吞蛭而疾瘳，叔敖断蛇而福降。今蝗幸可驱。若纵之，谷且尽。杀虫救人，祸归于崇，不足以议公也。蝗害遂息。

德宗贞元元年，蝗自海西至河陇，群飞蔽天，旬日不息。饥民枕于道路。民蒸蝗曝飏，去翅及足而食之。

后晋天福七年，诏捕蝗。华州节度使杨彦珣、雍州节度使赵莹令百姓捕蝗一斗，以禄米一斗赏之。

后汉乾祐元年，蝗。开封尹侯益以酒致祭，寻为鸜鹆食之殆尽。敕禁罗弋鸜鹆。

宋太宗淳化二年，以旱蝗祷雨不应，手诏宰相吕蒙正：朕将自焚，以答天谴。翌日而雨，蝗尽死。

仁宗时，谢绛论：窃见比日蝗蚕亘野，坌入郛郭，而使者数出府县监捕，驱逐蹂践田舍，民不聊生。谨按《春秋》书螟，为哀公赋敛之虐。又汉儒曰：蝗为兵象。臣愿令公卿以下举州府守臣，而使自辟属县令，不限资格，许便宜从事。期年条上理状，参考不诬，奏于朝廷旌赏，以示激劝。

神宗熙宁间，募民捕蝗易粟。苗损者，官偿之。

哲宗元符元年八月，高邮军言飞蝗抱草死。崇宁二年蝗，命有司祭祷。

孝宗乾道元年，蝗。淮西宪臣姚岳贡死蝗为瑞。上斥其佞，黜官。又以蝗下诏群臣言得失，降次贬食，申匿灾之罚，休息江、淮、襄、蜀科调。民忘凶年。淳熙三年，楚州蝗。遇大雨，皆死。稼用不害。

熙宁除蝗条令：诸蚕蝗初生，若飞落在地，邻人隐蔽不言，耆保不即时申举扑除者，各杖一百；许人告报，当职官承报不受理，及受理而不即亲临扑除，或扑除未尽而妄申尽净者，各加二等；诸官司荒田经飞蝗住落处，令佐应差募人取掘虫子，而取不尽因致次年生发者，杖一百；诸蝗虫生发飞落及遗子，而扑掘不尽致再生发者，地主、耆保各杖一百；诸给散捕取虫蝗谷而减克者，论如吏人乡书手揽纳税受乞财物法。诸系公人因扑掘虫蝗乞取人户财物者，论如重律公人因职受乞法；诸令佐遇有虫蝗生发，虽已差出不离本界者，若缘虫蝗论罪，并依在任法。

宁宗嘉泰二年，浙西大蝗，捕得八千余石。嘉定元年，宁宗惧灾露祷，有事于圜丘方泽，且祭酺以消蝗灾。诸道捕蝗者，以千万石计。饥民竞捕，官以粟易之。

辽寿隆末，大旱。议捕蝗。知易州萧文曰：蝗乃天灾，捕之何益？但友躬自责可也。蝗尽飞去，遗者为鸟雀所食。

元时亳州旱蝗。知归德府观音奴以事至，亳民诉之。立取蝗，仰天祝告，以水研碎而饮。是岁蝗不为灾。又通州路总管林兴祖，因春旱虫食麦苗殆尽，兴祖为文祷之。大雨三日而虫死，麦复茂盛。又卫辉路总管刘秉直，以螟虫害稼，祷于八蜡祠。虫皆自死。

明永乐二十三年五月，浚县蝗蝻生。知县王廉以失政自责斋戒，率僚属耆民祷于神祠。越三日，有鸟数万食蝗殆尽。皇太子闻之，顾谓侍臣曰：此诚意所格耳。

捕蝗总论　　张能鳞

谨按：史册所载蝗蝻为灾，刘歆、蔡邕论之详矣。消弭之道，大抵省工作、宽赋税、奖廉吏、斥邪佞，而尤自君心谨畏始。间阅《宋史》，得未载者二事。真宗时，值蝗灾，执政袖死蝗以献，请示百官进贺。王旦独正色曰：蝗乃天灾，弭之幸也。何以贺为？越数日，两府方奏事，蝗飞蔽天。真宗顾谓旦曰：使群臣上贺而见其如此，岂不为天下笑？仁宗谓侍臣曰：方岁旱蝗飞。百姓何辜？默祷上帝，顾降咎朕躬。余靖奏曰：陛下既有引过之言，伏乞践言行实。号令信于人，恩泽及于下，则灾异自消，和气自应。噫！二臣之善规、两主之纳谏，交得之矣。灾之弭也，不有由与？

荒政考略卷四　事实

名臣政迹

汲黯，于汉武帝时奉使视河内失火，还报曰：失火延烧，不足忧。臣过河南，贫人伤水旱万余家，父子相食。臣谨以便宜持节，发河南仓粟，以赈贫民。请伏矫制之罪。上贤而释之。

第五访为张掖太守。岁饥，访开仓赈给数千石。吏惧谴，欲上言。访曰：若上须报，是病民也。太守乐以一身救百姓。顺帝玺书嘉之。一郡得以全生。

韩韶为嬴长，贼闻其贤，相戒不入嬴境。余县多被寇盗，废耕桑，其流入县界求索衣粮者甚众。韶悯其饥困，乃开仓赈之，所廪盖万余户。主者争谓不可，韶曰：长活沟壑之人而以此伏罪，含笑入地矣。太守素知韶名德，竟无所坐。

王宏于晋泰始中为汲郡太守，有惠政。司隶校尉石鉴上之，武帝诏褒之曰：朕惟人食之急，而惧天时水旱，念切于农。诏书屡下，刺史二千石、百里长吏未能尽勤，至使地有余利。王宏导化有方，督劝开荒五千顷，常课不减。比年普饥，人不足食，而宏郡界独无匮乏，可谓能矣。其赐宏谷千斛。

范广为堂邑令，大旱米贵，广散施谷赈饥人，至数千斛。远近流寓归投之，户口十倍。

邓攸为吴郡太守。郡中大饥，攸表赈贷未报，乃开仓给之。台遣散骑桓彝、虞骙慰劳饥人，劾攸擅出仓粟。有诏原之。刑政清明，一钱不纳，为良守足称者。

徐豁，于宋为始兴太守。太祖嘉之，诏曰：岭南荒敝，郡境尤甚。拯恤有方，济厥饥馑，虽古之良守蔑以加。兹宜蒙褒赏，以旌清绩。可赐绢二百匹、谷千斛。

公孙景茂，于北魏为道州刺史。悉以秩俸买牛猪鸡，散惠孤弱不能自存者。好单骑入人家，视产业修理者，于都会褒扬称述之。由是人行义让，有无相通，男助耕，女助织，大村数百户，皆如一家之务。

陈君宾，在唐贞观初为邓州刺史。州承丧乱后，百姓流冗。君宾加意劳徕，不期月皆还。明年霜潦，独君宾所治有年，蒲、虞二州民就食其境。太宗下诏劳之曰：去年关内六州谷不登，糇粮少，令析民房就食。刺史与百姓识朕此怀，务相安养。还有赢粮出布帛赠遗行者，此知水旱常数，更相拯赡，礼让兴行，朕复何忧！

田仁会为平州刺史，岁旱，自暴以祈，而雨大至，谷遂登。人歌曰：父母育我兮，田使君。挺精诚兮，上天闻。中天致雨兮，山出云。仓廪实兮，礼义申。愿君常在兮，不患贫。

刘晏为转运使，通计天下经费，谨察州县灾害，蠲除赈救，不使流离。大抵常平，岁增十之一。至晏而州县荒歉有端，先令曰蠲某物、贷某户，民未及困而奏报已行。其所行常平法，丰则贵取，饥则贱与。率诸州米，常储三百万斛。

白居易以学士为右拾遗，时降诏赈恤，而诏中条节未见。居易请蠲两淮积逋以救流瘠，从之。出刺杭州，开西河以通漕，民无旱潦之患。

韦宙为永州刺史，州方灾歉，乃斥官下什用以供刺史者，得钱九十万。州负岭，转饷艰险。每遇凶岁，人无拯济。宙始筑常平仓，收谷羡余，以待困乏。

卢坦为宣歙观察使，到郡岁饥，谷价日增。或请损之，坦曰：所部土狭谷少，仰四方之来者。若价贱，谷不复来，益困矣。既而商米辐凑，市估遂平，民赖以生。

张全义为河南尹。初，东都经黄巢之乱，继以秦宗权、孙儒暴虐，白骨蔽地，荆棘弥望。全义乃于麾下选可使者十八人，名曰屯将令，招流民耕种。五年之后，桑麻蔚然。全义不喜声伎，见之未尝笑。独见佳麦佳茧则笑。或亲至其家，悉呼老幼，赐以茶采衣物。有田荒秽者，集众杖之。或诉以乏人牛，则召邻里责之曰：彼诚乏人牛，保不助之？由是邻里有无相助。

沈伦官户部郎中。在宋建隆元年，奉命使吴越，归奏扬泗饥民多死。郡中军储尚有百万斛，可以借贷，至秋复收新粟。太祖难之，伦曰：国家以廪粟救民，自当感召和气，以致丰稔。何复有水旱耶？太祖命开廪，给饥民。

李允则知潭州，兼管干湖南路巡检兵甲公事，初，马氏暴敛。州人出绢，谓之地税绢；又屋每间输绢丈三尺，谓之屋税。又，牛岁输米四斛，牛死犹输，谓之枯骨税。允则一切除之。又民输茶，初以九斤为大斤，后益至三十五斤。允则请以十三斤半为定制。会湖南岁馑，欲发官廪先振之而后奏，转运使以为不可。允则曰：领报逾月，则饥者无及矣。不听。明年又饥，复欲先赈之。转运使又执不可。允则乃愿以家资为质，由是全活者数万人。天禧二年，以客省使知镇潞二州，领康州防御使。

文彦博知益州。时成都米价腾贵，彦博因就计城门一十八院，减价粜卖与平民，不限以数，张榜通衢。米价遂减。

陈尧佐知寿州，遭岁大饥，自出米为糜，以食饿者。吏民以故皆争出米，其活数万人。尧佐曰：吾岂以是为私惠邪？盖以令率人，不若身先而使其从之乐也。后为两浙转运副使。钱塘江篝石为堤，堤再岁辄坏。尧佐令下薪实土，堤乃坚久。徙滑州，造木龙以杀水怒，又筑长堤。移并州，每汾水暴涨，州民辄忧扰。为其筑堤，植柳万本，作柳溪。民赖其利。

杨纮为运使。庆历七年，江东大饥，发义仓粟以赈之。主者欲请旨，纮曰：义仓本为凶年而设，令须旨而发，人将饿死。仁宗闻而嘉之。

王曾在天圣时，仁宗谓辅臣曰：比令内侍往沿边视水灾，如闻有龙堰于海口，可遣致祭。曾对曰：边郡数大水，盖《洪范》所谓不润下之证，海口恐非龙堰。宜宽民赋，以应天灾。于是下诏，河北水灾州军，免今年秋税。

扈称于仁宗时，为梓州路转运使。属岁饥，道殍相望。称先出禄米赈民，富家大族皆愿以米输入官，全活者数万人。降敕褒奖。

韩琦于庆历八年，遇大水年饥，流民满道。琦大发仓廪，并募人入粟，分命官吏设粥食之，曰往按视。远近归之，不可胜数。明年皆给路粮，遣各还业。所活甚多。下诏嘉奖。

富弼自郓移青，属大饥，河北、京东民流就食。弼劝所部出粟，益以官人，得公私庐舍千余万区，散处其人以便。薪水官吏，自前资、待缺、寄居者，皆赋以禄，使即民所聚，选老弱病瘠者廪之，仍书其劳绩，他日为奏请受赏。率五日，趣遣人持酒肉饭饃慰藉。出于至诚，人人为尽力。山林川泽之利可资以生者，听民自取。及麦大熟，民各以远近受粮而归。凡活五百余万人，募为兵者万计。前此救灾者，皆聚民城郭中，为粥食之，蒸为疾疫，及相蹈藉。或待哺数日，不得粥而毙。名为救之，而实杀之，自弼立此法，简便周尽，天下传以为式。

范仲淹领浙西。属吴中大饥，乃纵民竞渡，与僚佐日出燕湖上。谕诸守者，以荒岁价廉，可大兴土木。于是诸司工作鼎新。又新仓廒吏舍，日夜千夫。监司敕奏杭州不恤荒政，游晏兴作，伤财劳民。公乃条奏所以如此，正欲废有余之财，以惠贫者。使工技佣力之人，皆得仰食于公私，不至填壑。荒政之施，莫此为善。

曾巩知越州。时岁饥，度常平不足以赈给，而田居野处之人不能皆至城郭；至者群聚，有疾疠之虞。前期谕属县，召富人，使自实粟数。总得十五万石，视常平价稍增以予民。民得从便受粟，不出田里而食有余，粟价自平。于朝得万斛，乃为流者治舍次，具器用。人既集，则又旦日给麋〔糜〕粥药物补之。皆躬临治之，凡活数千人。择高原以葬死者，男女异墟。使者颇媢其功，欲有以挠之。既至境按事，乃更叹服。

毕仲游知耀州，大旱。仲游谓郡县赈济多后时，力愈劳而民不救，故先民之未饥，多揭榜示曰：郡将赈济，且平粜若干万石。实大张其数，劝谕以无出境。民皆欢然安堵。已而果渐艰食，乃出粟以赈，且平粜以给之。邻境流散殆尽，而耀民之当徙就食者，乃十七万九千口。顾所发粟不及万石，以民粟继之，而家给人足，无一人逃者。监司乃故搜于长安，得二人焉，曰：此耀之流民也。送还郡。仲游验问，皆中民之逐利者。所赍持自厚，即非流民。监司愧沮。

滕达道知郓州，岁方饥，乞淮南米二十万石为备。后淮南、东京皆大饥，达道独有所乞米。召城中富民，与约曰：流民且至，无以处之，则疾疫起，并及汝矣。吾得城外废营田，欲为席屋以待之。民曰：诺。为屋二千五百间，一夕而成。流民至，以次授地，井灶器用皆具。以兵法部勒，少者炊，壮者樵，妇女汲，民至如归。上遣工部侍郎王古按视。庐舍道巷，引绳棋布，肃然如营阵。古大惊，图上其事。有诏褒美。用活者凡五万人。

吴遵路治郡时，民既俵米，即令采薪刍，出官钱收买，却于常平仓市米物，归赡老稚。凡买柴二十二万束。比至严冬雨雪，市无束薪。即依元价货鬻，官不伤财，民再获利。又以飞蝗遗种，劝种豌豆，民卒免艰食之患。

彭思永通判睦州，会海水夜败台州城郭，人多死。诏监司择良吏往抚之，思永遂行。将至，吏民皆号诉于道。思永悉心救养，不惮劳苦，至忘寝食。尽葬溺死者，为文以祭之。问疾苦，赈饥乏，去盗贼，抚羸弱。其始至也，域无完舍。思永周行相视，为之规画。朝夕暴露，未尝憩息。民贫不能营葺者，命工伐木以助之。数月而公私舍毕，人复安其居。

吕公著为相。元祐三年频雪，民苦寒，多有冻死者。公著日与同列议所以救御之术。乃发官米炭，遣官数十，分置场于京师，贱鬻以惠贫民。又出内库钱十万缗，委开封府官吏遍走闾阎，周视而赈之。又遣官按视四福田院，存抚丐者，给以日廪，须春暮而止。农民贷种粮。流移在道者，所过州县存恤，寓以官舍，续其食。流配罪人，随所在寄禁，亦委官吏安存之。或为馕粥汤药以救疾，或为茇屋纸衣以御寒。民有弃老稚于路者，皆设法收养之。

辛弃疾帅湖南，赈济榜文只用八字，曰；劫禾者斩，闭籴者配。

赵抃知越州，前期为备，禁增米价，揭榜于通衢。又出官粟，得五万二千石，活民二万一千一百余。其详曾巩有记。

李之纯为成都路运判。时成都每岁官出米六万斛，下其直出粜，以济贫民。议者谓幸民而捐上，诏下其议。之纯曰：成都，蜀部根本，民恃此为生百年矣。苟夺之，将转徙，无所不至。愿仍旧贯。议遂格。

范纯仁为襄邑宰，因岁大旱，度来年必歉，于是尽籍境内客舟，诱之运粟，许为主粜。明春客米大至，而邑人遂赖以无饥。

张咏守蜀，季春粜廪米，其价比时减三之一，以济贫民。凡十户为保，一家犯罪，一保皆坐，不得籴。民以此少敢犯法。王文康知益州，献议者改咏之法。穷民无所济，复为寇。文康奏复之。蜀人大喜，为之谣曰：蜀守之良，先张后王。惠我赤子，俾无流亡。何以报之？俾寿而康。

洪皓为秀州录事。秋大水，田不没者十一。流冗塞路，仓库空虚，无赈救策。公白守郡，以荒政自任。悉籍境内粟，留一年食，发其余，粜于城之四隅。不能自食，官为主之。立屋于西南两废寺，十人一室，男女异处。防其淆伪，涅墨子识其手，西五之，南三之。负爨樵汲有职。民羸，不可杖。有侵牟斗嚣者，乱其手文，逐之。

赵令譮，隆兴二年帅绍兴。是时流民聚城郭，待赈济，饿而死者不可胜计。通判王恬间、丘宁孙建策云：今尽常平义仓之米赈给之，至来年麦熟止，恐无以为继。况旬给斗升之米，官不胜其劳，民不胜其病。莫若计其地里之远近、口数之多寡，人给两月之粮，令归治本业。不犹愈于聚集城郭，待斗升之给，困饿而死乎？赵行其言，委官抄劄给粮以遣之。

余童在蕲州，括户口之数，第为三等。孤独不能自存者，专赈济；下户乏食者，赈粜；有田无力耕者，与赈贷。阖境五邑，以乡村远近均粟置场。每场以一总首主出纳，十场以一官吏专伺察。蕲人至今称之。

浙东提举朱熹，于所居建宁府崇宁县开耀乡有社仓一所，常平米六百石。本府委同朝奉郎刘如愚赈贷贫民，每石量收息米二斗。每遇小歉，蠲半；大荒，尽蠲之。行三十有四年，造成仓廒收贮，将元米六百石纳还本府。见管三千一百石，并是历年息米。嗣后只收息米三升，设立条例五则。人皆便之。

卢克忠，在金大定二年除北京副留守。会民艰食，克忠下令，凡民有畜积者，计留一岁，悉平其价粜之。由是无捐瘠之患。

陈孚惠政最著。时当元大德七年，遣使宣抚诸道。时台州旱，民饥，道殣相望。江浙行省檄浙东元帅脱欢察儿发粟赈济。脱欢察儿立威不恤民隐，驱胁百姓。台州路总管府治中陈孚曰：使吾民日至莩死不救，脱欢察儿之罪也。遂诣台诉其不法事一十九条，台按其罪，遂命有司开仓赈济，活者甚众。

刘秉直仕元，为卫辉路总管。以螟为苗害，祷于八蜡祠。虫皆自死。岁大饥，秉直出俸米，倡富民分粟。馁者与之，病者与药，死者与棺。天不雨，禾且槁。秉直诣城北太行山之苍峪神祠祈祝，有青蛇蜿蜒而出，雷雨大作。人多异之。

周忱于宣德时，以工部侍郎巡抚南直隶。九年，奉敕谕曰：直隶亢旱，兵民饥穷，良用恻然。今将宽恤事件特敕颁示。忱悉心经理，与苏州知府况锺、松江知府赵豫、常州知府莫愚协谋积贮，得米二十九万石，分贮济农仓。遇荒得以赈给。又遇大饥谷贵，忱访江浙、湖广大稔，遣人橐金至其地，故抑其值弗粜，且言吴中米价甚高。用是三省大贾载米数百艘来集。忱乃下令尽发仓米贷民，半收其直。城中米价顿减，各贾贱粜。忱复椎牛酾酒劳之，各贾欢然。正统五年，遣员外郎王瑛赍敕谕忱，并令巡视浙西嘉湖水灾。有"益坚乃操，益励乃志，凡事当行者，便宜从事"之语。

王竑于明景泰二年，以右佥都御史巡抚两淮。时徐淮大饥，民死者相枕籍。竑至，尽所以救荒之术。山东、河南流民猝至，竑不待奏报，大发广运官储赈之。近者，人日饲以粥；远者，量散以米。流徙者，给米以为道食。被鬻者，赎其人，以还其家。共用米一百六十万余，全活数百万人。择医四十人，空庾六十楹，处流民之病者。死者给以棺，为丛冢葬之。穷昼夜，竭精虑，委曲劝谕，出于至诚，人人为尽力。或述其行事，为救荒录。先是淮上大饥，景帝于棕桥上阅疏，惊曰：奈何百姓饥死矣！及得竑奏开仓赈济，大言曰：好御史！不然，饥死我百姓矣。

李贤为相。天顺元年，山东民饥，发太仓银三万两赈之。有司奏请核减，英宗召李贤、徐有贞问曰：可从否？贤对曰：可。有贞怫然曰：不可。发银赈民，里胥滋弊，民无实惠。贤曰：虽有此弊，民方待哺，不可不救也。遂增银四万两。有贞退而不乐。英宗知之，谓贤曰：增银赈民，有贞不然。卿言其谬如此。

林希元于嘉靖时官广东佥事。上《荒政丛言》，言救荒有二难，曰得人难，审户难。有三便，曰极贫民便赈米，次贫民便赈钱，稍贫民便赈贷。有六急，曰垂死贫民急饘粥，疫病贫民急医药，病起贫民急汤粥，既死贫民急墓瘗，遗弃小儿急收养，轻重系囚急宽恤。有三权，曰借官钱以籴粜，兴工作以助赈，贷牛种以通变。有六禁，曰禁侵渔，禁攘夺，禁遏籴，禁抑价，禁宰牛，禁度僧。有三戒，曰戒遣便〔使〕，戒拘文，戒迟缓。世宗以其切于救民，皆从之，著为令甲。

徐光启，上海人，历官大学士，谥文定。所著《农政全书》五十余卷，通水利，重田功，分别耕耘、蚕织、种植、畜养之类，皆便于民，最为详悉。其言备荒、救荒，俱谆切可行。图绘百草，名曰《救荒本草》，注其应食不应食。盖虑饥民食草根树皮，有误用而伤生者。于此亦见仁民爱物之一端耳。

名臣政迹总论　　张能鳞

谨按：人臣任官分职，必与民事相关，缓则治其本，急则治其末。劝农重谷，使民无饥寒转徙之忧；敛散积储，平时有酌盈济虚之术，所为治其本也。天灾已至，则议赈贷，设粥糜，弗令填挤沟壑，所为治其末也。然要非主之以清、慎、勤不可。清则无朘削以病民，慎则无苟且以隳功，勤则无丛脞以失时。三者既得，民困其有瘳乎？是编所载前贤往行，瞭若指掌，为民牧者苟斟酌其宜而变通之？皆良法也。汉宣帝曰：庶民所以安其田里而亡叹息愁恨之心者，政平讼理也。与我共此者，其惟良二千石乎？宋神宗曰：以一州生灵付庸人，常痛心疾首。郡邑亲民之官，古帝王皆以此轸念，顾不重与？

救荒报应

韩诏为赢长，贼闻其贤，相戒不入赢境。馀县多被寇盗，废耕桑，其流入县界求索衣粮者甚众。韶悯其饥困，乃开仓赈之。所廪盖万余户，主者争谓不可。韶曰：长活沟壑之人而以此伏罪，含笑入地矣。大守素知韶名德，竟无所坐。以病卒于官。同郡李膺、陈寔、杜密、荀淑等为立碑颂焉。子融官至太仆，年七十卒。

查道知虢州。岁蝗灾民歉，道不候报，出官廪米赈之，又设粥以救饥者。给州麦四千斛，为种于民，民赖以济。所全活者万余人。其居官时多茹蔬，或止一食，默坐终日。尝梦神人谓曰：汝位止正郎，寿五十七。而享年六十四，论者以为积善所延也。子循之，为大理评事。

王仆射初为谯幕，因按逃田时岁饥，而流亡者数千家，乃力谋安集，上疏论列，乞贷以种粒、牛粮。朝廷皆从之。一夕次蒙城驿，梦空中有紫绶象笏者，以一绿衣童子遗之曰：上帝嘉汝有爱民深心，故以此为宰相子。后果生一子，王亦拜相。

庆历八年，大水岁饥，流民满道。韩琦大发仓廪，并募人入粟，分命官吏设粥食之，日往按视。远近归之，不可胜数。明年皆给路粮，遣各还业，所活甚多。明诏嘉奖。琦薨后数年，侍禁孙勉以杀鼋为泰山所追。至一公府，见厅上金紫而坐者，乃韩琦。勉以老幼无托告之，琦已恻然，密谕勉云：今到彼，若不下，即报乞检房簿。勉出，又至一公府，守卫者愈严。乃见厅上有三金紫者坐视，无头鼋亦在侧。勉大怖，屡告不允，遂报乞检房簿。金紫者怒曰：汝安知有房簿耶？谁泄此事，命加凌窘。勉不禁其苦，遂以实告。三金紫者皆首肯，嗟叹曰：韩侍中在阳间常存心救济天下。往年水灾，所活七百万人。今存此，尚欲活人。吾侪所不及也。即命检房簿。少顷，数鬼舁一大木匣至。三吏由厅而下，检将上呈西向坐者。读毕，谕鼋云：孙勉已伏偿命，然尚余一十五年寿。至期当令受罪。鼋灭，勉亦得还。昨一州府岁饥，大疫。郡将怜之，劝谕士民出粟拯济，委官专领其事。此官烦于应对，且不欲饥民在市，悉载过江，置诸坝中，但日以一粥饭食之而已。然日出雨至，皆无所避。河水暴至，饥民尽被漂溺。不数日，此官亦病疫死。回视韩琦，相去远甚。

张咏知鄂州。崇阳县民皆以茶为业，咏曰：茶利厚，官将榷之。不若早自异也。命拔茶植桑，民以为苦。其后榷茶，他县皆失业，而崇阳之桑皆已成为绢，而比者岁百万匹，民以殷富。淳化中，东西两川旱，民饥。吏失救恤。寇李顺陷城都。诏王继恩充招安使，率兵讨之。命咏知成都府事。关中率负粮以饷川师，道路不绝。咏至府，问城中所屯兵尚三万人，而无半月之食。咏访知盐价素高而廪有余积，乃下其估，听民得以米易盐。民争趋之。未逾月，得米数十万斛。军中喜曰：此翁真善干国事者。迁知益州，咏以其地素狭，游手者众，事宁之后，生齿日繁，稍遇水旱，则民必艰食。时斗米值钱三十六。乃按诸邑田税，如其价，岁折米六万斗。至春，籍城中佃户，计口给券，俾输元估籴之。咏奏为永制。其后七十余年，虽时有灾馑，米甚贵，而益民无馁色者。咏后历官至太子中允，迁秘书丞、荆湖北路转运使、枢密直学士，同知银台通进封驳司，兼掌三班院，加左谏议大夫，拜给事中、户部使，改御史中丞，迁工部、户部侍郎。年七十卒，赠左仆射，谥忠定。弟诜为虞部员外郎。

张咏镇蜀时，梦谒紫府真君。接语未久，吏忽报请到西门黄兼济。黄幅巾道服，真君降阶迎接甚谨，且揖咏坐黄之下。询顾详款，似有钦叹之意。咏翊日命吏请黄，戒令常服来。比至，一如梦中所见，遂以梦告。因问黄有何阴德，蒙真君礼遇如此。黄曰：无他长。惟每岁禾麦熟时，以三万缗收籴。民或艰食，即以元籴斗斛不增价粜之。在兼济初无损，于小民颇有补。咏曰：此君所以居咏上也。命二吏掖扶黄，令坐，索公裳拜之。三四世之富民，逸居饱暖，无所用心，不为嗜欲所感，则必为悭慢贪嫉、强横奸诈所恼矣。黄能如此，宜为真君所重。

陈尧佐知寿州，遭岁大饥，自出米为粥，以食饿者。吏民以故皆争出米，其活数万人。尧佐曰：吾岂以是为私惠邪？盖以令率人，不若身先而使其从之乐也。后为两浙转运副使。钱塘江篝石为堤，堤再岁辄坏。尧佐令下薪实土，堤乃坚久。徙滑州，造木龙以杀水怒，又筑长堤。移并州，每汾水暴涨，州民辄忧扰。为其筑堤，植柳万本，作柳溪，民赖其利。迁右谏议大夫，为翰林学士，拜枢密副使，加拜同中书门下平章事，以太子太师致仕。年八十二卒，赠司空兼侍中，谥文惠。

汉州长者李发，遇岁不登，辄为食以食饥者。自春租冬，日以千数。乾道戊子，民饥甚。官为发廪劝分，而就食李家者日至三四万人。明年，流民未复，而荒政已罢，民愈困弊。百里间，扶老携幼，挈釜束薪而以李为归者，其众又倍于前。自绍兴之丙辰至此三十余年，岁以为常，所出捐不知其若干斛，所全活不知其几千人。州郡及诸使者始上其事。孝宗嘉之，授初品官。其后，孙寅仲登第，唱名第三，至礼部侍郎，出为潼川路安抚使、敷文阁直学士。

张八公，处州龙泉人也。家富好施，乡人德之，号张八佛。产分二子。每岁禾谷率铜钱六十文一把。其岁歉，乡价八十。其子亦增之。八公坐于门看，粜者出，问之价，曰：略增些少。公以钱还之。自后其子价不敢增。至曾玄孙，皆登第。黄溪冯公为人本分，亦好施，人以呆称之。其子梦兰，登进士科。乡人谣曰：张八佛子孙享其佛，冯大呆子孙享其呆。

陈天福，茶陵人。岁凶，发廪平粜，贫不能籴，则与米；无米，则与饭；又无饭，与钱。乡里甚德之。一日，有一道人以铜钱一百二十为籴米一斗，天福云：道人要斋粮，当纳上一斗。何必用钱。道人受米出门，遂题四句于壁间云：远近皆称陈长者，典钱籴米来施舍。他时桂子与兰孙，平步玉堂与金马。陈后富，又起赈济仓，平粜济人。生三子，长季忍，次季云，三季芳。父子皆有名德。季芳名兰孙，补入国学，后登第，官至太常丞。

宋子贞为东平行台幕府详议官。时汴梁初下，饥民北徙，饿殍盈道。子贞多方赈救，全活者万余人。金士之流寓者，悉引见周给，且荐用之。后官至中书平章政事，寿年八十一。子渤，官至集贤学士。

祝染，南剑州沙县人。每遇岁歉，为粥以施贫者。后生一子聪慧，请举入学。春榜将开，忽衔上人梦捷者奔驰而过，报状元榜，手持一大旗，书四字曰：施粥之报。及榜开，其子果为是科状元。

淳熙初年间，王晓为司农少卿。尝以平旦出访林景度给事，值其在省。林之妻，晓之侄女也，垂泪而诉曰：林氏灭矣。惊问之，曰：天将晓，梦朱衣人持天符来言：上帝有敕。林机论事害民，特令灭门。悸而寤，犹仿佛在目也。及明，固不知何事。姑慰安之，曰：果如是，自是林家将获谴，吾族何预焉？无为深戚戚以自苦。因留食，候林归，从容扣近日所论奏。林曰：蜀帅以部内旱歉，奏乞拨米十万石赈赡。即有旨如其请。机以为米数大多，蜀道不易致，当审实斟酌而后与。故封还敕黄，上谕宰相云：西州往复万里，更复待报，恐于事无及，姑与其半可也。只此一事耳。王晓颦蹙而去。未几，林以病丐归，至福州捐馆。有三子继踵而亡。王氏求诸林近亲以为嗣，亦辄不久。其后竟绝。

饶州富民段二十八。绍兴丁卯，岁大饥，流民满道。段积谷数仓，闭不肯粜。一日方与家人评物斛低昂间，忽天雨晦冥，火光满屋，段遂为震雷所击。家人发仓求救，其所贮谷亦为天火所烧尽矣。盖饥者，岁之不幸，虽冥数如此，而上帝岂不念之？安有不能赈济而又利其价之踊贵耶？宜其自取诛戮也。

报应总论　　张能鳞

谨按：施仁行义，自无责报之心，然责报而获报者浅，不责报而获报者深。是编所载，略备矣。吾儒之学，虽曰正谊不谋利，不妨并存其说，为世俗劝也。自释氏以福田利益之说奔走天下，琳宫梵宇，所在巍峨，上自荐绅，下及贩夫贩妇，捐弃赀物，无所悋惜。而至于救灾恤患，虽士大夫有不轻出一金于橐者。原其心，谓为彼可以获福为此，则于我无与，抑有损耳。然而记载所传三公九列、享禄寿、绵子孙者，不曰媚佛之报，而曰活数千人、活数万人之报。噫！可悟矣。《易》曰：积善之家，必有余庆。《诗》曰：岂弟君子，求福不回。可为善言感应也夫！

荒政考略卷五　奏疏

上文帝书　汉·贾　谊

管子曰：仓廪实而知礼节。民不足而可治者，自古及今，未之常闻。古之人曰：一夫不耕，或受之饥；一女不织，或受之寒。生之有时而用之亡度，则物力必屈。古之治天下，至纤至悉也，故其畜积足恃。今背本而趋末，食者甚众，是天下之大残也。淫侈之俗日日以长，是天下之大贼也。残贼公行，莫之或止；大命将泛，莫之赈救。生之者甚少而靡之者甚多，天下财产何得不蹶？汉之为汉几四十年矣，公私之积犹可哀痛。失时不雨，民且狼顾。岁恶不入，请卖爵子。既闻耳矣，安有为天下阽危者若是而上不惊者？世之有饥穰，天之行也，禹汤被之矣。即不幸有方二三千里之旱，国胡以相恤？卒然边境有急，数十百万之众，国胡以馈之？兵旱相乘，天下大屈，有勇力者聚徒而衡击，罢夫羸老易子而咬其骨。政治未毕通也，远方之能疑者并举而争起矣。乃骇而图之，岂将有及乎？夫积贮者，天下之大命也。苟粟多而财有余，何为而不成？以攻则取，以守则固，以战则胜，怀敌附远，何招而不至？今驱民而归之农，皆著于本，使天下各食其力，末技游食之民转而缘南亩，则畜积足而人乐其所矣。可以为富，安天下，而直为此廪廪也。

弭灾前奏议　西汉·魏　相

臣闻明主在上，贤辅在下，则君安虞而民和睦。臣相幸得备位，不能奉明法，广教化，理四方，以宣圣德，民多背本趋末，或有饥寒之色，为陛下之忧，臣相罪当万死。臣相知能浅薄，不明国家大体、时用之宜，惟民终始，未得所繇。窃伏观先帝圣德仁恩之厚，勤劳天下，垂意黎庶，忧水旱之灾，为民贫穷，发仓廪，赈乏餧，遣谏大夫、博士巡行天下，察风俗，举贤良，平冤狱，冠盖交道；省诸用，宽租赋，弛山泽陂池，禁秣马酤酒贮积，所以周急继困、慰安元元、便利百姓之道甚备。臣相不能悉陈，昧死奏故事诏书凡二十三事。臣谨案：王法必本于农而务积聚，量入制用，以备凶灾。亡六年之畜，尚谓之急。元鼎二年，平原、勃海、泰山东郡溥被灾害，民饿死于道路。二千石不豫虑其难，使至于此。赖明诏振救，乃得蒙更生。今岁不登，谷暴腾踊。临秋收敛，犹有乏者。至春恐甚，亡以相恤。西差未平，师旅在外，兵革相乘，臣窃寒心。宜早图其备，唯陛下留神元元，帅繇先帝盛德，以抚海内。

灾弭后奏议　西汉·魏　相

臣相幸得备员，奉职不修，不能宣广教化。阴阳未和，灾害未息，咎在臣等。臣闻

《易》曰：天地以顺动，故日月不过，四时不忒。圣王以顺动，故刑罚清而民服。天地变化，必繇阴阳；阴阳之分，以日为纪。曰冬夏至，则八风之序立，万物之性成，各有常职，不得相干。东方之神太昊，乘震执规，司春；南方之神炎帝，乘离执衡，司夏；西方之神少昊，乘兑执矩，司秋；北方之神颛顼，乘坎执权，司冬；中央之神黄帝，乘坤艮，执绳，司下土。兹五帝所司，各有时也。东方之卦不可以治西方，南方之卦不可以治北方。春兴兑治则饥，秋兴震治则华，冬兴离治则泄，夏兴坎治则雹。明王谨于尊天，慎于养人，故立羲和之官，以乘四时节。授民事君，动静以道，奉顺阴阳，则日月光明，风雨时节，寒暑调和。三者得叙，则灾害不生，五谷熟，丝麻遂，草木茂，鸟兽蕃，民不夭疾，衣食有馀。若是则君尊民说，上下忘怨，政教不违，礼让可兴。夫风雨不时，则伤农桑；农桑伤，则民饥寒；饥寒在身，则亡廉耻。寇贼奸宄所繇生也。臣愚以为阴阳者，王事之本、群生之命，自古贤圣未有不繇者也。

灾异对　　汉·谷永

民饥馑而吏不恤，百姓困而赋敛重，下怨离而上不知。《易》曰：屯其膏，小贞吉，大贞凶。《传》曰：饥而不损，兹谓泰。厥灾木，厥咎亡。王者遭衰难之世，有饥馑之灾，不损用而大自润，百姓困穷，无以共求，愁悲怨恨。郡国二十一伤于水灾，禾黍不入。今年蚕麦咸恶，百川沸腾，江河溢决，大水泛滥。郡国十五有余，比年丧稼，时过无宿麦，百姓失业流散。群辈守关，大异较炳。如彼水灾浩浩，黎庶穷困如此，宜损常税小自润之时，而有司奏请加赋，甚缪经义，逆于民心，布怨趋祸之道也。古者谷不登，亏膳；灾娄至，损服；凶年，不塈涂。明王之制也。《诗》云：凡民有丧，扶服救之。《论语》曰：百姓不足，君孰予足？臣愿陛下勿许加赋之奏，益减大官，导官中御府均官掌畜廪牺用度，止尚方织室京师郡国工服官发输造作，以助大司农流恩广施，振赡困乏，开关梁，内流民，恣所欲之，以救其急。立春，遣使者循行风俗，宣布圣德，存恤孤寡，问民所苦劳。二千石敕劝耕桑，毋夺农时，以慰绥元元之心，防塞大奸之隙。诸夏之乱，庶几可息。臣闻上主可与为善而不可与为恶，下主可与为恶而不可与为善。陛下天然之性，疏通聪敏，上主之姿也。少省愚臣之言，感寤三难，深畏大异，定心为善，捐忘邪志，毋贰旧愆，厉精致改，至诚应天，则积异塞于上，祸乱伏于下，何忧患之有？

言时事疏　　吴·华　覈

今寇盗充斥，征伐未已，居无积年之储，出无应敌之畜。此乃有国者所宜深忧也。夫财谷所生，当出于民。趋时务农，国之上急。而都下诸官所掌别异，各自下调，不计民力，辄与近期。长吏畏罪，昼夜催民，委舍佃事，遑赴会日。定送到都，或蕴积不用，而徒使百姓消力失时。到秋收月，督其限入，夺其播植之时，而责其今年之税。如有逋悬，则籍没财物。故家户贫困，衣食不足。宜暂息众役专心农桑。古人称：一夫不耕，或受其饥；一女不织，或受其寒。是以先王治国，惟农是务。军兴以来，已向百载。农人废南亩之务，女工停机杼之业。推此揆之，则蔬食而长饥、薄衣而履水者固不少矣。臣闻主之所求于民者二，民之所望于主者三。二谓求其为己劳也，求其为己死也。三谓饥者能食之，劳者能息之，有功者能赏之。民以致其二事而主失其三望者，则怨心生而功不建。今帑藏不实，民劳役猥，主之二求已备，民之三望未报。且饥者不待美馔而后饱，寒者不俟狐貉而后温，为味者口之奇、文绣者身之饰也。今事多而役繁，民贫而俗奢，百工作无用之器，妇人为绮靡之饰，不勤麻枲，并绣文黼黻转相仿效，耻独无有。兵民之家犹复逐俗，内无担石之储，而出有绫绮之服。至于富贾商贩之家，重以金银，奢恣尤甚。天下未平，百姓不赡，宜一生民之原，丰谷帛之业，而弃功于浮华之巧，妨日于侈靡之事，上无尊卑等级之差，下有耗财费力之损。今吏士之家少无子女，多者三四，少者一二。通令户有一女，十万家则十万人。人织绩一岁一束，则十万束矣。使四疆之内同心戮力，数年之间，布帛必积。恣民五色，惟所服用，但禁绮绣无益之饰。且美貌者，不待华采以崇好；艳姿者，不待文绮以致爱。五采之饰，足以丽矣。若极粉黛，穷盛服，未必无丑妇；废华采，去文绣，未必无美人也。若实如论有之无益、废之无损者，何爱而不暂禁，以充府藏之争乎？此救乏之上务，富国之本业也。使管晏复生，无以易此。汉之文景，承平继统，天下已定，四方无虞，犹以雕文之伤农事、锦绣之害女红，开富国之利，杜饥寒之本。况今六合分乖，豺狼充路，兵不离疆，甲不解带，而可以不广生财之原、充府藏之积哉？

言水灾疏　　晋·杜　预

臣辄思惟今者水灾，东南特剧。非但五稼不收，居业并损。下田所在停污，高地皆多硗瘠。此即百姓困穷，方在来年，虽诏书切告长吏二千石为之设计，而不廓开大制，定其趣舍之宜，恐徒文具，所益盖薄。当今秋夏蔬食之时，而百姓已有不赡。前至冬春，野无青草，则必指仰官谷以为生命。此乃一方之大事，不可不豫为思虑者也。臣愚谓既以水为困，当恃鱼菜螺蚌，而洪波泛滥，贫弱者终不能得。今者宜大坏兖豫州东界诸陂，随其所归而宣导之，庶令饥者尽得水产之饶，百姓不出境界之内，日暮野食。此目下日给之益也。水去之后，填淤之田亩收数钟。至春天大种五谷，五谷必丰。此又明年之益也。前启典牧种牛，不供耕驾，至于老不穿鼻者，无益于用，而徒有吏士谷草之费，岁送任驾者甚少，尚复不调习。宜大出卖，以易谷及为赏直。诏曰：孳育之物，不宜减散。事遂停寝。问主者，今典虞右典牧种产牛，大小相通，有四万五千余头。苟不益世用，头数虽多，其费日广。古者匹马丘牛，居则以耕，出则以战，非如猪羊类也。今徒养宜用之牛，终为无用之费，甚失事宜。东南以水田为业，人无牛犊。今既坏陂，可分种牛三万五千头以付二州将吏士庶，使及春耕。谷登之后，头责三百斛。是为化无用之费，得运水次成谷七百万斛。此又数年后之益也。加以百姓降丘宅土，将来公私之饶，乃不可计。其所留好种万头，可即令右典牧都尉官属养之。人多畜少，可并佃牧地，明其考课。此又三魏近甸岁当复入数千万斛谷，牛又皆当调习，动可驾用，皆今日之可全者也。

重农桑封事　　晋·应　詹

夫一人不耕，天下必有受其饥者。而军兴以来，征伐运漕，朝廷宗庙百官用度既已殷广，下及工商流寓僮仆不亲农桑，而游食者以十万计。不思开立美利，而望国足人给，岂不难哉？古人言曰：饥寒并至，尧舜不能使野无寇盗；贫富并兼，虽皋陶不能使强不陵弱。故有国有家者，何尝不务农种谷。近魏武皇帝用枣祗韩浩之议，广建屯田；又于征伐之中，分带甲之士，随宜开垦。故下不甚劳而大功克举也。间者流人奔东吴。东吴今俭，皆已还反。江西良田旷废来久，火耕水耨，为功差易。宜简流人，兴复农官，功劳报赏，皆如魏氏故事。一年中与百姓，二年分税，三年计赋税以使之，公私兼济，则仓盈庾亿可计旦而待也。

积谷备荒封事　　北魏·李　彪

《记》云：国无三年之储，谓国非其国。光武以一亩不实，罪及牧守。圣人之忧世重谷，殷勤如彼；明君之恤人劝农，而相切若此。顷年山东饥，去岁京师俭，内外人庶出入就丰，既废营产，疲困乃加，又于国体实有虚损。若先多积谷，安而给之，岂有驱督老弱糊口千里之外？以今况古，诚可惧也。臣以为宜折州郡常调九分之二，京都度支岁用之余，各立官司，年丰籴于仓，时俭则加私之二粜之于人。如此人必事田以买官绢，又务贮财以取官粟，年登则常积，岁凶则且给。又别立农官，取州郡户十分之一以为屯人。相水陆之宜，料顷田之数，以赃赎杂物余财市牛给科，令其肆力。一夫之田，岁责三十斛，甄其正课并征戍杂役。行此二事，数年之中，则谷积而人足，虽灾不害。

陈时务疏　　后魏·韩麒麟

古先哲王经国立治，积储九稔，谓之太平。故躬藉千亩，以励百姓，用能衣食滋茂，礼教与行。逮于中代，亦崇斯业。入粟者与斩敌同爵，力田者与孝弟同赏。实百姓之常轨，为治之所先。今京师民庶不田者多，游食之口三分居二。盖一夫不耕，或受其饥，况于今者，动以万计。故顷年山东遭水，而民有馁殍。今秋京都遇旱，谷价踊贵，实由农人不劝，素无储积故也。伏惟陛下天纵钦明，道高三五，昧旦忧勤，思恤民弊，虽虞帝一日万几、周文日昃不暇食，蔑以为喻。上垂覆载之泽，下有冻馁之人，皆由有司不为明制，长吏不恤其本。自承平日久，丰穰积年，竞相矜夸，遂成侈俗。车服第宅，奢僭无限；丧葬婚娶，为费实多。贵富之家，童妾侈服；工商之族，玉食锦衣。农夫餔糟糠，蚕妇乏短褐。故令耕者日少，田有荒芜，谷帛罄于府库，实货盈于市里，衣食匮于室，丽服溢于路。饥寒之本，实在于斯。愚谓凡珍玩之物，皆宜禁断；吉凶之礼，备为格式。令贵贱有别，民归朴素。制天下男女，计口受田，宰司四时巡行，台使岁一按检，勤相劝课，严加赏赐。数年之中，必有盈赡。虽遇灾凶，免于流亡矣。往年较比户贯，租赋轻少。臣所统齐州租粟，才可给俸，略无入仓。虽于民为例而不可长久，脱有戎役，或遭天灾，恐供给之方，无所取济。可减绢布，增益谷租，年丰多积，岁俭出赈。所谓私民之谷寄积于官，官有宿积则民无荒年矣。

奏立义仓疏　　隋·长孙平

臣闻国以民为本，民以食为命。劝农重谷，先王令轨。古者三年耕而余一年之积，九年作而有三年之储，虽水旱为灾，而人无菜色。皆由劝导有方，蓄积先备故也。去年亢旸，关内不熟。陛下哀愍黎元甚于赤子，运山东之粟，置常平之官，开发仓廪，普加赈赐。少食之人，莫不丰足；鸿恩大德，前古未比。其强宗富室家道有余者，皆竞出私财，递相赈赡。此乃风行草偃，从化而然。但经国之理，须存定式。于是奏令诸州百姓及军人劝课当社，共立义仓。收获之日，随其所得，劝课出粟及麦，于当社造仓窖贮之。即委社司执帐检校，每年收积，勿使损败。若时或不熟，当社有饥馑者，即以此谷赈给。自是诸州储峙委积。

请宽征税疏　　唐·白居易

伏以圣心忧轸，重降德音，欲令实惠及人，无如减放租税。昨正月中所降德音，量放去年钱米。伏闻所放数内，已有纳者。纵未纳者，多是逃亡。假令不放，亦征不得。而旱损州县至多，所放钱米至少，百姓未经丰熟，又纳今年税租，疲乏之中，重此征迫，人力困苦，莫甚于斯。却是今年，伏望圣恩，更与宰臣及有司商量江淮旱损州作分数，更量放今年租税。当疲困之际，降恻隐之恩，感动人情，无出于此。敢竭愚见，以副圣心。

请置义仓以备水旱奏议　　唐·陆　贽

臣闻仁君在上，则海内无馁殍之人，岂必耕而饷之、爨而食之哉！盖以虑得其宜，制得其道，至人于歉乏之外，设备于灾沴之前，是以年虽大杀，众不恇惧。夫水旱为败，尧汤被之矣。阴阳相寇，圣何御哉！所贵尧汤之盛者，在于遭患能济耳。凡厥哲后，皆谨循之。故《王制》记虞夏殷周四代之法乃云：国无九年之蓄，曰不足；无六年之蓄，曰急；无三年之蓄，曰国非其国也。《周官》司徒之属亦云：掌乡里之委积，以恤艰阨；县鄙之委积，以待凶荒。王制既衰，杂以权术。魏用平籴之法，汉置常平之仓，利兼公私，颇亦为便。隋氏立制，始创社仓，终于开皇，人不饥馑。贞观初，戴胄建积谷备灾之议，太宗悦焉。因命有司详立条制，所在贮粟，号为义仓，丰则敛藏，歉则散给。历高宗之代五六十载，人赖其资。国步中艰，斯制亦弛。开元之际，渐复修崇。是知储积备灾，圣王之急务也。《语》曰：百姓足，君孰与不足？百姓不足，君孰与足？此言君养人以成国，人戴君以成生，上下相成，事如一体。然则古称九年、六年之蓄者，盖率土臣庶通为之计耳。固非独丰公庾，不及编氓。《记》所谓虽有凶旱水溢，人无菜色，良以此也。后代失典籍备虑之旨，忘先王子爱之心，所蓄粮储，唯计廪庾，犬彘厌人之食而不知检，沟壑委人之骨而不能恤，乱兴于下，祸延于上，虽有公粟，岂得而食诸？故立国而不先养人，国固不立矣；养人而不先足食，人固不养矣；足食而不先备灾，食固不足矣。为官而备者，人必不赡；为人而备者，官必不穷。是故论德昬明，在乎所务本末。务本则其末自遂，务末则其本兼亡。国本于人，安得不务？顷以寇戎为梗，师旅亟兴，惠恤之方多所未暇。每遇阴阳愆候，年不顺成，官司所储，只给军食支计。苟有所阙，犹须更取于人。人之凶荒，岂能赈救？人小乏，则求取息利；人大乏，则卖鬻田庐。幸逢有年，才偿逋债；敛获始毕，糇粮已空。执契担囊，行复贷假，重重计息，食每不充。傥遇荐饥，遂至颠沛。室家相弃，骨内〔肉〕分离。乞为奴仆，犹莫之售。或行丐廛里，或缢死道途。天灾流行，四方代有。率计被其害者，每岁常不下一二十州。以陛下为人父母之心，若垂省忧，固足伤恻，幸有可救乏之道，焉可舍而不念哉！今赋役已繁，人力已竭，穷岁汲汲，永无赢余。

课之聚粮，终不能致。将树储蓄根本，必藉官司助成。陛下诚能为人备灾过听计，不害轻费，可垂永图。近者有司奏请税茶，岁约得五十万贯。元敕令贮户部，用救百姓凶饥。今以蓄粮适副前旨，望令转运使总计诸道户口多少，每年所得税茶钱，使均融分配，各令当道巡院主掌。每至谷麦熟时，即与观察使计会，散就管内州县和籴。便于当处置仓收纳，每州令录事参军专知。仍定观察判官一人，与和籴巡院官同勾当。亦以义仓为名，除赈给百姓已外，一切不得贷便支用。如时当大稔，事至伤农，则优于价钱，广其籴数。谷若稍贵，籴亦便停。所籴少多，与年上下。准平谷价，怕使得中。每遇灾荒，即以赈给。小歉则随事借贷，大饥则录奏分颁，许从便宜，务使周济。循环敛散，遂以为常。如此，则蓄财息债者不能耗吾人，聚谷幸灾者无以牟大利，富不至侈，贫不至饥，农不至伤，籴不至贵，一举事而众美具，可不务乎？俟人小休，渐劝私积。平籴之法斯在，社仓之制兼行，不出十年之中，必盈三岁之蓄，弘长不已，升平可期，使一代黎人永无馁乏。此尧汤所以见称于千古也。

请遣使臣宣抚诸道状　　唐·陆　贽

频得盐铁转运及州县申报，霖雨为灾，弥月不止。或川渎泛涨，或溪谷奔流，淹没田苗，损坏庐舍。又有漂溺不救，转徙乏粮，丧亡流离，数亦非少。臣等任处台辅，职调阴阳，一物失宜，尸旷斯在，五行愆度，黜责何逃！陛下德迈禹汤，恕人咎已。臣等每奉词旨，倍益惭惶，所以黾勉在公，不敢频烦请罪。前者面陈事体，须遣使抚绥。陛下尚谓：询问来人，所损殊少。即议优恤，恐长奸欺。臣等旬日以来，更番借访类会行旅，所说悉与申报符同。但恐所闻圣聪，或未尽陈事实。夫流俗之弊，多徇谄谀。揣所悦意者，则侈其言；度所恶闻者，则小其事。制备失所，恒病于斯。初闻诸道水灾，臣等屡访朝列，多云无害于物，以为不足致怀。退省其私言则顿异。霖潦非可讳之事，缙绅皆有识之人，与臣比肩，尚且相媚，况乎事或暧昧，人或琐微，以利己之心希至尊之旨，其于情实固不易知。如斯之流足误视听。所愿事皆覆验，则冀言无诈欺，大明照临，天下之幸也。昔子夏问于孔子曰：何如斯，可谓人之父母？孔子对曰：四方有败，必先知之。斯可谓人之父母矣。盖以君人之道，子育为心，虽深居九重而虑周四表，虽恒处安乐而忧及困穷。近取诸身，如一体之于四肢，其疾病无不恤也；远取诸物，如两曜之于万类，其鉴照无不均也。故时有凶害而人无流亡。恃天听之必闻，知上泽之必至，是以有母之爱，有父之尊。古之圣王能以天下为一家、中国为一人，用此术也。今水潦为败，绵数十州，奔告于朝，日月相继。若哀其疾苦，固宜降旨优矜；傥疑其诈欺，亦当遣使巡视。安可徇往来之浮说，忘惠恤之大猷？失人得财，是将焉用？况灾害已甚，申奏亦频，纵不蒙恩复除，自当准式蠲免。徒失事体，无资国储。恐须速降德音，深示忧悯，分道命使，明敕吊灾，宽息征徭，省察冤滥。应家有溺死及漂没居产都尽、父子不存济者，各量赐粟帛，便委使臣与州府据以当处官物给付。其损坏庐舍田苗者，亦委使臣与州府据所损作分数等第闻奏，量与蠲减租税。如此，则殁者蒙瘗酹之惠，存者沾煦妪之恩，霈泽下施，孰不欣戴？所费者财用，所收者人心。若不失人，何忧乏用？臣等已约支计，所费亦不甚多。傥蒙圣恩允从，即具条件续进。臣又闻圣人作则，皆以天地为本、阴阳为端。庆赏者，顺阳之功，故行于春夏；刑罚者，法阴之气，故用之秋冬。事或愆时，人必罹咎。是以《月令》所载，夏行秋令，则苦雨数来，丘隰水潦；夏行冬令，则后乃大水败其城郭。典籍垂诫，言固不诬；天人同符，理当必应。既有系于舒惨，是能致于灾祥。顷自夏初，大臣得罪，亲党坐累，其徒实繁。邦宪已行，宸严未解，畏天之怒，中外悚然。若以《月令》推之，水潦或是其应。虽天所降沴不在郊畿，然海内为家，无论遐迩。伏愿涤瑕以德，消沴以和，威惠之相济合，宜阴阳之运行自序，臣等不胜睹灾惭负之至。谨奉状陈请以闻。

谕淮西水损处遣使状　　唐·陆　贽

右奉进止淮西管内贡赋既阙，缘水损简择宣慰使，此道亦不要遣去者。臣闻圣王之于天下也，人有不得其所者，若已纳之于隍。故夏禹泣辜，殷汤引罪。盖以率土之内，莫非王臣，或有昏迷不恭，是由教化未至。常以善救，则无弃人。自希烈乱常，污染淮甸，职贡废阙，责当有归。在于编氓，岂任其咎？陛下息师含垢，宥彼渠魁，惟兹下人久罹胁制，想其翘望圣化，诚亦有足哀伤。傥弘善救之心，当轸纳隍之虑。今者遣使宣命，本缘恤患吊灾，诸道灾患既同，朝廷吊恤或异，是使慕声教者绝望，怀反侧者得词，弃人而固其寇雠，恐非所以为计也。昔晋饥，乞籴于秦。大夫百里奚曰：天灾流行，国家代有。救灾恤邻，道也。行道有福。丕豹则请因而伐之。穆公用百里奚之言，拒丕豹之请，且曰：其君是恶，其人何罪！遂输粟以救之。其后秦饥，乞籴于晋。大夫虢射曰：无损于怨而益于寇，不如勿与。庆郑曰：背施无亲，幸灾不仁，贪爱不祥，怒邻不义。不如与之。惠公信虢射之谋，违庆郑之议，遂闭籴以绝焉。是岁晋国复饥，秦伯又馈之粟，曰：吾怨其君而矜其人。终于秦穆霸强，晋惠罹辱。是知弃怨而施惠者，可以怀敌；计利而忘义者，罔不失人。此乃列国诸侯，犹务恤邻救灾，矧君临天下，而可使德泽不均被者乎？议者多谓淮右洊饥，国家之利，臣以为不然。必若兴有征之师，问不庭之罪，因灾幸济，已爽德政。傥又难于用兵，望其艰窘自毙，利害之势，或未可知。夫悍兽之情穷则攫搏，暴人之态急则猖狂。当其迫阨之时，尤资抚驭，苟得招携以礼，便可底宁。备虑乖方，亦足生患。窃以帝王之道颇与敌国不同，怀柔万邦，唯德与义，宁人负我，无我负人，故能使亿兆归心，远迩从化，犹有凶迷不复，必当人鬼同诛。此其自取覆亡，尚亦不足舍。今因供输有阙，遂令施惠不均，责帅及人，恐未为允。伏惟圣鉴，更审细裁量。其所择诸道使，并未敢宣行，伏候进止。

论天旱人饥状　　唐·韩　愈

伏以今年以来，京畿诸县夏逢亢旱，秋又早霜，田种所收十不存一。陛下恩逾慈母，仁过春阳，租赋之间，例皆蠲免。所征至少，所放至多。上恩虽弘，下困犹甚。至闻有弃子逐妻以求口食，拆屋伐树以纳税钱，寒馁道涂，毙踣沟壑。有者皆已输纳，无者徒被追征。臣愚以为此皆群臣之所未言，陛下之所未知者也。臣窃见陛下怜念黎元同于赤子，至或犯法当戮，犹且宽而宥之，况此无辜之人，岂有知而不救？又京师者，四方之腹心，国家之根本。其百姓实宜倍加优恤。今瑞雪频降，来年必丰。急之则得少而人伤，缓之则事存而利远。伏乞特敕京兆府，应今年税钱及草粟等在百姓腹内征未得者，并且停征，容至来年蚕麦，庶得少有存立。臣至陋至愚，无所知识；受恩思效，有见辄言。

荒政考略卷六　奏疏

劝耕荒田疏　　宋·陈　靖

古者强干弱枝之法，必先富实于内。今京畿周环三二十州，幅员数千里，地之垦者，十才一二；税之入者，又十无五六。复有匿里舍而称逃亡，弃耕农而事游惰。逃亡既众，则赋税岁减而国用不充，敛收科率，无所不行矣。游惰既众，则地利岁削而民食不足，寇盗杀伤，无所不至矣。臣望择大臣一人有深识远略者，兼领大司农事，典领于中，又于郎官中选才智通明、能抚字役众者为副，执事于外，皆自京东、京西择其膏腴未耕之处，申以劝课。臣又尝奉使四方，深见民田之利害，污莱极目，膏腴坐废。亦加询问，颇得其由。皆诏书累下，许民复业，蠲其租调，宽以岁时，然乡县之间，扰之尤甚。每一户归业，则刺报所由，朝耕尺寸之田，暮入差徭之籍，追胥责问继踵而来。虽蒙蠲其常租，实无补于损益。况民之流徙，始由贫困，或避私债，或逃公税。亦既亡逋，则乡里舍其资财，至于室庐什器、桑枣材木，咸计其直，或乡官用以输税，或债主取以偿逋，生计荡然，还无所诣，以兹浮荡，绝意归耕。如授臣斯任，则望备以闲旷之田，广募游惰之辈，诱之耕垦，未计赋税，许令别置版图，便宜从事。耕桑之外，更课令益种杂木蔬果，孳畜羊犬鸡豚，给授桑土，潜拟井田，营造室居，使立保伍，逮于养生送死之具、庆吊问馈之资，咸俾经营，并令条制。俟至三五年间生计成立，恋家怀土，即计户定征，量田输税。以司农新附之名籍，合计府旧收之簿书，斯实敦本化人之宏量也。若民力有不足，官借缗钱，或以市糇粮，或以营耕具。凡此给受，委于司农。比及秋成，乃令偿直，依时折估，纳之于仓，以成数开白户部。逃民复业及浮客请佃者，委农官勘验，以给授田土，收附版籍，州县未得议其差役。其乏粮种耕牛者，令司农以官钱给借。其田验肥瘠为二品。上田人授百亩，中田百五十亩，下田二百亩。并五年后收其租，亦只计百亩，十收其二。其室庐蔬韭及桑枣榆柳种艺之地，每户及十丁者，给百五十亩；七丁者，百亩；五丁，七十亩；三丁，五十亩；二丁，三十亩。除桑功五年后计其租，馀悉蠲。令常参官于幕职州县中，各举所知一人堪任司农丞者，分授诸州通判，即领农田之务。又虑司农官属分下诸州，或张皇纷扰，其事难成，望许臣领三五官吏，于近甸宽乡设法招携。俟规画既定，四方游民必尽麇至，乃可推而行之。

救　荒　疏　　宋·王禹偁

臣闻一谷不收谓之馑，五谷不收谓之饥。馑则大夫以下皆损其禄，饥则尽无禄，廪食而已。今旱云未沾，宿麦未茁，既无积蓄，民饥可忧。望下诏直云君臣之间政教有阙，自乘舆服御下至百官奉料，非宿卫军士、边庭将帅，悉第减之，上答天谴，下厌人心。俟雨足复故。臣朝行中家最贫，俸最薄，亦愿首减俸，以赎耗蠹之咎。外则停岁市之物，内则罢工巧之伎。近城掘土侵冢墓者，瘗之；外州配隶之众非贼盗者，释之。然后以古者猛虎渡河、飞蝗越境之事，戒敕州县官吏。其余军民刑政之弊，非臣所知者，望委宰臣裁议颁行。但感人心，必召和气。

救灾疏　　宋·杨亿

臣本州自去年已来，秋稼薄熟，时物虽至腾踊，人户免于流离。爰自今春雨水调适，粟麦倍稔，蚕绩颇登，糇粮渐充，菜色稍减。然以山越之俗，陆种甚微，所仰者水田，所养者粳稻。矧又地势斗绝，涂潦不停，仍岁亢旱，泉源罄竭。傥浃旬不雨，即沟渎扬尘，稻畦焦枯，善苗立死。非三数日一降膏泽，无以望于秋成。伏自夏至后绝少时雨，烈日流烁，炎风数兴，高仰之田殆至枯槁，卑湿之地如沸如羹。比户嗷嗷，大命近止。臣遂率军州僚吏，精意祈求阖境之名山及大川。近郭之元宫、梵刹、庙貌之列祀典者，罔不遍走；湫潭之庇水族者，亦用致祠。造龙于坛，聿遵古法，徙市于野，克体前经，而云汉昭回，蕴隆弥甚。寻于前月十六日相次降雨，不及寸余，清尘有余，沃焦无益。臣夙夜忧慄，罔敢遑宁，编列之民殆于殒获。比至今月将半，旱气益加。一郡之中，靡神不祷，精诚备尽，灵贶蔑然。臣忽记忆往年在院供职日，适值岁旱，学士承旨宋白为臣言：今御史中丞魏庠，三十年前尝薄游关辅，寓居佛舍。会天久不雨，村民数十辈诣寺祈祷。僧有善胡法者，捕蜥蜴十数枚，置一瓮中，渍之以水，蒙之以杂树叶。取童男数人，衣青衣，青涂面及手足，人持柳枝，沾水散洒。且祝曰：蜥蜴蜥蜴，兴云吐雾。雨今滂沱，汝今归去。如是者无昼夜，婴绕而言。明日大雨，远近告足。臣潜疏于牍背，至是检阅得焉。即以十二日初旭，与知丽水县事殿中丞甄旦诣城北集福院，如其法请祷。少顷，臣与甄旦出自北门，各遵归路。忽有微云自东北起，良久弥漫。至午未间，暴雨及寸余。由是阴结未解。至十三日，大雨连昼夜，约及三四尺，溪谷涨满，沟塍流溢。禾黍之薿然者，芃芃而发秀；草树之瘁然者，欣欣而向荣。村民荷台笠以讴，耕夫奋袯襫而舞。万室之安堵如故，百姓之邪心不生。民之幸也！陛下之赐也！臣忝备守土，获遇有年，庆忭之诚喜出非常。臣又念鸣吠之伎，前哲不遗；刍荛之言，上圣斯采。所陈祈请之术，亲获感应之征，理近怪神，事不经见，颇为猥鄙，有黩高明。盖小道之可观，表事君之无隐。昔东方朔有言曰：谓之为龙，又无角。谓之蛇，又有足。跂跂脉脉，善缘壁。是非守宫即蜥蜴。雄亦云：执蝘蜓而潮龟龙。又故刑部侍郎张洎尝谓臣言：昔使高丽泛海，忽阴曀，舟人哗，言龙见。洎亟起视之，见垂尾于云间，正如蝘蜓之状。良久，雨大作。即知蜥蜴者，亦龙之类也。臣既获嘉应，敢不上言。干冒宸严，伏增战越。

救荒疏　　宋·田锡

臣今月二十五日所进实封，为霸州乾宁军死伤人户等。自二十六日至今，又据莫州奏饥死一十六口，沧洲奏全家饥死一十七户。虽有指挥下转运司相度及减斗斛价赈粜，即未见别行指挥。若有司只如此行遣，实未称陛下忧劳之心也。陛下为民父母，使百姓饥死，乃是陛下孤负百姓也。宰相调燮阴阳，启导圣德，而惠泽不下流，王道未融明，是宰相孤负陛下也。今陛下何不引咎如禹汤罪己，略降德音，下饥饿杀人处州府，民心知陛下忧恤，然后赈廪给贷，以救其死。若仓廪虚而馈运，边备未足，即日无可给贷，则是执政素不用心所致。昔伊尹作相，耻一夫不获。今饿杀人如此，所谓焉用彼相？今陛下可将此事以理道略面责宰臣在下，观其何辞以对，视其有无怍色、有无忧色。待三日而后，或浃旬以来，不上表待罪，不拜章求退，是忍人也，何良相之为乎？既非良相而犹用之，则是陛下不以百姓心为心也。若不别进用贤，臣恐危乱之萌将来滋蔓难图也。《语》曰：十室之邑，必有忠信。况今皇家富有万国，岂无人焉？可于常参官自来五日一转对中，观其所上之言有远大谋略、经纶才业者，可非次擢用。若有其言而无其实，退之以礼，亦合理体。不然，则臣恐国家未能早致太平也。岂唯太平之未能致，其忧患不独在边防而叛乱在内地也。此是陛下缵嗣先帝万世基业之急务也。所急之务，莫先于此。惟圣聪睿鉴，详微臣之言。陆贽云：贪因循者终有大患。今若因循不早为谋，则虑大患至矣。今臣所奏且可先降德音，以禹汤责躬之意以谢天，以尧舜至仁之心以待下，使饥饿地分知陛下忧恤之心也。臣职在深严，日有闻见，不敢不奏。

详定常平制度疏　　宋·杜　衍

臣闻农者国之本，不可不劝其业；谷者民之命，不可不为之储。盖岁有丰凶，谷有贵贱，计本量委，欲及其时；散滞取赢，宜究其术。前志曰：欲人务农，人有所利，粟有所归。谓官以法收之也。今豪民富家乘时贱收，拙业之人旋致罄竭。及穑事不兴，小有水旱，则稽货不出，须其翔踊，以谋厚利。农民贵籴，才充口腹，往复受弊，无复穷已。虽劝课之官家至日见，亦奚益于事哉！《管子》曰：令有缓急，物有轻重。人君不治，则蓄贾游市乘人不给，百倍其利矣。又曰：万室之邑必有万钟之藏，藏镪千万；千室之邑必有千钟之藏，藏镪百万。由此言之，则平籴、常平之制，其来久矣，非始于汉宣之世也。国家列郡置常平仓，所以利农民、备饥岁也。然而有名无实者，制度不立耳。臣以谓立制度，在乎量州郡之远迩、计户口之众寡，取贱出贵，差别其饥熟，信赏必罚，责课于官吏，出纳无壅，增减有制。本息之数，勿假以供军；敛导之时，禁其争利。六斛四斗曰钟，万室之邑万钟，则今万户郡，常平仓可收六万四千斛已上也。俟本息增赢，即如其原额。岁有大中小饥，亦有大中小熟，常谨察以出入之节。今欲立制度而无赏罚，则法不得行。以其外计诸州县官吏，宜立功过之差，以示必行。每趋时收籴、应急出粜，无令所司壅遏，则利可及人也。岁丰则增市价而籴，所增钱每斗不得过一十文；饥则减市价而粜，到数三分，支一分与告首人，籴毕则不禁。至于蜀汉狭境、交广宽乡，或通川易地之殊，或边郡岩邑之异，各立条教，以节盈虚。限回易之岁时，虞其损败；制立典之侵刻，督以严科。则瘠瘦可充，饥馑有备也。今则不然，九谷散于穰岁而不能储峙，兆民困于凶年而无以振业。饶赡之道，固若斯乎？诚严敕州郡，据本处有无见管常平仓钱斛，今后渐令随户口趁额收籴，转运司等不得以运军输为名奏乞假借。其逐处合备贯石数目，若有缺少，令多方计度供给。倘有全然少本、无可圆融之处，伏乞霈然下诏，出府库乳香犀象真珠之类，相度随处减价出卖，添备仓本。凡此珍异之物，饥不可食，寒不可衣。常时则旷日，可以渐次出卖。速卖则虽减价数倍，人亦不可取也。宜及平岁鬻之，以为丰国惠下之本，上以章去奢崇俭之仁，下以成敦本惠民之道。俟州郡有本息增羡之处，令外计远近均融，各足其额。除边远之郡及山险之地籴贮不得过定额外，沿路州府亦许就贱多籴。仍先乞指挥有司，将见行常平仓条贯并臣此劄子重列详定，具为条件，务令精密，经久为例。并立定逐州军合籴额数，画一开坐，奏闻朝廷，更为裁酌颁行。此法之设，盖以抑兼并，惠贫弱，可行之必信，守之必坚，本息渐增，则公私获利矣。比夫义社之制，别生赋敛，官吏侵削，急速假借，害大利小。创于隋时，而唐戴冒〔胄〕者犹请复之，颇得其利。矧兼惠农末，振塞利孔之术，可忽其名而不务乎？议者若云圣朝不当以出息为名，此又不稽其实者也。周公制民，贷者以国服为之息；又贷万泉者，入息五百。亦取之以其道耳。必也仓储充羡，国用富强，虽有凶荒，不至捐瘠，则仁圣育民之道莫大于此也。

论借支常平本钱疏　　宋·余　靖

臣闻天下无常安之势，无常胜之兵，无常足之民，无常丰之岁。由是古先圣王守之有道，制之有术，倘有缓急，不可无备。伏睹真宗皇帝景德中诏天下，以逐州户口多少，量留上供钱，起置常平仓，付司农寺主掌，三司不问出入。每年夏秋两熟，准市价加钱收籴。其出息本利钱，只委司农寺主掌，三司转运司不得支拨。自后每遇灾伤赈贷，使国有储蓄，民免流散者，用此术也。前三司使姚仲孙，今春以来，于京东等处借支司农常平仓，以给和买。虽然借支官钱以充官用，循常视之，似无妨碍，若于经远之谋，深所未便。臣切惟真宗皇帝圣虑深远，臣敢梗概言之。当今天下金谷之数，诸路州军年支之外，悉充上供及别路经费。见在仓库更无余羡，所留常平本钱及斛斗等，若以赈济饥荒，此固常所及矣。万一不幸，方隅小有缓急，赏给资粮，仓卒可备。岂非先皇暗以数百万之资蓄于四方者乎？今若先为三司所支，则天下储蓄尽矣。伏乞特降指挥三司先借支常平本钱去处，并仰疾速拨还，今后不得更支拨，并依景德元降敕命施行。

乞宽租赋防盗疏　　宋·余　靖

臣伏睹春夏以来旱势之广，陛下忧劳勤恤，躬行祈祷，虽获佳应，而夏田先已损矣。臣以古者三年耕必有一年之蓄，九年耕必有三年之蓄。无三年之蓄，曰国非其国。故虽尧水汤旱，民无菜色者，有备灾之术也。方今官多冗费，民无私蓄，一岁不登，逃亡满道。盖上下皆无储积故也。臣切谓当今备灾之术，最急者，宽租赋、防盗贼而已。诚知国家边甲未解，经费日广，不宜更减民赋，自窘财用。其如农收有限，当量民力而取之。虽或差减，尚有数分之入，今若同取，一旦不堪其求，必致流亡之患，则永失常赋矣。今天府之民，九重不远，其诉旱者尚或半得申明，半遭抑退，况远方之人？其无告必矣！陕关已西，尤须抚之。伏望朝廷特降诏命，应遭旱州军委清强官体量实旱损夏苗去处，特与量减夏税分数，不得容有侥幸。此乃惠民之实效也。若待有逃亡，然后赈救，将无及矣。臣又闻衣食不足，虽尧舜在上，不能使民不为盗贼。若水旱之后，盗贼滋长，势之常也。近闻解州、邓州群贼入城劫掠人户，此乃都监押巡检不得其人之所致也。似此阶渐，不宜滋蔓。伏乞朝廷申明捕捉之科，严赏罚之典。其不获强盗贼人，不得将窃盗比折特行勒停替降之法，庶几戮力同心，以折盗贼之势。

乞立民社义仓疏　　　　宋·贾　黯

臣伏以天下无事，年谷丰熟，则人民安乐，父子相保。一遇水旱，则流离死亡，捐弃道路。发仓廪以赈之，则籴不给；课粟富之，则力不赡。转输千里，则不及事；移民就谷，则远近交困。朝廷之臣、郡县之吏，仓卒不知所出，则民饥而死者已过半矣。夫水旱之灾，虽尧汤所不能免，今不思所以备灾之术，而岁幸年谷之熟，则是求出于尧汤之所不可必者也。臣尝读《隋史》，见所谓立民社义仓者，取之以时而藏之于民，下足以备凶容，而上实无利焉。愿仿隋制，诏天下州军，遇年谷丰熟，立法劝课蓄积以备灾。此孟子所谓“乐岁粒米狼戾，多取之而不为虐”者也。况取之以为民邪？疏既上，上下其说司农寺，且命李充与黯合议以闻。乃下诸路度可否，而以为可行者才四路。余或谓税赋之外两重供输，或谓恐招盗贼，或谓已有常平以赡给，或谓置仓烦扰。于是黯复上奏曰：臣尝判尚书刑部，见天下岁断死刑多至四千余人，其间盗贼率十六七。盖愚民迫于饥寒，因之水旱，枉陷重故。臣请复民社义仓，以备凶岁。今诸路所陈，类皆妄议。若谓赋税之外两重供输，则义仓之意，乃教民储积以备水旱，官为立法，非以自利。行之既久，民必乐输。若谓恐招盗贼，盗贼利在轻货，不在粟麦。今乡村富室有贮粟数万石者，不闻有劫掠之虞。且盗贼之起，本由贫困。臣建此议，欲使民有贮积，虽遇水旱，不忧乏食，则人人自爱而重犯法。此正消除盗贼之原也。若谓有常平足以赈给，则常平之设，盖以准平谷价，使无甚贵甚贱之伤。或遇凶饥，发以振救，既已失其本意，而费又出公帑。今国用颇乏，所蓄不厚，近岁非无常平，小有水旱，辄流离饿莩，起为盗贼，则是常平果不足仰以赈给也。若谓置仓廪，敛材木，恐为烦扰，则今州县修治邮传驿舍，皆敛于民，岂于义仓独畏烦扰？人情可与乐成，不可与谋始。愿自朝廷断而行之。

捕　蝗　疏　　　　宋·何　郯

近曰累差内臣往诸路监督州郡官吏捕蝗，缘内臣是出入宫掖亲信之人。以事势量之，州县必过有迎奉。往来行李，亦须要人。州郡犹有兵士给使，至于县邑，即须差贫下人户。虫蝗未能除去，人民被此劳役，已先起一害矣。如去岁遣内臣入蜀祈雨，所至差百姓五七十人担擎行李。盖外方不知朝廷恤民本意，苟见贵近之臣，即向风承迎，不顾劳扰，非必使人自要如此也。况捕蝗除害，本系民事，乃郡县守宰之职。今舍守宰不任而朝廷为之遣人监捕，即是容官司之慢而不责其职业也。伏乞特降敕命，应有蝗虫生长处，专责知州、通判，督促属县官吏，速行打捕。委本路转运司严切提举部内州郡，候屏除尽日，具实以闻。如经奏报后却致滋长为害，其知州、通判、知县、主簿并行停殿，转运使黜降差遣。如此严行督责，官司必自能究心除害。圣意何如？即乞速降指挥，其见在逐处内臣，仍乞抽回。

言灾异疏　　　　宋·田　况

庆历三年，知制诰田况上奏曰：臣窃见比年灾咎频仍，蝗潦继作。陛下责躬引咎，不遑宁处，以至躬祈道佛，并走群望。薰祓之意可谓至矣！求当世之弊，验致灾之由，其实役敛重而民愁，和气伤而为沴。役敛之重，由国计之日窘；国计之日窘，由冗兵之日蕃。今天下兵已逾百万，比先朝几三倍矣。自古以来，坐费衣食，养兵之冗，未有如今日者。虽欲敛不重，民不愁，和气不伤，灾沴不作，不可得也。昔董仲舒、刘向以谓《春秋》所书螽、螟之灾，皆政贪赋重之所致。今陕西、河北、河东三路民力凋弊，人共知之，臣不复言矣。且以江淮之间言之。今江淮菽麦已登矣，而责民输钱，数斗之费不供一斗之价，物遂大贱而农伤。绢已输矣，民间贸易无余而暴令复下，又配市之，织纴之家寒不庇体，而利尽归于富贾。累年已来，刻剥不已，民间泉货已匮竭。其凡百科调，峻法争利，不可胜计。便闻东南之民，大率中产已下往往绝食。民之愁窘，致伤和气如此，而未闻陛下与两府大臣议所以救之之术，乃欲以一炉香、数祝版上塞谴咎，此臣所以不得已而言也。夫国之所养之兵，其上者战，其下者役。敬不能堪此，则为冗食。今诸路宣义广捷等军，其间孱弱者甚众，大不堪战，小不堪役。逐处唯欲广募，邀其赏格，岂复顾国家之利害哉？宜分遣干臣，选拣诸路宣义广捷等军，其不堪战者，并降为厢军；厢军之不堪役者，并放停。议者必曰：兵骄日久，一旦遽加澄汰，则恐立致乱。此虑事者之疏也。且孱弱之兵既不堪战，则勇强者耻与为伍。去年韩琦汰边兵万余人，岂闻有为乱者？今天下财用不足以赡冗食之兵，尚或顾惜细故，而不思救弊之原，臣切忧之。惟陛下裁择。

输粟便民疏　　宋·宋　祁

去年江淮二浙稻收七八，而淮南饥疫之后，户口寖衰，县无完村，村无全户，才足自赡，罔能及它。惟有江浙二方，天下仰给。臣以为京师禁旅近数十万，三年之蓄不可不备。去年国家垂悯南土遘兹荐饥，减漕粟之常科，轸斯人之艰食，上恩虽美，邦计未充。且足食足兵，乃可治国；我仓我庾，所以为人。夫江淮漕运之司，输米上供已有定数，若更多取，则官司不供。故臣愿陛下明下诏书，募民能入米京师者，倍价而籴，三分其价，一分给钱，二分则以方权茶准其直而与之，商旅利于化居，吏卒缓于程督。如此则仓廪实，京师盛，郡国安矣。如允所请，乞付详议。

豫减秋夏二税疏　　宋·宋　祁

窃闻山东、关中、京西、河北去冬无雪，宿麦稀种，居者愁困，去者流离。绵春跨夏，拱手无望。朝廷虽切敕长吏漕运籴粟，然而财用久屈，仓廪半空，仅能济军，何暇及物？今州县惟中户以上尚且怀土以待有秋，而繇役百端，科率千计，必不可损，须出于人。以臣料之，私蓄有涯，官用无际，岁既未足，民胡得安？陛下若不旷然垂恩，有以大慰其意，则蚩蚩之众，饥弱者就死，强恶者为盗。盗贼既广，讨捕必严。兵盗相拿，邦国深患。臣愚以为方今艰食之际，其灾伤州县且诏豫减今年秋夏二税，安集居民，无令力农更失生业。推主上之惠，慰黎人之心，群心苟和，不逞自息。权救时急，深适事宜。

乞分给河北流民田土劄子　　宋·富　弼

臣昨在汝州，窃闻河北流民来许、汝、唐、邓州界逐熟者甚多。臣以朝廷前许请射系官田土，后却不令请射，尽须发遣归还本贯。臣访知流民必难发遣得回，既已流移至此，又却不得田土，徒令狼狈道路，转见失所。遂专牒本州通判张恂立便往州界诸县流民聚处，一一相度口数，给与田土。或自令樵渔采捕，或计口支散官粟，诸般救济，庶几稍可存活。内只有给田一顷，违背朝廷后来指挥。比欲奏候朝旨，及为流民来者日益多，深恐救恤稍迟，转有死损，遂且用上项条件施行，去后方具奏闻。寻准中书劄子，奉圣旨，一依奏陈事理。其后来者，即教不得给田。候春暖，劝谕令归上路。后方知其余州军所到流民，不拘新旧，并只用原降朝旨，尽不许给与田土。臣其时以急于赴召，不及再有奏陈。自襄城县至南薰门，共六程。臣见沿路流民大小车乘及驴马驼载，以至担仗等，相继不绝。臣每逢〔逢〕见，逐队老小，一一问当，及令逐旋抄劄。只路上所逢〔逢〕者，约共六百余户、四千余口。其逐州、逐县镇以至道店中已安下臣不见者，并臣于许州驿中住却一日，路上之人臣亦不见者，比臣曾见之数，恐又不下一二百户、三二千口。都约及八九百户、七八千口。其前后已过，并今未来及有住唐、邓、蔡州等处臣所不见者，又不知其数多少。扶老携幼，累累满道，寒饥之色，所不忍见。亦有病而死者，随即埋于道傍，骨肉相聚，号泣而去。臣亲见而问得者，多是镇、赵、邢、洺、磁、相等州下等人户。以十分为率，约四五分并是镇人；其余五六分，即共是赵州与邢、洺、磁、相之人。又十中约六七分，是第五等人；三四分是第四等人，及不济户与无土浮客。即绝无第三等已上之家。臣逐队遍问，因甚如此离乡土远来它州，其间甚有垂泣告者，曰：本不忍抛离坟墓骨肉及破坏家产，只为灾伤物贵，存济不得，忧虑饿杀老小，所以须至趁斛斗足处逃命。又问得其全家起离，来更不归者；亦有减人口暂来逐熟，后彼中无灾伤，斛斗稍贱，即却归者；亦有去年先令人来请射，或买置田土；亦有无准备，望空来者。大约稍有准备无一二，余皆茫然，并未有所归，只是路上逐旋问人斛斗贱处便去。臣切闻有人闻朝廷须令发遣，却归本贯。此说盖是其人只以传闻为词，不曾亲见亲问，但只却有车乘行李次第颇多，便称是上等之人。臣每亲见有七八辆大车者，约及四五十家、二百余口；四五辆大车者，约及三四十家、一百余口；一两辆大车者，约及五七家、五七十人。其小车子及驴马担仗之类，大抵皆似大车。并是彼中乡村相近邻里，或出车乘，或出驴牛，或出绳索，或出搭盖之物，递相并合，各作一队起来，所以行李次第如上等人户也。今既是贫穷之家，决意离去乡土，逃命逐熟，而朝廷须令发遣却回，必恐有伤和气。臣亦子〔仔〕细说谕云：朝廷恐你抛离乡井，欲拟发遣却归河北，不知如何？其丈夫、妇人皆向前对曰：便是死在此处，必更难归。兼一路盘缠已有次第，如何归得？除是将来彼中有可看望，方有归者也。此已上事，并是臣亲见亲问，所得最为详悉。与夫外面所差体量之人，簿尉幕职官畏惧州府，州府畏惧提转，提转畏惧朝臣，而不敢尽理而陈述，或心存谄佞，不肯说尽灾患之事，或不切用心，自作卤莽，申不实者，万不侔也。伏望圣慈早赐指挥京西一路，知流民到处，且将系官荒闲田土及见佃人剩占无税地土，差有心力廉公官员四散分俵，各令往佃，更不得逼逐发遣，却归河北。其余或与人家作客，或自能樵渔采捕，或支官粟计口养之类，更令中书检详前后条约，疾速严行指挥，约束所遗，趁此日月尚残，未有大段死损之人，可救恤得及。

救济江淮饥民疏　　宋·包　拯

臣闻天以五星为府，人以九谷为命。五星紊于上，则灾异起于下；九谷绝于野，则盗贼兴于外。天之于人，上下相应，故天变于其上，则人乱于其下。是天人相与之际，甚可畏也。若变异上著，则恐惧修省以谢于下；年谷不登，则振贷己责而恤其困。盖不使天有大变而民有饥色，则人获富寿而国享安宁矣。方今灾异之变尤甚，臣近已论列详矣。惟江淮六路连岁亢旱，民食艰阻，流亡者比比皆是。朝廷昨遣使，命安抚振贷，以救其弊，而东南岁运上供米六百万石，近虽减一百万石，缘逐路租税尽已蠲复，则粮斛从何而出？未免州县配籴以充其数。由是民间所出悉输入官，民储已竭，配者未已，纵有米价，率无可籴。父子皇皇相顾不救，老弱者死于沟洫，少壮者聚为盗贼。不幸奸雄乘间而起，则不可制矣，当以何道而卒安之哉？且国家之患，未有不缘此而致，可不熟虑乎？欲望圣慈特降指挥，应江浙六路灾伤州县，凡是配籴及诸般科率，一切止绝。如敢故犯，并坐违制。庶几少释疲民倒垂之急。其上供米数，若不敷元额，即候向去丰熟补填。仍令州县官吏多方擘画，救济饥民，不得失所。兼委逐路提转专切提举，如不用心救济，以致流亡及结成群党，即乞一例重行降黜。

请免江浙折变疏　　宋·包　拯

臣切见淮南、江浙、荆湖等州军，数年以来，例皆薄熟。去秋亢旱尤甚，可熟三二分。当年夏税见钱，一例科折。内第一等折纳，小绫每匹一贯六百六十文省，官絁每匹二贯八百五十文省。其第二等已下至客户，并折纳小麦，每斗三十四文省。续据发运司准中书劄子，据三司奏，乞将庆历三年上供额斛斗六百万石内，将小麦一百万石、大豆十五万石折纳见钱。发运司遂相度小麦每斗并耗，添估九十四文省；大豆每斗并耗八十八文省。比逐处见粜价例两倍已上，应该小麦一石，纳见钱九百四十文省。寻又准五月九日中书劄子，据发运司奏，切虑豆麦价高，人户难得见钱，奉圣旨，宜令本司疾速指挥逐路州军，据合折夏税豆麦，令人户如愿纳见钱者，即仰逐处依起纳日，在市价例钱数送纳；如只愿纳本色斛斗，亦听从便。虽有前件圣旨指挥，本处官吏并不遵禀，但一面抑令人户纳元估价钱，不许纳本色斛斗，以致豆麦益贱，钱货难得，下等人户尤更不易。发运司但务岁计充盈，不虑民力困竭，上下相蒙，无所诉告。为国敛怨，莫甚于此。且民者国之本，财用所出，安危所系，而横赋暴取，不知纪极。若因此流亡相应而起，涂炭郡邑，则将何道可以卒安之？况已萌之兆，不可不深虑耳。兼自淮以南及两浙、荆湖，从去秋至今春，并未得雨，二麦不秀，耕种失时，民心熬熬，日怀忧惧。欲望圣慈特降诏敕，委逐路转运提刑不住巡历体量，应是诸杂科率权且停罢。若向去蚕麦稍熟，今年夏税诸色钱等，除第一、第二等户各令依旧折纳外，其第三等已下并客户，特与免诸般支移折变，只令各纳本色，庶使重困之民稍获苏息。

水灾疏　　宋·欧阳修

嘉祐元年，修又上奏曰：臣伏睹近降手诏，以水灾为变，上轸圣忧，既一人形罪己之言，宜百辟无遑安之意。而应诏言事者犹少，亦未闻有所施行，岂言者不足采欤？将遂无人言也，岂有言不能用欤？然则上有诏而下不言，下有言而上不用，皆空文也。臣闻《语》曰：应天以实不以文，动民以行不以言。臣近有实封应诏，窃谓水入国门，大臣奔走，浮浸社稷，破坏都城，此天地之大变也。恐非小有所为，可以消弭。因为陛下陈一二大计，而言狂计愚，不足以感动听览。臣日夜思惟，方今之弊，纪纲之坏非一己，政事之失非一端。水灾至大，天谴至深，亦非一事之所致。灾谴如此而祸患所应于后者，又非一言而可测。是则已往而当救之弊甚众，未来而可忧之患无涯，亦非独责二三大臣所能取济。况自古天下之治，必与众贤共之也。《诗》曰：济济多士，文王以宁。《书》载尧舜之朝，一时同列者，夔、龙、稷、契之徒二十余人。此特其大者耳。其百工在位，莫不皆贤也。今欲救大弊，弭大患，如臣前所陈一二大计，既未果为，而又不思众贤以济庶务，则天变何以塞，人事何以修？故臣复敢进用贤之说也。臣材识愚暗，不能知人，然众人所知者，臣亦知之。伏见龙图阁直学士、知池州包拯清节美行，著自贫贱，谠言亡论，闻于朝廷，自列侍从，良多补益。方令天灾人事非贤罔乂之时，拯以小故弃之遐远，此议者之所惜也。祠部员外郎、直史馆、知襄州张瑰静默端直，外柔内刚，学问通达，似不能言者。至其见义必为，可谓仁者之勇。此朝廷之臣，非州郡之才也。祠部员外郎、崇正院检讨吕公著，故相夷简之子，清静寡欲，生长富贵而淡于荣利，识虑深远，文学优长，皆可过人而喜自晦默。此左右顾问之臣也。大〔太〕常博士、群牧判官王安石，学问知名当世，守道不苟，自重其身，论议通明，兼时才之用，所谓无施不可者。凡此四臣，皆难得之士也。拯以小过弃之；其三人者，进退与众人无异。此皆为世所知者。犹如此臣，故知天下之广，贤才沦没于无闻者不少也。此四臣者，名迹已著，伏乞更广询采，亟加进擢，置之左右，必有裨补。凡臣所言者，乃愿陛下听其言，用其才，以济时艰尔，非为其人私计也。若量霈恩泽，稍升差遣之类，适足以为其人累耳，亦非臣荐贤报国之本心也。臣伏见近年变异，非止水灾，谴告丁宁，无所不有。董仲舒曰：国家将有失道之败，而天乃先出灾害以谴告之。不知自省，又出怪异以警惧之。尚不知变，而伤败乃至。斯言极矣！伏惟陛下切诏大臣，深图治乱，广引贤俊，与共谋议，未有众贤并进而天下不治者。此亦救灾弭患一端之大者。臣又窃见京东、京西皆有灾伤，并当存恤，而独河北遣使安抚，两路遂不差人。或云就委转运使，此则但虚为行遣尔。两路运司只见河北遣使，便认朝廷之意有所轻重，以谓不遣使路分，非朝廷优恤之急者。兼又放税赈救，皆耗运司用物，于彼不便。兼又运使未必皆得人，其材未必能救灾恤患。又其一司自有常行职事，又岂能专意抚绥？故臣以为虚作行遣尔！伏乞各差一使，于此两路安抚。虽未能大段有物赈济，至于兴利除害，临时措置，更易官吏，询求疾苦，事既专一，必有所得。与就委运司，其利百倍也。又闻两浙大旱，赤地千里。国家运米，仰在东南。今年灾伤，若不赈济，则来年不惟民饥，国家之物自亦阙供。此不可不留心也。窃以三司今岁京师粮米已有二年准备，外有三百五十万余石未漕之物。今年东南既旱，则来年少纳上供，此未糟之米诚不可不惜。然少辍以济急时，亦未有所闻。欲下三司勘会，若实如臣所闻，则乞量辍五七十万石，给与两浙一路，令及时赈救一十三州，只作借贷，他时岁熟，不妨还官，然所利甚大。此非弭灾之术，亦救灾之一端。

救赈江淮饥民劄子　　宋·欧阳修

臣近见内库金帛赐陕西以救饥民，风闻江淮以南，今春大旱，至有井泉枯竭，牛畜瘴死，鸡犬不存之处。九农失业，民庶嗷嗷，然未闻朝廷有所存恤。陛下至仁至圣，忧民爱物之心无所不至，但患远方疾苦未达天聪，苟有所闻，必须留意。下民疾苦，臣职当言。昨江淮之间，去年王伦蹂践之后，人户不安生业。伦贼才灭，疮痍未复，而继以飞蝗。自秋至春，三时亢旱。今东作已动而雨泽未沾，此月不雨，则终年无望。加又近年已来，省司屡于南方敛率钱货，而转运使等多方刻剥，以贡羡余。江淮之民上被天灾，下苦贼盗，内应省司之重敛，外遭运使之诛求，比于它方，被苦尤甚。今若不加存恤，将来继以凶荒，则饥民之与疲怨者相呼而起，其患不比王伦等偶然狂叛之贼也。臣以为民怨已久，民疲可哀，因其甚困，宜速赐惠，不惟消弭盗贼之患，兼可以悦其疲怨之心。伏望圣慈特遣一二使臣，分诣江淮名山祈祷雨泽；仍下转运并州县各令，具逐处亢旱次第奏闻，及一面多方擘画，赈济穷民，无至失时，以生后患。

赈救饥民劄子　　宋·欧阳修

臣伏见近降大雪，虽是将来丰熟之兆，然即日陕西饥民流亡者众，同华河中尤甚，往往道路遗弃小儿。亦乞早降指挥，令长吏收恤。仍闻京西东大雪不止，毁折桑柘不少。切虑向去丝蚕税赋无所出，致贫民起为盗贼。亦乞特降指挥体量。臣切见国史书祖宗朝，每奏一两州军小有灾伤，亦随多少赈恤，或蠲免租税。盖以所放者少，不损国用。又察民疾苦，微细不遗，所以国恩流布，民不怨嗟，不必须待灾伤广阔方行赈救也。方今人贫下怨之际，不厌频推恩惠，伏望圣慈特赐矜悯。

救赈雪后饥民劄子　　宋·欧阳修

臣风闻京城大雪之后，民间饥寒之人甚多，至有子母数口一时冻死者。虽豪贵之家，往往亦无薪炭，则贫弱之人可知矣。盖京师小民例无蓄积，只是朝夕旋营口食。一日不营求，则顿至乏绝。今大雪已及十日，使市井之民十日不营求，虽中人亦乏绝矣。况小民哉！雪于农民虽为利泽，然农亩之利远及春夏，细民所苦急在目前。日夕已来，民之冻死者渐多，未闻官司有所赈救。欲乞特降圣旨下开封府，或分遣使臣，遍录民间贫冻不能自存者，量散口食，并各于有官场柴炭草处就近支散，救其将死之命。至于诸营出军家口，亦宜量加存恤，以示圣恩。所散不多，所利者众。仍令两府条件应有军士在外辛苦及民人支移税赋残零输送艰辛等处，并与擘画，早加存恤。若使戍兵愁苦，道路怨嗟，饥冻之尸列于京邑，则大雪之泽，其利未见，而数事之失，所损已多。伏乞圣慈特赐留意。

请备荒疏　　宋·文彦博

臣于四月二十九日至西京，见本京进奏官申状录报皇帝、太皇太后诏书，以历时灾旱，宿麦几尽，秋稼未立，上渎圣念，引咎归己，特减常膳。有以见圣心焦劳，得尧汤罪己应天之义。然臣向在都下，每见西来使命，询其雨泽稼穑次第，多云近已得雨，苗稼滋茂。臣既出京到洛，见缘洛民田宿麦秋稼，悉如圣诏所及，深虑向来小民艰食，即聚为寇盗。伏望严敕监司觉察，守令勤恤民隐，勿致烦扰。及督责巡检县尉屏除盗贼，令境内清肃，人户安居。救荒之政各在疚心，诸事预防，庶无后患。

民力困敝劄子　　宋·范　镇

陛下每遇水旱或时变灾，必露立向天，痛自刻责，尽精竭虑，无所不至。尧舜用心，亦不过是。然愿陛下稍推广之。推广之术在于使官吏称职，民力优裕而已。今民力困甚，而朝廷取之不已，是官吏不称职，使陛下忧勤于上而人民愁苦于下也。伏见国家用调，责之三司，三司责之转运使，转运使责之州，州责之县，县责之民，至民而止。民竭其力以佐公上，而自用不得足，则怨嗟之气干戾天地。此水旱变灾所以作也。愿陛下推前忧勤之心，明诏中书枢密大臣，使考求祖宗朝及天圣中兵数、与官吏之数、与天下赋入之数，斟酌损益，立为条章，上下遵守，则国用有常。国用有常，则民力有余，陛下虽高拱深居无所事而天地之和至矣。又何忧水旱灾变之患，而躬自刻责如此其劳乎？臣居尝念此至熟，今蒙陛下选任，不敢不自竭尽，然亦不敢远引前古难行之事，所陈惟祖宗时及天圣中陛下躬亲之政，伏惟留神采择。镇又奏流民乞立经制状曰：臣伏见今岁无麦苗，朝廷为放税免役及以常平仓、军储仓拯贷存恤之恩，不为不至矣。然而人民流离，父母妻子不能相保者，平居无事时不少宽其力役，轻其租赋，岁虽大熟，使民不得终岁之饱。及一小歉收，虽加重施，固已不及事矣。此无它，重敛之政在前也。今特一谷不熟尔，而流民如此。就使九谷皆不熟，朝廷将如之何？臣窃以水旱之作，田民之不足而怨；民之不足而怨，由有司之重敛；有司之重敛，由官冗兵多与土木之费广而经制不立也。又闻许、汝、郑等处蝗蝻复生。蝗蝻之生，亦由贪政之所感也。天意以为贪政之取民，犹蝗蝻之食苗，故频年生蝗蝻，以觉悟陛下也。春秋鲁宣公十五年，秋初履亩，冬蝝生。说者以为缘履亩而生。此所谓贪政之感也。国家自陕西用兵增兵以来，赋役烦重。及近年不惜高爵重禄，假借匪人，转运使复于常赋外进羡钱以助南郊。其余无名敛率，不可胜计。此皆贪政也。贪政之发，发于掊克暴虐。此民所以怨也，所以干天地之和也，水旱之所以作也。臣前此言官冗兵多民困者屡矣，未蒙报下。伏乞陛下敕大臣检臣前所上章，考今官数、兵兴数、赋入之数，立为经制，又罢土木之费，使民得足食而少休息，则天地之和至矣。古人言太平者，止于民之足食也。今诚能立经制，省官与兵，节土木之费，使民足食，陛下高拱深居而太平可坐致，顾陛下责任大臣何如耳！

救荒疏　　宋·司马光

臣窃惟淮南、两浙今岁水灾，民多乏食，往往群辈相聚，操执兵仗，贩鬻私盐，以救朝夕。至有与官军拒斗相杀伤者。若浸淫不止，将成大盗，朝廷不可不深以为忧。盖由所司权之太急，故抵冒为奸。臣闻《周礼》以荒政十有二聚民，近者朝廷略以施行，惟舍禁、除盗贼二者似未留意。今赤子冻馁，滨于沟壑，奈何尚与之争锱铢之利，岂为民父母之意哉？臣谓陛下宜宣谕职司，使明体朝意，稍弛盐禁，而严督盗贼，宽课利不充之罚，急群行剽劫之诛，废告捕私盐之赏，旌讨擒强暴之功，弃聚敛之小得，保安全之大福，除恶于纤介，弭乱于未形，治之最善也。

言钱粮劄子　　宋·司马光

臣近蒙恩给假，至陕州焚黄。窃见缘路诸州仓库钱粮，例皆阙绝。其官吏、军人料钱月粮，并须逐旋收拾，方能支给。窃料其余诸州臣不到处，亦多如此。臣闻国无三年之蓄，曰国非国。今窘竭如此，而朝廷曾不以为忧，若不幸有水旱蝗螨方数千里，如明道、康定之时，加之边鄙有急，兴兵动众，不知朝廷何以待之。臣伏见陈、许、颍、亳等州，止因去秋一次水灾，遂致骨肉相食，积尸满野。此非今日官吏之罪，乃向时官吏之罪也。何则？向时丰稔之岁，其人但务偷安，不为远虑，粟麦至贱，不能储蓄。及至凶荒之际，官私俱竭，上下狼狈，何由相救？虽使桑羊、刘晏复生，亦无如之何也。今春幸而得雨，麦田有望，朝廷已置饥馑之事于度外，不复以储蓄为意矣。万一天下州县复有灾伤，则何以益于陈、许、颍、亳之民也。若饥馑相继，盗贼必兴，此岂可不早为之深虑乎？臣愚伏望陛下于天下钱谷常留圣心，特降诏书明谕中外，凡交武臣寮有熟知天下钱谷利害，能使仓库充实，又不残民害物者，并许上书自言。陛下勿以其人官职之疏贱、文辞之鄙恶，一一略加省览，择其理道稍长者，皆赐召对，从实访问，以方今食货俱乏，公私皆困，何故而然，如何擘画，可使上下丰足。若其言无可取者，则罢遣而已。有可取者，即为之施行。仍记录其姓名，置于左右。然后选其材干出群者，以为转运使副判官及三司使副判官。仍每至年终，命三司撮计在京府界及十八路钱帛粮草见在都数闻奏，以之比较去年终见在都数，若增羡稍多，即命勘会。如别无奸巧欺谩及非理赋敛而致增羡，其当职之人，宜量行褒赏。累经褒赏者，即别加进用。若减耗稍多，即命诘问。如别无大故灾伤及添屯军马而致减耗，其当职之人，宜量行责罚。累经责罚者，即永从黜废。诚能如此，行之不懈，数年之后，可使天下仓皆有余粟，库皆有余财，虽有水旱蝗螨之灾及边鄙有急，皆不足忧也。

言蓄积劄子　　宋·司马光

臣闻国以民为本，民以食为天。国家近岁以来，官中及民间皆不务积贮。官中仓廪大率无三年之储，乡村农民少有半年之食。是以少有水旱，则公私穷匮，无以相救，流移转徙，盗贼并兴。当是之时，朝廷非不以为忧。及年谷稍丰，则上下之人皆忘之矣。此最当今之深弊也。先帝时，臣曾上言乞将诸路转运使及诸州军长吏官满之日仓廪之实，比于始至增减多少，以为黜陟；又命民能力田积谷者，皆不以为家资之数，欲为国家力救此弊。自后不闻朝廷施行。今岁开封府界、南京宿、亳、陈、蔡、漕、濮、济、单等州霖雨为灾，稼穑之田，悉为洪荒。百姓羸弱者流转它方，饥死沟壑，强壮者起为盗贼，吏不能禁。朝廷欲开仓赈贷，则军储尚犹不足，何以赈民？欲括取于蓄积之家，则贫者未能赈济，富者亦将乏食。又使今后民间不敢蓄积。不幸复有凶年，则国家更于何处取之？此所以朝廷虽寒心销志，亦坐而视之，无如之何者也。臣窃思之，盖非今日有司之罪，乃向时有司之罪也。往者不可及，来者犹可追。陛下不于今日特留圣心，速救此弊，丰凶之期不可豫保。若向去复有水旱螟蝗之灾，饥馑相仍，甚于今年，则国家之忧何所不至乎？臣又闻平籴之法，必谨视年之上下。故大熟则上籴三而舍一，中熟则籴二，下熟则籴一，使民适足价平则止。少饥则发小熟之所敛，中饥则发中熟之所敛，大饥则发大熟之所敛而粜之，所以取有余而补不足也。今开封府及京东、京西水灾之处，放税多及十分，是大饥之岁也。官吏往往更行收籴，所给官钱既少，百姓不肯自来中粜，则遣人编拦搜括，无以异于寇盗之钞劫。是使有谷之家愈更闭塞，不敢入市，谷价益贵，人不聊生。如此非独天灾，亦由吏治颠错之所致也。臣愚欲望朝廷检会臣前次及今来所奏事理，更加详酌，择其可者少赐施行。指挥开封府界及京东、京西灾伤州军见今官中收籴者，一切止住。其有常平、广惠仓斛斗之处，按籍置贾，出粜赈贷，先救农民。告谕蓄积之家，许行出利借贷与人。候丰熟之日，官中特为理索，不令逋欠。其河北、陕西、河东及诸路应丰稔之处，委转运司相度谷价贱者，广谋收籴，价平即止。如本路阙少钱物，即委三司于定处擘画，那移应付。仍自今以后，乞朝廷每年谨察诸路丰凶之处，依此施行。臣窃料有司必言官无闲钱，可以趁时收籴。臣伏见国家每遇凶荒之岁，缘边屯军多处，常用数百钱籴米一斗。若用此于丰稔之岁，可籴一石。不知有司何故于凶荒之岁则有钱供亿，至丰稔之岁则无钱也？此无它故，患在有司偷安目前，以俟迁移进用，不为国家思久远之计而已。故臣惟愿陛下深留意焉。

趁时收籴常平劄子　　宋·司马光

臣勘会旧常平仓法，以丰岁谷贱伤农，故官中比在市添价收籴，使蓄积之家无由抑塞农夫，须令贱粜。凶岁谷贵伤民，故官中比在市减价出粜，使蓄积之家无由邀勒贫民，须令贵籴。物价常平，公私两利。此乃三代之良法也。向者有因州县阙常平籴本钱，虽遇丰岁，无钱收籴。又有官吏怠慢，厌籴粜之烦，虽遇丰岁，不肯收籴。又有官吏不能察知在市斛斗实价，只信凭行人与蓄积之家通同作弊。当收成之初，农夫要钱急粜之时，故意小估价例，令官中收籴不得尽入蓄积之家。直至过时，蓄积之家仓廪盈满，方始顿添价例，中粜入官。是以农夫粜谷止得贱价，官中籴谷常用贵价，厚利皆归蓄积之家。又有官吏虽欲趁时收籴，而县申州，州申提点刑狱，提点刑狱申司农寺，取俟指挥。及至回报，动涉累月，已是失时，谷价倍贵。是致州县常平仓斛斗，有经隔多年，在市价例，终不及元籴之价，出粜不行，堆积腐烂者。此乃法因人坏，非法之不善也。熙宁之初，执政以旧常平法为不善，更将籴本作青苗钱散与人户，令出思〔息〕二分，置提举官以督之。丰岁则农夫粜谷，十不得四五之价；凶年则屠牛卖肉，代〔伐〕桑卖薪，以输钱于官。钱货愈重，谷直愈轻。朝廷深知其弊，故罢提举官，今将累年蓄积钱谷财物，尽改作常平仓钱物，委提点刑狱交割主管，依旧常平仓法施行。今岁诸路除有水灾州军外，其余丰熟处多，今欲特降指挥下诸路提点刑狱司，乘有此籴本之时，委丰熟州县官各体察在市斛斗实价，多添钱数，广行收籴。如阙少仓廒之处，以常平仓钱添盖。仍令少籴麦豆，多籴谷米。其南方及川界卑湿之地，有斛斗难以久贮者，即委提点刑狱相度逐州县合销数月，抛降收籴，才候将来在市物货价比元籴价稍增，即行出粜，不得令积压损坏。仍令州县各勒行人，将十年以来在市斛斗价例比较，立定贵贱酌中价例，然后将逐色价分为三等，自几钱至几钱为中等价，几钱以上为上等价，几钱以下为下等价，令逐处临时斟酌加减，务在合宜。既约定三等价，仰自今后州县，每遇丰岁斛斗价钱至下等之时，即比市价相度添钱开场收籴。凶年斛斗价贵至上等之时，即比市价相度减钱开场出粜。若在市见价只在中等之内，即不籴粜，更不申取本州及上司指挥，免有稽滞失时之患。仍委提点刑狱常提举觉。若州县斛斗价及下等而不收籴、价及上等而不出粜，及收贮不如法，变转不以时，致有损坏，并监官不逐日入场，致壅滞籴粜人户，并取勘施行。若州县长吏及监官能用心及时籴粜，至得替时，酌中价钱与斛斗通行比折，与初到任时增剩及十分中一分以上，许批书上历子，候到吏部日，与升半年名次。及二分以上，许听从其便，差遣一次。所贵官吏各各用心，州县皆有储蓄，虽过荐饥，民无菜色。又得官中所积之钱稍稍散在民间，可使物货流通。其河北州县有籴便司斛斗见多，近边州县转运司见籴军粮处，更不籴常平仓斛斗。若今来指挥内有未尽未便事件，委提点刑狱司逐旋擘画，申奏施行。

乞选河北监司赈济疏　　宋·司马光

臣窃见朝廷差官支拨粳米于永泰等门，遇有河北路流民逐熟经过者，大人每人支与米一斗，小人支与米五升，仰子细告谕在京难以住泊，命速往近便丰熟州军存活者。臣切思之，如此处置，欲以为恤民之名掩人耳目，则仅可矣，其实恐有损无益。何以言之？向者或闻河北有人讹传京师散米者，民遂襁负南来。今若实差官散米，恐河北饥民闻之，未流移者因兹诱引，皆来入京。京师之米有限，而河北流民无穷，既而无米可给，则不免聚而饿死，如前年许、颍二州是也。今麦苗既伤于旱，蝗日益滋生，秋田丰歉殊未可知。一斗五升之米止可延数日之命，岂能济饥馑之厄哉？凡民之情，见利则趋之，见害则避之。若京师可以住泊，虽驱之亦不肯去；若外州不可以存活，虽留之亦不肯止。固非数人口舌所能告谕。故臣以为有损无益也。臣闻民之本性，怀土重迁，岂乐去乡里，舍其亲戚，弃其丘垅，流离道路，乞丐于人哉？但以丰稔之岁粒食狼戾，公家既不肯收籴，私家又不敢积蓄，所收之谷随手糜散，春指夏熟，夏望秋成，上下偷安，姑为苟计。是以稍遇水旱蝨螟，则糇粮已绝，公私索然，无以相救。仰食县官，既不能周。假贷富室，又无所得。此乃失在于无事之时，不在于凶荒之年也。加之监司守宰多不得人，视民之穷曾无矜悯，增无名之赋，兴不急之役，吏缘为奸，蠹弊百出。民拷手计穷，无以为生，则不免有四方之志。大意谓它处必有饶乐之乡、仁惠之政，可以安居，遂伐其桑枣，撤其庐舍，杀其耕牛，委其良田，累世之业一朝破之，相携就道。若所诣之处复无所依，使之进退失望，彼老弱不转死沟壑，壮者不起为盗贼，将安归乎？是以圣王之政，使民安其土，乐其业，自生至死，莫有离散之心。为此之要，在于得人。以臣愚见，莫若谨择公正之人为河北监司，使之察灾伤州县守宰，不胜任者易之，然后多方那融斛斗，合使赈济本州县之民。若斛斗数少，不能周遍者，且须救土著农民，各据版籍，先从下等次第赈济，则所给有限，可以预约矣。若富室有蓄积者，官给印历，听其举贷。候丰熟日，官为收索，示以必信，不可诳诱，则将来百姓争务蓄积。夫如此，饥民知有可生之路，自然不弃旧业，浮游外乡。居者既安，则行者思返。若县县皆然，岂得复有流民哉？臣曾上言，王者以天下为家，不可使恻隐之心止于目前而已。此特河北流民路过京师者耳？切闻其他灾伤之处，流民亦为不少。若臣言可采，伏望圣慈依此行之。

论赈济劄子　　宋·司马光

臣窃惟乡村人户播植百谷，种艺桑麻，乃天下衣食之原也。比于余民，尤宜存恤。凡人情恋土，各愿安居，苟非无以自存，岂愿流移他境。国家若于未流移之前早行赈济，使粮食相接，不至失业，则比屋安堵，官中所费少而民间实受赐。若于既流移之后，方散米煮粥，以有限之储蓄待无穷之流民，徒更聚而饿死，官中所费多而民实无所济。伏睹近降朝旨，令户部指挥府界诸路提点刑狱司体量州县人户，如委是阙食，据见在义仓及常平米谷速行赈济；仍丁宁指挥州县多方存恤，无致流移失所。此诚得安民之要道。然所以能使民不流移者，全在本县令佐得人。欲使更令提点刑狱司指挥逐县令佐，专切体量乡村人户有阙食者，一面申知上司及本州，更不候回报，即将本县义仓及常平仓米谷直行赈贷。仍据乡村三等人户，逐户计口，出给历头，大人日给二升，小儿日给一升。令各从民便，或五日，或十日，或半月一次，赍历头诣县请领，县司亦置簿照会。若本县米谷数少，则先从下户出给历头，有余则并及上户。其不愿请领者，亦听候将来夏秋成熟、粮食相接日，即据簿历上所贷过粮，令随税送纳，一斗只纳一斗，更无利息。其令佐若别有良法简易便民，胜于此法者，亦听从便。要在民不乏食，不至流移而已。仍令提点刑狱司常切体量逐县令佐，有能用心存恤阙食人户，虽系灾伤，并不流移者，保明闻奏，优与酬奖。其全不用心赈贷，致户口多流移者，取勘闻奏，乞行停替。庶使吏有所劝沮，百姓实沾圣泽。

乞访四方雨水疏　　宋·司马光

臣窃见陛下近以久旱为灾，分命使者遍祈岳渎，靡神不举。精诚感通，甘雨降集，诚中外之大庆。然暑月暴雨多不广远，臣窃虑四方州县尚有未沾足之处。王者以天下为家，无有远迩，当视之如一，不可使恻隐之心止于目前而已。今者京城虽已得雨，伏望陛下不可遽以为秋成可望，怠于忧民。凡内外臣寮，有新自四方来者，进对之际，皆乞访以彼中雨水多少、苗稼如何、谷价贵贱、闾阎忧乐，互相参考，以验虚实。既可以开益陛下聪明，日新盛德，又使远方百姓皆知陛下烛见幽远，无所遗忽，衔戴上德，倾心归附，又使州县之吏皆知陛下悯恤黎元，留心稼穑，不敢自恃僻远，残民害物。诚一发惠音而收此三善，非独可以行之今日，亦愿陛下永远行之。天下幸甚。

河北流民劄子　　宋·郑　獬

臣切见河北之民，自去秋以来，相携老幼，皆徙于南方。累累道途，迄今不绝，不知几万户。兹非细事也。臣询得其繇，或云以岁饥无食，或云地震不得宁居，或云河决失耕业，或云以避塞河之役。臣参考以计之，若以岁饥，则百十年来丰凶常事，何昔之凶年犹得安居，而今遽为去计乎？若以地震，则震有时而必止，虽暂有不宁，犹宜未至弃本土而去。若以河决，则思冀、德、博罹害者，宜迁而镇之。邢、赵非河所累，则又何为而辄去？若以河役，则朝廷已有诏罢，而迁者至今不已。由是言之，盖其原起于唐州之开旷土而成于河北之讹言。何者？唐州官吏冒赏贪功，遣牙校赍牓于三边，招诱户民，十有余年。于是三边始有迁民。及去秋地震，其父老皆言，其庙时地震，遂有澶渊之役。今地复震，北兵又将扰边矣。如何不为引避？加以岁凶河决，于是相牵连而大去之。夫民故愚而无知，一人摇之，百人酬之，一乡之间，但见南徙者众，故相随而亦迁。即询究其所以迁之理，则不出夫前之所言。是彼亦未能熟较利害，但云南方谷贱，有旷土可为生耳。若然者，岂得纵其流亡而不为禁止乎？河朔去岁虽被灾，而诸郡亦有秋获处，民间未至横衢路而饿死，易婴儿以食。借使今之有寒饿不能自活者，虽纵而之南，无害也。至于中户以下，乃连车牛，负囊箧，驱仆跃马，其资足以为养者。又何为而不禁止，端使流离而南徙乎？属者朝廷虽屡敕本道安集，而至今去者如故，此盖刺史、县令有不能者，无方略以安之耳。朝廷诚能深责刺史、县令，俾之从便宜，务令安集，勿令中户以上随众而迁。刺史、县令有不能者，则亟令监司举劾，别选有能者代之。刺史、县令知惧，则庶乎有为，可以禁止矣！或云迁者不可止，止则饿死，或急而为盗，为患浸深。臣以为，寒饿者，听之云；可以自资者，留之。令河北亦有常平粟未曾赈发，宜举以贷民。今冬宿麦得雪，向去收成，则民复安堵矣。兼闻河北便籴官价殊高，豪民亦有藏粟邀价者，及官配籴甚急，而粟价愈贵。若俵籴、配籴，宜一切罢之。如又贷以常平粟，则民间得钱，粟可以自存矣。或者又谓河北之民久离兵战，生息既繁，遂不能相养。譬之旧为家十口，有田二顷。今田不加多，而增口为二十，还值四年，故析其食口就粟南方，适得其宜矣。此又非通论二十口之息，岂能一日而具！何前日犹能相养，而今日遂不能乎？夫民者重迁，如刺史、县令有安集之术，则孰肯弃坟墓，去亲戚乡井而轻为流民乎？以此又知刺史、县令不为朝廷养民也。北方之人乍入南地，不习水土，向春必生疫疾。伏愿陛下严立科罪，下提刑转运司责在刺史县令，随宜处画，必令存留，无得纵令流移，庶几河朔不为墟矣。幸冀陛下留神，特赐裁察。

请赈济疏　　宋·刘　敞

臣常奉敕知永兴兼一路安抚使，窃闻关中今岁颇旱，百姓艰食，已有流移入汝、邓诸州者。若不多方赈恤，恐成凋瘵。欲乞契会诸州仓廪量留三年军储外，贷与贫下百姓，命逐县结保，等第支借，候岁熟日，准数还官。一则接济困乏，免令逃散。二则以新换陈，不乏军储；三则流布恩惠，固结民心。又闻同、华诸州向来虽旱，近稍得雨，所种宿麦皆已在地。但比至麦熟，日月尚远，恐百姓阙乏，不能待之，所以急须赈济，救其性命。伏乞断自圣衷，行之不疑。其已流散入汝、邓诸州者，亦乞下所属州县，特加存恤，或简别护送，令各还乡里，则贫下无失业之恨。缘臣赴任在近，若蒙开允，乞降指挥付臣施行。

救灾条议劄子　　宋·刘　敞

臣伏见城中近日流民众多，皆扶老携幼，无复生意。问其所从来，或云久旱，耕种失业；或云河溢，田庐荡尽。窃闻圣慈悯其如此，多方救济，此诚陛下为民父母之意，足以感动群心。臣犹谓但可宽眼前之急而已，非救本之术也。譬如良医疗病，必先审其源。病源不除，强食无益。今百姓之病，已可见矣！父子兄弟不能相保，鳏寡孤独不能自存，强者流转，弱者死亡。所以致此者，其源在水旱也。所以致水旱者，其本在阴阳不和也。所以致阴阳不和者，其端在人事不修也。然则三公之职主和阴阳，而议臣之任主明天人，陛下何不责三公以其职，使之陈阴阳不各之理，询议臣以其学，使述天人相与之际，参之圣心，以观今日政事？若陛下所委任者已得人，所施为皆已应天，则水旱者，盖无妄之灾，不足忧矣。若天人之际少有不合，岂得安然坐视其病，心知其源，不思救之哉？臣言似迂，其理实切。今群臣为陛下谋者，不过煮粥、粜米，名为查济，其实亦欲欺聪明自解免而已，非谋国之体也。又今天气当暑反寒，率多烈风，雨泽愆候，秋成不可必，愿陛下速思所以救其本者，召致和气，无令圣心重增焦劳，则天下幸甚！

贮谷救荒疏　　宋·钱　觊

臣闻国之所以为国者，以有民也；民之所以为民者，以有谷也。国无九年之储，不谓之有备；家无三年之蓄，必谓之不给。有国有家者，未始不先于储蓄也。故管子曰：仓廪实，知礼节；衣食足，知荣辱。此之谓矣。臣窃见诸处农民，虽力田畴，不务蓄积。一有水旱，遂至狼狈，深可恻悯。臣谨按：隋文帝开皇中，曾命天下之人节俭输粟，名为社仓。行于当时，民无饥馑。此实济众之良策也。以臣愚欲乞于天下州县逐乡村，各令依旧置社仓。当丰年秋成之时，只于上三等有田人户量出斛斗，以备赈济。第一等不过三石，第二等不过二石，第三等不过一石。或以乡，或以村为额，仍命众人选择有物力一户充社仓甲头，一年一替。以所聚斛斗藏置其家，即具众户实数申报所属官司判押为据。或有损失，亦仰甲头陪填，责免侵欺之弊。若遇荒歉，即尽数俵借于下等贫民，听将来岁稔日，官为索还，依前入社仓收贮。候聚及三年，或无水旱，即具存留。所贵常有三年之备，或无水旱一方之民。且谷有贵贱，岁有凶丰，所敛至轻，所济至博，岁月稍久，蓄积亦多。纵值水旱之灾，免致流亡之患。伏乞指挥下诸路转运详酌施行。

常平仓疏　　宋·吴大忠

臣伏见朝廷比修常平之法，将以抑兼并，赈乏绝，可使民富而无离散失所之忧。然行之累年，虽蒙贷助之惠，犹粒米狼戾而无岁月之储，一有凶灾，散亡道路。臣尝究其然矣。时平日久，文法阔疏，小民不知谨身节用之道，以惰为乐，以侈相骄。膳饮必精，有一人而兼数人之食；服御必华，有一日而用数日之费。况饮酒般乐，游荡无度，略无法禁，安得不贫。臣闻古者，大夫无故不杀牲，年七十者，始食鸡豚狗彘之肉。今则庶人日以宰羊豕为食，不缘宾祭，不为养老，安得刍豢而共之？古者庶人五十可以衣帛，黼黻绣绘，以章有德。今则朱紫之饰，不问府史；美锦文绮，逮于臧获。安得女工而共之？至于宫室与马器皿之奉，率皆称是。而又释老之徒，斋荐塔庙，神祠巫祀，鼓舞祈赛，所费益以不赀。故田野之民不安其业，灭裂卤莽，从事于农。所获既以不足，则不免贷于私家。私贷不足，又以贷于公府。常平之息诚薄，民贷于公者诚愿，然一入其手，侈费者十有六七。若博奕饮酒，又不止此。此殆法禁有所未具也。臣愚伏愿陛下深诏有司，申明法令，略立制度，禁侈费以为用财之法。民间无职者，皆书于籍，任之以九职之事。不能任，则转移执事；又不能，则给以常饩，以共公上之役。如是则游手有归，财不妄费，富足之道，足以驯致，助成良法。其防禁条目已具别奏，伏望诏下有司详择立法，推行天下。

乞粜官米济民疏　　宋·苏　颂

臣窃闻近日甚有近北灾伤人民流移往邻路州军逐熟，寻有旨下诸路，令州县常切存恤。恭惟圣恩溥施，靡所不逮。然恐州县虚文，不能上副仁悯之意。何则？其流民所之，惟是岁丰物贱，便为安居之地。今并淮诸郡虽稍登稔，若食口既多，必是物价腾踊。万一将来秋成失望，漂泊之民未有归业之期，坐食贵谷，便见失所。彼时须烦县官赈救，为惠差迟，则其无益甚矣。臣以谓存恤之法，莫先于平物价。欲物货之平，则莫若官为粜给，使之常食贱价之物，则不觉转移流徙之为患也。臣欲望特降朝旨，应有流民所聚州县，权将上供或军粮米解比见今在市实直，量减分数，估定价例，将来更不得添长。专差强干官一员置场出粜，直候流民归业日即罢。其约束事件，并依昨来在京粜场施行。收到价钱，却委转运司和籴斛斗充数。如此擘画，比之出粟赈济，所费寡而所惠博。惟朝廷垂意。幸甚！

进流民图状　　宋·郑　侠

臣伏睹去冬亢旱，迄今不雨，麦苗焦枯。黍粟麻豆，皆不及种。旬日以来，米价暴贵，群情忧惶，十九惧死。方春斩伐，竭泽而渔，大营官钱，小求升米。草木鱼鳖，亦莫生遂。蛮夷轻肆，敢侮君国。皆由中外之臣辅相陛下不以道，以至于此。臣窃惟灾患有可致之道，无可试之形。其致之有渐，而其来也如疾风暴雨，不可复御。流血藉尸，方知丧败。此愚夫庸人之见，古今有之。所贵于圣神者，为其能图患于未然而转祸为福也。当今之势犹可救，愿陛下开仓廪，赈贫乏，诸有司敛掠不道之政一切罢去，庶几早召和气，上应天心，调阴阳，降雨露，以延万姓垂死之命，而固宗社亿万年无疆之祉。夫君臣际遇贵乎知心，以臣之愚，深知陛下爱养黎庶，甚于赤子，故自即位以来，一有利民便物之政，靡不毅然主张而行。陛下之心，亦欲人人寿富而跻之尧舜三代之盛耳。夫岂区区充满足府库，盈溢仓廪，终以富衍强大夸天下哉！而中外之臣，略不推明陛下此心，而乃肆其饕餮，劓割生民，侵肌及骨，使大困苦而不聊生，坐视其死而不恤。夫陛下所存如彼，群臣所为如此，不知君臣际遇欲作何事，徒只日超百资，意指气使而已乎？臣又惟何世而无忠义，何代而无贤德？亦在乎人君所以驾驭之如何耳。古之人，在山林畎亩，不忘其君。刍莩负贩，匹夫匹妇，咸欲自尽，以报其上。今上之朝，台谏默默具位而不敢言事，至有规避百为，不肯居是职者。而左右辅弼之臣，又皆贪猥近利，使夫抱道怀识之士皆不欲与之言。不知时然耶，陛下有以使之然耶？以为时，然则尧舜在上，便有禹稷；汤文在上，便有伊吕。以至汉唐之明君、我祖宗之圣朝，皆有忠义贤德之臣布在中外。君臣之际，若腹心手足然。君倡于上，臣和于下，主发于内，臣应于外，而休嘉之惠下浸于昆虫草木，千百世之下莫不慕之。独陛下以仁圣当御抚养为心，而群臣所以和之者如此，夫非时然？抑陛下所以驾驭之道未审尔？陛下以爵禄名器驾驭天下忠良而使之如此，甚非宗庙社稷之福也。夫得一饭于道傍，则皇皇图报；而终身餍饱于其父，则不知惠。此庸人之常情也。今之食禄，往往如此。若臣所闻，则不然。君臣之义，父子之道也。故食共禄则忧其事，凡以移事父之孝而从事于此也。若乃思虑不出其位，尸祝不代庖人，各以其职不相侵越，至于邦国善否，知而不言。岂有君忧国危，群臣乃饱食厌观，若视路人之事而不救。曰：吾各有守。天下之事，非我忧哉！故知朝廷设官，位有高下；臣子事君，忠无两心。与其得罪于有司，孰与不忠于君父？与其苟容于当世，孰与得罪于皇天？臣所以不避万死，深冒天阍，以告诉于陛下者，凡以上畏天命，中忧君国，而下念生民耳！若臣之身，使其粉碎，如一蝼蚁，无足顾爱。臣窃闻南征西伐者，皆以其胜捷之势、山川之形为图而来献，料无一人以天下之民质妻卖儿，流离逃散，斩桑伐枣，拆坏庐舍，而卖于城市，就官假粟，遑遑不给之状为图而献。前者臣不敢以所闻，谨以安上门逐日所见，绘成一图，百不及一。但经圣明眼目，已可嗟咨涕泣，而况数千里之外有甚于此者哉！如陛下观图，行臣之言，十日不雨，即乞斩臣宣德门外，以正欺君谩天之罪。如稍有所济，亦乞正臣越分言事之刑。

奏浙西灾伤第一状　　宋·苏　轼

臣闻事豫则立，不豫则废。此古今不刊之语也。至于救灾恤患，尤当在早。若灾伤之民，救之于未饥，则用物约而所及广，不过宽减上供、粜卖常平，官无大失而人人受赐。今岁之事是也。若救之于已饥，则用物博而所及微，至于耗散省仓，亏损课利，官为一困，而已饥之民终于死亡。熙宁之事是也。熙宁之灾伤，本缘因见米贵，而沈起、张靓之流不先事奏闻，但务立赏闭粜，富民皆争藏谷，小民无所得食。流殍既作，然后朝廷知之，始敕运江西及截本路上供米一百二十三万石济之，巡门俵米，拦街散粥，终不能救。饥馑既成，继之以疾疫，本路死者五十余万人。城郭萧条，田野丘墟，两税课利皆失其旧。勘会熙宁八年本路放税米一百三十万石，酒课亏减六十七万余贯，略计所失，共计二百二十余万贯石。其余耗散，不可悉数。至今转运司贫乏，不能举手，此无它，不先事处置之过也。去年浙西数郡先水后旱，灾伤不减熙宁。然二圣仁智聪明，于去年十一月中首发德音，截拨本路上供斛斗二十万石赈济。又于十二月中宽减转运司元祐四年上供额斛三分之一，为米五十余万斛，尽用其钱买银绢上供，了无一毫亏损县官。而命下之日，所在欢呼。官既住粜，米价自落。又自正月开仓粜常平米，仍免数路税务所收五谷力胜钱，且赐度牒三百道，以助赈济。本路帖然，遂无一人饿殍者。此无它，先事处置之力也。由此观之，事豫则立，不豫则废，其祸福相绝如此。恭惟二圣天地父母之心，见民疾苦匍匐，救之本不计较费用多少，而臣愚鲁无识，但知权利害之轻重，计得丧之大小。以谓譬如民庶之家，置庄田，招佃客，本望租课，非行仁义。然犹至水旱之岁，必须放免欠负，借贷种粮者，其心诚恐客散而田荒，后日之失必倍于今故也。而况有天下，子万姓，而不计其后乎？臣自去岁已来，区区献言，屡渎天听者，实恐陛下客散而田荒也。去岁杭州米价，每斗至八九十。自今岁正月以至五六月间，浙西数郡大雨不止，太湖泛溢，所在害稼。六月初间，米价复长。七月初，斗及百钱足陌。见今新米已出，而常平官米不敢住籴，灾伤之势，恐如去年。何者？去年之灾，如人初病。今岁之灾，如病再发。病状虽同，气力衰耗，恐难支持。又缘春夏之交雨水调匀，浙人喜于丰岁典卖、举债出息以事田作。车水筑圩，高下殆遍，下本已重。指日待熟，而淫雨风涛一举害之，民之穷困实倍去岁。近者将官刘季孙往苏州按教，臣密令季孙沿路体访。季孙还为臣言：此数州不独淫雨为害，又多大风驾起潮浪，堤堰圩埠，率皆破损。湖州水入城中，民家皆尺余。此去岁所无有也。而转运判官张璹自常润还，所言略同，云：吴江平望八尺。间有举家田苗没在深水底，父子聚哭，以船栰捞摝。云：半米犹堪炒吃，青穟且以喂牛。正使自今雨止，已非丰岁，而况止不止又未可知，则来岁之忧，非复今年之比矣。何以言之？去年杭州管常州米二十三万石，今来已粜过十五万石，虽余八万石，而粜卖未已。又缘去年灾伤放税及和籴不行，省仓存数，所有上件常平米八万石，只了兑拨充，军粮更无。见在惟籴米钱近八万贯，而钱非救饥之物。若来岁米益贵，钱益轻，虽积钱如山，终无所用。熙宁中两浙市易出钱百万缗，民无贫富，皆得取用，而米不可得。故曳纨绮，带金玉，横尸道上者，不可胜计。今来浙东西大抵籴过常平米，见在数绝少，熙宁之忧，凛凛在人眼中矣。臣材力短浅，加之衰病，而一路生齿忧责，在臣受恩既深，不敢别乞闲郡，日夜思虑，求来年救饥之术，别无长策。惟有秋冬之间，不惜高价，多籴常平米，以备来年出粜。今来浙西数州米既不熟，而转运司又管上供年额斛斗一百五十余万石，两司争籴，米必大贵，饥馑愈速。和籴不行，来年青黄不交之际，常平有钱无米，官吏拱手坐视人死，而山海之间接连瓯闽，盗贼结集，或生意外之患，则虽诛殛臣等，何补于败？以此须至具实开奏，伏望圣慈备录臣奏，行下户部及本路转运提刑两路钤辖司疾早相度来年合与不合，准常平斛斗出籴救饥。如合准备，即具逐州合用数目。臣已约度杭州合用二十万石，仍具逐司擘划，合如何措置，令米价不至大段翔踊，收籴得足。如逐司以谓不须准备出粜救济，即命各具保明来年委得不至饥殍流亡结罪闻奏。缘今来已是立秋，去和籴月日无几，比及相度往复取旨，深虑不及于事。伏乞详察，速赐指挥。

淮南水潦状　　宋·苏　辙

臣窃见淮南春夏大旱，民间乏食，流徙道路。朝廷哀愍饥馑，发常平义仓及上供米以济其急。淮南之民上赖圣泽，不至饥殍。然自六月大雨，淮水泛滥，泗、宿、亳三州大水。夏田既已不收，秋田亦复荡尽。前望来年夏麦，日月尚远，势不相接，深可忧虑。访闻见今官卖米犹有未尽，然必不能支持久远。臣欲乞朝廷及今未至阙绝之际，速行取问本路提转运司，令具诸州灾伤轻重次第、见今逐州各有多少粮食、可以赈济得多少月日，如将来乏绝，合如何擘划施行，立限供报。所贵朝廷得以预先处置，小民不至失所。谨录奏闻。

复义仓疏　　　　宋·上官均

臣闻贼盗之多，常起于凶岁；凶岁不足，常生于无备。备灾恤患，常平、义仓之设，最为良法。熙宁十年始讲隋唐之旧，兴置义仓，令人户于正税斛斗一石别纳五升，准备灾伤赈济，不得移用，法颇周密。盖所敛至少，所聚至多，蓄之郡县而散之于民。敛之少，则民易以输；聚之多，则上足以施予。蓄之郡县，则凶岁有备；散之于民，则人情无怨。此隋文皇、唐太宗尝行于治平之世，已试之效也。元丰八年，指挥诸路义仓一切废罢，议者至今惜之。若以为扰民，则所出才二十分之一；若患他用，则当时已有著令。又况水旱不常，饥馑间有，发仓廪则每若不足，行劝诱则不免强取，与其施之于仓卒，不若备之无事。今平籴之法既已修复，唯义仓之制尚未兴举。臣以为，义仓贮积在近民，则饥岁赈济，无道路奔驰之劳费，而人受实惠。隋开皇中，就社置仓，盖以此也。臣欲乞兴复义仓之法令，于村镇有巡检廨舍处建立仓廪，以便敛散。其余例命有司更加修整，以备饥岁，诚非小补。

救济饥民劄子　　　　宋·韩　维

臣窃闻今春畿甸及京西州郡百姓饥死者甚众，访闻盖是州县官不早为体察存养，致百姓流去本土，转更失所。所至州县既无储蓄之备，比至勒诱人户及奏闻朝廷得物救济，流民已是饥困。又处置散给饭粥，或失所宜，致使枉害人命。近闻河北、京东、两浙诸郡被水灾者不少，若止因循旧体，必定百姓复罹此祸。伏望圣慈特降诏书，丁宁戒劝诸路转运提刑及州县官吏上下公共询问饥困之人，早为赈济，毋令流散。不幸转徙者，转运提刑为差官引导，命就州军多方救养；仍具施行次第闻奏朝廷，至时遣使察视。其当职官吏有善设术略，使居者不至于流徙，流者不至于殍亡，仍议以户口人数，量立赏格。不如诏者议罚，亦准之。所冀劝督官吏宣力为民，拯其艰危，以副陛下好生之意。

亲谕使人救济饥民状　　　　宋·韩　维

臣窃闻去年开封府界并陈、蔡、许、颖等州例各不熟，入春以来，民困尤甚。朝廷虽发仓廪，转米谷，以加赈赡，而死者不可胜数。其甚者至于遗弃幼稚，号哭道路，骨肉之间自相啖食，僵尸暴骸所在狼籍。闻之可为伤痛。臣日夜思念，盖赈救之道有所未尽，以及于此。州县米谷之不积，一也；官吏无恤民之心，二也；饲养失处置之宜，三也；朝廷虽发仓廪，而陛下未尝亲谕恻怛之意、遣使临视，四也。群议籍籍。窃惟陛下勤政爱民，日昃不倦，至于细务，莫不曲加处分。而于此事未闻德音，有所务恤，意者陛下未知其详欤？臣闻群议且久，每欲上闻，以越职为惧而止。今前去二麦尚有数月，而死者日广，臣诚不忍陛下赤子遭遇仁圣之君，不得蒙被其泽而无告以死，臣虽越职得罪，犹不敢避也。伏望圣慈特诏执政，择爱民干事之吏十数辈，召见便殿，喻以忧劳愍伤之意，命分使州县察视流民，先具见存及死亡之数与即今救济之状以闻。然后与转运、提刑、知州、通判等同共疾速商量，如何处置救养，可以全活民命；比至麦熟，合用米粮几何，如何营救，不至乏绝；不幸死者，所在官为掩瘗，毋得暴露。凡此诸事，皆许入马铺驰奏陛下，与二府大臣朝夕图议。苟国家之力可及之者，无不为也。如此，则庶几斯民汽车有生路。不然，三四十万之众，至四五月之间，皆填沟壑矣。臣闻天之所以祐命人君者，将以牧民也；君之所以享尊极者，以有民为之下也；民之所以欣戴其上者，以能保安已也。陛下即位之初，宜有以固结天下之心而副天之所以祐命者，无急于此也。

常平劄子　　宋·范祖禹

臣窃以为国之本在于务农，务农之本在于贵谷。舜咨十二牧曰：食哉惟时。《洪范》八政，以食货为首。孔子曰：所重民食蓄积者，邦国之大本，生民之大命也。臣伏见累年以来，天灾流行，年谷不熟。昨春夏之交，天久不雨，陛下忧劳宵旰于上，大臣惶恐请罪于下，岂非以仓廪空虚，民无所食，盗贼并起，将有不可知之变哉？一朝得雨，报赛神祇，则君臣释然相庆，不复以民艰为念矣。夫岁之丰凶，天之常也。丰年常少，凶年常多。水旱之灾，尧汤所以不能免，然而国不困、民不亡者，有畜积以为之备也。昨春夏未雨之时，民已无复生理。幸而得麦出于望外，岂可常思侥幸天灾之不成也？臣访闻诸路今秋可望大熟，民间不唯速欲得钱，必至甚贱。又小民不为远虑，一熟则轻贱五谷，粒米狼戾。古之圣王知其如此，是故操敛散之术以权之。管子曰：民有余则轻之，故人君敛之以轻；民不足则重之，故人君散之以重。轻重之权在上，则其利不入于兼并之家，而农民常得其平，此所以家给人足也。至于衰世，丰不知敛，凶不知散，故其政荒，其民流。孟子曰：狗彘食人食而不知检，涂有饿莩而不知发。如此者，其国几何而不亡也！今天下背本趋末，民惟视上之所好。若朝廷以农为急，乃可使民务本。黄金珠玉，饥不可食，寒不可衣，然而人贵之者，好之者众也。诚使贵五谷而贱金玉，则民岂有不以谷为重者哉？布帛不可一日而阙，亦皆人力所为。至于五谷，天不生，地不长，则非人力所能致也。昔梁武帝享国几五十年，江南久安，风俗侈奢，不务积畜。侯景之乱，连年旱蝗，富民皆怀金玉，衣锦绮，相枕籍而死。唐末高骈乱淮南扬州，米斗至直钱五十千。皆史册所载。古有此事，安知来世之必无也？今夫夏则畜炭，冬则藏冰，凡民皆能知之。至于丰年，则不知为凶岁之备，盖以五谷为常有而轻之耳。古人旱则备水，水则备旱，丰登则备凶歉，知天时之有必至也。惟陛下留意于务农贵谷，修常平之政，以厚天下。

封还臣寮论浙西赈济事状　　宋·范祖禹

准中书省录黄臣寮上言：窃闻浙西州军，近以灾伤，朝廷选差转运副使岑象求、运判杨环宝，仍赐米百万斗、钱二十余万缗，俾救其患。州县自亦依条发仓廪，作粥饭救济，行将少苏矣。细民习为骄虚，以少为多，其弊已久。欲乞明诏本路监司并州县，许具灾伤分数、赈贷行遣次第，各行申奏，徐考其虚实，而惩责其尤甚者。候劝旨。又臣寮上言：访闻两浙水灾，惟苏、湖、秀三州为甚外，常、杭二郡绝为轻小。其三州之地，亦有高下不等。令传言者，或谓水灾至大，无可种之田；或谓高田无水，下田水退，有可种之处。以谓本因风驾海水，江湖壅遏，加之雨多，遂有涨涌之患。风退水落，此患自弭，可以种作。人言异同如此，诚不可以不察。乞下本路钤辖转运提刑及苏、湖等五州，令各开具逐州水灾所及凡几县几村，有无漂荡庐舍、溺死人口，及高田无水与水退可耕之地各约若干，并令诣实申奏，不得相关。稍涉谬妄，即乞重行降黜。兼朝廷近日别遣使者，支拨斛斗一百万，见钱度牒约计二十万贯，不为不多。若见今未种，今秋无获，则向去乏食赈济之期甚为长远。所差去官，当相度事体措置。凡此皆系官吏能否，而一有失当，其害非轻。乞令赈济官司，凡措置稍大事件，并申取朝廷指挥；其急切不可待报者，虽许一面施行，亦须便具画一奏知。所贵朝廷察其中否缓急未便，可以救止。候敕旨。七月二十二日，三省同奉圣旨，并依奏者。右臣谨按：唐代宗大历中，霖雨损稼，渭南县令独称县境不损。遣御史按实，损三十余顷。帝三思，久之曰：县令字人之官，不损犹应言损，何不仁如是乎？贬渭南令为南浦尉。德宗正元中，江淮大水。宰相陆贽请遣使赈恤。帝曰：闻所损殊少，即议优恤，恐生奸欺。贽上奏曰：流俗之弊，多徇谄谀。揣所悦意，即侈其言；度所恶闻，则小其事。制备失所，常病于斯。又曰：所费者财用，所收者人心。苟不失人心，何忧乏用。乃遣使宣抚水灾。宪宗元和间，南方旱饥，遣使赈恤。将行，帝戒之曰：朕宫中用帛，一匹皆籍其数。唯赒救百姓，则不计费。卿辈当体此意。七年，又谓宰相曰：卿辈屡言淮浙去岁水旱，近有御史自彼还，言不至为灾。事竟如何？李绛对曰：臣按淮南、浙东奏状，皆云水旱，人多流亡，求设法招抚。其意似恐朝廷罪之者，岂肯无灾而妄言有灾耶？此盖御史欲为奸谀，以悦上意耳。愿得其主名，按致于法。帝曰：卿言是也。国以人为本。闻其有灾，当亟救之，岂可尚复疑之耶？朕适者不思而言耳。命速蠲其租赋。古之人君，闻有灾害，唯责人不言其救灾，唯恐人惜费，又恐不及于事。陆贽、李绛，贤相也，亦专信守臣奏报，恐言者之小其事，以缓君心之忧也。今国家建都于汴，实就漕挽东南之利。京师亿万之口所食，奉君养民，皆出于一浙。此乃国之根本，岂可不思其所从来？今陛下二方之赤子嗷嗷，然有倒垂之意，如婴儿之绝乳，其死可立而待也。方呼天赴诉，开口待哺，以延朝夕之命。为之父母者，忍惜力而不救乎？臣窃详臣寮所言，朝廷已赐米百万、钱二十余万，州县亦自依条发仓廪、作粥饭救济，人行将少苏矣。臣窃以作粥救饥，最出下策。夫民已互相聚，食粥则疾疫将起，饥困已甚，死者必众。此乃灾伤之极，正当忧虑，岂得便为少苏？又言细民习为骄虚，以少为多，其弊已久。臣窃谓常年小有旱涝，被诉灾伤，侥幸之民或容有此。今浙西灾害甚大，民已流散乞食，迫于死亡，方且疑其习为骄虚而不加信，何其忍哉？又言乞诏监司州县详具灾伤分数、赈贷行遣次第，各行申奏，而惩责其尤甚者。臣窃谓，朝廷以侍从之臣为一路钤辖，又选差监司以往，行未及境，未及设施。朝廷既不凭信钤辖司之言，又约监司州县如此，臣恐官吏束手，不能有所施为，上下观望，各求苟免。夫奏灾伤分数过实，赈济用物稍广，此乃过之小者，正当阔略不问，以救人命。若因此惩责一人，则自今官司必将坐视百姓之死而不救矣。又臣寮言，人言异同，不可不察，乞下钤辖提转及苏、湖等五州，各令开具逐州水灾所及凡几县几村，有无漂荡庐舍、溺死人口，及高田无水与水退可耕之地各约若干，并令诣实申奏，不得相关。稍涉谬妄，乞重行降黜。臣伏见近日浙西申奏，自今年正月大雨，至六月太湖泛溢，苏、湖、秀等州城市并遭水浸，田不布种，庐舍漂荡。民弃田卖牛，散走乞食。臣谓朝廷闻此，当令官司知救焚拯溺，犹恐不及。今若降此指挥，逐县逐村，须遣人抄劄庐舍、人口、田土数目。饥荒之际，此等行遣，必为烦扰。一事不实，即忧及罚；阖境皆死，未必获罪。如此则赈济却为闲慢，百姓愈无救矣。又言近日别遣使者，支拨斛斗百万、见钱度牒约二十万，不为不多。若见今未种，今秋无获，则向去赈济之期甚远。所差去官，当相度事体措置。一有失当，其害非轻。今所差去官，当相度事体措置。一有失当，其害非轻。今所差去官与时暂遣使不同，若向去赈济期日长远，此乃本司职事在彼，自当责任当，且委以措置，不须约束，免有疑惑观望。臣窃以今水潦方降，秋田殊未有望，审如臣寮所言，今秋无获，本路必更奏请朝廷，亦当接续应副，则前日所赐，未足为多。常平仓本无给散之法，唯广惠仓许赈济不足，方许通支常平放税及五分处，仍不得过所限之数两倍。浙西钤辖司近方奏乞不限石斗，尚未降朝旨。又奏夏田元未放税。以此观之，官司守法，止有赈救不及之事，必无过当之理。臣寮又言，乞令赈济官司措置稍大事件，并申取朝廷指挥；其急切不可待报者，虽许一面施行，亦须便具画一奏知。所贵朝廷察其中平缓急未便，可以救止。臣伏见英宗时，臣叔祖镇出知陈州。辞日，英宗宣谕：陈州累年灾伤，卿到彼悉心赈抚。臣镇至州，方值春种，即发常平仓贷民种粮。提刑司奏劾官吏，诏释不问。陈州至京，不数日可以往返，然犹不先奏而行，恐不及于事也。神宗时，西京大水，遣郎官一人御药院，内侍一人赈恤，多方救济。北京亦然。朝廷未尝先为条约以防之也。今两浙在二千里外，事稍大者，若须申奏，比及得报，即已时。虽急切许一面施行，若官司畏避，事无大小，一皆奏请，不敢专行，则此法岂不为害？臣伏睹浙西钤辖转运司前后申奏累年灾伤、今岁大水，以至结罪保明、奏乞斛斗度牒，又云父老言，四十年无此水灾。近奏苏州饥民死者，日有五七百人，饥疫更甚于熙宁时。又湖州奏贫穷人入城，死者相继；遗弃男女，官为收养。据此，则灾伤轻重亦可知矣。今详臣寮所言，大意唯以朝廷所赐钱斛不少，恐灾伤不至如所奏，故欲考察虚实，惩责谬妄。然臣之愚虑，窃谓朝廷已赐钱斛百二十万，德深泽厚，又选监司以往，免更临遣专使。今监司方出国门，钱斛才至本路，即降此指挥约束百姓，必谓朝廷重惜钱斛，轻弃人命。百二十万已厌其多，将来乏食日远，复何所望！所吝者财物，所失者人心。况本路有钤辖司、转运提刑司、发运司互相监临，而转运司主财，不欲多费，故祖宗以来赈济委提刑司，盖恐转运司惜物也。监司州县有凶年饥馑，皆不得已而上闻，亦岂肯于无灾之地赈不饥之民，耗散仓廪，坐失租税，以取不办之责哉？今唯当戒饬官司，多为方略存活人命，宽其约束，责其成效，庶几余民早获安堵。唯是给散无法，枉耗官廪，赈救不及贫弱，出粜反利并兼，措置乖方，所宜约束。然此乃监司使者之事，朝廷亦难遥为处画也。若监司得人，此弊自少。诚使有之，则人言相传，亦岂可掩？台谏足以风闻弹奏，朝廷足以考察案劾，未为晚也。今先降此指挥，徒能牵制挠乱其所为耳。伏望圣慈以远方生灵性命为念，无以官司赈济过甚为忧。其臣寮所言，伏乞更不施行。所有录黄，谨具封还。

收养贫民劄子　　宋・范祖禹

臣伏见陛下以今冬大寒异于常年，圣心忧轸，救恤小民，无所不至。近又出禁中钱十万贯，以赐贫民。此诚博施济众，尧舜之仁也。《礼记》曰：财聚则人散，财散则人聚。臣知此财一散而人心皆聚于朝廷也。古之圣人，未有不矜恤孤穷者。尧命舜，舜命禹，皆以四海困穷为说。《书》称不虐无告，不废困穷，惟帝尧能之。盖置而不恤，则是虐之矣；弃而不养，则是废之矣。伊尹成汤曰：先王子惠困穷。周公曰：文王怀保小民，惠鲜鳏寡。孟子曰：文王发政施仁，必先鳏寡孤独。夫圣人养天下之民，使贫者不至失所，则不贫者自安。是故古者为政，必先恤困穷之民。国朝祖宗以来，惠恤孤贫，仁政非一。每遇大雨雪，则放公私房钱，以至粜米、卖炭、散钱。死者则赐钱瘗埋，惠及存没。近日朝廷无不举行，而又发内帑之钱，降非常之恩，惠泽之厚，无以加矣。陛下勤恤小民如此，而臣忝在左右，窃思有可以少补圣政之万一者，忍默而不言哉？古者鳏寡孤独废疾皆有养，既养之，则不至于冻馁而死。朝廷自嘉祐已前，诸路有广惠仓以救恤孤贫穷，京师有东西福田院以收养老幼废疾。至嘉祐八年十二月，又增置城南北福田，共为四院。此乃古之遗法也。然每院止以三百人为额。臣窃以为京师之众，孤穷者不止千二百人。又朝廷每遇大冬盛寒，则临时降旨救恤，虽仁恩溥博，然民已冻馁死损者众。夫救饥于未饥之时，先为之法，则人不至于饥死；救寒于未寒之时，预为之备，则人不至于冻死。今每岁收养与临时救济，二者等为费用，不若多养之为善也。臣愚以为，宜于四福田院增盖官屋，以处贫民，不限人数。并依旧法收养。委左右厢提举使臣，每至冬月，多设方略救济。或给米豆，设糜粥，不必专散见钱。其使臣存活到人数，书为课绩，量与酧奖；死损多者，亦立贬罚。如四厢使臣提举难遍，即委吏部临时更选差使臣四员相兼提举，量与添给，仍严加稽核。所部存活死损殿最，亦依四厢使臣法。其天下广惠仓，窃虑州县不以为急，乞更申明成法，每岁以时举行，委逐路监司丁宁行下所属州县及因巡历按视，或于逐州别差官僚点检，使知朝廷挂意。今官吏用心赈恤，须要实惠及贫民，不得轻易以为末事。畿内诸县，亦乞令擘画官屋，依京师收养，无令远者聚于都下。重立条禁，以绝生掌支散之人减刻之弊。如此则物不虚费，而所活益多矣。国家富有四海，每岁用系省钱一二万缗，于租赋之入，无异海水之一勺，而饥穷之人日得十钱之资、升合之米，则不死矣。此乃为国者所当用，王政之所先也。况朝廷幸不惜费，唯更增修旧法，推广祖宗仁政，以副陛下惨怛爱民之意，夫何难哉！臣窃惟陛下近日所行万万于此，而臣之所陈事乃至微。然古之圣人莫不以此为先务，所以拯民生之性命，其法不可不备也。如臣言稍有可采，伏乞详酌施行。

救　荒　疏　　　　宋·彭汝砺

臣闻天地万物之数皆丽于五行，故旱荒、凶札、饥馑、疾疫，虽盛世或有焉。而人君者仰有以相之，俯有以安之，故民虽不幸，犹亦不至于损瘠也。古者有乡里之委积以恤民之艰厄，门关之委积以养老孤，县都之委积以待凶荒。夫能食之已足矣，又各有所积焉，盖如此所以为仁政之周也。今虽有常平、广惠之制，而所有不能供岁月之不足。平时未尝为计，至于已迫而后为之，其计不过强富人出粟而已。富人之粟未集，而饥馑之气已聚而为疾疫怨呼疾痛之声也，复感而为旱气矣。人皆曰：尧有水，汤有旱，此不足为陛下忧也。为此言者，非忠臣也。尧汤蓄积先具，故水旱虽久而民不散。今一方不稔，而民之骨肉至于相残，而强者白昼杀人于市以食。今曰此无害，此所谓罪岁也。以臣所闻，比年东南疫病，浙东西旱荒为甚，苏州又其甚者也。陛下以张谔安抚，以陈恺赈济，以沈绅知州。谔乖谬取笑于人多矣，恺以违法不廉闻，绅以疲软罢。以一事推之，则知陛下虽有不忍人之心，安能及民也？夫人劳苦倦极，未尝不呼天；疾痛惨怛，未尝不呼父母。今天下之民，戴陛下如天，爱陛下如亲，及不得，则亦望于陛下而已。臣闻大兵之后必有凶年，盖其杀伤愁怨有以感之也。今江淮虽薄稔，然久饥已困之民种艺不及者众，濒江之田又苦水潦，米价益贵矣。秋不雨，冬少雪，以时料之，春夏之交，将复有饥疫之忧。愿陛下申饬有司，使早为之计也。今官卖户绝田产，所得者至薄，而所失者甚厚。以数百石之田而所得不过千缗，冀再岁之收，则已足以当千缗矣。此非有难见也。臣欲乞罢卖官田，尽收以待赈济。以户绝田产振民之老孤凶札，亦理之所宜也。隋唐之制虽不足语，如义仓法，非可废也。臣愿取广惠米散畜于里社而民助之，其所敛以户之上、中、下与岁之丰耗为差。大饥则发大熟之所敛，小饥则发小熟之所敛而赈之。取于彼，散于彼，于我无与也，民亦无辞矣。比之于已迫而后图之者，其利岂止于倍蓰哉！惟陛下裁幸。

复常平疏　　宋・孙　觌

伏见神宗修讲常平之政，置提举官，行其法于天下。尔时钱谷充斥府县，大县至百万，小县犹六七十万，贯朽粟陈，不可胜校。臣又闻役法初行，取宽剩钱不得过二分，以备水旱。至元丰八年，计所积有三千余万贯石。元祐二年，京东转运使范纯粹欲以此钱米买田，举行熙宁给田募役如边郡招弓箭手之法。是时宽剩钱米尚有此数，则常平之积在天下，不可胜校，可见矣。崇宁中，始取充学校、养士、居养、安济、漏泽园等费。政和以来，又取以供花石应奉之资。横费三十年，所丧十八。迩者议臣追咎熙丰改作，遽罢提举官。而常平之财所存十二，犹以亿万计，一旦斥罢委弃，他司争取妄用，遂至扫地，甚可惜也。然而转运使漕挽军储上供之外，趣了目前，已号称职。无一金之藏，他日朝廷有大水旱，招集流亡，有大举措，缮治宫阙，经画残破，召募军马，以备不时缓急之须，则非转运使之所能办也。方时多事，财用为急。比见朝廷遣诸路抚谕，添置发运副使，措置递马，催发纲运，不免差官，夫岂得已？所谓常平提举官，尤不可已也。伏望圣慈明诏三省，选用老成之士，追复常平提举官，申讲补助之政，增广蓄积之备，使三司不得侵而异日有所恃，以为万世无穷之基。

更张常平之弊疏　　宋・刘安世

臣等闻国无九年之蓄，曰不足；无六年之蓄，曰急；无三年之蓄，曰国非其国。盖先王之制，三年耕必有一年之食，以三十年通之，则可以有十年之备。故尧汤之水旱至于累岁，而无捐瘠之民者，用此道也。三代而下，井田废缺，利民之法，无善于常平。由汉迄今，莫能变易。惟自近世，有名无实。凡所以养民之具，月计不足，何暇议三年之蓄哉！是以岁或不登，民辄菜色，强者转而为盗贼，弱者不免于饿殍。保民之术如此，亦以疏矣。臣等窃谓，自罢青苗钱后来，天下州县皆有积镪。朝廷虽更立常平之制，条止甚详，而上下因循，未尝留意。既无统属，以纠其乖谬；又无赏罚，以为之劝沮。加之转运司苟纾目前之急，多端借贷，日朘月削，殊无偿足之期。非有惩革，将不胜弊。臣伏望圣慈特降睿旨，取今日以前应于常平敕令，严责近限，专委臣部删为一书，付之有司，悉俾遵守。仍先行指挥，将天下见在常平钱，乘今秋丰稔之时，命五路籴粟一色。其余路分，并相度逐处可以久留斛斗，广行收籴。仍以本司钱修盖合用仓廪，将一路所有钱会同应副一路之中，不得偏聚一州。一州之境不得偏聚一县，各遂户口之多寡，以置籴入之大数。每遇凶歉，依法出粜。籴粜之法，常以市价增减。如此则官本常存而物价不能翔踊，或遇旱干水溢之灾，则民有所济，不至流散，朝廷之惠泽可继而无乏绝之患。相因日久，渐至九年之蓄。太平之策，莫大于此。惟陛下推至诚恻怛之意，明诏执政协力施行。所有官吏殿最，亦乞参酌修定。将来颁降之后，或有违犯，州县委监司，监司令户部、御史台觉察奏劾，庶使二圣恤民之仁心不为徒善之政。传之万世，天下幸甚。安世又奏乞赈贷凤翔府界饥民疏曰：右臣伏闻京西、关陕去岁时谷不登，农民艰食，两路郡邑已行赈贷，而凤翔、永兴实为接境，旱灾分数大概略同，物价翔踊，民多菜色。臣闻秦凤路诸郡各收五分，惟是岐下实所不及，然而转运司牵于邻州之例，放税止于五分，拘碍常法，不该赈济。今方中春，民以穷困，若候夏麦，必致饿殍。比闻崔谋镇白昼惊劫，愚民急迫，岂有常心？与其委于沟壑，不若亡命为盗，以幸万一之免。窃恐因此饥馑，寇贼充斥，使关中之民不得安堵，非细故也。臣愚欲乞朝廷专委秦凤路提刑司疾速体量，若凤翔境内委实荒歉，则一面命本司依永兴军路灾伤州县特行赈贷，更不奏候朝旨。如此，则非仅千里之人得免转死之患，至于寇盗，亦当衰息。伏望圣慈详酌，早赐指挥。

岁旱荒政宜讲疏　　宋·刘安世

臣伏见去年经冬时雪愆候，今春涉夏益苦亢旱，二麦将槁，秋种未布，民已艰食，岁事可忧。虽两宫焦劳，祠祷备至，应祈之泽，终未沾足。臣常观国朝故事，太祖建隆元年，以杨泗民多饥死，郡中军储尚百余万斛，即命发廪赈贷。乾德二年，尝诏诸州长吏，视民田旱甚者，即蠲其租，不必俟报。太宗或遇旱岁，必蔬食，减食品三之二。得雨乃复常膳。真宗祥符八年，以京东物价稍贵，令有司出常平粟减价粜，用济贫民。九年，诏江淮发运司岁留上供米五十万，以备赈济。今来旱势阔远，事宜前虑。至于散利、缓刑、弛力、蕃乐、索鬼神、除盗贼，皆圣人救荒之政，亦宜先事而讲。伏望圣慈上法三圣之意，下考成周之典，凡可以救灾恤民者，次第施行。

请依旧法赈济疏　　宋·王岩叟

微臣伏以救灾恤患，惟恐有所不至，以伤其仁先王之用心也，随施以有来，乘危以论利，盖不忍焉。臣按祖宗赈济旧法，灾伤无分数之限，人户无等第之差，皆得借贷，但令随税纳元数而已，未尝有息也。故四方之人沾惠者溥，衔恩者深，郡县仓庾以陈易新者多。其后刻薄之吏阴改旧法，必待灾伤放税七分以上方许贷借，而第四等以下方免出息，殊非朝廷本意。缘灾伤放税，多是监司以聚敛为急，威胁州县，州县又承望风旨，不复体心朝廷以灾伤的实分数除放。若放及七分者，灾伤已是十分，况少肯放七分。又六分之与七分，相去几何，毫厘之间，何以辨别？幸而得为七分，别有借贷，不幸而为六分，则无借贷。但系检灾官吏一言之高下，而被灾百姓幸不幸，相远如此，不可不察也。二等而上，均为赤子，均遇天灾，岂容因灾偏令出息，计其所得则甚少，论其所损则实多，乖陛下平一之心，亏朝廷光大之施。臣乞复如旧法，不限灾伤之分数，并容借贷；不拘民户之等第，均令免息。庶几圣泽无间，感人心于至和，天下幸甚。如允臣所奏，其河北、京西、淮南等路昨来水灾州县，乞先次指挥施行。

言灾伤宜恤疏　　宋·梁　焘

臣伏见去冬苦寒，今秋大旱，被灾之民如卧焦灼，日望睿泽湔濯疮痛。陛下恐惧天戒，恻怛民隐，诚意内修政事，外饬未损，静治愿，宽圣忧，但当采用公言，讲求仁术，坐致明恩实惠遍及四海，则降监昭昭，还受嘉福矣。臣以谓人已久困，岁复洊饥，今来冻馁已足深忧，向去流离尤为大患。正在朝廷衣食拊循，固结其意，以父母妻子为爱，以坟墓闾井为恋，相扶而不贰，相死而不去。不贰则盗贼不起，不去则田野不旷，固本宁邦，其要在此。臣闻天下倚阁税赋，编敕以限年催理。虽催理之令行于丰年，而多值灾伤，间获小稔，官曹执法督迫期会，纵得十分丰熟，亦随百色分张。故民间愁怨纷纭，常以次负为苦。官中所入既有限数之内，往往不足，至有严刑峻令，仅获无遗，官帑一补而民室大空矣。三年一遇大礼，竟用赦恩蠲免，在公徒有理欠之名，在私乃有刻剥之弊，是存虚名于公家，而行实敝于私门也。为害如此，何益治体？臣欲乞圣慈，特降指挥勘会灾伤路分，自元祐二年以前，有见在倚阁税赋，一切除放，以救百姓今日目前之急。如此则明恩实惠下及幽远，感激欢欣，咸归圣惠。若郡县得人，钦体诏旨，更求劳徕安集之方，免冻馁流离之苦，前接麦熟，终保安全，和气既充，阴阳自顺，四时协序，百谷用成。数年之间，税赋之人可以加倍倚阁之数矣。陛下必欲救全百姓，此事最为切当。伏望断自宸衷，无容回护，使中外明知非常之恩出自两宫，则天下幸甚。

乞抛降和籴小麦价钱状　　宋·陈　襄

臣伏为本县民田瘠薄，屡经灾旱，今年夏秋阙雨，五谷不收。虽已依条检覆，减放税租，然中产之民已阙岁计，待籴而食，十有八九。例以小麦青苗生举钱物，一斗之直，只得三十余文，兼并之家已获倍利。尚被艰难，举贷不得，深虑来年起发春夫之际，谷价腾涌，贫窘之民转见不易。臣窃见本州每岁抛降和籴小麦万数，多是过时收籴，每一斗，官支价钱不下九十文以上，至一百二十文。比之民间麦熟之时所直市价，常多三四十文。且以一州言之，每岁所籴小麦以万余石，即大例价钱三千余贯。若京西一路，枉费官钱亦为不少。率无拯救之利，只益商贩之民。臣今擘画，欲乞转运司先于隔年抛降和籴小麦价钱数目下本州县，依诸路放买绸绢条例，于来年正月半已前预支与五等人户。每小麦一斗，依麦熟时民间价例放六十文，仍命十户结为一保，各以上等人户充作保头，连名具状，递相保委，请领官钱，至时只命户长依夏税期限催纳。如此，则不惟拯济贫匮之民，兼亦有得和籴官钱不少。臣所起请，委是官民两利，别无妨碍。如允臣所奏，乞下本路州军合系和籴斛斗去处，一例施行。谨具状奏闻。

乞稍贵常平米价疏　　宋·王　觌

臣伏见在京诸仓粜常平米，每斗六十文至六十五文，固有以见朝廷不惜亏损官本，而惟以利民为务也。然臣窃虑贱粜如此，于小民足为一时之利，于国计乃非长久之策。何以言之？夫京师者，众大之居也。生齿之繁，何可胜计。民所食者，军粮之外，则皆商贾所运自外而至也。今官粜甚贱，非所以致商贾也。彼商贾所贩虽新米，其价乃与陈米相视而低昂者也。京师之民旧多食麦而今多食米，以米贱故也。使旁郡之米麦入京师者浸少，岂长久之策哉！常平米固有限，不常粜也。虽有时而不粜，商贾亦必以为疑，而不肯多致，恐一旦常平害之也。夫物价不独甚贵之为害，而甚贱之亦所以为害。故所谓常平者，不欲其甚贵甚贱而已。今贱常平之米，为小民一时之利，以疑商贾，使民间无高廪陈粟以为长久之备，孰为得计哉？臣愚以谓，不若稍贵常平之米，使无定价，著以为令而示信于商贾也。假如著令曰：京师常平米一斗，其价以百钱为定，毋辄增损，籴者若干斗以下，勿拒也。行之既久，商贾信之，则稔岁必厚蓄以待价。使旁郡之米麦入于京师者浸多，而京师可实也。

水灾便宜疏　　宋·李　纲

臣近尝奏请以水潦为患，乞赐燕闲敷陈利害。今月十四日崇政殿侍立阁门传旨，令臣先退，惶惧战栗。居家待罪，不敢供职，圣恩宽厚，未奉诛责，日夕惴恐，跼蹐无地。伏念臣愚蠢谀闻，孤立寡与，惟知仰事陛下，以国家为心。比见积水暴集，逼迩都城，私忧过计，辄贡狂瞽，情迫意切，言皆不伦，触盛意，犯隆旨，自干雷霆之威，死有余罪。自非陛下恕其愚直，天地父母矜而怜之，谁复为臣言者？臣窃以水旱之灾，虽尧汤有所不免，惟圣人为能遇灾而惧，侧身修行，博询众谋，以销去之。故尧于洪水方割之时，有畴咨之言；汤于旱既太甚之日，有六事之责，皆能转灾以为福，易沴以为和，此古圣人之明验也。今者水患之来，起于仓卒，人心惶惧，远迩震惊。幸赖宗社之灵、陛下睿算之审，屡降御笔处分，疏导通驶，势渐退落。虽畿甸旁近皆罹其灾，而都城无虞，人意渐定。然臣窃以谓，水灾既退之后，朝廷未可以谓无事，正宜讲究利害，增固提防，夤念天戒，益以修省，不可忽也。臣愚蠢不揆，辄复妄发，昧死上便宜六事。一曰治其源，二曰弱其势，三曰固河防，四曰恤民隐，五曰省烦费，六曰广储蓄。国家卜世定鼎，眷都大梁，平原沃野，弥望千里，非有高山峻岭为之阻。而都城以西，京索交流，陂泽相接，自西徂东，地势倾下，加以雨潦不能吞纳，则决溢东注，俯灌都城，其势然也。为今之计，莫若相视陂塘，疏导京索，增卑培薄，固以堤防，节以斗门，旱则水有所泄，虽经霖雨，其势不得接连而下，可以为万世之利。此则治其源之策也。臣窃观自昔善捍水患者，必为长堤以制其冲。其意以谓以数仞之城而拒方至之水，风涛之所鼓薄，亦已危矣。限以长堤，杀其怒势，然后人力可施而城益坚。今积水之来，自都城之西，浩如江湖，东抵汴岸，南阻新堤，虽停蓄深广而卒不能至城下者，有堤以为之阻也。由堤而行，散漫湍激，至都城之南，则径抵护龙河者，无堤以为之阻也。为今之计，莫若距城数里之外，固高地势，缭以长堤，使虽有积水决溢之患，循堤四泻，不能薄城，可以御一时之急。此则弱其势之策也。国家都汴，处大河之下流。其所恃以为固者，埽岸坚而法制严也。比年以来，狃习苟简，护卫之卒散于抽差，备御之储耗于转易，河啮堤防，日朘月削，恬不加恤。如广武埽，其距清汴才百余步，去冬危殆屡矣。其不决溢者，特幸耳。使夏秋之交，乘霖雨湍暴之势，果能保其无虞乎？夫以陂泽积水，暴集之患，犹可惊骇。况大河之势，又不可为之深虑哉！臣愚愿择深知河事者，相地形，回清汴，使与大河相远。仍诏有司遵守法制，存留兵革，储积材料，敢有抽差转易者，必正典刑。此则固河防之策也。今兹积水之来，冲白沙，荡中牟，迫都城，散漫畿甸之邑，淹浸屋庐，漂溺民蓄，损伤苗稼，不可以数计。今又决其南，以注于陈蔡之郊，决其北，以注于相卫之境。疏汴渠之下流于陈留，则数千里之内悉被其患矣。陛下恻怛忧劳，降诏拯济德意甚厚。臣犹窃虑州县监司未能悉意奉行也。愿诏诸路应被灾伤地分，今年秋并与蠲免。水过之后，安集民居，借贷赈济，务令复业，无使失所，以副陛下之意。此则恤民隐之策也。臣窃惟去岁江淮泛溢，东南之民悉皆流移，赖陛下圣慈，以各路上供米斛广加赈济，民得无死，德至渥也。然州县萧条，帑廪匮乏，迨今未复。今畿甸旁近又有积水之患矣，何以堪之？臣愚愿陛下断自宸衷，凡营缮工役、花石纲运，有可省者，权令减罢。数年之间，民力渐完，国用以足，然后惟陛下之所命耳。裕民丰财，莫是为大。臣所谓罢不急之务者，此也。臣又惟古者九年之蓄，然后无旱乾水溢之患，教化行，习俗美，而颂声兴，是为太平治之至也。祖宗以来，旧有封桩斛以千万计，所以为兵民之天、宗社之本也。比年以来，工役浸多，仰食者众，岁以侵耗，遂致殚竭。今国计所仰者，独东南六路转输岁额耳。假使一方水旱，岁额不登，将何以自给？静以思之，可为寒心。臣愚愿陛下明诏有司裁蚕食者，幸岁丰登，自朝廷多降籴本，委强干官吏广行收籴别项上供，以充封桩之数。岁岁如此，及祖宗旧额而后止。此朝廷之所优为，何不留意而独为懔懔也？养兵足国，莫是为急。臣所谓广国计之储者，此也。凡此六者，皆当今之要务。如何采录，望赐施行。

庚子应诏封事　　宋・朱　熹

臣尝谓天下国家之大务莫大于恤民，而恤民之实在省赋，省赋之实在治军。若夫治军省赋以为恤民之本，则又在夫人君正其心术，以立纪纲而已矣。董子所谓正心以正朝廷，正朝廷以正百官，正百官以正万民，正万民以正四方，盖谓此也。夫民之不可不恤，不待智者而后能知，亦不待明者然后能言也。然欲知其憔悴困穷之实与其所以致此之由，则臣请以所领之郡推之，然后以次而及其所以施置之方焉。臣谨按：南康为郡，土地瘠薄，生物不畅，水源干浅，易得枯涸。人民稀少，谷贱农伤，固已为贫国矣。而其赋税偏重，比之他处，或相倍蓰。民间虽复尽力耕种，所收之利，或不足以了纳税赋。须至别作营求，乃可赔贴输官。是以人无固志，生无定业，不肯尽力农桑，以为子孙久远之计。幸遇丰年，则贱粜禾谷以苟目前之安；一有水旱，则扶老携幼，流移四出，祝其田庐，无异逆旅之舍。盖出郊而四望，则荒畴败屋，在处有之。故臣自到任之初，即尝具奏，乞且将星子一县税钱特赐蠲减；又尝具申提点坑冶司，乞为敷奏，将夏税所折木炭价钱量减分数。其木炭钱，已蒙圣慈曲赐开允。独减税事，漕司相度方上版曹。若得更蒙圣恩，特依所请，则一方憔悴困穷之民，自此庶几复有更生之望矣。然以臣计之，郡之接境江饶等州，土田瘠薄类此者，非一郡一县而已也。税赋重大如此者，非一料一色而已也。若不大为经理，深加隐恤，虽复时于其间少有纵舍，如以杯水救车薪之火，恐亦未能大有所济，而剥肤椎髓之祸，必日愈深愈酷而不可救。元气日耗，根本日伤，一旦不幸而有方数千里之水旱，则其横溃四出，将有不可如何者。未知陛下何以处此？此臣之所谓民之憔悴困穷而不可不恤者然也。而臣所谓省赋理军者，请复为陛下言之。夫有田则有租，为日久矣。而今日电间特以税重为苦者，正缘二税之入朝廷，尽取以供军，而州县无复赢余也。夫二税之入尽以供军，则其物有常数，其时有常限，而又有贴纳水脚转输之费，州县皆不容有所宽缓而减免也。州县既无赢余以给官吏、养军兵，而朝廷发下杂军归正等人又无纪极，支费日增，无所取办，则不免创于二税之外，别作名色，巧取于民。且如纳米收耗，则自七年、八年，以至于一倍再倍而未止也；豫借官物，则自一年、二年以至三年、四年而未止也。此外又有月桩余用诸杂名额、抛卖乳香、科买军器、寄招军兵、打造铁甲之属，自版曹总所以至漕司，上下相承，递相促迫。今日追究人吏，明日取勘知通，官吏无所从出，不过一切取之于民耳！盖不如是，无以补旧欠，支目前，虽明知其一旦发觉，违法抵罪，而不及顾也。夫以罪及其身而不暇恤，尚何暇于民之恤乎？以此观之，则今日民贫赋重，其所从来亦可知矣。若不讨理军实而去其浮冗，则民力决不可宽。然国家蹙处东南，恢复之勋未集，所以养兵而固圉者，常恐其力之不足，则兵又未可以遽减。窃意惟有选将吏，核兵籍，可以节军资；开广屯田，可以实军储；练习民兵，可以益边备。诚能行此三者，而又时出禁钱以续经用，民力庶几其可宽也。今将帅之选，率皆膏梁騃子厮役凡流，徒以趋走应对为能，苞苴结托为事，物望素轻。既不为军士所服，而其所以得此差遣，所费已自不赀，以故到军之日，惟务裒敛刻剥，经营贾贩，百种搜罗，以偿债负。债负既足，则又别生希望，愈肆诛求。盖上所以奉权贵而求升擢，下所以饰子女而快己私，皆于此乎取之。至于招收简阅、训习抚摩，凡军中之急务，往往皆不暇及。军士既以困于刻剥，苦于役使，而其有能者又不见优异，无能者或反见亲宠，怨怒郁积，无所伸诉。平时既皆悍然有不服之心，一旦缓急，何由可恃？至于军中子弟，亦有素习弓马，谙晓战陈者，例皆不肯就本军投募，而朝廷反为分责州郡，枉费钱物，拖拽短小生疏无用之人以补军额。凡此数端，本未〔末〕巨细，无不乖错。而所谓将帅者，私欲饱满，钻研有效，则又可以束装问涂，而望他军之积以为己资矣。故近岁以来，管军臣僚迁代之速，至有一岁而再易者。是则不惟军中利病无由究治，冗兵浮食日益猥众，而此人之所盗窃破费与夫送故迎新，百色支用已不知其几何矣！至于总馈输之任者，亦皆负倚幽阴，交通贿赂。其所程督驱催东南数十州之脂膏骨髓，名为供军而辇载以输于权幸之门者，不可以数计。若乃屯田、民兵二事，又特为诞谩小人窃取官职之资，而未闻其有丝毫尺寸可见之效。凡此数弊，天下之人孰不知之，而任事之臣略不敢一言以告陛下，惟务迫趣州县，使之急征横赋，戕伐邦本。而其所以欺陛下者，则曰：如是而国可富，如是而兵可强。陛下亦闻其说之可喜而未究其要，往往误加奖宠，畀以事权。是以比年以来，此辈类皆高官厚禄，志满气得，而生民日益困苦，无复聊赖。草茅有识之士相与私议窃叹，以为莫大之祸、必至之忧近在朝夕，顾独陛下未之知耳。为今之计，欲讨军实，以纾民力，则必尽反前之所为，然后乃可冀也。盖授将印委，利权一出于朝廷之公议，则可以绝苞苴请托之私，务求忠勇沈毅、实经行阵、曾立劳效之人，则可以革轻授非才之弊。无苞苴请托之私，则刻剥之风可革；将得其人，则军士畏爱奋厉，搜阅以时，而窜名冗食者不得容于其间。得人而久其任，则上下相安，缓急可恃，而又可以省送迎之费。军之汰卒与凡北来归正添差任满之人，皆可归之屯田，使之与民杂耕，而渐损其请给。其有材勇事艺之人，则计其品秩而多与之田，因以为什伍之长，使教其人习于驰射、击刺行伍之法。罢去诸州招军之令，而募诸军子弟之骁勇者，别授以田，使隶尺〔户〕籍，大抵令与见行屯田民兵之法相为表里。择老成忠实、通晓兵农之务者，使领其事，付以重权，久其事任，毋贪小利，毋急近功。俟其果能渐省列屯坐食之兵，稍损州郡供军之数，然后议其课最增秩而因任之。如此十数年间，自然渐见功效。若其功效未能遽见之间，而欲亟图所以纾州县民间目前之急者，则愿深诏主计将输之臣，其于见今桩积金谷绵绢数内，每岁量拨三二十万，视州郡之贫乏者，特与免起上供官物三五分而代其输。向后军籍既核，屯田既成，民兵既练，则上项量拨之数可以渐减，而州郡免起之数可以渐增。州县事力既益宽纾，然后可以禁其苛敛，责以宽恤，岁课而时稽之，不惟去其加耗、预借，非法科派之弊，又视其土之肥瘠、税之轻重而均减之，庶几穷困之民得保生业，无复流移漂荡之意。所在旷土，亦当渐次有人开垦布种，而公上之赋，亦当自然登足，次第增羡，不俟程督迫促而国真可富，兵真可强矣。此臣之所谓省赋治军之说然也。

辛丑延和第三奏劄　　宋·朱　熹

救荒之务，检放为先。行之及早，则民知有所恃赖，未便逃移；放之稍宽，则民间留得禾米，未便阙乏。然而州郡多是吝惜财计，不以爱民为念，故所差官承望风指，已是不敢从实检定分数。及至申到帐状，州县又加裁减，不肯依数分明除放。又旱田收割日久，检踏后时，致有无根查者，乃是州郡差官迟缓之罪，而检官反谓人户违法，不为检定。其有检定申到者，州郡亦不为蠲放。就中下户所放不多，尤被其害。访闻本路州县亦有似此去处，欲乞候臣将来到任，广行询究，更与从实蠲减。伏睹近降指挥旱伤州县上户赈粜，止令劝谕，毋得科抑，仰见圣明深察物情，恤贫安富，两得其所。然窃恐官吏被此指挥之后，其间或有便文自营之人，必将泛然不以劝谕为意，而上户亦有词说，难以劝谕。官司米斛不多，将来无以接续，其害又有不可胜言者。欲乞且令州县将来劝谕者，权以去年认数为约；已劝谕者，权据见认之数为准，多方诣访，加意考核，不得比同寻常报应空文，须管究心体访得其实数。其实不能及数者，更与量减。实可更多出者，则与量添。其有卤莽灭裂，徒为烦扰去处，将来本司觉察得知，具名闻奏，庶几所认之数必得其平，而无科抑之患矣。今年旱地广阔，只有湖南、二广及浙西两三郡丰熟，而广东海路至浙东为近。臣昨受命之初，访闻彼处米价大段低平，即尝印榜遣人，散于福建、广东两路沿海去处，招邀米客，许其约束税务，不得妄收力胜杂物税钱。到日只依市价出粜，更不裁减。如有不售者，官为依价收籴。自此向后，必当有人兴贩前来。但臣元榜约束本路府县税场，不得妄有邀阻收税。及力胜一节，更乞圣慈申严行下。有违戾者，官吏并比见行条法，各加一等坐罪。至来年六月，却依旧法。其收籴本钱，乞许行下本路沿海州军，将今年籴过米钱及兑那诸色窠名支拨充应，庶几不失信于客人，向后易为招诱。如或更蒙朝廷量立赏格，召人兴贩，行下诸路晓示初诱，仍先降空名付身数十道，付本司俟有上件贩到米斛之人，即与书填给付。盖缘客人粜货了毕，便欲归回元处，不能等候，即与土居上户不同。救荒之政，著于令甲。及近年节次指挥，虽已详察，然而全在官吏遵奉施行，然后民被实惠。况今年洊饥，公私匮竭，比之常岁，事体不同。欲乞圣慈特降指挥，戒敕本路守令以下，令其究心奉行，悉意推广。其故有违慢不虔之人，俾臣奏劾一二，重作施行，以警其余。其有老病昏愚，不堪驱策者，亦许具名闻奏，别与差遣。却选本路官吏恻怛爱民，才力可仗者，特许不拘文法，时暂权差。仍依富弼、赵抃例选差得替，待阙宫庙。持服官员时暂管干事毕，具名申奏，量与推赏，如减磨勘升名次之类，庶几官吏向前，人蒙实利。

辛丑延和第四奏劄　　宋·朱　熹

臣所居建宁府崇安县开耀乡，有社仓一所。昨系乾道四年乡民艰食，本府给到当年米六百石，委臣与本乡土居朝奉郎刘如愚同共赈贷，至冬收到元米。次年夏间，本县复令依旧贷与人户，冬间纳还。臣等申府措置，每石量收息米二斗，自后逐年依此敛散。或遇小歉，即蠲其息之半；大饥，即尽蠲之。至今十有四年，支息米造成敖仓三间收贮，已将元米六百石同纳还本府。其见管三千一百石，并是累年人户纳到息米。已申本府照会，将来依前累散，更不收息，每石只收耗米三升。系臣与本乡土居官及士人数人同共掌管。遇敛散时，即申府差官一员监视出纳。以此之故，一乡四十五里之间，虽遇凶年，人不阙食。窃谓其法可以推广行之他处，而法令无文，人情难强，妄意欲乞圣慈特依义役体例，行下诸路州军，晓谕人户，有愿依立社仓者，州县量支常平米斛责与本乡，本乡出等人户主执敛散，每石收息二斗。仍差本乡土居或寄居官员士人有行义者，与本县官同共出纳。收到息米十倍本米之数，即送元米还官，却将息米敛散，每石只收耗米三升。共有富家情愿出米作本者，亦从其便。息米及数，亦与拨还。如有乡土风俗不同者，更许随宜立约，申官遵守。实为久远之利。其不愿置立去处，官司不得抑勒，则亦不至骚扰。此在今日言之，虽无所济于目前之急，然亦公私储蓄，预备久远之计。及今歉岁施行，人必愿从者众。其建宁府社仓见行事目，谨录一通进呈。伏望圣慈详察，特赐施行。

浙东奏状　　宋·朱　熹

臣昨所奏逐项事理，并蒙开允，独有依准旧制，募饥民修水利一事，未蒙施行。臣窃见连年灾旱，国家不忍坐视天民之死，大发仓廪以拯救之，其费以巨亿计。盖其赈给者，固不复收；其赈粜者，虽曰得钱，而所折阅亦不胜计。仁圣之心于此固无所吝，然饥民百万安坐饱食，而与公私无毫发之补，则议者亦深惜之。故臣尝窃仰稽令甲，私计以为，若微于数外有所增加，以为募民兴役之资，则救灾、兴利，一举而两得之。其与见行粜给之法利害之算，相去甚远。故不自揆，既以奏闻，而辄下诸州委任通判，询究水利合兴复处，以俟报可。至于近日巡历，又得亲见。所至原野，极目萧条，唯是有陂塘处，则其苗之蔚茂秀实，无以异于丰岁。于是窃叹，益知水利之不可不修。自谓若得奉承明诏，悉力经营，令逐村逐保各有陂塘之利，如此则民间永无流离饿莩之患，而国家亦永无蠲减粜济之费矣。不谓言语疏略，未蒙鉴照，敢竭其愚，重以为请。伏望圣慈深察上件事理，许臣前项所谓百七十万贯者，而于内量拨什三，候诸州通判申到合兴修水利去处，审实应副。其合粜给人有应募者，即令缴纳粜给由历，就顾入役，俟毕工日，粜给如旧。旧所捐不至甚多，而可以成永久之利，绝凶年之忧，费短利长，不为失策。

请设济农仓奏疏　　明·周　忱

窃见苏、松、常三府所属田地虽饶，农民甚苦，观其春耕夏耘，修筑圩岸，疏浚河道，车水救苗之际，类皆乏食。又其秋粮起运远仓，经涉江湖风浪之险，中途常有遭风失盗，纳欠数多。凡若此者，皆须倍出利息，借债于富豪之家。迨至秋成，所耕米稻偿债之后，仅足输税。或有敛获才毕，全为债主所攘，未及输税，而糇粮已空者有之。兼并之家日盛，农作之民日耗，不得已而弃其本业，去为游手末作，以致膏腴之壤渐至荒莱，地利削而国赋亏矣。比岁以来，累蒙朝廷行移劝籴粮米，以备赈济，缘因旱涝相仍，谷价翔贵，难于劝籴。臣昨于宣德八年征收秋粮之际，照依敕书事理，从长设法区画，将各府秋粮置立水次仓囤，各连加耗船脚，一总征收发运。查得数内有北京军职俸粮米一百万石，该运南京各卫上仓，听候支给。计其船脚耗费，每石该用六斗，方得一石到仓。臣尝奏乞将前项俸米一百万石于各府存收，著令北京军职家属就来关支，可省船脚耗米六十万石，又免小民船运之劳。荷蒙圣恩准行，遂得省剩耗米六十万石，见在各处水次囤贮。今欲于三府所属县分各设济农仓一所，收贮前项耗米。遇后青黄不接、车水救苗之时人民缺食者，支给赈济食用。或有起运远仓粮储中途遭风失盗，纳欠回还者，亦于此米内给借赔纳，秋成各令抵斗还官。若修筑圩岸、疏浚河道人夫乏食者，验口支给食用，免致加倍举债，以为兼并之利。如此则农民有所存济，田野可辟，官粮易完矣。

建议修举预备之政疏　　明・杨士奇

伏闻尧汤之世不免水旱之患，而不闻尧汤之民至于甚艰难者，盖预有备也。凡古圣贤之君，皆有预备之政。太祖惓惓以生民为心，凡有预备，皆有定制。洪武年间，每县于四境设立四仓，用官钞籴谷储贮其中。又于近仓之处佥点大户看守，以备荒年赈贷。官籍其数，敛散皆有定规。又于县之各乡，相地所宜，开浚陂塘及修籍滨江近河损坏堤岸，以开水旱，耕农甚便。皆万世之利。自洪武以后，有司杂务日繁，前项便民之事率无暇及。该部虽有行移，亦皆视为文具。是以一遇水旱饿荒，民无所赖，官无所措，公私交窘，只如去冬今春，畿内郡县艰难可见。况闻今南方官仓储谷十处九空，甚者谷既全无，仓亦无存，皆乡之土豪大户侵盗私用，却妄捏作死绝及逃亡人户借用，虚立簿籍，欺瞒官府。其原开陂塘，亦多被土豪大户侵占，有以为私己池塘养鱼者，陻塞为私田耕种者。盖今此弊，南方为甚，虽闻间有完处，亦是十中之一，共实废驰者多。其滨江近河圩田堤岸，岁久坍塌，一遇水涨，淹没田禾。及闸坝蓄泄水利去处，或有损坏，皆为农患。大抵亲民之官得人，则百废举；不得其人，则百弊兴。此固守令之责。若养民之务，风宪之臣皆所当问。年来因循，亦不及之。此事虽然若缓，其实关系者切。伏望圣仁特命该部行移各布政司、按察司、直隶府州，除近有灾伤去处暂且停止，候后来丰熟举行，其见今丰熟去处，悉令有司遵依洪武旧制，凡仓谷、陂塘、堤岸，并要如旧整理。仓有损坏者，即于农闲时月用人修理。谷有亏欠者，除赦前外，赦后有侵欺者，根究明白，悉令赔偿完足，亦免其罪，不许妄指无干之人搪塞。若有侵盗，证佐明白而不服赔偿者，准土豪及盗用官粮论罪，有司仍将旧有赔偿实数开奏。其陂塘堤岸，亦令郡县凡有损坏，悉于农闲用人修理。有强占陂塘私用者，犯在赦前，亦免其罪，即令退还。不退还者，亦准土豪及盗官物论罪。其退还陂塘及圩岸闸坝应修去处，亦令有司开奏，以次用工，完日具实奏闻。仍乞令户部行各布政司、府州县，除近被灾伤去处外，凡今秋成丰稔之处府州县官，于见有司钞官物，照依时价，两平支籴谷粟，储以备荒，免致临急仓皇失措。年终将所籴实数奏闻。郡县官考满给由，令开报境内四仓储粟及任内修筑陂塘堤岸实数，吏部仍行该部查理，计其治绩，以定殿最。各按察司分巡官及直隶巡按御史所历州县，并要取勘四仓实储谷数及陂塘堤岸有无损坏修理实迹，岁终奏闻，以凭查考。如有仍前欺弊怠事者，亦具奏罪之。若巡历之处仍前不问不理，或所奏扶同不实，从本衙门堂上正官纠劾奏闻，庶几官有实迹，荒岁人民不致狼狈，耕农无旱潦之虞，祖宗恤民良法不为小人所坏。臣等愚见如此，未敢擅便，乞命六部、都察院大臣会议可否施行。

请行各省积谷疏　　明·靳学颜

衣食者，百姓之根本也。阎闾细民，有终世无银而不能终岁无衣，宁终岁无衣而不能终日无食。今百司宰执夙夜不遑者，乃在银而不在谷。即有水旱，何所赖焉！即有师旅之兴，何所给焉！自古中原空虚，未有如今日者也。汉以前有敖仓，隋以前有洛口仓，唐有义仓，宋有常平仓，皆随在而贮，不专在京师。今所谓官仓者，盖发官钱以籴，此必甚丰乃可以举。所谓社仓者，盖收民谷以充。此虽终岁，皆可以行。夫社仓即义仓，盖始于汉耿寿昌，而盛于隋长孙平、唐戴胄之徒，唐又最盛。宋制准各民正税之数，于二十分而取其一以为社。盖富者必田多，田多则税多，税多则社入多，亦唐意也。要之其出也，则中歉赈极贫；大歉赈中户；又大歉焉，乃沾及于富室。所谓恩泽之加，自无告始也。夫民之饥也，必至于转徙；转徙不已，必至于为盗。可不虑哉！臣请下之各省，以唐宋敛谷之法为则，而就土俗，合人情，占岁候，以通其变。限明春以里，尽报各府已前见贮之数，以品其虚盈。于明年冬末，通计一岁二仓新收之谷，验其功能，著而为令。在官仓者，时其丰歉而敛散之。民有大饥，则以赈之。在民仓者，时其丰歉而敛散之。虽官有大役，亦不许借。此藏富于民，即藏富于官。皇上所为南面而恃以无恐者，其根本在此。今之言计者，不忧谷之不足，而忧银之不足。夫银实生乱，谷实弥乱。银不足而泉货代之，五谷不足，则孰可以代者哉？故曰仁君不宝金玉而宝五谷。

请禁遏籴疏　　明·申时行

臣等见山东巡抚李戴报称，东昌府有贼一伙，期以旧岁迎春日据城举事。幸有伙贼一人出首，当即擒拿首恶六七名。其余随发随捕，未至猖獗。此诚国家之福，地方之幸也。但今年岁荒歉，人民流离，饥饿切身，起为盗贼，乃理势之必然者。不独东昌一处为然。前敕旨申严保甲，缉捕盗贼，非不严切，然捕盗者，治之标也。治本之道，在使民得食。顷者皇上大发帑银，遣使分赈，恩至渥矣。然赈银有限，而饥民无穷。即如山西饥民，在册者六十余万人，以六万赈银分散，人得一钱，止三四日之食耳。过此则空手枵腹如故，朝廷焉得人人而济之？惟是邻近协助市籴通行，米谷灌输不至乏绝，乃可延旦夕之命。近访河南等处往往闭籴，彼固各保其境，各爱其民，然天下一家，自朝廷视之，莫非赤子。灾民既缺食于本土，又绝望于他方，是激之为变也。臣等以为，宜禁止遏籴之令，讲求平籴之法，各该地方听商民从宜籴买，则各处皆有接济，百姓或不至嗷嗷待毙，汹汹思乱也。

条奏被灾疏　　明·徐宪卿

东南之赋甲于天下，而苏、松、常、镇四郡之赋复甲于东南，非其地广利厚，足以倍他省也。计东西横直，幅员不过六百余里，而粮辖五百万六千。如一亩之所入宁几，而漕米连耗二斗，丁白银连加派一钱一分，以时价斗米一钱算之，每亩共输正赋三钱于银矣。而运粮收摅解布等之飞差足以倾家荡产者，不与焉。然屡派屡加，民之皮骨虽尽，犹忍死急公者，只以年来稍稔，尚可罄所入以供岁额。孰意昊天不吊，洪水洋洋，将我税重终事之民渝胥于溺也哉！请先以其被灾之惨者言之。臣乡四五月，麦收成时也。目今四月二十二日至五月二十四日，雨点如拳，势如倾跌，凡三十余昼夜不休，而麦浥烂无颗粒矣。五六月，禾插莳时也。洼者多雇人工车救高者，又贷金钱播种艺，冀失之于麦，得之于禾耳。乃六月朔后之雨势，比前更狂更骤。于是圩岸圮崩，田河混合，而苗不能插寸茎。实架室于鸠鹊之巢，击舟于庭楹之上，云水连天，阡陌如江长海阔，烟火断绝，村落皆蛟穴龙宫。假使前此之雨稍后，民犹得留二麦，以糊口于青黄不接之时。后此之雨稍前，民犹得留工本，不空挂于澎湃稽天之日。今既腐春麦而绝之，又诱民赀而竭之，正抚臣所谓灾甚于戊申，而臣在南中，此等情形皆得之目击者也。至近日景象，更有可异者。戊申之水，易盈，亦易涸。兹去大水之期几三月矣，海潮以骤涨不容，湖水又暴溢难泄，迄今高低之乡犹一望无涯，三家之都尚乘船入市。此一异也。万历戊申之水，民虽艰于食而鱼虾所产最多，故小民皆得网罟之利以自给，若不知有荒者。今以如此之巨浸，独不产鳞，受害而受害中之利偏与戊申异。此又一异也。鲜食与粒食俱难，恒心安得不同？恒产俱尽，彼八口嗷嗷思珠桂从何来，惟抢掠可苟活。于是结聚勾连，以假借为名，欲强开富舍之廒，虽抚臣之严令者；欲强他贩夫之米，虐按臣之移驻者。此抚臣所谓不敢言，不得不言，而臣在南中又近曰渝乱之景得之确闻者也。然使止于鼠窃，犹之可耳。独苏郡之民游手游食者多，即有业，不过碾玉、点翠、织造、机绣等役。一遇凶荒，此伎皆无所用，而立就于沦，故奸民往往乘而乱。臣犹记先朝葛贤以监税藉口，偏袒一呼，千人立聚，白昼将丁乡官家抄抢一空。万历庚申，因遏籴米腾一二饥，民强借徽商之米。有司稍绳以法，而随有万人屯聚府门，毁牌毁役，几致大变。况今日闾阎之消耗益甚于昔，人心之思乱益甚于昔。如淮扬妖党、长兴逆徒，所供强半吴民，真可寒心！奈何不预为消弭，而堪令心腹之地再有割裂，财赋之区堪经蹂践也乎？然其故不过米贵为之祟也。臣以为欲地之安靖，必先定米价之平；而欲米价之平，必须早下改折之令。若亟发德音，明告以天启四年分之漕粮四郡尽行部折，每石五钱，则人皆知江南余百万之米，而富者不必留以射利，贩者不必席以争赢，米不期平而自平，衅不期消而自消矣。且以今岁漕事度之，亦有不容不折者。漕艘自山东妖变，回空已阻，渐积愈迟。驯至六月未〔末〕，齐烦督漕使者竭尽心力而莫可挽，势必将压下一年。而折之，既可正漕规，又可苏民命，无损于上而有益于下，想庙堂之上计无出此者。臣非不知漕储为军国大计，司农窘迫无策，闻之择害莫若轻，而用财太啬者，究之太费，尝惊心于齐蜀已往之变，宁独不能食土之毛，又倍加削平之费？臣是以权于缓急轻重，而愿暂捐一年之入，长责四郡以万年之供者也。

荒政考略卷七　策论议

天人三策　　汉·董仲舒

臣谨按：《春秋》谓一元之意，一者，万物之所从始也；元者，辞之所谓大也。谓一为元者，视大始而欲正本也。《春秋》深探其本，而反自贵者始，故为人君者，正心以正朝廷，正朝廷以正百官，正百官以正万民，正万民以正四方。四方正，远近莫敢不一于正，而亡有邪气奸其间者。是以阴阳调而风雨时，群生和而万民殖，五谷熟而草木茂，天地之间被润泽而大丰美，四海之内闻盛德而皆徕臣，诸福之物、可致之祥，莫不毕至，而王道终矣。又曰：陛下亲耕耤田，以为农先，夙寤晨兴，忧劳万民，思惟往古而务以求贤。此亦尧舜之用心也。然而未云获者，士素不厉也。今之郡守县令，民之师帅，所使承流而宣化也。故师帅不贤，则主德不宣，恩泽不流。今吏既亡教训于下，或不承用主上之法，暴虐百姓，与奸为市，贫穷孤弱冤苦失职，甚不称陛下之意。是以阴阳错缪，氛气充塞，群生寡遂，黎民未渗，皆长吏不明，使至于此也。又曰：古之所予禄者，不食于力，不动于末，是亦受大者不得取小，与天同意者也。夫已受大又取小，天不能足，而况人虖？此民之所以嚣嚣，苦不足也。身宠而载高位，家温而食厚禄，因乘富贵之资力，以与民争利于下，民安能如之哉？是故众其奴婢，多其牛羊，广其田宅，博其产业，畜其积委，务此而亡已，以迫蹴民。民日削月朘，浸以大穷。富者奢侈羡溢，贫者穷急愁苦。穷急愁苦而上不救，则民不乐生。民不乐生，尚不避死，安能避罪？此刑罚之所以烦而奸邪不可胜者也。故受禄之家，食禄而已，不与民争业，然后利可均布而民可家足。此上天之理，而亦太古之道，天子之所宜法以为制，夫天之所当循以为行也。

贵粟论　　西汉·晁　错

圣王在上而民不冻饥者，非能耕而食之，织而衣之也，为开其资财之道也。故尧禹有九年之水，汤有七年之旱，而国亡捐瘠者，以畜积多而备先具也。今海内为一，土地人民之众不避汤禹，加以亡天灾数年之水旱，而畜积未及者，何也？地有遗利，民有余力，生谷之土未尽垦，山泽之利未尽出也，游食之民未尽归农也。民贫则奸邪生，贫生于不足，不足生于不农，不农则不地著。不地著则离乡轻家，民如鸟兽，虽有高城深池、严法重刑，犹不能禁也。夫寒之于衣，不待轻暖；饥之于食，不待甘旨。饥寒至身，不顾廉耻。人情一日不再食则饥，终岁不制衣则寒。夫腹饥不得食，肤寒不得衣，虽慈母不能保其子，君安能以有其民哉？明主知其然也，故务民于农桑，薄赋敛，广畜积，以实仓廪，备水旱，故民可得而有也。民者，在上所以牧之，趋利如水走下四方，亡择也。夫珠玉金银，饥不可食，寒不可衣，然而众贵之者，以上用之故也。其为物轻微易藏，在于把握，可以周海内而亡饥寒之患。此令臣轻背其主而民易去其乡，盗贼有所劝亡，逃者得轻资也。粟米布帛，生于地，长于时，聚于力，非可一日成也。数石之重，中人弗胜，不为奸邪所利，一日弗得而饥寒至。是故明君贵五谷而贱金玉。今农夫五口之家，其服役者不下二人，其能耕者不过百亩，百亩之收不过百石。春耕夏耘，秋获冬藏，伐薪樵，治官府，给繇役，春不得避风尘，夏不得避暑热，秋不得避阴雨，冬不得避寒冻。四时之间，亡日休息。又私自送往迎来，吊死问疾，养孤长幼在其中。勤苦如此，尚复被水旱之灾，急政暴虐，赋敛不时，朝令而暮改，当具有者半贾而卖，亡者取倍称之息，于是有卖田宅，鬻子孙，以偿责者矣。而商贾大者积贮倍息，小者坐列贩卖，操其奇赢，曰游都市，乘上之急，所卖必倍。故其男不耕耘，女不蚕织，衣必文采，食必粱肉，亡农夫之苦，有仟伯之得。因其富厚，交通王侯，力过吏执，以利相倾千里，游敖冠盖相望，乘坚策肥，履丝曳缟。此商人所以兼并农人，农人所以流亡者也。今法律贱商人，商人已富贵矣；尊农夫，农夫已贫贱矣。故俗之所贵，主之所贱也；吏之所卑，法之所尊也。上下相反，好恶乖迕，而欲国富法立，不可得也。方今之务，莫若使民务农而已矣。欲民务农，在于贵粟。贵粟之道，在于使民以粟为赏罚。今募天下入粟县官，得以拜爵，得以除罪。如此富人有爵，农民有钱，粟有所渫。夫能入粟以受爵，皆有余者也。取于有余以供上用，则贫民之赋可损。所谓损有余补不足，令出而民利者也。顺于民心，所补者三。一曰主用足，二曰民赋少，三曰劝农功。今令民有车骑马一匹者，复卒人。车骑者，天下武备也，故为复卒。神农之教曰：有石城十仞，汤池百步，带甲百万，而亡粟弗能守也。以是观之，粟者，王者大用，政之本务，令民入粟受爵，至五大夫以上，乃复一人耳。此其与骑马之功相去远矣。爵者，上之所擅出于口而亡穷；粟者，民之所种生于地而不乏。夫得高爵与免罪，人之所甚欲也。使天下入粟于边，以受爵免罪，不过三岁，塞下之粟必多矣。

言时事议　　汉·刘陶

当今之忧，不在于货，在乎民饥。窃见比年已来，良苗尽于蝗螟之口，杼轴空于公私之求，民所患者，岂谓贱货之厚薄、铢两之轻重哉！就使当今沙砾化为南金，瓦石变为和玉，使百姓渴无所饮，饥无所食，虽义皇之纯德、唐虞之文明，犹不能以保萧墙之内也。盖民可百年无货，不可一朝有饥，故食为至急也。议者不达农殖之本，多言铸冶之便。盖万人铸之，一人夺之，犹不能给，况今一人铸之，则万人夺之乎？虽以阴阳为炭，万物为铜，役不食之民，使不饥之士，犹不能足无厌之求也。

仓廪论　　宋·张方平

臣闻古者民三年耕则余一年之食，九年耕则有三年之畜，通三十年而有九年之积，丰年补败，虽累凶年，民弗之病。然后德化流洽，礼乐兴焉。此三代之盛，平土分民，富庶而教之本也。周衰，经界失聚，生业不平，则有权谋之臣、通变之士，调盈虚之数，修轻重之术，以制国用，均民财。若夷吾之准平、李悝之平籴粜、桑弘羊之均输、耿寿昌之常平，下至隋氏义租、唐人社仓之制，是皆便物利民，济时合道，安人之仁政，为国之善经也。孟子曰：犬彘食人之食而不知检，野有饿殍而不知发，人死则曰：非我也，岁也。是何异于刺人而杀之曰：非我也，兵也。是知蓄委者，国之大本；敛发者，政之大平；饥穰者，天之常行；备预者，人之所及者也。故万室之邑必有万钟之藏，千室之邑必有千钟之藏，而人君御之以准，然后民有所恃也。国家之承平六十年矣！漕引东南之粟以输太仓，卷地无余，常若不逮而仅充兵食，边塞之积鲜及兼年，强家之藏旧不接新，军士之饷朝不继暮，不幸而有凶旱水溢之灾，民立匮竭，国无以振救，老弱转死相枕沟壑。方骇而图之，强发私廪，千里转馈，重为劳费，官民皆扰，不亦谋之末乎？比者赦书有谕州县使立义仓之言，徒有空文而无画一之制。于兹三年，天下皆无立者。凡今之俗，苟且因循。严令坚约，犹复违慢；为民兴利，岂易其人？有位者无心，有心者无位。在上可行者，务暇逸而从苟且；在下乐行者，或牵束而不得专。以故民间利不克时兴，害不得时去，弊蠹，以及丧败。大凡事体兴立实艰，隳坏孔易，或谋以为利而转以为害。彼义租社仓者，齐隋唐氏既尝为之矣。始为百姓储备之道，终为僻君淫侈之费，是于籍外更生一调也。诚国家规前代之善荣，为齐人之大计，明立条式，权其敛出，令天下之县各于逐乡筑为困廪，于中户已上，为之等级课入谷麦。其输入之数，视岁薄厚，为之三品。县掌其籍，乡吏守之。遇岁之饥，发以振给。小饥则约小熟之所敛，中饥则约中熟之所敛，大饥则约大熟之所敛。专自县乡检校之，无使州郡计司侵取杂用焉。此则收自优户穰岁之有余，散于贫人凶年之不足，不使兼并贾人挟轻资，蕴重积，箢其利，以豪夺于吾人。此其协于《大易》裒多益寡、称物平施之义，符于《周官》党使相救，州使相赒之法，契诗人京坻之公布应时令振乏之理，使民足而知顺让，益归于本业，诚为国之大事也。谨论。

民政策　　宋·苏辙

近代以来，天下之变备矣。世之君子随其破败而为之立法，补苴缺漏，疏剔棼秽，其为法亦已尽矣。而后世之弊常不为之少息，其法既立而旋亡，其民暂享其利而不能久。因循维持，至于今世，承百王之弊而独受其责，其病最为繁多，而古人已行之遗策，又莫不尽废而不举。是以为国百有余年而不至于治平者，由此之故也。盖天下之多虞其始，自井田之亡，田制一败，而民事大坏，纷纷而不可止。其始也，兼并之民众而贫民失职，贫者无立锥之地，而富者连阡陌，以势相役，收太半之税，耕者穷饿而不耕者得食，以为不便。故从而为之法曰限民名田，贵者无过若干，而贫者足以自养。此董生之法也。天下之人兼并而有余，则思以为骄奢。骄奢之风行于天下，则富者至有破其赀畜，而贫者耻于不若以争为盗而不知厌。民皆有为盗之心，则为之上者甚危而难安。故为之法曰立制而明等，使多者不得过而少者无所慕也，以平风俗。此贾生之法也。民之为性，丰年则食之而无余，饥年则转死于沟壑而莫之救。富商大贾乘其不足而贵卖之，以重其灾；因其有余而贱取之，以待其弊。子夺之权归于豪民而上不知收，粒米狼戾而不为敛，藜藿不继而不为发。故为之法曰贱而官为籴之以无伤农，贵而官为发之以无伤民，小饥则发小熟之敛，中饥则发中熟之敛，大饥则发大熟之敛。此李悝之法也。古者三代之兵出而为兵，入而为农。出兵临敌，则国有资粮之储而兵罢役休，则无复养兵之费。及至后世海内多故而征伐不息，以为害农，故特为设兵以办天下之武事。其始若不伤农者，而要其终衣食之奉，农亦必受其困。故为之法曰不战，则耕以自养，而耕之闲暇则习为击刺，以待寇至。此赵充国之法也。盖古之遗制，其可以施于今者甚多，而臣不敢复以为说。而此四者，皆天下之所共知而不行者也。夫知之而不行，此其故何欤？臣闻事固有可以无术而行者，有时异事变，无术而不可行者。均民以名田，齐众以立制，是无术而可以直行者也；平籴以救灾，屯田以宽农，是无术而不可行者也。古者贤君在上，用度足而财不竭，损其有余以备民之所不足，而不害于岁计。今者岁入不足，以为出国之经费犹有所不给，而何暇及于未然之备？古者将严而兵易使，其兵安于劬劳，故虽使为农而不敢辞。今者天下之兵，可使执劳者，皆不知战；而可与战者，皆骄而不可使，衣食丰溢而筋力疲惫。且其平居自处甚倨，而安肯为农夫之事乎？故屯田、平籴之利，举世以为不可复者，由此之故也。盍亦思其术矣！臣尝闻之，贾人之治产也，将欲有为而无以为资者，不以其所以谋朝夕之利者为之也。盖取诸其不急之处而日蓄之，徐徐而为之，故其业不伤而事成。夫天子之道，食租衣税，其余之取于民者，亦非其正矣。茶盐酒铁之类，此近世之所设耳。夫古之时，未尝有此四物者之用也，而其为国亦无所乏绝。臣愚以为可于其中择取一焉而置之用度之外，岁以为平籴之资。且其既已置之用度之余，则不复有所顾惜而发之也轻。发之也轻，而后民获其利。其与今之所谓常平者，亦已大异矣。抑尝闻之，尝已牧马者，不可使之畜豚彘。马彘之相去未能几也，而犹且不可使。今世之兵，以为兵募之而欲强之以为农，此其不从，固无足怪者。今欲以兵屯田，盖亦告之以将屯田而募焉。人固有无田以为农，而愿耕者从其愿而使之，则虽劳而无怨。苟屯田之兵既多而可用，则夫不耕而食者，可因其死亡而勿复补，以待其自衰矣。嗟夫！古之人。其制天下之患，其亦已略尽矣，而其守法者常至于怠惰而不举。是以世之弊常若近起于今者，而不求古之遗法而依之以为治，可不大悲矣哉！

救灾议　　宋·曾巩

河北地震水灾，隳城郭，坏庐舍，百姓暴露乏食。主上忧悯，下缓刑之令，遣拊循之使，恩甚厚也。然百姓患于暴露，非钱不可以立屋庐；患于乏食，非粟不可以饱。二者不易之理也。非得此二者，虽主上忧劳于上，使者旁午于下，无以救其患，塞其求也。有司建言，请发仓廪与之粟，壮者人日二升，幼者人日一升。主上不旋日而许之，赐之可谓大矣。然有司之所言，特常行之法，非审计终始，见于众人之所未见也。今河北地震水灾，所毁败者甚众，可谓非常之变也。遭非常之变者，亦必有非常之恩，然后可以振之。今百姓暴露乏食，已废其业矣。使之相率日待二升之廪于上，则其势必不暇乎他焉！是农不复得修其畎亩，商不复得治其贷贿，工不复得利其器用，闲民不复得转移执事，一切弃百事而专意于待升合之食，以偷为性命之计，是直以饿殍之养养之而已，非深思远虑，为百姓长计也。以中户计之，户为十人，壮者六人，月当受粟三石六斗；幼者四人，月当受粟一石二斗。率一户，月当受粟五石。难可以久行也，则百姓何以赡其后？久行之，则被水之地既无秋成之望，非至来岁麦熟，赈之未可以罢。自今至于来岁麦熟，凡十月，一户当受粟五十石。今被灾者十余州，州以二万户计之，中户以上及非灾害所被，不仰食县官者去其半，则仰食县官者为十万户。食之不遍，则为施不均，而户犹有无告者也；食之遍，则当用粟五百万石而足，何以办此？又非深思远虑为公家长计也。至于给授之际，有淹速，有均否，有真伪，有会集之扰，有辩察之烦，厝置一差，皆足致弊。又群而处之，气久蒸薄，必生疾疠。此皆必至之害也。且此不过能使之得旦暮之食耳！其于屋庐构筑之费，将安取哉？屋庐构筑之费既无所取，而就食于州县，必相率而去其故居，虽有颓墙坏屋之尚可完者，故材旧瓦之尚可因者，什器众物之尚可赖者，必弃之而不暇顾。甚则杀马牛而去者有之，伐桑枣而去之者有之，其害又可谓甚也。今秋气已半，霜露方始，而民露处，不知所蔽。盖流亡者亦已众矣。如是不可止，则将空近塞之地。空近塞之地，失战斗之民，此众士大夫之所虑而又可谓无患者也。空近塞之地，失耕桑之民，此众士大夫所未虑而患之甚者也。何则？失战关之民，异时有警，边戍不可以增尔；失耕桑之民，异时无事，边籴不可以不贵矣。二者皆可不深念欤！万一或出于无聊之计，有窜仓库盗一囊之粟、一束之帛者，彼知已负有司之禁，则必鸟骇鼠窜，窃弄锄挺于草茅之中，以扞游徼之吏。强者既嚣而动，则弱者必随而聚矣。不幸或连一二城之地，有枹鼓之警，国家胡能晏然而已乎？况夫外有夷狄之可虑，内有郊社之将行，安得不防之于未然，销之于未萌也？然则为今之策，下方纸之诏，赐之以钱五十万贯，贷之以粟一百万石，而事足矣。何则？令被灾之州为十万户，如一户得粟十石、得钱五千，下户常产之赀，平日未有及此者也。彼得钱以完其居，得粟以给其食，则农得修其畎亩，商得治其货贿，工得利其器用，闲民得转移执事，一切得复其业，而不失其常生之计，与专意以待二升之廪于上而势不暇乎他为，岂不远哉！此可谓深思远虑，为百姓长计者也。由有司之说，则用十月之费，为粟五百万石。由今之说，则用两月之费，为粟一百万石。况贷之于今而收之于后，足以振其艰乏，而终无损于储积之实。所实费者，钱五钜万贯而已。此可谓深思远虑，为公家长计者也。又无给授之弊，疾疠之忧，民不必去其故居。苟有颓墙坏屋之尚可完者，故材旧瓦之尚可因者，什器众物之尚可赖者，皆得而不失。况于全牛马，保桑枣，其利又可谓甚也。虽寒气方始，而无暴露之患。民安居足食，则有乐生自重之心；各复其业，则势不暇乎他为。虽驱之不去，诱之不为盗矣。夫饥岁聚饿殍之民而与之升合之食，无益于救灾补败之数。此常行之弊法也。今破去常行之弊法，以钱与粟一举而赈之，足以救其患，复其业。河北之民闻诏令之出，必皆喜上之足赖而自安于畎亩之中，负钱与粟而归，与父母妻子脱于流亡转死之祸，则戴上之施而怀欲报之心，岂有已哉！天下之民闻国家厝置如此恩泽之厚，其孰不震动感激，欲主上之义于无穷乎？如是而人和不可致，天意不可说者，未之有也。人和洽于下，天意悦于上，然后玉辂徐动，就阳而郊，荒服殊陬，奉币来享，疆内安辑，里无嚣声，岂不适变于可为之时，消患于无形之内乎？此所谓审计终始，见于众人之所未见也。不早出此，或至于一有枹鼓之警，则虽欲为之，将不及矣。或谓方今钱粟，恐不足以办此。夫王者之富，藏之于民。有余则取，不足则与。此理之不易者也。故曰：百姓足，君孰与不足？百姓不足，吾孰与足？盖百姓富实而国独贫，与百姓饿殍而上独能保其富者，自古及今，未之有也。故又曰：不患贫而患不安。此古今之至戒也。是故古者二十七年耕有九年之畜，足以备水旱之灾，然后谓之王政之成。唐水汤旱而民无捐瘠者，以是故也。今国家仓库之积，固不独为公家之费而已。凡以为民也，虽仓无余粟，库无余财，至于救灾补败，尚不可缓已。况今仓库之积尚可以用，独安可以过忧将来之不足，而立视夫民之死乎？古人有曰：剪爪宜及肤，割发宜及体。先王之于救灾，发肤尚无所爱，况于物乎？且今河北州军凡三十七，灾害所被十余州军而已。他州之田，秋稼足望。今有司于籴粟常价斗增一二十钱，非独足以利农，其于增籴一百万石易矣。斗增一二十钱，吾权一时之事，有以为之耳。以实钱给其常价，以茶荈香药之类佐其虚占，不过捐茶荈香药之类，为钱数钜万贯，而其费已足。茶荈香药之类与百姓之命，孰为可惜，不待议而可知者也。夫费钱五钜万贯，又捐茶荈香药之类，为钱数钜万贯，而足以救一时之患，为天下之计，利害轻重，又非难明者。顾吾之有司能越拘挛之见，破常行之法，与否而已。此时事之急也，故述斯议焉。

赈济论　　宋·程颐

不制民之产，无储蓄之备，饥而后发廪以食之，廪有竭而饥者不可胜济也。今不暇论其本，且救目前之死亡，惟有节，则所及者广。常见今时州县济饥之法，或给之米豆，或食之粥饭，来者与之，不复有辨中。虽欲辨之，不能也。谷贵之时，何人不愿得？仓廪既竭，则殍死者在前，无以救之矣。鸡鸣而起，亲视俵散。官吏后至者，必责怒之。于是流民歌咏，至者日众。未几谷尽，殍者满道。愚常矜其用心而嗤其不善处事。救饥者，使之免死而已，非欲其丰肥也。当择宽广之处宿，或使晨入，至巳则阖门不纳。午而后与之食，申而出之。日得一食，则不死矣。其力自能营一食者，皆不来矣。比之不择而与者，当活数倍之多也。凡济饥，当分两处，择羸弱者，作稀粥，早晚两给，勿使至饱。俟气稍完，然后一给。第一先营宽广居处，切不得令相藉。如作粥饭，须官员亲尝，恐生及入石灰。或不给浮浪游手，无此理也。平日当禁游惰，至其饥饿，哀矜之一也。

周世宗贷粟论　　宋·胡寅

称贷所以惠民，亦以病之。惠者，纾其目前之急也；病者，责其他日之偿也。其责偿也，或严其期，或征其耕，或取其息，或予之以米而使之归钱，或贫无可偿而督之不置，或胥吏以诡贷而征诸编民，凡此皆民之所甚病也。有司以丰取约予为术，聚敛之臣以头会箕敛为事，大旱而税不蠲，水潦而税不蠲，蝗螨螟贼而税不蠲。长官督税，不登数则不书课；民户纳欠，不破产则不落籍。出于民者尚如此，而况贷于公者？其责偿固不遗余力矣。世宗视民犹子，匡救其乏而不责其必偿，仁人之心，王者之政也。

荒政论　　宋·吕祖谦

荒政条目，始于黎民阻饥，舜命弃为后稷，播时百谷。其详见于《生民》之诗。到得后来，如所谓禹之水、汤之旱，民无菜色，其荒政制度不可考。及至成周，自大司徒以荒政十有二聚万民，其详又始错见于六官之书。然古之所谓荒政，必以三十年之通制国用，则有九年之蓄。遇岁有不登，为人主者则贬损减省。丧荒之式，见于小行人之官，札丧、凶荒、厄穷为一书。当时天下各自有廪藏，所遇凶荒，则赈发济民而已。当时措置与后世不同，所谓移民平籴，皆后世措置。且自周论之，太宰以九式均节物用，三曰丧荒之式。又遣人掌县鄙之委积，以待凶荒。而大司徒又以薄征、散利。凡诸侯，莫不有委积以待凶荒。凶荒之岁为符信，发粟赈饥而已。当时敛散轻重之式未尝讲。侯甸采卫皆有馈遗，不至于谷价翔踊。如弛张敛散之权，亦不曾讲。惟到春秋战国，王政既衰，秦饥乞籴于晋，鲁饥乞籴于齐，岁一不登，则乞籴于邻国。所谓九年之制度，已自败坏。见《管子·轻重》一篇，无虑百千言，不过君民互相攘夺，收其权于君上，已非君道。所谓荒政，一变为敛散轻重，先王之制因以坏。后来敛散轻重之权又不能操，所以启奸民幸凶年以谋祸害，民转死于沟壑。至此一切急迫之政，五代括民粟，不出粟者死，与敛散轻重之法又殆数等。大抵其法愈坏，则其术愈粗。论荒政古今不同，且如移民易粟，孟子特指为苟且之政，非所以为王道。乃秦汉以下，却谓之善政。汉武帝诏令水潦移于江南，方下巴蜀之粟，致之江陵。唐西都年岁不登，关中之粟不足以供万乘，荒年则幸东都。自高祖至明皇，不特移民就粟，其在高宗时，且有逐粮天子之语。后来元宗溺于晏安，不能长治。以此论之，时节不同，孟子所谓苟且之政，乃后世所谓善政。且三十年之通制国用，须必世百年而可行，亦未易及此。后之有志之士，如李悝之平籴法，非先王之政。丰年收之甚贱，凶年出之赈饥，此又思其次之良规。到得平籴之政不讲，一切趣辨之政，君子不幸遇凶荒之年，不得已而讲，要之非常行。使平籴之法常行，则谷价不贵，四民各安其居，不至于流散，各可以自生养。至于移民移粟，不过以饥殍之养养之而已。若设糜粥，其策又其下者。大抵荒政，统而论之，先王有预备之政，上也；使李悝之政修，次也；所在蓄积有可均处，使之流通，移民移粟，又次也；咸无焉，设糜粥，最下也。虽然如此各有差等，有志之士随时理会，便其民。战国之时，要论三十年之通计，此亦虚谈，则可以行平籴之法。如汉唐坐视无策，则移民通财，虽不及先王，亦不得不论。又不得已而为糜粥之养，随所寓之时，就上面措置得有法，亦可。大抵论荒政统体如此。今则所论，可行者甚多。试举六七条。且如汉载粟入关中，无用传；后来贩粟者免税。此亦可行之法。此法一行，米粟流通。如后世劝民出粟，散在乡里，以田里之民，令豪户各出谷散而与之。此一条亦可行。又如富郑公在青州处流民于城外，所谓室庐措置，种种有法。当时寄居游士分掌其事，不以吏胥与于其间。又如赵清献公在会稽，不减谷价，四方商贾辐凑。此一条亦是可行之法。凡六七条，皆近时可举而行者。自此推之，不止六七条。亦见《历世大纲》，须要参酌其宜于今者。大抵天下事，虽古今不同，可行之法，古人皆施用得其宜，今但能举而措之而已。今所论荒政，如平籴之政，条目尤须讲求。自李悝平籴至汉耿寿昌为常平仓，元帝以后，或废或罢。到宋朝，遂为定制。仁宗之世，韩魏公请罢鬻没官之田，募人承佃，为广惠仓，散与鳏寡孤独。庆历嘉祐间，既有常平仓，又有广惠、广济仓赈恤。所以仁宗德泽洽于民，三仓盖有力。至王荆公用事，常平、广惠量可以支给，尽粜转以为钱，变而为青苗，取三分之息，百姓遂不聊生。广惠之田卖尽，虽得一时之利，要之竟无根底。元祐间虽复，章惇又继之，三仓又坏。论荒政者，不得不详考焉。

赈济条议　　宋·徐　宁

一、赈济饥民，今请自本州县当职官多方措置，尽实抄劄实系孤老残疾并贫乏不能自存阙食饥民大人小儿数日，籍定姓名，将义仓斛斗各逐坊巷，逐村逐镇分散赈济，不必聚集。逐处劝请乡官或士人各三人，乡村无上户士人处，请税户主管，置历收支，给散关子。每五日一次并给，内大人日支一升，小儿减半。州县镇市乡村，并令同日以巳时支散，用革重叠冒请之弊。仍将本州县见养济乞丐人，亦同日别作一处支米，不得混合饥民赈给。臣谓其说固是，但不言义仓之米如何得到村镇。

一、粜卖米斛，本谓接济艰食之民。今访问州县，却是在市牙侩与有力强猾之徒借倩人力，假为褴缕之服，与卖米所合，二人通同攙夺，不及乡村无食之民。今仰本州立赏钱一百贯，约束密切，委官讥察，不得容牙子停贩、有力强猾公吏、军兵之家假作贫民请买，务要实及村民，无致冒滥。如有违犯之人，断罪发落。

一、赈济当支散日用五色旗，分为五处，每处分差指使二员、吏二名抄劄饥民，每一名给与牌子并小色旗。候支俵及数，前来赈济所报覆。一处先了，先令赴请。所贵分头集事，又且饥民不致并就一处喧闹。

贮粜论　　明·唐顺之

凡长吏有司，遇有旱灾之岁，势必至饥穷，必先榜示，禁其劫夺。谕之不从，痛惩首恶，以警余众，决不可行姑息之政。此非但救饥荒，乃弭祸乱之先务也。然则富民闭粜，何以处之？曰：必先谕之以惠邻，次开之以积福，许其随时取直，禁人侵其所有。民之无力者，官予之券，许其取息。待熟之后，官为追偿。苟积粟之家丁口颇众，亦必为之计算，推其赢余，以济匮乏。若彼仅仅自足，亦不可强也。愿请以在仓之米，尖入平出之余，递年所得之米，皆用以为备豫之数。岁抄计用之时，量入为出之际，不在数中，仍留在仓，存其名数，以待荒年之用。又立为定制，凡藩臬州县民间词讼，属户律者，如户婚、田土、坊场、津渡、墟市之类，讼而得理者，俾量力而出粟。争田者，上田每亩或三斗，或二斗，或一斗。争婚者，各量罚石数。其无理者，亦罚米以赎罪。皆贮之仓，以备荒政。及前此敛民以为赈济者，皆通归官廪。常年则依例挨陈以支，荒岁则别行关给以散。积之岁月，必有赢余。其或不足，又须多方设法以措置之，随处通融以补益之，使必足而后已。一旦遇灾，有备无患矣。可分民为三等，上户偿如其数，中户取其半，下户尽予之。又于户部十三司之外，依工部缮工司例，别立一司，添设官吏，专以备荒。每年夏六月麦熟、秋九月以后，百谷收成之候，藩府州县将民间所积有无成熟分数逐件申达。十月以后，通申一年之数，兼计明年食足与否，有收者几乡，无收者几乡，乡凡几户得过者几家，必须赈给者几家，官廪之储多少，富家之积有无，近邑何仓有米，近乡谁家有积。或借官帑以为备，或招商贾以通市，或请于朝廷，有所蠲贷，或申于上司，有所干请。凡百可以为赈济之备者，皆于未荒之先而为先事之虑。岁岁而袭其常，事事而为之制，人人而用其心，虽有荒旱水溢，民无菜色矣。

耿寿昌常平仓法论　　明·唐顺之

臣按：寿昌初立法时，兼请立于边郡。窃以为内地行之，不能无弊。惟用之边郡为宜，非独可以为丰荒敛散之法，亦因之以足边郡之食，宽内郡之民焉。请于辽东、宣府、大同极边之处各立一常平司，不必专设官，惟于户部属遣官一二员，岁往其处，莅其事。每岁于收成之候，不问是何种谷，遇其收获之时，即发官钱收籴，贮之于仓。谷不必一种，惟其贱而收之；官不必定价，随其时而予之。其可久留者，储之以实边城；其不可久者，随时以给廪食之人。凡诸谷，一以粟为则。如粟直八百，豆直四百，则支一石者，以二石与之。他皆准此。然后计边仓之所有，豫行应运边储州县，俾其依价收钱，以输于边。如此不独可以足边郡，而亦可以宽内郡矣。由是推之，则虽关中监粮之法，亦可渐有更革焉。

积贮议　　明·丘濬

备荒之政，不过二端，曰敛、曰散而已。有以敛之而积久不散，则米粒浥腐而不可食；有以散之而一切不敛，则仓廪空虚而无以继。守者有破产之患，贫者无偿官之资。有司苟且，具文逭责，往往未荒而先散。及有荒歉，所储已空。饥民有虑后患者，宁流移而死亡，不敢领受。甚至官吏凭为奸利，给散之际，饥者不必予，予者不必饥；收敛之时，偿者非所受，受者不必偿。其弊非止一端。必欲有利而无弊，莫若尽捐予民，不责其偿之为善。若或土地之偏隘，人民之众多，遇有凶灾，难于取具，赈饥之后，丰年取偿。可分民为三等，上户偿如其数，中户取其半，下户尽予之。又于户部十三司之外，依工部缮工司例，别列一司，添设官吏，专以备荒。每年夏六月麦熟、秋九月以后，百谷收成之后，凡百可以为赈济之备者，皆于未荒之先而为先事之虑。岁岁而袭其常，事事而为之制，人人而用其心，虽有荒旱水溢，民无菜色矣。

备荒弭盗议　　明·焦竑

天下事有见以为缓而其实不可不蚤为之计者，此狃目前者之所狎视而深识广览之士之所蒿目而忧也，则今之备荒、弭盗是已。尝观《周礼》，以荒政十二聚万民。诸散利、薄征、缓刑、弛役，纤悉备具，而除盗贼，即具于中，何者？国富民殷，善良自众；民穷财尽，奸宄易生。盖天下大势，往往如此。昔人谓圣王之民不馁，治平之世无盗，此笃论也。朝廷统驭方内，义震仁怀，靡所不至，宜粟陈贯朽，民生阜康，氛祲廓清，暴民不作矣。乃吴楚之东西，大江之左右，近而宛洛，远而闽蜀，饥馑频仍，赤地万里，山岨水涯，群不逞之徒钩连盘结，时戢而时动。此非盛世所宜于有也。愚以为备荒弭盗，皆今急务，而备荒为尤急。古今备荒之说不可缕数，总之修先王储偫之政，上也；综中世敛散之规，次也；在所畜积均布流通，移粟移民，裒盈益缩，下也。咸无焉，而孳孳糜粥之设，是激西江之水苏涸辙之鱼，蔑有及矣。试详论之。周官既有荒政，为遇凶救济之法矣，而又遗人所掌，收诸委积，为待凶施惠之法。廪人所掌岁计丰凶，为嗣岁移就之法。未荒也，预有以待之；将荒也，先有以计之；既荒也，大有以救之。故上古之民灾而不害。说者谓，此非一时所能猝举，而中世敛散之规，皆师其遗意。可见施行者，如李悝之平籴，中饥则发中熟之所敛，大饥则发大熟之所敛。说一。耿寿昌之常平，谷贱则增价以籴，谷贵则减价以粜。说二。隋长孙平令民家出石粟输之当社，以备凶年。说三。此谓中世敛散之规，今之所当亟于修举者也。若旬月责州郡丰歉之数而移就之，如刘晏之为转运；劝民出粟，兼以官廪，如富弼之在青州。此临事权宜之术，非国家经远之道也。或曰：今之进说者，有欲立格劝输，别于进纳，优隆兴崇义之奖者；赈任公正，不必在官，主先臣丘濬之说者；明禁翔踊，闭籴者配，如辛弃疾之傍湖南者。子皆略之，何也？愚应之曰：凡此所以救荒而非所为备也。《语》曰：御隆寒者，春煦而制罽毡；蔽淫霖者，晴旱而理袯襫。苟平日无以待之，而取办于一时之权变，其济几何？况饥者嗷嗷以待哺，主者泄泄而听议，迨及廪予，已半为沟中之瘠矣。彼羸罢者，能甘心以就毙？其强有力者，以为等死耳，与其死于饥寒，孰若乘时窃发，少延旦夕之为愈也。于是揭竿斩木，一唱百和者，棼棼不可遏矣。夫无其备，既可驱农而为盗；有其备，自可转盗而归农。此在良有司一加之意耳！倘备御悉举，而犹有萑苇之警出于叵测，吾以义仓、保甲相辅而行，将德惠翔洽，威棱震举。夫孰有以不赀之躯，试必死之法者乎？抑愚犹有慨焉！夫民不必甚予，第无取之足矣。民不必甚利，第无害之足矣。平居尽其衣食之资，迨其死且畔也，屑屑焉啖以濡沫之利，此所谓晚也。故必当事者仰体天子德意，奉法顺流，与之更始，宁为不事茧丝之尹铎，无为矫诏擅发之汲黯，宁为催科政拙之阳城，无为赈饥发粟之韩韶，虽比迹成周，可渐致也。何忧荒与盗哉！若曰此业已耳熟之，而必更求新奇之说，则非愚之所知也。

蠲赈二事策　　明·袁宗道

今日蠲赈二议，即管晏持筭、贾晁握筹，计必出此。然竟未济元元之急者，何也？窃计蠲之策一，善行其蠲之策三；赈之策一，善行其赈之策六。今海内重灾郡邑，其税应存留者业已免征，而起运者尚未全豁也。枵腹孑遗，救死不暇，而胡力辨？此故起运之课宜于省也。又闻州邑不肖之吏，黄封虽下，白纸犹催。畸羸之夫，腹无半粟，而手足犹絷于桁杨。籍当宁之旷恩，为润篋之便计，何姓名犹不入之白简乎？故苛征之察宜密也。民草食不充，而大吏犹馈送充斥，供张丰腆。此非民膏，何以给之？故官守之自奉宜薄也。兹善行其蠲之三策也，以幽遐蔀屋悉仰内帑，其势易穷；而悉举州邑之库藏赎锾，急给州邑之窭者，鲜不济矣。故从朝廷赈之则难，从州邑赈之则易也。一邑之内，一郡之中，岂无豪赀财、好施与者？故令上赈之则难，令下民自相赈则易也。里之厚赀者，所捐若而百则旌之，若而千则爵之，若而万则厚爵之，富民有不竭蹶以趋者乎？故绳之使赈则难，劝之使赈则易也。幽远小民，去城邑百里，晨起裹粮，蹩躠趋城。胥吏犹持其短长，非少赂之，弗得受赈，得不偿失，奈何！宜令耆民廉平者，偕里之富好施者，临其聚落招给焉，蔑不暨矣！故移民就食则难，移食就民则易也。夫珠不可衣，玉不可食，有米粟乏绝之处，人至抱璧以殒者。即得州邑及赀户之赈，而操金赀易，转移尚艰。故使下民贷粟则难，官司转贷而给之尤易也。凡此皆善行其赈之（按：以下原稿缺文）

赈荒条议　　明·陈继儒

官长踏荒，东踏则西怨，西踏则东怨。舟车所至，攀拥叫号。里排总甲有伺候之费，有送迎之费，有造册之费，有愚民买荒之费。不如一概以全荒具申上司。旧规奏报夏灾，例在五月。今已过期，似难复缓，直待上台题请，朝廷旨下户部覆行，然后轻骑减从踏勘未迟。今不必沿乡履亩也。（踏荒）

得钱做荒，出钱买荒，其弊种种不一。须令该图里排开报得分明，图书造册得分明。如一保之中，某区为熟区，某区为荒区，一区之中，某图为熟图，某图为荒图，一图之中，某圩为熟圩，某圩为荒圩，俱用印钤记讫，然后行抽勘之法。勘圩则刻，勘区、勘图则宽。又然后行抽问之法，或问事，或比较。问过去前甲之里排则公，问见在挨甲之里排则私。大抵种田全荒者，即是上贫之饥民也；种田半荒者，即是次贫之饥民也。得一圩之真荒田若干、真饥民若干，而众图不敢欺矣。得一图之真荒田若干、真饥民若干，而众区不敢欺矣。勘荒在此，赈饥亦在此。本之以恻隐不忍之念头，参之以神明不测之作用，宁

过仁，无过义，宁使得便宜在百姓，无使得便宜在朝廷。此勘荒之大指也。(勘荒)

勘荒固难，而派荒尤难。说者曰官长不能千百其化身而方圆于一手，何如一概摊荒，使荒熟皆沾恩典，此为熟乡作说客而设也。夫东南与西北，非特地势之高下不同，抑且有灾无灾之截然迥别。若幸而有恩，应尽数派与荒区。惟荒区有改折，惟荒区有停征带征，惟荒区有粥赈米赈，而高乡不得望焉。夫荒区菜麦不及收矣，秧苗不及栽矣，即栽腐烂矣。即间有可救者，皆数十百人共踏大朋水车，男罢耕，女罢织，甚则皮穿脚肿矣。今高乡有是乎？富户见田荒，谁肯借贷债米？业主见田荒，谁肯接济工本米？啼饥号寒，卖男鬻女，今高乡有是乎？租米既不能还，钱粮安所从出？佃户苦，业户苦，里排苦，县官苦。今高乡有是乎？盖当道之请命，为荒不为熟也；朝廷之特恩，为荒不为熟也。父老之拖泥带水，匍匐攀号，正恐以荒作熟也；县官之曝日冲风，亲行踏勘，正恐以熟作荒也。若不问苦乐高低，概行摊荒之法，似于官吏觉便，而于救灾则甚不均，甚不服。夫低乡涕泣而求之，高乡谈笑而得之，膏梁而欲坐享饿殍之食，孟获而欲分夺婴儿之乳，此岂望吾良吏者乎？士大夫无以此曲动上听可也。(尽荒)

夏秋之交，旧木未消，新水复横。正如旧钱粮未足，新钱粮复征。三吴百姓之苦，未有甚于今日者也。且夫暑而彻夜极寒，大雨而浃日不止，天时可怪，岁事可疑。自古水旱必相仍，兵荒必相继。即极盛太平之世，且不能免，而况以好奢之世界当易动之物情，可不为寒心哉！昔蜀道寇作，临汝侯嘲罗研曰：卿蜀人，何乐祸如此？研曰：蜀中百家为村，有食者不过数家，贫迫之人十常八九，束缚之吏十有二三。若令有五母鸡二母彘，床上有百钱，瓮中有数升麦饭，虽苏张巧说于前，韩白按剑于后，将不能一夫为盗矣。古来乱民常挟饥民而起，如王仙芝、黄巢之类，不能枚举。必须当路者先服饥民之心，摄乱民之胆，而后可以永保于无事。何谓服饥民之心？如菲衣恶食，教民节俭，缓征停讼，与民休息，任怨任劳，怕因怕果，如切自家痛痒，如救自家骨肉，披发缨冠，废寝忘食，所谓服饥民之心者也。何谓摄乱民之胆？只今大水弥天，奸人借事生衅，或有装驾快船，以割稻为利者；或有抢夺篙橹货物，以增筑圩岸为名者；或有聚众鼓噪，以借米粜米为名者。此皆乱法之民。若有此等倡祸，即刻前往擒拿首恶，轻则系狱，重则捆打。此所谓摄乱民之胆者也。盖救灾恤患之中，专寓防微杜渐之意，饥民必救，乱民必斩。舍此八字，别无荒政矣。(禁乱)

夫上人要有救荒之心，而不当有救荒之状。如银赈、米赈、粥赈，此为无田者而设也。而目前库中之银几何，仓中之谷米几何，此不可遽言赈也。如蠲免，如改折，如停征带征，此为有田者而设也。而目前之荒疏未上，朝廷之恩例未下，此不可以遽言蠲也。大抵饥民如小儿，不忍用威，又不敢遽用恩。挨得一刻不啼哭，则一刻之饼饵且止。挨得一日不啼哭，则一日之饼饵且止。留前贮后，用时而行。屈指七月至，十月终，有一百二十日之期。幸而高乡成熟，则新米可接济矣。又屈指十一月至明春四月终，有一百八十日之期。幸而春熟有望，则豆麦又可接济矣。独二熟未至，接济何人？万姓嗷嗷，命在呼吸。前则以设法预备为主，后则以分头急救为主。中间则在闲时忙做，忙时闲做，勿促之告急，勿挑之使动，如遏粜抑价之类是也。(禁张皇)

改折一事，近虽奉有明旨，但时事多艰，拘挛当破。议赈则仓库空虚，议蠲则金花难免。独有漕粮一项。漕粮每石，轻赍、席板、过江水脚、折耗等项，计费银二两。若得几分请折，每石止征银五钱，则余米存留地方，有田者明沾实惠，无田者暗受恩波，计无便于此矣。查得改折事例，被灾十分、九分以上者，改折七分。又查得被灾八分以上者，不分正改兑，每石折银五钱。此定制也。今三县灾伤，正当十分、九分之数，则改折漕粮，正当每石折银五钱之时，前有万历十六年及三十七年水灾奏准文卷，历历可查。申请道院，援例乞恩，亦宽中之宽，恩外之恩，而未知可得否也。若复请今岁停征太过，则来岁带征益多，姑息于目前，而箠楚于日后，不惟难为百姓，抑且难为县官。且看部覆何如耳？(改漕折)

以官救民，不若以民济民；以民济民，不若以商济民。我既遏籴，邻亦效尤，寸寸节节，皆是死路。当听其自相灌输，较是两便。盖本方之米有限，日用则米日消；四方之米无穷，日来则价日减。此不待智者而后知也。若云米在外者，则欲招来；米出境者，则欲严禁。非惟用情之不恕，抑亦立法之难行。此犹士大夫半明半暗之说也。(禁遏籴)

救荒之法，无如设处粮食为第一义。拣选大户领银转贩，给付印批，勒限回县，似矣。目今库藏空虚，官银何处撮借？愚谓使大户籴米，不如使大户积米。如不愿远籴而愿积米者，即将本家之米自贮本家之仓，积米若干，时价若干，但取结状印信登册。讫后日价踊，原照前价平粜。幸而价不甚昂，米还大户，而官无与焉。在官府许境内之米留之境内，不必处籴米之银；在大户以留之在家者听之在官，不必增远贩之费。此不遏之遏，不籴之籴也。拣选积米大家，只将屯户查明，量田之多寡，酌米之重轻。如千亩、五百亩之家，或有余蓄，下此则不能矣。若开报殷实，徒生诈端；请托营求，易生烦扰。其不便者一。领银籴米，银一到手，岂无花费之子弟、侵克之家人？其不便者二。我遏我籴，彼遏彼籴，口语斗争，关津阻隔。其不便者三。远涉江湖，担延岁月。其不便者四。远方价高，回乡价减，查验推委，多所支离。其不便者五。华亭八十余区，试选区中大户召而问之，愿积米乎？愿籴米乎？其情实可以立见矣。(籴米)

抑价之说，行于官粜则可，行于民粜则不可。盖官府设法银两，遣官远方贩得粮食，略有头绪矣，然后发与良善大户，平价粜与饥民。但奸徒或以低银至者，以低钱至者，以短价至者，受之则大户亏本，拒之则喧嚷相加。甚则诈告小升小斗，诈告插谷插粞，而添出词讼无已时矣。况抑勒减价，则积米之家闭廪不出，贩米之商闻风不来。本欲抑价而价愈增，此立毙之道也。(禁抑价)

官粜官籴，其名甚美，而往年奉行台谕，几至大乱。盖强梁者得之，软弱者不得也；附近者得之，远僻者不得也。衙门之狡猾、臧获之亲厚者得之，而鳏寡孤独、疾病无告者不得也；诡名诡姓、假为蓝缕之服者得之，而真正饥贫者不得也。或拥轧，或叫号，或困踣，或斗争，或声言以减窃告，以拌和告，以小斗斛告。本家不胜其烦，但求糊涂苟且了事，而止有平粜之名，无平粜之实。若不体贴设行，则区处钱粮之艰难，远贩粮食之辛苦，俱付之儿戏一掷耳。可惜可惜！慎之慎之！直待铺行十分踊贵之候，始付好义大户平粜饥民。但许升计，不许斗计，自城及乡。然亦可暂而不可久也。(平粜)

夫用众宜在狭处，不宜在广阔处。如在广阔处，唱名叫一人，而千万人俱拥案前。本人不到，而他人冒应冒领者有之。应去复来，领去复应，其谁能一一而稽察哉？大抵散赈，不散米而散票，此常法也。散票之法，莫如晴明上城安排布置。每图分作十甲，第一甲以至十甲，每甲将水牌开写饥民姓名，挨甲编定。有一城垛，靠立饥民一名。县公乘轿，门子执票，有一名即将一票付之。得票者从轿后陆续过去，未领票者从轿前挨次前来。散过一图，又是一图；散过十甲，又是十甲。饥民执票就仓，仓吏认票发米，先后亦

以此为次第。兵法云：用众如用寡，分数明也。此即散赈之法也。(散赈)

救荒之意，为田设也。田主各有接救佃户。种田一亩者，付米二升；种田十亩者，付米二斗。共计米三万九千石，即省出官米三万九千石矣。即使官赈，有如此之直捷乎？即使官粜，有如此之均匀乎？人自为给，无强梁挤轧之弊；家自为赈，无游手冒名之弊。平时借作工本米，凶年借作性命米。工本米至冬月补偿，性命米至丰月补偿。各立券为准，不远者，告官究追。此官府不赈之中，而民间暗寓赈济之法。比之报名分赈、执票平粜者，有淹速，有均否，有真伪，有会集之扰，有辨察之烦，其孰便孰不便也乎？且赈饥之事，官府既不能遍及乡村，又不能确定灾伤之重轻与饥户之真伪。惟田主与租户痛痒相关，情形又实，凡田之果荒与否、家之果贫与否，不待踏勘而彼此灼然莫可掩饰者。今能照依前议，既报其平日胼手胝足之劳，又救其目前逃亡饿殍之苦。此安插佃户第一义，而当事者又且赈之，以济其穷，庶不立稿矣。况士农工商，惟农最苦。比之游手闲民及素不识姓名者，休戚万万也。田主置之度外，彼且相率而去其故居，抛弃屋庐，谁人看守？明年菜麦？谁人于种？田主劳费，岂不多于今日哉！是说也，无田者、田少者皆欣然以为可行，而转展阻碍挠、倡言不便者，必出于多田富户之仆辈。独不思田多则易于转移，人饥又易于为德，决不分外多求，亦决不因求生事。仁人首倡，转相劝谕，由城而镇，由镇而乡，由吴而越，繇吴越而推之他方被荒之处，岂非根本简便之良法哉！(田主赈佃户)

救荒煮粥事宜(十七条)

一、早粥不如迟煮

煮粥最宜慎始虑终，须计量仓谷多寡，可食若干人，可支几时，然后起手。若骤然轻举，一时谷尽，又骤而已之，令老弱者转死，强梁者且生他心，不可不慎。

一、城郭不如乡村

设粥于城郭，则游手之人多；设粥于乡村，则力耕之农众。聚则疫痢易染，分则道里适中。设粥城郭十之一，乡村十之九，则较得其平矣。

一、委官不如委好义

大户一心以奉委，又一心以救饥民，精神既分，事事苟且。惟敦请贤士大夫为地方素所信服者监督煮粥，朝夕无供应之烦，左右无需索之苦。柴米不能凑手，可以猝请猝应，于当事者又无扞格不通之虞。昔井愚聂公尝行之而效矣。

一、搭厂不如寺院

搭厂，费竹木，费柴薪，费工食。既防火烛，又虞风雨，又少遮拦。惟寻访地方寺院，一便水浆，一便造灶，一便寓房，一便贮柴积米，一便容民畜众。

一、土灶不如砖灶

土灶龌龊易败，砖灶洁净可久。其大锅锅盖、水缸等项，即从地方镇上店家借之，编号登记讫。若火钤、檐桶、淘箩、簸扁诸小物类，大户领价置之。

一、执事不如选用饥民

选用饥民，须衣服洗净，精力健旺者。每人给米二升，许令执事煮粥。如有不好洁、不听命，因而偷盗米粮物件者，逐出更换。

一、粞粥不如米粥

往时粞粥，多有半生半熟者，间有拌和石膏者。饥不择食，往往食后致病而死。若米粥则无此弊。故煮决以白米为主。

一、草柴不如木柴

官既发米，随将买柴银两同时给发。每日用柴百束，先买二三千束备用。坐柴可以代凳，余炭可以煮茶。日逐劈柴，最为烦苦。饥民待粥空闲者，即以劈柴委之，劈完加粥一碗。

一、吃粥不如带粥

凡煮粥，上午一次，下午一次，奔走道途。倘偶风雨，尤觉艰难。若愿吃粥者，许令自带碗箸，以便就食。若愿带粥者，许令自家带钵，并给二次，以便携归。昔尝行此法，愿吃者少，愿带者多。盖吃则止于一人，带则归分老幼，不妨生理，不失碗筋〔箸〕，不成群混扰，不竟日奔驰。饥民既得安闲，而执事者亦少休息矣。

一、给粥老人先于童壮

前锅粥熟，即贮缸中，遇老即发。盖老者尪羸，不能久待，童壮尚可待也。

一、给粥妇人先于男子

妇人领粥，出自万不得已，来即发之。盖妇人廉耻最重，不能久待。男子犹可待也。

一、童子、壮男各分一处

凡童子顽狡，溷入粥场，最难驯伏。须择一人管摄，或吃或带，击锣引旗。五童一队，挨次散之，凡壮男，须俟煮粥有余，末后给散。击锣引旗亦如之。大约以巳午为期。驯良生理者，不必先来久候；强暴梗事者，不致屯聚后留。亦分别调驭之一法。

一、丐流毋得混扰饥民

丐流混入饥民，非特不洁，亦且不甘。另遣乞丐头领，置之粥场远处，别设粥赈之。

一、饥民日登记籍

钱粮出自官府苦心区处得来，一粒一毫，俱要着落。抛散者上干天刑，侵渔者难逃宪网。凡每日男女领粥若干，每日煮过米若干，执事工食米若干，一一登记簿籍，以呈查考。

一、修道路桥梁

大水之后，岸有低洼者，补平之；桥有桥板桥栏腐坏者，修好之。无令饥病之人因倾跌致毙。先宜周密预为之。

一、另筹领粥

凡远近有体面之人，如学究，如里排，如医生等类，以领粥为惭，而实以绝粒为苦。另置竹筹，烙铁记色，分筹领粥，不必到厂。

一、煮粥须要尝粥

凡粥之生熟厚薄，有插和、无插和，须要监督。与大户亲看亲尝，则执事自然用心，而饥民亦且心服。

荒政考略卷八　杂文

平　赋　书　　　　唐·李　翱

凡为天下者，视千里之都为千里之都者，视百里之州为百里之州者，起于一亩之田。六尺谓之步，二百有四十步谓之亩，三百有六十步谓之里。方里之田，五百有四十亩；十里之亩，五万有四千亩；百里之州，五十有四亿亩；千里之都，五十有四百亿亩。方里之内，以十亩为之屋室径路。牛豚之所息，葱韭蔬菜之所生植，里之家给焉。凡百里之州，有田五十有四亿亩。以一十九亿四万有四千亩为之州县城郭、通川大途、畎遂沟浍、丘墓乡井，屋室径路。牛豚之所息，葱韭蔬菜之所生植，余田三十四亿五万有六千亩。亩率十取粟一石，为粟三十四万五千有六百石，以贡于天子，以给州县凡执事者之禄，以供宾客，以输四方，以御水旱之灾，皆足于是矣。其田间树之以桑。凡树桑，人一日之所休者，谓之功。桑太寡则乏于帛，太多则暴于田。是故十亩之田，植桑五功；一功之蚕，取不宜岁。度之虽不能尽其功者，功不下一匹帛，公索其百之十。树桑凡一百一十五万有二千功，功率十取一匹帛，帛一十一万五千有二百匹，以贡于天子。其鳏寡孤独有不人疾者，公与之粟帛；能自给者，弗征其田。桑凡十里之乡，为之公囷焉。乡之所入于公者，岁十舍其一于公囷，十岁得粟三千四百五十有六石。十里之乡多人者，不足千六百家。乡之家保公囷，使勿偷。饥岁并人不足于食，量家之口多寡，出公囷与之，而劝之蚕，以须麦之升焉。及其大丰，乡之正告乡之人归公所，与之畜，当戒必精勿濡，以内于公囷。穷人不能归者，与之，勿征于书。则岁虽大饥，百姓不困于食，不死于沟洫，不流而入于他矣。人既富，乐其生，重犯法，而易为善。教其父母，使之慈；教其子弟，使之孝；教其在乡党，使之敬让。羸老者得其安，幼弱者得其养，鳏寡孤独有不人疾者，皆乐其生。屋至相邻，烟火相接于百里之内，与之居则乐而居礼，与之守则人皆固其业，虽有强暴之兵，不敢陵。自百里之内推而布之千里，自千里而被于四海，其孰能当之？其在《诗》曰：迨天之未阴雨，彻彼桑土，绸缪牖户。此之谓也。

送水陆运使韩侍御归所治序　　唐·韩　愈

六年冬，振武军吏走驿马诣阙告饥，公卿廷议以转运使不得其人，宜选才干之士往换之。吾族子重华适当其任，至则出赃罪吏九百余人，脱其桎梏，给耒耜与牛，使耕其傍便近地，以偿所负。择其粟之在吏者四十万斛不征，吏得去罪死假种粮齿平人有以自效，莫不涕泣感奋，相率尽力，以奉其令。而又为之奔走经营，相原隰之宜，指授方法，故连二岁大熟，吏得尽偿其亡失四十万斛者，而私其赢余，得以苏息，军不复饥。君曰：此未足为天子言。请益募人为十五屯，屯置百三十人而种百顷。令各就高为堡，东起振武，转而西过云州界，极于中受降城，出入河山之际六百余里。屯堡相望，寇来不能为暴，人得肆耕其中，少可以罢漕挽之费。朝廷从其议。秋果倍收，岁省度支钱千三百万。八年诏拜殿中侍御史，锡服朱金银绯。其冬来朝奏曰：得益开田四千顷，则尽可以给塞下五城矣。田五千顷，法当用人七千。臣令吏于无事时督习弓矢，为战守备，因可以制敌无几。所谓兵农兼事，务一而两得者也。大臣方持其议，吾以为边军皆不知耕作，开口望哺。有司常僦人以车船自他郡往输，乘沙逆河，远者数千里，人畜死踣踵交，道费不可胜计。中国坐耗，而边吏恒苦食不继。今君所请田，皆故秦汉时郡县地，其课绩又已验白。若从其言，其利未可遽以一二数也。今天子方举群策，以收太平之功，宁使士有不尽用之叹，怀奇见而不得施设也？君又何忧？而中台士大夫亦同言侍御韩君前领三县纪纲、三州奏课，常为天下第一。行其计于边，其功烈又赫赫如此。使尽用其策，西北边故所没地可指期而有也。闻其归，皆相勉为诗以推大之，而属予为序。

青州赈济行文　　　　唐·富　弼

擘画屋舍安泊流民事

当司访闻青、淄、登、潍、莱五州地分，甚有河北灾伤流移人民逐熟过来。其乡村县镇人户不那趱房屋安泊，多是暴露，并无居处。目下渐向冬寒，切虑老小人口别致饥冻死损，甚损和气。须议别行擘画下项：

一、州县坊郭等人户虽有房屋，又缘见是出赁与人户居住，难得空闲房屋。今逐等合那趱房屋间数如后：

第一等，五间；第二等，三间；

第三等，两间；第四等、五等，一间。

一、乡村等人户甚有空闲房屋，易得小可屋舍，逐等合那趱间数如后：

第一等，七间；第二等，五间；

第三等（按：原书有脱漏）

右各请体认。见今流民不少在州，即请本州出榜。在县镇乡村，即指挥县司晓示人户，依前项房屋间数各令那趱，立定日限，须管数足数。内城郭，勒厢界管；当其乡村，即指挥逐地分耆壮抄点逐等姓名、趱那到房屋间数申官。仍丁宁约束管当人等，不得因缘骚扰，乞觅人户钱物。如有违犯，严行断决。仍指挥州县城镇门头人常切辨认才候。见有上件灾伤流民老小到门内，其在州，则引于司理处出头；其在县，即引于知县处出头；其在镇内，即引于监务处出头。各仰逐官相度人数，指定那趱房屋主人姓名，令干当人画时引押于抄点下房屋内安泊。如门头不肯引领者，许流民于随处官员处出头，速取勘决讫，当便指挥安泊了当。如有流民欲前去，未肯安泊者，亦听从便。如有流民不奔州县，直往乡村内安泊者，仰耆壮画时引领于趱那下房内安泊。讫，申报本县。及当职官员，躬亲劝诱，逐家量口数，各与桑土，或贷种救济，种植度日。如内有现在房数少者，亦令收拾小可材料，权与盖造应副。若有下等人户委的贫虚，别无房屋那应，不得一例施行。除此擘画之外，如更有安泊不尽老小，即指挥逐处僧尼等寺、道士女冠宫观门楼廊庑，及更别趱那新居房屋，安泊河北逐熟老小。如有指挥不及事件，亦请当职官员相度利害，一面指挥施行，务要流民安居，不致暴露失所。

晓示流民许令诸般采取营运事

当司访闻得上件饥民等，多在山林泊野打刈柴薪草禾，货卖籴食，及拾橡子，造作吃用，并于沿河打鱼，取采蒲苇博口食。多被逐处地主或地分耆壮，妄称系官或有主地土诸般名目邀阻，不得采取。似此向去冬寒，必是大段抛掷死损，须至专行指挥。

右请当职官员体认。见今流移饥民至处，立便于宁指挥诸县官火急行遣，遍于乡村道店村疃内分明粉壁晓示。应系流移饥民等，除人户墓园、桑枣果园及应系耕种地内诸般树木不得采取砍伐外，其近外远去处泊野山林内薪草木橡子，并沿河蒲苇芟打、捕鱼诸般养活流民等事件，不拘系官系私、有地主分、自随流民诸般采取，养活骨肉。其耆壮地主，并不得辄有约拦阻障。如违，仰逐地分耆壮，具地主姓名解押送官，严行断遣。若耆壮通同拦障，并仰流民于近便县镇官员处出头陈告，立便追捉，重行勘断，申当司。所有前项事件，盖为应急救济流移饥民，才候向去丰熟，日即依旧施行。

告谕劝诱人户量出斛米救济饥民

勘会当路淄、青、潍、登、莱五州，自春以来，风雨时若，夏已大稔，秋复倍登，咸遂收成，绝无灾害。兼曾指挥州县许人户就近输纳，务从百姓之便，不顾公家之烦；仍于中春广给借贷。正当缺乏，分于彼此。今具逐家均定所出斛米数目如后：

第一等，二石；第二等，一石五㪷；

第三等，一石；第四等，七㪷；

第五等，四㪷；客户，三㪷。

已上并米豆，中半送纳。

右件事须降此告谕，各令知委。所有其余约束事件，并从别牒处分。庆历八年十月告谕。

约束事件逐一指挥如后

一、逐州据封去告谕米数，酌量县分大小，擘与逐县。仍令逐县亦相度耆分大小，散与耆司。令遍告示乡村等第人户，一依告谕上逐等粮斛石斗出办，救济流民。

一、附近州城镇县耆分内第一、第二等人户，即于逐州县送纳；其第三、第四等、五等并客户，及不近州县镇城远处第一等以下，应系合纳斛斗人户，并只于本耆送纳。仰县司据逐耆人户合纳都数，均分与当耆内第一等人户，令圆那房屋盛贮。如耆长系第一等，即亦令均分收附，仍仰耆长同共专切提举管干。在耆都数，不管散失，及别致疏虞。

右具如前，各牒青、淄、潍、登、莱五州。候到，将降去本使告谕若干本数收管，限当日内一依上项逐件约束指挥施行。仍仰指挥逐县官员分头专切提举管干断定，不得信纵交纳干当人等，乱有邀难住滞人户，乞觅钱物。并指挥逐县，接此人户收成之际，限三五日内，早令送纳了足。专候催纳了绝，开坐逐县纳到石斗诸实事状，入马递供，申当司，定取日期，俵散饥民，不得信纵拖延误事。若是内有系大段灾伤人户，委的难为出办，即不得一例施行；亦不得为有此指挥，别生弊幸，透漏有力人户。如稍有违戾，罪无轻恕。所有将来俵散救济流民次第，别听候当司指挥。

上韩丞相论灾伤手实书　　宋·苏　轼

轼到郡二十余日矣，民物椎鲁，过客稀少，真愚拙所宜久处也。然灾伤之余，民既病矣。自入境，见民以蒿蔓裹蝗虫而瘗之道左，累累相望者二百余里。捕杀之数闻于官者，几三万斛。然吏皆言蝗不为灾，甚者或言为民除草。使蝗果为民除草，民将祝而来之，岂忍杀乎？轼近在钱塘，见飞蝗自西北来，声乱浙江之涛，上翳日月，下掩草木。遇其所落，弥望萧然。此京东余波及淮浙者耳！而京东独言蝗不为灾，将以谁欺乎？郡已上章详论之矣。愿公少信其言，特与量蠲秋税，或与倚阁青苗钱。疏远小臣腰领不足以荐鈇钺，岂敢以非灾之蝗上罔朝廷乎？若必不信，方且重复检按，则饥羸〔羸〕之民，索之于沟壑间矣。且民非独病旱蝗也！方田均税之患，行道之人举知之。税之不均也久矣！然而民安其旧，无所归怨。今乃用一切之法，成于期月之间，夺甲与乙，其不均又甚于昔者，而民之怨始有所归矣。今又行手实之法，虽其条目委曲不一，然大抵恃告讦耳。昔之为天下者，恶告讦之乱俗也，故有不干己之法。非盗及强奸，不得捕告。其后稍稍失前人之意，渐开告讦之门。而今之法，揭赏以求人过者，十常八九。夫告讦之人，未有非凶奸无良者。异时州县所共疾恶，多方去之，然后良民乃得而安。今乃以厚赏招而用之，岂吾君敦化相公行道之本意欤？凡为此者，欲以均出役钱耳。免役之法，其经久利病，轼所不敢言也。朝廷必欲推而行之，尚可择其简易为害不深者。轼以为定簿，便当即用五等古法，惟第四等、五等分上中下。昔之定簿者为役。役未至，虽有不当，民不争也；役至而后诉耳。故簿不可用。今之定簿者为钱。民知当户出钱也，则不容有大谬矣。其名次细别或未尽其详，然至于等第，益已略得其实。轼以为如是足矣。但当先定役钱所须几何，预为至少之数，以则其下五等。其余委自令佐，度三等以上民力之所任者而分与之。夫三等以上，钱物之数，虽其亲戚，不能周知。至于物方之厚薄，则令佐之稍有才者可以意度也。借如某县第一等凡若干户，度其力共可以出钱若干，则悉召之庭，以其数予之，不户别也，令民自相差择，以次分占，尽数而已。第二等则逐乡分之。凡某乡之第二等若干户，度其力可以共出钱若干，召而分之，如第一等。第三等亦如之。彼其族居相望，贫富相悉，利害相形，不容独有侥幸者也。相推相诘，不一二日自定矣。若析户，则均分役钱；典卖，则著所割役钱于契。要使其子孙与卖者各以其名附旧户供官，至三年造簿，则不复用，举从其新。如此而朝廷又何求乎？所谓浮财者，法不能知其数。凡告者，亦意之而已。意之而中，其赏不赀；不中，杖六十至八十。极矣！小人何畏而不为乎？近者军器监须牛皮亦用告赏，农民丧牛甚于丧子。老弱妇女之家报官稍缓，则挞而责之钱数十千，以与浮浪之人，其归为牛皮而已。何至是乎？轼在钱塘，每执事断犯盐者，未尝不流涕也。自到京东，见官不卖盐，狱中无盐囚，道上无迁乡配流之民，私窃喜幸。近者复得漕檄，令相度所谓王伯瑜者，欲变京东、河北盐去置布易盐务，利害不觉。慨然大息也！密州之盐，岁收税钱二千八百余万，为盐一百九十余万秤。此特一郡之数耳。所谓市易盐务者，度能尽买此乎？苟不能尽，民肯舍而不煎、煎而不私卖乎？顷者两浙之民以盐得罪者，岁万七千人，终不能禁。京东之民悍于两浙远甚，恐非独万七千人而已。纵使官能尽买，又须尽卖而后可。苟不能尽，其存者与粪土何异！其害又未可以一二言也。愿公救之于未行。若已行，其孰能已之。轼不敢论事久矣。今者守郡，民之利病，其势有以见及。又闻自京师来者，举言公深有拯救斯民，为社稷长计远虑之意，故不自揆，复发其狂言。可则行之，否则置之，愿无闻于人，使孤危衰废之纵重得罪于世也。干冒威重，不胜战栗。

越州赵公救灾记　　宋·曾　巩

熙宁八年夏，吴越大旱。九月，资政殿大学士右谏议大夫知越州赵公，前民之未饥，为书问属县，灾所被者几，乡民能自食者有几，当廪于官者几人，沟防构筑可僦民使治之者几所，库钱仓粟可发者几何，富人可募出粟者几家，僧道士食之羡粟书于籍者，其几具存，使各书以对而谨其备。州县吏录民之孤老疾弱不能自食者二万一千九百余人以告。故事岁廪穷人，当给粟三千石而止。公敛富人所输及僧道士食之羡者，得粟四万八千余石佐其费。使自十月朔，人受粟日一升，幼小半之。忧其众相蹂也，使受粟者男女异日而人受二日之食；忧其且流亡也，于城市郊野为给粟之所凡五十自七，使各以便受之，而告以去其家者勿给；计官为不足用也，取吏之不在职而寓于境者，给其食而任以事。不能自食者，有是具也；能自食者，为之告富人无得闭粜。又为之出官粟，得五万二千余石，平其价予民。为粜粟之所凡十有八，使籴者自便如受粟。又僦民完城四千一百丈，为工三万八千，计其佣与钱，又与粟再倍之。民取息钱者，告富人纵予之，而待熟官为责其偿。弃男女者，使人得收养之。明年春大疫，为病坊处疾病之无归者。募僧二人，属以视医药饮食，令无失所。时凡死者，使在处随收瘗之。法廪穷人，尽三月当止。是岁尽五月止。而事有非便文者，公一以自任，不以烦其属。有上请者，或便宜，多辄行。公于此时蚤夜惫心，力不少懈，事钜细，必躬亲。给病者药食，多出私钱。民不幸罹旱疫，得免于转死，虽死得无失敛理，皆公力也。是时旱疫被于吴越，民饥馑疾疠死者殆半，灾未有钜于此也。天子东向忧劳，州县推布上恩，人人尽其力。公所拊循，民尤以为得其依归。所以经营绥辑先后始终之际，委曲纤悉，无不备者。其施虽在越，其仁足以示天下；其事虽行于一时，其法足以传后。盖灾沴之行，治世不能使之无，而能为之备。民病而后图之，与夫先事而为计者，则有间矣！不习而有为与？夫素得之者，则有间矣！予故采于越，得公所推行，乐为之识其详。岂独以慰越人之思？将使吏之有志于民者，不幸而遇岁之灾，推公之所已试，其科条可不待顷而具，则公之泽岂小且近乎？公元丰二年以大学士加太子少保致仕，家于衢。其直道正行在于朝廷，岂弟之实在于身者？此不著。著其荒政可师者，以为越州赵公救灾记云。

救荒文移　　宋·刘安世

请颁常平之法，将一路所有钱衮同应副。一路之中，不得偏聚一州；一州之境，不得偏京东。青、淄、潍、登、莱五州丰熟处，逐处散在城郭乡村不少，当司虽已诸般擘画采取事件，指挥逐州官吏多方安泊存恤，救济施行，本使体量，尚恐流民失所。寻出给告谕文字，送逐州给散诸县，令逐耆长将告谕旨抟乡村等第人户并客户，依所定石斗出办米豆数。内近州县镇，只于城郭内送纳。其去州县镇城远处，只于逐耆令耆长置历受纳，于逐耆第一等人户处圆那房屋盛贮收附，封锁施行去讫。自后据逐州申报已告谕到斛米数目，受纳各有次第。今体量得饥饿死损，须至令上项五州，一例于正月一日委官分头支散上件劝谕到斛斗，救济饥民者。

一、请本州才候牒到，立便酌量逐县耆分多少差官。每一官，令专十耆，或五七耆，据耆分合用员数。除逐县正官外，请于见任并前资、寄居及文学、助教、长史等官员内，须是拣择有行止清廉、干当得事、不作过犯官员，仍勘会所差官员本贯，将县分交互差委支散，免致所居县分亲故颜情，不肯尽公。及将封去帖牒书，填定官员职位、姓名、所管耆分去处，给与逐官收执，火急发遣往差定县分，计会县司。画时将在县收到赃罚钱或头子钱，并俭取远年不用故纸卖钱，收买小纸，依封去式样字号，空歇雕造印板，酌量流民多少，宽剩出给印押历子头，各于历子后粘连空纸三两张。便令差定官员，令本县约度逐耆流民家数，分擘历子与所差官员。便令亲自收执，分头下乡，勒耆壮引领，排门点检抄劄流民。每见流民逐家尽底唤出本家骨肉数目，当面审问的实人口，填定姓名口数，逐客便各给历子一道收执，照证准备请领米豆。即不曾差委公人耆壮抄劄，别致作弊。虚伪重叠，请却历子。

一、指挥差委官抄劄给历子时，子〔仔〕细点检逐处流民。如内有虽是流民，见今已与人家作客，锄田养种，及有钱本机织贩舂，诸般买卖，图运过日，不致失所人，更不得一例抄劄姓名，给与历子，请领米豆。

一、应系流民虽有屋舍权时居住，只是旋打刈柴草，日逐旋求口食人等，并尽底抄劄，给与历子，令请领米豆。

一、应有流民老小羸疲，全然单寒，及孤独之人，只是寻讨乞丐安泊，居止不安等人，委所差官员擘画，归著耆分或神庙寺院安泊。亦便出给历子，令请米豆。不得谓见难为拘管，辄敢遗弃，却致抛掷死损。请提举官常切觉察。

一、应系土居贫穷年老，残患孤独，见求乞贫子等，仰抄劄流民官员躬亲检点。如别不是虚伪，亦各依历子，令依此请令米豆。

一、指挥差委官员，须是于十二月二十五日已前抄劄集定流民家口数，给散历子了当。须管自皇祐元年正月一日起首，一齐支给，不得拖延有误。至日支散，不得日数前后不齐。

一、流民所支米豆，十五岁以上，每人日支一升；十五岁以下，每日给五合；五岁以下男女，不在支给。仍历子头上分明细算，定一家口数、合请米豆都数，逐旋依都数支给。所贵更不临时旋计者。

一、缘已就门抄劄见流民逐家口数及岁数，则支散日更不令全家到来。只每家一名，亲执历子请领。

一、逐官如管十耆，即每日支两耆，逐耆并支五日口食。候五日支遍十耆，即却从头支散。所贵逐耆每日有官员躬亲支散。如管五七耆者，即将耆分大者，每日支散一耆；其耆分小者，每日支散两耆。亦须每日一次支遍，逐次并支五日口食。仍预先于村庄别出晓示，及令本耆壮丁四散告报流民指定支散日分、去处，分明开说甚字号耆分。仍仰差去官员，须是及早亲自先到所支斛斗去处，等候流民到来，逐旋支散。才候支绝一耆，速往下次合支耆分，不得自作违慢，拖延过时，别至流民归家迟晚，道涂冻露。

一、指执差委官员相度逐处受纳下米豆，如内有在耆分遥远第一等户人家收附，恐流民所去请领遥远，即勒耆壮量事图那车乘，般赴本耆地分中心稳便人家房屋室内收附，就彼便行支散。贵要一耆之内，流民尽得就近请领。

一、指抝所差官员，除劄札籍定给散流民外，如有逐旋新到流民，并须官员亲到审问，子细点检本家的实口数，安泊去处。如委不是重叠虚伪，立便给与历子，据所到日分起请。如有已得历子流民起移，仰居停主人画时令流民将元给历子于监散官员处毁抹。若是不来申报及称带却历子，并仰量行科决，不得卤莽重叠给印历子，亦不得阻滞流民。

一、逐耆尽各均匀纳下斛斗，切虑流民于逐耆安泊不均。仰县司勘会，据流民多处耆分，酌量人数，发遣趱并于少处耆分安泊，令逐耆均匀支散救济。若是流民安泊处稳便，不愿起移，即趱并别耆斛斗，就便支俵。不得抑勒流民，须令起移。

一、州县镇城郭内流民，只差委本处见任官员。亦先且躬亲排门抄劄逐户家口数，依此给与历子。每一度并支五日米豆。候食尽，挨排日分，接续支给米豆，一般施行。

一、逐州除逐处监散官员，仍请委通判或选差清干职官一员，住本州界内，往来都大提举诸县支散米豆官吏。仍点检逐耆元纳并逐官支散文历，一依逐件钤束指抝施行。仍亲到所支散米豆处，子〔仔〕细体问流民所请米豆委得均济，别无漏落。如有官员弛慢，不切用心，信纵手下公人作弊减克，流民合请米豆不得均济，即密具事由申报本州，另选差官冲替。讫申当司，不得盖庇。

一、所支斛斗，如州县内支绝已纳到告谕斛斗外，有未催到数目，便且于省仓斛斗内权时借支。据见欠斛斗立便催纳，依数据填。其乡村所纳斛斗如未足处，亦逐旋请紧切催促，不得阙绝支散，闪误流民。

一、每官一员，在县摘差手分、斗子各一名随行干当，仍给升斗各一只；及差本县公人三两人当直。如在县公人数少，即权差壮丁，亦不过三人。

一、所差官员，除见任官外，应系权差请官。如手下干当人并耆壮等及流民内有作过者，本官不得一面区分，具事由，押送本县勘断施行。

一、权差官，每月于前项脏罚、头子等钱内支给食直钱五贯文。见在官不得一例支给。

一、权差官已有当司封去帖牒。若差见任官员，即请本州出给文字干当。其赏罚一依当司封去权差官帖牒内事理施行。

一、才候起支，当司必然别州差官，遍诣逐州逐县逐耆点检。如有一事一件违慢，本州承牒手分并县司官吏，必然勘罪严断，的不虚行指抝。

一、逐州县镇，候差定官员将印行指挥画一抄劄一本付逐官收执，照会施行。

一、勘会二麦时熟，诸处流民尽欲归乡，寻指挥逐州并监散官员，将见今籍定流民，据每人合请米豆数目，自五月初一日算至五月终，一并支与流民充路粮，令各任便归乡。

一、指挥出榜青、淄等州河口晓示，与免流民税渡钱，仍不得邀难住滞。

一、指挥青、淄等州晓示道店，不得要流民房宿钱事。

右具如前事，须各牒青、淄、潍、莱、登五州，候到，各请一依前项逐件指抝施行，讫报所有当司。封去帖牒，如有剩数，却请封送当司，不得有违。

建宁府崇安县五夫社仓记　　宋·朱　熹

乾道戊子春夏之交，建人大饥。予居崇安之开耀乡，知县事诸葛侯廷瑞以书来属予及其乡之耆艾左朝奉郎刘侯如愚，曰：民饥矣！盍为劝豪民，发藏粟，下其直以振之。刘侯与予奉书从事。里人方幸以不饥饿，而盗发浦城，距境不二十里，人情大震，藏粟亦且竭。刘侯与予忧之，不知所出，则以书请于县、于府。时敷文阁待制信安徐公嘉知沂事，即日命有司以般粟六日斛沂溪以来。刘侯与予率乡人行四十里，受之黄亭步下，归籍民口大小仰食者若干人，以率受粟。民得遂无饥乱以死，无不悦喜欢呼，声动旁邑。于是浦城之盗无复随和，而束手就禽矣。及秋，徐公奉祠以去，而直敷文阁东阳王公淮继之。是冬有年，民愿以粟偿官贮。里中民家将辇载以归有司，而王公曰：岁有凶穰，不可前料。后或艰食，得无复有前日之功？其留里中，而上其籍于府。刘侯与予既奉教，及明年夏，又请于府曰：山谷细民无盖藏之积，新陈未接，虽乐岁，不免出倍称之息，贷食豪右。而官粟积于无用之地，后将红腐，不复可食。愿自今以来，岁一敛散，既以纾民之急，又得易新以藏。俾愿贷者出息什二，又可以抑侥幸，广储畜。即不欲者勿强。岁或不幸小饥，则弛半息；大饥则尽蠲之。于以惠活鳏寡，塞祸乱原，甚大惠也。请著为例。王公报，皆施行如章。既而王公又去，直龙图阁仪真沈公度继之。刘侯与予又请曰：粟分贮民家，于守视出纳不便。请放古法，为社仓以储之。不过出捐一岁之，宜可辩。沈公从之，且命以钱六万助其役。于是得籍坂黄氏废地，而鸠工度材焉。经始于七年五月，而成于八月。为仓三、亭一，门墙守舍，无一不具。司会计、董工役者，贡士刘复、刘得舆，里人刘端也。既成而刘侯之官江西幕府，予又请曰：复与得兴，皆有力于是仓。而刘侯之子将仕郎琦，尝佐其父于此。其族子右修职郎玶，亦廉乎有谋，请得与并力。府以予言，悉用书礼请焉。四人者，遂皆就事。方且相与讲救荒之利病，具为条约。会丞相清源公出镇兹土，入境问俗，予与诸君因得具以所为条约者，就正于公。公以为便，则为出教，俾归揭之楣间，以示来者。于是仓之庶事，细大有程，可久而不坏矣。予惟成周之制，县都皆有委积以待凶荒，而隋唐所谓社仓者，亦近古之良法也。今皆废矣！独常平、义仓尚有古法之遗意，然皆藏于州县，所恩不过市井惰游辈。至于深山长谷力穑远输之民，则虽饥饿濒死而不能及也。又其为法太密，使吏之避事畏法者，视民之殍而不肯发，往往全其封鐍，递相付授，至或累数十年不一訾省。一旦甚不获已，然后发之，则已化为浮埃聚壤而不可食矣。夫以国家爱民之深，其虑岂不及此？然而未之有改者，岂不以里社不能皆有可任之人，欲这听其所为，则惧其计私以害公；欲谨其出入，同于官府，则钩校靡密，上下相遁，其害又必有慎于前所云者。是以难之而有弗暇耳。今幸数公相继，其爱民虑远之心皆出乎法令之外，又皆不鄙吾人，以为不足任，故吾人得以及是。数年之间，左提右挈，上说下教，遂能为乡闾立此无穷之计。是岂吾力之独能哉！惟后之君子，视其所遭之不易者如此，无计私害公，以取疑于上，而上之人亦毋以小文拘之，如数公之心焉，则是仓之利，夫岂止于一时？其视而效之者，亦将不止于一乡而已也。因书其本末如此，刻之石，以告后之君子云。

崇安社仓条约　　宋·朱　熹

一、逐年二月分，委诸都社首保正副将旧保簿重行编排。产钱六百文以上及有营运衣食不阙之人，即注不合请米字外，有合请米人户，即仰询问愿与不愿请米，各令亲押字。三月内将所排保簿赴官交纳乡官点检，抽摘审问，仍出榜许人告首。如有漏落及增添一户一口不实，即申县根治。如无欺弊，即与支贷。

一、逐年五月下旬前后，新陈未接之际，预于四月上旬申县，乞依例给贷。

一、申县讫，一面出榜排定日分，分都支散。晓示人户各依日期，具状结保，正身赴仓请米。仍仰社首、保正副、队长并各赴仓识认面目，照对保簿。如无伪冒重叠，即与全押保明。其日乡官同人仓，据状支散，给关子，具本息耗米数，付令收执。

一、人户所贷官米，至冬纳还。先于十月上旬定日申县，乞差吏斗前来受纳，两平交量，每石收息米二斗。候满十年，以本米送还原借官司。每石量收耗米三升，准备折阅及支吏斗等人饭米。其米正行附历收支。

一、每遇支散交纳日，本县吏人一名、斗子一名、仓子两名，每名支饭米一斗。乡官并人从，每名支饭米五升。

济农仓记　　明·王　直

君子之为政也，既有以养其民矣，则必思建长久之利，使得其养于无穷。盖仁之所施，不可以有间也。苏州济农仓，所谓建长久之利而思养其民于无穷者也。苏之田赋，视天下诸郡为最重，而松江、常州次焉。然岂独地之腴哉！要皆以农力致之。其赋既重而又困于有力之豪，于是农始弊矣。盖其用力劳而家则贫，耕耘之际，非有养不能也。故必举债于富家而倍纳其息。幸而有收，私债先迫取之，而后及官租。农之得食者盖鲜，则人假贷以为生，卒至于倾产业，鬻男女。由是往往弃耒耜，为游手末作，田利减，租赋亏矣。宣德五年，太守况侯始至，问民疾苦，而深以为忧。会行在工部侍郎周公奉命巡抚至苏州。况侯白其事，周公恻然，思有以济之。而公廪无厚储，志弗克就。七年秋，苏及松江、常州皆稔，周公方谋预备，适朝廷命下，许以官钞平籴及劝借储备，以待赈恤。乃与况侯及松江太守赵侯豫、常州太守莫侯愚协谋而力行之。苏州得米二十九万石，分贮于六县，名其仓曰济农仓。盖曰农者天下之本，是仓专为赈农设也。明年，江南夏旱，米价翔贵，有诏令赈恤。而苏州饥民四十余万户，凡一百三十余万口，尽发所储，不足赡，田里多馁殍者。周公复思广为之备。先是各府秋粮当输者，粮长里胥皆厚取于民而不即输之官，逋负者累岁。公欲尽革其弊以惠民。是年立法，于水次置场，择人总收而发运焉。细民径自送场，不入里胥之手。视旧所纳，减三之一。而二府当运粮一百万石贮南京仓，以为北京军职月俸，许其耗费，每用六斗，致一石，公曰：彼能于南京受俸，独不可于此受乎？若请于此给之，既免劳民，且省耗费米六十万石。以入济农仓，民无患矣。众皆难之，而况侯以为善，力赞其决。请于朝，从之，而苏州省米四十余万石。益以各场积贮之赢及前所储，凡六十九万石有奇。公曰：是不独济农饥。凡粮之远运有所失及欠负者，亦于此取借赔纳，秋成止如数还官。若民夫修圩岸、浚河道，有乏食者，皆计口给之。如是则免举债以利兼并之家，农民无失所者。田亩治，赋税足矣。是冬朝京师，以其事咨户部，具以闻，上然其计。于是下苏州，充广六县之仓以贮焉。择县官之廉公有威与民之贤者掌其帐籍，司其出纳。每以春夏之交散之，先下户，次中户；敛则必于冬而足。凡其条约，皆公所画定，俾之遵守。又令各仓皆置城隍神祠，以儆其人之或怠惰而萌盗心者。宣德九年，江南又大旱，苏州大发济农之米以赈贷，而民不知饥。皆大喜，相率诣况侯，请曰：朝廷矜念吾民，辍左右大臣以抚我，思凡所以安养之术，盖用心至矣。而又得我公协比以成之。往者岁丰，民犹有窘于衣食，迫于债负，不能保其妻子者。今遇凶歉，乃得安生业，完骨肉。此天子之仁，巡抚大臣之惠，我公赞相之力也。今济农仓诚善矣！然巡抚大臣有时而还朝，我公亦有时而去，良法美意，惧其久而坏也，则民何赖焉！愿刻石以示后人，俾善继之，永勿坏。况侯然之，属前史官郡人张洪疏其始末。因医学官盛文刚来北京，以书请余记。予观成周之制，县都皆有委积以备凶年。隋唐社仓，盖本诸此。太祖尝出楮币，属天下耆老，俾积谷以济民，亦成周圣人之意也。历岁浸久，其弊滋甚，至于无所质究，有司亦不之问，而豪右兼并之家盖无处无之，则天下之民受其弊也多矣，岂独苏州哉！今苏人得吾周公，以沈毅闳达之资推行天子恤民之仁，况侯以闿敏勤慎佐之，收其往费，以施实惠，而民免于馁殍之患，岂非幸哉！后之君子，因其旧而维持之，使上之仁被于无穷，而是邦永有赖焉，则岂特其民之幸，乃二君子之欲也。故为之记，使刻置六县之仓，以告来者。若其为屋若干楹、所储米若干石、典守者之名氏与其条约之详，则例之碑阴，而诸县皆载焉，使互有考也。独崇明县在海中，未及建置。遇歉岁，则于长州县仓发米一万石往赈焉。其为惠亦遍矣。周公名忱，字恂如，吉安吉水人。况侯名锺，字伯律，南昌靖安人。其历官行事之善，当别有记载之者，此不著。

救荒滱记　　明·唐顺之

嘉靖癸卯至乙巳，东南洊饥。溧阳史君恭甫既三捐谷七千五百石以助公家之赈，而饥者犹不给也。邑故多滱以汇水，其沙涨滱在邑西北十余里，潦溢旱缩，不障不陂，弃为旷土，久不可艾。君既隐民之饥，则计之曰：古盖有兴役以救饥者，吾试行之。且夫岁凶土荒，民不足于食而有余于力，以力易食，是民以不足为有余也。吾今日出粟于廪，而异日取粟于滱，是吾以故粟为新粟也。人力地利两易而各得，不亦可乎？乃度滱之东南隅，广长各三百五十丈，可潴可防，测水以准而疆焉。遂请于官，募民兴工。民携老弱就役者踵至。君环堤而茇焉以居之，每役一人，日给米二升、银一分、薪一束。时米贵甚，民以半米易薪菽而杂食之。计一夫赴役自食，可兼食其老弱瘠病之不能役者二人。于是民之栖于堤者，爨烟饭饱，列舍相接，翁然如处村落之间。日出则畚者、钟者、筑者、救者、汲者、爨者蚁施于堤上，夜则妇子饱哺嬉嬉而卧，又晏然如在乐土而忘其为流徙饥馑之时也。其如因滱之底，深之为中池以蓄水。出池之土，环之为堤，堤之外又环之为外堤以捍水。外堤之北，更深之为北池，而窦其东西陲，以通中池之水。半北池之土，更筑北堤。又于外堤之外并滱三面而沟之，出其土，更筑小堤，以捍滱之暴水。内堤之内，三面为池，出其土高筑之，以为架屋之所。自乙巳八月，至明年四月毕工，而麦适登，民欢然散归。曰：史君活我矣！其费为银若干两，米若干石，大率日役若干人，计所全活若干人，共垦田四百余亩，为圩者三。潦则水碍堤不得坏田，旱则引堤内之水，灌田可四千余亩。并滱而田之家，多赖以济。自是百年，沮洳郁为沃壤。水降土升，不相溷渎，各效其职，以宜地产。萑藋既去，生我稻粱。堤之隙地，亦树蔬豆。缘堤荫池，夹植榆柳。池中畜鱼虾蟹□蠃，生生不淰，于是即其地立为义庄，岁计田与堤之入与池之鱼利，易谷可得千石，岁储之，以待荒岁之赈，一不以给家用。君又将筑书舍其间，以待乡之来学者，而未及也。因更名其滱曰救荒滱。以其邑人进士缪君所为纪实来请记。盖《周礼》上有荒政以聚民，而下复有闾相受、党相收、州相恤以通其赢乏。犹惧其未也，则又使世禄地主之有力者，与其广潴钜野之可以利民者，曰主以利得民，曰薮以富得民，以是弥缝上下之所不及。其民遇凶札，或不见聚于上，必见收恤于闾里；不见收恤于闾里；必见得于地主广潴钜野之间。其生路为甚多，而天灾地沴欲死之而不能也。民生其时，岂不幸欤！后世有司救荒之法既疏阔不讲，又无古邻保之义以鸠民，民有饥馑疾疫，日夜祈死而已。余亲见乙巳之灾，流莩满野。民之不忍为盗贼而自经死，与糜其子而食者，日几何人！余思欲上下强聒而不能，而又无力可以及人也，徒恻然伤之而已。今之世，无《周礼》所谓主者，然贵家大族之有力而望于乡者，则亦有主之谊。而潴野闲田则往往有之，然非有力不能兴。是以主与薮，相联而成功。今观史君所为，而益信古之所谓利与富得民者，其不为迂阔也。然古之所谓主者，皆与有长人之责而世其禄食。其责既无所诿而禄又有可藉，故其行之则易。君既居闲，无所责于世，而纤毫皆割己之有，乃殚力经营，若家人之饥然者，以是知君之为尤难也。嗟乎！使有力者皆如君，其所以兴起礼俗而有裨于国家休息生养之效，岂小也哉！余既自以其无力而有感于史君，乃乐为之记。史君名际，嘉靖壬辰进士，磊落多才略。尝为吏部主事，不究其用而去。故其施诸家者若此云。

处荒呈子　　明·归有光

呈为议处灾荒以苏民困事。本县自去年四月至六月，海贼屯聚境内，四散烧劫，耕耘失事。加以亢旱，竟岁不雨，五谷不升，所在萧条，寇盗蜂起。节蒙巡抚都御史屡为闻奏，万姓感悦，以为宪台忧国爱民之诚至于如此，虽转死沟壑，亦所不恨。今经历岁月，未见朝廷有旷荡之恩。譬之父母于其子，医药祷祀，无所不至。病势日剧，其子亦知父母之无可为力，然犹宛转号呼于其侧，以求须臾之命。此某等之所以恳渎而不已者也。伏见邸报有折银之议，查得嘉靖八年折兑一百七十万八十石，嘉靖十年折兑二百一十万石，嘉靖十二年折兑一百万石，嘉靖十四年折兑一百五十万石。以前皆是平常灾荒，于兑运四百万石之中，折兑之多，有至二百余万石者。今来折兑，欲得比照嘉靖十年更加宽多，庶于准折之中，得蠲贷之实矣。又昆山一县被寇独深，盖贼由上海、华亭、嘉定、太仓、常熟诸道而入者，皆至昆山而止。尽昆山之西境，始入长洲之边；尽昆山之南境，始入吴江之边。当时蒙粮储道告示，称抚按俱批到，以昆山、太仓、嘉定为灾荒第一。今邸报却以昆山与长吴等县一同。欲乞比例上海、太仓等处，与长吴略分等第，庶于通融之中得处补之，宜矣。又据本县丁田一节，原系十年，每图分为十甲，输拨均徭。嘉靖十六年，本府王知府改变旧法，定为每年出银，每丁银一分，每田一亩，银七厘七毫，官为收贮，自行顾役，以免十年之轮编。今则轮编自若，而丁田岁岁增加。计今年本县丁银，加至四分矣；田银每亩，加至五分矣。通计一县，增加三四万两。假使蒙恩得免三四万两之粮银，而实增加三四万两之丁田，是巡抚大臣累奏不能得之于上，而有司安坐而夺之于下也。议者往往以时事为解，窃见海上用兵，于今三年，军兴百需，若开河、筑城、造船，及甓城、敌台、兵杖、火器、勇夫、加边防海诸所取给，不于田赋，则于大户，与夫词讼赃罚等项，并不取于丁田也。则此三四万两之银，盖有神输鬼运而莫知所在者矣。伏乞查照祖宗均徭旧制，行下各府州县，毋得仍用嘉靖十六年书册，重复科差，变乱成法，以资溪壑无穷之欲。庶于临时救荒之际，寓永远便民之策矣。又思折银之议，此亦涓埃之惠。若于今日时宜非尽为蠲贷，百姓决不能安其田里，粮银终亦无所措办。况海寇尚在猖獗之际，驱民为盗，将来之祸有不可胜言者。为此具呈，伏乞早赐施行。

救荒说　　明·朱惟吉

人主救荒所当行，一曰恐惧修省，二曰减膳彻乐，三曰降诏求言，四曰遣使发廪，五曰省奏章而从谏诤，六曰散积藏以厚黎元。宰执救荒所当行，一曰以燮调为己责，二曰以饥溺为己任，三曰启人主警畏之心，四曰虑社稷倾危之渐，五曰进宽征固本之言，六曰建散财发粟之策，七曰择监司以察守令，八曰开言路以通下情。监司救荒所当行，一曰察邻路丰熟上下，以为告籴之备，二曰视部内旱伤小大而行赈救之策，三曰通融有无，四曰纠察官吏，五曰宽州县之财赋，六曰发常平之滞积，七曰毋崇遏籴，八曰毋启抑价，九曰毋厌奏请，十曰毋拘文法。太守救荒所当行，一曰稽考常平以赈粜，二曰准备义仓以赈济，三曰视州县三等之饥而为之计，四曰视邻郡三等之熟而为之籴，五曰申明遏籴之禁，六曰宽弛抑价之令，七曰计州用之虚盈，八曰察县吏之能否，九曰委诸县各条赈济之方，十曰因民情各施赈救之术，十有一曰差官祈祷，十有二曰存恤流民，十有三曰早检放以安人情，十有四曰预措备以宽州用，十有五曰因所利以济民饥，十有六曰散药饵以救民疾。县令救荒所当行，一曰闻旱则诚心祈祷，二曰已旱则一面申州，三曰告县不可邀阻，四曰检旱不可后时，五曰申上司乞常平以赈粜，六曰申上司觅义仓以赈济，七曰劝巨室之发廪，八曰诱富民之兴贩，九曰防渗漏之奸，十曰戢虚文之弊，十有一曰听客人之粜籴，十有二曰任米价之低昂，十有三曰请提督，十有四曰择监视，十有五曰参考是非，十有六曰激劝功劳，十有七曰旌赏孝弟以励俗，十有八曰散施药饵以救民，十有九曰宽征催，二十曰除盗贼。救荒之法不一，而大致有五。常平以赈粜，义仓以赈济，不足则劝分于有力之家，又遏粜有禁，抑价有禁。能行五者，是亦庶乎其可矣！至于检旱也，减租也，贷种也，遣使也，弛禁也，鬻爵也，度僧也，优农也，治盗也，捕蝗也，和籴也，存恤流民，劝种二麦，通融有无，借贷内库之类，又在随宜而施行焉。盖有大饥，有中饥，有小饥。饥荒有三等之不同，所以救之之策亦异。临政者能辨别而行之，然后为当耳。

救荒政略

清康熙十九年刻本

(清)张能麟 撰

夏明方 点校

救荒政略目录

救荒政略卷上

山东分巡青州海防道参议、加十一级臣张能鳞谨密奏为皇仁深念饥荒，微臣似难旷职，请先赴任，多方捐赈，以救民生、预弭盗乱事。切照唐虞之世，上有痌瘝乃身之主，下有饥溺由己之臣，虽遭水旱，民无菜色，诚以百姓之颠连而无告者，皆君臣之一体相关者也。臣以章句鄙儒簿书末吏，现任参议十有三年。今蒙皇上下诏求贤，以备顾问著作之选。臣虽樗栎散才，亦得滥竽荐剡。去年七月抚臣给咨，八月至京候考，又蒙颁赐廪禄，恩出望外。伏读邸报，有抚臣赵祥星请赈一本。奉旨：据奏山东米价腾贵，百姓饥馑，深轸朕怀。该抚速委贤能官员赈济，以救饥民，副朕爱民至意。着速议具奏。又遣户部堂司官员分省赈济。伏读王言，仰见我皇上如天之仁，视民犹子，救荒之意不啻拯焚。此真尧舜之心也。但臣辖青州所属沂水、莒州沿海州县，处处饥馑，草根树皮刮食殆尽。臣职任监司，不能躬亲拯救，致烦圣主焦劳于上，大臣拮据于下，乃敢避劳就逸，臣心实切不安。况数年以来身在地方，深知地瘠民贫，家无宿储，丰年仅足糊口，饥荒易于流亡。会经捐俸积谷，每冬施粥。今值大饥，敢不赴任，多方设处数千余石，分路赈济。倘得多活数千百口之命，即我皇上广布爱养斯民之仁，庶几臣职始尽，臣心始安。然臣更有请者。《周礼》荒政十二、近代《荒政丛言》皆有可采，尚须临时相其机宜，或留漕改折，或远籴近粜，或借贷牛种，或赈给钱米，或招徕远商，或劝谕出粟，多设粥厂，分别男女收养弃儿，逐款条议，呈报天使、抚臣，会同举行。从来赈饥如救汤火，不但饥民展转沟壑，亦虞枵腹之徒群聚一方，或有不良而为盗，如昔年谢迁、于七之变，更为地方隐忧。方今岳州恢复报捷，普天鼓舞，计日可平。若非早辑饥民，以杜未然之患，一旦奸宄窃发，俾各处势穷待抚，诸奸复生观望，则荡平之效恐稽月日。臣辖理海疆，职司防御，所以鳃鳃过计，具疏密陈。应否赴任，伏乞睿裁施行。康熙十八年二月初一日奏。初三日奉旨：张能鳞闻该管地方饥荒，即请回任赈济，可嘉。着速赴原任。该部知道。

青州道为奉旨赴任赈济事。照得康熙十七年，为钦奉上谕事，蒙巡抚部院赵特疏荐举，应诏赴京，恭候钦试。因各省人员未齐，试期尚缓，间阅邸抄，见巡抚部院赵特疏请赈，又台省各衙门屡疏陈奏饥荒，有本道所辖沂、莒等州县悉在其内。本道念切地方，密疏奏请回任，设法赈济。于康熙十八年二月初四日奉旨：张能鳞闻该管地方饥荒，即请回任赈济，可嘉。〈着〉速赴原任。该部知道等因。钦此。钦遵。于初六日谢恩陛辞，兼程前来。于康熙十八年二月十九日接受敕印受事讫，除捐助赈济事宜另文详请外，所有到任日期，拟合呈报。

青州道为遵旨赴任，先报捐赈数目，请乞题叙，以示鼓劝，以勷拯济事。照得康熙十七年，为钦奉上谕事，蒙巡抚部院赵荐举赴京，恭候御试。旋因东省饥荒，本道所辖沂、莒等州县被灾困苦，本道念切地方，密疏请回任赈济。康熙十八年二月初四日奉旨：张能鳞闻该管地方饥荒，即请回任赈济，可嘉。着速赴原任。该部知道等因。钦遵。初六日辞朝，兼程前来，于二月十八日赴任，十九日接印受事。案查正月二十日，蒙巡抚部院赵宪牌为劝谕捐输共勷赈济事，又奉钦差户部侍郎萨出示晓谕官吏绅衿富民捐输，事竣奏闻议叙等因。蒙此，今本道已经变产前来，矢愿捐银二千两，听候分拨赈济饥民外，所属地方，岂无大户尚可劝输？但未经题明作何叙录，是以观望不前。伏乞移会钦差户部侍郎萨，先将本道捐银二千两倡首者题请优叙以为通省劝，则官绅士庶自然鼓舞恐后矣。若必俟事竣始行题请，人情未肯深信，恐劝谕徒讨空文。去年三冬无雪，今春雨泽未施，待赈甚殷，民情甚迫，朝廷动支正项。当此军兴之际，若能优叙捐输，尚可补还仓库，非敢为本道一人起见也。拟合详请宪裁会疏，先行题请遵行。

青州道张能鳞谨禀钦命老大人宪台：蒙宪谕，职赴台儿庄，带领沂州十七社册票，会同散赈，职于三十日至郯城，是夜天降甘雨。随于初一日冒雨至台儿庄，会同郎中明东兖道许。现今分船散米甚便，即日可以放完，百姓欢呼。放完之后，职即回沂州报命。再查车少泥泞，转运委实艰难，在船米数尚有万余。应否将沂州西南两乡再拨数千石，就船兑放，不惟省费脚价，抑且饥民早得领米归家，趁雨务农，万姓感戴皇仁，并感老大人速沛恩波。此愚民望泽之意，本道代述如此。应否可行，听候宪裁，行令布政司东兖道酌议遵行，非本道所敢越俎者也。谨此上禀。

青州道为天道之亢旱太甚，民情之呼吁堪悲，恳祈亟赐入告缓征续赈，以救更生之民，以昭皇仁之大事。照得山左去岁俭歉薄收，仅能糊口，又兼三冬雪少，春杪雨稀。幸蒙皇上钦命户部大人动支银米，赈救十三州县数万生灵，一时绝粒穷民皆得仰邀恩赈，咸庆再生，欢呼载道。至于少有斗粟之家，皆不敢冒领滥支。此三月十一日以前之画。谓尚有望于三月后得雨，以收二麦耳。今自立夏以来，又将半月，膏雨未沾，风霾日作，虽官民之祈祷日虔，而天高听远，二麦干枯，此真万命生死之关，非止寻常夏灾不得过六月之例也。伏乞宪台将钦差大人行后亢旱情形亟早入告，即请改拨协饷于他省，不致贻误军需。青属州县俱请缓征，而从前奉题借动之赎谷、常平仓谷，恳乞再拨数千石于青郡。职等情愿自雇车舻，赴省领运，庶几垂毙之民再延残喘。俟甘霖溥降之日，方敢复作有秋之望矣。缘系春夏大旱，亟请缓征发粟，以救目前事理。合无请祈宪台恩赐，题请亟救万命。拟合呈详，伏乞照详施行。

一呈巡抚部院赵

青州道为亟请赈济以救灾黎事。案照青属莒州等四州县，业蒙钦差大人赈济银米达部外，今据益都、临淄、博兴、高苑、乐安、寿光、昌乐、临朐、安丘、诸城等十县陆续造报春夏二季奉拨捐积赈济谷石数目并赈过饥民名口缘由到道，据此，本道覆加核算，益都等十县春夏共用过奉拨以及本道详请拨给济南府仓并官绅士庶捐助谷米一万九千八十二石一斗七升零，共赈过饥民三万六千九百九十三名口。除逐县分晰造具动用款项并饥民数目清册随详呈移外，据此，该本道覆查得青属地方，去岁俭歉薄收，又兼三冬无雪，自春徂夏膏雨未沾，二麦无收，十室九空，饥民嗷嗷。幸蒙皇恩动发漕粮正项钱粮，并各宪劝谕官绅士庶捐输银米赈救，庶几垂毙之民稍延残喘，耑盼有秋。但入秋以来旱蝗为祟，雹灾洊臻，禾稼无收，秋成失望，业经勘明灾伤，呈报题请，本道叠加严饬有司多方轸恤。然转徙饥民，春夏尚然赈救，值此寒冬绝粒以及明春青黄不接，若不预为呈请，饥馑灾黎，将何以救？查青属仓廒俱已空虚，无可动支，合无请祈宪台，或将济南临德等仓应解本折存留各县，分发赈济，或蒙题请留漕改折，或照江南请开事例，庶饥馑待赈之民不致流离日甚，而邦本得以宁固矣。拟合呈详为此，伏乞照详施行。

一呈三院并移两司

青州道为遵旨赈济饥荒，谨筹已行未尽事宜，酌陈十款，仰祈采择，以副皇仁，以全残黎事。切照阴阳灾沴，何代无之。圣民恺恻，泽沛流水。近日青兖荒疏一上，即蒙皇上遣使赈济，无论正项漕粮，俱许酌量动支。此真我皇上如天好生之仁也。现蒙天使大人暨老大人宪台各处躬行赈给，宣布皇仁，黎赤欢呼，如登衽席。其间容有未尽事宜，敢竭刍荛，仰裨高深万一。谨陈十条，详列如左：

一、救灾黎不至终困。见今所赈银米仅足糊口，已蒙皇上再生之恩。但本年之丁粮不免，恐追呼敲朴〔扑〕，民命不堪。今虽缓死须臾，未免卒填沟壑。应请特赐具题，按册免其丁粮，则灾黎得所矣。

一、招流民速归故乡。未蒙赈济之先，有逃出外境乞食者，亦有因无丁粮不准赈给者。今须出示招徕，仍令所过州县资给口粮盘费，复归原籍，照依饥民补给银米，并免今年钱粮，庶哀鸿爰集，不致流亡他所，群聚为非矣。

一、广事例以劝捐输。公家之帑有限，待赈之人无穷，且三冬无雪，春雨未施，若不广为捐输，恐有不继之患。应请于朝廷现行事例内，酌量特赐具题，即在东省就近捐纳，则捐者必众。如现任文官有加级至一品者，捐粟二百石，准封三代；二三品者，捐粟一百石，准封两代。有参罚停升者，捐粟三百石，准行注销；未选之官，捐粟三百石，准其先用。童生捐粟一百石，准入学；生员捐粟一百石，准入监；廪捐一百石，增捐二百石，附捐三百石，准岁贡。待补完赈项，即行停止。如此则上不费而民得生养之资矣。

一、贷牛种以助春耕。饥民今虽得食，尚无牛种以为耕具。或官为借贷大户，出给印信收票，约至春借秋偿，本利不过三分，则劝农早耕，张咏在益州督劝之法可行也。

一、赈贫士以广教养。士为四民之首，况平日束身诗书，资生无策，值此凶荒，贫窭必甚。今欲令其随行逐队，蒙袂而受嗟来之食，非惟不愿，亦属不堪。应令州县分别查造清册，其极贫者，每名按月给谷若干斗，资其饘粥。是亦圣朝爱士之一端也。

一、运官粮须给脚价。漕米虽出自朝廷，然自水次以至陆路，或三五百里不等。应用车驴人夫经过州县，不许科派民间，须量给脚价，即于捐输事例之中动支，亦可免贻邻境之累也。

一、招远商以劝近粜。从来饥岁米价腾涌，皆因他境闭籴，本地又抑其价，所以远商不至而近者益不出粟。宜如范文正公在浙西时遇荒榜示通衢，广招商贩，增价以籴。贾人辐辏，米价顿平，又可省运脚价之费矣。

一、兴力作以给佣钱。朝廷赈恤既费钱粮，其壮丁可兴力作者，如修城浚池，日给银米工食，以固城守封疆，胜于白赈者掉臂而去，一举而公私两利矣。

一、多设厂以安疲民。积饥之后，必多疫疠。应豫觅废寺庵观宽闲之处，多设席厂，令疾病疲癃者处之。即令僧道领米煮粥，并拨给医药调理，保其余生。亦仿古人席舍之遗意也。

一、收骸骨以免暴露。饥荒之后，必有死亡沟壑者，恐暴露骸骨，重于天和。应令地方官不时亲行省视，遇有骼胔，给藁掩埋，亦泽及枯骨之意也。

以上数条，略据管见。如果刍言可采，当具题者，恳即会题；可施行者，恳赐施行。则宪泽鸿慈，汪涉无既矣。未敢擅专，伏候宪裁。

青州道为钦遵上谕，推广皇仁，大苏民困，以召天和，以回旱灾事。照得从来天道灾祲，必由人事之感应，而天心仁爱，每于人事失宜，必兆灾异以儆之。所谓变不虚生，盖有由也。今康熙十七年三冬雪少，自春徂夏霖雨未施，以故骄旸日亢，终风且霾，二麦垂枯，耕种未播，饥馑之民相望嗷嗷。即从前皇上赈济之所已及者，银米亦将用完。所冀夏麦秋禾以为续命之膏，而旱既太甚，民生何以苟延，救济有何良法，顷阅邸抄，伏诵上谕：谕刑部。今已入夏，亢旸不雨，耕种愆期，民生何赖？或内外问刑衙门，有无知而罹法网，小过陷重辟，株连无辜，淹禁日久。刑狱重地，人命攸关，审拟未当，当有干天和。朕心每思及此，深用警惕。钦此。仰见我皇上善体天心，可谓仁爱民命矣。臣等钦遵奉行外，惟是民困更有大于刑狱者。身在囹圄之外而抑郁不伸，体无缧绁之羁而牵连不断者，则莫若钱粮之累矣。臣不敢泛举他端，止就皇上睿鉴所洞悉者。如康熙十七年三月十二日奉上谕：谕吏、户、兵三部。朕统御寰区，孜孜图治，期于朝野安恬，民生乐业，共享升平，乃副朕宵旰励精之愿。不意逆贼吴三桂背恩煽乱，各处用兵，禁旅征剿，供应浩繁，念及百姓困苦，不忍加派科敛。因允诸臣节次条奏，如裁减驿站、官俸、工食及存留各项钱粮，增添盐课盐丁、房田税契、牙行杂税，宦户田地钱粮、隐漏田地严行定例处分，以上新定各例，不无过严。但为筹画军需，早灭逆贼，以安百姓之故，事平之日，自有裁酌等语。钦此。大哉王言！未有不洞悉民困者也。顾以天地生财止有此数，裁减数千百万两，则在官之度支难周；增添数千百万两，则在野之脂膏日损。况裁减者已经四年，增添者亦越三载，合计三四年间，天下共裁减、增添凡几千百万矣。普天之下官民交困，抑郁之气亦干天和，宁止刑狱不慎之过哉。伏乞推广皇仁，或念吴逆已死，湖南已平，信如前旨所云，新例过严者尽行宽宥，照旧征收，或量宽一半，以苏目前。俟云贵尽复，然后全宽，使民共乐升平。其感回天变，正在皇仁推广之一念间耳。小臣愚昧无知。不应妄议，但事关天旱异常，圣主虚怀警惕，故敢冒死直言。伏乞宪台会商，转达睿听。倘蒙俞允，于以悦人心而迓天休，不啻霖雨之苏万物矣。拟合呈详为此，伏乞照详施行。

一呈三院

青州道为谨陈救灾之末议以备采择事。照得山左饥馑频仍，流移载道，郑图以尽绘，贾疏堪为长吁。中外皆知，久彻宸听。然而补救一时，仅仅为目前计。昔人云：厝火于积薪之下，火未及然，遂以为安。苟不早为曲突徙薪之图，恐致焦头烂额之虞，则司牧者不能辞其过也。幸而夏旱秋蝗、灾伤叠见者，通省计之，不满三十州县。合盘打算，斟酌时宜，有不费朝廷之惠而暂通缓急者数事焉。其一，通省之漕粮，临德二仓之本色可改折色，缓此一年，留为地方之用，则小民不苦米珠，折银入官，仍复不亏国课。使小民省纳贵粟，胜于发仓赈济矣。倘谓天储为本，亦可改折一半。但职掌各有所司，运官旗军方以运漕为利，其中阻碍亦未可定。伏乞酌题。其一，生员捐银百两，原议止行今年岁考一次。若将此项报捐银两改令纳谷百石，各留地方赈饥，不妨下科再准捐银一次，以补此数。一转移之间，所救之民皆为朝廷纳赋之民也。伏乞酌题。其一，被灾州县钱粮，虽蒙恩免十分之二三，而所遗未免者尚欲催征。嗟此鸠形鹄面之残黎，难施敲朴，不惟不能辨纳税粮，抑且逃徙外境，拖累株连，殆无虚日。与其徒存未完虚名，何如改入来岁带征。况灾伤州县不过二三十处，除应免之外，所欠不多，明岁丰收，亦易完纳。一举而国课民生两有攸赖。伏乞酌题。其一，海边之小艇宜宽也。山东禁海十年，民生日困，今幸弛禁，止许一二百石小艇贸易。夫漕河运粮尚装五七百石，今海边巨浪，风涛小艇如何敢行？是以开禁半年，而造船者尚无一二。盖大洋鸟船，每以数千石为巨舰，千石者即小艇也。今止许照内河漕粮船只可装五六百石许令行走，庶可以通贸易而救荒歉矣，伏乞酌题。其一则海道之标兵宜复也。抚标复兵之时，曾议道标，因用兵饷繁，暂俟另议。今海禁既弛，则海道标兵自宜先复。若虑饷绌，即以文登营应汰之数补海道招募之数，可不烦增饷，而防海之文武适均矣。伏乞酌题。以上数款，从地方起见，虽未必有当于兴除，或不无稍关于利弊。况当饥馑之际，尤宜筹画周详。愚者之虑无多，小儒之识必浅，伏乞照详采择，斟酌具题，非本道所敢擅也。为此今备前由，理合具呈。

青州道为速行煮粥以救饥民事。案照康熙十八年十月二十七日，蒙巡抚都察院施宪票：照得今岁荒旱，秋成失望，业据藩司呈报各属灾荒地亩分数，本院已经具题请蠲在案。又特疏题请广开捐纳事例赈济缘由到道，蒙此，遵将宪恩捐发赈济银二百两，拟于十一月初一日在北关大寺、东关普济庵分别男女二厂，整理锅灶，籴米煮粥，赈救饥民。业经呈报宪台在案。本道随亦典裘，但捐银两，檄发青州府，转发益都县籴米买柴，煮粥赈济，并劝谕各官绅衿士庶捐输银米。俟报到捐输数目另交呈报外，拟合先行呈报。为此伏乞照验施行。

一呈抚院。

青州道为暂行缓征以苏民困事。照得缓征饥民钱粮，前奉部文，业已遵行饥荒州县在案。近阅所属莒州、沂水、蒙阴、日照、益都、临淄、博兴、诸城等处，亢旱日久，民不聊生。其困苦之状、钱粮艰难者，实不仅于饥民。若追征太急，势必逃亡。为今之计，与其以有限之粟济民穷，似不若以不费之惠宽民力。时值枯春，应否行该州县，将乡绅照旧催征，解充兵饷，其余寒儒贫户分数稍缓两月，以待蚕老麦熟五月中旬，方行严比。庶上无亏于国用，下有济于贫民，或亦抚恤安集之一方也。事关缓征钱粮事理，本道不便擅专，拟合呈详。

[青州道为暂行缓征以苏民困事。照得缓征饥民钱粮，前奉部文，业已遵行饥荒州县在案。近阅所属莒州、沂水、蒙阴、日照、益都、临淄、博兴、诸城等处，亢旱日久，民不聊生。其困苦之状、钱粮艰难者，实不仅于饥民。若追征太急，势必逃亡。为今之计，与其以有限之粟济民穷，似不若以不费之惠宽民力。时值枯春，应否行该州县，将乡绅照旧催征，解充兵饷，其余寒儒贫户分数稍缓两月，以待蚕老麦熟五月中旬，方行严比。庶上无亏于国用，下有济于贫民，或亦抚恤安集之一方也。事关缓征钱粮事理，本道不便擅专，拟合呈详。]（按：此件为上件衍文）

青州道为救荒无策，民渐流亡，恳照江南，赈项无出，请开捐纳，以救亿万生命事。窃照山左为神京左辅，较之江南，尤为根本重地。自去岁薄收，今春亢旱，夏秋旱蝗并灾，饥民绝食，有数日不尝粒米者。流离琐尾，鹄面鸠形，远则鬻身于京师，近则乞食于道左，哀鸣嗷嗷，真有不忍见闻者。甚至青衿百结，饥饿不能出门，举室交摧，死丧不能入葬。先据临淄县报过饿死生员崔坤斗等，本道捐棺收敛，而继报者接踵，难以遍给。又据益都县报过盗贼张明山等一起，虽经拿获问拟，而皆起于饥寒，此后续报窃盗者难以枚举。又据益都县报过逃亡宫勇亮等，虽经出示招回，而皆苦无牛种。本道与有司虽捐助借贷，不遗余力，奈逃亡者日多，招徕者十仅二三。此等饥寒绝食之民，非比寻常荒歉，若非大为拯救，民命何赖？国赋何出？今于十月初二日，又据益都等学生员赵鼎等呈称，鼎勤修儒业，屡困科场，年已七十，尚应岁考，以便舌耕，为糊口计也。但身既老于笔砚，智不足以谋生，蚤春开馆陆庄，拟藉于门生。岁暮无资，石田翻卖与东主。蹇遭去冬不收，粮价涌起，春夏久旱，无麦无禾，闾阎食尽，人民流离，生徒星散。馆谷既绝，枵腹难支。猥以不肖，乃取祖茔松柏数株卖之富家，苟延岁月。视古君子虽贫不鬻祭器者，自伤匪类矣。经秋不雨，继以雹陨虫灾，不惟颗粒无收，并爨下之箕化为乌有。穷迫逾甚，日或不食，不得已取诗画图书货之街头，百不偿一。当此之际，悲痛填膺，且以急目前之升斗。然不旬日间，而四壁萧然，身外无长物矣。木叶草根、稊稗糠秕，饥时食之，亦觉其甘。而不知方其甘时，即已致病，疟痢频仍，枯肠欲裂，男呻女吟，相视泣下，奄奄气息，顿觉沟壑逼人。履霜届节，寒透缊袍，悲风凄其，家人蓝缕，冻馁交侵，颠仆立至，末俗尽绝，任恤既无望，托钵以沿门，比屋半属逃亡，何计可医疮而割肉？尝闻疾痛必投父母之怀，乃思负戴而求仁人之粟。恭惟本道大宗师性天先觉，文献儒宗，固理学而兼经济之才，且大儒而列循良之传，雷动日暄，肃清国宪，和风甘雨，尤轸民依。平居则善政善教，跻一世于春台；阽危则己溺己饥，引颠连为予咎。伏冀哀此茕独，再请发棠，则阖邑生灵视息犹存之日，皆衔恩嵩祝之年等情。据此。同日又据青州府儒学生员沈印芳等呈为恳恩请赈以恤寒生事。呈称：切照阖郡士民蹇值荒歉，天灾使然，恭遇大宗师奉命赈济，捐谷数千石，存活数万人；且散给车辆银贸易杂粮，以糊穷口，生全者已多多矣。兹又轸恤贫蚁布麦无力，在家者望种而不得，复业者束手以未能，今闻有借给麦种之令，凡我士民，幸出三生。惟芳等为尤甚，各有薄田，种麦无期。哀恳垂怜寒儒，俯准批行借给麦种，俟麦熟后补还，庶生命有望，残喘得苏等情。据此。又据阖属乡民刘祥等哀禀为叩乞天恩批行借领麦种，归家复业事。切照天年饥馑，民不安生，十室九空，人皆饿毙。因难度生，趁熟逃出，流离他乡。又蒙天台洪恩，普施雨露，怜民艰难，许借麦种。众黎闻信，各奔归家，得种有望，人人复业，遍地诵恩。哀叩天恩批行借领，俟麦秋一一补还，均沾雨露。各等情到道。据此，除量行有司借给麦种，间尝微行效野，十分约种三分，尚有七分未及播种。今秋失种，来春何望？民生如此，国课何完？幸于十月初二日接阅邸抄户部题为赈项无出等事，覆江南总督阿、安抚徐会同总河靳疏题前事。查该督抚既称江南旱蝗继起，饥民绝食，与平常荒歉不同等语。应如该督抚所题，照乌沙船工事例捐纳，至次年六月初一日停止。其情愿捐输米谷者，照会议价值算交。又查现经会议案内，革职道府，一概不准捐纳；又俊秀、监生并捐纳生员，不准捐纳岁贡；其大计、京察甄别降级，俱不准捐纳等因在案。此等仍不准捐纳。俟命下之日，除包衣不准捐纳外，通行八旗、直隶各省遵行。其捐纳人员并银米数目，该督抚照例造册，按季报部。该督抚以饥民嗷嗷，难以久待，应将现存剩仓库米麦银两酌量先行动赈，将捐输补还可也。奉旨：依议。钦此。等因，到道。该本道查得青州所属益都、临淄各州县，灾祲叠见，饥馑频仍，夏秋无获，十室九空，典妻鬻子，民不堪命。已经叠请宪台转达在案。今复据士民赵鼎等数十百人纷纷哀控赈救，本道极欲赈贷，无奈点金无术，又虑灾民流离，何日底止，再四筹画，山左与江南均属朝廷赤子，似应比例陈情，照鸟沙船工事例，题请山东亦开捐纳之例，至十九年六月初一日停止。请将现在仓库米麦银两酌量先行动赈，俟将捐输补还，则上可省朝廷之赈济，下可奠畿辅之封疆，所关诚非细故也。拟合呈请。为此，今补前由理具呈，伏乞照详施行。

一呈巡抚都察院

康熙十八年十月　日

青州道为地震之变异非常，圣主之求言甚切，谨就见闻所及据实直陈疾苦事。切照君仁臣直，调燮阴阳，人事修明，五行始顺。乃天心仁爱，凡有过当，变不虚生。水旱蝗虫，饥馑相继，皆灾异之大者，古史必书。今又以地震见告。夫地道也，臣道也，主静不主动。臣道无成而代有终之义也。故守职则效顺安常，乖方则兆灾示异，此皆臣子之过也。我皇上虚怀责己，真切求言，又以六事宣谕内外。大小臣工无不痛心疾首，仰叹圣明如见万里，臣复何敢赘陈。独是小民之困苦千端，非可一二言而尽。即如山东，为神京左辅，夙号强悍难治，又称山瘠民贫。乃于三五年间加增裁减，不啻百十余万，又兼连遭饥馑，死徙流亡，哀鸿满道。虽经皇仁发赈，官绅捐助，仅仅补苴一时而杯水车薪，迄无大济。夫天生之物力止有此数，不在下则在上。即如加增裁减之数，皇上非不知过严。十七年三月十二日上谕：如裁减驿站、官俸、役食及存留各项钱粮，增添盐课盐丁、房田税契、牙行杂税、宦户田地钱粮，隐漏田地复行找追，新定各例不无过严。大哉王言！此等钱粮名目虽多，总皆出于百姓，其脂膏易尽。損下益上，日见其捐，此小民受病之大源也。加之以去冬无雪，今春不雨，夏旱秋蝗，冰雹叠见，民之得免于流离饥饿而死，几希矣。虽夏灾入告，而十分九分灾者止免三分，其不免之七分，又令有司敲朴未逃未死之民，其何以堪！此小民被灾之大困也。若待今冬绝粒，挺而走险，大为可忧。伏乞皇上大开恻隐，立行乾断，将山东一省免去十四年以来裁减增添之数，俯准俱如旧额征解，则于旧课原不为亏。其现报夏秋二灾，俱照被灾分数尽行实免。如被灾一分、二分者，仍征九分、八分；被灾三分、四分，仍征七分、六分。若被灾十分者，方准全免。计所免分数，谅不敌数年增减之多，使颗粒无收之民不致驱而为盗，则保此东郊之民，以尽守土者之责。此臣之愚忠直谏也。若夫小臣不廉，诚然有之，但裁去俸薪，全无养廉之资。即以臣自责三年无禄，尚不饥死，又不引退，此臣之寡廉可知。伏乞罢斥归农，以为不廉者戒。至于圣德如天，警戒修省，罢土本〔木〕之役，省田猎之游，黜聚敛之臣，改经制之体，则非外吏所敢越俎而言者。臣外吏也，职任山东监司，真见民生之疾苦如此，伏乞宪台转达天听。如谓出位妄言，亦求据疏题参。臣职能鳞无任席藁待罪之至。拟合呈详。

青州道为地震之求言甚切，天下之大计宜详，谨抒管见，仰呈采择入告，以回灾变事。切惟天道之元气不和，遂有毗阴毗阳之沴戾；二气之流行不顺，遂有兆灾兆异之祲祥。迩者雨旸不时，旱蝗叠见，已告饥荒而地震非常，久动不止，大为灾异。固为坤道失职之应，然乾健坤顺，气本相通，若天行强健，元气充周，则坤维宁奠，又何有震动之患哉！皇上体天行道，期于刚健中正，自强不息，将见沴戾灾祲自然消弭。理固有然，事宜修救，凡有关于天下之大计者数事，敢以管见陈之。

其一，君德清明，宜讲正学。圣经贤传之外，不宜好尚庞杂。诗赋固雕虫之技，声律岂韶舞之音？乾断以放远惟严，坤元则效顺永固矣。

其一，阴阳不可畸绝，犹文武之不可分途。太极图阴中有阳，阳中有阴，阴阳相制，乃得相和。今自文武分途以来，是阴自阴而阳自阳，恐判然相离，久成沴戾。天道之太极两仪不若是也。宜复旧制，以归太和。

其一，外患不足忧，内宁宜早虑也。天下本无事，偶以三藩并撤，遂致以臣叛君。今幸两藩归正，所未归者仅一隅耳。倘圣诏下颁，以谋逆者罪在一人而余皆肆赦，则外患诚不足忧。乃以张皇六师，动曰军需浩繁，以致内地之加增裁扣，每省钱粮搜括殆尽，不遗余力，虽曰不加于田亩，其实皆出于小民，是易名不易实也。请将加增裁扣俱还旧额，则内宁永固，不致摇动矣。

其一，则军需不愁不足，仍从军中节制，自无虚糜。古者选将练兵，无敌不克。今自大将军以下，无不经圣君之选择，不敢复议，惟出兵不论老幼强弱，而概行其旗佐领应出若干，似非选练之义。及至军前，苦独力皆充之矣。此费饷在旗下，犹可言也。至内地绿旗官兵，每省要地应设若干，而州县小弁微兵可以不设，止令州县各募民庄百名，仍复工食。是土兵可以守土，而经制劲兵每省不过五六千足矣。至于投诚官兵多系以民充数，尽宜安插归农，不必又增兵饷。此节省于军中之要首也。

一、天下亲民之官莫要于州县，虽近日之资格不论，而年方弱冠者，岂可遽任民牧？古者四十曰强而仕，今即不然，亦以三十为率，方许为民父母。如三十岁以内者，或改对品佐领，或愿回家读书，必俟经历事务，学识明通，方可免操刀使割之诮，而百姓蒙父母斯民之福矣。

一、职官之田舍宜有定限，则天下无甚富之僭侈。古者王畿千里，诸侯百里，子男五十里，各有封疆以限之。今一统之规而王侯之田宅已有定制，卿大夫士未之详也。文武官既有九品，而田地房舍俱宜详颁定制，以九式为限，不许溢额，则田连阡陌、间架过多者退敛，而骄奢淫佚之弊可以渐除，贪风亦可自止。

以上数款，皆书生之管见，无裨高深；亦杞人之过忧，或多愚昧。伏乞宪台采择葑菲，不弃刍荛。应否入告，以达天听，非本道所敢擅也。理合详请。

救荒政略卷下

青州道为奉旨赴任赈济地方等事。照得康熙十七年，为钦奉上谕事，蒙巡抚部院赵特疏荐举，应诏赴京，恭候钦试。因各省人员未齐，考期尚缓。乃阅邸报，有巡抚部院赵请赈一本，又台省各衙门交章叠奏饥荒，内有本道辖沂、莒等处地方，致烦圣主焦劳于上，抚院拮据于下，此心实切未安。若谓清华侍从之荣名可膺一身，将黎民阻饥之困苦遂置膜外，非本道与民同患之素志也。用是密疏奏请，先行回任，设法赈济，遂奉俞旨褒嘉，敕部遄行。其各疏内救荒条议，如缓征比、留漕粮、禁遏籴、除盗贼、开海禁等款俱已奉旨允其次第酌行外，务使上广朝廷爱养斯民德意，下尽臣子行道济时本怀。合行出示晓谕。为此示，仰合属官吏军民人等知悉：本道二月初四日奉旨，初六日谢恩辞朝，兼程前来，十八日赴任。一切谒见迎送、嗄程小饭，尽行禁止，以省浮费。其赈济事宜另详天使、巡抚部院酌议施行，俱毋违错。特示。

青州道为捐赈饥民事。切照赈济一案，蒙巡抚部院先捐银五百两，并在省司道共捐银一千九百六十两，檄饬委官赍发东兖道，会商本道分发，委官赈济沂州、郯城、莒州、沂水等处饥民，业经本道差役同沂水县差役赴东兖道分领银九百六十两，赈济沂、莒二处饥民外，但户部侍郎萨等亲散赈济银两并运发各州县赈济谷石，本道并未奉有院司檄行，无案可稽。至于各官捐输银米，亦未报有确数。合行飞饬查取。为此票，仰本府官吏照票事理。文到，立刻先将节次奉到院司檄行某某次蒙发赈银若干两或谷若干石、某州县或发银若干或发谷若干、某某州县或官或绅衿富民捐银米各若干，作速立刻逐一备细开明，飞报本道，立等核夺。至于赈济饥民户口数目清册，俟赈济完日，另册具报，慎勿刻迟。至速至速。

青州道为东省饥民堪悯，濒河重患尤深，伏请敕部酌议缓征，以延民命事。案照本年二月初六日，蒙巡抚部院赵案验，准户部咨查青属益都、临朐、蒙阴、莒州、沂水、日照六处极荒州县缓征缘由到道，业已备录原文，檄行该府查报在案。此外州县去岁有无中饥、小饥之处，合再确查。为此票，仰本府官吏查照原行及今票内事理，即将所属临淄、寿光、诸城、安丘等处有无饥民、应否设法赈济，逐一加意确查明白，妥详报道，以凭转报赈济，勿致饥民失望。速速。

青州道为急救时艰以恤灾黎事。照得时际凶荒，灾祲叠见，米珠薪桂，民命奚堪。所谓饥馑洊臻，哀鸿未集，正此时也。然天灾之流行虽惨，人事之保救宜修。本道忧心如焚，当寝而兴，每食数起，凡有关切民瘼者，或请题，或详报，历历在案，非尔所知。今就时事艰难之中摘列数款，与吾民约期，以共相遵守。合行通饬。为此案，仰本府官吏查照后开款项，即便檄行所属，出示晓谕，务使实心奉行，勿视为虚文故套，有负本道一片苦心也。将行过遵依缘由报道查考，毋得违错未便。

计开：

一、查举孝顺。饥荒之年，昔有埋儿得金、典身葬父、推车负米、弃子留侄诸故事，皆为千古留芳。今岂无其人乎？倘有孝子、悌弟、义夫、节妇、顺孙，因年饥家贫而孝顺礼让不失节义者，此天地之人瑞，国家之祯祥，该乡约地方即行举报，重加奖赏，以示优恤。先详三院以备题旌，并入县志以垂久远。

一、矜恤老幼。时际饥馑，壮者犹可远行就食贸易，最可怜者，七十以上，年迈力衰，不能自养，与夫襁褓孩童，茫无知识，此皆人所厌弃，或致淹淹垂毙，嗷嗷待哺者。如有好义之家收养老幼至十口以上者，给扁旌表，以彰风化。

一、节省杂粮。蒸烧酒，打豆油，丰稔之年尚称无益，况时值荒歉，粒粟如金。此时急宜禁革，樽节粗粮，以备饥荒。示后半月，凡有违禁蒸浇酒、打豆油、踏麦麯者，该管约地铺邻人等即行指名报道，立拿重责枷示。

一、通融籴粜。齐民素尚虚靡，不思储积，一遇凶荒，束手无微。间有殷富者，止管自己，罔知顾人。本道力为鼓劝有力之家借出资本车驴，令穷亲戚、分工客户前往丰熟之处籴杂粮来青平粜，不由斗子铺户之手。本道仍给印票护身，各处不许阻滞。

一、及时婚嫁。穷民或因钱粮饥寒所迫，典鬻子女，势不能已。奸民不思天理，通同媒妁射利，兴贩他方，骨肉分离，深为可悯。示后凡穷民典鬻，许同约地以六七岁至十三四岁许典不许卖，年丰回赎。十五六岁至十八九岁者，淡薄财礼，即配成夫妻，亦荒政多婚之意。如有奸民富豪欺压强买良人妇女为婢及兴贩远方者，本道访出，或被讦告，立行拿究，按律治罪。

一、轸念寒冬。瞬息秋尽冬来，小民啼饥不已，又复号寒颠连，实为可怜。当铺、故衣铺凡当满衣物，绸绢衣服，听其远卖；其粗布袄裤，不论单绵，止许本地易卖。或有义侠士民人等遇冬或买施十件、二十件、五十件至百件以御饥民之寒者，乡约、耆民指名报道，即行分别旌奖，以示鼓励。

一、收瘗骸骨。饥荒之年，逃荒之民多有展转道途，死于沟壑，父母妻子不能相顾者，似亦有之。彼处岂无倡义之民，同约地查看明白，施以薄木或席薄之类，即刻令人掩埋，勿致白骨惨天，尸骸暴露。此等义民，乡约地方据实报道，即行奖励优礼。

一、严除盗贼。古人云男子穷死莫做贼，女人饿死莫失节。此等人即应旌表。倘村落流来匪人，敢有扒抢粮食者，尔等合庄约地，结连保甲人等，齐行救援。如有当场拒捕，登时打死，报明掩埋，与地主无涉。

一、禁止轻生。此方之民多以人命赖人，或行自经自刎，希图借端诈财。况当凶年，彼不肖者辄曰与其饿死，毋宁自尽。苟有睚眦小愤者，即以命中之。不知律例无抵命之条，徒死正自无益。凡有自尽人命，地方报明印官，即准掩埋，不许滥准告词，假捏打死，违者反坐。

以上数条，虽系荒年必有之事，惟在官民各安本分，不许多生事端，倘有故犯，本道秉公执法，断不姑容。尔等勿得尝试，自贻后悔。

青州道为发刻劝善等事。票仰本府官吏照票事理，即将发去《荒年劝善歌》一纸，责令善书照式缮写，端楷刊刻，印刷多张，转发所属，广贴城市四乡庄村，遍行贴谕，勿致风雨捐坏。仍将刻过者刷印百张，送道查考。毋违。

荒年劝善歌

岁运自乘除，有丰原有歉；
有谷莫闭籴，有钱莫吝借。
老稚宜收养，亲故难拒绝；
穷死勿做贼，饿死勿失节。
头上是青天，善恶终有别；
王法不容私，一犯难辨白。

青州道为救荒先除急弊、济饥须劝富室，沥陈管见，仰恳采择，亟拯残黎事。据府县两学生员樊敦本、刘憙等公呈，内称：二麦枯焦，米价腾涌，斗米百钱，倏而三百不止。皆缘奸猾斗行勾连铺户，广布党羽，各路要截。凡籴粮者悉领入铺，不令零粜，名曰倒装。市中既无余粮，价值任其加增。致使一日之内价凡数易，一铺之中粮积数千，但知获利无厌，不顾贫民生死。此宜痛惩而亟革者也。至于富室积粟，利已数倍，乃其价日益增，其心日益狠，意在斗粟千钱方肯出粜。虽贫富各自有命，亦甚上干天和，雨旸愆期，未必非若辈有以致之也。此宜查举而责令速粜者也。恳祈榜示巡查，有倒装专利者，责之捕役；富室厚藏者，询之约保，使得公籴公粜，苏民命以挽天心等情。公呈到道。据此，为照青郡地方去岁薄收，今春无雨，二麦将槁，民不聊生。正在煮粥拯救，又觅车夫远籴近粜，以济民饥。何物奸猾斗行，勾连铺户，要截粮石入铺倒装，任其增价，深为可恶。除查访拿究外，合行出示严禁。为此示仰斗行铺户、军民人等知悉：示后凡籴粜杂粮，悉听远客自粜，公平交易。敢有不法斗行仍前结连铺户，要截粮石入铺倒装，不容零粜，任意增价者，或经本道访出，或被巡役拿获，定行尽法重责枷示，断不轻恕。至于积粟之家，趁此价高，亦当及时出粜，一则获厚利以自丰，一则救民命以积德，一则挽天心以回怒。敢有闭籴自封，本道别有访闻，定行详报巡抚部院，平价速粜。为专利者，戒慎之。特示。

青州道为赈济饥民事。康熙十八年四月二十四日准布政司照会，康熙十八年四月十八日蒙巡抚部院赵批：据本司呈请青州道请谷赈济缘由前事，蒙批如详酌量分发，事完汇报缴等因。移会到道。准此，拟合就行。为此票，仰本府官吏查照移文票内事理。文到，即将捐银领运仓谷雇觅车辆驴头各若干、应用脚价若干，先行报道，以凭酌议协捐，发给脚价，星速催令前赴济南府仓，领运谷二千二百三十石，同益都县存剩谷二千七百七十石二项，共谷五千石。该府查照被荒轻重、饥民多寡，酌量分发。仍饬令散赈州县每名每日给谷一仓升，不得多支冒领，事完造册报销。至于济南府仓谷，凡领运人夫，该府发给印票赴领，以便按数支给。文到，先将共谷五千石系给某某处各若干，即速造册送道，立候移司照查，慎毋刻迟。速速。

青州道为酌议远籴以救民饥事。照得有丰有歉，固气运之不齐，然移粟就民，亦人力之可办，倘贵贱相移，有无相济，即有饥馑之处，亦不为民患矣。近见青属粮贵，济属粮贱，仅可以通融相济。但恐穷民苦于无本，合行酌议，以恤民饥。为此票，仰本府官吏照票事理，即便转行益都县，着各社里长各举殷实车夫数人，各取的保，每车一两，夫二名，借领给本银三两，任其远籴近粜。所得余利，以资车夫。所籴杂粮到青，听其照市价即粜，止完本银，大约不过百辆，所借不过三百两。本道与该府县酌议，均出银不取利，粮到即粜。如可妥行，速议姓名报夺，毋得再迟。

青州道为晓谕粜谷，以获厚利，以救民饥事。据临朐县详称，朐邑地方旧岁薄收，现在饥馑，又值三春无雨，民间日食艰难，米谷价值日易。三五挑柴负草之民执钱在手，无米可买，忍饥归家，情极惨急。采访粮多有谷之家封送谷价，照依时值，差役往恳，俱闭粜不卖。卑职眼见小民饥苦，不忍膜外，自恨职分卑微，情不足以相通，请示谕令有谷大户，照时粜卖，赈恤民命。等情到道。据此，为照时值亢旱，饥民相望嗷嗷，本道已发银借给车夫，远籴近粜，移粟救民。然粮多积粟之家，遇此荒歉，价既倍增，已获厚利，亦当趁时速粜，以救民饥，方为富者自善之计。本道除发名帖一通，该县差吏典劝谕，照依市价粜卖外，合行发示劝谕。为此示，仰积粟之家趁此得价，及时速粜。如有堆积杂粮百石以上之家，听该县照时封送价值，开仓粜卖十分之二三以济人，其余留之自养。不惟得厚利以自丰，而饥馑之民亦得续命之膏矣。慎勿藏匿自封，定行指名详报巡抚部院，勒令全粜，决不虚示。

青州道为赈济饥民事。照得本道捐粜积谷，东北二关分为男女二厂，煮粥赈济饥民。自四月初一日始，业已檄行该县开赈。去后合再申饬。为此票，仰本县官吏照票事理。文到，即将东关设立女厂，责令本关乡约张然，北关设立男厂，责令乡约官左寅，督率各殷实善人耆老，酌量人之多寡用米，不许插和不堪，亦不许泼撒狼戾。务要人米相宜，仍杜克减之弊，方为实意奉行。文到，先具委官经承姓名报查本道，仍行不时亲临，俱毋故违未便。

青州道为共图修省，概从简便以回天心，以拯灾黎事。照得灾异固自天行，感召实由人事。苟人情无拂，斯天道有常而和气致祥者，理也。兹者频年以来，地亩薄收，今岁荒旱、蝗虫、冰雹，小民饥馑流离难堪。加之以地震示警，皇上虚怀兢惕，尚以六事告虔，宣谕内外。本道夙夜忧心，食不甘味。凡职司民牧，自当洗心涤虑，简政清刑，共图修省，以挽天意。所有应行事宜，合行严饬。为此票，仰本府官吏照票事理，即将开列事宜务要留心寓目，逐件遵行；仍严饬所属，敢有阳奉阴违，访出，官以不职揭参，经承锁拿杖毙不贷。文到，先具遵依报道查考。毋迟。

计开：

一、词讼不许滥准。即人命强盗大案，不许过月；窃盗小讼，不许过十日。即定案归结应摘释者，先行省释，不必拖累转解。违者刑，招房处死。

一、钱粮不许重加，火耗只照平等自投。其被灾地方，应照报灾分数即行减除，不许里书经承那移需索。违有拿究，追赃问罪。

一、差役不许下乡。词讼原告同约地自拘，钱粮自有社长应比。如有州县从前设有押乡差人者，尽行禁革，违者拿究。

一、佥派乡约，地方印官选定之后，不许衙官私自更换，需索印结纸钱。违者拿究。

一、收科柜书，止许印官从公轮流选定，不许钻营收利。敢有私摊草豆、加征火耗者，访拿揭参。

一、革积年衙蠹，如有拨官害民、招摇生事者，许印官自行访拿解报。如待上闻，本官恐亦不免徇纵之咎。

一、所属钱粮号件，该府止用风火雷票签催提事件，不许滥差下县。如有巧立坐催转牌名色，一概掣回。如违，访出拿究。

一、监仓原系收羁重犯，除人命强盗外，其余一概不许滥禁，致干天和。违者立拿经承重究。

一、佐贰等官，不许擅受民词，颠倒是非，渔肉小民。访出，官则揭参，役即立拿杖毙。

青州道为荒年慎刑以重民命事。照得时际饥荒，百姓乏食，朝廷捐粮散赈不已，而又颁诏修省。职司民牧者，尤当时加抚恤，庶不负皇上爱养斯民至意。近闻各属印官，无论比较钱粮、斗殴细事，概用毛头大板，诚恐饥民重加箠楚，不惟有伤民命，抑且致干天和，合行严饬。为此票，仰本府官吏照票事理，即便转行所属，嗣后除审问盗命重情外，其余比较钱粮及一切田士斗殴细故，俱用三号竹板，削去毛须，量事责惩，勿得滥用重刑，致干禁例未便。文到，仍具遵依报查，勿违。

巡青道为施粥济贫事。照得时值隆冬，无告穷民，即丰年亦所不免。况青属叠罹灾伤，又际严寒风雪，殊为可悯。合行动支仓谷开赈。为此票，仰本县官吏照票事理，即将本道捐银买贮仓谷先动支百五十石舂米，在于北关大寺设立男粥厂、东关普济庵设立女粥厂，各委佐贰官一员管理。其事责令地约安顿锅灶，务于十一月初一日开赈，每日约煮粥二石。如人多不足，另报动支。□谕管理官役，务要水米相调，不得稀薄不堪，亦不许经承冒破。五日一次，将用过谷石并赈过饥民各数目具报查考。文到，先将开赈日期、管理官役姓名先行报道，以凭备查施行，毋得迟违取咎未便。

巡青道为施粥济贫事。照得时值隆冬，无告穷民，即丰年亦所不免。况青属叠罹灾伤，又际风雪严寒，殊为可悯。已行益都县将本道捐银买贮仓谷动支舂米，即于十□月初一日在于北大寺、普济庵设立男女粥厂，煮粥开赈。合行出示晓谕。为此示，仰管理煮粥官役及约地人等知悉：设立粥厂，预先安顿锅灶，每日煮粥务要水米相兼，不许水多米少，稀薄不堪。饥民人等挨次领食，亦不许拥挤重支等弊。监放官役务期粥不倾泼，米不冒破。事竣之日，官役必加奖赏。本道不时亲诣验看，如有故违，一并查究不贷。

青州道为灾民饥馁难堪等事。准布政司照会，准贵道牒称：本道所辖益都等州县，系某处派拨米石若干、应赈某处饥民、作何运解，以便催督缘由到司。准此，查得青属应赈者，乃是益都等八处。其昌乐、寿光、乐安三处，系委贵道亲诣赈济。至高苑、博兴、临淄三处，系委青州府亲诣赈济。相应移会查照施行等因。准此，为照饥民待赈甚殷，运送漕米时刻难缓，合行需票亟催。为此票，仰本县官吏，即将藩司拨定米数，作速运送应赈县分查收；仍将解过数目、运送日期星驰报道，立等转报抚院亲临赈济。勿迟。

青州道为赈济饥民事。照得拨米赈济，原救真正绝食饥民。凡有饱食暖衣稍可支延者，概不准领。然所以分别真正饥民，全在约地社甲长从傍质证，方足凭信。今点该县各社饥民，约地甲长多有躲避不到者，以致饥民真假无凭稽查，殊为可恶。为此示，仰该县约地社甲长人等知悉：嗣后点某社饥民，该县官吏即催某社约地甲长，即同某社饥民伺候，以备质问真假。如再仍前不到，定行锁拿，重责枷号，决不轻贷。特示。

青州道为赈济饥民事。照得本道奉委亲赈益都饥民，拟于后开等日，按各乡社挨次支放。尔等各乡社甲长同约地，率领该社饥民，各照限定日期齐集放米处所，伺候领赈，勿得临期失误。如有甲长包揽及重支冒领等弊，查出定行重责枷示，决不轻贷。特示。

青州道为严禁冒领赈米，务使饥民得沾实惠事。照得饥民奉旨拨米赈济，不许顶名冒领、衙役需索等弊，业经本道严饬在案。今又拨临德仓米找给绝食饥民并赈后方归复业者，诚恐衙役、社蠹、恶棍、劣衿顶名冒领，经承索诈钱物，除访察拿究外，合行出示晓谕。为此示，仰本县饥民人等知悉：如有冒名领赈以及经承、衙役、社长索诈饥民等弊，许即赴道抱牌陈告，以凭立拿，追米断给首告之人，仍行尽法究处，决不宽贷。特示。

青州道为饬查逃移饥民事。照得青属地方连岁亢旱，禾稼鲜收，饥馑之民流移他方者不少。本道虽经详请赈济并请缓征，无奈三空四尽之日，逃荒就食饥民纷纷在道，地荒丁逃，国赋攸关。合行饬查。为此票，仰本县官吏照票事理，文到，即差的当人役耑在冲要总路稽查。凡有过往青属逃荒饥民，问明系何州县人民，带领男妇几名口，注明原籍何乡何社、居住何村，今欲往何处就食，按日登记明白，册报本道，以凭稽查。俟有秋收，以便招徕复业。勿得故违，取究未便。速速。

青州道为地方亢旱已久，失职显有明征，亟请转详题黜，以回天怒，以安逃亡事。康熙十八年六月十五日，据临淄县申报大旱日久，百姓逃移，泣陈灾伤情形，详请蠲征、罢黜缘由前事到道。据此，除转报部院外，为照青属大率皆旱，而临淄独甚。虽军饷孔急，而农业失望，地方流离，关系匪轻，合行确查。为此票，仰本府官吏照票事理，即便申饬该县勉力供职，并查该县秋禾果否失望，务将逃窜流民多方绥徕，加意安辑，务使流离者复业。至于征比钱粮，即羽檄频催，此时敲扑罔效。可否缓征半月，以待秋禾有无成灾，再查另报。其四月先完一半，曾完若干，遂一确查明白，具文报道，以凭酌夺。事关民命，毋得扶同隐讳，均干功令未便。

青州道为速行煮粥以救饥民事。照得今岁荒旱饥馑，灾黎冻馁交侵，殊为可悯。业蒙巡抚都察院施恩恤灾黎，捐发银二百两煮赈，并本道捐银二百两，以及府厅县各官并劝谕绅衿士庶各捐银米，即于十一月初一日在于北关大寺设立男厂、东关普济庵设立女厂，煮粥开赈，合行出示晓谕。为此示，仰管理煮粥官役及约地人等知悉：作速安顿锅灶，每日煮粥，务要水米相匀，不许水多米少，稀薄不堪。饥民人等挨次领食，亦不许拥挤重支等弊。监放官役务期粥不倾泼，米不冒破。事竣之日，官役必加奖赏。本道不时亲诣验看，如有故违，一并查究不贷。

青州道为严禁扒粮以安民生事。照得三春不雨，虽曰天道亢旸，亦由人心不顺。尔民自宜各安本分，修省良心，共回天怒，蚤沛甘霖，尚异有秋之望。近闻各州县有等不法之徒，三五成群，乘夜窃粮。虽曰饥驱，渐不可长。合行严禁。为此示仰官吏军民人等知悉：示后各宜安守本业，敢有仍前不法之徒扒抢粮食者，无论白昼夜间，该管约地协力擒拿到官，立刻重刑枷责处死。是尔等求食之日，即取死之日也。法在必行，勿贻后悔。特示。

青州道为再饬通行粜粜以救饥民事。照得顷蒙巡抚都院及本道捐发银两，已经粜米开厂煮赈。乃迩来米价渐高，或系邻封遏籴之故。殊不知一邑闭籴，不惟阻遏邻贩，抑且群情汹汹，合行申饬。为此示，仰本县官吏、乡民、铺户、斗子人等知悉：凡有蓄积杂粮之家，照常出粜，听凭商贾负贩，随时贸易，不得乘机闭籴，掯勒高价。访出立行拿究。至于该县曾否出示禁籴，差役巡拦，一概掣销。俱毋违错未便。

青州道为安集逃民事。照得该县连年亢旸，收成无几，百姓衣食艰难。近闻有等饥馁之民轻去其乡，流离载道，老者枵腹，幼者悲啼，本道闻之不胜怜悯。前据该县申详，业将百姓疾苦情形转请部院缓征，去后并先报旱灾九分情形，亦经转请具题候旨，有蠲三分钱粮之例。况今得雨，秋成在即，何苦轻去本境，自相流离。除严饬府县加意抚恤外，合行晓谕。为此示，仰该县军民人等知悉：各宜安守故土，料理农业。本道已请缓征，捐免不日并下，不得谬执愚见，轻舍故乡。内无宗族可倚，外无亲戚可托，求食于道路而不得，冻馁于沟壑而莫救，自取死亡，悔无及矣。特示。

青州道为严禁封粮化锞以省民费事。照得封粮化锞，打印需索，久经申饬严禁在案。近闻所属封粮，无论银之多少，俱倾销成锭，方许投柜。一经倾化，即纹银入火，无不耗折，分外仍要火钱。且柜书要票子钱，银匠指称倾销大锭，又要柴炭钱，纷纷需索，不一而足。时值饥荒，穷民何堪！本应拿究，姑行严禁。为此示，仰官吏军民以及银匠、柜书知悉：示后倾销柴炭，俱出之于官。凡纹银足色者，即许验过投柜，不许倾销成锞打印，亦不许指称柴炭之费，需索分文。柜书亦不许索要票子钱，掯勒不收。如敢不遵，或本道访闻，或经被害之人喊禀告发，定行严拿重责枷示，决不轻贷。特示。

青州道为查取收书库吏姓名以备采访，以恤民命事。照得饥馑亢旱，年岁告凶，四尽三空。青属小民其不流亡者，幸赖朝廷赈济、抚台题请缓征。延至于今，而二麦又复鲜收，米粟仍自高贵，夏灾现今入告，有司照例请蠲，无非保此残黎也。奈何部拨频下，不得已而开征。此番输纳正项，自应比丰岁不同。在循良贤令宽其鞭扑，减其杂耗，可谓曲体民情，但闻柜吏收书舞文作奸，钻营点充，通同库吏经承，或私置大戥，或暗索票钱，或偷开包封，捉拿轻补等弊，深为未便。合行查取姓名，以备采访拿究。为此票，仰该县官吏照票事理，即将十八年库吏某人、某乡某社某里收书某人、执掌征粮日收流水比簿某人、大承行某人，各应分晰明白，造具清册，限五日送道，以凭不时查考。倘犯前弊，指名差提重究。如违限不送，经承解究不贷。

青州道为严禁势豪滚债以苏穷黎事。照得齐民好义成风，为仁不富。近来年饥民困，闻有放债滚折，利上加利，威逼倍偿，以致穷人当卖田产，典妻鬻女。似此无良，诚可痛恨。况律例三分行利，值此灾祲叠见、民不聊生之时，合再禁饬。为此示，仰军民人等知悉：示后放债之家，当以时艰济人为念，遵照定例，取利三分。即从前放出之债，亦须随时缓索，不可威逼，致生事端。敢有违禁滚索，许尔百姓据实赴道陈禀，立行拿究，按律治罪。旧日欠债之家，亦不许轻生，图赖诬告，定行反坐。各宜猛省，勿得尝试。慎之慎之！特示。

青州道为严禁钱棹通同户书需索打印，措勒残黎事。照得天道亢旱，百姓困苦，本道多方轸恤。乃有好义急公，早为封粮纳柜者，此真良民也，久矣示禁银匠打印需索。近访得县前一带钱棹，串通户书，各人摊社分卖纳粮银。凡乡民持钱买银纳粮，比寻常交易多索钱数文。买银一两，外索打印钱二十文。甚至乡民纵有足色纹银，柜书措勒不收，亦必向钱棹另换打印之银，方才称收。是其权尽归于钱棹，巧为射利，犹倍于昔日之银匠。嗟此穷黎，际此灾祲之时，又遭此奸蠹通同剥削，甚为可恨。除密察拿究外，合行出示严禁。为此示，仰纳粮花户及钱棹人等知悉：嗣后乡民百姓以钱易银纳粮者，俱照天平准戥，照依市行公平交易，不许措勒多索一文，亦不许外索打印钱。如花户果有足色纹银，许自封投柜，柜书亦不得借端抑勒不收。敢有故违不遵，许纳粮花户赴道喊禀，以凭锁拿重责枷号，决不姑贷。特示。

青州道为劝谕安插复业穷民以固邦本事。照得本道赴省公干，目击一路复业穷民，络绎不绝，殊为可悯。诚恐旧日主家厌其饥寒，不行收留，无栖身之处，以致乞食道路，深为未便。合行出示晓谕。为此示，仰官吏军民人等知悉：凡旧日原住佃户今归复业者，主家照常收留，安插得所。敢有不遵，罚谷备赈。复业穷民亦不许借此生事。如违，拿究不贷。特示。

青州道为亢旱务通籴粜，邻封毋得阻滞事。照得青属地方连岁亢旱，二麦无收，饥馑之民专望秋成。不期雨泽尚未普降，以致各属有丰歉之分，米粟有贵贱之异。民未有不搬运籴粜，稍获微利，以糊家口。诚恐邻封阻滞，深为未便，合行出示晓谕。为此示，仰该州县官吏军民人等知悉：凡有邻封以及该州县小民或用车辆或用驴头搬运粮石者，任其籴粜，不许阻滞搅扰，务使通融贸易。如敢故违，本道访闻得实，定锁经承斗行，重究不贷。特示。

青州道为饥民道殣，速行查报收掩，以恤流离事。照得秋成之际，天道尚旱，饥馑就食之民冒暑而行，又兼枵腹，其间不无倒毙道路者。无人掩埋，日为暴露，有干天和。合行出示晓谕。为此示，仰该县官吏军民约地人等知悉：凡有饥民逃亡病死在道者，彼处该管约地查明，即同本人亲属用席收裹掩埋，勿得暴露。倘有不遵查出，即拿该管约地重究不贷。特示。

青州道为缓征事。兹据益都、临淄县申详本道，已加勘语，详请巡抚部院暂缓此邑征比，以待有秋。合行出示晓谕。为此示，仰该县官吏人等知悉：暂缓征比，以候院司批详到日，另行知照可也。特示。

青州道为灾民饥馁难堪等事。照得奉旨都院亲临赈济，广布朝廷浩荡之恩，务期灾民均沾实惠。诚恐经承社役里甲户长以及约地人等通同作弊，真正饥民漏造，不得实惠；稍有身家者反得重支冒领，殊为未便。合行申饬。为此示，仰官吏社里甲长约地饥民人等知悉：如有前弊，即赴本道禀告，以凭严拿，枷责不贷。

青州道为暂行缓征以苏民困事。照得缓征饥民钱粮，前奉部文业已遵行在案。近阅所属困苦之状钱粮艰窘者，实不仅于饥民。除乡绅自然急公先输照旧催纳外，其余贫户，时值估春，合行缓征，以苏民力。为此示，仰官吏军民人等知悉：钱粮分数，先尽绅户催完，解充兵饷。其饥民贫生暂行稍缓，以待蚕老麦熟五月中旬，尔等当竭力速纳，以济军需。如彼时仍有延挨抗玩者，定行加倍严比，决不轻贷。特示。

青州道为酌议远籴以救民饥事。照得前令益都县各社里长举报车夫，借给资本远籴近粜，业已檄行该府县查报。去后所有应散银两，合行发给。为此票，仰本府官吏照票事理，即将发去银三百两转发该县按名散给，将散过车夫姓名若干查造清册送道，以凭存案，俟事完之日汇报缴销。如有不足，该府与该县酌量补给，以成济时善事。文到，先将收过缘由具文报查毋迟。

青州道为严禁远贩人口事。照得时际饥荒，亦有就近典卖子女，不过为一时求生计也。近闻无良之徒勾引外来匪类，买人子女，转卖他方，名曰贩稍，大干禁例。除访察严拿外，合行出示晓谕。为此示，仰军民约地人等知悉：嗣后如有前项无良之辈勾引外来匪类兴贩人口者，许该管约地里邻立行拿获，送官究治。倘容隐不举，访出，事发地邻媒人一体重究不贷。特示。

青州道为奉旨已开海禁，沿海粮米盛行，急议海口籴粜之法，以通水陆商贾事。照得海禁既开，近闻洛口之船载粮至蒲台及乐安三岔，皆系水陆通途。凡有力之家，或乘舟而载粟；商贾之辈，或驾车而运粮。水陆交通，则转运不绝，合行查议。为此票，仰青州府官吏，即行沿海州县卫所，某县有几路通达海口、有无船只运米来粜、近此处所作何收籴，上岸务令随到随卖，不致壅滞，则后至者必多。该县有何疏通之法，一并许令条议，采择施行。速速。

青州道为祷雨事。照得忧旱祈霖，诗有靡神不举之辞，礼有祀乎雩宗之典。则凡境内山川司雨之神，皆宜有牲币告虔之礼。为此票，仰青州府官吏，即便转行所属州县。如临朐之沂山，是曰东镇之神，能出云雨润万物者也。宜委印官省牲告虔。次则本府城隍、山神、土地、龙王，皆宜省牲奠帛，撰文致祀，以尽祈祷之仪。不必徒拘屠沽之禁，有废祀典也。须票。

青州道为咨访孝弟力田，重加优恤，以兴教化，以备采风事。照得穷苦之极，孝弟之天性益坚；饥馑之年，耕稼之农夫愈力。语云家贫出孝子，民劳生善心。盖有因时势艰难而天理人心觉迫而更真者。兹当凶荒之年，岂无有父兄无食而子弟负米于百里之外者乎？岂无有樵采躬耕供二亲之菽水者乎？讵无蓬门陋巷、绳枢瓮牖、楮冠而歌、雅颂贫窭而怡悦其亲者乎？又岂无易衣而出、并日而食、兄友弟恭者乎？又宁无厥父耕耘有犁无犊，厥子及弟以人代畜者乎？抑岂无祖孙同饥，惧其分食，鬻孙以全其祖者乎？伤哉贫也！保无有生不能养，死不能成礼者乎？诸如此类，皆属天性孝弟难以泯没，合行谘访。为此票仰本府官吏通行所属乡社里长耆老地方，如有此等孝弟之士，即举为学校之异才；如有此等力田之农，即举为乡里之人瑞。考其实事，录其姓名，上以备朝廷之选举，次以登风俗之良书，甚盛事也。且以劝愚不肖之人，曰穷死莫背恩，饿死莫做贼，则皆孝弟力田之属也。有司加意优恤，本道特荐表扬，务使名行兼隆，身亲得所，以为风俗人心之劝。留心延访，决不虚言，须票。

青州道为东作农工不举，西成收获无期等事。本年二月初二日，据博兴县申详穷民捐给牛种缘由前事到道。据此，除详批青州府通行所属极力速行外，为照东省比年以来灾祲叠见，小民无食。兹值瑞雪普降，若不及时耕种，西成失望。今博兴县就饥民之内有最穷苦者，以七八家捐资买牛一只，令其通融伙耕；量给谷石，令其及时布种。可称循良举动，堪备揭荐。合行通饬。为此票，仰本县官吏查照抄详票内事理，即查该县穷民无力耕种者，或几家借给一牛，或量借种银若干，及时耕种，秋成照数补还。亦先王省耕补助之良法，贤令必能身体而力行之也。速将借捐牛种数目、领过花名具文申报本道，以凭据实揭荐，以重循良，勿得推委。须票。

青州道为掩骼埋胔事。照得时值孟春万物发生之际，凡道路田间恐有抛弃骸骨，日色暴露，以死气逆生气。合行严饬掩埋。为此票，仰本县官吏照票事理，即便严饬城关各乡约地人等，凡街市道路田间有抛弃骸骨，俱行掩埋，以顺生气，以召天和。毋得故违未便。

巡青道为春农正殷，急行补助牛种，以劝开荒，以足国课事。兹据益都县禀称，本道先发银百两，借领甚多，不足支发。为此票，仰本府官吏照票事理，即将再发去银一百两转发益都县，先取实收，仍将计借牛种各乡民确查明白有地果荒，取具的保，酌量支发，借领过姓名数目、日期，开册具文，呈报本道，以凭查考。如银不敷，该府县谅有同心，似应一体推广。再照本道积谷在仓，有借谷种者，一并酌量借支。统俟秋成，照数交还。俱毋故违。

青州道为劝赎农器以资耘锄事。照得时已入夏，农事正殷，又得及时之雨，耘锄农器，所急需也。但年来饥歉，典当者必多。合行减利劝赎，以鼓力田，谅亦人情所愿。为此示，仰各当铺商农人等知悉：示后凡有回赎农器者，止收原本。或因当税又经新加，难以尽让，别物俱照例取赎，惟农器利息减让一半，则所减者不多，而取赎者必广。四五两月字号簿内，注定让利若干，报道查考，以扁旌其义让。俟六月以后，照常取赎，亦商民两便之道也。特示。

青州道为严禁偷抢禾麦以安民生事。照得青郡地方，去岁薄收，耑望二麦，上输国税，下养家口以资生。讵意三冬无雪，春夏无雨，田土亢干，苗枯穗微。即有所获，十不及一。今值四月将终，二麦方登，诚恐无知恶棍纠合伙党，乘此荒旱，恣行窃抢，不惟有妨农业，抑且为害地方，深属未便。除行该州县差役巡查外，合行发示严禁。为此示，仰官吏军民人等知悉：如有无赖棍徒，不论白昼夜间，聚众窃攘禾麦者，许地主同约地禀报该管地方官，协力严行拿获，即以光棍贼盗论罪，决不虚示。若当场拒捕相敌致死者，于地主无涉。各宜恪遵，毋贻后悔。特示。

巡青道为秋成伊迩，谷贱伤农，谘访各属斛斗价值，以备转达事。窃照青齐十三年以前叠遭蝗旱，民鲜粒食，以致草根树皮供为饘粥。此年岁不登之苦，真有莫可告哀者。幸值去岁今春雨旸时若，禾稼稍登，而五谷之贱不如荑稗。迩来军需紧急，钱粮迫如星火，农家积数石之谷，不足封数钱之粮。此谷贱伤农之病也。合行谘访。为此票，仰本县官吏照票事理，即于本地斗行查照该县市斗较府斗大几升几合，而米豆菽麦每石现价铜钱若干、以钱易银若干各项，分别开列一单，具由报道，以凭转报定夺施行。

巡青道为修理仓廒以备积贮事。康熙十五年七月二十三日，据该县申称，查得保赤、预备两仓，尽皆坍塌，虽欲兴修，奈无额设钱粮，又值农忙之际，措处维艰。缘由前事到道。据此，为照职司民牧，凡民间有利当兴者，无不预为百姓安全之计，方为良有司。时值丰收，积谷为要，况奉部院批饬修理事件，岂可以无额钱粮为辞，而径草草回复耶？合行驳催。为此票，仰本县官吏照票事理，即将该县旧有保赤、预备两仓作速设法修理完备，不得借端扰民；仍将修理过缘由具文报道，以凭移司转报，查考施行。如再缓视迟延，定提经承重究不贷。速速。

青州道为行查事。照得时将仲秋田禾成熟之际，必霖雨沾足，兼无灾伤，方为有年。今该府所属地方雨泽曾否沾足，禾稼有无灾伤，自应及时早报。况见准藩司移文内云，本道呈报益都县荒旱情形，俟七月终旬，查明有无秋灾移报等语。目今七月已终，合行通查。为此票，仰本府官吏即便转行所属州县卫，于四乡遍查雨泽曾否沾足、禾稼可获几分、有无灾伤情由，逐一确查明白，早据士民呈词，加看详报本道，以凭核酌转报。事关国计民生，毋得隐匿捏报，均干未便。

青州道为严饬印烙官斗以便民生事。照得籴粜粮石，必以升斗为凭。近闻各属城市关厢镇店集场设用升斗，有比仓斗大三四升者，亦有大一二倍者，纷纷不一，并无一定规式。且有等奸猾斗行，希图抹取杂粮，忽大忽小，任意改换，小民难以籴粜资生。合行严饬印烙。为此票，仰本县官吏照票事理，该县即以仓斗市斗较准印烙，严饬城市关厢镇店集场斗行人等，照依规式，俱赴该县印烙，务要画一，方许应用。如无该县印烙字样，即为私斗，严行拿究。仍将印烙过缘由、所用之斗比仓斗大小若干具报本道，以凭查考施行，毋得迟违未便。

青州道为确查旱灾情形，立候转报，以苏残黎事。案查康熙十八年四月二十七日，据该县申称，寿邑境内三冬无雪，三春未雨，二麦将槁，秋禾未布。四月二十等日得雨尚未沾足，二麦仅收二三分。据此，业批青州府确查汇报。去后，本年五月十二等日，据该府呈，据该县申称，五月初四等日复得雨泽，麦已收获，秋禾皆布，委不成灾，具结转报藩司等情到道。据此，为照该县倐报被灾，倐称不灾，然与寿光接壤者，有益都、临淄、乐安、昌乐四县，各报灾七八九分不等。何独该县不灾？岂雨泽偏施于寿境，抑贤令之感召殊异于邻封乎？或该县初念无非希冀甘霖普霈，西成有望，征输可完于秋耳？独不虑残黎嗷嗷待命、刻不能缓者？此夏灾也，该县职司民牧，岂不体恤民艰？查定例，夏灾不出六月题报到部。尚未过期，即取具士民报灾呈词详报道府前来，立为转报，何迟之有？即前因有雨，虽报不成灾，而二麦仅收二三，其为灾可概见矣。倘执谬不通，捏报与匿灾均有处分。本道即据初文揭报，岂能为该县宽乎？合行确查。为此票，仰本县官吏照票事理。文到即亲诣四乡，眼同乡约士民人等履亩踏勘，询问二麦收获几分、被灾几分，取具士民呈词，切加看语，述明被灾情形，由府转报本道，以凭立转抚部院题请施行。至于批详驳牌，另叙一详报夺可也。事关民瘼饥困之际，如再仍前胶执朦混，本道别有委勘，定将该县匿灾职名揭报题参，仍锁经承重惩不贷。速速。

青州道为赈给绵衣事。照得如此严寒切骨，冻馁难当，为民上者岂忍坐视？合行劝谕捐助绵衣。为此票，仰青州府官吏即将本道倡发银十二两，即着阖城典当故衣铺分买一百二十件，该府县各捐一百件，三厅各捐五十件，劝谕当铺各捐二十件，通限十日内捐买完备，另定日期，分委厅县施散得法。仍先查明城市关厢赤贫老疾男妇若干名口，造册预报，毋致有光棍衙役冒领之弊。须票。

捕蝗考

选自《景印文渊阁四库全书》

一九八三年台北商务印书馆影印本

（清）陈芳生 撰

夏明方 点校

捕 蝗 考

《钦定四库全书·捕蝗考》提要

臣等谨案：《捕蝗考》一卷，国朝陈芳生撰。芳生，字漱六，仁和人。螽蝝之害，春秋屡见于策书。《诗·大田篇》：去其螟螣，及其蟊贼，无害我田稚。田祖有神，秉畀炎火。毛郑之说，以炎火为盛阳，谓田祖不受此害，持之付与炎火，使自销亡，并非实火。是汉时尚未详除蝗之制也。至唐姚崇作相，遣使捕蝗，引《诗》此语以为证，《朱子本义》亦从其说，于是捕蝗之法，始稍稍见于纪述。芳生此书，取史册所载事迹、议论汇为一编，首备蝗事宜十条，次前代捕蝗法，而明末徐光启奏疏最为详核，则全录其文，附以陈龙正语及芳生自识二条。大旨在先事则预为消弭，临时则竭力剪除，而责成于地方有司之实心经理，条分缕晰，颇为详备。虽卷帙寥寥，然颇有裨于实用也。乾隆四十六年十月恭校上。

总纂官臣纪昀、臣陆锡熊、臣孙士毅

总校官臣陆费墀

备 蝗 事 宜

一、王祯《农书》言：蝗不食芋桑与水中菱芡。或言：不食绿豆、豌豆、豇豆、大麻、苘麻、芝麻、薯蓣。吴遵路知蝗不食豆苗，且虑其遗种为患，广收豌豆，教民种植。次年三四月，民大获其利。

一、飞蝗见树木成行或旌旗森列，每翔而不下。农家多用长竿，挂红白衣裙群逐之，亦不下也。又畏金声炮声，闻之远举。鸟铳入铁砂或稻米，击其前行，前行惊奋，后者随之去矣。

一、用秆草灰、石灰等分细末筛罗禾稻之上，蝗即不食。

一、蝗最难死，初生如蚁之时，用竹作搭，非惟击之不死，且易损坏。宜用旧皮鞋底或草鞋、旧鞋之类，蹲地掴搭，应手而毙，且狭小不伤损苗种。一张牛皮，可裁数十枚，散与甲头，复收之。

一、蝗在麦田禾稼深草中者，每日侵晨，尽聚草梢食露，体重不能飞跃。宜用筲箕栲栳之属左右抄掠，倾入布袋，蒸焙泡煮随便，或掘坑焚火，倾入其中。若只瘗埋，隔宿多能穴地而出。

一、蝗有在光地者，宜掘坑于前，长阔为佳，两傍用板及门扇接连八字摆列，集众发喊，推门捍逐入坑。又于对坑用扫帚十数把，见其跳跃而上者，尽行扫入，覆以干草，发火焚之。然其下终是不死，须以土压之，过宿方死。

一、烧蝗法：掘一坑，深广约五尺，长倍之，下用干茅草，发火正炎，将袋中蝗倾入坑中。一经火气，无能跳跃。《诗》云“秉畀炎火”是也。

一、捕蝗不可差官下乡，一行人从蚕食里正，里正又只取之民户，未见捕蝗之利，先被捕蝗之扰。谢绛论救蝗曰：窃见比日蝗虫亘野，坌入郛郭，而使者数出，府县监捕驱逐，蹂践田舍，民不聊生。谨按：《春秋》书“螟”为哀公赋敛之虐，又汉儒推蝗为兵象。臣愿令公卿以下举州府守臣，而使自辟属县令长，务求方略，不限资格，然后宽以约束，许便宜从事，期年条上理状，参考不诬，奏之朝廷旌赏录用，以示激劝。

一、附郭乡村，即印刷捕蝗法，作手榜告示。每米一升换蝗一斗，不问妇人、小儿携到，即时交支。如此，则回环数十里内者可尽。

一、严督保甲，使知不可不捕。然其要法只在不惜常平义仓谷米，博换蝗虫，虽不驱之使捕，而四远自辐辏矣。倘或克减邀勒，则捕者气阻。

前代捕蝗法

宋熙宁八年，诏有蝗蝻处，委县令佐躬亲打扑。如地里广阔，分差通判职官监司提举。仍募人，得蝻五升或蝗一斗，给细谷一斗；蝗种一升，给粗谷二升；给价钱者，作中等实直。仍委官烧瘗，监司差官覆按以闻。朱子绍兴捕蝗募民，得大者一斗给钱一百文，小者每升给钱五百文。

元仁宗皇庆二年，复申秋耕之令。盖秋耕之利，掩阳气于地中，蝗蝻遗种翻覆坏尽。次年所种必盛于常禾。

明永乐元年，令吏部行文各处有司，春初差人巡视境内。遇有蝗虫初生，设法捕扑，务要尽绝。如或坐视，致令滋蔓为患者，罪之。若布按二司官不行严督所属巡视打捕者，亦罪之。每年九月行文，至十月再令兵部行文军卫，永为定例。宣德九年，差给事中、御史、锦衣卫官往山东、河南捕蝗。万历四十四年，御史过庭训山东赈饥疏：捕蝗男妇，皆饥饿之人。如一面捕蝗，一面归家吃饭，未免稽迟时候。遂向市上买现成面做饼子，担在有蝗去处，不论远近大小男妇，但能捉得蝗虫与蝗子一升者，换饼三十个。又查得嵩山邻近两厂领粮饥民一千二十名，可乘机拨用，即传告示云：朝廷自去年十一月养尔等饥民，使免于逃死，当知效报。今蝗虫生发，正尔等报效之日也。自今以后，能将近地蝗虫或蝗子捕得半升者，才给米面一升，为五日之粮。如无，不许准给。

崇祯时，徐光启除蝗疏：国家不务畜积，不备凶饥，人事之失也。凶饥之因有三：曰水，曰旱，曰蝗。地有高卑，雨泽有偏，被水旱为灾，尚多幸免之处。惟旱极而蝗，数千里间草木皆尽，或牛马幡帜皆尽，其害尤惨过于水旱者也。虽然水旱二灾有重有轻，欲求恒稔，虽唐尧之世犹不可得。此殆由天之所设。惟蝗不然，先事修备，既事修救，人力苟尽，固可殄灭之无遗育。此其与水旱异者也。虽然，水而得一丘一垤，旱而得一井一池，即单寒孤子，聊足自救。惟蝗又不然，必藉国家之功令，必须群邑之协心，必赖千万人之同力，一身一家无戮力自免之理。此又与水旱异者也。总而论之，蝗灾甚重，除之则易，必合众力共除之然后易。此其大指矣。谨条列如左。

一、蝗灾之时。谨按：春秋至于胜国，其间蝗灾书月者，一百一十有一，书二月者二，书三月者三，书四月者十九，书五月者二十，书六月者三十一，书七月者二十，书八月者十二，书九月者一，书十二月者三。是最盛于夏秋之间，与百谷长养成熟之时正相值也，故为害最广。小民遇此，乏绝最甚。若二三月蝗者，按《宋史》言：二月开封府等百三十州县蝗蝻复生，多去岁蛰者。《汉书》安帝永和四年、五年，比岁书夏蝗，而六月、三月书：去岁蝗处，复蝗子生，曰蝗蝻。蝗子则是去岁之种蝗，非蛰蝗也。闻之老农言：蝗初生如粟米，数日旋大如蝇，能跳跃群行，是名为蝻。又数日即群飞，是名为蝗。所止之处，喙不停啮，故易林名为饥虫也。又数日，孕子于地矣。地下之子，十八日复为蝻，蝻复为蝗，如是传生，害之所以广也。秋月下子者，则依附草木，枵然枯朽，非能蛰藏过冬也。然秋月下子者十有八九，而灾于冬春者百止一二，则三冬之候，雨雪所摧损灭者多矣。其自四月以后而书灾者，皆本岁之初蝗，非遗种也。故详其所自生与其所自灭，可得殄绝之法矣。

一、蝗生之地。谨按：蝗之所生，必于大泽之涯。然而洞庭、彭蠡具区之旁，终古无蝗也。必也骤盈骤涸之处，如幽涿以南、长淮以北、青兖以西、梁宋以东诸郡之地，湖滦广衍，暵隘〔溢〕无常，谓之涸泽，蝗则生之。历稽前代及耳目所睹记，大都若此。若地方被灾，皆有延及，与其传生者耳。略摭往牍，如《元史》百年之间所载灾伤路郡州县几及四百，而西至秦晋，称平阳、解州、华州各二，称陇、陕、河中，称绛、耀、同、陕、凤翔、岐山、武功、灵宝者各一；大江以南，称江浙龙兴、南康、镇江、丹徒各一。合之二十有二，于四百为二十之一耳。自万历三十三年北上至天启元年南还，七年之间，见蝗灾者六，而莫盛于丁巳。是秋奉使夏州，则关陕邠岐之间遍地皆蝗，而土人云百年来所无也。江南人不识蝗为何物，而是年亦南至常州。有司士民尽力扑灭，乃尽。故涸泽者，蝗之本原也。欲除蝗，图之此其地矣。

一、蝗生之缘，必于大泽之旁者。职所见万历庚戌滕邹之间，皆言起于昭阳、吕孟湖。任邱之人言蝗起于赵堡口，或言来从苇地。苇之所生，亦水涯也，则蝗为水种，无足疑矣。或言是鱼子所化，而职独断以为虾子。何也？凡倮虫、介虫与羽虫，则能相变，如螟蛉为蜾蠃，蛣蜣为蝉，水蛆为蚊是也。若鳞虫能变为异类，未之见矣。此一证也。《尔雅翼》言：虾善游而好跃，蝻亦善跃。此二证也。物虽相变，大都蜕壳即成，故多相肖。若蝗之形酷类虾，其身其首、其纹脉肉味、其子之形味，无非虾者。此三证也。又蚕变为蛾，蛾之子复为蚕。《太平御览》言丰年蝗变为虾，知虾之亦变为蝗也。此四证也。虾有诸种，白色而壳柔者散子于夏初，赤色而壳坚者散子于夏末，故蝗蝻之生，亦早晚不一也。江以南多大水而无蝗，盖湖滦积潴，水草生之。南方水草，农家多取以壅田。就不其然，而湖水常盈，草恒在水，虾子附之，则复为虾而已。北方之湖，盈则四溢，草随水上，迨其既涸，草流涯际。虾子附于草间，即不得水，春夏郁蒸，乘湿热之气变为蝗蝻，其势然也。故知蝗生于虾，虾子之为蝗，则因于水草之积也。

一、考昔人治蝗之法，载籍所记颇多。其最著者，则唐之姚崇；最严者，则宋之淳熙敕也。〔姚〕崇传曰：开元四年，山东大蝗，民祭且拜，坐视食苗不敢捕。崇奏：《诗》云：秉彼蟊贼，付畀炎火。汉光武诏曰：勉顺时政，劝督农桑；去彼螟蜮，以及蟊贼。此除蝗诏也。蝗畏人，易驱，又田皆有主，使自救其地，必不惮勤。请夜设火，坎其旁，且焚且瘗，乃可尽。古有讨除不胜者，特人不用命耳。乃出御史为捕蝗使，分道杀蝗。汴州刺史倪若水上言：除天灾者，当以德。昔刘聪除蝗不克而害愈甚。拒御史，不应命。崇移书谓之曰：聪伪主，德不胜妖，今妖不胜德。古者良守，蝗避其境，谓修德可免。彼将无德致然乎？今坐视食苗，忍而不救，因以无年，刺史其谓德何？若水惧，乃纵捕，得蝗十四万石。时议者喧哗，帝疑，复以问。崇对曰：庸儒泥文不知变。事固有违经而合道、反道而适权者。昔魏世山东蝗，小忍不除，至人相食。后秦有蝗，草木皆尽，牛马至相啖毛。今飞蝗所在充满，加复蕃息，且河南、河北家无宿藏，一不获，则流离安危系之。且讨蝗纵不能尽，不愈于养以遗患乎？帝然之。黄门监卢怀慎曰：凡天灾，安可以人力制也？且杀蝗多，必戾和气。愿公思之。崇曰：昔楚王吞蛭而疾瘳，叔敖断蛇而福降。今蝗幸可驱，若纵之，谷且尽，如百姓何？杀虫救人，祸归于崇，不以累公也。蝗害讫息。宋淳熙敕：诸蝗虫初生，若飞落，地主邻人隐蔽不言，耆保不即时申举扑除者，各杖一百，许人告报；当职官承报不受理及受理而不即亲临扑除，或扑除未尽而妄申尽净者，各加二等；诸官司荒田牧地，经飞蝗住落处，令佐应差募人取掘虫子而取不尽，因致次年生发者，杖一百；诸蝗虫生发飞落及遗子而扑掘不尽致再生发者，地主、耆保各杖一百；诸给散捕取虫蝗谷而减克者，论如吏人乡书手揽纳税受乞财物法；诸系工人因扑掘虫蝗乞取人户财物者，论如重禄工人因职受乞法；诸令佐遇有虫蝗生发虽已差出而不离本界者，若缘虫蝗论罪，并在任法。又诏：因穿掘打扑损苗种者，除其税，仍计价，官给地主钱数，毋过一顷。此外复有二法：一曰以粟易蝗。晋天福七年，命百姓捕蝗一斗，以粟一斗偿之。此类是也。一曰食蝗。唐贞元元年夏蝗，民蒸蝗暴干，飏去翅足而食之。臣谨按：蝗虫之灾，不捕不止。倪若水、卢怀慎之说谬也。不忍于蝗而忍于民之饥而死乎？为民御灾捍患，正应经义，亦何违经反道之有？修德修刑，理无相左。敌国盗贼，比于蝗灾。总为民害，宁云修德可弭，一切攘却捕治之法废而不为也？淳熙之敕，初生飞落，咸应申报扑除取掘，悉有条章令之，官民所未闻见。似应依仿申严定为功罪，著之甲令也。食蝗之事，载籍所书不过二三。唐太宗吞蝗以为代民受患，传述千古矣。乃今东省畿南用为常食，登之盘飧。臣尝治田天津，适遇此灾。田间小民不论蝗蝻，悉将烹食。城市之内，用相馈遗。亦有熟而干之鬻于市者，则数文钱可易一斗。啖食之余，家户囷积，以为冬储，质味与干虾无异。其朝晡不充，恒食此者，亦至今无恙也。而同时所见山陕之民，犹惑于祭拜，以伤触为戒。谓为可食，即复骇然。盖妄信流传，谓戾气所化，是以疑神疑鬼，甘受戕害。东省畿南既明知虾子一物，在水为虾，在陆为蝗，即终岁食蝗，与食虾无异，不复疑虑矣。

一、今拟先事消弭之法。臣窃谓：既知蝗生之缘，即当于原本处计画。令山东、河南、南北直隶有司衙门，凡地方有湖荡垫洼积水之处，遇霜降水落之后，即亲临勘视。本年潦水所至，到今水涯有水草存积，即多集夫众侵水芟刈，敛置高处，风戾日曝，待其干燥，以供薪燎。如不堪用，就地焚烧，务求净尽。此须抚按道府实心主持，令州县官各各同心协力，方为有益。若一方怠事，就此生发，蔓及他方矣。姚崇所谓“讨除不尽者，人不用命”，此之谓也。若春夏之月，居民于波湖中捕得子虾一石，减蝗百石；干虾一石，减蝗千石。但令民通知此理，当自为之，不烦告戒矣。

一、水草既去，虾子之附草者可无生发矣。若虾子在地，明年春夏得水土之气，未免复生，则须临时捕治。其法有三：其一、臣见湖旁居民，言蝗初生时，最易扑治；宿昔变异，便成蝻子，散漫跳跃，势不可遏矣。法当令居民里老时加察视，但见土脉坟起，便即报官，集众扑灭。此时措手，力省功倍。其二、已成蝻子，跳跃行动，便须开沟打捕。其法视蝻将到处，预掘长沟，深广各二尺，沟中相去丈许，即作一坑，以便埋掩。多集人众，不论老弱，悉要趋赴，沿沟摆列，或持帚，或持扑打器具，或持锹锸，每五十人，用一人鸣锣其后。蝻闻金声，努力跳跃，或作或止，渐令近沟。临沟即大击不止，蝻惊入沟中，势如注水。众各致力，扫者自扫，扑者自扑，埋者自埋，至沟坑具满而止。前村如此，后村复然，一邑如此，他邑复然，当净尽矣。若蝗如豆大，尚未可食。长寸以上，即燕齐之民畚盛囊括负戴而归，烹煮暴干以供食也。其三、振羽能飞，飞即蔽天，又能渡水，扑治不及。则视其落处，纠集人众，各用绳兜兜取，布囊盛贮，官司以粟易之，大都粟一石易蝗一石，杀而埋之。然论粟易，则有一说。先儒有言救荒莫要乎近其人，假令乡民去邑数十里，负蝗易米，一往一返，即二日矣。臣所见蝗盛时，幕天匝地，一落田间，广数里，厚数尺，行二三日乃尽。此时蝗极易得，官粟有几，乃令人往返道路乎？若以金钱近其人而易之，随收随给，即以数文钱易蝗一石，民犹劝为之矣。或言差官下乡，一行人从未免蚕食里正民户，不可不戒。臣以为不然也。此时为民除患，肤发可捐，更率人蚕食，尚可谓官乎？佐贰为此，正官安在？正官为此，院道安在？不于此辈创一警百而惩噎废食，亦复何官不可废？何事不可已耶？且一郡一邑，岂乏义士？若绅若弁，青衿义民，择其善者，无不可使，亦且有自愿捐赀者，何必官也？其给粟则以得蝗之难易为差，无须预定矣。

一、事后剪除之法，则淳熙令之取掘虫子是也。《元史·食货志》亦云：每年十月，令州县正官一员巡视境内有虫蝗遗子之地，多方设法除之。臣按：蝗虫遗子，必择坚垎黑土高亢之处，用尾栽入土中下子，深不及一寸，仍留孔窍；且同生而群飞群食，其下子必同时同地，势如蜂窠，易寻觅也。一蝗所下十余，形如豆粒，中止白汁，渐次充实，因而分颗，一粒中即有细子百余。或云一生九十九子，不然也。夏月之子易成，八日内遇雨则烂坏，否则至十八日生蝗矣。冬月之子难成，至春而后生蝻，故遇腊雪春雨则烂坏不成，亦非能入地千尺也。此种传生，一石可至千石。故冬月掘除，尤为急务，且农力方闲，可以从容搜索。官司即以数石粟易一石子，犹不足惜。第得子有难易，受粟宜有等差，且念其冲冒严寒，尤应厚给，使民乐趋其事可矣。臣按已上诸事，皆须集合众力，无论一身一家、一邑一郡，不能独成其功。即百举一隳，犹足偾事。唐开元四年夏五月，敕委使者详察州县勤惰者，各以名闻。由是连岁蝗灾，不至大饥。盖以此也。臣故谓主持在各抚按，勤事在各郡邑，尽力在各郡邑之民。所惜者北土闲旷之地，土旷人稀，每遇灾时，蝗阵如云，荒田如海，集合佃众，犹如晨星，毕力讨除，百不及一，徒有伤心惨目而已。昔年蝗至常州，数日而尽，虽缘官勤，亦因民众 。以此思之，乃愈见均民之不可已也。

陈龙正曰：蝗可和野菜煮食，见于范仲淹疏。又曝干可代虾米，尽力捕之，既除害，又佐食，何惮不为？然西北人肯食，东南人不肯食，亦以水区被蝗时少，不习见闻故耳。崇祯辛巳，嘉湖旱蝗。乡民捕蝗饲鸭，鸭极易肥大。又山中人畜猪，不能买食，试以蝗饲之，其猪初重二十斤，旬日肥大至五十余斤。可见世间物性，宜于鸟兽食者，人食之未必宜，若人可食者，鸟兽无反不可食之理。蝗可供猪鸭，无怪也。推之恐不止此，特表而出之。

陈芳生曰：蝗未作，修德以弭之；蝗既作，必捕杀以殄之。虽为事不同，而道则无二。疽已发于背而进以调元气之说，曰吾何事乎刀针！吾知元气未及调，而毒已内攻心肺死矣。倪若水、卢怀慎所见，殆调元气于疽发之际者与？大约鄙劣惰懦之夫，视生民之死生、国家之存亡都无与于己，而惟恐我之稍拂乎鬼，则祸将立至。使朝廷下一令曰：蝗初作，守令捕不尽，致为民害，夺其职，没入其家以备赈，则畏祸之念更切于谄鬼，而蝗可立尽。淳熙之敕似犹未严也。盖天下之祸易于漫衍者，必于初发治之，则为力易而所害不大，而鄙夫非祸将切身，必不肯竭力以从事，故愚谓捕蝗之令，必严其法以督之。盖亦一家哭，不如一路哭之意。且古良吏，蝗每不入其境。今有事于捕，已可愧矣，捕之而复不力，则良心已无，虽严罚，岂为过耶？

常平仓考

选自《荒政丛书》

清宣统三年文盛书局石印本

（清）俞森 著

李文海 点校

常平仓考

齐管仲相桓公，通轻重之权。曰：岁有凶穰，故谷有贵贱；令有缓急，故物有轻重。人君不理，则蓄贾游于市，乘民之不给，百倍其本矣。万乘之国必有万金之贾、千乘之国必有千金之贾者，利有所并也。国多失利，则臣不尽忠，士不尽死矣。计本量委，则足矣，然而民有饥饿者，谷有所藏也。民有余则轻之，故人君敛之以轻；不足则重之，故人君散之以重。凡轻重敛散之以时，即准平。守准平，使万家之邑必有万钟之藏，藏镪千万，千室之邑必有千钟之藏，藏镪百万，春以奉耕，夏以奉耘，耒耜器械种饷粮食必取赡焉。故大贾蓄家不得豪夺吾民矣。

桓公问于管仲曰：终身有天下而勿失，为之有道乎？对曰：国之广狭、壤之肥硗有数，终岁食余有数，守国者守谷而已。故善为天下者，谨守重流而天下不吾泄矣。请以令发师置屯籍农，国贫而用不足，以价取之，则积藏囷窌之粟皆归于君矣。是故天下有兵，则积藏之粟足以备其粮；天下无兵，则以赐贫氓。若此，则内守国财而外固天下矣。

吕祖谦曰：古之荒政，以三十年之通制国用，则有九年之蓄。遇岁有不登，为人主者则贬损减省。丧荒之式，见于小行人之官，札、丧、凶、荒、厄、穷为一书。当时天下，各自有廪藏。所遇凶荒，则赈发济民而已。当时敛散轻重之式，未尝讲到，春秋一不登，则乞籴于邻国，所谓九年之制已败坏。《管子·轻重》一篇，不过君民互相攘夺，已非君道。到后来，敛散之权又不能操，奸民幸凶年以害民。至五代括民粟，不出粟者死，与敛散之法又殆数等矣。

李悝为魏文侯作尽地力之教，以为地方百里，提封九万顷，除山泽邑居三分去一，为田六百万亩。治田勤谨，则亩益三斗；不勤，则损亦如之。地方百里之增减，辄为粟百八十万石矣。又曰：籴甚贵伤人，甚贱伤农。人伤则离散，农伤则国贫。故甚贵与甚贱，其伤一也。善为国者，使人无伤而农益劝。今一夫挟五口，治田百亩，岁收亩一石半，为粟百五十硕。除十一之税十五硕，余百三十五硕。食人月一硕半，五人终岁，为粟九十石余，有四十五硕。硕三十，为钱千三百五十。除社闾尝新春秋之祠用钱三百，余千五十；衣，人率用钱三百，五人终岁用千五百，不足四百五十。不幸疾病死丧之费及上赋敛，又未与此。此农夫所以常困，有不劝耕之心而令籴至于甚贵者也。是故善平籴者，必谨观岁有上中下熟。上熟，其收自四，余四百石（平岁收百五十石，大熟收四倍，有六百石。除食用二百石，则余四百石）；中熟自三，余三百石；下熟自倍，余百五十石。小饥则收百石，中饥七十石，大饥三十石。故大熟则上籴三而舍一，中熟则籴二，下熟则籴一，使人适足，价平则止。小饥则发小熟之所敛，中饥则发中熟之所敛，大饥则发大熟之所敛而粜之（约如其数发之，非谓小熟之所敛，必待小饥而发，大熟之所敛，必待大饥而后发也）。故虽遇饥馑水旱，籴不贵而人不散，取有余以补不足也。行之魏国，国以富强。

马端临曰：管仲之意兼主于富国，李悝之意专主于济民。管仲言：人君不理，则蓄贾游于市，乘民之不给，百倍其本。此则桑孔以来所谓理财之道，大率皆宗此说。

然山海天地之藏，关市物货之聚，而豪强擅之，则取以富国可也。至于农人服田力穑之赢余，上之人为制其轻重，时其敛散，使不以甚贵甚贱为患，乃仁者之用心。若诿曰国家不取，必为兼并所取，遂敛而不复散，而资以富国，误矣。

董煟曰：今之和籴，其弊在于籍数定价，且不能视上中下熟，故民不乐与官为市。最患者，吏胥为奸。交纳之际，必有诛求，稍不满欲，量折监赔之患纷然而起。故籴买之官不得不低价满量，豪夺于民，以逃旷责。是其为籴也，乌得谓之和哉？至于已籴之后，又不能以新易陈，驯致积为埃尘，而民间之米愈少也。

汉宣帝时，岁数丰穰，谷至石五钱，农人少利。大司农耿寿昌言：故事，岁漕关东谷四百万斛，以给京师，用卒六万人。宜籴三辅宏农、河东、上党、太原郡谷，足供京师，可省关中漕卒过半。又令边郡皆筑仓，以谷贱时增其价而籴以利农，谷贵时减价而粜以利民，名曰常平仓。民便之。

董煟曰：汉常平止立于北边；李唐之世，亦不及江淮以南；惟宋常平，法遍天下。

邱濬曰：常平法非不善，然年之丰歉不常，谷之种类不一，或连岁皆歉，或此种熟而彼种不收，苟其敛散之际非斟酌而上下之，其法将有时而不平者矣。惟今江北之地，地可窖藏，杂种五谷。宜仿此法，于要害处立常平司，专差户部属官往莅其事，随其熟而收其物，不必专其地，因其时而予之价，不必定于官，视年丰歉，随时粜籴，立仓用寿昌之名，敛散用李悝之法，庶乎其可也。

陈龙正曰：百物之值，以米为主。常平不惟能平米价，米价平，诸食货之价概不过昂。过昂，则人不食之矣。米不得不食，而他物可以不食，故常平仓者，兼平百物者也。宏（按："宏"为避弘历之讳）羊作平准，欲平百物而愈不得平。惟平米谷，则他物自平。本末异操也，利上与利下异心也。人臣主于利民，国之宝也；主于利国，国之贼也。宏羊者，李悝之罪人也。

蔡懋德曰：或嫌官与民为市，必当减价以粜。不知减价之名，徒致争哄，孰若稍收微息，多储新米，米多则价自减，粜平则人不争，为更便乎？盖贵设法使米有余，不在减省锱铢见德也。

元帝初，天下大水，关东诸郡尤甚。二年，齐地饥，谷石三百余，民多饿死，琅琊郡人相食。在位诸儒多言盐铁官及北假田官、常平仓可罢，毋与民争利。上从之。

陈龙正曰：常平原以平籴，乃伸缩其权以利民，非争民利也。元帝听诸儒议，因荒岁罢之，岂岁荒因设常平之所致乎？恐此后民饥，益失所赖矣。唐赵赞云：自军兴而常平废垂三十年，民遇荒辄毙。顷两京置常平，虽遭水旱，米不腾贵。德宗遂令天下皆修复之。观此，则常平不惟盛时宜建，即荒迫中稍有隙暇余资，便应料理，惟在上人节缩浮费以为籴本耳。何汉儒之愚乎？

应㧑谦曰：谷石三百，人至相食。常平仓何在？不过吏以为市，垄断渔利耳。此其所以可罢也。

后汉作常满仓，立粟市于城东。粟斛直钱三十，府廪环积。既欲置常平仓，议者多以为便。刘般言，常平外有利民之名而内实侵刻百姓，豪右因缘为奸，小民不得其平，置之不便。

马端临曰：般所言，即后世常平之弊。常平起于孝宣时，盖至东汉而弊已如此矣。

晋武帝时，谷贱而布帛贵。立平籴法，用布帛市谷以为粮储。泰始二年，诏曰：古人权量国用，取赢散滞，有轻重平籴之法，理财均施，惠而不费，政之善者也。然此事废久，天下希习其宜，加以官蓄未广，言者异同，未能远通其制，更令国宝散于穰岁而上不收，贫弱困于荒年而国无备，豪人富商挟轻赀蕴重积以筦其利，故农夫苦其业而末作不可不禁也。

北魏孝文帝时，秘书丞李彪上封事曰：《记》云，国无三年之储，谓国非其国。光武以一亩不实，罪及牧守。圣人之忧世重谷，殷勤如彼；明君之恤人劝农，而相切若此。顷年山东饥，去岁京师俭，内外人庶出入就丰，既废营产，疲困乃加，又于国体实有虚损。若先多积谷，安而给之，岂有驱督老弱糊口千里之外？以今况古，诚可惧也。臣以为宜析州郡常调九分之二，京师度支岁用之余，各立官司，年丰籴于仓，时俭则加私之二粜之于人。如此，人必事田以买官绢，又务贮财以取官粟，年登则常积，岁凶则直给。又别立农官，取州郡户十分之一以为屯人，相水陆之宜，料顷田之数，以赃赎杂物余财市牛给科，令其肆力。一夫之田，岁责三十斛，蠲其正课并征戍杂役。行此二事，数年之中，则谷积而人足，虽灾不害。

隋开皇间，卫州置黎阳仓，陕州置常平仓，华州置广通仓，转相灌注，漕关东及汾晋之粟以给京师，置常平监。开皇三年，置常平仓，粟藏九年，米藏五年；下湿之地，粟藏五年，米藏三年。著为令。

董煟曰：今之常平义仓，多藏米而少藏粟，故积久不发，化为埃尘，非但支移之弊而已。

唐开元中，第五琦请天下常平仓皆置库以蓄本钱。代宗时，刘晏为转运使。时兵火之余，百费皆倚办于晏。晏常以厚值募善走者，置递相望，觇报四方物价，虽远方，不数日皆达，使食货轻重之权悉在握，入贱出贵，国家获利，四方无甚贵甚贱之病（晏榷盐充军国之用，以为官多则民扰，故罢盐官，立常平盐法）。德宗时，赵赞言：自军兴以来，常平仓废。今京城已置常平仓，请推而广之。诸道兼储布帛丝麻；诸道津会置吏阅商贾，钱每缗税二十，竹木茶漆十之一，以赡常平本钱。

董煟曰：常平和籴，救荒实政。然尝观宪宗即位之初，有司以丰岁请畿内和籴，当时府县配户督限，迫蹙鞭挞，甚于赋税。号为和籴，其实害民。今之和籴者，可不鉴惩此弊乎？

元和间，孟简言：天下常平、义仓，请准旧例，减估出粜，但以石数奏申，有司更不收管，州县得专，以利百姓。太和间，以天下回残钱置常平、义仓，本岁增市之。非遇水旱不增者，判官罚俸，以枉法论。

宋淳化三年，京畿大穰，分遣使臣于四城门，置场增价以籴。景德初，诏京东西、河北东、陕西、江南、淮南、两浙皆立常平仓，计户多寡，量留上供钱。岁夏秋，视市价贵贱量增减籴粜。三年以上不粜，即回充粮廪，易以新粟。其后荆湖、川陕、广南悉置焉，唯沿边州郡不置。数年，常平积有余而兵食不足，乃命司农寺出常平钱百万缗助三司给军费。久之数移用，蓄藏无几。自景祐、庆历中，数以赈贷，诏不复取。常平之积不厚，亦以出多入少故耳。宋初，常平领于司农寺。景祐初，诏诸路转运使与州长吏举所部官专主常平钱粟。仁宗初即位，乾兴元年十二月，以京城谷价翔贵，出常平仓米，分十四场贱粜，以济贫民。庆历元年十一月，以京师谷贵，发廪一百万石减价出粜。四年正月，诏陕西谷贵，其令转运司出常平仓米减价以粜。皇祐三年十二月，诏天下常平仓，依原籴价粜以济贫民，毋得收余利，以希恩赏。

景祐二年，御史中丞杜衍乞详定常平制度疏。略曰：国家列郡置常平仓，所以利农民、备饥岁也。然而有名无实者，制度不立耳。臣以为立制度在乎量州郡之远迩，计户口之众寡，取贱出贵，差别其饥熟，信赏必罚，责课于官吏，出纳无壅，增减有制，本息之数勿假以供军，敛导之时禁其争利。至于蜀汉狭境，交广宽乡，或通川易地之殊，或边郡岩邑之异，各立条教，以节盈虚，限回易之。岁时虞其损败制立，典之侵刻，督以严科，则瘠瘦可充，饥馑有备也。

韩琦论：自来常平仓，遇年岁不稔，物价稍高，合减元价出粜。出粜之时，令诸县取逐乡近下等第户姓名，印给关子，令收执付仓，每户粜与三石或两石。惟是坊郭，则每日零细粜与浮居之人，或五升或一斗，故民受实惠。未曾见坊郭有物业人户，乃来零籴常平斛斗者。

庆历二年，余靖疏：天下无常安之势，无常胜之兵，无常足之民，无常丰之岁。由是古先圣王守之有道，制之有术，倘有缓急，不可无备。伏睹真宗皇帝景德中诏天下，以逐州户口多少，量留上供钱，起置常平仓，付司农寺系帐，三司不问出入。每年夏秋两熟，准市价加钱收籴。其出息本利钱，只委司农寺主掌，三司转运司不得支拨。自后每遇灾伤赈贷，使国有储蓄，民免流散者，用此术也。前三司使姚仲孙，今春以来，于京东等处借支司农常平钱，以给和买。虽然借支官钱以充官用，循常视之，似无妨害，若于经远之谋，深所未便。臣窃惟真宗皇帝圣虑深远，臣敢梗概言之。当今天下金谷之数，诸路州军年支之外，悉充上供及别路经费。见在仓库，更无余羡。所留常平本钱及斛㪷等，若以赈济饥荒，此固常所及矣。万一不幸，方隅小有缓急，赏给资粮，仓卒可备。岂非先皇暗以数百万之资蓄于四方者乎？今若先为三司所支，则天下储蓄尽矣。伏乞特降指挥，三司先借支常平本钱去处，并仰疾速拨还，今后不得更支拨，并依景德先降敕命施行。

熙宁初，王安石新法行，以常平钱谷一千四百万贯石，尽散作青苗本钱。诸路各置提举一员，以朝官为之；勾管一员，京官为之。右谏议大夫司马光言：常平仓者，乃三代圣王遗法，非独李悝、耿寿昌能为之也。谷贱不伤农，谷贵不伤民，民赖其食而官收其利，法之善者无过于此。比来所以隳废者，由官吏不得其人，非法之失也。今闻条例司尽以常平仓钱为青苗钱，又以其谷换转运司钱，是欲尽坏常平，专行青苗也。国家每遇凶年，供军仓自不能足用，固无羡余以济饥民。所赖者，只有常平钱谷耳。今一旦尽作青苗钱散之向去，若有丰年，将以何钱平籴？若有凶年，将以何谷赒赡乎？臣窃闻先帝尝出内藏库钱一百万缗，助天下常平仓作籴本。前日天下常平仓钱谷共约一千余万贯石，今无故尽散之，他日若思常平之法，复欲收聚，何时得及此数乎？臣以为散青苗钱之害犹小，而坏常平仓之害尤大也。

元祐初，诏提举官累年积蓄钱谷财物，尽桩作常平钱，立给敛出息之法，下诸路申严州县抑配之禁。

司马光言：常平之法，此乃三代良法也。向者有州县缺常平籴本，虽遇丰年，无钱收籴。又有官吏怠慢，厌籴粜之烦，虽遇丰岁，不肯收籴。又有官吏不能察知在市斛斗实价，只信凭行人与蓄积之家通同作弊。当收成之时，农人要钱急粜，故意小估价例，令官中收籴不得，尽入蓄积之家。直至过时，蓄积之家仓廪盈满，方始顿添价中粜入官。是以农夫粜谷止得贱价，官中籴谷常用贵价，厚利皆归蓄积之家。又有官吏，虽欲趁时收籴，而县申州，州申提点刑狱，提点刑狱申司农寺，取候指挥。比至回报，动涉累月，已是失时，谷价倍贵。是故州县常平仓斛斗，有经隔多年，在市价例终不及元籴之价，出粜不行，堆积腐烂者。此乃法因人坏，非法之不善也。

董煟曰：常平钱物，不许移用。谓他费不许移用，至于救荒，正所当用。若必待报，则事无及矣。今遇灾伤去处，用常平钱于丰熟处循环收籴，以济饥民。俟结局日，以籴本拨还常平可也。

苏轼奏：臣在浙江二年，亲行荒政，只用出粜常平米一事，更不施行余策。若欲抄劄饥贫，不惟所费浩大，有出无收，而此声一布，饥民云集，盗贼疾疫，客主俱毙。惟有依条将常平斛斗出粜，即官司简便，不劳抄劄、勘会、给纳烦费，但得数万石斛斗在市，自然压下物价，境内百姓人人受赐。古今之法，莫良于此。

董煟曰：轼之法，止及城市。若使乡村通行，方为良法也。况赈济自有义仓并行不倍悖乎?

顾茂猷曰：若流民已至，则不可执此。惟未至饿莩流离时，用此最妙。

陈龙正曰：官米多，则可握市价之权固也。然此仅救中饥中户之一事耳。大饥之年，下户无钱在手，虽减价不能籴。是常平之米，止及中户，偏遗下户也。况乡村之民，远望城市，即中户得籴者亦少。救荒各随其时随其地，尤当随其人。以子瞻之慧，乃欲执一己当日所为而尽废诸法，不已疏乎？董煟谓止及城市，又云赈济自有义仓，盖亦善其论常平之意，而讥其不能通于常平之外也。

李觏论平籴：古人有言曰，谷甚贱则伤农，贵则伤末，为农常粜而末常籴也。此一切之论也。愚以为贱则伤农，贵亦伤农；贱则利末，贵亦利末。盖农不常粜，有时而籴也；末不常籴，有时而粜也。以一岁之中论之，大抵敛时多贱而种时多贵矣。夫农劳于作，剧于病也，爱其谷甚于生也，不得已而粜者，则有由焉。小则具服器，大则营昏丧，公有赋役之令，私有称贷之责，故一谷始熟，腰镰才解，而日输于市焉。粜者既多，其价不得不贱，贱则贾人乘势而罔之，轻其币而大其量，不然不售矣。故曰敛时多贱，贱则伤农而利末也。农人仓廪既不盈，窦窖既不实，多或数月，少或旬时，而用度竭矣。土将生而或无种也，耒将执而或无食也，于是乎日取于市焉。籴者既多，其价不得不贵，贵则贾人乘势而闭之，重其币而小其量，不然则不予矣。故曰种时多贵，贵亦伤农而利末也。农之粜也，或阖顷而收，连车而出，不能以足用；及其籴也，或倍称贱卖，毁室伐树，不能以足食。而坐贾常规人之余，幸人之不足，所为甚逸而所得甚饶。此农所以困穷而末所以兼恣也。《易·系辞》曰：何以聚人曰财；理财正辞，禁民为非曰义。财者，君之所理也。君不理，则蓄贾专行而制民命矣，上之泽于是不下流而民无聊矣。此平籴之法有为而作也。管仲行于齐，李悝行于魏，耿寿昌行于汉，国不失实，人获其利。自晋及隋，时或兴废，厥闻未昭。唐天宝中，天下平籴殆五百万斛，兹全盛之事也。大宋受命将百年矣，谷人之藏，所在山积，平籴之法行之久矣。盖平籴之法行，则农人秋粜不甚贱，春籴不甚贵，大贾蓄家不得豪夺之矣。而官之出息常什一二，民既不困，国且有利。兹古圣贤之用心也。然其所未至，则有三焉：数少也，道远也，吏奸也。一郡之籴不数千万，其余毕入于贾人。至春出粜，寡出之则不足于饥也，多出之则计日而尽也。于是贾人深藏而待其尽，尽则权归于贾人矣。是数少之弊也。仓储之建，皆在郡治。县之远者或数百里，其贫民多籴则无资，少籴则非可朝行而暮归也，故终弗得而食之矣。是道远之弊也。举掌之人，政或以贿，概量不均，行滥时有。及其出也，或减焉，或杂焉，名曰裁价，实则贵矣。是吏奸之弊也。今若广置本泉，增其籴数，则蓄贾无所专利矣。仓储之建，各于其县，则远民可以得食矣。申命州部，必使廉能，则奸吏无以侵刻矣。如此利国便人，事可经久。是谓通轻重之权，不可不察也。

孝宗乾道间，知长沙王师愈论和籴之弊疏曰：和籴之法，本欲利民而足用。湖南行之，乃大不然，其名则美，其实则重为民害。始也无见钱以为籴本，或给官诰度牒，或给三合同关子，或给乳香茶引，令州县变转现钱，不免强敷之于民，甚者拨有名不可催之积欠从而追扰，其为害一也。次则以本钱不足，或低估价值，或多量升斗，出纳之际加以官吏欺弊，其为害二也。终则装发纲运，顾船水脚之费无所支破，又从而取之于民。若运至荆襄间，泝流而上，江路辽远，水浅滩多，动经年岁，所费又倍之。其为害三也。是故民之所忧者水旱，所喜者丰年。今则丰年之忧，乃甚于水旱，以三害若此耳。臣又闻，每岁诸路漕运，自可足一岁之用，只陷折至百余万石，遂和籴以补其缺。诚能措置漕运，不致陷折，虽免和籴可也。纵不能全免，或不能已而为之，明拨本钱及支破起纲之费，庶几事举而民不被害。

理宗时，黄榦知汉阳，上奏略曰：今之守令，为救荒之策者，不过曰劝分、曰通商而已。劝分、通商，不听其自为低昂，则客旅税户不肯出粟；若听其自为低昂，则人心无厌，数倍其价。小民当丰穰之岁，必父子竭作，然后可易一饱。迨至凶荒，虽有技艺，已无所售，安得有数倍之钱可以籴米？亦有相与枕藉死耳。夫事固有若老生常谈而确然不可易者，广储蓄是也。然人皆知其不可易而不为者，病在因循而已。本军每岁苗米，不过二千余石，仅足以解总所，给大军。而本军官兵之请给，皆行旅收籴，素未尝蓄积也。自前知军孙衸首籴万石，知军王从继之，亦籴万石。今岁大旱，偶米价未大贵之日，臣急发郡帑，借贷缗钱，籴客舟税户米三万余石；汉川县亦籴万石。自六月以来，米价顿贵，藉此六万余石之米，发以赈籴，每户数石，则亦可以及万余之众，日食贱米而无虑。以是推之，则积贮者，信其为天下之大命也。

金世宗语户部曰：随处时有赈济，往往近地无粮，取于他处，往返既远，人愈难之。何不随处起仓，年丰则多籴，以备赈济。设有缓急，亦岂不易办乎？而徒使钱充府库，将安用之？章宗时，省臣言：旧制，丰年增市价十之二以籴，俭岁减市价十之一以出。所以然者，恐物贱伤农，物贵伤民，增之减之，以平粟价。故谓常平，非谓使天下之民专仰给于此也。今天下生齿至众，如欲计口，使余一年之储，则不惟数多难办，又虑出不以时而致腐败也。况复有司抑配之弊，殊非经久之计。如计诸郡县验户口，例以月支三斗为率，每口但储三月，已及千万数，亦足以平物价、救荒凶矣。元监察御史建言：国以民为本，民以食为天。汉贾谊言于帝曰：世之饥，天之行也，禹汤被之矣。今不幸有方二三千里之旱，胡以相恤？文帝大感谊言，诏开籍田亲耕，以率天下之民，为蓄积预备之道。西汉之末，太学生刘陶亦尝献议：民可百年无货，不可一朝有饥。迨乎东晋元兴之间，三年大饥，至于临海永嘉富室，皆衣罗纨，怀金玉，闭门相守而饿死。以此言之，金玉何用哉？此古人所以蓄积粮储以为当代之急务而斯须不可去，于是义仓之所由起也。常平之设始于汉耿寿昌建言，创有此举。自后隋唐袭而行之。事行之后，以其公私富赡，水旱无忧，诚为万世爱民之良法。自唐宋到今，所以为不易之政也。且常平之举，我圣朝每形于诏旨。盖所司奉行有所未至而未效其事，岂非国用浩繁，籴粮之本未暇及与？且天灾流行，诚不可测。即今中外诸路，每岁所收粮斛，仅了销用，比至岁终，仓如悬磬。倘如亡人所言，忽有尧水汤旱之灾，百虑千思，不悟弭饥之术。卑职管见，国家建立台宪，纠察奸邪，本以为民。其追到大小官吏赃罚，虽是取与不应之赃，原其所自，皆朘剥民之膏脂。合无将三台追到赃罚，各随所属，拨为常平仓本。丰年米贱，比照市直两平收籴；歉岁谷艰，价依原钞开仓出粜。立法关防，禁绝抑配、诡名冒籴。如此，庶几官本不失，民受大惠，公私之际，一举两成，岂惟折富豪趋利遏籴之奸萌，实安小民妻小流离之大患。为国之大政，舍此无先。

张光大常平仓论：常平者，荒歉之预备，无伤于农，有益于民。谷贱时增价而籴，谷贵时减价而粜，故遇水旱霜蝗之变，民无菜色，不至于流离饿殍之患。此古治民之良法也。夫豪家巨室，为富不仁，惟望荒年饥岁闭籴图利，谁肯以仁德济人？若常平一行，可以遏塞富豪趋利之心，而米价自然平矣。既平，则诸物价直无复高矣。又常平出粜之际，无抄劄户口之之烦，饥民凑集之扰，此其所以为良也。圣朝屡颁明诏，而当言路者亦已尝建言，文非不明，意非不善也。盖为有司奉行，不至视为具文。原其所自，亦籴本之未立耳。若以御史所言，将三台追到赃罚，各随所属，拨为常平籴本。此亦返本还原仁民之良策。又僧道度牒，古者平时不轻出，必俟缓急之际。故宋淳熙岁荒，给降度牒，博换米谷，以济饥民，亦备荒救民之活法。矧今朝廷亦降度牒，发下诸郡，但为僧道者，每道纳免丁钱，至元中折纳钞五锭。莫若酌古准今，申明朝廷，将所降度牒免丁钱，改拟愿为僧道者，每度牒一道，以免丁钱，约量出米若干，永著为令。在城者输之于路仓，属县者输之于县廪，方许簪剃。如此攒积，以为常平之本。又复将三台赃罚，斟酌多寡，均分路府州县，一依常平古法，视岁上中下熟收籴，相参收贮，无岁不籴。如遇凶荒，发粜尽绝，则又将所粜价钱于有米去处收籴，依彼中籴价登答水脚盘费钱数，循环粜籴，以济饥民。二者兼行，则常平籴本立矣。而施惠之策，又在当人，何患乎米有限而不能遍及村落哉？但当端本澄源，若本源不清，则弊生滋蔓，民受其害。谓如收籴之时，若验税科籴，增损价值，则有司官吏因缘为市，粜者亦不甘心。如能照依乡原市价依法收籴，或每升增答分文价钱，划便支付，不致克落，以诱其来，则人心亦乐愿粜矣。又须于粜籴之际，革其监临者附历批号之需及高量削刻斛斗之病。如有近上人户、势要公吏、祇候人等诡名冒籴顿买者，事发到官，量拟科断，仍将所籴米粮倍征还官，价钱断没。如此，则奸贪有所儆畏，细民均沾其惠，方可为复古之良法。苟或不然，反为民病。为政君子，果能深味常平之意，实能行之，则可以固邦本，结民心，甚为万世之长策也。

明宏（按：避弘之讳）治某年月日，林俊请复常平疏：臣闻古无常丰之岁而民不患于不给，无他，积之有预也。夫民，司命者官，而恃以为命者谷。谷不积，民有衣宝玉而死者矣。故预备之计，于民最急。今江西所属预备仓谷，湖口县不及六千石，彭泽县不及六百石，石城县仅二千有奇，泰和大县亦仅八千有奇，其余积蓄俱少。臣窃忧之。夫凶则散，丰则敛，官府常规；散则乐，敛则怨，人情大致。诡名冒领，适长市道之奸，抵斗追还，竟谐里老之计，公催稍急，则交扇互摇，巧呈哀诉，只得停止，以致数缩于官，有出而无入，约爽于民，有借而无还。出非原泉，运非鬼神，伊何能继？今欲公私两便，惟有常平可复而已。查得近例，一里约积谷一千五百石。江西卫所姑未概论，试以有司言之，六十九县总计一万一百四十五里，谷以一里千石计之，尚该一千一十四万五千石。见在所积，十未及一，约少九百万石。每谷五石作银一两，该银一百八十万两。尽括司府库藏，不尽一十万两。籴本羞涩，力难求济，是外非重罚罪囚，则勒劝大户，取彼与此，仁者不为。况今法日以弊，难开劝罚之门；义日以衰，难求输助之户。若弃是不务，则今年直小荒耳，待哺嗷嗷，聚群抢谷，南康起，九江起，饶州又起，熄之而复炎，痛之而无畏。万一大荒，其无尤甚者乎？是正谋国所当预处者也。宋仁宗时，尝出内库百万缗以助籴本。今日内库，臣未敢知，若承差吏典纳银之例，又妨正体彼善之法，冠带尚义犹可行耳。伏望圣明轸念江西为控扼楚蜀闽广、拥护金陵要地，人民凋瘵之余，垂仁加恤，特敕该部计议，奏行布政司，招纳义民官一千名，除问革官吏外，不拘本省别省客商、军民、舍余、老疾、监生、廪增、附学、吏典及子孙追荣父祖，各听纳银，七十两者授正七品官，五十两者正八品，四十两者，正九品各散官，二十两者冠带荣身，监生减十之三，廪膳减十之二，陆续填给，收完银两，分俵各县以资籴本。各该冠带，虽不免其差役，亦用加之礼貌，毋妄黜罚，毋轻差遣，使绝陵轹，乐于顺从。其不愿官带、愿立表义牌坊者，出谷二百石，亦容。盖竖不限不停，以补官乏。臣又见，凡问口外为民、边远充军囚，或逃而不去，或去而即逃，徒名治奸，无益事实。乞敕法司计议，除情重外，如扛帮诬告、强盗人命、不实诬告十人以上、因事忿争执操凶器误伤傍人、势豪不纳钱粮，原情稍轻，不系巨恶，参审得过之家，愿纳谷一千石或七八百、五六百石，容其自赎，免拟发遣。其诬告负累平人致死，律虽不摘，情实犹重，并窝藏强盗、资引逃走，抗拒官府、不服拘捕，本罪之外，量其家道，劝谷自五百石、一百石，以警刁豪。俱由抚按参详，无容司属专滥。臣仍与巡按督并二司，专责守令，于囚犯纸米并应追赃罚工价逐旋存积，务取数足为期，不容分外科罚。如县一十里则积一万石，二十里则积二万石。籴本精选该县行检富户，量力领买，上上六百石，次四百石，次三百石，又次二百石，不许市民公役冒领侵费，专廒收受，名曰常平。如秋成谷贱，六石籴入，春夏谷贵，五石四斗粜出；秋成五石籴入，春夏四石五斗粜出，每石明扣一斗，以备耗存积。俱令社长、社正开报贫户，每丁止买二钱，以杜兼利。前项银两，当令前该富户领给，秋成照价籴入，谷贵依前粜，循环如常。若谷贱年分不必发籴，仍引查宏（按：避弘字讳）治十四、十五、十六三年放过饥民稻谷，量追一半，如借一石者追五斗，另廒收受。审实极贫，倍加贱粜，如时一钱四斗，则与六斗。果甚孤独无归，委难自籴，方与赈济，不必追还。若得过冒领，问罪之外，每谷一石，罚谷十石。卫所常平亦依此法，卫一万石、所二千石为则。各该掌印有司考满参定殿最，军职管事酌取去留，所贵上下相资，人法并任，同心远大之图，用复常平之政。臣再劝社民各立义仓与义学、义冢，例置名曰“阜俗三义”。尽一义者，书“一义之门”，二义、三义称是。义仓之略，社中富民任其出谷六百石或四百石，别处一仓。极贫利一分，次贫利二分，春借秋还，转相赒助。民乐表义，似亦有从。若常平既复，社仓又行，则饥馑有备，而地方可保无虞。此预备至计，子民至急，而江西今日尤为急者。伏惟圣慈留意。

吕坤积贮条件曰：谷积在仓，第一怕地湿房漏，第二怕雀入鼠穿。此其防御不在人力乎？大凡建仓，择于城中最高处所，院中地基务须鏉背，院墙水道务须多留。凡邻仓庾居民，不许挑坑聚水，违者罚修仓廒。

一、仓屋根基，须掘地实筑。有石者，石为根脚；无石者，用熟透大砖磨边对缝，务极严。匝厚须三尺，丁横俱用交砖，做成一家，以防地震。房须宽，宽则积不烝；须高，高则气得泄。仰覆瓦须用白矾水浸，虽连阴弥月，亦不渗漏。梁栋椽柱务极粗大，应费十金者，费十五、二十金。一时无得固利，苟完数年，即更实贻之倍费。故善事者一劳永逸，一费永省，究竟较多寡一费之所省为多也。以室家视仓廒者，当细思之。

一、风窗本为积热坏谷，而不知雀之为害也，既耗我谷，又遗之粪，食之甚不宜人。今拟风窗之内，障以竹篾，编孔仅可容指，则雀不能入仓。墙成后洞开风窗，过秋始得干透。其地先铺煤灰五寸，加铺麦糠五寸，上幔大砖一重。糯米杂信浸和石灰，稠黏对合砖缝。如木有余，再加木板一周；缺木处所，钉席一周可也。

一、假如仓廒五间，东西稍间，各用板隔断，与门楣齐。谷止积于四间，留板隔东一间，如常闲空。值六七月久阴气湿，或新收谷石生性未除，倘不发泄，必生内热。州县官责令管仓人役，将谷自东第二间起倒入东一间闲空之处，一间倒一间，是满仓翻转一遍，热气尽泄，本味自全，何红腐之有？（陈龙正曰：米力难久，积必用谷。北地高燥可窖，东南必藏之秭中，筑基高，围草厚。十余年后，味弥佳。）

一、仓斛依洪武年间铁样，用木造成，边角以铁叶固之，以防开缝。仍用印烙其四里，以防剜挖。但有不系官烙，自作矮身阔口及小出大入者，坐赃重究。

一、本仓禁用灯火，不许积柴安灶。官吏以下饭食，外面吃来，不得已者送饭。如违重治。

朱健国朝贮籴论：古之积贮者藏富于民，而今之积贮者藏富于国；古之积贮者导利于下，而今之积贮者专利于上。在下则民自足而君有赈恤之恩，在上则君有余而民无周匮之望。是以唐虞盛时，虽有九年之水，而未始无仓廪府库之充，观“耕田凿井，帝力何有于我”可征也；成周盛世，虽有军国之需，而未始无三年九年之积，观“水旱凶荒，民无菜色”可征也。厥后管仲之在齐也，通轻重之权，立聚散之法，似矣而乃阴为富国之谋；李悝之在魏也，量丰凶之节，制籴粜之政，美矣而何救于地利之尽？无已则贾谊、晁错、耿寿昌之策乎？谊欲驱民以归农亩而抑末技，此上策也。谊之说行，当无一夫耕而十人食之者矣。错欲使民入粟塞下，以开鬻爵赎罪之路，此中策也。错之说行，当无千里馈粮、士有饥色者矣。寿昌欲立常平仓，使谷贱则增价以籴，谷贵则减价以粜，此下策也。寿昌之说行，当无官常有余民常不足之叹矣。唐宋以来虽有义仓、社仓之说，大率皆常平遗意。自熙宁以后散为青苗之本、南渡以来取为军国之需，不能救民，而且害民矣。自今观之，盖莫善于常平，莫不善于义仓。义仓之法，凶年则散之，丰年则敛之，其初未尝不善也，然官与民偿贷，其弊易生。方其贷也，寄之于里胥而诈冒之名多；迨其偿也，责之于里胥而征求之弊作。及其弊也，里胥必诈与贫民通而讦为诡词，贫民必甘与里胥市而觊为灭迹，前者获利，后者效尤，将敛散之粟与存者无几矣。其又弊，有借止一石，或偿至十数石而不足，借止一年，或征至十数年而未休，下户细民有宁卖子女，甘流徙而不肯窥仓廪之门，见官吏之面者。以故粟竭于官，有出无入，约爽于民，有贷无还，其势必尽废而后已。此义仓之弊也。常平则不然，丰年谷贱则增价而籴以为备，凶岁谷贵则减价而粜以济饥，愿籴者与之而无所强，受粜者去之而无所追，其利常周，其本不仆，故公私两便。今宜因义仓之旧，更以常平之法，量民数多寡以贮粟，酌道里远近以立仓。每丰而籴，委之于富民而计其数，时凶而粜，临之以廉吏而主其衡，籴不出一人，人不过一石，而又善为之处，严为之法，使所籴皆贫民而富者无所侵焉，斯可矣。或曰：义仓之行，饥者可徒手而得粟，常平之设，必转贷籴本，而粟始可得也。其转贷之际，安知富人之不留难？而征取之时，又安知富人之不侵渔乎？答曰：天下无不弊之法，为治者但当酌其弊之轻重而审处之。常平立于汉，义仓立于隋，而用常平者常多，用义仓者常寡。常平每废而犹存，义仓暂起而即废。至宋于常平特置提举之官而义仓无闻焉，亦足明其法之善矣。虽然，亦在行之者何如耳。国朝于所在州郡立预备仓，则常平之法也。嘉靖间议令每乡立社会，以贫富出粟有差，凶札则散之，则义仓之意也。夫兹二法者，业已备之矣。然或始详而末弊，或乍创而旋隳者，何哉？守法者偷取一切以便上，而法不信；举法者营私自便，而法不行也。今预备仓具在，民之以赀赐爵及补胥吏者有不以金钱乎？诸公田租税有升龠入者乎？城旦者必以粟赎乎？即有之，能十而一乎？则上固未尝贵粟矣。州郡赎锾，行省余羡，贪吏以润其橐，而廉者则每藉以行其德，使诚宽然少有奇余，缓急犹或可济。今且尽笼而输之上，有司库藏，自惟正外固已若洗，卒遇大祲，虽有恺悌之长，敛手而已矣。竭闾阎以实公藏，竭州县以实太仓，竭太仓以实内帑，流愈上而下愈耗，则上固以轻民命矣。且平日称为备者，既无义输及补吏诸入，又不取之罪赎当出者，徒以法外横加箕敛，投一讼牒，辄计有力无力耳，非大较曲直也。爰书已定，复加以罚；及所罚则非谷也，所入又非仓也。民当丰岁而吏能凶之，况暇言备。即或有劝令富家出粟廪贫民者，捐瘠满壑，啼呼满路，吏非独无睹听，而所敛者又非粟也，所廪者又非贫民也。民之体在泽谷，而其膏血在吏筐橐矣。盖天下有救荒之吏，无救荒之法，救法无常，而备法有常。今当俟岁少丰之后，饬废举坠而重督之，无新议为也。夫积粟如积水，然非有通川大河环之，即沟浍不足恃。然汪洋演漾者在数里之外，而桔槔浸灌，取之数步之内，势不相及也，则沟浍陂池擅其利矣。州郡之仓，通川也，潴多而溉博；里社之仓，陂池也，利近而救速；两置则可以相灌而交济。请于预备仓所入，循先朝旧制，入赀赎罪，悉输粟如例。春夏谷稍贵，暂听输价所司，俟秋时易米储之。有不中程者，罚无赦。贵出贱入，旧出新入，母出子入，期以平价而已，勿得轻以贷民，惧贷而责取之扰也。盖常平者，上捐金以为母，而今上不费一钱，母之入无尽而子之出愈无尽，不过三四年，所在皆满矣。而又修社会之制，一如嘉靖中令，令因余而取之，因地而藏之，因人而长之，其藏之里也，犹藏之家也。岁不足，视其不足而假之，视尤者而赈之，民坐而取食于里也，犹取食于家也。社仓以赈急，县仓以继社，居丰多籴以泄轻，故农不伤，遇灾多散而广惠，故岁不病。为今时之计，实无出于此两者。若谓出纳之际，吏缘为奸，积储民间，侵牟易耗，则奉法者事也。柱后惠文弹治之，孰敢不惩？

汪道亨分陕常平仓议：

一、贵籴贱粜，此常平法也，与社仓公廪不同。盖社仓听里社居民敛散，公廪听有司积贮备赈，而常平法可以补二仓之所未备者。今止责之各郡。昔汉宣帝尝曰：庶民所以安其甲里而亡叹息愁怨之声者，政平讼理也。与我共此者，其惟良二千石乎？以为太守吏民之本也，以故此仓约法悉听各郡守随宜处置，务在便民。而银谷之成数，每年只凭府册循环查考，更不另行州县，以滋烦扰。

一、缮修仓廒，较勘斗斛诸法，悉照公廪议行。但社仓公廪，或春放秋收，或分给赈济，或量行取息，出陈易新，悉从里社，州县随时酌处。若常平，则只用籴粜一法，谷贱依时价量增以利农人，谷贵依时价量减以利贫民。此外不必逐什一，权子母，致难勾稽簿书，重烦收放。籴则银出谷入，粜则谷去银还，两者循环，直截行之，庶为省便。

一、全陕府州收入不同，价值难一。当此籴谷之时，宜令斗行人等每日从实报价消长。谷有高下，价有低昂，一凭时估而量为增之。不拘谷粟，各从其类收贮，但要干圆洁净，能耐久储，不许搀和湿秕。仓庾务须高爽坚固。脱遇年岁屡丰，不便粜买，就使一二年贮之不动，或量加翻晒，免致红腐，斯为得策。

一、各府属州县，收获有丰歉不同。或于丰收地方籴买，运入府仓；或量籴粟，登簿收贮州县仓。俟明岁青黄不接，照时价量减以粜，悉听各府随时酌处。但吏胥弊窦多端，如预备仓粮，闻官府于出陈易新之时，行令小民关支，而猾吏作奸，辄曰小民不愿，久之自不得不听吏胥积猾诡名冒领矣。此蒙蔽之为害也。今惟现银出粜，自无欺诳。每年亦宜斟酌年岁丰歉而调剂之。如遇丰年，小民不甚乏食，或十石，或五七石，听民间时估籴买；荒年米谷腾贵，其时减价出粜。各府官当选委廉能，务要着实稽查严禁，只许贫民不拘升斗陆续买籴，多亦不许过五斗或一石。如有衙门积猾、市肆牙行及富豪之家希觊价减，暗行假名收买，尽法惩治。谷虽粜而非赈，而暗减其值，是亦不赈之赈也。其极贫之家无银赴市者，又听社仓公廪分赈之。而此仓一籴一粜、出入银谷之数，须会计明白。凡遇出粜事毕，除扣下籴本已足常平旧管原额外，但有余剩银两，一一登之簿籍，另作常平新收项下，下次又为籴本。以后再用以籴，再粜以还，悉依此例行。又或大荒之年，计算米粟若干，只依时估出粜若干已足原额籴本，而其余谷粟即用以分赈极贫之人，亦无不可。其出入升斗等秤，须勘较画一，不许擅用私置，或虐取乡民，或亏短粮石，或冒费官银，或伪增虚数。如承委各官容隐轻纵，慢不稽查者，听该府从重参究。行之得法，众口称平者，重加优异，转报各院另行荐奖。庶劝惩之中寓鼓舞之意，而良法不致湮废矣。

一、乡民有上纳钱粮缺银者，以干洁谷粟，或车辆推挽，或挑负，不拘多寡，径赴仓所，比市增价若干，委官用平斗随到随收，不许类集，致令乡民等候，以遏其再来。每日辰时，委官到仓，不许衙役恐喝刁难。量谷见数，即时登簿。某人谷若干、该价若干，注于本人名下，逐名按数平准包封给散。如有折耗，开明官认。愿即领银者，登时支给，不许类数总放，致有豪强作弊，而柔善者反不得实数，以阻其出粜之意。如谷多者，或作数次零运，登记簿册，总记若干石一起领银者，亦从其便。如市籴，则照依时估，严禁牙行街棍诈称官籴，愚弄乡民。此在委官用心访察，以剔其弊。

一、每遇春二三月青黄不接之时，减价出粜。仓谷不必上市，惟出示晓谕，明写谷每石折米若干、市价若干，今减若干，俱要从实作数，不许有名无实。凡乡民愿籴者，出足色银两，自一钱起，至二三两止，不分多寡，于每日天明时候赴该仓。委官亦于此时到仓，用较定平等平准称银，不许加重分厘。委官挨次收受包封登簿，某人银若干，该谷若干，给以图书印票，听其支谷。收银毕，开廒放谷，用准斗准斛行概，不得用手抹量，致有高下之弊。每日辰时委官入仓，至午未时止，收银一次，放谷一次。倘人多谷多，或委一官收银，一官支谷，不许耽误农工，尤为便益。如无丝银，即以成色银折算，以免倾销银匠暗窃亏折之弊。若乡民籴谷出仓，严禁宗室富家、街市豪右、衙役里排、务主歇家人等，敢有指称欠债逋粮、工食差粮、截赔酒钱等项邀夺，质当及市肆龙［垄］断每日更名换人，多籴过十石以上营利者，访出或讦发，挈究问罪，完日枷号一月。宗室家人，一体从事。讦禀人役，赏谷一石，作数开销。不得市恩姑息。其中事宜开载未尽者，听该府随时斟酌施行。

一、重籴本以垂永久。本司自受事以来，清查织造工料等项，实省在库银及本司赎羡银共一万五千八百有奇。除量酌分发八府一州，趁时籴谷入常平仓，各宜置底簿二扇，一注籴本银，一注籴粜谷石，用府州印钤首，开某年某月，奉本司发前项银共若干，今平时估米每石价若干，该算谷若干，计银若干，官籴每石增价若干，共出银若干，入谷若干，完日务要明白填入，循环报查。次年春二三月青黄不接粜谷之时，务要查访时估的确，每米一斗值银若干，约用谷若干，该价若干，官粜比市减价若干，定数出示通行，出谷若干，入银若干，除原籴本银若干，增出时估银若干，又陆续收到词讼银若干收贮。至秋八九十月，仍将以前银两籴谷，俱如前例载簿，出银若干，入谷若干，除春粜若干石，增谷若干。以后随时粜籴，仿此例行之。每年秋冬出银籴谷一次，春夏出谷入银一次。凡旧管新收，并开除实在四柱，明白填报，本司循环以凭，转报两院。

张朝瑞建常平仓廒议：伏睹《大明会典》：洪武初，令天下县分各立预备四仓，官为籴谷收贮，以备赈济，就责本地年高笃实人民管理。盖次灾则赈粜，其费小；极灾则赈济，其费大。曰赈济，则赈粜在其中矣。赈粜，即常平法也。奈何岁久法湮，各州县仅存城内预备一仓，其余乡社尽亡之矣。看得天灾流行，国家代有，则救荒之政，诚当亟讲。顾既荒而赈救之也难，未荒而预备之也易。今之言荒政者，不越二端：曰义仓、曰社仓，此预备而敛散者也；曰平粜、曰常平，此预备而粜籴者也。昔李悝平粜、耿寿昌常平，先后所见略同，万世理荒上策在是矣。今欲为生民长久之计，则常平仓断乎当复者。兹欲令各属县备查四乡，有仓者因之，有而废者修之，无者各于东西南北适中、水陆通达、人烟辏集高阜去处，官为各立宽大坚固常平仓一所，仓基约四亩，合用工料，本道查发赃罚并该府县查处无碍银辏合，陆续备办建造。每岁将守巡道及府县所理罪犯抵赎，实将一半籴谷入仓。或查有废寺田产及无碍官银，听其随便籴买。又或民愿纳谷者，一如祖宗已行之法，一千五百石，请敕奖为义民，三百石以上，勒石题名；或如近日救荒之令，二百石以上给与冠带，五十石以上给与旌扁。大约每乡一仓，上县籴谷五千石，中县籴谷四千石，下县粜谷三千石，各实之，但不许逼抑科扰平民。各择近仓殷富笃实居民二名掌管，免其杂差，准其开耗，每收谷一百石，待后发粜之时，每名准与平粜三石，二名共粜六石，以酬其劳；粜完，即换掌管，勿使重役。城中预备仓照常造送查盘；四乡常平仓免送查盘，止于年终，各仓经管居民将旧管新收开除实在总撒数目，用竹纸小册开报该县，县将四仓类册申送各院并布政司及道府查考。凡收粜，俱该县掌印官或委贤能佐贰官监督，不许滥委滋弊。谷到，用该县原发较勘平准斛斗收量明白，暂贮别所。积至百石以上，方许禀官一收。如有临收留难及未收虚出仓收、既收侵盗私用冒借亏欠等弊，查究追足，各县径自从轻发落；其有侵冒至百石者，通详定夺。每岁秋冬之交，本道或该府掌印管粮官单车间一巡视，以防掌印官之治名而不治实者。每岁无饥、小饥之年不粜外，或值中饥、大饥，四乡管仓人役禀官监粜，另委富民数名用官较平等收银。其出粜一节，当与四邻保甲之法并行。如该乡谷多，即粜谷一日，保甲一周；谷少，则粜谷分为二三日或四五日，保甲一周。务使该乡积贮之谷数，可待饥民冬春之籴数方善。四乡不能尽同，各宜省行之。大率赈粜与赈济不同，不必每甲寻贫民而审别之，以多寡其谷数。如一甲应籴五斗，或一石或二石，则甲甲皆同，惟以谷摊人，不因人增谷。籴银每甲一封，亦可庶乎易简不扰。或甲中十家轮粜，则每日每甲籴不过二人，每人籴不过二斗。此荒年赈粜之大较也。每乡除无灾都保不开外，先期将有灾保甲派定次序，分定月日，某日粜某保某甲，某日粜某保某甲，明白出令保正副公举贫民，至期令其持价籴买。如富者混买，连坐保甲，仍行张咏赈蜀之法，一家犯罪，十家皆坐不得籴。中饥粜仓谷之半，大饥粜仓谷之全，俱照原籴价银出粜，不可加增，宁减之，大约减荒年市价三分之一，力可压下谷价，不至腾踊。或仓谷粜尽而民饥未已，则慎选员役，持所籴谷本赴有收去处循环籴粜，源源而来，民自无饥。救荒有功员役，分别奖赏。此盖储用社仓之法而粜用常平之意者也。四乡粜完，即将谷价送官，听掌印官于秋成之日，就近各选殷实人户领银，尽数照时价籴谷。其牙脚等费、晒扬等耗与造册纸张工食等项，俱准开销。其谷晒扬干洁，官监上仓，如法安置。仍总计籴谷正银并牙脚折耗等费，每石约共银若干，报官注册，以为日后出粜张本。官不得将银贮库过冬，致高谷价难买；如谷贱不籴，责有所归。是仓不设于空僻去处者，恐荒年盗起，是赍之粮也；谷不隶于台使查盘者，恐委盘问罪，是遗之害也；行平粜之法而不用称贷取息之法者，恐出纳追呼，蹈青苗之扰民也。盖社仓之法立，则以时敛散，富者不得取重息，而贫民沾惠于一岁之中；常平之法立，则减价粜卖，富者不得腾高价，而贫民受赐于数十年后大饥之日。盖不费之惠，其惠易遍，弗损之益，其益无方，诚救荒之良策也。

一、定仓基　凡仓基，俱南向，以四亩为率。或地不足四亩者，听其随地建造。前后左右段落务要酌量停匀，毋使偏邪。甚有基地不足三亩者，听其将社学及看仓住房从便另造于别地，不造入仓内，亦可。然地基窄狭者，正厅房门可小，而两仓房间架决不可少，以其每间盛谷原约四百石有余，小则难容也。各仓基址，必择高阜之处，以避水湿侵谷。若地有不平者，须填补方正平坦，方可兴工。四面水道，必开浚归一，不得听其二三漫流。各县先将四仓四至、丈尺亩数、坐落地名与应建仓廒厅舍间数，每仓画图一张，贴说明白，并应给买民基价数，一一勘处停妥，申送该道府厅查核。

一、定仓式　保民实政簿，开各县立四乡仓。每县积谷务期万石为率，州县大者倍之，则大县当储二万石，中县一万五千石，小县万石矣。今议仓式：头门一座，约高一丈三尺八寸，中阔一丈，入深连檐一丈七尺六寸。两傍耳房，每间阔八尺，以便住看仓人役。顶上用大竹篾覆之，盖瓦。大门二扇，每扇阔三尺。东西廒房：大县共该贮谷五千石，每边应造廒房七间；中县约共四千石，每边应造廒房五间；小县约共二千五百石，每边应造廒房三间。每廒房一间，约贮谷四百石以上，约高一丈三尺六寸，阔一丈一尺二寸，入深一丈六尺。廒内先用地工将廒深筑坚实，外檐用石板镶砌，内用厚砖砌底，仍用条石垫搁楞木，从宜铺钉松杉厚板，方铺簟席。其仓顶上方木为椽，椽上用板幔，板上用大猫竹打笆覆之，笆上用土，土上盖瓦，其瓦须密。各周围廒墙脚阔二尺八寸，先行筑实，方用条石砌脚三层，上用地伏砖扁砌，纯灰抿缝中，用稍碎砖瓦，少以泥和填实，仍用铁牵鉧钉。如地势高燥者，四面俱用砖墙，廒后及两侧墙俱包檐。廒前墙上檐阔二尺四寸，不拘七间、五间、三间，中俱隔为三段。七间者，中三间，两傍各二间；五间者，中三间，两旁各一间；三间者，亦隔三段，各开三门，气楼亦如之。其廒内贴墙处，用木栅钉相思缝厚板，使谷不着墙，以防浥烂；廒口亦用相思厚板横闸。如地势卑湿者，廒前一面不用砖墙，廒板外用圆木栅栏一带，上面建廊，阔五尺六寸。厅前及两仓外明堂空地，俱用石板铺平，以便晒谷。正厅三间，中间作天花板，悬《圣谕六条》，以便朔望讲习乡约。约高一丈九尺六寸，中间阔一丈四尺八寸，两旁每间阔一丈四寸，入深除檐二丈六寸。中间照壁门六扇，厅前两旁用栏杆，外檐三尺，顶上用便砖，砖上用瓦，内地用方砖砌，檐下石板幔。三面墙垣墙脚阔二尺，先用地工筑实，方用大石板砌脚三层，上用地伏砖扁砌，亦用铁牵鉸钉牢固。后社学三间，或买旧屋建造，约高一丈七尺二寸，中间阔一丈一尺二寸，两傍每间阔一丈，人深一丈六尺四寸，顶上用幔板，铺完盖瓦。内地用方砖砌，两傍用砖砌，腰墙上用窗，每边四扇，中间用槅门四扇。三面墙垣墙脚阔二尺，先用地工筑实，脚用石砌二层，高二尺，上用砖砌。本仓外周围墙垣墙脚，阔三尺五寸，约高一丈一尺，上用墙梯瓦。盖先用地工深筑坚实，墙脚用大石块，砌高三尺，方用土筑，务离仓墙一二尺，内可容人行。其土不可贴近本墙掘取。以上各项仓房厅舍，务期坚固经久，不在华美。其丈量地基、起造房屋并量木植砖石，俱用大官钞尺为准，其木匠小尺不用，须使画一，毋致参差。

一、办仓料　仓廒每边七间，合用柱木，每根径六寸；矮柱，每根径六寸；桁条，每根径五寸五分；抽楣，每根径四寸；椽木，每根径三寸；穿栅木，每根径四寸；地板楞木，每根径五寸；地板壁板，每块厚八分。正厅三间，合用中柱木，每根径一尺一寸；用实木边柱，每根径九寸；大梁，每根长二丈，径一尺四寸；二梁，每块长一丈，径一尺一寸；步梁，每块长八尺，径一尺；抽楣木，每根径四寸五分；桁条，每根径六寸；椽木，每根径三寸。门房三间，合用柱木，每根径五寸；桁条，每根径四寸；抽楣木，每根径三寸；大门二扇，每扇阔三尺。后社学三间，合用柱木，每根径六寸；桁条，每根径五寸五分；抽楣木，每根径三寸五分；大梁，每根径九寸，长一丈八尺；二梁，每块径八寸五分，长一丈；椽木，每根径二寸五分，顶上用幔板，铺完盖瓦。其余帮机、连檐、门窗等项开载不尽者，俱要随宜酌量采买制作，务使与各项材木大小规式相称。凡砖瓦，就于近仓之地立窑一二座，令窑户自烧造，石灰见买。地伏砖，每块长一尺二寸，阔七寸，厚三寸，秤重十八斤，上烧“常平”二字；开砖每块长一尺一寸，阔五寸，厚一寸；方砖每块长阔各一尺；便砖每块长七寸，阔六寸三分；瓦每块长九寸，阔七寸，重一斤半。凡采买木植，俱要选择圆长首尾相应、干燥老黄色者，毋用背山白色嫩木。石板取青白坚细者，其黄色疏烂者不用。砖瓦择青色者，黄色者不用。以上各项物料，各县掌印官亲将每仓应造廒厅舍逐一亲自从实勘估，酌量定价，照数给银，责令原定各役采买木石等料。搬运一到，即具数报掌印官并佐贰委官及总管，各查验拣选，堪用者收之，不堪用者即时退换，不得虚冒混收。烧造砖瓦不如式者，不许混用。仍置簿送县印钤，日逐登填收发数目明白，委官不时稽查。各县仍将查估过工料价银总撒数目逐一造册，报道查核。东西仓廒与正厅一应皆用新料，其门房社学等料，如有现成民房愿卖、可以改用者，一照时价，见银平买，庶工省费廉，建造尤速。惟不亏其价，而人自乐从矣。

徐光启放粜仓谷法：各仓所银粮出入之地，奸伪易生，若不立法稽核，恐民不沾平粜实惠。各县凡遇放粜，先宜当官较准斗斛等秤，务与时势相合。印单、钉号给各仓领用，仍存一副在官备照。次置官单，照式刊刻，听各收银富民刷印填给，交银已完之人，执凭支谷。每仓置木筹三十根，每根长三尺，阔一寸二分，以天、地、人三字编号。自天一号历至天十号止，地、人俱照编号，并发委官收候给粜，谷人执照出入。各富民于仓外择一近便空处，专收价银，经收守仓居民在仓发谷。该县选发谨慎吏役四名，赴粜谷仓听用。一名掌筹传送；一名在东边门外查验单票号筹，放人入仓；二人在西边门内，一收单验谷，一收筹放谷出门。仓内用大铜锣一面，东边门外置鼓一面。凡有保甲人民持银赴籴，富民即时将银秤收明白，备将保甲人民银数并应与谷数登记号簿及填单付籴谷人执候。类有十人，先将天字号筹十根散给，各执单持筹从东边听吏查明，击鼓三声放入。如籴谷二石或一石五斗者，必数人支领，单上明注几人进仓、领筹几根。即一人止籴谷五斗，亦准领筹一根，盖有一人即执一筹也。量谷牙斗，用挡平斛，不许用手平斛，致有高下。十人量完，发谷之人将单即注“发讫”二字，鸣锣一声，十人负谷齐行，然后门外击鼓，放人入，庶仓内不致壅杂。若散天字号筹已尽，即散地字号筹，地字号筹已尽，即散人字号筹。计散人字号筹之时，而送天字号筹之吏已至矣，相继轮转，周流不穷。如东无单筹执照而入者，与西无单筹负谷而出者，及有单无筹、有筹无单并谷比单数多者，许各吏一体拿送究治。委官选差皂隶四名守门，捕役四名内外巡绰，以防奸弊。至晚收单，吏将单类送委官查销，委官将银封贮县库，仍听道府并府管粮官、该县正官不时亲临仓所库验。或曰：限以五斗，恐贫民银少；听其升籴，恐人众拥挤，富民收银不及。宜另择空处，每晨领谷数石，或以升籴，或以斗粜。此不谕保甲，不用单筹，不拘银钱，听其便宜，至晚交价还官。此亦一法也。

义仓考

选自《荒政丛书》

清宣统三年文盛书局石印本

（清）俞森 著

李文海 点校

义　仓　考

隋开皇三年，朝廷以京师仓廪尚虚，议水旱备。度支尚书长孙平言：古者三年耕余一年之积，九年作有三年之储，虽水旱为灾，而人无菜色，皆由劝导有方、蓄积先备故也。请令诸州百姓及军人劝课当社，共立义仓。收获之日，随其所得，劝课出粟及麦，于当社造仓窖贮之。即委社司执帐简校，每年收积，勿使损败。若时或不熟，当社有饥馑者，即以此谷赈给。自是诸州储峙委积。十五年，诏本置义仓，止防水旱。百姓之徒，不思久计，轻尔费损，于后乏绝（观此诏，则知当时义仓亦属虚文耳）。十六年，又诏社仓准上、中、下三等税，上户不过一石，中户不过七斗，下户不过四斗。其后山东频年霖雨，皆困水灾，所在沉溺。天子遣使开仓赈给，前后用谷五百余万石。

胡寅曰：赈饥莫要于近其人。隋义仓取之于民不厚，而置仓于当社，饥民庶乎有济。后世义仓之名固在，而置于州郡，一有凶饥无状，有司固不以上闻也。良有司敢以上闻矣，比及报可，委属吏经画之，文移反覆，给散艰阻，监临胥吏相与侵没，其受惠者大抵城郭之近力能自达之人耳。居之远者，安能扶老携幼数百里以就龠合之廪哉？必欲有备无患，当以隋氏为法，而择长民之官行劝农之法，辅以救荒之政，本末具举。民之饥也，庶有瘳乎！

邱濬曰：义仓之法，其名虽美，其实于民无益。储之于当社，亦与储之州郡无以异也。何也？年之丰歉无常，地之燥湿各异，官吏之任用不久，人品之邪正不同，由是观之，所谓义者，乃所以为不义，本以利民，反有以害之也。但见其事烦扰，长吏奸而已；其于赈恤之实，诚无益焉。然则如之何而可？愚窃谓必将义仓见储之米归并于有司之仓，俾将所储者与在仓之米挨陈以支，遇有荒年，照数量支以出，计其道里之费，运之当社之间以给散之（就量用其中米以为脚费）。任其事者，不必以见任之官，散之民者，不必以在官之属。所司择官以委，必责以大义，委官择人以用，必加以殊礼，不必拘拘于所辖，专专于所属。如此，庶几民受其惠乎？

唐贞观初，戴胄议：自王公以下，计垦田秋熟所在为义仓，岁凶以给民。太宗善之，诏亩税六升，粟米秔稻，随土地所宜，宽乡敛以所种，狭乡据青苗簿而督之。田耗十四者免其半，耗十七者皆免。商贾无田者，以其户为九等，出粟自五石至五斗为差，下下户及蛮獠不取。粟藏九年，米藏五年；下湿之地，粟藏五年，米藏三年。岁不登，则以赈民，或贷为种子，至秋而偿。著为令。高宗以后，稍假以给他费，至神龙中略尽。元宗复置之。天宝八年，天下义仓米六千余万石。

陆贽奏议：臣闻仁君在上，则海内无馁殍之人，岂必耕而饷之、爨而食之哉？盖以虑得其宜，制得其道，致人于歉乏之外，设备于灾沴之前，是以年虽大杀，众不恇惧。夫水旱为败，尧汤被之矣。阴阳相寇，圣何御哉？所贵尧汤之盛者，在于遭患能济耳。凡厥哲后，皆谨循之。故《王制》记虞夏殷周四代之法乃云：国无九年之蓄，曰不足；无六年之蓄，曰急；无三年之蓄，曰国非其国也。《周官》司徒之属亦云：掌邻里之委积，以恤艰厄；县鄙之委积，以待凶荒。王制既衰，杂以权术，魏用平籴之法，汉置常平之仓，利兼公私，颇亦为便。隋氏立制，始创社仓，终于开皇，人不饥馑。贞观初，戴胄建积谷备灾之议，太宗悦焉。因命有司详立条制，所在贮粟，号为义仓，丰则敛藏，歉则散给。历高宗之代五六十载，人赖其资。国步中艰，斯制亦弛。开元之际，渐复修崇。是知储积备灾，圣王之急务也。《语》曰：百姓足，君孰与不足？百姓不足，君孰与足？言君养人以成国，人戴君以成生，上下相成，事如一体。然则古称九年、六年之蓄者，盖率土臣庶通为之计耳，固非独丰公庾，不及编氓。《记》所谓"虽有凶旱水溢，人无菜色"，良以此也。后代失典籍备虑之旨，忘先王子爱之心，所蓄粮储，惟计廪庾，犬彘厌人之食而不知检，沟壑委人之骨而不能恤，乱兴于下，祸延于上，虽有公粟，岂得而食诸？故立国而不先养人，国固不立矣；养人而不先足食，人固不养矣；足食而不先备灾，食固不足矣。为官而备者，人必不赡；为人而备者，官必不穷。是故论德昏明在乎所务本末，务本则其末自遂，务末则其本兼亡。国本于人，安得不务？顷以寇戎为梗，师旅亟兴，惠恤之方多所未暇，每遇阴阳愆候，年不顺成，官司所储只给军食支计，苟有所阙，犹须臾取于人，人之凶荒，岂遑赈救？人小乏则求取息利，人大乏则卖鬻田庐，幸逢有年，才偿逋债，敛获始毕，糇粮已通，执契担囊，行复贷假，重重计息，食每不充。倘遇荐饥，遂至颠沛，室家相弃，骨肉分离，乞为奴仆，犹莫之售，或行丐廛里，或缢死道途。天灾流行，四方代有，率计被其害者，每岁常不下一二十州。以陛下为人父母之心，若垂省忧，固足伤恻，幸有可救乏之道焉，可舍而不念哉？今赋役已繁，人力已竭，穷岁汲汲，永无赢余，课之聚敛，终不能致，将树储蓄根本，必借官司助成。陛下诚能为人备灾，过听愚计，不害经费，可垂永图。近者有司奏请税茶，岁约得五十万贯。元敕令贮户部，用救百姓凶饥。今以蓄粮，适副前旨，望令转运使总计诸道户口多少，每年所得税茶钱使均融分配，各令当道巡院主掌，每至谷麦熟时，即与观察使计会，散就管内州县和籴，便于当处置仓收纳。每州令录事参军专知，仍定观察判官一人与和籴院〔巡〕院官同勾当，亦以养仓为名，除赈给百姓以外，一切不得贷便支用。如时当大稔，事至伤农，则优与价钱，广其籴数。谷若稍贵，籴亦便停。所籴少多，与年上下，准平谷价，恒使得中。每遇灾荒，即以赈给。小歉则随事借贷，大饥则录奏分颁，许从便宜，务使周济。循环敛散，遂以为常。如此，则蓄财息债者不能耗吾人，聚谷幸灾者无以侔大利，富不至侈，贫不至饥，农不至伤，籴不至贵，一举事而众美，其可不务乎？俟人小休，渐劝私积。平籴之法斯在，社仓之制兼行，不出十年之中，必盈三岁之蓄，宏长不已，升平可期，使一代黎人永无馁乏，此尧汤所以见称于千古也。愿陛下遵之慕之继之齐之，苟能存诚，蔑有不至。

开成元年，户部奏：诸州县所置常平义仓，请通公私田亩，别纳粟一升，逐年添贮义仓。敛之至轻，事必通济；岁月稍久，自然盈充。

宋乾德中，诏诸州于各县置义仓，岁输二税石，别收一斗。民饥欲贷充种食者，县具藉申州，州长吏即计口贷讫，然后奏闻。

董煟曰：今之义仓，诚得遗人委积之遗意，然必散贮于乡里郊野之间，则所及者均。盖憔悴之民多在乡村，于城郭颇少。比年义米转输州仓，一有凶歉，村落不能遍及。今应每遇凶歉，相度诸县饥之大小，拨还义仓元米。其水脚之需，亦于米内量地里远近消算。县之于乡亦然。如此，则山谷之民皆蒙其惠矣。

仁宗明道二年，诏议复义仓，不果。景祐中，集贤校理王琪请置，令五等已上户，随夏秋二税，二斗别输一升，水旱减税则免输，州县择便地置仓贮之，领于转运使。计以一中郡正税岁入十万石，则义仓可得五千石，推而广之，则利博矣。明道中饥歉，国家欲尽贷饥民，则军食不足，故民有流转之患。是时兼并之家出粟数千石即补吏，是岂以官爵为轻欤？特爱民济物不获已为之尔。且兼并之家占田常广，则义仓所入常多；中下之家占田常狭，则义仓所入常少。及水旱之济，则兼并之家未必待此而济，中下之民实先受其赐矣。事下有司会议，议者异同而止。

皇祐五年，右司谏贾黯乞立民社义仓疏。既上，上下其说司农寺，且命李充与黯合议以闻。乃下诸路度可否，而以为可行者才四路，余或谓税赋之外两重供输，或谓恐招盗贼，或谓已有常平以赡给，或谓置仓烦扰。于是黯复上奏，曰：臣尝判尚书刑部，见天下岁断死刑多至四千余人，其间盗贼率十六七。盖愚民迫于饥寒，因之水旱，枉陷重辟。故臣请复民社义仓，以备凶岁。今诸路所陈，类皆妄议。若谓赋税之外两重供输，则义仓之意，乃教民储积以备水旱，官为立法，非以自利，行之既久，民必乐输。若谓恐招盗贼，盗贼利在轻货，不在麦粟。今乡村富室有贮粟数万石者，不闻有劫掠之虞。且盗贼之起，本由贫困。臣建此议，欲使民有贮积，虽遇水旱，不忧乏食，则人人自爱而重犯法，此正消除盗贼之原也。若谓有常平足以赈给，则常平之设，盖以准平谷价，使无甚贱甚贵之伤，或遇凶饥，发以赈救，既已失其本意，而费又出公帑。今国用颇乏，所蓄不厚，近岁非无常平，小有水旱，辄流离饿莩，起为盗贼，则是常平果不足仰以赈给也。若谓置仓廪、敛材木恐为烦扰，则今州县修治邮传驿舍，皆敛于民，岂于义仓独畏烦扰？人情可与乐成，不可与谋始，愿自朝廷断而行之。然当时牵于众论，终不果行。

仁宗时，张方平上仓廪论，略曰：比者敕书有谕州县使立义仓之言，徒有空文而无画一之制，于兹三年，天下皆无立。凡今之俗，苟且因循，严令坚约，犹复违慢，为民兴利岂易？其人有位者无心，有心者无位，在上可行者务暇逸而从苟且，在下乐行者或牵束而不得专，以故民间利不克时兴，害不得时去，积成弊蠹，以及丧败。又凡事体兴立实艰，隳坏孔易，或谋以为利，而转以为害。彼义租社仓者，齐隋唐氏既尝为之矣。始为百姓储备之道，终为辟君淫侈之费，是于籍外更生一调也。诚国家规前代之善策，为济人之计，明立条式，权其敛出，令天下之县各于逐乡筑为囷廪，于中户已上，为之等级，课入谷麦。其输入之数，视岁薄厚，为之三品，县掌其籍，乡吏守之，遇岁之饥发以赈给，小饥则约小熟之所敛，中饥则约中熟之所敛，大饥则约大熟之所敛，专自县乡检校之，无使州郡计司侵取杂用焉。此则收自优户穰岁之有余，散于贫人凶年之不足，不使兼并贾人挟轻资、蕴重财、筦其利，以豪夺于吾人。此其协于《大易》“裒多益寡，称物平施”之意，符于《周官》“党使相救，州使相赒”之法，契诗人京坻之颂，应时令赈乏之理，使民足而知顺让，益归于本业，诚为国之大事也。

元祐间，上官均疏：臣闻盗贼之多，常起于凶岁；凶岁不足，常生于无备；备荒恤患，常平、义仓之设，最为良法。熙宁十年始备隋唐之旧，兴置义仓，令人户于正税斛斗一石，别纳五升，准备灾伤赈济，不得移用，法颇周密。盖所敛至少，所聚至多，蓄之郡县而散之于民。敛之少则民易以输，聚之多则上足以施予，蓄之郡县则凶岁有备，散之于民则人情无怨。此隋文皇、唐太宗尝行于治平之世已试之效也。元丰八年，指挥诸路义仓一切废罢，议者至今惜之。若以为扰民，则所出才二十分之一；若患他用，则当时已有著令。又况水旱不常，饥馑间有，发仓廪则每苦不足，行劝诱则不免强取，与其施之于仓卒，不若备之于无事。今平粜之法既以修复，唯义仓之制尚未兴举。臣以为义仓贮积，在近民居，则饥岁赈济，无道路奔驰之劳费而人受实惠。隋开皇中就社置仓，盖以此也。臣欲乞兴复义仓之法，令于村镇有巡检廨仓处建立仓廪，以便敛散。其余条例，令有司更加修整，以备饥岁，诚非小补。绍兴中，赵令詪请粜州县义仓米之陈腐者，沈该等言：义仓米不应粜，恐失预备。上曰：逐郡自有米数。若量粜十之三椿〔桩〕其价，次年复籴，亦何所损？

董煟曰：义仓本民间所寄，在法不当粜钱，但太陈则不可食。高宗言“椿〔桩〕其价，次年复籴”，与今之粜米移用者有间矣。

二十八年，诏祖宗义仓，以待水旱，最为良法。州县奉行不虔，浸失本意。或遇水旱，何以赈救？其令监司检视实数，补还侵失。

董煟曰：义仓本民物，寄之于官。凶荒水旱，直以还民，不宜认为己物也。

刘行简转对奏状略曰：义仓之法，论始于隋，增广于唐，国朝因焉。隋开皇间，长孙平请令诸州百姓，劝课同社，共立义仓。收获之日，各出粟麦藏焉，社司执帐检校多少。岁或不登，则发以赈之。然立法有未备也。至唐贞观间，戴胄请自王公以下，爰及众庶，计所垦田稼穑亩顷，每至秋熟，以理劝课，尽令出粟，各于所在为立义仓。国朝乾德间，天子哀岁之不登而仓吏不以时出与民，于是著发粟之制，使不待诏令。其后病吏之烦扰而民罹转输之困，又罢之。至神宗始复旧制，民到于今赖焉。然而推行之意，有未尽合于古者，岂得不论？且所谓义仓者，取粟于民，还以赈之，固不可以不均。今也置仓入粟，止在州郡，岁饥散给，而山泽僻远之民往往不沾其利，其力能赴州就食者盖亦鲜少，况所待不足偿劳，流离颠沛，有不可胜言者。此岂社仓之本意哉？臣愚谓义仓之粟，当于本县村乡多置仓窖，自始入粟以及散给，悉在其间。大县七八处，小县三四，远近分布，俾适厥中。未有仓窖，则寄寺观或大姓之家，县令总其凡，以时检校。遇饥馑时，丞簿尉等分行乡村，计口给历，次第支散，旬一周之，庶几僻远之民均受其赐，不复弃家流转道路。此利害之较然者也。

乾道间，杨倓奏：义仓，在法夏秋正税每斗别给五合，即正税不及一斗免纳，应丰熟一县九分以上，即纳一升，惟充赈给，不许他用。今诸路州县常平、义仓米斛不少，年来虽间有灾伤去处，支给不多，访闻皆是擅行侵用，从来未曾稽考。乞下诸路稽考施行。赵汝愚疏：臣伏见州县之间每遇水旱合行赈济赈粜去处，往往施惠止及城郭，不及乡村。乡村之人为生最苦，有终日役役而不能致一钱者，使幸而得钱，则又一乡之中富室无几，近者数里，远者一二十里，奔走告籴则已居后，于是老稚愁叹，始有避荒就熟、轻去乡井之意。其间强有力者，又不肯坐受其毙，寇攘摽窃，无所不至，以陷于非辜。城郭之人，率不致此。故臣尝谓城郭之患轻而易见，乡村之害重而难知。然而求所以施行之策，则亦不过劝谕上户，广行出粜，转行常平义仓之米以赈之而已。夫劝谕上户，殆成虚文，转移米斛，复多欺弊。臣愚欲望圣慈远采隋唐社仓之制，而去其损耗乏绝之弊，明诏有司，将逐州每年合纳义仓米斛，除五分依见行条法随正税就州县送纳外，将五分于逐乡置廒，每岁轮差上户两名充社司掌管收纳，委本县丞检察，其欺弊不如法者正治之。使幸得连岁丰稔，所在稍有储蓄，则乡里晏然，若有所恃，虽过〔遇〕歉岁，奸宄之心无自生矣。庆元初，诏户部右曹专领义仓。十一年，以台臣请，通一县之数，截留下户苗米，输之于县，别储以备赈济，使穷民不至于艰食。惟负郭义仓，令就州输送。至于属县之义仓，则令丞同主之。每岁终，令丞合诸乡所入之数上之守贰，守贰合诸县所入之数上之提举常平，提举常平合一道之数上之朝廷，考其盈虚，以议最殿。

林䌹常平义仓论曰：常平之法何始乎？自李悝已有平籴之法，自寿昌始定常平之策，此其始也。厥后罢于元帝，复于显宗，随置随复，无有定制。至于我朝，置场置仓，熙宁以来，而提举常平之官始定。然常平之始置也，出内库之储以为籴本，颁三司之钱以济常平。狼戾之时，农艰于钱，官则增价以入之；菜色之日，民乏于食，官则减价以出之。夫何举籴本而为青苗之钱，鬻广仓以求二分之息？伐桑易镪，官帑厚矣，如民贫何？鬻田输官，公家利矣，如私害何？此常平救荒之实政坏矣。义仓之法何始乎？自隋始置于乡社，至唐改置于州县，此其始矣。厥后弛于永徽，坏于神龙，随罢随复，亦无定制。至于我朝罢复不常，至于今日而义仓输官之法始定。然义仓之由设也，自民而入，自民而出，丰凶有济，缓急有权，名之以义，则寓至公之用，置之于社，则有自便之利。夫何社仓转而县仓，民始不与，而为官吏之移用；县仓转而郡仓，民益相远，而为军国之资费。官知其敛，未知其散，民见其入，未见其出。此义仓之实政坏矣。中兴以来，讲明荒政。常平义仓之储，虽有美名，本无实惠。惟州县有侵借之患，而支拨致有淹延之忧。城邑近郭尚可少济，村落之民又安能扶持百里，取籴于场，以活其已饥之殍哉？是有之与无，其理一也。呜呼！孰知有甚焉者！常平出于官，义仓出于民。出于官者，官自敛之，官自出之，其弊虽不足以利民，亦不至于病民。出于民者，民实出之，官实敛之，其弊不但民无给，而官且病之，文移星火，指为常赋，箩头斛面，重敛取盈。噫！可叹也。予谓民不必甚与，特无取之足矣；民不必甚利，特无害之足矣。平时夺其衣食之资，一旦徒救以濡沫之利，乐岁不为盖藏之地，凶年始思啼饥之民，何益哉？宁愿为不取茧丝之尹铎，毋愿为矫制擅发之汲黯，宁愿为催科政拙之阳城，不愿为发粟赈饥之韩韶，则裕民实政，隐于常平、义仓之外。邵雍有言：诸贤能宽一分，则民受一分之赐。有官守者勖诸。

元世祖时，赵天麟上策曰：隋立义仓，公私廪积可供五十年。至元六年有旨，每社立一义仓，社长主之。每遇年熟，每亲丁纳粟五斗、驱丁二斗，无粟听纳杂色，官司并不得拘检、借贷、勒支。后遇歉岁，就给社民食用。社长明置收支文历，致无损耗。自是以来二十余年于今矣，然而社仓多有空乏之处。顷来水旱相仍，螟蝗蔽天，饥馑荐臻，四方迭苦，转互就食，老弱不能远移，而殍者众矣。彼隋立义仓而富，今立义仓而贫，岂今民之不及隋民哉？臣试陈之：今条款使义仓计丁纳粟，意以饥馑之时计丁出之，以取均也。又条款使驱丁半之，彼驱丁亦人也，尊卑虽异，口腹无殊，至俭之日，驱丁岂可独半食哉？又计丁出纳，则妇人不纳，岂不食哉？又同社村居无田者，岂可坐视而独不获哉？乐岁粒米狼戾，乞丐者踵门，犹且与之，况一社之人而至俭，岂宜分彼此哉？是盖当时议法大臣有乖陛下之本心也。伏望普颁明诏，详谕农民：凡一社，立社长、社司各一人，社下诸人共穿筑仓窖一所为义仓。凡子粒成熟之时纳，则计田产顷亩之多寡而聚之。凡纳例，常年每亩，粟率一升，稻率二升。凡大有年，听自相劝督而增数纳之。凡水旱螟蝗，听自相免。凡捐社丰歉不均，宜免其歉者所当纳之数。凡饥馑不得已之时出，则计口数之多寡而散之。凡出例，每口日一升，储多每口日二升，勒为定体。凡社司、社长掌管义仓，不得私用。凡官司不得拘检、借贷及许纳杂色，皆有前诏在焉。如是则非惟共相赈救，而义风亦行。

至正间，立大司农司条画，内一款：每社立义仓，社长主之。如遇丰年收成去处，各家验口数，每口留粟一斗，若无粟，抵斗存留杂色物斛，以备歉岁就给。如人自行食用，官司并不拘检、借贷、支动，经过军马，不得强行取要。社长明立文历，如欲聚集收顿，或如〔各〕家顿收，听从民便，社长与社户从长商议，如法收贮，须要不致损坏。如遇天灾不收去处，或本社内有不收之家，不在存留之限。明洪武初，命户部运钞二百万贯往各府州县，预备粮贮。每县于境内定为四所，于居民丛集处置仓。民家有余粟愿易钞者，许运赴仓交纳，依时价偿其值。官储粟而扃钥之，令富民守视，凶岁赈给。已又令未备处皆举行，而召天下老人至京，随朝命择其可用者，使赍钞往各处，协同所有官司籴谷。

正统七年，令各府州县一应职罚入官之物，俱于年终变卖在官，候秋成籴粮，预备赈济。

天顺初，诏预备仓有司常加修理，蓄积粮储。遇年凶民饥，验口赈济。待丰年，仍将收贮在库赃罚，照依时价收籴。收支之际，并令掌印官员专理，不许作弊。军民人等，有愿纳粟谷者，照例收管，见数奏闻，以凭旌异。合于上司及风宪官按临点闸，但有侵欺盗用者，便行挐问。

成化中，敕藩宪言：异时州县设预备四仓，所以广贮蓄，备旱涝，为民赖也。比及废弛，宜核实见在贮蓄有无多寡之数，仍尽各处在官赃赎籴为备。有不敷，听于存留粮内借拨，或于各里上中户劝助以充。其看守仓者，于附近里分佥殷实有行止者主之。至通同官吏实收虚放为侵盗者，论如律。卫所地亦如之。

宏（按：避弘之讳）治三年，户部议：预备仓粮系救荒至计，合照州县大小、里分多寡、积粮难易斟酌举行。其有司预备仓，十里以下，积粮一万五千石；二十里以下，二万石；三十里以下，二万五千石；五十里以下，三万石；一百里以下，五万石；二百里以下，七万石；三百里以下，九万石；四百里以下，一十一万石；五百里以下，一十三万石；六百里以下，一十五万石；七百里以下，一十七万石；八百里以下，一十九万石。如其数，斯为称职；过其数者，果有卓异政绩，听抚按具奏旌异，给与本等诰命；过其数而多增一倍者，再有卓异政绩，具题旌擢，仍给本等诰敕，行移吏部，遇缺不次擢用。不及数者，以十分为率，少三分者，罚俸半年；少五分者，罚俸一年；少六分以上，是为不职，候九年考满，送吏部降用。至于知府，视所属州县，以积粮多寡为劝惩。如所属州县仓粮俱如数者，知府亦为称职；州县仓粮过其数而多增一倍两倍者，知府知州一体旌异升擢。不及数三分及六分以上者，知府知州一体罚俸降用。至于六年，亦照此查算积粮多寡，以凭黜陟。其军卫比之有司不同，必须量减，庶可责成。三年之内，每百部〔户〕所各要积粮三百石数外，有能积谷百石以上者，军政掌印指挥千百户俱给羊酒花红激劝；不及三百之数，一体住俸。以后年数，不拘石数，务要年年有积。无积者比较责罚，侵欺者参奏拿问。前项仓粮系有司者，著落有司府县正官整理；系军卫者，著落都司卫所军政掌印正官整理；巡抚巡按分巡分守管粮管屯等官往来提督，时常稽考，以后仍三年一次查盘。诏从之。

胡世宁曰：宏治初年，州县亲民之官责其备荒积谷多少以为殿最，所以民受实惠，固得邦本。正德以来，此官不重，轻选骤升，下焉者唯图觅钱以防速退，上焉者惟事奉承取名以求早升，皆不肯尽心民事，民穷财尽，一遇凶荒，多致饥死。此先朝旧规守节〔宜〕遵复也。陈龙正曰：此时司计秉国者谁耶？徒讲积聚而不讲更换新陈之法，必至化为埃尘。且查盘数缺，必勒赔填，官民之累，俱无穷矣。困天下之粟，苦天下之官民，使粟阴消耗于世间而百姓曾不得其用，不亦左乎？至于今日，天下皆无复有预备仓，实斯议蛊之也。使杨文贞主持，周文襄行事，肯若是哉？今存其计里积粮之数，以备稽考。

嘉靖中，王廷相言：备荒之政莫善于义仓，宜贮之里社，定为规式。一村之间，约二三百家为一会，每月一举，第上中下户捐粟多寡，收贮于仓，而推有德者为社长，善处事能会计者副之。若遭凶岁，则计户给散，先中下者，后及上户。上户责之偿，中下者免之。凡给贷悉随于民，第令登记册籍，以备有司稽考，则既无官府编审之烦，亦无奔走道路之苦。

户部尚书梁材言：天下郡县各置预备仓，丰年则敛，歉年则散，本以为民，而行者率失初意。设立斗户，收守支放，文移往返，交盘旁午，斗户负累，民不沾仁。凡以属之于官故也。今兵部侍郎王廷相欲仿古义仓之法，出之于民而藏之于社，社立正副。每月朔为社会，社正率属读高皇帝教民榜，申以同盟之约，举众中善恶奖戒之，记其社米。户口上者出什之四，中什之二，下什之一。荒歉，散及中下；大侵，上户亦次及之。盖以有余补不足者。昔人谓救荒无善政，臣谓义仓之法可以备荒。从之。

隆庆初，王君赏请宽积谷之例。言：近时有司，积谷之数虽已减半，然州县大者数万石，小者数千石，即日入民于罪，不可得盈，宜再减其额。时知州尹际可等积谷不如数，例当降调。吏部言：有司积谷备荒，虽亦急务，然校之正赋，轻重自是不同。况皆出赃罚纸赎及他设处，所入之数，视地方贫富、狱讼繁简为差，不可以预定也。若必欲所在取盈，是徒开有司作威生事之端，反失济民初意。上是之。

沈朝宣曰：仓号预备为凶荒设也，其积谷取诸罪赎，要在照时直征银，选委一二殷实诚笃大户掌管。俟至银多，谕令倾成足色，每千两为一锭，官给批文，加以路费，立限差往多谷地面择买嘉谷，差官监收；其斗级只令收贮看护。如此则谷虽年深，自堪食用。若令罪犯备谷上仓，则官吏斗级留难，以营分例，遂使附近积奸包纳其谷，未免伪杂。一经查盘簸扬，势必亏耗，其经手人员定遭问罪赔补。若值凶荒，穷民嗷嗷望食，徒以不堪者发赈，其何济乎？

潘潢复积谷疏：查得先该户部奏行天下府州县官，各照里社积谷备荒，立格劝惩，不为不密。但如每一小县十里之地，三年之间，不问贫富丰凶，概令积谷万五千石，限数既多，责效太速，以致中才剥削取盈，贪夫因缘为利，往往岁未及饥，民已坐毙，及遇凶荒，公私俱竭，为困愈甚。臣闻田野县鄙者，财之本也；垣窌仓廪者，财之末也。与其聚民脂膏以实仓储，孰与尽力沟洫以兴水利？若宋儒朱子赈济浙东，所至原野，极目萧条，惟见有陂塘处田苗蔚茂，无以异于丰岁，于是益叹水利不可不修，谓使逐村逐保各治陂塘，民间可以保无流离饿莩之患，国家可以永无蠲减粜济之费。此则救荒不如讲水利明效大验之可见者。合无本部备行都察院转行各处御史，申明宪刚〔纲〕，严督所属，凡境内应有圩岸坝堰坍缺、陂塘沟渠壅塞，务要趁时修筑坚完，疏浚流通，以备旱涝，毋致失时，有伤禾稼，及因而扰害于民。每季终，预将疏筑完坏备细缘由开报，御史及总督水利官员不时巡历勘验，如有申报不实及坏久不修、修不完固或因而害民者，并为不职，从实按勘施行。遇该考满，格查水利无坏，方许起送。有能为民兴利，如白起溉郢、郑国开渠之利者，具奏不次擢用。该管官员亦照所辖完坏多寡分数定注贤否，一体旌别。其八分纸价赎罪赃罚银钱、香钱、引契、鱼盐茶酒等税，不系解部者，悉如御史王重贤等所言，尽数籴谷入仓备赈，不许分外分毫科罚侵克，庶几藏富于民，因地之利，虽有旱干水溢，民无菜色。管子所谓积于不涸之仓，藏于不竭之府者，用此道矣。

靳学颜论积谷疏：臣闻之，边鄙强固，则远人怵服；中原乂安，则边鄙倾向。故中原者，边鄙之根本也；百姓者，中原之根本也；衣食者，百姓之根本也。闾阎之细民，有终身无银而不能终岁无衣，宁终岁无衣而不能终日无食。今百司宰卿夙夜不遑者，乃在银而不在谷。臣窃虑之。夫以国家建都于燕，京〔东〕极齐，西极秦，南阻江淮，神鼎之重，金瓯之固，此万世不拔之业也，而臣窃有虑焉。何哉？诚以京师北据幽都，更无郡县而守在强敌，虽有东齐西秦，其形势皆足以卫中原而自固，京师以南，绝无名山大泽之限、强藩兴国之资，皇上南面而临之，所恃以为腹心股肱之重者，惟河南、山东、江北里八府之人心耳。此数处之人，率鸷悍而轻生，易动而难戢，游食而寡积者也。一不如意，则轻去其乡，一有所激，则视死如归，臣固视之熟矣。八府遭歉，则走山东，山东遭歉，则走江北，又未已也。匹夫作难，则千人响应，往事盖屡验之。然其弭之之计无他，不过曰恤农以系其家，足食以系其身，聚其骨肉以系其心而已。今试移文于此数处者而核其官舍之所藏，每郡得谷十万焉，则司计者可安枕而无虑矣；得五万焉，犹可以塞转徙者之望；设不满万焉，真寒心哉！臣窃意其不满万者多也，即有水旱，何所赖焉？即有师旅之兴，何所给焉？臣观自古中原空虚，未有如今日者也。汉以前有廒仓，隋以前有洛口仓，唐有义仓，宋有常平仓，皆随在而贮，不专京师。今徐、临、德州皆有官仓，本为寄囤，至于存积，几何哉？臣近日有疏为山西积谷，荷蒙皇上通行各省，臣非不知以用言为荣，而所虑者人意向不同，或行之不力，或施之无序，辄以为无益有损焉。臣且不堪其任咎也。臣前疏谓一曰官仓，盖发官银以籴者，此必甚丰，乃可以举；一曰社仓，盖收民谷以充者，此虽中岁，皆可以行。臣知中原空虚，不但谷少而银亦甚少，其官仓一节，今岁已不能举。又闻有灾变，则社仓一节，今岁亦不能行。但能以今岁始讲求其条件，加意于积储，即明岁举而后岁效，未晚也。此二仓者，社仓举之甚易而效甚捷，然非官府主持于上，则其事终不能成矣。夫社仓即义仓也，盖始于汉耿寿昌而盛于隋长孙平、唐戴胄之徒，唐又最盛，计天下积至数千万以上。及推其故，唐义仓之开，每岁自王公以下皆有入，是以其积独多。臣所谓法令之行自贵近始也。宋则准各民正税之数，于二十分而取其一以为社。盖富者必田多，田多则税多，税多则社入多，亦唐意也。要之其出也，则中歉赈极贫；大歉赈中户；又大歉焉，乃沾及于富室。所谓恩泽之加，自无告始也。今之言官仓者，今年曰库无银焉，明年曰库无银焉，如是除八分纸赎之外，无几耳。言社仓者，此曰官户当优免我也，彼曰占役何科扰我也，又田多者曰我不愿赈于后，亦不愿出于今也，如是不过贫民下户之输，无几耳。是二法终不可行，而中原之空虚如故也。夫民之饥也，必至于转徙，转徙不已，必至于为盗，盗必先诸官户与夫役占有力之家，而此辈多不悟，非官府主持而鼓舞之，终空言耳。臣请下以各省，以唐宋敛谷之法为则，而就土俗，合人情，占岁候，以通其变，限明春以里尽投各府已前见贮之数，以品其虚盈。于明年冬末，通计一岁二仓新收之谷，验其功能，著而为令，岁岁修之。在官仓者，时其丰歉而敛散之，利归于官，民有大饥则以赈之。在民仓者，时其丰歉而敛散之，利归于民，虽官有大役，亦不许借此。藏富于民，即藏富于官，皇上所为南面而恃以无恐者，其根本在此。今之言计者，不忧谷之不足而忧银之不足。夫银实生乱，谷实弭乱，银之不足而泉货代之，五谷不足则孰可以代者哉？故曰明君不宝金玉而宝五谷。伏惟圣明垂意。（疏入，部议请以防秋客兵银并盐课六万发各府县籴谷，又修复社仓，令所在有余积，无为文具。竟不果行。）

陈龙正曰：隋社仓、唐宋义仓，一事而异其名者也。隋唐亩赋六升，民困极矣。宋于正赋外二十加一，庶几得中。然其大病，总在收贮于官。假如遇饥馑，悉以还民，犹多此一纳一出，况未必还乎？设赈给时果尽免诸弊，贫民犹苦奔走候领，况不及贫民乎？古之王者使民各蓄其有余，而后世必欲取诸民而代为之蓄；古之王者自节其余以春补秋助，而后世加取于正赋之外而强半更留以自肥，如之何农不饥死，朝与野不相胥以俱贫也？朱子仍社仓之名而默变其官贮之法，隋唐秕政返为纯王，损下转而益下矣。然当时亦但令民间自添社仓，未尝革去官府义仓，须令民间社仓既多，官府义仓一概不用，然后全利而无害也。

明预备仓考（《会典》）：祖宗设仓贮谷以备饥荒，其法甚详。凡民愿纳谷者，或赐奖敕为义民，或充吏，或给冠带散官。今有司以官田地租税契引钱及无碍官银籴谷收贮，近时多取于罪犯纸赎，以所贮多少为考绩殿最云。例具于后。洪武初，令天下县分各立预备四仓，官为籴谷收贮，以备赈济。就择本地年高笃实民人管理。正统五年，奏准各处预备仓，凡侵盗私用、冒借亏欠等项粮储，查追完足，免治其罪。其侵盗证佐明白不服赔偿者，准土豪及盗用官粮论罪。又议准：凡民人纳谷一千五百石，请敕奖为义民，仍免本户杂泛差役；三百石以上，立石题名，免本户杂泛差役二年。又敕广西布按二司并巡按等官查勘预备仓粮，内有借用未还并亏折等项，著落经手人户供报追赔。其犯在赦前者，定限完日，悉宥其罪。赦后犯者追完，照例纳米赎罪。若限外不完者，不论赦前后，连当房妻小发辽东边卫充军。又令六部都察院推选属官，领敕分投总督各布按二司并府州县官处置预备仓粮，仍令巡抚侍郎并都御史等官兼总其事。又令军民人等各验丁田自愿出粟备荒者，听从其便，官府不许逼抑科扰。又令各处预备仓，或为豪民占据，责令还官；或年深损坏，量加修葺；其倒塌不存者，官为照旧起盖。又令各处预备仓，凡民人自愿纳米麦细粮一千石之上、杂粮二千石之上，请敕奖谕。七年，令福建布政司，凡预备仓粮给借饥民，每米一石。候有收之年，折纳稻谷二石五斗还官。成化六年，奏准预备救荒，凡一应听考吏典，纳米五十石，免其考试，给与冠带办事；在外两考起送到部、未拨办事吏典，纳米一百石，在京各衙门见办事吏典，一年以下纳米八十石、二年以下纳米六十石、三年以下纳米五十石，免其考试，就便实拨，当该满日，俱冠带办事，各照资格，挨次选用。又令在外军民子弟愿充吏者，纳米六十石，定拨原告衙门遇缺收参。又令凤阳、淮安、扬州三府军民舍余人等纳米预备赈济者，二百石，给与正九品散官；二百五十石，正八品；三百石，正七品。又令各处预备仓，州县掌印官亲管放支，不许转委作弊。又令顺天府河西务、山东临清、直隶淮阳等关钞贯暂且折收粳粟粮米，俱以十分为率，各存留三分，其余七分，河西务运至天津卫、沧州等处，临清运至东昌府德州等处，淮安运至济宁州、徐州等处，扬州运至邳州桃源县等处，俱各收贮预备官仓赈济，待明年丰稔，仍各收钞。九年，令直隶保定等府州县，两考役满吏典，纳米一百石，起送吏部，免其办事考试，就拨京考；二百五十石，免其京考，冠带办事；一百七十石，就于本府拨补，三考满日送部免考，冠带办事，俱挨次选用。其一考三个月以里无缺者，纳米八十石，许于在外辏历两考。宏（按：弘字之讳）治三年，定有司每十里以下，务要积粮一万五千石，军卫每一千户所，积粮一万五千石，每一百户所三百石。每三年一次查盘。有司少三分者，罚俸半年；少五分者，罚俸一年；少六分以上者，九年考满降用。军卫不及三百之数者，一体住俸。宏（按：弘字之讳）治十年奏准：凡三年一次查盘预备仓粮，除义民情愿纳粟、囚犯赎罪纳米外，但有空闲官地佃收租米及赃罚纸价引钱不系起解、支剩无碍官钱，尽数籴米，三年之内不足原数、别无设法者，俱免住俸参究。　十七年议准：辽东预备仓米谷陈腐，查勘堪用者抵石放支。各该卫所官军月粮，其米色颇陈尚堪食用者，酌量折添斗许，与新粮间月支给；浥烂不堪者，著令经收人员领出，照依律例追赔。耗粮照例递减，支放尽绝，将廒座修理，照例召买上纳。　十八年议准：在外司府州县问刑应该赎罪等项赃罚等物，尽行折纳，籴买稻谷上仓，以备赈济，并不许折收银两及指称别项花销。　正德二年，令云南抚按同三司掌印等官查勘各库藏所积，除军前支用银物外，其余堪以变卖及官地、湖地等项可以召人佃种收租者，尽数设法籴买米谷上仓，专备赈济。　又议准各司府州县卫所问刑衙门，凡有例该纳米者，每石折谷一石五斗，收贮各预备仓。　四年议准：湖广原留赈济支剩银两，著籴买米谷上仓，以备荒年。　五年奏准司府州县卫所预备仓分添设土仓官尽行革退，照旧令州县正官或管粮佐贰官收放。　七年，令在外问刑衙门，凡问拟囚犯该纳纸劄者，二分纳纸，八分折米谷上仓，不许折收银两。　又议准陕西所属问刑衙门，将一应该收人犯赎罪纸价，准其收纳粟米谷麦等项上仓。　八年议准：辽东遇有本镇犯该立功官员，免其立功，纳谷一百石收贮预备仓。其别处发来立功，照旧行。　十四年，令辽东比照宣大事例，将巡按并大小衙门问过一应赎罪银两存留本处，以备买粮赈济。　嘉靖三年，令各处抚按官督各该司府州县，于岁收之时，多方处置预备仓粮。其一应问完罪犯纳赎纳纸，俱令折收谷米，每季具数开报抚按衙门，以积粮多少为考绩殿最。如各官任内三年、六年全无蓄积者，考满到京，户部参送法司问罪。四年，令各处抚按官通查积谷备荒前后议处过事宜，翻刊成册，分发所属，著落掌印等官时常检阅，永远遵守。抚按清军官，每年春季各将所属上年收过谷石实数奏报，户部时常稽考，以凭赏罚。

六年，令抚按二司督责有司，设法多积米谷，以备救荒。仍仿古人平籴常平之法，春间放赈贫民，秋成抵斗还官，不取其息。如见在米谷数少，将贮库官钱并问过赎罪折抵银两，趁秋成时，委贤能官一员籴买，比时估量添二三文，府以一万石、州以四五千石、县以二三千石为率，明立簿籍查考。岁荒减价粜与穷民，仍禁奸豪，不许隐情捏名多买罔利，事发重治。　八年，题准各处抚按官设立义仓，令本土人民，每二三十家约为一会，每会共推家道殷实、素有德行一人为社首，处事公平一人为社正，会书算一人为社副，每朔望一会。分别等第，上等之家出米四斗，中等二斗，下等一斗，每斗加（毛）五合入仓，上等之家主之。但遇荒年，上户不足者量贷，丰年照数还仓；中下户酌量赈给，不复还仓。各府州县造册送抚按查考，一年查算仓米一次。若虚，即罚仓首出一年之米。　又令各处抚按官督所属官，将赃罚税契引钱一应无碍官钱籴买稻谷，或从宜收受杂粮，以备荒歉。各该官员果能积谷及数，听抚按官核实旌异；若不用心举行，照例住俸。　又奏准州县积粮之法，如十里以下，积粮一万五千石；二十里以下，二万石；三十里以下，二万五千石；五十里以下，三万石；百里以下，五万石；二百里以下，七万石；三百里以下，九万石；四百里以下，一十一万石；五百里以下，一十三万石；六百里以下，一十五万石；七百里以下，一十八万石；八百里以下，一十九万石。三年之内，务够一年之用，如数为称职，过数或倍增，听抚按奏旌，不次升用。不及数者，以十分为率，少三分者，罚俸半年；少五分者，罚俸一年；少六分以上者，为不职，送部降用。知府视所属州县积粮多寡以为劝惩。其军卫，三年之内，每一百户所各积谷三百石，数外多积百石以上者，军政等官俱给花红羊酒激劝，不及数者住俸。　九年，令天下各府州县，有积久米粟，尽数平粜以济贫穷。候收成买贮新谷，务足前数。　二十四年，议准徒杖笞罪，审有力者，俱令照例纳米入预备仓，不许以稻黍杂粮准折上纳。　万历五年，议准行各抚按详查地方难易，酌定上中下三等，为积谷等差。如上州县，每岁以千石为准，多或至三二千石；下州县以数百石为准，少或至百石。务求官民两便，经久可行。自本年为始，著令定额，每年终分别蓄积多寡为赏罚。其不及数者，查照近例，以十分为率，少三分者罚俸三个月，少五分者半年，六分者八个月，八分以上者一年，仍咨吏部劣处。全无者，降俸二级，亦咨部停止行取推升。时有成效，抚按酌议题请复俸。若仍前怠玩，参究革职。　七年，题准各省直抚按督、各州县掌印官，将库贮自理纸赎并抚按等衙门所留二分赃罚，尽数籴谷。其追赎事例，春夏折银，秋冬纳米。如年久谷多，酌量出陈易新，以免浥烂。又议准各省直抚按，酌量所属知府地方繁简贫富，定拟积谷分数。其积不及数者，与州县一体查参；其升迁离任者，照在任一体参究。　八年，题准各抚按官查盘积谷实数，分别府州县总撒填注主守职名，每年终奏报。其更代官，候交盘明白，方准离任。　又题准各有司积谷，除遵照原议外，不许妄行科罚，剥民利己。果有水旱灾伤，具奏减免。其赈济谷数，即申报开销，不必复令饥民抵还。　十一年，题准各省直抚按官，会同司道，各查所属，除富庶州县仍照原额积谷，其疲敝灾伤及里分虽多、词讼原少者，酌量裁减，以后照例查参。俱以三年为期，通融计算，分别蓄积实在之数，照例旌奖参罚。如三年之内偶遇升迁事故，抚按官行该司道按年考核，积谷如数方许离任。果有灾荒事故委不能及原数者，明白具奏，方免参罚。其考满朝觐，俱照例行。

社仓考

选自《荒政丛书》

清宣统三年文盛书局石印本

（清）俞森 著

李文海 点校

社　仓　考

宋孝宗时，赵汝愚知信州，乞置社仓疏曰：臣伏见州县之间，每遇水旱合行赈济、赈粜去处，往往施惠止及城郭，不及乡村。乡村之人为生最苦，有终日役役而不能致一钱者，使幸而得钱，则又一乡之中富室无几，近者数里，远者一二十里，奔走告籴，则已居后，于是老稚愁叹，始有避荒就熟、轻去乡井之意。其间强有力者又不肯坐受其毙，夺攘摽窃，无所不至，以陷于非辜。城郭之人，率不致此。故臣尝谓城郭之患轻而易见，乡村之害重而难知。然而求所以施行之策，则亦不过劝谕上户，广行出粜、转移常平义仓之米以赈之而已。夫劝谕上户，殆成虚文；转移米斛，复多欺弊。臣愚欲望圣慈远采隋唐社仓之制，而去其耗损乏绝之弊，明诏有司，将逐州每年合纳义仓米斛，除五分依见行条法随正税就州县送纳外，将五分于逐乡置廒，每岁轮差上户两名充社司掌管受纳，委本县丞检察。其弊欺不如法者，正治之。使幸得连岁丰稔，所在稍有储蓄，则乡里晏然，若有所恃，虽遇歉岁，奸宄之心无自生矣。

瓯宁县有洞曰“回源”，剧贼范汝为向曾窃据。民性悍，小遇饥馑，群起杀掠。进士魏掞之谓：民易动，盖缘艰食。乃请常平仓米一千六百石以贷乡民，至冬而取，遂置仓于邑之长滩铺，自后每岁散敛如常。民得以济，不复思乱，草寇遂息。

> 陈龙正曰：社仓之利，一以活民，一以弭盗，非独弭本境之盗也，且以清邻寇焉。文公赈米于崇安，而盗擒于浦城；魏掞之置社仓于长滩铺，而回源洞之悍民以化。俗吏见小小祸乱，辄议用兵，不知穷民之与奸雄非可一例行诛伐也。饥饿濒死，威不能戢，惟惠泽可以已之。而方其饥饿，即金钱犹无以解其急也，必粟乃可。浦城盗距崇安仅二十里，用粟六百斛遂安吾民，消彼盗，兵威有此效乎？即金钱有此速乎？人疑其收息十二，有类青苗。然事贵可久，非输息十年，何以使其后永不输息？且豪民乘饥取利，凡贷粟者，出息恒十四五；至价贵甚，则又不许偿本色，估计时值，至冬以金酬，盖有卖冬粟三四石，仅清宿逋一石者。社仓之法行，则豪右不得施其不仁而细民之倍息可省，何必以暂收薄息为嫌哉？如一邑若干乡区，每乡每区立一社仓，诚为至计。贤士大夫有安和乡里之心，不可不蚤议此，但当躬先倡率，风以动之，而毋强之云耳。

崇安社仓记（朱熹）：乾道戊子春夏之交，建人大饥。予居崇安之开耀乡，知县事诸葛侯廷瑞以书来属予及其乡之耆艾左朝奉郎刘侯如愚，曰：民饥矣，盍为劝豪民发藏粟下其直以赈之？刘侯与予奉书从事，里人方幸以不饥饿，而盗发浦城，距境不二十里，人情大震，藏粟亦且竭。刘侯与予忧之，不知所出，则以书请于县、于府。时敷文阁待制信安徐公喜知府事，即日命有司以船粟六百斛溯溪以来，刘侯与予率乡人行四十里受之黄亭步下，归籍民口大小仰食者若干人，以率受粟，民得遂无饥乱以死，无不悦喜欢呼，声动旁邑。于是浦城之盗无复随和，而束手就擒矣。及秋，徐公奉祠以去，而直敷文阁东阳王公淮继之。是冬有年，民愿以粟偿官贮。里中民家将辇载以归有司，而王公曰：岁有凶穰，不可前料，后或艰食，得无复有前日之劳？其留里中而上其籍于府。刘侯与予既奉教，及明年夏，又请于府曰：山谷细民无盖藏之积，新陈未接，虽乐岁不免出倍称之息贷食豪右，而官粟积于无用之地，后将红腐不复可食。愿自今以往，岁一敛散，既以纾民之急，又得易新以藏，俾愿贷者出息什二，又可以抑侥幸、广贮蓄，即不欲者，勿强。岁或不幸小饥，则弛半息；大侵则尽蠲之，于以惠活鳏寡，塞祸乱源，甚大惠也。请著为例。王公报，皆施行如章。既而王公又去，直龙图阁仪直沈公度继之。刘侯与予又请曰：粟若分贮民家，于守视出纳不便。请放古法，为社仓以贮之。不过出捐一岁之息，宜可办。沈公从之，且命以钱六万助其役。于是得籍黄氏废地而鸠工度材焉，经始于七年五月，而成于八月，为仓三、亭一，门墙守舍无一不具。司会计、董工役者，贡士刘复、刘得舆，里人刘端也。既成而刘侯之官江西幕府，予又请曰：复与得舆皆有力于是仓，而刘侯之子将仕郎琦尝佐其父于此，其族子右修职玶亦廉平有谋，请得与并力。府以予言，悉具书礼请焉。四人者遂皆就事，方且相与讲求仓之利病，具为条约。会丞相清源公出镇兹土，入境问俗，予与诸君因得具以所为条约者迎白于公。公以为便，则为出教，俾归揭之楣间，以示来者。于是仓之庶事，细大有程，可久而不坏矣。予惟成周之制，县都皆有委积以待凶荒，而隋唐所谓社仓者，亦近古之良法也。今皆废矣。独常平、义仓尚有古法之遗意，然皆藏于州县，所惠不过市井游惰辈，至于深山长谷力穑远输之民，则虽饥饿濒死而不能及也。又其为法太密，使吏之避事畏法者视民之殍而不肯发，往往全其封鐍，递相付授，至或累数十年不一訾省，一旦甚不获已，然后发之，则已化为浮埃聚壤而不可食矣。夫以国家爱民之深，其虑岂不及此？然而未之有改者，岂不以里社不能皆有可任之人？欲一听其所为，则惧其计私以害公，欲谨其出入，同于官府，则钩校靡密，上下相遁，其害人必有甚于前所云者，是以难之而弗暇耳。今幸数公相继，其忧民虑远之心，皆出乎法令之外，又皆不鄙吾人以为不足任，故吾人得以及是。数年之间，左提右挈，上说下教，遂能为乡闾立此无穷之计，是岂吾力之独能哉？惟后之君子，视其所遭之不易者如此，无计私害公，以取疑于上，而上之人亦毋以小文拘之，如数公之心焉，则是仓之利，夫岂止于一时？其视而效之者，亦将不止于一乡而已也。因书其本末如此，刻之石，以告后之君子云。

淳熙八年，朱熹上社仓议，曰：臣所居建宁府崇安县开耀乡，有社仓一所。系昨乾道四年，乡民艰食，本府给到常平米六百石，委臣与本乡土居朝奉郎刘如愚同共赈贷，至冬收到元米。次年夏间，本府复令依旧贷与人户，冬间纳还。臣等申府措置，每石量收息米二斗，自后逐年依此敛散。或遇小歉，即蠲其息之半；大饥，即尽蠲之。至今十有四年，支息米造成仓廒三间收贮，已将元米六百石纳还本府。其见管三千一百石，并是每年人户纳到息米，已申本府照会，将来依前敛散，更不收息，每石只收耗米三升。系臣与本乡土居官及士人数人同共掌管，遇敛散时，即申府差县官一员监视出纳。以此之故，一乡四五十里之间，虽遇凶年，人不阙食。窃谓其法可以推广行之他处，而法令无文，人情难强，妄意欲乞圣慈，特依义役体例行下诸路州军，晓谕人户，有愿依此置立社仓者，州县量支常平米斛，责与本乡出等人户主执敛散，每石收息二斗，仍差本乡土居或寄居官员、士人有行义者与本县官同共出纳。收到息米十倍本米之数，即送原米还官，却将息米敛散，每石只收耗米三升。其有富家情愿出米作本者，亦从其便。息米及数，亦与拨还。如有乡土风俗不同者，更许随宜立约，申官遵守，实为久远之利。其不愿置立去处，官司不得抑勒，则亦不至骚扰。此在今日言之，虽无所济于目前之急，然实公私储蓄预备久远之计，及今歉岁施行，人心愿从者众。其建宁府社仓见行事目，谨录一通进呈，伏望圣慈详察，特赐施行。孝宗从其言，遍下诸路仿行其法，任从其便。其敛散之事，与本乡耆老公共措置，州县并不得干预抑勒。

社仓事目

一、逐年十二月份，委诸部社首保正副，将旧保簿重行编排，其间有停藏逃军及作过无行止之人隐匿在内，仰社首、队长觉察申报尉司，追捉解县根究，其引致之家，亦乞一例断罪。次年三月内，将所排保簿赴乡官交纳，乡官点检，如有漏落及妄有增添一户一口不实，即许人告，审实申县，乞行根治。如无欺弊，即将其簿纽算人口，指定米数，大人若干，小儿减半，候至贷日，将人户请米状拖对批填，监官依状支散。

一、逐年五月下旬新陈未接之际，预于四月上旬申府，乞依例给贷，仍乞选差本县清强官一员、人吏一名、斗子一名前来，与乡官同共支贷。

一、申府差官讫，一面出榜排定日分，分都支散（先远后近，一日一都），晓示人户（产钱六百文以上及自有营运衣食不缺，不得请贷），各依日限，具状（状内开说大人小儿口数）结保（每十人结为一保，递相保委。如保内逃亡之人，同保均备取保。十人以下不成保不支。陈龙正曰：不成保不支，将听畸零穷民之饿乎？不如金华县规附甲为妥），正身赴仓请米。仍仰社首保正副、队长、大保长并各赴仓识认面目，照对保簿，如无伪冒重叠，即与签押保明（其社首、保正等人不保而掌主保明者听）。其日监官同乡官入仓，据状依次支散。其保明不实别有情弊者，许人告首，随事施行，其余即不得妄有邀阻。如人户不愿请贷，亦不得妄有抑勒。

一、收支米用淳熙七年十二月本府给到新漆黑官桶及官斗，仰斗子依公平量。其监官乡官人从，逐厅只许两人入中门，其余并在门外，不得近前挨拶搀夺人户所请米斛。如违，许被扰人当厅告覆，重作施行。

一、丰年如遇人户请贷官米，即开两仓，存留一仓。若遇饥歉，则开第三仓，专赈贷深山穷谷耕田之民，庶几丰荒赈贷有节。

一、人户所贷官米，至冬纳还（不得过十一月下旬）。先于十月上旬定日申府，乞依例差官将带吏斗前来，公共受纳，两平交量。旧例每石收耗米二斗，今更不收上件耗米。又虑仓廒折阅无所从出，每石量收三升，准备折阅。及支吏斗等人饭米，其米正行附历收支。

一、申府差官讫，即一面出榜排定日分，分都交纳（先近后远，一日一都）。仰社首队长告报保头，保头告报人户，递相纠率，造一色干硬糙米，具状（同保共为一状，未足不得交纳。如保内有人逃亡，即同保均备纳足）赴仓交纳。监官、乡官、吏斗等人，至日赴仓受纳，不得妄有阻节及过数多取。其余并依给米约束施行（其收米人吏斗子，要知首尾，次年夏支贷日不可差换）。

一、收支米讫，逐日转上本县所给印历。事毕日，具总数申府县照会。

一、每遇支散、交纳日，本县差到人吏一名、斗子一名、社仓算交司一名、仓子两名，每名日支饭米一斗（约半月），发遣裹足米二石，共计米一十七石五斗；又贴书一名、贴斗一名，各日支饭米一斗（约半月），发遣裹足米六斗，共计四石二斗；县官人从七名、乡官人从共一十名，每名日支饭米五升（十日），共计米八石五斗。已上共计米三十石二斗，一年收支两次，共用米六十石四斗。逐年盖墙并买藁荐修补仓廒，约米九石，通计米六十九石四斗。

陈龙正曰：每人日支饭米一斗，太多矣，应减为一升五合，另给酒菜银数分，上下均便。张文嘉曰：支收交纳，各有定限，为日不多。在乡官士人，知此义举，断不计利。至于吏人、仓子，安肯空劳？每名支饭米一斗，即寓相犒之意。若减为一升五合，又给酒菜之资，不惟反多烦琐，抑恐不足服此辈之心。其乡官并仆从恐有贫薄者，亦必须支米五斗，方足薪水之用。固知朱子非过厚也。

又按朱子当日始创此事，故须官府弹压。倘今举行社仓，则保簿赴官交纳及申县乞差吏斗诸事，俱不必行，止须支给司社及仓守效劳宣力诸人可也。

一、排保式：某里第某都社首某人，今同本都大保长队长编排到都内人口数下项：

甲户（大人若干口，小儿若干口，居住地名某处；或产户开说产钱若干，或白烟耕田、开店买卖、土著外来，系某年移年，逐户开）

余开：

右某等今编排到都内人户口数在前，即无漏落及增添一户一口不实，如招人户陈首，甘伏解县断罪。谨状。

年月日大保长姓名

队长姓名

保正副姓名

社首姓名

一、请米状式：某都第某保队长某人、大保长某人下某处地名，保头某人等几人，今递相保委，就社仓借米，每大人若干，小儿减半，候冬收日，备干硬糙米，每石量收耗米三升，前来送纳。保内一名走失事故，保内人情愿均备取足，不敢有违。谨状。

年月日保头姓名

甲户姓名

大保长姓名

队长姓名

保长姓名

社首姓名

一、社仓支贷交收米斛，合系社首保正副告报队长、保长，队长、保长告报人户。如阙队长，许人户就社仓陈说告报，社首依公差补。如阙社首，即申尉司定差。

一、簿书锁钥，乡官公共分掌。其大项收支，须监官签押，其余零碎出纳，即委乡官公共掌管。务要均平，不得徇私容情，别生奸弊。

一、如遇丰年，人户不愿请贷，至七八月而产户愿请者听。

一、仓内屋宇什物，仰守仓人常切照管，不得毁损及借出他用。如有损失，乡官点检，勒守仓人赔偿。如些小损坏，逐时修整；大段改造，临时具因依申府，乞拨米斛。

陆九渊曰：社仓固为农之利，然农田常熟，则其利可久。苟非常熟之田，一遇歉岁，则有散而无敛，来岁缺种粮时，乃无以赈之。莫若兼置平粜一仓，使无贵贱之患。折所籴为二，每存其一，以备歉岁，代社仓之匮，实为常利也。

陈龙正曰：文公社仓之法，利赖无穷。其最要在“不愿置立去处，官司不得抑勒”二语。孝宗仁明，诏任从民便，敛散之事，州县不得干预。至矣哉！社仓之事蔑以加矣。若必强民置立，敛散由官，即与荆公青苗无异。此经世之学，最贵于圆通也。青苗者，田未熟而贷之钱，田已熟而收其利。安石尝行此于一邑，甚善，然犹躬通下情，随其愿与不愿也。至当国时，欲以此行之天下，而守令者又阿重臣意旨，以多散钱多得利为称职，不问贫富缓急强与之，又寄权人役，出纳之际，轻重为奸，而民遂怨咨载道矣。

金华潘氏社仓记（朱熹）：淳熙二年，东莱吕伯恭自婺来，访予于屏山之下，观于社仓发敛之政，喟然叹曰：此周官委积之法、隋唐义廪之制也。吾将归而属诸乡人、士友相与纠合而经营之，使闾里有赈恤之储而公家无龠合之费，不尤愈乎？伯恭既归，不三年而卒，遂不果为。其卒之年，浙东果大饥。予因得备数推择，奉行荒政按行。行至婺，则婺之人狼狈转死已籍籍矣。予因窃叹，以为向使伯恭之志得行，必无今日之患。既而尚书下予所奏社仓事，诸道募民欲为者听之。民盖多慕从者，而未几予亦罢归，又不果有所为也。是时伯恭之门人潘君叔度感其事而深其意焉，且念其家自先大夫时已务赈恤、乐施予，岁捐金帛不胜计矣，而独不及闻于此也，于是慨然出粟五百斛，为之敛散以时，规画详备，一都之人赖之，而其积之厚而施之广，盖未已也。一日以书来曰：此吾父师之志，子幸克成之，然世俗不能不以为疑也。子其可不为一言以解之乎？予惟有生之类，莫非同体，惟君子为能无有我之私以害之，故其爱人利物之心为无穷。特穷而在下，则禹稷之事有非其分之所得为者，然苟以其家之有余而推之以与邻里乡党，则固吾圣人之所许，而未有害于不出其位之戒也。况叔度之为此，特因其坟庐之所在而近及乎十保之间，以承先志，以悦亲心，以顺师指，而何不可之有哉？抑凡世俗之所以病乎此者，不过以王氏之青苗为说耳。以予观于前贤之论而以今日之事验之，则青苗者，其立法之本意固未为不善也，但其给之也以金而不以谷，其处之也以县而不以乡，其职之也以官吏而不以乡人士君子，其行之也以聚敛亟疾而无惨怛忠厚之心，是以王氏能行于一邑而不能行于天下。子程子尝极论之，而卒不免于悔其已甚而有激也。婺人盖多叔度同门之士，必有能观于叔度所为之善，而无疑于青苗之说者，则庶乎其有以广夫君师之泽，而使环地千里永无捐瘠之民矣，岂不又甚美哉！叔度名景宪，与伯恭同年进士，年又长而屈首受学于伯恭无难色。师没，守其说不懈益虔，于书无所不读，盖深有志于当世。然以资峭直，自度不能随世俯仰，故自中年不复求仕而独于此为拳拳也（仓在婺女乡安期里）。

颜光衷曰：凡害民之政，其始尽言利民，上开一孔，下开百窦。城郭富豪之家犹能支吾，乃若山谷僻陋蒙叟孤稚，目不识文告，耳不辨官音，舌不解敷陈，手不能诉写，见里长则面色青黄，望公门则心战胆栗，稍有桀骜，皆得望风索骗，幻弄吞侵，其为凌虐，宁可数计？每见上人抚循至意，不得已而开此，尽孜孜丁宁，惟恐有失，然予权任事，则情势不能无假借，而假借之下复有假借，则侵渔之外复肆侵渔，于是告讦日烦，狱讼日滋，罪罟日长，愁怨日盈，而太平之风索然尽矣。

金华社仓规约（计十四款）

一、社仓谷本五百石。

一、社仓只置总簿一面；纸尽，置第二面。

一、一甲不许过三十人，甲头一人。不满十人附甲，不许诡名冒籍（犯者出社，甲头改替。许同甲告，罚甲头所纳给赏）。

一、散谷以三时（谓除夜或下田、接新，并须甲头相度）。

一、每户借一石，甲头倍之。无居止及有艺人不借（若口累众多，作田广，甲头保明，别议增借）。

一、借谷上簿不立契（还讫，就簿勾销）。

借谷日，每户纳钱五十文，甲头免（十五文给甲头，十文守仓人，十文杂支，十五文掌仓量钱。此外不许分文乞索。许甲内人告，以所得钱文给赏）。

陈龙正曰：此法免息后犹可行，若出息二斗，又见纳五十文，太重矣。

张文嘉曰：不若每石止令纳白银三分，汇收一处，俟完日，共计银若干，作五十股派开，照法分给各项人，亦酌中之道。

一、量谷，本甲甲头执概（并见清量掌仓人擅执概，改替）。

一、还以三限，限以三日（谓如十甲，每甲若干人，一限纳若干，并甲头预报定日子，一人不到甲内，谷并留仓，候齐交量）。

一、息谷二分（谓石取息二斗），中饥减半，大饥尽免。本户纳息已满十年，免收息（谓第一年纳，至十一年免）。

一、耗谷三厘（谓谷一石取耗三升，以备折阅及充每岁社仓杂费）。

一、甲内逃亡，甲头同甲内均填，甲头倍之（若系时疫户绝，甲头申仓差人审实，候还谷日销落。不循理者，虽已还，出社）。

一、息谷有余，遇饥荒给散（计所有每人，大人二升，小儿一升，十日止，并以入籍户口为定）。

一、社众于规约犯一事，不借一年；再犯出籍。

清江县社仓规约五款

一、所借给贵均平，亦虑失陷米本。其支借时，乡官审问社首及甲内人某人可借若干，众以为可，方可支借。其素号游手及虽农业而众以为懒惰顽慢者，亦不支贷。

一、乡官踏逐善书写百姓一人（不得用罢役过犯人）专充书写簿书。如收支执概，就差社首。遇收支日，日支饭米一斗。

一、仓中事务并委乡官掌管，但差使保正、编排人户、磨对簿历、弹压敛散、踏逐仓廒、追断逋负之类，须官司行遣。

张文嘉曰：惟梗化败度者，用官司行遣可也。

一、乡官从本军给帖及有朱记，主执行遣。

一、簿用纸札，每岁于息内支散。

建宁府建阳县长滩社仓记（朱熹）：建阳之南里曰招贤者，三地接顺昌、瓯宁之境，其峡多阻而俗尤劲悍。往岁兵乱之余，稂莠不尽去，小遇饥馑，辄复相挺，群起肆暴，率不数岁一发。虽寻即夷灭无噍类，然愿民良族晷刻之间已不胜其惊扰矣。绍兴某年，岁适大侵，奸民处处群聚，饮博啸呼，若将以踵前事者，里中大怖。里之名士魏君元履为言于常平使者袁侯复一，得米若干斛以贷，于是物情大安，奸计自折。及秋将敛，元履又为请得筑仓长滩，厩置之旁，以便输者，且为后日凶荒之备，毋数以烦有司。自是岁小不登，即以告而发之。如是数年，三里之人始得饱食安居，以免于震扰夷灭之祸，而公私远近无不阴受其赐。盖元履少好学，有大志，自为布衣，而其所以及人者已如此。蒙其惠者，虽知其然，而未必知其所以然也。其后元履既没，官吏之职其事者不能勤劳恭恪如元履之为，于是粟腐于仓，而民饥于室，或将发之，则上下请赇，为费已不赀矣。官吏来往，又不以时，而出内之际，阴欺显夺，无弊不有，大抵人之所得秕糠居半而偿以精凿，计其候伺亡失诸费，往往有过倍者，是以贷者病焉，而良民凛凛于凶岁犹前日也。淳熙十一年，使者宋侯若水闻其事，且知邑人宣教郎周君明仲之贤，即以元履之事移书属之，且下本台所被某年某月某日制书，使得奉以从事。盖岁以夏贷而冬敛之，且收其息什之二焉，行之三年，而三里之间人情复安，如元履亡恙。时什二之收，岁以益广。周君既以增葺其栋宇，又将稍振其余，以渐及于旁近，盖其惠之所及，且将日增月衍而未知其所止也。周君以予尝有力于此者，来请文以为记。子与元履早同师门，游好甚笃，既追感其陈迹，又嘉周君之能继其事而终有成也，乃不辞而为之说。如此则又念昔元履既为是役，而予亦为之于崇安，其规模大略仿元履，独岁贷收息为小异。元履常病予不当祖荆舒聚敛之余谋，而予亦每忧元履之粟久储速腐，惠既狭而将不久也。讲论余日，杯酒从容，时以相訾謷，而讫不能以相诎。听者从旁抵掌观笑，而亦不能决其孰为是非也。及是宋侯周君乃卒用予所请事，以成元履之志，而其效果如此，于是论者遂以予言为得，然不知元履之言虽疏，而其忠厚恳恻之意，蔼然有三代王政之余风，岂予一时苟以便事之说所能及哉？当时之争，盖予之所以为戏，而后日之请，所以必曰息有年数以免者，则犹以不忘吾友之遗教也。因并书之，以视后人，使于元履当日之心有以得之，则于宋侯、周君今日之法有以守而不坏矣。元履，名掞之，尝以布衣召见。天子悦其对，即日除太学录。寻以数论事，不得久居中。既而天子思复召用之，则元履既卒矣。上为怅然久之，诏有司特赠直秘阁云。

建宁府建阳县大阐社仓记（朱熹）：招贤里大阐罗汉院之社仓，新侯官大夫周君某之所为而长滩之别贮也。始秘阁魏君之筑仓于长滩，非择其地而处之也，因其船粟之委，于是而藏焉耳。故仓之所在极里之东北，而距西南之境远或若干里，贷者多不便之。而是时率常数岁乃一往来，则犹未甚以为苦也。淳熙甲辰，周君始以常平使者宋公之檄司其发敛之政，而以岁贷收息之令从事，既为之更定要束，搜剔蠹弊，而以时颁焉，民已悦于受赐矣。周君因益问以因革之宜，而有以道里不均之说告者，且曰自今以往，一步而往来者再，则其劳佚之相绝，又非前日比矣。周君于是白之宋公，而更为此仓，以适远近之中，且令西南境之受粟者即而输焉，来岁遂以远近分土，使各集于其所以待命。民既岁得饱食，而又无独远甚劳之患，于是咸德周君，而相率来请文以记其成。昔予读《周礼》旅师、遗人之官，观其颁敛之疏，数委积之远迩，所以为之制数者，甚详且密，未尝不叹古之圣人既竭心思而继之以不忍人之政，其不可及乃如此。及今而以是仓之役观之，则彼其详且密者，亦安知其不有待于历时之久、得人之多而后乃至于此耶？因为之记其本末，以为后之君子或将有考于斯焉。周君，字居晦，好读书，有志当世之务，吏事亦精敏绝人，不但此为可书也。

邵武军光泽县社仓记（朱熹）：光泽县社仓者，县大夫毗陵张侯䜣之所为也。光泽于邵武诸邑最小而僻，自张侯之始至，则已病夫市里之间民无盖藏，每及春夏之交，则常籴贵而食艰也。又病夫中下之家当产子者，力不能举，而至或弃杀之也。又病夫行旅之涉吾境者，一有疾病，则无所于归，而或死于道路也。方以其事就邑之隐君子李君吕而谋焉，适会连帅赵公亦下崇安建阳社仓之法于属县，于是张侯乃与李君议，略仿其意，作为此仓，而节缩经营，得他用之余，则市米千二百斛以充。入之夏，则损价而粜，以平市估，冬则增价而籴，以备来岁。又买民田若干亩，籍僧田、民田当没入者若干亩，岁收米合三百斛，并入于仓，以助民之举子者，如帅司法。既又附仓列屋四楹，以待道途之疾病者，使皆有以栖托饮食而无暴露迫逐之苦。盖其创立规模、提挈纲领，皆张侯之功，而其条画精明、综理纤密者，则李君之力也。邑人既蒙其利而歌舞之，部使者亦闻其事而加劝奖焉。

于是张侯乐其志之有成而思有以告来者，使勿坏则，以书来请记。予读古人之书，观古人之政，其所以施于鳏寡孤独困穷无告之人者至详悉矣。去古既远，法令徒设而莫与行之，则为吏者赋敛诛求之外，亦饱食而嬉耳，何暇此之问哉？若张侯者，自其先君子而学于安定先生之门，则已悼古道之不行，而抱遗经以痛哭矣。及其闻孙，遂传素业，以施有政，宜其志虑之及此而能委心求助，以底于有成也。李君于予盖有讲学之旧，予每窃叹其负经事综物之才以老而无所遇也。今乃特因张侯之举而得以粗见其毫末，是不亦有感夫？故予既书张侯之事，而又附以予之所感于李君者，来者尚有考云。

常州宜兴县社仓记（朱熹）：始予居建之崇安，尝以民饥请于郡守徐公嘉，得米六百斛以贷，而因以为社仓。今几三十年矣，其积至五千斛而岁敛散之，里中遂无凶年。中间蒙恩召对，辄以上闻，诏施行之而诸道莫有应者，独闽帅赵公汝愚、使者宋公若水为能广其法于数县，然亦不能远也。绍兴五年春，常州宜兴大夫高君商老实始为之于其县善卷、开宝诸乡，凡为仓者十一，合之为米二千五百有余斛，择邑人之贤者承议郎赵君善石、周君林、承直郎周君世德以下二十有余人以典司之，而以书来属予记。予心许之，而未及为也。会是岁浙西水旱，常州民饥尤剧，流殍满道，顾宜兴独得下熟而贷之，所及者犹有赖焉。然予犹虑夫贷者之不能偿，而高君之惠将有所穷也。明年春，高君将受代以去，乃复与赵周诸君皆以书来趣予文，且言去岁之冬，民负米以输者襁属争先，视贷籍无龠合之不入。予于是益喜高君之惠将得以久于其民，又喜其民之信爱其上而不忍欺也，则为之计其所以然者。抑又虑其久而不能无敝于其间也，则又因而告之曰：有治人无治法，此虽老生之常谈，然其实不可易之至论也。夫先王之世，使民三年耕者必有一年之蓄，故积之三十年，则有十年之蓄，而民不病于凶饥。此可谓万世之良法矣。其次则汉之所谓常平者，今固行之，其法亦未尝不善也。然考之于古，则三登太平之世盖不尝有，而验之于今，则常平者独其法令、簿书、筦钥之仅存耳。是何也？盖无人以守之，则法为徒法而不能以自行也。而况于所谓社仓者，聚可食之物于乡井荒闲之处，而主之不以任职之吏，驭之不以流徙之刑，苟非常得聪明仁爱之令如高君，又得忠信明察之士如今日之数公者，相与并心一力，以谨其出纳而杜其奸欺，则其法之难守不待它日而见之也。此又予之所身试者，故并书之以告后之君子云。

建昌军南城县吴氏社仓记（朱熹）：乾道四年，建人大饥，熹请于官，始作社仓于崇安县之开耀乡，使贫民岁以中夏受粟于仓，冬则加息什二以偿。岁小不收，则弛其息之半；大侵，则尽弛之。期以数年子什其母，则惠足以广而息可遂捐以予民矣。行之累年，人以为便。淳熙辛丑，熹以使事入奏，因得条上其说，而孝宗皇帝幸不以为不可，即颁其法于四方，且诏民有慕从者听，而官府毋或与焉。德意甚厚，而吏惰不恭，不能奉承，以布于下。是以至今几二十年，而江浙近郡田野之民犹有不与知者。其能慕而从者，仅可以一二数也。是时南城贡士包扬方客里中，适得尚书所下报可之符以归，而其学徒同县吴伸与其弟伦见之，独有感焉，经度久之，乃克有就。遂以绍熙甲寅之岁，发其私谷四千斛者以应诏旨，而大为屋以贮之，莅事有堂，燕息有斋，前引两廊对列六庾，外为重门以严出内［纳］。其为条约，盖因崇安之旧而加详密焉。即以其年散敛如法，乡之隐民有所仰食，无复死徙变乱之虞。咸以德于吴氏，而伸与伦不敢当也，则谨谢曰：是仓之立，君师之教，祖考之泽，而乡邻之助也。吾何力之有哉？且今虽幸及予有成，而吾子孙之贤否不可知，异时脱有不能如今日之志，以失信于乡人者，则愿一二父兄为我教之；教之一再而不能从，则已非复吾子孙矣。盍亦相与言之有司，请正其罪，庶其惧而有改，其亦可也。于是众益咨嗟叹息其贤，以为不可及。而包君以书来道其语，且遣其伦及伸之子来请记。熹病力不能文，然嘉其意，不忍拒也。乃为之书其本末，既以警夫吴氏之子孙，使其数世之后犹有以知其前人之意如此而不忍坏，抑使世之力能为而不肯为者有所羞愧勉慕而兴起焉，则亦所以广先帝之盛德于无穷，而又以少致孤臣泣血号弓之慕也。

俞森曰：观朱子社仓诸记及各规约，法可谓备矣。然变通亦顾其人随其时地之宜而用之，有未可执一者。按黄震通判广德军，时社仓法大弊，众以始自朱熹，不敢议。震曰：法出于圣人，犹有变通，安有先儒为法，遂不得救其弊耶？为买别田六百亩，以其租代社仓息，非凶年不得辄贷，贷不取息。此可谓善法朱子者也。

毛鼎新，黄岩人，授浙西提举监茶司准遣，改常平司准遣。其长有欲献羡余四十万者，鼎新力争以置社仓。陈善曰：鼎新此举，不启君上之侈心，而于民有德，且俾其长免言利干进之咎，一举而三善具焉。

附：乾德四年，诏出纳之吝，谓之有司，倘规致于羡余，必深务于掊克。知光化军张全操上言三司，令诸处仓场主吏有羡余粟及万石、刍五万束以上者，上其名，请行赏典。此苟非倍纳民租，私减军食，何以致之？宜追寝其事，勿颁行，除官所定正耗外，严加止绝。

陈芳生曰：钱谷出内，积少成多，不无余润。为民牧者，特患无实心耳。苟有实心以行实政，何利不可兴建哉？浙江运司席某居官清介，自正供外，力却火耗事。去任时，库中尚存羡余五千。吏请曰：此可取也。席曰：独非百姓膏血耶？卒不受。呜呼！席氏诚不可及矣，然亦独为君子耳。以天地间有用之物，置之无用之地，徒饱鼠窃狗偷者之腹，不大可惜耶？大约司榷司监司仓羡余极多，虽甚清介，亦有饶溢，有志斯民，何利不举？故特表而出之，以为贤士大夫告。

元张大光议曰：古有义仓，又有社仓。义仓立于州县，社仓立于乡都，皆民间积贮，储以待凶荒者也。国朝酌古准今，立义仓于乡都，一举兼尽社仓之设，惠至渥也。令附近税户，各以差等出谷为本，每年收息谷一斗，候本息相停，以谷本给还元主，以利为本，立掌仓循环规运，丰年贮积，凶年出贷，有司许令点检而不许干预侵借。其立法最为详备，惠民之意亦甚切。至未及十年，仓庾充斥，过于本倍。然百姓困于义仓，民间但见其害而不见其利，凶年饥岁而民不免于流离死亡，其故何也？良由有司任法而不任人，法出而奸生，令行而弊起，以暴心行仁政，政无非暴，虽曰惠民，实所以厉之也。略而举之，其弊有四：一曰掌仓之弊。今之掌仓者，非革闲之吏贴祗候，则乡里无籍之泼皮请托行求、公纳贿赂，投充是役，上以苟避差役，下以侵削小民，既已过费重赀，宁不贪图厚利？官司容其奸伪，百姓不敢谁何。二曰点检之弊。其有考满守缺司吏官员门下亲知，或结托求差，或倚势分付，带领仆从，名为计点义仓粮，盘绕乡村，呼集社伍，需求酒食，索取赍发，餍其欲则抄写虚数，忤其意则苛细百端，遂科敛社民，粜卖义谷，以为只待起发，前者既去，后者复来，所积之粮十去其七。三曰出贷之弊。掌仓素非仁德忠厚之士，所储之谷，平时先已侵用，至于出贷之际，预行插和糠秕朽谷砂土，及至支遣，小斗悭量，比及到家簸扬，所贷不得一半。丰年有米，则勒令民户承贷；凶荒之岁，则推称已贷尽绝，惟务肥己，不恤济人。虚装人户，具报官司，或立诡名，交割下次。民之受害，其何可言？四曰回收之弊。百姓贷谷未及半年，为之掌仓者既交割前界贷数，乃集不逞之徒，三五为群，遍绕乡村，催索逋贷，叫嚣隳突，需求酒食，何所不为？及至人户担谷到仓，一斗必收二斗，干人脚谷，上数科陪，满斗豪量，不夺不餍。稍涉分析，则云以后官司计点，亏折谁赔？若或不从，必是解官惩治。民之困于义仓有甚于凶荒之岁者，医疮剜肉，谁不恻然？有此四弊，而欲惠济于民，未之有也。及有虚申案验，伪指仓囷，观其数则亿万有余，考其实则百千不足，官司视为文具，奸吏因缘为私，故自立义仓以来，展转繁文，州县徒有几千万石之名，饥荒之岁，民不沾惠，是盖有司不以荒政为心，但为黩货〔贷〕之具，委任失当，以暴心行之，本既不澄，弊端滋蔓耳。由是而言，则择人委任为第一要事。若委任得人，亦不须差人计点，出纳之公，自然无弊。然君子作事，谋始任人之方，尤所当慎。若一概委用产税富豪之家，则富而好义者少，为富不仁者多，中间未免结构所司，侵渔刻剥，其害有甚于吏胥无藉之徒。今后莫若选择乡里有德望诚信谨愿好义之人，或贤良缙绅素行忠厚廉介之士，不拘产税抵业，但为众所敬而悦服者，许令乡民推举，不必拘以乡都，所司察其行实，以礼敦请，使之掌管，置簿供报，依时出纳，不限年月交替。至如出贷之时入水和谷，小斗悭支，回收之际大斗满量及需索縻费，图利倍取人户者，但有陈告得实，依不枉法例追断。移易虚桩，坐以侵盗之罪，征收还仓。如此则掌仓者知所警惧，保守廉耻而不妄为，贫者必沾其实惠矣。虽然，言之非艰，行之惟艰。必也州县杜其夤缘求充之源于其前，禁其不时计点之弊于其次，至于出贷回收之际，绝其供报文案之需，彼既无所费于官司，则下自可安而行之，源清流洁，上下皆可以诚心为民。有其诚，斯有其实，庶几义仓储积不为虚设，凶年饥岁得以济民，上不负朝廷立法为民之美意。倘若上无公论，下有叛心，前弊不除，纯任以法，虽有善者，亦无如之何也已。

明张朝瑞图书编社仓议：社仓之制，乃古人良法，特患上之人不知所以倡之耳。有父母斯民之责者，果知民为邦本，食为民天，水旱之凶荒不时，官仓之积谷有限，思为备荒之善策，须酌社仓之事宜，乃计之得也。合于各保甲乡约中各创立社仓，先捐俸金以为倡率，或罚纸赎以便上纳，且诚心劝谕各村士民，使咸知以义相尚，不待督责而出谷皆其情愿，徐因仓置簿，登记其数。凡出谷多者，则破格旌奖。民其有不以义相从者乎？况因时制宜，随俗劝诱，或禁止神庙赛会，定为香钱，或违犯乡保规条，略示惩罚，由此日积月累，则一村之谷，自足以养一村之民。每年青黄不接之时，令其出放，息止加二，小饥加一，大饥免息；成熟之年，仍令各村量行添入。此法若行之有常，三数年间，各村之谷殆将不可胜食。但民之诚伪不一，而官司之意向不同，若非出纳有经，奸民或因之以滋侵渔负骗之私，官司或移之以补官仓积贮之数，是非惟无益于民，而且有害于民也。然使经官查盘，则又重为民累，合无免其查盘，止于府县给印文簿，付乡约正副，每岁稽查。其各村管理收放，即于本乡每年轮一公直殷实者以司出纳，量与免其火夫丁差，以示酬劝。如此则奸民不得以负骗，官司不得以那移，即遇水旱凶灾，复有官谷以济之，自是贫者不患于阻饥，富者可免于劝借，而盗贼亦因以潜消，地方之民永有赖矣。

一、社仓之设，本以为一乡也。谷以义名，则当以义相先，斯为善俗。除捐俸并发纸赎以为之倡，及士民尚义出谷多至百十石者不可为例外，大凡当秋熟之时，或每亩量出谷半升，或通乡各户，富者以石计、贫者以升斗计，俱报数，约正副登簿，保长收入社仓。每春有阙食者，量准借与，就于保长处会同约正副批立合同，登记簿籍，候秋收之日，加息二分纳还。但借谷者，亦不得多至十石以外，恐一人奸顽无耻，催收稍难，则将并一乡之义举而坏之也。

一、每遇年荒，大户例有劝借。盖官谷有限，各村又无义谷故也。若使村村有谷，则一乡之积，自足以供一乡之人，加以县仓积有官谷，劝借之事以后可免，且尚义出谷而使本乡之人俱感其惠，亦处富和邻之一道也。不然，富本众所忌也，积心悭吝，因之阻坏义举，设遇凶荒，宁能独保其富哉？

一、出谷虽非贫者之事，而岁时丰稔，或一斗，或二三斗，亦可量力出办，准与荒年揭借义谷，亦有数倍之利。若丰收之年斗谷不肯出者，荒歉之年义谷官粮，俱不准与。

一、各乡旧有土神庙，即有社祭之礼，但俗尚奢侈，因而迎神赛会花费不赀，不特亵渎神明，幽有鬼责，致息事端，且明有人非。从今乡约举行，一切禁止，或有情愿施舍，冀神祐助，即宜准作香钱，自家告诸神明，登记乡约簿，积为义谷，以济人贫难，不且神人两得之乎？每岁春秋祈报，买办猪羊、酒果、香烛等项，即于义谷内支用。祭毕举行社饮，申明约法，和睦乡里，庶彬彬然成礼让之俗矣。或有贫不能存、丧不能举者，亦于义谷内量给以助之，会众公议而后动支，各明白登簿，以备稽查，毋得徇私滥支冒破。

一、各村纳谷，或社仓未备，权借民间空房收贮，待置仓后再行收入；或乡村空旷，苦于看守，不愿立仓者，即公议积贮，亦从其便。

一、给借固贵均平，亦虑陷失谷本。每年支借之时，须会众公议，量其可借，方准托保借与。敢有轻借游手无赖之人以致负骗，及强梁奸贪之徒以市私恩，俱于收管人名下追赔。其收管人敢有捏开花名私取规利者，众共呈官追罚。若出入公明，每年亦宜量给，以酬收管之劳。

湖广沣州社仓规约序（万镇）：尝谓《周礼》一书，为民虑深矣。其比闾族党，必相救相赈，六行教民，必使任恤继于姻睦之后。古之圣人既爱其民，又欲使其民之交相为爱，故法立而俗厚，有由也。吾乡自罹兵革之余，故老凋零，习俗颓弊，富家巨室溺于商功课利之习，又无君子长者之论以激发之，故举事而益于己则为，举事而稍损于己则弗为，甚至积粟红腐以俟饥歉，穹其价以厚其售，曾未闻有倡于义举者。吁！何薄也。闻有稍异流俗、能好义者，不过曰修道路之崎岖，治溪涧之弥漫，以为往来称便而已。夫道路未甃止艰行，溪涧未矼止病涉，此一夫之任尔。假令民日乏食，久之弱者转沟壑，强者奋臂大呼，相率而为盗，事势至此，以富自足者可保乎？余平生念此久矣。因观先儒文公朱先生在建，遇大饥，请于官，作社仓，建甚德之。其事有概，予欲率乡中富而有德者法而行之。凡与盟者，谷以十斛为率，十人所聚，谷百斛，择里之贤有才者司出纳焉。其法则仿文公规模，使贫民岁以中夏受粟于仓，冬则加息十二以偿。岁小不收，则弛其息之半；大祲，则尽弛之。期以数年，子什其母，则惠足广而息遂捐之于民，不惟民有所给食，无复变乱之虞，而古人相救相赒任恤之法所以使之交相爱者，庶几复见于今之俗矣。顾不伟与？因书此以为同志告，幸相与勉而行之。

汪道亨修举社仓事宜

一、议本谷　本社集社长、社副、社众会议，各量贫富家口为多寡，户分三等，等列三则。其输谷之法：每月一会，约定会期，上上户，每会一石；上中户，每会六斗；上下户，每会四斗；中上户，每会三斗；中中户，每会二斗；中下户，每会一斗；下户不与。社谷初贮，谷本尚微，不许轻易敛散。如遇便肯以一岁之谷尽输于社，或分为三四会输完，亦可不必拘定作十二次。如粟不便者，许纳银钱登簿，遇贱籴贮社中。若有家道颇殷而绝无斗谷入仓者，即书某人名，加以“顽吝”二字，贴社仓内，但遇荒歉，官社仓谷俱不准给。其有乡村隘小不能分三等、等不能列三则者，即随社大小减之，其谷之数，亦酌量增损。

一、议义谷　凡社中富而好行其德者，能于本谷外，愿输二石入仓者，纪善一次；四石者，纪善二次；十石者，纪大善一次；二十石者，纪二大善；三十石者，纪三大善，州县掌印官奖赏；输五十石以上者，该府暨州县送扁，书“好义”二字；输百石以上者，本道送扁，书“施仁”二字，照例给与冠带；输至二百石以上者，准给冠带优礼，本道及两司送扁，书“乐善”二字；其输四百石以上者，申请两院送扁，书“积德”二字，给与冠带，仍优免杂泛差役，犯罪不许加刑。此外若输粟八百石以上者，申请两院照例奏请，竖坊表里。

一、议罚谷　凡官司自理赎谷，除照旧入预备官仓外，其各社有乡约演礼不到保甲、直牌怠玩及一切违犯稍轻者，听约正副处酌罚谷；其有本社小事口诉不平者，听约正副量剖曲直罚谷，使之平息，以省赴告及株连干证之费；或赴告而自愿和息者，该有司酌量罚谷，输之该社，取具仓收免罪。情轻者，批约正副查处量罚，是为罚谷，登簿备查。

一、议息谷　仓谷收贮若干，每年于二月起至三月四月止，宜出陈易新，余月不得轻借。其交还月分，自九月起至十月止，不得延捱，以致谷价渐贵，输纳愆期。初年谷本尚微，每石取息二斗。如时小歉，则减息之半。行至三年之后，谷本渐裕，每石取息一斗。如时小歉，止取五升，大歉则尽免其息。凡给借之户，或遇时不还，或还而湿恶不堪者，送官重治，后次不准再借。出借之时，须会同集议，量其可偿，方准托保关借。如游手无赖、刁顽无信、强豪不驯者，不得轻与。如或轻与以致负骗者，俱在保人及收管人名下追赔。收管之人捏开诡名冒领私取规利者，许人讦告，另行追罚。每放借完日，即将本社中下人户支借过谷石若干、应该息谷若干，一一登簿，以便稽考。余谷收贮，不得混支升合。每年终结算，出入明白，给与收管人一石，以偿其功。

胡其重曰：社仓之制，原为周穷恤乏，若量其不能偿而遂不借，是极贫极苦之人反不获沾周恤之例，似难为情。虽以籴本为重，殊失立仓之本意矣。此处仍须酌议。至于年终偿收管之劳，当以二石为则。

一、议仓庾　以上四等仓谷收贮仓庾之法，不可不讲。须查各处旧有仓者，其址或嫌狭隘，相应设法量增，房屋或系假借，相应措处。凡建仓屋，四围空旷，不近民居烟火。其有与之相近者，须买砖堆砌，以备不虞。以上费用，俱于四等谷内取之。或有尚义之士独任其费者，官司重加奖赏。其平素无仓地方，若新敛有谷，或于各乡约宽余处所寄囤，或各乡约所有空居，即度其值易买，俾乡约社仓合置一处尤便。或借废寺庙庵观暂停，俟谷积果多，则公议扣谷建仓。凡有人乐助者，或银谷，或米石，随意多寡，俱登记于簿，勒石垂名。各该州县每年终通查所属，共建社仓若干，将千字文挨顺里甲编立字号，共若干处，各置牌扁，大书“某字号社仓”五字悬挂仓门。该州县将总数报之府州，以便稽察。

一、议收掌　各处既有社谷、社仓，其收掌出入，当立社长一人，以本处齿行俱优者为主，更兼家资殷实者为之更妙，或即以约正、保正为之。凡社中事务，皆听裁决。又立社副二人，以年力强壮行能服众者为之，或即以约讲、约副、保副为之。俱要犬牙相制，社长专管封锁，社副二人一管出簿，一管入簿。又立社杰二人或四人，以壮年公直有才干者为之，俱从社长、社副指使，分任勤劳。既立诸人之后，须置谷社出入二簿，先将各户输谷登记入簿内，待出放之时，仍将各户借过若干数目登记出簿内，造完送官查验，印发本社，待后照数催收。

一、议典守　社仓既设，则典守不可不议。如或社长近仓，则即以社长兼主守之事，社副、社杰亦然。或俱不近仓，则宜另立社直数名，或以本地人夫轮流值日，或换甲选择，一季一换，俱听便酌处。不若于社仓之傍，公立社学，令子弟在学读书，则莫非看守之人，不必更立社直矣。务须加意防闲，不致疏虞为要。

一、议稽核　各仓积谷既多，奸民或因之以滋侵渔，若经官逐一查盘，则必重为民累。合无免其查盘，止于本府管粮厅置循环簿二扇，各州县每年五月将放过若干、十二月将收过若干，赴厅倒换备查。各仓放出收完，俱报本州县。其余出入，民自收掌。官司或因路便，或出不意抽查，以革奸弊。其经管之人，如果公勤谨慎，众所悦服，增息谷至三百石以上者，禀官旌奖；其有侵欺及借贷之人负揹互相容隐者，许诸人指名首告，官司著实查追，不得姑息。

一、议分赈　凡遇大祲之岁官府行赈之时，约算本社，除上等可以自给外，其余中下人户，各照本谷原数，听其分领。自非凶荒，不许讨支。其本谷之外尚有义罚息等谷，约算若干，社长等公议，酌量本社应存若干以防后日，应赈若干以救目前，分数议定，而后开仓。其平时施谷入仓，先上上户，次上中户，次上下户，次中上户，次中中户，次中下户；其凶年赈谷，则先下下户，次下中户，次下上户，等而上之，至中上户而止。仍查其中，有先富而后贫者准赈，先贫而后富者不准赈。其年力强壮能为人营运及堪为人佣，社中有兴作者，收之，给与工食佣工；有力强而不为佣，不事生业，坐以待赈者，赈凡二次即止。其分赈，宜常留赢余以备后赈。

一、议推恩　社仓行至三年以后，粟有赢余，凡社中好修贫士孝子顺孙不能举火、宗族亲戚俱无足恃者，贫而有丧不能举及子女过时不能嫁娶、情景可伤者，节妇年日二十四五以前孀守、至今已逾五十、一向无隙可议者，民年七十以上贫而且病、衣食俱乏者，俱听社长等酌议周恤，登簿报官，不许徇私冒滥。

一、议费用　仓中逐年纸劄及修整仓廒、书算守仓人等茶食工雇，并春秋祈报应办仪馔，俱各订为定式，使不丰不俭，经久可行。或所用反过于所积，或所积仅供其所用，则非立法之意、预备储蓄之策矣，务宜斟酌。若日久谷多，又将谷本渐置社田，亦无不可。

一、议社学　古之教者，里有社，家有塾，党有序，此教化之所以易行也。故社学亟宜举行。社长人等，各查本处现有社学，或只有蒙馆几所，坐落某处。原无社学，须公同酌议，于公众地基置建社学，亦照社仓出谷事例，劝谕众人随力乐助。或待社仓行久，以义息等谷创立。建立之后，即报州县，亦顺里挨甲编号置扁，书写某字号社学悬挂馆门。既富而教，亦化行俗美之一大关系也。

劝输文（沈鲤）：夫仓以社名，则非独有司之事也，盖所有居人，均与有责焉。《传》曰：未有上好仁而下不好义者也，未有好义其事不终者也。今吾邑侯为吾邑赈荒计，既肫肫若此矣，岂乡士大夫与居民有力者自为桑梓身家计，反不能好义终其事与？吾知其必不终。盖往见里中士大夫饶于财者，未有不结社饮酒，以一日之乐，糜小民终岁之费也；未有不穷奢治具，集水陆之珍，强客属餍，而客谢不能不止也；未有不盛饰山池台馆鱼鸟花竹，声容耳目之玩，而费累千金不惜也；未有不以其鼠壤弃余委诸无用，而明以资火盗阴以损己福也。诸如此类，费何可胜计？吾不谓诸君之尽然，间亦有不免焉者。傥或裁百分之一以输之社廪，备荒年赈济，而起人沟壑之中，不过升斗中一粒耳，而遂能施仁义以行德，化无用为有用，诸君亦何惮而不为此，而忍负贤大夫此意也。夫既名为士大夫，读书明道，理当思天下饥由己饥，顾乃于同室之患不少置念，凶年饥岁，家有余赀，廪有余粮，僮仆温饱，而目睹乡井饥夫枕藉沟壑者，曾不少颦蹙其眉，则亦与凡民何异？于读书明道理谓何？此无论阴骘暗亏，觖望难释。第人皆有不忍人之心，岂以吾辈号士大夫反不能善推其心，以为乡闾倡耶？且条陈民间疾苦，以请命于邑大夫，亦吾辈责也。今邑侯不待斥言，先自轸恤，廑思善后之策，欲使吾父老子弟长无冻馁，吾辈有不感激踊跃相率首应者，非夫也，诸君必不尔也。乃若环邑居民，虽称不腆，然其间有力者不尝有结社攒钱、随会讲经，为人所笼取乎？不尝有修寺建塔、铸佛塑神、望南海走东岱、跋涉道途，足重茧不惜乎？不尝有斋僧饭道、建醮设坛、为游食供糗糒而自谓修因果、种福田乎？夫此数者，皆无益之事，而为人所鼓劝，辄竭蹶恐后。积谷备赈，乃有益之事，而邑大夫惓惓焉反趑趄不前，此何以说也？夫神明正直，无可私媚，所福祐者，必是好人，既是好人，必行好事，行好事，无大于济人利物，济人利物，无过于凶年饥岁，与人盂饭可当斗粟，举我一念可活一人，故欲积阴德，行好事者，惟此时最得力，亦惟此时最省事，神明降鉴，惟此事最分明，亦惟此事最锡福。诸君如欲为今生、为来世、为身家、为子孙，当无以逾此者，何故不为？而乃营营焉，役役焉，求之于茫昧窈冥之中，不见有分毫报应之益也。吾又为诸君大惑之。夫公输苦浩繁，而社输有限量。公输有程督，有稽核，有罪系，而社输缓急自便，赔累无虞，且自积自备，虽为人，亦为己也。况贫富何常，吾今以济人，安知他日不有人济我也。惟愿士大夫与居民有力者谨承邑大夫教令，而道扬其波泽，以赞成盛举无忽。

沈鲤社仓条议：官廪之备赈，社仓之广积，均以为民也。然就两者而较之，则官赈终不若民间社仓之为愈也。官赈不过一二所，社仓则逐里各有建置，积之多方，备之无穷，而输散不出境，其便一。官赈者，官自为之也，其势独；社仓者，里人合力为之也，其势分。分则集其力于众，独则总其劳于己，众力易举，独力难周，则任独不如任众。其便二。官赈必须凭里甲报举，而里甲诸人皆素以渔猎自资者也，报者未必贫，贫者未必赈，反使公家积贮徒以惠奸，则赈施文具耳；社仓则有公正好义、众所推服者为有司分任其事，而又有贤人君子可备咨访，故本里居民孰贫孰富、孰上孰下，一一皆有真见，粒粒皆有实惠也。其便三。官赈必须按里甲次第，较户口贫富多寡，逐一审问，有司或有他务相妨，则势又不能速审，旷日持久，遂使枵腹垂毙之民日望倒悬之救，或不及一餍以死者有矣；社仓则各济各坊，随投随给，其周之若烛照，而予之如取携。其便四。官赈不免有盘拨转运之烦，有需索使用之费，有斗斛高下之分，有推挽负戴之劳，而社仓则悉无此累。其便五。官赈率不过一二所，而境内饥民嗷嗷待哺者常千万计，骈肩聚集，沴气薰蒸，多有他虞；社仓则各里各坊，分局自济，散而不聚，自无他患。其便六。且民俗之日以浇漓也，如逝波之东下而不可复返也。社仓既立，则里闬共为有无，必蔼然有同室之义、一体之情，盖不但缓急相周，即百姓亲睦，民德归厚，亦且由此。其便七。人情不能无公私，今令于国中，曰吾劝输备赈，出尔私藏而公诸同邑不相识之人，非甚倜傥，谁能应之哉？惟各里有社，各社有乐善而好义者，各相勉其本里之人，动以恻隐之良，劝以阴德之报，人必不能恝然于此，而荒年赈济，亦惟此里之人得用之，而不以泛及其他，即输者有时而贫，亦反以自取给焉，向其利为有福，此民之情也。因而导之，当趋之如流水矣。其便八。且古人于蒐狩寓讲武，于井田寓讥察，于东南其亩而沟浍互分者寓御暴，于先公后私者寓作忠，于相助相友者寓厚俗，大抵制一事则默寓一法，如社仓之法行，则里中之善恶贤愚孰可用孰不可用，皆得周知之，是政教之助，又在此矣。故曰官赈终不若社仓之为愈也。

社仓千古良法，其终于不行者，则以尚义乐助，虑有大户之名，出陈入新，恐有催征之扰，官司稽察，则有吏胥之累，甚至官长公事所需或借此以应急，久假不归，私藏化为公用，积之艰难者，必且废之一旦。是以士民旁顾，远虑怀疑，摇手而不愿为也。必得良有司坚意主持，诱掖奖劝，鼓舞作兴，乡先生表师闾阎，倡率赞劝，力请当事，具题饬禁，凡力行社仓处所永不科派大户，决不官吏监督，决不经由查盘，决不挪移借用，设有奸蠹蛊惑、有司扰民紊社者，立治以法，则民志一定而不疑，知积聚皆实济里中缓急、绸缪桑土之具，靡不争先从事矣。

世有治人无治法，法之善者，全藉得人以相助为理。今拟各里先推举好善而公正、老诚而精敏者绅衿士民十余人（如本里搢绅虽多，止须推举一二位坐镇主持，其余俱选士民耆德，以便效劳宣力），立为社正二人，社副四人（正副专司其成，但恐或以凶夺，或以病废，故多备员，以便司董正务），社直二人（凡社中应举应废之事，社直得调停之；不公不正之事，社直得纠正之），社干八人（凡急公辅弼如征收银米、出纳钱谷、开写册籍、策应公务，皆须多人以便分任）。

得人最难，善任尤难。喜事者未必堪充，堪充者未必喜事。凡贤良先达及孝廉庠序中忠厚廉洁之士，或乡里有德望诚信谨愿好义之人，有司察其行实，以礼敦请。既举之后，即须实心任事，虚公博访，务求尽善尽美。倘里中有敏知博达、议论平实可用者，不妨延请同事；或他里有良法足采者，不妨改弦易辙。若局中之人惟知执拗，事外之人徒行腹诽，不惟有失同井友爱之风，亦何以令社事可大而可久耶？

社正之任，与州县乡约长之名不同。盖乡约长则以良善耆民为主，然既系籍在官，则有参谒迎送，调处地方，则有伺候审理，至于公私籍赖，则又未免妨功费用。今之社正，则以绅士闻望之人为主，专司社仓一事，不必责以参谒迎送也。惟社中有梗法顽赖者，方据实闻官，官为惩治，不必伺候审理也，而又公私不扰，无妨功费用之虞。故以乡约长之有才干者，或兼摄社正之事则可；如以社正而欲兼乡约长之名，则断无人肯任，社事终无可成之日矣。

社仓之莫举也，贫者恒自诿于贫，富者又恐自扬其富，以此因循，缘无真实任事之人，遂无真实定事之日也。今各里既推举数人为之董率矣，即将本里保甲册逐户询之，愿者入社，不愿者勿强。其愿者，可即用黄寸楮印成“乐善助仓”四字，实贴本家门首，每月止劝输银二分，一年共输银二钱四分，计日积七毫，即可勷事，但恐立志不坚，始勤终怠耳。于乡则须履亩劝输，腴产亩输米二升，中产亩输米一升，下产随其便。或遇大有，下产亦宜劝输。盖乡民愚而寡谋，粒米狼戾之年，多为无益妄费之事。与其妄费而无益，何如存于本里社仓，为吾他日饥荒救命之有益而不虚耶？况农民最苦青黄不接之时，贷富室米一石者，必加四五利偿之。一夫之力所入几何，宿逋既要偿还，新租又难迟缓，以致日瘠日贫，流为顽钝无赖，而产主亦阴受其弊焉。社仓一行，则有无相通，不致重困，贫富交利之道也。须共谕之。

或每里于同志中择廉隅有素望、实心肯任事者十人为会首，作为一朋。每会首名下，各募乐善好义者十人，每月输银一钱。如力不足者，不妨合数人共出一钱。会首敛集投社，月计积银十两，岁可得银百二十两于乡。仿此积米，不出三年，社仓可成。若好义者多，不妨多立会首，列为二朋、三朋可也。三吴风俗浮薄，武林尤甚，虽屋宇华好，被服粲然，而或家无宿舂之储；且俗尚释道，好善者每竭力以事方外，家本无中人之产，而乐斋僧建寺，以冀冥福。外此二者，或有饶裕之家，则又惜金如命，锱铢难割者也。夫此正大光明、济人利己之事，饶裕悭吝者既不肯为，家无储蓄与崇尚释道者又不及为，是则相助为理必赖于通达世务而好义之人矣。合于城市乡都广劝乐输，多少悉听，待利至数倍之日，仍遵朱子法拨还元本。凡有祈福禳灾、牺牲淫祀、寿辰生子、优伶筵宴等无益妄费，悉当劝省，以益社仓。此外里中或有斗殴争讼事在有司尚可调处者，或令其量力捐助，具息回官；更有罣误小罪应干吏议者，或情愿捐助，免其究理，仍不暴其过犯之由，书以义助美名，随缘鼓舞，事可以集也。

稽察户口，社正副等公同里书及保甲等逐户挨查，书其居址何地、房屋几间，或系己产，或典或租，年甲几何，男妇几口，同居几人，作何生业，或有高年七十八十以上，或有孤寡残疾之人，皆须一一详列。而所抄户口，又须分别四种。如衣食充足者，书以“仁”字；衣食仅足者，书以“义”字；衣食拮据者，书以“礼”字；衣食不足者，书以“智”字，以为后日平籴张本。内中设有孝子顺孙、义夫节妇以及安贫乐道、贤良方正之士，必须访实，以备当事采择。其有不良之辈，亦须密密令人委曲开诚化导，令其悔过自新。更有一种精力强干、游手失业之人，当思收罗抚用，或劝习手艺生业，而又怵以祸福忠义，戒其恃勇露才以取祸患。至于土妓流娼、窝盗作奸、夜聚晓散、踪迹可疑者，当晓谕本甲协同地方令之出境，以免他累。凡此皆以本里之人，稽察本里之事，自能数计烛照，物无遁情，则保甲之事即寓于其中。从此力行乡约，择善讲者宣扬解说，月一举行，于以阜民裕俗何有？

各里每保，置收银米小簿二扇，公所置收银米总簿二扇、用银米簿二扇，杂记条约告示等项簿二扇（其簿俱用钤缝印记，其一社正掌之，其一社副或社直掌之，以杜暧昧不明及防水火意外遗失之事），仍置大簿一扇，书某某输助银若干、共收银若干、籴米若干、粜米若干、仍存若干，某某助米若干、共收米若干、贷出米若干、得利米若干、杂费米若干、仍存米若干，逐年条例旧管新收，开除实在四柱清数，造册报县，批验用印，仍各领回。外再用简明总数，开具一呈，存县立案，以杜欺弊。里人既肯同心乐输，每日清晨，即宜拈银少许，另置一处，积至月终，虽极贫者不患无二分之积矣。银期足纹，随便零顿交纳。其收银者，即用社中人，每人分认一保，保各一簿，逐月逢九收银给票，于每月初八日齐集公所，并银称估，面同登簿：本月收银若干、折色若干、实收银若干，随倾十足，积贮某所。今以小里分计之，里中好义者或有三百家，家月输银二分，经年可积七十二两，随以此银分寄典铺或殷实之家，可朝呼而夕应者，薄起利以生息之。或竟至冬囤米，夏间乘时价粜之，如此渐积至十年，又并每年生息，虽小里可得千金之米，况又有乐助者乎？故亦不必拘定十里，但使每年征积，得本里有米五六百石，即可停止输助矣。城市积贮最难，初年集资未广，且宜将银生息，惟择店业茂盛及温厚信义之家，多则贷之十金，少或一二金，周年二分或分半起息，但取呼吸立应耳。若夫荐绅则不敢劳生息，庠友则不能劳生息，胥吏则不便劳生息也。

乡都旷野之处，或效北地社仓之制。盖建仓必须上栋下宇，有砖瓦木石之费，有透风重檐之设，而雨雪薄檐，易于沾濡，鸟雀缘空，易于剥啄，食鼠穴墙，易于圮坏，则又必岁时修葺，费且不赀。况谷既入仓，陈陈相因，则红腐而不可食，出而晒晾之，则递晒递减，因缘为奸矣。社仓状若圆囷，所需惟草木泥芭，无砖瓦木石之费，日色易透，则不烦晒晾，无重檐，则鸟雀难入，四周时有人迹，则鼠不为耗，诚便利也。

城市多流寓，迁徙不常，若概用朱子加息之法，倘贷米者一旦迁去，则社本化为乌有矣。城中社仓，断宜兼用平粜一法，每岁五六月间，先算贮积几何石，里中贫者几何家，通盘打算约可平粜几何，审其户口，量减时价，给票赴籴，先尽最贫，后及次贫。此为谷贵设也。若是冬米粜价一两，至夏米粜价亦止一两，则折耗无偿，似不必逐户平粜，但照时价总粜之，为推陈致新之计可也。若冬米一两，夏米一两二钱，除去折耗，亦获息仅十之一，止可积为荒年平粜与赈济之用，本年亦不能减价粜也。

朱子社仓法：诸路有愿依此置立社仓者，州县量支常平米，责于本都出等人户主执敛散，每石收息米二斗。收到息米十倍本米之数，即送原米还官，却将息米敛散，每石只收耗米三升。其有富家愿出米本者，亦从其便；息米及数，亦与拨还。今议州县常平空虚，势须里中自输自积。如银米积至十倍本等之日，其城市之人，除迁徙别里者未及还外，其原居本里者，仍总其本银之数一一扣还。至于乡都之人，亦总其本米之数，皆一一扣还。由此言之，每年积之零星，十余年后，却能收之整顿。在贫者既可抵正务之需，而在富者亦足为高深之助，是犹藏之外府耳，而又有好义乐助之名，亦何惮而不为耶？

朱子法：将息米敛散，每石只收耗米三升。盖朱子有遇饥蠲息之议，初无赈济之事也。今当稍更其法，待息米敛散之日，每石仍取利一斗，另记一册，号曰“仓余”，一以备荒年赈济之需，一以备常年劝善之用，如礼高年、恤孤寡、立义学、拯疾病祸患之属是也。

社仓虽听民间措置，有司并不干预抑勒，但事成之日，必须呈明上台。设有侵欺等弊或暗败公事者，许诸人直陈其奸，官司立行处分，务使惩一而警百，以杜乱法之萌可也。小饥固蠲息矣，设遇奇荒，不妨并免其本，待后陆续带征，徐图如前，措本可也。

按：以上《社仓条议》，系归德沈鲤所作，后为杭人张文嘉所增刻。本不复分别，今并录之，不及辨也。

倪元璐翼富仓叙：岁大祲，民多死徙。公私上下，皆以成周委积之义为当，求其当事大夫，规宏经远，愀然聚而谋其大者，以求储于官。元璐茧存城曲，以拘墟之见，退而与其乡之士大夫訾然谋其小者，以求储于社。乃稽古社仓，自隋及唐，参之伍之，要皆有未协者。以其资计，威教悉仰朝廷，盖非乡之自为功者也。乡之自为功者，古今惟考亭一法，然在考亭自为之则良，他人行之或敝，继此真文忠行之武安亦良，其后人踵为之日益敝。考亭不曰里社不皆可任之人乎？所谓可任之人者，能人、义人、慎人、信人、廉人，天下苟不得是数者之人，昔之碧血，今为冷风。悲哉！法之倚人行也。元璐之法，察鞬省机，欲使虽不得数者之人而亦可不害者，则有五道焉。曰托卑。托卑者何也？夫托尊于官，即废兴由官。官虽贤，三年而权尽，崇安之法之所以不复者，亦以其后举仓归官耳。今以士［土］人世其事，以中寿量之，极其身三十年，其子若孙亲见其事，习其所持，各人三十年，是则百年尝在望也。百年之法，以官守之，须三十人，以土人守之，父子孙三人而已，家无繁令而安，里有多言而惮。此为虽不得能人亦可不害者一也。一曰居约。居约者何也？千人之聚，有田者常数十人。若以王戴之法，亩责输升，是使数十人共执仓命也。此数十人者，必有数鸺焉，必有数蠢焉。今约之五人，则尊俎揖让、定纵堂皇者五人耳。其千人常在阶下，其数十人常在壁上，谋静而专，志咸则锐。此为虽不得义人亦可不害者二也。曰绝累。绝累者何也？刘晏以假贷非福，青苗直以贷祸，即崇安良法，后人败之拘催不堪，咸以咎贷。是故以粟贷民求息，则粟有再死，民亦有再死。民顽不时归粟，粟小死；岁大饥，问诸鸠殣，粟大死；以法治民顽，民小死；春散秋敛，五六月间价踊，求粟不得，民大死。今就籴征利，以平为功，金粟迭处，不离其据。此为虽不得慎人亦可不害者三也。曰制欺。制欺者何也？大嚼者咋断其舌，左手持鍖右指，惕血一身，不可相信，而况于人乎？故鸣鼓虽公，不救往过；要鼎虽薄，不形来愆。今质入谷出，以钟易石，是使受者不私，私者不负，驒骂同橛，不见驒，亦不见骂，夷跖并缠，不患夷，亦不患跖，蚨飞去来，倚枕听之，周郑交质之谋而有邃古结绳之化。此为虽不得信人亦可不害者四也。曰藏富。藏富者何也？过府而戟指者希，不有盗心执炙终日，宁当不知其味乎？寝处京坻，而我无处焉。不及十年，庸人皆倦矣。今以为其家之肥，期而归子，旬而归母，后乃尽子困子，凡谷六千石，受息千二百石，计土田岁入谷五石，千二百石则为腴田二百四十亩，是则五家子孙世世之业也。富此五家而千家乃不饥，食五家于仓而仓乃足，千家之食，自抱其珠，谁得脱者？此为虽不得廉人亦可不害者五也。凡此五者，皆古所未尝谋。自元璐以意创为之妄计，虽甚浅疏，断可百年，而上因著为说，以谂同人。今饥民习赈等于骄子，更一年不登，诛求富者必立尽。此云翼富，是为富者策救，使不得贫耳。至所寓意，保甲乡兵云然者，安知是仓不为武库耶？或疑此法终难行者，固也。当考亭始议社仓时，吕东莱规以任所难任，恐不成功。朱吕且然，何况今日。虽然，请自隗始。

翼富仓条例：一、每坊村各建义仓一所，度可容六千石者；或初年物力不敷，暂借同会中私囷贮之，俟后资集，补建充拓可也。

一、仓以防盗备火为要。

一、会侣以少为贵，五家足矣。内有资计不足集两为朋者，其出名任事，惟只一人，意防败群。此为切著。更少至三家、两家，或一人独任尤妙。

一、千石、五百石，各随其便。

一、仓分运、定二号。运仓以供春夏平籴，转输于秋成之前者也。定之为言停也，留之秋成之后，以防临获忽荒。如万历戊子大稔将收，忽大风落穗，遂成奇荒。故须八月万宝告成，然后发粜。凡新谷入时，人争贵陈米砻净，出粜较新，米可赢息三分，少亦一分五厘，即时回籴新谷，以一本一利还仓。

一、每年入谷，以蚕谷方旺、晚谷将升之时为度。其出粜初年谷少，恐太蚕猝遇米贵，无以为救，须六月中旬以后、几及秋成之时方可出仓。其后仓数渐增，惟权饥口，扣留平籴百日之资为备其余，不妨随时征贵粜之他方。又初年，每五百石量留百石，至新谷既升，以陈谷发粜，亦防意外，此因定仓无谷而然。其后定仓谷入至五百石以上，运仓即不必更留余谷迟粜矣。或当五六月时，大水亢旱，荒征已见，即应悉留停粜，以备非常。盖大饥极歉，非留经岁之粮，不足以济也。

一、每年以七月十五日交盘运仓，粜出本利银两；以九月初一日交盘定仓，及迟粜陈谷本利银两。承领者必先输质物，田屋照活卖、货物照典当，以十抵六，仍集众公验，由票真伪、产业虚实、器物佳恶计谷本利，万全无失，就册开写明白，交下肩收执，方准承领。其次年下肩领到本利不欠，方准发还原质。如少欠，留质勒补；多欠，即以所质物当之。此为经久之计，不容不慎，且相稽相察，一彼一此，不须拘嫌，违约者罚。

一、谷息，运仓以二分、定仓以一分五厘为率。浮者悉入定仓，充修犒丁及抵补等费；缩者于所给五家剩息内扣抵，如又不足，明于册内开载本年少利若干，俟后赢年补足。

一、每年交盘之际，上首知会定期，次及者陈戒牲醴，集诸家于关圣及本境土谷，启焚誓文，随具散福小饭，公同交割承领。

一、每年籴谷既集司会，具五簋小饭，集诸家验过，仍将粜数及价登载册内。至出粜入籴之时，俱各知会诸家集议而行，不得专擅径遂，违者议罚。

一、平籴查清户口，分为上中下极四等。上户不听籴，中户六日一籴，下、极户三日一籴，极户仍减平籴价什之二。每口日五合，初年谷少，或只三合，给票验发。往年凶米价腾时，坊分二等，次贫平籴，极贫给赈；今有社仓，岁岁平籴，则无凶年矣。故不分籴赈，惟减价示优。若有非常，又非此论。

一、坊各管坊，本坊平粜所余，发粜他村坊者，一准时价。

一、粜价贱与籴等，即免科利，亦不分给五家；或粜贱于籴，亏折原本，五家仍敛资补足如数，俟赢年补足五家。

一、定仓谷随用随补，取之五家分息。一年不足，则以两年三年完之，务如原数而止。

一、五家先而收息，既而还本，久而徒手得利，日久益充，此而藏富于社。猝遇大饥大赈，仓所不足，此五家者即责之倾赀以应，其何辞之与有？

一、谷以极燥入仓，自然不耗升合。耗即始入不慎之故，司会自行赔补。

一、日后谷盈，或上官以公事勒借他方、以缺籴告通者，皆须死争。不应不得，则率一方之众，操引誓条，婉切陈晓，事必当止。若畏祸徇情以致亏废者，具如誓言，难逃神斧。

一、每当平粜之时，惧有他方起而强籴者，预选本坊壮丁，自十人渐增至五十人（初年物力未敷，只可十人或二十人，以后渐充，则渐益至五十人而止），署曰护粜乡丁。每一次平粜，轮十人防护，有事则纠众遏御。每一次值班十人，各给谷六升，秋收新谷既入，统给各丁人谷一石（俟秋谷充，渐可加厚秋给，岁以为常，日给不遇，平粜即除）。自初年选定人数、姓名、年貌，登载丁册，永用之，不堪则革，遇缺即补，以寓保甲乡兵之意云。

一、助罚等谷，皆入定仓。

一、建仓之费，五家各出。籴谷之费，取之籴本。惟修仓及护丁工食，司会借发取偿公息，先扣后分。本年或无可扣，明年补之（仓或间岁，或三年一修）。

一、给赈无告，虽丰年亦然，然且索之十年之外者。惟因初年资薄，尚难广捐，要在仁人，岂能等待？因时起义，随所用心尔。

一、置册八扇，共一套。运仓出纳册一扇、定仓出纳册一扇、赢息出纳册一扇、交盘册一扇、纳质册一扇、杂费册一扇、助罚谷册一扇、护丁册一扇。

誓文：某年岁次某干支某月某日某干支某坊乡司社某某等昭告于某神之灵曰：循古之制，如何得饥？常平制公，崇安制私，私之扶公，譬毂辐持，尔坊我乡，则各有司。积贮大命，闾党连枝，同道为朋，主善为师，道存救患，善在因时，非若青苗，贷之督之，以济取利，如草春滋，乃仓乃箱，千斯万斯，菜不着色，珠不入炊，尧不怒鲧，汤不畏魖。凡若此者，皆神之为，以飨以祀，敬歌楚茨，冀神有灵，明昭孔时，水火盗贼，屏诸四裔，并形彰瘅，闲邪禁欺，或有不率，具如誓词。

一、侵没三百石以上，承上誓；二百石以下五十石以上，承中誓；五十石以下，承下誓。（变卖所质，不失原数，许于完日牲神〔酒〕告神忏释。）

一、欺隐赢息及饰赢为亏者，承中誓。

一、既分仓息而遇仓缺乏、应敛资分吝不应者，承下誓。

一、以伪由物誓者，承上誓。

一、官借民借，不能力争，以致亏废者，承上誓；子受皆然。

一、一切费用妄报浮滥者，五十石以上，承中誓。

上誓夺算禄俱尽，身无可夺，则及子孙。

中誓夺算一纪，身无可夺，则及子孙。

下誓夺算三年。

蔡懋德修复社仓议：从来救荒无奇，要在平时预备。如古人常平仓、义仓皆可行，而朱子社仓之制为最善。近见台臣申饬天下守令乘时积谷一疏，此皆备于未荒，老成忧时深虑，则凡可推广德意与轸恤民艰者，似不妨权宜变通。况良法无弊，成规可遵，如社仓者乎？但法贵简便，行须着实，其中事宜，僭陈六则于左：

一、定仓制。朱子社仓法初建之崇安开耀乡，请于本府，得常平米六百石，更间赈贷，至冬纳还，每石量收息米二斗。自后随年敛散，歉则蠲其息之半，大饥则尽蠲之。凡十有四年，得息米造仓三间，及以元数六百石还府，见储米三千一百石在仓，不复收息，每石只收耗米三升。一乡四五十里，虽遇凶年，人不缺食。其有富家愿出米作本者，亦从其便；息米及数，亦与拨还。此社仓之制，朱子请于朝通行天下者也。今宜仿其意而消息之，即附乡约保甲而行，每乡有约，每约有仓，以本里之蓄济本里之饥，权丰岁之赢，救歉岁之乏，缓急相通，不出同井，子母相生，总利吾侪。此乡中人何苦而不乐从哉？曩时社仓难举易废者，以士民一输谷入仓，即为官物，封贮不动，有耗无增，人安得常乐施？廪安得有余积？盖袭社仓之美名而失社仓之妙用，所以间行而不能经久也。今一如朱子随时敛散加息减蠲之法，而更因宜变通于其法，则法可久行而泽遍郡邑矣。

一、因仓基。建仓工费，此时必难即办。既奉宪行乡约，必有约所在宽厂寺观，即于寺观内择坚固空房一间或三间，量里蓄寡以为增减。杭地梵宇甚多，不难设法修改。其他预备常平之剩廒、空闲公署之余屋，亦可随宜酌用。总求因便，以省营造之费。

一、裕仓本。昔朱子请府米六百石为本，今议每乡置仓，虽尽请给于官矣。欲劝民间义助，恐杭地鲜蓄，兵火加派之余，未必乐输响应。今奉明旨四积之法中，可斟酌推行。如纳粟援例，事关达部，而本乡绝产为奸里影占者，可清出，即充本社谷本也。金作赎刑，部文除大辟外，照例准赎，所括甚广，然恐开富室便门，而罪外批加刑责及例重情轻者，可量纳谷本社，从轻宥免也。时虽诎而尚义有人，即于讲约中委曲劝谕贤士大夫留心桑土，身先为倡，并如朱子法，息米足时拨还原本，其乐善义士必有风行云辏者。而又通以宪颁约保、旌善惩恶之意，如一约中人户富而好义者，量力输谷若干石，与孝子悌弟辈一体载纪善簿。其犯罪应记惩钉扁而知悔改者，愿输谷若干石，姑免载惩恶簿；再犯不悛，然后载簿钉扁其门。总在本乡中随方设法，鼓舞流通，而仓本不患为无米之炊矣。

一、推仓长。社仓既附约所，即用选举有家有行约正约副司之，夏散冬收，听在本约通融权贷，仍量议看守折耗之费。县正官印簿二扇，一存县，一存仓，止报出入时日数目，以凭不时清查。官府不必另委查盘滋扰。

一、发仓储。凡仓谷赈贷无法，则奸猾占赖，强梁挤夺，而贫弱仍无实惠。须编保甲时，立法精详。如一甲十户，预先分别上中下最下户等次，开列在簿，与给挂牌符合。每于青黄不接时出贷，至冬收纳，量加息耗，一如朱子法。其间权岁有大荒小歉，计户有极贫次贫，而减免议差。及节妇孤寒火灾病患情尤可矜者，亦可公议减免。如有顽户年丰力充、故意拖顽者，禀官追谷，仍不许再贷。总以衰富益贫，酌盈济歉，政不必避加息之名，要足备一乡之缓急而已。

一、厘仓蠹。凡约正约副筦仓，务要敛散公平，登报清核。为里中服从三年，官给扁［匾］奖赏，并给免杂差，以示劝厉。如不称者，许讲约时里众公禀选换。甚有武断生事、欺侵仓谷者，按法治罪。（右社仓法附约保而行，虽有限蓄储未能供无穷食指，而乡有仓，仓有积贮，遇灾警少觉有备，亦足安辑人情。即平时同里相周，不失敦让风俗。是在因宜而力行之，将古人不专美于前，而疲黎庶几有起色乎？）

蔡懋德通积备荒议

一、实在官廪。往时收贮积谷，多系仓吏图便折乾、移挪营运。凡遇查盘岁核，或以折价贮库、秋成补籴为辞，或因追限督催，强籴不堪充数，年年减耗，有损无增，以致仓廪日虚。有司留心者非不严饬，而积习一时未扫。今后凡追应纳仓谷，务要即籴本色上仓。如果青黄不接，或仍作银，初冬实籴，或即照谷计算纳米，以杜奸胥折乾侵弊。其米谷亦须设法出陈易新，每岁夏季给借，冬初收纳，不得数年久贮，致滋浥烂耗减，庶仓廪非空名而备赈有实益矣。给借仓谷，市民舂〔舂〕杵不便，合听乡里愿领十人同具一券，收时量加息谷，以补耗减。

一、劝民间自积。杭不产米，又俗尚趋末，家鲜盖藏，贫民无力可积，杂作诸色力能随时趋食而不事积，富厚之家多开典租房、收丝蓄货以取利而不肯积，一遇饥馑，束手无策。甚有愚民游棍，家无儋石，外竞奢华，年丰视粟如土，交易定擲银钱，曾不思荒歉之日邻封遏籴，始而价涌，继且持钱挤候，无处可籴，嗷嗷待哺，图救燃眉，虽有奇策，无如何矣。今后合无通行晓谕保甲牌上，恳切申明此意，除贫窘小民不计外，稍足之家，毋论搢绅士民在城在乡，常思此际之艰，各乘秋成时候随力籴积。其富户积至千石，保甲公举核实报官，官为劝奖。即遇凶荒发粜，仍照时价，官司勿与定价，奸民不得强籴。其平时一应民间贸易，许令银米均用，使民间自为积贮之图，而随予以疏通之法，官不扰而民乐劝，有益无损之术也。更有一法，民间积米百石以上者，许令报官验实，府县给与乐积良民印票奖励。遇有词讼当杖责者，执票量为轻重豁免注销，似亦不费之惠。

一、鼓典铺乐积。使典铺积米而责令官粜，勉应一时，势难久遵。欲使人人乐积，莫若亦许其时价发粜为便，非为典铺省数金之赀也。盖官价之名甚美，第行之目前，徒添奸棍挤抢之扰，而讹传远方，复阻米商趋赴之期。况典铺算析锱铢，惟知营利，积米既奉官法，发米不亏私本，又何惮而不多积乎？更有一法，许令民间以物质米，以银取质，悉照时价银米通融。盖穷民质银，仍多籴米过活，或全要米，或半用银，一听民便。如此则所积之米陆续散出，民受接济之惠，而积米之赀还得花息，商获储峙之利，而官府曾无益此厉彼之令。但积籴之时，务要领批，往远处产米地方贩归实数。著同保正具呈甘结，以虚数妄报者罪，以贪便近揭者罪，法在必行。彼保身家，自知遵守，不必另托衙官查核，以滋骚扰。如是而典铺仍藐玩不遵者，即绳以三尺，亦复何辞？况彼自鼓舞乐赴也。

一、通行商远米。所云通者，欲其舟车飞挽，如水流而不止也。昔卢坦为宣歙观察使，岁饥，或有请抑谷价者。坦曰：宣歙谷少，仰藉四方。若价贱，则商船不来，益贵矣。因每石量加十许钱，四方闻之，争相辐辏，价遂日减。此通商之利也。商贾征贵征贱，趋利如骛，别无招之之法，惟不抑市价，无损其利，则不招自集矣。又有一弊，每缘奸牙猾铺空手斛其米货，负价任意迁延，是以外商束手耽误，望风畏缩，阻于中道，随地发卖，米船鲜至，米价不得其平也。今后务宜公举诚实有身家者一人为牙首，许其稽察各牙，不系无本之人，方许开行接商。凡商船一空，即行交足米价，令其即行，不致久滞。如有侵用久拖者，许本商呈官，定为追给。又请宪台备行各经由关榷，凡粮食重载，悉蠲其税，查验明白，船到即发，毋久措留。或有米商夹带别货、希图漏税者，三尺自在，不得虑噎而废餐也。又通行晓谕，凡属米船，另行优恤，决无装兵杂运之差，勒石各处要津，以垂永久。如此则外商闻风四集，虽欲遏之而不可得，米货迸辏，米价自平矣。

一、檄邻封弛禁。遏籴之令，列国时已知不善，况今率土王民，乃忍秦越视乎？彼固曰吾以自保其民耳，不知遏令一下，奸贾偷行，徒饱巡役之壑，奸民鼓众，挟制囷积之家，致扃钥善藏，本地之米不出，截留强籴，行商之米不通，饥民嗷嗷，群情汹汹。如今岁苏常诸郡邑，产米自富，一经严禁而米价反高，打抢屡屡，见吾遏籴，不特病邻而还以自病，此明鉴也。至于杭郡，上仰食于绍金新籼，下俯给于嘉湖晚粳，而苏常以迨湖广，实为四时不匮之源。吴中遏籴，甚且截留楚米，是米源已涸，武林处坐槁之势，安得不骤然腾沸，日增三价乎？今议合于平时先请三台严督所辖守令，不许禁阻，并移檄湖广、应天抚按转谕各属尽弛遏禁，粮食时时疏通，商民两听其便，庶无米之地，自受疏通之利矣。

一、劝栈房接济。夫塘栖，四面水乡，各省直米豆与诸货物辐辏。缙绅及富厚之家皆于此置造栈房，或自积营利，或召贮取租，其来久矣。大抵米粟出产有限，积囤无穷，秋成谷贱则收，次夏丝齐则发，换易之利，积计每至数倍。合无因其栈房之便、积囤之利，劝令随力加积，据实报数在县，或置一簿，听各栈户认填余积米若干石。除五月间换丝发变外，务照原认米数，于青黄时候，督令湖墅发粜接济省下饥荒，仍照时价，不亏原本，彼则总之取利，我则借以济荒。又或官有帑银，即令塘栖积米之家领批附籴。其人起家，斗斛糠秕之间，计算必精，驾轻就熟，其从必勇，而又得借官批庇，其私米所利亦不少，舳舻衔尾，因公及私，此诚两便也。

一、通常平遗法，以广储蓄。昔朱紫阳以常平仓米六百石，计岁盈歉贷民，行之数年，以原数六百石还府，所羡至三千余石。夫贷，则有给借之烦，有拖欠追呼之患。今第即借今岁所发三千金及查帑库余金为本，每岁于产米价贱时，委廉干丞簿收积，至来岁照时价粜之，必有微息，逐岁渐增，以备荒歉。或嫌官与民市而必欲减价以粜，不知减价之名徒致哄争，孰若稍收微息，多储新米，米多则价自减，粜平则人不争为更便乎？盖地不产米，惟官设法。使米有余，不在减省锱铢见德也。但今公帑告乏，此银或难久悬，更在当事者设处移借耳。

一、复社义仓以敦风俗。昔隋长孙平令民间每秋家出粟麦一石以下，贫富为差，储之当社，以备凶年。其意甚善。顾今富民耗于侈靡，贫民疲于征求，自赡不给，谁复肯出一粒以备荒者？然亦未有以作兴之耳。杭俗崇释，每建宇修刹、礼僧放生，争捐镪金，立成胜果。如乡约讲毕申谕之曰：尔辈同里同甲，生斯育斯，出入相友，守望相助，何等情谊！倘遇荒警，目击饿莩，宁忍秦越相视？夫建宇修刹，何如每里修廒积粟？礼僧放生，何如同里赈助茕乏？其每里推贤士夫为倡，或有司稍捐羡赎以兴起之，令各当户随力捐赀，修建社仓，渐次积贮，仍于里中择一家殷行笃者为主，置一簿闻于有司，而平时出入，则听民间通融权贷，出陈易新，如遇凶荒，或煮粥，或赈米，总之还周一里之急。此际所救饥民必真，所活生命必众，即是目前真实功德，其视捐金布施徼福冥冥，奚啻万倍哉？盖即借彼习尚，施吾转移，不特备济凶荒，亦可敦厚风俗矣。

汤来贺劝设义仓序：昔紫阳夫子特举社仓，西山先生设为义廪，皆以万物一体之心居安而虑危、先事而夙防也。丙子吾乡岁歉，吾家与姻友皆施米。家大人曰：小惠勿遍，何如夙设义仓之为愈也。贺心志斯训久矣。迩来数遇水旱，旧岁稍愈，亦非大有年也，然而谷值愈廉者，何哉？人惩丁亥之饥，耕者竭力而户多陈积也；且家窘户乏，购物无赀，而皆以谷为市也。户多陈积，故担薪可易斗米，小民不见有饥，似可苟安于目前矣。然以谷市物，则可贮日少，非如丁亥已前之广积也；家窘户乏，则无可称贷，非如丁亥之荒犹有族党亲邻可以相救援也。假令一旦有荒，则载道饥民望屋而食，虽或自拥仓箱，岂得而独享哉？今春吾邑大姓仓庾悉空矣。春夏之交谷值虽廉，而时闻饥殍，幸秋霖优渥，差可补救而食犹未足也。兹遵家大人夙训，遍恳有仁心者互相鼓励，各设义仓，以防饥馑。在城居者，或设仓于祠堂以赒宗族，或设仓于近境以济邻人；在乡居者，或各堡创设之，或一都合力为之。每岁秋成，各出谷输仓，或十余石，或数石，或数斗，随其心量其力，委曲劝勉，而不强人以所难。虽所积无多，而荒年得此，犹愈于未设也。每岁初夏，必出陈易新，则无积久成尘之患矣。择本地与宗族之诚恪者司其散敛，每岁轮流，则可无侵用之弊矣。小荒则减价以利农，大荒则商于众而酌给之，先给孝子顺孙义夫节妇之窘乏者，次则老羸之无告者，次则良农之缺食者，惟不孝不友、败常乱俗事确名著及游食不事生业之人，咸勿给焉。此仓一举，可以免沟壑，可以杜争夺，可以睦乡邻，可以维风化，利莫大焉。由此推之，则凡庆寿者、求嗣者、祷病者，何不出谷以酬所愿，则转无益为有用，化虚文为实利，不亦善乎？王文成曰：为善之人，非特宗族亲戚悦之，乡党邻里敬之，虽鬼神亦阴相之。夫所谓为善，孰有大于赈人之饥、救人之命哉！今庆寿者若能以济人为称觞之祝，则自求多福，知必寿考且宁也；求嗣者若能以救荒为续后之谋，则天监在下，知必子孙千亿也；祷病者若能以赒人之饥为悔过迁善之图，则神听和平，知必勿药有喜也。移请客数宵之费、师巫一夕之赀，于以救数命，不充然有余哉？昔杨旬每遇荒年，辄贵籴贱粜以赈贫民，其子杨椿遂大魁天下。陈天福平粜济人，而子孙咸登显要，遂为湘湖世家。昔人有云。

予旧馆于当湖陆氏，见其堂中一轴文，乃先世两代出粟赈饥而人赠之者。文中历叙古先济饥之人子孙皆膺高位，谓陆氏他日必有显者。今日东滨公而下，三代皆为九卿，其言若左券矣。来贺读家谱，先祖民悦公、月轩公父子，赈饥不遗余力而让能，今子孙数世亦著文名矣。夫杨陈诸君子岂有心于求福哉？然不求福而福自至，亦足征为善之显报矣。吾乡亲友当思六月大旱情形，则不忍不为之预备。况师紫阳、西山，咸以万物一体为心，则不因无报而不为恻然，亦岂因有报而始为跃然也哉？

一、每岁将秋成，即委曲相劝稍有衣食者，各出谷输仓，随心量力，不得相强，以致嫌隙。

一、木村有孝子顺孙、义夫节妇闻其真确者，若属家贫，每岁将谷送与其人，每家各几石，秋成免完。若小荒各奉谷若干、大荒各奉谷若干，就所积之多少为所馈之厚薄。急宜行此，以见励俗维风至意。

一、地方或有不孝不悌著名者，及犯伦伤化逐出祠外者，及游手好闲不事生理者，纵贫亦不得给借，纵荒亦不得赈济，必须严拒，以端风化，以警游惰。

一、谷久必干，且有鼠耗。每十石必算折数四斗，以免赔累。

一、凡生日，或子为父母庆寿，或孙为祖父母庆寿，其尊人好静，不喜饮酒请客，则为子孙者随力随意，入谷义仓，以祈神祝寿。此实福也。亲朋送礼而主人不肯受者，亦不妨随分入谷，代为祈福。古人有放鹊纵鱼以祝永年者，况活人之命乎？窃见乡间粜谷以买礼仪，何不即以谷送，较殽仪侈费省钱省力，所益更多。

一、凡求嗣许愿者，即于福神前拜谒，倘得生子，即入谷若干于义仓，留为赈济，以谢神祐。及生子后，即以汤饼之费籴谷入仓。或请客情不可缺，即减其酒肉之半，以助义仓，于是神前焚一疏文，以酬愿信可也。即亲朋以谷当贺仪，亦有裨于实用。

一、凡有病祈祷者，即于神前发愿，拜许病痊之后，入谷若干于义仓，留为赈济，以谢神祐。及病愈身安，即于神前焚疏入谷，以酬愿信。只随心量力，不拘多少。此实实功德，较之建醮演戏，功德不啻十倍。

一、义仓每年拈阄轮管，算清量过上手，传下手接管，必须素行忠信又稍有身家之人方许承管。若家力甚贫，纵有忠信者，恐其急时那散，不得徇情与之轮管，度无侵用而事可久行。

沈兰先社仓议：每里各设乡约，取私创寺院改造，里中推年高有德谊者一二人主之，或老乡贡、耆儒、老诸生皆可。月朔则召民讲谕读法，教子弟以孝弟廉让。即于其后为仓房，高其墙垣。每遇收获时，听有田者各捐米一石以上至于十石封贮之，多寡从人，不以相强。此不过省数日宴会之资、无益之费，即可救异日数人之命。近多见士绅广施僧尼，盖造傍殿，不若贮仓粟为救荒备，功甚大也。里中贫富高下，户户几人，作何生业，立为册籍，以时稽察。其子弟驯良及无赖者，皆如烛照。有不肖者训饬之，召其父兄，俾董正之；必不能教者，署为兵，亦可弭盗。户有籍则奸宄无所容，又即寓保甲之意。遇凶年，则按籍而稽，其极贫户若干、次贫户若干，在本里所熟悉。其稍有体者，月支米若干；下户贫不堪者，人给米日一升。按明三日，总发男子一人领之，不须扶老挈幼而至，如此亦可省挨挤之苦。凡社仓，每里一乡约则一社仓，仓粟赈其本里之人。或本里贫而积少，旁里积多，遇凶年，则以富里所积分赈之，务期公同协于义，毋私所有。乡村虑盗劫，则大户家拨一人守之，许备木棍钢叉之类。人多吝于私财，不肯捐积，不知当荒乱时，盗贼蜂起，劫而去之，则私财亦非其有。然则社仓正以保富，非独安贫也。其有豪富悭吝、不乐为义者，里中共纠之，罚令出粟倍于常格。每乡约立约正一人（或二人）、副二人，仓谷出入悉听正副，册籍用约正钤记。此法遍行，当无流民；即有流移，以官府之常平赈之，天下无饥莩矣。但恐今日不能遽行此事，别为酌法如左：

欲立社仓，必先立乡约，讲明德义，人皆乐输，又为法简便易行。如乡约未能立，仍须劝置。大凡勉强之事，一时即或奉行，久之终归废坏。社仓之举，愿入者书其名，不愿从者听。倘官设印簿，使里递沿门勒书，则与科敛民财等，不可行也。今先就数里乐行者，任募于一里之内，设为一仓，或兼数里之众，统立一社，收者、散者、持筹者、籴粜者，各俾自便，官不与焉。乡间愿入社者，行每亩出米二升之法；城市无田有业愿入社者，则可行每月出银二分之法。其好义自肯多出数十百倍者任之，尤多者，里人言于官，官为给奖。尝谓民间醵钱敛分，嬉戏多，无益之费不少，惟兹社仓，才减百分之一，以输之当社，设遇凶荒，即以备本里赈济而起人沟壑之中，不过出平日升斗中一粒耳。且仍以本里之米，应本里之需，积之数十年之久，俾吾父老子弟永无冻馁流离，其为利赖无穷矣。社仓之法，人不乐行者有故，总在收贮于官。设遇饥馑，以完民犹费上纳之苦，况当赈济，小民未必于实沾其惠。即如文公遗法，始行甚美。其后行之不终，额定报数，无异正供之征收，归官督催，顿失大贤初意。以至征募之先，人不乐有大户之名，恐将来本里有事，得指名妄报，虽有仁心，废然自沮；积蓄之后，又恐官府那借，将农夫手足胼胝、民间锱铢积累一朝乌有，则遵行之念又息。若能斟酌可否，因事制宜，使通行之于今日，无贻害于将来，则大善矣。

朱子社仓初行时，贷常平米六百石。今使仓本仍贷于官，恐日后操纵亦听于官，而流为民害。总之，行于官府者，则为常平，不必下涉于民；行之民间者，则为社仓，不必上经于官，宜听民间自为积散，所烦宪禁具题者。凡力行社仓处，永不科派大户，决不官吏监督，决不经由查盘，而又官司不得借贷支动，经过军马不得强行占取，更或奸蠹蛊惑、有司扰民紊社者，定以某法某例，则积之艰难者不至罄夺于一旦，民志既定，自不视为上官苦我之事，而各为桑梓身家计矣。有田者当极荒之岁，亦多艰于举粒，设使平时举所有以入社仓，荒年但以散之他人而已，则坐视无有，未有不叹社仓之法厉已矣。今更酌为通融之法，平时所纳几何，具有册籍，设遇奇荒之岁，中等之家仰贷无资者，照数拨完社仓原积，至丰年如常，量行入粟，永守社仓良法。既经此一凶荒一周接，人家亲受其益，有不乐行者乎？无有也。其不愿领归原积者，听存贮本社，以济本里极贫之民及惠孤恤寡之用。此社仓一法，犹之民间结会积钱，或三五十文，或千百文，贮之一所。及岁终，始出而瓜分之，亦各如所输数完归之，则出之最少而力且易为，得之颇多而更适于用，颂言其利而无害，自然鼓舞乐行也。每见丰穰之时，人家得米多，便不珍惜，或以饲鹅鹜，或饱食而弃其余。暴殄者必有天殛，何如积之仓者为有益乎？

社仓之行，全赖得人为理，但里社不能皆有可任之人，喜事者未必堪充，而堪充者未必喜事。若使经官开报，遂为官身，每月守候谒见之劳，而无复优待之礼，有品望者自不乐为。此必同里自相推举，始为无弊。贤乡绅主之于前，素行忠厚老成廉洁者佐之于后，并心同力，谨其出纳，以杜奸欺，则社仓可行矣。

社仓既立，其有仁孝节烈孤寡无依者，里中时行周给，不待凶年。

后数条，即前一条意也。稍异者，乡约之立不立及每里一仓法耳。然乡约之行，易于社仓。必举乡约，其美始全。乡约举，则每里社仓亦举矣。通前后法酌而行之，庶有益乎？

郧襄赈济事宜

选自《荒政丛书》

清宣统三年文盛书局石印本

（清）俞森 著

李文海 点校

郧襄赈济事宜

示谕饥民

为晓谕饥民事。照得汝等饥民，因本籍灾荒，远来襄境，自夏迄今，日见其多。昨阅各州县造送清册，比夏间多至十数倍，而又有日日续到，未及上册之人。本道不胜惨然。总由此处不忍驱逐，以致来者日多。念夏秋之时，田禾在野，农工正兴，汝辈雇工觅食，资生颇易。及至今日，田禾收了，农功完了，无工可佣，有食难觅。奈何，奈何？且襄阳地方，田地荒多熟少，米谷出产有限，每年只勾本地吃用。今年虽然有收，但添了汝等往来居住，每日约万余人口粮，又兼河南、陕西地方米贵，贩户多来收买，襄阳总不禁止，以致去者愈多，市价日贵。夏秋之际，每石只卖三钱，如今贵至六钱、七钱。若使饥民来者不止，贩户买者频来，不但汝等没饭吃，连襄阳人也没饭吃了。奈何？奈何？汝等在本籍受饥饿愁死亡，是你本籍官府的事；今在襄阳，是襄阳官府的责任。如今意欲赈济，官府并无此等无碍米谷；意欲劝赈，襄阳地方没有富户。除非指望官府，奈官府之俸，俱系除荒。我本道每年止得俸银三十余两，其余官府可知，又无俸可捐矣。本道为汝等再四踌躇，日不安坐，夜不安眠，细细思量，要在无可赈济之中再商救济之法，只有借动常平仓粮一法。但此仓粮，不但本道不能作主，连督抚大老爷也不便擅发。一有动用，部议必不肯依，处分立至，赔累不免。今本道尽力救济汝等，恳恳切切，详请两院咨部题本，毕竟要那动赈济，以活汝等。此系本道一片切实心肠，汝等须要仰体，安心静守，将就度日。即便一时不能接济，一顿分作两顿吃，一日分作两日用，等得批允下来，便是汝等造化也，完本道一片苦心。本道又闻府城之外一二十里地方，天色昏黑，孤客独行，多遭闷棍，虽未必确系饥民所为，但从前无此等事，今忽有之，又焉得不疑及汝等？汝等千万谨饬，毋作非为。要紧！要紧！本道昨又看见报上皇上已发二十余万帑银，向陕西赈济，大人小人计口散米，又且捐免钱粮，汝等若不离家，此时正好安稳过日，何消本道为汝等焦劳？今汝等已来在此处也，无可奈何，但该传语同乡人等，愿在此者，安心耐守；如愿回乡者，趁此早回；其行走在途者，劝他回去；未曾出境者，寄信阻他不来。又且襄阳地面居住太多，米贵人穷，彼此受累，又须散处各境，方可资生。总之做官的人，未有不爱百姓的，见汝等这般光景，未有不动心的，只是事体烦难，劳心吃力，汝等未必得知，故示须至示者。

详请赈济流民

为饥民之流来日多，穷黎之冻馁堪怜，谨陈宪鉴，亟施拯救事。据襄阳府呈详到道，据此本道查看得襄阳一郡，北连豫省，西通秦晋，诚南北之要冲也。今年秦晋灾荒，流民转徙，尽到襄阳，而豫省之来者亦有其人。夏间始来，入秋而盛，至冬而多。其所以盛且多者，缘他处皆严于驱逐，而襄阳听其居处，加以安插，所以闻声而来盛且多也。本道自流民初来之始以及于今，时时饬令有司抚恤稽察，挨查造册，除册报宪台者约万余人，追册后续来者又万余人。至若每日稽察，则有暂住数日另投他所者，有暂过止宿明早即行者，以是而计，则每日不下数百人矣。本道细思此等流民，虽非襄阳之赤子，要属朝廷之赤子，原籍无以为生，故投之他所。今至他所而仍无以生之，则惟有转死沟壑而已矣。转死沟壑而在本籍，本籍官吏之罪也；在他所，则他所官吏之罪也。为朝廷之官，不恤朝廷之赤子可乎？但夏秋之时，饥民之来犹少也，襄阳之米价犹贱也，且农务方殷，需人力作，佣工觅食，犹可分给也，则其安顿也犹易。今则来者日众矣；市上之米，各省搬运，义切救邻，全无遏籴，出产有限，米谷渐空，而米价倍增矣；农功已毕，岁晚务闲，佣工觅食之路又绝矣。如此而安顿之则难。将欲开仓乎？无无碍之米谷也。将欲捐赈乎？襄阳土瘠，居鲜富民，官于此者，俸悉除荒，以本道而计，每年止有俸三十两，而府县各官可知矣。此即尽捐之，何足以当流民数日之饘粥耶？再四思维，唯有两府属重农积粟等事米谷三千一百三十石零，及积贮天下本计等事案内米谷十万五百石零，积贮在仓，可以动给，但山僻远水穷苦地方不便动支外，惟襄阳府襄阳、枣阳、宜城、光化、谷城、均州并襄阳卫八处重农积粟案内共谷一千七百八十石零九斗四升，积贮天下本计案内共米一千三百六十石、谷七万八千一百八十石，可以就近动支。然思此案之米谷，固为本地赈济之需者也。现奉宪文稽查有无亏折浥烂，又奉部文有加谨收贮之行者也。本道一思之以为可动矣，转思之而觉其不可也，再思之又以为可动矣，辗转思之而愈觉其不可也。正在踌躇，而饥民之号呼于各州县者累累矣。县详府，府详道，而所可议者，亦惟此两案之仓谷矣。夫人情当危迫之际，濒死之余，见有立于其前者，虽甚不关切之人，莫不号呼而望救，而况于官乎？此饥民之所以哀控也。不哀控，则死亡矣。凡人之见其危迫濒死而求救者，虽不关切，亦莫不痛心疾首而思救之，而况于官乎？此各州县之所以申详也。不申详，则唯有视其死亡矣。方今皇上仁过尧舜，匹夫匹妇无不欲其安全得所，宪台如伤念切，访民疾苦而噢咻之，乃使有流民数万滨于死亡，谅非盛世之所忍也。县已详府，府已详道，而以其事之难行不为转请，则是万余流民之滨于死亡，非州县之罪，非府之罪，而本道之咎也。且本道细为筹画，合应遵照陕西赈济新例，每大口米三合；若赈谷，应给六合。凡流民万人，每日应给谷六合，每万人每日需谷六十石，十日六百石，一月一千八百石，计自岁内赈发，至明年三月尽农功既兴，民可佣工、可觅食而止，约费谷七千二百石耳。即多至四万人，亦不过二万八千八百石。以谷二万八千八百石救流民四万人，颂皇仁而仰宪德，岂浅鲜哉？今若惜此谷石，则此辈流民必至死亡，是国家失民四万人矣。况此四万人之中，有狡狯者，有剽悍者，不安于死亡，小之劫夺，大之啸聚，是又岂止失四万余人哉。故自其后观之，则费此二万八千八百石者，乃所以为朝廷爱惜钱粮万万、保护生民万万；而自今日观之，则唯见其费此二万八千八百石，干部议，罹处分而已矣，革职追赔而已矣。伏惟宪台念生民之危苦，审国家之大计，为先事之图，不贻后日之患，于本道详到，迅赐批行，迅赐咨题，准其动给仓贮谷石，以赡饥民，则饥民幸甚！地方幸甚！国计幸甚！倘虑部议，以此案谷石既动，本地饥荒反无以备，则又请宪台咨明，支动之后，准于楚北各州县，量其积谷之多、路通舟楫者，分拨几处谷石以补之，官为捐备水脚以运之，总属朝廷谷石，裒多益寡，总为生民，何分彼此？若必谓不可通融，或请于襄阳暂开外省生俊援纳之例，不及百人，即可补额。是虽动二万八千八百石，仍如未动也。此亦何惮而不为哉？本道目击情形，不能缄默，故敢冒昧。倘宪台亲临此地，闻此呼号，其疾首蹙额中夜傍徨者，又不知若何矣。今本道既经缮详之后，恐宪批不能缓待，拟即一面开仓，宣扬圣天子仁恩、宪台德意，照人数给发，以慰众望。其或有应委曲周详、审慎立法以期惠泽必周者，又望宪台立刻赐示。古人云，救焚拯溺，情实似之耳。事关请赈饥民，言长句冗，除应行事宜尚在细酌再报外，合先备叙，未敢擅便，伏候宪裁。

再详赈济流民

为急广皇恩以救垂死避荒饥民事。窃惟尧九年水，汤七年旱，自古圣王之世，水旱之灾亦时有之。今逢尧汤之主在上，绥邦屡丰，遐方异域，皇仁所被，无远弗届，凡有水旱小灾，外吏每每未及奏闻，水旱之形未见，皇上无不先事豫图，屡免直省钱粮，发帑发粟几无虚日，钦差赈济不绝于路。上有尧舜之主，则百姓尽皆尧舜之民；一夫不获其所，时勤圣主之忧。为臣子者敢不曲体宸衷，恪尽厥职。今年山、陕、河北饥馑，又楚省郧、襄两郡夏秋之间旱蝗已成，本道督率属员修葺塘堰，虔诚祈祷，幸时雨忽降，枯苗立生，飞蝗蔽天，立即尽毙，变荒为丰，年称大有，米麦颇贱，以致山陕之民闻风而来者，日多一日。窃念郧襄为湖南北之上游，实陕蜀豫之门户，万山险峻，地瘠民贫，兵燹之余，人稀土广，丰年仅可糊口，凶岁难保流离，本道身膺两郡重寄，日夕忧惧，手辑农政、荒政二书，严檄两郡州县，大讲水利，招徕开垦，务使水旱有备，可免小祲。而外来就食饥民一一安插，力能垦荒者，择地任种，贫不能存立者，劝土著之民，令其收养，皆具保结存案，以便稽查；其愿往他所依傍亲识者，量给钱米，听其自便。但地方既穷，官民又穷，来者无尽，救济有限，普天之下，尽属朝廷赤子，何敢作秦越之视？粮食一任陕豫籴买，不忍禁遏，除两属薄收，仅可自给，此外惟襄、枣、宜三邑有收而为数无几，邻省驼运车盘昼夜不绝，粮价涌贵，今已五倍。襄民自食将尽，既无以应外省之贩买，尚安有余粒，以济寄食数万之流民耶？本道计无他出，惟有不顾一己之身命，仰体皇上轸恤赤子之德意，将现储仓谷暂行给散，救垂死之流民，全本土之黎庶，静听处分，实亦无悔。谨具末议，开列于后。

一、现在安插之流民，急宜救济也。除暂居今去者二万余口不计外，并续到未曾册报者不便悬拟，其现在入册者约万口。本道照陕西赈济新例，大口米三合，每口先给一月，除小口不算外，计谷一斗八升，约应共给一千八百石。

一、续到之流民，急宜安全也。外省流移，不便安插城内，止宜散之村镇。民居草屋，实无闲房可以强令收留借住。况现在安插于僧舍者，俱已盈满，驱逐不可，收养无地，露处岂是长策？棚屋无力捐盖，惟有按日计程，约略赈谷，令其他往。

一、安插流民，宜审地势也。郧襄两属，惟襄阳、光化、枣阳、宜城四邑可以安插，其余山邑险隘，不便安插，并宜严禁防守，不许流民入山。

一、安插流民，宜散不宜聚也。本道所辖地方，止襄、光、宜、枣四邑稍可安插，其余别府属，必求宪台裁示，某府某州某县可以安插若干。本道拟于均、光境上出示晓谕，委员稽查，给票赴襄，验明人数，济以口粮，应安插某州某县者，换票令其前往，到彼安插。一面具单报宪，一面具单申道。倘中途或有疾病死亡，所在给棺，掩埋标记。如此施行，则流民无失所之虞，虽有奸宄逃盗，亦无潜踪之所；赈过人数，亦无所容其浮冒矣。

一、单式宜详且明也。某官为查验事：本年某月某日，查有某省某府某州某县某里人某某，年若干岁，父某母某氏兄某弟某妻某氏子某女某各若干岁，共几人，于本年某月某日由陆路自某处来，历某府州县到此，验明合行给票，前往某处查验换给。刻板印填，最为简便。

一、沿途大路，于往来必经之处，该州县委一勤员查验给票，随到随行，不得稽阻。

一、随地分插，不过一时权宜之策，殊非经久善全之道。陕西避荒之民，惟临潼为最甚。本道逐细详询，有一生员惠古恸哭陈情，云本地颗粒无收，旱荒已极，不止一次。

皇上发帑赈济，官府率皆按籍给散。某户纳一丁钱粮者，止赈一丁而已。若给银五钱，止好买粮食一斗。生员一妻四子，共计六口，一斗之粮，四日便了。此外何以支吾？富者有银无处买粮，贫者无以存立，十分之中已逃七分，田地抛荒，家业尽弃。本道闻之，深为骇叹。遍问多人，如出一口。真伪或不可尽信，但恐逃亡既多，耕种人少，耕种既少，安得丰收？无收何以有年？无年则逃亡者何时还归故土？故土既未可归，异乡岂可久处？本道剀切呈详，即求宪恩入告，皇上大沛恩膏，开仓发粟，然赈济不过数月，数月之后，何以接济？必须故土尽招来之术，使逃亡可以速归，长途有糊口之粮，庶不至父子离散。

一、饥民之来，每日动计数百，少亦不下数十，驱逐、安插，惟有两策。若任其自然，听其所之，此掩耳盗铃之说、奸吏舞文欺饰宪听耳。夫流民饥无食，寒无衣，散入山谷，则所忧甚大，伏匿荒僻，则行旅维艰，小则鼠窃，大则伙盗，势所必然。故勤干通达之吏，熟悉地形事势，计深虑远，安插不能，容留不可，乃不得已而从事于驱逐，使出他境，则本州县无他虞矣。其塌茸聋聩者，土木形骸，痛痒不关，不行驱逐，自谓安静，实亦无毁无誉，第恐相率效尤，祸机隐伏。本道所辖两属，共计十三州县，率皆深山邃谷，势既不可任其所之，法尤不容使之驱逐，第无米之炊，如何措手？今安插已多，无地可容矣。邻封竞籴，流民充塞，谷日贵，粮日少矣。贵者日贵，少者日少，无奈来者多不肯他去，号啼遍野，惨不忍闻。此皆朝廷赤子，何忍坐视其死而不救乎？惟是冒罪发仓粟以赈济，为数无多，无以为继，且赈济一开，留者久留，去者不去，来者益来，不可穷极，是救一时之饿殍，实酿无尽之祸胎。断须剀切入告，动计万全，速令各归乡井，官民两便。

一、饥民之逃亡，宜重惩有司也。无雨则旱，久雨则涝，事须豫筹，有备无患。百姓逃亡，守令之罪也。流亡之民，隔省远徙，非工于驱逐，即视等越秦。嗣后将荒不能预筹，已荒百姓流亡者，流亡之民邻近地方不即分任安插使之越州过府者，痛加处分，尽心安插者，优其升擢，则贤者益鼓舞，而不肖者亦知儆惕，百姓实受其福矣。

一、本郡捐纳之例，断不可泥也。地有远近肥瘠，民有多寡富贫，岂可一概定例？肥邑则民富，本地捐纳，有司措勒索使费，拜门生有礼，送旗送匾有礼，烦费浮于谷价，弊一。地瘠则民贫，民贫则糊口不充，谁来捐纳？即以郧阳一府而论，捐纳者寥寥无几，按册而稽，率皆外省。外省既停，捐者绝响，此地瘠民贫之明验也。弊二。天下州县若郧阳，恐复不少。此必须仍开外省捐纳之例，庶几仓谷广储，倘遇荒岁，赈济有资。伏乞裁夺。

一、饥民之妻子，宜严禁沿途贩卖也。流民救死不暇，卖妻鬻子，愚人以为两全之道，不知骨肉分散，惨动天地，富贵之人利其贱值而买之，奸徒贱货而贵售。嗟乎伤哉！

为民父母，离者尚欲使之合，散者尚欲使之聚，今每日车载骡驮，不知凡几，幼稚子女，动辄数十，此皆尧舜之民也。宜题明严禁，痛加处分。

一、计流民每口给谷六合，一人先给一月，计谷一斗八升，百人用谷一十八石，千人一百八十石，万人一千八百石。呈详批发，便须一月，具题候旨，便须两月，必须豫筹三月之谷，方可苟延残喘，但流民急宜分插，立望批示。

以上数条，皆因目击流移之惨，效其一得，但知识浅短，思虑未周，未必足供采择，相应备叙，恭候宪裁。

三详赈济流民

为移明疏通粮路以救灾黎事。本年十二月十二日，奉总督巡抚部院宪牌准川陕总督部院葛咨开：陕西省地方，今岁荒歉，秋禾失望，明岁麦苗枯槁将尽，茕茕百姓，全赖邻省接壤州县往来籴贩，以有易无，在秦中饥民可借以资生，楚豫居民以此获利，实属两有裨益。近闻楚省邻秦州县，不许秦民籴贩，以致秦民资生无策，相应咨请转饬所属邻近陕省州县各官，如遇秦民来彼籴买粮石，令其照常行走，公平交易，不许盘禁阻挠，使陕省灾民得免饥馁之虞等因。准此，为照各省百姓，均系朝廷赤子，凡值岁时荒歉，自应听邻省灾民往来粜籴，以济时艰，无容奸民遏籴，藉端阻挠。今准前因，合行出示晓谕，示仰督属军民人等知悉，嗣后如遇秦民来楚籴买米谷，听其照常往来，公平交易，不许生端盘禁，及高抬时价，刁掯阻挠。敢有故违，许被掯之人赴该管地方官陈禀，查拿解究，以凭重处。各宜凛遵毋违等因，除出示晓谕外，合并严饬。为此牌，仰该道官吏照牌事理，即将发下告示照抄多张，转发所属，遍贴通衢晓谕，仍令各具遵依，径报查考毋违。蒙此看得不许楚省遏籴，使陕西饥民乏食，此实川陕督院为民至意，然不知本道为民苦心。今年襄阳仰赖皇上洪福、两宪鸿慈，变凶为丰，时雨立霈枯苗，飞蝗入境即死，幸而有秋，以致陕西、河南纷纷赴襄籴贩，车载骡驮，驴运人负，骆驼百十为群，昼夜不绝于道。府县治司民牧，未有不为自己地方起见，此亦良有司之苦心也。但念天下之民，尽属朝廷赤子，何忍闭籴阻饥？本道多方劝谕，出示布告，令其毋逐利以忘本谋，出有余以济不足。数月以来，襄阳之粟流通三省，且三省之民就食于楚、过襄不留者不可胜纪，其暂住及久住者亦不下三四万人。襄属地广人稀，山多土少，稍有收者，止襄阳、枣阳、宜城三邑。以三邑荒薄之收，既供三省之贩运，又食数万之流民，襄民盖藏几何？只顾目前蝇头微利，忘却糊口本谋，不独官不忍禁，即禁亦不能止也。今流民就食益众，饥疲之民，男妇老稚，千里跋涉，枵腹徒步，无不羸尪，投襄即止。非不欲他往也，足力实亦有不能举动者矣。来日益多，粟日益少，价日益增，粟日且尽，昔不忍于外省之民饥，今深忧夫本境之民馁矣。本道愚昧无知，心力已竭，忧深虑远，食不知味，夜不成寐，欲奋不顾身，擅发仓谷，自顾赤贫。向在河工二十年，捐筑高邮城南三十决口，代赔大工穷夫逋帑，邻工堤溃，黄水灌淤，本道新挑运河七千余丈，又复独力重挑，负累亲知，家徒四壁，空拳赤手，粉骨难赔。又涉示恩沽名，且恐一发难继，远近闻风，来者益众。古谚有之，善不可为。盖谓是与？然畏首畏尾，瞻顾因循，酿饥坐毙，与其不可救药于后，何如深思熟计于先，絜轻校重，害少利多？本道计惟有哀恳两宪俯念垂毙之流民、将困之襄属，大发鸿慈，广劝输助，除郧襄两府官民穷苦无力输外，其余悉力输助，保襄民实以保流民，宁襄境实以宁全楚也。一面即求宪示，将续来者速檄别州县分头安插，毋使偏聚一方；一面本道先借仓谷，稍给十五日之粮，苟延饥民残喘，俟输助到日补偿，并候宪示到日再行续给；一面再准本道将各属邑仓谷，酌量发出，平价粜卖，银收在官，俟来春麦熟米熟，照数买补还仓。一转移间，不独可保襄民、流民之困，且可以稍苏邻省之乞籴矣。伏乞迅赐批示，以便遵行。

禀复督院

某身在郧襄，凡一切巨细之事，无不切实料理，而饥民一事尤关重大，何敢膜置？计自夏间流民初入境，即谆谆告诫有司安顿存留，劝谕本地居民加意矜恤，又晓谕流民安心栖止，文告案牍，不一而足。其时不过以为数百流民，力为安插，使无失所足矣。何敢以小事而张皇？何敢以微恩而沽名？又何敢以襄地抚恤流移而使他省有人民逃散之咎？故尔未渎宪案。既而九月间自省归，流民渐多，焦心益甚，饬令各属清查流民多寡之数，商量赈救流民米谷之所出，早夜攒眉，檄催如雨，无奈各属辽阔，流民星散，册籍一时不齐，不知多寡，其赈救之数不能遽定，米谷所出无可指实。又以大计，远赴会城，遂致迟迟未得转报。及十二月初二自省回襄，流民愈众，寝食不宁，亲自延问流民，细讯逃来之由与今居处情状，每闻哀诉，涕泪交横。又复饬安顿，饬清查，星催火促，襄属之册甫到，而郧属任催不至，虽地方之辽远，亦郡守之怠缓，不暇候齐，随即攒造送宪案矣。既得流民约略之数，苦思力索，始得借动常平之策，而郡县详至，随即星飞请宪示矣。某又辗转思维，计深虑远，细分条例，不徒务虚文而求实济，不徒博善名而销祸萌，不徒虑目前而计久远，亦不徒为一方奠生民而为天下讲吏治，文已差投宪辕，第未识刍荛足当采择否？又念郡城情形洞然可见，各邑之安顿与否，得所与否，又或驱逐与否，不能尽知，于本月十八日亲历光化一带问民疾苦，务得实情，以图救济。拟即先动仓谷赈济半月，俟宪批示再行。正在巡历，宪使适至，仰见宪台轸恤民间，虽远弥切，一使之来，流民感动，此真如伤念切、己饥己溺为心者矣。但某数月焦劳，惟此流民一事，前此未经仰渎，恐终难达宪前，或者勤事而人言以为玩忽，安插而人言以为驱逐，亦未可定，谨将流民一事，除近日具详数案外，其从前文告，缮录一本呈电。至其确实情形与未尽事宜，俱悉宪使口禀。某惟有仰体宪意，切实奉行，以尽厥职，而上慰宪虑耳。郧属惟竹溪县有册续到，候诸邑册齐再报，合并声明。

上两院禀

前以计典在省，时亲宪慈饮食教诲，感激之深，铭诸肺腑。星夜回襄，已是腊月初二日。继以新镇初到，酬应两日。其为人明爽秀彻，相与共论地方情形事宜，种种应心，不啻水乳。郧襄重险，皇上简畀得人，宪台臂指有赖，地方之幸，亦某之幸也。襄镇二十长行，某恐其陛见，或蒙皇上问及，是以星驰至光，详细陈述。某遵奉宪指施行，廿四旋襄。新将军亦止宿郡城。瞻其色笑，和平温厚，真地方大庆也。秦省流民，久檄各属安插得所，勤干者随到随行，郧属则竹溪、房县、郧县，襄属则均州、光化、宜城，真翘楚也。某拘于程墨，不得不候齐汇报，而郧守尚无一字回复。某分檄各县，令其两申道府，是以流民册子先将襄属呈报，而郧属续到，不及候齐，无奈积弊之余，一时难以速振也。饥民自初秋即来楚境，率皆过而不留，留亦稀少，旋令具结以杜奸宄。此皆职守常分，无庸申禀。后某自省旋襄，隆冬生计乏绝，秦省民既流移，而催科未缓，贫者既行，富亦随之，临潼一邑十走七八。某时赴襄邑大路要口团山铺、陈家营等处，坐于道傍，逐一细问，无不恸哭陈情，如出一口。他邑皆然，临潼特甚。后至流民访前至者觅主收留，前至流民招后至者来此觅食，地界相邻，来者日众。某职在分守，既不忍其流离失所，尤不敢以安插赈济虚名集众酿祸，虑前忧后，寝食俱废。今秦民来者无穷，襄米去者将尽，土著无以资生，流民何以度日？此号呼求赈之所自来也。某策骑亲历乡镇，集民路衢，劝谕备至，以秦民来楚，即为吾民，不可异视。楚民家稍温饱，果有余粮，可至麦熟者，量力收留，令其佣工耕种，挑水担柴，或有空屋，薄取租金，广行方便。盖秦民向来居此贸易，原多是以亲友识认者望门投止，安插稍易，保结不难。新至者视久住者以自安，土著者恃久住者以取信，严其禁约，不使土著欺侮流民，尤不许新来者恃强撒泼，安分则乐业兹地，为非则出诸境外，可以自食其力者将就度日，苟免死亡。如饥寒迫身、朝不谋夕者，地方据述报明，备述皇恩宪德，给谷赈济；复将远籴米石来此，以备秦省转运。严行各属正印杂职佐贰，分头晓谕，分别查明，散给钱谷。数日以来，民心大定，无复哀号者矣。但安插在境者，逐名给散固易，即给后稽考亦不难，若信宿即行、过而不留者，若不赈济，似非一视之仁；赈之，则去来莫定，多寡虚实，无从覆核，徒开虚冒，无有实济。似此之类，每多慎重。某矢诸天日，并谕各县：凡一切处分赔累，俱本道一身独任，不累汝等丝毫。惟望竭力尽心，毋沽名，毋浮冒，毋短少，毋任胥役，真如自己饥饿一般。倘假借一粒，男盗女娼。各令亦皆欢欣鼓舞，而均州、光化尤为勤慎。俟其确散毕报，某必须遍历亲查，分别勤惰诚伪，报宪劝惩。大要分别确实，所给亦自无多。有食者不给，则绝妄觊之心；无食者沾恩，则免死亡之惧。此则襄属各邑赈济之大略也。至郧、襄阳各属，地险山深，稽察不易，而地亦贫瘠，无以资生，流民非亲交因缘不至其地，至亦不留。故凡流民之在郧境者，皆可苟延性命，若一倡赈济之声，恐其转相号召，襁负而来，接踵而至，所集愈众，资生愈难，赈不能遍，兼不能继，崎岖险阻，移粟不能，贫馁聚处，解散无术，为忧方大。某远虑未敢轻举，宪台视远惟明，神谟毕照，惟望指示，导其不知，教所未逮，庶得斟酌妥当，次第举行。某束发授书，今年已五十。读圣贤书，所学何事，敢不尽心以报宪知，以慰民望耶？前见事势迫切，深忧远虑，剀切敷详，今复确得情形，细加酌量。嗣后或有所陈，容再缮录呈电。

与襄阳王镇台书

山、陕、河南饥民，流入襄境，自八月至今，过而不留以及各县安插、本道劝襄民收留安居者，有数万余人。山邑不便安插，恐生他患。襄虽薄收，仅可自食，土皆皇土，民皆皇民，如何可分彼此？自秋至今，三省籴贩不绝于路，买去粮食不可胜数，饥民就食又多，襄属粮食将尽，米价腾贵，小米已卖至七八九钱矣。计至麦熟，尚有四月，不但流民乏食，襄民亦乏食矣。岂不大可虑哉！今隆冬岁暮，流民嗷嗷待哺，号呼遍地，惨不忍闻。本道见邸抄中皇上发帑赈济陕西，夫陕西在家之民犹可支吾，其逃出者苦且十倍。今仰体皇恩，擅动仓谷，先赈一月，遍谕饥民，此皆出自皇恩。数万人感顶皇仁，欢声动地。然必须给至麦熟，或多给些，有资生之策可以还归故土，方是长策。老镇台与本道同守此地，痛痒相关，今入觐天颜，恐皇上一时垂问，伏望老镇台启奏，使陕西在外流民与在家者一体沾恩，再给路费，使可还里。陕楚生灵，受福无量矣。

严行保甲

为严保甲以申宪令事。窃照保甲之法，奉宪饬行久矣。奈官民视为故事，全不实心遵行。今外省饥民流寓道属甚多，合再严饬。为此牌仰该府即便转饬属邑，令于在城在乡处所，家给一牌，十长为甲，立一甲长，给以十家总牌一纸；十甲为保，立一保长，给以总牌十纸；十保为里，令其造具清册二本，一存家，一送县，县造二册，一送府，一送道。甲保里长，皆须诚实公正者为之，止稽造本甲内流寓饥民，逐一填明该县预给牌式小封。凡续到者，即日具单，径行传送本县。倘本甲有容留来历不明及游手无业之人，左右邻察出，即报甲长，照前申报。如此力行，则官民不扰，地方宁静，流民得所赈济周遍矣。务期实心遵行，毋得怠忽，并速出示晓谕，定限三日，造册申送毋迟。

禁宰耕牛

为禁宰耕牛以重农本事。照得本道所属郡邑，民间耕种，全资牛力。去岁牛疫，死将殆尽。国以民为本，民以食为大，牛少则不能多垦矣。合行严禁。为此示仰道属军民人等知悉，如有宰牛者，邻佑举报保甲，保甲即报该县，立拿解道，治以重罪，仍罚十牛，散给穷民之无牛者。如不举报访出，邻佑、保甲一体治罚，决不姑贷。此系为尔等百姓筹画至意，非苛刻也。倘有借称牛病不能耕，卖以另买，不知病牛之肉，食之杀人，牛为尔家力耕致病，卖而杀之，神必降殃，尔等宜知。又回回除禁忌外，可食之物颇多，何必食牛？若私自宰卖，邻佑保甲举报如前，俱一律治罚，断不姑宽。慎之。

晓谕饥民

为晓谕事。照得郧襄地广人稀，荒土居多，迩来外省饥民流离至此，不下数万。又陕西、河南、山西搬运者络绎不绝。普天赤子，皆属我皇上之百姓，岂忍异视？半载以来，本道所辖地方并无遏籴之禁，而川陕督院移文本省督抚两院严禁，檄不许遏籴，无非过虑，为饥民计生全耳。但督抚大老爷既爱外省百姓，尤爱本省百姓。本道仰遵宪行，自当安上全下。尔百姓须自己思算家有几口、人每日吃多少粮食，计至麦熟时尚有多少日子足用，则把多余粮食粜卖。不足用，则当自己留着，不可因目前价贵，贪利乱卖，不可因一时急用，前去后空。今春麦子收成不知如何，粮食日少一日，粮价日贵一日。今日贱卖，后日贵买，非计也。后日价贵粮尽，本地无粮可买，尔穷民将何以自全乎？外省远贩之人，皆富商大贾，乘机射利，非穷民自贩也。本道不便违宪禁籴，又恐愚民失算，特行布告。至于流来饥民，多有手艺，吾民有温饱之家，乘此修造屋宇，量力兴举，召募力作，一举两得。本地工匠擅称旧主雇，霸住不令饥民做工者，严拿究治。又荒地甚多，业主不能开垦。有力之家报官，竟行开垦，官给印照。开成之后，即为己业，照例六年升科，原业主不得争讼。乘此流民甚多，雇工甚贱，尽力速速多开，便为子孙世守恒产，亦一举两得之事也。又流寓饥民愿归故土者、愿住本境者，俱各听从其便。有力开荒者，亦如前例。无力愿垦者，向保甲长说明，出具保结，赴县借贷牛种子粒，本道与各属一一措给。开成之后，照依定例，六年起科，永为己业。倘欲还乡，任其转卖。如有原业主争执者，定即重惩痛处，决无丝毫干累。合行一并示谕。

捕蝗集要

选自《荒政丛书》

清宣统三年文盛书局石印本

（清）俞森 著

李文海 点校

捕蝗集要

一、王祯《农书》言：蝗不食芋桑与水中菱芡，或言不食绿豆、豌豆、豇豆、大麻、苘麻、芝麻、薯蓣。吴遵路知蝗不食豆苗，广收豌豆，教民种植。次年三四月，民大获其利。

一、飞蝗见树木成行或旌旗森列，每翔而不下。农家多用长竿挂红白衣裙群逐之，亦不下也。又畏金声炮声，闻之远举。鸟铳入铁砂或稻米，击其前行，前行惊奋，后者随之去矣。

一、用秆草灰、石灰等分细末筛罗禾稻之上，蝗即不食。

一、蝗最难死，初生如蚁之时，用竹作搭，非惟击之不死，且易损坏。宜用旧皮鞋底或草鞋旧鞋之类，蹲地掴搭，应手而毙，且狭小不伤损苗种。一张牛皮，可裁数十枚，散与甲头，复收之。

一、蝗在麦田禾稼深草中者，每日侵晨，尽聚草梢食露，体重不能飞跃。宜用筲箕栲栳之属，左右抄掠，倾入布袋，蒸焙泡煮随便。或掘坑焚火，倾入其中。若只瘗埋，隔宿多能穴地而出。

一、蝗有在光地者，宜掘坑于前，长阔为佳，两旁用板及门扇接连八字摆列，集众发喊，推门赶逐入坑。又于对坑用扫帚十数把，见其跃跳而上者，尽行扫入，覆以干草，发火焚之。然其下终是不死，须以土压之，过宿方死。

一、烧蝗法：掘一坑，深广约五尺，长倍之。下用干茅草，发火正炎，将袋中蝗倾入坑中。一经火气，无能跳跃。诗云“秉畀炎火”是也。

一、捕蝗不可差官下乡，一行人从蚕食里正，里正又只取之民户，未见捕蝗之利，先被捕蝗之扰，蹂践田舍，民不聊生。然小民多愚，愚者必惰，非官督率，不能踊跃；且必彼村此集，合力驱捕，一人惰则众动者皆阻，故必遣官董事，惟以廉谨者充选。

一、附郭乡村，即印刷捕蝗法，作手榜告示，每米一升换蝗一斗，不问妇人小儿携到，即时交支。如此则回环数十里内者，可尽捕。得蝗种一升者，给米一升，则捕蝗种者多，后之生而为害者必少矣。又万历四十四年，御史过庭训山东赈饥疏：捕蝗男妇，皆饥饿之人，如一面捕蝗，一面归家吃饭，未免稽迟时候。遂向市上买现成面做饼，担至有蝗去处，不论远近大小男妇，但能捉得蝗虫与蝗子一升者，换饼三十个。又查得崮山邻近两厂领粮饥民一千二百名，可乘机拨用。即传告示云：朝廷自去年十一月养尔等饥民，使免于逃死，当知报效。今蝗虫生发，正尔等报效之日也。自今以后，能将近地蝗虫或虫子捕得半升者，方给米面一升，为五日之粮。如无，不许准给。

一、严督保甲，使知不可不捕，然其要法只在不惜常平、义仓谷米，博换蝗虫，虽不驱之使捕，而四远自辐辏矣。倘或克减邀勒，则捕者气阻。

一、元仁宗皇庆二年，复申秋耕之令。盖秋耕之利，掩阳气于地中，蝗蝻遗种，翻覆坏尽。次年所种，必盛于常禾。

一、蝗灾之时，最盛于夏秋之时与百谷长养成熟之时，正相值也，故为害最广。小民遇此，乏绝最甚。若二三月蝗者，是去岁之种蝗，非蛰蝗也。闻之老农言：蝗初生如粟米，数日旋大如蝇，能跳跃群行，是名为蝻。又数日即群飞，是名为蝗。所止之处，喙不停啮。又数日孕子于地矣。地下之子，十八日复为蝻，蝻复为蝗，如是传生，害之所以广也。秋月下子者，则依附草木，枵然枯朽，非能蛰藏过冬也。然秋月下子者十有八九，而灾于冬春者百止一二，则三冬之候，雨雪所摧，损灭者多矣。其自四月以后而为灾者，皆本岁之初蝗，非遗种也。故详其所自生与其所自灭，可得殄绝之法矣。

一、蝗有蒸变而生者，有延及而生者，故蝗生之地，必于大泽之涯。然洞庭、彭蠡具区之旁，终古无蝗也。必也骤盈骤涸之处，如幽涿以南、长淮以北、青兖以西、梁宋以东诸郡之地，湖濼广衍，暵溢无常，谓之涸泽，蝗则生之，故徐光启以为虾子。江以南多大水而无蝗，盖湖沼积潴，水草生之。南方水草，农家多取以壅田。就不其然，而湖水常盈，草恒在水，虾子附之，则复为虾而已。北方之湖，盈则四溢，草随水上，迨其既涸，草留涯际，虾子附于草间，既不得水，春夏郁蒸湿热之气，变为蝗蝻，其势然也。故知蝗生于虾，虾子之为蝗，则因于水草之积也。故宜令：凡地方有湖荡淘洼积水之处，遇霜降水落之后，即亲临勘视。本年潦水所至，到今水涯有水草存积，即多集夫众侵水芟刈，敛置高处，风戾日曝，待其干燥，以供薪燎。如不堪用，就地焚烧，务求净尽。春夏之月，居民于湖淘中捕得子虾一石，减蝗百石，干虾一石，减蝗千石。但令民通知此理，当自为之，不烦告戒矣。光启又言：见傍湖居民言，蝗初生时最易扑治。宿夕变异，便成蝻子，散漫跳跃，势不可遏。治之者，宜于每年十月，州县官巡视境内有虫蝗遗子之地，多方设法除之。盖蝗虫遗子，必择坚垎黑土高亢之处，用尾栽入土中下子，深不及一寸，仍留孔窍，且同生而群飞群食，其下子必同时同地，势如蜂窠，易寻觅也。一蝗所下十余，形如豆粒，中止白汁，渐次充实，因而分颗，一粒中即有细子百余。或云一生九十九子，不然也。夏月之子易成，八月内遇雨则烂坏，否则至十八日生蝻矣。冬月之子难成，至春而后生蝻，故遇腊雪春雨，则烂坏不成，亦非能入地千尺也。此种传生，一石可至千石。故冬月掘除，尤为急务。且农力方闲，可以从容搜索，官司即以数石粟易一石子，犹不足惜。第得子有难易，受粟宜有等差，且念其冲冒严寒，尤应厚给，使民乐趋其事可矣。

一、捕蝗宜重其事，严其法。昔宋淳熙敕：诸虫蝗初生，若飞落，地主邻人隐蔽不言、耆保不即时申举扑除者，各杖一百；许人告报，当职官承报不受理及受理而不即亲临扑除，或扑除未尽而妄申尽净者，各加二等；诸官司荒田坟地，经飞蝗住落处，令佐应差募人取掘虫子而取不尽，因致次年生发者，杖一百；诸蝗生发飞落及遗子而扑掘不尽致再生发者，地主、耆保各杖一百；诸给散捕取虫蝗谷而减克者，论如吏人乡书手揽纳税受乞财物法；诸系工人因扑掘虫蝗乞取人户财物者，论如重禄工人因职受乞法；诸令佐遇有虫蝗生发虽已差出而不离本界者，若缘虫蝗论罪，并在任法。又诏：因穿掘打扑损苗种者，除其税，仍计价，官给地主钱数，毋过一顷。此外复有二法：一曰以粟易蝗。晋天福七年，命百姓捕蝻一斗，以粟一斗偿之。此类是也。一曰食蝗。唐贞元元年夏蝗，民蒸蝗暴干飏去翅足而食之。如此则蝗虽遗种，不致发生。即发生，或延及，亦不患蔓衍矣。

广惠编

选自《朱文端公藏书十三种》

光绪二十三年重刻本

（清）朱轼 纂

刘镇 编

李文海 点校

叙

福利者，释氏之说也；感应者，老氏之说也。事不经，固所弗道已。若夫任恤列于六行，恻隐首乎四端，孰能外此以自号为人乎？三晋岁饥，所司绘图入告。圣天子宵旰忧勤，恫瘝在念，甚至不获予辜，形于尺一，视尧汤之咨儆而称切矣。纶音初下，甘霖万里，天地鬼神，皆为昭假，矧有血气之伦，其谁不唏嘘感动者乎？使者身在衰绖之中，谬膺拯救之任，畏此简书，仓皇就道，所至蒿目忧心，罔知所措。幸此方尚义耆民，若蒲州之周起瑞、汾阳之张瑛等，暨一时贤士大夫，踊跃捐输，相助有成，俾无陨越。非惟高贤古道，度越寻常，抑亦仰体圣心，分忧共患，忠爱之诚，出于不自已也。今者秋成有庆，哀鸿安宅，然疮痍乍起，元气未复。使者去矣，所冀诸君子益相懋勉，慷慨者勿懈于将来，吝啬者并惩其已往，转此痍伤，共登仁寿，岂徒斯民之为？即使者与二三司牧，均拜其赐。唯是恋恋余息，不获效仁人之赠言，偶撮旧闻，稍加删节如左，付之枣梨，而洪洞刘比部复编次使者先后疏草及所行书檄，汇成一帙。倘贤豪长者流览及之，乐善之心必有油然莫遏者。若谓老生常谈也，而置若罔闻，则有财而不善用，必非其财，宛其死矣。他人是愉，使者方将以哀饥民者转而哀夫人也，而又奚说。时康熙六十年岁次辛丑仲秋中浣，钦差赈济都察院左都御史棘人朱轼书于平水行署。

心万人之心以为心，圣则以之；心一人之心以为心，贤则以之。盖尝历观史册，自虞庭咨儆而后，未有痌瘝一体，堂廉同德如今日者。岁庚子，吾晋无禾，明年又无麦，民饥，有莩于道者。大吏以闻，天子曰：嘻吁奈何！二三大臣其亟筹所以活之。活之将奈何？大吏曰：赐租矣。天子曰：未也。大吏曰：贷粟矣。罄而贷之邻斗矣。天子曰：未也。其令司农发内帑，简大臣有才望者龢籴赈之。于是高安可亭朱公于衰绖之中泣而受命。先是公丁太封公艰，有诏夺情，公痛哭陈情终制，至再至三。最后疏入，已有赈济之命，且勅疾趋，毋陛辞。公不得已，扶病冒暑，日驱车二百里以至。至之日，宣天子命，祷之社。翌日大雨，禾黍得植。乃召斯民而告以天子之哀若饥也。民大泣。泣已，咸望阙叩首，呼万岁，声动地。公曰：此所赍金，军兴刍粮资也。天子酌济以活汝，汝曹脱有食而独饱，于心安乎？则又有泣而应者曰：谨奉教。维昔远近之人争先辇粟输金以助。公乃集僚佐，遴守令而分遣之，戒曰：毋滥毋漏毋惰以丛弊，毋苛以滋扰。皆曰诺。自是而嗷嗷二百万待毙之民庆更生矣。已而岁有秋，将复命，老幼媍子恸哭，拜道左。至拜不能起，曰：非公奉天子诏活我，我侪不为沟中瘠者几何？公则曰：天子活尔晋人，晋人亦能体天子德意以相活，使者何力之与有？然而二三父老保无犹有艰于食者乎？有之，亦惟邻里好义者是赖。乃手辑古名贤格言懿行视余，将以为若而劝。余昔与公同郎署，辱公之知有年，因进而请曰：是诚善矣。然公之在我晋，严以律己，宽以待物，晋之人咸感激效命，以故有一檄而吏神明奉之，有一教而民父母依之。非公，谁为唯应如枹鼓者。由是观之，今之言何遽不若古之言乎？遂请录章疏，拜拣文移之有关劝惩者如干篇，次其先后，并梓之。我晋人世世子孙，披读是编，感圣主饥溺由己之至意，益叹公之舆疾尽瘁以官德达情者，洵能心一人之心以为心者也。是为叙。

时康熙辛丑秋九月原任刑部福建清吏司郎中加七级敦盅刘镇谨识

夫其两河烟井，倏复稠繁；三晋云山，依然清丽。白蘋滩上，家家砧响捣秋霜；黄叶村中，处处春歌留夜月。回溯十旬以外别怨离愁，何缘半载之中人间天上。穰穰生聚，皆云万口增欢；惨惨劬劳，讵积一心独苦。拈来盈帙，涕下沾襟，我高安夫子之奉使赍帑，以活晋人也。值抢地呼天之候，致毁靡生；正陈情请命之秋，衔哀垂绝。而乃魃飞五省，告急时闻；莩卧三边，绘图如睹。九重颁綍，仓皇遣淮右之旌；三殿宣麻，委婉下山东之诏。圣心真挚，金石为开；天语忧惶，鬼神欲泣。念为家与为国，较孰重而孰轻。是则弼可抗章，不在赈济之日；飞能徒步，难辞入楚之行者矣。加以简书严切，符檄频仍，睹骨瘦之骿髗，共怜纯孝；听轺车之咿轧，复矢孤忠。扶之以行杖而后起。宿邮亭而有梦，寂寂恒啼；念枕席以多痕，斑斑尽血。公当行役，非徒采杞之哀；身是及门，久废伊蒿之什。相依形影，莫慰悲惶。时则万命倒悬，一身罔措，既寝苫而茹草，又冒暑以冲风。皎月行天，尽照逃亡之屋；寒星在霤，无遗鲜饱之人。咨访咸周，部署乃定。奉威灵而告社，风雨随车；申悃款以诫民，输将载道。秉烛而陈章奏，挥汗以校簿书。不废睹闻，何异穆之之并用；交驰羽檄，几逾龄石之百函。每掷长牋，腕疲小史；常挥筹笔，颖尽中书。偶进谏以节劳，辄含毫而陨涕。此盖君亲两念汇成交迫之衷，而家国齐萦，自结不言之隐也。所幸尽拯艰食，聿庆有秋；公事靡惭，私忧转剧。斯民无恙，迎轡勒以攀辕；惟公有怀，望云山而挥袂。身将去矣，焉用文之。洪洞比部刘公，索公章疏文移诸稿，将付之梓。摭拾之余，惋叹弥甚。於戏！茕茕字里，心血皆枯；纚纚行间，神思半竭。极人天之痛楚，舍我谁知？殚夙夜之忧劳，非愚莫悉。是用综兹愁绪，缀以俪词。世有知心，吐肺肝而毕白；后多尚论，照汗简而皆青。

康熙六十年岁次辛丑重阳前一日，受业云间王叶滋谨识

广惠编　上

朱子《劝谕救荒》云：今劝上户有力之家，切须存恤接济本家地客，务令足食，免致流移，将来田土抛荒，公私受弊。至接济佃人之外，所有余米，即须各发公平，广大仁爱之心，莫增价利，莫减升㪷，日逐细民告籴，即与应副，则不惟贫民下户获免饥饿，而上户之所保全，亦自不为不多。其有措借出放，亦许自依乡例，将来填还不足，官司当为根究。

宋抚州守黄震约云：天之生人，惟有爱人。人众不能尽皆契天，天定则时加汰治。（原书行间批语：汰治字最精。）凡其饥厄之岁，皆其升降之机。富室之在丰年，贤否未知也。及至荒年，或恻怛而济惠，或顽忍而不恤，富室之贤否分矣。小民之在丰年，善恶未白也。及至荒年，或坚忍而守分，或无赖而忘〔妄〕作，小民之善恶见矣。贤否既分，善恶既见，天之升降是人于斯乎决。此非因果之说也，天道自然，固应尔尔。所以饥馑之后，富者或自此而贵显，或自此而祸败；贫者或自此而温厚，或自此而刑戮，皆有明征。（原书行间批语：贫贱忧戚，玉汝于成。第曰自此而温厚，而刑戮，犹为中人说法耳。）思之思之，自当猛醒。

于忠肃公《劝平粜榜》曰：富厚之家，有三千金家计，可捐贷百金，万金家计，可捐贷三百金，亦不过三十分中一分耳。捐一分之资，而活数千人之命，上纾朝廷隐忧，下为子孙积福。吾劝汝等为此好事，尔等未必慨然。及一闻僧尼说法化缘，遂能舍大赀财，以邀来世福泽，岂非妄谬乎？孰若捐数十百金，以济嗷嗷饥苦之民，生前万人感戴，没后百世流芳之为愈也。多有富豪之家，平昔悭吝，不肯捐赈。嗟乎！渺渺一身，在世食用有限，死又将之不去，（原书行间批语：此亦显而易见者。何富贵人全不理会？）且终日营营，千谋百计，作马牛而不肯少输一二，为此美事乎？我亦知尔等富家巨室，皆辛苦经营成家，必不强致之，亦安敢强出之，但恐尔等不行此便宜好事为可惜耳！

镇江守程峋《劝捐赈谕》曰：今日旱蝗妨稼，贫民苦饥，此正富室市义种德之秋也。同是编氓，而尔等得称富有，今日殷殷劝赈，不独为枵腹之民图目前，实为殷富之家图久远。凡人之财，决无永聚不散者，顾所散何如耳。悭贪者，其散一败不救；好施者，其散累世食报。此理数之必然者也。且上户自思所以得保其为上户者，岂不赖朝廷有法度耶？则殷殷劝赈，又不独为尔等图久远，实为尔等图目前。众怒难犯，此我所不敢出诸口者，人人知之，尔富民岂独不知之？此又时势之必然者也。（原书行间批语：始终是为富人区画。）不明乎理数，亦当审乎时势，毋负开导苦心。

王志坚《荮门荒政引》曰：三簋之需，损其一，足以活一夫矣；一缣之衣，迟一岁，足以存数口矣。推而言之，凡宾筵之觞豆、楼船之箫鼓、寺庙之铸塑、神佛之幡袍、荐醮之香纸，得无有可省以为鹄形者地乎？（原书行间批语：损一簋之食，迟一岁之衣，犹曰损也、迟也。觞豆箫鼓，是亦不可已已乎？寺庙神佛之供，何异委之沟壑。总使邀求福利，何如眼前救人为实在功德。）仁人君子，其起而应之，当不待辞之毕矣。（右条教）

马伏波云：富者贵能施济，不则守财虏耳。

司马温公《家训》曰：积金遗于子孙，子孙未必能守；积书遗于子孙，子孙未必能读。不如积阴德于冥冥之中，以为子孙长久之计。

沈学士《劝施迂谈》云：呜呼！世事一何其参差不齐哉！然未可以一二指数也，姑举所见。吾宾朋宴会，珍馔罗列，僮仆饕餮之余，臭腐狼籍，而贫人有终身不知肉味者，有饥饿死者；吾冬裘夏葛，凉燠以时，犹欲盛纨绮，竞时尚，而贫人有衣不蔽体，傍檐露宿，朔风刺骨，寒颤齿击者；吾高檐大栋，安居甚适，犹复为山池台馆鱼鸟花竹之玩，而贫人缓急无赖，至有捐性命割父子夫妻之欢者；吾为身家子孙计，已宽然有余，犹务多藏厚蓄，而贫人有室如悬罄朝不谋夕者；吾财货纷纭，而耳目不及周，精神不及运，不免狼戾纵横，阴以润盗贼囊橐，而贫人偶拾其一遗秉稚穗，则忍不能予，（原书行间批语：写富人龌龊状如画。）或负贷子钱，通工易事，则刀锥之末，有尽争之者；吾盛陈筐篚，攀援豪贵，惟恐不纳，（原书行间批语：此势利小人，较悭吝钱癖，又下一等矣。）而贫人丐一钱之施，延旦夕之命，有艴然作色者，有托在肺腑之亲而不能以贫身归者；吾多财而招尤取忌，宣侈导淫，因之贾祸，而贫人有待吾鼠攘之余，（原书行间批语：可畏！可畏！）以倖为福利而不可得者。何世事之参差不齐，一至于此也！吾睹而悲焉。乃欲为贫人缓颊，劝富人行其德，非概以古人高义，如麦舟助丧、倾赀赈饥之类，强人所难，惟捐其所无用，以化而为有用，则无不可为者。（原书行间批语：天地生财，以资有用。有财而不用，与不当用而用，可不用而用，是皆以有用为无用也。夫损吾用以资人用，仁者为之；以吾之无用为人用，吝而忍者亦为之矣。况用以济人，即用以集福，为人用者犹少，为己用者正多也。如此而不为，人讥其忍，吾哀其愚。）请即以前事较度之。吾宾朋宴会，珍馔罗列，何不分杯箸之余，为穷人粗粝之需，施之一二，人可延数月之命，施之十百，人可缓数日之死也。衣不可胜用，而敝之箧笥，与无衣同。省一二为裋褐以施于衣不蔽体者，则人且挟纩，而吾文绣自若也。吾不为一时耳目之玩，即可全人之性命，保人之骨肉，此高世义举也。以施于谈议，则可传；以省于清夜，则自得。（原书行间批语：世间残忍人，苟知清夜自省，亦当愧悔无地。）天下之可玩好者，无佳于此矣，岂必山池台馆鱼鸟花竹之类而后为快乎？吾多藏厚蓄，贯朽粟陈，终吾身不尽用，以遗诸子孙，则贤者不恃此足用，愚者虽得此不为用，将遗之不知名何人乎？何不及吾身而施之朝不谋夕者之犹为有用也。吾所委之狼戾纵横者，业已置度外，苟贫人得之，是拾遗于道也，非损吾室中之有也，吾何惜？吾盛陈筐篚，攀援豪贵，宁讵见德，（原书行间批语：徒惹厌恶，非徒不见德已也。）施升斗于涸辙，即欣欣起死回生也，何以不为此而为彼？吾多财而为祟，彼得少而为福，而吾损有余补不足，虽为人贻福，实为我脱祸也。此两利之道也。徒蓄膏自煎，何哉？故曰：捐无用为有用也。

颜茂猷《劝施迪吉录》云：何曾石崇之富极矣，使以周急行仁，不令功德半天下哉！前辈诗曰：忽闻贫者乞声哀，风雨更深去复来；多少豪家方夜饮，贪欢未许暂停杯。又寇莱公好声歌，以绫帛赏妓者。妾茜桃诗云：一曲笙歌一束绫，美人犹自意嫌轻；不知织女机窗下，几度抛梭织得成？又曰：风动衣单手屡呵，幽窗轧轧度寒梭；腊天日短不盈尺，何似妖姬一曲歌！三诗字字真切。引而伸之，凡可以约己施贫者，当无不至矣。窃念匹夫存心爱物，于人必有所济。凡救性命，所损无几。特足衣足食者，不知寒饿之苦，视为可已，泛泛置之，菜色时既不留意，及见病卧道涂，又以为危笃不能复振，遂坐视其死。即行道有心人，忾叹焉耳。其他则侧目之，屏逐之矣。不知缘饿得病，病既不能求乞，则愈饿愈深。此不过三四升米，调护累日，便能求趁，既能求趁，便有生意，乘其菜色将病时早救尤妙。在富人过宿之一费，足救二百命；千金之子粒，十损一焉，岁月之衣服饮食，十畜一焉，足救千命矣，甚轻而易举也。若得数人，共结此会，置一空屋，积草荐其中，以贮贫病者，使免风餐水宿之患，则调养易愈。四门有此，则夭札者鲜矣；充之而四方有此，则旅魂绝稀矣。盖人当病时，无人照管，则益一病；吹风暴露，则益二病；空乏忧危，则益三病。重以秽恶薰蒸，拖逐展转，岂有再生之望哉？试设身处此，痛苦何如！何惜损太仓一粒，不以惠此？且均是人耳，我辈身处寒微，也是这等样子。幸而享丰席盛，又为子孙计长久，而眼前救人，一钱不舍。不知水火贼盗疾病横灾，皆能令我家业顿尽，少少福分，亦是天帝庇之，岂一俭啬钱癖能致然哉？一旦无常，只供子孙酒色赌荡之资，于是一掷足救千命者有之矣，何如积德邀庇于天之为厚也？至登高第者，尽以为己读书才能所致，阿堵在手，悭吝转深，孰知些小福分，祖宗殷勤得来，不添油注炭，热炎几时乎？（原书行间批语：言之痛切，不翅暮鼓晨钟。）其必有骈首号恸于地下者也。

陈龙正《乡邦利弊考略》云：回天变，莫如结人心。结人心，莫如救人命。而消弭挽回，非愚贱事，全赖富贵人，首在当道，次即乡绅。尝闻天火沿烧数里，一室岿然独存；瘟疫流行，有全家不染一人者；甚至寇盗猖獗，亦相戒此方有某公在，不可惊动，以一人故，保一乡一城。呜呼！此岂智谋勇断权镇耶？积善之家，感通人心，即挽回天意。今日民瘼可痛，鬼哭可惊，（原书行间批语：为中人说法，固应尔尔。）学者存无为而为之心，何妨语有为而为之法，倾储而散者为上智，以余及物者为中人，随力随心，原非难事。若目击灾伤，犹守杨朱不拔一毛之意，则不敢指斥言之也。祸患既来，欲散何及？宵分梦觉，请自谋维。或曰：慷慨捐济，富名归之，得无累乎？（原书行间批语：智士每思深虑远，读此可以悟矣。）曰：晏平仲浣衣濯冠，通国待以举火者数百家；范文正俸禄千万，大赈贫穷，临没无以殓。富者多吝啬，贫人多慷慨，享大名者鲜厚实，此乃自然之势。观人性行，便可信其囊橐矣，岂有竭力鸿施而人反疑其富者乎？且害人则不顾人怨，救人则畏人疑，亦颠倒之甚也。人爵之士，本无拘束，自当倡先；天爵之民，晓此机关，理宜响应。

顾咸正《赈荒问答》有云：人之情，将损人之财以予我，贪者必受也；将损人之财，而并损其人之性命，以至并损其人之父母妻子性命以予我，虽甚贪者，决不受也。夫饥民一日得米三合许，便可以不死。计一岁中，每一石米，可救一人不死。（原书行间批语：语语痛切。读此而不动心者，非人也。）荒年珠粒，仅有此数，不在饥民腹中，则在宦家富室仓庾中。今闭一石不发，必有一人死者矣；闭十石不发，必有十人死者矣；闭百石千石不发，必有百人千人死者矣。然则宦家富室除正供日用外，其余仓庾中陈陈堆积者，皆堆积死人皮骨血肉脑髓也。夫省一筵宴之费，可活几人？省一交际之费，可活几人？省一呼卢之费，可活几人？省一土木之费，可活几人？省一簪珥衣被之费，可活几人？省一摩挲古玩之费，可活几人？省一供给游狎客之费，可活几人？省一布施庸俗僧道之费，可活几人？夫以种种活人之物，而糜费之无用之处，以为豪举娱乐，则是合数十百千死人皮骨血肉脑髓罗列目前，以为豪举娱乐也。（原书行间批语：人虽至恶，未有以杀人为娱乐者。岂知罗绮丛中、古玩案头，无非淋淋膏血邪？此实在情事，非充类尽义之论也。）清夜寻思，理上说得过否？心上打得过否？纵然他说理上硬得过，心上瞒得过，自有天帝鬼神与他算账，不知究竟硬得过、瞒得过否？记得万历某年某乡，有某上舍积余米三千石。值岁荒，价一两二钱。时上舍在外，其管仓仆寄信云：米价贵，可粜矣。上舍批云：待贵至二两，方许粜。不数日，火发焚仓，三千米悉烬。其他古今报应事，更不胜悉数。呜呼！可畏哉！某言到此，直是肝肠寸断，涕泪千行。铁石人闻之，当必有踊跃奋起者，而况读书明理之士哉？

詹事李建泰《宗田记略》曰：今人父母既殁，辄憾不得养父母；祖父母既殁，辄憾不得养祖父母；递至高曾悲憾，靡不皆然。以余言之，推而上焉，即百世之始祖，至今日尚可养也，矧近而高曾而祖而父者乎？今日同姓疏属者，自始祖视之，皆一体也；（原书行间批语：推之乾父坤母，凡有血气之伦，自天地视之，皆吾一体也。）称三从兄弟者，自高祖视之，皆一体也；称再从兄弟者，自曾祖视之，皆一体也；称从兄弟者，自祖视之，皆一体也；称兄弟者，自父视之，皆一体也。养我之疏属，即养我始祖；养我三从再从，即养我高曾；养我从兄弟兄弟，即养我祖父。人不近行孝事，而徒远念孝思，亦愚且薄矣。（右格言）

广惠编　下

晏平仲敝车羸马以朝，桓子以为隐君之赐。晏子曰：自臣之贵，父族无不乘车者，母族无不足于衣食者，妻族无冻馁者。齐国之士，待臣举火者三百余人。如此而为隐君之赐乎？彰君之赐乎？

范文正公自政府出归姑苏，搜外库，惟有绢二千匹。录亲戚及闾里知旧，散之皆尽。曰：族党见我生长，幼学壮仕，（原书行间批语：我辈多愧此语。）为我助喜，我何以报之哉？

杜正献公衍，自布衣至为相，衣服饮食无所加，虽妻子亦有常节，家故饶财。诸父析产，公以所得悉与昆弟之贫者。俸禄所入，给宗族，赒人急难。至其归老，无一椽之居，寓于南京驿舍久之。

陆杲，嘉靖辛丑进士。置田周族，谓之族田。置田畀宗子，供禴祀，谓之祭田。置田以给族之子弟，置塾讲业，谓之学田。以宗族日繁，徭役不支，置田分赡之，谓之役田。

刘翊，字子翔，颍阴人。尝行汝南界中，遇陈留张季札，远赴师丧，寒冰车败，停滞道路。翊见曰：君慎终赴义，岂宜久滞？即下车与之，不告姓名，策马而去。后为郡功曹，值黄巾贼起，百姓废业，翊出粟资贫者数千人。乡族死亡，则为殡殓。献帝迁都，道阻群寇，翊夜行昼伏赴之。上嘉其忠，拜议郎，迁陈留守。驾车东归，出关，见士民病死道次，以马易棺，脱衣敛之。又逢故人饿困于路，不忍弃去，与所驾牛助归。

全琮父柔，使赍米数千斛，到吴市易。琮皆散给士大夫，空船而还。白父曰：所市非急，而士大夫方有倒悬之急，故赈赡之。

蒋崇仁仗义乐施，仿常平法，（原书行间批语：即张子买田试井法意。）以家资籴谷贱粜，以救贫者。其弟崇义、崇信，亦承兄志，行之七十年，岁以为常。　瞿嗣兴，常熟人。毡工王氏，大雪冻饿不能起。嗣兴悯之，携钱六十缗，潜投窗隙而去。（原书行间批语：妙在“潜投”。）歉岁，有窭人来籴粟，受其钱五千，阳忘曰：汝十千耶？（原书行间批语：妙在“阳忘”。）倍与之粟。凡负贩者，必多偿其直。家人怪问之，嗣兴曰：彼胼胝手足，求升合利。吾忍与较耶？

尚书令符雅常曰：天下物何常？吾今日富，后日贫耳。一日不施，则意不快。时人为之语曰：不为权兴富，宁作符雅贫。贫非胜富也，如此而贫，则贫诚胜富。

彭思永数岁时，冬处被中，则思天下之寒者。（原书行间批语：是谓欲立立人。）学者常存此心，即是万物一体之仁。

薛西原性好施，人有疾，亲为检合药方，尝脱绵袄施贫者。或曰：焉得人人而济之？答曰：但不负此心耳。（原书行间批语：恻隐之心，随处发露，充之则为圣贤，负之则为残贼。）闻者叹服。

张献可，常州人，尝施棺，画三千圈于纸。每施棺一，则登其日月于圈内，期尽始圈之数而续圈焉。佣丐者掩道傍尸，一尸与钱若干。丐者每得露尸，则喜以为货也。自是邑中几无露尸矣。又煮药膏以施疮疡者，寒冻则为粥以食饿者。曰：掩死人，又何如活生人？

刘凝之隐居荆州，时适岁荒，衡阳王义季虑凝之饥死，饷钱十万。凝之大喜，持钱至市门，见有饥色者，悉分与之。

李士谦，字子约，赵郡人。尝出粟万石贷乡人。明年，悉召债家，为设酒食，对之燔契。曰：债了矣，幸勿为念也。厥后岁大饥，士谦粟尽，无可赈贷，乃罄家资籴米为糜粥，里党赖以全活者万计。收埋骸骨，所见无遗。遇疾疠，延良医制药疗之。如此积三十年。或谓士谦多阴德，士谦曰：夫言阴德，其犹耳鸣。（原书行间批语：确论，可为好名市德者戒。）己独知之，人无知者。今吾所作，吾与子皆知之，何阴德之有？（右芳型）

春秋时，宋郑饥，子皮贷国人粟，子罕户饩一钟。叔向闻之曰：郑之虎、宋之乐，其后亡者乎？善其为君养民也。（原书行间批语：正是忠爱激切处。）

汉汲黯为谒者，河内失火，延烧千余家，帝使往视之。还报曰：家人失火，比屋延烧，不足忧也。臣过河南，贫人伤水旱万余家，或父子相食。臣谨以便宜持节发仓廪以赈之，请归伏矫制之罪。帝贤而释之。（原书行间批语：好胆，却只是拚得，非妄希侥倖也。）

桓帝时，韩韶为嬴长。余县流民万余户入县界，韶开仓赈之。主者争谓不可，韶曰：活数万沟壑之人，而我以获罪捐其生，含笑入地矣。（原书行间批语：快哉！洵无憾也。）太守素知韶名德，竟无所坐。

东魏孙瑰为郡丞，召入，道过昌邑。见民饥，因留不去，筹所以济之者万端。或曰：非公责也。瑰曰：同类即同气，有见同气之垂死而不拯者乎？（原书行间批语：此是西铭语，先已道破。）迟三月，活人万计。高欢以闻，赐书褒赉。

隋辛公义为岷州刺史，岷州饥，疫盛行。其俗畏鬼，一人病，阖家避之。病者多死。公义命皆舆置厅事。（原书行间批语：现身说法。）暑月，厅廊皆满。公义设榻，昼夜处其间，身自省问。病者争就使君，其家亲戚因留养之，（原书行间批语：效全在此。）全活甚众。

唐刘晏为租庸盐铁使，尝云户口滋多，则赋税自广，故其理财务，以养民为先。（原书行间批语：此谓知本。）诸道各置知院官，每旬月，具雨雪丰歉之状以告。丰则贵籴，歉则贱粜，或以谷易杂货供官用，而于丰处卖之。知院官始见不稔之端，先申应免及应助之数；及期，晏即奏行，不待困弊流殍然后赈之。由是民得蓄息，国用亦足。

宋富弼为青州刺史，时河北、京东大水，流民就食青州。弼劝所部民出粟，益以官廪，得公私庐舍十余万区，散处其人，以便薪水。官吏待缺寄居者，皆给其禄，使即民所聚，选老弱病瘠者廪之。仍书其劳，约他日为奏请旌赏。率五日，辄遣人持酒肉饭糗慰藉。（原书行间批语：善用人。）出于至诚，人人为尽力。山林川泽之利可资以生者，听民擅取。及麦大熟，民各以远近受粮而归。凡活五十余万人。立法简便，天下传以为式。

辛弃疾为淮帅，淮饥，富民积粟不出，贫民汹汹，将甘心焉。弃疾乃大书八字榜于道曰：闭粜者籍，强籴者斩。（原书行间批语：要言不烦。）储粟尽出，民情乃安。

明周忱巡抚南直隶，苏松二郡大水，秋禾不登，饿莩载道。忱随一二小苍头，棹小舟一叶，亲行各乡里，咨询疾苦。间遇村中老叟，呼至舟，命卧榻下与谈，竟夕不倦。见郡县牧令坐官衙不出者，责之曰：流民载道，忍安坐乎？民隐不上闻，将以尔等偿万民命。或馈酒食者，即责之曰：民皆乏食，我一人何忍独饱？（原书行间批语：痌瘝一体。）立詈斥之。寮属震慑，各发仓库，亲赍散给。又令各里甲月具死逃人数申院，以甄别州县之能否。以是人皆尽力救济，所活甚众。

景泰时，佥都御史王竑巡视江淮。适徐淮间大饥，民死枕籍。竑至，尽所以救荒之术。流民数百万猝至，竑大发官贮赈之，用米一百六十余万石。穷昼夜，竭思虑，躬自查阅抚慰，毋令失所。（原书行间批语：只是一个勤，便可活万姓。）又委用官吏，必多方奖劝，激切周挚，人乐为用，活人无算。初，帝阅疏大惊，彷徨废食，后得竑奏，大言曰：好御史！不然，饥死我百姓矣。（右官方）

轺车杂录

选自《朱文端公藏书十三种》

光绪二十三年重刻本

（清）朱轼　撰

刘镇　编

夏明方　点校

轺车杂录

高安朱轼可亭氏稿
洪洞刘镇靖公氏编

小　叙

文端公进礼退义，出处大节昭然。读轺车录，见民胞物与之怀。我朝名臣德行、文章、经济并著者，如公数人而已。展况之余，不胜景慕。

嘉庆癸酉十二月初九日宛平后学陈预谨识

卷　上

奏　疏

条陈赈济事宜折（康熙六十年六月十一日）

奏为敬陈管见，仰祈睿鉴事。窃惟尧汤在上，不无水旱之灾。而胞与为怀，痌瘝一体，自古及今，未有若我皇上宵旰忧勤之甚者也。即今五省偶遭亢旱，大沛洪仁，屡加轸恤，每读上谕，凡有人心者，无不感激泣下。今奉旨发帑金五十万两，差臣与光禄寺卿卢询分往山陕二省劝粜给赈。臣虽愚昧，敢不仰体皇仁，殚心竭力，少图报效。今于六月初十日领银钉鞘讫，随督同司官分押前往。除山西被旱情形及赈恤事宜，容臣至彼细查具奏外，所有一得愚见，谨胪列为我皇上陈之。

一、设官原以为民，安民必先察吏。伏读上谕：地方官不切实留心为民，设法料理，以致百姓流离。圣明洞鉴，无微不照。臣请严饬督抚正己率属。司道以下有贪污庸劣之员，立即题参究拟，仍令养活饥民，以贷其死。其或平日不留心民瘼，而恶迹尚未昭彰，亦令养活饥民，从宽暂留，以策后效。如督抚徇庇，不行查参，轻科道风闻纠劾，一并治罪。如有真正实心爱民，设法赈救保全者，即予加等优升。如此则有司俱体皇仁，万姓群沾乐利矣。

一、西北人民素称善贾，宜令富户出银，协同惯商运贩粮食。河南、山东商人通于南省，山陕商人通于河南，循环往来，源源不绝。如有地棍敢于遏籴者，从重治罪。仍令沿途文武官差拨兵防护，毋令疏虞。其淮安、凤阳等关，遇有米船，立即放行。应纳课钞暂行停征半年，亦断不至缺额。其地方绅士有愿捐银米赈饥者，具呈督抚，随收随题，按所捐多寡从优让叙，遇缺即用。富民愿捐者，并请破格旌奖，以示鼓励，于救荒大有裨益。

一、救荒莫如平粜。前九卿议截留漕粮二十万石于豫省备用，奉旨依议，钦遵在案。今请再截二十万石，于河南雒阳二府地方平粜，听山陕民人搬运。所收米价，仍发南省买米，分年搭运，以补漕项。再，查京仓有远年挽杂浥烂之米，八旗官兵既不愿领，积久将成土灰，殊为可惜。请饬仓场总督查明，择其可食者，令直隶总督率同地方官公捐脚价，运往米价稍昂之真定等府，分别米公高下，减价平粜。不特畿辅蒙恩，即附近之太原、辽州等处，亦得就便粜买，以无用为有用，实为两便。

一、各省州县驿站夫大半虚名侵冒，实在供役者不过十之二三。遇有大差，即令夫头雇募民夫应用。今宜严行督抚逐一确查，除已往不究外，饬令照依定额，召募本地年力壮健之民，按名补实。一人受募，即可全活一家，而流移失业之民，亦不至生事犯法矣。

一、饥民间有转徙者，原欲觅食求生。乃各省地方官惟恐多人耗食，驱逐不容，饥民进退维谷，势无生理。宜令所在官司随便安插，或令佣工度日，或给值垦荒。其有地方官捐赀养赡，全活多人者，督抚核实题荐，则觅食穷民，所往无非乐土矣。

一、歉岁多生疾病，饥民群聚，秽气蒸发，每成疫疠。宜通行各省郡县，遴委佐贰首领等官，于市城空闲地方设立蓬厂，延医胗治。正印官捐俸，修合丸散广施，庶未病者不至沾染，已病者可望生全。

以上各条，臣不揣冒昧，率陈一得愚见，或于救荒稍有裨益。伏乞皇上睿鉴，敕下九卿速议施行。奉旨：九卿詹事科道会同速议具奏。

入境奏报情形折

奏为奏闻事。窃臣于六月二十二日至汾州府属之平遥县，正现在被灾之处。百姓见臣赍银至彼，莫不踊跃欢忭。臣随宣扬皇上德意，并出示晓谕。一时士民千余人簇拥臣寓，求臣代题，恭谢天恩。俱望此焚香叩首，祝圣主万寿无疆。除俟汇奏，并多方劝谕，务期仰副皇仁及雨水米价另行折报外，理合奏闻。臣谨奏。奉旨：该部知道。

至平阳奏报情形折

奏为奏闻事。据各府州县陆续报称，六月二十七八、闰六月初二三等日，大雨沾足。已种秋禾，俱经发生。未种者，现在赶种杂粮。在外觅食之民，闻皇恩赈济，渐次奔回。惟地方储粟实少，市场粮食缺乏，臣会同巡抚臣苏克济饬令府县官招能干商人往河南、山东运贩，先在附近处搬济急。现在平汾二府米价比前顿减，仓斗每石二两八钱至四两不等。至臣赍银劝粜汾州之平遥、汾阳、孝义、介休四县，经臣亲至劝谕，已有承认粜米之户。现在委官收买给散。其永宁等四州县饥民不多，亦经委官前往粜赈。臣于初三日至平阳府，经过灵石、霍州、赵城、洪洞等县。臣一路宣布皇上德意，民情感激踊跃。有愿捐银助赈者，另折开报。查平阳三十四州县、两卫所，俱经被灾，地方辽阔。今拟分为五处，每处于适中地方，臣往来居住，督率各官，多方劝谕抚恤，务必尽心竭力，仰副皇上宵旰至意。再，巡抚借动邻仓，现在平阳府属散赈。合并奏闻。臣谨奏。奉旨：交部。

请银米兼收并开常平事例折

奏为请旨事。窃秋禾成熟在八月中旬，饥民尚有两月乏食。必得接续赈济，方无一夫不获，少纾皇上宵旰之忧。现在巡抚臣苏克济及地方官捐银十万余两，又劝谕富民零星捐银约三万两，尚恐未足。臣前经奏请，有愿捐银米赈饥者，督抚题请议叙。今九卿议覆，地方绅士富户并内外现任官员愿捐米者，照数收纳给收，该督抚题明咨部，即用即升等语。奉旨：依议。速行。钦此。臣思愿捐议叙之员，必令捐米，恐因挽运艰难，未免观望不前。应请银米兼收，庶捐者踊跃争先。再，晋省太原等府积贮俱虚，可否于各州县暂开常平仓事例：俊秀捐银一百八两，准作监生；附增、廪生递减银十两。监生、附生捐银二百两，准作岁贡；增生、廪生递减银二十两。民人捐银三百两，给七品顶带；二百两，给八品顶带。愿为祖父捐者，亦依此例，俱照时价捐纳米麦，限半年停止。其秋收后所捐，积储备用。统乞皇上睿鉴，御批施行。谨奏请旨。奉旨：交部。

请议叙折

奏为奏闻事。据汾阳县候选员外郎田周呈称，愿捐银六千两赈饥。又洪洞县原任刑部郎中刘镇呈称，伊子候选京官刘常愿捐银三千两，伊侄候选员外郎刘勷愿捐银六千两赈饥，各等情到臣，并令赴县缴银讫。伏乞皇上敕部照例议，叙优升即用，以为急公者劝。又据洪洞县士民郭允镇等呈称，原任刑部郎中刘镇告假回籍，年近七旬，与亲兄刘志力行善事，重建学宫，起造石桥工料银二万余两。顷因灾荒，先已捐米五百石、银二千余两散给穷民，赖以全活者甚众。今伊子侄急公捐银外，复遵劝谕，另自捐银三千两交县备赈。允称好义善士，恳乞题旌等语。随行县查覆无异。据此，理合奏请皇上敕部优旌，以示鼓励。再，现任工部员外郎刘衮亦即刘镇亲侄，经臣折请带到山西办事，今情愿捐银四千两，不求议叙。合并奏闻。臣谨奏。奉旨：交部。

代士民谢恩疏

题为皇恩之浩荡无极、舆情之感激难名，恳乞代题，少伸蚁悃事。据汾州府士民杨廷枚、田顺成等呈前事，内称：钦惟我皇上至仁乐育，大德好生。视民如伤，登八方于寿域；思饥犹己，跻兆姓于春台。叠沛恩膏，草野咸资乐利；屡施蠲赈，闾阎共庆生成。顷以平汾等府州偶尔亢旸，遂遭荒歉，伏蒙我皇上廑念岁苦，洞悉民艰，田赋缓征，仓储借给。又拨邻仓接济，固已高天厚地，同此洪慈，往古来今，希逢旷典者矣。兹又发帑金二十五万两，特简大臣劝粜散赈，恩纶所被，山川效灵。使节初临，甘霖立沛。睹芃苗之立起，庆树艺之皆齐。两载难逢，一朝创获。恭听宣扬圣谕，更加感激涕零。百姓之生一日未遂，九重之忧一日未纾。是人之所不敢异于天子、之所不敢必于亲者。何幸小民，受此隆恩。枚等歌颂难名，涓埃莫报，惟有焚香叩首，长祝万寿无疆。蝼蚁微忱，无由上达，恳乞俯鉴代题陈谢。枚等有生之年，皆戴德之日矣。又据平阳等府州县士民王名毂、任宏闻等呈同前事，内称：钦惟我皇上圣德如天，薄海内外共戴生成。至我山右五郡，尤荷殊恩。六十年来，赐粟蠲租，不一而足。吾侪小民戴高厚而享乐利者非一日矣。讵意去秋接连今夏，雨泽愆期，年谷不登。蒙我皇上轸念民瘼，缓征田赋，借给仓储，又拨邻府积谷接济，格外洪慈，有加无已。兹又特简大臣，赍帑金二十五万两，前来劝粜赈济。伏读圣谕，恺切真挚。凡有血气之伦，谁不感激涕零。但念闾阎有何报称，不过焚香顶祝圣主万寿无疆。此则蝼微忱所隐结而不能上达者。恳祈俯鉴愚忱，代为题谢，俾草茅下贱如对丹陛而言情。毂等无任感切。各等情到臣，理合据情代题，伏乞皇上睿鉴。谨题。奉旨：该部知道。

请停捐纳疏（八月十三日）

题为请旨事。康熙六十年七月二十三日，准户部咨称：查左都御史朱轼既称捐纳之员必银米兼收，庶捐者踊跃急公，应如所请。有情愿捐纳者，令其具呈，银米兼收，随收随赈等语。奉旨：依议。钦此。钦遵等因到臣，随行被灾各府属出示晓谕。去后，据冯汉炜等五十二员陆续具呈，情愿捐纳银米赈济各等情到臣。经臣批令平、汾二府查收，除动支散赈外，所余银米，饬令贮仓解司，统听抚臣造册题报。伏查平、汾等属蒙圣主洪恩，秋成丰稔，现在收获，应请将捐纳赈济议叙一案先行停止。其常平仓事例，部文到晋未久，正在行文各属收捐，合并声明。伏乞皇上睿鉴施行。谨题。奉旨：该部知道。

条陈积储利弊疏

题为积储为国家本计，请严亏空之处分，杜出陈之流弊，以重民命，以广皇仁事。窃今岁直隶等省偶遇亢旱，我皇上视民如伤，蠲赈频加。又屡次钦颁上谕，痌瘝恺恻。万国臣民捧诵，无不涕零。臣思旱涝乃气数之偶然，可恃以无恐者，惟在积贮之素裕，则岁不能灾，而于天庾帑藏亦无糜费。即如山陕二省，除尽发本处仓储外，复大沛皇仁，拨截漕粮及邻省邻府米数十万石，又两次发内帑一百万两，始得措置安全。向使每县各有积贮万余石，何至烦圣主宵旰之虑、糜费如此之多？伏查钱粮递年支解，查核犹易。米谷存仓，必待赈荒乃发，又有民借民欠、存七粜三等名色可以藉口支饰。是以州县亏空钱粮者犹少。若仓储虚耗，则在在不免，甚有变卖仓谷弥补库项者。监司郡守一任朦蔽，全无觉察。不知钱粮参后追完，于国帑无捐；仓储关系民命，一有亏缺，为害匪轻。今不肖有司任意侵那，一经报灾，或称平粜，或称借贷，或称煮粥，早已冒稍过半。迨至奉文发赈，计口授食，则又以少报多，有名无实，藉赈恤之旷典为弥缝之便计，坐令嗷嗷待哺之民流离转徙。即大吏查察纠参，明正典刑，何足以赎？臣请饬行各省督抚，逐一细查某县亏空某项仓粮若干，核实造册报部。大县空三千石以下、小县空二千石以下者，勒令补还。二年不完，即行革追。亏空多者，严拿究审。如有侵欺情弊，立即正法，严追家属完项。督抚隐徇，一经发觉，责令赔还。再，出陈易新，本属良法，讵今有司因以为利，或按里派借，或抑勒富户领放，不独米色红朽不堪，胥吏且从中作弊，搀和糠秕土灰，每石实在不过六七斗。迨至还仓，穷乡小民崎岖数十百里，担负运送，守候仓廒。奸胥又多方措索，不遂所欲，经月不收。收则淋尖踢斛，狼籍无算。如遇小歉价贵，则官自出粜。秋收派押买补价银，十无二三，仍不免交纳措勒浮满之苦。是小民不受积储之利，反受积储无穷之害也。臣思出易既所不免，欲不累民，莫如择地分贮。或商贾丛集之市，或居民稠密之乡，每县分贮二三处。镇市利于粜，乡村利于借。粜则少减时价，秋成即于本市买补，买价之贱可偿卖价之减；借则里民就近出纳，既无挽运之苦，又严革搀和勒索等弊，未有不欣然乐从者矣。其贮在本仓者，即于坊郭粜借。如不足出三之数，将所属一年应发俸工悉以谷易银，但丰凶一例，谁不乐受？如此出易，则民无苦累，而仓储亦不致腐朽矣。再，各省赈济，多称借动仓粮，捐俸抵还。此亦大吏为积贮长久之计。但俸工无几，一年紧急公费，取给尚恐不足，借动仓粮数十万石，不知抵完何时？臣愚以为积储原以备赈，与其冒捐还之虚名，究竟悬项无着，何如严察亏空，加谨收贮，岁率属员捐凑，使仓储常裕，为实有济于民生、无损于国用也。况督抚即不敢欺皇上，郡县未必不欺督抚。始则虚冒浮开，借非实借；后复朦混捏报，还非实还；甚而借端派累小民，均未可定。请分限三年，勒令补完，违限严加议处。如有捏报派累，从重治罪，庶于仓储有益。至便民莫如社仓，未必处处可行，臣已另疏具奏。缘奉命赈济，深悉积储关系紧要，冒昧渎陈，伏乞皇上睿鉴，敕下九卿议覆施行。谨题请旨。奉旨：九卿詹事科道会议具奏。

条陈水利社仓疏

题为水利积储关系民生，谨陈一得，仰恳圣鉴事。窃臣奉命赈济，所过咨访民间疾苦，凡有应行应革之事，即与抚臣苏克济商酌举行。今平、汾等府秋成丰稔，地方宁静，士民顶戴洪恩，安居乐业。顾臣犹有请者。山右地高土燥，每遇亢旱，灌溉无资，动烦圣主宵旰之虑。臣查各属志书，长渠峻堰，引流潴水，为农田利益者不少。缘风俗好贾，轻弃本业，郡邑有司又苟且偷安，不为斯民计长久，昔时水道大半堙塞。至山谷泉源可灌田畴前人未经疏导者，亦所在间有。请饬专差贤能道员，带同州县官逐一细查，开浚修筑，永为地方百世之利。又臣经过地方，凡有井水浇灌之处，禾稼分外丰茂。询之土人云：除高阜难于凿井外，其平坦地面，随处可开。缘田业各户彼此推诿，是以凿井寥寥。请饬一并确查，每井可灌若干亩，即令受灌田地公同挖掘，随时修整，亦是水利一端。至积贮为备荒要务，而便民又莫如社仓。或有行之无效旋而罢废者，所设非其地，所用非其人也。若晋省，则无虑此。臣历经平、汾所属，每乡必有大村，城堡高峻完固，屋多砖甃，无风雨盗窃之虞。大村左近，小村比密，各相去二三里，远者不过四五里。期会无奔走之苦，敛散无转运之劳。以此而行社仓，得其地矣。晋俗素称淳朴，里闬侪伍地近情亲。又每社必有殷实士庶，尤兢兢自守，爱身家而重犯法。今即用此殷实之户主管出纳，择一二公正能干者为之辅，余人自遵规约，不至侵欺负累，则任用有其人矣。又愚民难与虑始。行社仓于屡丰之年，必以为迂阔无当。今荒后民赖赈贷以生，回思食乏食之苦，无不踊跃愿行。夫为百姓计安全，虽于土俗民情有未尽宜，犹将勉强变通而为之。矧得其地，得其人，又值人心乐行之时乎？臣请敕下山西巡抚，分委能员，协同地方官，于各州县离城十里外，按庄屯户口多寡，分社设仓。先借庙宇或富户余房囤积，俟有盈余，支盖廪廒。谷本动支常平仓，每社各二百石。正印以下官，递年捐凑。有田人户听凭乐输，不拘升斗。词讼罚赎，俱令纳谷本社。其敛散悉依古法，刊示木榜，使司社遵守。牧令岁一稽察，毋许胥役经手。实为地方久远之利。又，查山西每州县俱有庙会，士民敛银滋息，动至千金。请饬地方有司确查，除淫祠禁革外，其正神听民崇奉，所敛银两，概令变买谷石。每岁修葺香烛之费，俱取给息谷，或并入社仓。即于仓所建立蜡庙，或听民另行积贮，与社仓一体敛散。此亦民情所乐从，而于救荒大有裨补者也。臣从民生起见，不揣愚陋，率陈一得。伏乞皇上睿鉴，敕下九卿议覆施行。谨题请旨。奉旨：建立社仓之事，李光地在巡抚任时曾经具奏，朕谕以言易行难，尔可姑试。李光地行之屡年，并无成效，民多怨言。张伯行亦奏称社仓颇有裨益，朕令伊行于永平地方，其果有成效裨民之处？至今未奏。且社仓与民生有益无益，朕亦久留心采访。凡建立社仓，务须选择地方殷实之人率司其事。此人并非官吏，无权无役。所借出之米，其还补之时，遣何人催纳？即丰收之年不肯还补，亦无可如何。若遇歉收，更谁还补？其初将米谷扣出，收贮于无廒之地，看守无人。及米石缺空之时，势必令司其事者赔偿。是空将众人之米弃于无用，而司事者无故为人破产赔偿。社仓之设始于朱子，其言载于集内。此法仅可自行于小邑乡村，若奏为定例，属于官吏施行，久之必于民无益。前朕巡幸西省，亲历山陕，地方山川形势，皆悉知之。其地原本山多水少，并无河渠洼湿。虽有水泉，亦不能畅引溉田。设有灌注之水及社仓果能有效，大有裨益，前人岂不知乎？今朱轼以建立社仓、引水入田具奏，此事交与他人不得，即令伊于彼处久住，鼓励试行。若如所言有效，甚善。该部知道。

赈毕奏报情形折

奏为奏闻事。窃晋省蒙皇上洪恩，自发帑到日，大沛甘霖。以后雨旸时若，收成十分至七分不等。臣前往平阳府城，各州县百姓逐日拈香，环绕臣寓处叩谢圣恩。今由洪洞、霍州至汾州府地方，各处欢声载道，咸祝圣主万寿无疆。目下收获将毕，二麦已种五六分，米价每仓石二两至二两三四钱不等。臣俟各州县造册到日，即回京复命。至平阳之洪洞、隰州，太原之榆次，潞安之黎城及沁州、沁水等处，七月十六七等日偶下冰雹。洪洞经臣亲验，被打四村，所伤不及二分。隰州、黎城亦经委官查验，被打村庄稍多。余处据报俱无大损。现在巡抚委员踏勘，合并奏闻。臣谨奏。奉旨：该部知道。

再请旌绅士义民折

奏为请旌事。窃臣奉命到晋散赈，宣扬圣主洪恩，地方士民莫不感激涕零。凡有力之家，俱情愿捐银助赈。除洪洞县刘镇、刘衮共捐银七千两，经臣折奏在案。续据泽州候补副使道王廷扬捐银三千两，临汾县候选通判亢在时、贡生亢孳时各捐银一千两，俱不求叙旌，并各属捐银不及三百两者，令该地方官给扁旌奖外，蒲州候选主事郭珍捐银一千两，各属绅士卞时庸、耆民张瑛等十一人捐银八百两至三百两不等，仰恳皇恩敕部议旌。至包养村庄及买米减粜者颇多，惟蒲州之周起瑜、侯允修家非殷实，鬻产养赡邻里数百口，尤属义举，恳恩一并议旌。再，现任河东盐法道郭祯捐银一千两，不求议叙。统听抚臣造册报部，理合奏闻。臣谨奏。奉旨：该部议奏。

卷　下

咨　文

咨户兵二部、河南巡抚禁遏籴

咨为饬禁遏籴，以恤灾黎，以广皇仁事。查山陕二省地瘠民稠，即丰年亦不足本省食用。全凭东南各省米艘，由江淮溯河而北，聚集豫省之河南、怀庆二府，由怀庆府之清化镇进太行山口，运入山西；由河南府之三门砥柱运入潼关。秦晋民人藉此糊口，由来已久。今风闻河南各州县，因二省旱荒，搬运日多，阻遏商贩，不容西行，以致西延平汾等府米价腾贵，流移载道。不独有乖救灾恤邻之义，亦大负圣天子一体痌瘝之至意矣。况河南现在歉收，正须东南商贾源源而来。若米舡阻滞河干，不能速售，又不获重息，将来势必裹足不前，亦大非豫省之利。理合移咨贵部，星即转饬该抚镇，严檄文武官弁，凡遇山陕米商来至彼地，任凭贩运，毋得遏抑。如有兵役地棍人等恃强阻挠，或勾通流棍，恣行抢夺，立刻查拿，治以重法。若地方文武官员不行查察，以溺职参处。如此则商贩流通，而沿路车脚人夫受雇得食亦有裨益，上副圣心，下全灾黎，所关不小。为此合咨贵部，烦为查照施行。

又咨直隶总督禁遏籴

咨为钦奏上谕事。照得晋省人稠地窄，民间食用，全凭畿南及中州等处接济。兹值荒歉，米价高昂，而真定之井陉、获鹿地方官弁遏阻贩粜，深属未便。前经咨明贵部院严饬通运在案。今接阅部文，邻近商贾凡有运贩米谷，地方官务令通行，不得拦阻。相应再行咨请贵部院立即出示晓谕，以便晋人往来运贩。如有官弁、棍蠹借端勒诈，仍祈从重治罪，庶米谷流通，西省人民赖以全活矣。拟合移咨，烦为查照施行。

咨山西巡抚饬行六款

咨为敬陈管见等事。照得本院条奏六款，经部议覆。奉旨：依议速行。钦遵在案。除外境贩运及安插流民听贵院移咨邻省督抚外，至部议地方官有贪污实迹不恤民瘼者，督抚据实题参，从重治罪；仍照依品级，责令养活饥民。恶迹尚未昭彰者，查明亦令养活饥民。如有实心爱民设法赈济者，保题即升等语。查吏治关乎民生，而扬清激浊，惟封疆大臣是赖。今山右五郡守令贤否不齐，贵都院无不洞悉。除爱民贤员，俟秋成后核实保题外，现在贪污不恤民瘼之员，自应飞章纠参，责令养活饥民。至劣迹未甚昭著者，从宽暂留，罚养饥民。统祈贵院迅速分别酌行，庶激劝行而吏治清，民生大有倚赖矣。又，部议地方绅士并内外官员愿捐米者，照数收纳，题明即用即升，富户破格旌奖等语。查现在饥民需赈甚迫，烦即通行出示晓谕，并行司刊刻实收颁发，严饬州县不许需索分文；如违，官参吏处，庶捐者踊跃急公，于荒政大有裨益。又，部议驿夫现在如有空缺，即行召募顶补，如违题参等语。查所属驿站，近年差使烦多，不无苦累，但站夫空缺者所在不少，烦即严饬顶补，毋令虚冒。又，部议遴委佐贰等官，遇有疾病饥民，设立棚厂，广备丸散胗治等语。查现在各属饥民疾病者不少，秋间更难调护，烦即委员设厂，速制丸散医治。以上各款，均关紧要。本院奉使赈济，虽无地方之责，但目击情形，惟恐饥民失所，致负圣主委任。为此移咨贵都院，烦逐一严饬施行，仍祈咨覆。须至咨者。

咨抚院学院盐院捐恤寒儒

咨为捐恤寒儒，以培学校事。照得士子读书励行，首先立志。若蒙袂辑屦于有司之前，与凋瘵齐民比肩乞赈，得请则嗟来，不得则麾去，辱身贱行，莫此为甚。然朝廷设学校以养士，苟坐视捐瘠而莫之救，司此土者，咎将奚辞！本院经过地方，亲见诸生尪羸之状，不禁恻然。况砚田之丰稔无期，艺圃之逢年尚远，向隅独泣，更切伤心。今酌量公捐周恤，除平日多事及有产业者不给外，其实在饥困之廪增附生，每学少者不过二十人，多者不过三四十人，每名周银六钱。平、汾二府及沁州、阳城四十八学，约有银七百余两。本院勉捐银五十两，移咨抚都院捐一百两，学院捐一百两，盐院捐五十两，藩司捐五十两，臬司捐三十两，河东道捐三十两，驿道捐三十两，平阳府捐三十两，汾州府捐二十两，州县各捐银六两。先饬州县移学查明册报，领银给散，庶寒儒得沾周恤，学校均被洪慈。为此各咨贵院查照施行。

行　　文

行委协赈官

为遴委盐赈事。照得各属饥民待赈甚急，诚恐地方官听信胥役舞弊，冒滥遗漏，使饥民不沾实惠；又或假劝粜名色扰累富民，及给散不就民便，致匍匐守候，为害不浅。除本院不时亲自稽察外，合行遴委贤员监督。为此牌仰各该县，牌到，即亲赴某州县，遵照屡次示谕劝粜散赈，务令饥民普沾实惠。如有以上情弊，立将胥役人等重处。该县毋得瞻徇，致干未便。速速。

行府严革牙行

为严革粮食奸牙以恤灾黎事。照得平、汾所属甘霖大沛，秋成有望。目前穷民乏食，除陆续赈济外，仍饬各州县招商，于附近地方买米平粜；并委官飞赴江南、河南等处买运，月内可到。现在市聚粮食不少，价仍腾贵，皆缘牙行把持高抬所致。仰即出示，将粮食牙行暂革，听商民自行交易。省一分牙钱，即可减一分价银，于穷民不无少补。如敢故违，即拿奸侩重处，不得宽纵。仍将出示禁革过缘由具文报查。速速。

行府设法捐赈

为设法捐赈事。照得贵，司贱之命；富，为贫之母。闾里有富户，贫民赖以无饥。至鼓舞振兴，使民乐从，则地方守令之责也。今抚都院捐银四万两，盐司以下捐银八万两，以此倡率劝捐，谓宜鼓舞乐谕，不令而行。乃所属捐者寥寥，岂赏格未悬欤？抑郡邑奉行未善欤？劝非抑勒，惟开诚布公，劝以至情，无论多寡，必与表扬，庶人情踊跃争先。本院奉命赈济，心力交瘁，惟望诸公捐助，上副皇仁，下全民命。至宣德达情，使者职分当然；矧慷慨善行，何敢壅于上闻。仰府文到，即将先后捐过姓名及所捐数目开明具报，以凭会同抚都院分别奖赏。其多者即予题请，从优议叙。再，地方实无盖藏，全凭邻省接济，仰饬每县挑选能干商民二三人，携资贩运；或官给与本银，仍行沿途文武官防护，不得拦阻。果能贩运驿络，实有裨益，即与捐赈者无异，自当一体优奖。文到，限五日内将买米人姓名报查，毋得视同泛常，致干未便。速速。

行府严催散赈

为严催事。照得饥民嗷嗷待赈，屡催星速买米给散。经今旬日，并不将散赈日期具报。其饥民户口数目，亦未据开送。殊属不合。为此严催。牌到，立即分头给散。如买米未齐，不妨一面买，一面赈，不得迟延怠玩，致干参究。速速。

行府饬查仓粮

为饬查事。照得平、汾二府常平仓谷，尚有存贮。此时米价腾贵，颗粒皆珠，未便朦混。仰府文到，即将各案存贮米石逐一开报。如有亏空折耗，亦即据实声明，立押勒限买补。至平粜借赈，必有批详咨题实据，不得借词掩饰，致干未便。速速。

行司饬催报册

为饬催事。前据该司呈报，除平、汾二府外，尚有报灾之沁州、泽州、襄垣等九州县。内阳城县已据册开麦田被灾九分、十分不等，其余八州县是否成灾、曾否得雨、播种秋禾作何轸恤，未据申报。为此，仰司官吏照牌事理，速即查明，插羽飞报。其阳城县饥民户口，星催造送，均毋迟违。火速。火速。

行府州严禁私派

为饬禁事。照得私征私派，奉文严禁已久，乃晋省各属尚有革除未尽者。如衙用薪蔬，短少价值；生辰令节，派送酒席，或制屏制衣；新官到任，备办轿伞铺垫；上司过往，伺候酒饭、下程、纸张油烛什物等项。又，驿站草料，沿乡勒买，并不发价。甚而一切公捐，俱按里均摊。尤可恨者，纵容胥役，麦熟秋成，按户抽丰。捕衙编查烟户门牌，俱索规例。种种诛求，扰民已甚，合行严禁永革。为此牌仰该府州，文到，即行出示晓谕，将一切陋规尽行革除。如有不遵，许被害士民立刻呈控，并详抚院勒碑永禁，取具遵依。碑摹报查，毋得视同具文，致干未便。速速。

行府严禁收捐需索

为敬陈管见等事。本院条奏六款，部覆奉旨：依议速行。钦此。内一款，地方绅士富户并内外现任官员愿捐米者，计官职之大小、捐米之多寡，具呈该地方官照数收纳，出给实收，随收随报等因。奉旨：通行。钦遵在案。合行出示晓谕。为此牌仰该府，速行所属各州县，照发来示稿大书多张，遍贴晓谕。官生士民人等有情愿捐纳赈饥者，速赴该州县具呈收纳，出给实收，立即详报，题请叙旌。该州县官随到随收，听官生自行弹兑。如敢额外需索分文及纵容胥役掯勒迟延，许本官生立赴本院暨抚都院衙门呈控，以凭飞章参处。毋违。牌到速行。

行府采访节孝

为采访幽芳，以崇节孝，以敦风化事。照得山右平、汾等府偶遭荒歉，我皇上轸念民瘼，蠲赈频加，又大沛弘仁，遣使赍金粜赈。简书到晋，甘霖沾足，灾黎已庆更生。第念此邦素尚风节，岂乏高人株守岩穴，不食嗟来？亦有嫠妇寂处闺房，宁甘饿死。此皆唱名给粟、计口授餐之所不及者也。又若孝子顺孙，糠核不敷，力营甘旨，即受升斗之惠，难供朝夕之需。虽穷且益坚，固贤者之素志，而善无不录，乃圣世之恒经。本院奉命按临，自应随地采访，加意存问，以副圣上砥砺风化之至意。为此牌仰该府转饬各州县，牌到，即速查明，破格优恤，务令安全。仍出示晓谕乡约人等，据实具呈举报。至公道出于学校，诸生如有确见，不论绅士庶人之家，一并开列事实，报学取结申详，以凭移咨题旌。约甲学书人等，不许掯勒需索，如违重究。凛遵。速速。

行府申禁勒索

为饬行事。照得捐纳官生纷纷具呈，自应随到随收，毋许胥役刁掯勒索；平用司法，令官生自行弹兑，亦不许短少低潮。其有光棍包捐具呈并无现银兑交者，概不准收，毋得徇情混详。仰即遵照出示晓谕。毋违。速速。

行府饬议补赈

为饬议事。照得临汾等十二州县现在续赈。其襄陵、浮山、岳阳、太平、绛州、绛县、稷山、河津、荣河、临晋、蒲州、芮城、平陆、垣曲、解州、安邑、夏县、猗氏、万泉、闻喜、曲沃、翼城二十二州县，可否不须再赈，或细查饥民中最苦及逃荒回籍未经补给者，量行散赈，仰府速议报夺。毋违。速速。

行府续赈

为饬知事。照得平郡城南各州县秋成较早，糯黍间有熟者。前此嗷嗷待哺之民，此时不无缓急之别。一概续赈，则钱粮不敷均匀；量给升合，又恐实在饥甚待毙之民所领些微，终难活命。前经檄饬牧令率领官役，或敦请绅士，携带钱米等物，分头四出，遍历各村，择其甚者拯救。诚恐州县漫不经心，苟且塞责，合将应赈之人开明示知，仰府立饬遵照。仍将赈过姓名开送本院，遣官按册稽查。如有一名捏饰，除领过银米一概不准开销外，仍行参究不贷。

一、现在乏食，形容羸瘦不堪者，宜赈。

一、鳏寡孤独废疾者，宜赈。

一、逃荒在外，未经播种，今始回籍，屡次未赈者，宜赈。

一、一家之内，或父母，或妻子，有饥饿死者，酌量给赈。

一、外来流民饥饿垂毙者，量赈。

一、病者赈药。

以上赈济，照例大口给七分、小口减半，具令乡约确查，并讯本人。如有冒领者查出，将乡约重责枷号。

行府饬种二麦

为饬行事。照得雨泽既足，种麦在即，民间籽粒绝少。仰府速饬各州县，于外境买运平粜。仍劝谕藏麦之家借给邻里，麦秋加倍偿还。倘有负欠，禀官比追。至被旱秕麦难于发生，断不可用；且麦种各有地宜，买运务须详慎，毋得贻误。一并出示晓谕。毋违。速速。

行府议行社仓

为议行社仓，以广积储，以备荒政事。窃惟朱子社仓之制，为万世备荒不易之良规。而后人不敢轻议举行者，一则恐收掌之难其人，一则恐盖藏之无其地也。本院奉命汆赈，即展转谋维，欲为斯民图善后之策。自入晋境以来，相时度势，窃谓社仓之法，惟晋省最易行。十室之邑，必有忠信，而唐魏遗风，尤多良工，非浇漓奢纵者比。且经行各县村落中，墙堡完固，室宇宏敞，可无风雨盗贼之虞。诚得有司官实心奉行，每县择殷实村庄四五区设立社仓，或借囤民居，或暂囤庙宇，俟生息盈余，另建仓储。其本米借动常平积储，每仓二三百石不等。州县官以下，仍酌量捐助，并劝义民随力捐输。务须加谨收贮，令本地方绅士耆民公举才行兼优、家道温饱者，每社二人，总司出纳。春夏凭保借给，秋收还仓，每石收息三斗。小歉蠲息一斗五升，大歉全蠲，只收本米。其息二倍本数，即还官本；四倍以上，除收纳正米之外，但收耗米五升，永不收息。每年冬月造册报县存查，不许胥役经手，致滋扰累。如收掌之人侵耗以及徇情滥借，拖延不还，许村内人首告，责令赔偿，另换别人收掌。倘收掌二十年，毫无前件情弊，郡县核实详报，延为乡饮介宾，院司给扁旌奖，免其杂项徭役。如此则乡党自好之人肯任贤劳，而偶值荒歉之年，不忧匮乏矣。但合乎人情，宜乎土俗，若何而行之无阻，若何而行之无弊，有非皇华使臣所得而周知者。为此牌仰该府，转行所属各县，传集本地方绅士耆老，共相商确。倘有所见，幸一一开陈，以凭酌夺入告，务使于事无扰，于民有济。勿谓一官如传舍而弗为久计也，则贤有司之树德于兹土者靡既矣。毋违。速速。

行府咨询水利

为咨询水利事。照得天时旱涝，圣世不免，而所恃以为补救者，无如水利。山右地边西北，冈峦蜿蜒。石泉溪涧，所在萦带。晋汾诸水，汪洋沮洳，绵亘南北。考之志乘，长渠峻堰，引流潴水，为农田利益者，无在无之。讵风俗好贾，轻弃本业，而郡邑有司又往往苟且偷安，不为斯民计长久。昔时水道，十九堙塞，以致蓄曳无自，饥馑频仍。本院奉命赈济，目击流亡，推原所自，不胜叹悼。为此牌仰该府官吏，牌到，即转行各州县确查所属境内，有无陂塘沟洫，可否疏浚，或前有而今久淤，或前无而今可创，相形度势，广咨博考，逐一绘图详注，并各陈所见，以凭酌议。又，本院经过地方，见有井之处，苗稼青葱。询之土人，一井可灌地七八亩，凿井之费不过五六金。假使每数亩各凿一井，何至灌溉无资？此又通水利之穷，高原下隰，无地不可为者也。至高岸流荫不到之处，必须车戽。催募南匠制造车具，一处造就，处处仿效。遇有坑谷阻隔水道，用木笕架空接递。如谷宽不可架笕，则逐段递车。即汲井欲其远到，亦用递接之法。如此则无不可取之水，即无不受灌之地矣。相土之宜而揆其利，其法不一。仰一并确查，妥详本院，将以上闻，毋徒恃焦头烂额之力而迂曲突徙薪之计也。牌到，速行毋违。

行府劝借麦种

为饬知事。照得种麦在即，荒后苦乏籽粒，除一面籴运平粜外，闻各乡村绅士义民之家，尚有所储自食之麦，冀其减餐分惠，暂假贫民作种。为此牌仰该府行县，将本院劝借文启星夜刊刻印刷，并照式多书本院名帖，牒学遣役，沿乡遍致。毋违。速速。

附劝借麦种启

晋省连年荒歉，哀鸿遍野。圣主念切民瘼，宵旰焦劳，蠲赈频加，又发帑金，遣使给散。简书到晋，一路甘霖大沛，禾黍与翼，民庆更生。惟是节届秋分，正播种二麦之候，念此枵腹残喘，何从购觅籽粒？谚云：一麦抵三秋。倘种不及时，或竟致抛荒，民饥正未有涯矣。因思北土饭以面食为主，中人以上之家，无不豫备一岁之需。所望分减饔飧，贷此穷民，麦秋倍还，负者官为追比。于人有济，于己无损，当亦仕人君子所乐为者矣。矧乡先生宦成名立，优游林下，可不为圣天子少分饥溺之忧？诸生读圣贤书，以利济苍生为念，施由近始。至耦耕侪侣，出入与俱，何以人饥而我独饱？天道靡常，能无瞿瞿？前抚都院发簿劝捐，慷慨乐从者不过数人，馀皆观望逡巡。使者恐日久吏缘为奸，屡次出示戒饬。又闻不肖有司，时或指公勒借，亦经示禁。现在抚都院饬府勒碑永垂，所以为尔绅士富民计者，不可谓不尽心矣。今不劝捐而劝借，不劝借金钱而劝贷麦种，倘犹置若罔闻，是乡先生不仰体皇仁也，士其名而市井其行也。民不为身家计长久也，亦大负抚都院及使者相爱之意矣。阳虎谓：为富不仁。如此等辈，吾直谓之冥顽无知。晋俗夙称好义，谅不出此。恐榜示不能遍晓，特差学役持刺奉劝。其或贮积无多，并望粜买借给，来秋权衡子母，悉照原价。务期慨允迅发，不胜翘企之至。特启。

行府访旌隐德

为饬访事。访得各属绅衿富民，有不愿捐赈请旌，私自散粟拯救乡邻者，避急公之名，敦好施之实，隐德笃行，较之遵劝捐输者又加一等。仰府即行各州县查明优待。遇举行乡饮酒礼，即延为介宾、耆宾。如系生员及有子弟读书者，加意作养。本院輶轩所至，采风问俗，如此善行，正所乐闻。并速开具姓名及所全活人数申报，仍出示晓谕。毋违。速速。

行府饬借官钱

为饬借麦种事。照得种麦在即，所在籽粒腾贵，深为可虑。虽劝谕绅衿义民通借，势难遍及。即转运平粜，无奈穷民力不能买。再四踌躇，惟有少贷官钱，可济急需。为此牌仰该府并转饬各州县暂动捐项若干两，取具乡约及同借人保结互结，每户酌量借银二三钱，麦熟交还，免其加息。大抵家无麦种之民，即是领赈之户。该州县临乡查发，除村多富户者不借、力能设法营办者不借、佃户责在田主不借、有水地者不借，实在应借者，大州县不过二三千家，所需约五六百金。一转移间，小民受惠无穷矣。其有借银不粜麦播种者，查出加倍追还。力能营办冒借者，重处。乡约拖欠不还，责令乡约互结人倍偿。还时合村汇缴，随缴随收，不许胥役需索毫厘，如违处死。事关民命，毋得视同泛常。毋违。速速。

行府停止收捐

为饬知事。本院亲往洪洞、灵石、介休、沁州等处查看收成，并查赈济有无遗漏，即日起程，查毕回京复命。其捐纳人员，限三日内遵照部行，赴该府及各州县具呈收捐；三日外，即行停止汇详请题。仍出示晓谕，并严催各州县造送赈过银米、户口确数，以凭入告。毋违。

行府饬勘雹灾

为饬勘事。查临汾、洪洞、吉州等处，俱有冰雹打伤田禾。当连年荒旱之后，方幸秋成有望，民得更生，今复罹此灾，殊为可悯。自应详题请蠲请赈。但此时不踏查明白，灾民候勘，不得耕田种麦，贻误非小。为此牌仰该府转饬各州县，星速履亩踏勘，实在被灾田地若干，所伤分数若干，一面取结具详；仍令作速播种二麦，并多方抚恤，毋令失所。至霍州、灵石二处有无冰雹，一并查报。毋违。速速。

行府查旌义捐绅士

为设法捐赈事。据该府册报，汾阳县绅士耆民共捐银一万数千两助赈。查汾属连年荒旱，饥民嗷嗷待哺，地方有司束手无策。今遵照抚都院发簿劝捐，绅士踊跃捐输，至于累万，洵无愧古人仗义疏财之节，殊为可嘉。除一面移咨奏请叙旌外，合先饬奖。为此牌仰该府，分别所捐多寡，三百两以上者，用本院衔送扁；一百两以上者，用该府衔；十两以上者，用该县衔。俱行县牒学，遣门斗，将扁字分送，听本家自制悬挂。去役毋得需索毫厘，亦不许用鼓吹花红将送，致滋骚扰。如违，察出重处。再，一县捐者四百余人，民人居多，未必尽系殷实之家，恐有勉强仰〔抑〕勒。该府仍应饬查，如非情愿，免其兑缴，另造册报。仍出示晓谕。毋违。速速。

告　示

劝粜示

示为遵旨劝粜，以副皇仁，以恤灾黎事。钦惟我皇上御极六十年，无刻不以民依为念。平时农田水利、常平积储，所以为斯民计安全者，无不周矣。一遇水旱灾荒，蠲租赈粟，刻不待时。今晋省连岁歉收，直至今年五月，皇上备悉情形，立谕九卿速议拯救，有迟延时刻，灾民即不能待之旨。凡有人心者，捧读恩纶，无不泣下。兹复特命本院赍银二十五万两劝粜散赈，盖恐本属仓库不敷，而运粟外境，又仓卒无及。为急救万民计者，又若此其至也。仁圣如天，古今未有。凡属臣民，俱当仰体德意。维尔三晋素多义士，即使家无余蓄，而减口分餐，罄家输产，苟能续垂死之性命、完已散之骨肉，尚踊跃争先而为之。矧以红朽之藏，值善价而沽，其名奉公，其实利己，于人则周急，于己则继富，又何惮而不为焉？乃闻有粟人户不无迟疑观望，其故有三：不欲冒富户之名，一也；恐穷民见而觊觎，二也；有司短价勒买，三也。此小民长虑却顾之恒情，亦无怪其然。第世家大族，富不以粟。若农人铢积寸累，担石之储，出而应籴，所值几何，何富名之与有？穷民感沐皇仁，方幸更生，又何敢多事于法？至委员协同牧令临乡买米，照时给价，分毫无亏，此又尔等所共见共闻者也。为此合行出示晓谕：凡有粟之家，无论多寡，作速报官请籴，毋得迁延。倘有不肖有司及衙役、地棍人等借端鱼肉富户，婪赃弄法，上下其手，以无为有，以少为多，致滋扰累，本院按临访闻，官员飞参，棍蠹杖毙，断不故宽。即本院及奉差各员所随人从，敢有骚扰地方一草一木者，许尔民诉实，立拿杖毙。至无食贫民，自当静候发赈，不得乘机生事，致干重究。各宜凛遵毋违。特示。

散赈条约

示为钦奉上谕事。照得本院奉命籴赈，任大责重。自顾才识短浅，绝无长策，所赖地方守令及遴委各贤员虚心实政，设措于无可设措之中；荐绅先生、子衿耆老，亦各廑念梓里，协力劻勷，庶几救得一分，便是一分。矧上下同心，官民一体，未必不感召和气，立致丰亨也。至劝粜散赈事宜，亦须布置于先事，乃不周章于临时。谨率所见条列于后：

一、各州县本官未必能得民情，又久为蠹胥窥测把持，难于杜弊。劝粜散赈，必须另选廉能官，每县各一员。更须择其声望最优者，会同部院官往来稽察，庶无侵冒。本院亦随处按临察核，以杜徇隐。

一、本院及各部院官奉差出京，自赍数月行粮，惟恐多一外来食米之人，即耗本地一人之食。薪蔬等项，亦照时发价现买，不许毫厘短少。今委用各员，亦宜洁己奉公。所有盘费口粮，俱各自备，不得扰累地方丝忽。如有故违，许地方官据实详报。倘敢徇隐，一并参处。若能实心办事，设法周详，著有成效，事竣核实题叙，断不食言。

一、奉旨劝粜，并非强籴。该州县官协同委官亲历民间，先持名帖敦请地方绅士耆老，并传集保甲人等，多方劝谕，务令踊跃出粜。其或家无余蓄，而能仰体皇仁，设法应籴，此又高贤格外之盛心也，另当查明优奖。余详前示。

一、粜米三四五石者，就近送至散赈处所；十石以上者，地方官差人搬运；数十石以上者，令附近饥民就便领赈。俱委监督官眼同验明给价，不得扣克分厘，致干大法。

一、散赈全凭核造清册，务使民沾实惠。倘有里甲胥役任意增减户口，以致冒滥遗漏，本官不能觉察者，一经访闻，官参役处。

一、各州县先期立局，大县六七处，小县四五处。或就寺庙之便，或另搭蓬厂，俱择于道里适中之处，庶免饥民匍匐远行。

一、各州县先期刊刷小票，照册填明某户大口几名、小口几名，一一用印给发，至期验票给米。如有吏役需索票钱，立毙杖下。其老幼孤寡不能赴领者，许至亲执票代领。

一、各州县官查造饥民户口完毕，即大张告示某乡于某日赈济，风雨无阻，免使饥民守候。

一、赴局领赈，挨户唱名。一边点进给米，一边领出。毋得拥挤，反致迟误。

一、散赈日，地方官捐米煮粥，务要洁净，勿令馊宿，亦不许用石灰等物催滚。至期，州县官亲自尝验。发米后，每一饥民给一大碗，弗使枵腹而返。如天热不便煮粥，每人给钱五文。

一、领米人在途，倘有强暴抢夺者，立即追檎杖毙。

一、饥馑之年必多疾疫，该州县官速即另立病坊，安置病人。挑选佐贰首领等官，延医胗视。正印官捐俸，修合丸散广施，庶不至传染，可望生全。

以上数条，多古人已试成法。行之有效，存乎其人。各宜凛遵毋忽。至如何仰副皇仁，恤此灾黎，使不至于琐尾沟壑，官绅士庶应各有见，幸即见教。切望，切望。须至示者。

晋禁劝粜扰累事

示为晓谕事。照得劝粜原非强勒，劝捐应听情愿。诚恐地方官奉行不善，反滋扰累，合行出示严禁。为此示仰士庶人等知悉：如有胥役棍徒敢于借端扰累者，立拿重处。至家有余积，自当踊跃应籴，并随力捐赈。多者题请优叙，少亦汇报旌奖。美名厚实，一举兼得，何惮不为？各宜凛遵毋违。特示。

严革陋规示

示为晓谕事。照得各处陋例，凡京差及上司过往地方，州县官票著坊长、甲长、行户人等伺候公馆器用、什物及毡彩、对联等项，甚而豫备下程酒席。纵呈送不收，耗费已多，累民不少。本院奉命按临，凡民间疾苦，职应咨访。除行府饬查外，理合出示晓谕。

为此示仰军民人等知悉：如有前项陋例，即行据实具呈，以便移咨抚院严革，勒碑永垂，毋得瞻顾自误。至本院经过驻宿旅店，一切椅棹、毡彩等项，不得违禁伺候。地方官不许投送下程酒席、手禀。如违，定究不贷。特示。

申禁散赈诸弊示

示为晓谕事。查得散赈积弊多端。衙役索钱，乡保徇情，已多冒滥遗漏。及至散赈，米则升斗不遵制斛，银则扣克戥头。间有点名不到者，不许补领，亦不注明册内，官役通同侵欺人已。甚而册载五六口，只给三四口。抑或借端叱逐，全不给发。种种恶弊，不一而足。除委员逐一清查监放，本院仍周历各属，严加访察外，合行出示晓谕。为此示仰饥民人等知悉：如有以上情弊，许赴钦差部员及监赈官处控告。审查得实，官参役处，断不姑宽。慎勿瞻畏自误。特示。

严禁勒借示

示为严禁事。访得山右有等不肖牧令，鱼肉富户。每遇公事，藉端勒借银两。稍不如意，即中以祸。为害地方，莫此为甚。除行府严查揭报，并饬详明抚院，勒碑永禁，取遵依碑摹报查外，合行出示晓谕。嗣后如有前项不法官员指公勒借，许被害人等赴司府控告详参。本院奉命按临，凡系民间疾苦，务期一概厘剔，以仰副皇上爱民如子至意。各宜凛遵毋违。特示。

严禁常平仓收捐勒索

为请旨事。准户部咨前事，内开：九卿议覆左都御史朱轼奏请于各州县暂开常平仓事例，俊秀捐银一百八两，准作监生；附增廪生递减银十两。附生、监生捐银二百两，准作岁贡；增生、廪生递减银二十两。民人捐银三百两，准给七品顶带；捐银二百两，准给八品顶带。有愿为祖父捐顶带者，亦依此例，俱照各处时价捐收米麦等语。应将所请交与左都御史朱轼，于被灾州县暂开常平仓事例收捐，出给实收。事竣回京，即行具题停止等因。奉旨：依议。钦此。钦遵。查从来捐纳事例，多指称部费名色，额外加增，官吏分肥，致官生畏缩不前。今蒙圣恩轸念民瘼，开捐备赈，自应仰体皇仁，随到随收，出给实收。如有额外需索及书役措勒等弊，一经访闻，立即官参吏处，断不姑宽。毋违。特示。

劝谕积谷示

示为劝谕积款，以备荒歉事。照得晋人习惯贸迁，不知重农积谷。往往家累巨万，廪无一岁之储。不幸而有水旱之灾，贫者富者俱嗷嗷待毙矣。本院奉命劝粜，惟见野老山农负担和籴。平日挟重赀掺奇赢之术者，乃朝买暮炊，自救不暇。万一邻县运贩不至，市肆绝粮，将何恃以无恐耶？本末轻重之别显而易明，而晋民贸贸，自贻伊戚，殊为可悯。为此出示劝谕士民人等：凡尔有力之家，务须随时籴贮，按口授食外，递年存剩千余石，十年之久，可得万石。此不过岁省日用，耗费千余金，于他项贸易赀本无损。晋地高燥，无霉蒸之患。借给里党，又可出陈易新。遇荒歉，则自赡赡人，岁不能灾。慷慨施予之余，仍照时价出粜，获利尤奢，更有为地方裨益者。丰年籴者多，不至甚贱伤农；荒年粜者多，不至甚贵伤人。此即常平之遗法，行之于下，较行之于上，尤为可恃。本院仰体圣天子如伤之仁，思为尔民长久安全之计，不惮谆谆告诫，慎勿以为迂远无当，置若罔闻也。特示。

劝缓私逋示

示为劝缓私逋之追呼，以保穷黎事。照得农夫终岁勤动，所耕不及百亩，所收不过十斛。除国课田租外，一家衣被及婚嫁丧葬、邻里亲朋往来酬酢万不得已之费，皆取给其中。是以穷乡小民，收获方竣，瓶盎已空。纵令屡丰有庆，究竟一饱无时。矧山右连年洊饥，米价腾踊，展转流离之状，不忍见闻。此时富家巨室借给釜庾，使苟延性命，岂非厚德？秋成掺券索偿，亦复何辞？第念沟壑乍起，疮痍如故，朝廷惟正之供且经缓征两载，若私家些微债负，尽力追呼，使卖男鬻女，以增太仓一粒，岂徒为德不卒，尽废前功，其愈于悭吝残忍，坐视死亡而莫救者几何矣！为此出示劝谕绅士军民人等：无论新责旧逋，银米不过十石、十两以下者，一概从宽住息，俟来秋陆续归还。如系鳏寡孤独及赤贫无藉之辈，即焚券蠲除，市义种德，所失者少，所获者多。本院为穷人计，即所以为尔等富室计也。至贫民互相那贷，不在此例。各宜凛遵。特示。

祭　　文

祈　雨　文

维康熙六十年六月二十五日，钦差赈饥都察院左都御史朱轼，谨为文致告于山西府属城隍之神曰：我皇上痌瘝一体，时切己饥己溺之思。凡为小民衣食计者，至周且悉。无如不肖有司，每不以民生为意。即如常平积贮，本为备荒计，乃日削月侵，徒填谿壑，穷黎曾不得沾升斗之惠。此民怨所以腾，天心所以怒，灾祲之降，未必不由于是。顾吾民天子之民也，怒有司而灾及民，于有司乎何损？且百神奉天以左右民，犹有司之于君也。御灾捍患之谓何而不能为之所，其异于有司之漠视不救者几何矣！使者身在草土之中，一息仅存，惊闻诏命，扶病冒暑，疾驱而来。纵德薄不足昭格，而区区一念之诚，当亦神祇所共鉴也。使者即不足惜，圣天子诏书憯切，悲悯有加，亦既动天地而泣鬼神矣。神而未之知也，何以为神？其知之也，命下有日矣，何以旱暵如故也？今夏已过半，一望如焚。种者未拆，生者待枯，未种者尚十之八九。斯时不雨，夫复何望？伏乞明神大显威灵，告之皇天后土，乞之海若河伯，甘霖立沛，原隰均沾，庶民生有赖而神功与帝德俱永矣。惟神有灵，尚克鉴之。谨告。

祭亡故灾民文

维康熙六十年岁次辛丑八月宜祭日，钦差赈济都察院左都御史朱轼陈羊一、猪一、浇酒与饭，致祭于平、汾二府属饿死灾民之灵，而告之曰：其托兮大造，我与若兮钧心与貌，倏独于尔兮滋残，何旻天兮不吊？鸟有嘱兮兽有牧，哀人之生兮士女惟谷。魃肆威兮稷遽降，脍农师兮屠勾芒。糜芑既已如焚兮，来牟树而又戕。纷总总其浩繁兮，旋琐尾以沟渎。夫谁非生之者之所珍兮，饱乌鸢其骨肉。号父昆兮无所，割妻孥兮安属？春风扇兮春草碧，秋夜长兮秋月白。子规叫兮魂冷，精卫啼兮血滴。想无辜之枕藉兮，竟莫主而奚栖，烂青燐于荒草兮，寄非啸于寒枝。俄九閶之垂照兮，虽幽遐而咸睹；颁王言之涣汗兮，沛中天之湛露。曰是颠连之罔告兮，譬则已之所饥；亟命使以遄征兮，惟衽席之是期。哀草土之余息兮，猥尪羸而承乏；聿骁骁于原隰兮，担天庾以兴发。洒薰风兮灵雨，翼有稷兮与有黍，招集流离兮此惟安处。蓬之户兮荜之房，语喁干兮诉流亡。泣复泣兮乍相见，怨复怨兮久相望。独伊人之早逝兮，先不能以援也；矧噢咻之多遗兮，余曷职其遍也。痛山泽之捐瘠兮，量蔑由以见也；咎惟萃于轺车兮，勿更迁其怨也。伊唐魏之土著兮，何非汝之所偕？是宜隐佑以盈宁兮，毋为厉以洊灾。山苍苍兮水茫茫，曰汾与霍兮汝惟翱翱；雨冥冥兮风淅淅，曰林与社兮汝惟栖息。念汝祀之无人兮，且格歆于使者；将去汝以远适兮，望长空而奠斝。忽哽咽以无言兮，涕浪浪而若泻。呜呼，哀哉！尚飨。